NIEDERÖSTERREICHISCHE LANDESAUSSTELLUNG 1984

Das Zeitalter Kaiser Franz Josephs

NIEDERÖSTERREICHISCHE LANDESAUSSTELLUNG

Das Zeitalter Kaiser Franz Josephs

1. TEIL · VON DER REVOLUTION ZUR GRÜNDERZEIT · 1848–1880

BEITRÄGE

SCHLOSS GRAFENEGG

19. MAI – 28. OKTOBER 1984

Herausgeber und Verleger:
Amt der NÖ Landesregierung, Abt. III/2 – Kulturabteilung

Schriftleitung:
Univ.-Prof. Dr. Harry Kühnel
Dr. Elisabeth Vavra
Dr. Gottfried Stangler

Graphische Gestaltung:
Dipl.-Graphikerin Irmgard Grillmayer

Reproduktion:
Repro 12, Wien

Gesamtherstellung:
Druckerei Ferdinand Berger & Söhne Gesellschaft m.b.H., 3580 Horn, NÖ

Titelbild:
Franz Xaver Winterhalter, Porträt von Kaiser Franz Joseph I. und Elisabeth, 1864

Katalog des NÖ Landesmuseums, Neue Folge Nr. 147, Wien 1984
1. Auflage (1-25.000) ISBN 3-900464-14-6

VERANSTALTER:

Bundesland Niederösterreich

GESCHÄFTSFÜHRUNG:

Amt der Niederösterreichischen Landesregierung, Abteilung III/2 – Kulturabteilung

AUSSTELLUNGSBEIRAT:

Landeshauptmann Siegfried Ludwig, Vorsitzender
Landeshauptmannstellvertreter Leopold Grünzweig, Vorsitzender-Stellvertreter
Landtagsabgeordneter Alois Breininger
Landtagsabgeordneter Dr. Franz Slawik
Landesamtsdirektor Vortr. Hofrat Dr. Leopold Speiser
Vortr. Hofrat Dr. Rudolf Höbarth, Leiter der Abteilung IV/1
Wirkl. Hofrat Dr. Gottfried Kapf, Leiter der Abteilung I/9
Wirkl. Hofrat Dr. Franz Hlous, Leiter der Abteilung V/4
Univ.-Prof. Dr. Harry Kühnel, Krems, Wissenschaftlicher Ausstellungsleiter
Franz Albrecht Metternich-Sandor, Schloß Grafenegg
Dr. Georg Schmitz, Leiter der Abteilung III/2

WISSENSCHAFTLICHE AUSSTELLUNGSLEITER:

Univ.-Prof. Dr. Harry Kühnel
o. Prof. Dr. Adam Wandruszka

ASSISTENT:

Dr. Elisabeth Vavra

SACHBEARBEITER:

Rat Dr. Gottfried Stangler
Ing. Hubert Schwarz

AUSSTELLUNGSSEKRETÄRINNEN:

Sonja Bankl
Christa Grillenberger
Birgit Karl

MITARBEITERVERZEICHNIS

Univ.-Prof. Dr. Alfred Ableitinger
Institut für Geschichte an der Universität Graz

Hofrat Dr. Johann Christoph Allmayer-Beck, Wien

Univ.-Doz. Dr. Franz Baltzarek
Institut für Wirtschaftswissenschaft an der Universität Wien

Dr. Renate Banik-Schweitzer
Wiener Stadt- und Landesarchiv

Dr. Otto Biba
Gesellschaft der Musikfreunde, Wien

Univ.-Prof. Dr. iur. Wilhelm Brauneder
Institut für österreichische und deutsche Rechtsgeschichte an der rechtswissenschaftlichen Fakultät der Universität Wien

Univ.-Prof. Dr. Josef Breu
Wien, Österreichisches Ost- und Südosteuropa-Institut

Univ.-Prof. Dr. Ernst Bruckmüller
Institut für Wirtschafts- und Sozialgeschichte an der Universität Wien

Univ.-Prof. Dr. Józef Buszko, Krakau

Univ.-Doz. Dr. Moritz Csáky
Historisches Institut an der Universität Wien

Archivrat Dr. Franz Dirnberger
Wien, Haus-, Hof- und Staatsarchiv

Mag. Friedrich Edelmayer
Institut für österreichische Geschichtsforschung an der Universität Wien

Dr. Klaus Eggert, Riegersburg

Dr. Josef Ehmer
Institut für Wirtschafts- und Sozialgeschichte in der Universität Wien

Hofrat Dir. Dr. Helmut Engelbrecht
Bundesgymnasium Krems

Univ.-Prof. Dr. Fritz Fellner
Institut für Geschichte an der Universität Salzburg

Dr. Gerbert Frodl
Wien, Österreichische Galerie

Univ.-Prof. Dr. Walter Frodl
Wien, Technische Universität

Obermuseumsrat Dr. Werner Galler
Wien, NÖ Landesregierung, Kulturabteilung

Univ.-Prof. Dr. Mirjana Gross, Zagreb

Dr. Brigitte Hamann, Wien

Univ.-Prof. Dr. Günther Hamann
Historisches Institut an der Universität Wien

Gen.-Dir. Prof. Dr. Helmut Haschek, Wien

Dr. Waltraud Heindl, Wien

Dr. Dora Heinz, Wien

Dr. Edith Hörandner
Wien, Institut für Volkskunde

Univ.-Doz. Dr. Johann Hüttner
Wien, Institut für Theaterwissenschaft

Landeskonservator Dr. Werner Kitlitschka
Wien, Bundesdenkmalamt

Dr. Jiři Kořalka, Prag

Univ.-Doz. Dr. Walter Krause
Kunsthistorisches Institut an der Universität Wien

Dr. Susanne Kronbichler, Herzogenburg

W. Amtsrat Margarethe Kuntner
Wien, Höhere Graph. Bundes-, Lehr- und Versuchsanstalt

Cand. phil. Edwin Lachnit, Wien

Prof. Dr. Hartmut und Silke Lehmann
Historisches Seminar der Universität Kiel

Univ.-Prof. Dr. Marianne Lunzer
Institut für Publizistik an der Universität Wien

Univ.-Prof. Dr. Heinrich Lutz
Historisches Institut an der Universität Wien

Naama Magnus, Wien

Univ.-Prof. Dr. Herbert Matis
Wien, Wirtschaftsuniversität

Dr. Ursula Mayerhofer
Wien, Museum für angewandte Kunst

Dr. Brigitte Mazohl-Wallnig
Institut für Geschichte an der Universität Salzburg

Dr. Karl Megner
Druckschriftensammlung der Nationalbibliothek Wien

Univ.-Prof. Dr. Alois Mosser
Institut für Wirtschafts- und Sozialgeschichte an der Universität Wien

Dr. Gottfried Mraz
Wien, Hofkammerarchiv

Univ.-Ass. Dr. Wolfgang Neuber
Institut für Germanistik an der Universität Wien

Hofrat Dipl.-Ing. Richard Niederhuemer
Wien, Technisches Museum

Dr. Jutta Pemsel, Wien

Hofrat Dipl.-Ing. Fritz Pescher
Krems, Gebietsbauamt

Dr. Karl Sablik
Institut für Geschichte der Medizin an der Universität Wien

Univ.-Doz. Dr. Roman Sandgruber
Institut für Wirtschafts- und Sozialgeschichte an der Universität Wien

Univ.-Prof. Dr. Paul W. Schroeder
Departement of History, University of Illinois at Urbana Illinois, USA

Dr. Eva Somogy
Budapest, Akademie der Wissenschaften, Institut für Geschichte

Doz. Dr. Hannes Stekl
Institut für Wirtschafts- und Sozialgeschichte an der Universität Wien

Dr. László Szögi, Budapest

István Tringli, Budapest

Dr. Peter Urbanitsch
Wien, Kommission für Geschichte der Österreichisch-Ungarischen Monarchie

Doz. Dr. Nikolaus Vielmetti
Institut für Judaistik an der Universität Wien

Univ.-Prof. Dr. Adam Wandruszka
Institut für Österreichische Geschichtsforschung an der Universität Wien

Univ.-Prof. Dr. Herbert Zeman
Institut für Germanistik an der Universität Wien

AUSSTELLUNGSGESTALTUNG:

Architekt Dipl.-Ing. Ferdinand Zörrer
Dipl.-Graphikerin Irmgard Grillmayer

GRAPHIKTEAM UND MITARBEITER IM ATELIER ZÖRRER:

Dipl.-Graphikerin Sigilde Haas-Ortner
Dipl.-Graphikerin Sylvie Proidl
Dipl.-Graphiker Peter Seeberg
Dipl.-Graphikerin Reingard Tamchina
Franz Fiala, Elisabeth Schöbl, Dipl.-Graphikerin Michaela Hofmeister-Moscouw, Sylvia Sonnleitner, Ing. Gabriele Staeger, Roland Unger

ELEKTRO- UND SICHERHEITSTECHNISCHE ANGELEGENHEITEN:

Bauoberinspektor Ing. Hubert Schwarz
Hubert Moschinger

PRESSE:

Wirkl. Hofrat Dr. Gottfried Kapf
Red.-Rat Dr. Heinz-Werner Eckhardt

ORGANISATION UND WERBUNG:

FOffzl. Karl Hödl
Marie Sophie Trauttmansdorf

RESTAURIERUNGEN:

Werkstätten des Bundesdenkmalamtes
Leiter: Akad. Restaurator Doz. Dr. Manfred Koller

Werkstätte des NÖ Landesmuseums:
Akad. Restaurator Oberrat Felix Pischinger, Friedbert Herndlhofer

Akad. Restaurator Johann Kössler, Wien, Andrea Wächter, Bad Vöslau

PROTOKOLL:

Reg.-Rat Erich Berhel

ÖRTLICHE AUSSTELLUNGSLEITUNG:

Erika Nemec

„Die Vergangenheit ist nicht tot, sie ist nicht einmal vergangen“ – mit diesen schönen Worten hat ein kluger Mann die unbestreitbare Tatsache umschrieben, daß das Heute nur aus dem Gestern erklärbar und verständlich ist. Und das gilt ganz besonders für jene Ära, der die NÖ Landesausstellung im wunderschön restaurierten Schloß Grafenegg gewidmet ist. In den Jahrzehnten „von der Revolution zur Gründerzeit“, so der Untertitel, sind auf den verschiedensten Gebieten – in der Politik ebenso wie in der Musik, in der Medizin ebenso wie in der Technik – Entwicklungen in Gang gesetzt worden, die sowohl in Österreich wie auch in den ehemaligen Kronländern der Habsburgermonarchie bis heute in vielfältiger Weise nachwirken.

So gesehen ist es nicht verwunderlich, daß sich gerade in letzter Zeit die historische Forschung ebenso wie die sogenannte Populärwissenschaft dieser Epoche in verstärktem Maß angenommen haben, daß eine wahre Flut von Publikationen über das Zeitalter Kaiser Franz Josephs auf den Markt gekommen ist.

Die NÖ Landesausstellung 1984 wird dabei nicht nur bestehen können, sondern sie wird, davon bin ich überzeugt, auch neue Akzente setzen. Schließlich steht sie in einer ganz großen Tradition. Unsere bisherigen Landesausstellungen haben insgesamt bereits mehr als 3 Millionen Menschen angelockt. Sie sind damit zu kulturellen, künstlerischen und volksbildnerischen Großereignissen geworden, die keinen internationalen Vergleich zu scheuen brauchen.

Ein solches Großereignis ist nicht denkbar ohne den Einsatz von sehr vielen Menschen. Ich möchte als Landeshauptmann von Niederösterreich auch diesmal wieder den zahlreichen Leihgebern aus dem In- und Ausland sowie den vielen wissenschaftlichen, organisatorischen und technischen Mitarbeitern ein von Herzen kommendes Dankeschön sagen. Der Landesausstellung „Das Zeitalter Kaiser Franz Josephs“ selbst, wünsche ich einen guten und erfolgreichen Verlauf, vor allem viele interessierte Besucher.

Mit den besten Grüßen

Siegfried Ludwig
Landeshauptmann von Niederösterreich

In den letzten Jahren hat sich die Einschätzung jener historischen Periode, die von Kaiser Franz Joseph repräsentiert wird, wesentlich geändert.

Diese Tatsache, die das Land Niederösterreich schließlich veranlaßt hat, eine Landesausstellung zu diesem Thema zu veranstalten, ist durch die verschiedensten Indizien zu belegen. Zum einen haben Kunst und Kultur des 19. Jahrhunderts in den letzten zwanzig Jahren wieder eine enorme Aufwertung erfahren; zum anderen ist zu beobachten, daß auch die Nachfolgestaaten der ehemaligen Österreichisch-Ungarischen Monarchie die Gestalt des Herrschers in einem wesentlich milderen Licht sehen, als dies nach dem Zusammenbruch der Monarchie der Fall war. Nicht zuletzt dieser Entwicklung ist es wohl zu verdanken, daß uns auch einige dieser Länder Leihgaben zur Verfügung gestellt haben, was für die Gestaltung der Ausstellung ungeheuer wichtig war und wofür ganz besonders zu danken ist.

Daß die Ausstellung im Schloß Grafenegg stattfinden kann, ist ein weiterer Glücksfall. Denn dieses Schloß ist wohl selbst das schönste Ausstellungsstück – Paradebeispiel für den historischen Schloßbau dieser Zeit, der parallel zu den städtischen Bauleistungen der Gründerzeit stilistisch auf die große Baugeschichte unseres Bundeslandes zurückgegriffen hat, vor wenigen Jahren noch gering geschätzt, heute aber in seinem Wert voll erkannt. Es ist an dieser Stelle angebracht, dem Eigentümer des Schlosses, Herrn Metternich-Sandor, für diese wohl einmalige „Leihgabe“ zu danken.

Mit der heurigen Exposition geht auch die Aufarbeitung der Geschichte unseres Bundeslandes weiter, die wir seit Jahren mit unseren großen historischen Landesausstellungen verfolgen. Dieser Vorgang ist noch lange nicht abgeschlossen. Aber ein weiteres wichtiges Kapitel wird durch diese Ausstellung stärker in das Bewußtsein der Bevölkerung gehoben, die damit ein vertieftes Verhältnis zu ihrem Land und zur Geschichte ihrer Vorfahren gewinnen möge.

Immer wieder stellt sich die Frage, ob die Geschichte tatsächlich unser Lehrmeister ist. Ich bin der festen Überzeugung, daß sie es sein kann, wenn wir ihre Lehren annehmen und richtig deuten. Vieles von dem, was heute Gegenwart ist, hat seine Wurzeln in Handlungen und Unterlassungen der Vergangenheit. So ist uns heute klar, daß viele bedeutsame Errungenschaften unserer Tage ohne die Leistungen unserer Vorfahren nicht denkbar wären.

Als Landeskulturreferent wünsche ich darum der Landesausstellung 1984 im Schloß Grafenegg den gewohnten Erfolg und rechne mit einem sehr breiten Interesse nicht nur der niederösterreichischen Bevölkerung, sondern auch vieler Gäste aus Österreich und dem Ausland.

Leopold Grünzweig
Landeshauptmannstellvertreter
Kulturreferent des Landes Niederösterreich

Ein historisches Gebäude wie Grafenegg hat in seiner langen und wechselvollen Geschichte so manchen Krieg, Plünderungen oder Verwüstungen erlebt, Zeiten, in denen man geglaubt hat, es sei endgültig verloren. Aber immer wieder haben sich beherzte Menschen gefunden, die an eine Zukunft geglaubt und mit dem Wiederaufbau begonnen haben. So hat Grafenegg im Laufe seiner Geschichte nach Verwüstungen immer wieder erfolgreiche und glanzvolle Zeiten erlebt.

Der Kreislauf der Geschichte steht nicht still. In den letzten Jahrzehnten war es wieder so weit: der zweite Weltkrieg und die Nachkriegszeit haben das Schloß an den Rand der Zerstörung gebracht. Nach dem Staatsvertrag hat wohl kaum jemand mehr an eine Rettung geglaubt.

Aber wieder hat sich eine mutige Gruppe von Mitarbeitern unter der Leitung von Herrn Dr. Gerhard Großberger gefunden, die den Wiederaufbau gewagt haben. Die wichtigste Frage vor Beginn der Arbeiten war: was soll die zukünftige Bestimmung von Grafenegg sein? Wir haben uns entschlossen, es der Kunst und Kultur zu widmen. Mit den ersten Restaurierungsarbeiten begannen auch die ersten Ausstellungen und Konzerte. Schritt für Schritt, Raum für Raum haben wir uns vorgearbeitet. Ohne großzügige Hilfe des Bundesministeriums für Wissenschaft und Forschung, des Bundesdenkmalamtes und der Niederösterreichischen Landesregierung wäre der Wiederaufbau nie möglich gewesen.

Noch vor wenigen Jahren hätte man es kaum geglaubt, daß in Grafenegg eines Tages eine Niederösterreichische Landesausstellung durchgeführt werden könnte – und nun ist es soweit! Die vielen Besucher werden erkennen, daß die Aufbauarbeiten nicht umsonst waren. Ein großer Schritt nach vorne ist getan. Aber die Landesausstellung soll nicht das Ende der kulturellen Aktivitäten sein, sondern ein absoluter Höhepunkt. In den kommenden Jahren noch werden viele Veranstaltungen folgen. Grafenegg soll auch in der Zukunft lebendig bleiben und der Öffentlichkeit dienen. Wir glauben an seine Zukunft, wir hoffen, daß uns die vielen großen und kleinen Helfer, die in der Vergangenheit mit uns zusammengearbeitet haben, uns auch in der Zukunft die Treue halten werden. Wir lieben diese interessante, aber schwierige Aufgabe. Vieles ist getan, aber unsere Arbeit ist noch lange nicht beendet. Wenn wir auch wissen, daß es weit größere und wichtigere Aufgaben gibt, so fühlen wir doch die Verpflichtung, die uns anvertrauten Werte zu pflegen und der Nachwelt zu erhalten.

Wir danken der Niederösterreichischen Landesregierung dafür, daß sie Grafenegg für diese Landesausstellung gewählt hat und wünschen der Ausstellung einen guten Erfolg!

Franz Albrecht Metternich-Sandor
Eigentümer des Schlosses Grafenegg

ZIELSETZUNG DER AUSSTELLUNG

Die Forschung hat die Geschichte der Habsburgermonarchie bzw. seit 1867 der Österreichisch-Ungarischen Monarchie lange Zeit nur vom Standpunkt der verschiedenen Nationalitäten und der daraus resultierenden Probleme beurteilt. Der übernationale Charakter dieses Staatengebildes, die nach und nach einsetzenden separatistischen Tendenzen und die damit verbundenen Auflösungserscheinungen standen im Mittelpunkt der Betrachtung, wofür etwa Robert A. Kann als Exponent Erwähnung finden soll. Seit dem Ende des Zweiten Weltkriegs verschob sich das Interesse an der Monarchie, traten doch Fragen wirtschaftlich-struktureller und gesellschaftlicher Natur, ebenso solche der Bildung und Kultur immer mehr in den Vordergrund. Die wissenschaftliche Neubewertung der Architektur der Ringstraße, deren wirtschafts- und sozialpolitische Bedeutung mag hiefür als signifikantes Beispiel gelten.

In der Tat gehört der Zeitabschnitt vom Regierungsantritt Kaiser Franz Josephs I. bis zum Beginn der 80er Jahre zu den faszinierendsten Epochen der österreichischen Geschichte. Faszinierend deshalb, weil um 1848 zwischen den einzelnen Kronländern und Regionen unglaubliche Spannungen und Disproportionalitäten bestanden und die Völker zwischen Nordböhmen und Dalmatien, zwischen Vorarlberg und der Bukowina ein stark divergierendes Entwicklungsniveau aufwiesen und gleichsam in unterschiedlichen Zeitaltern lebten. Die Revolution des Jahres 1848 brachte die Aufhebung der Grundherrschaft und damit deren Ende als politische, polizeiliche und richterliche Institution. Die Abschaffung des Zunftzwanges und die Gewährung der Gewerbefreiheit setzte mittelalterlichen Zuständen ein Ende. Die Reform des österreichischen Schul- und Bildungswesens, die Schaffung einer modernen Gemeindeordnung sowie die Gründung von Ministerien anstelle der bislang tätigen „Hofstellen“ beweisen den nachhaltigen Erfolg der Revolution. Den wirtschaftlichen und sozialen Unterschieden, dem enormen Nachholbedarf gegenüber den westeuropäischen Staaten versuchte der Neoabsolutismus durch Modernisierung des gesamten Staatswesens in Verwaltung, Unterricht, im Rechtswesen und durch geeignete Maßnahmen in der Wirtschafts-, Handels- und Finanzpolitik zu begegnen. Dies war umso dringlicher, als nur drei Zehntel der Länder der Monarchie über eine zeitgemäße Industrialisierung verfügten, die übrigen Länder in einer „relativen wirtschaftlichen Rückständigkeit“ verharrten. Das Bürgertum, zunächst durch das Regime von einer politischen Mitwirkung ausgeschlossen, erlangt im ökonomischen Bereich Einfluß und Ansehen. Die liberale Wirtschaftsauffassung der maßgebenden Regierungskreise und die von Westeuropa ausstrahlende Konjunkturbewegung haben zu einem wirtschaftlichen Aufschwung geführt, an dem das industrielle Unternehmertum, eine sozial heterogene Schicht, durch zahlreiche Erfindungen und technische Neuerungen, nicht unwesentlichen Anteil hatte. Der Prozeß der Verstädterung, ausgelöst durch die zahllosen Industriegründungen – ein rauchender Schlot galt damals als Symbol des Fortschritts und Wohlstands! – löste eine Reihe von Problemen aus, sei es im Bereich des Wohnens – Zimmer-Küche-Wohnung –, der geringen Möglichkeit zu Hausstandsgründungen, der städtischen Infrastruktur und des öffentlichen Gesundheitswesens, die vom sozialen Standpunkt kritisch zu beurteilen sind.

Am Ende des Darstellungszeitraumes, also in den frühen 80er Jahren, sind erfreuliche soziale Ansätze zu beobachten, die eine maximale Arbeitszeit von 11 Stunden festsetzen, Frauen- und Kinderarbeit einschränken, Unfall- und Krankenversicherung einführen, nachdem man mit den Dezembergesetzen von 1867 die allgemeinen Rechte der Staatsbürger (Glaubens- und Gewissensfreiheit, Rechtsgleichheit, unverletzliches Recht jedes Volksstammes auf Wahrung und Pflege seiner Nationalität und Sprache) gewährleistet hatte. Freilich, und auch dies gilt es kritisch anzumerken, waren diese Gesetze jeweils mühsam errungen bzw. dem Monarchen abgerungen, der nur dann zu Zugeständnissen bereit war, wenn außen- oder innenpolitische Ereignisse ihn dazu zwangen.

Das Konzept der Ausstellung zielt darauf ab, in Übereinstimmung mit dem Verlauf der Ereignisse im ersten Obergeschoß sowohl im politischen wie wirtschaftlichen und sozialen Bereichen zu diesem Zeitabschnitt Stellung zu nehmen. Im zweiten Obergeschoß, der Beletage, werden vorwiegend die Leistungen der bildenden Kunst, der Literatur, Musik und des Theaters und nicht minder die kaiserliche Familie, Adel und Kirche präsentiert.

Die stupende Fülle des vorhandenen Materials ließ es ratsam erscheinen, keine bedingungslose Systematik und keine Vollständigkeit anzustreben, sondern in den verschiedenen Sachbereichen Schwerpunkte zu setzen, die geeignet sind, dieses Zeitalter zu charakterisieren und dem interessierten Besucher Aufschluß über die Vergangenheit zu geben. Es war auch das Bestreben, „Atmosphäre" des 19. Jahrhunderts zu vermitteln, sei es in einer Straßenszene aus Wien, im Aufbau eines Krämerladens, in der Errichtung einer Backstube und einer Schuhmacherwerkstätte, der Wiedergabe eines Klassenzimmers und einer Beamtenstube.

Möge diese Landesausstellung, die, bedingt durch die Vielschichtigkeit und den enormen Umfang des zu berücksichtigenden Materials, die größte der bisherigen Expositionen geworden ist, dem Fachmann und interessierten Laien ein möglichst objektives Bild des vergangenen Jahrhunderts vermitteln.

Univ.-Prof. Dr. Adam Wandruszka — Univ.-Prof. Dr. Harry Kühnel

INHALTSVERZEICHNIS

Seite

Adam Wandruszka, Die Habsburgermonarchie von der Revolution zur Gründerzeit 1
Adam Wandruszka, Kaiser Franz Joseph als Herrscher und Mensch 17
Brigitte Hamann, Die Familie Habsburg unter Kaiser Franz Joseph 23
Franz Dirnberger, Das Wiener Hofzeremoniell bis in die Zeit Franz Josephs. Überlegungen über Probleme, Entstehung und Bedeutung 42
Josef Breu, Die physiogeographischen Grundlagen Österreich-Ungarns 51
Hartmut Lehmann und Silke Lehmann, Die Rolle des Nationalen in der Habsburgermonarchie 58
Werner Galler, Die Vielfalt in der Volkskultur 71
Edith Hörandner, Die Monarchie im Wiener Straßenbild 78
Edith Hörandner, Herd und Ofen 82
Naama Magnus, Die Juden 85
Gottfried Mraz, Die Kirchen in Österreich zwischen Josephinismus und Liberalismus 87
Nikolaus Vielmetti, Die Emanzipation der Juden 94
Ernst Bruckmüller, Zur Sozialstruktur der Habsburgermonarchie 99
Herbert Matis, Österreichs Wirtschaft im Zeitalter Franz Josephs I. 113
Roman Sandgruber, Bevölkerungsstruktur und Bevölkerungsentwicklung 121
Roman Sandgruber, Die Landwirtschaft 130
Josef Ehmer, Handwerk und Gewerbe 139
Josef Ehmer, Die industrielle Arbeiterschaft 145
Hannes Stekl, Gesellschaftliche Randgruppen 150
Hannes Stekl, Verkehr und Kommunikationswesen 154
Renate Banik-Schweitzer, Verstädterung 163
Franz Baltzarek, Handel, Bankwesen und Währung 168
Helmut H. Haschek, Karl Ludwig Freiherr von Bruck 178
Jutta Pemsel, Die Wiener Weltausstellung von 1873 182
Alois Mosser, Industrielles Unternehmertum 187
Friedrich Edelmayer, Das Bildungsbürgertum 197
Karl Megner, Das mittlere und niedere Beamtentum 202
Waltraud Heindl, Die höhere Bürokratie in Österreich. Entwicklungslinien seit 1848 207
Moritz Csáky, Adel in Österreich 212
Johann Christoph Allmayer-Beck, Das Militär 219
Peter Urbanitsch, Zwischen Zentralismus und Föderalismus. Das „Problem der konstruktiven Reichsgestaltung“ 231
Alfred Ableitinger, Die Revolution 1848/49 247
Wilhelm Brauneder, Verfassungs- und Verwaltungsorganisation 261
Éva Somogyi, Ungarn in der Habsburgermonarchie 269
Jiři Kořalka, Altes und Neues in den böhmischen Ländern 277
Józef Buszko, Die inneren Verhältnisse in Galizien und in der Bukowina 282
Brigitte Mazohl-Wallnig, Die inneren Verhältnisse im lombardo-venetianischen Königreich 286
Mirjana Gross, Die inneren Verhältnisse in den südslawischen Ländern 290

	Seite
Peter Urbanitsch, Das Entstehen einer politischen Öffentlichkeit	295
Marianne Lunzer, Die Situation der Wiener Tagespresse	303
Heinrich Lutz, Die Stellung der Habsburger Monarchie in Europa	309
Brigitte Hamann, Die Deutsche Frage	320
Paul W. Schroeder, Österreich und die orientalische Frage, 1848–1883	324
Herbert Zeman, Die österreichische Literatur – ihr Aufstieg zu europäischem Format	331
Johann Hüttner, Theater im Zeitalter Kaiser Franz Josephs	346
Otto Biba, Musik	352
Helmut Engelbrecht, Bildungspolitik und Unterrichtswesen	360
László Szögi – István Tringli, Das Unterrichtswesen in Ungarn	371
Fritz Fellner, Geschichtswissenschaft	374
Wilhelm Brauneder, Rechtswissenschaft	380
Herbert Zeman, Deutsche Philologie in den habsburgischen Ländern	384
Wolfgang Neuber, Die fremdsprachlichen Neuphilologien an der Wiener Universität	389
Edwin Lachnit, Die Wiener Schule und die Gründerzeit der Kunstgeschichte	392
Walter Frodl, Die Einführung der staatlichen Denkmalpflege in Österreich	395
Rolf Niederhuemer, Industrie und Technik	403
Margarethe Kuntner, Zur Geschichte der Photographie	414
Günther Hamann, Forschungsreisen	418
Karl Sablik, Medizin	432
Walter Krause, Die bildenden Künste	443
Werner Kitlitschka, Aspekte der Malerei des Historismus in Wien: Spätromantik und Klassizismus	455
Gerbert Frodl, Die Landschaftsmalerei	466
Gerbert Frodl, Hans Makart	475
Werner Kitlitschka, Die Handzeichnung des Historismus in Österreich	481
Walter Krause, Plastik und Kunstgewerbe	485
Susanne Kronbichler-Skacha, Architektur	490
Dora Heinz, Mode	501
Ursula Mayerhofer, Schmuck	506
Klaus Eggert, Zur Baugeschichte von Grafenegg im 19. Jahrhundert	511
Friedrich Pescher, Über die Restaurierung von Schloß Grafenegg	522

Adam Wandruszka

DIE HABSBURGERMONARCHIE VON DER REVOLUTION ZUR GRÜNDERZEIT

Die Ouvertüre beginnt – für Österreich mit einer Variation über die Hymne Pio Nono, der eine freie Phantasie über den Rakotzy folgt. Das Jahr 1848 rollt auf – dräuend, gewitterschwer, weltgeschichtlich. So schrieb zum Jahreswechsel 1847/48 der österreichische Geniehauptmann Carl Moering in einer der Korrespondenzen, die er, meist mit „Von der Freyung" gezeichnet, insgesamt siebzehn im Laufe des Jahres 1847, von Wien aus in der in Leipzig von dem Österreicher Ignaz Kuranda herausgegebenen Zeitschrift „Die Grenzboten" veröffentlichte. Die bemerkenswerte Prophetengabe des liberalen und oppositionellen, zugleich aber gegenüber Staat und Dynastie loyalen Offiziers mit dem militärisch geschulten geopolitischen Weitblick, dessen bedeutendes zweibändiges, anonym erscheinendes und der Erzherzogin Sophie, der Mutter des späteren Kaisers Franz Joseph, gewidmetes Werk „Sibyllinische Bücher aus Oestreich" gerade damals bei Hoffmann und Campe in Hamburg, dem bevorzugten Verlag der österreichischen „Zensurflüchtlinge", fertiggestellt wurde, traf auch diesmal ins Schwarze. Gerade beim Jahreswechsel 1847/48 war dies allerdings nicht besonders schwer; denn daß Italien, das sich seit der 1846 erfolgten Wahl des Grafen Giovanni Maria Mastai-Ferretti zu dem mit den übertriebensten nationalen und liberalen Hoffnungen begrüßten Papst Pius IX. („Pio Nono") in einem Zustand höchster vorrevolutionärer Stimmung befand, sowie andererseits Ungarn, wo die Macht der politischen „Adelsnation" in der seit 1825 angebrochenen „Reformzeit" unter der Führung des Grafen Stephan Széchenyi und des radikaleren jüngeren Advokaten Ludwig von Kossuth in den letzten Jahren vor 1848 immer stärker hervortrat, bei einer allgemeinen revolutionären Erschütterung in Europa für Österreich zu Brennpunkten der politischen Entwicklung, ja zu Schlachtfeldern werden würden, auf denen sich die Frage nach Zerfall oder Fortbestand der Habsburgermonarchie entscheiden sollte, konnte von einem aufmerksamen Beobachter wohl vorausgesehen werden. Im Jänner 1848 aber schrieb Franz Grillparzer sein großes Gedicht „Vorzeichen", das mit der erschütternden Strophe endet:

Das Unheil aber naht, so muß ich meinen,
Der Einsturz folgt, wenn erst kein Widerstand.
Die Tollheit hör ich lachen, ich muß weinen,
Denn ach, es gilt mein eignes Vaterland.

Als dann die von der Pariser Februar-Revolution ausgehende Bewegung über die stürmische Entwicklung in den süddeutschen Mittelstaaten Baden, Württemberg und Bayern, sowie im übrigen „außerösterreichischen Deutschland", auch Wien erreichte, brach das innerlich geschwächte und längst ausgehöhlte „System" der „Monarchie ohne Kaiser" und des „Greisenregiments" der für den regierungsunfähigen Kaiser Ferdinand I. die Geschäfte führenden „Staatskonferenz" wie ein Kartenhaus zusammen, und der Gegensatz zwischen „Revolution" und „Reaktion" sowie vor allem der zwischen den verschiedenen Nationalitäten des Vielvölkerreichs schien in einem blutigen Bürgerkrieg aller gegen alle und damit im unausweichlichen Zerfall des „Kaisertums Österreich" zu münden.

Nach der Revolution entstand dann eine Polemik, wer und was denn eigentlich die Revolution ausgelöst habe, eine Diskussion um die „Schuldfrage", wie sie sich so oft und mit meist so unbefriedigendem Ergebnis nach großen tragischen Ereignissen einzustellen pflegt; und da hat einer, der es wissen mußte, der Burgtheaterdichter und niederösterreichische Beamte Eduard von Bauernfeld, dem Grillparzer in seinen „Erinnerungen aus dem Revolutionsjahr 1848" sogar eine fast übermäßige Rolle in der Vorbereitung der Revolution zumaß *(Er glich eben dem Winde und den Vögeln, die den Samen von einer Insel zur anderen tragen)*, die „Genesis der Revolution" gewiß oberflächlich vereinfachend, aber doch nicht ganz falsch, auf folgende gereimte Formel gebracht:

Raubritters Söhn' – man nennt sie Ständ –
Die han zuerst sich aufgelehnt;
Hofräthe setzten sich zur Wehr,
Und Aktenstaub flog hin und her.
Kam d'rauf die kecke Jugend frisch
Und schmiß die Akten untern Tisch.

Tatsächlich haben die niederösterreichischen Landstände, die eben wegen der Schwäche der Krone und der Regierung in der Zeit der „Monarchie ohne Kaiser" gleichsam eine letzte, späte Renaissance erlebten, deren sichtbares äußeres Zeichen der Umbau des Landhauses in der Herrengasse in Wien mit der monumentalen Fassade und der goldenen Inschrift „Die Stände Niederösterreichs MDCCCXXXVIIII" ist, in der Vorbereitung und in der allerersten Phase der Revolution eine wichtige Rolle gespielt, so daß man ihnen den Vorwurf ins Grab nachgerufen hat, sie hätten durch ihre frondierende Haltung vorher und dann durch ihre Petition am 13. März einen „Gassenauflauf" erst zu einer Revolution gemacht; und man hat sie mit spielenden Kindern verglichen, die das Haus in Brand gesetzt und darin als erste umgekommen seien. Tatsächlich haben sie sogleich die Führung aus der Hand verloren, was sehr drastisch in einer Tagebuch-Eintragung Bauernfelds vom Abend des 13. März über die Ereignisse im Landhaus am Vormittag zum Ausdruck kommt: *Als uns die Studenten am Fenster erblickten, forderten sie uns zum Reden auf. Auersperg zog flugs den Kopf und mich zurück.*

Aber auch die „Hofräte", die josephinische Bürokratie, hatte in den Jahren des Vormärz gegenüber dem System Metternichs, vor allem wegen seiner Kirchenpolitik, eine immer kritischere Haltung eingenommen, und selbst bis in die Hofkreise und sogar in die kaiserliche Familie war die oppositionelle Einstellung vorgedrungen, so daß eben sogar die Erzherzogin Sophie in den Ruf liberaler Neigungen kam und der erwähnte Geniehauptmann Moering ihr seine „Sibyllinischen Bücher aus Oestreich", die in den ersten Februartagen im verbotenen Wiener Buchhandel erschienen und massenhaft angekauft wurden, mit einer schwungvollen Vorrede widmete. In den Aufzeichnungen, Gedichten und Epigrammen des Hofrats und Archivdirektors Franz Grillparzer kann man seit 1830, seit der Pariser Julirevolution, unzählige Beispiele für diese ständig wachsende oppositionelle Haltung finden, und so darf es auch nicht überraschen, daß er zunächst die Märzrevolution, wenngleich mit Vorbehalten und Warnungen, begrüßte und den Wiener Studenten, die durch ihren Zug von der Universität zum Landhaus die Revolution ausgelöst hatten, im Gedicht huldigte. Allerdings kam bald der Umschwung und so lesen wir in seinen Erinnerungen: *Als aber am dritten Tage die Ungarn kamen und sich von der Gesamt-Monarchie losrissen und die Menge, die das wußte, ihnen Vivats und Eljens zurief, da merkte ich, daß die Dummheit, oder vielmehr Unbesonnenheit mit Unwissenheit gepaart, gefährlicher ist als die Schlechtigkeit und war überzeugt, daß wir verloren seien.* So berichtet dann im April Bauernfeld: *Spaziergang mit Grillparzer, der der neuen Sache abgeneigt ist. Er hofft, die deutschen Fürsten werden sich an Rußland wenden, um Ruhe und Ordnung herzustellen!! Fast hätten wir uns zerzankt. Wenn die besten so denken! Die radikale Presse haut allerdings über die Schnur. Aber kein Wunder, daß der Becher überschäumt. Wer auskehrt muß Staub machen.*

Zunächst hatte man in der von den Ereignissen überraschten Dynastie geglaubt, daß die Opferung einiger „Sündenböcke" (des Fürsten Metternich, des Polizeipräsidenten Graf Sedlnitzky und des Wiener Bürgermeisters Ignaz Czapka) genügen würde, um die Ruhe wiederherzustellen. Doch bald sah man sich zu weitergehenden Zugeständnissen gezwungen: zur Aufhebung der Zensur und Bewilligung uneingeschränkter Pressefreiheit, zur Bewilligung der Aufstellung einer „Nationalgarde", deren Speerspitze die „Akademische Legion" der Wiener Studenten wurde, sowie zum Versprechen einer Verfassung. Da inzwischen das aus der revolutionären Bewegung hervorgegangene Frankfurter Vorparlament ohnedies für das gesamte Gebiet des Deutschen Bundes (zu dem die einst zum Heiligen Römischen Reich gehörenden böhmisch-österreichischen Länder, nicht aber die mit diesen Ländern im „Kaisertum Österreich" vereinigten Länder der Stephanskrone Ungarn, Siebenbürgen,

Kroatien und Slawonien, nicht das Königreich Lombardo-Venetien, nicht das aus den polnischen Teilungen zu Österreich gekommene Galizien und Lodomerien und die Bukowina gehörten) Wahlen für eine deutsche Nationalversammlung ausgeschrieben hatte, glaubte man zunächst, das kaiserliche Verfassungsversprechen durch eine „oktroyierte", vom Kaiser erlassene Verfassung erfüllen zu können. Der Innenminister der neugebildeten Regierung Franz Freiherr von Pillersdorf arbeitete in aller Eile eine weitgehend an dem Vorbild der belgischen Charte von 1831 orientierte Verfassung aus, die am 25. April verkündet wurde. Aber die liberal-konservative Tendenz dieser Verfassung mit Zweikammer-System, kaiserlichem Veto und hohem Zensus, vor allem aber die Form des „Oktroi" fanden die schärfste Ablehnung bei der radikalen Presse Wiens, bei der Akademischen Legion, bei den demokratischen Bürgern und Arbeitern, und so erzwang eine „Sturmpetition" in der Wiener Hofburg am 15. Mai die Zurücknahme der Verfassung und die Ausschreibung allgemeiner Wahlen für einen Österreichischen Reichstag, der dann am 10. Juli im größten Saal der Wiener Hofburg, in der provisorisch in einen parlamentarischen Sitzungssaal umgewandelten Winterreitschule, der sogenannten „Spanischen Reitschule", zusammentrat. Die bedeutendste Leistung dieser ersten modernen Volksvertretung in Österreich war die Entscheidung für die längst fällige „Aufhebung des grundherrschaftlichen Verhältnisses", die sogenannte „Bauernbefreiung" oder „Grundentlastung", die Ablösung der Robotleistungen an den Grundherrn, aber auch das Ende der politisch-polizeilichen und richterlichen Funktionen der Grundherrschaften, was dann in der Folge die Einrichtung der Gendarmerie auf dem flachen Lande und den Ausbau des Gerichtswesens nötig machte. Wenn mit Recht, wenngleich etwas überspitzt und in bewußter Übertreibung gesagt wurde, daß in Österreich das Mittelalter erst 1848 zu Ende gegangen sei, so trifft dies hinsichtlich der rechtlichen, sozialen und wirtschaftlichen Grundlagen des Gemeinwesens zweifellos zu. Mit der Aufhebung der Grundherrschaft und der grundherrschaftlichen niederen Gerichtsbarkeit auf dem Lande, mit der Abschaffung des Zunftzwangs und der Einführung der Gewerbefreiheit in den Städten und Märkten, mit dem Ende des Ständewesens, mit der Ersetzung des im 16. Jahrhundert begründeten, durch die theresianischen und josephinischen Reformen ausgebauten Systems der zentralen „Hofstellen" durch die Einrichtung moderner Ministerien, durch die Reform des österreichischen Schul- und Unterrichtswesens, durch eine moderne Gemeindeordnung, auf allen Gebieten erwies sich die epochemachende Bedeutung des Jahres 1848. Mit Recht hat 1850 der österreichische Handelsminister Bruck von dem „dunklen Strich von 1848" geschrieben, über den die Geschichte nicht mehr zurück könne und zwar nicht so sehr „der beschriebenen Pergamente wegen", also wegen der im Revolutionsjahr erkämpften Verfassungen, als vielmehr „weil die Bedingungen des Güterlehens, der Geldwirtschaft, des Kapitals, die volkswirtschaftlichen Verhältnisse, das erstarkte Bürger- und Bauerntum solches nicht mehr erlauben."

Allerdings ist dieses Epochenjahr 1848 auch das große Krisenjahr des Kaisertums Österreich geworden, das Jahr, in dem Auflösung und Zerfall des Vielvölkerreichs an der Donau vielen Zeitgenossen unvermeidlich und unmittelbar bevorstehend erschienen. Denn dieses „Kaisertum Österreich" war seiner Herkunft nach ja eine „monarchische Union von Ständestaaten" (Otto Brunner) und hat erst 1804 mit der Annahme des Titels eines erblichen „Kaisers von Österreich" durch den letzten römisch-deutschen Kaiser Franz II. einen offiziellen Namen erhalten. In den vielfach mehrsprachigen „historisch-politischen Länderindividualitäten", den „Königreichen und Ländern des Hauses Österreich" hatte sich ein, noch keineswegs ethnisch-sprachliches, Landesbewußtsein entwickelt, dessen Träger und Förderer eben vornehmlich der landständische Adel gewesen war. Wie man im 18. und auch noch im beginnenden 19. Jahrhundert in Italien noch von einer „toskanischen", „piemontesischen" oder „neapolitanischen Nation" gesprochen hatte, so sprach man in Österreich von einer „böhmischen", die deutsch- wie die tschechischsprechenden Landesbewohner umfassenden, von einer „ungarischen", sowohl die magyarischen, wie die deutschen, slowakischen, serbischen, rumänischen

Landeskinder vereinigenden Nation, aber etwa auch von einer „tirolischen", „steirischen" oder „oberösterreichischen Nation". Aber gerade in der scheinbar so ruhigen und friedlichen Zeit der Restauration, des Vormärz und des Biedermeiers war dieses nicht sprachlich-ethnische, sondern auf die politische Einheit des Landes bezogene Landesbewußtsein von einem sprachlich-ethnischen Nationalbewußtsein immer mehr zurückgedrängt worden, von einem modernen „Nationalbewußtsein", dessen Wurzeln gewiß auch weit in die Jahrhunderte zurückreichten, das, etwa im Falle des deutschen Nationalbewußtseins, durch die Reformation und die Gegenreformation, durch den Dreißigjährigen Krieg und die Türken- und Franzosenkriege, durch die Aufklärung und ihre Pflege der Volkssprachen in Schule und Kirche, durch die „Volksgeist"-Ideen Herders und der Romantik, durch die Französische Revolution und durch die Erhebung der Völker gegen die Napoleonische Universalmonarchie mächtig gefördert worden war und das jetzt, im Jahre 1848, mit einer gewaltigen, zugleich schöpferischen und zerstörerischen Kraft in Erscheinung trat. Für das habsburgische Vielvölkerreich aber bedeutete der gewaltige Ausbruch des Nationalgefühls im Revolutionsjahr eine tödliche Gefährdung. Die Deutschen Österreichs (aber etwa auch die italienischsprechenden Bewohner „Welschtirols") wählten ihre Abgeordneten für die Frankfurter Nationalversammlung; und als zwei Monate später die Wahlen zum Österreichischen Reichstag ausgeschrieben waren, mußte man entweder die gleichen Abgeordneten wählen und ihnen die Entscheidung überlassen, ob sie ihre Funktion als Volksvertreter in Frankfurt oder in Wien ausüben, ob sie in Frankfurt bleiben oder nach Wien kommen wollten – oder man mußte sich mit einer „zweiten Garnitur" begnügen, was angesichts des Fehlens politischer Traditionen und Eliten überaus problematisch war. Der Geschichtsschreiber und politische Führer des tschechischen Volkes František Palacký, der von den böhmischen Ständen im Jahre 1829 zum Historiographen des Königreichs Böhmen bestellt worden war und seine „Geschichte von Böhmen" zuerst in deutscher Sprache verfaßte, war von dem vorbereitenden „Fünfziger-Ausschuß" zur Mitarbeit in der Frankfurter Nationalversammlung eingeladen worden. In seinem berühmten, sehr höflichen, aber sehr entschiedenen „Absagebrief" an den Fünfziger-Ausschuß und dessen Präsidenten Soiron bekannte sich Palacký als *Böhme slavischen Stammes* und lehnte die Mitarbeit an einer Versammlung ab, deren ausgesprochener Zweck es sei, *einen deutschen Volksbund an die Stelle des bisherigen Fürstenbundes zu setzen, die deutsche Nation zu wirklicher Einheit zu bringen, das deutsche Nationalgefühl zu kräftigen und Deutschlands Macht dadurch nach innen und außen zu erhöhen.* Dieses Unternehmen aber gehe darauf aus, *Österreich als selbständigen Kaiserstaat unheilbar zu schwächen, ja ihn unmöglich zu machen – einen Staat, dessen Erhaltung, Integrität und Kräftigung eine hohe und wichtige Angelegenheit nicht meines Volkes allein, sondern ganz Europas, ja der Humanität und Zivilisation selbst ist und sein muß.* Im weiteren Verlauf dieses Schreibens bezeichnet Palacký das Kaisertum Österreich als einen *notwendigen Völkerverein,* dessen Lebensader die Donau ist; und dann fällt das berühmte, oft zitierte, den bekannten Ausspruch von Voltaire über den lieben Gott auf Österreich abwandelnde Wort: *Wahrlich, existierte der österreichische Kaiserstaat nicht schon längst, man müßte im Interesse Europas, im Interesse der Humanität selbst sich beeilen, ihn zu schaffen.*

War Palacký so im Frühling des Jahres 1848 die Feder dessen, was man den „Austroslawismus" nannte, so bekannte sich der Mann, den man als den „Degen des Austroslawismus" bezeichnen könnte, der kroatische Banus Joseph von Jelačić, der, im Einverständnis mit dem im Mai 1848 aus Wien nach Innsbruck geflüchteten Hof gegen die ungarische Revolution zu den Waffen griff, nach der Niederwerfung der Wiener Oktober-Revolution zu dem gleichen Grundsatz, als er am 28. Oktober den den siegreichen Feldherrn jubelnd begrüßenden Wienern die Worte zurief: *Vor allem bleiben wir Österreicher! Wenn es kein Österreich gäbe, wahrlich, jetzt müßten wir's schaffen.*

In ähnlichem Sinne hat Franz Grillparzer in seinem im Frühjahr 1848 entstandenen Huldigungsgedicht an Radetzky die übernationale Armee und ihren auf dem oberitalienischen Kriegsschauplatz siegreichen Feldherrn gefeiert:

Glück auf, mein Feldherr, führe den Streich!
Doch nicht um des Ruhmes Schimmer,
In deinem Lager ist Österreich,
Wir andern sind einzelne Trümmer.

Aus Torheit und aus Eitelkeit
Sind wir in uns zerfallen,
In denen, die du führst zum Streit,
Lebt noch ein Geist in allen.

Und in einer späteren Strophe des gleichen Gedichts:

Die Gott als Slaw' und Magyaren schuf,
Sie streiten um Worte nicht hämisch,
Sie folgen ob deutsch auch der Feldherrnruf,
Denn: Vorwärts! ist ungrisch und böhmisch.

Im gleichen „Sturmjahr" 1848 zogen Tiroler Studenten, die eben in Wien an der Märzrevolution teilgenommen hatten, unter einer schwarz-rot-goldenen Fahne an die Südgrenze Tirols, um dem Einfall italienischer Freischärler – darunter auch wieder Studenten von der Universität Pisa – entgegenzutreten, wehte von Anfang April bis Ende Oktober eine große Fahne in den schwarz-rot-goldenen Farben der deutschen Einheits- und Freiheitsbewegung vom Wiener Stephansturm, hielt der damals und bis auf den heutigen Tag populärste Habsburger, der mit einer Bürgerlichen vermählte „steirische Prinz" Erzherzog Johann, der am 29. Juni 1848 von der Deutschen Nationalversammlung in der Frankfurter Paulskirche mit der überwältigenden Mehrheit von 436 von 521 abgegebenen gültigen Stimmen zum „Deutschen Reichsverweser" gewählt wurde, seinen Einzug in die über und über mit schwarz-rot-goldenen Fahnen geschmückte einstige Krönungsstadt des Heiligen Römischen Reiches (und trug selbst, wie auf allen seinen Porträts aus jener Zeit zu sehen ist, ein schwarz-rot-goldenes Burschenband über der Brust), kämpften in der letzten tragischen Phase der Wiener Revolution im Oktober die Wiener Studenten und Arbeiter unter der schwarz-rot-goldenen Fahne gegen „die Österreicher", die Wien einschließenden „schwarz-gelben" Truppen von Windischgrätz und Jelačić und hofften vergeblich auf Entsatz durch die vom Osten her bis Schwechat und Mannswörth vorgerückten ungarischen Truppen, die von den Kroaten des Banus zurückgeschlagen wurden. Von den Abgeordneten der Frankfurter Nationalversammlung, die nach Wien gekommen waren, wurde einer, Robert Blum, standrechtlich erschossen; eine blutige Antwort auf die „Frage an Österreich" in den ersten drei Paragraphen des Abschnittes „Vom Reich" im Entwurf des Verfassungsausschusses der Frankfurter Nationalversammlung, die nur eine „reine Personalunion" zwischen zum künftigen deutschen Reich gehörenden deutschen und nichtdeutschen Ländern zulassen wollten und damit zumindest eine Lokkerung, wenn nicht sogar die völlige Auflösung des österreichischen Gesamtstaats forderten. Völlig eindeutig war denn auch die Erklärung des neuen „starken Mannes" des österreichischen Kaiserstaates, des Fürsten Felix Schwarzenberg, vor dem nach der Wiener Oktober-Revolution von Wien nach Kremsier in Mähren verlegten Österreichischen Reichstag am 27. November 1848: *Österreichs Fortbestand in staatlicher Einheit ist ein deutsches wie ein europäisches Bedürfnis. . . Erst wenn das verjüngte Österreich und das verjüngte Deutschland zu neuen und festen Formen gelangt sind, wird es möglich sein, ihre gegenseitigen Beziehungen staatlich zu bestimmen. Bis dahin wird Österreich fortfahren, seine Bundespflichten getreulich zu erfüllen.*

Verjüngung, Erneuerung, Festigung und nicht Lokkerung des gesamtstaatlichen Zusammenhalts des Kaisertums Österreich gegen alle zentrifugalen nationalen Tendenzen wie gegen die die bestehende gesellschaftliche Ordnung bedrohenden politischen und sozialen Bestrebungen im Innern, Bewahrung beziehungsweise Rückgewinnung der europäischen Großmachtstellung Österreichs und einer führenden Stellung im „außerösterreichischen Deutschland": das war das Programm Schwarzenbergs, der nunmehr mit starker Hand die Zügel der österreichischen Regierung ergriffen hatte. Die wenige Tage später, am 2. Dezember, im nahen Olmütz vollzogene Thronbesteigung des erst achtzehnjährigen Kaisers Franz Joseph unterstrich noch diesen Willen der österreichischen Staatsführung zur Verjüngung, Erneuerung und Selbstbehauptung der Monarchie im Sinne der Devise des neuen Herrschers „Viribus unitis – Mit vereinten Kräften“, was sowohl in nationaler wie in sozialer Hinsicht, für das Zusammenwirken der verschiedenen Nationalitäten wie der gesellschaftlichen Klassen und Schichten galt. Der wichtigste Integrationsfaktor aber sollte neben dem Herrscher und der Dynastie die kaiserliche, vom Nationalitätenstreit freizuhaltende Armee sein.

Diesem Willen zur Erneuerung und Stärkung der monarchischen Gewalt entsprang dann auch der wenig glückliche Entschluß, die neue Verfassung des Gesamtstaates nicht als das Ergebnis der Beratungen des Kremsierer Reichstags, sondern nur als Geschenk des jungen Herrschers und seiner Regierung in Kraft treten zu lassen. Nun hatten die Abgeordneten in dem stillen mährischen Landstädtchen, auch unter dem Eindruck der dramatischen Ereignisse des Revolutionsjahres und des drohenden Zerfalls der Monarchie, gute Arbeit geleistet und auch in den so schwierigen nationalen Streitfragen, vor allem zwischen Deutschen und Tschechen, für beide Seiten tragbare Kompromisse zwischen der Tradition der historischen Länder und sprachlich-ethnisch möglichst homogenen kleineren Einheiten der „Kreise“ erzielt. Aber obwohl der Entwurf im Verfassungsausschuß bereits fertiggestellt war und nur mehr die Formalität der Annahme durch das Plenum fehlte, wurde der Reichstag am 7. März von der Regierung aufgelöst und eine mit 4. März datierte Verfassung „oktroyiert“ – mit dem falschen Vorwurf an den Reichstag, er habe seine Aufgabe, die Ausarbeitung einer Verfassung nicht erfüllt. Der „Kremsierer Entwurf“, dieser erste und letzte von den Vertretern der Völker Österreichs in gütlicher Vereinbarung ausgearbeitete Versuch einer Gesamtstaatsverfassung, ist, da er sich nicht in der Praxis bewähren durfte und mußte, in der verfassungsrechtlichen und verfassungsgeschichtlichen Diskussion in Österreich daher immer in der makellosen Reinheit des unerfüllten Ideals erschienen. Aber auch die „oktroyierte Verfassung“ ist tatsächlich nie in Kraft getreten, da sich ein großer Teil der Monarchie nach der Niederschlagung der Revolution zunächst unter dem Belagerungszustand befand; und zweieinhalb Jahre später mit dem „Silvesterpatent“ von 1851 erfolgte auch formell die Rückkehr zu einem allerdings nun moderneren und effizienteren bürokratisch-zentralistischen Absolutismus.

Das Jahr 1849 brachte mit Radetzkys Sieg bei Novara im März und der Kapitulation Venedigs im August das Ende von Krieg und Revolution in Italien. Ein bitterer Tropfen allerdings war es für Schwarzenbergs und Franz Josephs Selbstgefühl und das ihnen so wichtige Ansehen des Kaiserstaats, daß die ungarische Revolution nur mit Hilfe einer russischen Intervention niedergeschlagen werden konnte, wobei man sich mit der Interpretation zu trösten suchte, daß es sich bei den Kämpfen in Ungarn um eine auch das Zarenreich betreffende Auseinandersetzung zwischen den Mächten der bestehenden Ordnung und jenen der „internationalen Revolution“ handle.

Trotz seiner unleugbaren Schwächen und Fehler hat das im Zeichen des „Neoabsolutismus“ stehende erste Regierungsjahrzehnt Franz Josephs in der Modernisierung des gesamten Staatswesens, in Verwaltung, Unterrichtswesen, Rechtswesen, Wirtschafts-, Handels- und Finanzpolitik beachtliche Leistungen vollbracht. Sie wurden nicht zuletzt dadurch ermöglicht, daß das erschütternde Erlebnis der Revolution und des drohenden Zerfalls des Kaiserstaates zu einer echten und aufrichtigen Zusammenarbeit aller sogenannten „Gutgesinnten“, der reformfreudigen jüngeren Mitglieder des Adels, der staatstragenden Bürokratie und des liberalen Bürgertums geführt hatte. Grillparzer, der Metternich und sein System so scharf und schonungslos kritisiert hatte, schrieb im Frühjahr 1851 in sein Tagebuch: *Die Greuel der letztverflossenen drei Jahre und die Albernheiten der letztverfloss'nen zwanzig oder dreißig Jahre haben in jedem ehrlichen Manne die Überzeugung hervorgerufen, daß man sich der Regierung anschließen müsse, und zwar nicht nur so wie es auch in gewöhnlichen Zeiten die Pflicht jedes ehrlichen Mannes ist, sondern auf eine bestimmtere, ausgesprochenere Art.* Ein Jahr vorher, 1849, hatte er das bekannte prophetische Epigramm geschrieben:

Der Weg der neuern Bildung geht
Von Humanität

Durch Nationalität
Zur Bestialität.

Es war ein besonderes Verhängnis, daß der bedeutende Staatsmann Fürst Felix Schwarzenberg am 5. April 1852 plötzlich, im Alter von nur zweiundfünfzig Jahren, einem Gehirnschlag erlag und der nun erst zweiundzwanzigjährige Franz Joseph, der schon seit drei Jahren Kaiser war, in jugendlichem Selbstgefühl das große Beispiel des idealtypischen Vorbildes des fürstlichen Absolutismus, das Ludwigs XIV. nach dem Tod des Kardinals Mazarin (1661), nachahmen wollte und nun sein eigener Ministerpräsident wurde. So sind denn auch die für Österreich verhängnisvollsten Weichenstellungen gerade in den Jahren nach 1852 erfolgt. Schon 1853 hatte Österreich sich mit der Mission des FML Graf Christian Leiningen-Westerburg nach Konstantinopel in die „türkischen Wirren" eingemischt, wozu Grillparzer notierte:

Für Österreich bleibts bei der Regel, der alten,
Rekonvaleszenten sollen sich ruhig verhalten.

War diesem „Säbelrasseln" zunächst auch noch voller Erfolg beschieden, so führte kurz darauf die Haltung Österreichs im Krimkrieg von 1854–56 zum unheilbaren Bruch mit dem bisherigen Bundesgenossen und Protektor Rußland, ohne daß man die Sympathien der Westmächte England und Frankreich gewann und damit zur völligen außenpolitischen Isolierung Österreichs in Europa, was dann 1859 den Krieg gegen Napoleon III., Viktor Emanuel II. von Piemont-Sardinien und gegen die italienische Nationalbewegung, die erste militärische Niederlage seit einem halben Jahrhundert, den Verlust der Lombardei und im Innern den Zusammenbruch des Systems des „Neoabsolutismus" zur Folge hatte. Franz Joseph, der durch seinen persönlich ehrenhaften, aber in seinen Auswirkungen höchst unglücklichen Entschluß, sich nach der Niederlage von Magenta selbst zur Armee zu begeben, zur Verwirrung im Hauptquartier und damit zur Katastrophe von Solferino beigetragen und sich bei der folgenden Begegnung mit dem gewiegten und erfahrenen Kaiser der Franzosen in Villafranca von diesem hatte übertölpeln lassen, versprach nach der Rückkehr nach Wien im „Laxenburger Manifest" vom 15. Juli 1859 seinen Völkern *Österreichs innere Wohlfahrt und äußere Macht durch zweckmäßige Entwicklung seiner reichen geistigen und materiellen Kräfte wie durch zeitgemäße Verbesserungen in Gesetzgebung und Verwaltung dauernd zu begründen.* Glaubte er zunächst, dieses Versprechen, ähnlich wie man im März 1848 versucht hatte, durch die Opferung einiger „Sündenböcke" (des Innenministers Bach, des Polizeiministers Kempen von Fichtenstamm, schließlich, nach einigem Zögern und Widerstreben, des verhaßten Generaladjutanten Graf Grünne) erfüllen zu können, so sah er sich dann doch zu einem grundsätzlichen Systemwechsel und zur Abkehr von dem von Liberalen und Altkonservativen gleichermaßen bekämpften „Neoabsolutismus" gezwungen. Denn die unmittelbar nach der Revolution zustandegekommene Verbindung der reformfreudigen jüngeren Aristokratie und des durch die Erlebnisse der Revolution in die Arme der Regierung gedrängten liberalen Bürgertums und der in ihren „josephinischen" Traditionen verharrenden Bürokratie war kurz nach Schwarzenbergs Tod zerbrochen – vor allem wegen des, während des Krimkriegs, zustandegekommenen Konkordats von 1855, das vom liberalen Großbürgertum – besonders natürlich von den in diesen Kreisen relativ stark vertretenen evangelischen und jüdischen Familien – wegen der Benachteiligung der Nichtkatholiken entschieden abgelehnt, aber auch von der josephinischen Bürokratie und dem liberalen Adel als Kapitulation des Staates gegenüber Rom, als *blutige Ohrfeige für uns alte Josephiner* (Grillparzer), und *gedrucktes Canossa* (Anton Alexander Auersperg) leidenschaftlich bekämpft wurde.

Dabei sah es zunächst so aus, als würde nicht die im übrigen Europa siegreiche Zeitströmung des Liberalismus das Erbe des „Neo-Absolutismus" antreten, sondern die Altkonservativen, der hohe Adel der Kronländer, der die zentralisierende und nivellierende Tendenz des „Neoabsolutismus" bekämpft hatte, die Beibehaltung vieler „Errungenschaften von 1848" wie der Aufhebung des grundherrschaftlichen Verhältnisses und der patrimonialen Gerichtsbarkeit, die Reformen auf dem Gebiet der Verwaltung, der Wirtschafts-, Sozial- und Bildungspolitik und natürlich auch das vor allem durch die Abkehr vom zaristischen Rußland bedingte Scheitern in der Außenpolitik. Unter den Beratern und Vertrauten des Kaisers in den Monaten nach Kriegsende finden wir keine Liberalen, sondern durchwegs überzeugte Konservative (Rechberg, Hübner, Wolkenstein, Goluchowski, Szécsen, Clam-Martinic), unter den Opfern und „Sündenböcken" hingegen bürokratische Zentralisten ursprünglich bürgerlicher Herkunft wie Bach, Bruck und Kempen.

Auch die ersten Schritte auf dem Weg zum Konstitutionalismus, von der Einberufung des „Verstärkten Reichsrats" am 5. März 1860 bis zum „Oktoberdiplom" vom 20. Oktober des gleichen Jahres, standen noch durchaus im Zeichen dieser altkonservativen Reaktion auf den Neo-Absolutismus, trotz einzelner Zugeständnisse an das liberale Bürgertum wie der ausdrücklichen Feststellung der Gleichheit aller Staatsbürger vor dem Gesetz, der von Stand und Geburt unabhängigen Ämterfähigkeit, der freien Religionsausübung und der allgemeinen Wehr- und Steuerpflicht.

Als sich Kaiser Franz Joseph schon bald nach der Verkündung des als äußerstes konstitutionelles Zugeständnis gedachten „Oktober-Diploms" davon überzeugen mußte, daß die Alt-Konservativen vor allem in dem in unerschütterlicher Opposition verharrenden Ungarn nur einen sehr geringen Anhang hatten, brachte dann den endgültigen Durchbruch zum modernen Verfassungsstaat erst die Berufung des neuen Staatsministers ANTON RITTER VON SCHMERLING im Dezember 1860. Als Verordneter der niederösterreichischen Stände hatte Schmerling entscheidend beim Sturz Metternichs im März 1848 mitgewirkt, dann als Abgeordneter, Reichsinnenminister und Vorsitzender des Reichsministeriums in Frankfurt eine wichtige Rolle gespielt, im Kabinett Felix Schwarzenberg als Justizminister die Geschworenengerichte und das öffentliche Gerichtsverfahren durchgesetzt, dann aber freiwillig, wegen der Unvereinbarkeit seiner Ansichten mit den Prinzipien des „Neoabsolutismus" die Regierung verlassen. Die von ihm nun in Zusammenarbeit mit dem Tiroler Johann von Perthaler geschaffene Verfassung, die durch das „Februarpatent" vom 26. Februar 1861 in Kraft gesetzt wurde, war nun erst wirklich „zeitgemäß" und bildete die sichere Grundlage für die weitere konstitutionelle Entwicklung der Monarchie bis zu ihrem Untergang im Jahre 1918.

Zwar lehnten die Ungarn auch die von Schmerling geschaffene Verfassung ab und fanden dabei auch die Bundesgenossenschaft die Feudal-Konservativen, aber das nun endgültig zum Verfassungsstaat umgestaltete Österreich konnte den Versuch unternehmen, den gerade durch den Verfassungskonflikt um die Heeresvermehrung in den Augen der deutschen Öffentlichkeit und nationalliberalen Bewegung kompromittierten Rivalen Preußen zu überspielen und sich selbst an die Spitze der deutschen Einigungsbewegung zu stellen. Der Höhepunkt dieser Politik war der von Österreich einberufene Deutsche Fürstentag in Frankfurt am Main, auf dem vom 16. August bis zum 1. September 1863 unter dem Vorsitz des Kaisers Franz Joseph und unter der schwarz-rot-goldenen Fahne der deutschen Einigungsbewegung die deutschen Fürsten und die Vertreter der vier freien Städte im Bundestagspalais in der Eschenheimergasse in Frankfurt den österreichischen Plan einer Bundesreform im großdeutschen Sinn berieten, während daneben ein von 318 Parlamentariern besuchter Abgeordnetentag sich mit den österreichischen Vorschlägen befaßte.

Aber da der preußische König Wilhelm I. auf Verlangen seines Ministerpräsidenten Bismarck trotz mehrmaliger drängender Einladung dem Frankfurter Fürstentag fernblieb, scheiterte das Unternehmen. Kaiser Franz Joseph, der ohnedies noch von 1848 her gegenüber der „schwarz-rot-goldenen" deutschen Nationalbewegung eine tiefeingewurzelte Abneigung hegte, vollzog wieder eine der für ihn so typischen raschen personalpolitischen Kursänderungen. Schmerling fiel in Ungnade und an seine Stelle trat der konservative GRAF RECHBERG, der in der Tradition seines Vorbilds Metternich das Einvernehmen mit dem konservativen Preußen Bismarck suchte und nach dem Ausbruch der Krise um Schleswig-Holstein, mit Bismarck und Preußen der deutschen Nationalbewegung im Krieg gegen Dänemark zuvorzukommen, beziehungsweise den Wind aus den Segeln zu nehmen suchte. Österreichische Soldaten und Matrosen – Steirer, Tiroler und Oberösterreicher, aber auch Ungarn, Tschechen, Polen und Italiener – kämpften, siegten und starben 1864 vor dem Danewerk und am „Königshügel", bei Oeversee an der Flensburger Förde und bei Veile in Jütland sowie vor Helgoland unter Wüllerstorf und Tegetthoff im Kampf gegen dänische Einheiten im ersten Seesieg der nach 1848/49 neu aufgestellten österreichischen Marine, deren erster Kommandant bei dieser Reorganisation der dänische Admiral Dahlerup gewesen war. Aus dem Streit um das Schicksal der Dänemark abgenommenen „Elbherzogtümer" Schleswig und Holstein entwickelte sich dann der kurze „Krieg um die Vorherrschaft in Deutschland" im Sommer 1866 zwischen Preußen und Österreich, bei dem zwar Sachsen, Hannover, Bayern, Württemberg und Baden und damit fast der ganze Deutsche Bund – außer Preußen – auf der Seite Österreichs standen und die österreichische Südarmee bei Custoza sowie die österreichische Marine unter Tegetthoff bei Lissa militärische Lorbeeren erntete, die politische Entscheidung aber durch die vernichtende Niederlage der österreichischen Hauptarmee bei Königgrätz (Sadova) in Böhmen (3. Juli), durch den Waffenstillstand und Präliminarfrieden von Nikolsburg (Mikulov) (26. Juli) sowie durch die Friedensschlüsse von Prag mit Preußen (23. August) und von Wien mit Italien (3. Oktober) in dem Sinne fiel, daß Österreich aus Deutschland ausschied und an die Stelle des Deutschen Bundes ein Norddeutscher Bund unter Führung des durch die Annexionen von Schleswig-Holstein, Hannover, Kurhessen, Nassau und Frankfurt am Main gewaltig vergrößerten Preußen trat. Die Abtretung Venetiens an Italien, die Preußen auf der Grundlage des geheimen preußisch-italienischen Bündnisvertrags vom 8. April 1866 von Österreich forderte, hatte Wien seinerseits schon im österreichisch-französischen Geheimvertrag vom 12. Juni 1866 (kurz vor Ausbruch des Krieges) Napoleon III. nur gegen das Versprechen einer wohlwollenden Neutralität Frankreichs im bevorstehenden Krieg zugesagt; so daß die Schlachten und Siege von Custoza und Lissa mit ihren großen Menschenverlusten nur zur „Wahrung der militärischen Ehre" durchkämpft und errungen wurden.

Nie vorher und nachher ist das Ansehen Franz Josephs bei seinen Völkern und besondern bei den Bewohnern seiner Reichshaupt- und Residenzstadt Wien so niedrig gewesen wie nach dem verlorenen Krieg von 1866. Wenn sich Franz Joseph in der Öffentlichkeit zeigte, wurde er von eisigem Schweigen begrüßt, auf der täglichen Fahrt zwischen Schönbrunn und der Hofburg wurde ihm wiederholt „Abdanken!" und „Hoch Maximilian!" nachgerufen. (Ein diese Volksstimmung drastisch schildernder Brief des belgischen Barons Felix Eloin, des früheren Kabinettschefs des Kaisers Maximilian von Mexiko, an Maximilian geriet durch eine groteske Nachlässigkeit Eloins in die nordamerikanische Presse. Diese Maximilian in den Augen seines Bruders und des Wiener Hofes natürlich schwer belastende Panne mag tatsächlich zu dem Entschluß des unglücklichen Kaisers von Mexiko beigetragen haben, die bereits unhaltbar gewordene Stellung in Mexiko nicht aufzugeben und nicht nach Europa zurückzukehren.) An der Hofburg aber soll, schon vor Abschluß des Nikolsburger Präliminarfriedens, folgendes Pasquill angeklebt worden sein:

Freiwillige ohne Knöpf'
Minister ohne Köpf'
Ein Kaiser ohne Hirn,
Da müssen wir verlier'n.

Schon ein Jahr vor dem Krieg von 1866 hatte sich Franz Joseph – nicht zuletzt durch den Einfluß seiner Gemahlin, die hier wohl das einzige Mal in ihrem Leben eine wichtige politische Rolle spielte – von der Notwendigkeit einer Verständigung mit der ungarischen Nation und damit der Ausheilung der seit 1849 schwärenden inneren Wunde des Kaisertums Österreich überzeugen lassen. Um die Verhandlungen über eine den ungarischen Wünschen entsprechende Verfassungsregelung nicht zu präjudizieren, hatte das konservative „Grafenministerium" Belcredi–Mensdorff–Esterházy am 20. September 1865 die Schmerling'sche Februarverfassung von 1861 zwar nicht formell aufgehoben, aber auf unbestimmte Zeit „sistiert", was in der Öffentlichkeit und besonders natürlich bei den Anhängern der in den österreichisch-böhmischen Ländern dominierenden deutschliberalen „Verfassungspartei", schon in Erinnerung an die Ereignisse um die „oktroyierte Verfassung“ von 1849, ein tiefes Mißtrauen, ja schließlich sogar fast eine grimmige Befriedigung über den preußischen Sieg von 1866 hervorrief. Die Verhandlungen zwischen dem Kaiser und dem geschickten und maßvollen ungarischen Führer FRANZ DEÁK waren dann durch Krise und Krieg von 1866 unterbrochen worden, und als man sie nun, nach der Niederlage wieder aufnahm und Deák gegenüber dem geschlagenen und tief gedemütigten Kaiser keine höheren Forderungen stellte als vorher, beeindruckte dies Franz Joseph, der politische Fragen – zu seinem Schaden – fast immer nur nach schlichten militärischen Wertvorstellungen von „Ehre“, „Anstand“ oder „Skandal“ zu beurteilen pflegte, zutiefst. Ein entschiedener Befürworter weitgehender Zugeständnisse an Ungarn war auch der bisherige sächsische Ministerpräsident Baron Ferdinand von Beust, den Franz Joseph nach Entlassung der Grafen Mensdorff und Esterházy zur Leitung der österreichischen Außenpolitik berief und der schließlich auch Nachfolger des Ministerpräsidenten Belcredi und mit dem in Österreich neuen und dann auch mit ihm wieder aus der österreichischen Verfassungs- und Verwaltungsgeschichte verschwundenen Titel eines „Reichskanzlers“ der erste leitende Staatsmann der neuen Doppelmonarchie „Österreich-Ungarn“ wurde.

Dem Zusammenwirken der Einflüsse von Beust, Deák, des einstigen in absentia zum Tode verurteilten Revolutionärs GRAF GYULA ANDRÁSSY, der dann der erste ungarische Ministerpräsident und schließlich als k. u. k. Außenminister Beusts Nachfolger werden sollte, sowie nicht zuletzt dem Einfluß der Kaiserin Elisabeth, schließlich bestimmt auch der Gemütsverfassung des durch die Niederlagen von 1859 und 1866 tief gedemütigten Kaisers war es wohl zuzuschreiben, daß der „Ausgleich“ von 1867 so rasch zustandekam. Am 7. Februar 1867 wurde Belcredi, der eine föderalistische Gliederung der Monarchie befürwortet hatte, entlassen und an seine Stelle trat BEUST als Ministerpräsident, Außenminister und einstweiliger Leiter des Staats- und Polizeiministeriums. Am 17. Februar wurde der Ausgleich durch Reskripte an den ungarischen Reichstag und die Landtage der böhmisch-österreichischen Länder bekanntgegeben. Am 8. Juni erfolgte in Budapest als feierlicher Akt der Versöhnung zwischen dem Herrscher und der politischen Nation die Krönung Franz Josephs zum König von Ungarn mit dem historischen Staatssymbol der Stephanskrone, im Dezember die Annahme der neuen Staatsgrundgesetze durch die beiden Häuser des österreichischen Reichsrats und die Sanktionierung dieser Gesetze durch den Kaiser.

Durch diesen in der Form eines Vertrages Ungarns mit seinem König zustandegekommenen Ausgleich wurde aus dem Kaisertum Österreich die Doppelmonarchie Österreich-Ungarn. Es handelte sich dabei keineswegs um eine bloße Personalunion, denn außer dem Herrscher und der Dynastie blieben beiden Reichshälften die Außenpolitik und die für ihre Führung notwendigen Instrumente, das Außenministerium und das Kriegsministerium und damit Diplomatie, Heer und Marine, sowie das für die Deckung der Kosten von Außenpolitik und Kriegswesen zuständige „kaiserliche und königliche“ Finanzministerium gemeinsam. Außer diesen drei gemeinsamen „Reichsministerien“ aber gab es von nun an für jede der beiden Reichshälften eine eigene Regierung mit einem Ministerpräsidenten und Ressortministern darunter auch jeweils wieder einen Finanzminister und einen Minister für die „kaiserlich-königliche“ (k. k.) Landwehr in der „cisleithanischen“, für die „königliche“ (k.) Honvéd in der ungarischen Reichshälfte. Aus den beiden jeweils wieder in zwei Kammern gegliederten Parlamenten, dem „cisleithanischen“ Reichsrat und dem ungarischen Reichstag, wurden Ausschüsse von je 60 Mitgliedern (je 40 aus dem in Wien tagenden Abgeordnetenhaus und dem ungarischen Repräsentantenhaus, je 20 aus dem Herren- bzw. Oberhaus) gewählt und diese „Delegationen“ waren für die konstitutionelle Behandlung der „gemeinsamen Angelegenheiten“ der drei Reichsministerien zuständig, außerdem aber auch für die „paktiert gemeinsamen“ oder „Angelegenheiten von gemeinsamem Interesse“, die vor allem Fragen der Wirtschaftspolitik, des Handels, der Währung und des Zoll- und Steuerwesens betrafen. Durch alle zehn Jahre stattfindende Ausgleichsverhandlungen zwischen den beiden Reichshälften, in denen vor allem die „Quote", der beiderseitige Anteil an der Kostendeckung der gemeinsamen Angelegenheiten, neu festgesetzt wurde, schuf man ein elastisches Instrument für die Anpassung an die künftige wirtschaftliche Entwicklung in den beiden Reichshälften (1867 wurden für Ungarn 30 Prozent der Gesamtkosten festgesetzt, die in den Ausgleichsverhandlungen der folgenden vier Jahrzehnte, der wirtschaftlichen Entwicklung in der ungarischen Reichshälfte entsprechend, auf 36,4 Prozent erhöht wurden). Allerdings bedeutete dies auch ein Element der politischen Unruhe und Unsicherheit, der das böse Wort von der „Monarchie auf Kündigung" zu rechtfertigen schien.

Natürlich gab es auf allen Seiten Unzufriedene, in Ungarn Tendenzen, die eine reine Personalunion mit der „cisleithanischen" Reichshälfte, wenn nicht sogar die vollständige Trennung und Unabhängigkeit als End- und Hochziel ungarischer Politik ansahen, in der anderen Reichshälfte, die offiziell den schwerfälligen Namen „die im Reichsrat vertretenen Königreiche und Länder", inoffiziell den unschönen Namen „Cisleithanien", nach dem kleinen Nebenfluß der Donau, zwischen Niederösterreich und Westungarn, trug, beklagte man die wirtschaftliche und politische Bevorzugung Ungarns. Außer den Verfechtern des österreichischen Gesamtstaatsgedankens und den auch weiterhin traditionell mehr oder minder zentralistisch eingestellten Deutschen der Monarchie kritisierten auch die anderen, vor allem die slawischen Nationalitäten das Ausgleichswerk als eine ungerechtfertigte Bevorzugung Ungarns und seiner magyarischen Führungs- und Adelsschicht. Palacký, der 1848 der Herold des „Austroslawismus" gewesen war, sprach nun das grollende Wort *Wir waren vor Österreich da und werden es auch nach ihm sein* und leitete im Frühjahr 1867 die spektakuläre „Pilgerfahrt" der aus Protest gegen den Ausgleich der parlamentarischen Arbeit im Reichsrat fernbleibenden tschechischen Führer nach Rußland mit panslawistischen Verbrüderungsfeiern.

Im Reichsrat, dem Parlament der cisleithanischen Reichshälfte, wo nunmehr die liberale „Verfassungspartei" die unbestrittene Führung innehatte, wurden am 21. Dezember 1867 die von liberalem Geist erfüllten „Dezembergesetze" angenommen, die neben der nachträglichen Zustimmung zum ungarischen Ausgleich die allgemeinen Rechte der Staatsbürger (Rechtsgleichheit, Glaubens- und Gewissensfreiheit sowie den für das Vielvölkerreich besonders wichtigen Artikel 19 – später 21 – über die Gleichberechtigung aller Volksstämme des Staates und die Anerkennung des „unverletzlichen Rechtes" jedes Volksstamms auf Wahrung und Pflege seiner Nationalität und Sprache), die Unabhängigkeit der richterlichen Gewalt und die Schaffung eines Reichsgerichts, die Ministerverantwortlichkeit, das Notverordnungsrecht der Regierung sowie die Befugnisse des Kaisers und des Reichsrats betrafen. Durch diese Staatsgrundgesetze wurde die Schmerling-Perthalersche Verfassung vom Februar 1861 im liberalen Sinne ergänzt und befestigt, zugleich allerdings auf die cisleithanische Reichshälfte in ihrer Gültigkeit beschränkt. Mit Recht konnte man daher in der Folgezeit auch von der „Dezemberverfassung" sprechen, die bis zum Ende der Monarchie mit Änderungen, die vor allem das Wahlrecht betrafen, in Kraft blieb.

Mit diesen Dezembergesetzen von 1867 und dem zu Beginn des Jahres 1868 gebildeten Ministerium des Fürsten Carlos Auersperg, das trotz des hocharistokratischen Ministerpräsidenten im Gegensatz zum früheren „Grafenministerium" Belcredis als „Bürgerministerium" bezeichnet wurde, weil ihm die führenden Persönlichkeiten des deutsch-österreichischen Liberalismus (Giskra, Brestel, der ältere Plener, Johann Nepomuk Berger, Hasner und Herbst) angehörten, Männer, die 1848 zum erstenmal die politische Bühne betreten oder zumindest im „Sturmjahr" ihre entscheidende politische Prägung erhalten hatten, begann die in Österreich so besonders kurze aber in ihren Auswirkungen bedeutsame „liberale Ära". Gewiß erscheint es im Rückblick als ein politischer Fehler, daß die Liberalen nach 1866 den größten Teil ihrer Energie auf den Kampf gegen das Konkordat von 1855 und gegen den Klerikalismus verlegten, anstatt auf die Regelung ihres Verhältnisses zu den anderen Nationalitäten Cisleithaniens und der anderen ebenso drängenden politischen und sozialen Probleme. Doch muß man bedenken, daß die Liberalen, gewiß übertreibend, in dem Konkordat von 1855 eine Hauptursache für die Niederlagen von 1859 und 1866 und in den feudalen und klerikalen Staatsmännern und Diplomaten des vergangenen Regimes die eigentlichen Staatsverderber und Hauptschuldigen an diesen Niederlagen sahen. So wurde das Konkordat in den folgenden Jahren zuerst durch die von Rom und den Katholiken Österreichs leidenschaftlich abgelehnten sogenannten „Maigesetze" vom Mai 1868 und das übrigens sehr maßvolle und ausgewogene und in seinen Auswirkungen segensreiche „Reichsvolksschulgesetz" von 1869 durchlöchert. Die Dogmatisierung der päpstlichen Unfehlbarkeit durch das I. Vatikanische Konzil bot dann 1870 den allerdings eher fragwürdigen Rechtsgrund, wegen der Veränderung des Charakters des Vertragspartners das Konkordat aufzukündigen. 1871, nach der Proklamation des Deutschen Kaiserreichs, kam es dann zu einem kurzen konservativ-föderalistischen Zwischenspiel des Ministeriums HOHENWART-SCHÄFFLE, das mit den sogenannten „Fundamentalartikeln" und dem Versprechen einer böhmischen Königskrönung Franz Josephs in Prag den Versuch einer Befriedigung der tschechischen Forderungen im Sinne des „böhmischen Staatsrecht" unternehmen wollte. Aber an dem Widerstand der Magyaren, der deutsch-liberalen Zentralisten und der eine fortschreitende Auflösung des Staatsverbands befürchtenden Vertreter des Gesamtstaatsgedankens scheiterte dieser Versuch, zumal auch Kaiser Franz Joseph über zu weitgehende tschechische Forderungen, vor allem in der heiklen Frage der Rekrutenbewilligungen, verärgert war. So kam es unter dem FÜRSTEN ADOLF AUERSPERG, dem jüngeren Bruder des Fürsten Carlos, zu einer gelegentlich als „Doktorenministerium" bezeichneten Neuauflage des „Bürgerministeriums".

Nach der Niederlage von 1866 hatte Österreich teilweise infolge einer Reihe von Rekordernten, teilweise gewiß auch, weil nun, mit dem Verlust der italienischen wie der deutschen Stellung, beträchtliche Belastungen weggefallen waren, eine ganz außerordentliche wirtschaftliche und auch kulturelle Blüte und Konjunktur im Zeichen des wirtschaftlichen Liberalismus, die sogenannte „Gründerzeit" erlebt, die auch in Planung und Ausbau Wiens zur modernen Großstadt, besonders mit den repräsentativen Bauten der Ringstraße zum Ausdruck kam. Diese Konjunktur, die durch das zum großen Teil nach Österreich-Ungarn fließende Geld der französischen Kriegsentschädigung an das Deutsche Reich noch zusätzlich angeheizt wurde, schlug dann 1873, im Jahr der Wiener Weltausstellung, in den großen Börsenkrach des „schwarzen Freitags", des 9. Mai 1873 um. Der Zusammenbruch zahlreicher Banken und Industriegründungen erschütterte das bisherige Vertrauen in die Prinzipien des wirtschaftlichen Liberalismus, während zugleich zahlreiche liberale Politiker durch ihre Beteiligung an unsoliden Gründungen nun nach deren Zusammenbruch kompromittiert erschienen und das böse Witzwort von der zur „Verwaltungsratspartei" gewordenen Verfassungspartei umging. Damals hat das Vertrauen der breiteren Volksschichten in die Prinzipien des Liberalismus wie in die menschlichen und charakterlichen Qualitäten der liberalen Führer einen kräftigen Stoß erlitten, von dem sich der österreichische Liberalismus nie wieder ganz erholen konnte. Die in die Defensive gedrängten liberalen Führer klammerten sich aber nun erst recht an ihren sozialen, wirtschaftlichen, politischen und nationalen „Besitzstand", während eine junge Generation, die nicht mehr vom Erlebnis der Revolution von 1848 geprägt war, gegen die im Besitz der Macht erschlafften einstigen Revolutionäre von 1848 antrat. Dabei wandten sich diese „Jungen" jenen Schichten zu, die bei dem allgemeinen Wirtschaftsaufschwung an den Rand gedrängt worden, beziehungsweise unter die Räder geraten waren. Dazu gehörten zunächst in dem noch vorwiegend agrarischen Österreich die Bauern, die durch die Aufhebung des grundherrschaftlichen Verhältnisses zwar rechtlich und politisch befreit, aber wirtschaftlich des bisherigen Schutzes beraubt, ohne Kapitalreserven schutzlos dem kalten Wind der durch Eisenbahnbau und Agrarimporte nun noch verschärften kapitalistischen Marktwirtschaft auf dem Agrarsektor ausgesetzt waren; dann die kleinbürgerlichen Handwerker und Kaufleute, schließlich das nun erst rapide anwachsende, durch ständigen Zustrom vom

Lande vermehrte Heer des Industrieproletariats. Aber auch ein Teil des Hochadels, der sich mit den neuen Verhältnissen nicht abfinden konnte, wandte sich nunmehr mit besonderer Aufmerksamkeit der „sozialen Frage“ zu, da die bisher von den Liberalen in die Defensive gedrängten konservativen und klerikalen Kreise rasch erkannten, daß ihnen in den unzufriedenen Massen ein allerdings nicht ungefährlicher Bundesgenosse im Kampf gegen die verhaßten Liberalen erstand.

Der politische Umschwung wurde allerdings durch die außenpolitische Entwicklung ausgelöst. Die Österreich-Ungarn auf dem Berliner Kongreß 1878 zugestandene Okkupation der bisher türkischen Provinzen Bosnien und Herzegowina mußte daher für die liberale Verfassungspartei zur Schicksalsfrage werden. Während sich die Regierung Auersperg dem Wunsch des Kaisers sowie der Hof- und Militärkreise nicht versagen konnte, als späten und gewiß nicht gleichwertigen Ersatz für den Verlust der italienischen Provinzen Gebiete im Südosten zu erwerben (man könnte fast von einer Art „Ersatz-Imperialismus“ oder „Ersatz-Kolonialismus“ der Doppelmonarchie auf dem Balkan sprechen), widersetzte sich die Mehrheit der Verfassungspartei unter Herbst und Giskra entschieden der Okkupation. Sie befürchtete eine weitere Zunahme des slawischen Elements in der Monarchie, die unvermeidliche Feindschaft Rußlands durch die Rivalität auf dem Balkan, sowie eine Verwicklung in die so unübersichtlichen Balkanwirren, wobei sie sich auf das Wort des nun auch von den Deutschen Österreichs als höchste Autorität politischer Weisheit anerkannten Bismarck berief, daß diese Wirren *nicht die Knochen eines einzigen pommerschen Musketiers* wert seien.

So haben die deutsch-liberalen Führer der „Verfassungspartei“ ihre eigene Regierung, das „Doktorenministerium“ Adolf Auersperg, gestürzt. Der Kaiser berief nun seinen Jugendgefährten, den aus einer ursprünglich irischen Familie stammenden GRAFen EDUARD TAAFFE, der, Großgrundbesitzer in Böhmen, sich weder als Deutscher noch als Tscheche, sondern als „Böhme“ und vor allem als Österreicher fühlte und sich selbst als „Kaiserminister“ bezeichnete, da er sein Amt im Sinne eines Auftrags des Herrschers auffaßte. Wegen seiner geschickten Verhandlungstaktik, seiner leichten Hand und der vielen von ihm geprägten geistreichen, oft auch selbstkritisch-ironischen Bonmots ist er von prinzipientreuen Zeitgenossen sowie von liberalen und deutschnationalen Historikern oft als leichtfertig getadelt worden, ein Urteil, zu dem er selbst mit seinen vielzitierten Formulierungen von der Regierungsmethode des „Fortwurstelns“ und der „notwendigen Erhaltung aller Nationalitäten in einem Zustand gleichmäßiger wohltemperierter Unzufriedenheit“ beigetragen hat. Erst in jüngster Zeit macht diese moralisierende Verurteilung einer positiveren Wertung der fast anderthalb Jahrzehnte seiner Regierung und ihrer Leistungen Platz.

Gestützt auf den „Eisernen Ring“ der von ihm zur Rückkehr in den Reichsrat gebrachten Tschechen, der Polen und des feudal-konservativen Hohenwart-Klubs, zugleich bemüht, die Verbindung zu seinen einstigen liberalen Ministerkollegen der Verfassungspartei nicht abreißen zu lassen, suchte Taaffe durch die Sprachenverordnungen seines Justizministers Stremayr für Böhmen, durch die Teilung der Prager Universität in eine deutsche und eine tschechische Universität und in einer Unzahl von Streit- und Detailfragen im Sprachen- und Nationalitätenstreit zu vermitteln, wendete aber vor allem der Ausdehnung der politischen Rechte durch die Herabsetzung des Zensus, d. h. der Mindestbesteuerung der Wahlberechtigten, von 10 auf 5 Gulden jährlich seine Aufmerksamkeit zu, die 1882 durchgeführt wurde, wobei die nun wahlberechtigten „Fünfguldenmänner“ größtenteils jenen gewerblichen und bäuerlichen Schichten angehörten, die durch eine neue Gewerbeordnung und die Regelung der bäuerlichen Erbfolge und Einschränkung der Erbteilung geschützt werden sollten. Als Ergebnis einer Enquete über die Arbeiterschutz-Gesetzgebung wurde die maximale Arbeitszeit für Erwachsene mit elf Stunden festgesetzt, die Frauen- und Kinderarbeit eingeschränkt, die Sonntagsruhe festgelegt, wurden Gewerbeinspektoren bestellt, schließlich Unfall- und Krankenversicherung eingeführt. Selbst Victor Adler, der Einiger und Organisator der österreichischen Sozialdemokratie, konnte auf dem Internationalen Sozialistenkongreß in Brüssel 1891 anerkennend feststellen, *Österreich besitze neben England und der Schweiz das beste Arbeiterschutzgesetz der Welt.* Über dem im Oktober 1893 angekündigten Plan der Regierung, das Wahlrecht auf alle männlichen Staatsbürger auszudehnen, ist die Regierung Taaffe dann an der „unheiligen Allianz" liberaler und konservativer Gegner des allgemeinen Wahlrechts gescheitert.

Parallel zu dieser Politik der Regierung Taaffe, die in den Grundzügen an die in Österreich so besonders starke Tradition der Wohlfahrtsstaatspolitik des „aufgeklärten Absolutismus" anknüpfte, haben sich gerade in den achtziger Jahren die neuen, politischen Massenbewegungen formiert. Wohl war schon 1867 in Wien ein „Arbeiterbildungsverein" gegründet worden, 1869 kam es zu einem imposanten Massenaufmarsch der Arbeiter vor dem Abgeordnetenhaus und zur Überreichung einer Denkschrift mit der Forderung nach Gewährung der Koalitionsfreiheit und eines freien Genossenschaftswesens und zu Ostern 1874, ein Jahr nach dem großen „Börsenkrach" und am Beginn einer langen Depressionsperiode konstituierte sich in Neudörfl bei Wiener Neustadt die Arbeiter-Bewegung als Partei, aber erst nach einer langen Periode innerer Kämpfe zwischen „Radikalen" und „Gemäßigten" und nach Zurückdrängung der anarchistischen Richtung gelang dem Arzt Dr. Victor Adler auf dem „Einigungsparteitag", der an der Jahreswende 1888/89 in Hainfeld im Gölsental stattfand, die Einigung der gespaltenen Partei durch die Festlegung auf eine revolutionäre marxistische Theorie in Verbindung mit einer gemäßigten, reformistischen Praxis, die als Nahziele die Erringung des allgemeinen und gleichen Wahlrechts und die Verbesserung der Lebensverhältnisse der Arbeiter erstrebte.

Parallel dazu und fast gleichzeitig erfolgte in Wien die Organisierung des katholischen Kleinbürgertums durch den genialen Volksführer Dr. Karl Lueger, zunächst zu einer nur gegen das liberale Großbürgertum, die jüdische Hochfinanz und ausländische Gesellschaften gerichteten kommunalen Bewegung mit dem Ziel der Eroberung der Mehrheit in der Wiener Kommunalverwaltung und des Bürgermeisterpostens für Lueger. Auch hier vollzog sich die Einigung der verschiedenen christlichen, antisemitischen und kleinbürgerlichen Gruppen zu einer auf die Ideen einer christlichen Sozialreform des Freiherrn Carl von Vogelsang ausgerichteten christlichsozialen Massenbewegung in den Jahren 1888/89, begünstigt durch den Umstand, daß sich der frühere, ältere Führer der „Jungen", der ursprünglich national-demokratisch eingestellte Georg von Schönerer, zu dessen Gefolgsleuten zeitweise sowohl Adler und sein Freund Pernerstorfer wie dann auch Lueger gehört hatten, einem radikalen Antisemitismus verschrieben und sich durch einen unüberlegten Streich 1888 für mehrere Jahre aus der aktiven Politik selbst ausgeschaltet hatte.

Während sich zu Beginn der neunziger Jahre die ersten Anzeichen eines neuerlichen Wirtschaftsaufschwungs zeigten, entstand so mit der Formierung der neuen politischen Massenparteien der Christlichsozialen und der Sozialdemokraten und dem rapiden Rückgang des liberalen Elements in den vielfach gespaltenen deutsch-liberalen und deutsch-nationalen Gruppierungen jene Dreigliederung der politischen Struktur der Deutschen Österreichs, jene Gliederung in drei politische Lager, die sich dann über den Zerfall der Monarchie hinaus bis zur Gegenwart als so ungeheuer stabil erweisen sollte.

Literatur (in Auswahl):

Bußmann, Walter, Vom Heiligen Römischen Reich deutscher Nation zur Gründung des Deutschen Reiches, in: Handbuch der Europäischen Geschichte, hg. v. *Theodor Schieder,* Band 5, Stuttgart 1981. – Deutschland und Österreich, Ein bilaterales Geschichtsbuch, hg. von *Robert A. Kann* und *Friedrich Prinz,* Wien–München 1980. – Die Habsburgermonarchie 1848–1918, herausgegeben von *Adam Wandruszka* und *Peter Urbanitsch,* im Auftrag der Österreichischen Akademie der Wissenschaften, Bd. I. Die wirtschaftliche Entwicklung (hg. v. A. Brusatti), 1973, Bd. II, Verwaltung und Rechtswesen, 1975, Bd. III/1 u. III/2, Die Völker des Reiches, 1980, Bd. IV, Die Konfessionen, 1984. – *Lutz, Heinrich,* Österreich-Ungarn und die Gründung des Deutschen Reiches, Europäische Entscheidungen 1867–1871, Frankfurt–Berlin–Wien 1979. – Österreich und die deutsche Frage im 19. und 20. Jahrhundert. Probleme der politisch-staatlichen und soziokulturellen Differenzierung im deutschen Mitteleuropa, hg. von *Heinrich Lutz* und *Helmut Rumpler,* München–Wien 1982 (Wiener Beiträge zur Geschichte der Neuzeit 9). – *Wandruszka, Adam,* Schicksalsjahr 1866, Graz–Wien–Köln 1966. – *Wandruszka, Adam,* Österreich-Ungarn vom ungarischen Ausgleich bis zum Ende der Monarchie (1867–1918), in: Handbuch d. Europ. Gesch., Band 6, Stuttgart 1968. – *Zöllner, Erich,* Geschichte Österreichs. Von den Anfängen bis zur Gegenwart, 6. Auflage, Wien 1979.

DYNASTIE UND FAMILIE

Adam Wandruszka

KAISER FRANZ JOSEPH ALS HERRSCHER UND MENSCH

Mehr als anderthalb Jahrhunderte nach der Geburt und fast sieben Jahrzehnte nach dem Tod des Kaisers Franz Joseph I. ist das Interesse an der Person des Monarchen und an der Epoche, der er seinen Namen gegeben hat, lebendiger als je zuvor; und zwar besonders auch in Ländern und bei Nationen, die seinerzeit dem Kaiser und dem franzisko-josephinischen Österreich ablehnend, ja vielfach feindlich, gegenüberstanden. So hat etwa im Oktober 1961 der französische Historiker Victor-Lucien Tapié, einer der besten Kenner der österreichischen und mitteleuropäischen Geschichte, in den „Cahiers de l'histoire" einen Essay mit dem Titel „Francois-Joseph, le dernier grand empereur" veröffentlicht. Von dem Buch des deutschen Historikers und Publizisten Franz Herre „Kaiser Franz Joseph von Österreich. Sein Leben – seine Zeit" (Köln 1978) sind in den ersten zwei Jahren rund 15.000 Exemplare verkauft worden, von der 1979 in Mailand erschienenen italienischen Übersetzung aber allein in den ersten fünf Monaten fast 50.000 Exemplare. Gleichzeitig mit dem Buch von Herre in der Bundesrepublik erschien in Polen eine Biographie des Kaisers aus der Feder des Krakauer Historikers Stanislaw Grodziski („Franciszek Józef I"), dessen Auflage von 20.000 Exemplaren innerhalb weniger Wochen vergriffen war. Schließlich darf daran erinnert werden, daß 1976 in der Wiener Tageszeitung „Die Presse" ein gewiß von sachlichen Unrichtigkeiten strotzender Artikel über Wien aus der Feder eines ostdeutschen Schriftstellers erschien mit der polemisch zugespitzten und wohl nicht ganz ernst gemeinten, aber bezeichnenderweise von der Redaktion in den Titel gesetzten Behauptung: „Die lebendigste Figur von Wien scheint immer noch der alte Kaiser Franz Josef zu sein." In dem ersten, den Titel „Das Phänomen Franz Joseph" tragenden Kapitel des schmalen aber gehaltvollen, 1974 erschienenen Büchleins „Franz Joseph in uns" hat Willy Lorenz treffend bemerkt: „Dabei darf nicht übersehen werden, daß die Geschichtswissenschaft längst festgestellt hat, welch unglückliche Hand dieser Kaiser manchmal in der Politik hatte. Dennoch ist er populär wie außer ihm nur noch Kaiserin Maria Theresia. . . Dieser Herrscher hat schon zur Zeit seines Lebens viele Menschen fasziniert und diese Faszination hält ununterbrochen an."

Tatsächlich ist Kaiser Franz Joseph schon zu Lebzeiten zum Mythos geworden und dieser Mythos ist heute noch lebendig ja vielleicht lebendiger als jemals zuvor. Der Blick in die Auslagen der österreichischen Buchhandlungen fällt seit vielen Jahren auf den „Dauerbrenner" und „Spitzenreiter" der Buchillustration, das Porträt des alten Herrn mit dem gepflegten weißen Backenbart; das gleiche Porträt, das in den heute zu Italien gehörenden, einst altösterreichischen Gebieten – wo man damals Franz Joseph als „Cecco Beppe" (etwa „Franzl-Sepperl") verspottete und schmähte – besonders um die Zeit des alljährlich festlich begangenen Kaiser-Geburtstags im August Ansichts- und Erinnerungskarten mit dem italienischen Text der Volkshymne (Il „Serbidiola" – „Serbi Dio l'Austriaco Regno . . ."), ja sogar von jungen Menschen beiderlei Geschlechts getragene T-Shirts, vulgo Ruderleiberln, ziert.

Ein derartiger Mythos erschwert dem wahrheitssuchenden Historiker sehr beträchtlich seine Aufgabe, zu einem ausgewogenen, möglichst gerechten Urteil über die betreffende geschichtliche Persönlichkeit zu gelangen. Entweder er bleibt – und das ist der weitaus häufigere Fall – in einem gewissen Grade, oft mehr unbewußt als bewußt, dem Mythos verpflichtet, nimmt ihn ohne kritische Prüfung als gegeben, als eine Art vorwissenschaftlichen Axioms und als eine selbstverständliche Basis für seine weiteren Untersuchungen, Forschungen und Urteile an; er kann damit durchaus wertvolle und schätzbare Beiträge zur Erweiterung unserer Kenntnisse und damit zum Fortschritt der Geschichtswissenschaft leisten, aber er wird sich doch stets dem Vorwurf aussetzen, dem Mythos verhaftet geblieben zu sein, sich in gewissem Sinne „hagiographisch", nach Art der Verfasser von Heiligenlegenden, betätigt zu haben.

Fast noch gefährlicher aber erscheint das andere Extrem, wenn der Historiker den Widerspruch von Mythos und Realität erkennt und sich nun mit der gerade dem Geschichtsforscher zukommenden fast missionarischen Leidenschaft der Wahrheitsfindung der Aufgabe der Zerstörung des Mythos zuwendet, die ihm im Dienste der Wissenschaft als eine heilige moralische Pflicht erscheint. Denn nun läuft er Gefahr, im Widerspruch zur herrschenden Auffassung selbst noch einseitiger zu werden und einmal die Wurzeln zu übersehen oder abzuschneiden, die jeder Mythos in der Realität hat – denn keiner dieser Mythen erwächst ja ohne jede konkrete historische Basis, alle sind ja gleichsam nur die Vergröberung und Übersteigerung tatsächlicher geschichtlicher Gegebenheiten – und zum anderen, in diesem Kampf gegen den Mythos zu übersehen, daß gerade auch dieser, von ihm als Verfälschung der historischen Wahrheit, ja als „Geschichtslüge", bekämpfte Mythos eine weiterwirkende Kraft und damit eine historische Realität besonderer Art geworden ist.

An jenem 18. August 1830, an dem, um dreiviertel zehn am Vormittag, in Schönbrunn der älteste Sohn des Erzherzogs Franz Karl und der Erzherzogin Sophie geboren wurde, der in der Taufe dann als ersten Vornamen den seines Großvaters, des regierenden Kaisers Franz, des letzten Kaisers des Heiligen Römischen Reiches (von 1792 bis 1806) und ersten Kaisers von Österreich (seit 1804), erhielt, standen Europa und die Welt ganz unter dem Eindruck erregender Nachrichten von den Ereignissen, welche die erste große Erschütterung der 1815 auf dem Wiener Kongreß errichteten Neuordnung in das noch so ruhige Wien der Biedermeier-Zeit gebracht hatte. In Paris war nach schweren Straßen- und Barrikadenkämpfen erneut das 1815 restaurierte bourbonische Königtum gestürzt und das konstitutionelle „Julikönigtum" des „Bürgerkönigs" Louis Philippe von Orléans aufgerichtet worden; und eine Woche nach dem „freudigen Ereignis" in Schönbrunn brach, als Folge der Pariser Revolution, auch in Brüssel eine Revolution aus, in der sich die liberalen und katholischen Südprovinzen gegen das vom konservativen protestantischen Haus Oranien regierte „Königreich der Vereinigten Niederlande" erhoben und die einstigen „Österreichischen Niederlande" nun als „Königreich Belgien" selbständig wurden. Im Osten Europas bereitete sich die große polnische Erhebung gegen das zaristische Rußland vor, die dann Ende November zum Ausbruch kam und von den Russen in blutigen, fast ein volles Jahr währenden Kämpfen niedergeworfen wurde. Auf der Balkanhalbinsel aber etablierte sich, wenn auch von Anfang an belastet mit inneren Krisen und Bruderkämpfen, das neue, unabhängige Griechenland, anerkannt von den Großmächten Frankreich, Großbritannien und Rußland und freudig begrüßt von der „philhellenischen" Bewegung des gebildeten Europa, des antikisch-klassizistischen wie des christlich-romantischen, die beide in der Befreiung der christlichen Nachfahren des antiken Hellas vom Joch der türkischen Herrschaft einen Sieg der abendländischen Kultur über asiatischen Despotismus feierten.

Auch in Österreich begann sich die Opposition gegen das immer mehr erstarrende „System" des alternden Staatskanzlers Metternich zu regen. Bereits am 9. April 1830 notierte, auf die Nachrichten von den sich zuspitzenden inneren Konflikten in Frankreich, der Wiener Dichter Eduard von Bauernfeld in sein Tagebuch: *Die französische Politik tritt uns in den letzten Jahren nahe und immer näher . . . es ist hohe Zeit, an den Zeitereignissen teilzunehmen. Siegt der Liberalismus in Frankreich, so kann das auch für Österreich nicht ohne Folgen bleiben.* Grillparzer aber notiert am 5. August 1830 auf die Nachricht von der Vertreibung Karls X. in sein Tagebuch: *Die Franzosen haben ihren König verjagt, der, ihnen in die Zähne, versucht, die Verfassung zu brechen und sie zu einer Art – Östreicher zu machen, was denn, bürgerlich und politisch genommen, offenbar das Schlimmste ist, was man irgend werden kann. Ich wollte ich wäre in Frankreich und ein Eingeborener, ich wäre eben jetzt in Stimmung, mich für eine interessante Sache totschießen zu lassen. . .* Ein Jahr später schreibt er sein erstes großes politisches Gedicht „Warschau" und im gleichen Jahr 1831 erscheint das erste Buch – noch recht zahmer – politischer Lyrik in Österreich, die „Spaziergänge eines Wiener Poeten" von Graf Anton Alexander Auersperg. Er schreibt unter dem Pseudonym „Anastasius Grün", bekennt sich aber dann in einem Gespräch mit Metternich zur Autorschaft.

Bei Hof hat man andere Sorgen. Kaiser Franz, der 1792 im Alter von nur vierundzwanzig Jahren nach dem Tod seines Vaters Leopold II. zur Herrschaft gelangt war, befindet sich nun, nachdem er die Stürme der Revolutionskriege und der napoleonischen Kriege überstanden hat, bereits im 63. Lebensjahr. Sein ältester Sohn, der unglückliche epileptische Ferdinand, das bedauernswerte Produkt der Verbindung doppelter Cousins ersten Grades, ist schon siebenunddreißig Jahre alt und nach allgemeiner Ansicht sowohl zur Ehe wie zur Regierung ungeeignet. Aber gerade jetzt, unter dem Eindruck der sich überall in Europa erhebenden Bewegungen gegen die Prinzipien der Legitimität und des Absolutismus, entschließt sich Kaiser Franz auf Anraten Metternichs, dem monarchischen Europa ein Beispiel der Prinzipientreue zu geben und seinen ältesten Sohn nicht von der Erbfolge auszuschließen. Im Jahre 1831 wird Ferdinand mit der Prinzessin Maria Anna von Savoyen, Tochter des Königs Viktor Emanuel I. von Piemont-Sardinien, vermählt, – was auch den Nebenzweck haben soll, den Hof von Turin angesichts der durch die französischen Ereignisse ausgelösten Unruhe in Italien noch fester an Wien zu binden; und als Kaiser Franz 1835 stirbt, folgt ihm als Kaiser tatsächlich der regierungsunfähige Ferdinand „der Gütige", für den eine „Staatskonferenz" die Regierung führt, deren Vorsitzender Erzherzog Ludwig, ein Bruder des verstorbenen Kaiser Franz, wird und der Metternich und sein innenpolitischer Rivale Graf Kolowrat angehören.

Es ist diese Zeit der „Monarchie ohne Kaiser", der „Sterbejahre Altösterreichs", die Zeit des „Vormärz" im engeren Sinne, in welcher der junge Erzherzog „Franzi" aufwächst, die Zeit der „Greisenregiments", womit das alternde Dreigestirn Erzherzog Ludwig, Metternich und Kolowrat, die Vertreter der Generation „aus der Ilias Österreichs", gemeint sind. Am Ende dieser Epoche dichtet der selbst nun auch schon nicht mehr junge Grillparzer in Anspielung auf Kolowrat, Metternich, Erzherzog Ludwig und den Kaiser Ferdinand: *Ein alter Mann, / Ein altes Weib, / Ein alter Junggesell, / Die Träger unsrer Krone sind, / Als Stützen für ein altes Kind. / Soll es da nicht beim alten bleiben, / Wo Altersschwächen ihr Handwerk treiben.*

Man versteht den starken Einfluß, den die Mutter dann noch lange auf Franz Joseph ausgeübt hat, besonders gut, wenn man diese Situation seiner entscheidenden Entwicklungsjahre bedenkt, für die auch schon gilt, was man dann im Revolutionsjahr 1848 gesagt hat: daß die Erzherzogin Sophie der „einzige Mann" in der Hofburg sei. Daher wenden sich auch damals schon die Hoffnungen der „patriotischen Opposition" auf die Erzherzogin Sophie und auf den ältesten ihrer vier Söhne.

Neben der Mutter und neben Beichtvater und Religionslehrer ist es vor allem der greise Staatskanzler Fürst Metternich, der die politische Vorstellungswelt des heranwachsenden jungen Erzherzogs beeinflußt, der große alte Staatsmann, der einen heroischen, aber letztlich aussichtslosen Kampf gegen die liberalen und nationalen Zeittendenzen führt und dabei immer doktrinärer, starrer, zugleich aber auch immer selbstgefälliger und redseliger wird. Seine Anschauungen haben zweifellos das Denken des jungen Erzherzogs stark beeinflußt, wenngleich dann wohl erst der unter der Wucht der Schicksalsschläge selbst gereifte und gealterte Kaiser zu einer ähnlichen Einstellung in den letzten Fragen politischen Handelns und geschichtlicher Entwicklung finden konnte. Es scheint verständlich, daß dem kräftigen und gesunden jungen Mann das Militär und die Jagd mit ihren klaren und einfachen Regeln von falsch und richtig, schlecht und gut, tapfer und feige, anständig und unanständig, besser gefielen als geistreiche, kluge Spekulationen über die künftige gesellschaftliche Entwicklung, wie sie der greise Staatskanzler anzustellen liebte.

Als dann die Revolution von 1848 ausbrach und das

Vielvölkerreich an der Donau unter dem Ansturm von Nationalismus, Liberalismus und Radikalismus in einem Kampf aller gegen alle zu zerfallen drohte, da war es das Heer, das den Staat und die Dynastie rettete. Die Jugendpsychologie lehrt uns, daß gerade im „kritischen Jahr", das bei den meisten Menschen um das achtzehnte, neunzehnte Lebensjahr liegt, die entscheidende Weichenstellung für das ganze spätere Leben erfolgt. Für den jungen Erzherzog brachte dieses „kritische Jahr" das unauslöschliche Erlebnis der Revolution, die wenn auch nur kurze so doch tief beeindruckende Kriegserfahrung im Feldlager Radetzkys und bei Santa Lucia, sowie am Ende dieses „tollen Jahres" mit der Abdankung Ferdinands I. am 2. Dezember 1848 die Übernahme der für die Schultern des achtzehnjährigen Jünglings gewiß allzu schweren Bürde des in tiefster Krise auf Leben und Tod befindlichen Vielvölkerreiches – mochte er auch in frühester Kindheit einmal gesagt haben: *Ich trage gerne, was schwer ist.*

Der bissige Volkswitz, der das „WIR" am Beginn der ersten Proklamation des jungen Kaisers als Verbindung der Initialen der drei gegen die Revolution, gegen den inneren und äußeren Feind, erfolgreichen Heerführer Windischgraetz, Jellačić und Radetzky deutete, kennzeichnete treffend die Situation beim Regierungsantritt. Vielleicht noch eindrucksvoller ist diese Erkenntnis in mehreren Gedichten des „Zivilisten" Grillparzer ausgesprochen worden, von denen nur eines, das bekannte Huldigungsgedicht an Radetzky, vor allem wegen seiner, das „Viribus unitis" der Devise Franz Josephs vorwegnehmenden, dann zum Wahlspruch der kaiserlichen Armee bis zu ihrem Untergang und darüber hinaus gewordenen Zeile „In deinem Lager ist Österreich" lebendig geblieben ist, während die anderen, wohl zu Unrecht, vergessen sind. Hier wäre vor allem das zum Regierungsantritt Franz Josephs am 2. Dezember geschriebene Gedicht mit dem bezeichnenden Titel „Einem Soldaten" (womit der junge Kaiser selbst gemeint ist) zu nennen, wo es heißt:

Uns hat der Sturm geschüttelt letztes Jahr
Und abgestreift die Blüten und die Früchte,
An denen nichts als unser Dünkel wahr,
Nach kurzer Frist, so ging der Baum zunichte.
Allein die Wurzel hielt. Was Worte leer
Geraubt den weisheitstrunknen andern Ständen,
Das hielt ein einzger fest. Es war das Heer,
Im Herzen treu und stark in seinen Händen.

„Es war das Heer . . ." Ein Jahr später, in Grillparzers Gedicht über den Christbaum im k. k. Militär-Invalidenhause am 24. Dezember 1849, kehrten der Gedanke und die Formulierung wieder:

Ein einz'ger Stand fiel nicht vom Rechten ab
Ward nicht an sich und andern zum Verräter,
Es war der Stand, der euch das Leben gab,
Der Stand, Soldatenkinder! Eurer Väter.
Es war das Heer. Die einzigen, die fest,
Als Volk und Staat im Taumel fast vernichtet,
Weil sie verließen nicht, was nicht verläßt,
Die Gottesstimme, die im Herzen richtet . . .

Wenn hier so ausführlich Grillparzer zitiert wird, so deshalb, weil das die Ideenwelt ist, von der auch der junge Franz Joseph bei seinem Regierungsantritt erfüllt war, das Gesetz, nach dem er angetreten und dem er bei allem sonstigen Schwanken, bei allen gelegentlichen Zick-Zack-Kurs und aller Unbeständigkeit im Institutionellen und Personellen, doch unwandelbar bis zum letzten Atemzug treu geblieben ist. Im berühmten Satz des Armeebefehls von Chlopý vom 16. September 1903 *Gemeinsam und einheitlich wie es ist, soll mein Heer bleiben* hat noch der alte Kaiser sich zu dieser Haltung bekannt. Es ist die Haltung, die Heinrich Ritter von Srbik in seinem unübertrefflichen Franz Joseph-Essay aus dem Jahre 1931 charakterisiert hat, wenn er schreibt: „Kaiser Franz Joseph ist bis zum Ende ein vollendeter Kavalier alter Schule gewesen: ein Grandseigneur voll Ritterlichkeit und Noblesse, persönlich tapfer, wie er bei S. Lucia, auf der Brücke von Raab, nach Solferino und bei dem Attentat Libenyis bewiesen hat; von unerschütterlicher Ehrenhaftigkeit und Korrektheit bis in die Fingerspitzen, pünktlich und peinlich fast bis zur Pedanterie, taktvoll und abgeneigt aller höfischen Schmeichelei. Er hielt fest an einem ganz persönlich gefaßten Begriff der ‚Anständigkeit' auch in politischen und kriegerischen Kämpfen und bezeichnete mit dem Ausdruck ‚Skandal' Vorgänge des zwischenstaatlichen und innerstaatlichen Lebens, die seinen unverrückbaren Grundsätzen von Moral und Ordnung widersprachen: eine seltsam zeitfremde Art des Urteils über Auswirkung und Austragung von Lebensprinzipien und Lebensinteressen der Staaten, Völker und Volksteile und des Verhaltens ihrer Führer. Es war in Franz Joseph unverkennbar noch etwas vom Typus jener Herrscher lebendig, die dynastisch-staatlichen Streit persönlich-ritterlich auszutragen bereit waren, und ein Einschlag der persönlichen politischen Sauberkeit färbte auch sein Urteil über alle ‚Ordnungswidrigkeit' im eigenen Staate."

Zur Illustration dieser Einstellung und der Beurteilung auch wichtigster politischer Fragen durch den Kaiser nach den einfachen und unzweideutigen Grundsätzen des militärischen Ehrenkodex einige Beispiele: Nach der Abtretung der Lombardei im Jahre 1859 war es allen Einsichtigen klar, daß auch Venetien nicht mehr zu halten war und daß man es früher oder später werde abtreten müssen. Da die Bewahrung dieser Provinz zudem wegen der militärischen Sicherung nach Innen und Außen überaus hohe Kosten verursachte, wurde an den Kaiser der Gedanke herangetragen, die ohnedies nicht zu haltende Provinz für eine sehr hohe Summe zu verkaufen. Franz Joseph hat diesen Plan, eine ererbte Provinz zu verkaufen, empört von sich gewiesen und seinen Mitarbeitern verboten, ein derart „skandalöses" Projekt überhaupt noch einmal zu erwähnen. Aber er mußte bald darauf, kurz vor Ausbruch des Krieges von 1866, mit Napoleon III. jenen geradezu ungeheuerlichen Geheimvertrag vom 12. Juni 1866 abschließen, in dem er sich, nur um den Preis der Neutralität Frankreichs im bevorstehenden Krieg, verpflichtete, Venetien, wie immer der Krieg ausgehen würde, also auch im Falle eines österreichischen Sieges über Preußen und Italien, an Napoleon III. abzutreten, der es dann an Italien weitergeben werde. Man hat daher mit Recht gesagt, daß der Sieg von Custoza und ebenso der Seesieg von Lissa nur eine Art von „blutigem Ballett" waren, da man Venetien, das Kriegsziel der Italiener, ohnedies schon aufgegeben hatte. Aber nach dem Ehrenkodex Franz Josephs konnte man eben ein Gebiet erst abtreten, nachdem Blut geflossen war.

Ein anderes Beispiel: bei den Beratungen in Wien im Sommer 1866, ob man Frieden machen oder den Krieg mit den Preußen, deren Vorhuten bereits in Gänserndorf standen, fortsetzen solle, entschied sich der Kaiser für den Friedensschluß, aber nur unter der Bedingung, daß das Königreich Sachsen, dessen Armee tapfer an der Seite Österreichs gekämpft hatte und dessen König sich in Wien befand, erhalten bleiben müsse und nicht wie Hannover oder Kurhessen von Preußen annektiert werden dürfe. Sollten die Preußen nicht auf diese Bedingung eingehen, müsse der Krieg fortgesetzt werden. Bismarck, der diese österreichische Haltung dann in seinen Erinnerungen als sehr anständig bezeichnete, der aber vor allem 1866 aus einer Reihe von Gründen brennend an einem sofortigen Abschluß interessiert war, ging auf diese Bedingung ein, obwohl die Annexion Sachsens seit Friedrich II. und dann wieder am Wiener Kongreß ein altes preußisches Kriegsziel war.

Schließlich noch ein drittes Beispiel aus der gleichen Zeit: bei den Ausgleichs-Verhandlungen mit Ungarn 1866/67 war der Kaiser tief beeindruckt von der Haltung des ungarischen Staatsmanns Deák, der nach dem verlorenen Krieg die ungarischen Forderungen nicht erhöhte. Franz Joseph empfand dies als überaus anständig, wobei er offenbar nicht bedachte, daß die vor dem Krieg formulierten Forderungen, wie es ja am Beginn von Verhandlungen üblich ist, ohnedies Maximalforderungen waren.

Daß Anständigkeit allein in der Politik nicht genügt, hat Franz Joseph selbst erfahren müssen. *Wir waren sehr anständig aber sehr dumm* hat er selbst in der tiefen Niedergeschlagenheit nach den beiden verlorenen Kriegen von 1859 und 1866 an seine Mutter geschrieben. Nun war er überzeugt, ein „Pechvogel" zu sein, der „eine unglückliche Hand" habe. In dem gleichen Brief vom 22. August 1866, den er am Vorabend des endgültigen Prager Friedens mit Preußen, vier Tage nach seinem sechsunddreißigsten Geburtstag, an seine Mutter schrieb, heißt es: *Es ist ein Kampf auf Leben und Tod, der noch lange nicht aus ist, und es ist mit Berechnung auf unsere vollkommene Zerstörung abgesehen. Wenn man alle Welt gegen sich und gar keinen Freund hat, so ist wenig Aussicht auf Erfolg; aber man muß sich so lange wehren, als es geht, seine Pflicht bis zuletzt tun und endlich mit Ehren zugrunde gehen.* Seine Mutter aber schrieb in jener schweren Krise, in der das Ansehen des Kaisers bei seinen Völkern und ganz besonders auch bei der Bevölkerung seiner Reichshaupt- und Residenzstadt Wien auf einen absoluten Tiefpunkt gesunken war: *Gott erwählt in seiner undurchdringlichen Weisheit meinen armen Sohn zu einem Gefäß, in das er alle Schmerzen, alle Leiden und alle Enttäuschungen gießt. Sein Wille geschehe, aber möge er einmal allen diesen langen Leiden ein Ende machen und meinem armen Sohn bei dessen eifrigen, unaufhörlichen Anstrengungen, seine peinliche Pflicht zu erfüllen, endlich bessere Tage schenken.*

Der Wunsch der frommen Mutter ist zunächst in Erfüllung gegangen. Auf die anderthalb Jahrzehnte der Niederlagen und Schicksalsschläge, die den Kaiser zuerst 1859 vom Fehlen eines eigenen strategischen Talents und dann 1866 auch von dem einer staatsmännischen Begabung überzeugt hatten, folgten nun zwei Jahrzehnte relativer Ruhe, die Zeit der Entstehung der Prachtbauten an der Wiener Ringstraße, die man mit Recht als das würdigste Denkmal Franz Josephs und seiner Epoche bezeichnet hat. Es ist hier vielleicht der Ort, kurz vom Verhältnis des Kaiser zu den bildenden Künsten zu sprechen. Als Kind und Jüngling besaß er – wie übrigens auch sein jüngerer Bruder Maximilian, der unglückliche Kaiser von Mexiko – ein beachtliches Zeichentalent, das er aber dann nicht weiter gepflegt hat. Doch hängt wohl mit diesem Talent seine große Empfänglichkeit für Schönheit in jeglicher Gestalt zusammen und ein guter, sicherer Geschmack – natürlich im Sinne des Zeitstils und das war für den überwiegenden Teil seines Lebens eben der Historismus, der dann später lange Zeit als der Inbegriff des schlechten Geschmacks galt, heute aber wieder aufgewertet wird. Der modernen, um die Jahrhundertwende aufkommenden Richtung stand er zwar begreiflicherweise distanziert, aber doch, wie erst vor kurzem durch die 1978 erschienenen Erinnerungen des Kunsthistorikers, Museumsdirektors und Volksbildners Eduard Leisching bestätigt wurde, interessiert und nicht mit jener schroffen Ablehnung gegenüber, die Kaiser Wilhelm II. und dessen Freund, der Erzherzog-Thronfolger Franz Ferdinand, an den Tag legten. Überhaupt pflegt man die bei ihm gewiß vorhandene und im Alter natürlich zunehmende Abneigung gegenüber Neuerungen anekdotisch oft zu übertreiben. Das von der Österreichischen Akademie der Wissenschaften veröffentlichte Stimmporträt Franz Josephs hat, um nur ein Beispiel zu erwähnen, etwa bewiesen, daß er auch noch im vorgerückten Alter die neue Erfindung des Phonographen durchaus zu würdigen wußte; und es gibt Überlieferungen, wonach er noch in den letzten Lebensjahren Interesse an historisch-politischen Neuerscheinungen zeigte. Die gewaltigen, während seiner langen Lebens- und Regierungszeit stattgefundenen Veränderungen – von der „Bauernbefreiung“ zum allgemeinen und gleichen Wahlrecht und von der Postkutsche zum Flugzeug – hat er auch dann akzeptiert, wenn seine Sympathie eindeutig dem untergehenden Alten eher gehörte als dem heraufkommenden Neuen.

Die Briefe an seine Gemahlin Elisabeth und jene an Katharina Schratt haben erwiesen, daß er keineswegs nur der knöcherne Bürokrat war, als der er manchem oberflächlichen Beobachter erschien. Seine jüngste Tochter Marie Valerie aber hat in der furchtbarsten Krise, die ihn als Herrscher und Mensch getroffen hat, nach dem Selbstmord des Kronprinzen in Mayerling, in ihrem Vater voll Bewunderung das antike Ideal des „vir bonus et iustus“, des guten und gerechten Mannes, verwirklicht gesehen, wie sie ihrem Tagebuch anvertraute.

I. Quellen (in Auswahl):

Schnürer, Franz, Briefe Kaiser Franz Josephs an seine Mutter 1838–1872, München 1930. – *Bourgoing, Jean de,* Briefe Kaiser Franz Josephs an Frau Katharina Schratt, Wien 1949. – *Nostiz-Rieneck, Georg,* Briefe Kaiser Franz Josephs an Kaiserin Elisabeth, 2 Bde. Wien 1966.

II. Literatur (in Auswahl):

Redlich, Joseph, Kaiser Franz Joseph von Österreich, Berlin 1929. – *Redlich, Oswald,* Kaiser Franz Joseph, in: Neue Österreichische

Biographie. I/1922. – *Srbik, Heinrich R. von,* Kaiser Franz Joseph I. Charakter und Regierungsgrundsätze, in: Aus Österreichs Vergangenheit, Salzburg 1949. – *Corti, Egon Caesar Conte,* Vom Kind zum Kaiser, Graz 1951, Mensch und Herrscher, Graz 1952, Der alte Kaiser (mit Hans Sokol), Graz 1955, gekürzte einbändige Ausgabe, Graz 1960. – *Novotny, Alexander,* Franz Joseph I., Göttingen 1968. – *Walter, Friedrich,* Zur Problematik der Persönlichkeit Kaiser Franz Joseph I., in: Südostdeutsches Archiv, V/1962. – *Lorenz, Willy,* Franz Joseph in uns, Wien 1974. – *Herre, Franz,* Kaiser Franz Joseph von Österreich, Köln 1978.

Brigitte Hamann

DIE FAMILIE HABSBURG UNTER KAISER FRANZ JOSEPH

Heil dem Hause Habsburg! weil
Seine Sprossen ungezählt,
Sternengleich am Himmelszelt;
Täglich mehrt sich ihre Zahl,
Die bereits schon unnormal.
Ängstlich nach dem Herrscherhaus
Blickt das Volk: Was wird wohl draus?

Diese etwas holprigen, dafür umso respektloseren Verse über die Fruchtbarkeit des Hauses Habsburg-Lothringen im 19. Jahrhundert stammen von niemand geringerem als der Kaiserin Elisabeth.

Nur etwas mehr als hundert Jahre war es her, seit Kaiser Karl VI., der letzte männliche Habsburger, sein Reich mit großen Mühen für die älteste Tochter Maria Theresia sichern mußte, da er keine männlichen Nachkommen hatte. Auch die spanischen Habsburger waren eine Generation vorher ausgestorben. Eine matte, müde und kranke Familie schien sich dem nahen Ende zu nähern, als der Stamm unvermutet neue Kräfte in der Person Maria Theresias zeigte. (Und diese unvermuteten physischen und psychischen Kräfte Maria Theresias waren sicherlich nicht habsburgisches, sondern braunschweigisches, also mütterliches Erbe.) Sechzehn Kinder aus der Ehe Maria Theresias mit Franz Stephan von Lothringen begründeten die Blüte des neuen Hauses Habsburg-Lothringen. Sechzehn Kinder Kaiser Leopolds II. machten die Verwandtschaft in der nächsten Generation noch größer.

Um die Mitte des 19. Jahrhunderts zählte die Familie Habsburg-Lothringen rund fünfzig Mitglieder, die alle von Maria Theresia und Franz Stephan abstammten, also relativ eng verwandt waren. Diese Zahl blieb bis etwa 1880 konstant und wuchs dann gegen Ende der Monarchie auf etwa neunzig an. (Heute geht die Zahl der Habsburg-Lothringer in einige hundert. Dazu trägt nicht unwesentlich die Tatsache bei, daß die Frage der Ebenbürtigkeit der Ehen viel lockerer als in Monarchie-Zeiten gehandhabt wird und auch nichtebenbürtige Partner und Kinder aus solchen Ehen im Familienverband bleiben, während sie unter Kaiser Franz Joseph unerbittlich ausgeschlossen wurden und bürgerliche Namen annehmen mußten.)

Die Vielzahl der Familienmitglieder führte zu immer komplizierteren Familienverhältnissen, die durch einige Heiraten in der engsten Verwandtschaft noch unübersichtlicher wurden. Schon in der Kinder-Generation Maria Theresias gab es die erste Familienabzweigung: Maria Theresias Sohn Ferdinand heiratete die Erbin von Modena und begründete mit ihr das souveräne Haus Habsburg in Modena, das 1875 ausstarb. (Der Titel „Este“ und das beträchtliche Vermögen gingen an Erzherzog Franz Ferdinand über.) Weitere große Abzweigungen gab es bei den Kindern Leopolds II.: Leopold übergab seinem Sohn Ferdi-

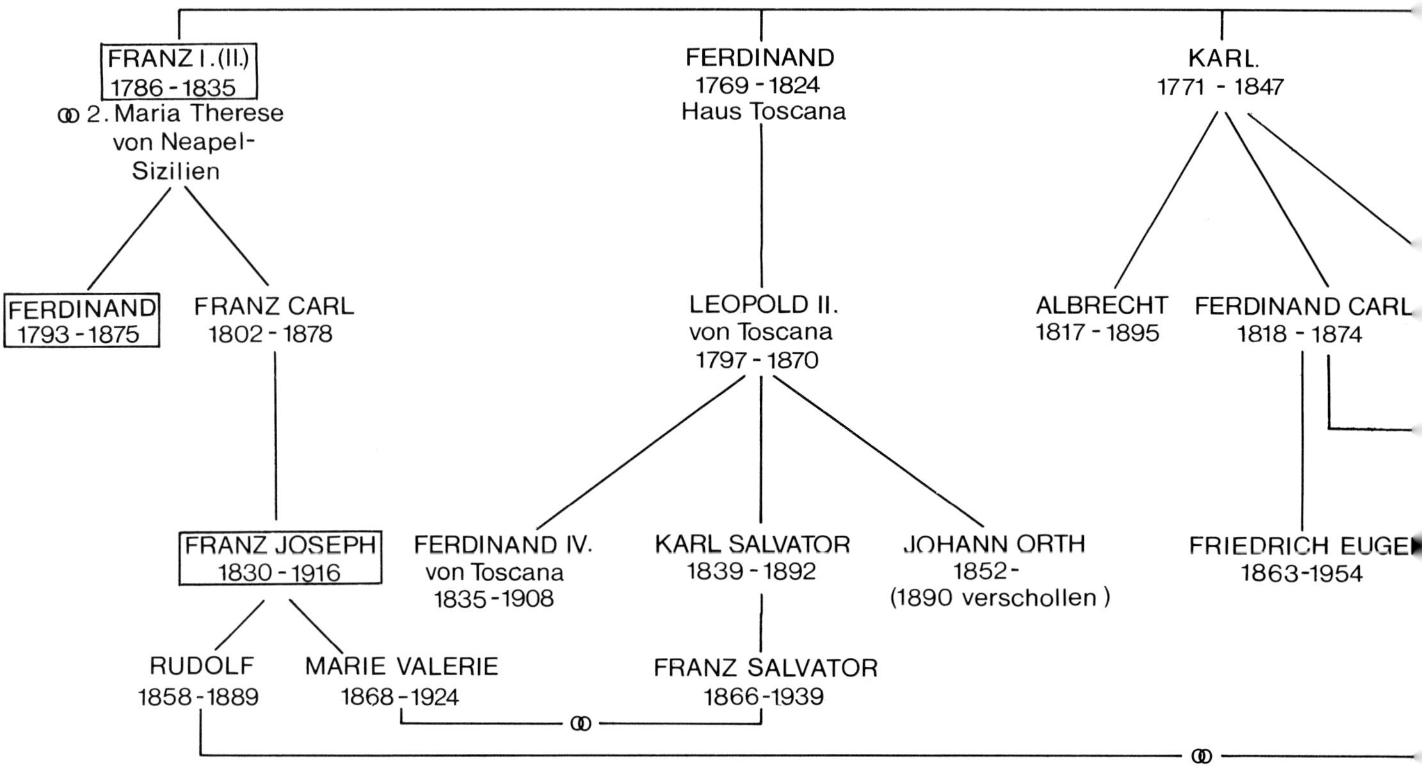

nand die Toskana als souveränem Fürsten und gründete so das Haus Habsburg-Toskana, das sich in den späteren Generationen vor allem mit italienischen Häusern verband und so eigentlich ein italienisches Geschlecht wurde mit selbstverständlich italienischer Muttersprache.

Die in Modena und der Toskana regierenden souveränen Zweige des Hauses Habsburg konnten sich nach dem Tod Leopolds II. unabhängig von Wien entwickeln und machten eine sehr selbstbewußte Politik, die kaum mehr Rücksicht auf die österreichischen Interessen nahm. Mit dieser Selbständigkeit war es allerdings 1859/60 vorbei: die italienische Einigungsbewegung duldete auch in der Toskana und in Modena keine habsburgischen Herrscher mehr. Der Großherzog von Toskana, Leopold II., mußte abdanken und schließlich mit seiner großen Familie nach Wien flüchten. Auch der Herzog von Modena verließ sein Land.

Ihrer Länder, ihrer prachtvollen Höfe und ihres Vermögens beraubt, mußten sie sich in die völlige Abhängigkeit vom habsburgischen Familienoberhaupt begeben. Mit dem Verlust ihrer souveränen Stellung in ihren Erbländern verloren sie auch die Selbständigkeit als eigene Familie, als fast eigene Dynastie. Nun war es der Kaiser, der für den Lebensunterhalt dieser „italienischen“ Familien aufkommen mußte, andererseits aber auch seine Rechte als Familienoberhaupt geltend machen konnte. Das traf vor allem die mit einer großen Kinderschar gesegneten Habsburger aus dem Hause Toskana.

Die erneuerte Abhängigkeit der „italienischen“

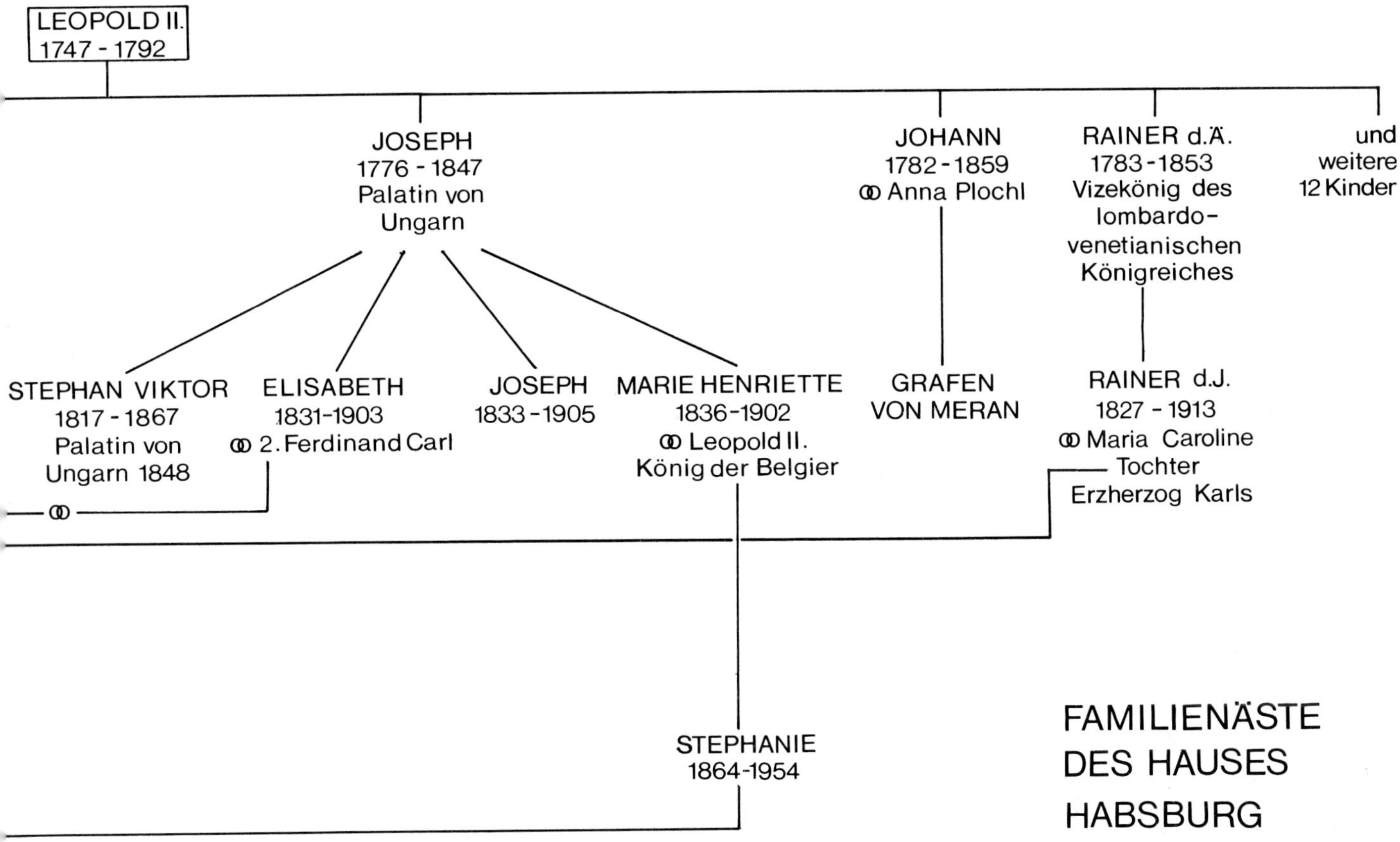

FAMILIENÄSTE
DES HAUSES
HABSBURG

Zweige des Hauses bedeutete einen Machtzuwachs Franz Josephs als Familienchef. Sinnvollen Ausdruck dieser Machtverschiebung bietet der „Gotha" der Herrscherhäuser: 1848, bei Franz Josephs Regierungsantritt, wurden die habsburgischen Häuser Toskana und Modena völlig selbständig hinter dem österreichischen Zweig der Habsburger angeführt. Von den sechziger Jahren an waren sie als Familienzweige in die Genealogie des habsburgischen Stammes integriert und nicht abgesondert aufgeführt.

Erzherzog Albrecht, der Theoretiker des Hauses Habsburg und strenge Hüter der Familienmoral und Familienmacht, drückte sehr deutlich seine Genugtuung über diese Entwicklung aus. Denn sie kam ja der Einheit der Dynastie zugute, stärkte vor allem aber – entsprechend der wachsenden innenpolitischen Konsolidierung der kaiserlichen Zentralgewalt – die Position des jungen Kaisers Franz Joseph innerhalb der Familie. Albrecht formulierte in einer seiner vielen Denkschriften über die Geschichte des Hauses Habsburg: *Eine große Gefahr für jede Dynastie sind Sekundogenituren, sie haben stets und überall Unglücke zur Folge gehabt, Gott hat uns glücklich davon befreit, mögen sie nie wieder erstehen. Das Interesse der Sekundogenitur ist ein dem Mutterlande meist entgegengesetztes. Dem neuen Lande gegenüber will, muß man sich unabhängig, selbständig zeigen, – natürlich auf Kosten des Stammhauses wie des alten Mutterlandes. Als Leopold II. aus zärtlicher Zuneigung für Toskana diesem lothringischen Erblande seinen 2. Sohn als Souverän gab, statt ihn als Statthalter dort zu etablieren, beging er einen schweren politischen und*

Die Eltern: Erzherzogin Sophie und Erzherzog Franz Karl, ein jüngerer Bruder Kaiser Ferdinands

dynastischen Fehler, dessen Folgen Österreich unausgesetzt bis 1860 schädigten.

Die Angehörigen des Hauses Toskana fühlten sich auch in Österreich weiterhin als Italiener und behielten die italienische Muttersprache bei. Mit den „österreichischen" Familienzweigen gab es gelegentlich Spannungen, nach außen hin wurde aber Familieneinheit demonstriert. „Nando", wie Großherzog Ferdinand IV. in der Familie genannt wurde, war ein bevorzugter Begleiter Kaiser Franz Josephs bei den Jagden. Sein jüngerer Bruder Johann jedoch machte schon frühzeitig durch seine Eigenwilligkeiten von sich reden, hatte aber großen Einfluß auf den ein wenig jüngeren Kronprinzen Rudolf. (Johann Salvator schied nach Mayerling aus dem Kaiserhaus aus und fand als Johann Orth einen rätselhaften Tod.)

Das Haus Habsburg-Toskana war im 19. Jahrhundert von großer Fruchtbarkeit – eine Tradition, die sich auch im 20. Jahrhundert unvermindert fortsetzte, so daß heute der Großteil der Habsburger aus dem Hause Toskana stammt. (Und da die jüngste Tochter Kaiser Franz Josephs, Marie Valerie, einen Neffen Ferdinands IV. von Toskana, Franz Salvator, heiratete und mit ihm neun Kinder und eine große Anzahl von Enkeln und Urenkeln hatte, sind viele Habsburger aus dieser toskanischen Linie gleichzeitig direkte Nachkommen Franz Josephs.)

Leopolds II. Sohn Karl, der berühmte Sieger von Aspern, war der Erbe des großen Vermögens des kinderlosen Herzogs Albert von Sachsen-Teschen und dessen Gemahlin Marie Christine, der Lieblingstochter Maria Theresias, und besaß – abgesichert durch diesen immensen Reichtum, aber auch durch seinen militärischen Ruhm und eindeutige intellektuelle Überlegenheit – ein großes Selbstbewußtsein gegenüber dem Träger der Krone, seinem Bruder Franz I. Karls ältester Sohn Albrecht lebte in dieser Tradition und hatte vor allem gegenüber dem um 13 Jahre jüngeren Kaiser Franz Joseph eine wichtige, ja wie Zeitgenossen berichteten, zeitweise beherrschende Position inne.

Albrecht war lange Zeit – bis 1875, als Franz Joseph das reiche Erbe Kaiser Ferdinands antrat – sehr viel vermögender als der Kaiser. Seine Güter und Industrien, hauptsächlich in Schlesien, waren vielgerühmte Musterbetriebe, die nicht nur überreichen Gewinn abwarfen, sondern auch sehr gute soziale Einrichtungen hatten, wie Schulen, Spitäler, Krankenversicherungen und Invalidenhäuser. Dieses soziale Engagement des Erzherzogs ist keineswegs als fortschrittliche Ideologie im Sinne eines sozialen Liberalismus aufzufassen, sondern ganz im Gegenteil: der streng konservative Albrecht sah es aus seinem patriarchalischen Denken heraus als selbstverständlich an, für seine Arbeiter wie ein guter Vater zu sorgen und im Reichtum eine Verpflichtung zu sehen. Diese Grundsätze wendete er auch für den Staat an: der Kaiser habe wie ein Vater für seine unmündigen Kinder, die Völker, zu sorgen und sie vor Unbill zu schützen. Er dürfe aber als Christ seine Macht nicht mißbrauchen, ebensowenig wie ein Reicher seinen Reichtum mißbrauchen dürfe.

Der Einfluß Erzherzog Albrechts, der grauen Eminenz am Habsburgerhof, auf den jungen Kaiser Franz Joseph ist gar nicht zu überschätzen, vor allem seit jener Zeit, als er mit seinem Sieg bei Custozza 1866 sichtlich in die Fußstapfen seines berühmten Vaters Karl trat. Als Generalinspekteur und Reformator der Armee war er der wichtigste Militär neben dem Kaiser selbst.

Die Zahl seiner Feinde allerdings war beträchtlich. Durch sein rigoroses Auftreten bei der Revolution von 1848 in Wien (er war es, der den Schießbefehl am 13. März gab) und durch seine fast zehnjährige Tätigkeit als Militär- und Zivilgouverneur von Ungarn in der schwierigen Zeit von 1851 bis 1860 war Albrecht bei allen fortschrittlichen und liberalen Kräften zutiefst verhaßt und als Haupt der berüchtigten „Kamarilla" am Wiener Hof bekannt.

Die jungen Erzherzöge fürchteten ihn oft mehr als den Kaiser, wie Leopold Wölfling, einer der abtrünnigen Habsburger (aus dem Haus Toskana) schilderte: *Durch seinen* (Albrechts) *Tod erst, so empfanden es wir Erzherzöge, war Franz Joseph der Erste unter den lebenden Habsburgern geworden.*

Franz Joseph vertraute diesem Verwandten die dynastie-interne Erziehung der Thronfolger an. Sowohl Rudolf als Franz Ferdinand wurden von Albrecht in die konservativen Grundsätze und die ehernen Familiengesetze des Hauses Habsburg eingeführt. Kronprinz Rudolf über Albrecht: *Wenn man die Ehre hat, in seiner Nähe weilen zu dürfen, muß man an nichts anderes denken, und nur da sitzen in bewundernder Erstarrung, wie die Erzengel um den lieben Gott.* Bis zu seinem Tod 1895 muß der große Einfluß Erzherzog Albrechts auf die Person und die Politik Kaiser Franz Josephs stets in Betracht gezogen werden, vor allem, wenn es um Familienangelegenheiten ging.

Ein weiterer Sohn Kaiser Leopolds II., Joseph, begründete den ungarischen Ast der Familie, der das

Erzherzog Albrecht, die graue Eminenz der Familie

Amt des Palatins von Ungarn innehatte, in Ungarn lebte und sich als Ungar fühlte. Der älteste Sohn Josephs, Erzherzog Stephan Viktor, übernahm nach dem Tod seines Vaters die Würde des Palatins – und das ausgerechnet im Revolutionsjahr 1848. Mit allen Kräften versuchte er, einen Ausgleich und eine Verständigung zwischen Wien und Ofen herbeizuführen. Die ihm von Kossuth angebotene ungarische Königskrone lehnte er ab und blieb dem Familienoberhaupt und Kaiser gegenüber loyal. Doch seine gutgemeinten Vermittlungsversuche und die Tatsache, daß er in dieser Situation eben auch als Ungar, nicht nur als übernationaler Habsburger fühlte und handelte, machte ihn in Wien unbeliebt. Wegen seiner Verstrikkungen in die Revolution des Jahres 1848 wurde er vom 18jährigen Kaiser Franz Joseph des Landes verwiesen.

Von beiden Seiten verfehmt (den revolutionären Ungarn war er zu kaisertreu), lebte er fortan völlig zurückgezogen in Schloß Schaumburg in Nassau, dem Erbschloß seiner Mutter. Erst zehn Jahre später, nach demütigen Bitten, erlaubte Kaiser Franz Joseph diesem Verwandten, kurzfristig wieder österreichischen Boden zu betreten, und zwar anläßlich der Taufe des Kronprinzen Rudolf 1858. Nach diesem offiziellen Versöhnungsbesuch kehrte Stephan Viktor wieder nach Deutschland zurück und sah Österreich und Ungarn nie mehr wieder. Wenige Tage vor dem Ausgleich mit Ungarn, der ihm als ehemaligem Palatin eine wahrscheinlich triumphale Rückkehr in die Heimat gestattet hätte, starb er. Das unglückliche Schicksal dieses Erzherzogs ist nur eines von mehreren Beispielen für Franz Josephs Härte innerhalb der Familie.

Erzherzog Rainer der Jüngere, ein liberaler Vertreter des Hauses Habsburg

Aus diesem ungarischen Zweig des Hauses Habsburg stammte auch Erzherzogin Elisabeth, eine Nichte Stephan Viktors, die zeitweise als Favoritin des jungen Kaisers Franz Joseph galt, wegen schwerer Bedenken der Erzherzogin Sophie aber nicht Kaiserin von Österreich werden konnte: der Erzherzogin erschien die Erziehung Elisabeths allzu ungarisch und zu wenig habsburgisch und also für den Gesamtstaat nicht günstig. (Elisabeth war zu diesem Zeitpunkt bereits Witwe nach Erzherzog Ferdinand Este aus dem Haus Modena und heiratete später Erzherzog Carl Ferdinand, den Bruder Erzherzog Albrechts – dies auch zur Illustration der komplizierten Verwandtschaftsverhältnisse innerhalb dieser großen Herrscherfamilie, in der Verwandtenehen schon fast als üblich angesehen werden konnten.)

Elisabeths Schwester Marie Henriette heiratete Leopold II., König der Belgier, und war die Mutter Stephanies, die den Kronprinzen Rudolf heiratete. Die „ungarische" Mutter wirkte sich für die junge Stephanie zwar bei Besuchen in Budapest günstig aus, in Wien jedoch war diese Abstammung eher eine Belastung. Denn die Familie des Erzherzogs Joseph war ebenso ungarisch wie die Familie seines Bruders Ferdinand italienisch war und entsprach deshalb ganz und gar nicht dem (vor allem von Erzherzog Albrecht betonten) habsburgischen Ideal der Übernationalität.

Ein weiterer Sohn Leopolds II., Rainer, wurde Vizekönig des lombardo-venetianischen Königsreiches und begründete den Familienast „Rainer" mit fünf Söhnen: Leopold, Ernst, Sigismund, Rainer (dem jüngeren) und Heinrich. Von diesen Söhnen hatte vor allem Rainer (der jüngere) in der Franz-Joseph-Zeit Bedeutung. Er war ein Freund der Wissenschaften, Kurator der Kaiserlichen Akademie der Wissenschaften. Heute noch ist die Papyrus-Sammlung, die Erzherzog Rainer kaufte und dem Museum zur Verfügung stellte, eine Wiener Sehenswürdigkeit, die im 19. Jahrhundert die ägyptische Archäologie in Österreich entscheidend beeinflußte. Erzherzog Rainer war einer der wenigen Habsburger, die sich häufig bei wissenschaftlichen Vorträgen sehen ließen.

Nach dem Februarpatent 1861 übernahm Rainer die Leitung des Ministerrates und das Amt eines Ministerpräsidenten mit allerdings minimaler politischer Macht. Immerhin aber rechneten seit dieser Zeit die Liberalen und Verfassungstreuen diesen Habsburger zu einem der ihren. Rainers Einfluß auf den um drei Jahre jüngeren Kaiser Franz Joseph reichte aber bei weitem nicht an den Albrechts heran, obwohl auch Rainer durch seine Heirat mit einer Habsburgerin (Maria Karolina, einer Schwester Albrechts) innerhalb der Familie eine bedeutende Rolle spielte.

Neben Erzherzog Rainer dem älteren (gestorben 1853) lebten zur Zeit Franz Josephs noch zwei weitere Söhne Kaiser Leopolds II.: Erzherzog Johann, der mit seiner bürgerlichen Frau Anna Plochl zurückgezogen in der Steiermark lebte (gestorben 1859). Er hatte sich 1848 für die nationale deutsche Sache eingesetzt und war in Frankfurt zum Reichsverweser eingesetzt worden. (Kaiser Franz Joseph verspottete ihn deshalb im privatesten Kreis als „Reichsvermoderer", war er doch mit dieser nationalen Linie seines Großonkels alles andere als einverstanden). Johann war schon wegen seines Alters eine Respektsperson am Wiener Hof, hielt sich aber aus gutem Grund kaum je in Wien auf und hielt auch mit der kaiserlichen Familie einen nur dürftigen persönlichen Kontakt.

Der jüngste Sohn Kaiser Leopolds II., Erzherzog Ludwig, hatte in der Metternichzeit eine bedeutende politische Rolle gespielt, der er aber intellektuell kaum gewachsen war: Franz I. hatte ihn unter Umgehung der älteren (und wohl auch gescheiteren) Brüder testamentarisch an die Spitze der Geheimen Staatskonferenz berufen, die die Regierungsgeschäfte für den kranken Kaiser Ferdinand führte. Ludwig hatte in der Regierungszeit seines Großneffen Franz Joseph zwar keinerlei politische Aufgabe mehr, hielt aber engen Kontakt mit Erzherzogin Sophie, Franz Josephs Mutter, mit der er sich in politischen und weltanschaulichen Überzeugungen einer Meinung wußte. Ludwig starb als letzter Sohn Leopolds II. erst 1864 in Wien.

Leopolds ältester Sohn Franz erbte nicht nur die römisch-deutsche Kaiserwürde (die er 1806 niederlegte) und die Herrschaft in den österreichischen Erbländern, sondern übernahm auch die Pflichten und Rechte eines unumstrittenen und mächtigen Familienoberhauptes. Freilich hatte er es schwerer mit seinen Verwandten als seine Großmutter Maria Theresia, die sich hauptsächlich mit Kindern und Schwiegerkindern auseinandersetzen mußte. Franz dagegen hatte es mit sehr selbstbewußten und aktiven Brüdern und Vettern zu tun, von denen einige nicht nur über eigenes Vermögen verfügten, sondern sogar Souveräne waren. Einige jüngere Brüder, zumindest Erzherzog Karl und Johann, waren dem Kaiser geistig überlegen. Daß es recht häufig zu Familienspannungen kam, war unter diesen Umständen kaum überraschend.

Familiengeschichtlich und politisch verhängnisvoll wirkte sich die zweite Ehe Kaiser Franz' I. aus, die mit nicht weniger als 12 Kindern die Hauptlinie fortsetzte. Kaiserin Marie Therese war nämlich doppelt mit Franz I. verwandt, da beider Eltern Geschwister waren: König Ferdinand I. von Neapel–Sizilien (der Vater Marie Thereses) war der Bruder von Marie Luise (der Mutter Franz' I.), und Kaiser Leopold II. war der Bruder von Marie Karolina (der Mutter Marie Thereses). Die Kinder aus dieser Ehe hatten statt der üblichen acht Urgroßeltern nur vier, was sich in sehr vielen frühen Sterbefällen äußerte und bei den überlebenden Kindern in geistiger und körperlicher Schwäche; und hiervon war ausgerechnet der Thronfolger und Nachfolger Ferdinand besonders heftig befallen. Aber auch Erzherzog Franz Carl, der Vater Franz Josephs, war nicht im Vollbesitz der Kräfte. (Erst das Erbe der wittelsbachischen Prinzessin Sophie brachte eine Besserung, so daß Franz Joseph und seine drei Brüder gesund waren.) Jedenfalls war die Hauptlinie der Habsburger, die den Kaiser stellte, seit dieser verhängnisvoll fruchtbaren Ehe des Kaisers Franz schon rein genetisch im Nachteil gegenüber den anderen, nicht in diesem Maße durch Verwandtenehen geschwächten Familienästen.

So war es kaum verwunderlich, daß in der Regierungszeit Kaiser Ferdinands, der trotz schwerer körperlicher und geistiger Behinderung nach Metternichs Willen auf den Thron gelangte, die Autorität des Herrschers auch als Familienchef weiter ausgehöhlt wurde. Die verschiedenen Familienzweige fühlten sich kaum mehr an die kaiserlichen Weisungen gebunden, war dieser Kaiser (der „Gütige") doch alles andere als konsequent und furchteinflößend.

Herzog Ernst II. von Coburg berichtete zum Beispiel, wie er die Familie Habsburg in den zwanziger und dreißiger Jahren, also unter Franz Josephs Vorgängern, erlebt hatte: *Auffallend war die geringe Einheitlichkeit, welche das ganze Hofwesen zu haben schien. Die verschiedenen Linien des Hauses gaben sich fast wie verschiedene Dynastien.*

Angesichts dieses Autoritäts- und Machtverlustes der kaiserlichen Majestät innerhalb der Familie sah sich Metternich gezwungen, die Rechte des Familienoberhauptes gegenüber den Familienmitgliedern in einem eigenen „Familienstatut" 1839 zu definieren und so die Autorität des Kaisers über die Familie Habsburg-Lothringen zu bekräftigen und zu unterstreichen und die Rechte des Familienoberhauptes festzulegen und zu betonen: *Dem Kaiser und Familien-Oberhaupte steht nicht bloß die Souverainetät und Gerichtsbarkeit über sämmtliche Familienglieder, sondern auch noch das Recht einer besonderen Aufsicht zu, das sich insbesondere auf Vormundschaften, Kurateln und Verehelichungen, überhaupt aber auf alle Handlungen und Verhältniße der Allerhöchsten Familienglieder erstreckt, welche auf die Ehre, Würde, Ruhe, Ordnung und Wohlfahrt des durchlauchtigsten Erzhauses einen Einfluß haben können.*

Die Macht des Familienoberhauptes erstreckte sich bis in die Einzelheiten der Erziehung der Erzherzöge: *Es steht demnach dem Allerhöchsten Familienoberhaupte zu, von der Erziehung sämmtlicher Prinzen und Prinzessinnen des Erzhauses Kenntniß zu nehmen und darüber zu wachen, daß selbe eine der erhabenen Stellung und Bestimmung der höchsten Familienglieder entsprechende Richtung erhalte.*

Auch die Kontrolle über die persönliche Umgebung der Erzherzöge sollte dem Kaiser vorbehalten sein: *Nicht minder wichtig sind in jener höheren Beziehung die Begründung des Etablissements jedes einzelnen Familiengliedes, ihre Standeswahlen, die Wahlen ihres Hofstaates, das ist der Personen, welche ihre nächste Umgebung bilden sollen, ihre Reisen, namentlich jene ins Ausland. Alle diese und ähnliche Handlungen, welche auf die Ruhe, Ordnung, Ehre und Wohlfahrt des Erzhauses, sowie des Staates nicht ohne Einfluß sind, bleiben demnach der besonderen Aufsicht des Allerhöchsten Familienoberhauptes unterworfen, und können ohne dessen Vorwissen und Beistimmung nicht vorgenommen werden.*

Dieses Recht des Familienoberhauptes, in die persönlichste Sphäre eines Erzherzogs einzugreifen, wurde zwar nicht von Kaiser Ferdinand, dafür umso mehr von Kaiser Franz Joseph in Anspruch genommen. Das erklärt die vielen Geheimnistuereien, unter denen sich zum Beispiel Kronprinz Rudolf mit seinen Freunden treffen mußte: Er war sich völlig im klaren darüber, daß der „Umgang" mit Bürgerlichen, Journalisten, zudem auch noch Juden, vom Kaiser nicht nur nicht gebilligt werden würde, sondern auch – gemäß den Bestimmungen des Familienstatutes – sofort verboten worden wären. Die nächtlichen Treffen, zum Beispiel mit dem jüdischen Journalisten Moriz Szeps unter größter Geheimhaltung, waren sicherlich keine überflüssige oder übertriebene Maßnahme. Dazu muß auch noch gesagt werden, daß diese Vorsicht gegenüber Damen zwar auch nötig war, aber in dieser Hinsicht doch mit sehr viel Nachsicht gerechnet werden konnte. Nicht ohne Grund schützte zum Beispiel der Kronprinz gelegentlich eine Liebesaffäre vor, um sich statt mit einer Dame mit einem seiner am Hof mißliebigen Freunde zu treffen. In Liebesangelegenheiten war der Wiener Hof seit jeher ziemlich tolerant – freilich unter der Voraussetzung, daß diese nicht-ebenbürtigen Damen keine Ansprüche auf Eheschließung stellten. Für uneheliche Kinder aus solchen Affären wurde stets vom Hof gut gesorgt.

In der Frage der Eheschließung von Erzherzögen war das Familienstatut rigoros: *Kein Prinz und keine Prinzessinn Unseres Kaiserhauses darf eine eheliche Verbindung ohne Einwilligung des jeweiligen Familienoberhauptes eingehen. Ein ohne diese Bestätigung*

Kaiser Franz Joseph und seine Brüder: Karl Ludwig, der Vater Franz Ferdinands und Großvater Kaiser Karls, Franz Joseph, Ferdinand Maximilian, der als Kaiser von Mexiko 1867 erschossen wurde, und Ludwig Viktor, der unverheiratet blieb

abgeschloßener Ehevertrag ist als null und nichtig anzusehen und begründet für die angetraute Person und deren Kinder weder Ansprüche auf Erbfolge, Apanage, Witthum, Aussteuer oder auf Stand, Titel und Wappen der Mitglieder Unseres Hauses, noch auf andere rechtliche Folgen einer ehelichen Verbindung.

Das Familienstatut führte peinlich genau alle Namen von jenen Familien auf, die für Habsburger ebenbürtig und deshalb ehewürdig waren. Selbstverständlich genügte nicht der Name allein, sondern es war eine makellose Ahnenreihe bis zu der Generation der 16 Ahnen unbedingt nötig. In dieser Frage griff Kaiser Franz Joseph besonders scharf durch, jedenfalls weit schärfer als sein Großvater Franz und sein Onkel Ferdinand. Mesalliancen von Erzherzogen wurden mit rigoroser Strenge verurteilt: ein zweiter Fall Anna Plochl, die unter Kaiser Franz den „steirischen Prinzen", Erzherzog Johann nach langen Schwierigkeiten schließlich doch heiraten durfte, kam unter Franz Joseph nicht mehr vor. Er stieß unerbittlich jeden Erzherzog, der eine Bürgerliche heiratete (und jede Erzherzogin im umgekehrten Fall ebenso) aus der Familie aus, entzog ihm nicht nur seinen adeligen Rang, sondern auch die Position in der österreichischen Armee und somit den Beruf, selbstverständlich auch die erzherzogliche Apanage und damit den Lebensunterhalt. Außerdem wurden diese Erzherzöge nicht mehr auf dem Boden der Monarchie geduldet und mußten im Ausland leben.

Die strengen, im Familienstatut von 1839 bekräftigten Ehegesetze der Habsburger wurden aber selbstverständlich auch bei Aristokraten als Ehepartnern streng angewendet. Denn auch sie wurden ja, abgesehen von einigen Ausnahmen souveräner oder früher souveräner Häuser, keineswegs als gleichrangige Ehepartner der Habsburger anerkannt. Komplizierte Ahnenproben bis zu den Ururgroßeltern (also der Generation der 16 Eltern) wurden ausschlaggebend für die Eheerlaubnis: Alle diese Ahnen (deren Anzahl durch die häufigen Verwandtenehen freilich oft eine geringere war als bei gewöhnlichen Sterblichen) mußten aus souveränen Häusern stammen, um ebenbürtige Habsburgerehen zu ermöglichen.

Die Auswahl der Partner war durch diese strenge Auslese sehr begrenzt, bedenkt man, daß ja auch die katholische Konfession (mit einigen Ausnahmen und anschließender Konversion) vorgeschrieben war. Die konfessionellen Bestimmungen führten praktisch dazu, daß es schließlich in Europa zwei große Herrscherfamilien gab, die durch ständiges Ineinander-Heiraten immer naher rückten: eine protestantische Herrscherfamilie und eine katholische, wobei die russisch-orthodoxe Zarenfamilie sich häufiger mit den protestantischen Königshäusern verband als mit den katholischen. Die Habsburger zum Beispiel beschränkten ihre Heiraten mit nur wenigen Ausnahmen auf die Häuser Braganza, Bourbon, Neapel-Sizilien, Bayern, Sachsen und den katholischen Zweig der Coburger. Die Verwandtschaftsverhältnisse dieser vielfach verschwägerten katholischen Herrscherfamilie Europas, deren Teil die Habsburger waren, waren mehr als kompliziert und brachten eine ganze Reihe von Erbkrankheiten zum Ausbruch, die ja sogar nicht den Thronerben und Kaiser Ferdinand verschonten und nicht nur der Familie, sondern dem Land großen Schaden zufügten.

Immer wieder versuchten junge Erzherzöge aus diesem Zwang der Ehegesetze auszubrechen. Der Preis für das persönliche Glück allerdings war extrem hoch, bestand er doch in der Ausstoßung aus der „allerdurchlauchtigsten" Familie und dem Verlust sämtlicher Privilegien, was umso gewichtiger war, als ja die Erzherzöge kaum je einen bürgerlichen Beruf erlernt hatten, von dem sie im Ausland, wohin sie verbannt wurden, leben konnten. (Auch die alte Tradition, daß ein Erzherzog ein Handwerk lernen mußte, half in dieser Hinsicht nicht weiter. Denn die handwerklichen Künste der Erzherzöge waren kaum je ernsthaft konkurrenzreif und nicht dazu beschaffen, den Lebensunterhalt zu sichern.)

Unter diesen so vielfach schwierigen Umständen zogen es schließlich fast alle Erzherzöge vor, entweder standesgemäß zu heiraten oder, wenn sie eine nichtebenbürtige Liebe hatten, diese als unangetraute Lebensgefährtin möglichst fern des Hofes bei sich zu haben. So hielt es etwa Erzherzog Ludwig Salvator (ein Bruder Ferdinands IV. von Toskana und Johann Orths), der auf den Balearen mit einer einheimischen nichtadeligen Frau zusammenlebte und sich nur höchst selten in Wien sehen ließ. (Die Einwilligung Franz Josephs in die nicht standesgemäße Heirat Franz Ferdinands mit Gräfin Sophie Chotek 1900 war eine Ausnahme, für die das erste und einzige Mal das altehrwürdige Familienstatut aus dem Jahre 1839 geändert werden mußte. Dabei spielte freilich die Tatsache eine Rolle, daß Sophie Chotek ja immerhin einer der ältesten böhmischen Adelsfamilien angehörte. Selbst Franz Ferdinand hielt in dieser Beziehung sehr viel von Rangunterschieden: Sein jüngerer Bruder Ferdinand zum Beispiel mußte aus dem Kaiserhaus ausscheiden, weil er die bürgerliche Professorentochter aus Prag, Berta Czuber, heiratete. Er nahm den Namen Ferdinand Burg an und lebte unter höchst bescheidenen Umständen im Ausland. Franz Ferdinand, der doch selbst in einer nicht standesgemäßen Ehe lebte, hatte für diesen Schritt seines Bruders kein Verständnis und tat auch nichts, um ihm zu helfen. Ganz im Gegenteil: er machte seinem Bruder noch Vorwürfe, eine Ehe mit einer Bürgerlichen eingegangen zu sein und wehrte entrüstet jeden Versuch ab, Parallelen zu seiner eigenen nicht-standesgemäßen Ehe zu ziehen. Denn Sophie Chotek war zwar nicht ebenbürtig, aber wenigstens eine Aristokratin und nicht eine Bürgerliche wie Berta Czuber. Wenn selbst ein Mann wie Franz Ferdinand, der hart um seine morganatische Ehe hatte kämpfen müssen, in dieser Frage so starr blieb, mag man sich die Bedeutung dieser gesellschaftlichen und historischen Rangunterschiede in der Herrscherfamilie vorstellen.)

Der Kaiser (und keine staatliche Instanz) war laut

Familienstatut der oberste Richter über die Familienangehörigen: *Obwohl wir endlich in der beruhigenden Überzeugung stehen, und es von Gott als eine Gnade des Himmels anflehen, daß der Fall nie eintreten möge, wo ein strafrechtliches Verfahren gegen ein Glied Unseres kaiserlichen Hauses einzutreten hätte,* so legte das Familienstatut doch in diesem besonderen Fall auch besondere Rechte des Familienoberhauptes fest, *nach den jedesmaligen Umständen jene Verfügungen zu treffen, welche die Handhabung des Rechtes, das Wohl des Staates, so wie die Ehre und das Beste Unseres Hauses erfordern werden.* Jedenfalls dürfe nie ein Erzherzog hinter staatliche Gitter: *Eine die persönliche Freiheit beschränkende Verfügung kann gegen ein Glied des Erzhauses nicht nachgesucht werden.*

In Fällen, wo das Benehmen eines Erzherzoges dem Ansehen des Hauses in der Öffentlichkeit schadete, griff Kaiser Franz Joseph recht streng ein. So verbannte er zum Beispiel seinen jüngsten Bruder Ludwig Viktor nach Schloß Klesheim bei Salzburg, als sich die Skandale um den legendären „Luziwuzi" häuften. Die Furcht der jüngeren Erzherzöge vor der unerbittlichen Richtergewalt Kaiser Franz Josephs war vollauf berechtigt.

Die Stellung des Kaisers als Familienoberhaupt war auch deshalb so wichtig, weil er allein berechtigt war, jedem Familienmitglied eine Apanage oder sonstige Mittel zuzuweisen oder zu verweigern, obwohl diese Apanagen keineswegs aus dem habsburgischen Familienvermögen bezahlt wurden: *Diese Apanagen werden aus dem Staatsvermögen geleistet, da der standesmäßige Unterhalt aller zur Regentenfamilie gehörigen Individuen eine Obliegenheit des Staates ist.* Der Staat hatte also für *die Bestreitung des dem Glanze der Krone entsprechenden Unterhalt und Aufwand* zu sorgen.

Die nahen Verwandten des Kaisers waren in der Apanage gegenüber den weiteren Verwandten bevorzugt. Brüder und Söhne des Herrschers erhielten pro Jahr 75.000 Gulden, Töchter und Schwestern 42.000 Gulden. Alle übrigen Erzherzöge mußten sich mit 45.000 Gulden jährlich begnügen, die Erzherzoginnen sogar nur mit 24.000 Gulden. Falls sie am Hof lebten, mußten die Habsburger allerdings auf ein Drittel ihrer Apanage verzichten: Denn das Familienstatut schrieb vor, *daß für den Fall einer der apanagierten Herren Erzherzoge und Frauen Erzherzoginnen am Hofe den bleibenden Aufenthalt nehme und aus dem allgemeinen Hofhaltungsfonds mit Wohnung, Küche, Keller, Stall u. s. w. bleibend und standesmäßig versehen würde, von den obenerwähnten Apanage-Beträgen ein Drittheil zur Deckung dieser Auslagen abzugehen hätte.* Die Höhe der Apanagen änderte sich in den nächsten Jahrzehnten kaum. Erst die neue Kaiserin Elisabeth erhielt bei ihrer Hochzeit 1854 eine außerordentlich hohe Summe – nämlich 100.000 Gulden jährlich – ohne alle Abzüge für die Hofhaltung. (Die Mutter des Kaisers, Erzherzogin Sophie, mußte bis zu diesem Zeitpunkt von der verhältnismäßig bescheidenen Apanage von 20.000 Gulden – als Gattin eines Erzherzogs – leben. Aus Anlaß seiner Hochzeit erhöhte aber Franz Joseph diese Summe auf 50.000 Gulden.)

Die Macht des Kaisers, Apanagen und Zulagen, Heiratsgut und Aussteuer zu bestimmen, stellte innerhalb der Familie, vor allem den kinderreichen und vermögenslosen Familienmitgliedern, ein nicht zu unterschätzendes Druckmittel dar.

Die meisten Familienmitglieder ließen sich ohne viel Schwierigkeiten in das strenge Zeremoniell des Hofes einordnen, waren sie doch völlig vom Souverän abhängig. Aber es gab ja bis 1875 wohlgemerkt nicht nur einen Kaiser von Österreich, sondern zwei: Denn Kaiser Ferdinand lebte ja noch fast dreißig Jahre nach seiner Abdankung. Daß es wegen seiner Stellung und Persönlichkeit keine zeremoniellen Schwierigkeiten in Wien gab, war nur dem großen Takt und der Großzügigkeit Ferdinands zu danken. Denn er lebte in völliger Zurückgezogenheit ohne jeden gesellschaftlichen Aufwand im Prager Hradschin und im Sommer im böhmischen Schloß Ploschkowitz, besuchte nach seiner Abdankung Wien nie mehr und ging dadurch allen Schwierigkeiten des Protokolls aus dem Weg. Man darf nicht vergessen, daß die persönliche Beliebtheit Kaiser Ferdinands bei der Bevölkerung in den Jahren des Neoabsolutismus die des jungen Kaisers

Franz Joseph bei weitem überstieg. Es hätte nur zu leicht zu Kundgebungen zugunsten Ferdinands kommen können. Franz Joseph hatte also durchaus Grund, seinem Vorgänger dankbar zu sein. Selbst bei dem größten festlichen Anlaß seiner Regierungszeit, der Hochzeit mit Elisabeth im Jahre 1854, beschränkte sich Kaiser Ferdinand darauf, der jungen Braut ein herrliches und sehr kostbares Brillantendiadem nach Wien zu schicken, blieb aber selbst den Feierlichkeiten fern.

Kaiser Ferdinand hatte zwar 1848 auf die Krone verzichtet, nicht aber auf das stattliche kaiserliche Vermögen, das viele Millionen jährlich einbrachte. Da Ferdinand keine Kinder hatte, erhoffte sich Franz Joseph, der so gut wie keinen Privatbesitz besaß, einmal Erbe seines Onkels zu werden. Allerdings kann man dem Tagebuch der Erzherzogin Sophie entnehmen, wie sehr die kaiserliche Familie um dieses Erbe Kaiser Ferdinands zittern mußte. Denn die persönlichen Beziehungen der beiden Kaiser waren doch eher förmlich als herzlich, und Ferdinand war trotz seiner bescheidenen Geistesgaben in Gelddingen recht selbstbewußt. Es stand zu befürchten, daß er sein Vermögen keineswegs selbstverständlich seinem Nachfolger vererben würde. Schließlich gab es noch eine ganze Anzahl anderer Neffen, Nichten und sonstigen Anverwandten, die sich weit mehr um das Exkaiserpaar in Prag kümmerten und auf ein Erbteil warteten. Verärgern durfte die kaiserliche Familie weder Kaiser Ferdinand noch seine italienische Gemahlin Maria Anna, die großen Einfluß auf ihren kranken Mann hatte. So besuchte Kaiser Franz Joseph einige Male pro Jahr seinen Vorgänger in Böhmen, war von großer Artigkeit und Höflichkeit – nicht entscheidend anders, als es Angehörige anderer gesellschaftlicher Schichten machen, die ihren reichen Erbonkel besuchen.

Österreich hatte in diesen Jahrzehnten aber nicht nur zwei Kaiser, sondern auch drei Kaiserinnen: Kaiserin Elisabeth, Kaiserin Maria Anna, die Gemahlin Ferdinands, und Kaiserin Karoline Auguste, die vierte Gemahlin und Witwe von Kaiser Franz. (Sie war außerdem eine Stiefschwester der Erzherzogin Sophie, wie diese eine Tochter König Max I. Joseph von Bayern.) Kaiserin Karoline Auguste war kinderlos, wurde aber „Kaiserinmutter“ genannt, um sie von den beiden anderen (der amtierenden und der abgedankten) Kaiserin zu unterscheiden. (Im habsburgischen Familienjargon wurde allerdings aus „Kaiserinmutter“ eine „Maiserinkutter“.) Auch Karoline Auguste war von allergrößter Diskretion, ja Ängstlichkeit. Sie lebte in extremer Bescheidenheit in Salzburg, gab ihr Geld großzügig für karitative Zwecke und für Kirchenbauten aus. Sie machte zwar Familienbesuche in Wien, hielt sich aber bei offiziellen Anlässen völlig zurück aus Rücksicht auf die Schwester und Schwiegertochter Sophie: Denn bei den am Hofe so wichtigen Etikettefragen wäre sie als ehemalige Kaiserin im Rang über der Mutter Franz Josephs gestanden und hätte also die so selbstbewußte und politisch und gesellschaftlich aktive Sophie in den Schatten gestellt, was weder die

Kaiserin Elisabeth auf dem Höhepunkt ihres Lebens: als gekrönte Königin von Ungarn

eine noch die andere der ungleichen Schwestern für gut hielt. Denn in den fünfziger und zu Beginn der sechziger Jahre gab es zwar drei Kaiserinnen von Österreich, aber die wirkliche Macht einer Kaiserin hatte keine von den dreien, sondern eine Erzherzogin, eben Sophie, die Mutter des Kaisers.

Das strenge Regiment des Neoabsolutismus, das sich mit Hilfe des Familienstatuts auch auf die kaiserlichen Verwandten erstreckte, brachte eine große Geschlossenheit der Dynastie mit sich: alle diejenigen Familienmitglieder, die in irgend einer Hinsicht als störend empfunden werden konnten (ob nun, weil sie zu hoch im Rang waren oder nicht ebenbürtige Partner hatten), waren entweder förmlich oder nur praktisch vom familiären Zentrum der Familie entfernt, so daß Kaiser Franz Joseph unbeschränkt innerhalb der Familie entscheiden konnte.

Abgesehen von hochrangigen Sonderfällen wie dem Exkaiserpaar, war der Rang der Erzherzöge durch die Nähe der Verwandtschaft mit dem regierenden Kaiser bestimmt (ähnlich wie im Gotha geordnet), nur mit dem Unterschied, daß die männlichen Mitglieder des Hauses im allgemeinen Vorrang vor den weiblichen hatten. Nicht das Lebensalter, sondern die Verwandtschaft und das Geschlecht bestimmten den Rang und das Zeremoniell. Denn wie das ganze Hofleben, so war auch die Atmosphäre in der höchsten Familie des Landes durch Zeremoniell und Rang bestimmt.

Die Person des Kaisers war über alle anderen Familienmitglieder erhaben. Eine unsichtbare Schranke des Respektes vor seinem Amt hielt ihn von allen anderen Familienmitgliedern fern. Für diese Einsamkeit der kaiserlichen Majestät, die Abgeschlossenheit gegenüber anderen Menschen, selbst gegenüber den Geschwistern, hatte Erzherzogin Sophie ihren ältesten Sohn von Kindheit an erzogen.

Zwar war nicht Franz Joseph, sondern sein Vater Erzherzog Franz Carl als der nächstjüngere Bruder des kinderlosen Kaiser Ferdinand offizieller Thronfolger gewesen. Doch war sich die intelligente Sophie sehr wohl der bescheidenen geistigen Kräfte ihres Mannes bewußt, der intellektuell völlig von ihr abhing. Es wäre ihr ein leichtes gewesen, durch ihren Mann politischen Einfluß, ja Entscheidungsgewalt zu bekommen, wenn er seine Rechte als Thronfolger geltend gemacht hätte. Als Kaiserin von Österreich wäre Sophie dann die maßgebende Persönlichkeit am Hofe gewesen, nicht ihr Mann. Obwohl man der politisch hochaktiven Sophie einige Male vorgeschlagen hatte, doch „durch die Person ihres ihr völlig ergebenen Gatten“ Österreich zu regieren, lehnte sie ab und brachte dem monarchischen Prinzip in Österreich damit ihr größtes Opfer. Sie wollte nach den beschämenden Jahren der Ferdinandzeit, in der praktisch kein Kaiser, sondern Metternich allein regierte, nicht eine nur wenig „bessere“ Franz Carl-Zeit folgen lassen. Sie verzichtete damit auch für sich selbst auf die kaiserliche Würde und beschränkte sich darauf, Kaiserinmutter eines ihr ergebenen Franz Joseph zu sein. Franz Joseph war seiner Mutter zeitlebens für diese Entscheidung zutiefst dankbar, und sie ihrerseits ließ keine Gelegenheit verstreichen, um immer wieder auf die Größe ihres Verzichtes hinzuweisen.

Erzherzogin Sophie machte eine streng konservative und katholische Politik, für die ihr Sohn die Verantwortung trug. Sie muß (gemeinsam mit Kardinal Rauscher) als eigentliche Schöpferin des Konkordates von 1855 angesehen werden, das wichtige Kompetenzen des Staates an die Kirche abtrat und Bildung und Wissenschaft in Österreich fortan schwer behinderte. Sophies unversöhnliche Haltung gegenüber „der Revolution“, vor allem den Verfassungstreuen, ihre kompromißlose Haltung, wenn es um Mitsprache des „Volkes“ ging, machte sie zu einer der bestgehaßten Persönlichkeiten des Neoabsolutismus.

Wer allerdings Erzherzogin Sophie privat kennenlernte, kam meist zu einem weniger dunklen Bild von ihr. Denn sie war gebildet, belesen, politisch, aber auch menschlich sehr interessiert, im persönlichen Umgang natürlich, ja sogar „gemütlich“, wie es mehrere Zeitgenossen schilderten (im Gegensatz zur Kaiserin Elisabeth, die höchst verschlossen war und sich in Wien kaum je die Mühe machte, auf Fremde einzugehen). Der schwäbische Professor Albert Schäffle, kurze Zeit in Österreich Handels- und Ackerbauminister, sicherlich ein kritischer Geist, zählte ein Diner bei Erzherzogin Sophie *zu den schönsten Erinnerungen meines Lebens: Ich hatte mir die hohe Frau so vorgestellt gehabt, wie sie aus der Revolution her bei den Wienern schwarz in schwarz gemalt war: finster, bigott, unbedeutend, Puppe des Kardinal Rauscher. Das Gegenteil fand ich: ein wohlwollendes Auge, geistige Frische noch im Alter, und nahm den Eindruck einer Frau von nicht gewöhnlicher Begabung mit, welche ohne den Kardinal Rauscher imstande gewesen sein mußte, mitten im Zusammenbruch von 1848 für ihr Haus das Rechte zu tun und dafür auch auf die Kaiserkrone zu Gunsten ihres Sohnes zu verzichten, als Fürst Felix Schwarzenberg das empfahl.*

Große Spannungen traten in der Kaiserfamilie auf, als Franz Joseph 1854 die Nichte seiner Mutter, Herzogin Elisabeth in Bayern, heiratete. Sophie tat alles, um die Sechzehnjährige zur Kaiserin zu machen mit den Mitteln, die sie auch in der Erziehung ihrer Söhne angewendet hatte: Strenge, Härte, Disziplin, Verzicht, mit ständigen Hinweisen auf die Größe und Wichtigkeit des allerhöchsten Kaiserhauses. Franz Joseph gab die Erziehung seiner Frau ganz in die Hände seiner Mutter. Er wußte, daß sie für die Interessen der Dynastie alles zu tun bereit war und es – eben für die Dynastie – gut meinte. Und im Interesse der Dynastie lag es, daß dieses bayrische Landkind Elisabeth, das bisher keinerlei höfische Erziehung erhalten hatte, eine disziplinierte Kaiserin wurde.

Elisabeth stammte aus einer sehr unkonventionellen, unhöfischen Familie, in der sie weder ein Protokoll kennengelernt hatte, noch gesellschaftliche Schranken. Die Herzogskinder spielten selbstverständlich auch mit Bauernkindern. Sie wurden dazu angehalten, sich um die Bedürfnisse einfacher Leute zu kümmern und Arme und Kranke zu versorgen. Nach dieser Erziehung (die in der Meinung des Wiener Hofes und der Schwiegermutter Sophie keine war) wäre gerade Elisabeth dazu berufen gewesen, eine mildtätige „Mutter des Volkes“ zu werden. Diese ihre besten Eigenschaften jedoch – ihre Ehrlichkeit, Mildtätigkeit, Vorurteilslosigkeit, ungebrochene Phantasie, Spontaneität wurden nun unterdrückt. Die aristokratische Hierarchie, das Protokoll und zeremonielle Vorschriften bestimmten allein den Tagesablauf der jungen Kaiserin.

Die Position der Kaiserfamilie war in diesen Jahren des Neoabsolutismus derartig über die der anderen Menschen erhaben, der Begriff der kaiserlichen Majestät (als „von Gottes Gnaden“) so betont, daß es in den Augen des Hofes für eine Kaiserin undenkbar war, sich wie eine gewöhnliche Sterbliche zu benehmen. Der Habsburger Hof des späten 18. Jahrhunderts (unter Maria Theresia, Joseph II. und Leopold II.) hätte eine Persönlichkeit wie die junge Elisabeth viel problemloser aufgenommen, da er viel „fortschrittlicher“, „aufgeklärter“ und volksnäher war als der Hof Mitte des 19. Jahrhunderts nach der Niederschlagung der Revolution von 1848.

Kronprinz Rudolf in Oberstenuniform

Einige Jahre bemühte sich Elisabeth, den Ansprüchen gerecht zu werden. Schüchtern und beflissen, aber mit mäßigem Erfolg, lernte sie ihr Pensum, das vor allem aus endlosen und komplizierten Rangfragen bestand. Sie ließ sich einschüchtern und erfüllte auch ihre Hauptaufgabe, kaiserliche Kinder auf die Welt zu bringen: nach zwei Mädchen 1855 und 1857 schließlich 1858 den Kronprinzen, Rudolf. Die Kinder wurden der Mutter bald nach der Geburt abgenommen. Sie gehörten ja nach höfischem Brauch nicht in den Haushalt der Mutter, sondern hatten eine „Kindskammer" mit eigenen Bediensteten, denen eine „Aja" vorstand.

Die Weisungsbefugnis über die „K. k. Kindskammer" behielt sich die Großmutter Sophie vor. Das geschah nicht aus bösem Willen. Sophie, die wie kaum jemand anderer für die Größe und den Glanz des Habsburgerhauses arbeitete, wollte sicher sein, daß diese Kinder, vor allem natürlich der Kronprinz, zu guten Habsburgern erzogen wurden, was von der selbst noch blutjungen Mutter kaum zu erwarten war. So besserte sich Elisabeths Position durch die Geburt der Kinder nicht. Ja, diese Kinder zeigten ihr ihre eigene Hilflosigkeit nur noch deutlicher. Die Kaiserin wurde innerhalb der Familie wie ein unmündiges Kind behandelt, – und solange sie sich auch so benahm, ging die kaiserliche Ehe „normal gut" wie andere patriarchalische Ehen.

Das dauerte sechs Jahre – bis 1860, als die inzwischen 22jährige Kaiserin revoltierte und die Flucht ergriff – ein ungeheuerlicher Skandal, der notdürftig mit der öffentlichen Erklärung vertuscht wurde, die Kaiserin sei sehr krank und fahre deshalb auf die Insel Madeira. Das exotische Ziel der Flucht zeigt das Ausmaß dieser Revolte. Wenn ein unpassender Vergleich erlaubt ist: Elisabeths Flucht nach Madeira war Noras Auszug aus dem Puppenheim, Beginn eines neuen Selbstbewußtseins, aber – und das muß deutlich gesagt sein – auf Kosten ihrer Kinder (Rudolf war kaum zwei Jahre alt), ihres Mannes und auch der Monarchie, deren Kaiserin sich rigoros ihren Pflichten entzog.

In ihrer zweijährigen Abwesenheit von Wien wurde aus dem bescheidenen, ängstlichen „schönen Dummerl" eine selbständige Frau, die mit der Macht ihrer strahlender werdenden Schönheit, einer gehörigen Portion Intelligenz und Egoismus ihren kaiserlichen Gatten in eine ganz ungewohnte Position drängte. Nun war er es, der um ihre Gunst geradezu buhlte, der Rücksicht nahm, sich auf ihre Launen einstellte und ihnen nachgab, der dankbar war für jedes gute Wort. Und mit Freundlichkeiten jeder Art war Elisabeth nun äußerst sparsam.

Franz Josephs grenzenlose Verehrung erleichterte und begünstigte nun Elisabeths Exzentrizitäten. Sie wurde an diesem äußerlich glanzvollen, aber im Lebensstil geradezu spießigen und engen Wiener Hof zu einer fast unwirklich erscheinenden Märchengestalt, einer selbst für den Kaiser unerreichbaren, rätselhaften Frau, einem prächtigen Paradiesvogel inmitten eines Hühnerhofes, wie ein respektloser Beobachter schrieb.

Die Schönheit der österreichischen Kaiserin war schon in den sechziger Jahren weltweit berühmt, und manche Ausländer kamen nach Wien, um einen Blick auf diese größte Sehenswürdigkeit der Donaumonarchie zu werfen. Doch diese verweigerte sich neugierigen Blicken, scheute mehr und mehr die Öffentlichkeit und beschränkte sich auf kurze, meist unerwartete Auftritte, die sie außerdem noch für Provokationen gegen die verhaßten „Hofschranzen" ausnützte. Aristokraten (vor allem die Böhmen unter ihnen) hatten nun allen Grund, sich vor den Spötteleien und ziemlich unverhohlenen Provokationen durch die Kaiserin zu fürchten. Immer unverhüllter zeigte Elisabeth ihre Vorlieben und ihre Abneigungen – ja sie freute sich geradezu an dem Schrecken, den sie durch manches zynische Wort und manche unhöfliche Geste in der steifen höfischen Gesellschaft erzeugte.

Trotz ihres stets demonstrativen Desinteresses am Wiener Hof erhielt Elisabeth doch in zwei wichtigen geschichtlichen Fakten Bedeutung:

1. 1865 setzte sie für ihren Sohn Rudolf eine bürgerlich-liberale Erziehung durch, was einer Revolution gleichkam. Rudolf wurde dadurch zu einem überzeugten Liberalen, der nicht im Adel, sondern im Bürgertum „die Basis des modernen Staates" sah. Elisabeths Konflikte mit dem immer noch übermächtigen, ja unbezwingbaren höfischen System wuchsen in der Person des Kronprinzen ins Tragische und

trugen letztlich zu seinem wenig rühmlichen Ende in Mayerling bei. Denn Franz Joseph nahm bei der trotz allem geliebten Frau großzügig in Kauf, was er bei seinem Sohn und Nachfolger nicht tolerieren konnte und wollte. Rudolf hatte ja nicht nur die hohe Intelligenz und das unbestreitbare „Genie" seiner Mutter geerbt, sondern auch das, was Franz Joseph den Hang zu „Wolkenkraxeleien" nannte: Phantasie, Freiheitsdrang, Verachtung höfischer und religiöser Rangfragen und eine kräftige Individualität, die sich mit den soldatischen Idealen des Kaisers überhaupt nicht vertrug. Aus den „Plauschereien" des Kronprinzen wurde aber mit zunehmender Reife ein ernster politischer und persönlicher Gegensatz zu dem kaiserlichen Vater. Seiner Mutter dagegen war Rudolf in großer Verehrung zugetan, während sie sich um den älter werdenden Kronprinzen kaum mehr kümmerte.

2. Ein einziges Mal griff Elisabeth aktiv in die österreichische Politik ein: als es um das geliebte Ungarn ging (das Erzherzogin Sophie zeitlebens haßte). Elisabeth setzte 1867 den „Ausgleich" durch und hatte maßgeblichen Anteil an der Schaffung der neuen Doppelmonarchie „Österreich-Ungarn" mit Hintansetzung der böhmischen Länder.

Die Macht der Erzherzogin Sophie war zu diesem Zeitpunkt schon sehr geschwunden: der Tod Maximilians in Mexiko 1867 ließ all ihre Schaffenskraft und Energie erlahmen und beendete auch den Kampf gegen die Schwiegertochter. Auch Erzherzog Max, der jüngere Bruder Franz Josephs, war ja ein Rebell gewesen, ein gefährlicher Rivale für den um zwei Jahre älteren Kaiser, weil er intelligenter, gebildeter und liebenswürdiger und aus diesen Gründen bei der Bevölkerung viel beliebter war als der sehr gehemmte, sehr reservierte Franz Joseph. Ferdinand Maximilian war auf der geistigen Höhe seiner Zeit, stand in Kontakt mit den künstlerischen und intellektuellen Größen Österreichs (was Franz Joseph in keiner Phase seines Lebens tat), fühlte sich als Schriftsteller und Intellektueller – wenn auch die allgemeine Annahme, er sei ein Liberaler, sicherlich übertrieben war. Aber ganz sicher war er ein Anhänger des Verfassungsstaates. Denn das erste, was er für sein neues Kaiserreich noch auf der Überfahrt nach Mexiko tat, war, nach belgischem Muster eine moderne Verfassung auszuarbeiten.

Zeitweilig war Max in offener Opposition gegen den kaiserlichen Bruder (jedenfalls in der Zeit, als er als Generalgouverneur der Lombardei und Venetiens die Fehler der österreichischen Politik ausbaden mußte und Partei für die Italiener nahm). Franz Joseph zeigte seinem jüngeren Bruder das volle Ausmaß der kaiserlichen Gewalt, als er ihn gegen erbitterten Widerstand dazu zwang, auf seine Rechte als Erzherzog zu verzichten, bevor er die Krone Mexikos annahm. Dieser Schritt war sicherlich für das Wohl Österreichs nötig, denn in das mehr als abenteuerliche mexikanische Unternehmen hineingezogen zu werden, war zumindest eine Gefahr für Österreichs schwache Finanzen.

Aber die einst guten Beziehungen der Brüder waren durch diese unerbittliche Haltung Franz Josephs unrettbar zerstört. Maximilian fühlte sich von seiner Familie und von Österreich im Stich gelassen, obwohl er aus Mexiko begeisterte Briefe an die so altmodische Heimat schrieb: *So lebe ich hier in einem freien Lande unter einem freien Volke, in welchem Prinzipien herrschen, die man bei Ihnen daheim nicht einmal in der Nacht träumen darf. Keine Schranken beengen mich mehr und hier darf ich offen sagen, daß ich das Gute will. Ist Mexiko auch in vielem zurück, mangelt ihm materieller Wohlstand und Entwicklung, so sind wir doch in den socialen Fragen, in den wichtigsten meiner Meinung nach, Europa und zumal Österreich weit vor. Hier bei uns herrscht gesunder Democratismus ohne kränkliche Phantasterei nach europäischer Art, sondern mit jener Kraft und Überzeugung, wie sie vielleicht einstens bei Ihnen nach 50jährigem schweren Ringen sich entwickeln wird.*

Doch die Verhältnisse in Mexiko waren längst nicht so rosig, wie es Max seine Wiener Verwandten glauben ließ. All sein guter Wille nützte letztlich wenig. Er scheiterte an seinem unbezwingbaren Ehrgeiz, seinem bevorzugten Bruder zu beweisen, wie man eine Monarchie zu führen habe. Er scheiterte auch an der Macht des beneideten, weniger begabten, aber um zwei Jahre älteren kaiserlichen Bruders, der ihm in

Das Kaiserpaar bei der Silberhochzeit 1879. Im Hintergrund Kronprinz Rudolf

Österreich keine befriedigende politische Rolle einräumen konnte und wollte.

(Die beiden anderen Brüder des Kaisers, Karl Ludwig – der Vater des späteren Thronfolgers Franz Ferdinand und Großvater des letzten Kaisers Karl – und Ludwig Viktor spielten als Antipoden Franz Josephs keine Rolle. Sie waren längst nicht so begabt und fähig wie Ferdinand Max.)

Nachdem der große Widersacher Franz Josephs, Maximilian, den Wiener Hof verlassen hatte, Kaiserin Elisabeth sich mehr und mehr von Wien fernhielt, schließlich auch Erzherzogin Sophie 1872 starb, die noch spärliche Reste eines kaiserlichen Familienlebens aufrecht erhalten hatte, war Kaiser Franz Joseph zwar unangefochtener Herrscher und Familienchef, aber auch einsamer denn je. Und er verstand es nicht, Kontakte zu knüpfen, selbst nicht im allerengsten Familienkreis.

Selbstverständlich war es keinem Familienmitglied erlaubt, das Wort an den Kaiser zu richten. Nur ihm stand es zu, zu fragen und den anderen, ihm zu antworten. Da Franz Joseph aber privat sehr schweigsam war, kam es meistens überhaupt zu keinem Gespräch. Die Familiendiners, bei dem sich sonn- und feiertags stets alle gerade in Wien anwesenden Habsburger zusammenfanden, waren von öder Langeweile gekennzeichnet, einer Langeweile, die von den jünge-

Die Familie Habsburg-Lothringen 1879, zur Zeit der Silberhochzeit des Kaiserpaares

ren Erzherzögen, vor allem auch dem Kronprinzen, beklagt wurde. Waren die zeitgenössischen Jubelschriften auch erfüllt von romantischen Schilderungen, wie herzlich und liebevoll es im Schloß dieser allerhöchsten Familie zuging, so liest es sich doch in Privatbriefen dieser Zeit ganz anders. Die überaus loyale Hofdame Landgräfin Therese Fürstenberg zum Beispiel berichtete nach ihrem Dienstantritt voll Staunen ihrer Schwester: *Du hast übrigens keine Idee, wie langweilig und ungemütlich so ein allerhöchster Familienkreis ist; und doch sollte man glauben, es müßte ihnen wohltun, unter sich zu sein; aber da sitzen sie nach dem Rang und reden nach dem Rang oder vielmehr reden nicht, langweilen sich gegenseitig und sind froh, wenn's Familienfest wieder aus ist. Es tut einem wirklich oft leid, zu sehen, was für ein trauriges Leben sie führen und wie sie gar nicht verstehen sich's zu erleichtern; jedes lebt isoliert für sich, pflegt seine Langeweile oder lauft seinen ‚Privatvergnügen' nach.*

In den siebziger Jahren fand die große Generationenablöse im Hause Habsburg-Lothringen statt. Franz Joseph war auf der Höhe seines persönlichen Ansehens. Er hatte die politischen und militärischen Krisen der Vergangenheit überstanden und an Popularität gewonnen. Kaiser Ferdinand starb 1875 in Prag. Sein Alleinerbe wurde Kaiser Franz Joseph, der nun endlich auch über ein solides Privatvermögen verfügte. Fast vierzig Jahre nach dem Tod ihres vergötterten Kaisers Franz, des „Guten", starb 1873 Kaiserin Karoline Auguste in Salzburg. Die „heimliche Kaiserin" Österreichs, Erzherzogin Sophie, verschied 1872, vom Kaiser ehrlich und tief betrauert. Erzherzog Franz Carl, der zeitlebens im Schatten seiner Frau gestanden war, folgte 1878. (Er war der letzte Habsburger, dessen Leiche nach altem Brauch auf drei verschiedene Beisetzungsstätten aufgeteilt wurde: das Herz in einer Silberschale in der Herzgruft der Augustinerkirche, die Eingeweide in einem Kupferkessel im Stephansdom, der einbalsamierte Körper in einem Sarg in der Kapuzinergruft. Ab nun wurden die Habsburger wie andere Sterbliche in einen Sarg gelegt und in der Kapuzinergruft beigesetzt.)

Die älteste Tochter des Kaiserpaares, Gisela, verließ mit 17 Jahren den Wiener Hof und heiratete einen Wittelsbacher. Kronprinz Rudolf, der 1877 volljährig wurde, gewann an Bedeutung und stand mehr und mehr im Mittelpunkt des allgemeinen Interesses, aber auch der öffentlichen Sympathie, deklarierte er sich doch für die bürgerlichen Tugenden des Liberalismus und trat in sichtbare Opposition zur höfischen Umgebung – so wie es ihm seine Mutter Elisabeth vorgemacht hatte. Eine seiner ersten Schriften war die (geheim und selbstverständlich anonym und ohne Wissen des kaiserlichen Vaters gedruckte) Schrift gegen den österreichischen Adel, der noch manche andere kompromittierende folgen sollte. Die Beziehung zwischen Vater und Sohn, die in Rudolfs Kinderzeiten einmal recht herzlich gewesen war, war – von Franz Josephs Seite her – kühl und streng gegenüber den übersprudelnden Ideen des „Neuerers", des „Plauschers" (wie Franz Joseph seinen Sohn nannte) Rudolf. Die Kronprinzentragödie bahnte sich mit der Selbständigkeit Rudolfs an – mit der wachsenden Einsicht in die eigene Machtlosigkeit gegenüber dem unüberwindbaren Vater.

Kaiserin Elisabeth strebte mehr denn je aus Wien fort, sie, die diese Kronprinzentragödie hätte abwenden können, sie, die auch als einziger Mensch die Möglichkeit gehabt hätte, in die sich immer mehr zur Unpersönlichkeit versteinernde kaiserliche Majestät ihres Gatten etwas Wärme und Menschlichkeit zu bringen. Für alle anderen Familienmitglieder, vor allem auch für seinen Sohn Rudolf, blieb Franz Joseph das unerbittlich herrschende Familienoberhaupt, das „Schicksal" schlechthin, wie es später Leopold Wölfling, einer der gescheiterten Erzherzöge, ausdrückte.

Viele Erzherzöge zerbrachen in den nächsten Jahrzehnten an der Übermacht dieser kaiserlichen Majestät auch in der Familie. Drei Thronfolger sollte Franz Joseph überleben: seinen Bruder Maximilian, seinen Sohn Rudolf und seinen Neffen Franz Ferdinand. Der Preis für die diktatorische Stellung innerhalb der Habsburger-Familie (die einzige Diktatur, die Franz Joseph nach der Einführung der Verfassung geblieben war) war tiefe menschliche Einsamkeit. Der Mensch Franz Joseph wurde zum Amt, und selbst die engste Familie brachte dieser Personifizierung eines Amtes

Ehrfurcht, ja Angst, aber keine verwandtschaftliche Liebe entgegen.

Literatur (in Auswahl):

Corti, Egon Caesar Conte, Maximilian und Charlotte von Mexiko, 2 Bde., Wien 1924. – *ders.,* Elisabeth. Die seltsame Frau, Wien 1934. – *Hamann, Brigitte,* Rudolf. Konprinz und Rebell, Wien 1978. – *dies.,* Elisabeth. Kaiserin wider Willen, Wien 1981. – *dies.,* Erzherzog Albrecht – die graue Eminenz des Habsburgerhofes, in: Festschrift für Rudolf Neck, Wien 1981, Bd. 1. – *dies.,* Mit Kaiser Max in Mexiko. Aus dem Tagebuch des Fürsten Khevenhüller, Wien 1983. – *List, Joachim,* Beiträge zur Stellung und Aufgabe der Erzherzoge unter Kaiser Franz Joseph I., phil. Diss. Wien 1982. – *Sachsen-Coburg-Gotha, Ernst II., Herzog von,* Aus meinem Leben und meiner Zeit, 3 Bde., Berlin 1889. – *Schaeffle, Albert,* Aus meinem Leben, Bd. 1, Berlin 1905. – *Wölflin, Leopold,* Die letzten Habsburger, in: Die Stunde, 28. Juli 1923.

Franz Dírnberger

DAS WIENER HOFZEREMONIELL BIS IN DIE ZEIT FRANZ JOSEPHS ÜBERLEGUNGEN ÜBER PROBLEME, ENTSTEHUNG UND BEDEUTUNG

Feste werden meistens so gestaltet, daß sie sich vom Alltag abheben. Sie verlaufen im privaten, Familien- und Bekanntenkreis eher ungezwungen. Anders verhält es sich bei Veranstaltungen im größeren Rahmen. Bei Hochzeiten, Begräbnissen, Jubiläen und dgl. ist der Programmablauf vielfach durch herkömmliche Sitten bestimmt oder zumindest beeinflußt. Bei offiziellen Anlässen im Beisein ranghoher politischer Funktionäre, etwa bei Eröffnung von Ausstellungen, Festspielen oder größeren Bauwerken, wird ein bestimmtes den Gegebenheiten angepaßtes Programm gewählt. Bei Staatsbesuchen und bei der Akkreditierung neuer ausländischer Botschafter wieder ist das „Protokoll" stark früheren Formen angeglichen. Eine gewisse Kontinuität des Zeremoniells vergangener Zeiten liegt im kirchlichen Bereich vor. So ergibt sich, daß der Anlaß zwar den Festcharakter bestimmt, die Anzahl und Bedeutung der eingeladenen Personen jedoch mitverantwortlich sind für einen mehr oder minder förmlich-festlichen Rahmen.

Beim Vergleich zwischen dieser natürlichen bzw. vielfach selbstverständlichen Festtagsgestaltung und dem habsburgisch-kaiserlichen Hofzeremoniell kann kein prinzipieller Unterschied festgestellt werden. Die Grundidee, bestimmte Handlungen oder Feste besonders hervorzuheben, war auch hier dominierend. Daß der Besitz der Herrschaft in Verbindung mit der überragenden kaiserlichen Würde zur Ausprägung eigener Formen führte, kann wohl ebenso unbestritten als eine natürliche und verständliche Folge angesehen werden. Darauf wird in der wissenschaftlichen Literatur zu wenig Rücksicht genommen. Dort heißt es, daß das Hofzeremoniell zur „Verherrlichung und Ehrung der Würde des Fürsten und seines Hauses" gedient und dem Herrscher damit die Möglichkeit gegeben habe, „die auf ihn hingeordneten Gruppen von Adel und Klerus zu differenzieren und nuancieren, die auf ihn gerichteten Spannungen umzuleiten und die einzelnen Gruppen des Hofstaates damit in Balance zu halten". Diese oder ähnliche Feststellungen erscheinen insoferne fragwürdig, als eine wissenschaftliche Gesamtdarstellung über den Ursprung und die Entwicklung dieses so umfangreichen Komplexes noch nicht existiert. Diese Tatsache erschwert freilich auch das Bemühen, einen kurz gefaßten Überblick über das Hofzeremoniell anzufertigen. So können die folgenden Ausführungen nur auf Streiflichter beschränkt werden.

Der weite Bereich des Wiener Hofzeremoniells umfaßt die Fragen der Etikette (Verhaltenskodex), der Bekleidung, der Rangangelegenheiten (Titel, Rang, Hofzutritt) und vor allem der Organisierung und Gestaltung der Festlichkeiten selbst. Miteinbezogen waren ferner Sicherheitsangelegenheiten (Hofpolizei, Garden, Hoffeuerwehr), Hofreise- und Quartierfragen u. a. m.

Allgemeine Verhaltensnormen für das Hofleben sind in offiziellen Schriften nur selten berührt, sie wurden hauptsächlich mündlich tradiert. Dieser Mangel ist im frühen 18. Jahrhundert von privater Seite mit einer gedruckten Einführung in das Hofleben behoben worden. Wie die Praxis aussah, wäre freilich noch zu überprüfen. Die beste Einführung erhielt ein junger Adeliger als Edelknabe. Auch im normalen Hofdienst wurden die Kinder, die in die Fußstapfen der Eltern traten – vor allem bei Vertrauensposten –, von klein auf mit den Hofsitten vertraut. Die Dienstkleidung hob sich von der Umgebung deutlich ab. Modische Einflüsse, praktische Erwägungen und die hohen Kosten für Neuanschaffungen infolge Abnützung der meist prachtvollen Roben bewirkten einen langsamen Wandel in einfachere Formen. Den Hofbeamten ersparte das Hofkleid die Erwerbung und den Verschleiß der privaten Kleidung. Diese Überlegungen führten im 19. Jahrhundert auch bei den Staatsbeamten zur Uniformierung, die es jedoch in jedem Fall nur für das männliche Personal gab. Wie auch heute noch die Distinktionen an der Uniform beim Militär, bei den Polizei-, Bahn- und Postbeamten den Rang kennzeichnen oder neuerdings etwa bei größeren Baustellen die verschiedenfärbigen Plastikhelme als Kopfbedeckung den Rang der dort Beschäftigten zum Ausdruck bringen, so war auch das Hofdienstkleid ein Ranganzeiger.

Titel- und Rangprobleme wurden u. a. auch durch nicht standesgemäße Ehen bewirkt. Die Mediatisierung und Teilung der Familien ehemals reichsunmittelbarer Fürsten und Grafen führte zu einem Durcheinander im Ranggefüge, das unter Karl VI. 1728 festgelegt worden war. Da die Beschlüsse des Deutschen Bundes von 1825 und 1829 die Probleme nicht lösten, erwartete man von Wien eine Regelung. Der Hof begnügte sich aber aus politischen Gründen mit Einzelentscheidungen. In der francisco-josephinischen Ära beschäftigte sich das Zeremonialdepartement häufiger mit diesem Problem, ehe es 1889 eine Rangliste, die für die Erbländer gültig war, zusammenstellte. Diese fand auch über die Grenzen der Monarchie hinaus Anerkennung. Rangprobleme entstanden weiters, wenn ein kleiner Staat mangels geeigneter Leute einen Abgesandten aus dem niederen Adel und eine Republik einen aus dem Bürgertum nach Wien schickten. Dasselbe Problem ergab sich in Wien mit Ministern und Staatssekretären nicht adeliger Abstammung, wenn sie nicht der Würde eines Geheimen Rates teilhaftig wurden. Denn mit dieser Würde konnte jeder ausgezeichnet werden, wenn er besondere Verdienste nachwies. 1869 bewilligte Kaiser Franz Joseph solchen Ministern für die Dauer ihrer Amtszeit den Titel „Exzellenz", den die Geheimen Räte zu führen berechtigt waren, mit dem Zusatz, in der Hofrangliste nach den Geheimen Räten geführt zu werden.

Die Voraussetzung für den Hofzutritt (z. B. Teilnahme an feierlichen Prozessionen unter den Hofwürdenträgern, Erscheinen am Hofball) bildete im 19. Jahrhundert der Besitz einer Hofwürde (Geheimer Rat, Kämmerer, Truchseß, Edelknabe; bei den Damen Ernennung zur Palast- oder Hofdame, Zugehörigkeit zum Sternkreuzorden). Nur wenige von ihnen (z. B. Kämmerer) wurden zu einer echten Dienstleistung berufen, die Mehrheit trug zur Erhöhung des Glanzes des kaiserlichen Hofes bei. Spätestens Maria Theresia begann aber, mit derartigen Ernennungen den Adel der Monarchie an das Kaiserhaus zu verpflichten.

Die Unzahl der Hoffestlichkeiten oder Zeremonialfälle können in kirchliche und weltliche oder häusliche und öffentliche eingeteilt werden. Für 1824 werden 24 kirchliche (z. B. Ordensfeste, die Zeremonien für Taufe, Vermählung und Begräbnis, Exequien, Dankfeste und Jubiläen, Kardinalsbaretterteilung) und 30 weltliche Fälle (z. B. Neujahrs- und Geburtstagsfeier des Kaisers, Fußwaschung im Zeremoniensaal der Hofburg, öffentliche Tafeln, Bälle, Audienzen und Eidablegungen, Erbhuldigungen und Krönungen,

Hofreisen, Brautwerbung und Renunziationen, Vermählungen, Entbindungen, Todesfälle und Hoftrauer, Testamentsaufsuchung und Sperranlegung) genannt. Das Zeremoniell beschränkte sich freilich nicht auf die Person des Monarchen oder die kaiserliche Familie, sondern auch innerhalb der Hofämter gab es genau festgelegte Zeremonialfälle, auf die man besonderen Wert legte (z. B. Vorstellen neuer Chefs, Empfang beim Ersten Obersthofmeister am Jahresbeginn, Eidablegung des Hofpersonals streng nach dem Dienstgrad).

Die gesamte Verwaltung des kaiserlichen Hofes stand unter der Aufsicht der vier obersten Hofämter (Obersthofmeister-, Oberstkämmerer-, Obersthofmarschall- und Oberststallmeisteramt), deren Kompetenzen zwar seit alters her festgelegt waren, wo sich manchmal aber Verschiebungen – je nach Durchsetzungsvermögen der Chefs dieser Ämter – ergaben. An der Spitze stand das Obersthofmeisteramt, das die meisten Verwaltungszweige kontrollierte und etwa mit Zeremonialangelegenheiten, Besoldungswesen, Hoflivree und Uniformierung, Hofkapelle, Musik und (teilweise) Theater, Hofbauangelegenheiten, Hofarzneiwesen direkt befaßt war und die Wirtschaftszweige, die unter der Bezeichnung „Hofdienste“ geführt wurden (Oberstküchenmeisteramt samt Hofkeller, Oberstjägermeisteramt, Oberstsilberkämmereramt etc.), beaufsichtigte. Das Oberstkämmereramt agierte im unmittelbaren Bereich des Monarchen; ihm fiel alles zu, was mit „Kammer-“ oder „Leib-“ zusammenhing (Aufsicht über den Kammerzahlmeister, Führung der Kämmererangelegenheiten, Kammerdiener, Kammermusiker, Kammermaler etc.; Leibarzt, Leibwäscherin etc.; auch Beichtvater). Das Obersthofmarschallamt war die Gerichtsinstanz des kaiserlichen Hauses, der Exterritorialen am Hof und bis 1783 des ganzen Hofgesindes. Bis zum ausgehenden 18. Jahrhundert unterstand ihm ferner die Hofpolizei und das Hofquartierwesen. Beim Oberststallmeisteramt lag die Obsorge über den Marstall, die Sattelkammer, den Wagenpark; es organisierte das gesamte Fuhrwerk einschließlich Automobilen gegen Ende der Monarchie. Schließlich war diesem Amt die Erziehung der Edelknaben anvertraut.

Ein Teil der Hofbeamten versah bei den Zeremonien wichtige Funktionen. Der (Erste) Obersthofmeister war als rechte Hand des Kaisers bei allen feierlichen Anlässen zugegen. Als *os principis* (Mund des Fürsten) hatte er die kaiserlichen Verfügungen zu publizieren oder weiter zu leiten und in älterer Zeit in Vertretung des Kaisers den Vorsitz im Geheimen Rat zu führen. Bei feierlichen Prozessionen ging er allein unmittelbar vor den Erzherzogen oder direkt vor dem Monarchen. Der Oberstkämmerer stand an der linken Seite des Kaisers, meldete diesem die zur Audienz Erschienenen und schritt bei Prozessionen zusammen mit dem Generaladjutanten unmittelbar hinter dem Herrscher. Der Obersthofmarschall fungierte bei der Begrüßung und beim Empfang von Gesandtschaften am Kaiserhof. Wenn der allerhöchste Fürst zu Pferde stieg, war ihm der Oberststallmeister behilflich. Derselbe begleitete ihn allein bei Ausfahrten entblößten Hauptes im Wagen und schritt bedeckten Hauptes zur Linken des Wagens, wenn der Kaiser zur Kirche fuhr. Von den übrigen Hofbediensteten nahmen folgende Personen am Zeremoniell anteil: die Chefs der Hofdienste, die Hofdienstchargen (Obersthofmeister der Kaiserin und der Erzherzöge, Staats- und Konferenzräte bzw. später Minister, Geheime Räte, Kämmerer, Truchsessen, Edelknaben) und die Garden. Unter den Hofbeamten spielten die Kanzleidirektoren der Obersthofämter, der Schatzmeister, der Zeremoniengehilfe und die Herolde eine bestimmte Rolle. Die Hofdienerschaft war durch die Hof- und Kammerfuriere, die Kammerdiener, den Equipageninspektor und die Geheimen Ratstürhüter vertreten, unter der niederen Hofdienerschaft hatten die Türhüter, Einspänner, Tafeldecker, Lakaien und Kammerherrenansager entsprechende Aufgaben. Bei den Damen stand die Obersthofmeisterin der Kaiserin an der Spitze; dieser folgten die Obersthofmeisterinnen der Erzherzoginnen, dann die Palast- und Hofdamen begleitet von den Kammerfrauen und der minderen weiblichen Dienerschaft mit den betreffenden Aufgaben. Die Mitglieder der Orden (Goldenes Vlies, Maria Theresien-, St. Stephans-, Leopolds-, Eiserner Kronen- und Franz Joseph-Orden) traten nur bei Ordensfesten in Erscheinung, soferne sie nicht ausdrücklich zur

Mitfeier eines Festes (z. B. Fronleichnamsprozession) geladen waren. Den Kirchendienst bei Hof und in fremden Kirchen verrichteten seit 1748 der Hof- und Burgpfarrer, der Hofceremoniarius und die Hofkapläne. Erzbischöfe, Bischöfe, Prälaten und Kapitularen hatten im Zeremoniell nur die ihnen aufgetragenen kirchlichen Aufgaben zu erfüllen, in der Hofrangordnung stand ihnen – zumindest in der Zeit des Kaisers Franz Joseph – kein Platz zu. Der päpstliche Nuntius nahm eine Sonderstellung ein.

Ein öffentlicher Kirchgang des kaiserlich-königlichen Hofstaates hatte um 1850 folgende Ordnung: (jeweils hintereinander): 2 Hoffuriere; die Edelknaben; 2 Kammerfuriere; die Truchsessen; die Kämmerer; die Geheimen Räte; der Obersthofmarschall und der Oberststallmeister; der Erste Obersthofmeister; die Erzherzoge begleitet durch den jeweiligen Obersthofmeister; die kaiserliche Majestät (und etwas zurück) begleitet von den Gardehauptleuten; der Oberstkämmerer und der Generaladjutant. Soferne (nach 1854) die Kaiserin mit ihrem Gefolge teilnahm, folgte sie in Begleitung ihres Obersthofmeisters und ihrer Obersthofmeisterin in einem gewissen Abstand. Daran schlossen die Erzherzoginnen mit ihren Obersthofmeistern und Obersthofmeisterinnen. Den Abschluß bildeten die Palastdamen.

Die Planung und Vorbereitung der jeweiligen Anlässe lag wie erwähnt bei der Zeremonialabteilung des Obersthofmeisteramtes. Offene Probleme fielen in die Entscheidungsbefugnis des Obersthofmeisters, Entscheidungen genereller Natur blieben dem Kaiser reserviert. Für alle wichtigen Zeremonialfälle trat im Auftrag des Monarchen eine Hofkommission zusammen, welche meist aus den Chefs der Obersthofämter, dem Präsidenten der Hofkammer bzw. später dem Finanzminister und den Chefs der betroffenen Hofstellen bestand. Den Vorsitz führte der Obersthofmeister, der das Ergebnis der Beratungen dem Kaiser in Form eines Vortrages zur Entscheidung vorlegte.

Ab der Mitte des 17. Jahrhunderts wurde von diesem Hofamt ein „Zeremonialprotokoll" geführt, in dem tagebuchartig über alle Angelegenheiten um die Person des Monarchen oder die kaiserliche Familie Aufzeichnungen gemacht wurden. Dieses Protokoll – das heutige „Protokoll" dürfte als pars pro toto davon abgeleitet sein – diente stets als vergleichende Grundlage für alle ähnlich gelagerten Fälle. Die Anpassung an die Zeiterfordernisse erfolgte auf Vorschlag der Hofkommission oder des Hofamtes mit kaiserlicher Genehmigung oder überhaupt im Auftrag des Kaisers. Neben dieser traditionsbetonten Entwicklung gab es Jahrhunderte überdauernde Grundsätze, vor allem jene, die in den Prärogativen des Kaisertums begründet waren. Die römisch-deutschen Kaiser beanspruchten den Vorrang vor allen Königen und Fürsten und dieser Anspruch fand selbstverständlich im Zeremoniell einen Niederschlag. Als etwa Friedrich III. mit Karl dem Kühnen 1473 in Trier zusammentraf, mußte sich der stolze Burgunder trotz gesunkenem kaiserlichem Ansehen zu den dem Kaiser gebührenden Begrüßungszeremonien herbeilassen. Friedrich III. beharrte während dieser langwierigen Verhandlungen auf seinen kaiserlichen Rechten und bestand darauf, daß Karl in aller Öffentlichkeit die Lehen kniend empfing und ebenso den Lehenseid leistete. Auch Leopold I. bestand auf dieser Form der Belehnung. Der Lehensträger oder sein Abgesandter mußte jedoch damals nach dem Eintritt in die Ratsstube der kaiserlichen Burg dem Kaiser eine *kniebiegende Reverenz* mit nachfolgendem Fußfall auf beide Knie dreimal nacheinander vollführen, ehe er an den Stufen des Thrones kniend die Lehen empfing. Auch hier angesichts einer „Öffentlichkeit", d. h. einer Schar Schaulustiger, welche ausnahmsweise bis in die Ratsstube vorgelassen wurde. Dieser Fußfall hielt sich bis Joseph II. Um die Jahreswende 1786/87 untersagte er die *kniegebogenen Reverenzen und das Niederknien selbst von jedermann und in allen Fällen, . . . mithin auch Niemand, wer immer es seye, der um etwas zu bitten oder sonsten was einzureichen hätte, künftig mehr niederknien solle, weil dieses von Mensch zu Mensch kein anpassende Handlung seye, sondern solche gegen Gott allein vorbehalten bleiben müsse.*

Vom alten kaiserlichen Zeremoniell ist jedoch wenig bekannt, man spricht vorwiegend vom „Spanischen Zeremoniell" am Wiener Hof. Der burgundisch-spanische Einfluß steht außer Zweifel, das Ausmaß wäre aber zu klären. Die Proskynese ist sicher archaisch. Die Wiener Hofbehörden weisen gegenüber den spanischen beträchtliche Unterschiede auf. Erst Ferdinand III. scheint eine Raumeinteilung in der kaiserlichen Burg nach spanischem Vorbild eingeführt zu haben, wobei der Hofzutritt vor diesem Zeitpunkt weitaus großzügiger war als in Spanien (z. B. für die Doktoren und den einfacheren Landadel). Allgemein übersieht man, daß Karl (VI.) 1700 mit einem deutschen Hofstaat nach Spanien zog und nach seiner Rückkehr 1712 als römisch-deutscher Kaiser von einer Hofkommission sich einen Hofstaat nach Wiener Muster zusammenstellen ließ. Weder spanische Einflüsse noch Prunksucht oder die Notwendigkeit, die neuen Paläste mit Personal zu füllen, führten zur Aufblähung dieses Hofstaates, sondern die Not der entlassenen oder mit einem Teil der Besoldung pensionierten Hofbediensteten aus der Zeit Leopold I., Joseph I., der spanischen Zeit und der Kaiserinnenwitwen. Wer vom „Spanischen Zeremoniell" in Wien spricht, sollte sich ferner die Botschafteraudienzen einmal genauer ansehen. Die Eifersüchteleien der in Wien weilenden Vertreter fremder Höfe zwang die Wiener Hofverwaltung unter Maria Theresia, ein feststehendes Zeremoniell für diese Audienzen zu erstellen. Man griff offensichtlich auf Vorbilder zurück, die ausgefeilt und bereits erprobt waren. Die im Anhang folgende Gegenüberstellung mag dies verdeutlichen.

Als Maria Theresia die Herrschaft antrat, verordnete sie auf allen Gebieten der Hofverwaltung beträchtliche Einsparungen, die sich auch auf den Repräsentationsaufwand bezogen. Die zuständigen Beamten nahmen aber mit Befriedigung zur Kenntnis, daß die Monarchin das Hofzeremoniell im bisherigen Umfang beizubehalten gewillt war. Joseph II. begnügte sich mit einem Minimum an Zeremoniell und Repräsentation. Obwohl das traditionelle Hofzeremoniell weiter bestehen blieb, ließen die Revolution 1848 und der damit verbundene Regierungswechsel neuerlich Befürchtungen nach grundlegenden Veränderungen aufkommen. Doch nachdem die Ruhe wieder eingekehrt war, nahmen auch unter Kaiser Franz Joseph die Zeremonien ihren gewohnten Verlauf, irgendwelche einschneidende Maßnahmen sind aktenmäßig nicht festzustellen. Sicher keine Veränderungen gab es über die kritische Zeit hinweg bezüglich der Begräbnisfeierlichkeiten und der Hoftrauer. Abstriche machte Franz Joseph nur dort, wo es um den Aufwand ging. Dort, wo der junge Kaiser mit den Einzelheiten des Zeremoniells nicht vertraut war, erhielt er vom Obersthofmeister mündliche oder schriftliche Informationen (z. B. 1850 Information über die Karwochenzeremonien, besonders betreffs der Fußwaschung an zwölf armen Männern, die Franz Joseph in diesem Jahr erstmals vornahm). Mit den Problemen, die mit einer Vermählung zusammenhingen, wurde er anläßlich der Heirat der Erzherzogin Maria Henriette mit dem Kronprinzen Leopold von Belgien 1853 vertraut. Diese Vermählung könnte als Generalprobe seiner eigenen mit Elisabeth von Bayern bezeichnet werden. Abgesehen von grundsätzlichen Verfügungen und Resolutionen auf die Vorschläge der Hofkommission bzw. der zuständigen Hofämter beschränkte sich Franz Joseph damals auf die Beantwortung von Fragen und die Wahl zwischen vorgelegten Alternativvorschlägen. Nur hinsichtlich des Aufwandes machte er Abstriche. Er verbot an den Raststationen des Brautzuges größere Empfänge ausgenommen in Linz und wünschte auch den Einzug in Wien einfacher, als er dann ausfiel. Deswegen wurde ohne Verletzung des Dekorums für jene Adeligen, welche in großer Zahl aus der gesamten Monarchie nach Wien strömten und keine Gala-, sondern nur eine kleine oder überhaupt keine Hofuniform besaßen, die Bewilligung gegeben, mit der kleinen Hofuniform oder in Ermangelung derselben im Nationalkostüm, bei den Damen ohne „reiche Kleider" in gewöhnlichen Schleppen zu den Hoffesten zu erscheinen.

Zusammenfassend könnte man sagen, Franz Joseph führte die ihm durch das althergebrachte Zeremoniell übertragenen Aufgaben mit dem Ernst aus, der ihn auch bei der Ausübung seines „Berufes" als Herrscher leitete – dies unter Bedachtnahme auf die möglichste Erhaltung der kaiserlichen Prärogativen.

Anhang

Zeremoniell der Antrittsaudienzen des venezianischen Botschafters 1699 (A), des osmanisch-türkischen (Groß)botschafters 1700/1719 (B) und der Botschafter in der Zeit des Kaisers Franz Joseph (C).

A

Ankunft und Vorbereitung:

Nach der Ankunft in Wien hält der Botschafter vom Paulaner Kloster aus seinen Einzug in die Stadt. Vor diesem wird zu den Hofämtern Kontakt aufgenommen wegen eines Audienztermines.

Einholung zur Audienz:

Der älteste Kämmerer fährt als kaiserlicher Kommissär mit dem Audienz- und einem weiteren Hofwagen zum Quartier des Botschafters. Er wird am Stiegenaufgang von einem Botschaftskavalier, in Stiegenmitte vom Botschafter begrüßt und in den Empfangssalon geführt. Nach einem kurzen Gespräch ladet der Kämmerer den Botschafter zur Audienz ein und geleitet ihn zum Audienzwagen. Der Botschafter nimmt den Platz in Fahrtrichtung, der Kämmerer setzt sich gegenüber. Im Hofwagen nimmt die Suite des Botschafters Platz. Diese fährt bis vor das Schweizertor, steigt aus und geht zu Fuß zur Botschafterstiege. Der Audienzwagen fährt bis zur Botschafterstiege. Der Kämmerer steigt zuerst aus dem Wagen, dann der Botschafter.

Auf der Stiege hat die Arcieren- und Trabantenleibgarde ein Spalier gebildet. Am Fuße der Stiege wird der Botschafter vom Hofmarschall erwartet, begrüßt und nach oben geleitet. In der Ritterstube wird er vom Obersthofmeister begrüßt und zur 2. Antekammer geleitet. Dort empfängt ihn der Oberstkämmerer, der ihn beim Kaiser anmeldet.

Audienz

Der Kaiser befindet sich in der Ratstube. Nach der Anmeldung wird der Botschafter eingelassen. Einzelheiten über die Audienz sind jedoch nicht bekannt.

Abgang:

Nach der Audienz wird der Botschafter in umgekehrter Reihenfolge wie bei der Ankunft zurückgeleitet und vom Kämmerer in das Quartier zurück gebracht.

Die Abschiedsaudienz erfolgt mit demselben Zeremoniell.

B

Ankunft und Vorbereitung:

Der türkische (Groß)botschafter hält von Schwechat aus einen feierlichen und pompösen Einzug in Wien; ein kaiserlicher Kommissär samt Bedienung, ein kaiserlicher Dolmetsch und eine kaiserliche militärische Eskorte begleiten ihn in sein Quartier (Goldenes Lamm in Taborstraße). Das Zeremoniell der Audienz wird von einer Hofkommission entworfen, vom Kaiser genehmigt und samt dem Audienztermin dem Großbotschafter übermittelt. Er wird aufgefordert, den Text der Ansprache an den Kaiser, eine Liste derjenigen Personen, welche zur Audienz mitkommen, und eine Liste der Geschenke dem Hof zur Genehmigung vorzulegen.

Einholung zur Audienz:

Ein kaiserlicher Kommissär samt Bedienung fährt mit einem sechsspännigen Audienz- und einem sechsspännigen Hofwagen zum Absteigquartier des Botschafters, wird dort an der Stufe vom Legationssekretär empfangen und in den Empfangsraum geführt. Beim Eintritt kommt ihm der Botschafter einige Schritte entgegen. Unter Zuhilfenahme eines Dolmetschers ladet der Kommissär den Botschafter zur Audienz. Der Botschafter ladet den Kommissär zuerst zu einer Tasse Kaffee ein, der in einem Nebenraum sitzend eingenommen wird. Dann begleitet der Kommissär den Botschafter zum Audienzwagen. Der Botschafter wird von eigenen Bediensteten in den Wagen gehoben und nimmt in Fahrtrichtung Platz. Der Kommissär setzt sich gegenüber, ein Dolmetscher nimmt links vom Kommissär Platz. Der 2. Hofwagen ist für die türkische Begleitung bestimmt. Den Beginn und Abschluß des feierlichen Zuges bildet je eine Abteilung der kaiserlichen Stadtgarde. Am äußeren Burgplatz ist eine weitere Abteilung dieser Garde aufgestellt, die beim Einzug des Botschafters unter Spiel Fahne und Gewehr präsentiert.

Der Audienzwagen fährt bis zur Botschafterstiege. Der kaiserliche Kommissär verläßt den Wagen zuerst, dann wird der Botschafter von seinen Bediensteten herausgehoben. Das Gefolge des Botschafters ist vor dem Schweizertor abgestiegen bzw. abgesessen und zu Fuß zur Botschafterstiege gekommen. Die Stiege entlang bilden die Arcieren- und Trabantenleibgardisten ein Spalier.

Der kaiserliche Kommissär begleitet den Botschafter die Stiege hinauf, dem das zur Audienz angemeldete Personal folgt; dann weiter bis zur 2. Antekammer, wo ihn der Oberstkämmerer empfängt. Während der Botschafter wartet, meldet der Oberstkämmerer dem Kaiser die Ankunft desselben an.

Audienz:

In der Ratstube steht der Kaiser unter einem Baldachin auf einer Bühne, rechts daneben ein Tisch und ein Stuhl. Rechts neben der Bühne befinden sich die Gardehauptleute, hohe Hofbeamte, Minister und Kavaliere. Links neben der Bühne steht der Reichsvizekanzler.

Nach Öffnung der Tür tritt der Botschafter in die Ratstube, macht die 1., nach einigen Schritten zur Mitte hin die 2., und vor der Bühne die 3. „türkische Reverenz" (d. i. eine tiefe Verbeugung, dabei die rechte Hand auf die linke Brust gedrückt). Dann tritt er auf die Bühne, verbeugt sich abermals und küßt den Mantelsaum des Kaisers. Hierauf steigt er von der Bühne, ohne dem Kaiser den Rücken zu kehren und hält eine Ansprache. Nach Vollendung derselben und Übersetzung durch den kaiserlichen Dolmetsch winkt der Kaiser dem Reichsvizekanzler, der auf die Bühne tritt und sich vor dem Kaiser niederkniet, und erteilt ihm den Auftrag zu antworten. Der Reichsvizekanzler erhebt sich, steigt mit Blick zum Kaiser von der Bühne und antwortet dem Botschafter in deutscher Sprache. Der Dolmetscher übersetzt diese Antwort. Hierauf reicht der Legationssekretär dem Botschafter das Schreiben des Sultans, das dieser ehrfurchtsvoll küßt und auf den Tisch neben dem Kaiser legt. Hierauf präsentiert der Botschafter dem Kaiser die mitgebrachten Geschenke. Anschließend wird das angemeldete Personal des Botschafters eingelassen und vorgestellt. Nach Beendigung dieser Vorstellung tritt der Botschafter erneut auf die Bühne, küßt erneut den kaiserlichen Mantelsaum, steigt von der Bühne und verläßt samt seinem Gefolge unter dreimaligen tiefen Verbeugungen, ohne dem Kaiser den Rücken zu kehren, die Ratstube.

Abgang:

Die Begleitung am Rückweg erfolgt in umgekehrter Reihenfolge wie beim Einzug. Der kaiserliche Kommissär und die Stadtgarde begleiten den Botschafter in das Quartier zurück.

Die Abschiedsaudienz erfolgt mit demselben Zeremoniell, allerdings ohne Geschenke.

C

Ankunft und Vorbereitung:

Nach dem Einlangen nimmt der Botschafter mit dem Außenministerium wegen eines Besuches beim Minister Kontakt auf. Dort überreicht er dem Minister eine Abschrift des Beglaubigungsschreibens und bittet um eine Audienz beim Kaiser. Der Minister erwirkt über den Oberstkämmerer einen Termin, der dem Botschafter bekannt gegeben wird.

Einholung zur Audienz

Ein kaiserlicher Kommissär (1856 der Zeremonienmeister, später ein Kämmerer) fährt mit 1 Galawagen und 2 Hofwagen zur Residenz des Botschafters. Er wird beim Stiegenaufgang vom Botschaftssekretär erwartet und in den Empfangssalon gebracht, wo ihm der Botschafter einige Schritte entgegen kommt. Nach der Begrüßung ladet der Kommissär den Botschafter zur Audienz ein und geleitet ihn zum Galawagen. Der Botschafter steigt in den Galawagen und nimmt in Fahrtrichtung Platz, der Kommissär setzt sich gegenüber. Die Suite des Botschafters, welche ebenfalls zur Audienz angemeldet ist, fährt in den Hofwagen voraus, eventuell weiteres Personal fährt in einem Wagen der Botschaft nach dem Galawagen.

Bei der Fahrt leisten alle Wachen, die passiert werden, die einem Botschafter reglementmäßig gebührende Ehrenbezeugung.

Die Hofwagen fahren bis vor das Schweizertor, die Suite steigt aus und geht zu Fuß zur Botschafterstiege. Der Galawagen fährt in den inneren Burghof direkt zur Botschafterstiege (in Schönbrunn zur blauen Stiege). Dann steigt zuerst der kaiserliche Kommissär, dann der Botschafter aus. Der Kommissär begleitet den Botschafter, dem sich die Suite anschließt, an der linken Seite gehend die Stiege hinauf. Am Stiegenanfang stehen 2 Hofkommissäre, welche dem Botschafter voran gehen, am Stiegenabsatz stehen 2 Hofoberkommissäre, welche sich nach den Hofkommissären einreihen und den Botschafter ebenfalls hinaufgeleiten. Am Stiegenende wird der Botschafter vom Oberzeremonienmeister erwartet und nach der Bekomplimentierung bis zum Oberstkämmerer weiter geleitet. Der Oberstkämmerer erwartet den Botschafter samt Suite am Eingang zur zweiten Antekammer (in Schönbrunn das große Rosazimmer), kommt ihm aber einige Schritte entgegen. Nach der Begrüßung führt der Oberstkämmerer den Botschafter und die Suite bis vor die Tür der Ratstube (in Schönbrunn das Spiegelzimmer). Während der Botschafter innehält, tritt der Oberstkämmerer nach Öffnung eines Flügels der Tür in die Ratstube (Spiegelzimmer) und meldet dem Kaiser die Ankunft des Botschafters. Dann werden beide Flügel geöffnet und der Botschafter tritt allein ein.

Audienz:

Der Kaiser erwartet den Botschafter stehend. Nach dem Eintreten macht der Botschafter 3 tiefe Verbeugungen. Das folgende Gespräch ist zeremoniell nicht terminisiert. Nach Überreichung des Beglaubigungsschreibens bittet der Botschafter, das mitgekommene Botschaftspersonal vorstellen zu dürfen. Nachdem der Kaiser die Erlaubnis dazu erteilt hat, tritt der Botschafter – zum Kaiser gewendet – zur Tür und pocht von innen an dieselbe, worauf die Tür von außen geöffnet wird und das Personal eintritt. Die Tür wird wieder geschlossen. Der Botschafter stellt seine Begleiter einzeln vor. Nach geendigter Vorstellung verbeugt sich der Botschafter und entfernt sich samt seiner Begleitung unter zweimaliger Verbeugung mit dem Blick zum Kaiser durch die ganz geöffnete Tür.

Abgang:

Die Begleitung am Rückweg erfolgt in umgekehrter Reihenfolge wie bei der Ankunft. Der kaiserliche Kommissär bringt den Botschafter samt Begleitung mit dem Gala- bzw. den Hofwagen in die Botschaft zurück.

Die Abschiedsaudienz erfolgt mit demselben Zeremoniell, allerdings fährt der Botschafter ohne Hofbegleitung im eigenen Galawagen.

Kleidung:

In Gala, mit dem Band des Ordensgroßkreuzes. Eine bestehende Hoftrauer wird zu diesem Anlaß abgelegt, ausgenommen Hoftrauer 1. und 2. Klasse.

Quellen und Literatur (in Auswahl):

Aktenbestände der Hofarchive, bes. Zeremonialarchiv, im Haus-, Hof- und Staatsarchiv Wien. – *Dilger, Konrad,* Untersuchungen zur Geschichte des osmanischen Hofzeremoniells im 15. und 16. Jahrhundert (Beiträge zur Kenntnis Südosteuropas und des nahen Orients 4) 1967. – *Ehalt, Hubert Ch.,* Ausdrucksformen absolutistischer Herrschaft. Der Wiener Hof im 17. und 18. Jahrhundert (Sozial- und wirtschaftshistorische Studien 14) 1980. – *Feichtlbauer, Hubert,* Das Zeremoniell. Eine soziologische Untersuchung unseres zeremoniellen Alltagsverhaltens und seine soziale Bedeutung, Diss. Wien 1955. – *Goldinger, Walter,* Das Zeremoniell der deutschen Königskrönungen seit dem späten Mittelalter, in: Mitteilungen des Oberösterreichischen Landesarchivs 5, 1957. – *Huizinga, Johan,* Herbst des Mittelalters. Studien über Lebens- und Geistesformen des 14. und 15. Jahrhunderts in Frankreich und in den Niederlanden (Kröner TB 204) [11]1975. – *Kovács, Elisabeth,* Kirchliches Zeremoniell am Wiener Hof des 18. Jahrhunderts im Wandel von Mentalität und Gesellschaft, in: Mitteilungen des Österreichischen Staatsarchivs 32, 1979. – *Kreutel, Richard F.,* Im Reiche des Goldenen Apfels. Des türkischen Weltenbummlers Eviliyâ Çelebi denkwürdige Reise in das Giaurenland und in die Stadt und Festung Wien anno 1665 (Osmanische Geschichtsschreiber 2) [2]1963 (S. 141ff „Wie der Pascha um das Zeremoniell der Audienz beim Kaiser verhandelte"). – *List, Joachim,* Beiträge zur Stellung und Aufgabe der Erzherzoge unter Kaiser Franz Joseph, Diss. Wien 1982. – *Mathis, Andrea,* „Tu felix Austria nube" aus theaterwissenschaftlicher Sicht. Theatrale Festveranstaltungen anläßlich der Hochzeiten Maria Theresias und ihrer Kinder, Diss. Wien 1981. – *Pfands, Ludwig,* Philipp II. Gemälde eines Lebens und einer Zeit, [6]1969. – *Rakuscha, Günther,* Die Leibgarden am österreichischen Herrscherhof. Diss. Wien 1981. – *Renglovics, Joseph von,* Lebenserinnerungen eines ehemaligen Hofbeamten der kaiser- und königlichen Hofhaushaltung. 1938. – *Rohr, Julius Bernhard von,* Einleitung zur Ceremonialwissenschaft der Privat-Personen . . . 1728; bzw. – der großen Herren . . . 1733. – *Stöckelle, Angela,* Über Geburten und Taufen der Habsburger am Kaiserhof in Wien von Leopold I. bis Maria Theresia, Diss. Wien 1971. – *Tinti, Hermann,* Hoffähigkeit, 1904. – Uniform und Mode am Kaiserhof. Hofkleider und Ornate, Hofuniformen und Livreen des 19. Jahrhunderts aus dem Monturdepot des Kunsthistorischen Museums Wien. Ausstellung in Schloß Halbturn 1983 (Ausstellungskatalog). – *Vocelka, Karl,* Habsburgische Hochzeiten 1550–1600. Kulturgeschichtliche Studien zum manieristischen Repräsentationsfest (Veröffentlichungen der Kommission für neuere Geschichte Österreichs 65) 1976. – *Zolger, Ivan Ritter von,* Der Hofstaat des Hauses Österreich. (Wiener staatswissenschaftliche Studien 14) 1917.

TERRITORIEN, NATIONEN UND KONFESSIONEN

Josef Breu

DIE PHYSIOGEOGRAPHISCHEN GRUNDLAGEN ÖSTERREICH-UNGARNS

ABGRENZUNG

Die Ausstellung erfaßt das politische Geschehen der Zeit von 1848–1880. In dieser wechselte der Habsburgerstaat nicht nur seine staatsrechtliche Stellung, indem er sich durch den Ausgleich von 1867 vom Kaisertum Österreich in die Österreichisch-Ungarische Monarchie verwandelte, sondern auch seine äußeren und inneren Grenzen. So verlor die Donaumonarchie 1859 die Lombardei und 1866 Venetien, gewann dafür 1878 das adriatische Küstengebiet von Spizza und die Donauinsel Ada-Kaleh im Eisernen Tor, dazu das Mandat, die türkischen Wilajets Bosnien und Herzegowina sowie Teile des Sandschaks von Novi Pazar zu besetzen. Der folgenden Betrachtung ist der Gebietsstand vom Ausgang des Jahres 1878 einschließlich des Okkupationsgebietes von Bosnien-Herzegowina zu Grunde gelegt, wo Österreich-Ungarn zum Unterschied vom rein militärisch besetzten Sandschak auch eine zivile Verwaltungsorganisation eingerichtet hatte.

RAUMSTRUKTUR

Zu der genannten Zeit und in dem so beschriebenen Umfang stand Österreich-Ungarn mit 676.614 km^2 unter den Staaten Europas an dritter Stelle, und zwar nach Rußland und der erst 1905 aufgelösten Union Schweden-Norwegen. Während die Donaumonarchie vom europäischen Rußland an Fläche um ein Vielfaches übertroffen wurde, unterschied sie sich von diesem durch eine außerordentliche Mannigfaltigkeit der natürlichen Ausstattung. Relief, Klima und natürliche Vegetation wechselten auf verhältnismäßig kurze Entfernung. So stellte der Staat nicht nur auf Grund seiner komplexen ethnographischen und kulturgeographischen Struktur, sondern auch durch sein Übergreifen auf mehrere Großräume und Klimazonen des Erdteils ein Europa im kleinen dar.

Wenn auch das Zusammenwachsen der Länder der Donaumonarchie nur historisch zu verstehen ist, so hat es doch nicht an Versuchen gefehlt, in der inneren und äußeren Konfiguration des Staatsgebildes eine gewisse politisch-geographische Logik zu sehen. Da ist einmal die Idee des Donaustaates zu nennen. Tatsächlich bildet die Donau zwischen Passau und Orschova die bestimmende Diagonale, und ein Großteil des Staatsgebietes entwässert zu ihr. Zugleich stellt sie eine natürliche Verkehrsader von hohem Rang dar. Das zweite Konzept ist das von Festungswall und Glacis. Böhmerwald, Erzgebirge, Sudeten, Karpaten, Dinarisches Gebirge und – in einer besonderen Stellung – die Alpen, würden den großen Innenraum des Donau- und Elblandes schützend umschließen, nach außen gesichert durch das Glacis von Galizien im Nordosten und das des adriatischen Küstenlandes im Südwesten. Mit dieser Sichtweise hängt die dritte zusammen, die man die zentralräumliche nennen kann. Das Wiener Becken, durchschnitten von der Wasserstraße der Donau, welche vom Alpenvorland ins Pannonische Becken führt, sammelt die von der Natur nur wenig behinderten Verkehrswege aus allen Himmelsrichtungen. Der Mittelgebirgszug der Böhmisch-Mährischen Höhe ist durchgängig genug, um Böhmen mit dem Zentralraum verbinden zu können und die tiefe Mährische Pforte (310 m) auf der Wasserscheide zwischen March und Oder ermöglicht die Verbindung nach Schlesien und Galizien. Über den Semmering (985 m) gelangt man von Wien in die Längstalfurchen der nach Osten aufgefächerten Alpen.

NATURLANDSCHAFTSRÄUME

Die drei Hochgebirge Österreich-Ungarns, die Alpen, Karpaten und das Dinarische Gebirge verdanken ihre Entstehung einer Gebirgsfaltung im Tertiär, auf die eine Periode von Hebungen und Senkungen folgte, welche die Großformen des heutigen Reliefs geschaffen hat. Das Große und das Kleine Ungarische Tiefland sind als Einbruchsbecken innerhalb des Gesamtrahmens des tertiären Faltengebirgssystems zu verstehen. Die Gebirgsfaltung fand im Norden und Osten in der Böhmischen Masse und der Russischen Tafel ihre starren Widerlager.

Aus diesem Großrelief ergibt sich die Ausgliederung der folgenden Naturlandschaftsräume:

Im Nordwesten ragt die Böhmische Masse als südöstliche Bastion der zentraleuropäischen Mittelgebirgszone auf, und im Nordosten stellt die Podolische Landhöhe den südwestlichen Randbereich der Russischen Tafel dar. Darauf folgen nach Süden bzw. Südwesten als Übergangsbereiche das Österreichische Alpenvorland und das Karpatenvorland, woran die weitgespannten Züge der Alpen und Karpaten anschließen. Ohne besondere Grenze löst sich aus den Südalpen das nach Südosten streichende Dinarische Gebirge, welches zusammen mit Alpen und Karpaten den Senkungsraum des Pannonischen Beckens (Ungarisches Tiefland) einschließen.

Böhmische Masse:

Das Grundgerüst der Böhmischen Masse bilden relativ hochgelagerte Rumpfflächen von kristallinen Gesteinen (Gneis, kristalline Schiefer, Granit) auf einem in der Steinkohlenzeit (Karbon) gefalteten Grundgebirge. Die Ränder im Nordwesten, Nordosten und Südwesten sind durch jüngere Hebungen, die zum Teil von Bruchlinien begleitet sind, zu Mittelgebirgen geworden. Im Inneren treten die Aufwölbungsachsen des Brdywaldes und der Böhmisch-Mährischen Höhe hervor. Nach Südosten bricht die Masse entlang der Linie Oppamündung – Brünn – Krems an der Donau gegen das Karpatenvorland ab. Den Südrand bildete in Österreich-Ungarn im allgemeinen die Donau, welche mit ihren Durchbruchstälern allerdings einige Sporne abgeschnitten hat (Sauwald, Dunkelsteinerwald u. a.). Im Norden greifen Tafeln von Kreidesandstein und -mergel auf die Böhmische Masse über, in deren höheren Lagen eine reizvolle Mittelgebirgslandschaft (Elbsandsteingebirge) entstanden ist. Das Erzgebirge ist mit einem markanten Bruch gegen den mit jungtertiären Schichten erfüllten Egergraben abgesetzt. Im Zuge der tektonischen Aktivität des Jungtertiärs wurden junge Ergußgesteine an die Oberfläche gebracht, welche das Duppauer Gebirge und das Böhmische Mittelgebirge mit formschönen Vulkankuppen entstehen ließen. Die Sudeten stellen durch ein kompliziertes gestaffeltes Bruchliniensystem gegliederte Horste dar. Im mittleren und südlichen Teil ist die Böhmische Masse durch eine gewellte Rumpffläche, in welche die Flüsse tief eingeschnitten haben, gekennzeichnet. Die höchsten Partien der Randgebirge, die im Riesengebirge mit 1603 m (Schneekoppe) gipfeln, lassen einen in der Eiszeit geprägten Formenschatz erkennen.

Podolische Landhöhe:

Die Podolische Landhöhe erstreckt sich über Galizien nordöstlich der Karpaten und östlich des Sans. Sie ist ein Teil der Russischen Tafel, welche ein großes ungefaltetes Schichtpaket aus paläozoischen bis eiszeitlichen Ablagerungen darstellt. In ihrem Südwesten ist sie als Ukrainischer Schild gehoben, wodurch eine Reihe von Deckschichten abgetragen wurden. Die Podolische Landhöhe fällt in jenen Bereich des Schildes, in welchem der Dnjestr und seine Nebenflüsse sich wohl bis in die altpaläozoischen Deckschichten eingefräst haben, wo es aber nirgends zur Bloßlegung des kristallinen Untergrundes gekommen ist, wie weiter östlich zwischen Südlichem Bug und Dnjepr. Die obersten präquartären Deckschichten gehören zumeist der Kreideformation an und bilden streckenweise markante Schichtstufen. Zumeist sind sie jedoch von Löß und Lößderivaten bedeckt, im Norden auch von Altmoränen der Nordischen Vereisung. Die Höhen übersteigen nur selten die 400 m-Höhenlinie.

OSTALPEN:

Wie die Alpen als Ganzes sind auch die Ostalpen als ein System von übereinandergeschobenen Gesteinsdecken zu deuten. Es wird angenommen, daß aus einer Wurzelzone im Gailtal und in den Karawanken die ostalpinen Decken nordwärts und die südalpinen, die sich im Dinarischen Gebirge fortsetzen, südwärts bewegt worden wären. Durch Überschiebungen über große Entfernungen hin, kamen oft ältere Ablagerungen über jüngere gelagert, ferner hat die Abtragung von Deckenteilen zum Hervortreten der unteren Schichten in tektonischen Fenstern geführt. Den Hochgebirgscharakter erhielten die Ostalpen erst im Jungtertiär, wobei die Hebung entlang einer zentralen Längsachse am stärksten war. Die eiszeitliche Vergletscherung des Gebirgskörpers hat im wesentlichen den heutigen Formenschatz des Hochgebirges geschaffen: Gratformen, Karlinge, Kare, Bergseen, Trogtäler, Moränen, Zungenbecken usw. Im Kalkgestein treten Karsterscheinungen hervor: Karren, Höhlen, Konservierung von Plateauformen infolge des Versickerns des Wassers in die Tiefe usw. Entscheidend ist die zonale Gliederung der Alpen nach den sie aufbauenden Gesteinen. Auf die Sandsteinzone im Norden mit gerundeten Mittelgebirgsformen folgen die Nördlichen Kalkalpen, die im Westen als Gebirgsketten, im Osten, soweit sie noch Hochgebirgscharakter tragen, als Stöcke und Plateaus in Erscheinung treten. Daran schließt sich als schmaler und nur in Teilstücken ausgebildeter Streifen von wechselnder Breite eine aus paläozoischen Grauwacken bestehende Zone von Schieferalpen, auf welche die kristallinen Zentralalpen folgen. Hier erreichen die Ostalpen ihre höchste Höhe (innerhalb Österreich-Ungarns im Ortler mit 3.899 m), und die Gipfelfluren sind nach Osten bis zum Katschberg hin mit Gletschern bedeckt. Sehr mannigfaltig ist der Aufbau der Südlichen Kalkalpen, die ihren Namen nur zum Teil verdienen. Denn neben den Kalken der Trias- und (am Südrand) Kreideformation kommen weitflächig Porphyre (um Bozen), streifenweise paläozoische Schiefer (z. B. in den Karnischen Alpen) und lokal Tonalite (Cima d'Asta) vor. Die höchsten Erhebungen treten in den Dolomiten und Julischen Alpen auf, wo noch vereinzelt Gletscher in Erscheinung treten (Marmolata 3.342 m, Triglav 2.863 m).

KARPATEN:

Die Alpen brechen an der Wiener und Brucker Pforte ab, und die unmittelbar danach ansetzenden Höhen des Rohrwaldes, des Bisambergzuges und der Hainburger Berge sind schon dem karpatischen Gebirgssystem zuzuzählen, das sich in einem 1.300 km langen Bogen bis zum Eisernen Tor erstreckt. Das Gebirge ist niedriger (höchste Erhebung 2.655 m) und schmäler als die Alpen, Hochgebirgsformen treten zurück, und Gletscher fehlen. Wie bei den Alpen ist ein zonaler Aufbau mit Deckenstruktur gegeben, doch infolge des Einbruchs des Pannonischen Beckens ist nur die überaus mächtige äußere Sandsteinzone zwischen den Weißen Karpaten und der Dîmboviţa geschlossen erhalten. An die Sandsteinzone sind Kalkklippen gebunden, an ihrem Außenrand isoliert auftretend, am Innenrand jedoch eine sehr schmale, oft unterbrochene und nach Osten zu in den Waldkarpaten endende „Klippenzone" bildend. Eigentliche Kalkgebirgszonen, wie sie die Ostalpen zeigen, sind jedoch nicht ausgebildet worden, sondern isoliert auftretende Kalkgebirgskomplexe erscheinen den kristallinen Kernen der auf die Sandsteinzone folgenden Zentralzone angegliedert, in welcher als drittes Hauptelement mächtige jungvulkanische Massen auftreten. An der Dîmboviţalinie gehen die Ostkarpaten in die Südkarpaten über, die nach ihrem Bau ein völlig selbständiges Glied des Karpatenbogens darstellen. Es handelt sich um in jüngster Zeit gehobene kristalline Schollen, deren Gipfelfluren (höchste Erhebung: Moldoveanu 2.543 m) einen reichen eiszeitlichen Formenschatz tragen. Die Ostkarpaten, Südkarpaten und das Westsiebenbürgische Gebirge (Bihargebirge) schließen das jungtertiäre, zumeist vom Hügelland erfüllte Senkungsfeld des Siebenbürger Beckens ein.

DINARISCHES GEBIRGE:

Das Dinarische Gebirge stellt eine direkte Fortsetzung der Südalpen dar. Es besteht aus parallelen Dekkenkomplexen, die von Nordwest nach Südost überschoben wurden. Mit steiler Stirn fällt die am weitesten nach Südwesten geschobene Decke, die Hochkarstdecke, zum Küstenland ab. Die vorherrschenden Gesteine sind Kalke, an welche die großartigsten Karstphänomene Europas geknüpft sind: Grotten, Höhlenflüsse, Flußschwinden, Karstquellen, Poljen, Dolinen, Karren u. a. mehr. Daneben sind Sandsteine und sandig-tonige Ablagerungen verbreitet. In einer inneren Zone treten isoliert Serpentin- und Granitstöcke und zonal der von Nordwest nach Südost gerichteten Streichungsrichtung der Deckengrenzen folgend, Schieferaufbrüche hervor. Der Wechsel von Karstheide und nacktem Karst einerseits und begrünten nichtkalkigen Zonen andererseits springt in die Augen. Auf österreichisch-ungarischem Gebiet erreichte das Gebirge maximal eine Höhe von 2.396 m (Maglić a. d. montenegrinischen Grenze), während die namengebende Dinara nur 1.913 m hoch ist.

Pannonisches Becken:

Es ist im Tertiär an Stelle eines alten Massivs, das nach dem antiken Namen der Theiß Tisiamassiv genannt wird, als Einbruchsbecken entstanden und wurde im Jungtertiär und Quartär allmählich aufgefüllt und landfest. Die Querriegel Leithagebirge und Ungarisches Mittelgebirge schaffen eine Dreiteilung in Wiener Becken, Kleines Ungarisches Tiefland (Kisalföld) und Großes Ungarisches Tiefland (Alföld). Als eigene Einheiten faßt man ferner das Transdanubische Hügelland zwischen Plattensee, Donau und Drau und das Kroatisch-Slawonische Drau/Donau-Save-Zwischenstromland auf. Das Wiener Becken wurde von den Tonen und Sanden des jungtertiären Meeres aufgefüllt, über welche die Donau und kleinere Alpenflüsse (Schwarza) mächtige Schotterdecken abgelagert haben. Der als Fortsetzung der Zentralalpen aufzufassende Mittelgebirgsrücken des Leithagebirges bildet die Grenze zum Kleinen Ungarischen Tiefland, einer flachen Aufschüttungsebene, die von der Donau in mehreren Armen durchflossen wird. Gegen ihre Ränder zu gehen die Flußablagerungen in lößbedecktes jungtertiäres Hügelland über. Das Ungarische Mittelgebirge besteht aus einer Reihe von Schollen, zumeist von Triaskalken auf paläozoischem Sockel. Die schon im westlichen Bakonywald auftretenden jungvulkanischen Gesteine herrschen im Pilisgebirge und schließlich im ganzen Nordungarischen Mittelgebirge mit Ausnahme des Bükkgebirges vor; in ihrem Bereich liegt auch die höchste Erhebung des Gebirges (Mátra 1.015 m). Junge Aufschüttungen der großen Flüsse, zwischen denen sich höhergelegene Terrassenflächen erstrecken, charakterisieren das Große Ungarische Tiefland. In ihm ist das Donau-Theiß-Zwischenstromland von einem gewaltigen Schwemmfächer der Donau und das Nyírség von einem solchen der Theiß erfüllt. Auf vielen Terrassenflächen und am Beckenrand treten mächtige Lößdecken auf, im Inneren auch Flugsanddünen. Das Transdanubische Hügelland besteht abgesehen von der granitdurchsetzten Trias-Jura-Scholle des Mecsekgebirges (682 m) überwiegend aus marinen jungtertiären Ablagerungen, die zumeist von einem Lößmantel bedeckt sind. Das Gerüst des Kroatisch-Slawonischen Zwischenstromlandes wird durch eine Reihe inselhaft aufragender Gebirgsschollen aus kristallinen Gesteinen und aus Sedimenten paläozoisch-mesozoischen Alters gebildet. Um und zwischen diesen Schollen erstreckt sich ein zumeist lößbedecktes jungtertiäres Hügelland, das sich an Terrassenrändern zu den Flußniederungen absetzt.

Österreichisches Alpenvorland:

Aus den jungtertiären Meeresablagerungen wurde ein Hügelland herausmodelliert, dessen Höhenzüge oft von eiszeitlichen Schotterkappen gekrönt sind. Die Alpengletscher haben zwischen Salzach und oberösterreichischer Krems eine Endmoränenlandschaft mit unruhigen Kleinformen geschaffen. Östlich davon ist kein Gletscher mehr ins Vorland gedrungen. Zu diesen Formelementen kommen eiszeitliche Schotterfluren entlang und zwischen den Flüssen (Traun-Enns-Platte z. B.).

Karpatenvorland:

Dem äußeren Rand der Karpaten (Rohrwaldzug – Pollauer Berge – Marsgebirge – Beskiden – Waldkarpaten – Ostkarpaten) ist eine Senkungszone vorgelagert, die von jungtertiären Meeresablagerungen meist tonigen Charakters erfüllt ist. Das Relief umfaßt gerundete Mittelgebirgsrücken, lößbedeckte Hügelländer und Schotterfächer der Gebirgsflüsse. Dazu kommen in Westgalizien Altmoränen der Nordischen Vereisung, zumeist mit Löß und Lehm bedeckt. Der Zusammenhang zwischen dem westlichen und nördlichen Teil des Karpatenvorlandes ist nur durch die schmale Mährische Pforte gegeben.

BODENSCHÄTZE

Aufgrund der mannigfaltigen geologischen Struktur war Österreich-Ungarn reich an nutzbaren Mineralien aller Art, von denen im folgenden nur die wichtigsten herausgegriffen sind, wobei auch bei diesen nur die bedeutendsten Lagerstätten Erwähnung finden. Auch hier gilt als zeitlicher Stichpunkt Ende 1878; es sind also später erschlossene Produkte und Lagerstätten nicht berücksichtigt.

Gold findet sich am häufigsten in den Quarzgängen der kristallinen und der jüngeren Eruptivgesteine. Die Hauptvorkommen liegen im Siebenbürgischen (Kleinschlatten, Verespatak, Offenburg) und Ungarischen (heute Slowakischen) Erzgebirge (Königsberg, Schemnitz, Kremnitz). Der ehemalige Goldreichtum der Hohen Tauern und des Böhmerwaldes war erschöpft. Weit gestreut sind die Fundorte von Silber, das in Erzgängen von kristallinen Gesteinen, Glimmerschiefern und Trachyt vorkommt, und zwar u. a. im Ungarischen (Schmöllnitz), Siebenbürgischen und Bosnischen Erzgebirge, im Banater Gebirge (Orawitza), im Láposgebirge (Nagy-Bánya, Kapnik-Bánya) und im Erzgebirge Böhmens (Joachimsthal) sowie bei Příbram. Hauptkupferlagerstätten sind Schmöllnitz und Kremnitz im Ungarischen Erzgebirge, danach Schwaz und Kitzbühel in den Kitzbühler Schieferalpen und Pozoritta in der Bukowina. Österreich-Ungarn war reich an Eisenerzlagern: Eisenerzer Alpen (Erzberg), Hüttenberg in Kärnten, Innerböhmen, Blansko und Mährisch-Neustadt in Mähren und Trzynietz in Schlesien. In Ungarn sind die Eisenerzlager des östlichen Ungarischen Erzgebirges und des Banater Gebirges hervorzuheben. Weitere bedeutende Lagerstätten trägt das Bosnische Erzgebirge. Zink- und Bleierze lagern vor allem in Kärnten (Bleiburg), Galizien (westlich von Krakau), Böhmen, Südtirol, Untersteiermark und Krain. In der ungarischen Reichshälfte sind Bleivorkommen im Siebenbürgischen Erzgebirge und im Banater Gebirge zu nennen. Europäische Bedeutung hat das Quecksilberbergwerk von Idria in Krain.

Sehr reich waren die Salzlager der Monarchie. Die Salzstöcke der Alpen bei Hall in Tirol, im oberösterreichischen Salzkammergut und bei Aussee sind ins sogenannte Haselgebirge eingebettet, welches aus tonigen Massen mit mehr oder weniger Salz und Gips besteht. Dieses Salz ist körnig und oft mit anderen mineralischen Bestandteilen durchsetzt. In den berühmten Lagern von Bochnia und Wieliczka im westlichen Galizien hingegen tritt das Salz in großen Kristallen als sogenanntes Bergsalz auf. Die reichen galizischen Salzlager folgen dem Außenrand der Karpaten und reichen bis in die Bukowina. Große Salzlager enthält auch das Siebenbürgische Becken, wo die Minen von Maros-Újvár für die schönsten von ganz Europa gelten, sowie in der Marmarosch (Mármaros-Sziget).

Die Steinkohlenlager Österreich-Ungarns waren sehr ungleich auf die Reichshälften verteilt. Während Ungarn nur ein paar verhältnismäßig kleine Lagerstätten im Banater Gebirge und im Mecsekgebirge aufzuweisen hatte, waren die Lager Cisleithaniens von europäischer Bedeutung. Die wichtigsten sind das Schlan-Rakonitz-Kladnoer Revier und des Pilsner Steinkohlenbecken, beide im innerböhmischen Karbon, das Schatzlar-Schwadowitzer Revier am Fuße des Riesengebirges und das Ostrau-Karwiner Revier im mährisch-schlesischen Grenzgebiet. Weiter gestreckt ist die Verbreitung der Braunkohlenvorkommen, von Häring in Tirol bis Kronstadt in Siebenbürgen. Die bedeutenderen liegen am Südfuß des Erzgebirges (die Becken von Falkenau, Saaz und Dux-Brüx-Komotau), bei Göding westlich der March, im oberen Murtal, im Kainachtal, bei Trifail in der Untersteiermark, im Wolfsberger Becken am Hausruck und bei Gran in Ungarn. Dazu kommen über das ganze Gebiet zerstreut mittlere und kleinere Braunkohlenlager.

Den Außenrand der Karpaten folgt vom Dunajec im Westen bis zur galizisch-bukowinischen Grenze im Osten eine Zone von Erdölfeldern, unter denen die von Jasło und Drohobycz am bedeutendsten sind. Kleine Vorkommen befinden sich am ungarischen Innenrand der Waldkarpaten und im nördlichen Slawonien.

ENTWÄSSERUNG

Das humide und subhumide Klima gewährleistet in fast allen Teilen eine genügende Bewässerung, nur im Bereiche des trocken-subhumiden Klimatyps, v. a. im Marchfeld, im Kleinen und Großen Ungarischen Tiefland und zum Teil im Siebenbürgischen Becken, führen die relativ geringen Niederschläge, das flache Relief und besondere Bodenverhältnisse zu geringen Abflußhöhen. Allerdings können in diesen Gebieten, besonders im Alföld, Jahre mit unzureichendem Niederschlag vorkommen. Das Gebiet Österreich-Ungarns entwässert zu vier Meeren, zum Schwarzen Meer, Adriatischen Meer, zur Nordsee und Ostsee. Der überwiegende Teil des Staatsgebietes wird vom Stromgebiet der Donau eingenommen, welches den Großteil des Alpengebietes des Staates, Mähren, den ganzen Raum innerhalb des Karpatenbogens und der Hauptachse des Dinarischen Gebirges, ferner die Bukowina und das südöstlichste Galizien bedeckt. Vom Gesamteinzugsgebiet des Stromes von 817.000 km² entfallen 440.000 km² und von seiner Gesamtlänge von 2.860 km 1.313 km auf die Monarchie. Weitere Zuflüsse des Schwarzen Meeres sind der Dnjestr, der den Großteil Ostgaliziens entwässert und von einer Flußlänge von 1.352 km 468 km in Österreich-Ungarn zurücklegt, wo sein Einzugsgebiet 35.000 km² beträgt (gesamt 72.000 km²), ferner der Dnjepr, zu dessen Flußsystem der Styr in Nordostgalizien, ein Nebenfluß des Pripet, gehört. Das Adriatische Meer wird vom österreichisch-ungarischen Gebiet durch die Etsch (Einzugsgebiet in Österreich-Ungarn 11.500 km² bei insgesamt 14.500 km²), die Brenta und den Isonzo, sowie durch Zuflüsse des Pos, der Piave und des Tagliamentos gespeist. Dazu kommen alle Küstenflüsse vom Timavo bei Monfalcone bis zur Staatsgrenze bei Spizza. Der Großteil der Gewässer Vorarlbergs fließt über den Rhein (Flußlänge 30 km bei insgesamt 1.320 km; Einzugsgebiet 2.000 km² von insgesamt 224.400 km²) zur Nordsee ab, welcher auch die Elbe zuströmt (Länge 380 km bei insgesamt 1.165 km Flußgebiet, 59.000 km² von insgesamt 148.000 km²), deren Einzugsgebiet in Österreich-Ungarn sich im wesentlichen mit dem Kronland Böhmen deckt. Der Großteil von Schlesien und ein schmaler Nordostsaum Böhmens entsendet seine Wasser über die Oder (Lauflänge in Österreich-Ungarn 60 km bei insgesamt 912 km, Stromgebiet 6.330 km² bei gesamt 118.600 km²) zur Ostsee, in die ferner die Weichsel (Lauflänge 265 km von insgesamt 1.047 km, Stromgebiet 42.000 km² von gesamt 198.500 km²) mündet, welche neben Teilen von Schlesien und Oberungarn das westliche und mittlere Galizien entwässert.

KLIMA

Das Staatsgebiet hat an zwei europäischen Klimaprovinzen Anteil, an der des mitteleuropäischen Übergangsklimas und an der mediterranen Provinz. Das mitteleuropäische Übergangsklima, welches den Großteil des Staates deckt, stellt den Übergang zwischen dem westeuropäischen ozeanischen Klima im Westen und dem osteuropäischen Kontinentalklima im Osten dar. Es ist gekennzeichnet durch gemäßigte Winter, gemäßigte Sommer und Niederschläge zu allen Jahreszeiten mit einem Maximum im Sommer. Da also die Zeit der größten Wärmeeinstrahlung und der längsten Tageslichtdauer mit dem Niederschlagsmaximum zusammenfällt, ergeben sich sehr günstige Voraussetzungen für den Anbau der Kulturpflanzen. Die Kontinentalität nimmt von Westen nach Osten zu, was sich unter anderem im Ansteigen der Julimittel der Temperatur auswirkt. Es beträgt in Prag +18° und in Temesvar +22° C. Außerhalb der Gebirgsgegenden schwankt das Jännermittel der Lufttemperatur zwischen 0° und −4° C und das Julimittel zwischen +16° und +23° C. Der Pflanzenbau ist durch keine alljährlichen Dürre- oder Frostperioden behindert. Alpen, Karpaten, die Gebirgsränder der Böhmischen Masse und die höchsten Gruppen des Dinarischen Gebirges zeigen infolge ihrer hohen Lage subpolare Züge mit kalten Wintern, kühlen Sommern und hohen bis sehr hohen Niederschlagsmengen. Die einen schmalen Küstenstreifen des Adriatischen Meeres und den südlichsten Teil Welschtirols einnehmende mediterrane Klimaprovinz wird durch milde Winter und heiße Sommer bestimmt. Das Maximum der Niederschläge fällt hier im Herbst und Winter, das Minimum im Sommer, der den Charakter einer Trokkenzeit annimmt.

NATÜRLICHE VEGETATION

Die Verbreitung der potentiellen natürlichen Vegetation folgt in großen Zügen den klimatischen Verhältnissen. Ohne die Eingriffe des Menschen wäre das Gebiet von Wald, und zwar vorwiegend von Laub- und Laub-Nadel-Mischwald bedeckt. Waldlos ist die in den höchsten Gebirgsgruppen der Alpen, Karpaten und des Dinarischen Gebirges vorkommende subalpine und alpine Strauch-, Zwergstrauch- und Rasenstufe und die sich in den Alpen und Karpaten nach oben anschließende subnivale und nivale Polsterpflanzen- und Kryptogamenstufe. Ohne Wald sind ferner von Natur aus die südwestliche Batschka und der südwestlichste Teil des Banats, wo auf wechseltrockenen Alluvialböden eine Wiesensteppe als die natürliche Vegetationsform anzunehmen ist. Größere waldlose Vegetationskomplexe finden sich noch auf Salzstandorten, besonders im nordöstlichen Alföld. Für die trockeneren Teile des Inneren des Pannonischen und Siebenbürgischen Beckens sind als natürliche potentielle Vegetation Löß-, Sand- und Alkali-Waldsteppen mit einer Dominanz von Eichenarten in ihrem Waldanteil anzunehmen. Unter den Nadelwäldern muß man die nährstoffarmen Rotföhrenwälder des nördlichen Galiziens von den Gebirgswäldern unterscheiden, bei denen es sich zumeist um Fichten- und Fichten-Tannen-Wälder handelt, in den hochalpinen Lagen auch um Zirbenwälder. Unter den Laub-Nadel-Mischwälder treten die folgenden Leitpflanzen hervor: In den sommerkühlen Gebirgs- und Berglagen die Rotbuche, in den außerpannonischen Hügel- und Flachländern die Eiche, mit der Hainbuche vergesellschaftet, und im trockeneren Pannonischen Becken verschiedene Eichenarten. Auf den nährstoffarmen Böden des Inneren der Böhmischen Masse finden sich nährstoffarme Eichen- und Eichen-Kiefern-Wälder, während die Flußläufe von Auwäldern aus Eichen, Ulmen, Pappeln und Weiden begleitet werden. Auf den Quarnero-Inseln und den Dalmatinischen Inseln, sowie auf einem schmalen Küstensaum in Südistrien und Dalmatien sind immergrüne mediterrane Hartlaubwälder und -macchien verbreitet, mit der Steineiche als Leitpflanze. Gegen das Binnenland zu folgen als submediterrane Vegetationszonen ein Streifen von Wäldern aus orientalischer Hainbuche und Eiche und danach ein solcher mit Hopfenbuchenwäldern.

BÖDEN

Die Böden sind abhängig von Klima, natürlicher Vegetation und Ausgangsgestein. Im Gebiete der Wiesen- und Waldsteppen und zum Teil auch im Bereiche trockener Eichenwälder haben sich Schwarzerden und kastanienfarbige Böden mit hohem Humusgehalt und geringer Auslaugung gebildet. Sie haben ihr Hauptverbreitungsgebiet im Pannonischen Becken und seinem westlichen Vorhof, dem Wiener Becken, und finden sich im Weinviertel und an der mährischen March, in der Niederung Nordböhmens und in Ostgalizien. Im Alpenvorland, in Siebenbürgen, im nördlichen Slawonien, in Südwestungarn und Galizien stoßen wir auf braune Waldböden, die in der niederschlagsreichen Mittelgebirgsstufe in Bleicherden übergehen. In den Nördlichen und Südlichen Kalkalpen sind Humuskarbonatböden, sogenannte Rendzinen, verbreitet. Die höheren Gebirgslagen tragen im gesamten Staatsgebiet Skelettböden (Gesteinstrümmerböden) und skelettreiche Böden. In dem Bereiche des mediterranen Klimas fällt die Verbreitung der Roterde (Terra rossa), die aus den Verwitterungsrückständen des Kalksteins besteht, auf. Die Flußniederungen sind von Auböden erfüllt, und im Pannonischen Becken, besonders im Großen Ungarischen Tiefland, kommen Salzböden von oft großer örtlicher Verbreitung vor.

Literatur (in Auswahl):

Atlas der Donauländer hg. v. Österreichisches Ost- und Südosteuropa-Institut, redigiert v. *J. Breu,* Wien 1970. – *Breu, J.*, Großmachtbildungen im Donauraum, in: Geoforum, Heft 6/71, S. 7–19, Braunschweig 1971. – Die Länder Oesterreich-Ungarns in Wort und Bild, hg. v. *F. Umlauft,* 15 Bde., Wien 1879–1889. – Die österreichisch-ungarische Monarchie in Wort und Bild, hg. v. k. k. Hof- und Staatsdruckerei, 24 Bde., Wien 1886–1902. – *Haardt, V. v.*, Atlas der österreichisch-ungarischen Monarchie, Wien o. J. (1882). – *Hannak, E.*, Österreichische Vaterlandskunde, Wien 1886. – *Hanslik, E.*, Österreich – Erde und Geist, Wien 1917. – *Krebs, N.*, Länderkunde der österreichischen Alpenländer, Stuttgart 1913. – *Machatschek, F.*, Europa als Ganzes, in: Enzyklopädie der Erdkunde, hg. v. *O. Kende,* Wien 1929. – *Machatschek, F.*, Länderkunde von Mitteleuropa, in: Enzyklopädie der Erdkunde, hg. v. *O. Kende,* Wien 1925. – *Partsch, J.*, Mitteleuropa, Gotha 1904. – Physikalisch-statistischer Handatlas von Oesterreich-Ungarn, hg. v. *J. Chavanne,* Wien 1887. – *Supan, A.*, Österreich-Ungarn, in: Länderkunde von Europa, hg. v. *A. Kirchhoff,* Tl. I, 2. Hälfte, S. 1–333, Wien–Prag–Leipzig 1889. – *Umlauft, F.*, Die Österreichisch-Ungarische Monarchie, 2. Aufl., Wien–Pest–Leipzig 1883.

Hartmut Lehmann und Silke Lehmann

DIE ROLLE DES NATIONALEN IN DER HABSBURGERMONARCHIE

1. ZWISCHENBILANZ IM REVOLUTIONSJAHR: DAS SCHWERE ERBE DER METTERNICHÄRA

Drei Zeugnisse aus dem Revolutionsjahr 1848/49 belegen eindringlich, welch wichtige Rolle das Nationale in der Politik der Habsburgermonarchie damals spielte. Diese Zeugnisse – der Brief, den Franz Palacký im April 1848 nach Frankfurt schickte, die Protokolle des Kremsierer Verfassungsausschusses und das Manifest, das Kaiser Franz Joseph im März 1849 erließ – demonstrieren zugleich jedoch auch, wie weit und wie schwierig der Weg zu einer politischen Lösung der Nationalitätenfrage noch war.

Als der Fünfzigerausschuß der provisorischen Nationalversammlung in Frankfurt am Main den tschechischen Historiker und Politiker Franz Palacký aufforderte, an seinen Beratungen teilzunehmen, nannte dieser in seiner Antwort verschiedene Gründe, warum er der Einladung nicht Folge leisten könne. Er sei *ein Böhme slawischen Stammes* und habe sich *mit all dem wenigen,* was er besitze und könne, dem Dienst seines Volkes *ganz und für immer gewidmet.* Dieses Volk sei *nun zwar ein kleines, aber von jeher ein eigentümliches und für sich bestehendes;* seine Herrscher hätten zwar *seit Jahrhunderten am deutschen Fürstenbunde teilgenommen,* es selbst habe sich *aber niemals zu diesem Volke gezählt* und sei *auch von anderen im Ablauf aller Jahrhunderte niemals dazu gezählt worden. Keinem Geschichtskundigen* falle es ein, *die ehemalige Souveränität und Autonomie Böhmens nach innen in Zweifel zu ziehen* und *alle Welt* wisse, *daß die deutschen Kaiser als solche mit dem böhmischen Volke von jeher nicht das mindeste zu tun und zu schaffen gehabt haben; daß ihnen in und über Böhmen weder die gesetzgebende, noch die richterliche oder vollziehende Gewalt zukam; daß sie weder Truppen noch irgend Regalien aus dem Lande jemals zu beziehen hatten; daß Böhmen mit seinen Kronländern zu keinem der ehemaligen zehn deutschen Kreise gezählt wurde, die Kompetenz des Reichskammergerichts sich niemals über dasselbe erstreckte.*

Der Umstand, fuhr Palacký fort, daß die Frankfurter Abgeordneten nach allen, was er erfahren habe, *notwendigerweise darauf ausgehen wollen und werden, Österreich als selbständigen Kaiserstaat unheilbar zu schwächen, ja ihn unmöglich zu machen*, verbiete ihm außerdem, nach Frankfurt zu kommen. Die Frankfurter wüßten, *welche Macht den ganzen großen Osten* ihres Weltteils beherrsche, daß Rußland *schon jetzt zu kolossaler Größe herangewachsen* sei, sich *von innen heraus mit jedem Jahrzehnt in größerem Maße* stärke *als solches in den westlichen Ländern der Fall* sei, daß diese Macht, *im Innern fast unangreifbar und unzugänglich, längst eine drohende Stellung nach außen angenommen* habe, zwar auch nach Norden, vorzugsweise aber nach dem Süden, und daß sie eine neue Universalmonarchie herbeizuführen drohe. Im Südosten Europas lebten entlang der Grenze des russischen Reiches aber verschiedene *in Abstammung, Sprache, Geschichte und Gesittung merklich verschiedene(n) Völker(n) – Slawen, Walachen, Magyaren und Deutsche(n), um der Griechen, Türken und Skipetaren nicht zu gedenken –, von welchen keines für sich allein mächtig genug* sei, *dem übermächtigen Nachbar im Osten in aller Zukunft erfolgreichen Widerstand zu leisten.* Das könnten sie nur dann, *wenn ein einiges und festes Band sie alle miteinander* verbinde. *Die wahre Lebensader dieses notwendigen Völkervereins* sei *die Donau* und *seine Zentralgewalt* dürfe sich *von diesem Strome nicht weit entfernen, wenn sie überhaupt wirksam sein und bleiben will.* Palacký faßte diese Überlegung in einer seither immer wieder zitierten Feststellung zusammen: *Wahrlich, existierte der österreichische Kaiserstaat nicht schon längst, man müßte im Interesse Europas, im Interesse der Humanität selbst sich beeilen, ihn zu schaffen.*

Schließlich schrieb Palacký, er halte *alle bisherigen Projekte zu einer Reorganisierung Deutschlands auf Grundlage des Volkswillens für unausführbar und in die Länge unhaltbar*, wenn sich die Frankfurter Abgeordneten *nicht zu einem echten Kaiserschnitt entschließen*, er meine: *die Proklamierung einer deutschen Republik*, und sei es nur als Übergangsform. Von Österreich her gesehen müsse er aber *jeden Gedanken an* [eine] *Republik im vorhinein entschieden und kräftig zurückweisen.* Sie sollten sich doch Österreich vorstellen *in eine Menge Republiken und Republikchen aufgelöst – welch ein willkommener Grundbau zur russischen Universalmonarchie!* Kurzum, *das Verlangen* der Frankfurter, Österreich und mit ihm Böhmen sollten sich *volkstümlich an Deutschland anschließen, das heißt in Deutschland aufgehen,* komme einer *Zumutung des Selbstmords* gleich und ermangle daher *jedes moralischen und politischen Sinnes.* Eigentlich sei es sogar sinnvoller, bemerkte Palacký abschließend, wenn sich Deutschland an Österreich anschließe, und wenn *diese Zumutung dem deutschen Nationalgefühl gegenüber unstatthaft* sei, dann bliebe nichts übrig, als daß sich Deutschland und Österreich *nebeneinander gleichberechtigt konstituieren, ihren bisherigen Bund in ein ewiges Schutz- und Trutz-Bündnis verwandeln und allenfalls noch, wenn solches ihren beiderseitigen materiellen Interessen zusagt, eine Zolleinigung untereinander abschließen.*

Die von Palacký klar begründete Abgrenzung von Deutschland war für die österreichischen Politiker des Jahres 1848/49 eine Sache, die von ihnen erhoffte und erstrebte Reorganisation der Donaumonarchie unter Beachtung der vollständigen Gleichberechtigung aller Nationalitäten und Konfessionen, wie sie Palacký im Brief nach Frankfurt beschrieb, freilich eine andere. Aus den Protokollen des Verfassungsausschusses über die Grundrechte, der vom konstituierenden österreichischen Reichstag in Kremsier eingesetzt wurde und in dem auch Palacký vertreten war, ist zu ersehen, wie verschieden sich die österreichischen Politiker des Revolutionsjahres die Regelung der Nationalitätenfrage vorstellten. Zwar waren sich alle einig, es gelte in der künftigen Verfassung vor allem die Gleichberechtigung der Nationen zu sichern. Während ein Abgeordneter aber einen besonderen Paragraphen wünschte, der jede Suprematie einer Nationalität über eine andere verbiete, meinte ein anderer sarkastisch, die Gleichberechtigung bestehe bisher nur darin, daß man *den Ungarn einen Kroaten, den Italienern einen Deutschen zum Gouverneur gegeben* habe und daß *alle Hauptstädte der verschiedenen Zungen bombardiert* worden seien. Während ein weiterer Abgeordneter ausführte, die Gleichberechtigung der Nationen gehöre eigentlich nicht zu den Grundrechten und sei an anderer Stelle in der künftigen Verfassung zu regeln, wies ein anderer darauf hin, alle Staatstheorien könnten nicht verhindern, daß eine Nation innerhalb der Donaumonarchie groß, eine andere dagegen klein und daß eine *gebildeter als die andere* sei. Der Entwurf, den der Ausschuß im Dezember 1848 verabschiedete, enthielt am Ende nur die von allen Ausschußangehörigen anerkannten Prinzipien und lautete: *Alle Volksstämme des Reiches sind gleichberechtigt. Jeder Volksstamm hat ein unverletzliches Recht auf Wahrung und Pflege seiner Nationalität überhaupt und seiner Sprache insbesondere. Die Gleichberechtigung aller landesüblichen Sprachen in Schule, Amt und öffentlichem Leben wird vom Staate gewährleistet.*

Wie diese Prinzipien in Verfassungsbestimmungen umgesetzt und wie sie im künftigen Rechts- und Verfassungsleben angewandt werden sollten, das blieb zunächst jedoch offen und wurde auch im Kremsierer Verfassungsentwurf vom 2. März 1849 nur in großen Zügen, nicht aber im Detail geregelt. Zwar war im Verfassungsausschuß des konstituierenden Reichstags im Januar 1849 noch einmal ausführlich über die Nationalitätenfrage diskutiert worden, wobei die verschiedenen Meinungen erneut hart aufeinander prallten. Am Ende hatten sich die Abgeordneten, die eine weitgehende politische Neugliederung der Donaumonarchie wünschten, aber nicht durchsetzen können und in dem Kremsierer Verfassungsentwurf wurde vorgesehen, das als *unteilbar konstitutionelle Erbmonarchie* geplante *Kaisertum Österreich* in seine historischen Länder zu gliedern: in das Königreich Böhmen, das Königreich Galizien und Lodomerien samt Krakau, das Königreich Dalmatien, das Erzherzogtum Österreich unter der Enns, das Erzherzogtum Österreich ob der Enns ohne Innviertel, das Herzogtum Salzburg samt Innviertel, das Herzogtum Steiermark, das Herzogtum Kärnten, das Herzogtum Krain, das Herzogtum Schlesien, die Markgrafschaft Mähren, die gefürstete Grafschaft Tirol samt Vorarlberg, das Küstenland und die Bukowina. Drei Paragraphen des Kremsierer Verfassungsentwurfs zeugen immerhin vom Willen der Abgeordneten, die in den Diskussionen offen zu Tage getretenen nationalen Gegensätze zu entschärfen. In dem Paragraphen über die Länder, die in Kreise eingeteilt werden sollten, wurde festgelegt, die Grenzen dieser Kreise sollten *mit möglichster Rücksicht auf Nationalität* gezogen werden; in dem Paragraphen über die Landesverfassungen wurde postuliert, die Wahlbezirke sollten *mit möglichster Berücksichtigung der Nationalität* gebildet und die Verhandlungen *unter Anerkennung der gleichen Berechtigung der Landessprachen* geführt werden; schließlich sollte es *Reichsländern von gemischter Nationalität* vorbehalten bleiben, *eine Institution in die Landesverfassung aufzunehmen, durch welche Angelegenheiten von rein nationaler Natur nach Art eines Schiedsgerichts zu entscheiden sind.* Wie verzweifelt einzelne Abgeordnete über den Verlauf der Verhandlungen über die Regelung des Nationalitätenproblems im Frühjahr 1849 waren, zeigt die Bemerkung eines Abgeordneten, der ausführte, wenn man neue Länderkomplexe nur schaffen könne, indem man alte zerstöre, dann frage er sich, ob es nicht besser wäre, *daß keine Revolution gewesen wäre, oder ob man nicht lieber Österreich nochmals in den Topf der Revolution werfen müsse, um zu sehen, ob nicht was Besseres herauskomme.*

Kaiser Franz Joseph schließlich, seit dem 2. Dezember 1848 auf dem Thron, löste am 4. März 1849 den Reichstag von Kremsier auf, lehnte mit diesem Akt auch den Kremsierer Verfassungsentwurf ab, verkündete gleichzeitig eine von seiner Regierung ausgearbeitete Verfassung und begründete diese Schritte unter anderem damit, daß die in Kremsier versammelten Abgeordneten ihre Aufgabe nicht erfüllt und die in sie gesetzten Erwartungen enttäuscht hätten. *Erörterungen aus dem Gebiete der Theorie* hätten die Verhandlungen in Kremsier bestimmt, *welche nicht nur mit den tatsächlichen Verhältnissen der Monarchie im entschiedenen Widerspruch stehen, sondern überhaupt die Begründung eines geordneten Rechtszustandes im Staate entgegentreten.* Dadurch seien *die Wiederkehr der Ruhe, der Gesetzlichkeit und des öffentlichen Vertrauens in die Ferne gerückt, in den wohlgesinnten Staatsbürgern trübe Befürchtungen erzeugt und der durch Gewalt der Waffen zu Wien eben erst geschlagenen, in einem anderen Teile* seines

Reiches noch nicht gänzlich besiegten Partei des Umsturzes aber neuer Mut verliehen worden. Da er sich die *Wiedergeburt eines einheitlichen Österreich* zu seiner *Lebensaufgabe* gemacht habe, sei es für ihn eine unabweisliche Notwendigkeit, *die Grundlagen dieses Werkes auf eine dauerhafte Weise zu sichern* und zu diesem Zwecke erlasse er eine Verfassung, *welche nicht bloß die in Kremsier vertretenen Länder, sondern das ganze Reich im Gesamtverbande umschließen soll.* Ziel dieser neuen Verfassung sei es, *die Einheit des Ganzen mit der Selbständigkeit und freien Entwicklung seiner Teile* in Einklang zu bringen, *eine starke, das Recht und die Ordnung schützende Gewalt über das ganze Reich mit der Freiheit des einzelnen, der Gemeinden, der Länder ... und verschiedenen Nationalitäten* sowie auch *die Sicherung der echten Freiheit durch das Gesetz.* Auf die Frage des Nationalen geht die am 4. März erlassene (und bereits am 31. Dezember 1851 wieder außer Kraft gesetzte) Verfassung, nur sehr knapp ein. Paragraph 15 der Märzverfassung, in der die alten Kronländer ausdrücklich wiederhergestellt werden, lautet: *Alle Volksstämme sind gleichberechtigt und jeder Volksstamm hat ein unverletzliches Recht auf Wahrung und Pflege seiner Nationalität und Sprache.*

Auch der junge Kaiser Franz Joseph und seine Minister, allen voran Schwarzenberg, Stadion, Bach und Bruck, beließen es somit, was die Regelung der Nationalitätenfrage betrifft, bei einer sehr global gefaßten politischen Willenserklärung. Sie fanden keine verfassungsrechtliche Form, durch welche die politische Kraft der einzelnen Nationen innerhalb der Donaumonarchie, die im Laufe des Revolutionsjahres sehr deutlich geworden war, zur Stärkung der Habsburgermonarchie eingesetzt werden konnte. Zu berücksichtigen gilt es in diesem Zusammenhang freilich, daß es sowohl für die in Kremsier versammelten Abgeordneten als auch für die neoabsolutistische Partei um den jungen Kaiser im Revolutionsjahr andere politische Prioritäten als die Regelung der Nationalitätenfrage gab. Die Kremsierer Abgeordneten waren vor allem darum bemüht, ihrem so lange ohne eine Repräsentation des Volkes regierten Lande eine Konstitution zu geben und mit Hilfe dieser Regierungsform den Weg in eine bessere Zukunft zu eröffnen. Dem Kaiser und seinen Ministern lag demgegenüber vor allem daran, die Revolutionäre zu besiegen und die uneingeschränkte Macht der Krone im Staate wiederherzustellen. Obwohl die Kremsierer Abgeordneten und die Krone einig waren, daß die Donaumonarchie weiterbestehen sollte, trugen beide Seiten 1848/49 dennoch dem multinationalen Charakter des Habsburgerreiches nicht genügend Rechnung.

2. VORGESCHICHTE UND VERGLEICH: NATIONALBEWUSSTSEIN UND NATIONSWERDUNG IN ALTEUROPA

Folgt man Äußerungen von Abgeordneten des Kremsierer Reichstages, die sich um eine Regelung der Verfassungs- und Nationalitätenfrage bemühten, dann belastete die Politik der unmittelbar vorangehenden Jahrzehnte ihre Arbeit außerordentlich. Der deutschschlesische Abgeordnete Kajetan Mayer, von dem der entscheidende Entwurf für die Kremsierer Verfassung stammt, bemerkte beispielsweise, *das vom Absolutismus gesäte Mißtrauen* sei es, das die Zusammenarbeit der Abgeordneten aus den verschiedenen Reichsteilen so sehr erschwere: *Metternich habe die österreichischen Völkerfamilien mit eiserner Faust zusammenhalten wollen, und darum alles provinziale, alles nationale Leben unterdrückt.* Im Rückblick kann diese Erklärung nur zum Teil befriedigen. Will man die besonderen Schwierigkeiten erklären, die eine Regelung der nationalen Probleme in der Donaumonarchie beinhaltete, gilt es nicht nur, wie Kajetan Mayer, auf die Entwicklung der vorangehenden Jahrzehnte, sondern auch auf die der vorangehenden Jahrhunderte einzugehen; außerdem ist es in diesem Zusammenhang, wenigstens in aller gebotenen Kürze, angebracht, die Verhältnisse in der Habsburgermonarchie mit jenen in den anderen großen Staaten im vorrevolutionären Europa zu vergleichen.

Fragt man ganz allgemein, mit welchen kleineren oder größeren Einheiten beziehungsweise Gruppierungen sich in der alteuropäischen Welt die Bewohner oder Gruppen von Bewohnern der einzelnen Staaten identifizierten, dann rangiert die „Nation“ ohne Zweifel nicht an vorderer Stelle. Was wir vorfinden, ist vielmehr ein dichtes Geflecht teilweise sehr unterschiedlicher Loyalitäten: Beim Adel und bei den Bürgern die Loyalität zum eigenen Stand und dessen Privilegien; dann, die ständischen Gruppen übergreifend, die Loyalität zur Kirchengemeinde, zu Kirche und Konfession; bei Gebildeten zusätzlich die Loyalität zur eigenen Geistes-, Bildungs- und Kulturtradition; bei vielen, nicht nur bei Staatsdienern im engeren Sinne, zusätzlich die Loyalität zur Herrschaft und insbesondere zum Herrscherhaus, sowie, in der Ausprägung allerdings höchst unterschiedlich, auch eine unübersehbare Loyalität zur eigenen Stadt und zum eigenen Dorf, zur Landschaft und zur Provinz und deren Geschichte und Kulturtradition.

In allen Staaten Alteuropas konnten sich diese Loyalitäten – und der damit zusammenhängende Wunsch nach Identifikation – nicht, oder doch nur zum Teil, frei entfalten. Das lag nicht nur an den konkurrierenden Ansprüchen der verschiedenen Instanzen, die Loyalität beanspruchten. Seit dem 16. Jahrhundert war es vielmehr in zunehmendem Maße der Druck der Herrschaft, die eine besondere Loyalität für sich reklamierte und die nicht nur über Steuern, Militärdienst und Konfession zu bestimmen versuchte, sondern auch die alleinige Verfügung über so verschiedene Dinge wie Bildungswerte und Bildungschancen, wie Arbeitsleistung und Wirtschaftswachstum, wie Mobilität und ethische Normen anstrebte. Die Zahl der Mitglieder aller sozialen Schichten, die sich der von der absolutistischen Politik geforderten Autorität und Disziplin fügten, war jedoch lange Zeit nicht sehr groß und stieg erst allmählich. In einigen Ländern setzten sich als Reaktion gegen den Absolutismus oppositionelle Bewegungen durch.

Was die besondere politische Norm des Nationalen betrifft, so tauchte diese im vorrevolutionären Europa in verschiedenen Formen und Kombinationen auf. Nationale Überlegungen finden wir so beispielsweise nicht nur bei den Vertretern eines politisch-militärischen Patriotismus, die zu Kriegszeiten, etwa in Deutschland in den 1630er Jahren, zur Verteidigung des Vaterlandes aufriefen, sondern auch in der populären Form der Xenophobie. Nationales Gedankengut ist ferner in den großen nationalkirchlichen Bewegungen wie dem Gallikanismus und dem Anglikanismus, in denen die antirömische Attitüde durch Verherrlichung der eigenen Sache verstärkt wurde, ebenso zu finden wie in dem besonderen Engagement hoher Staatsdiener in der Zentralverwaltung, die ihren Dienst als Dienst am ganzen Vaterland verstanden. Nationales äußerte sich als Treue zur eigenen Dynastie, deren Taten und Vertreter glorifiziert wurden, wobei sich in einigen Ländern die Hofhistoriographen auch als Propagandisten der herrschenden Linie betätigten. Bemerkenswert ist es schließlich, daß das nationale Element in Zeiten der Spannung und der Krise besonders deutlich hervortritt, so daß beispielsweise die englische Revolution oder der Aufstand der Fronde in Frankreich auch jene historischen Phasen sind, in denen nationale Kräfte eine neue Qualität erhielten.

Wesentliche Elemente einer nationalen Ordnung der Politik sind bis zum Ende des 18. Jahrhunderts in England und Frankreich zu finden, die schon von den Vertretern einer national orientierten Geschichtsschreibung im 19. Jahrhundert als klassische Nationalstaaten angesehen wurden. So war in beiden Ländern die Einheit des Territoriums gegeben, wenigstens in Teilbereichen war auch eine einheitliche Verwaltung aufgebaut worden. Die Zentralregierung hatte in beiden Ländern das Gewaltmonopol errungen und ihre Souveränität durchgesetzt. Zusätzlich war auch eine nationale Sprache und Kultur entstanden.

Vergleicht man das alte Österreich mit der Entwicklung in Frankreich und in England, dann zeigt sich, wie schwer die ungelösten nationalen Probleme als Hypothek auf der Donaumonarchie im 19. Jahrhundert lasteten. Während in England und Frankreich beispielsweise Umfang und Einheit des Territoriums seit Jahrhunderten im wesentlichen festlag und erfolgreich verteidigt worden war, war das Reich der Habsburger auf der einen Seite nicht nur im frühen 16., sondern auch noch einmal im späten 17. und frühen 18. Jahrhundert gewaltig gewachsen, hatte auf der anderen Seite aber anschließend mit Schlesien eine seiner wichtigsten Provinzen verloren. Zwar hatten auch die Habsburger ihre Souveränität gegen alle Widerstände durchgesetzt und auch in schweren Zeiten behauptet. Bis ins 19. Jahrhundert hinein war es ihnen jedoch nicht gelungen, den ungarischen Widerstand vollends zu brechen. Außerdem hatte die Durchsetzung des Absolutismus im Zuge der Gegenreformation in vielen Reichsteilen, vor allem aber in Böhmen, schwere Narben hinterlassen, die jederzeit wieder aufbrechen konnten. Trotz der Reformen Maria Theresias und Josephs II. konnte von einer Einheit der Verwaltung keine Rede sein. Was das Gebiet der Konfession betrifft, hielten sich nicht nur in Ungarn, sondern auch in den westlichen Provinzen des Habsburgerreichs bis ins 18. Jahrhundert protestantische Gruppen, die sich zurecht verfolgt fühlten und die sich am Protestantismus im Norden des Alten Reichs orientierten. Anders als der Gallikanismus und der Anglikanismus war zudem der Josephinismus nie in den Gemeinden verankert, sondern kam „von oben", als Teil des aufgeklärten Absolutismus, und kennzeichnet somit nur die Geisteshaltung der Regierenden. Entsprechend groß war und blieb vielerorts das Mißtrauen der Bevölkerung.

Kaum anders sind die Verhältnisse im kulturellen Bereich zu bewerten. Während es in England seit der Shakespearezeit und in Frankreich seit dem Zeitalter eines Molière, eines Racine und eines Corneille eine gefeierte nationale Literatur, Sprache und Kultur gab, die zumindest von der Oberschicht und Teilen der Mittelschicht anerkannt und getragen wurde, fand die regierende Schicht Österreichs zwar in der Barockkunst ein Ausdrucksmittel, das ihrem Repräsentationsbedürfnis entsprach. Die Ungarn konnten sich aber mit der in Wien dominierenden Kunst und Literatur nur zum Teil anfreunden, die Tschechen schon gar nicht, um von den kleineren Nationalitäten zu schweigen. Außerdem diente gerade die Barockkultur, die sich in Österreich seit dem ausgehenden 17. Jahrhundert durchsetzte, auch als politisches und soziales Band, das die in Wien Herrschenden mit jenen im Süden des Reichs und vor allem auch mit den Herrschenden in Italien verband. Zum österreichischen Nationalstil konnte die Barockkultur deshalb nie werden. Daß die Belagerung von Wien 1683 als „Krise" angesehen werden kann, in der sich auch die nationalen Gefühle gewaltig steigerten, ist gewiß richtig. Dementsprechend wurde in Österreich in der Folgezeit auch nur zum Teil zur Kenntnis genommen, wie groß der Anteil der Nicht-Österreicher an der Befreiung von Wien und den sich anschließenden Türkenkriegen war. Prinz Eugen war ohne Zweifel der große österreichische Nationalheld des 18. Jahrhunderts. Der Mythos der Türkenkriege reichte aber nicht aus, um alle Völker der Donaumonarchie auf Dauer zusammenzubinden und die Werte, für die Prinz Eugen als der Türkenbefreier stand, waren nicht geeignet, das Zusammenleben der verschiedenen Nationen im Habsburgerreich des 19. Jahrhunderts zu erleichtern.

Bleibt somit nur die Dynastie, bleiben somit nur die Habsburger als die entscheidende und stärkste Kraft, die die Völkerfamilie an der Donau zusammenhielt und zusammenhalten konnte, so wie das auch in vielen Darstellungen behauptet wird? Der Historiker wird hier differenzieren. Auf der einen Seite ist Maria Theresias überragende und prägende Rolle nicht zu übersehen. Ihr Ruhm überstrahlte in der zweiten Hälfte des 18. Jahrhunderts den des Prinzen Eugen. Der Kaiserin loyal untergeben zu sein, war nicht nur ein Bedürfnis der ihr unmittelbar Unterstellten. Auf der anderen Seite gelang es Joseph II. binnen weniger Jahre, große Provinzen des Reiches und weite Teile der Bevölkerung gegen sich einzunehmen; und auf Joseph II. folgten, sieht man ab von der kurzen Regierung Leopolds II., schwache Herrscher ohne Ausstrahlung. Als Franz Joseph kurz vor Weihnachten 1848 die Regierung antrat, war somit auch von dem in vergangenen Zeiten und vor allem von Maria Theresia angehäuften Vertrauenskapital der Habsburger viel verzehrt. Es hätte somit besonderer Anstrengungen von seiten des jungen Kaisers bedurft, um die auseinanderstrebenden politischen Kräfte seines Reiches und insbesondere die in der Revolution erwachten nationalen Sonderinteressen der von ihm regierten Völker zusammenzuhalten und zu einem dauerhaften politischen Konsens zusammenzuführen. Es war ein schlechtes Omen, daß er, wie erwähnt, die Märzverfassung schon 1851 wieder aufhob, den darin vorgesehenen Reichstag nie einberief und die ebenfalls in Aussicht gestellte gesetzliche Regelung der Rechte der Nationalitäten in der Folgezeit nicht in Angriff nahm.

3. UNGELÖSTE FRAGEN DES 19. JAHRHUNDERTS: NATIONALE KULTUR, SOZIALE SCHICHTUNG UND NATIONALPOLITISCHE ABGRENZUNG

Drei Probleme waren es vor allem, die im Habsburgerreich in der zweiten Hälfte des 19. Jahrhunderts die Lösung des Nationalitätenproblems ungemein schwierig machten: Erstens der unterschiedliche Grad der Entwicklung einer nationalen Kultur bei den einzelnen Nationen, die unter der Herrschaft der Habsburger lebten; zweitens deutliche Diskrepanzen zwischen nationalem Anspruch und sozialem Einfluß und ökonomischer Bedeutung der einzelnen Nationalitäten; drittens das ungeklärte politische Selbstverständnis derjenigen Nationalitäten, die sich als Teil einer großen Nation jenseits der österreichischen Grenze betrachten konnten – vor allem das Verhältnis der Deutschösterreicher zu den Deutschen zunächst des Deutschen Bundes und dann des Deutschen Reiches, aber auch das Verhältnis der in der Habsburgermonarchie lebenden italienischen und rumänischen Minorität zu Italien und Rumänien, schließlich auch das Verhältnis der österreichischen Polen und Ruthenen zu ihren im Zarenreich lebenden Brüdern.

Gehen wir aber der Reihe nach vor. Die Vorstellung, daß die nationalkulturelle Selbstverwirklichung des eigenen Volkes das Gebot der Stunde sei, erfaßte im Laufe des 19. Jahrhunderts alle europäischen Nationen und verständlicherweise somit auch jene Nationen, die ganz oder wenigstens zum Teil auf dem Territorium der Habsburgermonarchie lebten. Während aber in Ländern wie England oder Frankreich die in der Romantik geborene Idee einer kulturellen Volksidentität sich wie selbstverständlich den nationalpolitischen Zielen einfügte, war die Lage in der Donaumonarchie anders: Um die Mitte des 19. Jahrhunderts beeinträchtigte die Besinnung auf die eigene nationale Identität, die wir beispielsweise bei den Böhmen und den Ungarn finden, die Loyalität den Habsburgern und ihrem Reich gegenüber noch nicht entscheidend. In der zweiten Hälfte des 19. Jahrhunderts verschoben sich dann aber bei einer Reihe von nichtdeutschen Nationalitäten die Prioritäten: Immer häufiger wurde nun die Treue gegenüber dem eigenen Volk als oberster Wert betrachtet, die Treue den Habsburgern gegenüber dagegen als eine zwar unumgängliche, aber doch nachgeordnete Pflicht, in Einzelfällen auch nur noch als ein notwendiges Übel.

Zur kulturellen Selbstverwirklichung gehörte in erster Linie die Pflege der eigenen Sprache und der eigenen Literatur, ferner das Interesse an der Geschichte des eigenen Volkes, deren ältere Phasen nicht selten in naiver Weise heroisiert und dabei verfälscht wurden, schließlich auch der Glaube an den Mythos, der große Gestalten der nationalen Geschichte umgab und der auch noch – und gerade – in der eigenen Gegenwart zu Taten der nationalen Befreiung inspirieren sollte. Wie neuere Forschungen nachgewiesen haben, war das gebildete Bürgertum der eigentliche geistige und politische Träger des romantischen Nationalismus. Die als überzeitlich verstandenen nationalen Werte dienten dieser Schicht in einer Zeit des raschen sozialen Wandels als Mittel der Orientierung; zugleich war der romantische Nationalismus aber auch das Vehikel, das viele Bürger in politische Aktivitäten und damit in den Prozeß der gesellschaftlichen Modernisierung hinein führte. Nicht der Staat stand aber im Zentrum ihrer Vorstellungen und Bemühungen, sondern die Nation, deren schicksalhafter – oder gottgegebener – Auftrag nichts anderes war als eben die möglichst vollkommene Verwirklichung der Idee dieser Nation. Minderheiten aus anderen Nationen hatten in diesem System keinen – oder nur einen am Rande geduldeten – Platz. Wichtig ist es auch, daß der romantische Nationalismus sich sowohl mit demokratischen und liberalen als auch mit konservativen Strömungen verbinden konnte. Dadurch erhielt er im politischen Leben des 19. Jahrhunderts eine besonders große Bedeutung.

Außer den Deutschen und den Italienern können in der Habsburgermonarchie um die Mitte des 19. Jahrhunderts sowohl die Böhmen als auch die Ungarn und

1.
Julius Victor Berger, Kaiser Franz Joseph I., 1879 (Wien, Oberster Gerichtshof)

2.
Elisabeth, Herzogin in Bayern, während ihrer Brautzeit (Privatbesitz)

3.
Josef Kriehuber, Kaiser Franz Joseph I., 1851 (Privatbesitz)

4.
Gustav Veith, Panorama von Wien um 1873 (Wien, Historisches Museum der Stadt Wien)

5.
Hans Makart, Charlotte Wolter als Messalina, 1875 (Wien, Historisches Museum der Stadt Wien)

6.
Gyula Benczúr, Vajks Taufe, 1875 (Budapest, Magyar Nemzeti Galéria) ►

◄ 7.
Josef von Führich, Maria mit dem Jesuskind und den Heiligen Franziskus und Josef, 1854 (Mödling, Pfarrkirche St. Othmar)

8.
Joseph Mathias Trenkwald, Epiphanie, Marienfenster X aus der 4. Chorkapelle der Votivkirche, vor 1879 (Moriz Thausing, Die Votivkirche in Wien, Wien 1879, Tafel 5)

9.
Trachten aus Mähren (Die österreichisch-ungarische Monarchie in Wort und Bild, Band Mähren und Schlesien, bei S. 114)

10.
Trachten aus der Bukowina (Die österreichisch-ungarische Monarchie in Wort und Bild, Band Bukowina, bei S. 174)

die Polen als Nationen bezeichnet werden, die im Sinne des romantischen Nationalismus voll entwickelt waren. In Böhmen sind damals beispielsweise schon ein vollkommen nationalisiertes Geschichtsbild und Kulturbewußtsein zu finden. Diese knüpfen an die Sprachdifferenz zwischen dem Deutschen und dem Tschechischen an, gehen aber weit darüber hinaus: Die große Zeit der Hussiten im 15. Jahrhundert wird heroisiert, die religiöse Sendung der Hussiten idealisiert, die Ära seit der Schlacht am Weißen Berg demgegenüber als Zeitalter der nationalen Unterdrückung dargestellt, das nunmehr, in der eigenen Gegenwart, zu Ende gehen und einer neuen Epoche der Blüte der nationalen Kultur weichen müsse. Die Böhmen und die Ungarn, aber auch die Polen verstanden sich schon um 1850 als große historische Nationen, die den Deutschen in der Donaumonarchie durchaus ebenbürtig waren. Für die Vertreter dieser Nationen im konstituierenden österreichischen Reichstag war es im Sommer 1848 durchaus selbstverständlich, daß sie das Deutsche als Verhandlungssprache ablehnten.

Die verschiedenen Attribute, die den romantischen Nationalismus kennzeichnen, waren zur gleichen Zeit demgegenüber bei einer Reihe anderer Nationalitäten, die auf dem Boden des Habsburgerreiches lebten, noch nicht so weit ausgebildet. Das gilt für die Ruthenen, die Slowaken, die Kroaten, die Serben und die Rumänen. Zum Teil waren die jeweilige nationale Geschichte noch kaum bekannt und die jeweilige nationale Sprache noch kaum erforscht; zum Teil gab es nur wenige anerkannte literarische Werke in der eigenen Sprache, zum Teil war auch das jeweilige gebildete Bürgertum schwach. Vertreter aller dieser Nationalitäten bemühten sich aber in der zweiten Hälfte des 19. Jahrhunderts nach Kräften, dem Vorbild der großen „historischen" Nationen möglichst nahe zu kommen. Ihr nationales Selbstverständnis war in dieser Phase noch labil, ihre nationale Empfindlichkeit besonders groß. Jeder Versuch, einen politischen Ausgleich zwischen den Interessen der verschiedenen Nationalitäten zu finden, wurde durch diese unterschiedliche Entwicklung außerordentlich erschwert. Die Vertreter der großen „historischen" Nationen maßen ihr Volk an den Deutschen und wollten dessen Stellung gegenüber den kleineren Nationalitäten unbedingt bewahren; die Vertreter der kleineren Nationalitäten träumten dagegen von einer großen Zukunft und beanspruchten für ihre Nation einen Platz im politischen Leben, der der tatsächlichen Entwicklung durchaus noch nicht entsprach. Welche Instanz sollte in einer solchen Konstellation zwischen Wunsch und Wirklichkeit scheiden? Der Kaiser als „Vater" all dieser Völker oder ein Reichstag als deren Vertretung? Und welche Lösung war überhaupt gerecht? Die Fixierung des Tatsächlichen oder der Vorgriff auf die Zukunft? Nimmt man die drängenden wirtschaftlichen und sozialen Probleme hinzu, die es um die Mitte des vorigen Jahrhunderts zu lösen galt, dann waren die österreichischen Politiker jener Zeit um ihre Aufgabe nicht zu beneiden.

Dazu kommt, daß sich die Siedlungsgebiete der einzelnen Nationalitäten in einigen Gebieten überschnitten, wobei soziale und ökonomische Differenzen die nationalen Gegensätze – und die daraus resultierenden Friktionen im tagtäglichen Leben – noch verstärkten. Stadt gegen Land, Industrie gegen Arbeiterschaft, Handel gegen Handwerk und Gewerbe, Großgrundbesitzer gegen Landarbeiter: Alle diese Gegensätze wurden im alten Österreich zusätzlich noch durch nationale Gegensätze verschärft: In einigen Städten mitten in Böhmen gab es deutschsprachige Mehrheiten. Ähnlich war die Lage in Triest und Dalmatien, wo die Stadtbevölkerung weitgehend italienisch, die Landbevölkerung fast ganz slawisch war. Die in Böhmen und Mähren nach 1850 entstehende Industrie war häufig unter deutscher Regie, während die Arbeiterschaft aus dem ländlichen nichtdeutschen Raum kam. Nichtdeutsche Wanderarbeiter zogen zunehmend auch in bislang fast rein deutsche Siedlungsgebiete, so daß dort neue nationale Differenzen entstanden. Ruthenische Bauern verdienten ihr Brot bei polnischen Großgrundbesitzern. Die Liste der Beispiele ließe sich fast beliebig verlängern, wobei die Probleme in einigen Gebieten des Habsburgerreiches dadurch noch besonders kompliziert wurden, daß neben den bisher genannten Nationalitäten auch noch eine jüdische Minorität lebte und ihren Lebensunterhalt zu verdienen suchte.

Durchaus labil war schließlich aber auch das politische Selbstverständnis der im Habsburgerreich lebenden Deutschen. Während die meisten der Italiener, die nach der Abtretung von Venetien und der Lombardei im Jahre 1860 noch unter habsburgerischer Herrschaft lebten, sich für die italienische Nationalbewegung begeisterten und auf einen künftigen Anschluß an den italienischen Nationalstaat hofften, waren die meisten der in Österreich lebenden Deutschen in ihren politischen Gefühlen durchaus gespalten. Auf der einen Seite sahen sie das Reich der Habsburger als ihr Reich an, nützten im politischen und wirtschaftlichen Leben die Chancen, die ihnen dieses Reich bot und hegten zudem eine tiefe Abneigung gegen den seit dem 18. Jahrhundert entstandenen neuen Typ des preußischen Deutschen. Auf der anderen Seite war die Tradition des alten Deutschen Reiches in ihrem Geschichtsbewußtsein tiefer verwurzelt als die besondere Geschichte der Habsburgerdynastie. Da auch in der deutschen Nationalbewegung die Idee der deutschen Nation aufs engste mit dem Alten Reich als der selbstverständlichen Form des Zusammenlebens aller Deutschen verbunden war, fiel es nicht zuletzt auch vielen österreichischen Politikern in der zweiten Hälfte des vorigen Jahrhunderts schwer, eine streng auf die Interessen ihres Staates bezogene und damit möglicherweise vom Deutschen Reich deutlich distanzierte Außenpolitik zu entwickeln. Auch der 1879 zwischen Österreich-Ungarn und dem Deutschen Reich geschlossene Zweibund wurde in Wien viel zu selbstverständlich als die einzig richtige Form einer engen außenpolitischen Bindung akzeptiert. Daß die für ein politisches Überleben der Donaumonarchie wichtigen Beziehungen zu Frankreich und in der Folge auch zu England durch den Zweibund beeinträchtigt würden, wurde 1879 zu wenig ins Kalkül gezogen.

Die außenpolitische Zusammenarbeit mit dem neuen Deutschen Reich wurde von den Deutschen in Österreich nicht zuletzt deshalb so begrüßt, weil sie im kulturellen Leben, in Musik, Literatur und Kunst, an allem partizipierten, was in der gesamten deutschen Kulturnation vor sich ging und weil sie durchaus stolz darauf waren, daß sie die deutsche Kulturentwicklung gerade in jener Phase auf vielfältige Weise bereicherten. Gewiß läßt sich im Rückblick auf einigen kulturellen Gebieten ein besonderer „österreichischer“ Stil konstatieren. Dieser besondere österreichische Stil entsprang aber nicht einer fruchtbaren Kooperation oder einer Symbiose zwischen verschiedenen nationalen Kulturen, sondern ist als eine Variante der allgemeineren deutschen Kulturentwicklung einzustufen, die ihrerseits Teil der allgemeinen europäischen Kultur war.

Erschwert wurde die Regelung des Nationalitätenproblems auch dadurch, daß die Zugehörigkeit zur deutschen Kulturnation das Selbstbewußtsein von vielen Deutschen, die in der Donaumonarchie lebten, gegenüber den nichtdeutschen Nationalitäten ihres Staates zusätzlich stärkte. Die Kulturen, an denen sie sich orientierten, waren die französische und die englische, nicht aber beispielsweise die polnische oder die tschechische.

Es bleibt, an dieser Stelle noch einmal an die unter habsburgischer Herrschaft lebende polnische und rumänische Minderheit zu erinnern. Während erstere auf eine Wiedervereinigung ihrer im ausgehenden 18. Jahrhundert geteilten Nation hoffte und einige der österreichischen Polen sich sogar als die eigentlichen Repräsentanten der geteilten polnischen Nation und als die wichtigsten Vorkämpfer für ein wiederzuvereinigendes Polen ansahen, blickten letztere auf das im Berliner Kongreß 1878 unabhängig erklärte und 1881 zum Königreich erhobene neue Rumänien, wobei die in Budapest betriebene Magyarisierungspolitik ein übriges dazu beitrug, die österreichischen Rumänen dem Habsburgerreich zu entfremden.

4. RINGEN UM EINE BESSERE ZUKUNFT: PLÄNE, ENTSCHEIDUNGEN UND DENNOCH KEINE LÖSUNG

In der Behandlung des österreichischen Nationalitätenproblems lassen sich seit etwa 1860 zwei zwar miteinander verbundene, aber doch deutlich getrennte Richtungen beobachten: Beginnend mit der im Jahre 1859 publizierten Schrift des Ungarn Josef von

Eötvös über „Die Garantien der Macht und Einheit Österreichs“ finden wir eine zunächst noch schwache, dann aber immer stärker und interessanter werdende politische Literatur, in der das Nationalitätenproblem beschrieben und analysiert wird und in der auch Vorschläge zu dessen Lösung gemacht werden. Fast gleichzeitig, mit dem Ende der neoabsolutistischen Ära, setzt auch eine lange, freilich nicht immer von konstruktiven Plänen bestimmte Phase von politischen Versuchen ein, durch welche die inneren Probleme der Donaumonarchie gelöst werden sollten.

Für Eötvös hing *die Zukunft Österreichs* davon ab, daß sich dessen Bewohner nicht über die Lage, in der sich ihr Staat befand, täuschten und daß sie sich in ihrer Aufgabe *weder durch die Erinnerungen einer Vergangenheit, die uns wert war, noch durch die Sehnsucht nach einer noch großartigeren Zukunft täuschen* ließen. Aufgrund seiner geographischen Lage bedürfe der österreichische Staat *eines bedeutenden Maßes der Macht,* schrieb Eötvös weiter, und er könne *den Stützpunkt dieser Macht weder in den Sympathien Deutschland noch in jenen anderer Staaten suchen,* sondern *nur in sich selbst,* und daher komme es darauf an, daß alle *Kräfte zu einem gemeinsamen Zweck* gebraucht und alles vermieden würde, *was zwischen den Staatsangehörigen zu Gegensätzen Veranlassung geben könnte.* Das Verhältnis der einzelnen Teile zum Gesamtstaat müsse frei von Unterjochung sein; gleichzeitig gelte es das Prinzip der legitimen Monarchie zu stärken; Österreich bedürfe, *um stark zu sein, nichts anderes, als daß es seine natürliche Stellung erkenne.* Eötvös' Fazit: *In dem Augenblicke, in welchem diejenigen, die den Staat regieren, einsehen werden, daß ein Staat, welcher aus verschiedenen Nationalitäten besteht, die er durch Jahrhunderte nicht zu assimilieren vermocht hat, nur dadurch mächtig werden könne, wenn er jede derselben in ihrer naturgemäßen Entwicklung zu unterstützen und zu kräftigen sucht; in dem Augenblicke, in welchem die Völker Österreichs sich davon überzeugen, daß das Bestehen und die Entwicklung aller einzelnen Nationalitäten von der Erhaltung des Gesamtstaats, welcher sie zu einem mächtigen Ganzen vereinigt, bedingt sei; in dem Augenblicke, wo diese Wahrheit, die schon jetzt vielen klar geworden ist, sich allen aufdrängen wird: ist auch die Macht und Einheit Österreichs als gesichert zu betrachten.*

Zehn Jahre nach Eötvös, 1869, plädierte auch der Liberale Dr. Adolph Fischhof, ein Wiener Arzt, der schon 1848 politisch hervorgetreten war, in der Schrift „Oesterreich und die Bürgschaften seines Bestandes“ für einen Neuanfang in der Nationalitätenpolitik. *Keine der großen Nationalitäten Österreichs könne für sich allein den Bestand der Monarchie sichern* schrieb Fischhof, aber jede derselben vermöge *durch ihren Widerstand das Reich zu gefährden; destruktiv eingreifen kann jede einzeln, konstruktiv vorgehen können nur alle vereint.* In einem einheitlichen Nationalstaat sei der nationale Gedanke der leitende; der Einheit und Macht der Nation würde *alles andere schonungslos untergeordnet.* Entsprechend *rücksichtslos,* verfahre Frankreich gegen seine Einwohner nichtfranzösischer Zunge und Rußland gegen die Polen. *Österreich hingegen, wo kein Volksstamm mächtig genug* sei, *um die anderen zu unterwerfen und dem Staate sein nationales Gepräge aufzudrücken, wo vielmehr die Völker einander das Gleichgewicht halten, und jedes derselben ein wichtiger Faktor des öffentlichen Lebens* sei, Österreich, so betonte er, werde *durch sein eigenstes Interesse darauf hingewiesen, allen Nationalitäten gleich gerecht zu sein.* Österreichs *leitende Idee* sei somit die *der Gerechtigkeit* und es stehe, *wenn die Regierungsweise seiner Individualität entspricht, unter den Großstaaten Europas in bezug auf die ethische Bedeutung seines staatlichen Daseins unbedingt obenan.* Hätten die Völker Österreichs einmal *das Bewußtsein erlangt, daß sie nur in ihrem harmonischen Zusammenleben sich die kostbarsten Lebensgüter zu sichern vermögen,* dann stünden sie *im Hinblick auf die Solidarität ihrer Interessen auch solidarisch für den Staat ein, welcher dieselben schützt,* dann entwickle sich *in ihnen aus der Erkenntnis der Einzelwohlfahrt allgemach die Erkenntnis des Gesamtwohls und das Gefühl der Zusammengehörigkeit, welches diese heterogenen Bestandteile zu einem organischen Ganzen* verbinde und *langsam, aber sicher jenes österreichische Bewußtsein* wachrufe, *das gewaltsam einzuimpfen man bisher vergebens* sich bemüht habe. Suche

Österreich *im Gesamtbewußtsein seiner Völker* seine Kraft, betonte Fischhof, dann sei es *kein zufälliges Konglomerat, sondern ein notwendiges politisches Gebilde, ein höchst bedeutsames, reichgegliedertes, vielverschlungenes und vollkräftiges Staatswesen.* Die österreichischen Politiker seiner Zeit stünden am Scheideweg: Entweder könnten sie *auf dem bisherigen breit getretenen Pfade österreichischer Staatskunst fortwandeln und das altehrwürdige Reich an den Rand des Abgrundes führen, oder, die von Natur vorgezeichnete Bahn verfolgend, eine staatsrechtliche Aufgabe lösen, an deren Größe keine* seines Jahrhunderts heranreiche.

Eine Generation nach Eötvös und Fischhof versuchte eine ganze Reihe von österreichischen Politikern und Staatsrechtlern, die mit einer von nationalen Prinzipien geleiteten Neuordnung der Donaumonarchie verbundenen Probleme zu lösen. Der Sozialdemokrat Dr. Karl Renner diskutierte in seiner 1902 (unter dem Pseudonym Rudolf Springer) publizierten Schrift „Der Kampf der österreichischen Nationen um den Staat" vor allem die mit dem Nationalitätenproblem verbundenen Verfassungs- und Verwaltungsfragen; der liberale Journalist Richard Charmatz ging in seiner 1904 erschienenen Abhandlung „Der demokratisch-nationale Bundesstaat Österreich" speziell auf die mit der Gewährung nationaler Autonomie zusammenhängenden Fragen ein; der Wiener Staatsrechtler Friedrich Tezner wies 1905 in seinem Buch „Die Wandlungen der österreichisch-ungarischen Reichsidee" auf die Schweiz als Vorbild hin; der dem Thronfolger Franz Ferdinand nahestehende rumänische Journalist Aurel C. Popovici legte in seiner 1906 veröffentlichten Studie „Die Vereinigten Staaten von Groß-Österreich" dar, wie Österreich in insgesamt fünfzehn neue Länder gegliedert werden könne, von welchen jedes, wie er schrieb, *eine nationale Individualität* wäre, so daß auch *die eigentümliche, originelle Nationalkultur eines jeden Volkes* sich würde *frei entfalten und zur Blüte gelangen können. Die Summe dieser mannigfaltigen Kulturergebnisse* würde dem *Reiche eine früher ungeahnte Macht und eine Anziehungskraft eintragen, von der man sich auch heute gar nichts träumen läßt.* Im gleichen Jahr, 1906, äußerte sich Karl Renner (erneut unter dem Pseudonym Rudolf Springer) in seiner Untersuchung „Grundlagen und Entwicklungsziele der Österreichisch-Ungarischen Monarchie" speziell zum Zusammenhang von Nationalitätenfrage und Wahlrechtsreform. Mitten im Ersten Weltkrieg, 1916, gab der christlichsoziale Politiker und spätere österreichische Bundeskanzler und Außenminister Ignaz Seipel in seinem Buch „Nation und Staat" der Hoffnung Ausdruck, Österreich würde doch noch *sein Heil* erkennen, das *ganz und gar in dem einträchtigen Zusammenwirken seiner Nationen zum Wohle aller* liege.

Weit hinter all diesen Aufrufen, Hoffnungen und Plänen blieb bis zum Ende des Ersten Weltkrieges die rauhe Wirklichkeit der tatsächlichen Nationalitätenpolitik zurück. Die in den 1850er Jahren durchgeführten Reformen auf den Gebieten der Wirtschaft, der Finanzen und der Bildung nahmen dem 1848/49 ungelöst gebliebenen Nationalitätenproblem nichts von seiner Brisanz. Gleichzeitig verschlechterten sich aufgrund der österreichischen Unterstützung für die Westmächte im Krimkrieg die Beziehungen zu Rußland, mit dem das Habsburgerreich ab diesem Zeitpunkt offen und versteckt um Macht und Einfluß auf dem Balkan konkurrierte. Der Reichstag, den der Kaiser nach den Niederlagen von 1859 konzedierte, löste zwar alte Hoffnungen der Liberalen ein, brachte aber die Lösung der Nationalitätenfrage nicht voran. Der Ausgleich, der zwischen der deutschen und der ungarischen Führungsschicht nach der Niederlage von 1866 geschlossen wurde, stabilisierte zwar zunächst wieder die Herrschaft des Kaisers, engte aber den Spielraum für eine umfassende Neuregelung der Nationalitätenfrage gewaltig ein. Auch in dem im Dezember 1867 erlassenen „Staatsgrundgesetz über die allgemeinen Rechte der Staatsbürger für die im Reichsrat vertretenen Königreiche und Länder" wurden nur allgemeine Grundsätze genannt. *Alle Volksstämme des Staates sind gleichberechtigt* hieß es in dem später immer wieder zitierten Artikel 19 der Dezembergesetze, *und jeder Volksstamm hat ein unverletzliches Recht auf Wahrung und Pflege seiner Nationalität und Sprache. Die Gleichberechtigung aller landesüblichen Sprachen in Schule, Amt und öffentlichem Leben wird vom Staate anerkannt. In den Ländern, in welchen mehrere Volksstämme wohnen, sollen die öffentlichen Unterrichtsanstalten derart eingerichtet sein, daß ohne Anwendung eines Zwanges zur Erlernung einer zweiten Landessprache jeder dieser Volksstämme die erforderlichen Mittel zur Ausbildung in seiner Sprache erhält.* Wie diese Grundsätze im einzelnen gesetzlich fixiert und in der Praxis angewandt werden sollten, blieb zunächst offen.

Von besonderer Tragweite war es, daß es den cisleithanischen Regierungen nach 1867 nicht gelang, auch einen Ausgleich mit den Tschechen zu schließen. Die Deklaration von 1868, in der 81 tschechische Landtagsabgeordnete ausdrücklich einen solchen Ausgleich forderten, führte zwar dazu, daß bis 1871 ein besonderes Nationalitätengesetz für Böhmen ausgearbeitet wurde. Die Ratifizierung dieses Gesetzes scheiterte jedoch; Kaiser Franz Joseph lehnte die Unterzeichnung ab. Auf die ebenfalls 1868 beschlossene Resolution des galizischen Landtags, in der die Polen ihre Forderungen an die Wiener Regierung zusammenfaßten, kam es nicht einmal zur Vorlage eines entsprechenden Gesetzentwurfs. In den gleichen Jahren, in denen die kleindeutsche Einigung vollzogen und das Deutsche Kaiserreich von 1871 gegründet wurde, kam es in der Donaumonarchie somit nur zu dem in seiner Wirkung auf die nichtdeutschen Nationalitäten eher negativen Ausgleich mit Ungarn. Daß in den Niederlagen von 1859 und 1866 auch eine Chance lag, weil diese das Habsburgerreich komplizierter Verpflichtungen in Italien und in Mitteleuropa enthob, wurde von der Wiener Regierung ebensowenig erkannt wie die Tatsache, daß Österreich-Ungarn in den Grenzen von 1867 ein Staat mit slawischer Mehrheit war, der nur dann eine Zukunft besaß, wenn auch die slawischen Nationalitäten diesen Staat als ihren Staat anerkannten und unterstützten. Jedenfalls wurde, auch wenn entsprechende Einsichten vorhanden waren, nicht danach gehandelt.

Als sich seit den ausgehenden 1870er und in den 1880er Jahren in ganz Österreich neue politische Parteien bildeten, wurde die Lösung des Nationalitätenproblems eher noch schwieriger als zuvor, da sich ein Teil dieser Parteien nach nationalen Programmpunkten organisierte, während andere Parteien, beispielsweise die Sozialdemokraten und die Christlichsozialen im Prinzip übernationale Ziele verfolgten, wenngleich auch diese beiden politischen Gruppierungen, genauer besehen, im wesentlichen deutsche – beziehungsweise von Deutschen beherrschte – Parteien waren. Alle Verordnungen, mit denen die Wiener Regierung in dieser Phase wenigstens auf Teilgebieten zu einer Verbesserung des Verhältnisses zwischen einzelnen Nationalitäten kommen wollte, wurden sofort in den Kampf der Parteien hineingezogen. Die Regierung des Grafen Kasimir Badeni stürzte 1897 über Sprachverordnungen für Böhmen, die den Gebrauch der Landessprachen bei den Behörden im Königreich Böhmen und die sprachliche Qualifikation der dort angestellten Beamten betrafen; die Regierung des Freiherrn Paul Gautsch, die 1905 eine neue Landesordnung und eine Landtagswahlordnung für Mähren vorlegte, wurde ebenfalls gestürzt, wenngleich in diesem Fall die Vorlagen das Wiener Parlament passierten, ebenso wie entsprechende Ordnungen für die Bukowina 1910.

Diese Fortschritte waren aber viel zu gering, um den inzwischen immer heftigeren Streit zwischen den verschiedenen Nationalitäten zu beenden, zumal auch das 1906/07 in Cisleithanien eingeführte allgemeine und gleiche Wahlrecht die nationale Polemik eher noch steigerte, da nun gerade die nationalistischen Gruppierungen das Parlament in Wien als geeignetes Forum für ihre Agitation benützten. Hinzu kam, daß der Kaiser inzwischen alt und völlig unbeweglich geworden war, nur noch bestrebt, alles Alte zu bewahren; hinzu kam ferner, daß sich auch die außenpolitische Lage der Donaumonarchie trotz der Aktivitäten des Grafen Aehrenthal in den Jahren nach 1906 weiter verschlechtert hatte. Daß die militärischen Aufgaben und Opfer, die der Erste Weltkrieg den österreichischen Völkern abverlangte, diese nicht zu neuer politischer, sozialer und kultureller Eintracht zusammenführen und alle die Probleme lösen würde, die in den langen Vorkriegsjahren ungelöst geblieben waren, war schon nach wenigen Kriegswochen klar. Das Kriegsende brachte, was nach den Ereignissen der Vorkriegszeit fast unvermeidlich war: Die Auflösung des multinationalen Habsburgerreiches in kleinere politische Einheiten, die sich als Nationalstaaten verstanden, auch wenn sie dies, wie wir wissen, im strikten Wortsinn nicht waren.

Warum es den Politikern der Donaumonarchie in den Jahrzehnten nach 1848 nicht gelang, die Idee des Nationalen mit dem Bauplan ihres Reiches zu verbinden und somit aus einer destruktiven eine konstruktive Kraft zu machen, ist rückblickend schwer zu beantworten. An guten Ideen fehlte es nicht, wenngleich diese Ideen bezeichnenderweise stets von Personen kamen, die nicht in Regierungsverantwortung standen. Immerhin wiesen aber auch die von den österreichischen Regierungen 1848, 1849 und 1867 in der Nationalitätenpolitik proklamierten Grundsätze durchaus in die richtige Richtung. Lag es also am politischen Willen, an der Entschlossenheit und Fähigkeit der Regierenden, das als richtig Erkannte auch zu verwirklichen? Oder war die in allen europäischen Staaten in der zweiten Hälfte des 19. Jahrhunderts rasch fortschreitende Modernisierung nur möglich, weil sich diese Staaten gleichzeitig als Nationalstaaten profilierten und ihren Bewohnern eine zusätzliche Wertorientierung boten, die die Donaumonarchie als Vielvölkerstaat zu geben nicht in der Lage war? Scheiterte das Habsburgerreich also an der nicht rechtzeitig vollzogenen inneren Modernisierung? Oder waren die Ungarn das entscheidende Hindernis auf dem Wege zu einer umfassenden nationalen Verständigung, weil sie ihre 1867 errungene Position ausnützten und nie mehr zum Wohle des Ganzen zur Disposition stellten? Oder verloren die Habsburger ihre Herrschaft, weil Kaiser Franz Joseph der Aufgabe, die er 1848 übernahm, im Laufe der langen Jahrzehnte seiner Herrschaft immer weniger gewachsen war? Der tschechische Historiker Josef Pekař betonte in einer in Prag gehaltenen Trauerrede auf den am 21. November 1916 gestorbenen Kaiser, wenn einmal ein Historiker *die Schlüsselformel suchen* werde, *die den Grundriß ausdrücken, den Gehalt und das Gesetz des historischen Geschehens der Zeit Franz Josephs zusammenfassen wird,* dann werde *er sie im Streit und im Ausgleich des dynastischen Prinzips mit dem Nationalitätenprinzip finden.* Im Rückblick scheint es, daß wohl der Streit, nicht aber der Ausgleich zwischen der Dynastie und allen von ihr regierten Nationalitäten möglich war. Offen muß jedoch bleiben, ob unter einem anderen Herrscher der Kampf um die Regelung der Nationalitätenfrage nicht doch einen glücklicheren Ausgang gefunden hätte.

Literatur (in Auswahl):

Ableitinger, Alfred, Ernst v. Koerber und das Verfassungsproblem im Jahre 1900. Österreichische Nationalitäten- und Innenpolitik zwischen Konstitutionalismus, Parlamentarismus und oktroyiertem allgemeinem Wahlrecht, Wien 1973. – Austrian History Yearbook III/1–3 (1967). The Nationality Problem in the Habsburg Monarchy: A critical appraisal. – *Behschnitt, Wolf Dietrich,* Nationalismus bei Serben und Kroaten 1830–1914. Analyse und Typologie der nationalen Ideologie, Köln 1977. – *Bosl, Karl,* „Die Nationalitätenpolitik der Habsburger Donaumonarchie. Stand der Forschung", Bohemia. Jb. des Collegium Carolinum 20 (1979) S. 199–216. – *Brix, Emil,* Die Umgangssprachen in Altösterreich zwischen Agitation und Assimilation. Die Sprachenstatistik in den zisleithanischen Volkszählungen, Wien 1982. – *Brock, P.,* The Slovak National Awakening: An Essay in the Intellectual History of East Central Europe, Toronto 1976. – *Burian, Peter,* Die Nationalitäten in Cisleithanien und das Wahlrecht der Märzrevolution 1848/49, Köln 1962. – *Burian, Peter,* „The State Language Problem in Old Austria (1848–1918)", in: Austrian History Yearbook VI/VII (1970/71) S. 81–106. – *Csoklich, Fritz,* Das Nationalitätenproblem in Österreich-Ungarn und die Christlichsoziale Partei, Masch. schr. Phil. Diss. Wien 1952. – *Friesel-Kopecki, Dubravka,* „Die serbische Nationalbewegung", in: Nationalbewegungen auf dem Balkan, hg. v. *Norbert Reiter,* Wiesbaden 1983, S. 177–281. – *Fritsche, Michael,* „Die rumänische Nationalbewegung", in: Nationalbewegungen auf dem Balkan, hg. v. *Norbert Reiter,* Wiesbaden 1983, S. 359–435. – *Frommelt, Klaus,* Die Sprachenfrage im österreichischen Unterrichtswesen 1848–1859, Graz 1963. – *Geist-Lanyi, Paula,* Das Nationalitätenproblem auf dem Reichstag zu Kremsier 1848/49, München 1920. – Die Habsburgermonarchie 1848–1918. Bd. 1: Die wirtschaftliche Entwicklung, Wien 1973; Bd. 2: Verwaltung und Rechtswesen, Wien 1975; Bd. 3: Die Völker des Reiches, Wien 1980, 2 Teilbände. Im Auftrag der Kommission für die Geschichte d. Österreich-Ungarischen Monarchie, hg. v. *Adam Wandruszka* und *Peter Urbanitsch.* – *Hanak, Peter* (Hg.), Die nationale Frage in der Österreichisch-Ungarischen Monarchie 1900–1918, Budapest 1966. – *Hantsch, Hugo,* Das Nationalitätenproblem im alten Österreich. Das Problem der konstruktiven Reichsgestaltung, Wien 1953. – *Haselsteiner, Horst,* Die Serben und der Ausgleich. Zur politischen und staatsrechtlichen Stellung der Serben Südungarns in den Jahren 1860–67, Wien 1976. – *Kann, Robert A.,* The Multinational Empire. Nationalism and National Reform in the Habsburg Monarchy 1848–1918, 2 vols (New York 1950); erweitert und übersetzt: Das Nationalitätenproblem der Habsburgermonarchie, 2 Bde., Graz 1964. – *Kann, Robert A.,* The Habsburg Empire. A Study in Integration and Desintegration, New York 1957; dt.: Werden und Zerfall des Habsburgerreiches, Graz 1962. – *Kořalka, Jiři,* „Das Nationalitätenproblem in den Böhmischen Ländern, 1848–1918", Österreichische Osthefte 5 (1963), S. 1–12. – *Kramer, Hans,* Die Italiener unter der Österreichisch-Ungarischen Monarchie, Wien 1954. – *Lehmann, Hartmut,* „Von der liberalen zur nationalen Revolution. Das Nationalitätenproblem in Österreich 1848–1918", Archiv für Kulturgeschichte 57 (1975), S. 445–464. – *Lehmann, Hartmut* u. *Lehmann, Silke* (Hg.), Das Nationalitätenproblem in Österreich 1848–1918, Göttingen 1973. – *Mommsen, Hans,* Die Sozialdemokratie und die Nationalitätenfrage im Habsburgischen Vielvölkerstaat. Bd. 1: Das Ringen um die supranationale Integration der zisleithanischen Arbeiterbewegung, 1867–1907, Wien 1963. – *Plaschka, Georg, Suppan, Arnold* und *Haselsteiner, Horst,* „Zum Begriff des Nationalismus und zu seinen Strukturen in Südosteuropa im 19. und zu Beginn des 20. Jahrhunderts“, Österr. Osthefte 20 (1978), S. 48–78. – *Renner, Hans,* Studien zum tschechischen Frühnationalismus. Motivationen, Anfänge und Initiatoren der tschechischen Wiedererweckung, Erlangen 1974. – *Rumpler, Helmut, Hussarek, Max,* Nationalitäten und Nationalitätenpolitik in Österreich im Sommer des Jahres 1918, Köln 1965. – *Rumpler, Helmut,* Das Völkermanifest Kaiser Karls vom 16. Oktober 1918. Letzter Versuch zur Rettung des Habsburgerreiches, München 1966. – *Sirka, Ann,* The Nationality Question in Austrian Education. The Case of Ukrainians in Galicia 1867–1914, Frankfurt/M. 1980. – *Stourzh, Gerald,* „Probleme des Nationalitätenrechts in der Donaumonarchie 1867–1918“, in: Donauraum – gestern, heute, morgen, hg. v. Jozsef Varga, Wien 1966. – *Stourzh, Gerald,* „Die Gleichberechtigung der Nationalitäten und die österreichische Dezemberverfassung von 1867“, in: Der österreichisch-ungarische Ausgleich von 1867 (Wien 1967), S. 205–212. – *Sundhaußen, Holm,* Der Einfluß der Herderschen Ideen auf die Nationsbildung bei den Völkern der Habsburger Monarchie, München 1973. – *Suppan, Arnold,* „Zwischen Assimilation und nationalpolitischer Emanzipation. Die Kärntner Slowenen vor und im Ersten Weltkrieg (1903–1918)“, Österr. Osthefte 20 (1978), S. 292–328. – *Sutter, Berthold,* Die Badenischen Sprachenverordnungen von 1897, 2 Bde., Graz 1960/65. – *Tapié, Victor L.,* Monarchie et peuples du Danube, Paris 1969. – *Urbanitsch, Peter,* Sprachen-Nationalitätenkarte der österreichisch-ungarischen Monarchie, Wien 1980. – *Valiani, Leo,* La Dissoluzione dell' Austria-Ungheria, Milano 1966. – *Veiter, Theodor,* Die Italiener in der österreichisch-ungarischen Monarchie. Eine volkspolitische und nationalitätenrechtliche Studie, München 1965. – *Veiter, Theodor,* Das Recht der Volksgruppen und Sprachminderheiten in Österreich. Teil 1: Volk, Volksgruppe, Nation. Theoretische Grundlegung, Stuttgart 1966. – *Wierer, Rudolf,* Der Föderalismus im Donauraum, Graz 1960. – *Zemann, Z. A. B.,* The Break-Up of the Habsburg Empire 1914–1918. A Study in National and Social Revolution, London 1961; dt.: Der Zusammenbruch des Habsburgerreiches, München 1963. – *Zwitter, Fran, Šidak, Jaroslav, Bogdanov, Vaso,* Les problemes nationaux dans la monarchie des Habsbourg, Belgrad 1960. – *Zwitter, Fran,* „Nationale Probleme und gesellschaftliche Struktur in der Habsburgermonarchie“, Österr. Osthefte 19 (1977), S. 147–160.

Werner Galler

DIE VIELFALT IN DER VOLKSKULTUR

Der Versuch, eine Volkskunde der Franz Joseph-Zeit umfassend darzustellen, würde bedingen, die ganze – auch wissenschaftsgeschichtliche – Problematik des 19. und beginnenden 20. Jahrhunderts aufzurollen. Wir befinden uns in einer Periode, in der sich wissenschaftliches Interesse an vielen Gegenständen regte, in der sich die historischen Disziplinen festigten, die sprachwissenschaftlichen und ethnographischen aus dem Dilettantismus und der Standortbestimmung sich bereits zur Methodik durchrangen. Autoren, die in ihrer Mehrheit noch nicht einschlägig studiert hatten, die auch ihre Herkunft von Neuromantik, Historismus, Liberalismus oder einer anderen Geisteshaltung oft nicht verleugnen konnten, übermittelten der Nachwelt Einmaliges in einmaliger Fülle. Sie konnten sich bereits verschiedener technischer Hilfsmittel bedienen, um in einer Zeit, in welcher Technik und Industrie ein großes Reich erobern, es modernisieren und verwalten helfen sollten, in Rückzugsgebiete des Volkslebens einzudringen und dieses „ethno-graphisch“ zu erfassen. Hier soll gar nicht, wie allgemein üblich, etwas abwertend von „Reliktforschung“ gesprochen werden, sondern das große Verdienst der Erforschung dieser Relikte als Abbild eines ehemaligen Volksganzen hervorgehoben werden.

Der engeren Darstellung der Volkskunde in der Völkervielfalt der Monarchie blieb im Rahmen der Gesamtkonzeption der Landesausstellung nicht mehr allzuviel Raum vorbehalten, und es muß daher beim Versuch bleiben, an Hand von Beispielen, etwa aus dem trachtlichen Bereich, dem Hausbau, der Nahrungsmittelvolkskunde und den Volkstypen, einen Eindruck zu vermitteln. Gewisse Facetten der Volkskultur sind auch in anderen Abteilungen, etwa bei der Sozial- und Wirtschaftsgeschichte, vertreten. Es muß uns klar sein, daß wir in der ersten Hälfte der francisco-josephinischen Ära bereits durchaus einen Verfall der traditionellen Volkskultur beobachten können, daß die Bauernmöbelmalerei bereits um 1860/70 aufhörte und man sich bemühte, die städtische, d. h. reichsinternationale Mode des Furnierens in der Holzbemalung zu kopieren, daß man etwa in Unterstinkenbrunn im Weinviertel nach 1860 letztmals die Goldhaube trug, daß man überall im Land vorzog, statt in Festtracht in eleganter Straßenkleidung zu heiraten. Auch im „Kronprinzenwerk" (Die österreichisch-ungarische Monarchie in Wort und Bild. 24 Bände, Wien 1886ff.) kommt das durchaus zum Ausdruck, obwohl man sich sehr bemühte, gerade in diesem Endpunkt einer großartigen interdisziplinären Anstrengung all das zu erfassen, was noch zu erfassen war. Obwohl ein Trachtentreffen (aber eben ein T r a c h t e n treffen) in jedem einzelnen Kronland ein äußerst buntbewegtes Bild geboten haben muß, so sieht man bereits auf einer Abbildung eines Kolo-Tanzes mehr als die Hälfte der Mitwirkenden in modischer europäischer Kleidung, und eine serbisch-orthodoxe Hochzeit findet in Weiß und Schwarz statt.

Als Beispiel für das, was wir aus unserem ethnisch ziemlich gefestigten Mitteleuropa gar nicht so recht begreifen können, diene die Bukowina, wo Rumänen, Ruthenen, Huzulen, Lippowaner (eine russische Sekte), Deutsche, Polen, Ungarn, Slowaken, Armenier und Zigeuner in der Darstellung ihrer Volkskultur die Hälfte des entsprechenden Kronland-Bandes einnehmen (Wien 1899). Mit Ausnahme der Deutschen und der Armenier trug damals sicher noch ein großer Teil der jeweiligen Nationalität seine autochthone Tracht. Die Rumänen, die ursprüngliche Bevölkerung, trugen im Sommer einen breitkrempigen schwarzen Hut *(pălĕrie)*, im Winter eine schwarze oder graue Lammfellmütze *(cusma)*. Die Frauentracht zeigte u. a. buntbestickte Hemden, einen bunten Wollrock *(catrinta)* und ein breites ebenfalls bunt gewebtes Gurtband. Gelbe und rote Saffianstiefel galten als Zeichen der Wohlhabenheit. Die Rumänen bildeten früher die Mutterschicht und die Mehrheit der Bevölkerung, war die Bukowina doch der Nordteil des rumänischen Fürstentums Moldau. Im Verlauf der Zugehörigkeit zur Monarchie aber wurde die Mehrheit umgedreht – die Ruthenen oder *Rusnaken*, wie sie sich nannten, zum Teil im Norden ansässig, zum Teil eingewandert, bekamen die Mehrheit, und es ist interessant, daß sich die Trachten der Rumänen und der Slawen (auch der Huzulen) z. T. anglichen, ein Phänomen, welches auch die Siebenbürger Sachsen im Lauf ihres Zusammenwohnens mit den Rumänen und die Sudetendeutschen im Hinblick auf Böhmen und Mähren zeigten. Für die slowakische Tracht von Csaba z. B. heißt es: *Die Slowaken von Csaba trugen früher breitkrämpige Hüte mit hoch aufgebundenen und auseinandergeneigten Reiherfedern geschmückt. Ihr Oberkleid war ein weißer, mit Schaffell besetzter, bei Wohlhabenderen mit schwarzem Pelz verbrämter kurzer „Ködmön" (ledernes Wamms). Heute sieht man dort überall regelrechte kleine ungarische Hüte und anliegende schwarze Tuchröcke. Die Tracht der Slowaken von Szarvas war vordem ein hoher, schmalkrämpiger Hut, kurzes Hemd, enge Gatya und quer über dieser ein breiter Ledergürtel. Heute unterscheidet sie sich in gar nichts von der Tracht der Magyaren.* (Ungarn II, S. 448f.)

Die Ausstellung versucht der ethnischen Vielfalt durch die Darstellung von Brauttrachten aus den großen Religionsgemeinschaften und durch eine größere Anzahl von Figurinen aus den verschiedenen Kronländern gerecht zu werden, wobei wie jede Auswahl auch diese der Diskussion offen steht. Für die wertvolle Hilfe und wissenschaftliche Beratung bei dieser Themengruppe darf Frau Professor Dr. Helene Grünn besonderer Dank gesagt werden.

GOLDHAUBEN

Vielfalt und demnach grenzüberschreitende Gemeinsamkeit der Volkskultur kann auch an der großen Anzahl von Gold- und Drahtlhauben gezeigt werden. In der zweiten Hälfte des vergangenen Jahrhunderts erreichten sie wohl den Höhepunkt ihrer Entwicklung und ihres Reichtums, erstarrten zum

Teil auch in ihren Ausmaßen und gingen in Gegenden verloren, in denen man nicht so sehr am Tragen der Tracht festhielt.

Nach Franz Carl Lipp dürfte die Abstammung der meisten mitteleuropäischen Goldhauben von der weichen Leinen-Bodenhaube und letzten Endes vom einfachen Leinen-Kopftuch unumstritten sein. (Franz Carl Lipp, Goldhaube und Kopftuch. Linz 1980, S. 21.) Durch Gold und Draht wurden die Hauben der reicheren Bürgerinnen starr. Die um die Mitte des 19. Jahrhunderts in Ostniederösterreich und in Wien besonders gern getragene Goldhaube mit kleinem Wulst an Hauptteil und Wangenstücken hieß sogar *Reiche Haube.* Schon ein Jahrhundert zuvor hatte sie auf der Triesterstraße Graz und auf der Brünnerstraße das Weinviertel und Südmähren erreicht. Interessant ist, daß eine für das nordöstliche Waldviertel typische Form, die Raabser Radhaube, Entsprechungen sowohl im alemannischen Bereich vom Elsaß bis Vorarlberg, aber auch in Nordmähren und Schlesien hatte. (Helene Grünn, Volkstracht in Niederösterreich. Eine Darstellung der lebendigen Tracht. Linz 1971, S. 103.)

Die Linzer Goldhaube breitete sich entlang der Donaustraße bis ins Gebiet von Melk und in ihrer schwarzen Form sogar bis ins St. Pöltner Gebiet aus. Die „Donaustraße" führte sie sogar bis in den Bezirk Krems, wo sie sich aber nie gegen die *Brettlhaube,* die *Wachauer Haube,* durchsetzen konnte. Über die Eisenwurzen gelangte die von vorne fast helmartig wirkende Linzer Haube mit ihrem Knauf *(Böndel)* und ihrem hohen Flügel bis nach Graz, Klagenfurt, Cilli, Triest – ja Franz Lipp hat sie sogar noch in Rovinj/Rovigno festgestellt. Viktor von Geramb hielt es übrigens wie der vorgenannte Autor durchaus für möglich, daß diese *Linzer, Grazer, Kärntner Haube* ihre jetzige Form der militärischen Mode des 18. Jahrhunderts verdankte. (Viktor von Geramb, Steirisches Trachtenbuch. II. Graz 1932, S. 504.)

Daß wir überall Durchdringungen und zumindest noch im 19. Jahrhundert keine Trachtenreglementierungen finden, beweist der Umstand, daß die Linzer Haube nicht nur nach Süden, sondern auch nach Norden ging und in Budweis, im Waldviertel und im Grenzbereich Wald-/Weinviertel zu beobachten ist, wo andere Formen wie die Raabser und die Retz/Znaim/Iglauer vorherrschten. Diese besonders hohe Haube konnte ebenfalls in Gold oder in Schwarz vorkommen. Das Gesicht der Trägerin wurde von einem Goldspitzenschirm umrahmt, und über der eigentlichen Kopfform weitete sich schwungvoll nach rückwärts emporsteigend, flügelartig ein großer, prächtiger Goldspitzenschirm. (Helene Grünn, Volkstracht in NÖ. II. S. 105.)

Es ist möglich, daß sich die bekannteste Goldhaubenform Niederösterreichs, die auch als *Brettlhaube* bezeichnete Wachauer Haube, aus der Renaissancekopftracht der Kremser Bürgerinnen entwickelte. Dieses Mittelding zwischen Bodenhaube und Gupfhaube war nicht nur mit Goldbrokat überzogen, es gab auch andere Tuche und Samte, insbesondere im Waldviertel. Dort hatte die Wachauer Haube eine Ausstrahlung bis an den Nebelstein und bis Raabs und Eggenburg, so daß man also im Grenzbereich Waldviertel – Weinviertel – Südmähren gleich drei Goldhaubenformen nebeneinander registrieren kann.

Interessante schwarze Drahtlhauben gab es dann auch noch entlang des Alpenostrandes, die u. a. bis Lunz reichten; nicht unerwähnt darf die ganz aus Goldmaterial ausgeführte *Crepidlhaube* der Badener Bürgerinnen und Weinhauerinnen bleiben, die man auch im Laabental im Wienerwald antreffen konnte.

Sie hat zwar auch eine eher dem Biedermeier zuzuordnende Form, jedoch nicht den hochgezogenen Gupf der *Wiener* oder *Reichen Haube.* Schließlich sei noch als Detail aus einer unerschöpflichen Vielfalt allein in Donauösterreich die *Saurüsselhaube* des südlichen Niederösterreich erwähnt, die u. a. in Edlitz, Puchberg und Feistritz am Wechsel nachgewiesen ist. Dabei wurde der Bodenteil der Haube verengt und rüsselförmig nach oben vorne gezogen, was wieder ein wenig an einen Dragonerhelm erinnert.

BAUERNHAUSFORMEN

Daß die traditionellen Hausformen in Mitteleuropa schon in einem jahrhundertelangen Prozeß vor der francisco-josephinischen Zeit entwickelt, ja gefestigt waren, wird an dieser Stelle nicht bestritten. Gerade die Völkervielfalt der österreich-ungarischen Monarchie hat Anlaß zu ethnographischen Vergleichen gegeben. Unter anderen waren es Anton Dachler und Michael Haberlandt, die in mehreren Einzelveröffentlichungen und dann in gemeinsamer Zusammenschau im „Bauernhaus in Österreich-Ungarn" sich dieser Thematik annahmen.

Bei diesem Unternehmen bearbeitete Haberlandt den „Geschichtlichen Teil", Anton Dachler die „Anlage, Herstellung und Zierformen des Bauernhauses". Die Hausforschung war damals noch nicht weit von ihren tastenden Anfängen, und für die Wissenschaftsgeschichte hat Haberlandts Einleitung daher besonders großen Wert. An der Wiege stand – nach Anfängen in Preußen – die Staatsverwaltung. Um die Mitte des 19. Jahrhunderts begann Arthur Freiherr von Hohenbruck, ein leitender Beamter des österreichischen Ackerbauministeriums, Aufnahmen von Bauernhäusern aus den verschiedenen Teilen der Monarchie zu sammeln und im Rahmen der Weltausstellung 1873 auch praktisch zu verwerten, worüber später noch mehr zu berichten ist.

Ausgehend von dieser Ausstellung gingen die Bemühungen, temporäre Freilichtmuseen zu zeigen, dann weiter. *Glänzende und lehrreiche einschlägige Darstellungen* nennt Haberlandt diese Versuche, z. B. bei der Wiener land- und forstwirtschaftlichen Ausstellung 1890, bei der Böhmischen Landesausstellung 1891, der Tschechischen ethnographischen Ausstellung 1895, beide in Prag, und bei der Jahrtausendausstellung in Budapest 1896. Während dieser österreichischen Versuche bestand das Freilichtmuseum Skansen bei Stockholm bereits (gegr. 1885–1891).

Die zweite Gruppe, die sich intensiv mit dem bäuerlichen Haus beschäftigte, waren die Techniker, insbesondere die Architekten. Was uns jetzt als gründerzeitlicher, francisco-josephinischer Stil erhalten ist, ging nach Haberlandts Beobachtungen auf die Entwicklung in der 2. Hälfte des 19. Jahrhunderts zurück: . . . *die unleugbare ästhetische Wirksamkeit des Bauernhauses mit seinen naiven und anheimelnden Zierformen, ergaben mit der Zeit eine rege Aufnahmetätigkeit der Architekten, welche durch die Mode allmählich gezwungen wurden, im Bauernhaus mit seinen Formen ein unerschöpfliches Reservoir vorbildlicher Bau- und Zierformen zu beachten. Der ländliche Villenstil (das ‚Schweizerhaus'), ja die ganze ‚Architektur' auf dem Lande (kleine Eisenbahnstationsgebäude, Hotels, Forsthäuser u. dgl.) ist dem Bauernhause tief verpflichtet.* Am spätesten erwachte danach das Interesse der „Volksforscher" genannten Volkskundler. Die Anthropologische Gesellschaft bemühte sich in Zusammenarbeit zwischen Forschern wie Meringer (Graz), Bünker (Ödenburg), Karl Fuchs (Preßburg), Gustav Bancalari (Linz) und Anton Dachler, welcher vor allem Niederösterreich bearbeitete, um eine weitreichende Erhebung der österreichischen Hausformen. Die Bibliographie der Bauernhausforschung konnte damals mit sieben Seiten auskommen. Während Haberlandt weiter vor allem über die Geschichte der Besiedlung und die Siedlungsformen handelt, geht Anton Dachler im zweiten Teil des Textbandes sehr in das Detail, und obwohl manches von seinen Theorien und Einteilungen heute umstritten ist, hat dieses umfangreiche und zusammenschauende Werk eigentlich noch keine vergleichbare Nachfolge bzw. Neufestsetzung im Gefolge gehabt.

Er unterschied nach der Bewirtschaftungsart:

1. Gehöfte für vorwiegend Körnerbau, zumeist im Dorfe stehend,
2. Gehöfte für vorwiegend Viehzucht, in der Regel alleinstehend.

Beim zweiten Punkt fällt uns ein für Niederösterreich interessantes Zitat auf: *Im Mittelalter und auch noch später war die Viehzucht im Verhältnisse zum Ackerbau viel umfangreicher als heute, aus Bequemlichkeit sowohl als wegen Mangel an Verkehrsmitteln für Kornfrucht. Das Vieh verfrachtet sich selbst auch aus Gütern im Hochgebirge, wo oft noch heute kein Karren hinkommt, wie zum ‚Spielbichler' am Ötscher.*

Nach der Stellung der Bestandteile unterschied Dachler

1. den Haufenhof,
2. das Gehöft des engen Straßendorfes,
3. die Mehrseitgehöfte,
4. das Einheitshaus;

nach der volksmäßigen Herkunft das fränkische, das bayerische und das alemannische Gehöft. Diese letztere Einteilung hält wohl am wenigsten, mußte Dachler doch konzedieren, daß das alemannische im Wohntrakt dem bayrischen, im Wirtschaftstrakt dem fränkischen ähnlich sei; das fränkische Gehöft ist vor allem das des geschlossenen Kolonistendorfes – von Niederösterreich ausstrahlend in einen unglaublich weiten magyarischen und slawischen Siedlungsbereich. Hierzu zählen vor allem Streck- und Hakenhof und der Dreiseithof des Dorfverbandes mit der Grenz-„Reiche" oder der der Waldhufensiedlung. Interessant ist das Registrieren einer *neueren Form des fränkischen Hofes,* einer Art Vierseithof im Dorfverband mit dem Bestreben nach städtischem Aussehen, also eine francisco-josephinische Eigenheit, für welche er Beispiele aus dem Viertel unter dem Manhartsberg bietet: Stillfried und Sachsengang. Weitere Sonderformen sieht er im südsteirisch-slawischen Gehöft für Wein- und auch Ackerbau und im Weinbauernhaus des Ostens, einem Ackerbürgerhaus, welches er sowohl im niederösterreichischen Weinland als auch im Burgenland, im ungarischen und Südtiroler Weingebiet gefunden haben will.

Das „bayerische" Gehöft, im wesentlichen das des Einzelhofgebietes, unterteilt Dachler in den Paarhof, den Haufenhof, den „bayerischen" Drei- und Vierseithof und in die nur für einen ganz kleinen Bereich Niederösterreichs um Ybbsitz bekannte Sonderform, die heute allgemein „Doppel-T-Hof" genannt wird und die Dachler als „Kreuzhof" auswies.

Eine Sonderstellung nehmen bei Dachler die „Rauchstubenhäuser" ein, deren Vorkommen er für einen weiten Bereich im Osten und im Zentrum der damaligen Monarchie feststellte, also etwa in Galizien, der Bukowina, bei den Deutschen und den Ungarn Siebenbürgens, bei den Slowaken, Huzulen, Ruthenen, Slowenen, Krainern, Italienern, Kärntnern, Steirern und Salzburgern. In Niederösterreich waren diese nur im einstmals steirisch-kärntnerischen Bereich der Buckligen Welt bekannt gewesenen Häuser mit dem offenen Herd damals bereits seit mehr als einem Jahrhundert umgebaut.

Es wurden vier Häuser ausgewählt, welche in der Ausstellung im Modell vorgestellt werden (Anfertigung durch die Fa. Arch. Dipl.-Ing. Ferdinand Zörrer) – im Modell vor allem wegen Raummangels. Die einfache italienische Bauform wird an Hand eines Hofes aus dem Karst (Unterkobdil bei Sesana) gezeigt. Die Häuser des Küstenlandes bestanden nur aus Küche, Kammer und Stall im Erdgeschoß und – da es sich bei unserem Beispiel um vergleichsweise wohlhabende Bewohner gehandelt haben dürfte – aus zwei darüberliegenden Schlafkammern. Das ganz aus Stein errichtete Haus hat das für das Südland übliche Ziegeldach mit Dachpfannen, der Herd ist an die Küche aus dem Haus heraus angebaut, neben ihm ein Backofen. In die Gestaltung der Rauchfänge setzten die Küstenlandbauern ihren ganzen Stolz; sie würden einer italienischen Renaissancestadt alle Ehre machen.

Restösterreich und die Übergangszone zum bürgerlichen Bereich sind durch ein Wirtshaus in St. Agatha bei Goisern vertreten. Das behäbige Haus, das wohl bis ins 16. Jahrhundert zurückgeht, beinhaltete eine kleine Mostpresse im gewölbten Flur und vier schöne Kachelöfen in den an der Front beidseits vom Flur gelegenen Gastzimmer und der Wirtsstube sowie den im ersten Stock mit entsprechendem Grundriß darüber angeordneten Tanzsaal und Wohnzimmer. Haberlandt meinte dazu: *Der Grundriß zeigt die bayerische Form des Bauernhauses mit dem zum Gange (Flur) herabgesunkenen ‚Haus', nur ist das Gebäude nach Länge und Breite größer als ein Bauernhaus.*

Eine unregelmäßige Anlage zeigt der Waldhufenhof aus Ketzelsdorf am Schönhengst bei Mährisch-Trübau, allerdings schon in Böhmen gelegen. Nur das Wohngebäude mit dem Pferdestall ist gemauert, ansonsten ergeben ausgedehnte Blockbauten mit Holzschindeldach eine Art Vierseithof, der mit seinen vielen verschiedenen Dachhöhen bei Scheunen, Tennen, Ställen, Einfahrt, Futterkammern den Eindruck einer hölzernen Bauernburg erweckt. Haberlandt zählt auch diesen Hof zum „fränkischen" Bereich.

Besonders auffällig ist eine ganz mit Stroh gedeckte Hofanlage von Ruthenen in Stawczan in der Bukowina, eine Anhäufung von Stall- und Wirtschaftsgebäuden um ein ebenerdiges Rauchstubenhaus. Die

Anzahl der Gebäude wird durch viele mit Dächern gedeckte „Körbe“ von zwei bis vier Metern Breite unterstrichen – sie dienten als Geflügelhäuser, Bienenhäuser, Kukuruzreschen.

(Die Planaufnahmen erfolgten durch M. Fabiani, Leopold Theyrer, G. Wanderley und Carl A. Ramstorfer.)

Weitere Pläne illustrieren das unterschiedliche volkstümliche Wohnen und Arbeiten am Hof in weiten Teilen der Monarchie, wobei ein Nachteil der Aufnahmen des Ingenieur- und Architektenvereines auffällt: Sie tendierten allzusehr in die deutschen Siedlungsgebiete und Sprachinseln.

WELTAUSSTELLUNG

1874 gab K. J. Schröer einen Bericht über die Gruppe XX der großen Wiener Weltausstellung des Vorjahres heraus: *Das Bauernhaus mit seiner Einrichtung und seinem Geräthe.* Dieser Bericht war recht kritisch. So wurde beispielsweise einer seiner Vorstellungen – einer bis heute immer wieder erhobenen Forderung – nicht nachgekommen: *Musterhäuser, Vorschläge zu möglichst zweckmässigen billigen Wohnungen sammt Einrichtung für Landwirthe sind nicht vorgekommen.*

Man hatte sich ursprünglich eine größere Anzahl von Objekten erhofft, schließlich erhoben sich am Heustadelwasser neun Häuser unterschiedlichster Qualität, sieben davon aus dem Bereich der Monarchie, und zwar ein Szekler Haus und ein sächsisches Bauernhaus aus Michelsberg, beide Siebenbürgen, ein weiteres deutschungarisches aus Geidel bei Neutra, ein rumänisches aus dem Banat, ein galizisches, ein kroatisches und ein Vorarlberger Bauernhaus. Ansonsten waren nur noch Rußland und das Elsaß vertreten, dieses wahrscheinlich im Gefolge der nationalen Begeisterung nach dem rezenten deutsch-französischen Krieg.

Außerdem gab es im offenbar zu früh vorbereiteten Gesamtkatalog eine ganze Reihe von Bauernhausmodellen, die dann später doch nicht das Licht der Weltausstellung erblickten, weder die italienischen, noch die türkischen, rumänischen, französischen, amerikanischen, schwedischen oder die angekündigten Pläne steirischer Haustypen. Was dann doch vorhanden war, schildert Schröer mit folgenden Worten: *Im Hofe 14 b stand ein Modell eines Bauernhauses, ohne Nummer, ohne Zettel; Niemand vermochte anzugeben, woher es war. Besonders merkwürdig war das Ergebnis der Nachforschung nach den ungarischen Bauernhaus-Modellen, deren der Katalog 24 anführt. Da dieselben . . . nicht zu finden sind, ergab sich bei einer persönlichen Anfrage bei der ungarischen Ausstellungscommission, daß sie alle nicht vorhanden waren! Da nun aber im südlichen Hofe 14 a doch gegen sieben, sehr fleissig ausgearbeitete interessante Bauernhaus-Modellle von Ungarn standen, so musste gefragt werden: ob denn nicht unter den 24 Nummern des Kataloges diese sieben enthalten sind? Diess war nicht der Fall, die vorhandenen Modelle gehörten zur Gruppe XXI: Hausindustrie! Man hatte offenbar unter Hausindustrie eine Industrie verstanden, die Hausmodelle macht.*

Am besten gefielen dem Berichterstatter vor 110 Jahren von den großen Rekonstruktionen die beiden Häuser der deutschen Volksgruppe: *Wenn man vom Heustadelwasser her bei der englischen Kirche und dem österreichischen Schulhause vorbei zu den Bauernhäusern kam, so erblickte man links an der Straßenecke ein freundliches, weißes, gemauertes Haus, rechts ein Blockhaus aus rohen Balken gezimmert. Das erste war aus Michelsberg in Siebenbürgen, das andere aus Geidel in Ungarn.* (Heute Slowakei; Anm. d. Verf.)

Geidel war ein „Häudorf“, also eine Waldbauernsiedlung, daher ein Blockhaus, eines, das sehr in die slowakische Nachbarschaft paßt. Das Haus der magyarischen Szekler erregte zwar nicht Schröers Mißfallen, wohl aber dessen Einrichtung, da sein Betreuer und Erbauer, ein Krämer namens Borsodi, gegenduntypische Waren verkaufte und z. B. auch ein Klavier mitgebracht hatte, weil es alt war.

Ein rumänisches Blockhaus aus dem Banat (Walachisch-Oravicza) war ebenerdig und besaß nur je einen Raum rechts und links vom Eingang. Sehr gut hat Schröer das Vorarlberger Haus gefallen, welches aber zur Gruppe XIX (Bürgerhäuser) gezählt wurde, während die beiden vorgenannten Bauten im Weltausstellungskatalog gar nicht vorgesehen waren. Dem Eingang gegenüber lag die Küche, rechts die Stube (das heizbare Zimmer), im Stock die Kammern. *Links vom Eingange im Flure schließt sich sonst in Vorarlberg sogleich an das Wohnhaus der Kuhstall an, was hier nicht zur Darstellung gebracht ist.* Er vergleicht es dem rheinischen Typus und auch dem Wäldlerhaus aus Geidel. Erweiterungen gab es durch „Gaden" und „Stübel". Ganz richtig war die Außenfront kleingeschindelt, „geschuppt". Die Einrichtung war nicht vollständig, vorgeführt wurde nur das Sticken. Das galizische Haus war mit Stroh gedeckt und diente als Ausstellungsraum für die forstliche Kollektivausstellung, das kroatische war immer verschlossen. *Nur waren die Balken nicht von dem Erbauer zurechtgehauen, sondern das Erzeugniß einer Dampfsäge. Die Thür- und Fensterverkleidungen aber waren moderne Tischlerarbeit.*

An den ersten tastenden Anfängen wenn auch nur temporärer Freilichtmuseen standen also bereits viele Fragen und Problemstellungen, die eigentlich auch heute noch diskutiert werden. Wie weit geht die Materialtreue, sollen die Häuser von Leuten übertragen werden, die auch in ihnen wohnen oder wohnten, kann man darin auch Familie und traditionelle Wirtschaftsführung spielen?

Die Manie, auf Großausstellungen auch mehr oder weniger große und teure Bauten in bestimmten heimischen oder exotischen, durch den Historismus noch gewürzten Stilrichtungen darzubieten, war in der Gründerzeit in vielen Ländern Europas und in Amerika zu verzeichnen. Die „Gartenlaube" berichtete über die „Sehenswürdigkeiten der Ausstellungen 1896". Der Fortschritt in der Volkskunde, in der Ungarn ja heute noch führend ist, gegenüber der Wiener Weltausstellung von 1873, wird durch das Lob für das „ethnographische Millenniumsdorf" auf der Tausendjahrausstellung Ungarns in Budapest hervorgehoben: *Es besteht aus 32 Wohnhäusern mit 25 Nebengebäuden, und jedes derselben hat eine besondere Ausstattung.* In diesem Dorf wurden Trachten- und Volkstanzfeste und echte Hochzeiten gefeiert. Nachdem besonders die Häuser der Siebenbürger Sachsen, der Donauschwaben, der Karpatendeutschen und der Sprachinsel Metzenseifen hervorgehoben wurden, berichtete man weiter: *Ein buntes Bild bietet die ‚Nationalitäten-Gasse', in welcher ruthenische, serbische, rumänische, bulgarische, slowakische und slowenische Häuser zu sehen sind. Am Ende des Dorfes aber neben dem Gemeindehause stehen die primitiven Hütten der ungarischen Rinderhirten (Gulyas), der nomadisierenden Schafhirten und der Csikos oder Roßhirten. Den Beschluß bildet das Zigeunerviertel.*

Es soll noch angemerkt werden, daß es in demselben Jahr auf der Dresdener „Ausstellung des sächsischen Handwerks und Kunstgewerbes" auch ein „wendisches Dörfchen" gab und auf der Schweizer Landesausstellung in Genf ein schweizerisches Städtchen und ein Schweizerdorf mit Bauten aus allen 22 Kantonen. *Über ihm aber sind auf einem künstlichen Gebirge hübsche Sennhütten zerstreut . . . Auch die Sennen mit ihren Herden sind erschienen. An schönen Tagen werden im Dorfe Alpenfeste mit Schwingen und Ringen abgehalten. Dann wimmelt es von prächtigen, originellen Nationalkostümen, dann erschallen laut Juchzen und Jodeln . . .*

Edith Hörandner

DIE MONARCHIE IM WIENER STRASSENBILD

Die Monarchie war im Wiener Straßenbild in mehrfacher Weise präsent: im Adel aus allen Kronländern und seinen Wiener Palais, in den Uniformen der Soldaten des k. und k. Heeres (z. B. der ungarischen Husaren und polnischen Ulanen) oder in den Galatrachten der Adeligen (wie z. B. der ungarischen Magnaten). Aber auch am anderen („unteren") Ende der sozialen Skala ist ähnliches festzustellen. „Gastarbeiter" resp. Zuwanderer (wie die böhmische Köchin, der böhmische Schneider oder Schuster und andere, die nicht so sprichwörtlich und zum Typus wurden) und vor allem die vazierenden Händler akzentuierten die Vielfalt im bunten Straßenbild.

Das Leben spielte sich früher in einem größeren Ausmaß als heute auf den Straßen oder zur Straße hin ab. Von den Häusern öffneten sich die „Gewölbe" (Geschäfte) auf die Straße, die aufgeklappten Tür- und Fensterläden dienten häufig als „Preiscourants" (Auflistung der wichtigsten Waren und Preise), auf Schragen entlang der Mauer vor dem Geschäft waren Waren ausgelegt und der Verkauf vollzog sich oft direkt auf der Straße oder vom Fenster auf die Straße. Dazu kamen die vielen ständigen Märkte bzw. der an bestimmten Orten gestattete Straßenverkauf aus Körben, von Schubkarren oder Handwagen bzw. von Tischen, Bänken oder einfachen Holzbuden weg. Zu diesen beiden Gruppen ortsgebundener Händler oder Geschäftsleute kamen noch die vielen fahrenden oder Wanderhändler, die optisch und akustisch auf sich aufmerksam machten. Wegen ihres charakteristischen „Rufes" (Kaufrufes) werden sie auch als „Kaufrufe" charakterisiert und in den gerade im 18. und 19. Jahrhundert so beliebten Darstellungsserien so benannt. Diese Wanderhändler boten eine ganze Reihe von Artikeln oder Dienstleistungen an. Mit Hubert Kaut unterscheiden wir vier Gruppen. Am stärksten vertreten waren die für die Versorgung der Großstadt so wichtigen Händler, die in ihrem Korb oder Binkel, in ihrer Rückenkraxe oder auf ihrem Handwagerl Güter des täglichen Bedarfs und zur Stillung von Grundbedürfnissen, aber auch bescheidene Luxuswaren mit sich führten und direkt an den Endverbraucher absetzten. Die Warenpalette dieser Gruppe umfaßte u. a. Lebensmittel, Stoffe, Bekleidung, Haushalts- und Toiletteartikel u. a.

Die zahlenmäßig zweitstärkste Gruppe stellten jene Kaufrufe dar, die keine Waren, sondern Dienstleistungen anboten (wie Scherenschleifer und Rastelbinder). Die dritte und vierte Gruppe bildeten einerseits Angehörige der Unterhaltungsbranche (mit der Straße als Vorführraum bzw. Bühne) wie der Guckkastenmann, der Bänkelsänger, der Taschenspieler, der Gaukler, der Tierbändiger oder der Musikant bzw. die Musikantengruppe, andererseits Männer und Frauen, die das heute so moderne „recycling" bereits im vorigen Jahrhundert praktizierten und Altwaren, Lumpen und Abfall zur Weiter- oder Wiederverwendung sammelten. Zu diesen Straßentypen zählen u. a. Lumpen- und Abfallsammler, Aschenmann und Trödler.

Die Angehörigen aller dieser Straßenberufe übten ihre Tätigkeit an Ort und Stelle aus; sie führten daher die Ware oder die erforderlichen Werkzeuge und Geräte, Behelfe und Ausstattungsgegenstände stets mit sich. Durch ihre charakteristischen „Rufe" (melodiöse Texte) machten sie die Leute auf sich aufmerksam, lange bevor man sie sah. Optische Signalwirkung ging schließlich von ihrer – teilweise zum Klischee erstarrten – Kleidung (z. B. älterer Kleidertypus, Regionaltrachten) aus, mit der sich auch nostalgische oder binnenexotische Reizeffekte verbinden konnten.

Vor allem unter den beiden ersten Gruppen der Wanderhändler und Straßenberufe finden wir eine Reihe von Vertretern aus den verschiedenen Gebieten der Monarchie. Diese führten Notwendigkeit oder/ und Tradition, aber auch Abenteuerlust in die Haupt- und Residenzstadt Wien. „So strömten hier in Wien aus allen Teilen der Monarchie Menschen in ihren bunten Nationaltrachten zusammen, sie bevölkerten die Straßen der Stadt und boten die Waren, die sie mitgebracht hatten, in gebrochenem Deutsch oder in einem Dialektgemisch singend an: der schlesische Leinwandhändler, der kroatische Zwiebelverkäufer, der slowakische Rohrdeckenhändler, der italienische Salamiverkäufer, der Tiroler Teppichkrämer oder der Orangenverkäufer aus der Gottschee (Krain)."

DER *GOTTSCHEWER*

Aus der Gottschee, einer deutschen Sprachinsel im Herzogtum Krain, kam der *Gottschewer* oder *Gottscheberer,* der in Wien auch gern *Kraner* (Krainer) genannt wurde. Der Wander- oder Hausierhandel stellte für die Bewohner des Gottscheer Ländchens einen unabdingbaren Wirtschaftszweig im Sinn einer entscheidenden Existenzgrundlage dar und wurde von den – vor allem jüngeren – Männern bis zum Zweiten Weltkrieg ausgeübt.

Die Angebotspalette der Gottscheer Hausierer umfaßte bald auch – entgegen dem ursprünglichen Privileg auf den Handel mit selbsterzeugten Waren – fremderzeugte (eingetauschte/eingekaufte) Produkte, darunter die in Istrien eingehandelten *welschen Früchte* und die Hafnerware (Eß- und Kochgeschirr, Kinderspielzeug) der Reifnitzer, die letztere in der Gottschee auch gegen Mais, Erdäpfel und andere Feldfrüchte tauschten. Das Geschirr wurde bald mit Draht gebunden. In Wien besorgte das der slowakische Rastelbinder. Regional zogen Gottscheer und Kroaten von der Kulpa als *Häfenbinder* um. Für die Kinder erzeugten die *huvnaro* (Hafner) der Reifnitzer Gegend Pfeiftiere *(pfaiflan),* die zumeist die Form von Vögeln hatten. Vor dem Ersten Weltkrieg kostete so ein Pfeiflein zwei Kreuzer. – Ende des 18. Jahrhunderts sind im *Verzeichnis der Waren, mit welchen Gottscheern das Hausiren auch noch künftig zugestatten* (sic!), das dem „Circular", welches die Hausiertätigkeit der Gottscheer in Böhmen regelt (Prag, 28. 4. 1785), beigegeben ist, folgende Produkte angeführt: *Gemeines Baumöl, Welsche Früchte: nämlich, Pomeranzen, Limonien, Citronien, Granatäpfel, Margaranten, Kastanien, Datteln, Carobe, oder Bockshörel* (sic!), *Haselnüsse, Feigen, Mandeln, Zibeben, Weinbeerl, Kapern, Reiß* (sic!), *Sardellen, Schildkrotten, Lorbeerblätter, Austern, Müscherl, Calamari, Dragawein.*

Der Gottschewer trug seine unmittelbar für den Verkauf bestimmte Ware in einem nach vorn umgehängten Korb bei sich. (Für Orangen allein genügte ein Netz.) Wie in einer Auslage boten sich hier *Datteln, appetitlich gelegt in Schachteln, Feigenkränze, kleine und größere Schachteln aus Holzspan mit Zukkerwerk aller Art gefüllt, Orangen, gezuckerte Früchte und noch viele andere Näschereien* dar. Immer wieder, untertags an belebten Plätzen oder Belustigungsstätten wie dem Prater, abends in Gaststätten und vor allem beim Heurigen, hob der *Gottschewer/Kraner* den Leuten seinen Korb entgegen. Dabei blieb er stumm und ließ vorerst einmal die Dinge im Korb für sich selbst sprechen. *Erst nach einer Weile, nachdem die Gäste am Tisch auch wirklich alles genau betrachtet hatten, nimmt er ein Säckchen aus seiner Tasche, das bezifferte Spielmarken enthält und ladet zum Spiel ein. Denn alle diese begehrenswerten Dinge aus dem großen Korb konnte man, so man auch genügend Glück im Spiel hat, weitaus billiger oder vielleicht gar umsonst haben.* Mit billigem Einsatz spielte man entweder *Grad oder ungrad* (aus dem der Wiener Schmäh „Kraut oder Unkraut" machte), *Hoch oder nieder* oder *Drei unter hundert.* Der Gewinn sah dann absichtlich nach mehr aus als der Einsatz betragen hatte (wie auch heute noch im Prater oder auf Jahrmärkten und Kirtagen). Er bestand beim Gottschewer zumeist aus einer Ware des Korbes (besonders gern aus einer Schachtel mit Süßigkeiten oder einem Kranz Feigen), manchmal jedoch wurde auch eine ganze Partie Waren und sogar der ganze Korbinhalt ausgespielt.

Die Gottschewer verbanden geschickt Handel und Glücksspiel. Das taten auch andere Hausierer, die z. B. mit Weinbeißern, Korsikanerln, kandierten

Früchten, Juxartikeln oder Blumensträußerln handelten. Sie alle waren auch sog. „Ausspieler". Die meisten von ihnen waren dabei auf einen bestimmten Artikel, den sie „ausspielten", spezialisiert, u. a. auf Riesenkipfel, große Striezel, Früchtesträußel etc. Der Vorgang der „Ausspielens" war der einer Tombola. Unter den teilweise ortsansässigen Ausspielern finden wir auch Frauen, nicht allerdings unter den Gottschewern. Bei diesen sind hingegen Knaben nicht selten, und sie waren sogar besonders beliebt: man rechnete sich größere Gewinnchancen aus.

Neben dem Gottschewer, der als „Einzelunternehmer" von zu Hause mit seinem Warensortiment (in Sack oder Binkel) ausgezogen und monatelang unterwegs war, gab es auch solche, die – zumeist zu mehreren – im Dienst eines einzelnen Unternehmers standen, der sie mit allem Notwendigen – von der Ware über Kost und Quartier bis zur Kleidung – versorgte, ein System, das auch bei anderen Wanderhändlern (wie z. B. den Rastelbindern und Dalmatinern) üblich war.

Ebenfalls eine allgemeine Erscheinung war es, daß sich auch andere („unechte") Hausierer das Image eines bestimmten Typus zunutze machten, also „unter falscher Flagge segelten". So stammte auch der eine oder andere *Gottschewer* nicht aus der Gottschee in Krain, sondern aus dem Ungarischen oder Italienischen.

DER *FIGURINI*

Schon seit dem 18. Jahrhundert war der *Welsche* oder *Italiäner* mit Figuren, auch *Figurini* genannt, auf den Wiener Straßen ein gewohnter Anblick. Auf einem Brett am Kopf, in einem umgehängten Korb und auch im Arm trug er die verschiedensten Gipsfiguren, die er mit dem Ruf *Figure, figure, piccolo monete, grande lavoro!* oder *Figure, nich daie* (nicht teuer) anpries. Diese von den *Wällischen* hergestellten billigen Gipsplastiken stellten beliebte Dekorations- und Geschenkartikel dar, die bei den unteren Schichten häufig die gute Stube zierten.

Ebenfalls aus Italien kam der *Salamutschi*, der Salami und Emmentaler portionsweise verkaufte. Daneben gab es noch eine Reihe weiterer Kleinsthändler gleicher Art, wie z. B. das sog. *Kasweib*, aber auch Händler mit Salzgurken, Rettich, Fasselrussen, Lebzelten, türkischem Honig, gezuckerten Früchten und schließlich auch Trinkwasser. Zu den besten Kundschaften dieser auf Straßen und Plätzen, im Prater, auf Kirtagen und beim Heurigen anzutreffenden ambulanten Händler zählten einerseits die Kinder, andererseits jene, die für einen Gasthausbesuch nicht genug Geld hatten.

KROAT UND *SCHLASIER* MIT LEINWAND

Etwa seit Beginn des 19. Jahrhunderts kamen *Schlasier* sowie Hausierer aus der Zwettler Gegend – und zwar vorzugsweise aus Groß-Siegharts – mit Hausleinwand nach Wien. (Frauen waren auf *feine Schla singer Tiachl* spezialisert.) Die *Leinwand-Krowoten* versuchten ebenfalls, *hausgewebte* Ware im Straßenhandel abzusetzen, jedoch bestand zwischen dem *Schlasier* und dem *Krowoten* als Leinwandhausierer bei Person und Ware ein entscheidender Unterschied, auf den auch der „Österreichische Volkskalender für 1855" mit Bezug auf die „Wiener Straßengestalt" des „Leinwandmannes" aufmerksam machte. Es heißt dort: *Er ist in Schlesien zu Hause und besorgte den Vertrieb seiner eigenen Erzeugnisse. Diese Leute waren gut und hatten auch eine preiswürdige Ware. Mit Leinwand hausierten aber auch die Kroaten. Sie wurden als solche bezeichnet, obwohl sie keine waren. Sie bezogen die Leinwand von Wiener Kaufleuten, besorgten also nur den Kleinverschleiss.*

ZWIEFEL-KROWOT(IN) UND *KOCHLÖFFEL-SPIELEREI-KROWOTEN*

Der *Zwiefelkrowot* und die *Zwiefelkrowotin* stellten einen Teil ihrer Ware, die aus *Zwiefel und Knofel* (Zwiebel und Knoblauch) bestand, in einem großen Korb zur Schau und trugen den anderen Teil in einem großen, über den Rücken geworfenen Sack. Zumeist hielten sie auch noch „Knoblauch-Zöpfe" in der Hand.

Daß wir bei den *krowotischen* Wanderhändlern, die aus der nahen Slowakei kamen, sowohl Männern als auch Frauen begegnen, wird wohl im relativ wenig anstrengenden Anmarsch begründet sein. (Ähnliches gilt für die *schlasischen* Kaufrufe.)

Die *Kochlöffel-Spielerei-Krowoten* und *Krowotinnen* brachten Spielsachen (*Spillarei,* auch *Spielelei*) und einfache Holzwaren, für die pars pro toto der Kochlöffel *(Kochleffel, Koleffl)* steht, mit. Auch sie stellten ihre Waren in einem flachen Umhängkorb zur Schau. Seinem, durch einen fast immer starken slawischen Akzent charakterisierten Ruf ging eine einleitende, erste Aufmerksamkeit erregende Melodie voraus, die der *Krowot* auf einer primitiven Holzflöte spielte. Der Ruf selbst war variabel und reichte von der einfachen auffordernden Kurzformel *Gaafte Guleffl, Spillelei!* bis zu detailreichen Aufzählungen im Sinn von Warenlisten wie *Kuleffl, Spillelei, hulzene Fertl* (Pferdel) *was frißte kane Hei* (Heu)! oder *Guchleffl, Spillarei, Sprudle dazu, helzene Feiflitschku* (Pfeiferl), *was machte tu-lu!* Nach einer kurzen Pause konnte noch eine Ergänzung, die mit einer abschließenden Kaufaufforderung beendet wurde, folgen: *Fandl, Sprudl, brettane Nudl, hulzane Fertl, fleischane Schlegl, hulzane Tegel! – Gaafts, Mutterle, gaafts!*

DER *RASTELBINDER, PFANNENFLICKER* UND *GESCHIRRHÄNDLER*

Auch die *Rastelbinder* kamen zumeist aus der Slowakei, und wie die soeben genannten slowakischen *Krowoten* vor allem auch aus der Gegend von Trentschin (Trencziner Komitat). Sie selbst nannten sich *Drátasz,* Drahtbinder, hießen aber auch noch *Häfenbinder* und *Pfannenflicker.* Ihre Haupttätigkeit war das „Einbinden" von Geschirr, eine Maßnahme, die zumeist als Reparatur vorgenommen wurde. Manchmal ließ man aber auch bereits das neue Geschirr „einbinden", d. h. mit einem „Rastel" (Drahtgeflecht) versehen, damit es überhaupt nicht so leicht kaputt geht, und da durch den Draht (guter Wärmeleiter) eine bessere und gleichmäßigere Wärmeverteilung erzielt wird.

Der Rastelbinder war in erster Linie ein wandernder Kleinhandwerker, der von Haus zu Haus zog, um Arbeit zu finden. Er besserte sein geringes Einkommen noch durch den Verkauf selbstgefertigter Drahtwaren wie Mausefallen und Bügeleisenständer, z. T. auch von Hafnergeschirr auf. Als durch das neue Emailgeschirr seine ursprüngliche Haupttätigkeit immer mehr zurückging, machte er den Ausfall durch den Handel mit eben diesem neuen Geschirr wett. Er wandelte sich so immer stärker vom Straßenhandwerker zum Straßenhändler; der Rastelbinder und Pfannenflicker wurde zum Geschirrhändler.

Die Rastelbinder kündigten ihr Kommen mit dem Ruf *Rastelbinder, he!* an; der Geschirrhändler rief *Häfen kaafte!*

Die „Kaufrufe" bzw. Straßenhändler und Wanderhandwerker wurden nicht nur wegen ihrer Leistungen, sondern auch – vor allem später und nicht zuletzt gerade von den „höheren" Schichten – wegen des durch sie mitbestimmten Lokalkolorits estimiert. Gleichzeitig traf sie aber auch das Mißtrauen, daß man allgemein gegenüber „Fahrenden" hatte. Geringes Ansehen, ja sogar Geringschätzung und Spott waren Folgen dieser negativen Einstellung und Ausdruck des Vorurteils. Spottsprüche lauteten z. B.:

Lusti is gwesn,
Glei furt in Winta;
Han zwoa Deandln graft
Um oan Häfnbinta.

Häfnbinda,
Rastlbinda,
Pfannflicka,
Guggú!

Wie in vielen anderen Fällen erfolgt auch beim Rastelbinder das letzte Nachleben in Redensarten. So sagt man noch immer von einem ruhelosen Menschen, er zöge herum „als wie ein Rastelbinder" und ein lebhaftes Kind nennt man auch – gleichzeitig liebevoll und mahnend – „Rastelbinder".

*

Die Bedeutung des Wanderhandels für die Versorgung Wiens war im dritten Viertel des vorigen Jahrhunderts wesentlich geringer als zu Beginn des

19. Jahrhunderts. Dementsprechend war auch die Anzahl dieser ambulanten „Einmannbetriebe“ zurückgegangen. Doch noch immer war die Monarchie durch diese spezielle Berufsgruppe in der Haupt- und Residenzstadt Wien präsent. Diese begann sich sogar, da man sich ihrer Besonderheit immer stärker bewußt wurde, bereits einer liebevollen Aufmerksamkeit zu erfreuen. Dazu kam, daß ihr im Zug der inneren Entwicklung der Stadt in dieser Zeit eine besondere Rolle und Funktion zufiel. „Bei der Suche nach Identität in der wachsenden und großbürgerlich werdenden Großstadt geriet man vorerst bei der Darstellung des „Volkes der Wiener“ in Bahnen der Klischeebildung. Schlagworte wie „Wiener Humor“ . . . oder die „Typen“ dieser Stadt wurden bald geläufig . . . Von dieser Zeitstimmung geprägt, legte der Fotograf Otto Schmidt seine ersten Fotos der „Wiener Typen“ vor.“ Die Serie wurde ein ungeheurer Erfolg. Als „wienerisch“ galten „vor allem Straßen- und Wanderhändler wie der Rastelbinder, Lumpensammler, Obsthändler und Spielwarenverkäufer – im Grunde waren es Verkäufer, die aus den verschiedenen Teilen der Monarchie stammten und in der Residenzstadt ihr Glück versuchten.“

Literatur (in Auswahl):

Jones, Karen F., Streetcries in Pictures, in: The Quarterly Journal of the Library of Congress, Vol. 25 (Washington 1968) S. 6ff. – *Kaut, Hubert,* Kaufrufe aus Wien. Volkstypen und Straßenszenen in der Wiener Graphik von 1775 bis 1914, Wien–München 1970 (das Buch bietet eine katalogmäßige Erfassung der Originalausgaben der Wiener Kaufrufe). – *Krammer, Otto,* Wiener Volkstypen, Wien 1983. – *Kundegraber, Maria,* Volkskunde der Gottscheer, Katalog zur gleichnamigen Sonderausstellung in Wien und Stainz, Wien und Stainz 1980. – Pinder: Stichwort in: Wörterbuch der bairischen Mundarten in Österreich, 15. Lfg. (= 1. Lfg. des 3. Bdes.), Wien 1977, Sp. 185–188. – *Pommer, Ingrid,* Altwiener Kaufrufe, Wien 1964. – *Vogel, Joh. Nep.*, Österreichischer Volkskalender für das Jahr 1855 (11. Jg.), S. 136ff. („7 Wiener Straßengestalten“ von Anton Zampis). – *Witzmann, Reingard,* Wiener Typen. Historische Alltagsfotos aus dem 19. Jahrhundert, Dortmund 1982.

Edith Hörandner

HERD UND OFEN

Es gibt Erkenntnisse, die – einmal formuliert und in ein System gebracht – als Selbstverständlichkeiten empfunden werden. Ein solches Forschungsergebnis ist auch die von Anni Gamerith erkannte Wechselbeziehung von Feuerstätte (Herd = offenes Feuer, Ofen = geschlossener Heißluftraum) und Kochtechnik (Art der Speisenbereitung) und damit der Kost (Art der Speisen). Diese feuerstättenbedingten Unterschiede bzw. Gegensätze treten heute nur mehr in historischen Kostlandschaften hervor. Mit der – regional und sozial zeitlich weit verschobenen – Einführung des sog. „Sparherdes“ begannen die grundsätzlichen Verschiedenheiten zu verschwinden, da der neue Feuerstättentypus die Kochmöglichkeiten der beiden früheren Speisenbereitungsstätten Herd und Ofen in sich vereinigte und technisch sowohl die Herstellung von Herd- als auch von Ofenspeisen gestattete. Diese wichtige Innovation begann sich gerade im Untersuchungszeitraum durchzusetzen, nicht zuletzt von Wien aus, wo sie ab 1840 fast schlagartig auftritt und sich ganz rasch ausbreitet (vor allem bei Neubauten).

Auf offenem Feuer (Herd) werden die Speisen im heißen Fett oder in siedendem Wasser zubereitet. Die Hitze greift nur von einer Seite (der Unterseite der Kochgefäße) her an. Das Rohgut wird daher entweder in einen heißen Wasser- oder Fettmantel eingelegt und „gekocht“ (z. B. Knödel, gekochte Strudel) oder „herausgebacken“ (z. B. Krapfen, Strauben etc., sog.

Schmalzgebackenes) bzw. in einer Pfanne zubereitet, wobei regelmäßiges Wenden ein Anbrennen verhindert. (Typische Pfannenwendespeisen sind z. B. Schmarren und Sterz.)

Im Kochofen wird das Rohgut von einem heißen Luftmantel umhüllt, der im geschlossenen Heißraum erzielt wird. Die charakteristischen Kochtechniken sind hier das Backen und Heißluftgaren, die entsprechenden typischen Ofenspeisen u. a. die gebackenen Strudel, Ofensterze, Aufläufe und Germgebäcke aller Art.

Verständlicherweise sind die beiden Speisenzubereitungsstätten auch unterschiedlich ausgestattet. Für die offene Feuerstätte (Herd) sind der oft schwenkbare und in der Höhe verstellbare Hängekessel (an „Galgen", Kette oder Zahnstange), eiserne Pfannen (entweder selbst mit drei „Füßen" versehen oder auf Dreifuß mit Pfannenstielhalter stehend) sowie gußeisernes oder tönernes Kochgeschirr, besonders Häfen, typisch. Im Ofen werden vor allem Reinen, Töpfe und Krüge verwendet. Die Gefäße werden entweder mit der Ofengabel in den Ofen gehoben (Reinen) oder mit dem Ofenwagen in den Ofen gefahren (Krüge, Häfen). Sobald das Rohgut in den Ofen eingebracht und dieser verschlossen ist, bleibt es sich selbst überlassen; die Speisen werden erst fertig herausgenommen. Manipulationen während des Garens oder Backens sind nicht nur beschwerlich (Herausholen der Gefäße mit Geräten), sondern auch abträglich (Abkühlen des Heißluftraumes durch Öffnen).

Bei der Bereitung der Speisen am offenen Herdfeuer sind Hantierungen bei der Herstellung nicht nur möglich, sondern sogar notwendig, desgleichen laufende Beobachtung und Kontrolle. Diese Maßnahmen sind am tischhohen Herd, wie er weitgehend üblich war, besonders leicht. Die zweite Form, die tiefe Herdstätte (bodengleich, bodennahe [5–10 cm hoch] oder bis zu 30 cm hoch), ist zum Hantieren nicht ganz so bequem, was vielleicht das teilweise Überwiegen von Gerichten, die keine dauernden Hantierungen erfordern, erklärt (Kesselgerichte im Gegensatz zu Pfannengerichten). Tiefe Herdstellen kennen wir z. B. aus Istrien und Bosnien-Herzegowina. Rudolf Meringer beschreibt den Herd im „bosnisch-hercegovinischen Hause" wie folgt: „Aus lehmiger Erde oder Mauerwerk hergestellt, erhebt er sich nur etwa 10 cm über den Boden. Besteht er aus Erde, dann ist er oft mit verticalen Brettern eingerahmt, die ihn in seiner Form festhalten. Der bosnisch-hercegovinische Herd steht immer an der Wand, welche die Stube abgrenzt, weshalb dieser Theil der Wand auch im Holzhause gemauert oder doch mit Kalk verputzt ist. Auf der anderen Seite dieses Wandstückes – in der Stube – steht der Ofen, dessen Rauchabzug in der Küche oberhalb des Herdfeuers endet."

Während man früher auch in der Art der Feuerstätte (Herd – Ofen) eine nationale Eigentümlichkeit sah, erblickt man heute den Grund für die Verschiedenartigkeit vor allem in sachlich-ökonomischen Verhältnissen. Wo reichlich gutes Holz (Scheitholz) zur Feuerung vorhanden war, war offenes Feuer zum Kochen möglich. Scheiter und Prügel geben gute Hitze, die beste Kochhitze wird an die Unterseite der Pfannen und Töpfe abgegeben, wenn man sie auf Dreifüße stellt. Wo Holz knapp war, mußte sparsam damit umgegangen werden. Im Winter nutzte man das Holz doppelt: zum Heizen im Stubenofen und zur Speisenbereitung. Häufig hatte man gar keine großen Scheiter, sondern nur kleinere Äste, Reisig, Stauden und Weinreben. Beim offenen Herd gebe das nur für Sekunden eine größere Hitze und würde dann in sich zusammenfallen. In den Ofen gefüllt und entzündet, gibt es schnell genügend große Hitze für das Erwärmen des Ofenraumes, in dem dann Strudel und „Tommerl" gebacken und andere Gerichte gedünstet werden können. Das geographische Vorherrschen der beiden Grundtypen von Feuerstätten zum Kochen ist also in diesem realistischen Zusammenhang zu sehen.

Offene und geschlossene Feuerstätte als Folge verschiedener äußerer Voraussetzungen sind auch auf dem Gebiet der Monarchie zu finden. Grob gesprochen dominiert bis auf den Osten der Herd.

In seiner Grundform besteht der Kochofen aus einem Gewölbe aus Lehm (auch Stein oder Ziegel) mit einer kleinen, verschließbaren Einschuböffnung. Häufig ist der Ofen eine große Konstruktion, die z. B. im Unterbau eine tiefe Nische für Holz, knapp darüber eine Nische für Kochgefäße und an der Seite die Ofenbank aufweist. Der eigentliche Ofen besteht aus dem verschließbaren Heizraum (Backrohr), der Glutnische, dem Ofenspiegel (Platz oder Absatz vor dem „Ofenmund" = Öffnung zum Backrohr) sowie Rauchhelm und Kamin.

Die Änderung der Feuerstätte war eine ganz wichtige Innovation. Sie bestand in der Erfindung des rauchfreien Küchenherdes, „Sparherd" genannt. Dieser „Sparherd" leitet den Rauch im geschlossenen Rauchrohr ab. Über dem offenen Herdfeuer befindet sich die Herdplatte, ein Backrohr ist angefügt, das den Ofen ersetzt. Diese Konstruktion vereint die beiden Prinzipien der alten Feuerstätten Herd und Ofen und schafft damit die Voraussetzungen für die beiden – früher einander ausschließenden – Kochpraktiken. Auf dem neuen Feuerstättentypus können Herd- und Ofenspeisen zubereitet werden. In den alten Herdgebieten werden nun Ofenspeisen übernommen, die besten – wie Aufläufe, gefüllte Strudel, Germgebäcke – zuerst. Der Ausprägung der „typischen Wiener/ österreichischen Mehlspeisküche" steht nichts mehr im Wege.

Es gibt bis heute für Wien kein behördliches Verbot des offenen Feuers aus Gründen der Feuersgefahr. Der Antrieb zur Entwicklung des Sparherdes lag in der Verknappung und damit auch starken Verteuerung des Holzes als Brennmaterial. Braunkohle war für offenes Feuer ungeeignet. Eine Änderung und Verbesserung der Situation war an eine Änderung der Herdform gebunden. Den Anfang dieser entscheidenden Entwicklung machte der Sparherd, der für Kohle bestens geeignet war. Steinkohle war in den mährisch-schlesischen Kohlenrevieren reichlich vorhanden, ein verbessertes Transportwesen ermöglichte die Bedarfsdeckung auch über große Distanzen hinweg.

Bei der Einführung des Sparherdes in Wien (wohl wichtigstes Innovationszentrum der Monarchie) ist das enge Zusammenspiel verschiedener Faktoren zu beachten; diese sind vor allem technische Erfindungen und Verbesserungen („Sparherd", „russischer Kamin": eng, nicht schliefbar, runder Querschnitt), Ausbau des Transportwesens (1836 Beginn des Baus der Kaiser Ferdinands-Bahn, später Nordbahn) und wirtschaftliche Notwendigkeit (alternatives Brennmaterial erweist sich als unerläßlich).

Der in Wien ab 1840 einsetzende Innovationsverlauf ist auf dem Gebiet des heutigen Österreichs in der Zeit nach dem Zweiten Weltkrieg abgeschlossen; auf anderen Gebieten der ehemaligen Monarchie vielleicht noch nicht ganz.

Literatur (in Auswahl):

Gamerith, Anni, Feuerstättenbedingte Kochtechniken und Speisen, in: Ethnologia Scandinavica, Jg. 1971, S. 78–85. – *Haberlandt, Michael* und *Haberlandt, Arthur,* Die Völker Europas und ihre volkstümliche Kultur. Stuttgart 1928. – *Kaessmayer, Erich,* Die bauliche Entwicklung der Wiener Küche. Dissertation Wien 1983 (maschinschriftlich). – *Kyrle, Georg,* Siedlungs- und Volkskundliches aus dem wolhynischen Poljesie, in: Mitteilungen der Anthropologischen Gesellschaft in Wien, Bd. XLVIII, Wien 1918, S. 118–145. – *Meringer, Rudolf,* Das volksthümliche Haus in Bosnien und der Hercegovina, in: Wissenschaftliche Mittheilungen aus Bosnien und der Hercegovina, VII. Band, Wien 1900, S. 247–290.

Naama Magnus

DIE JUDEN

In der jüdischen Besiedlung der Habsburger-Monarchie herrschte ein deutliches Ost-West-Gefälle. Am dichtesten war sie in Galizien und der Bukowina. Der Anteil der Juden an der gesamten Landesbevölkerung betrug in Galizien 11 bis 13%. In diesen Ländern gab es auch die Städte mit dem höchsten Prozentsatz an jüdischer Bevölkerung. In Kolomea (Bukowina) z. B. machten die 19.000 jüdischen Einwohner 44% der Gesamteinwohnerzahl aus. In Czernowitz (Bukowina) waren ein Drittel der Einwohner Juden (33%). Ganz ähnlich sah es in den großen Städten Galiziens aus. In Brody machte der jüdische Einwohneranteil sogar 70% aus.

Ungarns Juden bildeten nicht ganz 4% der Bevölkerung, wobei ein großer Teil von ihnen in Budapest ansässig war (204.000, das sind 23% der Stadtbevölkerung). In Böhmen und Mähren machte der jüdische Bevölkerungsanteil 2% aus. Und in den westlichen Gebieten der Habsburger-Monarchie lebten dagegen nur wenige Juden, in den Provinzen Tirol, Steiermark und Kärnten überhaupt erst seit 1848, da ihnen bis zu diesem Zeitpunkt eine Ansiedlung in diesen Ländern verwehrt war. Im Zuge der ihnen 1848 gewährten Freizügigkeit kamen auch sehr viele Juden – vor allem aus dem Osten der Monarchie – in die Reichshauptstadt Wien. Um das Jahr 1867 betrug ihr Anteil an der Wiener Bevölkerung 9%.

Ebensowenig einheitlich wie die Bevölkerungsdichte war die soziale und wirtschaftliche Lage der Juden. Während in Wien, Budapest und in den großen Städten Böhmens und Mährens ein weitgehend assimiliertes jüdisches Bürger- und Großbürgertum lebte, fand sich in den ländlichen Gebieten, aber vor allem in den „Schtetlach" Galiziens und der Bukowina eine sozial ganz anders strukturierte Schicht.

Hier fristeten Juden als kleine Händler – sehr oft als Wanderhändler –, Schankwirte oder Kleinstgewerbetreibende mehr schlecht als recht ihr Leben. Das Gros der im Osten der Monarchie lebenden Juden aber waren sogenannte „Luftmenschen", d. h. Gelegenheitsarbeiter und Taglöhner, die sich u. a. auf den Märkten aufhielten, um dort vielleicht für einen Tag oder auch nur für einen halben Arbeit zu finden. Vom Bild eines Marktes im „Schtetl" sind sie nicht wegzudenken. Die Armut der Juden in diesen Gebieten war unvorstellbar drückend. Der Ba'al Machschowes, ein jiddischsprachiger Schriftsteller, skizziert sie in kurzen, aber treffenden Worten: *Sie* (die Armut) *ist nicht die Armut der großen europäischen Städte . . . Die jüdische Armut weiß nicht, wie eine Fabrik aussieht, denn sie existiert im Schtetl, ihr Ursprung liegt in der Armut des Vaters und Großvaters, die seit urdenklichen Zeiten schon hoffnungslos arm waren.*

Nur in den großen Städten, besonders in Wien, beginnt sich in den ersten Jahrzehnten der Regierung Franz Josephs ein jüdisches Fabriksarbeiterproletariat zu bilden. In den Städten Galiziens und der Bukowina kommt es zwar auch zu Anfängen eines jüdischen Proletariats, jedoch rekrutiert sich dieses vor allem aus Handwerkern in Kleinbetrieben. Im jüdischen „Schtetl" aber gibt es noch keine Klassenbildung. Hier sind Juden nicht im Besitz von Produktionsmittel. Sehr wohl jedoch gibt es bei aller Armut doch gewisse Standesunterschiede, auf die geachtet wird. Religiöser Bildungsgrad und „jiches" (= Familienherkunft, die man möglichst versuchte, von berühmten Rabbinern abzuleiten) bestimmten die soziale, wenn auch keineswegs die wirtschaftliche Stellung.

Ein weiteres Unterscheidungsmerkmal zwischen den Juden der Monarchie stellte die Sprache dar. In Galizien und in der Bukowina war die Sprache der Juden das Jiddische. Eine Sprache, deren Grundstock etwa zu 75% aus einem abgetrennt vom deutschen Sprachraum sich weiter entwickelten Mittelhochdeutsch besteht und hebräische, slawische und diverse anderen Elemente beinhaltet. Diese Sprache, von den Ostjuden durch Jahrhunderte in einer anderssprachigen Umwelt gesprochen, verband sie zu einer weitgehend abgeschlossenen einheitlichen Volksgruppe. In Kultur, Sprache und Tradition bildeten die in Galizien und der Bukowina ansässigen Juden der Habsburger-Monarchie auch mit den russischen und rumänischen Juden eine Einheit. In den anderen Ländern der Monarchie übernahmen die Juden meist die Sprache der Mehrheitsbevölkerung. So waren auch in Ungarn die Bemühungen um eine Magyarisierung erfolgreich: Die ungarischen Juden sprachen hauptsächlich die Landessprache. In den deutschsprachigen Gebieten des Habsburgerreiches und auch in Böhmen und Mähren war die Sprache der Juden Deutsch. Naturgemäß war in den Gebieten, in denen die jüdische Bevölkerung die Landessprache verwendete, der Assimilationsgrad weitaus höher.

Diese Angleichung an Kultur und Lebensgewohnheiten der nichtjüdischen Bevölkerung fand auch in der Einstellung zur Religion ihren Ausdruck. In den Großstädten, in denen vor allem jüdische Industrielle den Ton angaben, fand das sogenannte Reformjudentum, das versuchte, die jüdische Religion ein wenig zu modernisieren und zu liberalisieren, großen Anklang und setzte sich in Gegensatz zu den Orthodoxen, die von der Tradition keinen Millimeter abweichen wollten. Besonders in Ungarn kam es dadurch zu heftigen Spannungen innerhalb des Judentums. In Galizien und der Bukowina gab es diese Probleme nicht. Der Großteil der jüdischen Bevölkerung war eng der Tradition verbunden und orthodox, was sich nicht nur im Ritus, sondern auch in Kleidung und Haartracht ausdrückte.

Hier war natürlich auch Brauchtum und Traditionspflege noch am stärksten zu finden. In der doch noch ziemlich durchgehend religiös gefärbten Welt des osteuropäischen Judentums wurde wenig am ritualisierten Alltagsleben gerüttelt. Bei aller Armut wurde die Küche koscher, d. h. den religiösen Speisegesetzen gemäß geführt. Um den Schabbes würdig und schön gestalten zu können, sparte und hungerte man oft genug die ganze Woche. Zu den Hochzeiten war es Brauch, die Bettler der Gegend einzuladen. Je mehr kamen, desto mehr Ehre für den Brautvater. Hier im Osten war auch noch der sogenannte „Cheder" als erste Bildungsinstitution auf dem jüdischen Lebensweg obligatorisch. Der Cheder (wörtlich Zimmer) war die traditionelle Kleinkinderschule, in der die jüdischen Kinder mit etwa 4 Jahren begannen, anhand der Bibel Hebräisch zu lernen.

Man kann über die Geschichte der Juden unter Kaiser Franz Joseph leider nicht schreiben, ohne auch den zu dieser Zeit immer stärker werdenden Antisemitismus zu erwähnen. Bereits im Revolutionsjahr 1848 erschienen bösartige antisemitische Karikaturen. Doch ab den siebziger Jahren nahm der Antisemitismus ungeheure Formen an. Er wurde quasi zur Volksbewegung. Und zwar gab es sowohl eine rassisch als auch eine religiös motivierte Variante. 1882 fand in Tisza Eszlár sogar noch ein Ritualmordprozeß statt. Ferdinand Kronawetter, ein demokratischer Abgeordneter zum österreichischen Reichsrat, nannte den Antisemitismus treffend *den Sozialismus des dummen Kerls.* Er war einer der wenigen, der gegen die immer mächtiger werdende Judenfeindschaft auftrat. Auch Kaiser Franz Joseph verabscheute den Antisemitismus zutiefst: *Ich dulde keine Judenhetze in meinem Reiche. Jede Antisemitenbewegung muß sofort in ihrem Keime erstickt werden,* sagte er zu seinem Ministerpräsidenten Taaffe. Doch die sich wie eine ansteckende Krankheit ausbreitende antisemitische Bewegung konnte auch das Wort des Kaisers nicht mehr aufhalten.

Literatur (in Auswahl):

Kessler, A., Die Juden in Österreich unter Kaiser Franz Joseph I., Wien 1932 (Diss.). – *Drabek, A.; Häusler, W.; Schubert, K.; Stuhlpfarrer, K.; Vielmetti, N.*, Das österreichische Judentum, Wien–München 1974. – *Fraenkel, J.* (Hrsg.), The Jews of Austria, London 1967. – *Mayer, S.*, Die Wiener Juden. Kommerz, Kultur, Politik 1700–1900, Wien–Berlin 1917. – *Thon, J.*, Die Juden in Österreich. Veröffentlichungen des Büros für Statistik der Juden, Berlin 1908. – *Schramm, G.*, Die Ostjuden als soziales Problem des 19. Jahrhunderts, in: Gesellschaft, Recht und Politik (= Soziologische Texte 35), Neuwied–Berlin 1968. – *Howe, I.*, Die Welt des osteuropäischen Judentums. Ein Überblick, in: Das Ostjudentum, Berlin 1981.

Gottfried Mraz

DIE KIRCHEN IN ÖSTERREICH ZWISCHEN JOSEPHINISMUS UND LIBERALISMUS

Als am 18. August 1830 die aus dem bayerischen Königshaus stammende Erzherzogin Sophie ihren Erstgeborenen, der den Namen seines Großvaters, des noch regierenden Kaisers Franz erhielt, in Schönbrunn zur Welt brachte, prägte der Josephinismus nach wie vor das Verhältnis von Staat und Kirche im österreichischen Kaiserreich. Wenngleich die Aufklärung in ihrer donauländischen Spielart den anderen christlichen Konfessionen und auch dem Judentum bescheidene Entfaltungsmöglichkeiten in den habsburgischen Erbländern eröffnet hatte, so blieb doch im absolut regierten Österreich des Biedermeier das katholische Bekenntnis unangefochten die Staatsreligion, der sich das Herrscherhaus voll verpflichtet wußte.

Der Josephinismus war und ist Gegenstand zahlreicher wissenschaftlicher Untersuchungen. Hier kann nur angemerkt werden, daß er, der seinen Namen von Kaiser Joseph II. erhielt, als kirchenpolitisches System bis zum Konkordat des Jahres 1855, beziehungsweise bis zu den Ereignissen des Sturmjahres 1848 wirksam blieb. Er ist die durch die Aufklärung geformte Variante eines Staatskirchentums, das in den habsburgischen Ländern auf eine weit in die geschichtliche Entwicklung zurückreichende Tradition aufbauen konnte. Wesentlich war ihm die konsequente Einschränkung der Kirche auf den ihr vom Staat vorgezeichneten rein geistlich-religiösen Bereich (auf das „mere spirituale") von Sakramentenspendung und Predigt. Doch selbst diese wurden weitgehend dem staatlichen Reglement unterworfen.

Die tief in das kirchliche Leben eingreifenden staatlichen Maßnahmen, die zuerst unter der Kaiserin Maria Theresia vom Staatskanzler Kaunitz in der habsburgischen Lombardei erprobt wurden, kamen in der Regierungszeit Josephs II. als Alleinherrscher (1780–1790) voll zum tragen. Trotz des in dieses kirchenpolitische System eingebrachten aufklärerischen Gedankengutes war der Josephinismus nicht antikirchlich und nicht religionsfeindlich; ja im Gegenteil, die Religion bildete nach wie vor eine wesentliche Stütze der staatlichen Gewalt. Wohl war der Josephinismus antikurial, doch wurde ein offener Bruch mit der römischen Kurie tunlichst vermieden.

Stand schon das „mere ecclesiasticum" im Einflußbereich der staatlichen Aufsicht, so nahm nunmehr der Staat im Bereich des „publico-ecclesiasticum", also in Angelegenheiten, die sowohl die Kirche als auch den Staat betrafen, die alleinige Gewalt zur Regelung offener Fragen für sich in Anspruch.

Aus der Vielzahl einschneidender Maßnahmen im kirchlichen Bereich, wie Klosteraufhebungen, Verbot des freien Verkehres der Bischöfe mit dem Heiligen Stuhl und der Orden mit ihren Vorgesetzten in Rom, dem staatlichen Reglement für die Ausbildung des Klerus in den kurzlebigen Generalseminaren, den kleinlichen, das religiöse Leben beengenden und frustrierenden Vorschriften für den Gottesdienst und die Begräbnisse, die Abschaffung der Wallfahrten und der Prozessionen und der frommen Bruderschaften, usw. seien jedoch zwei Maßnahmen herausgegriffen, die in besonderer Weise den erbitterten Widerstand der katholischen Kirche aus ihrem Selbstverständnis als alleinseligmachender Kirche herausfordern mußten.

Im Jahre 1781 setzte Kaiser Joseph II. mit dem Toleranzpatent einen außerordentlich wichtigen gesetzgeberischen Akt. Er gewährte den Evangelischen des Augsburger und des Helvetischen Bekenntnisses und der Orthodoxie, für die es in bestimmten Gegenden ja bereits Sonderregelungen gab, ein gewisses Maß an Religionsfreiheit und die Möglichkeit unter bestimmten Kautelen Gotteshäuser und Schulen zu errichten. Im Falle gemischter Ehen sollten hinfort die Söhne dem Bekenntnis des Vaters folgen; ja sogar der Konfessionswechsel war im Einzelfall möglich geworden, einem Eintritt von Nichtkatholiken in den öffentlichen Dienst stand kein Hindernis mehr entgegen. Neben den allgemein aufklärerischen Tendenzen, die hier wirksam wurden, sind die wirtschaftlichen Aspekte der Toleranzgesetzgebung nicht zu übersehen. Überdies galten seit jeher für die Länder der Stephanskrone in konfessionspolitischer Rücksicht andere Maßstäbe als in den böhmisch-österreichischen Ländern, wo die Gegenreformation voll zum Durchbruch gekommen war. Die territorialen Gewinne des 18. Jahrhunderts brachten eine weitere Vermehrung des nichtkatholischen Bevölkerungsanteils im Banat, für kurze Zeit in der kleinen Walachei und Serbien und dann besonders in Galizien und der Bukowina. Ein möglichst reibungsfreies Zusammenleben von unierten und nichtunierten Gläubigen war von größtem Interesse. Mit ins Gewicht fielen auch die zahlreichen Juden, die in diesen östlichen und nordöstlichen Gebieten beheimatet waren.

Ähnlich unannehmbar wie Toleranz war für das katholische Selbstverständnis die Betrachtung der Ehe als rein ziviler, bürgerlicher Vertrag im josephinischen Ehepatent von 1783, mit dem der Staat die alleinige, ausschließliche Ehegerichtsbarkeit an sich zog. Die Problematik des Eherechtes und der Ehegesetzgebung sorgte noch bis ins 20. Jahrhundert hinein für Reibungsflächen in den Beziehungen zwischen Kirche und Staat in Österreich, und ganz besonders als Munition im Kampf des Liberalismus gegen das Konkordat von 1855.

Der weitaus größte Teil des Adels, die österreichische Beamtenschaft, das aufstrebende Bürgertum, aber auch weite Teile des Klerus und ganz besonders des Episkopates in den böhmisch-österreichischen Ländern fühlte antiklerikal und war dem josephinischen Staatskirchentum innerlich verpflichtet und verbunden.

Als nach dem Tod Josephs II. (1790) dessen Nachfolger Leopold II. die das religiöse Empfinden des Volkes am meisten verletzenden Maßnahmen zurückgenommen hatte, trat weitgehend Beruhigung ein. Leopold, der Bruder Josephs, der in der Toscana, wo er als Großherzog seit 1765 regiert hatte, kirchenpolitisch nach denselben Maximen wie Joseph in Österreich vorgegangen war, zeigte sich als Realpolitiker und machte etliche Zugeständnisse ohne am Grundsätzlichen etwas zu ändern. Die nun anbrechenden Jahrzehnte standen gänzlich im Banne der Auswirkungen der großen französischen Revolution und mit den Folgen der napoleonischen Eroberungspolitik, die den Habsburgerstaat zu einer Mittelmacht im Herzen Europas, abgeschnitten vom Meer, degradierte und an den Rand des Abgrundes führte. Kirchenpolitisch ist der Abschluß des Konkordates erwähnenswert, das Napoleon 1801 mit Papst Pius VII. geschlossen hat. Nach dem Wiener Kongreß, der Österreich als Großmacht wiederherstellte und es zur Vormacht auf der Apeninnenhalbinsel werden ließ, brachte die römische Kurie die Konkordatsidee in den Verhandlungen mit Österreich über eine Neuordnung der religiösen Verhältnisse seit 1816 ins Gespräch.

Neben dem herrschenden Josephinismus machte sich zu Beginn des 19. Jahrhunderts eine neue kirchlich-reformatorische Bewegung bemerkbar, die den Totalitätsanspruch des Staates in kirchlichen Angelegenheiten in Frage stellte. Hugo Hantsch schreibt dazu im 2. Band seiner Geschichte Österreichs (S. 307f): „Die Sehnsucht nach religiöser Innerlichkeit, nach Wiederbelebung des Glaubens und Erneuerung des Gnadenlebens führt Männer zusammen, die als Bannerträger echt katholischer Gesinnung gegen die Oberflächlichkeit und religiöse Indifferenz, gegen Formalismus und bürokratische Verengung kämpfen und der Kirche ebenso ihren universalen Zusammenhang wie die eigene Welt inneren Gnadenwirkens retten wollen“. In der Kaiserstadt Wien sammelten sich diese Kreise um den aus Südmähren stammenden Clemens Maria Hofbauer, berühmt geworden als Bäckerjunge von Znaim, der sich nach harten Jugendjahren in Rom der Kongregation der Redemptoristen anschloß, später in Warschau wirkte und endlich 1808 nach Wien kam. Obwohl er hier bereits 1820 starb – er fand seine Ruhestätte auf dem „Romantikerfriedhof“ in Maria Enzersdorf –, sammelte er einen recht bedeutenden Freundes- und Schülerkreis um sich. Auch andere Mitglieder dieses Kreises wurden in Maria Enzersdorf begraben; Mitglieder der Familie Pilat wie Joseph Anton, der seit 1801 Privatsekretär Metternichs war, oder Zacharias Werner, der Konvertit, Priester und Dramatiker und der streitbare Historiker, Publizist und Kanzelredner Sebastian Brunner, dessen Tätigkeit weit in die Zeit des Kaisers Franz Joseph hineinreicht. Zu diesem Hofbauerkreis gehörten auch Adam Müller, Friedrich Schlegel, Johann Emanuel Veith und viele andere. Eine nicht geringe Anzahl kam aus dem Protestantismus oder wie Veith aus dem Judentum.

Kaiser Franz II. (I.) blieb trotz kleinerer Konzessionen der Kirchenpolitik seines Onkels und seines Vaters treu. Die bereits erwähnten Sondierungen der römischen Kurie nach dem Wiener Kongreß zeitigten vorerst keine Früchte. Staatskanzler Fürst Clemens Lothar Metternich brachte wohl, vor allem nach den Ereignissen der Julirevolution von 1830, den Ideen der katholischen Erneuerungsbewegung etwas Aufgeschlossenheit entgegen, obgleich er immer an der Richtigkeit des Grundsatzes, der Staat müsse sich Rom gegenüber stets freie Hand bewahren, festhielt.

Einen anderen Geist atmet das bekannte, sogenannte kirchenpolitische Testament des Kaisers Franz vom 28. Februar 1835, in dem er seinem Sohne Ferdinand folgende Grundsätze ans Herz legte: *Da ich als treu ergebener Sohn Meiner Mutter, der katholischen Kirche, zu leben und zu sterben entschlossen bin, so gewärtige ich von Deiner mir wohlbekannten kindlichen Liebe die Erfüllung Meines Wunsches, daß das von Mir angefangene Werk der Berichtigung und Modificirung jener Gesetze, Grundsätze und Behandlung kirchlicher Angelegenheiten, welche seit dem Jahre 1780 in Meinen Staaten eingeführt worden sind und die freie Wirksamkeit oder andere Rechte der Kirche mehr oder minder verletzen und mit der Lehre, Verfassung oder Disciplin der Kirche und insbesondere mit den Satzungen des heiligen Kirchenrathes von Trient nicht im Einklange stehen, von Dir ehemöglich auf eine dem Heiligen Vater befriedigende Weise zu Ende geführt werden möge.*

In diesen Jahren begann die steile Karriere des Mannes, der auf die Neugestaltung des Verhältnisses von Staat und Kirche im Kaiserreich unter Franz Joseph einen sehr nachhaltigen Einfluß ausüben sollte: Joseph Othmar von Rauscher. Die josephinische Ehegesetzgebung war nach wie vor ein Stein des Anstoßes für die Kurie. Das Ehepatent von 1783 und die entsprechenden Bestimmungen des Allgemeinen bürgerlichen Gesetzbuches von 1811 waren mit dem kanonischen Eherecht unvereinbar. Rauscher, seit 1832 Direktor der Wiener Orientalischen Akademie, war dazu ausersehen, im Jahre 1836 ein ausführliches Gutachten über die „Vereinbarung der österreichischen und der kirchlichen Ehegesetze" zu erstatten. Darin geht er grundsätzlich auf das Verhältnis Kirche und Staat ein. Er sah in der Schaffung eines neuen Bündnisses von Thron und Altar die Aufgabe der Zukunft. Kaiser Franz habe dazu durch verschiedene Milderungen im staatlichen Kirchenregiment die Wege geebnet. Doch werde nach wie vor die Kirche von hemmenden Fesseln beirrt, und es liege im wohlverstandenen Interesse der Staatsgewalt, eine baldige und umfassende Änderung herbeizuführen.

Rauscher übte einen nicht zu unterschätzenden Einfluß auf den alternden Staatskanzler aus, in dessen Kompetenz ja allfällige Verhandlungen mit Rom fielen. Aber die Position der überzeugten Josephiner war im Staatsapparat noch viel zu mächtig, als daß es vor dem Sturmjahr von 1848 zu einem entscheidenden Durchbruch hätte kommen können.

Auch bei Hof fand Rauscher Zutritt, seit er auf Empfehlung Metternichs den Philosophieunterricht für die Neffen des Kaisers Ferdinand, die Erzherzoge Franz Joseph, Ferdinand Max und Karl Ludwig leitete. Ebenso lernte die Mutter dieser drei Erzherzoge, die kluge und einflußreiche Erzherzogin Sophie, den damals 47jährigen Professor schätzen. Floridus Röhrig meint allerdings in seinem Aufsatz „Kaiser Franz Joseph und Kardinal Rauscher" (Katalog: Kaiser Franz Joseph von Oesterreich oder Der Verfall eines Prinzips, 1980, S. 90): „Man hat später das Verhältnis des Kaisers (Franz Joseph) zu seinem Lehrer überbewertet. . . Daß der Kaiser und sein ehemaliger Lehrer einander später doch sehr nahestanden, scheint seinen Grund weniger in einem besonderen Lehrer–Schüler-Verhältnis als in der Verwandtschaft ihrer Charaktere gehabt zu haben. Beide erfüllte zutiefst die Überzeugung von der besonderen Sendung Österreichs, beide waren von einem außerordentlichen Pflichtbewußtsein und Arbeitseifer beseelt".

Wichtig für die kirchliche Entwicklung in Österreich und für die Rolle des erbländischen Episkopates auf dem Vatikanischen Konzil sollte sich der Aufstieg des Priesterseminars in Brixen erweisen, das nach der Aufhebung des theologischen Studiums in Innsbruck 1823 errichtet wurde. Fürstbischof Bernhard Galura, der von 1829 bis 1856 diese Diözese leitete, berief die Professoren Vinzenz Gasser, später Bischof von Brixen, Franz Joseph Rudigier, später Bischof von Linz, und Joseph Fessler, später Bischof von St. Pölten, an diese Lehranstalt, die zu einem geistigen Zentrum des Antijosephinismus wurde.

Der Sturm der Märzrevolution von 1848 fegte das System Metternich in wenigen Stunden hinweg. Der Staatskanzler floh nach England; wenige Wochen später mußten auch die Redemptoristen ihre Kirche Maria am Gestade, an der Hofbauer gewirkt hatte, verlassen. Zusammen mit den verhaßten Jesuiten wurden sie für die gesamte Monarchie am 8. Mai 1848 vom Ministerium Pillersdorf verboten, u. a. deshalb, so hieß es in der Begründung, weil sie wegen des Widerstandes aller intelligenten Klassen ihrer Aufgabe nicht mehr nachkommen könnten.

Die Aprilverfassung von 1848 gewährleistete nunmehr für alle Glaubens- und Gewissensfreiheit und verankerte die den anderen Konfessionen im Toleranzpatent zugebilligten Entfaltungsmöglichkeiten. Der Paragraph 31 der Pillersdorfschen Verfassung garantierte wohl allen gesetzlich anerkannten Konfessionen und den jüdischen Gemeinden die freie Ausübung des Gottesdienstes, ließ aber die äußerst schwierige Frage nach der jahrhundertealten Sonderstellung der katholischen Kirche als Staatsreligion ungelöst.

Im Kampf gegen die losgebrochene antiklerikale Welle bedienten sich so profilierte Persönlichkeiten wie Sebastian Brunner, Johann Emanuel Veith und Karl Hock der neuen Möglichkeiten, die jetzt Presse- und Versammlungsfreiheit boten. Brunner rief die Wiener Kirchenzeitung ins Leben, deren erste Nummer am 15. April 1848 erschien. Der Wiener Erzbischof Vinzenz Milde, seit 1832 an der Spitze der Erzdiözese, dachte noch durchaus in josephinischen Kategorien und stand diesem Treiben mit größter Skepsis gegenüber. Zu den Delegierten der Nationalversammlung in Frankfurter Paulskirche zählten auch österreichische Geistliche wie die beiden bereits erwähnten Brixner Professoren Gasser und Feßler.

In den Wirren der Oktoberrevolution verließ der kaiserliche Hof abermals die Haupt- und Residenzstadt Wien und floh diesmal nach Olmütz. Damals gelang es dem Fürsten Felix Schwarzenberg, sich den maßgeblichen Einfluß auf die künftige politische Entwicklung der Monarchie zu sichern. Sein Bruder Friedrich war Kardinal und Erzbischof von Salzburg und die bedeutendste Persönlichkeit des österreichischen Episkopates. Er erhob Rauscher, den die Erzherzogin Sophie nach Olmütz berufen hatte, 1849 auf den bischöflichen Stuhl von Seckau.

Franz Joseph, der am 2. Dezember 1848 den Thron bestieg, ließ bald erkennen, daß er einer grundlegenden Änderung in kirchenpolitischer Hinsicht zuneigte. So konnte bereits anfangs Februar 1849 der neue österreichische Botschafter beim Heiligen Stuhl, Graf Moritz Esterházy, dem Papst erklären, daß seine Regierung gewillt sei, die volle Freiheit der Kirche anzuerkennen.

Die Debatten auf dem Kremsierer Reichstag über die Konfessionsparagraphen im Kontext der Grundrechte, die am 12. Februar 1849 begannen, standen ganz im Zeichen der Auseinandersetzung mit dem josephinischen Staatskirchentum. Dabei zeigte sich, daß noch immer weite Teile des Klerus josephinisch dachten. Das Ergebnis der Beratungen fiel weniger antikirchlich aus, als zu erwarten stand. In den Paragraphen 13 bis 15 wurde der Kultuszwang aufgehoben, die Staatskirche beseitigt und allen Staatsbürgern die Glaubensfreiheit zugesichert.

Die Weichen für die Zukunft stellte aber nicht mehr der Reichstag, sondern die auf den Neoabsolutismus zusteuernde Regierung des Fürsten Schwarzenberg, die nach der mit Hilfe des russischen Verbündeten vollzogenen Unterwerfung Ungarns alsbald den Schein des Konstitutionalismus fallen lassen konnte.

Kirchenpolitisch kamen jetzt die Ideen, die Rauscher, wie erwähnt, schon 1836 formuliert hatte, zum Tragen. Der junge Monarch war eines Sinnes mit seinem Ministerpräsidenten, der die Kirche, die hinfort den kanonischen Vorstellungen entsprechend, vollkommene Freiheit genießen sollte, zur festesten Stütze seines Regierungssystems zu machen gedachte.

Nach dem Sturz des josephinischen Kirchenregiments war der Weg frei für Verhandlungen, die zu einem Konkordatsabschluß hinführen konnten. Bischofsversammlungen, die der Josephinismus sorglich verhindert hatte, wurden abgehalten. Bereits im September 1848 kamen die Bischöfe der Salzburger Kirchenprovinz unter dem Vorsitz des Kardinals Schwarzenberg zusammen. Dieser nahm auch an der Zusammenkunft der deutschen Bischöfe teil, zu der der Kölner Oberhirte, Erzbischof Johannes von Geissel, nach Würzburg eingeladen hatte. Schwarzenberg, beeindruckt von dieser Synode, wurde zum Motor für die Einberufung einer österreichischen Bischofskonferenz, um dort eine abgestimmte Haltung des Episkopates bei eventuellen Verhandlungen zwischen dem Kaiserstaat und der römischen Kurie über den Abschluß eines Konkordates zu gewährleisten. Dennoch war auch jetzt noch die Einflußnahme des Staates auf kirchliche Angelegenheiten deutlich sichtbar. Dies wird dadurch dokumentiert, daß die Einladung an die Bischöfe vom österreichischen Innenminister, dem Grafen Stadion, ausgefertigt wurde. Auch wurde Wien als Tagungsort über ausdrücklichen Wunsch der Regierung bestimmt.

Unter Schwarzenbergs Vorsitz berieten 29 Bischöfe aus der Monarchie in 60 Sitzungen vom 29. April bis 20. Juni 1849 über die Grundlagen für die Neubestimmung des Verhältnisses Staat und Kirche nach den Ereignissen des Revolutionsjahres. Rauscher war wohl die einflußreichste Persönlichkeit. Er formulierte den Großteil der Beschlüsse, die, in 207 Punkten festgehalten, der Regierung überreicht wurden.

Die Aprilverordnungen von 1850, die der Minister für Kultus und Unterricht, Graf Leo Thun, ausarbeiten ließ, regelten zentrale Fragen völlig neu und dem Geiste des Josephinismus widersprechend. Dazu gehörten u. a.: die Aufhebung des Plazet, die volle Gewalt der Bischöfe über den ihnen unterstehenden Klerus, der freie Verkehr der Bischöfe mit Rom, die Anstellung der Religionslehrer und Theologieprofessoren durch die geistliche Obrigkeit, die Einrichtung der diözesanen Lehranstalten, die Gestaltung des Gottesdienstes. Ausgeklammert blieb die anstehende Neuregelung des Eherechtes, die einem Konkordat vorbehalten blieb. Vorbereitende Schritte dazu wurden durch ein Handschreiben des Kaisers an Graf Thun vom 2. Dezember 1851 eingeleitet, in dem Franz Joseph eine Anpassung der staatlichen an die kanonische Ehegesetzgebung wünschte. Die außerordentlich feste Haltung des jungen Monarchen in kirchenpolitischen Belangen ließ den noch starken josephinischen Widerstand in Regierungskreisen und in der Bürokratie gegen den neuen Kurs aussichtslos erscheinen.

Begleitet und überschattet wurde diese für die katholische Kirche so erfreuliche Entwicklung durch die konsequente Ausgestaltung des Neoabsolutismus. Im Sylvesterpatent von 1851 wurde die Märzverfassung von 1849 suspendiert. Von den fundamentalen Errungenschaften des Revolutionsjahres blieben nur mehr zwei wesentliche Anliegen erhalten, die Gleichheit der Bürger vor dem Gesetz und die Aufhebung der Untertänigkeit. Die Zukunft sollte zeigen, daß die großen Erfolge der katholischen Kirche, deren Höhepunkt der Abschluß des Konkordates von 1855 bildete, in der öffentlichen Meinung mit der Tatsache verknüpft waren, daß die Kirche ihre neue Freiheit einem absolutistischen Regime verdanken mußte.

Die Konkordatsverhandlungen setzten 1852 ein (Kabinettschreiben Franz Josephs an den Reichsratspräsidenten Karl Friedrich von Kübeck vom 14. September 1852 und Note an den Kardinalstaatssekretär Giacomo Antonelli vom 7. Oktober 1852). Die Kurie teilte bereits in der Antwortnote vom 16. Oktober mit, daß der Wiener Nuntius Michele Viale-Prelà als Verhandlungsleiter bestimmt worden sei. Auf österreichischer Seite war der Seckauer Fürstbischof Rauscher federführend. Die Bestellung eines Prälaten zum Vertreter des Staates bei diesen bilateralen Verhandlungen war eine österreichische Spezialität, die wohl nur aus der doch noch josephinischen Sicht des

Priesters als eines loyalen Dieners des Staates her verstehbar erscheint. Das erste offizielle Gespräch zwischen Rauscher und Viale-Prelà fand am 15. Jänner 1853 statt.

Der römischen Kurie ging es in den Verhandlungen um die Durchsetzung der Geltung des kanonischen Rechtes in allen in Frage kommenden Bereichen. Vor allem in der Frage der Ehegesetzgebung zeigten sich allergrößte Schwierigkeiten. Hier gingen die Anschauungen weit auseinander; Rom wollte sich auf eine Respektierung der bürgerlichen Eheverbote nicht einlassen. Die Kurie stand nicht an, heftige Kritik an Rauscher zu üben, dem sie vorwarf, die staatlichen Interessen in bürokratisch-josephinischer Weise zu vertreten; an die Andresse der österreichischen Beamtenschaft wurde der Vorwurf des religiösen Indifferentismus gerichtet, weil sie die Rechte der übrigen Konfessionen in der Monarchie zu sehr in Schutz nehme.

Bald wurde auch der wachsende Widerstand des ungarischen Episkopates, an dessen Spitze der Primas und Erzbischof von Gran (Esztergom), JOHANNES SCITOVSKY DE NAGY-KÉR, stand. Er wurde von Pius IX. im März 1853 zum Kardinal kreiert. Zur gleichen Zeit ernannte Franz Joseph, von seinem Recht Gebrauch machend, nach dem Tod des Wiener Erzbischofs Vinzenz Eduard Milde den bisherigen Bischof von Seckau zu dessen Nachfolger. Rauscher hatte nunmehr den bedeutendsten Bischofssitz der Monarchie inne.

Bei der feierlichen Verkündigung des Dogmas der Unbefleckten Empfängnis Mariens durch Pius IX. im Jahre 1854 waren sowohl Scitovsky als auch Rauscher in Rom anwesend. Die Einladung für den Wiener Oberhirten erfolgte über ausdrücklichen Wunsch des Papstes.

Die Definition dieses Dogmas durch den Papst verschärfte überdies die interkonfessionellen Spannungen sowohl zu den Ostkirchen als insbesonders zu den Protestanten durch die Förderung der Marienverehrung. Sie war, rückwirkend betrachtet, eine Vorstufe zur Dogmatisierung der päpstlichen Unfehlbarkeit auf dem Vatikanischen Konzil. Erstmals wurde ein Glaubenssatz vom Papst ohne Befassung eines Konzils feierlich für die ganze Kirche verkündet. Eine weitere Station auf dem Weg der Betonung der starken Stellung des Papsttums war das Rundschreiben Pius IX. „Quanta cura", das am Fest der Unbefleckten Empfängnis (8. Dezember) 1859 erlassen wurde und in 80 Sätzen die Irrtümer der modernen Zeit verurteilte.

Es ist bezeichnend für die Breitenwirkung dieser Dogmatisierung, daß der bedeutendste Kirchenneubau der zweiten Hälfte des 19. Jahrhunderts in den alten Erbländern der Monarchie, der Neue Dom in Linz, von Bischof Rudigier der Immaculata geweiht wurde.

Rauscher mußte sich in Rom mit den Wünschen der ungarischen Kirche auseinandersetzen, die die Gültigkeit des neuen Konkordates auf die nichtungarischen Länder beschränkt wissen wollte. Scitovsky fand an der Kurie durchaus Bundesgenossen, während Rauscher mit Nachdruck den Standpunkt vertrat, entweder ein Konkordat für den ganzen Kaiserstaat oder keines. Die österreichische Regierung übte auf den ungarischen Primas erheblichen Druck aus, um ihn zum Einlenken zu bewegen. Aber nicht nur die Ungarn meldeten Sonderwünsche an, sondern auch der Episkopat des lombardo-venetianischen Königreichs, die Geistlichkeit Galiziens und das Metropolitankapitel von Olmütz, das noch ganz in feudalen Vorstellungen befangen war.

Der Wiener Erzbischof blieb bis Juni 1855 in Rom. Im April wurde ein neuer Konkordatsentwurf ausgearbeitet, den man Pius IX. im Mai unterbreitete. Nachdem er vom Papst gebilligt worden war, legte ihn Rauscher in Wien vor, wo die letzte Phase der Verhandlungen stattfinden sollte. Schwierig hatte sich in Rom die Frage über die Befreiung der Bischöfe von der weltlichen Gerichtsbarkeit in Strafsachen erwiesen, zumal der Staat gerade in der Verfolgung hochverräterischer Umtriebe – das Revolutionsjahr mit den Ereignissen in Ungarn und Italien haftete noch frisch im Gedächtnis – glaubte davon nicht abstehen zu können. Auch die kurialen Forderungen hinsichtlich der Zensur bereiteten noch in den Schlußverhandlungen erhebliche Schwierigkeiten.

Franz Joseph drängte auf einen Abschluß und intervenierte auch zugunsten kirchlicher Forderungen. So konnten Viale-Prelà und Rauscher den Vertrag am 18. August 1855 in Wien unterzeichnen. Es war der Tag, an dem der Kaiser sein 25. Lebensjahr vollendete. Das Konkordat wurde am 4. September in Rom und am 23. September in Bad Ischl ratifiziert und trat in Österreich mit der Veröffentlichung im Reichsgesetzblatt am 13. November 1855 in Kraft.

Rauscher wurde nach dem Abschluß des Konkordates von Pius IX. mit dem Kardinalshut ausgezeichnet. Der österreichische Episkopat trat in Wien vom 6. April bis 17. Juni 1856 unter dem Vorsitz des Kardinals Viale-Prelà zusammen, um über die Durchführung des Konkordates zu beraten.

Das neoabsolutistische System brach nach den schweren Niederlagen in den Kriegen gegen Frankreich-Italien und Preußen-Italien 1859 und 1866 endgültig zusammen. Der neue Konstitutionalismus wurde vom liberalen Gedankengut geprägt. Die neuen Staatsmänner, deren Aufgabe es war, die Donaumonarchie aus ihrer tiefen Krise herauszuführen, erblickten im Konkordat eine „Abdikation des Staates vor der Kirche". Der Kampf gegen diesen Vertrag prägte das innenpolitische Klima der Jahre von 1860 bis 1870.

Die Praxis der konfessionellen Toleranz war der erste Angriffspunkt gegen das Konkordat. Nachdem der Kaiserstaat durch das Februarpatent von 1861 in eine konstitutionelle Monarchie umgewandelt worden war, gewährte das Protestantenpatent vom 8. April 1861 den Evangelischen die volle staatliche Gleichberechtigung und Selbstverwaltung. Pius IX. nahm dies zum Anlaß, im Juli des gleichen Jahres gegen die Förderung der Rechte der Akatholiken in Österreich zu protestieren.

Die im Reichsrat vertretenen Bischöfe, zu denen neben Rauscher auch der später als Gegner der Dogmatisierung der päpstlichen Unfehlbarkeit bekannt gewordene Bischof von Djakovar, Joseph Georg Strossmayer, zählte, wiesen mehrfach in ihren Repliken auf die Staats- und Kaisertreue der katholischen Kirche hin, die sie gegenüber der Doppelbödigkeit der Liberalen abgegrenzt wissen wollten, die wohl vorgäben, die Prärogativen des Kaisers zu verteidigen, während sie den Kaiserstaat als solchen in Frage stellten.

Erst die Niederlage von Königgrätz 1866 leitet den Generalangriff auf das Konkordat ein. Im Sommer 1867 wurden vom Reichsratsabgeordneten Eduard Herbst die Anträge auf Befreiung der Ehe- und Schulgesetzgebung von kirchlicher Bevormundung und auf völlige Neuordnung der konfessionellen Gesetze eingebracht. Der Kaiser versicherte zwar den Bischöfen, daß er die Kirche immer schirmen und schützen werde, wies aber gleichzeitig mit Nachdruck auf seine Pflichten als konstitutioneller Monarch hin.

Das Staatsgrundgesetz vom 21. Dezember 1867 benahm der Kirche grundsätzlich durch die neue Umgrenzung der Staatsgewalt und durch die Garantie für die Freiheit der Wissenschaft ihre geistliche Gerichtsbarkeit und ihren Einfluß auf Schule und Universität und beschränkte sie auf die Ordnung ihrer eigenen inneren Angelegenheiten.

Die berühmten Maigesetze des Jahres 1868 – der schon sehr gebrechliche Franz Grillparzer, ebenfalls ein Gegner des Konkordates, ließ sich zur Sitzung des Herrenhauses am 21. März im Lehnstuhl tragen – brachten endlich die von den Liberalen ersehnte Neuordnung von Ehe, Schule und interkonfessionellen Beziehungen. Franz Joseph unterzeichnete die Beschlüsse der beiden Häuser, ließ aber gleichzeitig wissen, daß sie das Äußerste darstellten, zu dem er sich bereitfinden könnte. Damit war das Konkordat, ohne daß es formell gekündigt war, innerlich ausgehöhlt und bedeutungslos geworden. Der feierliche Protest des Nuntius Mariano Falcinelli-Antoniani und die scharfe Verurteilung durch den Papst konnten an der rechtlichen Lage nichts ändern.

Signifikant für den Widerstand der Kirche gegen die liberale Gesetzgebung wurde die Haltung des Linzer Bischofs Rudigier, der die Maigesetze in einem scharfen Hirtenbrief zurückwies. Wegen Nichtbeachtung der Gesetze wurde er verhaftet und am 12. Juli 1869 zu einer Kerkerstrafe verurteilt, jedoch sofort vom Kaiser begnadigt.

Zur formellen Kündigung des Konkordates sollte die dogmatische Definition der päpstlichen Unfehlbarkeit den Anlaß geben. Pius IX. berief nach mehr als dreihundert Jahren eine Allgemeine Kirchenversammlung nach Rom ein. Der österreichische Episkopat war in der Frage der Infallibilität gespalten. Neben dem schon erwähnten Stroßmayer zählte auch Kardinal Rauscher zu den Gegnern der Unfehlbarkeit, jedenfalls hielt er eine Definition für inopportun. Dagegen standen die einstigen Brixner Professoren ganz auf Seiten der Ultramontanen. Bischof Gasser von Brixen gehörte als Referent der entscheidenden dogmatischen Sektion an. Aus seiner Feder stammt auch der Antrag zur Infallibilitätserklärung. Joseph Feßler, Bischof von St. Pölten, ein angesehener Historiker und Kirchenrechtler, wurde als Vertrauensmann des Papstes zum geschäftsführenden Generalsekretär des Konzils bestellt.

Nach langwierigen Beratungen wurde am 18. Juli 1870 die päpstliche Unfehlbarkeit als Glaubenssatz erklärt. Österreich nahm dies unter dem bestimmenden Einfluß des aus Sachsen stammenden Grafen Ferdinand von Beust, für den außerpolitische Motive mitbestimmend waren, zum Anlaß, das Konkordat zu kündigen. In der Depesche vom 30. Juli 1870 wurde dem österreichischen Gesandten Joseph von Palomba-Caracciolo mitgeteilt, daß das Konkordat als aufgehoben zu betrachten sei, da es mit den Bestimmungen des Staatsgrundgesetzes unvereinbar sei, und da durch das Dogma sich die Rechtsperson des Vertragspartners geändert habe.

Literatur (in Auswahl):

Wodka, Josef, Kirche in Österreich, Wegweiser durch ihre Geschichte, Wien 1959. – *Weinzierl-Fischer, Erika,* Die österreichischen Konkordate von 1855 und 1933, Wien 1960. – *Engel-Janosi, Friedrich,* in Zusammenarbeit mit *Richard Blaas* und *Erika Weinzierl,* Die politische Korrespondenz der Päpste mit den österreichischen Kaisern 1804–1918, Wien–München 1964 (= Forschungen zur Kirchengeschichte Österreichs, Band 2).

Nikolaus Vielmetti

DIE EMANZIPATION DER JUDEN

Als die Juden am 9. März 1849 das Purimfest feierten, hatten sie in der Monarchie einen außerordentlichen Grund zur Freude, der dem Charakter des Festes besonders entsprach. Purim ist die Erinnerung an die Ereignisse, die im Buche Ester verzeichnet sind: die Errettung der jüdischen Gemeinschaft vor der beschlossenen Vernichtung und die gerechte Bestrafung des bösen Haman. Der Anlaß zur Freude waren die mit der Reichsverfassung, die gerade am 4. März erlassen worden war, verliehenen Grundrechte, die endlich die Emanzipation der Juden aussprachen. Es störte die Purimfreude nicht wesentlich, daß die Verfassung oktroyiert war; noch weniger konnte man ahnen, daß sie im Silvesterpatent von 1851 überhaupt aufgehoben würde.

Eine nachhaltige Besserung trat für die Juden in der Residenz ein: sie wandelten sich von der „Wiener Judenschaft“ oder den „allhier Tolerierten“ zur israelitischen Kultusgemeinde. Dieser Wandel wurde aus allerhöchstem Munde verkündet; denn in der Ansprache, mit der der junge Kaiser die Dankadresse der Wiener Juden annahm, gebrauchte er ausdrücklich die Worte „israelitische Gemeinde“ – das gab ihnen ein Recht, das weder die Hofjuden noch die Tolerierten in Wien trotz aller Privilegien je besessen hatten, das sich aber nun aus den Grundrechten (§ 2) ergab: Gemeinsame öffentliche Religionsübung, selbständige Verwaltung ihrer Angelegenheiten und uneingeschränkter Besitz aller zum Kultus gehörigen Anstalten und Stiftungen.

Die Gesetzgebung der folgenden Jahre brachte nochmals einige Rückschläge, gleichsam Nebeneffekte des Absolutismus, die besonders die Juden trafen, doch war, aufs ganze gesehen, der Bann gebrochen. Die freizügige Bewegung der Juden innerhalb der Monarchie hatte begonnen und konnte nicht mehr lang zurückgehalten werden. Den Schlußpunkt bezeichnet das Staatsgrundgesetz vom Dezember 1867, von da an waren die bürgerlichen Freiheiten allgemein garantiert.

Wenn von den Rechten der Juden im 19. Jahrhundert die Rede ist, sollte zunächst einmal definiert werden, was mit Juden nach amtlicher und eigener Auffassung gemeint war. – Die josephinische Toleranz hatte sich auf die „jüdische Nation“ bezogen und wollte diese an die übrigen Bürger „annähern“. Das beginnende liberale Zeitalter will eine solche altertümliche Vorstellung nicht mehr wahrhaben, sondern sieht das Unterscheidungsmerkmal allein im Religionsbekenntnis, von dem aber „der Genuß der bürgerlichen und politischen Rechte“ unabhängig ist. So beharrt der in eigener Sache schreibende Verfasser der „Denkschrift über die Stellung der Juden in Österreich“ auf dem Prinzip einer bloßen Religionsgemeinschaft: *Gerade unsere Glaubensgenossenschaft, welche bürgerlich und politisch für gleichberechtigt erklärt wird, kann und darf keine Nationalität sein. Bedient sie sich besonderer Schriftzeichen, so ist darauf ebenso wenig zu achten, als wenn es sich z. B. um eine Privatsprache von Freimaurern oder Trappisten handelte.*

In der Tat waren die Juden innerhalb der Konfessionen eine unübersehbare Minorität, die nach der dominierenden Religion, den Katholiken des lateinischen und des griechischen Ritus, an zweiter Stelle stand (nur in Österreich, nicht in Ungarn). Deutlicher als die Statistik spricht an den charakteristischen Punkten der Monarchie die Realität: Städte, die man als „kakanische Musterfälle“ bezeichnen kann, wie Wien, Triest und Czernowitz, wären in ihrer Eigenart ohne den Anteil des jüdischen Bürgertums undenkbar.

Zustand und Entwicklung der religiösen Verhältnisse im Judentum Österreich-Ungarns lassen sich nicht mit wenigen Strichen skizzieren, spannt sich doch der Bogen von Hohenems bis Sadagora, d. h. von einer Gemeinde im Bodenseeraum bis zur Hochburg der Chassidim in der Bukowina.

Die östlichen Kronländer und Ungarn galten als das Hinterland, aus dem die Judengemeinden in den größeren Städten, nicht immer zu ihrer Freude, ständig Nachschub erhielten. Mit der Wanderung und der Generationenfolge ging ein Verlust der religiösen Substanz einher. Man nannte diesen Vorgang „Assimilation“, oft stand am Ende völliger Indifferentismus und eine rein nominelle Zugehörigkeit zur Kultusgemeinde.

Vinzenz Katzler, Symbolographisch-historisches Tableau, 1858 (Privatbesitz)

Eine Scheidung der Geister, d. h. die Bildung von Gemeinden unterschiedlicher Observanz, fand in Cisleithanien nicht statt, während in Ungarn nach dem Rabbinerkongreß von 1869 die Orthodoxen und die „Neologen“ in getrennten Verbänden sich ihre jeweilige Vertretung schufen.

In der Wiener Residenz wuchs die Gemeinde nach 1848 sprunghaft an. Die Bedeutung der Juden für das wirtschaftliche, gesellschaftliche und geistige Leben ist allgemein bekannt, weniger hingegen die religiöse Entwicklung des Judentums in der Metropole. Man ist versucht, in der immer größer werdenden Gemeinde nur die Fortsetzung des Werkes der Gründergeneration zu sehen, jenes Werkes, das sich mit dem klassizistischen Stadttempel in der Seitenstettengasse und dem „Wiener Ritus“ des Predigers Mannheimer und des

Kantors Sulzer umschreiben läßt. Tatsächlich bezeichnet der Stadttempel den Übergang vom alten zum neuen Wien; Mannheimer und Sulzer, die sich 1826 noch pro forma als gräflich Zichy'sche Schutzjuden in Ungarn eintragen lassen mußten, erhalten in der liberalen Ära zu ihren Dienstjubiläen das Bürgerrecht der Stadt Wien verliehen. Dreißig Jahre nach der Einweihung des Stadttempels geht die Kultusgemeinde daran, im II. Bezirk eine weitere Synagoge zu errichten, diesmal viel größer und auch äußerlich sofort als jüdisches Gotteshaus erkennbar. – Religiöse Vorgänge lassen sich schwer aufzeichnen, es sei aber darauf hingewiesen, daß zahlreiche Zuwanderer wohl keine Reichtümer, doch viel Frömmigkeit und Gelehrsamkeit nach Wien mitbrachten und so dazu beitrugen, daß in der Residenz ein Hort der Orthodoxie entstand. Die *Schiffschul'* und andere Bethäuser vereinigten ca. 25% der in Wien ansässigen Juden, sie bildeten *die mächtigste Festung des Widerstandes gegen Reform und Abfall vom Judentum in Wien.*

Dieser Aspekt mag ungewöhnlich erscheinen; doch sei daran erinnert, daß die Orthodoxie selbst im Vorstand der Kultusgemeinde vertreten war. Niemand geringerer als der Baron Jonas Königswarter, gestorben 1871 als ihr Präses, lebte ein traditionelles und glaubenstreues Judentum vor.

Wir müssen aber noch zu einem weiteren Begriff des Judentums vordringen, insofern es Glaubens- und darüber hinaus auch Schicksalsgemeinschaft ist. Das hat gerade das Jahr 1848 gezeigt, als die Juden in großer Zahl, gleichgültig, ob sie religiös gebunden waren oder nicht, an dem großen Aufbruch teilnahmen. Persönlichkeit und Werk eines ADOLF FISCHHOF repräsentieren am besten das politische Denken und Handeln der Juden in der Monarchie. Beginnend als „Achtundvierziger" der ersten und entscheidenden Stunde, gab er später dem österreichischen Staatsgedanken die gültige Form. Es war ein Unglück für Österreich-Ungarn, daß die meisten seiner Überlegungen nur Theorie blieben. Der Rabbiner und Reichsratsabgeordnete JOSEF S. BLOCH war berufen, die Lehren Fischhofs auf das politische Wirken der Juden anzuwenden. Er erkannte, *daß die Juden allein Österreicher sind sans phrase... Wenn eine spezifisch österreichische Nationalität konstruiert werden könnte, so würden die Juden ihren Grundstock bilden.*

Die Juden, als Kosmopoliten seit jeher bekannt und bestaunt, hatten die große Aufgabe, als *Österreicher sans phrase* Bürger des k. u. k. Kosmos zu sein, wobei nicht zu unterschätzen ist, daß sie die zentrale Sprache dieser Welt, das Deutsche, sich schon zueigen gemacht hatten und die ihre nennen konnten.

Sie sahen keine Notwendigkeit, in einem eigenen Nationalismus ihr Heil zu suchen; wir können auch von der viel später einsetzenden Debatte absehen, ob die Juden (in Galizien und in der Bukowina), mit Jiddisch als Muttersprache, wie die anderen Nationalitäten als ein Volksstamm anerkannt werden sollten.

Eher kam es vor, daß Juden ihre supranationale Stellung aufzugeben und von der zentralen Sprache abzurücken begannen, wenn sie z. B. willens waren, sich als Ungarn oder Tschechen zu deklarieren. So bekannte sich im Falle von Triest das jüdische Bürgertum gleich welcher Provenienz fast ausnahmslos zur „italianità" dieser Stadt.

Die Wahrheit liegt wohl in der Mitte zwischen „Nationaljudentum" und Assimilation (die genauer Absorption genannt werden müßte). „Die Juden", wie immer man sie begreifen will, machen eine charakteristische Komponente in der Vielfalt der Monarchie aus. Als Statisten und Darsteller des letzten Glanzes dieses Reiches sind sie in die Geschichte eingegangen. Doch um den Kaiser rankt sich ein Legendenkranz aus Dichtung und Wahrheit, gewunden von den Juden seiner Länder, die unzählige Episoden zu berichten wissen, wie Seine Majestät den Israeliten unbedingte Gerechtigkeit und ihrem Glauben höchsten Respekt zu erweisen geruht habe.

Literatur (in Auswahl):

Urkunden und Akten zur Geschichte der Juden in Wien, hg. von *A. F. Pribram*, 2. Band, Wien 1918. – *Mayer, Sigmund,* Die Wiener Juden, Wien–Berlin 1917. – *Grunwald, Max,* Vienna, Philadelphia 1936. – *Richter, Kalonymus,* Wien (jiddisch), in: Dos idishe wort, Tishri 5739 = Oktober 1978 (New York). – *Jacques, Heinrich,* Denkschrift über die Stellung der Juden in Österreich, Wien 1859. – *Fischhof, Adolph,* Österreich und die Bürgschaften seines Bestandes, Wien 1869. – *Wolf, Gerson,* Die Juden (Band 7 der Reihe: Die Völker Österreich-Ungarns), Wien 1883. – *Bloch, Joseph S.,* Der nationale Zwist und die Juden in Österreich, Wien 1886. – *Güdemann, M(oritz),* Nationaljudenthum, Leipzig–Wien 1897. – *Stourzh, Gerald,* Galten die Juden als Nationalität Altösterreich?, in: Studia Judaica Austriaca 10, Eisenstadt 1984.

WIRTSCHAFTLICHE UND SOZIALE STRUKTUREN

Ernst Bruckmüller

ZUR SOZIALSTRUKTUR DER HABSBURGERMONARCHIE

In seiner Novelle „Vae Victis!" zeichnet FERDINAND VON SAAR das Wien der 1860er Jahre. Noch ist die Ringstraße, strahlendes bauliches Symbol dieser Epoche, nicht fertiggestellt, aber ihr Entstehen wird uns plastisch vor Augen geführt:

Das Haus, dessen zweites Stockwerk sie mit ihrem Gatten bewohnte, lag am Rande des ehemaligen Josefstädter-Glacis und ging mit seiner Vorderseite auf jene geräumige Fläche hinaus, woselbst sich nunmehr, inmitten wohlgepflegter Anlagen, die bedeutendsten öffentlichen Gebäude Neu-Wiens erheben. Damals jedoch gewahrte man dort bloß eine steppenartige, von vielfachen Fußpfaden durchkreuzte Wiese, auf welcher vormittags die Truppen der Garnison ihre Übungen vornahmen, nachmittags aber bis in den späten Abend hinein ein Heer von Kindern sein fröhliches Wesen trieb. Dahinter erhoben sich mit einem Bruchstücke der alten Bastei die düsteren Häusermassen und ragenden Turmspitzen der Stadt; nach rechts hin zeigten bereits zahlreiche Baugerüste die werdende Ringstraße an, und links kamen, über die ersten Anfänge der Votivkirche und die Dächer der Alservorstadt hinweg, die anmutigen Höhenzüge des Wienerwaldes zum Vorschein.

Vor diesem Hintergrund wird nun am Schicksal der Ehe des Generals von Brandenberg nichts weniger exemplarisch dargestellt, als der Zusammenprall des aufsteigenden Bürgertums mit der Welt des „Alten", von bürokratisch-militärischen Werten geprägten alten Österreich. Dieses neue Bürgertum tritt ins Leben des Offiziersehepaars bezeichnenderweise nach der Katastrophe des italienischen Krieges von 1859 und – was man auch als feine Ironie deuten könnte – gerade in der kaiserlichen Sommerresidenz Ischl ein:

Corona war nämlich in Ischl mit einigen jener reichen jüdischen Familien bekannt geworden, welche, im Laufe der Zeit zu immer größerem Ansehen gelangend, in ihren glänzenden Wiener Salons alles um sich zu versammeln pflegten, was in der Gesellschaft und im öffentlichen Leben Geltung besaß oder anstrebte. Auf das zuvorkommendste empfangen, berauscht von der Atmosphäre vornehmster Bildung, die ihr hier zum ersten Male entgegenwehte, fühlte Corona, wie sich ihr in dem reizend gelegenen Alpenbade ein ganz neuer Gesichtskreis erschloß, der sie um so mehr entzückte, als der in jenen Kreisen herrschende, zu geistvoll ätzendem Spotte verfeinerte Ton des Widerspruchs ihrem kalten, zu scharfer Kritik geneigten Verstande besonders zusagte. Bei diesem anregenden, durch neu hinzutretende Erscheinungen immer belebteren Verkehr schwanden der jungen Frau die Wochen und Monde wie ein schöner Traum dahin, und als endlich die Rückkehr nach der Hauptstadt bevorstand, war sie entschlossen, diese neuen Beziehungen nicht bloß festzuhalten, sondern auch, indem sie ihr Haus gleichfalls zu einem gesellschaftlichen Mittelpunkt umzuschaffen gedachte, nach Möglichkeit zu erweitern.

Dieser Umgang erschloß der Generals-Gattin eine neue, faszinierende Welt, in der neben Reichtum, Eleganz und Bildung nun auch ein neues Element eine Rolle spielte, nämlich die Politik:

Die mittlerweile ins Leben getretene Verfassung hatte nämlich die allgemeine Aufmerksamkeit den beiden Häusern des Reichsrates, namentlich aber dem Hause der Abgeordneten zugelenkt. Unter den Stimmführern, die sich in letzterem besonders bemerkbar machten, war auch ein Doktor der Rechte, der sich, nachdem er schon als ganz junger Mann im Jahre Achtundvierzig eine gewisse Rolle gespielt, als Advokat niedergelassen hatte, wobei er jedoch hinter seinen Prozeßakten den Gang der Ereignisse mit leidenschaftlicher Spannung verfolgte und ungeduldig den

Augenblick vorausberechnete, der einen Umschlag herbeiführen und ihm vergönnen würde, in ein neues Staatswesen tätig mit einzugreifen. Dies war nun geschehen, und mit unerbittlicher, sarkastischer Logik legte er die Schäden des früheren Systems bloß, das er bis auf die letzten Spuren vernichtet wissen wollte.

Außerordentlich beeindruckt von der Redegewalt dieses Mannes, beschloß Corona von Brandenberg, mit ihm in Kontakt zu treten. Das geschah, aus der gesellschaftlichen Beziehung erwuchs aber eine tiefe Leidenschaft. Der General, als er dessen unzweifelhaft gewahr wurde, erschoß sich – pflichtgemäß, möchte man fast sagen. Damit wäre die Erzählung zu Ende. SAAR hat aber eine Art „Coda" angefügt, die nun in der Tat den historisch-gesellschaftlichen Bezug zum Aufstieg des neuen Bürgertums jener Tage erst voll sichtbar macht:

Ein Jahr später fand die Vermählung der verwitweten Freifrau von Brandenberg mit dem Manne statt, den sie liebte. Dieser hatte inzwischen wieder bedeutende Schritte nach vorwärts getan, und sein Ansehen wuchs auch ferner von Jahr zu Jahr. Nicht allein, daß er im Parlament immer mehr Boden gewann, auch alle volkswirtschaftlichen Vereine und Institute, die um jene Zeit so rasch und zahlreich ins Leben traten, stritten sich um den Vorzug, den gefeierten und umsichtigen Mann als Beirat oder geistigen Lenker zu gewinnen, so zwar, daß sein Einfluß, nach jeder Richtung hin, geradezu ins Unermeßliche stieg. Und als die Zeitereignisse neuerdings einen Umschlag herbeiführten, da saß er auf der Ministerbank, gegen welche er stets so stürmische Philippiken losgelassen. Doch seltsam, als er jetzt die berechtigten Hoffnungen, die man auf ihn setzte, erfüllen sollte, da schien der Geist des Gelingens, der ihn bis nun so unaufhaltsam emporgetragen, plötzlich von ihm gewichen zu sein. Nicht etwa, daß bei ihm, nachdem er das höchste seiner Ziele erreicht hatte, eine Abspannung eingetreten wäre, oder daß er, wie mancher seiner Vorgänger, den vielgestaltigen Versuchungen, denen auch er in seiner jetzigen Stellung gewiß ausgesetzt war, erlegen und, ohne es eigentlich zu wollen, seinen Überzeugungen untreu geworden wäre. Er hielt vielmehr mit herbem Trotz und einer brüsken Entschiedenheit daran fest; da aber seine Entwürfe zum größten Teil fehlschlugen oder doch wenigstens im Sande verliefen, so verletzte er nach oben, während er nach unten enttäuschte, und sah sich eines Tages mit bitterer Erkenntnis von der Wandelbarkeit des Glücks ganz geräuschlos in das Privatleben zurückversetzt.

Nebenher jedoch war er ein reicher Mann geworden. Er hatte palastähnliche Häuser in allen neuen Stadtteilen bauen lassen; er besaß Fabriken, Landgüter und Villen; auch war ihm eine kleine Schar von Anhängern geblieben, die nach wie vor auf ihn schworen und behaupteten, seine eigentliche Zeit müsse erst kommen. Aber dies alles konnte die Wunden nicht heilen, die sein Ehrgeiz davongetragen, und als man ihm, mit sehr zweideutigen Nebenbemerkungen, auch noch die erworbenen Millionen zum Vorwurf gemacht hatte, war er von einer grimmigen Erbitterung erfüllt worden. . . .

Die politische Herrschaft des Großbürgertums erweist sich als kurzlebig. Anders die ökonomische, die trotz diverser Erschütterungen bis zum Ende der Monarchie andauern sollte. In den wenigen hier zitierten Sätzen des zeitgenössischen Erzählers wird auf viele wichtige Ereignisse und Entwicklungen hingewiesen: Auf die Bedeutungszunahme des Parlamentarismus, auf das „Bürgerministerium" (1867–1870), auf die rasche Ausbreitung des bürgerlichen Vereinswesens, aber auch auf die Schnelligkeit, mit der das Großbürgertum seinen politischen Kredit wieder eingebüßt hatte, durch diverse Korruptionsaffairen (vorab im Zusammenhang mit bestimmten Eisenbahnkonzessionen, berüchtigt wurde dabei die Lemberg-Czernowitzer Bahn), durch den Krach von 1873, schließlich durch die Wende von 1879, mit der die Reihe liberaler Regierungen durch die konservative Regierung Taaffe abgelöst wurde. Vielleicht kann die Frage nach den Ursachen dieser kurzen Herrschaft der Bourgeoisie als Leitfaden für die folgenden Überlegungen zur gesellschaftlichen Struktur der Habsburgermonarchie zwischen 1850 und 1880 dienen.

*

„Bürgerliche“ Staatswesen sind wohl solche, in denen die gesamte Gesellschaft von bestimmten „bürgerlichen“ Anschauungen soweit durchdrungen ist, daß dadurch die öffentliche Meinung ebenso wie die Gestaltung des Rechts geprägt wird. Die Verbreitung bürgerlicher Anschauungen, zu deren wichtigsten sicher die Überzeugung gehört, daß der Staat zwar gewisse Rahmenbedingungen für die Wirtschaft zu schaffen, sich sonst aber in diese nicht einzumischen habe, ferner die Überzeugung, daß Armut und Reichtum die Folge persönlicher Verdienste (Fleiß, Ausdauer, Bildungsstreben . . .) seien und zu sein hätten, sowie die Ansicht, daß Mitsprache in öffentlichen Dingen nur jenen gebühre, die dazu durch ihre Steuerleistung für's Gemeinwohl oder aber durch ihre höhere Intelligenz („Besitz und Bildung“) bestimmt seien, setzt voraus, daß einige andere gesellschaftliche Leitbilder zurücktreten. Solche ältere Leitbilder können höfisch-aristokratischer Herkunft sein – etwa die Überzeugung, gesellschaftlicher Vorrang sei durch Geburt erworben und drücke sich in exklusiven Zugangsmöglichkeiten zum Hof und zu höchsten Positionen in Staatsdienst und Heerwesen aus. Gerade in breiteren Bevölkerungsschichten waren aber auch völlig andere Vorstellungen verbreitet – so die Meinung, Armut und Reichtum hingen weder von Fleiß und braver Arbeitsamkeit, noch von Geburt ab, sondern vielmehr vom Zufall und Glück. Glückliche Spekulation, Lotteriegewinn, eine reiche Heirat – diese Voraussetzungen für gesellschaftliche Status-Zuweisungen erweisen sich in zahlreichen Stücken Johann Nestroy's als allgemein anerkannt. Neben diesen offenkundig besonders in den kleinbürgerlich-halbproletarischen Vorstadtkreisen des Nestroy-Publikums verbreiteten Vorstellungen sind noch die primär bäuerlichen zu stellen, in denen eine starke Naturabhängigkeit und traditionale Frömmigkeit eine erhebliche Rolle spielen.

Fragt man sich also, wie groß jener gesellschaftliche Bereich war, in dem sich „bürgerliche“ Vorstellungen ausbreiten konnte, so wird man zunächst einmal die irgendwie bürgerlichen Bevölkerungsschichten im Gesamtzusammenhang der übrigen sozialen Gruppierungen feststellen müssen (Graphik 1).

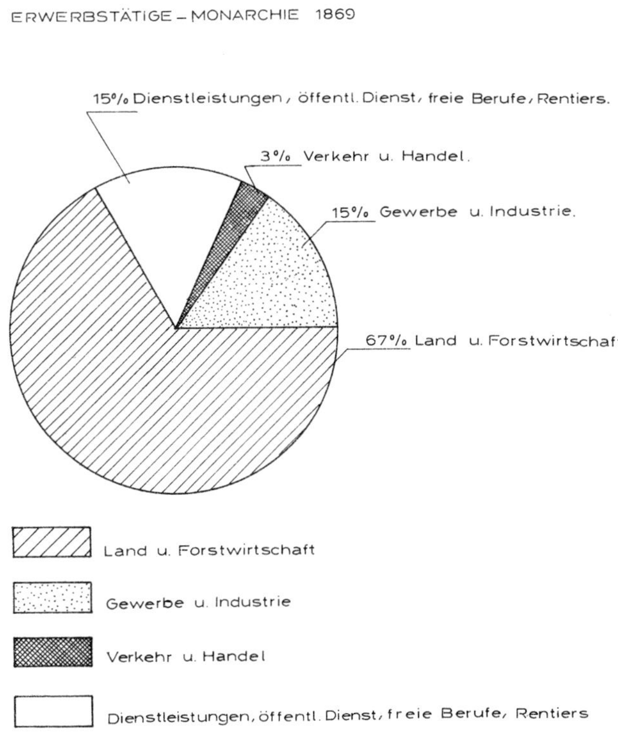

Graphik 1

Ganz grob gliedert man die Bevölkerung auch heute nach Wirtschaftssektoren. Als „primärer Sektor“ gilt die Land- und Forstwirtschaft, in der 1869 etwa zwei Drittel der Bevölkerung der Monarchie ihren Unterhalt fanden. Unter den Berufstätigen wurden in der Gesamtmonarchie etwa 12,5 Millionen oder fast 71% der Land- und Forstwirtschaft zugerechnet, davon 7,5 Mio. oder (in bezug auf diesen Reichsteil) 67% in Cisleithanien, ca. 5 Millionen oder 78% der erwerbstätigen Bevölkerung in Ungarn.

„Die Zahl der Gewerbetreibenden stempelt durch ihre Höhe ein Volk zu einem Industrievolk“, notierte der Statistiker Friedrich Umlauft 1883, um anschließend festzustellen, daß in Großbritannien 49%, in Belgien 38%, in der Schweiz 31% und in Preußen 29% der Bevölkerung dem industriell-gewerblichen (sekundären – weil verarbeitenden und daher dem primären nachgeordneten) Sektor angehörten, während es in der Gesamtmonarchie nur knapp 13%

waren. Immerhin erhöht sich dieser Prozentsatz für den Westteil der Monarchie auf etwa 20% (2,2 Mio.), während in Ungarn nur etwa 10% der Erwerbstätigen in diesem Bereich arbeiteten („Gewerbetreibender" meint hier natürlich nicht bloß die Selbständigen, sondern auch die Arbeiter und Angestellten).

Der tertiäre Sektor, also der Bereich der Verteilung der erzeugten Güter, demnach Handel und Verkehr, trat gegenüber den ersten beiden stark zurück, sollte sich aber als wichtiger Wachstumssektor entwickeln; man muß dabei jedoch darauf hinweisen, daß dabei nicht nur die Zahl der Großhandelsunternehmer, der Angestellten bei Eisenbahnen und Schifffahrtslinien langsam zunahm, sondern auch und vor allem die Schar der mehr oder minder befugten Kleinhändler, seien sie nun ortsfest oder als Hausierer mobil gewesen, starkes Wachstum aufwies.

1869 waren in Österreich („Cisleithanien"), ca. 580.000 Menschen in diesem Bereich beschäftigt.

Je nach statistischer Laune als eigener Sektor oder aber als Teil des tertiären Sektors werden Dienstleistungen und alle Bereiche der Infrastruktur, also der öffentliche Dienst und die freien Berufe (Rechtsanwälte, Notare, Apotheker usw.) gezählt. Bei den Volkszählungen der späten Monarchie faßte man diese Gruppen mit den „Berufslosen", also Rentiers, aber auch mit den Armen, den Ausgedingern, den Bettlern usw., zu einer eigenen Klasse zusammen, die 1869 fast 900.000 „Berufstätige" (eher sollte man sagen: Einkommensbezieher) auswies. Davon waren Geistliche, Lehrer, Beamte, Ärzte, Advokaten usw. in den österreichischen Ländern ca. 270.000, in Ungarn 177.000. Leute, die von Haus- und Rentenbesitz (ohne sonstige weitere Anstrengung) leben konnten, zählte man in Österreich 443.000, in Ungarn aber nur 81.000

Faßt man die Ergebnisse dieses statistischen Exkurses zusammen, so erweist sich die Monarchie im wesentlichen als Agrarstaat, in welchem die industriell fortgeschrittenen Zonen wie Inseln wirken. Diese Inseln lagen in Vorarlberg, in und um Wien und einigen Teilen Niederösterreichs und der Steiermark, in Nordböhmen, Nordmähren, Schlesien, um Prag und um Brünn. In Ungarn war die Industrie – sieht man von den Bergbaugebieten der Slowakei und Preßburg/Bratislava ab – fast zur Gänze auf Budapest konzentriert.

Die regionale Verteilung der Aufteilung der berufstätigen Bevölkerung nach Sektoren (Graphik 2) zeigt diese unterschiedliche Entwicklung recht gut. Den geringsten Agraranteil hatten Niederösterreich (inkl. Wien) mit 30%, vor Vorarlberg (46%), Böhmen (47%), Schlesien (48%), Salzburg (53%), dem Küstenland (55%) und Mähren (56%). Es folgen Oberösterreich (59%), Kärnten und Steiermark (68%), Tirol (70%), Krain (75%) und schließlich die

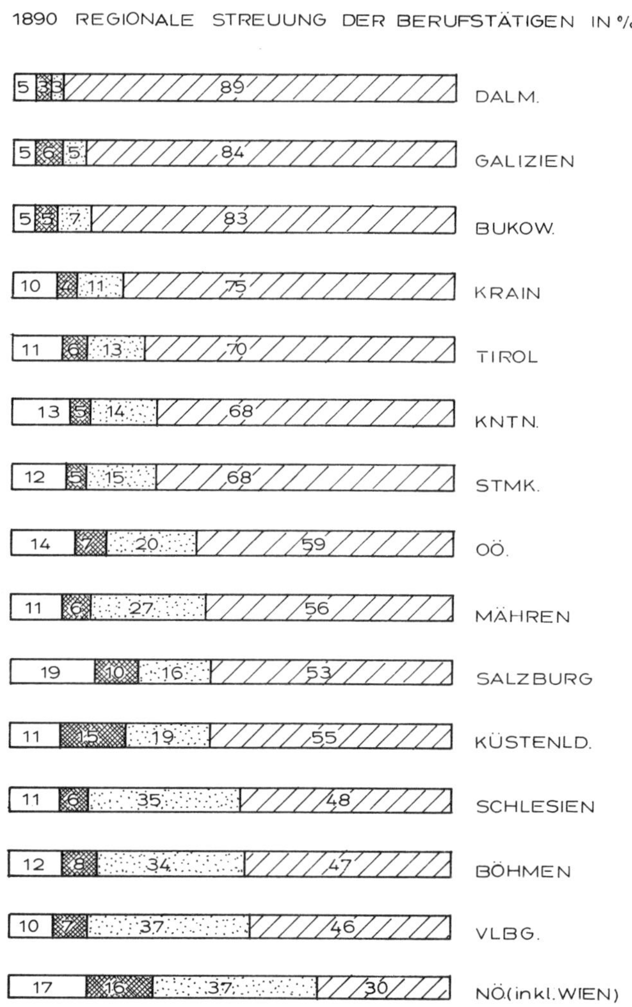

Graphik 2

„Entwicklungsländer“ Bukowina (83%), Galizien (84%) und Dalmatien (89%). Überdurchschnittlich hohe Anteile an gewerblich-industriell Erwerbstätigen hatten dementsprechend Niederösterreich (inkl. Wien) und Vorarlberg (je 37%), Schlesien (35%), Böhmen (34%), Mähren (27%). Oberösterreich lag mit 20% genau im Staatsdurchschnitt, das Küstenland mit 19% knapp darunter. Mehr als 10% gewerblich-industriell Berufstätige hatten die übrigen Alpenländer, deren häufig traditionsreiche gewerbliche Wirtschaft, vor allem Erzgewinnung und -verhüttung sowie die nachgelagerte Metallverarbeitung, aber in einer schweren Krise steckte. Salzburg (16%) lag hier ziemlich gleichauf mit Steiermark (15%), Kärnten (14%) und Tirol (13%), etwas abgeschlagen Krain mit 11%. Minimale Anteile an gewerblich-industrieller Bevölkerung hatten die Bukowina (7%), Galizien mit 5% und Dalmatien mit nur 3%. – Im eigentlichen Ungarn (inkl. Slowakei) beschäftigten sich höchstens 10% der Berufstätigen gewerblich-industriell, in Siebenbürgen ca. 6%, in Zivilkroatien 7% und im Gebiet der gegen Ende unseres Untersuchungszeitraumes aufgelassenen Militärgrenze nur 4%.

Von den übrigen Sektoren zeigt sich der tertiäre (Handel und Verkehr) in Niederösterreich (und Wien) ebenso wie im Küstenland (mit Triest) überdurchschnittlich stark entwickelt: in Niederösterreich waren 16%, im Küstenland 15% der Berufstätigen in diesem Sektor beschäftigt – ein Hinweis auf die Bedeutung der Hafenstadt Triest und der Verkehrsstadt Wien, die ja zwischen 1840 und 1870 zum wichtigsten Eisenbahnknotenpunkt der Monarchie geworden war. – Freiberufler und öffentlich Bedienstete waren unerwartet stark in Salzburg vertreten (19%), erwartet stark dagegen in Niederösterreich (17%). Ob Salzburg bereits damals Domizil von Rentenbeziehern geworden war, die hier nur wohnten, ihre Einkünfte aber aus anderen Ländern bezogen? Wir wissen es nicht, können den hohen Anteil aber kaum anders erklären.

Um auf unsere eingangs gestellte Frage zurückzukommen: „Bürgerliches“ können wir sicher in allen Wirtschaftssektoren feststellen – der unternehmerische, streng kalkulierende Gutsbesitzer kann ebenso

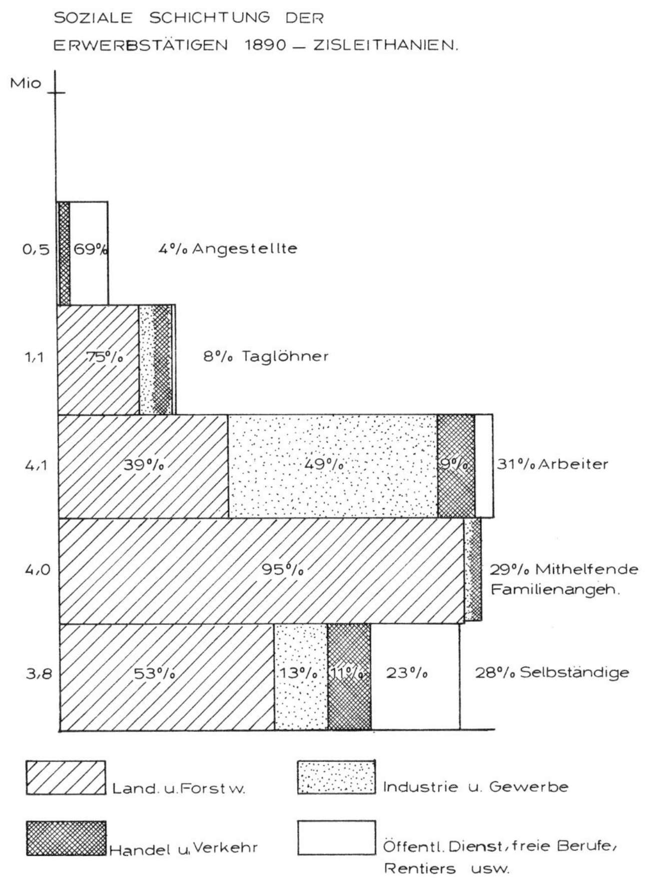

Graphik 3

zu den „Bürgerlichen“ gezählt werden wie der kapitalistische Industrielle im sekundären Sektor, der Eisenbahnaktionär oder Schiffahrtsunternehmer ebenso wie der Haus- und Rentenbesitzer, Gelehrte, Arzt oder höhere Beamte im tertiären und quartären Sektor. Kaum in diesem Sinne „bürgerlich“ sind aber die großen Massen der vorkapitalistisch wirtschaftenden Bauern und Gewerbetreibenden zu bewerten, kaum die Hausierer, sicher nicht die Massen der Arbeiter in Industrie und Gewerbe. Dieser Frage nach der Berufsposition im engeren Sinne (Selbständiger, Arbeiter, Angestellter) müssen wir uns zur weiteren Präzisierung des eigentlich „bürgerlichen“ Gesellschaftsanteils zuwenden (Graphik 3).

*

Etwa 28% aller Berufstätigen in Cisleithanien waren Selbständige, etwa 68% Arbeiter (davon 8% Taglöhner!), nur 4% Angestellte und Beamte. Allerdings verbergen sich in der übergroßen Zahl landwirtschaftlicher Arbeiter fast vier Millionen mithelfender Familienmitglieder, sodaß wir um diese Zahl die Arbeiter doch wohl reduzieren müssen. (In der modernen Statistik werden die „Mithelfenden" zu den „Selbständigen" gezählt.)

Im Jahre 1890 war deutlich mehr als die Hälfte der Selbständigen in der Land- und Forstwirtschaft tätig (fast genau 2 von insgesamt 3,8 Millionen), ca. 530.000 in Industrie und Gewerbe, 380.000 im Bereich Handel und Verkehr, 925.000 waren Freiberufler und „selbständige Berufslose" (davon ungefähr die Hälfte Haus- und Rentenbesitzer).

Von den mehr als 1,1 Millionen Taglöhnern arbeiteten wiederum die meisten in der Land- und Forstwirtschaft (75%), desgleichen die meisten der als „Arbeiter" bezeichneten Berufstätigen. Wir haben aber schon darauf hingewiesen, daß sich unter diesen mehr als 8,1 Millionen „Arbeitern" ca. 4 Millionen „mithelfende" Familienangehörige" verbargen, wieder vorab in der Landwirtschaft. Zieht man diese ab, so bleibt als größte Arbeiter-Kategorie jene in Gewerbe und Industrie, die 1869 nicht ganz 1,8 Millionen, 1890 aber schon 2 Millionen Menschen umfaßte. Die übrigen Arbeitergruppen blieben relativ marginal.

Beamte und Angestellte, die unsere heutige Gesellschaft so stark prägen, befanden sich erst am Beginn ihres zahlenmäßigen Wachstums – es gab davon 1890 erst eine halbe Million oder nur 4% aller Berufstätigen. Fast 70% davon gehörten in den Sektor „öffentlicher Dienst und freie Berufe", knapp 20% zu „Handel und Verkehr", waren also Handlungsgehilfen und Eisenbahnbeamte. – Insofern die Wandlung zur „Angestelltengesellschaft" den Wandel weg von vorherrschend mit händischer Tätigkeit zusammenhängenden Arbeitsvorgängen hin zu vorwiegend direktivverteilenden Tätigkeiten widerspiegelt, war die Gesellschaft der Monarchie, soweit sie arbeitete, eine, die noch im wahrsten Sinne des Wortes von ihrer Hände Arbeit lebte.

Soweit sie arbeitete! War aber die Gesellschaft der Monarchie wirklich schon vollständig eine moderne Arbeits-Gesellschaft, in der „Arbeit" der zentrale Wert (und dementsprechend „arbeitslos" der zentrale Un-Wert) der Menschen war? Zweifellos war sie auf dem Wege dazu! Wir besitzen zahllose Zeugnisse aus jenen Jahrzehnten, die uns vom Zwang zu dauernder und schwerer Arbeit berichten. Aber daneben existieren auch Hinweise auf das zähe Fortleben überkommener Arbeitsrhythmen, etwa des „blauen Montags" bei verschiedenen Handwerken oder des Beharrens auf die unter Maria Theresia abgeschafften Bauernfeiertage beim oberösterreichischen Landvolk.

Das Vordringen eines kapitalistischen Arbeitsethos wurde aber nicht bloß durch das traditionelle Arbeitsethos der „kleinen Leute" gehemmt, sondern auch durch das mächtig wirkende Vorbild der arbeitslose Einkommen verzehrenden Oberschichten. Man schätzt die Zahl der aus arbeitslosen Einkommen lebenden Menschen auf etwa 450.000 – mit Angehörigen usw. also sicher mehr als eine Million Menschen. Der „kapitalistische Bourgeois" der Habsburgermonarchie war als Typus nicht so sehr der selbst schwer schuftende Fabrikant, der, stets den Kopf voller Zahlen, seine Zeit aufs genaueste einteilt und sich selbst kasteit, sondern der „Hausherr und Seidenfabrikant", einer, der sein Geld „gut angelegt" hatte und „nebenher" (wie unser SAAR'scher Rechtsanwalt) Besitzer von oder Teilhaber an Häusern und Fabriken geworden war.

Damit erweist sich die kapitalistische Bourgeoisie einem Gesellschaftstyp sehr eng verbunden, den sie eigentlich hätte ablösen und verdrängen sollen – der alten Aristokratie, dem Adel.

*

Die „erste Gesellschaft", die „Gesellschaft der hundert Familien" nahm tatsächlich auch nach dem offiziellen Ende des Feudalismus im Jahre 1848 den unbestritten ersten Rang in der sozialen Hierarchie ein. Diese Vorrangstellung ruhte auch nach 1848 auf drei Pfeilern. Der erste hieß: Hoffähigkeit. Entsprechend der Entstehung dieses Adels aus dem Hofadel des habsburgischen Absolutismus blieb die Verbindung zum Hof stets eine enge. Dieser Hofadel übte in den letzten Jahrzehnten des Reiches insofern eine eher zwiespältige Funktion aus, als er den Kaiser und seine Familie von anderen, modernen geistigen, politischen und kulturellen Einflüssen weitgehend abschloß. Das 19. Jahrhundert drang – sozusagen – nur durch den Filter der legendären „100 Familien" bis ins Innere des Hofes vor. Der zweite Pfeiler blieb auch nach 1848 der enorme Grundbesitz, nunmehr freilich immer häufiger auch in Verbindung mit Industriebesitz und Bankbeteiligungen, worin man wenigstens zum Teil die gerade für die großen Familien (Liechtenstein, Schwarzenberg, Esterhazy, Lanckoronski, Kinsky usw.) ja enormen Ablösungsbeträge aus den Grundentlastungsaktionen anlegte. Und drittens blieb die Aristokratie durch die Kombination der beiden erstgenannten Machtpositionen einfach häufig tatsächlich mächtig. Gerade in den Randgebieten des Reiches hatte ein Graf halt mehr zu reden als Bezirksrichter und Bezirkshauptleute. In seiner Erzählung „Die Büste des Kaisers" formulierte dies Joseph Roth folgendermaßen:

In seinem Dorf Lopatyny (in Galizien) war der Graf mehr als jede amtliche Instanz, die die Bauern und die Juden kannten und fürchteten . . . Es schien den Leuten in Lopatyny, daß ein ‚Graf' nicht etwa nur ein Adelstitel sei, sondern auch ein ganz hoher Amtstitel. Die Wirklichkeit gab ihnen auch nicht unrecht. Denn der Graf Morstin konnte vermöge seines selbstverständlichen Ansehens Steuern ermäßigen, die kränklichen Söhne mancher Juden vom Militärdienst befreien, Gnadengesuche befördern, unschuldig oder zu hart Verurteilten die Strafe erleichtern, Fahrpreisermäßigungen für Arme auf der Eisenbahn durchsetzen, Gendarmen, Polizisten und Beamte, die ihre Befugnisse überschritten, einer gerechten Strafe zuführen, Lehramtskandidaten, die auf eine Stelle warteten, zu Gymnasial-Supplenten machen, ausgediente Unteroffiziere zu Trafikanten, Geldbriefträgern und Telegraphisten, studierende Söhne armer Bauern und Juden zu „Stipendiaten" . . .

Roth beschreibt aber auch, trotz einer vereinzelt vielleicht glorifizierenden Tendenz, das wahre Motiv dieser Hilfsbereitschaft:

Nebenbei gesagt: es war nicht immer die Güte des Herzens, die all diese Wohltätigkeit gebar, sondern eines jener ungeschriebenen Gesetze so mancher nobler Familien . . .

Im übrigen war die heftige Hilfsbereitschaft des Grafen Morstin seine einzige Tätigkeit und Zerstreuung. Sie gab seinem ziemlich müßigen Leben eines Grandseigneurs, den, zum Unterschied von seinen Nachbarn und Standesgenossen, nicht einmal die Jagd interessierte, ein Ziel und einen Inhalt und eine ständig wohltuende Bestätigung seiner Macht . . .

Diese Aristokratie, die gegenüber Angehörigen unterer Schichten gerne eine Art gnädige Herablassung zeigt, gab sich aber äußerst distanziert, wenn es um Kontakte zur „zweiten Gesellschaft", zu den ja nun ebenfalls mit verschiedenen Adelstiteln protzenden Aufsteigern aus der Welt der Finanz, der Industrie, des Großhandels ging.

*

Der Hof war also, wie im „echten" Absolutismus, auch im Neo-Absolutismus von 1850 bis 1860 praktisch wichtigstes gesellschaftliches Zentrum. Aber auch nach der Schaffung parlamentarischer Körperschaften behielt der Hof unverhältnismäßig viel an Einfluß, und damit bestimmte Gruppen von Menschen am und um den Hof. Zudem blieb dem Monarchen auch nach dem Einsetzen verfassungsmäßiger Regierungsformen eine ganze Reihe von zentralen Machtmitteln. Damit und mit der nach wie vor bestehenden Präponderanz des wiederum mit dem Hof korrespondierenden Hochadels bestand eine wichtige Barriere für das Vordringen bürgerlich-egalitärer Vorstellungen – eigentlich bis zum Ende der Monarchie.

Die „Ringstraßengesellschaft" befand sich gegenüber dieser höfisch-aristokratischen Konstellation in den 1860er Jahren zwar im Vormarsch, ihr Sieg sollte aber doch höchst zweifelhaft und ephemer bleiben (darauf haben wir schon hingewiesen). Tatsächlich erwuchsen der Bourgeoisie in ihrem Kampf gegen die sehr erheblichen Reste der Feudalgesellschaft kaum Verbündete. Im Gegenteil – die Massen der Bauern ließen die liberalen Ideale kalt, und was der bürgerliche Liberalismus auf dem Gebiet der Schul- und kirchlichen Gesetzgebung leistete, war eher geeignet, jene Massen gegen den bürgerlichen Liberalismus aufzubringen (vorab deshalb, weil die verlängerte Volksschulpflicht des Reichsvolksschulgesetzes von 1869 die Kinder länger in der Schule festhielt und die Bauern damit um billige Arbeitskräfte brachte). Die Scharen der Arbeiter organisierten sich wiederum in eigenen Vereinigungen, die zwar anfangs durchaus gewisse Berührungspunkte mit dem liberalen Bürgertum hatten, schließlich notwendigerweise aber immer mehr gegen diese Stellung beziehen mußten.

In dieser Situation stellte es sich immer mehr heraus, daß die prägende gesellschaftliche Gruppierung der 1860er Jahre eine verschwindende Minderheit war – und bleiben mußte. Denn in dem Maße, in welchem neben den herrschenden deutsch-jüdischen großbürgerlichen Schichten Wiens und der Sudetenländer andere, ebenfalls als „bürgerlich" zu bezeichnende Gruppen ihren Mitbeteiligungsanspruch anmeldeten, zeigte es sich, daß der Aufstieg neuer gesellschaftlicher Gruppierungen, zunächst der Kleinbürger und Bauern, dann der Arbeiter, vor allem aber die Entstehung neuer, nach sprachnationalen Kriterien gegliederter Bourgeoisien eine nachhaltige Stärkung jener „zweiten Gesellschaft" verhinderte.

Damit müssen wir uns, nach einem kurzen Versuch eines Querschnitts durch die Gesellschaft, den sozialen Veränderungen zuwenden, den Prozessen, die sich im gesellschaftlichen Bereich abspielten.

*

Es gibt einige bekannte Kürzel, mit denen man versucht, den gesellschaftlichen Wandel einzufangen. Gerade für das 19. Jahrhundert wird ja gerne von der „industriellen Revolution", von der „Mobilisierung der Bevölkerung", „Landflucht" und „Entstehung des Proletariats" gesprochen. Gerade nach 1848 sollen alle diese Veränderungen sozusagen mit einem Ruck begonnen haben. Was hinter diesen Begriffen steckt, wird ja in den einzelnen Abschnitten des Kataloges – noch mehr ins Detail gehend – erörtert werden.

Nun hat sicher die Gesetzgebung der Jahre 1848 und 1849 (Grundentlastung, provisorisches Gemeindegesetz) sowie 1859 (Gewerbeordnung) viele alten Barrieren der wirtschaftlichen und gesellschaftlichen Entwicklung beseitigt – die bäuerliche Untertänigkeit verschwand ebenso wie der viel geschmähte Zunftzwang. Man muß sich aber davor hüten, diese Barrieren als allzu wirksam anzusehen. Der Zunftzwang war schon seit Karl VI. und seiner Tochter Maria Theresia vielfach durchbrochen worden, um dadurch das Wachstum gewinnbringender Industriezweige anzuregen. Und die bäuerliche Untertänigkeit war zwar sicher ein Hemmschuh für den agrarischen Fortschritt – aber weder gab es vor 1848 keinen Fortschritt im Bereich der bäuerlichen Wirtschaften (örtlich sogar mehr als nachher!), noch beschränkte die Grundherrschaft die Mobilität der Bevölkerung in wirklich einschneidender Weise. Wir müssen also – zunächst – annehmen, daß die meisten Entwicklungen, denen wir nach 1848 begegnen, schon vorher begonnen haben.

Was sich jedenfalls unzweifelhaft feststellen läßt, ist ein rasches Wachstum der Großstädte, besonders Wiens. Die Bevölkerung der Monarchie stieg von 1857 bis 1880 von etwa 32,6 Millionen auf ca. 37,8 Millionen Menschen, also um ca. 16%. In dieser Zeit stieg die Einwohnerzahl Wiens von ca. 520.000 auf 705.000 – zählt man die erst 1890 eingemeindeten Vororte dazu, so wären diese Zahlen auf 650.000 bzw. 1,1 Millionen zu korrigieren. Wien nahm also um 36% bzw. (mit den Vororten) sogar um 69% an Bevölkerungszahl zu! Dieses Wachstum ist sicher größtenteils auf Zuwanderer aus ländlichen Gebieten zurückzuführen. In erster Linie zugute kam es dem großen Bereich von Industrie und Gewerbe. Ganz ähnliche Entwicklungen ließen sich auch für die übrigen verstädterten, industrialisierten oder in Industrialisierung begriffenen „Inseln" der Monarchie nachzeichnen.

Fragt man sich, warum die Menschen nun so heftig in die Städte strömten, so wird man wohl in erster Linie eine Verknappung der Verdienstmöglichkeiten auf dem Lande annehmen müssen. Zunächst wurde durch das Ende der feudalen Verpflichtungen, vor allem der Robot, der Arbeitskräftebedarf der Bauern gesenkt, die ja oft mindestens einen Knecht nur für

Robot-Zwecke gehalten haben. Zweitens ist bekannt, daß verschiedene ältere ländliche gewerbliche Verdienstmöglichkeiten nun langsam oder schneller verschwanden. Ich verweise zunächst auf die ländliche Textilindustrie, besonders auf das Spinnen (teils auch Weben) für die großen, im 18. Jahrhundert so sehr geförderten Textilmanufakturen in Linz, Schwechat usw. Mit der Einführung der Spinnmaschinen zuerst im Bereich der Baumwollverarbeitung (1801) reduzierten sich diese Verdienstmöglichkeiten deutlich; als davon ab etwa 1840 auch die Leinenproduktion erfaßt wurde, war das für viele ländliche Gebiete katastrophal. Ferner mußten langfristig auch viele Verdienstmöglichkeiten im Verkehrswesen verloren gehen, da mit dem Aufkommen der Eisenbahnen fast die gesamte ländliche Infrastruktur des Fuhrwerkswesens überflüssig wurde. Der Übergang zur Verwendung mineralischer Kohle bei der Erzverhüttung und beim Salz-Sieden verminderte die Erwerbsmöglichkeiten bei der Holzverkohlung wie langfristig überhaupt in der Holzwirtschaft.

Mit dem Aufkommen großbetrieblicher Formen begannen für viele kleine, meist irgendwie mit der Landwirtschaft verbundenen Schmiedebetriebe in der ober- und niederösterreichischen „Eisenwurzen" Schwierigkeiten, die nach längerer oder kürzerer Zeit meist mit der Schließung der traditionellen Kleinbetriebe endeten. Soweit sich nicht in solchen alten Gewerbegebieten Großbetriebe ansiedelten, wurde auch dadurch die Zahl der Arbeitsplätze gesenkt.

Es spielte sich also in diesen Jahrzehnten ein Prozeß der langsamen ökonomischen Ausdünnung des flachen Landes ab, ein „Agrarisierungs"-Vorgang, in dessen Verlauf die Leute am Lande immer weniger Erwerbsmöglichkeiten in gewerblichen Zweigen fanden und daher immer ausschließlicher auf die Landwirtschaft verwiesen waren. Natürlich konnte die Landwirtschaft nur begrenzt Leute aufnehmen. Immerhin wuchsen die absoluten Zahlen der in der Landwirtschaft Beschäftigten im ganzen 19. Jahrhundert. Und jene Agrarkrise, die schließlich zu einer Beschleunigung des Abwanderungsprozesses führen sollte, setzte erst gegen Ende unseres Beobachtungszeitraums ein und machte sich in Österreich nicht vor 1880 deutlich bemerkbar.

Zuerst wanderten also die Kleinhäusler und Inleute (Untermieter bei Bauern, meist irgendein Gewerbe betreibend) ab, später Knechte und Mägde; im 19. Jahrhundert kaum Bauernkinder oder gar Bauern. „Landflucht" ist sicher ein etwas zu kräftiger Ausdruck für diese Vorgänge.

Dennoch verschoben sich rasch und deutlich die ökonomischen Gewichte vom „Land" (welches noch in der Manufakturperiode des 18. Jahrhunderts hauptsächlicher Träger der wirtschaftlichen Entwicklung war) zur „Stadt". Im Hinblick auf Arbeitssituationen und hier wieder besonders im Hinblick auf die Situation des arbeitenden Menschen im Betrieb bedeutete das vorwiegend ein Anwachsen der Lohnarbeit. In Gewerbe und Industrie Wiens entfielen 1837 auf einen Selbständigen 1,3 Unselbständige. 1869 lautete dieses Verhältnis 1 : 4,5. Etwas verkürzt heißt dies: Der Status des Gesellen, der mit einiger Wahrscheinlichkeit rechnen konnte, sich irgendwann selbständig zu machen, wandelte sich zum Status des Arbeiters auf Lebenszeit. In verschiedenen Branchen setzte sich der Großbetrieb noch viel deutlicher durch. So lautete das Verhältnis Selbständige zu Unselbständige in der Brau-Industrie 1 : 52! Aber auch in der Verarbeitung von Eisen und Stahl, im Baugewerbe, im polygraphischen Gewerbe entfielen nun mehr als acht bzw. neun Arbeiter auf einen Selbständigen (1837 waren es in der Eisenverarbeitung noch 1,7).

*

Dieser Trend zum Großbetrieb bedeutete für das Zusammenleben der Menschen einen grundsätzlichen Wandel. Traditionell waren – in der Landwirtschaft ebenso wie im Gewerbe – Familie und Arbeitsplatz identisch gewesen. Im „ganzen Haus" der alteuropäischen Gesellschaft war zwischen Familienmitgliedern in unserem Sinne und nichtverwandten hausrechtlich abhängigen Mitarbeitern zwar rechtlich, nicht aber faktisch geschieden worden. Lehrbuben, Gesellen, Knechte und Mägde gehörten „zum Haus". Das heißt aber auch, daß sie, solange diese Abhängigkeit anhielt, auch keine eigene Familie gründen konnten. Die Manufakturperiode mit ihrem großen Bedarf an Heimarbeitern war deshalb auch eine erste große Welle von Hausstandsgründungen bei ländlichen und (vor-)städtischen Unterschichten gewesen, die ihren Lebensunterhalt entweder aus der Heimarbeit oder aber auch schon aus der Arbeit in zentralisierten Großbetrieben (Fabriken) gewannen. Mit der Krise der Manufakturperiode gegen Ende des Vormärz verminderten sich deshalb auch die Heiratsmöglichkeiten für die ärmeren Schichten, um deutlich erst wieder mit dem Vordringen des neuen industriellen, durch ein erhöhtes Maß an Mechanisierung und durch zunehmende Verwendung von Dampfkraft als Energieträger gekennzeichneten Großbetriebes zuzunehmen. Der Beginn der Franz Josephs-Zeit zeichnet deshalb ein eher düsteres Bild von den familiären Verhältnissen. Um 1850/60 war die Haushaltsgröße höher als vor- und nachher – das heißt, es gab weniger Möglichkeiten zu eigener Hausstandsgründung. Zur selben Zeit waren die Anteile der Unverheirateten an der Gesamtbevölkerung dementsprechend am größten. – Um 1780 waren etwa 35% der Bevölkerung Wiens verheiratet, 1856 waren es nur knapp 26% (1934: 45%). Zugleich stiegen die Zahlen der unehelichen Kinder deutlich an. 1797/1800 waren 28% aller Lebendgeborenen unehelich gewesen, 1846/50 aber 51%, 1856/58 noch immer 49%. (Die Zahlen gelten wieder für Wien.) Erst ab etwa 1870 beginnen diese Anteile wieder zu sinken (1871/75: knapp 40%; zum Vergleich 1927/30: 22%).

Das bedeutet also: Erst ab den 1860er Jahren stiegen die Möglichkeiten zur Hausstandsgründung wieder an. Deutlich ist der Zusammenhang mit der vorherrschenden Betriebsform: Arbeiter in überwiegend kleinbetrieblichen Branchen waren auch in der zweiten Hälfte des 19. Jahrhunderts noch oft in den Haushalt des Meisters eingebunden und daher unverheiratet. 1869 waren daher noch 92% der Unselbständigen in der Nahrungsmittelbranche (Bäcker, Fleischhauer) unverheiratet, aber nur 72% der Unselbständigen im Druckereigewerbe, nur 59% bzw. 50% bei den traditionell nicht mehr im Haus des Meisters wohnhaften Unselbständigen im Baugewerbe bzw. im Verkehrswesen.

Nur langsam stiegen also die Hausstandsgründungsmöglichkeiten, und langsam sanken auch die Zahlen der Personen pro Haushalt. Freilich darf man sich bei den nunmehr in immer größerer Zahl entstehenden Unterschicht-Haushalten keine sehr gemütlichen Familienverhältnisse vorstellen. Der Verdienst reichte meist kaum aus, um die Miete zu bezahlen und die sonst nötigen dringenden Anschaffungen zu bestreiten. Frauen- und Kinderarbeit erwiesen sich für's Familienbudget als unumgänglich. Darüber hinaus mußte man in die kleinen Wohnungen (hier dominiert der bekannte Typ der Zimmer-Gangküche-Wohnung der großstädtischen Zinskasernen) häufig noch Untermieter oder Bettgeher aufnehmen, um die hohen Wohnungskosten abdecken zu können. Diese Bettgeher hatten selten einen innigeren Familienanschluß: In der Regel mußten sie nach Ende der Zeit, in der sie ihr Bett in Anspruch genommen hatten, sofort das Haus verlassen. Häufig wartete auch schon der nächste Bett-Benützer auf das Freiwerden der Liegestatt.

Das klingt eher triste und sah, nach den kaum übertreibenden Schilderungen einiger kritischerer Zeitgenossen, auch so aus. Man muß zusätzlich, bei kleinen Handwerkern, noch damit rechnen, daß einer von den beiden Räumen als Werkstatt benützt wurde. Unter diesen Umständen verwundert es wenig, daß nicht nur die Kinder auf der Gasse aufwuchsen, sondern auch die Erwachsenen ihre karge Freizeit kaum in irgendeiner Art von „Zuhause" verbringen konnten.

*

Dadurch stieg der Bedarf nach außerhäuslichen Kommunikationsformen. Wirtshäuser und Branntweinstuben kamen in den neuen Industriegebieten und Großstadt-Vororten durchaus auf ihre Rechnung. Daneben existierten in den eher traditionellen Gewerbebereichen die „Zechen" der Gesellen bis in die 1870er Jahre weiter. Auf die Schenke zu gehen, blieb gerade für diese Arbeitergruppen selbstverständliche

Freizeitunterhaltung. Insgesamt aber profitierte von diesen Verhältnissen eine neue Sozialform: der Verein.

Der Verein gilt als die bürgerliche Form des gesellschaftlichen Kontaktes schlechthin. Er entstand aus der langsamen Auflösung der älteren Zwangsvereinigungen, der Zünfte („Zechen"), Bruderschaften und Korporationen ebenso wie aus der Auflösung des „ganzen Hauses". Schon der aufgeklärte Bürger des späteren 18. Jahrhunderts traf sich mit gleichgesinnten Mitbürgern in offiziellen (oder auch geheimen) Lesegesellschaften, gelehrten Vereinigungen oder Kaffeehauszirkeln. Von den damals entstandenen ersten „freien Vereinigungen" haben sich freilich nur einige Landwirtschaftsgesellschaften, noch mehr oder minder stark in Verbindung mit den Landständen einiger Länder (Böhmen, Mähren, Kärnten, Tirol) stehend, erhalten. Schon im Vormärz verdichtete sich das Vereinsleben, freilich – infolge der ungeheuren Revolutionsfurcht der Regierung – nur langsam. Neben den Vereinigungen für Landwirtschaft, Natur- und Landeskunde (1807) bzw. 1812 Niederösterreich, 1811 Mähren, dann Steiermark usw.) entstanden nun auch immer mehr kulturelle Vereinigungen, so 1812 die Gesellschaft der Musikfreunde in Wien. Im Nahbereich der Kirche entwickelten sich Leichen- und Kirchenmusikvereine, aber auch verschiedene Vereine zur Armenpflege bzw. für spezielle Formen der Wohltätigkeit. Daneben entstanden, im Zusammenhang mit dem wachsenden Interesse an der Vergangenheit, historische und Museumsvereine, deren Wachstum sowohl auf leise romantische Sehnsüchte wie auf die Förderung durch landesbewußte Landstande und besonders stark auf das nun rasch anwachsende „nationale" Interesse der verschiedenen Nationalitäten an ihrer eigenen Vergangenheit zurückzuführen ist.

Die wohl wichtigsten bürgerlichen Vereine des Vormärz waren aber die Industrie- und Gewerbevereine – Ausdruck der Wünsche des immer stärker werdenden Unternehmertums, seine Interessen zu vertreten, aber auch Ausdruck des Wunsches nach Förderung von Industrie und Gewerbe durch die Regierung und durch menschenfreundliche, von spätaufklärerischen Beglückungswünschen durchdrungene Mitglieder des Kaiserhauses (Erzherzog Johann!), Adelige und Großbürger. Hier sind der Verein zur Ermunterung des Gewerbefleißes in Böhmen (1833), der innerösterreichische (1837) und der niederösterreichische Gewerbeverein (1839) vorzüglich zu nennen. Man organisierte glänzende Ausstellungen von Industrie- und Gewerbeprodukten, aber auch Dauer-Expositionen von neuen Maschinen zur Anregung für das einheimische Gewerbe und griff auch das Problem der gewerblichen Fortbildung auf.

Gerade diese gewerblichen Vereinigungen nahmen nach 1860 (der Neoabsolutismus war bekanntlich dem Typus des freien Vereines eher abhold) einen großen Aufschwung. Schon im Vormärz zeigt eine gute Charakterisierung des gewerblichen Vereinswesens (von Johann SLOKAR), daß sich „in ihnen die Interessen aller Industrie- und Gewerbekreise förmlich verkörperten" und daß diese Vereine „allmählich das gaben, was . . . früher gefehlt hatte, nämlich das Selbstbewußtsein ihrer Bedeutung". Oder anders ausgedrückt: In diesen Vereinsgründungen zeigt sich ein wachsendes Klassenbewußtsein vorerst des Großunternehmertums.

Wir können nun feststellen, daß sich nach 1867 (Vereins- und Versammlungsfreiheit) dieser selbe Prozeß der Ausbildung eines deutlichen gesellschaftlichen Selbstbewußtseins über die Organisation in besonderen Vereinen nun auch bei den kleinen Handwerkern und Gewerbetreibenden, bei den Bauern und bei den Arbeitern vollzog.

Dabei zeigen gerade die Arbeiter einen gewissen Vorsprung. Hatten die Wiener Buchdrucker, bekanntlich die gebildete und gut organisierte „Avantgarde" der entstehenden Arbeiterklasse, schon 1842 einen freilich noch halbzünftlerischen Unterstützungsverein gegründet (der, wie alle Organisationen der Arbeiterschaft nach 1848 aufgelöst wurde), so blieb das Vereinsleben des Neoabsolutismus im wesentlichen auf den kirchlichen Bereich beschränkt: Seit 1852 entstanden Gesellenvereine nach dem Muster Adolf Kolpings. Mit dem Ende des Neoabsolutismus entstanden seit 1861 wieder Unterstützungs- und Fachvereine der Arbeiterschaft, die freilich noch immer sehr stark in der Tradition der alten Gesellenverbände verwurzelt waren. Sie waren lokal eng begrenzt und ebenso fachlich jeweils auf einen Beruf (Schneider, Tischler, Schlosser usw.) beschränkt. Der erste überberufliche Verein war der Wiener Arbeiterbildungsverein von 1867. Zu seiner Gründungsversammlung hatten sich bereits 3.000 Menschen versammelt. Im Juni 1868 erreichte der Verein mit 5.500 Mitgliedern seinen höchsten Stand. 1869 existierten (außerhalb Wiens) bereits an 22 Orten solche Vereine mit insgesamt etwa 10.000 Mitgliedern. Sie entschieden sich für das Prinzip der „Staatshilfe" (gegen das SCHULZE'sche der „Selbsthilfe") und traten größtenteils der I. Internationale bei. Diese erste Organisationswelle der gerade dadurch zu wachsendem Klassenbewußtsein gelangenden Arbeiterschaft endete aber mit einer ersten Verfolgungswelle gegen die als staatsgefährlich angesehenen Organisationen und vor allem mit der Wirtschaftskrise ab 1873, in der die Organisationsfähigkeit der Arbeiterschaft stark geschwächt wurde. Erst in den 1880er Jahren kam es praktisch zu Neuanfängen, die schließlich zur Gründung der sozialdemokratischen Arbeiterpartei (Hainfeld 1888/89) führen sollte.

Im Bereich des Kleingewerbes existierten ja auch nach der Gewerbegesetzgebung von 1859 (Gewerbefreiheit) die Innungen als gewerbliche Genossenschaften weiter, freilich auf freiwilliger Basis und mit höchst unterschiedlichem Zuspruch seitens der Mitglieder. Als in der Krise der 1870er Jahre die Unzufriedenheit des Kleingewerbes mit dem großbürgerlichen Liberalismus wuchs, besann man sich wieder auf das Innungs-Prinzip und versuchte im Rahmen der konservativen Sozialgesetzgebung (1. Gewerbeordnungsnovelle 1883, 2. Novelle 1885), die Bedeutung der Genossenschaften zu unterstreichen. Sie sollten zu Zwangskorporationen umgestaltet werden (unter Ausschluß der Großbetriebe), eigene Gehilfenverbände erhalten und vor allem auch verstärkt Organisationen der Sozialversicherung (Genossenschaftskrankenkassen) einrichten. Durch diese Bestrebungen der 1880er Jahre kam es in der Folge tatsächlich zur Gründung von einigen tausend gewerblichen Genossenschaften, von denen zwar nicht alle, aber doch viele (in Niederösterreich 747) auch eigene Gehilfenausschüsse einrichteten.

Neben diesen Pflichtorganisationen zeigte aber das Wachstum der freien Vereinigungen auch und besonders im Bereich von Handel und Gewerbe, daß das Bedürfnis nach vereinsmäßiger Organisation eben über die Vertretung engerer Fachinteressen hinausging. So stieg in der westlichen Reichshälfte der Monarchie die Zahl der gewerblichen Fachvereine von 1867 bis 1880 von 1 auf 170 und die Zahl der Vereine zur Beförderung von Gewerbe und Handel stieg im selben Zeitraum von 28 auf 135.

Sicher auch überwiegend aus (klein-)bürgerlichen Kreisen rekrutierten sich die Mitglieder der nunmehr in großer Zahl entstehenden Bildungs-, Krankenunterstützungs- und Leichenbestattungsvereine. Gerade die beiden letzteren Typen, in denen sich der starke Wunsch nach Sicherheit im Krankheitsfall und vor allem das ausgeprägte Verlangen nach einer schönen Leich' auch und vor allem bei den kleinen Leuten äußerte, zeigen ein starkes quantitatives Wachstum: ihre Zahl stieg von 918 (1867) auf 2.788 (1880) nur im Westteil der Monarchie („Cisleithanien").

In dieser raschen Entwicklung der Vereinsorganisation im bürgerlichen und im proletarischen Bereich blieb das flache Land zurück. Aber auch hier stieg das Bedürfnis nach dieser modernen Sozialform, hatten doch auch hier die Veränderungen nach 1848 Lücken geschaffen, die in der Form des Vereins geschlossen werden konnten. Seit den 1870er Jahren entstanden nicht nur Feuerwehren (einer der wichtigsten ländlichen Vereinstypen!), sondern auch verschiedene Vereine zur Fortbildung und Förderung („Casinos"), schließlich auch zur Kreditbeschaffung und (zuletzt) zur Vermarktung. Um 1880 entstanden auch die ersten politischen Bauernvereine, sodaß man sagen kann, daß bis zum Ende der in dieser Ausstellung gezeigten Periode nicht nur großbürgerliches, proletarisches, kleinbürgerliches, sondern auch schon bäuerliches Klassenbewußtsein seinen Ausdruck in spezifischen Vereinsformen fand – und eben dadurch auch weiter entwickelt wurde.

*

Die Vereinsform wurde aber auch für einen anderen gesellschaftlichen Integrationsvorgang außerordentlich wichtig, der neben der Klassenbildung als zentrale gesellschaftliche Bewegung der Zeit zu nennen ist: für die Nationsbildung. Wir können uns freilich an dieser Stelle auf wenige grundsätzliche Bemerkungen beschränken, da dieses Problem an anderer Stelle ausführlich behandelt wird.

Historische, Museums- und Lesevereine waren schon im Vormärz organisatorische Träger des „nationalen Erwachens" gewesen. Nach 1848 wurden die nationalen Vereine ebenso unterdrückt wie das übrige Vereinswesen, mit einer wichtigen Ausnahme – wenn es sich um kirchliche Einrichtungen handelte, wie den für die Nationsbildung der Slowenen zentralen Hermagoras-Verein, der vorwiegend kirchlich-geistliche Literatur in slowenischer Sprache verbreitete (1855). Auch die diversen nationalen Strömungen kleideten sich nach 1860 wieder in verschiedene Vereinsformen, wobei sich nunmehr neben den traditionellen Formen (ländliche und gewerbliche Fortbildungsvereine mit Betonung der jeweiligen Landessprache, Lesevereine usw.) als zentrale Trägergruppe der nationalen Bewegung schon die Turnvereine herauskristallisierten. Die am meisten kämpferischen Formen der nationalen Schutzvereine, die Schulvereine, entstanden freilich erst gegen Ende unseres Darstellungszeitraumes, damit freilich eine entscheidende Verschärfung der nationalen Auseinandersetzungen bekundend. Bis um diese Zeit war – durch das Anwachsen des nationalen Vereinswesens in erster Linie – das Bewußtsein der nationalen Zugehörigkeit, also das Nationalbewußtsein, offenbar in fast allen Mitgliedern der entsprechenden Sprachgruppen schon mehr oder minder fest verwurzelt.

*

Damit erscheint der Gang der Argumentation einigermaßen in sich geschlossen. Wenn wir uns wieder unserer Leit-Frage erinnern, warum denn die gesellschaftlich-politische Macht der „Ringstraßengesellschaft" so fragwürdig und relativ kurzlebig blieb, können die hier zuletzt skizzierten Veränderungen wohl wichtige Erklärungshilfen bieten.

Die Leitvorstellungen des Großbürgertums, zusammenfassend als „liberal" bezeichnet, waren beherrscht von dem Wunsch nach gesellschaftlicher Statuszuweisung auf Grund persönlicher Tüchtigkeit, ferner auf Grund von „Besitz und Bildung". Das widersprach nicht bloß den gesellschaftlichen Zielsetzungen der Hocharistokratie. Es entsprach auch keinesfalls den Erfahrungen der großen Massen der Bevölkerung, für die persönliche Tüchtigkeit nur äußerst selten zum Ziel des gesellschaftlichen Aufstiegs führte – wir haben oben gesehen, daß es für immer weniger Arbeiter möglich war, selbständig zu werden – und die mit der Zauberformel „Besitz und Bildung" ihre eigene dauerhafte Ausschließung aus der Sphäre der politischen Mitbestimmung besiegelt sehen mußten. Mit dem wachsenden gesellschaftlichen Selbstbewußtsein, der langsamen, aber deutlichen Klassenbildung von Kleingewerblern, Arbeitern und Bauern mußte daher das liberale Großbürgertum in die Zange zwischen den Ansprüchen von „unten" und der traditionellen Ideologie von „oben" kommen. Politisch umgesetzt wurde diese Zangenbewegung in der konservativen Regierung seit 1879, im „Eisernen Ring" Taaffes, der sich auf konservative Hochadelige ebenso stützte wie auf die konservative Gefolgschaft bäuerlicher Landgemeinden, und der mit der konservativen Sozialpolitik von 1883 bis 1889 gezielt versuchte, das liberale Großunternehmertum durch die Beschränkung der meisten neuen sozialen Errungenschaften (Sonntagsruhe, Elfstundentag, Krankenversicherung, Unfallversicherungspflicht) auf die Arbeiter in Großbetrieben zu treffen und das Kleingewerbe zu stärken bzw. in konservativem Sinne politisch zu mobilisieren. Das ist ja schließlich mit der Entstehung der Christlichsozialen Partei auch weitgehend gelungen – sicher nicht zur reinen Freude der Altkonservativen.

Mindestens genauso stark gegen das deutsch-jüdisch-liberale Großbürgertum mußte sich die Entwicklung der nationalen und schließlich nationalistischen Strömungen auswirken. Taaffe hat ja schon teilweise diese Strömungen, wenigstens in ihrer älteren, noch eher gemächlichen und nicht-radikalen Spielart, in sein Regierungssystem eingebunden. Aber nicht bloß im politischen, auch im ökonomischen und gesellschaftlichen Bereich mußten sich die Ansprüche der zu wachsenden Selbstbewußtsein gelangenden neuen nationalen Bourgeoisien (zunächst vorab der tschechischen) mit jenen der deutsch-jüdischen Liberalen kreuzen, gesellschaftlich vor allem im Anspruch nach Mehrsprachigkeit der Verwaltung. Wenn derlei durchgesetzt wurde, hieß das, daß nunmehr weniger die Söhne deutscher Beamter und Unternehmer, die ja meist nur Deutsch sprachen, in mehrsprachigen Ländern Verwaltungspositionen einnehmen konnte, sondern viel eher die Söhne vorab tschechischer Bürger, die ja zumeist neben ihrer Muttersprache auch Deutsch konnten. Und im ökonomischen Bereich: Der Absatzmarkt der deutsch-jüdischen Unternehmerschaft Wiens und der Sudetenländer war mit der Monarchie identisch. Man lieferte Textilien aus Reichenberg und Brünn nach Galizien, Ungarn und weiter auf den Balkan. Die Märkte der entstehenden nationalen Wirtschafts-Bourgeoisien waren zunächst klein. Sie konnten sich vorerst mit ihrem „nationalen" Absatzgebiet bescheiden und brauchten den großen Markt der Monarchie noch nicht. So sehr das deutsch-jüdische Großunternehmertum in seiner ökonomischen Existenz auf die Monarchie angewiesen war, sowenig das entstehende tschechische oder magyarische. Oder anders ausgedrückt: Nicht bloß die Ansprüche von Bauern, Kleingewerblern und Arbeitern mußten sich notwendig gegen das Großbürgertum der Ringstraßengesellschaft richten, auch das Emporkommen neuer bürgerlicher Schichten sprachnationalen Zuschnitts stärkte dessen Stellung keineswegs, sondern brachte eine neue Bedrohung.

Damit wird es nun vollends erklärlich, warum sich die „zweite Gesellschaft" so stark an das Vorbild von Hof und Adel anschloß. Sie mußte sich notwendig an die traditionellen Stützen des Systems anlehnen, mit dessen Bestand auch ihre eigene Existenz untrennbar verbunden war. In ihrer nationalen und religiösen Inhomogenität eignete sie sich nur beschränkt als Führungsschicht eines „modernen" Staatswesens, mit der sich ja große Teile der Bevölkerung identifizieren sollten. Das wurde mit wachsendem Sprachnationalismus und wachsendem Antisemitismus immer weniger möglich. Damit erweist sich die „zweite Gesellschaft" als ein Bürgertum, dessen Existenz immer mehr auf die Existenzformen der vormodernen, altertümlichen Monarchie und ihrer Trägerschichten, Hof, Adel, Bürokratie und Armee, angewiesen war. Deshalb erfolgte die Art, wie man seinen Reichtum zur Schau stellte, wieder in höfisch-aristokratischen Formen, deshalb auch drängte der reich gewordene Bankier zum Adelstitel und deshalb war sein Sohn bereits nicht mehr Bankier, sondern Reserveoffizier und Beamter, Gelehrter oder Arzt. Damit freilich sind auch die Grenzen des Liberalismus und der allfälligen demokratischen Neigungen dieser Schichten ziemlich eng gewesen. Man mußte wohl für wirtschaftliche, religiöse und wissenschaftliche Freiheit eintreten. Dagegen mußte eine Ausweitung der politischen Rechte auf solche Gruppen, die aus sozialen oder nationalen Gründen Gegner dieser Gesellschaft waren, deren Stellung aufs äußerste gefährden. Obzwar in ihren materiellen Grundlagen „modern", war diese Gesellschaft doch stark an das Alte gebunden, an die halbabsolutistische, höfische und aristokratische Monarchie. Die gesellschaftlichen Modernisierungsbewegungen, die Integrationsvorgänge der Klassen- und Nationsbildung bedrohten diese Gruppen genauso wie die Monarchie insgesamt. Es ist genau die gesellschaftliche Gesamtsituation, welche die Gesamtmonarchie langsam zum Anachronismus werden ließ – moderne Führungsschichten sind in ihr letztlich nicht mehr entstanden. Die zukunftsweisenden gesellschaftlichen Prozesse mußten daher für die Existenz der Monarchie gefährlich werden, wenn es nicht gelang, diese Bewegungen in irgendeiner Form einzubinden. Mit den überkommenen gesellschaftlichen Konstellationen von Hof, Armee und Bürokratie, zu denen sich schießlich auch noch das deutschliberale Großbürgertum gesellte, und den von ihnen entwickelten ausschließlich defensiven Strategien war das aber wohl kaum möglich.

Weiterführende Bemerkungen:

Der Hinweis auf FERDINAND VON SAAR und seine hervorragende Schilderung der gesellschaftlichen Verhältnisse der Zeit zwischen 1850 und 1880 stammt von MANFRED WELAN, wofür ihm der Verf. herzlichen Dank schuldet.

Die statistischen Daten aus:

Umlauft, Friedrich, Die Österreichisch-Ungarische Monarchie, Wien–Pest [2]1883 und *Bolognese-Leuchtenmüller, Birgit,* Bevölkerungsentwicklung und Berufsstruktur, Gesundheits- und Fürsorgewesen in Österreich 1750–1918, Wien 1978.

Den Zusammenhang von Arbeits- und Familienverhältnissen hat am Beispiel Wiens exemplarisch

Ehmer, Josef, Familienstruktur und Arbeitsorganisation im frühindustriellen Wien, Wien 1980, herausgearbeitet.

Das Zitat von *Johann Slokar* stammt aus dessen noch immer nicht überholtem Werk:

Geschichte der österreichischen Industrie und ihrer Förderung unter Kaiser Franz I., Wien 1914.

Zur doppelten Integrationsbewegung der Klassen- und Nationsbildung darf der Autor auch auf Eigenes verweisen, z. B.:

Nation Österreich. Sozialhistorische Aspekte ihrer Entwicklung, Wien 1984.

Ferner wird nochmals auf die Bibliographie bei *Matis* und bei den einzelnen Spezialitäten aufmerksam gemacht.

Herbert Matis

ÖSTERREICHS WIRTSCHAFT IM ZEITALTER FRANZ JOSEPHS I.

Die Entwicklung der österreichischen Wirtschaft tritt im Zeitalter Franz Josephs I. in die entscheidende Phase eines durch die Industrielle Revolution bewirkten Modernisierungsprozesses. Dieser ist wirtschaftlich gekennzeichnet durch den Aufbau einer modernen Infrastruktur von Transport-, Kommunikations- und sonstigen Dienstleistungen, der Anwendung moderner Technologie, der innovativen Lösung von Organisations- und Managementaufgaben, und sozial durch die Ablösung der von einer traditionalen Wirtschaftsgesinnung getragenen weitgehend selbstgenügsamen ständischen Gesellschaftsordnung durch die pluralistischen Normen einer modernen Leistungs- und Konsumgesellschaft. Innerhalb weniger Jahrzehnte erfolgte auf diese Weise ein reaktionärer Bruch mit der Vergangenheit, ein drastischer Wandel der wirtschaftlichen und gesellschaftlichen Strukturen im Vielvölkerreich, wobei die Industrialisierung als gestaltbildender Faktor wirkte. Die zunehmende Dynamisierung der wirtschaftlichen und gesellschaftlichen Entwicklung im „Industriellen Zeitalter" ist in dieser Vielfalt von komplexen Erscheinungen sicher ungleich schwieriger zu erfassen als frühere Epochen. Ein derartig knapper Überblick, wie ihn die folgenden Zeilen darstellen, kann daher nur äußerst kursorisch ausfallen und muß sich auf die größeren Entwicklungslinien beschränken.

Die einstige Habsburgermonarchie – dem Umfang und der Bevölkerungszahl nach der drittgrößte Staat Europas – stellte aufgrund ihrer staatsrechtlichen Konzeption aber auch wegen der in diesem geographisch, ethnisch und sozial so heterogenen Raum bestehenden sozioökonomischen Disproportionalitäten ein äußerst komplexes historisches Gebilde dar. Dies galt nicht nur für den Gesamtstaat, sondern im engeren Bereich auch für dessen westliche, „cisleithanische" Reichshälfte, die seit dem „Ausgleich" von 1867 die offizielle Bezeichnung „die im Reichsrat vertretenen Königreiche und Länder" führte.

Zehn Völker lebten innerhalb dieses Staatsverbandes, aufgrund der verschiedenen historischen Besiedlungsphasen und Wanderungsbewegungen bunt durcheinandergemischt; in seinen Grenzen, am Schnittpunkt des west-östlichen und nord-südlichen intereuropäischen Wirtschaftsgefälles, waren Kronländer und Regionen mit stark unterschiedlichem Entwicklungsniveau vereinigt: Während die Sudenten- und Alpenländer zumindest teilweise Anschluß an die westeuropäische Industrialisierung fanden, verharrten vor allem die östlichen Provinzen, aber auch Teile der südlichen Kronländer in ihren alten vorindustriellen Lebensformen, die einer traditionalen Agrargesellschaft entsprachen. Auf diese Weise waren nicht mehr als drei Zehntel des Landes von der Industrialisierung erfaßt worden, während die inaktive Stabilität der anderen Länder nur schwer zu durchbrechen war. Nicht zuletzt dadurch entstand jener widersprüchliche Gesamteindruck, der am besten mit dem Begriff der „relativen wirtschaftlichen Rückständigkeit“ umschrieben werden kann.

Die Schwierigkeiten, die einem raschen Modernisierungsprozeß entgegenstanden, können im wesentlichen auf zwei spezifische Komponenten zurückgeführt werden: einerseits auf natürliche Gegebenheiten, die der inneren Integration des Wirtschaftsraumes Hindernisse boten; dazu zählten schwierige Geländeverhältnisse (Alpen, Karpaten, Karst), das Fehlen vorteilhaft gelegener Wasserwege, vor allem der Mangel einer verkehrswirtschaftlich effizienten West-Ostverbindung, die Randlage des einzigen Hochseehafens Triest zu den Weltmeeren sowie eine ungünstige regionale Verbreitung und Kombinierbarkeit der wichtigsten Bodenschätze. Hinzu traten historisch gewachsene Defekte, wie die unvollkommene Überwindung der feudalen Vergangenheit, die einseitige Bevorzugung großagrarischer und kleingewerblicher Interessen, verbunden mit einer vorwiegend nach fiskalischen Motiven ausgerichteten Besteuerung; aber auch eine Schwäche auf kommerziellem Gebiet und das Fehlen eines entwickelten Binnenhandels mit ausreichender Nachfrage nach Industrieprodukten verminderten die Dynamik des Modernisierungsprozesses. Vor allem war es jedoch das Nationalitätenproblem, das wegen der grundsätzlichen Unvereinbarkeit der politischen und wirtschaftlichen Ziele hemmend wirkte. Nicht zuletzt sollte eine imperiale Großmachtpolitik, mit der jedoch die finanziellen Kräfte in keinerlei Einklang standen, als notwendiges Ausgleichsventil dienen; die zahlreichen kriegerischen Verwicklungen schwächten jedoch die Wirtschaftskraft des Reiches gerade in entscheidenden Entwicklungsphasen.

All dies bewirkte, daß die Donaumonarchie bis zu ihrem Ende den Übergang zu einem modernen Industriestaat nur sehr zögernd finden konnte und den traditionalen kleingewerblich-agrarischen Lebensformen verbunden blieb. Noch 1910 waren 53% aller Erwerbstätigen in der Agrarwirtschaft tätig und nur knapp 23% in Industrie und Gewerbe, der Anteil der Landwirtschaft am Volksvermögen lag noch bei 27%, und alles deutet auch auf einen geringen Urbanisierungsgrad. Die Industrie konzentrierte sich auf einige wenige Gebiete in Böhmen, Mähren, Schlesien, Steiermark, Vorarlberg und das Wiener Becken, die auch Anschluß an die westliche Entwicklung fanden. Diese Zentren mit z. T. hochentwickelter Technologie und Organisationsdichte in Form von Konzernen, Kartellen, Trusts usw. ließen die Zurückgebliebenheit des agrarisch geprägten Hinterlandes weitgehend vergessen. Die unausgewogene regionale Wirtschaftsstruktur und das disproportionale Wirtschaftsniveau trugen übrigens nicht wenig als Zündstoff zum Nationalitätenstreit bei.

Die ökonomische Entwicklung während der franzisko-josephinischen Ära vollzug sich nicht kontinuierlich in gleichförmiger Progression, sondern in Form dreier „Gründerepochen“, welche den langfristigen Konjunkturablauf bestimmten. Die Wirtschaftsgeschichte läßt sich anhand der langfristigen Konjunkturentwicklung in drei Trendperioden (1848–1873, 1874–1896, 1897–1913) unterteilen, die ihrerseits von 10 Konjunkturzyklen mit einer Periodizität von 8 bis 10 Jahren erfüllt sind.

Die rund 25 Jahre umfassende Periode von 1848 bis 1873 ist im allgemeinen durch Aufstiegstendenzen gekennzeichnet, die nur 1854 während des Krimkrieges, der Weltwirtschaftskrise 1857/59 und im Kriegsjahr 1866 durchbrochen werden. Nach dem Aufschwung von 1867 bis 1873, der legendären „Gründerzeit“, die vor allem vom „Eisenbahnboom“ bestimmt wird, der Expansion der Schwerindustrie, des Bauwesens und des Kreditsektors, herrscht von 1873 bis 1879 eine schwere Stagnation, die neben einem drastischen Preisverfall, Rückgang der Investitionen und Gewinne, auch durch Schrumpfungserscheinungen auf der Mengenseite der Produktion gekennzeichnet ist. Die Diskonjunktur währt bis 1879/80, wenngleich die zögernden Entwicklungstendenzen bis 1883 anhalten. Die Depression von 1873/79 sowie die beiden Konjunkturabflachungen 1883/86 und 1890/92 werden durch die Aufstiegsperioden 1879/83 und 1886/90 unterbrochen. Die achtziger Jahre stehen vor allem im Zeichen einer Umstellung der Volkswirtschaft auf neue Ressourcen und Wachstumssektoren (Chemie, Maschinenbau, Elektrotechnik). Die Trendperiode von 1896 bis 1913 zeigt allgemein eine Beschleunigung des aufwärts gerichteten Wachstumstrends, die Hochkonjunkturphase wird nur 1901/04 und 1906/08 kurz unterbrochen, die letzten Jahrzehnte der Monarchie stehen im Zeichen einer dritten Gründerepoche, die erst durch den Ausbruch des Weltkrieges mitten im Aufschwung abbricht.

Neuere, von den Methoden der volkswirtschaftlichen Gesamtrechnung ausgehende Studien führten zu dem Ergebnis, daß die durchschnittlichen jährlichen Zuwachsraten des Bruttoinlandsproduktes (BIP real zu Preisen von 1913) über einen Zeitraum von 30 Jahren 1,89% betrugen. Das reale Pro-Kopf-Einkommen stieg von 1830 bis 1913 auf das 2,1fache (d. s. 0,9% pro Jahr), wobei die durchschnittlichen jährlichen Zuwachsraten mit 0,45% zwischen 1830 und 1873 noch sehr bescheiden ausfielen, jedoch im Zeitraum 1870 bis 1913 mit 1,32% in Europa nur von Deutschland, Frankreich und den skandinavischen Ländern übertroffen wurden (Kausel, Volkseinkommen, S. 713). Das nominelle Bruttoinlandsprodukt stieg von 1830 bis 1913 auf das 8,5fache und je Einwohner auf das 4,6fache, was einer durchschnittlichen jährlichen Wachstumsrate von 2,6% bzw. 2,9% entspricht.

Der erste, „neoabsolutistische“ Regierungsabschnitt Kaiser Franz Josephs I. war für die weitere Entwicklung der Wirtschaft eine der bedeutungsvollsten Epochen, wurden doch in Verwaltung, Justiz, Finanz- und Bildungswesen und in wesentlichen Bereichen der Wirtschaft damals gleichsam in Form einer „Revolution von oben“ neue Grundlagen gesetzt, auf die aufbauend sich dann ein Modernisierungsprozeß vollziehen konnte. Die soziale Umbruchsituation nach der Revolution von 1848 hatte das Emporkommen neuer Gesellschaftsschichten begünstigt, mit Grundentlastung und Gewerbefreiheit erfolgte die Absage an eine tausendjährige feudale, ständische und zünftische Vergangenheit. Eine bedingungslose Rückkehr zu den Maximen des Vormärz war nicht mehr möglich, denn der Einbruch der neuen Zeit war zu tief gewesen. Vielmehr trachtete man, gewisse Errungenschaften der Revolution in die neue Ära hinüberzuretten; etwa wurden die neuen bäuerlichen Rechte nicht mehr angetastet, ja erst der Neoabsolutismus bewältigte das schwierige Problem der Grundablöse auch in der Praxis. Die Institution der Handels- und Gewerbekammern wurde nicht nur beibehalten, sondern in der Folge zu einem wichtigen Beratungsorgan der Regierung und zu einer echten Vertretung der wirtschaftlichen Interessen des Bürgertums ausgebaut. Zugleich wurden die entsprechenden Rahmenbedingungen für eine Industrialisierung auf breiter Basis geschaffen. Neben legistischen und administrativen Reformen (Handelsgesetzbuch, Gewerberecht, Gründung der Handels- und Gewerbekammern, Beitritt zum Münz- und Postverein, Allgemeine Wechselordnung usw.) erfolgte der Aufbau eines zeitgemäßen Kreditapparates (Credit-Anstalt für Handel und Gewerbe, usw.) und des Verkehrsnetzes, sowie die Liberalisierung des Außenhandels bei gleichzeitigem Abbau der Binnenzollschranken. Obwohl das Regime politisch auf einen absolutistischen Regierungsstil zurückgriff, sah es sich veranlaßt, im ökonomischen Bereich dem politischen Machtanspruch des Bürgertums mit entsprechenden Konzessionen zu begegnen. Der zentralistisch-josephinisch eingestellte Neoabsolutismus sah im Wirtschaftsliberalismus einen Verbündeten im Kampf gegen die traditionalen föderalistisch-feudalen Kräfte. Der Bourgeoisie wiederum erwuchs in der wirtschaftlichen Betätigung ein Kompensationsfeld für ihr nicht erfülltes konstitutionelles Verlangen. Je mehr sich die Regierung vom Boden der Verfassung entfernte, je weniger sie sich mit dem Reichstag in der Verantwortung teilte, desto mehr mußte sie aus eigener Initiative um eine Modernisierung des Staatsapparates und die Durchführung zeitgemäßer Reformen zum wirtschaftlichen, gesellschaftlichen und politischen Neubau der Monarchie besorgt sein. Indem die Einbußen an politischer Freiheit durch „Beförderung der äußeren Wohlfahrt“ ersetzt werden sollten, wurde der konservativ-zentralistische Neoabsolutismus zum Vorkämpfer des Fortschrittes.

Der wirtschaftliche Aufschwung im Zeitalter des

Neoabsolutismus mag hauptsächlich auf die günstige, von Westeuropa ausstrahlende Konjunkturbewegung zurückzuführen sein, er wurde jedoch unzweifelhaft erst durch die liberale Wirtschaftsauffassung der maßgebenden Regierungskreise begünstigt. Die stürmische Entwicklung, die das Ausmaß einer ersten „Gründerzeit" erreichte, läßt sich anhand offizieller statistischer Daten ablesen: Die Zahl der Eisenbahnkilometer stieg 1851–1858 von 2.345 auf 3.953 Kilometer, der Roheisenverbrauch von 198.286 auf 470.997 Tonnen, die Dampfkraftkapazität erfuhr im gleichen Zeitraum eine Steigerung um mehr als das Dreifache. In enger Verbindung mit dem Aufschwung bei Kohle und Eisen stand der Ausbau des österreichischen Eisenbahnsystems, das seinerseits einen wirtschaftlichen Multiplikatoreffekt ausübte. Nach der ersten, bis 1841 andauernden Periode des Bahnbaus auf fast ausschließlich privater Grundlage, trat der Staat bis 1854 als fast alleiniger Träger der weiteren Expansion auf. Mit dem Eisenbahnkonzessionsgesetz von 1854 setzte dann eine Reprivatisierung der Eisenbahnen ein, die für mehr als zwanzig Jahre in der Verkehrspolitik bestimmend bleiben sollte. Die Monarchie schloß bis 1859 den Ausbau der ersten Etappe ihres Eisenbahnnetzes ab, paßte ihren Kreditapparat den neuen Gegebenheiten an, und vor allem die 1855 nach dem System des französischen Crédit mobiliér ins Leben getretene Credit-Anstalt für Handel und Gewerbe wirkte im Sinne der weitgesteckten Pläne des Wahlösterreichers Bruck. Die relativ niedrigen Zollsätze erleichterten den internationalen Handelsaustausch und zwangen die heimische Industrie zu einer Erhöhung ihrer Produktivität. Die Institution der Aktiengesellschaft legte ihre große Bewährungsprobe zuerst in großem Maßstabe im Eisenbahnfinanzierungsgeschäft ab; von hier aus trat die neue Form der Kapitalassoziation ihren Siegeszug in der Wirtschaft an, und die Mobilisierung selbst des kleinen Sparerkapitals half den Kapitalengpaß, eines der Haupthindernisse der frühen Industrialisierung, überwinden.

Der erste Regierungsabschnitt Kaiser Franz Josephs hatte so unzweifelhaft große Erfolge im Bereiche der Wirtschaft gebracht, wobei vor allem die Verbesserungen in der Infrastruktur offenkundig waren. Ministerpräsident Fürst Schwarzenberg und Handels- und Finanzminister Freiherr von Bruck, welche die Vision eines geeinten Mitteleuropas unter österreichischer Führungsmacht vor Augen hatten, scheiterten zwar mit diesem Projekt des „Reichs der 70 Millionen" am Widerstand Preußens, aber der 1853 mit dem Deutschen Zollverein abgeschlossene Handelsvertrag, der den Weg zu einer Zollunion prinzipiell offenließ, stellte in jedem Fall den bisher durch die „Vielstaaterei" zersplitterten mitteleuropäischen Wirtschaftsraum auf eine neue Basis.

Die politische und wirtschaftliche Krise der Jahre 1857/59 sollte die Verhandlungsposition Österreichs in der Frage der Vorherrschaft in Deutschland entscheidend schmälern. Die kleindeutsch-freihändlerische Richtung Preußens setzte sich in der Hegemonie-Frage gegenüber der großdeutsch-schutzzöllnerischen Richtung, wie sie Österreich vertrat, entscheidend durch. Zudem wurden wie so oft in der Geschichte des alten Reiches auch damals die Früchte arbeitsamer Jahre durch die verderblichen Einwirkungen des Krieges paralysiert, der die Staatsfinanzen erneut erschütterte, die angestrebte Valutenregulierung vereitelte und in dem mit der Lombardei überdies ein wichtiger Absatzmarkt verlorenging. Der Zusammenhang zwischen Wirtschaftsdepression, militärischer Niederlage und Staatskrise mit Verfassungsstreit und rasch zunehmendem nationalem Sentiment ist dabei offenkundig.

Die Stagnation auf allen Sektoren wirkte bis in die erste Hälfte der 1860er Jahre fort; die enormen Rückschläge als Folgeerscheinung des oberitalienischen Krieges und die vorhergegangene Weltwirtschaftskrise wirkten lange nach, alle Aufschwungstendenzen blieben schwach und wurden überdies beeinträchtigt durch eine wirtschaftspolitisch verfehlte Deflationspolitik der neuen Regierung. Überdies sah sich der Staat auch nachdem der Absolutismus durch den Konstitutionalismus abgelöst worden war wegen des wachsenden Gegensatzes zu Preußen und Italien zu einer aufwendigen Rüstungspolitik veranlaßt, die dem durch enorme Steuerbelastung ohnedies beeinträchtigten Land zusätzliche materielle Opfer auferlegte.

Nur unter der Berücksichtigung des wirtschaftlichen und psychologischen Drucks dieser krisenhaften frühen 60er Jahre ist der Ausbruch der „Gründermanie“ in der folgenden Epoche von 1860 bis 1873 zu begreifen, als man erleichtert die außen- und innenpolitischen Belastungen abstreifen konnte, als sich entgegen aller Erwartungen die Segnungen des Freihandels einstellten, der Geld- und Güterkreislauf sich wieder belebte und reichlich vorhandene Kapitalien nach Anlagemöglichkeiten suchten. Österreich sollte sich von den Folgen der Niederlagen bei Königgrätz verhältnismäßig rasch erholen. Fast schien es, als ob die klärende Wirkung, die von diesem Ereignis auf die außenpolitische Situation ausging, die Kräfte der Nationen freigemacht und zu ungewöhnlicher Energie angespornt hätte. Die Friedensschlüsse von Prag und Wien, die Österreich endgültig aus Italien verdrängten und die deutsche Frage im kleindeutschen Sinne entschieden, schlossen „wohl eines der unglücklichsten Kapitel österreichischer Außenpolitik“ (Hugo Hantsch) ab, leiteten jedoch auch eine neue Epoche des Wirtschaftslebens der von vielen Seiten bereits totgesagten Donaumonarchie ein. Die Gründe und letzten Ursachen dieser Wiedergeburt Österreichs waren sowohl politischer wie wirtschaftlicher Natur. Die Lösung der konstitutionellen Frage gab dem aufstrebenden großbürgerlichen Finanzkapital das nötige Vertrauen in eine gedeihliche Zukunft, der Ausgleich mit Ungarn setzte anstelle der zentralistischen Staatsverfassung die dualistische Gemeinschaft der beiden Reichshälften und beendete die bisher auf alle politischen Kombinationen so lähmend einwirkende Verfassungskrise. Der außenpolitische Wandel und die Konsolidierung der inneren Verhältnisse erzeugten neue Zuversicht in die Stabilität des Staates, bewirkten neue Hoffnungen und damit die Voraussetzung für erneuten wirtschaftlichen Aufschwung und die Überwindung der langjährigen Stagnation. Die Regierung Auersperg stand so sehr unter dem Einfluß großbürgerlich-liberaler Kreise, daß dieses Kabinett als „Bürgerministerium“ in die Geschichte eingehen sollte – ein weiterer Anlaß, Vertrauen und Sympathie in der Geschäfts- und Finanzwelt zu erwecken.

Zu den politischen Ursachen für den Wiederaufschwung traten die Einwirkungen wirtschaftspolitischer Entscheidungen, die positiv den Gang der Wirtschaft beeinflussen sollten. Die Durchbrechung der Plener'schen Bankakte aufgrund des Gesetzes vom 5. Mai 1865 und die Ausgabe uneinlöslicher Staatsnoten zum Zwecke der Kriegsfinanzierung hatte die allerdings weder beabsichtigte noch erwartete Nebenwirkung einer staatlichen Geldschöpfung und brachte wieder genügend Zahlungsmittel in den Verkehr. Hinzu kam der reiche Segen, den die Natur für die Doppelmonarchie bereithielt. Den sieben „mageren“ folgten die sieben „fetten“ Jahre; das Jahr 1867 bescherte Österreich-Ungarn einen reichen Erntesegen, man sprach allgemein von einer Wunderernte, die sich noch dazu zu einem Zeitpunkt einstellte, da die übrigen Hauptgetreideproduzenten gerade von einer ausgesprochenen Mißernte betroffen waren.

Es setzte eine umfangreiche Ausfuhr von Feldfrüchten ein, die Getreideexporte lagen bis zu 100% höher als in den besten früheren Erntejahren. Parallel mit der agrarischen lief die industrielle Konjunktur, denn als Folgeerscheinung der Wunderernte wurde ein rasches Anziehen der Boden- und Getreidepreise und damit eine Hebung der ländlichen Konsumkraft verzeichnet, die auf alle anderen Wirtschaftszweige belebende Auswirkungen hatte. Der anfallende Ernteertrag kam zuerst den Verkehrseinrichtungen der Monarchie zugute; selbst bisher unrentable Eisenbahnlinien warfen nun ansehnliche Renditen ab, es setzte ein wahrer „Eisenbahnboom“ in beinahe amerikanischen Dimensionen ein. Streckenlänge und rollendes Material wurden vergrößert, und die Eisen- und Maschinenindustrie konnte den anfallenden Aufträgen kaum nachkommen. Der Österreichische Lloyd mußte neue Schiffe einstellen, und die Donaudampfschiffahrtsgesellschaft verzeichnete 1867 das beste Jahr ihres Bestehens überhaupt. Die guten Erträgnisse auf dem Agrarsektor wirkten damit stimulierend auf Industrie und Verkehr, steigerten den Konsum und lösten mit dem forcierten Ausbau des Eisenbahnnetzes, das einen Zuwachs von über 9.000 Kilometern erfuhr, eine Belebung der gesamten Schwerindustrie aus. Die Durchführung großer gemeinnütziger, meist kommunaler Projekte, wie Stadterweiterung, Hochquellwasserleitungsbau, Donauregulierung, innovierte neue

Produktionsverfahren, und der Einsatz moderner arbeits-, rohstoff- und geldsparender Maschinen trug dazu bei, daß die Volkswirtschaft selbst trotz der bedeutenden Abnahme des Getreideexportes nach den schlechten Ernten von 1869/70 und den zum Teil erheblichen Kursschwankungen an der Wiener Börse ihren Aufschwungstrend bis 1873 im wesentlichen beibehielt. Seit 1868 übten auch die im freihändlerischen Sinne abgeschlossenen Handelsverträge ihre Wirkung aus, und in der Zeit des heftigen Konjunkturanstieges von 1867 bis 1873 hat sich das gesamte Außenhandelsvolumen der Monarchie nahezu verdoppelt.

Ein Teil der französischen Kriegsentschädigungen an Deutschland wurde auch in Österreich angelegt, man sprach von rund einer Milliarde Mark. Neben dieser deutschen Kapitalinjektion, die wohl damals maßlos überschätzt worden ist, die aber als psychologisch wirksames Stimulans eine große Rolle spielte, beflügelten auch die hochgespannten Hoffnungen, die in die Wiener Weltausstellung des Jahres 1873 gesetzt wurden, die wirtschaftlichen Kräfte der Monarchie.

Die s. g. „Gründerzeit" von 1867 bis 1873 gehört damit sicherlich zu den entscheidenden Epochen der österreichischen Wirtschaftsgeschichte. Ein jähes Ansteigen der Produktionsziffern, der Eisenbahnkilometer, der Zahl der Aktiengesellschaften und der Aktienemissionen verliehen dieser Trendperiode den Charakter eines „großen Anlaufs".

Der ökonomische Rückschlag erfolgte mit dem Schwarzen Freitag an der Wiener Börse, dem dramatischen Auftakt zur Großen Depression 1873 bis 1896. Der nachfolgende Konjunktureinbruch, die „große Depression" war gekennzeichnet durch verlangsamtes Wirtschaftswachstum, Anstieg der Arbeitslosenziffern, den Rückgang der Kapitalinvestitionen in den traditionellen wirtschaftlichen Schlüsselsektoren, einem Preisverfall und einer Verschlechterung der Kapitalverzinsung, der Gewinne und Dividenden. Die zyklischen Tiefstandsjahre waren jedoch nicht nur charakterisiert durch Schrumpfungserscheinungen und Stagnation, sondern es war dies zugleich auch eine Phase der Umstellung der Wirtschaft auf neue Ressourcen und Leitsektoren und einer Neuorganisation von Handel, Industrie und Landwirtschaft. Die Errungenschaften der modernen Technik, vor allem der metallurgischen Industrie, wurden rasch übernommen, mitunter sogar entscheidend weiterentwickelt und verbessert. Selbst relativ aufwendige und risikobehaftete Neuentwicklungen, etwa in der Elektro- und Maschinenindustrie, der Chemie und pharmazeutischen Industrie wurden getätigt, und gerade diese Bereiche stellten die eigentlichen Wachstumssektoren in dieser Entwicklungsphase dar. Die Wirtschaftskrise war somit eine Zeit der gravierenden strukturellen Veränderungen und Innovationen: Produktion und Absatz zeigen die generelle Tendenz zur Konzentration, Konzernbildung und Kartellwesen sind der Beitrag zur „Gruppensolidarität im Massenzeitalter". Sie dienen der Risikominderung und oligopolistischen Marktbeherrschung, der Preisstabilisierung und der Ausschaltung der Konkurrenz vom Wettbewerb. Die Infrastruktur zeigt eine Verdichtung auf; der Bildungs- und Ausbildungsgrad der Bevölkerung liegt zumindest im europäischen Durchschnitt, im technischen und kaufmännischen Schulwesen darf Österreich eine Spitzenposition beanspruchen.

Das Verkehrsnetz der Monarchie war damals bereits relativ gut entwickelt; durch Ausbau des Kommunikations- und Straßenwesens und die Regulierung wichtiger Binnenwasserstraßen (Donau, Theiß) wurde die binnenwirtschaftliche Integration angestrebt, die allerdings auf die Schwierigkeit nationalistischer Rivalität stieß. Das österreichisch-ungarische Eisenbahnnetz wies 1900, bezogen auf die Einwohnerzahl, immerhin 90% der deutschen oder britischen Dichte auf. Als Indiz für die industrielle Reife eines Landes wird auch die Berufsstruktur angesehen. Der Anstieg der im Produktionsbereich Industrie und Gewerbe Beschäftigten blieb allerdings selbst im höherentwickelten Cisleithanien im Vergleich zu Westeuropa zurück. Die Zahl der landwirtschaftlichen Berufstätigen war bis zum Ende der Monarchie dominant, nahm aber im Zeitraum 1869 bis 1910 in Österreich nur um 14,18%, in der Gesamtmonarchie um 13,63% ab. In der Produktionsstruktur stand überdies die Verbrauchsgüterindustrie stark im Vordergrund: Allein auf die Textil- und Bekleidungsindustrie entfielen

32% aller industriell Beschäftigten. Demgegenüber nahmen die für die Industrialisierungsintensität ungleich bedeutsameren Bereiche der Grundstoff- und Produktionsgüterindustrie nur 18% bzw. 17% (Betriebszählung 1906) ein. In der Betriebsgrößenordnung dominierte der Klein- und Mittelbetrieb.

Wenn die Habsburgermonarchie bis zu ihrem Ende das Bild eines weitgehend „industrialisierten Agrarstaates“ bot, so ist damit charakterisiert, daß der weitaus größte Teil der Arbeitskräfte und ein Großteil der Kapitalressourcen in der Landwirtschaft eingesetzt waren. Aber in den letzten Dezennien vor dem Ersten Weltkrieg hat die Monarchie bemerkenswerte Fortschritte in Richtung „Industrie-Agrarstaat“ vollzogen.

Ein weiterer Ausdruck der zuvor erwähnten Wettbewerbsmüdigkeit und dieses kollektiven Sicherheitsstrebens der österreichischen Wirtschaft waren das starke Aufkommen des Genossenschaftsgedankens, die übermäßige Kartellbildung, die zuerst rein defensiv auf Preisstützung und Konkurrenzbeschränkung, in einer zweiten Phase jedoch unter der Kontrolle der Großbanken auf eine monopolistische Marktbeherrschung abzielte, und die Rückkehr zum Schutzzollsystem. Ja die Syndizierungsmaßnahmen wurden erst von der neuen, den Preisschutz auf dem inländischen Markt garantierenden Zollpolitik ermöglicht. Mit dem Fortgang der durch die überseeischen Getreide- und Schlachtviehexporte ausgelösten Agrarkrise schwand der Gegensatz zwischen Agrariern und Industriellen, und die Magnaten verbündeten sich in der Forderung nach Schutzzöllen mit den Fabrikanten.

Bei der engen Verquickung von Außenhandels- und Zollpolitik mit der allgemeinen Politik kam der Schutzzolltendenz während und nach der Großen Depression entscheidende Bedeutung für die Verschlechterung des außenpolitischen Klimas und der internationalen Beziehungen zu. Österreich-Ungarn wurde in jene verhängnisvollen Zollkriege mit Rumänien und Serbien gedrängt, aus denen soviel Unheil erwachsen sollte.

Die ökonomische Krise erfuhr eine besondere Verschärfung durch den parallel dazu einsetzenden Preisverfall in der Landwirtschaft, denn während der 80er Jahre trat die überseeische Konkurrenz, begünstigt durch die Herabsetzung der Frachtkosten um rund 75% während der letzten Jahrzehnte, mit voller Wucht auf den europäischen Markt. Die USA exportierten fast 90% ihrer Weizenernte, hinzu kamen Lieferungen aus Kanada, Argentinien und Rußland. Die europäischen Agrarier reagierten durchaus unterschiedlich auf diese Herausforderung, teils suchten sie den Schutz der heimischen Produktion durch hohe Zollmauern zu erreichen – ein Weg, den die preußischen Junker und die österreichisch-ungarischen Großagrarier gingen –, teils verstanden es auch kleine Staaten, wie Dänemark und die Schweiz, durch Spezialisierung und den Übergang zu extensiven Bewirtschaftungsformen dem preislichen Druck der Konkurrenz auszuweichen. Ein besonderer Ausdruck der permanenten Krise der Agrarier war die zunehmende Landflucht; während die höher qualifizierten Arbeitskräfte in die Industrie abwanderten oder zumindest Angleichung ihrer Entlohnung und ihres sozialen Status an den der Industriearbeiter begehrten, ging das Gros der landwirtschaftlichen Taglöhner als Saisonarbeiter in das benachbarte Ausland, wozu für Ungarn auch Österreich zählte, oder wanderte nach Übersee aus. Während der zweiten Hälfte des 19. Jahrhunderts „exportierte“ die Monarchie auf diese Weise über 2 Millionen Menschen. Die landwirtschaftlichen Unternehmer suchten ihrerseits Zuflucht in kollektive Maßnahmen und Zusammenschlüsse. Sie forderten agrarische Schutzzölle und eine politische Vorzugsstellung aufgrund ständischer Vorstellungen und organisierten sich gleichzeitig in Genossenschaften.

Die Depression brachte zugleich auch eine radikale Abkehr von den Wertvorstellungen der vorhergegangenen Epoche. Einer Zeit zukunftsfrohen, fortschrittsgläubigen Optimismus folgte eine Ära tief pessimistischer Lebenseinschätzung, und dieser deprimierte Geisteszustand dauerte noch dazu wesentlich länger an als der konjunkturelle Niedergang, der zwischen 1876 und 1883 seine tiefsten Werte erreichte. So sehr im Konjunkturanstieg das Prinzip individuellen Wettbewerbs geherrscht hatte, so sehr suchte die folgende Epoche diesen durch Zusammenschlüsse mit einem System kollektiver Sicherheit auszuschalten.

Der einst als „Religion der Freiheit“ (Benedetto Croce) begrüßte Liberalismus, der ein „neues Menschheitsbewußtsein, eine erweiterte, erhellte Ansicht des Lebens“ erweckt hatte, wurde im Verlauf der Großen Depression zunächst in seiner ökonomischen Wurzel, dann aber auch politisch und als Weltanschauung erschüttert. Das Aufkommen der modernen Massenparteien und die Entstehung der drei großen politischen Lager sowie das Anwachsen des Nationalismus zeigen, daß die 1880er Jahre eine für die auf „soziale und politische Gleichberechtigung, materielle Aufwertung und aktive Anteilnahme am Staat abzielenden Massenbewegungen“ sehr günstige Zeit waren.

Erst mit Beginn der Neunzigerjahre scheinen jene ungünstigen psychologischen Einflüsse der Depression überwunden. Die Steuerreform von 1896 und die Einführung der Kronenwährung 1892 stellen wichtige Voraussetzungen der weiteren Wirtschaftsentwicklung dar. Etwa mit 1900 hebt auch eine neue Wirtschaftsstil-Epoche an, die als eine Spätgründerzeit in der österreichischen Wirtschaftsgeschichte auftritt: Nun sind es vor allem die Großbanken, die über die von ihnen organisierten und kontrollierten Kartelle sich einen eigenständigen wirtschaftlichen Machtbereich schaffen können. Sie sind vor allem an größerer Ruhe und Stetigkeit im wirtschaftlichen Leben interessiert. Die unmittelbare Steuerung der Wirtschaft und die für die Große Depression so charakteristische Einschränkung der unternehmerischen Freiheit kommt nun weniger seitens der staatlichen Gesetzgebung, sondern wird vorwiegend von den wirtschaftlichen Organisationen und Interessensgruppen selbst angestrebt. Einflußreiche Lobbies, Kartelle, übermächtige Kreditinstitute, Kammern, Gewerkschaften und Genossenschaften können auch im politischen Bereich neben und über den politischen Parteien an Einfluß gewinnen. Daneben baute der Staat ein Sozialversicherungswesen auf, das Österreich zu den sozial fortschrittlichsten Staaten zählen ließ. Die 1879 an die Macht gelangten Sozialkonservativen unter Taaffe realisierten ein großartiges Programm der Sozialgesetzgebung, das in manchem an das Bismarck'sche Vorbild anschließt. Ein Gegenstück zur positiven Arbeiterschutzpolitik der Regierung war die starke Betonung der kleingewerblichen Interessen und die Sicherung des bäuerlichen Mittelstandes. Die wachsenden Ausgaben für soziale Zwecke, das Ansteigen des Staatsaufwands und die Abschreckung der Unternehmungslust durch den bürokratischen Instanzenzug trugen insgesamt zu einer Ausweitung der Staatsmacht in der Wirtschaft bei. Dem antiliberalen „Staatskapitalismus“ des modernen Interventionsstaates war überdies während der vorhergegangenen Depression der sinkende Zinsfuß entgegengekommen, da dies für den Fiskus eine Ära billiger und leicht plazierbarer Anleihen bedeutete und die Durchführung staatlicher Eisenbahnprojekte und staatlicher Sozialpolitik sehr erleichterte.

Nach den beiden fehlgeschlagenen Anstrengungen der fünfziger und siebziger Jahre beginnt Österreich-Ungarn in den beiden Dezennien vor dem Ersten Weltkrieg noch einmal in eine neue Wachstumsphase zu treten, bis der Ausbruch des Weltkrieges diese Entwicklung gewaltsam mitten im Aufschwung abbrechen läßt. Aus Fiskalismus des Staates, agrarischem und industriellem Superprotektionismus, dem sich immer mehr zuspitzenden Nationalitätenkonflikt, zum Teil aber auch infolge einer unrealistischen Großmachtpolitik können jedoch auch in dieser letzten großen Konjunkturperiode manche gute Ansätze nicht restlos genützt werden. Retrospektiv erscheinen aber diese letzten Friedensjahre auch wirtschaftlich verheißungsvoll und vermitteln etwas vom Abglanz jener „guten alten Zeit“, die wir auch heute noch vor Augen haben, wenn wir vom „Zeitalter Franz Josephs“ sprechen.

Literatur (in Auswahl):

Benedikt, Heinrich, Die wirtschaftliche Entwicklung in der Franz-Joseph-Zeit, Wien–München 1957. – *Brusatti, Alois* (Hrsg.), Die Habsburgermonarchie 1848–1918, Band 1: Die wirtschaftliche Entwicklung, Wien, 1973. – *Kann, Robert A.,* The Habsburg Empire, New York 1957. – *Komlos, John* (Hrsg.), Economic Development in the Habsburg Monarchy in the Nineteenth Century. Essays, Boulder 1983. – *Matis, Herbert,* Österreichs Wirtschaft 1848–1913, Berlin 1972. – *März, Eduard,* Österreichische Industrie- und Bankpolitik in der Zeit Franz Josephs I., Wien 1968. – *Rudolph, Richard L.,* Banking and Industrialization in Austria-Hungary, Cambridge, Mass., 1976.

Roman Sandgruber

BEVÖLKERUNGSSTRUKTUR UND BEVÖLKERUNGSENTWICKLUNG

Aus räumlicher und bevölkerungsstatistischer Sicht war Österreich-Ungarn ein wirklicher Großstaat. Mit einer Fläche von 676.615 km² (1867) und einer Einwohnerzahl von 35,9 Millionen (1869) rangierte es unter den europäischen Staaten hinter Rußland an zweiter Stelle und wurde nur hinsichtlich der Bevölkerungszahl vom neugegründeten Deutschen Reich an die dritte Stelle verdrängt.

DIE VOLKSZÄHLUNGEN

Das hervorstechende Merkmal dieses Staats war die Vielfalt. Die wirtschaftliche, soziale und nationale Heterogenität bei einer großen Masse gut aufbereiteter statistisch-demographischer Daten von gleicher Qualität macht die Habsburgermonarchie für historisch-komparative Forschungen so besonders interessant.

Der Bevölkerungszahl galt seit dem Merkantilismus die besondere Aufmerksamkeit der Staatsführung: militärische, machtpolitische, ökonomische und soziale Motive wirkten dabei zusammen. Volkszählungen, sogenannte Konskriptionen, wurden in Österreich seit der theresianischen Zeit regelmäßig durchgeführt. Schon die Bezeichnung Konskription drückt das militärische Interesse aus, das diesen statistischen Erhebungen vorrangig zugemessen wurde. Zur militärischen Bedeutung kam aber immer stärker auch das wirtschaftliche und sozialpolitische Moment. Daß das Volkszählungswesen in der bestehenden

BEVÖLKERUNGSZAHL DER HABSBURGERMONARCHIE 1850–1890

	1850	1857	1869	1880	1890
Niederösterreich	1,580.562	1,726.331	1,990.708	2,330.621	2,661.799
Oberösterreich	715.919	716.684	736.557	759.620	785.831
Salzburg	149.015	149.848	153.159	163.570	173.510
Steiermark	1,024.948	1,076.559	1,137.990	1,213.597	1,282.708
Kärnten	322.452	336.451	337.694	348.730	361.008
Tirol/Vorarlberg	867.273	861.111	885.789	912.549	928.769
Böhmen/Mähren/Schlesien	6,741.019	7,156.635	7,671.170	8,279.701	8,725.613
Galizien/Bukowina	5,002.682	5,161.696	5,958.093	6,530.578	7,254.407
Krain/Küstenland/Dalmatien	1,449.070	1,416.221	1,523.820	1,605.278	1,721.768
Cisleithanien insg.	17,532.300	18,604.280	20,394.980	22,144.244	23,895.413
Ungarn	13,191.553	13,768.513	15,509.455	15,739.259	17,463.791
Österreich/Ungarn	30,723.853	32,676.498	35,904.435	37,883.503	41,359.204
Venetien	2,280.000	2,294.000	–	–	–
Lombardei	2,744.000	2,843.000	–	–	–
Bosnien/Herzegowina	–	–	–	1,158.164	1,336.091
Gesamtstaat	35,747.853	37,813.498	35,904.435	39,041.667	42,800.000

Form den gestellten Anforderungen nicht mehr gerecht wurde, zeigte die Erhebung von 1850. Der Mißerfolg führte zum Volkszählungsgesetz von 1857. Dieses Gesetz regelte den Zählungsvorgang erstmals einheitlich für das gesamte Staatsgebiet, fixierte auch einen bestimmten Stichtag. Von einem Volkszählungswesen im modernen Sinn allerdings wollen die Statistiker erst in der Zeit nach dem Ausgleich sprechen. Für beide Reichshälften wurde 1869 die gesetzliche Grundlage für regelmäßig alle zehn Jahre vorzunehmende Gesamterhebungen geschaffen, allerdings nicht nach ganz vergleichbaren Grundlagen. In Österreich wurde die gesamte ortsanwesende Bevölkerung gezählt, in Ungarn nur die Zivilbevölkerung. Neben den Fragen nach Geschlecht, Alter, Religion und Zivilstand galt das Interesse nunmehr einer ganzen Reihe weiterer politisch und sozial relevanter Merkmale: Umgangssprache, Bildungsgrad, berufliche und soziale Schichtung, Wohnverhältnisse.

Im Volkszählungswesen begann die moderne Statistik und auch die moderne Datenverarbeitung. 1889 war in den USA die von Hermann Hollerith erfundene statistische Zählmaschine zum Patent angemeldet worden. In Österreich waren damals gerade die Vorarbeiten zur Volkszählung 1890 im Gange. Der Wiener Elektrotechniker Otto Scheffler studierte diese Maschine und entwickelte auf Wunsch Inama-Sterneggs, des Präsidenten des Statistischen Zentralamtes, ein Modell, das den Bedürfnissen der Statistik entsprach. Diese bei der Volkszählung 1890 erstmals zum Einsatz gelangende Zählmaschine erlangte auch im Ausland Anerkennung und galt als eine der frühesten Vorläufer der auf Lochkartenbasis arbeitenden Rechenanlagen.

EINWOHNERZAHL UND BEVÖLKERUNGSZUNAHME

1850 zählte man in der Habsburgermonarchie inklusive Venetien und Lombardei etwa 35,7 Millionen Einwohner, 1869, anläßlich der ersten Volkszählung nach dem Ausgleich, wurde ein Bevölkerungsstand von 35,9 Millionen festgestellt; die italienischen Provinzen waren allerdings inzwischen verloren worden. 20,4 Millionen entfielen auf die österreichischen Kronländer (56,8%), 15,5 Millionen auf Ungarn (43,2%). Bosnien und Herzegowina, die im Jahre 1878 okkupiert worden waren, wiesen bei der ersten, 1879 durchgeführten Volkszählung eine Bevölkerung von 1,2 Millionen auf. Das ergab für den Gesamtstaat 39 Millionen, 1890 ca. 42,8 Millionen.

Innerhalb des großen Staatsgebietes war das Ausmaß des Bevölkerungswachstums sehr unterschiedlich. Die Bevölkerung stieg in der österreichischen Reichshälfte stärker als in der ungarischen. An der Spitze der Zuwachsraten standen Niederösterreich, das vom Wachstum Wiens, und die Donau-Theiß-Ebene, die vom Wachstum Budapests geprägt war. Abgeschwächt gilt dies auch vom Küstenland, wo Triest als Anziehungspunkt wirkte. Überdurchschnittlich hoch war das Bevölkerungswachstum in der Bukowina, in Galizien, Kroatien-Slawonien und Dalmatien. Unterdurchschnittlich war der Bevölkerungszuwachs in den agrarisch bestimmten Teilen Ungarns, in Krain, aber auch in den Sudetenländern, die trotz der bedeutenden und frühzeitig entwickelten Wirtschaftskraft im hinteren Feld der Zuwachsraten rangierten. Auffallend ist, daß die Alpenländer ganz am unteren Ende der Wachstumsskala der Bevölkerung zu liegen kamen.

Das Bild wird klarer, wenn Geburten, Todesfälle und Wanderungen gesondert betrachtet werden. Bis in die siebziger Jahre sind noch alle wesentlichen Kennzeichen des demographischen „ancien régime" zu finden: hohe Geburten- und Sterbeziffern, starke Schwankungen um einen hohen Durchschnittswert, periodisch wiederkehrende demographische Krisen (1854/55, 1872/73), niedriger Bevölkerungszuwachs. Ab 1875 setzte der demographische Übergang ein: die Kurven glätten sich, die Schere zwischen Geburten- und Sterberaten öffnet sich. Während die Geburtenrate vorerst unverändert blieb, setzte ein Sinken der Sterberate ein. Auf den Rückgang der Sterbeziffer folgt bald der Rückgang der Geburtenziffer. Es kommt zum wichtigsten Abschnitt des demographischen Übergangs, solange die Sterbeziffern abneh-

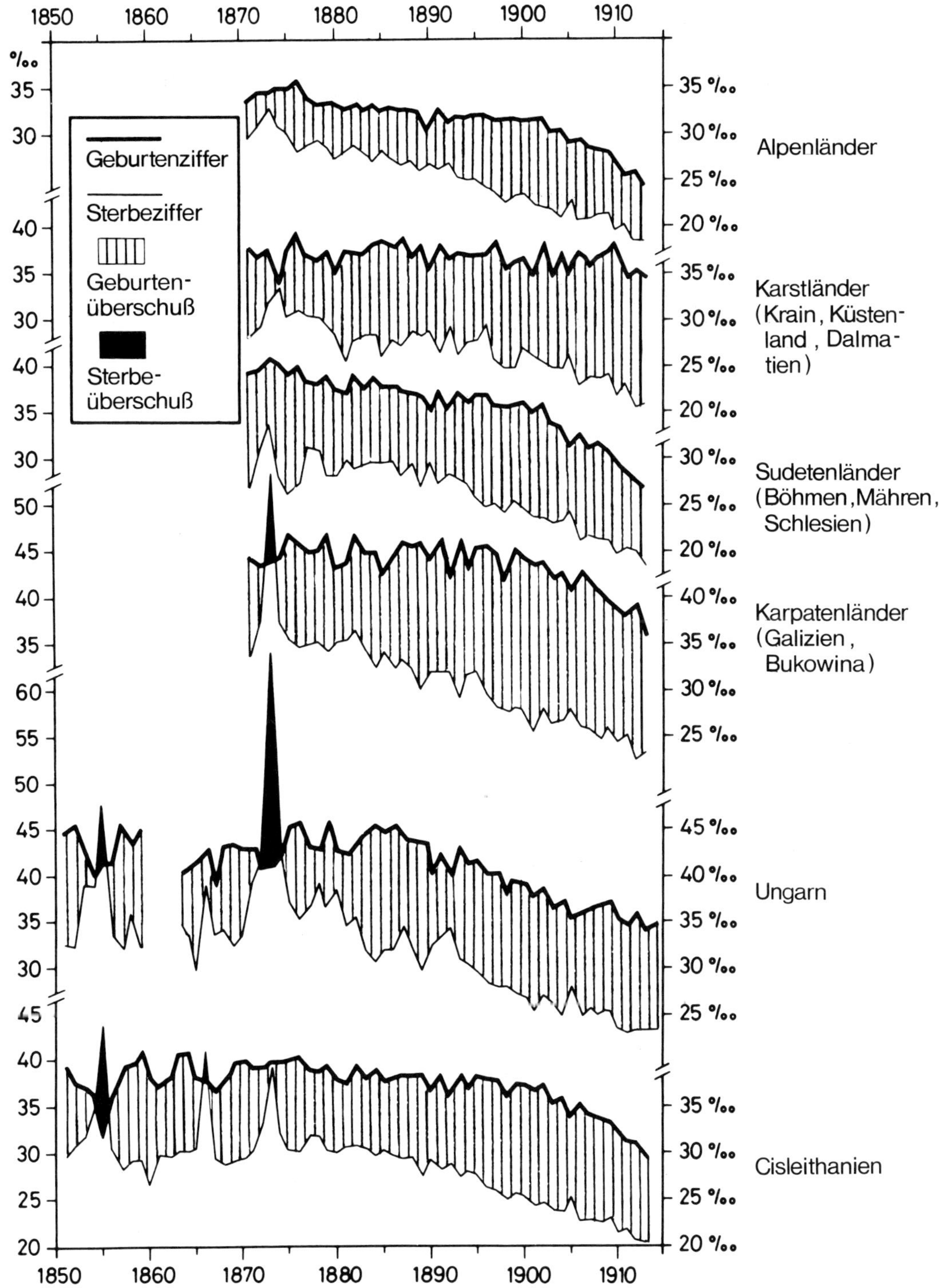

GEBURTEN- UND STERBEZIFFERN 1850-1910

men, die Geburtenziffern dagegen noch hoch bleiben. Das natürliche Bevölkerungswachstum ist hoch.

Die österreichische und ungarische Bevölkerungsreproduktion war von mittlerem Tempo, hinter England, Deutschland oder den skandinavischen Ländern, aber über Frankreich, Italien, Spanien, Portugal, Belgien. In Deutschland betrug der Geburtenüberschuß 1833–1873 durchschnittlich etwa 10 Promille jährlich und stieg nach 1873 auf etwa 15 Promille, in Cisleithanien schwankte er zwischen 8 und 10‰ und in Ungarn zwischen 5 und 8‰. Im heutigen Österreich überstieg er kaum 3 bis 5 Promille. Der niedrige Überschuß lag an den niedrigen Geburtenraten, während die Sterberaten im heutigen Österreich und in Deutschland etwa gleich hoch waren. Die Karpatenländer hingegen hatten einen sehr hohen Geburtenüberschuß, die Sudetenländer einen mittleren.

WANDERUNGEN

Österreich-Ungarn hatte eine negative Wanderungsbilanz, die durch die Auswanderungsstatistik nur unzureichend erfaßt wird. Der Auswanderung in der Zeit von 1848 bis 1867 drückte – zumindest in den ersten Jahren – die sogenannte Achtundvierziger-Emi-

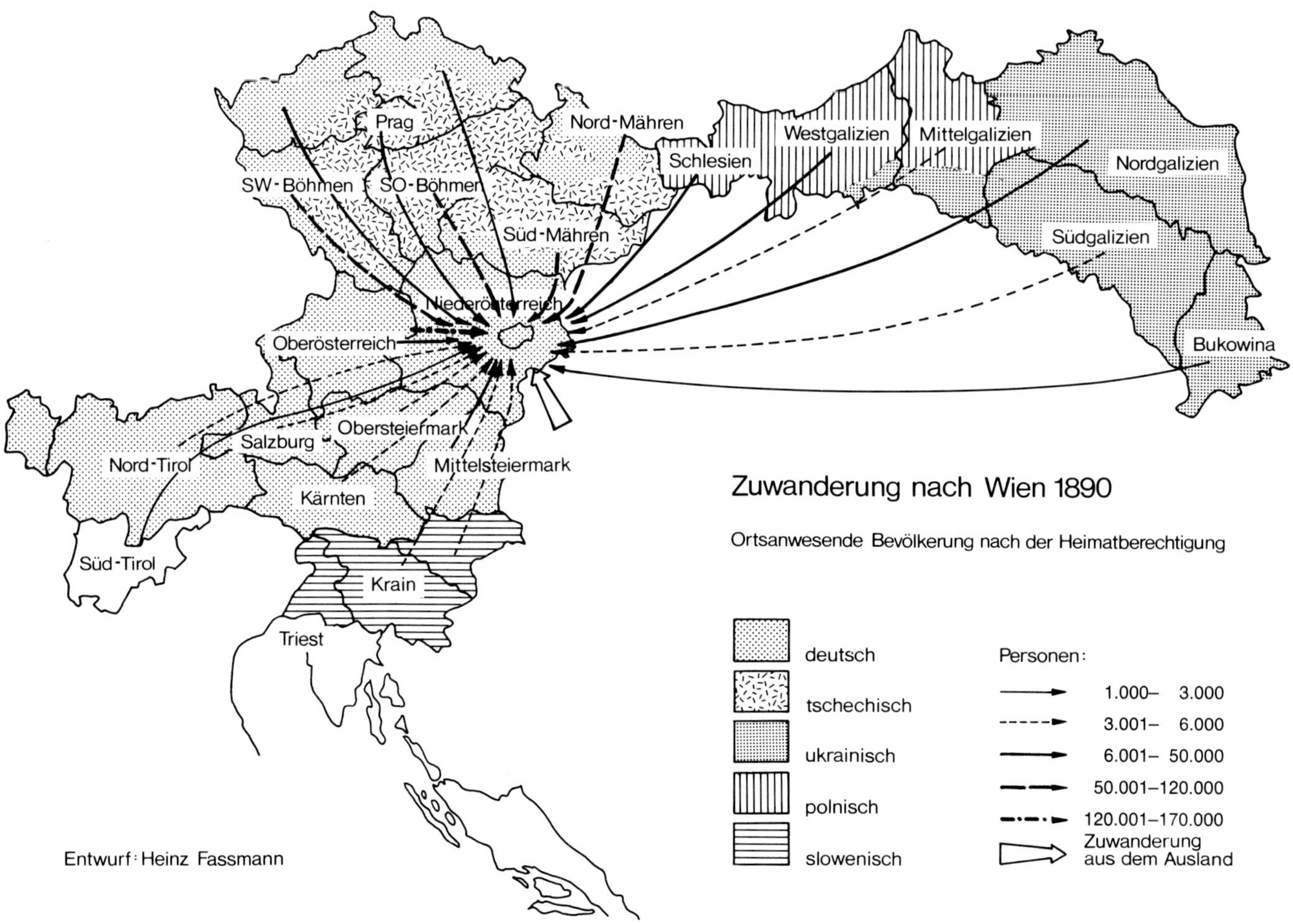

gration ihren Stempel auf. Das Zentrum der Auswanderung dürfte um die Mitte des 19. Jahrhunderts in Tirol gelegen sein, wo für die Jahre von 1846–1869 in den deutsch-tirolischen Bezirken ein Wanderungsverlust von fast 19.000 Personen festgestellt wurde, daneben in Oberösterreich und in Böhmen. Das Ministerium des Äußeren beklagte sich am 8. November 1852, daß *das Auswandern namentlich aus Böhmen und Österreich ob der Enns im verflossenen Jahr in einer bedeutenden Zunahme begriffen war.* Amerika war bereits in den fünfziger Jahren in den Blickpunkt der Auswanderungswilligen geraten. Zwischen 1851 und 1858 gingen allein aus Oberösterreich rund 1.500 Personen über den großen Teich. In den Vereinigten Staaten existierten zu dieser Zeit bereits einige von Österreichern gegründete Orte, so „Schwarzenburg" im Staate Michigan und das von dem Missionar Josef Kundek 1840 angelegte „Ferdinand". Zehn Orte trugen den Namen „Vienna", wo man jedoch nur selten tatsächlich österreichische Siedler vorfand. Ein abenteuerliches Unterfangen war in den fünfziger Jahren die Ansiedlung von Tiroler Familien in Peru. Erst nach anderthalbjähriger Wanderung gelangten sie an ihr Ziel, wo sie im Pozuzotal buchstäblich aus dem Nichts eine bis heute bestehende Kolonie gründeten.

Im Vergleich zu den west- und nordeuropäischen Staaten war die Auswanderung aus Österreich-Ungarn bis in die achtziger Jahre unbedeutend. Es war ja auch der Bevölkerungsüberschuß hier nicht so groß. In den achtziger Jahren betrug der österreichische Auswanderungssaldo 379.796 Personen (−1%) und überstieg erst nach 1900 die Millionengrenze (1901–1910 1,329.970 Personen = −2,9%).

Innerhalb des Staatsterritoriums freilich hatten in der zweiten Hälfte des Jahrhunderts Bevölkerungsverschiebungen bisher nicht gekannten Ausmaßes eingesetzt. Die Zuwanderung erfolgte vor allem in die rasch wachsenden städtischen Zentren, nach Wien, aber auch nach Prag und Budapest und die kleineren Provinzhauptstädte. Abwanderungsgebiete waren vor allem Krain, aber auch die Alpenländer und vor allem auch Böhmen, trotz seiner Industrie und seiner florierenden Landwirtschaft. Lebten 1857 von je 1.000 Einwohnern Böhmens noch 869 in ihrer Geburtsgemeinde, so waren es 1890 nur mehr weniger als die Hälfte. Von den rund 3,5 Millionen Menschen, die 1910 in Niederösterreich wohnhaft waren, waren nur knapp 2,5 Millionen in Niederösterreich geboren.

Die Verstädterung schritt rasch vorwärts. Während um die Mitte des 19. Jahrhunderts über drei Viertel, 1880 immerhin noch 61,6% der Bevölkerung Cisleithaniens in ländlichen Gemeinden bis zu 2.000 Einwohnern lebten, waren es 1910 nur mehr knapp die Hälfte.

HEIRATSVERHALTEN UND GEBURTENRATEN

Die Veränderung der Heiratsbräuche, die Entwicklung der Fertilität und das bewußte demographische Verhalten einer Gesellschaft stellt eine komplexe, von verschiedenen ökonomischen, sozialen, psychologischen und biologischen Faktoren geprägte Erscheinung dar. Die Veränderung der Fruchtbarkeit kann eben in weit größerem Ausmaß auch durch bewußte Entscheidungen der Individuen, der Familien und gesellschaftlichen Gruppen bestimmt werden als die Sterblichkeit. Zu betrachten ist zuvorderst die Eheschließung und eheliche Fruchtbarkeit, auch wenn gerade in Österreich der unehelichen Fruchtbarkeit eine nicht unbeträchtliche Rolle zukam.

An der westlichen Grenze Ungarns zog sich eine wichtige demographische Grenzlinie entlang und teilte Europa und die Habsburgermonarchie in zwei Teile: westlich von dieser Linie heirateten die Menschen im allgemeinen spät, und der Anteil derjenigen, die überhaupt nicht heirateten, war groß. Für den östlichen Teil Europas war die allgemeine und frühe Heirat charakteristisch. Ehelosigkeit bildete eine relativ seltene Ausnahme. Ungarn lag im Übergangsgebiet, aber schon deutlich östlich der Grenzlinie. Die frühe und allgemeine Eheschließung war einer der charakteristischen Züge des traditionellen ungarischen Bevölkerungsmodells. 1852/59 waren in Ungarn 48,6% der Bräute unter 20 Jahre alt, in Cisleithanien nur 18%. Innerhalb der österreichischen Reichshälfte hatten die beiden Karpatenländer Galizien und Bukowina das niedrigste Heiratsalter. In den Alpenländern war das Heiratsalter hoch und der Anteil lebenslang nicht verheirateter Personen groß. Nicht nur das Gesinde hatte unverheiratet zu bleiben, selbst behauste Bauern tendierten bisweilen zur Ehelosigkeit. Ignaz Kürsinger war dies im Lungau aufgefallen: *Ich habe mir viel Mühe gegeben, dieser Ehelosigkeit auf den Grund zu kommen . . . fast durchaus ist die Antwort: ‚Ich möchte gerne heirathen, allein mein Gut erträgt es nicht. Ich habe meine Eltern, die mir wirtschaften helfen, und mit ihrer Beihülfe bringen wir uns zur Noth durch; heirate ich aber, so kommen Kinder und wir könnten dann nicht hausen‘.* Viel Kinder, viel Aufgang, sagt der Bauer.

Der mittlere Bauer, der eifersüchtig auf seinen Besitz bedacht ist, neigt nicht zu hoher Geburtenhäufigkeit, solange nicht Arbeitskräftebedarf und Arbeitsorganisation ihn dazu drängen. Späte Eheschließung und hoher zölibatärer Anteil erklären die niedrigen Geburtenraten der westlichen Kronländer, niedriges Heiratsalter und geringer Ledigenanteil die hohen Geburtenraten Galiziens, der Bukowina, aber auch Dalmatiens.

In Ungarn war das Heiratsalter ebenfalls niedrig und der Ledigenanteil gering. Trotzdem war in Ungarn schon vor dem Einsetzen des demographischen Übergangs, unter den traditionellen demographischen und sozialen Verhältnissen, das Niveau der ehelichen Fruchtbarkeit niedrig. Am geringsten war diese eheliche Fruchtbarkeit im östlichen Teil des Banat und im südlichen Siebenbürgen, im mittleren Oberungarn und in den südöstlichen und südlichen Komitaten Transdanubiens. Das läßt sich nur mit bewußter Geburtenbeschränkung in der Ehe erklären. In gewissem Maße wurde eine Geburtenbeschränkung in den meisten Gebieten des präindustriellen Europa geübt. In Ungarn hat sie relativ früh weite Verbreitung gefunden und nahm innerhalb der Ehe dieselbe Funktion ein wie in anderen Regionen die späte Eheschließung.

Man kann daher innerhalb der Habsburgermonarchie drei Bevölkerungsmodelle unterscheiden:

1. der klassische Typ: Späte Heirat und die Zahl der Ledigen haben eine mittlere oder auch niedrige allgemeine Fruchtbarkeit zur Folge. Im demographischen Übergang erhöht sich die an sich niedrige Fruchtbarkeit, weil mehr Leute heiraten und sich auch das Alter der Hausstandsgründung und Heirat verringert. Gleichzeitig sinkt die Sterbequote, was zu Wachstumsraten führt.

2. der osteuropäische Typ: Allgemeine und frühe Eheschließung haben ein hohes Niveau der allgemeinen Fruchtbarkeit zur Folge. Im Lauf des demographischen Übergangs steigen die Geburtenraten zwar nicht, sie sind ohnehin hoch. Weil die Sterberaten rasch sinken, kommt es im Verein mit den hohen Geburtenraten zu einem beträchtlichen Bevölkerungsüberschuß.

3. der ungarische Typ: Das traditionelle Bevölkerungsmodell wird neben der frühen und allgemeinen Eheschließung durch die weite Verbreitung der Geburtenbeschränkung charakterisiert. Es kommt beim demographischen Übergang zu einer gebremsten Bevölkerungsexplosion.

Um die Mitte des 19. Jahrhunderts liegt Österreich im Spitzenfeld der europäischen Länder mit hoher Illegitimitätsquote. Das Zentrum bildet Kärnten, das „Jamaika“ Europas. Die höchsten bisher bekannt gewordenen Illegitimitätswerte wurden im Raum der heutigen Bezirkshauptstadt St. Veit im Glan-, Gurk- und Metnitztal festgestellt. In manchen Pfarren dieses Gebietes weisen die Taufmatrikeln in der zweiten Hälfte des 19. Jahrhunderts über 80% uneheliche Geburten aus. Nach Süden hin erfolgt der Übergang zu den durch geringe Illegitimität charakterisierten Balkan- und Mittelmeerländern in Krain sehr abrupt. Nach Norden und Osten setzt sich die ostalpine Zone hoher Unehelichkeit weiter fort in die Steiermark, nach Salzburg. Auch Ober- und Niederösterreich haben hohe Werte. Wien hatte mit über 50% unter den europäischen Hauptstädten den höchsten Anteil unehelicher Geburten. Auch in den nördlich angrenzenden Sudetenländern war der Anteil illegitimer Kinder vor allem in den deutschsprachigen Randgebieten noch beträchtlich. Galizien und die Bukowina verzeichneten hingegen sehr niedrige Werte. In Ungarn stieg der Anteil unehelicher Geburten in der zweiten Hälfte des 19. Jahrhunderts stark an. Um die Mitte des 19. Jahrhunderts rangierte es mit 3% sehr weit hinten, während es zu Jahrhundertende mit 10% im europäischen Spitzenfeld lag. Die regionalen Unterschiede waren allerdings in Ungarn ebenfalls groß: relativ hohen Prozentzahlen in Westungarn stehen extrem niedrige Werte in der Tiefebene gegenüber. Die Stadt-Land-Unterschiede sind ausgeprägt. Die weitaus höchsten Werte erreichte die Hauptstadt Budapest.

Das soziale Elend, das mit diesen hohen Illegitimitätsraten verbunden war, läßt sich kaum beschreiben: Ungleichheit vor dem Gesetz, soziale Ungleichheit vor Krankheit und Tod, verminderte Erwerbschancen, rücksichtlose Ausbeutung ihrer Arbeitskraft. Bei den Kindern des Wiener Findelhauses, die zum Großteil unehelicher Herkunft waren, lag die Sterblichkeit bei über 80%. Das „Himmeln", das mehr oder minder absichtliche Sterbenlassen solcher oft zu Zieheltern gegebener Kinder war häufig. Was Ödon von Horvath in den „Geschichten aus dem Wienerwald" darstellt, entspricht durchaus der Realität.

Was waren die Ursachen dieser auffallenden Entwicklung? Auf dem Land hatten die agrarwirtschaftlichen Neuerungen des späten 18. und frühen 19. Jahrhunderts, verbesserte Dreifelderwirtschaft, Klee- und Kartoffelanbau, Sommerstallfütterung, intensivierte Viehhaltung und Düngerwirtschaft etc. zu einer beträchtlichen Zunahme des Arbeitskräftebedarfes in der Landwirtschaft geführt, der im alpinen Österreich vornehmlich durch vermehrte Gesindehaltung abgedeckt wurde. Die Vermehrung des unverheirateten Gesindes mußte die Zahl unehelicher Geburten beeinflussen. Die Desintegration zwischen Hausfamilie und Gesinde, die sich unter anderem in der Auflösung der bäuerlichen Tischgemeinschaft äußerte, führte auch zu einer Abnahme der traditionellen hausväterlichen „Hauszucht". Auch der Druck, der von dem zunehmenden Bedarf an landwirtschaftlichen Mitarbeitern ausging, bedingte eine Tendenz zu größerer Freizügigkeit auch im sexuellen Bereich.

Die generativen Verhaltensweisen wurden von der Landbevölkerung, die in die Städte strömt, auch dort für eine Zeitlang weiter beibehalten, freilich unter völlig veränderten sozialen Bedingungen. Auch in den Städten war der Anteil der unverheirateten Bevölkerung angestiegen. Der Höhepunkt der städtischen Dienstbotenhaltung um die Mitte des 19. Jahrhunderts korrespondiert mit dem Höhepunkt der unehelichen Geburten. Zudem hatte gerade in Wien mit der Krise der Seidenindustrie die Möglichkeit der Hausstandsgründung eine wesentliche Einschränkung erfahren. Der neue, allerdings nur vorübergehende Aufschwung hausrechtlich verfaßter Arbeitsverhältnisse in der Stadt, die desolaten Wohnungsverhältnisse, das Bettgeherwesen, die Rasanz der Zuwanderung und die dadurch erzeugte Mobilität wirkten in der vorübergehenden Destabilisierung der Familie und der Zunahme illegitimer Kinder zusammen.

Illegitimität – auf einen Nenner gebracht: der krisenhafte Ausdruck der Übergangszeit von der Familienwirtschaft der alteuropäischen Gesellschaft zur „modernen Familie" individueller Lohnempfänger mit weitgehender Trennung von Erwerbstätigkeit und häuslichem Leben.

STERBERATEN UND LEBENSERWARTUNG

In den siebziger Jahren beginnt das Sinken der Sterbeziffern. Die periodisch wiederkehrenden demographischen Krisen (1846/47, 1854/55, 1864, 1872/73) waren in den siebziger Jahren endgültig gebannt oder kleinräumig eingegrenzt. In den fünfziger, sechziger und siebziger Jahren war die Habsburgermonarchie noch von drei großen Cholerawellen heimgesucht worden und war hinsichtlich der Opfer im europäischen Spitzenfeld gelegen: 1848 145.000 Choleratote, 1854 218.000, 1866 220.000 und 1873 436.000. Im späteren Cisleithanien war die Zahl der Todesfälle zum letzten Mal vor dem Ersten Weltkrieg 1855 und 1866 über der Zahl der Geburten gelegen. Ungarn allerdings war 1872/74 noch einmal von einer demographischen Katastrophe von geradezu mittelalterlichem Ausmaß betroffen, als zur gleichen Zeit mit der Cholera infolge mehrjähriger sehr schwacher Ernten auch der Hunger die Bevölkerung bedrängt. Im Endergebnis läßt sich die Zahl der Opfer dieser letzten

Prachtklassebegräbnis. Concordia. Zeremoniell für Leichenaufbewahrung und -bestattungen (Wien, Österreichisches Bestattungsmuseum)

demographischen Krise alten Typs in Ungarn auf eine halbe Million festsetzen.

In Cisleithanien trifft man in den siebziger Jahren nicht mehr auf Bevölkerungskrisen von solchem Ausmaß, obwohl die Cholera 1873 auch in Galizien wütete. Ungarn war nachhaltiger betroffen. Seine Einwohnerzahl erreichte erst Ende der siebziger Jahre wieder die Höhe des Jahres 1869. Die Mehrheit der östlichen und südöstlichen Komitate konnte sich jedoch erst am Ende der achtziger Jahre von den Folgen der Katastrophe erholen. Nach 1874 gab es keine größere Choleraepidemie mehr, auch von Hungersnöten größeren Ausmaßes ist nichts mehr bekannt. Ab den achtziger Jahren setzte sowohl in Cisleithanien als auch in Ungarn eine anhaltende Verminderung der Sterbeziffern ein. Die Ursachen lagen in medizinischen und sanitären Fortschritten, in einer allmählichen Verbesserung der Ernährung und vor allem in Ungarn auch in wasserbaulichen Maßnahmen. Mit der Donau- und Theiß-Regulierung waren allein 3,8 Millionen Hektar Hochwasserfläche trokkengelegt und damit eine entscheidende Todesursache, die Malaria, beseitigt worden.

Trotzdem bleiben die Sterbeziffern im europäischen Spitzenfeld. Die Ursachen lagen in der hohen Säuglings- und Kindersterblichkeit, die bis zum Jahrhundertende nicht entscheidend reduziert worden war. Die ungarischen Demographen und Soziologen beschäftigte auch das Problem der Selbstmorde, die in Ungarn in europäischer Relation von überaus großer Häufigkeit waren und besonders unter der kalvinistischen Bauernschaft der Theißebene und des Szeklerlandes vorkamen.

Das Sterben war im 19. Jahrhundert noch immer eine alltägliche Sache. Trotzdem hatten sich in der Einstellung zum Tod und im Begräbniszeremoniell entscheidende Wandlungen angebahnt. Der Gegensatz zwischen Arm und Reich, der Klassengegensatz, bestimmte die zweite Hälfte des vorigen Jahrhunderts auch über den Tod hinaus. Auch die Leichenbegängnisse wurden in Klassen geteilt: Prachtklasse, Halbprachtklasse, I. Klasse, II. Klasse, III. Klasse bis zur V. Klasse und Armenklasse etc. Die Begräbnisse des Bürgertums an der Wende vom 18. Jahrhundert zum 19. waren einfach gewesen. Gegen Mitte des 19. Jahrhunderts hin begann sich das aufstrebende Bürgertum an den prunkvollen Begräbnissen des Hochadels zu orientieren. Die „schöne Leich“, ausgerichtet vom

Bestattungsunternehmen, wurde zur Prestigeangelegenheit. Seit 1830 war in Wien das Vorrecht auf ein eigenes Grab samt eigenem Grabstein nicht mehr nur auf den Adel beschränkt, sondern war auf alle Mitglieder der Gesellschaft, die es sich leisten konnten, ausgedehnt worden. Daß Schachtgräber trotzdem bis zum Beginn des 20. Jahrhunderts auf den Wiener Friedhöfen in der Überzahl waren, lag an den enormen Kosten.

Nicht nur durch die steigende Bevölkerung sondern auch durch die Individualisierung der Grabstätte wurden die vorhandenen Friedhöfe zu klein. In Wien war in den sechziger Jahren der Beschluß gefaßt worden, sämtliche Friedhöfe der Stadt aufzulösen und statt dessen ein großes, zentrales Gräberfeld einzurichten. Die Kaiser-Ebersdorfer Gründe wurden um 600.000 fl angekauft, weitere 2,4 Millionen Gulden für den Bau bereitgestellt und die Frankfurter Architekten Mylius und Bluntschli mit der Ausführung beauftragt. Die weite Entfernung vom Stadtzentrum verlangte allerdings eine völlige Veränderung und weitgehende Säkularisierung des gewohnten Begräbnisrituals: Gewerbliche Bestattungsunternehmen (Pietät 1867, Concordia 1870, Union 1880) mußten die Durchführung übernehmen, der Leichenzug konnte nur mehr bis zur Pfarrkirche geführt werden, der direkte Kontakt mit dem Grab war verloren, der Tote tauchte ein in die Masse des damals größten Friedhofes Europas. Die Zeit des Massensterbens und der Massengräber neigte sich zwar dem Ende zu, die Anonymität des Todes und die Verdrängung der Toten wurde erst geschaffen. Daß das 20. Jahrhundert die größten Massengräber erst bringen würde, ahnte man ja im 19. Jahrhundert mit seinem Fortschrittsglauben noch nicht.

Literatur (in Auswahl):

Bolognese-Leuchtenmüller, Birgit, Bevölkerungsentwicklung und Berufsstruktur, Gesundheits- und Fürsorgewesen in Österreich 1750–1918, 1978. – Geschichte und Ergebnisse der zentralen amtlichen Statistik in Österreich 1829–1979 (Festschrift aus Anlaß des 150jährigen Bestehens der zentralen amtlichen Statistik in Österreich), 1979. – *Helczmanovszki, Heimold,* Austria-Hungary, in: *W. R. Lee* (Hg.), European Demography and Economic Growth, 1979. – *Horska, Pavla,* L'état actuel des recherches sur l'evolution de la population dans les pays tchèques aux XVIIIe et XIXe siècles, Annales de démographie historique, 1967, 173ff. – *Karnikova, Ludmilla,* Vyvoj obyvatelstva v ceskych zemich 1754–1914, 1965. – *Katus, László,* Die Probleme des demographischen Übergangs in Ungarn vor dem ersten Weltkrieg, in: *Gábor Erdödy* (Hg.), Demographie, Bevölkerungs- und Agrarstatistik, 1982. – *Mitterauer, Michael,* Ledige Mütter. Zur Geschichte illegitimer Geburten in Europa, 1983. – *Schmölzer, Hilde,* A schöne Leich. Der Wiener und sein Tod, 1980.

Roman Sandgruber

DIE LANDWIRTSCHAFT

DIE HABSBURGERMONARCHIE – EIN AGRARSTAAT

Es hat wohl niemals einen fünfzigjährigen Zeitraum gegeben, in welchem die Landwirtschaft so umfassende Umwandlungen erfahren hat, wie in der Jubelperiode Seiner kaiserlichen und königlichen Majestät Franz Josef I., wie in den vielbewegten Jahren 1848 bis 1898. So schrieb 1898 Wenzel Hecke, k. k. Hofrat und pensionierter Professor der Hochschule für Bodenkultur in Wien in seiner Einleitung zum ökonomischen Teil des vielbändigen Jubiläumswerkes zur Geschichte der österreichischen Land- und Forstwirtschaft und ihrer Industrien, das anläßlich des fünfzigjährigen Regierungsjubiläums des Kaisers herausgebracht worden war und bis heute die umfassendste Darstellung der land- und forstwirtschaftlichen Entwicklung Österreichs im 19. Jahrhundert geblieben ist. Auch Franz Sitensky, Landesinspektor für den landwirtschaftlichen Unterricht im Königreich Böhmen, äußerte sich für seinen Bereich, das Kronland Böhmen, in ähnlicher Weise.

Doch werden auch in diesem als festliche Bestandsaufnahme konzipierten und weitgehend von den Interessen des Großgrundbesitzes dominierten Standardwerk die kritischen Punkte der agrarischen Entwicklung Österreichs im 19. Jahrhundert nicht verschwiegen, und wird die Rückständigkeit großer Teile der cisleithanischen Landwirtschaft vor allem in den Nordost- und Südgebieten recht offen aufgezeigt. Für den Großteil der österreichischen Landwirtschaft, insbesondere die Klein- und Mittelbauern der Alpenländer gab es wenig Grund zu Jubel. War es doch die Zeit, als das Bauernlegen in den Bergbauerngebieten einen ersten Höhepunkt erreichte und der in den Alpenländern vorherrschende Klein- und Mittelbetrieb zu einem raschen Untergang verurteilt schien.

Österreich-Ungarn war ein Agrarstaat und von agrarischen Interessen dominiert. Mehr als 50% der Erwerbstätigen lebten auch in der industrialisierteren österreichischen Reichshälfte, den sogenannten *im Reichsrathe vertretenen Königreichen und Ländern*, von land- und forstwirtschaftlicher Tätigkeit. Die Produktivität dieser Tätigkeit war aber viel niedriger als in Industrie und Gewerbe.

Was den Zeitpunkt einer entsprechenden Modernisierung und nennenswerten Produktivitätssteigerung der landwirtschaftlichen Produktion in Österreich betrifft, so ist die herrschende Meinung, daß hier entsprechende Fortschritte mit ziemlicher Verspätung gegenüber Westeuropa und insbesondere England eingesetzt haben.

„In Österreich verzögerten sich die großen Änderungen bis in die 2. Hälfte des 19. Jahrhunderts", hat Günther Franz im Handbuch der deutschen Wirtschafts- und Sozialgeschichte wohl völlig zu Recht festgestellt. Doch tut Differenzierung not, sowohl regional als auch inhaltlich. In den Nordostgebieten und im Süden, in Galizien, in der Bukowina und in Dalmatien, finden wir in der zweiten Hälfte des 19. Jahrhunderts eine sehr rückständige Form der Wirtschaftsführung, kaum Fortschritte in den Erträgen und in manchen Gegenden sogar eine durch zunehmende Besitzzersplitterung und Überbevölkerung verursachte Reduzierung der Arbeitsproduktivität. In den Sudetenländern, die im 18. und frühen 19. Jahrhundert noch recht extensiv und meist wenig fortschrittlich bewirtschaftet worden waren, war seit der Mitte des 19. Jahrhunderts ein Umschwung spürbar geworden; seit dieser Zeit hatte ein äußerst kräftiges Wachstum der Produktion und Produktivität eingesetzt, so daß Böhmen und Mähren um die Jahrhundertwende neben Niederösterreich bereits die agrarwirtschaftlich fortschrittlichsten Länder der Monarchie darstellten. In den Donau- und Alpenländern, in Oberösterreich, aber auch in der Steiermark, in Kärnten und Tirol, waren bereits im Vormärz, ja schon im ausgehenden 18. Jahrhundert und noch früher Intensivierungs- und Modernisierungstendenzen zum Tragen gekommen, die zu einem für die Zeit und die umweltbedingten Umstände vergleichsweise hohen Niveau der landwirtschaftlichen Produktion geführt und der alpenländischen Wirtschaftspraxis und Landwirtschaftswissenschaft zu hohem Rang verholfen hatten. Daß dieser Vorsprung im letzten Drittel des 19. Jahrhunderts nicht gehalten werden konnte, ist sowohl in der Ungunst der ökologischen Voraussetzungen als auch in der Umstrukturierung der allgemeinen Verkehrslage und der fortschrittsfeindlichen Ausrichtung der hier vorherrschenden Dienstbotenbetriebe begründet, wodurch es viel schwerer war, kommerzielle Neuerungen mit ähnlicher Schnelligkeit und Zielstrebigkeit einzuführen wie in den viel mehr auf Taglohn ausgerichteten Wirtschaften des Nordens und Ostens. Ungarns Landwirtschaft hingegen, die als in den gleichen Wirtschaftsverband einbezogener Konkurrent von entscheidender Bedeutung war, durchlief seit der Mitte des 19. Jahrhunderts wesentlich stärkere Zuwachsraten der Produktion und Produktivität als die westliche Reichshälfte.

Wenn die grundsätzliche Umstrukturierung der Landwirtschaft im 18. und 19. Jahrhundert in Analogie zur industriellen Revolution oft als Agrarrevolution bezeichnet wird, so sind mehrere Komponenten dieser grundlegenden Transformation zu unterscheiden, einerseits die produktionstechnischen Fortschritte, die in einer Steigerung der Arbeits- und Flächenproduktivität ihren Ausdruck fanden, und andererseits die soziale und politische Revolution, bei der die Loslösung der agrarischen Produzenten aus feudalen Bindungen, die zunehmende Mobilisierung von Arbeitskraft und Boden, eine verstärkt auf den Markt verwiesene Wirtschaftsweise und zunehmend möglich werdende politische Artikulation die wesentlichen Momente bildeten.

DIE GRUNDENTLASTUNG

Die Regelung der bäuerlichen Untertänigkeit und die Beseitigung der feudalen Lasten war im Frühjahr 1848 zu einer Hauptfrage geworden. Anfänglich herrschte die Ansicht vor, die Lösung dieses Problems den einzelnen Landtagen und Ländern zu überlassen. In Galizien hatte die Regierung sich gegen den Adel auf die Seite der Bauern gestellt, um nach der blutigen Niederschlagung des Aufstandes von 1846 die bäuerlichen Massen für sich zu gewinnen und den Adel zu schwächen. Am 17. April 1848 wurden alle Robot- und sonstigen Untertansleistungen ab 1. Juli gegen eine künftig noch zu ermittelnde Entschädigung auf Kosten des Staates für aufgelassen erklärt. In Ungarn waren schon am 11. April Robot, Zehent und Patrimonialgerichtsbarkeit aufgehoben und die Ablösung ebenfalls aus Staatsmitteln veranlaßt worden. In den übrigen österreichischen Landtagen hingegen wurden Entschließungen gefaßt, die auf eine Umwandlung der bäuerlichen Giebigkeiten in eine erst festzusetzende Geldentschädigung hinausliefen. Patente in diesem Sinne ergingen für Böhmen schon am 28. März, für Niederösterreich und die Steiermark am 8. April, für Kärnten am 25. April und Krain am 23. Mai. Oberösterreich folgte am 7. Juni und Mähren am 30. Juni.

Daß die Bauern angesichts der viel günstigeren Regelung in Ungarn und Galizien mit der Vorgangsweise der Landtage nicht einverstanden sein konnten, ist verständlich. Ihre Hoffnungen richteten sich daher nicht auf die konservativen Stände sondern auf den Kaiser und den Reichstag. Am 26. Juli legte HANS KUDLICH tatsächlich seinen Antrag auf Aufhebung *des Unterthänigkeitsverhältnisses sammt allen daraus entsprungenen Rechten und Pflichten* vor, vorbehaltlich allerdings der Frage der Entschädigungen an die Grundherren, ob und wie solche zu leisten seien. Allerdings wäre die Bauernbefreiung auch ohne diesen etwas nebulosen Antrag zur Sprache gekommen, denn die 92 Bauernabgeordneten waren nur zu diesem Zweck nach Wien gekommen. Es ging selbstverständlich 1848 nicht mehr um die Frage, ob es zu einem Ende der grundherrlichen Abhängigkeit kommen werde, sondern nur mehr um das Wie. Das Programm der Bauern war außerordentlich klar und einfach: Grundentlastung ohne Entschädigung.

Nach endlosen Debatten wurde im Reichstag schließlich der Gegenantrag des konservativen Salzburger Abgeordneten Dr. Josef Lasser mit 174 zu 144 Stimmen bei 36 Enthaltungen angenommen, der eine Grundentlastung mit von den Betroffenen zu leistenden Entschädigungszahlungen vorsah. Auch über einen modifizierten Kudlichschen Antrag, der die Entschädigungslast auf den Staat überwälzt hätte, wurde noch abgestimmt. Er verfehlte die Mehrheit um 4 Stimmen. So entstand das berühmte Patent vom 7. September 1848. Es auf Kudlich zurückzuführen, wäre wohl irreführend.

Damit hatten die Bauern ihre Forderungen, wenn auch nicht in der erhofften radikalen Weise, durchgesetzt. Mit den übrigen Anliegen der Revolution wußten sie nicht viel anzufangen. Das politische Bewußtsein war gering. So wird von niederösterreichischen Bauern berichtet, die gemeint hätten, die „Preßfreiheit" wäre für sie ohne Belang, da sie ohnehin keine Weingärten besäßen.

Die Frage, warum die Wiener Oktoberrevolution außerhalb Wiens so wenig Unterstützung fand, ist oftmals auf das Desinteresse der Bauern zurückgeführt worden, nachdem ihre Forderungen erfüllt worden waren. Was die Bauern betrifft, so scheint der Grund im Gegenteil darin zu suchen zu sein, daß ihnen die Linke nicht das gebracht hatte, was sie sich erhofft hatten, nämlich die entschädigungslose Entlastung.

Die Errungenschaften der Grundentlastung wurde auch nach der Niederschlagung der Revolution nicht angezweifelt, nicht zuletzt, weil eine starke Bauernschaft ein sicheres Bollwerk gegen ein aufstrebendes Proletariat zu gewährleisten schien. Die Ausführungsbestimmungen der Grundentlastung ergingen für Österreich am 4. März 1849 und für Ungarn am 7. Juli desselben Jahres. Der durchgehende Grundzug war die konsequente Trennung von Herren- und Bauernwirtschaft, wobei das Prinzip der jeweiligen Bevorzugung des Verpflichteten als gemeinsamer Grundzug herauszulesen ist (Bevorzugung der Bauernwirtschaft bei Äckern und Wiesen und der Großgrundbesitzer bei Wald, Weiden und Jagd).

Die in der gesamten westlichen Reichshälfte zur Ablösung angemeldeten Grundlasten erreichten eine beträchtliche Höhe. Es ergab sich für Staat und Bauern eine Zahlungsverpflichtung in der Höhe von 289,8 Millionen fl., wovon die Bauern 112,6 Millionen fl. zu leisten hatten. 230 Millionen fl. kamen davon den Dominien und Gustbetrieben zugute. Auf einzelne Grundherrn konnten ganz beträchtliche Beträge entfallen, 1,870.000 fl. auf das Haus Schwarzenberg, 1,110.000 fl. auf Fürst Franz Liechtenstein, 409.000 fl. auf Fürst Alois Liechtenstein, 690.000 fl. auf das Stift Admont, auf das Stift Melk 1,371.370 fl. Das Kapital, das dadurch in Umlauf gebracht wurde und vor allem den Gutsbetrieben zufloß, war also sehr beträchtlich. Große Geldmittel waren dem Gutsbesitz auf jeden Fall zugeflossen. Wie sie veranlagt wurden, ist noch immer nicht konkret erforscht.

In Ungarn und Transsylvanien waren 1,366.749 Bauernfamilien von den Emanzipationsgesetzen betroffen. Davon wurden allerdings nicht einmal die Hälfte (43,7%) wirkliche Landeigentümer. Von den 798.076 Familien landloser Bauern erfuhren ca. 100.000 überhaupt keine oder nur wenig Änderung ihrer wirtschaftlichen Situation, da sie weder Gärten noch Häuser besaßen. Die restlichen 700.000 nützten kleine Parzellen und Häuser, die nun ihr Eigentum wurden. Ca. 55% des Ackerlandes kam an die Bauern. 11,717.000 Robottage mit Pferden und 12,373.000 Handrobottage wurden abgelöst. Auch nach 1848 verblieben hingegen die sogenannten Sedler und Kontraktbauern weiterhin in gutsherrlicher Abhängigkeit. Die mit dem Gesetz von 1853/54 für sie gegebene Möglichkeit einer Ablösung war sehr ungünstig.

Die Auffassungen über die gesamtwirtschaftlichen Auswirkungen der Grundentlastung sind sehr unterschiedlich. Einerseits wird hervorgehoben, daß erst dadurch eine Aktivierung der in diesem Sektor steckenden Reserven möglich geworden sei, sowohl was die volle Entfaltung unternehmerischer Initiativen als auch die Mobilisierung des auf dem Lande festgehaltenen Arbeitskräftepotentials betrifft. Auf der anderen Seite stehen jene Meinungen, die unterstellen, daß der Vorgang der Ablöse und speziell die Ablösemodalitäten die Modernisierung der Landwirtschaft mehr gehemmt als gefördert hätten.

Es ist sehr fraglich, ob durch die Grundentlastung

die Produktionshöhe und die Produktivität wesentlich beeinflußt wurden. Produktionsfördernde Maßnahmen waren auch bereits vorher realisiert worden. Wesentliche Bedingungen der Produktivitätsentfaltung, vor allem die Grundbesitzstruktur, blieben durch die Grundentlastung unangetastet. Und keineswegs automatisch mußte eine Auflösung des Feudalsystems eine stärkere Integration der Bauern in die Marktwirtschaft bewirken. Die Grundentlastung hat vielmehr eine Struktur gefestigt, die tendenziell der Naturalwirtschaft zuneigt. So blieben die Rationalisierungsmöglichkeiten beschränkt.

Wirtschaftlich gesehen brachte die Grundentlastung für die Bauern nicht die Belastungen, die man vielleicht befürchtet hatte. Sie profitierten von der Inflation. Bereits Ende der fünfziger Jahre hatten sie ihre aus der Entlastung resultierenden Schulden größtenteils bezahlt. Daß trotzdem für die weitere Zukunft keine tragfähigen Strukturen vorhanden waren, lag weniger an den Modalitäten der Grundentlastung als an der österreichischen Agrarstruktur schlechthin.

Die liberale Reformgeneration von 1848 lebte in der Illusion, daß eine Befreiung der Bauern von feudalen Lasten eine plötzliche Verbesserung der landwirtschaftlichen Bewirtschaftungsweise mit sich bringen würde. Es war eine zweifellose Überschätzung der magischen Kraft des privaten Eigentums, einer Kraft, die Unwissenheit vertreibe, verdeckte Fähigkeiten wecke und die Saat der moralischen Veredelung einpflanze. Der aktuelle Transformationsprozeß erwies sich als sehr viel langsamer, als die liberalen Reformer erhofft hatten. Es war auch durch das Eigentum nicht zu verhindern, daß Bauern, wie die Kritiker meinten, es weiter vermieden, Extraeinkünfte zu erzielen oder ihre freie Zeit produktiv zu nützen, und sie auch für gutes Geld nicht bereit waren, für ihre ehemaligen Herren weiter zu arbeiten: „*Gott sei dank, können wir nun rasten, müssen nicht mehr länger Robot und Zehent leisten. Wir können nun glücklich sein*", hieß es in einem ungarischen Volkslied.

Ein Arbeitsethos, das durch Jahrhunderte eingeprägt war, ließ sich sicherlich nicht in wenigen Jahren umkrempeln. Für Bauern bedeutete Arbeiten gegen Entgelt etwas grundsätzlich anderes als für freie Lohnarbeiter der bürgerlichen Gesellschaft: da schwangen immer noch Erinnerungen an Erniedrigungen und Knechtschaft in der feudalen Zeit mit, als der Aufseher des Grundherrn mit einem Stock hinter ihm stand und zur Arbeit antrieb. Freie Lohnarbeit, von der die Befürworter der Robotabolition so positive ökonomische Wirkungen erhofft hatten, wurde oftmals gar nicht angeboten, so daß die unmittelbare Folge der Grundentlastung bisweilen sogar eine Reduktion der landwirtschaftlichen Produktion war.

DIE PRODUKTIONSFORTSCHRITTE

Die Agrarrevolution bestand vorerst weniger in der Einführung neuer, arbeitssparender Maschinen und Techniken, als in der Intensivierung der Boden- und Arbeitskraftnutzung durch neue Pflanzen, neue Fruchtfolgesysteme und neue Fütterungstechniken. An die Stelle der Dreifelderwirtschaft traten verbesserte Formen der Fruchtfolge und des Fruchtwechsels: Die Brachflächen wurden mit Kartoffeln, Futterrüben oder Klee genutzt. Die Sommerstallfütterung des Viehs mußte daher die verbesserte Dreifelderwirtschaft begleiten, sollte diese in ihrer Funktion gesichert sein.

Das waren Innovationen, die eine Verdichtung des bäuerlichen Arbeitsjahres und einen beträchtlichen Mehreinsatz menschlicher Arbeitskräfte notwendig machten. Daraus folgte, daß vom Frühjahr bis zum Spätherbst härter und kontinuierlicher gearbeitet werden mußte. Die neuen Arbeiten waren Kartoffelauflesen oder Rübenroden. Die Stallfütterung erforderte mehr Fütterungsarbeit und mehr Arbeit mit dem Abtransport des Stallmistes. Auch der Umfang der Melkarbeit und des Schweinefütterns nahm zu. Da dies vielfach Arbeiten waren, die vornehmlich von Frauen und Kindern ausgeführt wurden, ist eine strukturelle Umschichtung der Arbeitsbelastung anzunehmen.

So stieg die Produktion an, die Flächenproduktivität erhöhte sich beträchtlich, und die Produktivität pro Arbeitskraft nahm zu. Dies geschah vor allem dadurch, daß arbeitsschwache Zeiten abgebaut und

Modell einer Handdreschmaschine (Wien, Technisches Museum)

der Arbeitsaufwand gleichmäßiger über das Jahr hinweg verteilt werden konnten. Weniger ins Auge fällt dagegen, daß die Produktivität pro Arbeitsstunde wahrscheinlich fiel und die Produktivitätssteigerung pro Arbeitskraft auf einer Mehrbelastung der Arbeitskapazität der ländlichen Arbeiter basierte, was durchaus im Sinne merkantilistischer und aufklärerischer Forderungen nach Hebung des Fleißes, Ausdehnung der Arbeitszeit und Abschaffung der Feiertage war.

Man konnte die Aufmerksamkeit voll auf arbeitsintensivierende Maßnahmen konzentrieren, weil Arbeitskraft billig war. Neue, arbeitssparende Geräte wurden zwar schon im Vormärz in großer Zahl konzipiert und konstruiert, kamen aber nur dort zum Einsatz, wo die Löhne hoch waren. Wo Arbeitskräfte viel kosteten, wie z. B. im Wiener Umland, war es folgerichtig, daß statt der arbeitsintensivierenden Methoden den arbeitssparenden Maschinen mehr Beachtung geschenkt wurde.

Sämaschinen, Dreschmaschinen, Häckselmaschinen oder der Göpelantrieb waren bereits bekannt und wurden auch viel diskutiert, kamen aber nicht in nennenswertem Ausmaß zum Einsatz. Die Aktivitäten zahlreicher Grundherren, Gutsbesitzer und Funktionäre bezüglich der Einführung und Verwendung verbesserter Geräte bieten einen scharfen Gegensatz zum allgemeinen Bild veralteter und ineffektiver Methoden. Die Journale der Landwirtschaftsgesellschaften brachten viele Berichte über neue Maschinen, die aber weitgehend auf dem Papier blieben.

Die wohl entscheidendsten Fortschritte gab es im 19. Jahrhundert bei den Pflügen. Zahlreiche neue Konstruktionen wurden entwickelt, die reinen Holzpflüge verdrängt. 1872 waren in Ungarn noch 48% der Pflüge ganz aus Holz, in Siebenbürgen sogar 98%. 1895 differenzierte die Statistik nur mehr zwischen ganz eisernen und teilweise eisernen Pflügen. Ganz hölzerne wurden einer Zählung gar nicht mehr für Wert erachtet.

Das monumentalste Sinnbild agrikulturellen Fortschrittes war zweifellos der Dampfpflug. 1851 im Londoner Glaspalast mit einigen phantastischen Skizzen vorgestellt, war er von J. Fowler zu einem wirklich funktionierenden Gerät entwickelt worden. 1861 erfolgte auf den Dreher'schen Gründen in Schwechat die erste Vorführung in Österreich, der auch Kaiser Franz Joseph persönlich beiwohnte. Das Interesse des Großgrundbesitzes war zwar gegeben, eine Verwendung in großem Stil erfolgte im 19. Jahrhundert aber in der Monarchie noch nicht, und schon gar nicht außerhalb der Großgüter. Es wäre zwar ein gutes Ding, meinten die Bauern, die einen solchen Koloß bewunderten, aber es produziere keinen Mist. Zu Ende des 19. Jahrhunderts arbeiteten in Böhmen 59 Dampfpfluggarnituren, in Mähren 16, in Schlesien 3, in Niederösterreich 2 und in Galizien 1.

Zwei Arbeitsgänge, wo Einsparungen rasch und effektiv zu erreichen waren, stechen allerdings hervor: der Getreideschnitt und der Getreidedrusch. Beim Getreideschnitt konnte durch die Anwendung der Sense (anstelle der allgemein gebräuchlichen Sichel) eine Arbeitsersparnis von ein bis zwei Drittel erzielt und daher vor allem in der Erntezeit auf die Aufnahme zusätzlicher Arbeitskräfte verzichtet werden. Das Getreidemähen mit der Sense war vor 1850 fast nur in Niederösterreich eingeführt worden. Auch in der ungarischen Tiefebene wurden Sensen zum Getreideschnitt verwendet. In den Ost- und Nordostgebieten ebenso wie in den Alpenländern verblieb man sehr viel länger bei der Sichel, weil damit ein saubereres Arbei-

Dampfpflugarbeit.

Hugo Charlemont, Dampfpflugarbeit (Die österreichisch-ungarische Monarchie in Wort und Bild, Böhmen, 2. Abt., S. 467)

ten möglich war und der Körnerverlust geringer gehalten werden konnte.

Eine ähnliche Entwicklung zeigt sich in der Art des Dreschens. Das Dreschen mit Dreschflegeln war arbeitsaufwendig. Austreten durch Pferde und mittels Walzendreschmaschinen war nicht eine besonders altertümliche Form des Dreschens, sondern eine Arbeitskraft sparende Innovation in Niederösterreich und in Ungarn. Ab der Mitte des Jahrhunderts wurden die Hand- und Göpeldreschmaschinen immer zahlreicher, und dies nicht nur in den besonders marktnahen oder lohnempfindlichen Gebieten. Bei Stiften- und Trommeldreschmaschinen war nicht nur die Arbeitsersparnis, sondern auch das bessere Ausdruschergebnis zu berücksichtigen. Für Cisleithanien hat man im 19. Jahrhundert keine statistischen Informationen, wohl aber für Ungarn. Während 1872 in Ungarn und Siebenbürgen 2.416 Dampfdreschmaschinen und 3.198 Göpeldreschmaschinen verwendet wurden, waren es 1895 schon 8.920 und 46.800. 29,3% der Dampfdreschmaschinen und 91,4% der Göpeldreschmaschinen waren in Bauernhand. Die Dreschmaschine setzte sich auch dort rasch durch, wo noch die Sichel beim Schnitt verwendet wurde. In den sechziger Jahren begann der Großgrundbesitz die Hand- und Göpeldreschmaschinen durch Dampfdreschgarnituren zu ersetzen.

Landwirtschaftliche Maschinenfabriken entstanden und expandierten: Burg, Sigl, Kugler, Hubazy in Wien, Borrosch & Eichmann in Prag, Zugmayer in Waldegg. Clayton & Shuttleworth übernahm 1857 die Werkstätte von L. Weiss in Wien. 1869 begann M. Hofherr mit dem Bau von Mähmaschinen in Wien. Auf der Weltausstellung 1873 beherrschten aber englische Dampfdreschgarnituren noch unangefochten den Markt, Dampfpflüge wurden fast zur Gänze importiert.

Ein wichtiger Modernisierungseffekt ergab sich

durch die Ausdehnung und Umstrukturierung des Zugviehbestandes mit dem vermehrten Einsatz von Pferden statt der recht langsamen und störrischen Ochsen. Die Zugleistung wurde durch die Arbeit mit Pferden nicht nur wesentlich verbessert, es konnte nunmehr auch ein Mann mit zwei Pferden dieselbe Arbeit verrichten, für die früher zwei Männer und sechs Ochsen erforderlich waren. Ochsen waren dagegen billiger und vielseitiger nutzbar.

Für die Verbreitung neuer agrartechnischer und ökonomischer Erkenntnisse wurde das landwirtschaftliche Schulwesen ausgebaut. 1849 gründete die k. k. Landwirtschaftsgesellschaft in Wien die erste Ackerbauschule Österreichs auf dem Fürst Liechtenstein'schen Gut Weissenhof. An die vielen neu errichteten niederen und mittleren Schulen reihten sich bald auch höhere landwirtschaftliche Lehranstalten, Tetschen, Dublany, Czernichow, Tabor, Mödling, die 1872 in der Errichtung einer eigenen Hochschule für Bodenkultur gipfelten. Ungarn hatte da einen Vorsprung. Es gab mit dem Georgikon in Keszthely und der landwirtschaftlichen Lehranstalt in Ungarisch-Altenburg bereits eine lange Tradition höherer landwirtschaftlicher Lehrtätigkeit. Die Güterbeamten und Verwalter rekrutierten sich aus den Absolventen dieser Schulen. Der einfache Bauer wurde noch wenig erreicht. Er hielt nicht viel von mehr Schule und Schulbildung.

Die Notwendigkeit eines erhöhten Arbeitskräfteeinsatzes und die Möglichkeit, einen erweiterten Personenkreis zu ernähren, sind der Hintergrund einer bedeutenden Zunahme der landwirtschaftlichen Hilfskräfte, gleichgültig ob es sich um mithelfende Kinder, um Gesinde oder um Taglöhner und Inwohner gehandelt hat. Die bäuerlichen Haushalte erreichten im zweiten Drittel des 19. Jahrhunderts ihre größte Ausdehnung. Die Agrarkrise und beginnende Landflucht ab der Mitte der siebziger Jahre führte zwar noch zu keinem absoluten Rückgang der landwirtschaftlich Beschäftigten, zwang die Bauern aber mehr zur Arbeit mit eigenen mithelfenden Familienmitgliedern, die sich in einer Krise auch leichter einschränken und den Einkommensverlust durch Konsumverzicht unterlaufen konnten.

DIE SOZIALE UND POLITISCHE MOBILISIERUNG DER BAUERNSCHAFT

Die fünfziger und sechziger Jahre des 19. Jahrhunderts gelten als die letzten goldenen Jahrzehnte der österreichischen Landwirtschaft. Zwar war das Fallen der Zwischenzollinie zu Ungarn von der alpenländischen Landwirtschaft schon mit einiger Beunruhigung wahrgenommen worden, spürbare Auswirkungen zeigten sich vorerst aber nicht. Zwischen 1850 und 1875 verlief die Einkommensentwicklung noch durchaus positiv, in den fünfziger Jahren sogar sehr günstig. Wie viele Bauern nach 1850 und bis in die siebziger Jahre hinein ihre Häuser erneuert haben, läßt sich aus Einreichplänen und – heutzutage zwar zunehmend weniger – aus den Hauslandschaften ersehen. Die entscheidende Ausbauphase der oberösterreichischen Vierkanthöfe z. B. gehört in diese Zeit.

Die Kommerzialisierungszentren verlagerten sich bereits im Vormärz. Die Großgrundbesitzer Ungarns, der Sudetenländer und Niederösterreichs sahen sich nunmehr veranlaßt, ihre Landwirtschaft kommerziell umzugestalten. Im Vordergrund standen anfangs extensive Formen wie die Schafzucht, später der Anbau von Getreide, Handelspflanzen und Zuckerrüben, als die mit dem Bau der Eisenbahnen und der Einführung der Dampfschiffahrt hervorgerufene Verkehrsrevolution im Verein mit den liberalen Grundsätzen des Freihandels und Wettbewerbs ihnen endgültig vollen Marktzugang eröffnete. Durch die Schaffung leistungsfähiger überregionaler Transportmittel wurden die zahlreichen, in kleinräumigen Hochpreisgebieten produzierenden Bauern der alpinen Regionen empfindlich getroffen. Den Produktionsgebieten im östlichen Teil der Monarchie bot sich dagegen die Möglichkeit der intensiveren Nutzung ihrer Böden. Nicht nur die Verbesserung der Verkehrsverbindungen, sondern auch das Eindringen bürgerlichkapitalistischer Gruppen in den Großgrundbesitz und die Schule der Kommerzialisierung, die diese schon durchgemacht hatten, dürfte für diese Verlagerung der Modernisierungszentren nach Osten und Norden verantwortlich gewesen sein.

Im alpinen Österreich hingegen wurden solche

Kommerzialisierungsmöglichkeiten nur wenig genutzt, und es begannen antikommerzielle Tendenzen im Handeln der Bauern die Oberhand zu gewinnen. Die Agrarisierung der Industriebauern, zu der sie durch die Agrarrevolution motiviert und durch die Industrielle Revolution gezwungen worden waren, trug wesentlich zum Subsistenzdenken bei. Es scheint, daß die dadurch entstandenen, auf ausgedehntere Dienstbotenhaltung angewiesenen Haushalte sich stärker patriarchalisch ausrichteten, sowohl im Hinblick auf die Gesindewirtschaft als auch auf die Marktchancen, und jene Bestrebungen, die bis in die Mitte des 19. Jahrhunderts den Aufschwung der österreichischen Landwirtschaft beflügelt hatten, den Grund für die späteren Schwierigkeiten legten.

In den frühen siebziger Jahren war die Konkurrenz des Überseegetreides in Österreich-Ungarn noch nicht spürbar. Zu Ende des Jahrzehnts aber war die Agrarkonjunktur, die zuletzt nur mehr durch eine Aufeinanderfolge von Witterungsunbilden und schlechte Ernten aufrecht erhalten worden war, vorüber. Die Getreidepreise fielen. Auf die ab 1880 voll einsetzende Agrarkrise reagierten die Bauern mit Mehrproduktion. In einer aktiven Strategie hatten bäuerliche Produzenten keine andere Wahl, als intensivere Bewirtschaftungstechniken aufzugreifen und durch Mehrproduktion den Preisverfall zu unterlaufen. Ab 1880 gingen überall die Brachflächen sehr rasch zurück; es wurde damit begonnen, die regionalen Rinderrassen zu verbessern und die Landschläge auszutauschen. Die Maschinennutzung wurde verstärkt und ein erster Prozeß der Produktspezialisierung setzte ein, z. B. mit der Kommerzialisierung der Milchwirtschaft.

Nicht alle Bauern konnten und wollten aber aktiv reagieren. Die defensive Strategie mündete in verstärkte Autarkie und Subsistenzwirtschaft, obwohl ein Abkoppeln aus der auch die Landwirtschaft immer stärker erfassenden kapitalistischen Entwicklung, wie es zum Beispiel Peter Rosegger in seinem berühmten Roman über die Landfluchtproblematik, in „Jakob der Letzte“, empfahl, letztlich ein ungangbarer Weg war. Die regionalen Ungleichgewichte verschärften sich ab den achtziger Jahren. Einerseits begannen sich neue, modernisierungsaufgeschlossene Typen von Landwirten herauszubilden. Zwei Typen aufwärtsmobiler Bauern zeichneten sich ab, der eine, schwer arbeitend, hartherzig und geizig, wucherisch, mißtrauisch gegenüber Sparkassen und Genossenschaften, der andere, auch schwer arbeitend, aber mit weiterem Horizont, bereit, Risiken einzugehen, sich genossenschaftlich zu organisieren, Maschinen anzuschaffen, neue Produktionszweige aufzugreifen und sich zu spezialisieren.

Für die wenig mobilen, defensiven Typen könnte man Rosegger-Figuren anführen, Jakob Steinreuter oder der alte Adamshauser aus dem „Erdsegen“, auch hart zupackende Hauswirte, mit Gesinde und Kindern arbeitend, redlich und zufrieden, auf alle von außen kommenden Einflüsse aber negativ reagierend: *Ich bitt' dich, Hansel, ein Bauer, der um Bargeld Mist kauft,* stöhnt der alte Adam. Mit der Vielseitigkeit des Bauern und seiner Fähigkeit, sich selbst zu versorgen, ist die Hoffnung verbunden, der Zeit zu trotzen. *Diese Leute machen ihre Wirtschaftsplanung, als ob es keine Tabakspfeifen, keinen Kaffee und keine Steuern gäbe, oder zum wenigsten, als ob sie ohne die zwei ersten tun könnten und den letzten entkommen könnten,* sagen dazu die Realisten. Der vierte Typ läßt sich als resignierend charakterisieren, oft in den Alkohol ausweichend, am traditionellen Lebensstil scheiternd, aber unfähig, einen neuen zu finden, der Knatschel in „Jakob der Letzte“, oder auch der Guldeisner. Sie wollen zwar die neue Lebensauffassung, aber mit den alten Methoden, müssen daher verschulden, verkaufen, scheitern.

Das politische Interesse blieb auf dem Land bis in die sechziger Jahre auf kleine, meist bürgerliche Kreise beschränkt. Bei gleichzeitiger Mißachtung der Probleme der Kleinhäusler, Inleute und Landarbeiter war nach 1848 die besitzende Bauernschaft im Bereich von Haus und Gemeinde die eigentlich bestimmende Kraft geworden. Ihre Interessen waren kleinräumig. Dem anonymen Markt wie auch den fernen Zentralbehörden und parlamentarischen Vertretungen mißtrauten sie.

Die liberale Gesetzgebung nach 1867 betraf die Landwirtschaft vor allem hinsichtlich der Mobilisierung des Bodens. Die Aufhebung des Bestiftungszwanges und der Wuchergesetze und die Freiteilbarkeit der Betriebe machten zwar die Hypothekarverschuldung und Güterschlächterei leichter, die Wurzel der bäuerlichen Probleme aber, die sich schon seit den sechziger Jahren abzeichneten, lag anderswo: in der Produktionsstruktur und in der Unfähigkeit der Bauernschaft, diese dem geänderten Markt anzupassen. So war der Vorwurf gegen die Mobilisierung der Produktionsfaktoren, letztlich das Großkapital zu begünstigen, eher propagandistisch wichtig. In Verbindung mit antiliberalen Parolen trat damit eine Gruppe von „Schuldigen“ immer mehr in den Vordergrund, die Juden. Die Wuchergesetze und die Reform des bäuerlichen Erbrechts (Anerbenrecht) hatten auch nur zum Teil praktische Konsequenzen, weil sie nur Reichsrahmengesetze waren und der Beschlußfassung in den Landtagen bedurften.

Die politische Rekrutierung der Bauernschaft erfolgte sehr viel stärker über die Opposition zur liberalen Schul- und Kirchengesetzgebung. Die Schul- und Kirchengesetze von 1868/69 trieben die katholisch-konservativen Kreise aus der Reserve. Der organisatorische Vorsprung der Kirche am Land ließ sich leicht politisch ummünzen. Es lag nahe, die Schuld für alle wirtschaftlichen Schwierigkeiten in den liberalen Gesetzen zu suchen. Besonders die Ausdehnung der Schulpflicht auf acht volle Jahre bot sich dafür an, entzog sie doch dem Bauern die billige Arbeitskraft der Kinder von 12 bis 14 Jahren, deren spätere völlige Abwanderung man bei besserer Schulbildung noch zusätzlich befürchtete. Die Schulgesetznovelle 1883, die eine Reduzierung der Schulpflicht im 7. und 8. Schuljahr brachte, wurde daher als großer bäuerlicher und konservativer Sieg gefeiert. Das alles wirkte zusammen, daß die Bauern ihre politische Mobilisierung nicht unter liberalen Leitsätzen, wie es sich in den Landwirtschaftsgesellschaften noch angedeutet hatte, sondern unter primär konservativem Vorzeichen erlebten.

Literatur (in Auswahl):

Berindei, Dan (Hg.), Der Bauer Mittel- und Osteuropas im sozioökonomischen Wandel des 18. und 19. Jahrhunderts, 1973. – *Bruckmüller, Ernst,* Landwirtschaftliche Organisationen und gesellschaftliche Modernisierung. Vereine, Genossenschaften und politische Mobilisierung der Landwirtschaft Österreichs vom Vormärz bis 1914, 1977. – *Dinklage, Karl,* Die landwirtschaftliche Entwicklung, in: Die Habsburgermonarchie 1848–1918, Bd. 1, Die wirtschaftliche Entwicklung, hg. v. *Alois Brusatti,* 1973. – Geschichte der österreichischen Land- und Forstwirtschaft und ihrer Industrien, 1848–1898, 5 Bde., 1899f. – *Held, Joseph* (Hg.), The Modernization of Agriculture: Rural Transformation of Hungary, 1848–1975, 1980. – *Hoffmann, Alfred* (Hg.), Bauernland Oberösterreich. Entwicklungsgeschichte seiner Land- und Forstwirtschaft, 1974. – *Ders.* (Hg.), Österreich-Ungarn als Agrarstaat. Wirtschaftliches Wachstum und Agrarverhältnisse in Österreich im 19. Jahrhundert, 1978. – *Komlos, John,* The Emancipation of the Hungarian Peasantry and Agricultural Growth, in: Ivan Volgyes (Hg.), The East European Peasantry, 1979. – *Ders.,* The Habsburg Monarchy as a Customs Union: Economic Development in Austria-Hungary in the Nineteenth Century, 1983. – *Lom, Frantisek,* Die Arbeitsproduktivität in der Geschichte der tschechoslowakischen Landwirtschaft, Zeitschrift für Agrargeschichte und Agrarsoziologie 19, 1971. – *Sandgruber, Roman,* Österreichische Agrarstatistik 1750–1918, 1978. *Ders.,* Die Anfänge der Konsumgesellschaft. Konsumgüterverbrauch, Lebensstandard und Alltagskultur in Österreich im 18. und 19. Jahrhundert, 1982. – Hans Kudlich und die Bauernbefreiung in Niederösterreich. Katalog des Niederösterreichischen Landesmuseums NF 134, 1983 (mit wichtigen Beiträgen von *Ernst Bruckmüller* und *Peter Urbanitsch*).

Josef Ehmer

HANDWERK UND GEWERBE

In den Jahrzehnten nach der Revolution von 1848 erfolgte in der Habsburgermonarchie der endgültige Durchbruch des kapitalistischen Zeitalters. Der Industrialisierungsprozeß schritt rasch voran, wenn auch nicht in gerader Linie: die Hochkonjunktur der frühen Gründerjahre wurde von einer langen Stagnationsphase von 1857 bis 1866 abgelöst, und die dynamischeste industrielle Expansionsperiode der Hochgründerjahre von 1867 bis 1873 endete im „großen Krach", der eine mehr als zwei Jahrzehnte dauernde Depression einleitete.

Für Handwerk und Gewerbe bedeutete dies einen umfassenden Veränderungsprozeß, in dem sich ihre wirtschaftlichen Grundlagen, die soziale Stellung von Meistern wie Gesellen, und ihr Verhalten zueinander grundlegend wandelten. Einzelne Gewerbe fielen völlig der industriellen Konkurrenz zum Opfer, für die meisten ergaben sich aber doch verschiedene Möglichkeiten, in größerem oder kleinerem Maß, in dieser oder jener Form, am allgemeinen wirtschaftlichen Aufschwung teilzunehmen. In den 50er und 60er Jahren, als die industrielle Revolution in Österreich ihrem Höhepunkt zustrebte, trat das Kleingewerbe in eine Phase jähen, sprunghaften Wandels ein und zeigte ein weitgefächertes, facettenreiches soziales Profil, das den langsam zu Tode hungernden Weber ebenso einschloß wie den optimistischen Schlossermeister, der – am Sprung zum industriellen Kleinunternehmer – vielleicht schon ein, zwei Dutzend Gesellen beschäftigte. In den 80er Jahren bahnte sich eine Phase der Konsolidierung an: viele der nicht mehr lebensfähigen Gewerbe waren bereits zugrunde gegangen, und für die große Zahl der Übriggebliebenen bestand zwar wenig Anlaß für spektakuläre Hoffnungen, aber auch weniger reale Bedrohung und Existenzangst. Handwerk und Gewerbe begannen, einen beständigen Platz in der wirtschaftlichen Struktur des hochindustrialisierten Kapitalismus einzunehmen.

Die Vielschichtigkeit dieser Wandlungsprozesse läßt sich am besten nachzeichnen, wenn man versucht, einzelne typische Entwicklungsmuster darzustellen. Unter den Gewerben, die tatsächlich von der industriellen Konkurrenz verdrängt wurden, sind an erster Stelle die Textilgewerbe zu nennen. In der ersten Hälfte des 19. Jahrhunderts hatten die kleingewerblichen Textilproduzenten – selbständige Handwerksmeister oder hausindustriell tätige Gesellen – noch eine starke Ausdehnung erlebt. Die Mechanisierung des Spinnens hatte zwar große Gruppen der ländlichen Bevölkerung um einen traditionellen Nebenerwerb gebracht, zugleich aber riesige Mengen von Garn auf den Markt geworfen. Die Zahl der Handweber, die dieses Garn weiterverarbeiteten, stieg an. Ihre Hoffnungen waren allerdings, wie sich rasch herausstellte, auf Sand gebaut: der Mechanisierungsrückstand des Webens gegenüber dem Spinnen erwies sich als kurzfristige Episode, und als um die Mitte des 19. Jahrhunderts der mechanische Webstuhl seinen Siegeszug antrat, wandelten sich ganze Textillandschaften zu Hunger- und Elendsregionen.

Am schrecklichsten waren die Folgen in jenen Hausindustriegebieten, die sich traditionellerweise fast ausschließlich von der Textilindustrie ernährt hatten, und wo der Niedergang des Heimgewerbes nur schlecht durch die Abwanderung in andere Arbeitszweige abgefangen werden konnte. Im Rayon der Handelskammer Reichenberg zum Beispiel, dem Zentrum der nordböhmischen Textilindustrie, hatte sich die Mechanisierung des Webens sprunghaft durchgesetzt: die Zahl der mechanischen Webstühle stieg zwischen 1852 und 1866 von 150 auf 5.500! Zugleich war aber mangels anderer Alternativen auch die Zahl der

Handwebstühle im selben Zeitraum ziemlich konstant bei 56.000 geblieben, obwohl sie kaum mehr ermöglichten, auch nur das Lebensnotwendigste zu verdienen.

In größeren Städten, wo sich leichter alternative Arbeitsmöglichkeiten fanden, fiel der Niedergang von Hausindustrie und Kleingewerbe in der Textilbranche zahlenmäßig viel deutlicher aus. In der am Beginn des 19. Jahrhunderts blühenden Wiener Seidenfabrikation ging die Zahl der selbständigen Meister und Fabrikanten zwischen 1850 und 1887 von rund 630 auf etwa 120 zurück, die Zahl der unselbständig Beschäftigten von 12.000 auf knapp 2.000. Hier war der Übergang vom Kleingewerbe zur Fabriksindustrie mit einer Abwanderung des ganzen Produktionszweiges verknüpft. Die wenigen Fabrikanten, die den Sprung zum industriellen Unternehmer schafften, errichteten ihre Fabriken nicht in Wien, sondern im Waldviertel oder in Mähren, *wo es leichter war, Neubauten zu errichten und bei der Menge von vorhandenem Menschenmaterial billige Arbeitskräfte anzuwerben*, wie es von der Commission der Jubiläums-Gewerbeausstellung 1888 formuliert wurde.

Auch die vielen über das Land verstreuten Textilhandwerker, wie Weber, Färber und andere, die in Dörfern, kleinen Märkten oder Städten für lokale Bedürfnisse oder für Verlagskaufleute arbeiteten, begannen in der zweiten Hälfte des 19. Jahrhunderts aus der Berufsstruktur ihrer lokalen Gemeinschaften zu verschwinden. Ihr Niedergang war – als vereinzelte Produzenten – weniger spektakulär, aber deutlich genug: in dem kleinen oberösterreichischen Markt Waizenkirchen zum Beispiel wurden 1831 noch 17 Webermeister gezählt, 1862 nur mehr zwei.

Ein anderer Produktionszweig, der von der Großindustrie verdrängt wurde, war die Eisenverarbeitung. Auch hier waren ganze Regionen betroffen, wie die Kleineisenindustrie in den ober- und niederösterreichischen Alpen. Von den 283 Hammerwerken und Schmieden, die 1850 in der niederösterreichischen Eisenwurzen bestanden, hatten 1883 159 den Betrieb eingestellt. Der Konkurrenz der Industrie fiel eine breite Gruppe von Metallhandwerken zum Opfer, wie Nagelschmiede, Zweckenmacher, Schwertfeger oder Sporer, die überall im Lande zugrunde gingen.

Zusammenfassend kann man feststellen, daß Handwerk und Gewerbe umso eher von mechanisierten Fabriken verdrängt wurden, je mehr sie schon bisher auf Massenproduktion orientiert waren, je einfacher und gleichförmiger die Palette ihrer Erzeugnisse war, und je weniger auf individuelle Bedürfnisse einzelner Konsumenten Rücksicht genommen werden mußte. Wo diese Bedingungen nicht zutrafen, war allerdings das Kleingewerbe im dritten Viertel des 19. Jahrhunderts noch die vorherrschende Produktionsform. Es wurde, auch ohne direkte industrielle Konkurrenz, jedoch in immer stärkerem Maß in den Strudel der neuen kapitalistischen Wirtschaftsweise einbezogen. Bevölkerungsumschichtung und Wachstum der Städte, zunehmende Lohnarbeit und Arbeitsteilung, tiefgreifende Veränderungen der Lebensweise und neue Bedürfnisse – all dies führte zu einer steigenden Nachfrage nach vielfältigen Waren im Inland. Der Fall der Zollschranken nach Ungarn, eine gezielte Außenhandelspolitik, und schließlich die verbesserten Transportmöglichkeiten durch die Eisenbahn eröffneten auch im internationalen Maßstab neue Märkte. Diese stark steigende und reich differenzierte Nachfrage konnte von industriellen Fabriken nicht befriedigt werden, da sich ja die Fabriksindustrie erst in wenigen, begrenzten Branchen durchgesetzt hatte. Für das Kleingewerbe ergaben sich hier neue wirtschaftliche Möglichkeiten, allerdings um den Preis einer grundlegenden sozialen und arbeitsorganisatorischen Veränderung: sie waren verbunden mit der Unterordnung unter Großhändler und Verleger, die den Massenabsatz von Gewerbeerzeugnissen organisierten. Die Auswirkungen dieses Wandels waren ambivalent. Rein zahlenmäßig dehnten sich die Kleingewerbe aus, vor allem in den großen Städten wie Wien oder Prag, in denen die Nachfrage am größten war, wo die Großkaufleute ihren Sitz hatten und die ja auch die Zentren der Eisenbahnnetze bildeten.

In den Wiener Vorstädten etwa lag in unserem Zeitraum der Anteil der selbständigen Gewerbetreibenden an den männlichen Haushaltsvorständen zwischen 30 und 40 Prozent – in kleinen Märkten wie

Anton Marussig, Schusterstube in Tirol (II. Ausstellung des Vereins bildender Künstler Steiermarks, Graz 1901)

Perchtoldsdorf dagegen bei 10 Prozent. Auch bezogen auf die unselbständig Beschäftigten scheinen vor allem die größeren Städte als bevorzugte Wachstumsgebiete des Kleingewerbes auf. Im Jahre 1865 zum Beispiel entfielen in Prag auf einen Meister im Durchschnitt 3 Gesellen, in den umliegenden Landgemeinden dagegen auf 4 Meister 1 Geselle.

Auf der anderen Seite waren Wachstumschancen, wie sie sich für Tischler, Drechsler, Schlosser, Vergolder, Schuhmacher, Schneider und viele andere ergaben, unter dem Einfluß von Verlegern und Großabnehmern verbunden mit dem Verzicht auf eine individuelle Produktion, mit einer hohen Spezialisierung der einzelnen Betriebe und dem Verlust des direkten Kontaktes zum Kunden, womit der Übergang zur industriellen Fertigung vorbereitet wurde. Tatsächlich dehnte sich von den Gründerjahren an die industrielle Produktion immer stärker auf die verschiedensten bisher kleingewerblich organisierten Branchen aus. Nun zeigt sich allerdings, daß dies nicht notwendigerweise zum Ruin des Kleingewerbes führen mußte; vielmehr entstanden bestimmte Verbindungen zur Industrieproduktion: dies konnte die Weiterverarbeitung industriell gefertigter Einzelteile als auch den Detailhandel mit Fabrikswaren einschließen, ein Rückgang der Neuproduktion konnte mit einem stärkeren Bedarf an kleinen Reparaturbetrieben einhergehen, und vieles mehr. Daneben war auch die Kundenproduktion und individuelle Spezialanfertigung auf vielen Gebieten erhalten geblieben, etwa in der Erzeugung von Maßschuhen, Luxusmöbeln, schmiedeeisernen Gittern etc. Für viele kleingewerbliche Produktionsbereiche bestanden also nur mehr beschränkte Wachstumsmöglichkeiten, aber gute Chancen, sich zu behaupten, und zwar nicht im Gegensatz, sondern in einer bestimmten Symbiose mit der immer umfassenderen industriellen Produktion.

Eine dritte Gruppe des Kleingewerbes schließlich konnte sogar unmittelbar von der Hochindustrialisierung profitieren. Nahrungsmittelgewerbe wie Bäcker, Zuckerbäcker oder Fleischhauer, Dienstleistungsgewerbe wie Friseure, oder neue qualifizierte Tätigkeiten wie Mechaniker, erlebten gegen Ende des 19. Jahrhunderts einen starken Aufschwung. Veränderungen der Sozialstruktur, verbesserte Einkommen der Industriearbeiterschaft verbunden mit einem Wandel ihrer Haushaltsführung, ganz allgemein neue gesellschaftliche Bedürfnisse eröffneten einzelnen Handwerkszweigen ganz neue Absatz- und Arbeitsmöglichkeiten.

Welche Auswirkungen hatten nun diese wirtschaftlichen Tendenzen auf die soziale Stellung der im Kleingewerbe Beschäftigten? Wenn wir zunächst die Selbständigen betrachten, so ist in Betracht zu ziehen, daß in dem hier zu behandelndem Zeitraum auch grundlegende Reformen der Gewerbegesetzgebung stattfanden. 1859 wurde die Gewerbefreiheit eingeführt, die es jedermann gestatten sollte, nur gegen Anmeldung ein Gewerbe auszuüben. 1883 wurde diese liberale Regelung wiederum beschränkt und die Gewerbeausübung an einen „Befähigungsnachweis" gebunden. Die Auswirkung der Gewerbefreiheit bestand nicht darin, daß ein Massenzustrom einsetzte, sondern sie führte vor allem zu einer rechtlichen Gleichstellung der verschiedenen Gruppen von Selbständigen. Deren rechtliche Position war ja bis 1859 stark differenziert: zünftige Meister hatten mehr Rechte als jene, deren Gewerbe an kurzfristige „Befugnisse" der Behörden gebunden waren; Angehörige der für den lokalen Bedarf produzierenden „Polizeigewerbe" waren strengeren Beschränkungen unterworfen, als jene in den „Kommerzialgewerben". In den 50er Jahren wurden z. B. selbständige Handwerker noch mit Arrest bestraft, wenn sie – ihre Befugnisse überschreitend – etwa Lehrlinge anstellten.

Eine zunehmende Vereinheitlichung der rechtlichen Stellung der Handwerker ging aber mit einer steigenden Differenzierung ihrer wirtschaftlichen und sozialen Position einher. Zwischen den einzelnen Gewerben bestanden ungeheure Unterschiede: am reichsten waren diejenigen Meister, die von den sozialen Wandlungen des Industrialisierungsprozesses voll profitierten, ohne seine negativen Auswirkungen zu spüren, wie Bäcker, Fleischhauer oder Gastwirte. Am untersten Ende waren jene zu finden, die voll von der industriellen Konkurrenz getroffen wurden, wie Weber oder Posamentierer. Bei den Gewerben, denen die Einbeziehung in das Verlagswesen wirtschaftliche Expansionschancen eröffnete, ist dagegen eine reiche Differenzierung im Inneren sichtbar: von den Wiener Tischlermeistern z. B. hatten zwar 1857 zwischen 5 und 10 Prozent mehr als 10 Gesellen und Lehrlinge beschäftigt, auf der anderen Seite aber arbeitete auch ein Fünftel ohne jegliche Gehilfen. Gegen Ende des 19. Jahrhunderts ging diese Differenzierung allerdings zurück. Wir finden nun weniger Selbständige mit zahlreichem Personal, aber auch weniger gänzlich ohne Gehilfen.

Das soziale Profil der handwerklichen Gesellen war um die Mitte des 19. Jahrhunderts noch stark von traditionellen Zügen geprägt. Auf dem flachen Land war das Wohnen beim Meister noch allgemein üblich, und auch in den größeren Städten war es weit verbreitet. In Wien z. B. befanden sich 1869 80 Prozent der Bäckergesellen, 60 Prozent der Schuhmacher, rund ein Viertel der Tischler und Drechsler in hausrechtlich abhängiger Stellung. Auch wenn sie mit fortschreitendem Alter immer seltener beim Meister wohnten, bedeutete das noch nicht, daß sie auch heiraten und einen eigenen Haushalt hätten gründen können. Die meisten blieben ledig, und wohnten als Untermieter oder Bettgeher. Unter diesen Umständen blieben auch viele alte Handwerksbräuche und Institutionen lebendig. Die „Gesellenwalz" war noch weit verbreitet, und die Herbergen hatten als Anlaufstellen für Zureisende, als Arbeitsvermittlung und schlicht als Stätten ausgiebigen gemeinsamen Zechens eine hohe Popularität.

Zugleich hatten sich aber die Perspektiven von Handwerksgesellen auch schon grundlegend gewandelt. Unter den Bedingungen verlegter und auf Massenabsatz orientierter Produktion eine umfassende Berufsausbildung zu erhalten, war für viele Lehrlinge und Gesellen unmöglich geworden. Für die Masse von ihnen bestand auch keine Hoffnung mehr, selbst einmal Meister zu werden. Ein Abbröckeln der alten Handwerkstraditionen wird auch in einem grundlegenden Wandel des Gesellenwanderns sichtbar. Noch im Vormärz waren Gesellen aus Budapest oder Wien traditionell überlieferten Wanderrouten gefolgt, die sie Donau, Rhein und Elbe entlang durch die bedeutendsten mitteleuropäischen Gewerbezentren führten, und umgekehrt hatten die großen Städte der Monarchie vor allem aus Süd- und Mitteldeutschland Gesellen und Meister angezogen. Diese traditionellen Formen regionaler Mobilität waren im dritten Viertel des 19. Jahrhunderts zwar noch vorhanden, sie wurden aber immer stärker von einem neuen Wanderungsschub überlagert, der massenhaft Lehrlinge und Gesellen aus Böhmen und Mähren in die österreichischen Kronländer führte. Vor allem wurden sie vom Glanz der „k. k. Haupt- und Residenzstadt" Wien angezogen – etwa zwei Drittel der kleingewerblichen Arbeiter Wiens stammten in den 1850er Jahren aus Böhmen und Mähren –, aber auch in oberösterreichischen Märkten wurde damals der *Böhmschuster* ein verbreiteter Typus.

Die Beziehungen zwischen Meistern und Gesellen nahmen einen widersprüchlichen Verlauf. Gingen die Geschäfte gut, so konnte man in den Werkstätten durchaus noch auf gemütliche Verhältnisse treffen, wo Meister und Gesellen einträchtig zusammenarbeiteten, und der Arbeitseifer nicht durch Antreiberei, sondern durch Freibier gefördert wurde. Im allgemeinen zerstörte aber das Verlagswesen jeden gleichmäßigen Arbeitsrhythmus im Handwerk. Arbeitstempo und Arbeitsumfang wurde von den Lieferungen und Abnahmen der Verleger bestimmt, und häufig gab es am Beginn der Woche wenig zu tun, während Freitag und Samstag auch die Nacht durchgearbeitet wurde. Ein sprunghafter Arbeitsrhythmus und ein ständiger Druck durch die Großabnehmer, den die Meister an ihre Beschäftigten weitergaben, sorgte oft für eine gereizte Stimmung in den Werkstätten, und ausbrechende Konflikte waren von erbittertem persönlichem Haß geprägt. Dies schloß aber durchaus nicht aus, daß sich Meister und Gesellen nach Feierabend in denselben Biergärten wieder fanden und aufs neue verbrüderten.

Wenn auch das Wohnen beim Meister noch weit verbreitet war, so hatte sich doch seine soziale Bedeutung bereits gewandelt. Schutzverpflichtungen bei Krankheiten wurden kaum mehr wahrgenommen, und mangelnde Aufträge hatten die Entlassung der Gesellen zur Folge, die im Durchschnitt nur wenige Wochen bei ein und demselben Meister blieben. Das Wohnen beim Arbeitgeber war unter diesen Bedingungen nicht mehr die Integration in ein „ganzes Haus", sondern eine Form besonders engmaschiger sozialer Kontrolle, die es gestattete, die Löhne niedrig und die Arbeitszeiten hoch und flexibel zu halten. Vor allem ältere Gesellen strebten deswegen danach, der häuslichen Abhängigkeit von den Meistern zu entkommen.

Die Umwandlung der Beziehung zwischen Meister und Gesellen in ein reines Lohnarbeitsverhältnis ist trotz ihres zögernden und widersprüchlichen Verlaufs die eigentliche soziale Hauptentwicklungstendenz des Kleingewerbes jener Periode. Sie hatte zur Folge, daß beide Gruppen neue soziale Bezugsfelder aufzubauen begannen, und nach einer eigenen Identität suchten, die schließlich auch in besondere politische Orientierungen mündete.

Für die Meister schien vor allem eine – in strahlenden Farben gedachte – zünftlerische Vergangenheit eine neue soziale Identität zu bieten. Das Interesse an längst verstaubten Zunftreliquien und Archivalien erwachte, und viele Meister fanden sich zur geselligen Traditionspflege zusammen. Diese vergangenheitsorientierten Neigungen waren aber keineswegs Ausdruck schwärmerischer Weltfremdheit, sondern viel eher die kulturelle Verzierung eines erwachenden Bestrebens, eigene aktuelle politische und soziale Interessen zu formulieren und zu vertreten. Vom

Ende der 70er Jahre an wurden auf lokaler und überregionaler Ebene Gewerbetage abgehalten, auf denen die Kleingewerbetreibenden ihre Wünsche vorlegten. Tatsächlich gelang es ihnen, Einfluß auf die Gewerbegesetznovellierung von 1883 zu nehmen. Langfristig wichtiger ist allerdings, daß hierbei die ersten organisatorischen Ansätze in Richtung einer christlichsozialen Bewegung entstanden, die gegen Ende des 19. Jahrhunderts zur politischen und weltanschaulichen Heimat vieler Gewerbetreibender wurde.

Die Handwerksgesellen dagegen wurden in einem immer stärkerem Maß Teil der sozialdemokratischen Arbeiterbewegung. Gesellen hatten schon in der ersten Aufschwungsphase der österreichischen Arbeiterbewegung zu Ende der 60er Jahre eine wichtige Rolle gespielt, konnten sie doch an lange Traditionen eigenständiger Organisierung und kämpferischen Selbstbewußtseins anknüpfen. Allerdings fiel es ihnen schwer, in einigen Fragen eine konsequente und dauerhafte Linie zu entwickeln: ob sie sich als „Gesellen", als „Arbeiter", oder vielleicht einfach nur als „Brüder" fühlen sollten; ob ihre Fachvereine nicht doch auch den Meistern offenzustehen hätten; ob man sich zur Sozialdemokratie zählen solle oder diese vielmehr abzulehnen sei – all dies war Gegenstand heftiger Debatten und unterschiedlicher Entscheidungen. In den 80er Jahre dagegen waren es gerade Handwerksgesellen, die am radikalsten Flügel der Arbeiterbewegung zu finden waren, und sich für anarchistische Aktionen und Ideen erwärmten. Das „alte Handwerk" war endgültig an den Klassenlinien der neuen Gesellschaft zerbrochen.

Literatur (in Auswahl):

Adler, E., Über die Lage des Handwerks in Österreich, Freiburg 1898. – *Bachinger, K.*, Der Niedergang der Kleineisenindustrie in der niederösterreichischen Eisenwurzen (1850–1914). Fallstudie einer industriellen Regression, Wien 1972. – *Boyer, J.*, Political Radicalism in Late Imperial Vienna. Origins of the christian-social movement 1848–1897, Chikago 1981. – *Ehmer, J.*, Familienstruktur und Arbeitsorganisation im frühindustriellen Wien, Wien 1980. – *Heumos, P.*, Bruderlade und proletarischer Tabor. Soziale Bedingungen von Organisations- und Aktionsformen tschechischer Kleingewerbe-Arbeiter in Böhmen 1850–1870, in: Vierteljahrschrift für Sozial- und Wirtschaftsgeschichte. 69. Bd., H. 3 (1982), S. 339–372. – *Waentig, H.*, Gewerbliche Mittelstandspolitik. Eine rechtshistorisch-wirtschaftspolitische Studie auf Grund österreichischer Quellen, Leipzig 1898.

Josef Ehmer

DIE INDUSTRIELLE ARBEITERSCHAFT

Die „Blütezeit des Kapitals“ nannte der englische Historiker Hobsbawm das dritte Viertel des 19. Jahrhunderts. Was dies für die industrielle Arbeiterschaft bedeutete, dazu sollen im folgenden einige Stichworte gegeben werden.

Zunächst ist aber zur Vorsicht zu mahnen: die ungeheure industrielle Dynamik der Gründerjahre darf nicht vergessen lassen, daß die Industrie zwar in immer stärkerem Maß die Entwicklung der gesamten Volkswirtschaft bestimmte, zugleich aber in der Habsburgermonarchie immer noch nicht mehr als Inseln in einer überwiegend agrarischen und kleingewerblichen Ökonomie bildete. Dementsprechend war auch die Zahl der Industriearbeiter gering. Nach der Volkszählung des Jahres 1869 wurde zwar die große Mehrheit der Bevölkerung zur Arbeiterschaft gerechnet – knapp 70 Prozent der Berufstätigen –, doch waren 73 Prozent der Arbeiter in der Landwirtschaft beschäftigt, als Land- und Forstarbeiter, Gutsarbeiter, Dienstboten usw., dagegen nur 23 Prozent in Industrie und Gewerbe und vier Prozent in Handel und Verkehr. Von den in Industrie und Gewerbe beschäftigten Arbeitern ist nun der größte Teil wiederum dem Kleingewerbe zuzurechnen; in Oberösterreich z. B. waren 1869 rund 9.000 Arbeiter in 187 Fabriken beschäftigt, was nur ein Achtel der gesamten gewerblich-industriellen Arbeiterschaft ausmachte.

Wie hoch der Anteil des eigentlichen Industrieproletariats in der Habsburgermonarchie der Gründerjahre tatsächlich war, kann insgesamt nicht genau gesagt werden. Sicherlich machte er aber nicht mehr als einige Prozent der gesamten Arbeiterschaft aus. Die industriellen Arbeiter waren zudem nicht nur zahlenmäßig schwach vertreten, sondern auch nach Industriesektoren und Regionen höchst ungleichmäßig verteilt. Zwar gab es kaum einen Gewerbezweig, in dem nicht industrielle Großbetriebe entstanden wären, dennoch waren es nur wenige Branchen, in denen im dritten Viertel des 19. Jahrhunderts die industrielle Fabrik schon ihren endgültigen Sieg errungen hatte und mehr darstellte, als eine vielbestaunte – und häufig gefürchtete – Ausnahmeerscheinung innerhalb einer von Handwerk und Hausindustrie geprägten Produktion.

Am weitesten fortgeschritten war die Entwicklung der Fabriksindustrie in der Textilverarbeitung, dem ersten „Leitsektor“ der industriellen Revolution. Schon vom Beginn des 19. Jahrhunderts an hatte sich hier der industrielle Großbetrieb in der Baumwollspinnerei durchgesetzt. Nun wurde in zunehmendem Maß auch die Weberei mechanisiert, und zwar nicht nur in der Baumwollverarbeitung, sondern auch bei Schafwolle, Seide und Leinen. Großindustriellen Charakter nahm weiters der Bergbau und die Hüttenindustrie an, die durch den Eisenbahnbau einen mächtigen Anstoß erhielten. Von größter Bedeutung war schließlich der Maschinenbau, der ja Investitionsgüter für die übrigen Industrien produzierte; vor allem im Konjunkturaufschwung 1867–1873 entstanden hier zahlreiche Großbetriebe. Mit dieser kurzen Aufzählung sind aber auch schon jene Branchen genannt, deren Arbeiterschaft in unserem Zeitraum als überwiegend industriell gelten kann.

So eng begrenzt die Herrschaft der industriellen Fabrik noch auf wenige Branchen war, so verhielt es sich auch mit ihrer regionalen Verteilung. Auch hier ist es nicht zu übersehen, daß es kaum einen Landstrich gab, in dem nicht dort oder da ein Industriebetrieb entstanden wäre und größere oder kleinere Gruppen von Industriearbeitern lebten: seien es die Textilbetriebe oder Papiermühlen an verschiedenen Flußläufen, seien es die – allerdings nur im Winter in Betrieb stehenden – Zuckerfabriken auf den großen böhmischen Gütern, seien es die Maschinenfabriken im Umkreis kleinerer Provinzzentren. Zugleich gab es aber nur wenige Gegenden, deren Sozialstruktur von der industriellen Arbeiterschaft geprägt wurde und die damit als die eigentlichen Industrieregionen der frühen franzisko-josephinischen Ära zu bezeichnen sind.

An erster Stelle sind hier die nördlichen, gebirgigen Grenzgebiete Böhmens und Mährens zu nennen, Regionen mit einer langen Tradition hausindustrieller Textilerzeugung, in denen der Übergang zur fabriksmäßigen Produktion geglückt war. Diese langgestreckte Textilindustrielandschaft wies aber auch einige Gebiete mit Schwerindustrie auf, wie die Braunkohlenfelder des nordwestlichen Böhmen, vor allem aber den rasch expandierenden Steinkohlen- und Hüttenbezirk des nördlichen Mähren mit den Zentren Wittkowitz und Ostrau. Ein altes Textilzentrum der böhmischen Länder war weiters Brünn, die Metropole der Schafwollindustrie.

Im Gebiet des heutigen Österreichs sind die an den Rhein grenzenden Landstriche Vorarlbergs sowie das südliche Wiener Becken als die wichtigsten Standorte der Textilindustrie zu nennen, wobei im letzteren um Wiener Neustadt und in einigen Tälern auch eine bedeutende Maschinen- und Metallindustrie entstan-

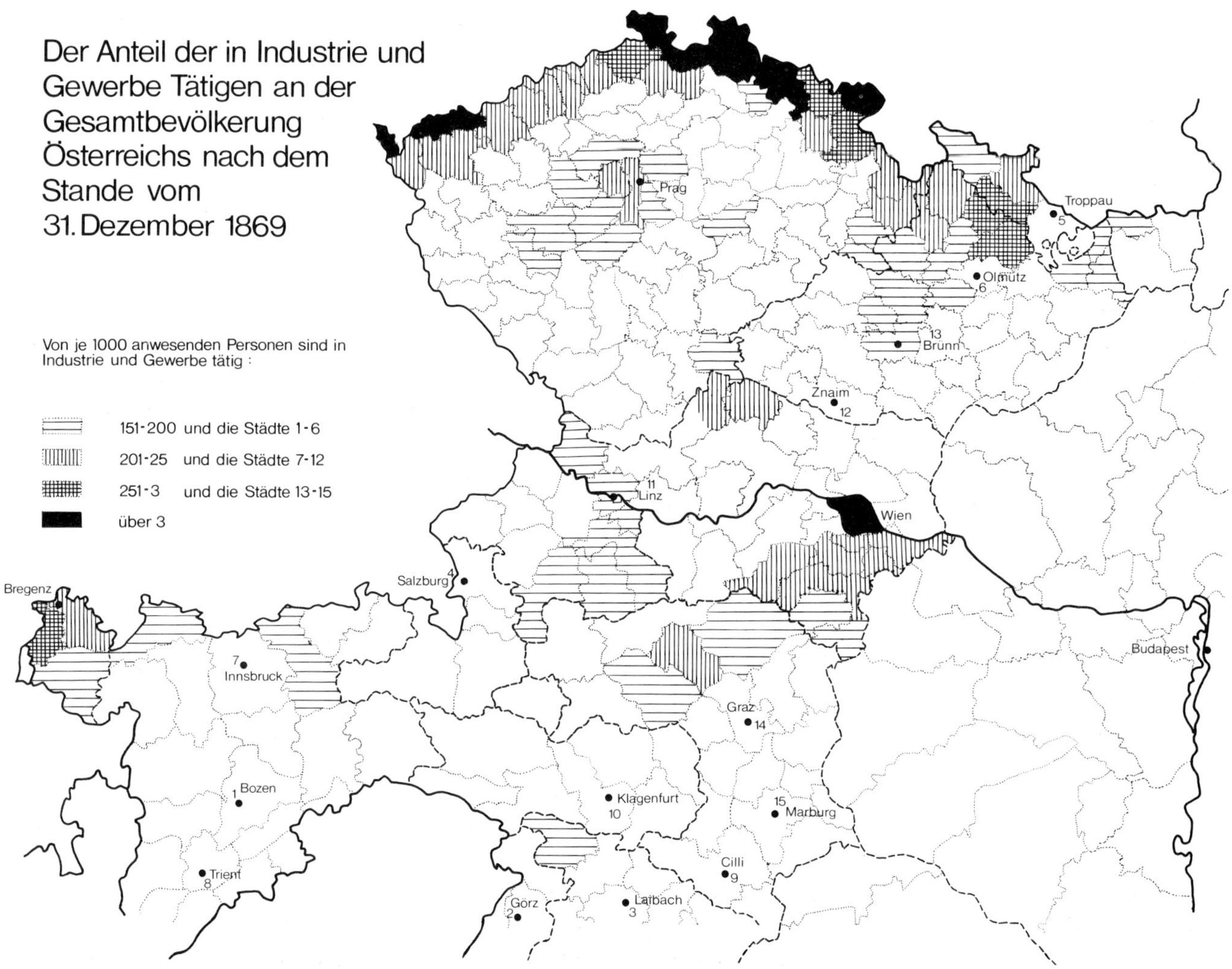

den war. Zum schwerindustriellen Zentrum entwickelte sich die Mur-Mürz-Furche, wo die Großindustrie ebenfalls an eine lange Tradition der Metallverarbeitung anknüpfen konnte. Die „Haupt- und Residenzstadt" Wien schließlich wies das breiteste Spektrum industrieller Fabriken auf, etwa in der Holzverarbeitung, der Lederindustrie oder der Nahrungsmittelerzeugung, vor allem war sie aber der wichtigste Standort für den Maschinenbau. Insgesamt war aber auch die Wiener Arbeiterschaft in viel stärkerem Maß im Kleingewerbe und in der Hausindustrie beschäftigt, als in Fabriksbetrieben.

In den angeführten Industrieregionen dehnte sich die Fabriksproduktion in unserem Zeitraum dynamisch aus. Dazu kamen neue Industrieregionen, etwa der Raum Prag–Kladno. Die Konzentration der Industrie auf wenige Zentren bewirkte allerdings auf der anderen Seite, daß andere traditionelle Gewerberegionen auch einem Reagrarisierungsprozeß unterworfen waren, wie z. B. die Textillandschaft des nördlichen Waldviertels, die Kärntner Eisenverarbeitung, oder auch Teile Oberösterreichs und der Steiermark.

Die industrielle Arbeiterschaft der frühen franzisko-josephinischen Ära war demnach zahlenmäßig schwach und auf wenige Branchen und Regionen beschränkt. Trotzdem verdient sie unsere volle Aufmerksamkeit: wir können hier die Geburt einer sozialen Klasse beobachten, die in den folgenden Jahrzehnten rasch anwuchs und immer nachhaltigeren Einfluß auf die gesellschaftliche Entwicklung nahm, und an der die Auswirkungen der industriellen Produktionsweise am deutlichsten sichtbar werden.

Die industrielle Arbeiterschaft als einheitliche soziale Klasse zu bezeichnen, würde aber in den 50er und 60er Jahren des vorigen Jahrhunderts bei vielen Zeitgenossen – auch bei Arbeitern selbst – auf Widerspruch gestoßen sein. Zwar war es offensichtlich, daß sich das Industrieproletariat durch gemeinsame Merkmale auszeichnete: um leben zu können, war es gezwungen, seine Arbeitskraft an Fabriksbesitzer zu verkaufen, und zwar üblicherweise nicht für eine begrenzte Zeitspanne, nach der man etwa auf Selbständigkeit hoffen konnte, sondern ein Leben lang. Die Industriearbeiter waren in großen Betrieben zusammengeballt, und sie arbeiteten mit den modernsten Maschinen, die meist von Dampfkraft angetrieben wurden. Zwischen ihren Lebensinteressen und den Interessen der Unternehmer an einer effektiven Kapitalverwertung und der Erhöhung der Profite bestand ein ständiger Gegensatz.

Diese Gemeinsamkeiten des Industrieproletariats wurden von zeitgenössischen Sozialwissenschaftlern durchaus erkannt und analysiert. Auf der anderen Seite bestanden aber große Unterschiede zwischen einzelnen Gruppen von Industriearbeitern: ihre soziale und regionale Herkunft, ihre Ausbildung und konkrete Tätigkeit, ihre Arbeitsbelastung und ihr Einkommen, und in der Folge Wohnung, Ernährung – kurz die gesamten Lebensverhältnisse, all dies zeigte eine beträchtliche Variationsbreite, die das Gefühl grundsätzlicher sozialer Gemeinsamkeiten zunächst kaum entstehen ließ. Betrachten wir als erste Gruppe etwa die Textilarbeiterschaft des nordöstlichen Böhmen, um Reichenberg, Friedland oder Gablonz. Unter den Industriearbeitern jener Region waren Frauen in der Überzahl, und die meisten von ihnen waren sehr jung – die Mehrzahl unter 21 Jahren. Auch Kinder unter 10 Jahren wurden in den Textilfabriken beschäftigt, wenn auch ihre Zahl nicht genau zu erfassen ist, da die Gewerbeordnung von 1859 die Beschäftigung von Kindern unter diesem Alter verboten hatte.

Die Textilarbeiter Nordböhmens stammten überwiegend aus der Region selbst und aus dem Textilgewerbe. Die einst hier weitverbreitete Hausindustrie hatte durch die Konkurrenz der maschinell arbeitenden Fabrik einen völligen Niedergang erlebt, und diejenigen Fabrikanten, die selbst zum Maschinenbetrieb übergingen, konnten sich eines Überangebots an Arbeitssuchenden bedienen. Daher war es für sie leicht, ihren Arbeiterinnen und Arbeitern harte Bedingungen zu diktieren. Die Dauer der täglichen Arbeitszeit lag zwischen 11 und 15 Stunden, in der Mehrzahl der Fabriken bei 13 und 14 Stunden. Der Sonntag war im allgemeinen frei, bei Bedarf wurde aber auch Sonntagsarbeit gefordert. Wenn man die wenigen Feiertage abrechnet, so ergaben sich rund 300 Arbeitstage im Jahr – und doch waren nur wenige

Arbeiter so glücklich, an all diesen Arbeitstagen auch tatsächlich beschäftigt zu werden: bei schlechter Auftragslage wurden sie auf die Straße gesetzt.

Die Arbeit selbst wurde durch rigide Fabriksordnungen geregelt. Zuspätkommen, das Verlassen des Arbeitsplatzes, Beschädigungen von Maschinen oder Waren, mitunter sogar die bloße Unterhaltung mit einem Kollegen – all dies konnte harte Strafen meist finanzieller Art nach sich ziehen. Die strenge Disziplin der Fabrik, der Zwang zur gleichförmigen, stundenlang ununterbrochenen Tätigkeit, die sich täglich wiederholte, diese neuartigen Zwänge mögen von den Arbeitern am schwersten empfunden worden sein. Jene zumindest, die aus der Hausindustrie oder dem Kleingewerbe kamen, waren zwar ein hartes Leben gewöhnt, aber doch eines, in dem sie über Arbeitsbeginn und -ende, über Pausen und Intensität selbst bestimmen konnten.

Was konnte nun ein Arbeiter unter diesen Bedingungen verdienen? Die Löhne waren breit gestreut, sie lagen in der Reichenberger Textilindustrie in den 80er Jahren zwischen 1 und 7 Gulden in der Woche, die Mehrzahl verdiente zwischen 2 und 4 fl. Die Lohnhöhe war nicht nur von der Qualifikation abhängig, sondern auch vom Alter. Die höchsten Löhne wurden im Akkord im Alter zwischen 25 und 35 Jahren erreicht, und gingen dann, wenn sich die Arbeitskraft immer mehr und mehr erschöpfte, rasch zurück: *Nach einem Leben voll härtester Arbeit und Entbehrung ein Alter voll Bettelhaftigkeit und Entehrung* – wie ein zeitgenössischer Sozialwissenschaftler schrieb. Um den Minimallohn von 1 Gulden hätte man – je nach den aktuellen Marktpreisen – zwischen 6 und 10 Kilo Schwarzbrot kaufen können; nicht viel für eine Woche harter Arbeit, sogar wenn man davon absieht, daß der Mensch nicht nur von Brot allein lebt, und ja auch für andere Nahrungsmittel, für Wohnung und Bekleidung etwas übrigbleiben mußte. Daß unter diesen Umständen kaum einer der Arbeiter ganze Schuhe, kaum eine Familie eine Wohnung oder auch nur ein Zimmer für sich allein besaß, kann nicht mehr verwundern.

Unter diesen Arbeits- und Lebensbedingungen waren die physischen Kräfte der Arbeiter rasch erschöpft. Totgeburten waren häufig, vier von zehn Kindern überlebten ihr erstes Lebensjahr nicht, und die Erwachsenen wurden von der Tuberkulose bedroht. Die Reihen der Arbeiter wurden demnach, wie eine Untersuchung um 1880 feststellte, durch *vorzeitige Invalidierung oder zu frühes Ableben gelichtet.*

Die böhmischen Textilarbeiter zählten innerhalb der Industriearbeiterschaft sicherlich zu den am schlechtesten gestellten. Am anderen, oberen Ende des Spektrums standen zum Beispiel die Arbeiter des Wiener Maschinenbaus. Bei ihnen handelte es sich überwiegend um erwachsene Männer; Kinder, Taglöhner und Frauen wurden nur sehr wenig beschäftigt. Viele Maschinenbauer hatten eine handwerkliche Berufsausbildung hinter sich, und eine große Zahl von ihnen war aus industriell entwickelteren Gebieten – vor allem Deutschlands – zugewandert.

Ihre tägliche Arbeitszeit lag um 1870 bei 10 und 11 Stunden. Bei schlechtem Geschäftsgang wurden zwar Arbeiter entlassen, die „besseren" Arbeiter versuchte man jedoch bei Kurzarbeit im Betrieb zu halten. Tatsächlich war in den größeren Fabriken ein Arbeiterstamm kontinuierlich über Jahre hinweg beschäftigt. Mitunter gab es auch schon auf betrieblicher Ebene Unfall- und Krankenversicherungskassen.

Die Arbeit selbst war noch wenig normiert und in hohem Maß an persönliches Geschick gebunden. Deshalb war auch die Arbeitshetze gering. Ein Wiener Unternehmer etwa äußerte, seine Arbeiter sollten *lieber langsam, aber gut und verläßlich arbeiten.* Auch hier waren die Löhne weit gefächert, aber insgesamt vergleichsweise hoch: ein Monteur konnte über 20 fl. in der Woche verdienen, ein Handlanger immer noch zwischen 5 und 7. Die meisten Löhne lagen um 10 fl. die Woche, was ausreichte, um zumindest die notwendigsten Bedürfnisse einer Familie zu decken. Große Unternehmen außerhalb Wiens boten ihren Arbeitern häufig auch Werkswohnungen, vielfach mit kleinen Gärten, an. Ohne Zweifel haben wir es hier mit einer Oberschicht der Arbeiter zu tun. Wie ungesichert auf lange Frist aber auch ihre Existenz war, mußten sie in der Krise von 1873 erleben: der am härtesten getroffene Wiener Maschinenbau reduzierte seinen Arbeiterstand für Jahre hinaus um 40 Prozent, einige größere Betriebe sogar um zwei Drittel.

Einen weiteren, völlig anderen Industriearbeitertyp verkörperten etwa die schwerindustriellen Arbeiter des Ostrauer Gebietes. Mehr als die Hälfte von ihnen waren direkt aus der Landwirtschaft in die Industrie geströmt, und die meisten von ihnen versuchten mit Erfolg, eine kleine Wirtschaft beizubehalten, auf der sie Kartoffel, Gemüse oder Getreide anbauten. Ihre Arbeit verlangte wenig Ausbildung, aber viel körperliche Kraft, und die Rückbindung an das Dorf ermöglichte es ihnen, auch sehr niedrige Löhne hinzunehmen.

Neben und zwischen den hier angeführten Arbeitertypen gab es natürlich ein weites, vielfältiges Spektrum. Häufig waren auch einzelne Personen nicht einem Typ zuzuordnen, sondern wechselten im Laufe ihres Lebens, ja eines Jahres, von der einen zur anderen Position. Adelheid Popp zum Beispiel, 1869 in Inzersdorf bei Wien geboren, hatte mit 14 Jahren schon Arbeitserfahrungen als Wollhäklerin, Posamentiererin, Bronzewarenarbeiterin, in einer Metalldrukkerei, einer Patronenfabrik, einer Kartonagenfabrik, einer Schuhfabrik, als Weißnäherin, Zuckerwarenarbeiterin, in einer Glasfabrik und einige mehr gesammelt. Viele tschechische Wanderarbeiter waren im Sommer einige Wochen in Ziegeleien beschäftigt, im Winter in Zuckerfabriken, dazwischen im Bergbau, im Eisenbahnbau, in Glasfabriken usw.

Die sozialen Unterschiede innerhalb der Industriearbeiterschaft waren also beträchtlich. Trotzdem begann sich zu Ende der 60er Jahre das Gefühl einer gemeinsamen Klassenlage und -zusammengehörigkeit auszubreiten. In den größeren Industriezentren waren sozial abgegrenzte Arbeiterviertel entstanden. Die hohe Fluktuation hatte nicht nur eine trennende, sondern auch eine zusammenführende Seite: im Betrieb, aber auch als Untermieter oder Bettgeher, machten Arbeiter Erfahrungen mit den unterschiedlichsten industriellen Verhältnissen und sozialen Milieus. Immer häufiger konnte es vorkommen, daß etwa ein aus dem Handwerk kommender Industriearbeiter ein Mädchen heiratete, das in einer Textilfabrik beschäftigt war.

Von 1869 bis 1873 hatte sich – unter den Bedingungen der Hochkonjunktur und des Koalitionsrechts – ein „Streikfieber" ausgebreitet, das die unterschiedlichsten Arbeitergruppen in den entferntesten Gegenden erfaßte. Arbeitervereine wurden gegründet, in deren Versammlungen und geselligen Umzügen oder Abenden hunderte – in Wien tausende – verschiedenartige Arbeiter zusammenkamen. Arbeitertage wurden abgehalten, auf denen Vertreter der wichtigsten Industrieregionen sprachen. Und schließlich war es die entstehende sozialdemokratische Arbeiterbewegung selbst, die ein soziales und bewußtseinsmäßiges Netz zwischen den unterschiedlichsten Arbeitergruppen zu knüpfen begann: ihre Redner reisten von einer industriellen Region zur nächsten, ihre Zeitungen machten lokale Probleme und Konflikte allgemein bekannt und riefen zur Solidarität auf. Die industrielle Arbeiterschaft begann sich von einer „Klasse an sich" zur „Klasse für sich" zu entwickeln.

Literatur (in Auswahl):

Die Arbeits- und Lohnverhältnisse in den Fabriken und Gewerben Niederösterreichs, Wien 1870. – *Dinklage, Karl,* Geschichte der Kärntner Arbeiterschaft, Bd. 1, Klagenfurt 1976. – *Klima, Arnost,* Die Entstehung der Arbeiterklasse und die Anfänge der Arbeiterbewegung in Böhmen, in: *W. Fischer* (Hg.), Wirtschafts- und sozialgeschichtliche Probleme der frühen Industrialisierung, Berlin 1968, S. 434–448. – *Konrad, Helmut,* Das Entstehen der Arbeiterklasse in Oberösterreich, Wien 1981. – *Matis, Herbert* und *Bachinger, Karl,* Österreichs industrielle Entwicklung, in: Die Habsburgermonarchie 1848–1918, Bd. 1, S. 105–232. – *Popp, Adelheid,* Jugend einer Arbeiterin, Bonn 1977. – *I. Singer,* Untersuchungen über die sozialen Zustände in den Fabriksbezirken des nordöstlichen Böhmen, Leipzig 1885.

Hannes Stekl

GESELLSCHAFTLICHE RANDGRUPPEN

Die Erfahrung zeigt es, daß die Vagabunden, welche sich in Niederösterreich herumtreiben, . . . größtentheils Auswärtige sind . . . Trotzdem, daß in Folge der gegenwärtig stockenden Eisenindustrie Tausende von Eisenarbeitern brotlos geworden sind, dessen ungeachtet kein einziger von diesen Leuten sich mit Betteln oder Vagabundiren befaßt hat; sie haben alle anderweitig Verdienst gesucht und Verdienst gefunden. War die Situation wirklich so einfach, wie sie der Abgeordnete Dr. Ofner 1864 im Niederösterreichischen Landtag schilderte? Gab es tatsächlich eine so klare Trennung zwischen einer „ehrbaren arbeitenden Klasse" und „gefährlichen" Außenseitern? Oder drohte im Zuge von Bevölkerungswachstum, Verstädterung, zunehmender Binnenwanderung und konjunktureller Krisen auch in Österreich breiten Bevölkerungsschichten ständig die Gefahr sozialen Abstiegs in Armut und Kriminalität?

Anhand detaillierter Konjunkturanalysen kann der Nachweis erbracht werden, daß sich die Wirtschaftslage vor der eigentlichen Gründerzeit höchst wechselhaft gestaltete. In den frühen 1850er Jahren war in ganz Europa ein lebhafter Konjunkturaufschwung festzustellen. Dieser Boom war, nicht zuletzt durch Strukturschwächen und schlechte Ernten in der Landwirtschaft, in Österreich keineswegs so ausgeprägt wie in anderen westlichen Staaten. Vielmehr befanden sich einzelne Branchen in großen Schwierigkeiten. Schwankungen in Markt- und Rentabilitätschancen führten z. B. in der Textilindustrie zu Massenentlassungen, Beschäftigungslosigkeit in der Heimindustrie und zu Arbeitsmangel in den technisch zurückgebliebenen Handwerksbetrieben. Weit schwieriger gestaltete sich die Entwicklung in der Depressionsphase nach 1863. Verfehlte wirtschaftspolitische Maßnahmen, Mißernten und Auswirkungen der internationalen Entwicklung führten in sämtlichen Produktionszweigen zur stärksten Depression, die Österreich im 19. Jahrhundert erlebt hatte. Waren die Nominallöhne im Laufe der Jahre vereinzelt auch gestiegen, so vermochten sie doch die hohen Teuerungsraten vor allem bei Grundnahrungsmitteln und Brennstoffen nicht auszugleichen. Erst mit dem Konjunkturwachstum nach 1867 war eine Steigerung der Reallöhne zu verzeichnen.

In Wien betrug der durchschnittliche Taglohn in der Periode 1851–1860 nur 34,9 Kreuzer; dies entsprach dem Gegenwert von 7 Pfund Brot oder 2,5 Pfund Fleisch. In kleineren Städten oder im ländlichen Bereich lagen die Verhältnisse nur geringfügig günstiger. Breite Kreise der Lohnabhängigen waren somit auf den Verdienst sämtlicher Familienmitglieder angewiesen und lebten dennoch stets am Rande des Existenzminimums. Rücklagen konnten unter solchen Bedingungen kaum getätigt werden. Bei Arbeitslosigkeit, Krankheit und im Alter mußten daher nur allzu oft öffentliche wie private Wohlfahrtspflege in Anspruch genommen werden. Bettel schien vielen die einzige Möglichkeit, ihr Dasein zu fristen.

Die österreichische Armengesetzgebung trug den wirtschaftlichen und sozialen Veränderungen vorerst keinerlei Rechnung. Das provisorische Gemeindegesetz von 1849, die Reichsgemeindeordnung von 1862 und das Heimatgesetz von 1863 wiesen die Armenpflege weitestgehend dem Kompetenzbereich der Gemeinden zu. Die Ausarbeitung näherer inhaltlicher Bestimmungen blieb der Landesgesetzgebung vorbehalten. Dabei wurden in einigen Ländern der westlichen Reichshälfte (Böhmen, Niederösterreich, Oberösterreich, Kärnten, Krain, Schlesien) die noch aus der Zeit Kaiser Josephs II. stammenden Pfarrarmeninstitute aufgehoben, welche eine Verbindung von kirchlichen und staatlichen Aktivitäten angestrebt hatten.

Die kommunale Armenfürsorge unterschied zwischen dauernder Versorgung für Erwerbsunfähige (Alte, Sieche, Behinderte) und vorübergehender Unterstützung sowie zwischen Natural- und Geldaushilfe. Eine besondere Form der Armenhilfe in ländlichen Gebieten bildete die Einlege, die abwechselnde Unterbringung Bedürftiger in Kost und Wohnung bei den Grundbesitzern eines Dorfes. Die Bezirke unterstützten die Gemeinden meist nur aushilfsweise. Dagegen war das Land als Träger des öffentlichen Anstaltenwesens ein wichtiger Faktor in der Armenpflege.

Die Schwächen der Armengesetze wurden bereits von Zeitgenossen schonungslos aufgedeckt: Man konzentriere sich bloß auf bereits Verarmte, ohne jegliche vorbeugende Maßnahmen zu treffen; man decke nur den notwendigsten, augenblicklichen Bedarf, ohne weitere Hilfen zur Wiedergewinnung einer selbständigen Existenzsicherung anzubieten; es fehle an einheitlichen, gesamtstaatlichen Gesetzen. Als Hauptübel des österreichischen Armensystems galt aber die Beschränkung auf Gemeindeangehörige. Die Erlangung der Heimatberechtigung war gebunden an Geburt, Verehelichung einer Frau, Übernahme eines öffentlichen Amtes oder Verleihung durch die Gemeinde. Diese Verfügungen führten in eine völlig falsche, zur sozioökonomischen Entwicklung widersprüchlichen Richtung. Da nunmehr wirtschaftliche Tätigkeit und rechtliche Zuständigkeit auseinanderfielen, nahm der Anteil der Heimatberechtigten besonders in den Großstädten stark ab: In Wien z. B. lag er 1869 nur mehr bei knapp 45%. Viele Notleidende konnten somit am Aufenthaltsort keinen Unterstützungsanspruch geltend machen.

Besonders nachteilig gestaltete sich die Rechtslage für verarmte Witwen. Auch nach dem Ableben des Familienvaters blieb die Versorgungspflicht durch dessen Heimatgemeinde aufrecht. Dies führte zu unmenschlichen Härtefällen, wie der Geologe und Politiker Eduard Sueß in seinen Erinnerungen schilderte: Im Wiener Polizeigefangenenhaus fand er *zwei nette Kinder in schottisch gefärbten Kleidern und zwischen ihnen eine dunkle weibliche Gestalt, niedergebeugt auf den Tisch, die bedauernswerte Mutter. Sie begrub ihr Gesicht, und als der Beamte, selbst tief ergriffen, ihr Trost zusprechen wollte, schluchzte sie tief, aber sie richtete den Kopf nicht auf. Sie war eine Wienerin, die Witwe eines aus Galizien eingewanderten Gewerbsmannes, . . . eines Klempners, und dorthin sollte sie jetzt mit ihren Kindern in Begleitung von Vaganten und Dirnen abgeschoben werden, in die weite, unbekannte, fremde Ferne, losgerissen von allem was ihr im Leben lieb geworden, von allen kleinen Erwerbsgelegenheiten der Heimat, die Zukunft der Kinder zerschnitten . . .*

Namentlich kleine Landgemeinden besaßen weder Arbeitsmöglichkeiten noch hinreichende Versorgungsmittel. Oft wies man alle Ansprüche von sich. Sueß berichtete auch vom Schicksal einer abgeschobenen Witwe, der man sogar den Trunk aus dem Dorfbrunnen verweigerte, um kein Präjudiz zu schaffen. Vielfach trachtete man sich der unliebsamen „Hergelaufenen" möglichst rasch wieder zu entledigen. Aus diesen Gründen kam auch der kirchlichen und privaten Armenpflege hoher Stellenwert zu.

Gegenüber all jenen Personen, welche durch das Netz der öffentlichen Armenpflege fielen, nahmen die gesetzgebenden Körperschaften in den 1860er Jahren dieselbe repressive Haltung ein wie gegen die fluktuierende Bevölkerung. Der Niederösterreichische Landtag diskutierte wiederholt die Beschwerden zahlreicher Landgemeinden, welche über wahre Bettlerscharen aus den Nachbarländern und über Zigeunerbanden klagten. In den späten 1860er Jahren durchquerten zahlreiche Arbeiter aus Böhmen und Mähren das Land, um sich im Eisenbahnbau oder bei Bauarbeiten in der Residenz zu verdingen. Viele von ihnen lebten auf dem Hin- und Rückmarsch vom Betteln. Im Tiroler Landtag strengte man 1871 eine verschärfte Kontrolle der Wanderhändler, der sogenannten *Karrner* an, welche häufig unmündige Kinder mit sich führten, Bauern grob begegneten und ihre Handelspässe nicht selten *als Deckmantel für Arbeitsscheue und als Schlüssel zum Bettel* benützten. Im Böhmischen Landtag wieder hörte man 1886 von förmlichen Kämpfen zwischen Vagabunden und Polizei in der Landeshauptstadt Prag.

In diesen Auseinandersetzungen bewiesen Stereotype eine große Dauerhaftigkeit. Obwohl auch liberale Kreise Interventionen zum Schutz der unteren sozialen Schichten forderten, lebte bei vielen noch der Glaube an ein individuelles Freiheits- und Verantwortungsprinzip fort, das gleichsam naturwüchsig einen Ausgleich der Interessen und eine Harmonisierung der Gesellschaft vorantreiben würde. Der Zusammenhang zwischen wirtschaftlichen Problemen und Verarmung wurde nicht ausdiskutiert; sicherheitspolitische Fragen zum Schutz des Individualeigentums standen im Mittelpunkt. Dabei wurde eine Reihe von übereinstimmenden Forderungen an den Staat formuliert, welche aber keine grundlegenden Neuansätze enthielten: Man trat für die Abschirmung der Landesgrenzen gegenüber Zigeunern und Hausierern ein, plädierte für Beschränkungen bei der Ausstellung von Reisepässen, empfahl die Einführung von Arbeitsbüchern für sämtliche Unselbständigen, befürwortete eine Verstärkung und entsprechende Ausrüstung von Polizei und Gendarmerie und verlangte nach wirksamen strafgesetzlichen Maßnahmen und der Einrichtung von Zwangsarbeitsanstalten.

Der Weisheit letzter Schluß im Vorgehen gegen gesellschaftliche Randexistenzen bildete wie schon im Zeitalter des Absolutismus die Abschiebung in die Heimatgemeinde. Sie wurde 1871 reichseinheitlich geregelt und betraf folgende Personengruppen: *Landstreicher und sonstige arbeitsscheue Personen, welche die öffentlichen Mildthätigkeit in Anspruch nehmen; ... ausweis- und bestimmungslose Individuen, welche kein Einkommen und keinen erlaubten Erwerb nachweisen können; ... öffentliche Dirnen, welche dem behördlichen Auftrag zur Abreise keine Folge leisten; ... aus der Haft tretende Sträflinge und Zwänglinge* (Zwangsarbeiter), *insofern die die Sicherheit der Person oder des Eigentums gefährden.*

Dieses Reichsschubgesetz ist mit ein Indiz für die wirtschaftliche Rückständigkeit des Habsburgerreiches gegenüber den westeuropäischen Staaten. Während man im industriell fortgeschrittenen England schon längst eine Mobilisierung der Unterschichten gefördert hatte, um damit den städtischen Ballungszentren den Nachschub an Arbeitskräften zu sichern, ging es in Österreich noch vorrangig um die Entlastung der wirtschaftlich dynamischen Bereiche von Armen. Ganz dem liberalen Ideal kommunaler Selbstverwaltung entsprechend, räumte man den Gemeindeorganen weitreichende Kompetenzen ein.

Die fehlende Unterscheidung zwischen Arbeitslosen und Arbeitsscheuen (welche übrigens auch die polizeistrafrechtlichen Verfügungen gegen Landstreicher und Vagabunden von 1873 beibehielten) bedeutete eine gravierende Verschärfung der negativen Bewertung von Arbeitslosigkeit. Bis zur Kriminalisierung beschäftigungsloser Personen fehlte damit nur ein kleiner Schritt. So mancher Taglöhner und Saisonarbeiter vermochte nur schwerlich den Nachweis zu erbringen, daß *er die Mittel zu seinem Unterhalte besitze oder redlich zu erwerben suche.* Zudem ließen sich Polizei und Gendarmerie wohl auch von äußerer Erscheinung und Auftreten der einfachen Menschen beeinflussen. Besonders viele jüngere Leute kamen so mit dem Gesetz in Konflikt. Nach den Angaben des städtischen Verwaltungsberichtes wurden 1873 5.461 Personen von Wien abgeschoben. Davon waren 184 unter 14 Jahre alt, 2.424 zwischen 14 und 24 Jahren, 2.853 über 24 Jahre. Durch den Kontakt mit ehemaligen Kriminellen entstand so ein wahrer Teufelskreis, der auch unverschuldet Verarmte in der Heimat keinen Arbeitsplatz finden ließ und sie erneut auf die Landstraße trieb.

Solche Menschen wurden leicht als Müßiggänger eingeschätzt, die sich trotz körperlicher Tüchtigkeit ihren Lebensunterhalt nicht selbständig erwerben wollten. Derartige Außenseiter schienen ebenso wie Bettler und aus Eigenverschulden stellungslose Dienstboten zur Einweisung in ein Zwangsarbeitshaus geeignet. Im Niederösterreichischen Landtag wurde 1864 der Zweck solcher Anstalten, wie sie in mehreren Ländern des Kaiserstaates bestanden, pointiert formuliert: ... *daß eine gewisse größere Anzahl von Gaunern, Strolchen und arbeitsscheuen Vagabunden durch eine gewisse Zeit determiniert werde, damit sie nicht der übrigen Gesellschaft zur Last fallen und sie ausnützen.*

Diese Gedanken wurden wesentlich von der liberalen Eigentumsideologie getragen. Das Ziel, Arbeitsscheue in Arbeitsfleißige zu verwandeln, resultierte nun primär aus der Absicht, den arbeitenden Bürger von der Erhaltung Arbeitsunwilliger zu befreien. Stärker als früher wurde nun das vom Lohnarbeiter geforderte Leistungs- und Anpassungsprinzip auch auf die Zwangsarbeitshäuser angewendet: *Um Jemanden wirklich zur Arbeit zu bringen, gibt es nur ein natürliches Mittel, und das ist der Hunger.* Parallel dazu lief eine unterschiedslose Verurteilung von mangelnder Einordnungsfähigkeit und -möglichkeit, welche Arbeitslosigkeit kurzerhand auf *Commodität, Faulheit und Widerwillen* zurückführte.

Da die Zwangsarbeitsanstalten in den sechziger und siebziger Jahren des 19. Jahrhunderts nur geringe Dimensionen aufwiesen, sollte ihnen ein desto größerer Abschreckungseffekt verliehen werden. Dies geschah vorerst durch eine beträchtliche Verschärfung der Disziplinarordnungen. Als jedoch Staats- und Länderstellen erkennen mußten, daß Bettel und Vagabundage mit Armengesetzen und Zwangsarbeitshäusern allein nicht beizukommen war, gerieten sie zunehmend unter Legitimationszwang: Und zwar sowohl dem angestammten Wählerpotential als auch der sich organisierenden und an Klassenbewußtsein gewinnenden Lohnarbeiterschaft gegenüber. Nunmehr konnte nicht mehr mit reibungslosem Funktionieren der Wirtschaft, mit Ausgrenzung, wohlgeordneter Verwaltung und Illusionen von harmonischer Gemeindeselbstverwaltung argumentiert werden. Damit waren zwei richtungsweisende Strategien geboren, welche allerdings erst in den 1880er Jahren realisiert werden sollten: der Ausbau sozialer Sicherungseinrichtung einerseits (Arbeiterversicherung, Schaffung von Naturalverpflegsstationen), Kriminalisierung unbewältigter Problembereiche (neue Zwangsarbeitsgesetze) andrerseits. Diese Maßnahmen sollten jedoch eine Basis dafür schaffen, daß die Distanzierung von Lumpenproletariat und verwahrlostem Gesindel von einer Haltung des Bürgertums zur Allgemeinmentalität wurde; zu einer Einstellung, deren Wirkungskraft heute noch beträchtlich ist.

Literatur (in Auswahl):

Feldbauer, Peter, Kinderelend in Wien. Von der Armenpflege zur Jugendfürsorge, Wien 1980. – Oesterreichs Wohlfahrts-Einrichtungen 1848–1898, Bd. 1: Armenpflege und Wohlthätigkeit in Oesterreich, Wien, 1899. – *Sandgruber, Roman,* Die Anfänge der Konsumgesellschaft. Konsumgüterverbrauch, Lebensstandard und Alltagskultur in Österreich im 18. und 19. Jahrhundert, Wien 1982. – *Stekl, Hannes,* Soziale Sicherung und Soziale Kontrolle. Zur österreichischen Armengesetzgebung des 18. und 19. Jahrhunderts, in: Bericht über den 14. Österreichischen Historikertag, Wien 1978, S. 136ff. – *Stekl, Hannes,* Österreichs Zucht- und Arbeitshäuser 1671–1920. Institutionen zwischen Fürsorge und Strafvollzug, Wien 1978.

Hannes Stekl

VERKEHR UND KOMMUNIKATIONSWESEN

Die Überbrückung großer Entfernungen ist uns in sämtlichen Lebensbereichen zur Selbstverständlichkeit geworden. Die rasche Beförderung von Personen, Gütern oder Nachrichten ist nicht nur Erfordernis eines arbeitsteiligen Produktionsprozesses. Sie dient ebenso staatspolitischen Funktionen wie sozialen und kulturellen Zielen. Entscheidende Impulse für die verbindende, integrierende Wirkung des Verkehrs gingen vom Bau der Eisenbahnen aus. Die Donaumonarchie fand schon früh Anschluß an die internationale Entwicklung. 1824–1832 wurde die erste größere Pferdebahn des Kontinents zwischen Linz und Budweis errichtet. 1837 gelangte das erste Teilstück der „Kaiser Ferdinand-Nordbahn" zwischen Floridsdorf und Deutsch-Wagram zur Eröffnung, 1842 war der Ausbau der Wien-Gloggnitzer Bahn abgeschlossen.

Die Geldmittel für den Bau der Eisenbahnlinien wurden in Österreich wie in anderen europäischen Ländern durch die Ausgabe von Aktien aufgebracht. Derartige Vorhaben erforderten einen hohen Kapitaleinsatz, der den in Handel und Gewerbe üblichen Weg der Selbstfinanzierung ausschloß. Spezielle Privilegien räumten den Konsortien viele Freiheiten ein. Angesichts der Kapitalschwäche der österreichischen Wirtschaft übernahm der Fiskus ab der Mitte der vierziger Jahre die Weiterführung der nördlichen und südlichen Linien; auch in Ungarn wurden wichtige Teilstücke (Pest–Waitzen bzw. Pest–Szolnok) 1846/47 fertiggestellt. Bis zum Beginn der Revolution hatten der Staat etwa 40 Mill. Gulden, die Privatgesellschaften ca. 80 Mill. Gulden in Bahnanlagen und Betriebsmaterial investiert. Die Linien waren aber weitgehend ohne Zusammenhang, nur die Nordbahn stellte über Schlesien eine Verbindung mit dem Ausland her.

Ein schwerer Kurssturz im Jahre 1845 hatte eine massive staatliche Stützungsaktion erfordert, welche zur ersten Verstaatlichungsära (1850–1854) überleitete. In dieser Phase erfolgte eine schrittweise Erwerbung der finanzschwachen Privatbahnen; lediglich die Kaiser Ferdinand-Nordbahn blieb weiterhin in Privatbesitz. Die Kosten dieser Transaktionen beliefen sich auf rund 65 Mill. Gulden. Das Wachstum des Streckennetzes betrug in dieser Periode lediglich 76 km. Allerdings befanden sich darunter verkehrspolitisch wie bautechnisch gleichermaßen bedeutende Leistungen wie die Fertigstellung der Semmeringbahn nach den Plänen Karl von Ghegas sowie die Durchquerung des Karsts auf der Strecke Laibach–Triest.

Die begrenzte staatliche Leistungsfähigkeit und die starke finanzielle Belastung durch den Krimkrieg ließen eine verstärkte Mobilisierung privaten Kapitals unausweichlich erscheinen. Die konjunkturelle Aufwärtsbewegung der 1850er Jahre schien gute Voraussetzungen dafür zu bieten. Das Startsignal für diesen Systemwechsel gab das neue Eisenbahn-Konzessionsgesetz vom 14. September 1854, welches die Konzessionsdauer für neue Unternehmungen von 50 auf 90 Jahre ausdehnte und eine Staatsgarantie für die Verzinsung des Anlagekapitals in Aussicht stellte. Wenig später, am 19. Oktober 1854, wurden alle in Eigenregie betriebenen Staatsbahnen privaten Interessenten zum Kauf angeboten. Diese Reprivatisierungsaktion war 1858 im wesentlichen abgeschlossen. Sie hatte vor allem französischen Finanzgruppen, in Wien durch die Firmen Sina und Arnstein & Eskeles repräsentiert, eine bedeutende wirtschaftliche Position verliehen. Die Berechnungen über den Verlust, welcher dem Staat aus dem Verkauf der Bahnen erwuchs, schwanken zwischen 136 und 223,5 Mill. Gulden. Allerdings dürfen die nationalökonomischen Vorteile nicht außer Acht gelassen werden, welche ein umfangreicher Kapitaltransfer mit sich brachte.

Das System der „garantierten Privatbahnen"

Eröffnung der Eisenbahn Wien–Triest (Wien, Historisches Museum der Stadt Wien)

beschleunigte den Bahnbau rasant. Zwischen 1858 und 1873 wuchs das Liniennetz in der westlichen Reichshälfte von 1.902 auf 8.508 km, in Ungarn von 947 auf 5.375 km. Bis 1866 hemmte die wirtschaftliche Stagnation mehrfach den Baufortschritt; in der anschließenden Aufschwungphase hingegen waren starke Wachstumsraten zu verzeichnen. Zahlreiche Hauptstrecken der Monarchie wurden hergestellt: 1856 wurde die „k. k. priv. Kaiserin Elisabeth-Westbahn“ konzessioniert, wobei das Haus Rothschild und die Credit-Anstalt als Financiers eine wichtige Rolle spielten; im gleichen Jahr wurde die Konzession für die Theißbahn in Ungarn vergeben. Von den nach 1866 gebauten Bahnen seien erwähnt die Kaiser Franz Joseph-Bahn, welche das Waldviertel und Südböhmen verkehrsmäßig erschloß; die Nordwestbahn, die eine Verbindung zur Nord- und Ostsee herstellte (ab 1866); die Salzburg-Tiroler-Bahn (1872); weiters zahlreiche Linien in Galizien, Siebenbürgen und Ungarn. Eine Reihe wichtiger Anschlußbauten verknüpfte Österreich mit dem internationalen Eisenbahnnetz.

Die hektische Gründungstätigkeit eröffnete der Spekulation ein breites Feld von Möglichkeiten. Die antiliberale und antikapitalistische Wende nach dem Börsenkrach von 1873 zeigte sich auch im Prozeß gegen Viktor Ofenheim Ritter von Ponteuxin. Die Anklage warf diesem typischen Vertreter karriere- und gewinnorientierten Gründertums Betrug beim

DAS ÖSTERREICHISCHE EISENBAHNNETZ 1848

Bau der Eisenbahnlinie Lemberg–Czernowitz sowie bei deren rumänischer Fortsetzung bis Jassy vor. Unerlaubte persönliche Bereicherung, Irreführung der Rechnungsprüfer, Unterschleife, versteckte Provisionen bildeten zentrale Punkte der Anklage. In diesem Prozeß war die politische Prominenz, ein ehemaliger Ministerpräsident und fünf Minister, zahlreich vertreten. Obwohl der Angeklagte aufgrund seines glänzenden Verteidigers und eines unzureichend vorbereiteten Staatsanwalts frei ging, hatte der Prozeß nach den Worten eines Zeitgenossen tiefen Einblick *in die Corruption der hervorragendsten Kreise des parlamentarischen und constitutionellen Régimes* gebracht.

Diese Diskreditierung der Liberalen verstärkte auch Tendenzen, welche die Idee des Staatseisenbahnbaues erneut ventilierten. Das System der Zinsengarantie bedeutete für die Staatsfinanzen eine schwere Bürde. Zwischen 1862 und 1873 betrugen die allein an Hauptbahnen geleisteten Garantie-Vorschüsse 39,1 Mill. Gulden; die Gesamtbelastung stieg bis auf 5,65% des Staatshaushaltes. Die Finanzkrise vieler Privatbahnen erforderte umfangreiche staatliche Unterstützungs- und Vorschußleistungen. Das Sequestrationsgesetz von 1877 ermächtigte schließlich die Regierung, jene Bahnen unter Zwangsverwaltung zu stellen, welche ein vom Staat zu deckendes Defizit aufwiesen oder

durch fünf Jahre mehr als die Hälfte des garantierten Reinertrags in Anspruch nahmen. Damit war eine entscheidende Grundlage für die Rückkehr zum Staatsbahnsystem gegeben.

Grundlage der Verkehrspolitik bildete langehin das Eisenbahnbauprogramm von 1841, welches – ausgehend von Wien – die Errichtung von Linien in den Hauptverkehrsrichtungen der Monarchie vorsah. Mit den politischen und wirtschaftlichen Veränderungen nach dem Revolutionsjahr entstand schließlich der Plan eines „Eisenbahnnetzes für den österreichischen Kaiserstaat“ (1854). Dabei sollte die Monarchie durch je drei Hauptlinien von Westen nach Osten bzw. von Norden nach Süden durchschnitten, die wichtigsten Orte miteinander verbunden und der Anschluß zu allen Nachbarstaaten hergestellt werden. Ausschlaggebend für die Konzeption waren nationalökonomische, handelspolitische und strategische Erwägungen.

Tatsächlich hatte der Ausbau des Streckennetzes für die Industrialisierung besondere Bedeutung. *Oesterreich ist durch seine Eisenbahnen aus einem Ackerbau treibenden Staate ein Industriestaat geworden,* resumierte Alfred Ritter von Lindheim am Ende des 19. Jahrhunderts mit übertriebener Begeisterung. Er hatte dabei gewiß die ungeheuren gesamtwirtschaftlichen Impulse im Auge, welche der rasche und vergleichsweise kostengünstige Transport von Rohstoffen wie Kohle und Eisen vermittelte. Die Eisenbahn wurde gewissermaßen zum Schlüsselsektor industrieller Expansion. Darüber hinaus sind jedoch auch jene Auswirkungen zu beachten, welche die Verkehrserschließung auf den Austausch von Massengütern, auf interregionale Wanderbewegungen und damit auch auf die Standortbedingungen von Industrie, Gewerbe und Landwirtschaft hatte.

Bei den Detailplanungen wurde auch strategischen Rücksichten wiederholt Rechnung getragen. So gab man etwa beim Bau der Kaiserin Elisabeth-Westbahn der Trassenführung über Rekawinkel gegenüber der durch das Tullnerfeld den Vorzug. Insgesamt aber entsprach das Streckennetz keineswegs den Anforderungen der Militärs. Dieses Faktum machte sich vor allem im Krisenjahr 1866 bemerkbar, als zum nördlichen Kriegsschauplatz nur die eingleisige Strecke Wien–Prag–Bodenbach zur Verfügung stand.

Haupthindernis für eine koordinierte Verkehrspolitik bildete das Interesse der Privatgesellschaften, den Ausbau von Linien mit geringem Kapitaleinsatz und hohen Gewinnchancen zu forcieren. Seit 1867 entstand besonders im nordböhmischen Raum eine Reihe von Konkurrenzlinien, während wichtige Vorhaben unausgeführt blieben. Zeitgenossen warnten auch vor einer *Baumanie*, die angesichts der staatlichen Zinsengarantien aus kurzsichtigen Prestige- und Gewinnabsichten zu Investitionen in langfristig unrentable Projekte (wie z. B. die Salzkammergutbahn) bewog. Erst die Rückkehr zum Staatsbahnsystem zog wieder eine verstärkte Koordination nach sich.

Die wachsende Bedeutung der Eisenbahnen als Kommunikationsmittel schlug sich auch in steigenden Beförderungsziffern nieder. Zwischen 1848 und 1873 wuchs in Österreich-Ungarn der Gütertransport von etwa 1,5 Mill. Tonnen auf 41 Mill. Tonnen, die Zahl der Reisenden von ca. 3 Mill. auf 43 Mill. pro Jahr. Das Publikum drängte sich, das Erlebnis einer Eisenbahnfahrt auszukosten. Heiter und zugleich rührend hat Peter Rosegger diese neuen Eindrücke in seiner Erzählung „Als ich das Erstemal auf dem Dampfwagen saß“ festgehalten: Wenn sein alter Pate die Lärmentwicklung eines Zuges der Semmeringbahn für ein *Erdbidn* (Erdbeben) hält, die Passagiere während der Talfahrt als *übermütige Leut ... selber ins Grab gesprungen* wähnt und sich nach langem Ringen doch entschließt, dieses *Teufelswerk* auszuprobieren. Die rasche Überbrückung weiter Distanzen hob die Attraktivität des neuen Verkehrsmittels: Die Reisedauer für die Strecke Wien–Brünn war von zwölf auf vier Stunden zusammengeschrumpft; die Durchschnittsgeschwindigkeit der Bahnen stieg von 30,5 km/h (1848) auf 40 km/h (1868). Und deutlich zeigt sich die Popularität des neuen Verkehrsmittels auch darin, daß ihm zahlreiche Kompositionen gewidmet wurden, wie z. B. der „Eisenbahn-Lust-Walzer“ von Johann Strauß Vater (1836) oder die „Schwungräder“ von Johann Strauß Sohn (1859).

Daß sich die Bahn langsam zum Massenverkehrsmittel entwickeln konnte, ist nicht zuletzt auf die Einführung verschiedener Ermäßigungen (Retour-, Monats-, Schülerkarten etc.) sowie auf Reformen des Tarifsystems zurückzuführen. Während man ursprünglich den Unternehmungen weitgehende Tarifautonomie gewährt hatte, ging man 1854 zur Festlegung von Maximalpreisen über. Diese betrugen bis 1877 im Durchschnitt in der Ersten Klasse 4,7 Kreuzer, in der Zweiten 3,6, in der Dritten 2,4 und in der Vierten 1,6 Kreuzer pro Person und Kilometer (ein Bauhilfsarbeiter verdiente etwa 1 Gulden 10 Kreuzer pro Tag). Besonders in den nordböhmischen Industriegebieten sowie auf einigen ungarischen Linien hatte die Vierte Klasse die größte Fahrgastfrequenz (knapp über zwei Drittel des gesamten Personenverkehrs) zu verzeichnen.

Doch nicht überall stieß das Eisenbahnfahren auf ungeteilte Begeisterung. Franz Grillparzer etwa beschwerte sich über die *hundemäßige Nordbahn*, was vor allem dem schlechten Sitz- und Federungskomfort galt. Auch Fachleute warnten vor Gefahren. So gab 1854 der Sächsische Eisenbahndirektor M. M. von Weber in einem weitverbreiteten Werk den Passagieren u. a. folgenden Ratschlag: *Im Wagen sitzend hüte man sich, die Beine unter die gegenüberliegenden Sitze zu strecken oder sonst ein Glied des Körpers an seiner Beweglichkeit zu hindern. Bei jedem raschen Geschwindigkeitswechsel kann es geschehen, dass der*

Zugunglück auf der Linie Wien–Gloggnitz in Guntramsdorf 1851 (Wien, Historisches Museum der Stadt Wien)

Körper nach vorn oder rückwärts im Wagen geworfen wird. Dies wird meist harmlos vorübergehen, während im Gegentheile Knochenbrüche oder Quetschungen die Folge sind.

Durch verschiedene Maßnahmen verstärkte man schrittweise die Sicherheitsvorkehrungen. Die Fortschritte im Lokomotivbau erhöhten nicht allein Leistungsfähigkeit und Laufruhe der Maschinen, sondern schufen mit der Konstruktion eigener Führerhäuser auch bessere Arbeitsbedingungen für das Personal und damit vermehrte Sicherheit für die Passagiere. Neue Puffer- und Bremssysteme entstanden, elektrische Läutwerke traten neben verbesserte optische Signalanlagen, das Blocksystem ermöglichte eine Überwachung der gesamten Strecke, seit 1846 standen elektrische Telegraphen in (vorerst versuchsweiser) Verwendung, exakte Dienstvorschriften in allen Bereichen des Bahndienstes garantierten einen reibungslosen Betrieb.

Gleichzeitig wurde der Fahrkomfort entscheidend verbessert. Den jeweils optimalen Standard repräsentierten die Hofsalonwagen, deren erster 1845 für die Staatsbahnen gebaut wurde. Die Fortschritte im Wagenbau veränderten rasch das Bild der Personenwagen, welche sich ursprünglich an die Bauart von Kutschen angelehnt hatten. Bald wurden die Coupes wesentlich vergrößert (1838/68: Höhe: 1,60 m / 2 m, Breite: 1,75 m / 2,5 m, Länge: 1,6 m / 1,8 m), die Sitze besser gepolstert, Fensterscheiben kamen allgemein in Gebrauch, man installierte Aborte und Heizung, einzelne Wagen wurden auch als Schlafcoupes konstruiert; seit 1874 baute auch die Hernalser Waggonfabrik eigene Schlafwagen nach amerikanischem Vorbild. Allerdings waren auch noch für die Mehrzahl der nach 1868 konzessionierten Bahnen „Stehwagen" in der Vierten Klasse vorgesehen.

Die steigende Bedeutung der Eisenbahnen spiegelt sich auch in den Bahnhofsanlagen, welche nunmehr das Stadtbild entscheidend mitprägten. Diese „Kathedralen des Verkehrs“ trugen sowohl den wachsenden Bedürfnissen des Personen- und Gütertransports als auch den Repräsentationsbedürfnissen der Bahngesellschaften Rechnung. In der Hauptstadt Wien erwies es sich bald als notwendig, die ersten Bahnhöfe durch Neubauten zu ersetzen: 1858–1865 entstand der neue Nordbahnhof nach Plänen von Theodor Hoffmann und Fr. Wilhelm, 1867–1870 ersetzte der Ostbahnhof (Carl v. Ruppert) den alten Raaber Bahnhof, 1869–1873 der Südbahnhof (Wilhelm Flattich) das ehemalige „Aufnahmsgebäude“ der einstigen Wien-Gloggnitzer-Bahn.

Gerade beim Nordbahnhof wurden, wie es der Architekt formulierte, *keine Kosten gescheut, um einestheils den Ansprüchen des Publikums, anderentheils der Würde einer der grössten und rentabelsten Verkehrs-Anstalten des Kontinentes zu entsprechen.* Selbst Gasluster, Kandelaber und Möbel wurden nach speziellen Entwürfen des Architekten hergestellt. Der für Bahnhofsanlagen charakteristische evocationalistische Zug ist selbst im Figurenschmuck dieses von spätromanischen und maurischen Vorbildern geprägten Baues zu finden: Die Abfahrtsseite des Gebäudes trug allegorische Statuen der Austria und der Hauptstädte jener Landesteile, welche die Linie erreichte. So wurde dem Betrachter auch noch in verschlüsselter Form die Leistungsfähigkeit der Bahn vermittelt. Ähnliches war auch beim Nordwestbahnhof (1870–1873, Wilhelm Bäumer) beabsichtigt: Hier zierten die Vorhalle Allegorien der bedeutendsten Städte, welche die Bahn näher rückte (Dresden, Leipzig, Breslau, Hamburg, Bremen); weiters stellte man vier Kindergruppen mit den Wappen von Niederösterreich, Wien, Böhmen und Prag dar. Die Decke im Inneren erhielt allegorische Gemälde mit den Namen bedeutender Fachmänner des Eisenbahnbaues. Ähnliche Bild- und Architekturzitate setzten sich auch in den Hofsalons fort, über die jeder bedeutende Bahnhof verfügte.

Bei den kleineren Stationen versuchte man bereits seit den 1840er Jahren eine feste Typologie entsprechend der Bedeutung der Orte zu erarbeiten. 1856 kam es unter Einfluß des aus Frankreich berufenen Direktors der Staatseisenbahngesellschaft, J. Maniel, zur Ausarbeitung erster Hochbau-Normalien. Diese fanden zuerst auf den Ungarischen, Kroatischen sowie den Kärntner Linien der späteren Südbahn Anwendung. Gerade bei den letzteren sollte die Verbindung von Ziegelrohbau, Haustein und Bruchstein sowie die Kombination von Holz- und Eisenkonstruktionen für den ländlichen Bereich richtungsweisend werden.

Göttliche Eisenbahn! Du hast das Sprichwort: Das geht auf der Extrapost . . . zu schanden gemacht, ließ Nestroy in seiner Posse „Die Eisenbahnheiraten“ bereits 1844 eine der Hauptpersonen sagen. Und tatsächlich hatte die Post ihre Funktion als alleiniger öffentlicher Verkehrsträger verloren. Ihr Personenverkehr wurde auf den Zubringerdienst und auf die Verbindung zwischen den einzelnen Bahnen beschränkt. Bis 1869 war noch ein Ansteigen der Beförderungszahlen auf das Maximum von 235.406 Reisenden pro Jahr festzustellen; das bedeutete eine Vervierfachung gegenüber dem Stand von 1831. Diese Verlagerung des Wirkungskreises der Post ging mit einem allgemeinen Bedeutungsverlust des Straßenverkehrs parallel. Lediglich die Bezirks- und Gemeindestraßen erfuhren als Ergänzung des Eisenbahnnetzes für die lokale Güterbeförderung eine stärkere Aufwertung und Ausdehnung.

Der Post wuchsen allerdings rasch neue Aufgaben zu. 1850 wurden auf den Bahnen sogenannte „fahrende Postämter“ eingerichtet. Hier wurde während der Fahrt die postalische Bearbeitung der Briefe durchgeführt, sodaß sie nach der Ankunft nur noch zugestellt werden mußten. Bei der Briefpost waren ein zunehmender Ausbau und eine erhöhte Differenzierung der Poststücke zu verzeichnen. 1850 kam auch in Österreich die Briefmarke als Zahlungsmittel für das Postporto in Gebrauch; 1869 wurde – erstmalig in der Welt – für kurze Mitteilungen nach allen Orten der Monarchie die Korrespondenzkarte zum Preis von 2 Kreuzern eingeführt. Weiters war man auch um einen Ausbau des Telegrafennetzes bemüht, das ursprünglich nur der Vermittlung von Staatsdepeschen diente. Seit 1850 waren auch Privatmitteilungen mit maximal 100 Wörtern zugelassen. Zur Verbesserung der Postbeförderung richtete man 1874 in Wien die Rohrpost ein, welche mit verbesserten Systemen bis 1956 in Betrieb bleiben sollte.

Der ständigen Zunahme des Briefverkehrs (1851: ca. 32 Mill., 1871 rund 169 Mill. Stück) und des Geldverkehrs (1868: 7,8 Mill. Gulden, 1872: ca. 201 Mill. Gulden an Ein- und Auszahlungen) entsprach auch ein Ausbau der Postanstalten. War die Verwaltung in der gesamten Monarchie 1851 noch von 2.394 Ämtern geführt worden, so waren es 1875 bereits 4.139 mit 13.392 Beschäftigten.

Ähnlich wie die Post hatte auch die österreichische Binnenschiffahrt in zunehmendem Maße mit der Konkurrenz der Eisenbahnen zu kämpfen. Auf der Donau bestand seit der Gründung der „k. k. privilegierten Donau-Dampfschiff-Fahrts-Gesellschaft" (DDSG) im Jahre 1829 ein regelmäßiger Dampfschiffverkehr. Die Flotte war bis 1852 auf 71 Dampfschiffe und 233 Anhangkähne angewachsen. Daneben hielt sich aber eine bedeutende Ruderschiffahrt und Flößerei, welche im besonderen die Beförderung von landwirtschaftlichen Produkten, Holz und Baumaterial übernahm. Die charakteristischen Schiffszüge, welche den Transport stromaufwärts durchführten, gehörten noch lange zum alltäglichen Bild der Donau.

Der ungeheure Kohlebedarf der DDSG (mehr als 100.000 Tonnen pro Jahr) bewog 1852 zum Ankauf des Fünfkirchner Kohlenreviers und zum Bau der Zubringerbahn Fünfkirchen-Mohács. Diese Vorhaben konnten nur durch eine gewaltige Kapitalerhöhung finanziert werden, welche während des Krimkrieges auch mit der *hohen Mission* gerechtfertigt wurde, *die Wohltaten der Cultur und des erwerbschaffenden Verkehres den Völkern des Ostens zuzubringen.* Als der Pariser Frieden 1856 aber eine Freigabe des Donauverkehrs vorsah, wurden Monopolstellung und Expansionsstreben des Unternehmens stark erschüttert. Durch staatliche Förderungsmaßnahmen gelang es jedoch, die Wettbewerbsfähigkeit der DDSG zu erhalten. Diese Stützungen wurden allerdings mit einer verstärkten Kontrolle von seiten der Regierung erkauft, welche eine restriktive Betriebspolitik vertrat.

Die Betriebsleitung profitierte bei Ausbauplänen jedoch besonders von zwei Faktoren: dem Niedergang der Bayrischen Dampfschiffahrt, deren Schiffspark sie 1862 erwarb, sowie vom Scheitern einer nationalen ungarischen Binnenschiffahrt, welche die Krise von 1873 nicht überstand und ihre Flotte um 4,405.100 Gulden an die DDSG verkaufte.

1874 stand das Unternehmen am Zenit seiner Größe. Es verfügte über 200 Dampfer, 655 eiserne und 65 hölzerne Anhängkähne sowie eine Reihe von Hilfs- und Sonderobjekten, darunter 5 Baggerschiffe. Die Zahl der jährlich beförderten Personen hatte sich zwischen 2,5 und 3 Mill., jene der beförderten Güter zwischen 1–1,3 Mill. Tonnen eingependelt (dies entsprach etwa 7% bzw. 3% der Erfolgsziffern der Eisenbahnen). Die Nettoerlöse hielten aber mit wiederholten Zuwachsraten nicht Schritt. Damit begann sich eine bedenkliche Entwicklung anzubahnen, welche durch den Verzicht auf staatliche Ertragsgarantien (1873) beschleunigt wurde.

Das verhältnismäßig geringe Verkehrsaufkommen auf der Donau ist auf natürliche Strukturmerkmale der Flußschiffahrt sowie auf die geopolitische Lage des Flusses zurückzuführen. Quantitativ lief ihr die Elbe, welche in Österreich nur kurz mit Dampfschiffen befahren werden konnte, den Rang ab. Nur lokale Bedeutung dagegen besaßen künstliche Wasserstraßen wie z. B. der ältere Franzenskanal zwischen Donau und Theiß oder der seit 1872 ausgebaute Franz Joseph-Kanal.

Auch für die Entwicklung einer internationalen konkurrenzfähigen Hochseeschiffahrt fehlten in Österreich wichtige strukturelle Voraussetzungen wie ein industriell gewerbliches Hinterland der großen Häfen, schiffbare Flußläufe als Zubringer u. a. Dennoch nahm der Kaiserstaat mit der Gründung des Österreichischen Lloyd (1832) vorerst eine führende Rolle im Mittelmeerhandel ein.

Diese Gesellschaft war von den sieben großen in Triest ansässigen Versicherungsgesellschaften auf maßgebliche Initiative von Karl Ludwig Frh. v. Bruck gegründet worden. Sie hatte anfangs die Aufgabe, Seeberichte und Nachrichten über den Handel zu sammeln. Doch schon 1836 wurde der Dampfschiffverkehr an der Adriaküste und nach dem Orient aufgenommen. Bis 1854 stieg die Zahl der Dampfschiffe auf 60, die der Reisenden auf ca. 361.000, das Gewicht der beförderten Waren auf 90.371 Tonnen, der Betrag beförderter Gelder auf 89 Mill. Gulden pro Jahr. Dessenungeachtet war aber die Bilanz im gleichen Jahr bereits passiv geworden. Dieses Defizit resultierte zu einem Großteil aus dem Ansteigen der Kohlenpreise während des Krimkrieges. Fortan mußte Staatshilfe in Anspruch genommen werden. 1858 trat an die Stelle fixer Jahressubventionen eine Entschädigung nach der im Postdienst zurückgelegten Meilenzahl, was einer kräftigen Erhöhung entsprach.

Hatte schon der Ausbau der Südbahn (1857) zu einem fühlbaren Anstieg des Triester Handels geführt, so versprachen der Ausgleich mit Ungarn (1867) und die Eröffnung des Suezkanals neue Zukunftsperspektiven im Seehandel. Der österreichische Konsul in London vertrat die Meinung, es könnten Triest und Fiume *für den Süden Deutschlands und die Schweiz die nämliche kommerzielle Wichtigkeit erlangen, welche Liverpool für England, Hamburg und Bremen für den Norden Deutschlands besitzen. Ja sie könnten zwei Entrepot für alle die mannigfaltigen indischen und asiatischen Erzeugnisse werden, welche bisher zum größten Teile und auf bedeutenden Umwegen über London und Amsterdam nach den Märkten des südlichen und südwestlichen Europa gelangen.*

Die hochgespannten Erwartungen erfüllten sich indessen nicht. Der Aufbau einer eigenständigen ungarischen Hochseeschiffahrt wurde durch die ungünstige Lage des Hafens Fiume erschwert. Der Ausbau des Triester Hafens, begonnen 1866, gelangte erst mit großer Verspätung im Jahre 1883 zum Abschluß. Triest blieb so „weltwirtschaftlich ein Hafen am äußersten Rand eines Nebenmeeres". Lediglich der (nunmehr) Österreichisch-Ungarische Lloyd versuchte mit einer Ausweitung des Liniendienstes (monatliche Fahrten nach Bombay, wöchentliche Verbindung mit Port Said) Terrain aufzuholen; der Personentransport stagnierte dennoch, lediglich die Warenbeförderung wuchs auf ca. 345.000 Tonnen im Jahr (1873).

Auch im Bereich der Hochseeschiffahrt läßt sich, trotz mehrfacher Aufholphasen, jene Rückständigkeit der Monarchie gegenüber dem Ausland verfolgen, wie sie für den Gesamtkomplex der Verkehrsentwicklung charakteristisch ist. Man hat verschiedene Gründe für dieses Phänomen angeführt: etwa die geographische Ausgangslage des Staates oder die begrenzte Industrialisierungsorientierung der Verkehrspolitik, welche oft hinter strategischen und politischen Interessen zurückblieb. Lediglich der Eisenbahnboom in den Gründerjahren hatte weitreichende gesamtwirtschaftliche Folgewirkungen. Diese wurden jedoch durch die Depression nach 1873 stark beeinträchtigt.

Literatur (in Auswahl):

Bachinger, Karl, Das Verkehrswesen, in: Die Habsburgermonarchie 1848–1918, Bd. 1, Die Wirtschaftliche Entwicklung, *Alois Brusatti* (Hrsg.), Wien 1973, S. 278ff. – *Frh. v. Czedik, Aloys,* Der Weg von und zu den Österreichischen Staatsbahnen, Bd. 1, Teschen–Wien–Leipzig 1913. – Fünfundsiebzig Jahre Österreichischer Lloyd. 1836–1911, Triest 1911. – Geschichte der Eisenbahnen der Oesterreich-Ungarischen Monarchie, red. v. *Hermann Strach,* 5 Bde., Wien–Teschen–Leipzig 1898/1899. – *Grössing, Helmut – Funk, Ernst Ulrich – Sauer, Manfred – Binder, Johannes,* Rot-Weiß-Rot auf blauen Wellen. 150 Jahre DDSG, Wien 1979. – *Heinersdorff, Richard,* Die k. u. k. privilegierten Eisenbahnen der österreichisch-ungarischen Monarchie 1828–1918. Wien–München–Zürich 1975. – 100 Jahre im Dienste der Wirtschaft, red. v. *Bruno Zimmel,* Wien 1961. – *Matis, Herbert,* Österreichs Wirtschaft 1848–1913. Konjunkturelle Dynamik und gesellschaftlicher Wandel im Zeitalter Franz Josephs I., Berlin 1972. – *Popp, Ernst – Lukner, Kurt,* 100 Jahre Generaldirektion für die Post- und Telegrafenverwaltung, Wien 1956. – *Sieger, R.,* Kanäle und Kanalprojekte in Österreich-Ungarn, Geographische Zeitschrift 7 (1901), S. 544 dd. – Das Technische Museum in Wien. Die Welt der Erfinder und Konstrukteure, Salzburg–Wien 1982.

Renate Banik-Schweitzer

VERSTÄDTERUNG

Im 18. Jahrhundert, als der Großteil des Nationaleinkommens aus landwirtschaftlichen Grundrenten stammte, konnten zeitgenössische Ökonomen überzeugend argumentieren, daß Stadtwachstum auf Konsumkonzentration beruhte. Tatsächlich wuchsen in dieser Zeit Haupt- und Residenzstädte wie London, Paris, Wien und Berlin, wo sich die kaufkräftigsten Konsumenten konzentrierten, die ein Heer von Luxusgüter erzeugenden Handwerkern beschäftigten, am schnellsten.

Der Verstädterungsprozeß im 19. Jahrhundert war jedoch eindeutig ein Produkt der Industrie. Nie war der räumliche Konzentrationsprozeß in Österreich intensiver als zwischen 1870 und 1900. Dennoch blieb nicht nur das agrarische Ungarn, sondern auch die industrialisierte österreichische Reichshälfte im Grad der Verstädterung hinter den westlichen Industrienationen zurück. 1880 lebten in der österreichischen Reichshälfte 62% der Bevölkerung auf dem Land und nur 5% in Großstädten (über 100.000 Einwohner), im Deutschen Reich hingegen 58% bzw. 9%. In der Folgezeit fiel Österreich sogar noch weiter zurück: 1910 lebten 50% der Bevölkerung auf dem Land, im Deutschen Reich hingegen nur mehr 40% und die Großstadtbevölkerung machte in Österreich nur 11% aus, im Deutschen Reich aber bereits 21%.

Gemeinsam war allen Industrieländern damals, daß sich der Bevölkerungszuwachs in Form von Zuwanderung vor allem auf die Großstädte konzentrierte. Dies geschah deshalb, weil die Großstädte den für den damaligen Entwicklungsstand der Industrie bestgeeigneten Arbeitsmarkt und die optimale Infrastrukturausstattung aufwiesen. Die Großstadt war für die Industrie so lange vorrangig attraktiv, als viele Branchen noch am Beginn ihrer Entwicklung standen. In dieser Phase benötigten sie nämlich hauptsächlich hochqualifizierte Arbeitskräfte, die sie vor allem auf dem großstädtischen Arbeitsmarkt fanden. Mit zunehmender Mechanisierung und Rationalisierung der Produktion verlor dieser Standortvorteil jedoch an Bedeutung, weil billige, unqualifizierte Arbeitskräfte eingesetzt werden konnten, und die Nachteile hoher städtischer Bodenpreise und Lebenshaltungskosten zu überwiegen begannen. Sobald eine Branche diese Phase erreicht hatte, wanderte sie aus der Großstadt wieder ab. Den Anfang hatte die erste industrielle Leitbranche, die Textilindustrie, gemacht, die schon in der ersten Hälfte des 19. Jahrhunderts Großstädte wie Wien oder Berlin verlassen hatte. Andere Branchen sollten folgen, doch gravierende Dimensionen nahm die „Deindustrialisierung der Großstädte" erst im 20. Jahrhundert an. Das Zeitalter Franz Josephs war hingegen gerade die Blütezeit der großstädtischen Industrie, weil es so viele neue Branchen gab, die einen großen Bedarf an Arbeitskräften hatten. Die junge Elektroindustrie z. B. konzentrierte sich fast ausschließlich auf die Großstädte: im Deutschen Reich auf Berlin, in der österreichischen Reichshälfte auf Wien, in Ungarn auf Budapest. Das Gleiche galt für die zahlenmäßig stärkste Branche, für die Bekleidungsindustrie. Diese noch vorwiegend im Verlagssystem hausindustriell produzierende Branche beschäftigte zwar massenhaft billige Arbeitskräfte, vorwiegend Frauen, war aber aus Informations(Mode!)- und Absatzgründen an die Großstadt gebunden. 1890 beschäftigte die Bekleidungsindustrie in Wien allein 107.000 Arbeitskräfte, d. h. 15% aller Wiener Erwerbstätigen, und in den anderen Metropolen wie Berlin, Paris, London und New York waren die Verhältnisse ähnlich.

Den wichtigsten infrastrukturellen Standortvorteil erlangten die Großstädte durch den Verkehrsausbau, der sie in den Anfangsphasen eindeutig bevorzugte. Sie wurden alle zu Knotenpunkten des Eisenbahnverkehrs, die Hauptstädte sogar zum Ursprung und Ziel des Gesamtverkehrs des Landes. Zusätzlich brachte dies den Vorteil, daß sich die Maschinenindustrie, die in ihrer Anfangsphase ebenfalls qualifizierte Arbeitskräfte benötigte und hauptsächlich für den Eisenbahnbedarf produzierte, in den Großstädten niederließ.

Da sich die Metropolen der Industriestaaten in ihrer Betriebs- und Arbeitsmarktstruktur sehr ähnlich waren, muß der geringe Verstädterungsgrad Österreichs mit einem vergleichsweise niedrigen gesamtstaatlichen Industrialisierungsniveau zusammenhängen. Tatsächlich lag die Industrieproduktion Österreichs, die sich im Vormärz wertmäßig noch mit jener Preußens messen konnte, in der zweiten Hälfte des 19. Jahrhunderts beträchtlich unter der deutschen. Die nach der gescheiterten bürgerlichen Revolution von 1848 weiterhin dem ‚ancien régime' verpflichteten herrschenden gesellschaftlichen Kräfte setzten alles daran, das national gesinnte Industriebürgertum und die ihm verbundene hochwertige industrielle Finalproduktion an der Entwicklung zu hindern, um ihre Machtbasis zu erhalten und die Ausbreitung des als staatsgefährdend erachteten slawischen Nationalismus einzudämmen. Der Preis für diese Politik war die zunehmende politische und wirtschaftliche Abhängigkeit vom Deutschen Reich. Im Zuge der sich ausbreitenden internationalen Arbeitsteilung entwickelte sich die Habsburgermonarchie immer stärker zum Rohstofflieferanten und Exporteur geringerwertiger Agrarprodukte nach Deutschland, während das Deutsche Reich höherwertige Investitions- und Konsumgüter lieferte und damit zusätzlich die Entfaltungsmöglichkeiten der vorwiegend großstädtischen Finalindustrie in Österreich einschränkte. Nicht zuletzt spiegelt sich diese Entwicklung in der Zahl der Großstädte wider: 1895 hatte das Deutsche Reich bei 50 Millionen Einwohnern 28 Großstädte, die österreichische Reichshälfte mit etwa der halben Einwohnerzahl jedoch nur sieben (Wien, Graz, Triest, Prag, Brünn, Lemberg und Krakau).

Der Industrialisierungsprozeß bewirkte aber nicht nur das rapide Wachstum der Großstädte, er verhalf auch manchen kleineren Städten zu einem Wachstumsschub, ja er schuf sogar einen neuen Typus von Verstädterung: die Industrieagglomeration.

Einige Kleinstädte wuchsen z. B. dadurch, daß sie zu Eisenbahnknotenpunkten wurden und/oder große Eisenbahnwerkstätten erhielten, wie etwa Knittelfeld oder Marburg. Andere Kleinstädte verzeichneten einen schnellen Bevölkerungszuwachs, wenn rationalisierte Industriebetriebe aus den Großstädten zuzogen.

Industrieagglomerationen entstanden in ländlichen Gebieten, die spezifische Standortvorteile für eine bestimmte Branche aufwiesen. Die aus Wien abwandernde Textilindustrie wurde z. B. im Wiener Becken vor allem von den natürlichen Wasserläufen angezogen, die in der Anfangsphase der Mechanisierung die Antriebsenergie lieferten. Die bedeutendsten Industrieagglomerationen entstanden aber meist im Bereich von Bergbau und Schwerindustrie an den Rohstoffbasen. Buchstäblich aus dem Nichts, d. h. aus Dörfern, entwickelten sich meist locker verbaute Industriestädte, die einzeln genommen nicht mehr als Mittelstadtgröße erreichten, aber zu Industrielandschaften zusammenwuchsen, wie etwa im Ruhrgebiet, im obersteirischen Industriegebiet um Leoben–Bruck–Kapfenberg oder im Ostrau–Karwiner Steinkohlenrevier mit seinen eisenverarbeitenden Betrieben in Witkowitz (Mähren). Witkowitz dürfte dem Typus der amerikanischen Company-Town recht nahegekommen sein: einer Stadt, deren gesamte Existenz von einem einzigen Unternehmen abhing, in diesem Fall von der Witkowitzer Bergbau- und Eisenhüttengewerkschaft, die sich seit 1873 im Besitz von zwei Familien (Rothschild und Guttmann) befand. Die Eigentümer waren auch Aktionäre der Nordbahn und das Unternehmen konzentrierte sich lange Zeit auf die Deckung des Bahnbedarfs bis es in den neunziger Jahren auch in die Rüstungsproduktion einstieg. Als eines der größten österreichischen Unternehmen beherrschte das Werk nicht nur den Arbeitsmarkt des Reviers, sondern das gesamte Leben seiner Beschäftigten und ihrer Angehörigen. Es kam nicht nur für den werkseigenen Wohnbau auf, sondern als größter Steuerzahler der Gemeinde indirekt auch für Wasserversorgung, Kanalisation und Straßenbeleuchtung, für die Anlage von Parks und Sportstätten und für den Bau von Bädern, Spital, Schulen und Kirchen. Diese Monopolstellung machte es möglich, die Betriebshierarchie rigoros auf alle anderen Lebensbereiche zu übertragen. Am deutlichsten läßt dies die Wohnungsversorgung erkennen: im „Schloß" befand sich das Absteigequartier der Gewerken (die natürlich in Wien wohnten) und die Wohnung des Generaldirektors, Ein- oder Zweifamilienhäuser waren für Direktoren oder Oberbeamte reserviert, Fünfzimmerwohnungen für Abteilungsvorstände, Vierzimmerwohnungen für Betriebsleiter und kleinere Wohnungen für jüngere Beamte. Die Arbeiter-Familienwohnungen hingegen, die nur für die Stamm- und Facharbeiterschaft bestimmt waren, hatten selten mehr als 1 Zimmer und Küche. Doch nur ein kleiner Teil der Arbeiter hatte solche Wohnungen in „Koloniehäusern", d. h. in freistehenden Mehrfamilienhäusern mit Nutzgärten. Der weitaus größere und nach Konjunkturlage fluktuierende Teil der geringqualifizierten Arbeiter waren Pendler, d. h. sie waren die Woche über in Arbeiterkasernen untergebracht, wo sie ein Bett mieten mußten, und kehrten nur über das Wochenende zu ihren Familien zurück, die kleine Höfe in der Umgebung bewirtschafteten. Da Frauenarbeitsplätze in der Schwerindustrie rar waren, nutzte das Unternehmen auf diese Weise optimal die Arbeitskraft der gesamten Familie.

Eine derartige Reglementierung aller Lebensbereiche, ausschließlich nach betriebswirtschaftlichem Kalkül, kam natürlich in größeren Städten nicht vor. Deren Entwicklung überließ man zunehmend den Verwertungsinteressen des Kapitals und der Wirkung des freien Marktes – mit ganz ähnlichen Ergebnissen: auch hier kam es zu einer Hierarchisierung im Zuge der funktionellen Entmischung des Stadtgebietes und der sozialen Segregation der Bevölkerung.

Als grundlegend sowohl für die Entwicklung der industriellen Produktion als auch für die Gestaltung des Raumes erwies sich das Prinzip der Arbeitsteilung. Die produktivitäts- und ertragssteigernde Wirkung der Zerlegung von Arbeitsprozessen und der räumlichen Zusammenfassung gleichwertiger Tätigkeiten führte zur Ausbildung neuer monofunktionaler Gebäudetypen wie Fabrik, Warenhaus, Bürohaus und schicht- d. h. einkommensspezifischem Wohnhaus (Zinspalais mit funktional stark differenzierten Großwohnungen oder Stadtrandvilla für das Großbürgertum, bürgerliches Zinshaus mit 2–4-Zimmer-Wohnungen für das Klein- und Mittelbürgertum und Zinskaserne mit aus 1 Zimmer und Küche bestehenden „Bassenawohnungen" für die Arbeiter). Seither vollzieht sich das Leben eines Städters an verschiedenen Orten, zusammengehalten durch den Verkehr.

Die Vergabe städtischer Standorte an interessierte Nutzer erfolgte in freier Konkurrenz: wer den Höchstpreis zahlte, erhielt den Standort. So kam es in der Folge kleinräumig zu Konzentrationen gleichartiger, weil gleich zahlungskräftiger Nutzer, großräumig jedoch zur funktionellen Entmischung bzw. sozialen Segregation. Allerdings waren städtische Standorte, die sich hauptsächlich durch ihre Infrastrukturausstattung voneinander unterschieden, nicht für alle Konkurrenten gleich gut geeignet, z. B. waren Fernbahnlinien oder Hafenanlagen für Fabriken attraktiv, nicht aber für Warenhäuser, die ihrerseits Standorte mit maximaler Kundenverkehrsdichte suchten.

Diese neuen Organisationsprinzipien der kapitalistischen Stadt setzten sich in der zweiten Hälfte des 19. Jahrhunderts auch in den Städten der Habsburgermonarchie mit unterschiedlicher Geschwindigkeit durch. Sie ergriffen zwar immer die gesamte Stadt, drangen aber nur Schritt für Schritt vor. Noch überwogen in der Produktion Handwerk und Hausindustrie und nicht die Fabrik, noch wurde eine Wohnungsnachfrage der Unterschicht, die großteils in hausrechtlicher Abhängigkeit und ohne Möglichkeit der Familiengründung lebte, kaum wirksam, noch gab es kaum Berufsverkehr, noch holte man das Wasser vorwiegend vom Brunnen, wurden Fäkalien in Senkgruben geleitet, hatten nur Hauptverkehrsstraßen Gasbeleuchtung – doch der vom Zentrum ausgehende „Erneuerungsprozeß" schritt voran.

Nachdem sich die Stadtmitte als bestgeeigneter Standort für zahlungskräftige Dienstleistungsbetriebe wie „Kleidermagazine", Warenhäuser, Banken, Versicherungen u. ä. erwiesen hatte, weil sie meist das Zentrum des Personenverkehrs war, begann der

„Citybildungsprozeß", in dessen Verlauf Dienstleistungsbetriebe die Wohnbevölkerung verdrängten. In Wien begann dies in den fünfziger Jahren des 19. Jahrhunderts und seitdem nimmt die Wohnbevölkerung im 1. Bezirk ständig ab. Die fortschreitende Tertiärisierung des Zentrums verlangte ihrerseits nach Vergrößerung der Verkehrsflächen. In Wien genügten kleinere „Regulierungen" und Straßenverbreiterungen (Graben, Kärntnerstraße, Operngasse, Marc Aurel-Straße u. a.), denen dennoch reihenweise alte Häuser zum Opfer fielen. In Budapest, wo der Prozeß später, aber umso heftiger einsetzte, dienten Straßendurchbrüche nach Pariser Muster als Vorbild: neue Prachtstraßen (Andrássystraße, Ringstraße u. a.) wurden „gleich Kulissenwänden" quer durch alte Baublocks gezogen, sodaß einerseits viel billiger Wohnraum zerstört und Unterschichtbevölkerung verdrängt wurde, andererseits die dahinterliegenden Slums erhalten blieben. In Wien wurde durch die Citybildung nur mehr Mittel- und Oberschichtbevölkerung aus dem Zentrum verdrängt, der Unterschicht war dies schon im 18. Jahrhundert widerfahren. Glücklicherweise bot die Ringstraßenzone zunächst genügend Raum für die „innere Stadterweiterung" und die Unterbringung des verdrängten Großbürgertums. Als diese Reserven verbraucht waren, begann die schleichende „Sanierung" der Vorstädte, weil sich die englische Lösung nicht realisieren ließ: in London war schon in den sechziger Jahren ein ausgedehntes Nahverkehrssystem entstanden, das die Mittel- und Oberschicht von ihren Villen in den Vororten zu ihren Arbeitsplätzen in der City transportierte. Da wegen Kapitalmangels keine österreichische Großstadt ein derart leistungsfähiges Massentransportmittel erhielt, kam es zwar zur Anlage einiger „Villenkolonien" oder „Cottage-Anlagen" (Währinger und Hietzinger Cottage in Wien, Villen-

Ansicht des Stephansplatzes vor der Regulierung (Wien, Historisches Museum der Stadt Wien)

kolonien am Stadtwäldchen, in der Christinenstadt und Kis-Zugló in Budapest), doch allgemeine Verbreitung fand diese „ideale" Wohnform wegen mangelhafter Verkehrserschließung nicht, sodaß die Mittel- und Oberschicht vor allem nach citynahen Wohnungen trachtete. So begann ein Prozeß, der sich übrigens heute wiederholt: in den an die City grenzenden Vorstädten wurden die alten, niedrigen Handwerkerhäuser Stück für Stück abgerissen und durch bürgerliche Zinshäuser in wesentlich dichterer Verbauung ersetzt. Die dort lebende Arbeiterbevölkerung verlor ihren zwar schlechten aber billigen Wohnraum und wurde in die Vororte hinausgedrängt, wo sie sich mit dem vom Land abgewanderten Proletariat in den nach Auftreten einer entsprechenden Nachfrage rasch aufgebauten Zinskasernen traf. Durch diesen Prozeß, dessen entscheidende Phasen in Wien in die Jahre zwischen 1870 und 1890 fielen, erfuhren in fast allen Großstädten die zentrumsnahen Gebiete eine „soziale Aufwertung", der Außenring der Vororte hingegen generell eine „soziale Abwertung", selbst wenn sich einige Oberschicht-Inseln im Meer der Arbeiterwohngebiete befanden. So nahm die soziale Segregation, auf das gesamte Stadtgebiet bezogen, deutlich zu.

Über diese grundlegenden räumlichen und sozialen Veränderungen hinaus, beeinflußte die Großstadt das Leben ihrer Bewohner noch in vielen anderen Dimensionen. Am wenigsten dürfte sich die Lebensführung der Aristokratie durch die Herausbildung der kapitalistischen Großstadt verändert haben. Die Einkünfte der großen Häuser waren so hoch, daß sie es sich als einzige leisten konnten, ihre Innenstadtpalais, wo sie sich im Winter aufhielten, nicht an Banken zu verkaufen, ihre in der Übergangszeit benutzten Gartenpalais in den Vorstädten nicht zu parzellieren und den Sommer auf ihren Landgütern zu verbringen. Ihr gesellschaftliches Leben konzentrierte sich weiterhin auf exklusive Empfänge und Bälle, auf Kasino, Pferderennen u. ä.

Wohl überwiegend positiv im Sinne einer Erweiterung der Lebensmöglichkeiten mußte das Großbürgertum die Großstadt empfunden haben. Nur auf einem derart großen Markt konnte auch eine kaufkräftige Nachfrage nach teuren, teilweise neuen Spezialeinrichtungen wie Hochschulen, Museen, Theatern, Konzert- und Tanzsälen, Cafés, Kabaretts, Varietés, Hallenbädern, Eislaufplätzen u. a. m. entstehen, die die Bildungs- und Freizeitmöglichkeiten der reichen Müßiggänger in nie gekannter Weise erweiterten.

Die negativste Einstellung zur Großstadt dürften Teile des Kleinbürgertums entwickelt haben. Der Industriekapitalismus drängte die kleinen Handwerker an den Rand des Ruins, zwang sie zur übermäßigen Ausbeutung der eigenen Arbeitskraft und der ihrer Gesellen und Lehrlinge, bot ihnen aber dennoch keine längerfristig ermutigende Lebensperspektive.

Da hatte die Großstadt für die Industriearbeiterschaft wohl einen höheren Stellenwert. Obwohl ihre Lebensverhältnisse sicherlich schlechter waren als jene des Kleinbürgertums, gab es doch berechtigte, weil langfristig etappenweise erfüllte Hoffnung auf Verbesserungen, die für Landarbeiter z. B. unerreichbar waren. Fabriksarbeiter hatten in der Großstadt die Möglichkeit, eine Familie zu gründen, eine Wohnung zu mieten und sich so wenigstens in ihrer Freizeit einen minimalen Autonomiespielraum zu verschaffen, auch wenn diese Freiheit anfangs mit intensiverer Ausbeutung der eigenen und extremer Ausbeutung der Arbeitskraft von Frau und Kindern durch Haus- und Heimarbeit erkauft war. Doch allmählich nahmen die Möglichkeiten selbstbestimmter Lebensführung außerhalb der Produktionssphäre durch den Erfolg der Kämpfe um Lohnerhöhungen und Arbeitszeitverkürzung, durch die Einführung der Sozialversicherung u. a. m. tatsächlich zu. So dürfte die Großstadt wohl von der Mehrzahl ihrer Bewohner als Ort größerer Lebenschancen angesehen worden sein, während der Topos des allesverschlingenden Molochs als eine Angstprojektion des Bürgertums erscheint, das durch die Zusammenballung der Proletariermassen die bestehende Gesellschaftsordnung bedroht sah.

Literatur (in Auswahl):

Wohlfahrts-Einrichtungen des Eisenwerkes Witkowitz. 2 Bde., Wien 1907 und 1908; Ergänzungsband, Mährisch-Ostrau 1915. – *Gross, N. T.*, Die Industrielle Revolution im Habsburgerreich 1750–1914. In: C. M. Cipolla und K. Borchardt (Hg.), Die Entwicklung der industriellen Gesellschaften. Europäische Wirtschaftsgeschichte, Bd. 4, Stuttgart 1977, S. 203–235. – *Banik-Schweitzer, R.*, Zur sozialräumlichen Gliederung Wiens 1869–1934. Wien 1982. – *Banik-Schweitzer, R., Meißl, G.*, Industriestadt Wien. Forschungen und Beiträge zur Wiener Stadtgeschichte. Bd. 11, Wien 1983.

Franz Baltzarek

HANDEL, BANKWESEN UND WÄHRUNG

ORGANISATIONSFORM UND STRUKTUR DER HANDELSTRÄGER, HANDELSTECHNIKEN

Die Dienstleistungen des Handels vermitteln das Angebot der Erzeuger an Konsumenten und Investoren. Die Anfänge der großen Umwälzungen in der Neuorganisation des Handels in Mitteleuropa liegen weit vor der Franz Joseph-Zeit im 17. und 18. Jahrhundert, die endgültige Durchsetzung derselben fällt in die von uns zu behandelnde Periode ab Mitte des 19. Jahrhunderts. Die ursprüngliche – aus dem Mittelalter überkommene – Wirtschaftsordnung kannte eine (zwar nicht lückenlos eingehaltene) Separierung in eine Stadtwirtschaft mit starken marktwirtschaftlichen Momenten im bürgerlichen Handel und Gewerbe und in eine vorwiegend agrarische Tätigkeit des flachen Landes, wo Handel und Gewerbe nur für Eigenbedarf und mit relativ geringer Marktintegration vorherrschten. Diese Situation entsprach den ökonomischen Gegebenheiten einer Arbeitsteilung bei hohen Transport- und Güterverteilungskosten mit relativ großen Informationsproblemen. Auf den Handel waren am flachen Land nur der Bergbau und die Getreide produzierenden Gutsbetriebe stärker angewiesen. In der agrarischen und handwerklichen Selbstversorgungswirtschaft des „ganzen Hauses“ bedeutete hingegen der Handel nur eine Ergänzung und Verbindung nach außen hinsichtlich nicht selbst erzeugter und in unmittelbarer Nachbarschaft eintauschbarer Güter: Gewürze, gewisse Südfrüchte, bestimmte Rohstoffe, Eisen und feinere Tuchwaren, bzw. Abgabe von Überschüssen, die vor allem in der bäuerlichen Produktion wegen der Ernteausfälle keineswegs regelmäßig anfielen.

Die Verteilung der Handelsprodukte erfolgte großteils durch bürgerliche Fernhändler auf den regional oder manchmal auch überregional bedeutsamen Jahrmärkten (Messen im alten Sinn des Wortes) der Städte und Märkte. Dieser Fernhandel war Großhandel und Detailhandel in einem. Daneben gab es noch den „kleinen Handel“ der Erzeuger, z. B. den Handel der Bauern in ihren Landesprodukten, in Getreide und Wein, auch Gemüse etc. auf den städtischen täglichen und Wochenmärkten, dann den (vom Standpunkt der Bürgerschaften) illegitimen „Gäuhandel“ der auf den Grundherrschaften erzeugenden und handelnden Insassen. Schließlich ist noch der „Hausierhandel“ zu nennen, der Bewohnern einiger armer Regionen gestattet war, um ihnen einen Zuerwerb zu sichern. Als Beispiele seien die Bandelkramer des Waldviertels, die Hausiertätigkeit der Gottscheer und Tiroler genannt.

Mit der Ausdehnung der „Inneren“ und „Äußeren“ Märkte haben sich weitgehende Modifikationen dieser alten Handelsorganisationen ergeben. Die äußeren Märkte haben schon seit den Entdeckungen und Kolonialgründungen sowie durch die Entstehung eines modernen Welthandelssystems im Merkantilismus wesentliche Impulse auf die Organisation des Ex- und Imports ausgeübt. Die Ausdehnung der Inneren Märkte hängt sehr eng mit den Wandlungen auf der Nachfrage- und Angebotsseite zusammen, die die Industrielle Revolution bewirkten und die den Binnen- und Detailhandel stark veränderten.

Auf der Nachfrageseite sind anzuführen die steigende Bevölkerungszahl und die zunehmende Bevölkerungsdichte. Allein z. B. die (später) westliche Reichshälfte hat ihre Bevölkerung von rund 14 (1820) auf 20 (1869) und 22 Millionen Einwohner (1880) erhöht. Weiters kam es zur Ausdehnung der Märkte durch die stärkere Einbindung der Subsistenzsektoren der Landwirtschaft und des Gewerbes in eine zunehmend arbeitsteilig produzierende Marktwirtschaft. In diese Richtung wirkte auch die Entstehung einer Industriearbeiterschaft, die keine Subsistenzmöglichkeiten einer Selbstversorgung mehr besaß und (selbst bei den recht bescheidenen Einkommen) alles zu ihrer Reproduktion notwendige am Markt nachfragen mußte. Auch auf der Angebotsseite wurden große Erfolge durch Einführung neuer Konsumgüter erzielt, allem voran ist hier die Ausbreitung der internationalen Mode zu nennen. Carl Menger, der große Nationalökonom, beschreibt in seinem 1871 erschienenen „Grundsätzen der Volkswirtschaftslehre" ausdrücklich das Beispiel von den Pariser Modehüten, denen eine weite Verbreitung und leichter Absatz gesichert sei, ganz im Gegensatz etwa zu Tiroler Hüten, die als Trachtenhüte oft nur in einigen Tälern einen Absatz finden und einen viel zu kleinen Markt haben.

Die Subsistenzwirtschaft und die Kleinproduktion in einfachen Handwerksbetrieben ging aber in der Monarchie noch lange weiter und haben den Inneren Markt und damit auch die Chancen des Handels noch lange eingeengt. Noch um 1860 kleidete sich nach der Schätzung des Vizepräsidenten der Handels- und Gewerbekammer in Wien, Franz Wertheim, ein Drittel der Bevölkerung in selbsterzeugte Kleider und noch nach den Erhebungen der Gewerbeinspektoren im ausgehenden 19. Jahrhundert war in den gar nicht so wenigen Rückzugsgebieten der Monarchie der Handel sehr beschränkt. So wird aus Südtirol gemeldet, daß die Bevölkerung auf dem Land noch immer den Großteil ihres Bedarfs an Kleidungs- und Wäschestücken aus den Erzeugnissen der Heimarbeit deckte. Zwar führten die Vermischten Warenhandlungen in den Dörfern schon Fabriksware, doch das Mißtrauen der Bevölkerung in die Fabriksqualität war groß. Aus der Obersteiermark heißt es, daß aus selbstangebauten, an den Winterabenden durch die Bäuerinnen mit Unterstützung ihrer Töchter und Mägde im bäuerlichen Hausfleiß zu Garn versponnenen Flachsen im darauffolgenden Frühling durch Störweber auf den im Haus vorhandenen altmodischen Webstühlen Leinwand erzeugt bzw. aus der in Eigenzucht gewonnenen Schafwolle Loden hergestellt wurde. Ähnliches wird uns aus Krain, Salzburg, Galizien und der Bukowina berichtet.

Das größte Hindernis, an dem natürlich auch der Handel der Monarchie litt, war aber die ausgedehnte kleingewerbliche Struktur. Denn schon Lenin hat bemerkt, daß der Innenmarkt und die kapitalistische Produktion nicht so sehr auf Kosten der Verbrauchsgüter als auf Kosten der Produktionsmittel expandieren, deren Nachfrage und Verbrauch allerdings in der Kleinproduktion eingeschränkt ist.

Trotz dieser Hindernisse ist der Handel in der Donaumonarchie aber im Lauf des 19. Jahrhunderts stark gestiegen und dazu trugen auch eine Reihe von Verbesserungen auf dem Verkehrs-, Nachrichten- und Ausbildungssektor seit der 2. Hälfte des 19. Jahrhunderts wesentlich bei. Dampfeisenbahn und Dampfschiff veränderten die Kostenstruktur der Wirtschaft und machten Märkte zugänglicher, beseitigten lokale Knappheiten und verminderten die überhöhten Preise. Post, Telephon und Telegraphie (z. B. Verlegung des Nordatlantik-Unterseekabels 1865), der Beitritt der Monarchie zum Weltpostverein und zum internationalen Telegraphenvertrag 1872, erleichterten den Handel durch Reduktion von Unsicherheiten und ermöglichten bessere Information zu geringeren Preisen. Der Handel wurde auch erleichtert durch die Einführung der neuen Wechselordnung 1850, durch verbesserte Kreditversorgung (z. B. 1853 Niederösterreichische Eskomptegesellschaft in Wien), durch die Einführung des Allgemeinen Deutschen Handelsgesetzbuches 1862 (mit einigen Abänderungen und exklusive dem Seerecht) sowie die Einführung des metrischen Maß- und Gewichtssystems 1876. Schließlich profitierte der Handel durch die Einführung einer besseren Ausbildung für den Nachwuchs durch Gründung von Handelsakademien: 1856 Prag, 1858 Wien.

Die alten, traditionellen Jahrmärkte, die nur an bestimmten Tagen des Jahres stattfanden, erlebten nun angesichts solcher – eben angedeuteter Veränderungen auf den Inneren und Äußeren Märkten und vor allem auch durch die Beseitigung aller Vorrechte der Städte und Märkte im Handel seit der 2. Hälfte des 18. Jahrhunderts einen starken Funktionsverlust zugunsten anderer Formen der Warenverhandlung. Sie wurden entweder aufgelassen oder reduziert und

Die neue Börse in Wien (Wien, Historisches Museum der Stadt Wien)

leben teilweise bis heute mit rudimentären Aufgaben als Vergnügungs- und Festveranstaltungen weiter.

Einerseits geht der Weg im noch zu besprechenden Großhandel vom Jahrmarkt zu den Börsen, Produkten-, Waren- und Effektenbörsen, mit ihren standardisierten, gar nicht am Feilbietungsort gegenwärtigen fungiblen oder vertretbaren Gütern und den Messen in ihrer neuen Form als Mustermessen und Ausstellungen, wie sie im österreichischen Kaiserstaat seit dem Vormärz Bedeutung erlangten und dann in der Wiener Weltausstellung von 1873 ihren Gipfelpunkt erreichten. Der Großhandel, der sich immer mehr von den Funktionen des alten Fernhandels wegentwikkelte, erfuhr eine starke Standortverlagerung nach der Haupt- und Residenzstadt Wien sowie einigen Landeshauptstädten der Kronländer und Hafenplätze, vor allem Triest. Die Entstehung eines zentralen Handels- und Finanzplatzes in Wien (später in derselben Art auch in Buda-Pest) infolge Skalenerträgen, vor allem der Informationsbeschaffung, zeigte den Großhändler anfänglich in multifunktionalen Aufgaben. Er war nicht nur Händler, er war auch Bankier und Finanzier, er drang auch zeitweise in die Produktion vor, indem er sich in Verlags- und Manufakturinvestition engagierte. Allmählich wurde ein Großteil der Handelsfunktionen durch die neuen Fabriken und die Industrie selbst übernommen, die nun oft den Import von Rohstoffen selbst besorgten und auch den Export ihrer Produktion in die Hand nahmen. Dem Großhändler verblieb aber bis zum heutigen Tag auf jeden Fall seine Funktion bei großen Im- und Exportrisken, vor allem nach Übersee und in Entwicklungsländer (Risken der großen Wechselkursschwankungen, politische Unsicherheiten und dgl.). In den wichtigen ausländischen Handelsstädten waren die österreichischen Konsuln und Handelsdelegierten wichtige Förderer der österreichischen Großexporteure.

Dem Großhandel dienten die Waren- und Produktenbörsen, die in der Donaumonarchie in dieser Periode bis 1880 stark ausgebaut wurden. Zu den schon länger bestehenden alten Börsen in Wien und Triest sowie der Frucht- und Mehlbörse in der Residenzstadt kam die Pester Produkten-, Waren- und Effektenbörse, dann seit der Erlassung eines Warenbörsepatents 1860 die Czernowitzer Frucht- und Produktenbörse, die Linzer Fruchtbörse, die Prager Waren- und Effektenbörse, die Trautenauer Garnbörse sowie die Garn- und Warenbörse in Warnsdorf.

Im Detailhandel, dem anderen Zweig des ehemaligen Fernhandels auf den Jahrmärkten ging der Weg zu den ländlichen und städtischen Krämereien (vermischten Warenhandlungen) einerseits und in den großen Städten und zentralen Orten zu Spezialhandelsgeschäften in bestimmten Waren. Dazu traten immer mehr auch die Fabrikanten im Detailgeschäft selbst auf, denn sie erkämpften sich seit dem ausgehenden 18. Jahrhundert als Produzenten auch die Berechtigung, direkt ab Fabrik bzw. in eigenen Verkaufsgewölben der Städte – ohne Zwischenschaltung des traditionellen Handels – ihre Waren feilzubieten.

Der Vorteil der Krämereien und Spezialgeschäfte

gegenüber den alten Jahrmärkten liegt auf der Hand. Sie boten erstmals eine permanente und verbesserte Nahversorgung mit Gütern aller Art, die Bezieher konnten sich gegenüber früher eine große Lagerhaltung ersparen, weil jederzeit gewährleistet war, daß Güter relativ rasch und problemlos nachgeschafft werden konnten und mittels moderner Verkehrsmittel auch leicht zuführbar waren. Auch Suchkosten und Wartekosteneinsparungen waren zu verzeichnen. Das Netz an Krämereien erreichte in der Franz Joseph-Zeit eine erstaunliche Dichte, die „vermischten Warenhandlungen“ drangen in alle größeren Dörfer vor. Die durchschnittliche Ausstattung solcher Läden bestand in Orten, die Spezialhandlungen nicht kannten, aus mehreren Abteilungen: Viktualien, Spezereien, Galanterie-, Nürnberger- und Eisenwaren, Textil- und Schnittwaren, Holzgeräte, chemische Produkte und Drogeriewaren standen im Angebot. Auch die Spezialhandelsgeschäfte an zentralen Orten nahmen stark zu und umfaßten z. B. in Wien um die Mitte des 19. Jahrhunderts mehr als 20 verschiedene Handelssparten.

Die im Vormärz sehr häufigen Schätzungen der Zahl der Handlungen sind später nicht mehr fortgesetzt worden, die letzte Schätzung stammt von dem Statistiker Hain aus 1852, der für den ganzen Kaiserstaat, inklusive Lombardo-Venetien, 36.200 Handlungen veranschlagt. Davon waren 15.000 Großhandlungen, der Rest verteilte sich auf 1.200 Tuchwarenhandlungen, 4.200 Kurrent- und Schnittwarenhandlungen, 2.400 Leinwand- und Weißwarenhandlungen, 1.100 Seiden-, Seidenwaren- und Seidenbandhandlungen, 1.000 Mode-, Putz-, Kleider- und Kurzwarenhandlungen, 8.600 Spezerei-, Material- und „Vermischte Warenhandlungen“, 400 Kunst-, Buch- und Antikenhandlungen, 600 Papierhandlungen, 1.200 Rohproduktenhändler, 900 Nürnberger- und Galanteriewarenhandlungen, 2.800 Eisenhandlungen, 400 Südfrüchtehandlungen, 300 Wechsler und 9.000 sonstige Handlungen.

In den größeren Städten gab es auch noch zahlreiche persönliche Befugnisse zur Führung von Ständen in geringen Artikeln. Im Zunehmen waren auch die täglichen und Wochenmärkte in diesen Städten mit ihren Bauernständen, die das Viktualienangebot verbesserten. Stark im Zunehmen waren die Viehhandelsmärkte an zentralen Orten.

In einigen Hauptstädten wie Wien, Prag, Budapest, kam es auch zur Errichtung eigener Markthallen, im Stil der Zeit aus Stein, Glas und Eisen konstruiert, mit entsprechenden hygienischen und ökonomischen Einrichtungen. Es handelte sich dabei um Zentralmarkthallen für den Importverkehr und die Vermittlung des Verkaufs im Großen einerseits und Filialmarkthallen für den Detail- und Spezialhandel andererseits. Fleischmärkte, Fischmärkte, Obst- und Gemüsemärkte, Tandel- und Trödlermärkte wurden auf dieser Weise untergebracht und die städtische Infrastruktur wesentlich verbessert.

Die Anfänge des modernen Warenhauses waren in unserem Zeitraum in der Donaumonarchie noch kaum wahrnehmbar, die Weckung neuer und vermehrter Bedürfnisse erfolgte noch nicht durch diese erst allmählich aus Westeuropa importierte Form, die eben um 1880 in Paris Emile Zola in soziologischen Untersuchungen für seine Romane studierte.

Eine neue Art des Detailhandels bildeten die Konsumvereine, die seit 1873 auf der Basis eines eigenen Genossenschaftsgesetzes konstituiert sind. Der erste richtige Konsumverein im heutigen Österreich war der 1856 gegründete „Wechselseitige Unterstützungsverein der Fabriksarbeiter zu Teesdorf“ in Niederösterreich, der nach dem Vorbild der „Redlichen Pioniere von Rochdale“ in England arbeitete. Offene Mitgliedschaft auf freiwilliger Basis, demokratische Verwaltung, politische und religiöse Neutralität, Rückvergütung am Jahresende und Beschränkung der Kapitalverzinsung, Barzahlung der Mitglieder und Förderung des genossenschaftlichen Fortbildungswesens waren die Hauptpunkte, welche diese Verbrauchergenossenschaften zu verwirklichen trachteten. Ihre Läden waren zunächst recht einfach, später in den größeren Städten oft recht umfangreich und sie versuchten neben dem günstigen Großeinkauf auch eine Eigenproduktion in bestimmten Waren aufzuziehen. Die Wohlfeilheit im Vergleich zur Konkurrenz der örtlichen Krämer ließ diese Handelsgeschäfte rasch anwachsen. In der später westlichen Reichs-

Detailmarkthalle in Wien I., Zedlitzgasse (Wien, Historisches Museum der Stadt Wien)

hälfte wurden 1865 24, 1870 402, 1872 der Höchststand von 540 Konsumvereinen gezählt, in der Krise nach 1873 sank ihre Zahl auf 394 im Jahre 1875 und 248 im Jahre 1880.

Eine Fortsetzung weist die überkommene Form des Hausierhandels auf. Dieser behielt seine Funktion einerseits in den dicht bevölkerten Städten, andererseits vor allem in der Durchdringung des flachen, eher abgelegenen Landes bei geringer gewerblicher Dichte. Das Feilbieten und Umherziehen von Ort zu Ort außerhalb von Märkten und das Anbieten von Waren von Haus zu Haus – gemäß dem Hausierpatent von 1852 und der Gewerbeordnung von 1859 geregelt – fand immer wieder neue Bewerber aus den verschiedenen ärmeren Grenzregionen der Monarchie: jüdische, galizische, italienisch-dalmatinische und zuletzt auch bosniakische Warenhändler. Die von den politischen Behörden gegebenen Konzessionen beliefen sich über Handel in Kurz-, Schnitt- und Galanteriewaren, Leinwand, Stoffe aus Schaf- und Baumwolle, Südfrüchte, Zuckerwaren, Bekleidungsartikel, Schreibrequisiten, Brillen und ähnlichen optischen Instrumenten, Eisen-, Stahl-, Blech- und Nürnbergerwaren, Bürstenbindereien und Spitzen.

PROTEKTIONISMUS UND FREIHANDEL, DAS EINHEITLICHE ZOLLGEBIET

Die Schaffung eines einheitlichen Zollgebietes fällt noch in die Zeit des Merkantilismus 1775, freilich gab es noch eine Reihe von Zollausschlüssen. Vor allem Tirol bildete bis in den Vormärz ein eigenes Zollgebiet, und Ungarn blieb von den Erblanden bis nach der Revolution von 1848 durch eine Zwischenzollinie separiert. Länger haben sich bis in unsere Periode die Zollausschlüsse in Istrien und Dalmatien gehalten. Erst 1880 wurden diese, dann Brody in Galizien, die Freihäfen Buccari, Porto Re, Zengg und Carlopago ins gemeinsame Zollgebiet einbezogen. Die Zwischenzollinie zu Ungarn wurde 1851 beseitigt, dies erschien den Reichszentralisten wie auch den Vorkämpfern einer liberalen Handelspolitik als großer Erfolg. Die unmittelbaren Auswirkungen des freien Verkehrs zwischen den beiden Reichshälften aber waren nach den jüngsten quantitativen Untersuchungen von Huertas und Komlos eher unbedeutend, da auch vorher der geringfügige Durchgangszoll den Handel nicht beeinträchtigte. Längerfristig ist aber der Beseitigung der Zwischenzollinie doch größere Bedeutung zugekommen. Die vollzogene Tatsache der Zolleinheit hat gewiß auch ihre Auswirkungen auf den Ausgleich von 1867. Nach diesem gehörten Zoll- und Handelsangelegenheiten nicht zu den gemeinsamen Angelegenheiten, sondern nur zu den Angelegenheiten von gemeinsamen Interesse, deren Erledigung im Einvernehmen beider Partner erfolgen sollte. Bei keiner Einigung war Selbständigkeit vorgesehen. Tatsächlich wurde 1867 ein Zoll- und Handelsbündnis mit Ungarn geschlossen und seither gemäß den Vereinbarungen alle 10 Jahre erneuert. Diese sicherten auch weiterhin ein einheitliches Wirtschaftsgebiet, mit gemeinsamer Währung, freiem Arbeitskräfte- und Kapitalverkehr sowie gemeinsamer Zoll- und Handelspolitik nach außen. Es liegt auf der Hand, daß diese Situation dem Handel sehr genützt hat.

Diskussionen um die Beseitigung der Zoll- und Prohibitionsschranken zum Ausland gehen bis in den Vormärz zurück. Ein Interessengegensatz zwischen Österreichern und Ungarn war stets zu bemerken. Schon bei den Diskussionen 1851 unter Handelsminister Bruck zeigte sich, daß die österreichischen Vertreter, insbesondere die der Wiener und Böhmischen Handelskammern und Gewerbevereine sich gegen eine tiefgreifende Herabsetzung der Industriezölle wehrten, um sich den Markt der Monarchie vor Auslandskonkurrenz zu sichern. Die Ungarn hingegen waren für weitgehenden Freihandel, einerseits um der Landwirtschaft billige Industriewaren zu sichern, die nach dem Verständnis der Ungarn nicht unbedingt aus der westlichen Reichshälfte kommen mußten, sondern aus dem günstiger liefernden Ausland. Andererseits wollte man auch auf diese Weise den Export von Agrarprodukten fördern. Die westliche Reichshälfte wieder, die stets ein Lebensmitteldefizit hatte, war an billigen Lebensmittelimporten aus dem Balkan interessiert, der für die Ungarn eine wichtige Agrarkonkurrenz darstellte. Vorteile eines erhöhten Exportes aus Österreich kamen hauptsächlich den höher industrialisierten Gebieten im Westen des Reiches zugute.

Der neue Zolltarif von 1852 beseitigte die meisten noch bestehenden Einfuhrverbote des alten Tarifs von 1838 und führte eine Reduktion der Tarifposten von 654 auf 338 ein, die Einfuhrzölle wurden drastisch gesenkt, so erfolgte z. B. bei Roheisen eine Ermäßigung auf ⅓, bei feinsten Baumwollwaren auf ¼. Diese Maßnahmen wurden nicht nur aus ökonomisch-freihändlerischer Gesinnung gesetzt, sondern auch aus politischen Gründen: das Hegemoniestreben Österreichs in Deutschland sollte auch durch eine Zolleinigung mit den Deutschen Staaten unterstrichen werden.

Der Preußisch-Österreichische Zoll- und Handelsvertrag 1853 wurde nach einem erbitterten Kampf Wiens durch die Drohung erreicht, im Fall des Scheiterns der Verhandlungen mit den schutzzöllnerischen Süd- und Mittelstaaten eine Zolleinigung zu treffen. Diesem Vertrag, der auf 12 Jahre geschlossen wurde, traten auch jene Staaten bei, die dem Zollverein Preußens angehörten. Die nun ermäßigten Zwischenzölle sollten auch dem Unwesen des Schleichhandels an den Grenzen zu den Zollvereinsstaaten begegnen. Neue Schutzzoll-Gegenbewegungen in der österreichischen Industrie zur Zeit der Wirtschaftskrise von 1857 wurden abgewürgt. Das Zollübereinkommen mit Preußen wurde zur Gefahr für die Wirtschaft, als 1862 der französisch-preußische Handelsvertrag zustandekam, dem sich nach und nach auch die meisten deutschen Staaten anschlossen. Der Vertrag mit Frankreich machte durch die nach dem Vorbild des berühmten Cobdenvertrages eingeführte Meistbegünstigungsklausel jeder Vorzugsbehandlung Österreichs hinfort unmöglich, bedrohte die österreichische Ausfuhr und erhöhte die Gefahr der ausländischen Konkurrenz für die heimische Industrie enorm. Handelspolitisch hatte damit Preußen die Hegemonie in Deutschland verwirklicht. Die österreichische Niederlage 1862 hat Heinrich Benedikt als einen Sieg der österreichischen Industrie und des Zollschutzes über ein großdeutsches Freihandelsprogramm bezeichnet.

Handelsverträge mit Liberalisierungstendenzen wurden 1865 mit Frankreich und England, 1867 mit Italien und Belgien, 1868 mit dem Norddeutschen Bund und der Schweiz, 1869 mit Siam, China und Japan, 1870 mit verschiedenen südamerikanischen Staaten und Spanien, 1872 mit Portugal, 1873 mit Norwegen und Schweden geschlossen. Die liberalen Handelsverträge mit dem Norddeutschen Bund 1868 und die Nachtragskonvention mit England 1869 wurden von der österreichischen Industrie nicht gerade erfreut aufgenommen, jedoch in der nun einsetzenden Hochkonjunktur bis 1873 wurde die ausländische Konkurrenz nicht so sehr verspürt. Eine Serie von Kündigungen der liberalen Verträge setzte aber ab 1875 ein, zunächst noch gegen den Willen der Ungarn, aber die Trendumkehr in der internationalen Handelspolitik war auch in der Donaumonarchie nicht mehr aufzuhalten. 1878 kam es mit der Einführung des ab 1879 gültigen autonomen österreichisch-ungarischen Zolltarifs zur Rückkehr zum Protektionismus. Zunächst wurde der Zoll auf Baumwolle und Wolltextilien erhöht, fast alle Rohprodukte und Halbfertigwaren konnten noch zollfrei eingeführt werden; noch gab es in Ungarn stärkere freihändlerische Tendenzen, die aber unter den Auswirkungen der überseeischen und russischen Getreideexporte und einem raschen Preisverfall auf dem Weltmarkt schließlich 1882 zur Einführung von Agrarzöllen auf Getreide, Mehl und Vieh führten. Handels- und zollpolitisch ergab sich seither eine protektionistische Interessenkongruenz zwischen cisleithanischen Industriellen und ungarischen Agrariern.

ÖSTERREICH UND UNGARN IM WELTHANDEL

Die Entwicklung der Ein- und Ausfuhr betrug in konstanten, offiziellen Werten berechnet in Fünfjahresabständen:

	Einfuhr	Ausfuhr
	in Mill. fl. CM, ab 1858 öW (= Abwertung um 5%)	
1850	159,0	104,8
1855	236,5	232,5
1860	208,9	264,7
1865	256,8	344,3
1870	431,9	395,4
1875	549,3	550,9
1880	613,5	676,0

Die Einfuhr hat sich demgemäß in unserem Zeitraum nicht ganz auf das Vierfache, die Ausfuhr hingegen auf etwas mehr als das Sechsfache erhöht. Die Monarchie erzielte normalerweise Exportüberschüsse, ausgenommen davon war die erste Hälfte der fünfziger und siebziger Jahre.

Der Export der Monarchie zeigte keine besonders hervorragenden Exportartikel, am ehesten waren dies noch Holz und Zucker, kurzfristig zur Zeit der ungarischen Wunderernten, Getreide. Der Export von Rohstoffen und Halbfertigwaren war größer als der der Fertigprodukte. Von letzteren wurden hauptsächlich Glas, Lederwaren, Papier- und Holzwaren exportiert. Der Import zeigte hohe Anteile an Industriewaren, vor allem bei Maschinen, aber auch bei gewissen Rohstoffen für die industrielle Fertigung, besonders bei Baumwolle. Unter den größeren Staaten Europas rangierte die Donaumonarchie im internationalen Handel wie folgt

Anteil in %	am Europa-Handel 1860	1870	1880	am Welthandel 1885	1895
Österreich-Ungarn	5,4	6,0	7,2	3,7	3,7
Italien	4,8	5,4	4,8	3,5	2,7
Rußland	4,8	7,3	5,1	5,6	6,0
Deutsches Reich	16,8	15,4	15,4	10,3	11,1
Frankreich	17,5	16,5	17,6	10,4	8,6
Groß-britannien	33,4	33,4	30,4	19,2	17,2

Diese Zahlen zeigen, daß die Monarchie relativ gering in den internationalen Handel integriert war. Der größte Teil des Handels spielte sich innerhalb des Reiches ab. Der ungarische Markt war das hauptsächliche Absatzgebiet für österreichische Industriewaren, der österreichische Markt nahm hauptsächlich die ungarische Agrarproduktion auf. Gewiß spielte auch die Ungunst der geographischen und der Verkehrsverhältnisse für die geringe Integration des Welthandels eine Rolle. Außer der Elbe fließen alle wichtigen Flüsse, insbesondere die Donau, nach dem wenig entwickelten Osten. Größere Häfen fehlten, Triest bekam erst sehr spät im Jahre 1857 einen Bahnanschluß und mußte Teile des alten Kolonialhandels an norddeutsche, holländische und englische Konkurrenten abgeben.

Haupthandelspartner der Monarchie war das Deutsche Reich, das z. B. 1877 62% der Ein- und 65% der Ausfuhren bestritt. An zweiter Stelle stand Italien. Der Export nach dem Südosten, in die Balkanstaaten, das Osmanische Reich und die Levante schlechthin wäre an und für sich das Gegebene gewesen, wenn nicht die geringere Bevölkerungsdichte und die Subsistenzverhältnisse dieser Gebiete einen großen Schranken gesetzt hätten und mit den verbesserten Transportmöglichkeiten der österreichische Handel in der Levante steigender Konkurrenz britischer, französischer und deutscher Kaufleute ausgesetzt gewesen wäre. Aber vor allem in den Donaufürstentümern (Rumänien) blieb die Dominanz österreichischer Exporteure noch lange erhalten.

Das 1874 ins Leben gerufene Orientalische Museum in Wien hatte die Aufgabe, neben der Erhaltung und Fortsetzung der Sammlungen der Wiener Weltausstellung, der Förderung der kommerziellen Interessen im Osmanischen Reich, im Vorderen und Fernen Osten zu dienen.

WÄHRUNGSPROBLEME IN DER HABSBURGERMONARCHIE

In der Monarchie bestand Silberwährung nach dem Konventionsmünzfuß von 1753. Seit dem Siebenjährigen Krieg und vor allem in den Napoleonischen Kriegen hat der Staat ungedecktes Papiergeld ausgegeben. Mit der Gründung der Oesterreichischen Nationalbank 1816 nach französischem Vorbild wurde festgelegt, daß die Kreditgewährung der neuen Bank an den Staat in Form von Banknoten durch staatliche Schuldverschreibungen gedeckt sein sollte. Die Bank sollte hinfort verpflichtet sein, die vom Publikum präsentierten Banknoten jederzeit in Silbergeld umzutauschen. Das Anwachsen des Kredites an den Staat in der Revolution von 1848 und die politische Ereignisse bewirkten einen Run des Publikums auf die Kassen der Nationalbank zwecks Umwechslung der Noten in Silber. Die Aufhebung der Bareinlösung der Noten und die erneute Emission von Staatspapiergeld führten zu einem stark schwankenden Aufgeld (Agio) für die Silbermünze und sollte bis 1878 (internationaler Preissturz des Silbers) ein Problem der österreichischen Währung bleiben. Österreichische Im- und Exporteure mußten angesichts der Tatsache, daß im Ausland nur in Silber gezahlt werden konnte, immer wieder die Silbermünze mit Aufgeld einkaufen. Die oft starken Schwankungen des Agios erschwerten dem Kaufmann wie auch dem Produzenten, der von im Ausland gekauften Rohstoffen abhängig war, die Preiskalkulation und erhöhten das Risiko.

Ziel der Währungspolitik des Finanzministers mußte es daher sein, ein befriedigendes Deckungsverhältnis zwischen Banknoten und Silberschatz der Bank wieder herzustellen und die Einwechslung der Banknoten in Silbermünze wieder aufzunehmen. Zu diesem Zweck kam es 1854 zu einem Abkommen zwischen der Bank und dem Staat, in dem die Regierung zusicherte, kein neues Papiergeld mehr auszugeben, die vorhandenen Staatsnoten sollte die Bank in Banknoten umwechseln und der Staat verpflichtete sich, seine Schuld an die Bank in 15 Jahresraten zu tilgen. Die Abdeckung der Tilgungsraten wurde durch leere Staatskassen infolge der bewaffneten Neutralität im Krimkrieg verhindert. Der neue Finanzminister, Carl v. Bruck, versuchte eine teilweise Lösung durch Übergabe von Staatsgütern an die Nationalbank herbeizuführen. Sein Sanierungsplan war anfangs durch eine wirtschaftliche Prosperität begünstigt, der Metallschatz der Bank erholte sich und das Agio fiel. 1857 konnte mit dem Deutschen Zollverein ein Münzvertrag abgeschlossen werden, der für die Zukunft einen fixen Wechselkurs zwischen den Währungen des Zollvereins und der nun neu geschaffenen Österreichischen Währung festlegte (1 fl KM sollten hinfort 1,05 fl öW entsprechen). Im Münzvertrag war auch die Aufnahme der Einlösung von Banknoten durch die Nationalbank für 1859 versprochen. Tatsächlich wurde gegen Ende 1858, als das Agio völlig gewichen war, mit der Einlösung begonnen. Der Krieg mit Sardinien und Frankreich 1859 und die damit verbundene neuerliche Inanspruchnahme der Bank durch den Staat bedeutete das Ende der Noteneinlösung und das Agio kletterte bis auf 53%.

In der Periode nach dem Krieg versuchte Bruck vergeblich, eine Anleihe aufzubringen, deren Erlös die Schuld des Staates bei der Bank hätte tilgen sollen. Unter seinem Nachfolger, Ignaz von Plener, beschloß der neue Reichstag 1862 nach dem Vorbild der Peel'schen Bankakte von 1844 in England die Bankakte. Der Nationalbank wurde ausdrücklich Unabhängigkeit vom Staat zugesichert und eine Aufnahme der Noteneinlösung in Silber bis Ende 1866 vorgesehen. Das Ziel sollte durch Reduktion des Notenumlaufs erreicht werden. Der den Metallschatz übersteigende Teil des Notenumlaufes sollte hinfort 200 Millionen fl. nicht überschreiten und bankmäßig gedeckt sein, die Schuld des Staates an die Bank sollte etappenweise zurückgezahlt werden. In den folgenden vier Jahren wurde der Notenumlauf drastisch um ein Viertel reduziert und das Agio fiel ständig. Die Folge davon aber war eine Deflation mit restriktiver Kreditpolitik, hohen Zinsen und schweren Störungen des Geschäftslebens. Erst der Krieg von 1866 beendete dieses, für die österreichische Wirtschaft recht unglückliche Experiment, als es wieder zur Ausgabe von Staatspapiergeld kam. Die Folgen der Notenvermehrung waren aber nicht inflationistisch, denn infolge der vorhergegangenen Reduktion des Papiergeldes war es zur Freisetzung von Kapazitäten in der Wirtschaft und zu stärkerer Arbeitslosigkeit gekommen und die neue Geldvermehrung begegnete einem großen Angebot der nun einsetzenden Hochkonjunktur der Gründerzeit. Österreich kehrte nicht mehr zur deflationistischen Politik Pleners zurück.

Österreich trat infolge des Krieges von 1866 aus dem Deutschen Münzverband aus und es kam zu einer Annäherung an die Lateinische Münzunion (Frankreich, Belgien, Schweiz, Italien), die auf dem Bimetallismus basierte. Der Übergang zur Goldwährung erfolgte erst in den neunziger Jahren.

DIE ENTSTEHUNG EINES MODERNEN KAPITALMARKTES UND BANKWESENS

Die Fristen-, Risken- und Größentransformation im Kapitalverkehr ist in der Donaumonarchie ab der Mitte des 19. Jahrhunderts aus der Hand der früher nur sehr eingeschränkt (für den Staat und den Hochadel tätigen Privatbankiers und Großhändler in die neuer Finanzinstitutionen übergegangen. Die zunehmende Nachfrage nach kurz- und langfristigen Krediten führte zur Errichtung von neuen Finanzintermediären, die das Borgen und Leihen, ebenso die Veranlagung von Spargeld und flüssigem Vermögen durch Anonymisierung der Geld- und Kreditbeziehungen wesentlich erleichterten. Zusammen mit der Börse haben diese neuen Institutionen jene Koordination und den Ausgleich von Kapitalströmen ermöglicht, die nun dem Staat, den Ländern, den Gemeinden und der privaten Industrie sowie der Landwirtschaft zugute kamen. Die Entwicklung sei hier am Beispiel Cisleithaniens geschildert. Ausgangspunkt dieser Entwicklung war Wien. Am Beginn steht die Schaffung von Eskomptebanken, 1853 wurde nach dem Vorbild des Comptoir d'Escompte und der Diskontogesellschaft die Niederösterreichische Eskomptegesellschaft gegründet. Das Delkredere der eskomptierten Wechsel ging dabei nicht auf Rechnung der Aktionäre, sondern auf die der Kreditnehmer, die gegenseitig hafteten. Auch die ersten Universalmobilbanken wurden gegründet, die von Anfang auch neben dem Gründungsgeschäft in Aktiengesellschaften des Verkehrswesens, der Industrie usw. auch das reguläre Geschäft im Wechseleskompte, Depositengeschäft, Akzept- und Kontokorrentkredit, im Vorschuß auf Effekten und Waren aufnahmen. Der Prototyp war die 1855 nach dem französischen Vorbild des Crédit Mobilier errichtete k. k. priv. Creditanstalt für Handel und Gewerbe in Wien, die bis 1863 ein Monopol besaß. 1864 folgte die Anglo-Österreichische Bank, der dann 1867–1873 eine Explosion solcher Gründungen folgte und die sich in der Wirtschaftskrise ab 1873 wieder stark verminderten. Von 70 in der Periode 1868–73 errichteten Banken in Wien bestanden 1883 nur mehr 8, von 65 im selben Zeitraum in der Provinz gegründeten Institutionen waren 1883 nur mehr 21 am Leben. Auch entstanden Aktienbanken speziell für den Boden- und Hypothekarkredit. 1856 erhielt die Nationalbank eine Hypothekarabteilung. 1863 wurde die k. k. priv. Bodencreditanstalt nach dem Vorbild des französischen Crédit Foncier begründet. Es folgten in den Regionen Landeshypothekenbanken mit dem Recht der Pfandbriefausgabe (1868 Gesetz über Mündelsicherheit der Pfandbriefe), zuerst 1865 in Prag, nach 1873 auch in den übrigen Kronländern.

Sodann formierten sich in unserer Periode in mehreren Schüben für die im Nachziehverfahren stehenden Anlage- und Kreditbedürfnisse mittlerer und kleiner Gewerbetreibende, Landwirte, Grund- und Hausbesitzer mit den sich nun stark entwickelnden Sparkassen (ab hauptsächlich den fünfziger Jahren) sowie Kreditgenossenschaften (zunächst nach dem System Schultze-Delitzsch ab den fünfziger Jahren, verstärkt aber erst ab den siebziger Jahren bzw. nach dem System Raiffeisen gar erst ab den achtziger Jahren) sowie dem Postsparkassensystem (gegründet 1882) regionale Institute, die alle am Wiener Finanzplatz das Zentrum des Spitzenausgleichs und eine gewisse Refinanzierung fanden.

Erst allmählich sollte sich in den achtziger Jahren auf Basis der regionalen Verdichtung der Finanzinstitutionen der österreichischen Reichshälfte auch die Zusammenfassung zu einem einigermaßen einheitlichen Kapitalmarkt gelingen und der bis dahin bestandene Mangel an regionaler Verteilung von Kredit- und Finanzmitteln beseitigt werden. Die wachsende Interdependenz zwischen den Regionen drückte sich jetzt in einer empirisch durch David Good nachgewiesenen Konvergenz interregionaler Zinssatzunterschiede aus. Wenn Eduard Süß, der berühmte Geologe und Wiener Kommunalpolitiker, in seinen Erinnerungen von einer Studienreise nach den östlichen Teilen der Monarchie am Beginn der fünfziger Jahre schreibt: *In Makow (südlich von Krakau) nahe dem Fuß des Hochgebirges wohnten wir einem Wochenmarkt bei. Hier sahen wir scheibenförmige Wagenräder ohne Speichen, aus dem Querschnitt einer Eiche hergestellt und wahren Tauschverkehr, bei dem einerseits Kartoffeln und Zwiebel, andererseits Nägel als eigene Scheidemünze kursierten,* so gehörte rund dreißig Jahre später auch in den Randgebieten die regionale Durchdringung durch Handels-, Verkehrs- und Finanzeinrichtungen zu den wesentlichsten Erfolgen dieser Epoche.

Literatur (in Auswahl):

Baltzarek, Franz, Finanzplatz Wien. Die innerstaatliche und internationale Stellung in historischer Perspektive, in: Quartalshefte der Girozentrale 15/4 (1980) S. 11–63. – *Gruß, Otto,* Ein Jahrhundert österreichischer Binnenhandel 1848 bis 1948, in: *Hans Mayer* (Hg.), Hundert Jahre österreichischer Wirtschaftsentwicklung 1848–1948, Wien 1948, S. 310–358. – *Kamitz, Reinhard,* Die Österreichische Geld- und Währungspolitik von 1848–1948, in: ebenda, S. 127–221. – *März, Eduard* und *Socher, Karl,* Währung und Banken, in: Die Habsburgermonarchie 1848–1918, hg. v. *A. Wandruszka* und *P. Urbanitsch,* Bd. I. Die wirtschaftliche Entwicklung, hg. von *Alois Brusatti,* Wien 1973, 323–368. – *Scott, M. Eddie,* Austria in the Dual Monarchy – Her Trade within and without the Customs Union, in: East Central Europe 7 (1980) S. 225–247.

Helmut H. Haschek

KARL LUDWIG FREIHERR VON BRUCK

Quid sis esse velis
(Wappenspruch Brucks)

Unter den vielen Ministern, die in den Regierungen Franz Josephs dienten, ragt die Persönlichkeit des dritten österreichischen Handelsministers und späteren Finanzministers in jeder Beziehung weit heraus.

Dies gilt sowohl für den ungewöhnlichen Lebensweg Brucks als auch für die Tätigkeit Brucks im öffentlichen Dienst, die bis in die heutigen Tage sichtbare Spuren hinterlassen hat. Der als Sohn eines Buchbinders, preußischer Untertan und Protestant, 1798 in Elberfeld im Rheinland geborene, stieg in den ersten nachrevolutionären Regierungen in der neoabsolutischen Periode zum Handels- und Finanzminister auf.

Bruck entstammte einer ursprünglich bayrischen, kinderreichen, wenig begüterten Familie, die sich in Elberfeld niedergelassen hatte. Über seine Kindheit ist wenig bekannt. Ob der Besuch seiner Heimat 1852 nach dem Ende seiner ersten Ministerschaft in Begleitung seiner Söhne darauf schließen läßt, daß sie glücklich verlaufen ist, oder vielleicht mehr darauf, daß er sich und den Seinen den erreichten Erfolg demonstrieren wollte, kann nicht entschieden werden.

Eine höhere Schulbildung genoß Bruck nicht. Er war weitgehend Autodidakt. Jedenfalls gelang es ihm, sich eine umfassende Bildung anzueignen, die weitgespannte Interessensgebiete von wirtschaftlichen, technischen bis hin zu künstlerischen umfaßte.

Schon frühzeitig offenbarte sich Rastlosigkeit gepaart mit bemerkenswerter Energie und ein romantischer Idealismus, die ihn zeitlebens begleiten sollten.

Einige Zeit verbrachte er als Buchhändler in Bonn, 1821 begab er sich auf den Weg nach Griechenland zur Teilnahme am Befreiungskampf der Griechen gegen die Türken. Er unterbrach seine Reise jedoch in Triest, um dort eine neue Heimat zu finden. Eine Zeit arbeitete er im Kontor des preußischen Konsuls, um dann in die „Azienda assecuratrice" einzutreten. Nach dem Vorbild des Londoner Lloyds war er 1832 maßgeblich an der Gründung des späteren österreichischen Lloyd beteiligt, einem Zusammenschluß der dort ansässigen Versicherungsgesellschaften, dem dann 1836 eine Schiffahrtsgesellschaft als zweite Abteilung angeschlossen wurde, die die größte des Mittelmeerraumes werden sollte und deren erster Direktor er wurde.

Durch die Heirat mit einer Triestiner Patriziertochter in Triest fest verankert und als erfolgreicher Leiter des österreichischen Lloyds und der einzigen Hochseeschiffahrtsgesellschaft der Monarchie gelangte er zu bürgerlichem Wohlstand und zu Einfluß in der Stadt. Seine Tätigkeit brachte ihn in Verbindung mit dem Staatskanzler Metternich und dem Grafen Stadion, dem Generalgouverneur der Region, der zusammen mit Erzherzog Johann, Ernst von Schwarzer, dem Freund aus der Triestiner Zeit, den er zur Leitung des Journals des österreichischen Lloyds berufen hatte, sowie Anton von Schmerling, dem Weggenossen des Frankfurter Zwischenspiels, zu seiner Berufung in die Regierung Schwarzenberg maßgeblich beitragen sollte.

1848 entsandte ihn die Triestiner Bürgerschaft in die Frankfurter Bundesversammlung. Es wurde ihm die Leitung des in Aussicht genommenen Reichsmarineministeriums angetragen.

Als Fürst Schwarzenberg mit der Leitung der Regierungsgeschäfte betraut wurde und nach einem Handelsminister Umschau hielt, fiel die Wahl auf Bruck. Das Handelsministerium war eine neue Einrichtung, die unmittelbar auf die Revolution des Jahres 1848 zurückzuführen war. Bruck war der dritte Handelsminister des Jahres 1848; ihm vorausgegangen waren Hornbostel und Doblhoff. Das Ministerium selbst bestand erst auf dem Papier.

Bruck nahm sofort energischen Anteil an der Regierungstätigkeit; vor allem stürzte er sich in die Organisation seines Ressorts, das er in der kurzen Zeit seiner Ministerschaft zu einem umfassenden Instrument der Wirtschaftspolitik der Regierung schlechthin aus dem Boden stampfte. Dies brachte ihn sehr schnell in den Gegensatz zum Finanzministerium, das die direkte Nachfolge der Hofkammer angetreten hatte, die durch Jahrhunderte die Wirtschaftsverwaltung namens des Souveräns geführt hatte.

Wie groß das Ansehen Brucks bereits nach wenigen Monaten seiner Ministerschaft gewesen sein muß, ergibt sich aus der Tatsache, daß Bruck 1849 beauftragt wurde, die Friedensverhandlungen mit Piemont zu führen, deren erfolgreicher Abschluß ihm den Leopoldsorden und den Freiherrnstand einbrachte.

In fieberhafter Tätigkeit nahm sich Bruck des Ausbaus der Eisenbahnen an – der Ausbau der Semmeringbahn mußte ihm als Triestiner besonders am Herzen liegen – sowie der Binnenschiffahrt, des Postwesens, der staatlichen Bauverwaltung und richtete Auslandsvertretungen für wirtschaftliche Belange ein, die man mit den heutigen Handelsdelegierten vergleichen könnte. Zur Propagierung seiner Ideen schuf er eine eigene Zeitung.

Hervorragendes Anliegen war aber für Bruck die Schaffung eines vereinigten Mitteleuropas mit einem Wirtschaftsraum, der 70 Millionen Menschen umfassen würde. Innerhalb dieses Wirtschaftsraumes sollte Österreich die Führungsrolle zufallen. In Deutschland war 1830 der Zollverein gegründet worden, an dem Österreich nicht beteiligt war. Bruck war schon in seiner Triestiner Zeit stark von List beeinflußt, dessen Ideen er im Journal des österreichischen Lloyds breiten Raum einräumte. Dem erfolgreichen Wirtschaftsmann schien die Schaffung eines großräumigen Wirtschaftsraumes für die Entwicklung Zentraleuropas und Österreichs ein Anliegen einfachster Logik, der man sich gar nicht entziehen konnte. Diese wirtschaftspolitische Zielvorstellung des bürgerlichen Bruck deckte sich mit den politischen Vorstellungen des absolutistischen Hocharistokraten Schwarzenberg. Ihr blieb er bis zu seinem Tod treu. Noch 1859, nach der Niederlage im Krieg gegen Piemont-Sardinien und Frankreich, nahm er dieses Thema in seiner Denkschrift über die Aufgaben Österreichs wieder auf.

Brucks Enthusiasmus, seine Bindung an den Seehafen Triest, sein Optimismus, die wirtschaftlichen Entwicklungsmöglichkeiten der Monarchie betreffend, ließen ihn die realen Möglichkeiten für die Verwirklichung seines Traumes, so modern seine Argumentation noch heute im Zeitalter der europäischen Einigung erscheinen mag, falsch einschätzen. Bruck war kein Politiker; er kam als „Self-made-man" aus der Wirtschaft. Er unterschätzte die gesellschaftlichen Zustände in der Monarchie, die ihn seine eigene Aufgeschlossenheit der Moderne gegenüber und seine Weltoffenheit in unzulässiger Weise verallgemeinern ließen. Er übersah, daß seine Konzeption auch ökonomisch schwach fundiert war. Die Monarchie war wirtschaftlich in ihrer Entwicklung sehr zurückgeblieben und verkehrsmäßig noch zu wenig erschlossen, um die Führungsrolle tatsächlich ausüben zu können. Sie hatte keinen Zugang zu den Weltmeeren. Dies mußte den Wirtschaftsraum von den Entwicklungsmöglichkeiten, die im Welthandel lagen, abschneiden. Dazu kam die Problematik, die sich aus der Tatsache ergab, daß das Habsburgerreich als ein Vielvölkerstaat dem ansteigenden Nationalismus, der schließlich in Preußen den Rivalen erwachsen ließ, kein wünschenswerter Partner sein konnte und schwergewichtig nach dem Südosten in Regionen tendierte, die keine Hoffnungsgebiete für die forcierte wirtschaftliche Entwicklung darstellten.

Bruck schied 1851 noch vor dem Tod des Ministerpräsidenten Schwarzenberg aus dem Kabinett aus und wurde 1853 nach kurzer Rückkehr zum Lloyd als Botschafter (Internuntius) bei der Hohen Pforte bestellt, angesichts des außenpolitischen Fehlverhaltens Österreichs während des Krimkrieges eine undankbare und schwierige Aufgabe.

Für die kurze Zeit zwischen seinem Ausscheiden als Handelsminister und seiner Berufung zum Internuntius bei der Hohen Pforte kehrte Bruck zum Lloyd zurück, wurde aber zu den Verhandlungen zum Abschluß eines Zoll- und Handelsvertrages mit Preußen berufen (Dezember 1852), das sehr bescheidene

Resultat seiner hochfliegenden Pläne zur Schaffung einer zentraleuropäischen Wirtschaftsgemeinschaft.

Nach Schwarzenbergs Tod (1852) wurde Buol-Schauenstein mit der Leitung des Kabinetts betraut, in jeder Beziehung der schwächste unter allen Regierungschefs, die unter Franz Joseph die Kabinette führten. Es gehört zur persönlichen Tragödie Brucks, daß er mit diesem Mann von 1853 bis 1859 zur Zusammenarbeit gezwungen war.

Die katastrophale Außenpolitik Buols während des Krimkrieges, die nicht nur politisch zur Isolierung Österreichs in Europa sondern auch zur Zerrüttung der Staatsfinanzen führte, brachte den Internuntius schnell in offenen Gegensatz zu seinem Vorgesetzten. Anstatt Abberufung und Maßregelung wurde Bruck als Finanzminister in das Kabinett Buol berufen (1855). Die staatsfinanzielle Krise erforderte aber einen populären Finanzminister, der sowohl das Vertrauen im Inland als auch im Ausland besaß.

Bruck war sich der Schwere seiner Aufgabe voll bewußt. „Ich steige hoch“, soll er gesagt haben, „Gott gebe, daß ich nicht falle.“

Baumgarten, der Vorgänger Brucks, hatte aufgegeben. Aus Ersparnisgründen waren die Ressorts Finanzen und Handel wieder vereinigt worden. Sie sollten nun wieder getrennt werden. Bruck zog einen erheblichen Teil seines früheren Aufgabengebietes wieder an sich. Dies galt vor allem für das Eisenbahnwesen, die Post und das Schiffahrtswesen. Das Handelsressort wurde durch den persönlichen Freund Toggenburg besetzt.

Diese Kompetenzverschiebung entsprach nicht nur dem persönlichen Geltungsdrang des Ministers. Er war sich vielmehr im klaren, daß das sich ihm als vordringlich stellende Ziel, die durch die verfehlte Krimkriegspolitik zerrütteten Staatsfinanzen wieder in Ordnung zu bringen, umfassende Vollmachten erforderte.

Die Ausgaben des Staates überstiegen die Einnahmen beträchtlich. Dies war vor allem auf die hohen Militärausgaben zurückzuführen. Bruck mußte vor allem eine schnelle Demobilisierung erreichen. Immer schon Anhänger einer Friedenspolitik fiel ihm dies umso leichter. Man war gezwungen gewesen, die Noteneinlösungspflicht der Nationalbank zu sistieren. Dies hatte zu einem erheblichen Silberagio der Münze gegenüber dem Papiergeld geführt. Die Staatstitel waren beträchtlich gefallen.

Das Prestige des neuberufenen Finanzministers muß beträchtlich gewesen sein. Allein die Ankündigung seiner Bestellung bewirkte, daß das Silberagio zu fallen begann und die Kurse der Staatstitel sich erholten. Zur unmittelbaren Deckung der Defizite war Bruck aber gezwungen, die Veräußerung der Staatsbahnen fortzusetzen, ein Umstand der ihn besonders schmerzlich traf, hatte er doch als Handelsminister die Übernahme durch den Staat durchgesetzt. Dies reichte aber zur Deckung des Finanzbedarfes nicht aus. Bruck sah sich daher gezwungen, sich ermächtigen zu lassen, eine frühere Anleiheemissionsgenehmigung von 50 Millionen Gulden zu überschreiten. Die Überschreitung wurde vor der Öffentlichkeit geheim gehalten, die Bekanntgabe wurde dem Minister untersagt, als die Öffentlichkeit jedoch dennoch davon erfuhr, war das Vertrauen in den Minister erschüttert.

Bruck bemühte sich um die internationale Festigung der österreichischen Währung. Schließlich gelang ihm der Abschluß der Münz-Konvention mit den Staaten des Zollvereins (1857), die die österreichische Währung in ein klares Verhältnis zu den Währungen der Nachbarstaaten, insbesondere zu Preußen, brachte.

Gleichzeitig mit den Konsolierungsmaßnahmen schlug Bruck eine Reihe von Maßnahmen vor, die eine Ankurbelung der wirtschaftlichen Tätigkeit zum Gegenstand hatten. Die Versorgung der Wirtschaft mit Kredit war äußerst mangelhaft. Es sollten daher mehrere Institutionen ins Leben gerufen werden, um diesen Mangel zu beheben. Es gelang jedoch nur – und dies zwar schon wenige Monate nach dem Amtsantritt – eine große mit ansehnlichem Kapital ausgestattete Mobilbank zu gründen (1855), die K. u. k. privilegierte österreichische Creditanstalt für Handel und Gewerbe, die bis heute die größte österreichische Bank geblieben ist. An der Kapitalaufbringung beteiligte sich das Haus Rothschild gemeinsam mit den bedeutendsten aristokratischen Familien des Landes.

Zur Hebung des Wettbewerbes strebte Bruck eine Senkung der Zölle und vor allem die Einführung der

Gewerbefreiheit an. 1856 erschien der abgeänderte Zolltarif. Die Sätze für Konsum- und Halbfabrikate wurden schlagartig um 20 bis 50% ermäßigt. Dies setzte einen Sturm der Entrüstung in Gang, der durch die Auswirkungen der konjunkturellen Krise von 1857 noch verstärkt wurde.

Trotz der würgenden Geldnot wurden die Eisenbahnprojekte weiter vorangetrieben. Bruck bemühte sich um eine österreichische Beteiligung am Suezkanalprojekt, mit dem er schon in seiner Triestiner Zeit durch Negrelli konfrontiert worden war und für das er sich begeistert hatte, vergeblich. Das Postwesen wurde reformiert, die staatliche vereinheitlichte Briefmarke ebenso wie, erstmals in Europa, die Stempelmarke eingeführt.

Beinahe war das Stabilisierungswerk gelungen. Bruck setzte sich mit aller Macht für die Erhaltung des Friedens ein. Er war sich darüber im klaren, daß aus wirtschaftlichen Gründen eine kriegerische Auseinandersetzung zur Katastrophe führen würde. Der Ausbruch des Krieges mit Sardinien 1859 führte dann auch zum militärischen wie wirtschaftlichen Desaster, das der Finanzminister wie kaum einer der führenden Männer vorausgesehen hatte.

Die Bareinlagenpflicht der Nationalbank mußte wieder sistiert werden. Die neuerliche Sanierung mit einer großen Kapitalmarktoperation schlagartig in den Griff zu bekommen, konnte der Minister nicht durchsetzen. Als das Vorhaben dann später, auf ein Drittel gekürzt, doch unternommen wurde, war es ein Mißerfolg, Der Minister hatte den Höhepunkt seiner Erfolgskurve bereits überschritten. Er konnte zwar noch die Einführung der Gewerbefreiheit 1859 miterleben, legte eine umfassende Denkschrift „Die Aufgabe Österreichs“ vor, die erst nach seinem Tod veröffentlicht wurde, die Widerstände gegen den unbequemen Mahner und Reformer, der zudem noch einer weiteren Liberalisierung sowohl im politischen wie im wirtschaftlichen Sinn das Wort redete, begann sich immer stärker zu manifestieren.

Im Zusammenhang mit Unzukömmlichkeiten bei der Versorgung der österreichischen Armee in Italien, die Bruck für Rechnung des Staates der Creditanstalt übertragen hatte, wurde gegen den verantwortlichen Militär, Feldmarschall Eynatten, gegen Freunde Brucks in Triest und den leitenden Direktor der Creditanstalt Untersuchungen eingeleitet. Eynatten wurde verhaftet und beging unter Hinterlassung eines Schuldbekenntnisses Selbstmord. Auch Bruck wurde einvernommen. Im April 1860 wurde er mit einer kurzen Notiz des Kaisers ohne Angabe von Gründen entlassen. Später wurde er durch seinen Nachfolger Ignaz von Plener vollständig rehabilitiert. Der Witwe schrieb der Finanzminister am 4. Mai 1861, etwas über ein Jahr nach dem Selbstmord Brucks, daß *Seine Majestät sich bewogen gefunden, Euer Exzellenz eine Pension im Betrage von jährlich 3.000 Gulden zu bewilligen.*

Jutta Pemsel

DIE WIENER WELTAUSSTELLUNG VON 1873

Die Weltausstellungen der zweiten Hälfte des 19. Jahrhunderts spiegeln in hervorragender Weise Wirtschaft und Kultur der bürgerlich-liberalen Industriegesellschaft dieser Epoche wider. Im Zuge des industriellen Aufschwunges primär dem Bedürfnis nach internationalem Leistungsvergleich, Informationsaustausch über technische Innovationen und der Erschließung neuer Absatzmärkte entsprungen, standen zugleich auch die Bestrebungen des aufsteigenden Bürgertums – als des hauptsächlichsten Trägers des Weltausstellungsgedankens – nach Selbstdarstellung sowie des Staates nach Repräsentation im Vordergrund. Als kulturhistorische Phänomene verloren die Weltausstellungen im 20. Jahrhundert im Gefolge der Erschließung neuer Informations- wie Verkehrswege und durch das Ansteigen internationaler Fachmessen, die die kommerziell-wirtschaftlichen Funktionen der Universalausstellungen übernommen hatten, an Relevanz und Bedeutung.

Von der ersten Weltausstellung in London 1851 bis zur großen Jahrhundertausstellung 1900 in Paris fanden 10 internationale Expositionen statt. Die Wiener Weltausstellung von 1873 war die fünfte und zugleich einzige im deutschsprachigen Raum. Sie nimmt insofern eine Sonderstellung ein, als sie Höhe- und Wendepunkt der internationalen Ausstellungseuphorie kennzeichnet.

Der bis dahin ungetrübt vorherrschende und besonders in den Weltausstellungen sich manifestierende Fortschrittsglaube erlitt – ausgelöst durch den Börsenkrach – einen weltweiten Einbruch. Höhepunkt war die Weltausstellung weniger infolge der Präsentation technischer oder wissenschaftlicher Neuerungen als vielmehr durch jenen betont gesellschaftlich-repräsentativen Rahmen, der sie zu einem kulturellen Großereignis werden ließ.

Der schon in den fünfziger Jahren erwogene Plan einer Weltausstellung in Wien konnte erst zwanzig Jahre später realisiert werden. Nach den militärischen Niederlagen und dem Ausscheiden aus dem Deutschen Bund 1866 bildete der Wunsch nach einem Prestigegewinn für die Monarchie eine der entscheidendsten Triebfedern.

Die Weltausstellungsidee wurde im besonderen vom Wiener Großbürgertum wie dem Industriellen Franz von Wertheim, dem Technologen Wilhelm Franz von Exner, der niederösterreichischen Handelskammer und dem Gewerbeverein sowie den Vertretern liberaler Regierungskreise getragen.

Als eine der wesentlichsten Voraussetzungen für das Gelingen der Weltausstellung erachtete man den nach dem Fallen der Stadtmauern 1857 in Angriff genommenen Ausbau Wiens durch das Ringstraßenprojekt. Die aus Platzgründen im Erholungsgebiet des Praters angelegte Ausstellung – die beanspruchte Fläche betrug 16,2 ha – wurde als symbolische Krönung des neuen Wien der Gründerzeit aufgefaßt. Dimension und Konzeption der Anlage übertrafen alles Bisherige und erregten die erhoffte, allerdings zumeist skeptisch-kritische Aufmerksamkeit der Öffentlichkeit. Die vom englischen Schiffbauingenieur John Scott-Russel entworfene Rotunde, ein gigantischer kreisrunder Kuppelbau mit einem Durchmesser von 108 m und einer Höhe von 84 m, wurde als Symbol des technischen Fortschritts gleichsam zum Wahrzeichen der Wiener Exposition. Sie diente weniger Ausstellungszwecken als vielmehr der Repräsentation. Von den Wienern abschätzig als „Guglhupf“ bezeichnet, mußte die Rotunde wegen der gewagten trichterförmigen Eisenkonstruktion und der mangelhaften Berechnung seitens Scott-Russel vom Architektenbüro der Ausstellung unter Karl Freiherr von Hasenauer neu konzipiert werden.

Wie bei den vorangegangenen Weltausstellungen lag

Franz Alt, Das Gelände der Wiener Weltausstellung 1873 aus der Vogelschau (Wien, Historisches Museum der Stadt Wien)

die Organisation in den Händen halboffizieller Organe. Eine „kaiserliche Ausstellungskommission", präsidiert von Erzherzog Rainer, zu der höchste Regierungs- und Hofkreise mit zusammen 215 Mitgliedern zählten, stand als beratendes Organ dem international anerkannten Ausstellungsexperten Generaldirektor Wilhelm Freiherr von Schwarz-Senborn zur Seite. Die Aufnahme in dieses Ehrengremium bedeutete den Höhepunkt einer bürgerlichen Karriere. In der Person Erzherzog Karl Ludwigs als Protektor der Ausstellung war das Kaiserhaus ein zweites Mal an der Vorbereitung beteiligt.

Über 40 Länder stellten schließlich in Wien aus. Abgesehen von den Industrienationen, von denen allerdings England und die Vereinigten Staaten kaum vertreten waren, bedeutete das Erscheinen der Länder des Orients und des Fernen Ostens, die sich vielfach – wie Japan – das erste Mal im Westen präsentierten und zugleich Anknüpfungspunkte und Kontakte zu westlicher Wirtschaft und Kultur suchten, einen außerordentlichen Erfolg, der sich nach 1874 im Orientalischen Museum fortsetzte, dessen Exponate sich noch heute zum Teil im Museum für angewandte Kunst befinden. Die österreichische und ungarische Reichshälfte stellten, wie schon 1867 in Paris, getrennt aus.

Das der Ausstellung zugrundeliegende Programm konnte dem Anspruch einer internationalen Leistungsschau auf den Gebieten der Technik, Industrie und Wissenschaft nur zum Teil gerecht werden. In ihrem enzyklopädischen Bemühen erreichte sie dennoch ein hohes Maß an Vielfalt und streckenweise qualitätsvoller Gesamtdarstellung. Eigens für die Weltausstellung angefertigte Exponate wie z. B. das „Kaiserservice" der Firma J. & L. Lobmeyr waren die Glanzpunkte inmitten der ca. 53.000 Exponate, die in 26 Sachgruppen und 174 Sektionen gegliedert waren. Sogenannte „additionelle" und „temporäre" Ausstellungen, die volkswirtschaftliche Themen behandelten bzw. lebende „Objekte" zeigten, sowie „internationale Kongresse" zur Auswertung des Gezeigten ergänzten das Programm.

Besondere Schwerpunkte lagen auf den Gebieten

der Kultur und Bildung, die sich jedoch eines nur geringen Echos der Aussteller erfreuten. Die Präsentation des bürgerlichen Wohnhauses, des Bauernhauses, die „Exposition des amateurs“ (Ausstellung besonders wertvoller Kunstgegenstände aus Privatbesitz), und des Erziehungs-, Unterrichts- und Bildungswesens sind hier zu nennen. Letzteres galt als Novität im Rahmen einer Weltausstellung und wurde durch die Errichtung von Modellschulhäusern insbesondere von Österreich sowie durch einen „Pavillon des kleinen Kindes“ dokumentiert. Auch der „bildenden Kunst der Gegenwart“ wurde erstmals in drei großen Pavillons breiterer Raum gewidmet, in denen in erster Linie Frankreich ausstellte.

In den Abteilungen für Industrie und Landwirtschaft gab Deutschland den Ton an. Österreich war mit 15.000 Exponaten vor allem auf dem Gebiet der Landwirtschaft, der Textil- und der Nahrungsmittelindustrie vertreten. Beispielhaft waren die Firmen Philipp Haas & Söhne (Textil), Carl Giani (Seide), Ad. Ig. Mautner & Sohn (Bier und Spirituosen), Anton Dreher (Schwechater Bier) und Bösendorfer (Klaviere). Die Auszeichnung der besten Exponate erfolgte durch eine internationale Jury, die in oft kritisierter Weise eigens entworfene Medaillen für Fortschritt, Kunst, Verdienst und guten Geschmack an die Aussteller und zum ersten Mal auch an die Mitarbeiter verlieh.

Bestes Beispiel für das Selbstdarstellungsbedürfnis des liberalen Bürgertums war ein von 73 der bedeutendsten Vertreter der Ringstraßenära als Signum des Fortschritts dem Kaiser gewidmeter Pavillon. Unter den ca. 200 zusätzlich neben den offiziellen Ausstellungshallen für Industrie, Landwirtschaft und Kunst errichteten Gebäuden trugen jene einzelner Industrieller wie der „Triumphbogen“ der Wienerberger Ziegelfabriks- und Baugesellschaft von Heinrich Drasche und größere Anlagen östlicher Länder wie z. B. die ägyptische Gebäudegruppe ausgesprochenen Repräsentationscharakter. In diesem Zusammenhang sei auch das „ethnographische Dorf“ erwähnt, bestehend aus acht Bauernhäusern aus den Gebieten der Donaumonarchie sowie je einem aus Elsaß-Lothringen und Rußland.

Als absolute Höhepunkte der gesellschaftlichen Ereignisse des Jahres 1873 können neben anderen die Besuche von Zar Alexander II. von Rußland, Kaiser Wilhelm I., dem italienischen König Viktor Emanuel II., und vor allem des persischen Schah Nasir-ad Din gewertet werden, die von Kaiser Franz Joseph persönlich durch die Ausstellung geführt wurden. Ihren politischen Niederschlag fanden die Staatsbesuche in der Abfassung des „Dreikaiserabkommens“, das ein Zusammengehen Österreichs mit Deutschland und Rußland im Sinne des neuen von Außenminister Graf Julius Andrássy betriebenen Kurses der Außenpolitik signalisierte. Zu diplomatischen Schwierigkeiten kam es infolge des Empfanges bei der dem Sultan immer noch tributpflichtigen Fürsten von Montenegro, Serbien und Rumänien.

Die Zahl der übrigen Ausstellungsbesucher blieb mit 7 Millionen allerdings hinter den erwarteten 20 zurück. Überhöhte Hotelpreise und der Ausbruch der Cholera im Juli, die 2.983 Tote in Wien forderte, schreckten viele Besucher ab. Auch die Herabsetzung des Eintrittspreises an zwei Tagen der Woche von 1 fl. auf 50 kr. brachte kein wesentliches Ansteigen der Besucherzahlen.

Die Weltausstellung zeigte Wien auf dem Höhepunkt des wirtschaftlich-kulturellen Aufschwunges der Ringstraßenära. Die katastrophalen Folgen des Börsenkrachs acht Tage nach der Eröffnung am 1. Mai und das vor allem dem Generaldirektor Schwarz-Senborn zugeschriebene Defizit von 19 Millionen fl. überschatteten die Ausstellung und läuteten auch den sich abzeichnenden Niedergang des Liberalismus in Österreich ein. Trotzdem hinterließ die Weltausstellung in dem Bemühen, ein die ganze Welt umfassendes Gesamtkunstwerk entstehen zu lassen, nachhaltige Spuren in Wirtschaft und Kultur Österreichs.

Literatur (in Auswahl):

Maier, Helga, Börsenkrach und Weltausstellung in Wien. Ein Beitrag zur Geschichte der bürgerlich-liberalen Gesellschaft um das Jahr 1873, phil. Diss. Graz 1973. – *Pemsel, Jutta,* Die Wiener Weltausstellung von 1873 und ihre Bedeutung für die Entfaltung des Wiener Kulturlebens in der franzisco-josephinischen Epoche. Eine historische Studie, phil. Diss. Wien 1983.

STÜTZEN DES STAATES

Alois Mosser

INDUSTRIELLES UNTERNEHMERTUM

Der im 19. Jahrhundert unter den Bedingungen der Industrialisierung abrollende soziale Wandel ist von dem Bedeutungsverlust jahrhundertealter Normen gesellschaftlicher Gliederung und der Ausbildung neuer Statusmerkmale geprägt. Eine der in diesem Prozeß entstehenden sozialen Gruppen ist das Industriebürgertum. Seine Abgrenzung als spezifische gesellschaftliche Schicht bereitet jedoch Schwierigkeiten. Auf der Suche nach dem entscheidenden Indikator für soziale Zuordnung erliegt der Historiker häufig der „Klarheit" simplifizierender Strukturmodelle. So erweist sich die Zweiteilung der Industriegesellschaft in eine Klasse, welche die Produktionsmittel besitzt, und eine, die sie entbehrt, als unergiebig und gefährlich, da sie nicht nur den Blick auf andere Schichtungskriterien verstellt, sondern auch eine zwischen Gegensätzen sich bewegende Denkmechanik fördert; den Reichen werden die Armen gegenübergestellt, den Bösen die Guten, aus dem Vorteil des einen wird der Nachteil des anderen abgeleitet, etc.

Der geeignetere Weg, das industrielle Unternehmertum zu typisieren und von anderen Gruppierungen abzugrenzen, ist die Besinnung auf Funktion und Funktionswandel des Unternehmers in der Gesellschaft. Gerade aus dieser Sicht ist es dann auch möglich, die Bedeutung des materiellen Besitzes für die soziale Einstufung unverfälscht zu würdigen.

Verfügungsgewalt über Grund und Boden bedeutete in der vorindustriellen, ständischen Gesellschaft auch Herrschaft über Menschen: der Grundherr war autonomer Träger obrigkeitlicher Macht. Doch auch das Bürgertum der Städte unterschied sich durch Besitz von den unbehausten Inwohnern, seine soziale Qualität hing davon ab. Grundentlastung und Auflösung des Untertänigkeitsverhältnisses beendeten 1848 zwar die Verknüpfung von Landbesitz und Herrschaftsanspruch, auch der im Gefolge der bürgerlichen Revolutionen sich entwickelnde Rechtsstatus des neuen Staatsbürgers war prinzipiell unabhängig von Eigentum und Besitz, der Prozeß der Ausbildung staatsbürgerlicher Rechte war jedoch weiterhin in vielfältiger Weise von wirtschaftlichen Faktoren mitbestimmt. Besonders deutlich tritt diese Tatsache in der Entwicklung des Wahlrechtes zutage, das bis 1906 an die Steuerleistung und somit an eine bestimmte Einkommenshöhe geknüpft war. In staatsrechtlichen Überlegungen behielt auch nach 1848 der Grundsatz Gültigkeit, daß nur derjenige, der über Besitz verfügt, unabhängig und dadurch in der Lage sei, verantwortungsbewußt politische Entscheidungen zu treffen. Im Gegensatz zu früher bewertete man nun aber nicht nur den Landbesitz als Voraussetzung politischer Mündigkeit, sondern Eigentum schlechthin. Industrie, Handel und Geldverleih waren die Tätigkeitsbereiche eines neuen Besitzbürgertums, das sich alsbald anschickte, entsprechend seiner wachsenden wirtschaftlichen Bedeutung politische Rechte und soziales Ansehen einzufordern.

Trotzdem ist der industrielle Unternehmer nicht allein mit dem Statusmerkmal Besitz hinreichend zu typisieren. Die fortschreitende Mechanisierung der Produktion, das Anwachsen der Betriebsgrößen und die zunehmende Differenzierung der Produktpalette erforderten neue Unternehmensformen wie etwa die Aktiengesellschaft. In dem dadurch hervorgerufenen Wandel der Institutionen wurde, wie Fritz Redlich sich ausdrückte, „der Unternehmer als solcher sichtbar", dessen Rolle im Produktionsprozeß sich nun deutlich gegenüber der des reinen Kapitalisten abhob. Nicht die Bereitstellung des Kapitals ist die ureigenste Aufgabe des Unternehmers, sondern der zielgerichtete Einsatz der zur Verfügung stehenden Geldmittel, ebenso wie der aller anderen Produktionsfaktoren. Der Unternehmer ist weniger der Risikoträger als der

Risikogestalter. Die Erstellung und Verwirklichung neuer Formen der Produktion, des Transportes und Absatzes, der Finanzierung, der Leitung und Kontrolle sind seine Aufgabenbereiche. Leitende Angestellte von Aktiengesellschaften oder Privatfirmen zählen genauso zum industriellen Unternehmertum wie die mit der Finanzierung, Organisation oder technischen Ausstattung betrauten Fachkräfte. Nicht berufliche oder andere sozio-ökonomische Herkunftsmerkmale entscheiden über die Zugehörigkeit, sondern Funktion und Verhalten.

Solche Überlegungen lassen erkennen, daß das Industriebürgertum nicht von einer bestimmten sozialen Gruppe hergeleitet werden kann, sondern sich aus allen Gesellschaftsschichten rekrutierte. Diese Tatsache rückt sofort die Frage in den Mittelpunkt, welchen Statussymbolen und Verhaltensmustern sich diese Vertreter des industriellen Unternehmertums verpflichtet fühlten. Kam es zwischen ihnen zu übereinstimmenden Anschauungen bezüglich sozialer Selbsteinschätzung, gesellschaftlicher Einordnung und Abgrenzung?

Der Versuch, eine Gliederung des industriellen Unternehmertums nach „sozialen Herkunftstypen" (Wolfgang Zorn) vorzunehmen, stellt die schon angedeutete Heterogenität dieser Schichte unter Beweis. Es finden sich darunter Bauern und Handwerker, Verleger und Händler, Techniker und Forscher sowie Beamte und Vertreter des grundbesitzenden Adels. Die Letztgenannten sind jedoch nicht dem Industriebürgertum zuzuzählen, da sie trotz des „bürgerlichen" Erwerbs aufgrund ihrer ständischen Qualität als Adelige eingestuft wurden. Umgekehrt galten die für ihre wirtschaftlichen Leistungen in den Adelsstand Erhobenen weiterhin als Bürger.

Die unterschiedliche soziale Herkunft der Unternehmer deutet an, daß es auch verschiedene Wege zum Unternehmertum gegeben hat, die eine epochale Typisierung nach Verhaltensmustern verhindern. So kann die Behauptung, daß der Unternehmer des 18. Jahrhunderts geschäftsorientiert und beweglich, in jeder Branche gleich erfolgreich, der des 19. Jahrhunderts industrieorientiert und unbeweglich, auf einen Produktionszweig spezialisiert gewesen sei (Fritz Redlich), nicht generell bestätigt werden. Entscheidend für Motivation und Vorgangsweise waren vielmehr die wirtschaftlichen und sozialen Grundgegebenheiten und die daraus resultierenden Chancen unternehmerischen Handelns.

Für Unternehmer aus dem Bauernstande bildete in der Regel die Landwirtschaft die finanzielle wie produktbestimmende Ausgangsbasis für industrielle Fertigung (Mühlen, Hammerwerke, Bergbaue). Auf diese Weise arbeitete sich der steirische Bauernsohn Josef Pesendorfer vom Landwirt zum Hüttenwerksbesitzer und Stahlfabrikanten empor.

Auch der Handwerker-Unternehmer bediente sich der in der Ausübung seines Gewerbes liegenden Möglichkeiten. So gelang es in frühindustrieller Zeit jenen, welche bei arbeitsteiligem Produktionsverfahren die Fertigstellung der Ware besorgten, auch deren Verkauf und schließlich den Verlag aller an der Erzeugung beteiligten Gewerbe in die Hand zu bekommen. Die betriebsorganisatorische Verschmelzung von Produktion und Absatz sicherte den betreffenden „Finalisten" ein höheres Einkommen und somit steigendes soziales Prestige, was z. B. auch in der Übernahme politischer Funktionen Ausdruck fand. Schon bald genügte jedoch die Verwertung traditionellen handwerklichen Könnens nicht mehr. Neue Produktionstechniken und Organisationsformen stellten höhere Anforderungen an die Unternehmensführung als bisher. So überrascht es nicht, daß alle großen, aus dem Handwerkerstand kommenden Unternehmergestalten einen typischen Bildungsweg durchschritten haben: Im Besitz der zeitgemäßen Allgemeinbildung, oft auch Absolventen von Fachschulen, wie der dem k. k. Polytechnischen Institut in Wien angeschlossenen Realschule, vermehrten sie ihr technisches Wissen und Können durch ausgedehnte Studienreisen vor allem in das industriell fortgeschrittene Westeuropa. Auf diese Weise wurde der Grundstein für zahlreiche Erfindungen und technische Neuerungen gelegt, die den österreichischen Unternehmern zum Teil weltweite Anerkennung eintrugen.

So löste Anton Dreher das Problem, ein lagerungsfähiges Bier zu erzeugen, indem er mit Hilfe der während seines Aufenthaltes in Bayern und England

Erinnerungsblatt an Anton Dreher mit Ansicht der Brauerei in Kleinschwechat (Wien, Niederösterreichische Landesbibliothek)

erworbenen Kenntnisse ein neues Herstellungsverfahren entwickelte. Auch der aus Krems gebürtige Kaufmannssohn Franz Wertheim setzte die bei seinen langjährigen Aufenthalten in den Ländern des Deutschen Bundes, in Frankreich und England gemachten Erfahrungen um, als er sich – zurückgekehrt in seine Heimat – der Werkzeugproduktion und später der Erzeugung feuerfester einbruchgesicherter Kassen und Panzerschränke widmete. Zu Weltruhm in der Glaskunst brachte es Ludwig Lobmeyr, der als Lehrling und Praktikant in der Glaserei seines Vaters begann, die internationale Entwicklung, wie sie sich auf den Weltausstellungen darbot, verfolgte und schließlich neue Wege der künstlerischen Gestaltung des Glasgerätes beschritt. Lobmeyr verstand es auch, Künstler wie die Architekten Theophil Hansen und

Haben Uns in Unserer kaiserlichen und königlichen Machtvollkommenheit bewogen gefunden, mit Unserer Entschließung vom 12. Juli 1913 aus besonderer Gnade

Unserem lieben und getreuen

Franz Edlen von Wertheim,

geboren im Jahre 1865 zu Preßburg in Ungarn,

Fabriks- und Realitätenbesitzer in Wien,

Oberleutnant in der Evidenz der Landwehr,

Komtur Unseres kaiserlich österreichischen Franz Joseph-Ordens, Ritter Unseres österreichisch kaiserlichen Ordens der Eisernen Krone dritter Klasse, den

Freiherrnstand

zu verleihen.

Verleihung des Freiherrenstandes an Franz von Wertheim (Privatbesitz)

Friedrich Schmidt an dieser Aufgabe zu interessieren und ihre Mitarbeit zu erreichen. Um das Bild des erfolgreichen Unternehmers ins rechte Lot zu rücken, sei noch hinzugefügt, daß dem Durchbruch zu Anerkennung und Erfolg in der Regel jahrelange Bemühungen, Mißerfolge und persönliche Opfer vorausgegangen waren; der vom Himmel gefallene Meister existierte auch damals nicht.

Technische Verfahren wurden bis in die achtziger Jahre des 19. Jahrhunderts in erster Linie von „Praktikern“ entwickelt; Forschung spielte sich nicht in Labors sondern in Produktionshallen ab. Selbst die führenden Techniker der Zeit lassen diese Beziehung erkennen.

Der als Professor für Mathematik, Physik und Mechanik ebenso wie als tatkräftiger Politiker im Herrenhaus geschätzte Adam Freiherr von Burg erhielt seine ersten technischen Unterweisungen als Gehilfe seines Vaters in dessen Wiener Maschinenfabrik. Typisch für den Techniker-Unternehmer ist auch die fachliche Breite der anschließenden Ausbildung: Burg studierte Architektur, Astronomie, Physik und Mechanik, Mathematik und Landwirtschaftslehre. Als Professor am Polytechnikum in Wien unternahm er im Staatsauftrag mehrere Reisen durch westeuropäische Industriestaaten und durch die Länder Cisleithaniens, um den Stand der technischen Entwicklung zu studieren.

Zur Förderung der Eisenindustrie hatte Erzherzog Johann die Errichtung einer Lehranstalt für Berg- und Hüttenwesen angeregt. Als erster Direktor dieser 1840 in Vordernberg eröffneten montanistischen Fachschule wurde Peter Tunner berufen. Er hatte in Wien das Polytechnikum absolviert, im väterlichen Hammerwerk praktische Erfahrungen gesammelt und schließlich die Verwaltung eines dem Fürsten Schwarzenberg gehörenden Hammerwerkes übernommen. Vor seinem Amtsantritt in Vordernberg trat Tunner eine drei Jahre dauernde Reise durch die Monarchie, die deutschen Staaten, durch Schweden, England, Frankreich und Belgien an, um die hüttentechnischen Einrichtungen zu studieren. Ihm ist es auch zu verdanken, daß die modernen Verfahren der Stahlgewinnung, wie die im Bessemer- oder Siemens-Martin-Ofen, früh in Österreich Eingang fanden.

Auch über die Verlagstätigkeit fanden viele den Weg zum Industrie-Unternehmer, besonders in der Textilbranche. Ebenso tendierte der Großhandel während des gesamten 19. Jahrhunderts dazu, in die Produktion der zu verkaufenden Ware einzusteigen. Diese als österreichisches Spezifikum zu bezeichnende Unternehmenskombination war weithin eine Folge der traditionellen Kapitalschwäche sowohl der Produktions- als auch der Vertriebsunternehmen, wodurch die vertikale Konzentration Kostenvorteile verhieß.

Als Industriegründer und Unternehmer traten auch Angestellte und Werkmeister auf, die unter Verwertung ihres Könnens einschlägige Betriebe schufen.

Desgleichen finden sich Gutsverwalter, Beamte und Offiziere im Kreis des Industriebürgertums.

Der im Zuge fortschreitender Technisierung zunehmende Kapitalbedarf eröffnete den Bankiers und Kreditinstituten zahlreiche Möglichkeiten der Einflußnahme auf die industrielle Produktion. Während bis zur Jahrhundertmitte aus der Sicht der Privatbankiers der Industriekredit als äußerst zweifelhaft und als eine Sache besonderen, persönlichen Vertrauens angesehen wurde, beschritten die neuen großen Aktienbanken (Österreichische Credit-Anstalt – Wien 1855, Živnostenská banka – Prag 1869, Österreichische Länderbank – Wien 1880 u. a. m.) neue Wege der Finanzierung. Diese geschah in der Regel über Beteiligungskapital (Ausgabe von Aktien), während alle Formen langfristiger Kreditvergabe (Obligationen, Hypotheken) eine nur untergeordnete Rolle spielten. Die Unternehmensform der Aktiengesellschaft schuf den Beauftragten-Unternehmer, der nun nicht mehr als Eigentümer, sondern als Bevollmächtigter Führungsaufgaben wahrnahm. Vorstands- und Aufsichtsratsmitglieder sowie Aktionäre teilten sich nun die Unternehmerfunktion. Nicht wenigen gelang es, zu beherrschenden Positionen als Generaldirektor oder Hauptaktionär aufzurücken. Carl Wittgenstein arbeitete sich vom einfachen Angestellten des Teplitzer Walzwerkes zum leitenden Direktor empor, erwarb die Aktienmajorität und dehnte in der Folge seinen Einfluß auf weitere Unternehmen dieser Branche aus. Viele der früheren Eigentümer behielten nach Umwandlung des Unternehmens in eine Aktiengesellschaft die Majorität der Anteilsscheine in eigenen Händen. Auf diese Weise vollzog Josef Werndl die notwendige Kapitalzufuhr und sicherte sich gleichzeitig die Leitung in der neuen Österreichischen Waffenfabriks-Aktiengesellschaft (gegr. 1869).

Zum Kreis der Industrieunternehmer zählen auch Angehörige der Hocharistokratie, denen – insbesondere in den böhmischen Ländern – eine Priorität auf diesem Gebiet zuerkannt werden muß. Anders als der Feudaladel in Ungarn oder Preußen schufen böhmische Hochadelige seit dem 18. Jahrhundert Manufakturen und Fabriken großen Ausmaßes, wobei in der Regel die herrschaftseigenen Ressourcen verwertet wurden. Dazu zählten Hörige als Spinner und Weber ebenso wie Bodenschätze und landwirtschaftliche Rohstoffe. So wurden Bergbaue, Ziegeleien, Brauereien, Mühlen, Eisenwerke und Textilfabriken von Aristokraten gegründet und geleitet.

Trotz im großen und ganzen gleichgerichteter Interessen bürgerlichen und feudalen gewerblichen Unternehmungsgeistes gibt es zahlreiche trennende Charakteristika, wie auch Bürgertum und Adel gesellschaftlich nie verschmolzen. So machte bereits Fritz Redlich aufmerksam, daß der aristokratische Unternehmer früher als der bürgerliche die Trennung der eigentlichen Unternehmerfunktionen von den routinemäßigen Manageraufgaben vollzogen hat. Die Rolle der Gutsverwalter und Fabrikskontrollore im adeligen Herrschaftsverband unterstreicht dies deutlich. Doch auch in den Motivationen unternehmerischen Handelns lag ein Unterschied. Die Wahrung des Geschäftsgeheimnisses wurde vom Unternehmer niederer sozialer Herkunft hochgehalten und als Mittel zukünftiger Ertragssteigerung angesehen, während die oberen Stände auch aus technischen Neuerungen „soziales Kapital“ zu schlagen versuchten und sie daher allgemein publik machten.

Neben der Frage nach der beruflich-sozialen Herkunft ist auch die nach der „Bodenständigkeit“ des österreichischen Industriebürgertums von Interesse.

Kaum die Hälfte der im 19. Jahrhundert in Österreich ansässigen Unternehmerfamilien können auf eine mehrere Generationen zurückgehende Zugehörigkeit zu diesem Land verweisen. Seit der Handel und Gewerbe fördernden merkantilistischen Wirtschaftspolitik trachtete man, aus dem Ausland fachkundige Professionisten anzuwerben, die neue Produktionstechniken in Österreich heimisch machen sollten. Nachdem es bereits Ende des 17. Jahrhunderts aus den romanischen Ländern und den österreichischen Niederlanden zu einer Immigration von Fachkräften der Woll- und Luxuswarenerzeugung gekommen war, wurden seit der Mitte des 18. Jahrhunderts durch gezielte staatliche Förderungsmaßnahmen Großhändler, Bankiers und Manufakturisten vor allem der Eisen- und Textilbranche nach Österreich gelockt. Einige der damals eingewanderten Familien zählten auch noch in der zweiten Häflte des 19. Jahrhunderts zu den führenden Unternehmerdynastien wie Hornbostel, Gomperz oder Rosthorn.

Die Mehrzahl der nach 1850 die industrielle Entwicklung vorantreibenden Unternehmer und Techniker entstammten jedoch Familien, die erst ein oder zwei Generationen zuvor nach Österreich eingewandert waren. Sie kamen aus England, den deutschen Staaten, aber auch aus der Schweiz und Südosteuropa.

Die durch John Thornton (Manchester) 1802 erfolgte Gründung des Pottendorfer Werkes (Niederösterreich) bedeutete den Anfang der maschinellen Baumwollspinnerei in Österreich, die ebenfalls von Engländern in Angriff genommene Herstellung der hiefür benötigten technischen Einrichtungen den Beginn der Maschinenindustrie. Aus den Rheinlanden fanden Alexander Schoeller, der als Großhändler, Bankier und Industriegründer einer der bedeutendsten Unternehmer der Franz-Josephs-Zeit war, Michael Thonet (Bugholzmöbelerzeugung) und Heinrich Lohner (Fahrzeugbau) den Weg in die Monarchie. An Aufbau und Modernisierung des österreichischen Geld- und Kreditwesens waren Schweizer Bankiersfamilien wie Geymüller und Fries wesentlich beteiligt. Simon Georg v. Sina (Bankier) und Nikolaus Dumba (Industrieller) waren griechischer Herkunft.

Die unzweifelhaft große Bedeutung der zugewanderten Familien liegt sowohl auf wirtschaftlichem als auch auf gesellschaftlichem Gebiet. Oft schon in der zweiten Generation Repräsentanten österreichischer Kultur und Lebensart, ergänzten und nuancierten sie diese aufgrund ihrer angestammten nationalen Eigenheiten; ebenso kamen religiöse Grundeinstellungen zu wirtschaftlicher Betätigung und sozialem Verhalten zum Tragen. Ein großer Teil der wirtschaftlich führenden Unternehmerschaft entstammte jüdischen und reformierten Kreisen.

Insgesamt repräsentierten die großbürgerlichen Unternehmer (Bankiers, Großhändler und Fabrikanten) eine zahlenmäßig sehr kleine soziale Schicht. Als Indikator ist die Zahl der Vorstandsposten bei den Aktiengesellschaften zu werten, die um 1880 in Cisleithanien nur etwa 2.500 betrug. Das Wirtschaftsbürgertum stellte also eine nach Herkunft und Tradition äußerst heterogene und entsprechend ihrer sozio-ökonomischen Bedeutung elitäre Gruppe dar.

Angesichts dieser strukturellen Eigentümlichkeiten des Industriebürgertums erhebt sich, wie eingangs angedeutet, die Frage, ob es überhaupt zur Ausbildung eines gemeinsamen Gruppenbewußtseins und spezifischer Karriere- und Verhaltensmuster kommen konnte.

Eine Basis für die Artikulation gemeinsamer Interessenlagen war sicherlich durch die nach Revolution und Verfassungsgesetze sich ausbildende politische Öffentlichkeit gegeben. Obwohl selbst die Ideologen des Liberalismus noch der Meinung waren, daß der Bürger zur Arbeit und nicht wie der Staatsmann zur Herrschaft berufen sei (Otto Baumgarten), wird in den zeitgenössischen gesellschaftspolitischen Schriften das „höhere Bürgertum" als die einflußreichste und die öffentliche Meinung tragende „Klasse" (Johann Caspar Bluntschli) genannt. Tatsächlich gelang es dem zwar kleinen aber einflußreichen Kreis der Bankiers und Industriellen, die wirtschaftspolitischen Entscheidungen der Regierung mitzubestimmen. Diesem Ziel dienten die inoffiziellen Vereinigungen der Industrie, vor allem aber eröffneten die 1848 von Handelsminister Theodor von Hornbostel, einem Industriellen, eingerichteten Handelskammern ein nun offizielles Begutachtungs- und Mitspracherecht. Namhafte Vertreter des Industriebürgertums wurden in das Abgeordnetenhaus entsandt, andere zu Mitgliedern des Herrenhauses auf Lebenszeit ernannt. Unter diesen finden sich die Namen Dumba, Gomperz, Haber, Königswarter, Krupp, Leitenberger, Liebig, Lobmeyr, Mayr-Melnhof, Rhomberg, Ringhoffer, Rothschild, Schoeller, Sina u. a. m.

Auch in den Landtagen, den Stadt- und Gemeindeämtern entfaltete das Industriebürgertum eine rege Tätigkeit. Von besonderer Tragweite war jedoch, daß seine Vertreter bis in die höchsten Regierungsämter aufstiegen. Neben dem ersten Handelsminister der Monarchie Theodor Hornbostel ist vor allem Karl Frh. von Bruck zu nennen, der als Kaufmannssohn die Unternehmerlaufbahn einschlug, und schließlich 1848 bis 1851 das Handels- und 1855 bis 1860 das Finanzministerium leitete.

Ein weiterer Ansatzpunkt zur Ausbildung eines großbürgerlichen Standesbewußtseins lag in der wirtschaftlichen Tätigkeit selbst. Obwohl man sich auf diesem Gebiet oft in härtestem Konkurrenzkampf gegenüberstand, einte der nach 1850 einsetzende wirtschaftliche Aufschwung die Vertreter jener Schichte, die ihn so sichtbar herbeigeführt hatte. Bankiers, Industrielle und Großhändler entwickelten „ein fein differenziertes Gefühl wirtschaftlicher Macht" (Hannes Stekl), ein Leistungsbewußtsein, das nach sozialer Anerkennung suchte. Den überlieferten aristokratischen Anschauungen von Vermögen und Ansehen als ererbten Werten stellte das Industriebürgertum die hohe Einschätzung persönlicher Leistung, die Kraft, Reichtum zu schaffen, entgegen.

Ein drittes Element wirkte integrierend auf das Industriebürgertum ein: das neue Bildungsideal. Gerade die aus kleinbürgerlichen oder ländlichen Verhältnissen kommenden Unternehmer hatten die Wichtigkeit umfassender Information und fachlicher Ausbildung kennengelernt. An die Grundausbildung in den Elementarschulen sowie im väterlichen Betrieb schlossen oft nicht nur Jahre dauernde Studienreisen ins Ausland, sondern immer häufiger auch ein fachspezifisches Hochschulstudium an. Gleichzeitig kann eine zunehmende Tendenz, mittels des akademischen Bildungsweges eine Karriere in Politik, Verwaltung oder in den freien Berufen anzusteuern, beobachtet werden. Wenn auch „Bildung" als Statussymbol im Großbürgertum sicherlich nicht generell eine so hohe Einschätzung erfuhr, so wurde sie doch als Begründung für eine privilegierte Stellung anerkannt und somit eine mit dem Bildungsbürgertum gemeinsame Haltung eingenommen.

Ebenso wie trotz aller Unterschiedlichkeit das Industriebürgertum schichtspezifische Merkmale entwickelte, bildeten sich in ihm typische Haltungen in Fragen der sozialen Zuordnung und Abgrenzung aus.

In der Werthierarchie der weltlichen Berufe nahmen die bürgerlichen Erwerbszweige in Wirtschaft, Technik, Wissenschaft und Kunst den untersten Rang ein. Höheres Ansehen genoß der Großgrundbesitzer, der Politiker und Beamte und – an der Spitze – der Offizier. Es wäre jedoch verfehlt, die Selbstbestimmung und Identifikation des Großbürgertums nur als eine Frage der Emanzipation von oder der Assimilation mit den sozial höherrangigen Schichten anzusehen. Auch innerhalb des Bürgertums vollzog sich ein Differenzierungsprozeß. Im Rahmen der Industriegesellschaft formierte sich ein „neuer Mittelstand", dem sich Handwerker, Kleinhändler, aber auch Angestellte und niedere Beamte im öffentlichen Dienst wie Lehrer und Journalisten zugehörig fühlten. In ihrer „Mentalität" grenzten sie sich scharf vom Besitz- oder Großbürgertum ab, obwohl nicht wenige von ihnen es diesem in Lebensführung und sozialem Anspruch gleichzutun versuchten.

Das Industriebürgertum seinerseits verband nichts mit der „kleinbürgerlichen Gesinnung", es orientierte sich daher an feudal-aristokratischen Vorbildern, die trotz der schwindenden Bedeutung des Adels in Politik und Wirtschaft ihre gesellschaftliche Relevanz behielten. Man spricht daher von der „Feudalisierung des Großbürgertums", wobei jedoch zu bedenken ist, daß dieses trotz aller Bereitschaft, die Wertvorstellungen der adeligen Gesellschaft zu übernehmen, durchaus zu spezifischen Formen der Lebensgestaltung und Selbstverwirklichung fähig war. Umgekehrt ist es nicht zureichend, die Einstellung der Aristokratie dem Großbürgertum gegenüber allein als Abwehrhaltung zu charakterisieren.

Sicherlich versuchte die Aristokratie mit dem Schwinden ihrer an die „Gebürtigkeit" geknüpften Vorrangstellung im öffentlichen Wirken, die soziale Wertigkeit und kulturelle Bedeutung hoher Abstammung hervorzukehren, so daß sie sich im gesellschaftlichen Leben zunehmend abschloß. War es vor 1848 keine Seltenheit, daß Bürgerliche den Aufstieg in den hohen Adel schafften, gelang dies nachher nur mehr wenigen Familien (Mayr-Melnhof, Pereira-Arnstein). Trotzdem machte sich auch in der Aristokratie eine Haltung bemerkbar, großbürgerliche Anschauungen und Verhaltensweisen zu assimilieren. Auf die Neigung, durch wirtschaftlichen Erfolg und Fortschrittlichkeit die soziale Vorrangstellung zu unterstreichen, wurde oben schon hingewiesen. Doch auch verschiedene Lebensbereiche lassen Tendenzen einer „Verbürgerlichung des Adels" erkennen. So trat ab der Mitte des 19. Jahrhunderts die Bedeutung des Schlosses und sein Prestigewert zugunsten der Villa, dem Statussymbol des wohlhabenden Bürgers, zurück.

Die gegenseitige Durchdringung aristokratischer und großbürgerlicher Lebensformen ist nicht überraschend, haben sich doch seit dem Vormärz auch zahlreiche Berührungspunkte oder Ebenen der Auseinandersetzung in Wirtschaft, Politik und Gesellschaft herausgebildet.

Die Aufsichtsratsposten der Aktiengesellschaften waren bis um 1870 zu einem Gutteil von Aristokraten besetzt, deren hohes soziales Ansehen anfänglich dem Wirtschaftsbürgertum willkommen war. In der Land- und Forstwirtschaft und ihren Nebenindustrien begegneten sich adelige und bürgerliche Unternehmer als Konkurrenten auf dem Markt. Auch das politische Leben führte zur funktionellen Gleichschaltung beider Gruppen. Im Abgeordneten- und Herrenhaus erfolgten die Auseinandersetzungen zwischen den Parteien ohne Ansehung der ständischen Qualität. Der Prozeß der Verschmelzung schichtspezifischer Merkmale setzte allmählich bereits bei der Erziehung ein. So nahmen nach 1850 Eliteschulen wie das Theresianum und die Konsularakademie in Wien auch Kinder bürgerlicher Eltern auf. Generell bedeutete der akademische Bildungsweg eine fruchtbare Auseinandersetzung mit den überlieferten Normen gesellschaftlichen Ansehens.

Zwischen 1848 und 1880 errang das Industrie- und Besitzbürgertum zwar die Führung im Wirtschaftsleben, nicht jedoch die ungeteilte Anerkennung als neue Oberschicht. Die gesellschaftlich höchste Rangstufe nahm weiterhin der hohe Adel ein. An ihm und seinen Statusmerkmalen orientierte sich daher der erfolgreiche Wirtschaftsbürger.

Wichtigstes Erfordernis war, die errungene elitäre Stellung im Wirtschaftsleben in soziales Ansehen umzumünzen; die Nobilitierung galt den meisten als der sicherste Weg, dieses Ziel zu erreichen. Die Aufnahme in den Adel (Ritterstand, Freiherrenstand) sollte also jene Integration von bürgerlicher Leistung und adeligem Prestige bewirken, die bei Beanspruchung gesellschaftlicher Führungspositionen unerläßlich war. Das Kaiserhaus förderte diese Bestrebungen der „industriellen Notabilitäten" (aktenkundiger Vermerk), sah man darin doch auch ein Mittel, diese neue, einflußreiche Schichte an Staat und Vaterland zu binden.

Dem äußeren Zeichen der Adelsverleihung hatte nun der innere Vollzug in der gesamten Lebensführung zu folgen. Vielen erschien es notwendig, nach der Nobilitierung ein landtäfliches (ursprünglich dem Adel vorbehaltenes) Gut zu erwerben, wo sie nach aristokratischer Manier die Sommermonate zubrachten oder auch Jagden veranstalteten. Unter den feudalherrschaftlichen Beschäftigungen besaßen Jagen und Reiten einen hohen sozialen Stellenwert und manche aus dem neuen Industrieadel scheuten keine Kosten, um es in diesen Belangen der Aristokratie gleichzutun oder sie zu übertrumpfen. Das von Josef Werndl um Steyr gepachtete Jagdgebiet von 20.000 Hektar zählte zu den größten des Landes und Victor Mautner Ritter von Markhof (Industrieller) nannte den größten Galopp-Rennstall der Monarchie sein Eigen. Von welch verpflichtendem Charakter diese Statussymbole für den gesellschaftlichen Aufstieg waren, bezeugt die Äußerung Baron Nathaniel Rothschilds, *Jagd und Rennstall* (seien) *notwendige Attrappen seiner sozialen Stellung*, damit sein Haus auch für die hohe Aristokratie eine Anziehungskraft besäße.

Die Nachahmung aristokratischen Lebensstils machte die Übernahme eines umfangreichen Rollenkodex erforderlich, der ein standesgemäßes Wohnen, eine große Zahl von Bediensteten oder „demonstrativen Konsum" ebenso verlangte wie eine großzügige Mäzenatenrolle des Hausherrn. Diese erstreckte sich von sozialen „Innovationen" (Stiftungen von Erziehungsheimen, Schulen, Spitälern, Arbeiterwohnhäusern etc.), Beteiligung an öffentlichen Veranstaltungen bis hin zu Sammlertätigkeit und Förderung der bildenden Künste. Von essentieller Bedeutung für den sozialen Rang des Hausherrn war seine Rolle als Gastgeber, da sich darin offenbarte, mit welchen Kreisen er Umgang hatte.

Zu den Glanzpunkten des gesellschaftlichen Lebens in Wien zählten die Abende im Hause Lobmeyr, der in seiner von Theophil Hansen eingerichteten Wohnung die unterschiedlichsten Kreise gesondert zu

Gaste lud. Es gab Einladungen für Minister und Geheimräte, für Künstler, für Industrielle, für den Lehrkörper der einzelnen Universitäten usw., insgesamt an die 50 Veranstaltungen in einem Winter, die von 1.500 Personen besucht wurden. Gleich der Rollenverteilung in aristokratischen Familien ergriffen jedoch auch im Großbürgertum die Frauen die Initiative, Festlichkeiten und Gesellschaftsabende zu organisieren. Eine der angesehensten bürgerlichen Gastgeberinnen war JOSEFINE VON WERTHEIMSTEIN, über deren Salonkultur ihr Bruder THEODOR GOMPERZ schwärmerisch bemerkte: *Jegliches, woran sie Hand anlegte, von der Anordnung der Festlichkeit angefangen bis zu den Minutien der Kleidung, bis zu jeder Körperbewegung und Gebärde, auch der völlig unbeobachteten, war in Schönheit getaucht.*

Das bei Veranstaltungen dieser Art in den großbürgerlichen Salons gezeigte Mobiliar, Tischgeschirr und Gebrauchsgerät war vielfach von so hoher künstlerischer und handwerklicher Qualität, daß es die bis dahin sichtbaren Grenzen zwischen höfischer und bürgerlicher Kultur verschwimmen ließ. Kam es auch zu zahlreichen, seitens der Aristokratie verächtlich abgetanen „Entgleisungen" bürgerlichen Luxusstrebens, so finden sich ebensoviele Beispiele eigenständiger Bürgerkultur und standesbewußter Gesinnung: Der mit Auszeichnungen und Ehrungen überhäufte LUDWIG LOBMEYR betonte stets den „Adel" des Hand-

Ein Abend bei Lobmeyr

werks und des Bürgerfleißes. Als Sammler im Besitze einer der wertvollsten Gemäldegalerien Wiens bevorzugte er nicht die berühmten Maler der Biedermeierzeit, etwa Gauermann oder Waldmüller, sondern die Arbeiten der Zeitgenossen Rudolf Alt und August Pettenkofen. Mögen auch viele Aktivitäten des reichen Industriebürgertums den Anschein „nobler Hobbys" tragen, verbirgt sich dahinter häufig echtes Engagement und Können; daß man den daraus resultierenden „sozialen Gewinn" schätzte, ist nur natürlich.

Die elitäre und heterogene Schichte des industriellen Unternehmertums suchte ein ihrer wirtschaftlichen Macht adäquates soziales Image zu erringen. Es orientierte sich dabei an dem nach wie vor gültigen Leitbild gehobenen gesellschaftlichen Lebens, nämlich der Aristokratie. Trotzdem es nie zu einer Verschmelzung beider Führungsschichten kam, ist nicht zu übersehen, daß zwischen 1850 und 1880 zahlreiche Integrationsprozesse abliefen, die mit „Feudalisierung des Bürgertums" oder „Verbürgerlichung des Adels" nur undeutlich definiert werden. Das industrielle Unternehmertum ist als Gruppe nicht nur durch eine Mischung von bürgerlichen und adeligen Standesmerkmalen geprägt, sondern repräsentiert eine neue soziale Ganzheit mit sich ausprägenden spezifischen Lebensformen und sozialen Ansprüchen.

Literatur (in Auswahl):

Bachmann, Harald, Unternehmertum und Arbeiterklasse in Böhmen vom Neoabsolutismus bis zur Konsolidierung nach dem ungarischen Ausgleich. Dargestellt am Testfall Nordwestböhmens, Bohemia 19 (1978), S. 162–175. – *Beutin, Ludwig,* Das Bürgertum als Gesellschaftsstand im 19. Jahrhundert, Blätter für Deutsche Landesgeschichte 90 (1953), S. 135–162. – *Claessens, Dieter und Claessens, Karin,* Kapitalismus als Kultur. Entstehung und Grundlagen der bürgerlichen Gesellschaft, Düsseldorf, Köln 1973. – *Falke, Jakob von,* Die Kunst im Haus, Wien 1871. – *Freyer, Hans,* Bürgertum, in: Handwörterbuch der Sozialwissenschaften, 2. Bd., Stuttgart, Tübingen, Göttingen 1959, S. 453–456. – *Ghelardoni, Paul,* Die feudalen Elemente in der österreichischen bürgerlichen Gesellschaft von 1803 bis 1914, Diss., Universität Wien, Wien 1961. – *Granichstaedten-Cerva, Rudolf, Mentschl, Josef und Otruba, Gustav,* Altösterreichische Unternehmer, Österreich-Reihe 365/367, Wien 1969. – *Holzmann, Gustav,* Unternehmer aus Niederösterreich (Schriftenreihe der Handelskammer Niederösterreich, Heft 7), Wien 1967. – *Matis, Herbert,* Der österreichische Unternehmer, Erscheinungsbild und Repräsentanten, in: Wissenschaft, Wirtschaft und Technik. Studien zur Geschichte. Wilhelm Treue zum 60. Geburtstag, hrsg. von Karl-Heinz Manegold, München 1969, S. 286–298. – *Megner, Karl,* Zisleithanische Adels- und Ritterstandserwerber 1868–1884, Hausarbeit am Institut für Österreichische Geschichtsforschung, Wien 1974. – *Mentschl, Josef,* Das österreichische Unternehmertum, in: Die wirtschaftliche Entwicklung, hrsg. v. Alois Brusatti (Die Habsburgermonarchie 1848–1918, Bd. 1), Wien 1973, S. 250–277. – *Mentschl, Josef* und *Otruba, Gustav,* Österreichische Industrielle und Bankiers, Österreich-Reihe 279/281, Wien 1965. – *Preradovich, Nikolaus von,* Die Führungsschichten in Österreich und Preußen (1804–1918), 2. Aufl., Wiesbaden 1966. – *Redlich, Fritz,* Der Unternehmer, Göttingen 1964. – *Richter, Karl,* Kunst und Wissenschaft in Gewerbe und Industrie, Wien 1867. – *Riehl, Wilhelm Heinrich,* Die bürgerliche Gesellschaft, 8. Aufl., Stuttgart 1885 (1. Aufl. 1851). – *Salin, Edgar,* Der Gestaltwandel des europäischen Unternehmers, in: Offener Horizont, Festschrift f. Karl Jaspers, hrsg. v. K. Piper, München 1953. – *Schwarzer, Ernst,* Geld und Gut in Neu-Österreich, Wien 1857. – *Semper, Gottfried,* Wissenschaft, Industrie und Kunst, Braunschweig 1852. – *Sieghart, Rudolf,* Die letzten Jahrzehnte einer Großmacht. Menschen, Völker, Probleme des Habsburger-Reichs, Berlin 1932. – *Springer, Elisabeth,* Geschichte und Kulturleben der Wiener Ringstraße, Wiesbaden 1979. – *Stekl, Hannes,* Die Hauseigentümer, in: Wirtschaft und Gesellschaft der Wiener Stadterweiterung, *Franz Baltzarek, Alfred Hoffmann* und *Hannes Stekl* (Hrsg.), Wiesbaden 1975, S. 260–326. – *Thurner, Erentrude,* Untersuchungen zur Struktur und Funktion der österreichischen Gesellschaft um 1878, Diss., Universität Graz, 1964. – *Tremel, Ferdinand,* Die Rolle des Unternehmers in der Industriellen Revolution am Beispiel der Steiermark, Tradition 15 (1870), S. 67–83. – *Treue, Wilhelm,* Erfinder und Unternehmer, Tradition 8 (1963), S. 255–271. – *Wandruszka, Adam,* Die „Zweite Gesellschaft" der Donaumonarchie, in: Adel in Österreich, *Heinz Siegert* (Hrsg.), Wien 1971. – *Zorn, Wolfgang,* Typen und Entwicklungskräfte deutschen Unternehmertums im 19. Jahrhundert, VSWG 44 (1957), S. 57–77; wieder abgedruckt in: Moderne Deutsche Wirtschaftsgeschichte, *K. E. Born* (Hrsg.), Köln 1966, S. 25–41. – *Zorn, Wolfgang,* Unternehmer und Aristokratie in Deutschland, Tradition 8 (1963), S. 241–254.

Friedrich Edelmayer

DAS BILDUNGSBÜRGERTUM

Betrachtet man die Fülle an wissenschaftlichen Publikationen, die sich mit der Zeit Kaiser Franz Josephs auseinandersetzen, fällt bald auf, daß gerade das Bürgertum, und hier vor allem das Bildungsbürgertum, bisher stiefmütterlich behandelt wurde. Eine umfassende Darstellung desselben ist daher noch heute als Desiderat der Forschung anzusehen. Die Probleme rund um diesen Themenbereich beginnen bereits bei den Begriffen. Denn im Gegensatz zu „Adel" oder „Arbeiterschaft" sagt das Wort „Bürgertum" ohne erläuternde Zusätze wie „Besitzbürgertum" oder eben „Bildungsbürgertum" wenig aus. Diese zweifellos notwendigen Zusätze sprechen aber Statussymbole an, die nicht ausschließlich einer gesellschaftlichen Gruppe zwingend zugeordnet werden können und daher nur neuerlich farblose Schematisierungen provozieren. Versuche der deutschsprachigen Geschichtsschreibung, die „bürgerliche" Welt des 19. Jahrhunderts zu charakterisieren, führten nur zur Ausbildung des Klischees einer eindeutigen Dominanz von politischen, wirtschaftlichen und gesellschaftlichen Verhältnissen durch einheitliche Normen und Verhaltensformen einer breiten sozialen Schicht. Dies ist freilich auf die Unschärfe des Begriffs „Bürger" im Selbstverständnis des 19. Jahrhunderts zurückzuführen.

Beachtet man die skizzierte Forschungslage, verwundert die Unmöglichkeit, den Begriff „Bildungsbürger" befriedigend und positiv zu erklären, nicht mehr, ganz abgesehen von der Vieldeutigkeit des Wortes „Bildung". Über das Bildungsbürgertum als soziales und geistiges Phänomen lassen sich eigentlich nur ausschließende Aussagen treffen – es war weder ein politischer, noch ein Berufs- oder Geburtsstand. Auch den hierokratischen Ständen ist es kaum zuzuordnen, obwohl gerade zu diesen eine gewisse Nähe insofern zu sehen ist, als es den Anspruch erhob, Träger allgemein gültiger Kultur- und Bildungswerte zu sein (M. Rainer Lepsius). Soziologisch ist das Bildungsbürgertum deshalb nicht eindeutig zu klassifizieren, da sozioökonomische Kriterien für eine Schichtbestimmung nur begrenzt bedeutend sind. Lassen sich das Industriebürgertum, die Industriearbeiterschaft oder das gewerbliche Kleinbürgertum nach den Kriterien des Eigentums an Produktionsmitteln, der Höhe des Einkommens oder der Berufstätigkeit stratifizieren, so ist dies beim Bildungsbürgertum unmöglich. In der Regel sind die gebildeten Bürger zwar nicht Eigentümer von Produktionsmitteln, doch daraus lassen sich ebenfalls keine Schlüsse ziehen. Da die Höhe des Einkommens ebenso wie die berufliche Tätigkeit stark variieren können, ist auf diesem Weg dem Definitionsproblem kaum beizukommen. Daneben spielen auch nichtökonomische Kriterien für eine Stratifikationsbeschreibung eine ungleich größere Rolle. Gerade diese sind aber nicht immer so exakt zu erfassen wie ökonomische und soziale Merkmale, die bei einer Untersuchung der Gebildeten auffallend sind, und treten in zu unterschiedlichen Streuungen und Kombinationen auf. Eine eindeutige Abgrenzung des Bildungsbürgertums muß daher zugunsten einer bloßen Aufzählung seiner Wirkungsgebiete unterlassen werden.

Das Bildungsbürgertum war im wesentlichen in fünf Bereichen von Staat und Gesellschaft vertreten, nämlich in der Administration, der Repräsentation (im Herren- und Abgeordnetenhaus sowie in den Landtagen und den Gemeinden), im sekundären Sozialisationsbereich (Volksschulen, Gymnasien und Universitäten), in der Sphäre der literarischen und künstlerischen Öffentlichkeit, aber auch im Wirtschaftsbereich. Über die Zahl der in diesen Gebieten Tätigen lassen sich nur ungefähre Angaben machen. So zog Elisabeth Lichtenberger die Ergebnisse der ersten Volkszählung von 1869 heran. Im Rahmen derselben wurden die öffentlichen Bediensteten (Professoren, Lehrer, Staatsbeamte), die Angestellten der Wirtschaft, der Beamtenadel sowie die Vertreter der freien Berufe unter dem Kriterium der Bildung zu den „Ständen mit höherer Schulbildung" zusammengefaßt. Lichtenberger errechnete nun für Wien den prozentuellen Anteil dieser Bevölkerungsgruppe an der gesamten berufstätigen Bevölkerung mit 7,4% (38.486 von 522.389 Personen), in der Wiener Innenstadt waren es gar 12,9% oder 5.964 Personen, die dieser Gruppe zugeordnet werden können. Genauere Angaben für die gesamte Donaumonarchie müssen allerdings Einzeluntersuchungen vorbehalten bleiben. Gerade bezüglich der Angehörigen der freien Berufe fällt in den Erhebungen bzw. Volkszählungen des 19. Jahrhunderts eine immer größere Spezifizierung auf. Teilte man 1857 diese nur in drei Gruppen ein (Literaten – Künstler, Rechtsanwalte – Notare, Sanitätspersonen), so 1869 bereits in fünf, nämlich Lehrer, Schriftsteller, Künstler, Rechtsanwälte und Notare sowie Sanitätspersonen (Ärzte, Wundärzte, Hebammen, Apotheker, Sonstige). 1880 unterschied man acht Gruppen, nämlich Angehörige des Lehrpersonals, Schriftsteller – Redakteure, Schauspieler – Tänzer – Musiker – Sänger, Maler – Bildhauer, Architekten – Zivilingenieure – Geometer, Advokaten – Notare und höhere sowie niedere Sanitätspersonen.

All diese Angaben ermöglichen zwar eine Zuordnung des Bildungsbürgertums zum (gehobenen) Mittelstand, dürfen aber nicht darüber hinwegtäuschen, daß dieses keineswegs einen homogenen Block mit ausgeprägtem Gruppenbewußtsein darstellte. Die Ursache dafür liegt in den Verhältnissen vor 1848 begründet, die zwar nicht der Verbreitung von Bildung entgegenstanden, aber diese doch auf einen relativ engen Kreis beschränkten. Vor allem verhinderte die restaurative Politik des Vormärz die Ausformung einer politischen Öffentlichkeit. Daher ist es auch nicht verwunderlich, daß in diesen Jahren ein großer Teil des gebildeten Bürgertums dem regimetreuen und jederzeit kontrollierbaren Beamtenstand angehörte, der freilich von seltener Exklusivität war. Fördernd für seine elitäre Ausbildung wirkte hier zweifellos die Theresianische Akademie. In diesem Zusammenhang ist es auch einleuchtend, daß zum Beispiel alle österreichischen Gelehrten, die in den Wiener Jahrbüchern der Literatur in der ersten Hälfte des 19. Jahrhunderts zu Wort kamen, und beinahe alle belletristischen Literaten der Zeit zum Beamtenstand zählten. Seine Angehörigen, die an den Hofinstituten und anderen außeruniversitären Einrichtungen eingesetzt waren, bestritten auch in den anderen Wissenschaftszweigen den Großteil der Forschung und repräsentierten geradezu das österreichische Bildungsbürgertum. Die Revolution von 1848 und die Verfassungsgesetze schufen erst die Möglichkeit zur Äußerung politischer Kritik, gleichzeitig drängte das Bürgertum nun massiv hin zu einer akademischen Ausbildung und verteidigte neben dem Zensuswahlrecht besonders das akademische Bildungsprivileg als ständisches Vorrecht. Diese Entwicklung kam intensiv ab den späten sechziger sowie den siebziger Jahren zum Tragen, Warnungen dagegen wurden freilich schon kurz nach der Revolution von 1848 erhoben. Besonders Adalbert Stifter verurteilte die wachsende Neigung der modernen Gesellschaft, nur die Intellektuellen zu fördern und die Menschen so in „Wissende" und „Nichtwissende" einzuteilen. Für ihn lag vielmehr die wichtigste pädagogische Aufgabe des Staates in der Erziehung der Massen; Bildung und Erziehung sollten die Menschen verbinden und nicht trennen. Daher sprach er auch den Volksschulen eine größere Bedeutung zu als den Gymnasien oder gar den Universitäten, denn nur durch erstere könnte das Volk sittlich und geistig gebildet werden. Nicht nur Fähigkeiten des Verstandes, sondern eine umfassende Entwicklung des Charakters sollte die Bildung fördern. Die Anschauungen Stifters spiegeln sich am deutlichsten in seinem Roman „Der Nachsommer" wider. In der Familie der Hauptfigur des Romans, Heinrich Drendorf, setzte man soziale Mobilität noch gleich mit geistigem Wachstum, Bildung erschien als eine Ausweitung der bürgerlichen Tugend und wurde auf gleiche Weise wie Besitz erworben – Drendorfs Vater hielt seine Bücher in Schränken verschlossen. Heinrich selbst wandte sich vom Kaufmannsstand des Vaters ab und mit Zustimmung desselben den Wissenschaften zu. Diese

Entwicklung des jungen Drendorf ist ebenso charakteristisch für die Entstehung des Bildungsbürgertums um die Mitte des 19. Jahrhunderts wie die Romanfigur des Freiherrn von Riesach typisch für den Bildungsweg in der ersten Hälfte des 19. Jahrhunderts ist. Riesach, Sohn einer Bauernfamilie, arbeitete sich über den Staatsdienst zu einem hohen gesellschaftlichen Rang empor, erwarb das Adelsdiplom und wandte sich danach in stiller Abgeschiedenheit der Wissenschaft, Kunst und Kultur zu.

Daß Bildung in beiden geschilderten Fällen mit Besitz zusammenhängt, wird gerade bei Stifter deutlich. Für ihn war sie freilich noch eine reichere Zusammensetzung von Eigenschaften, aus denen eine ganze und ausgeformte Persönlichkeit besteht, während der Begriff Bildung selbst zunehmend jene erworbene hohe Kultur bezeichnete, die dem, der sie besaß, einen gesellschaftlichen Rang verlieh. Dies hängt nicht zuletzt mit dem wachsenden Selbstbewußtsein des Bürgertums nach 1848 zusammen, das sich auf die Erfolge auf dem ökonomischen Gebiet stützte. Der wirtschaftliche Aufschwung, der 1873 seinen Höhepunkt erreichte, vermittelte seinen Trägern das Gefühl von Macht und gab ihnen die Überzeugung, durch persönliche Fähigkeiten Vermögen erworben zu haben. Gleichzeitig begann als spezifisch bürgerliches Statussymbol das nach den fixierten Normen des Bildungsweges erworbene Leistungswissen die sozialen Positionen einzelner zu bestimmen. Oft erwies sich gerade für die aus einem einfachen sozialen Milieu stammenden Männer eine Karriere in den freien Berufen, aber auch in der Verwaltung oder Politik als dominierendes Berufsziel. Die jüdische Bevölkerung innerhalb dieser Schichten teilte diese geltenden Werte oder achtete sie unter Umständen noch höher, da es ihr auf diesem Weg möglich war, dem Makel des Händlertums zu entkommen, wie einmal Theodor Herzl betonte. Der Weg des Studiums bedeutete aber für die zahlreichen aus ärmlichen Verhältnissen stammenden Studenten eine mühsame und entbehrungsreiche Zeit. Viele spätere Universitätsprofessoren, Staatsbeamte oder Politiker kamen als mittellose Studenten mit „leichtem Gepäck" in die Universitätsorte und mußten sich als Hauslehrer durchschlagen, wie zum Beispiel die liberalen Politiker Johann Nepomuk Berger und Karl Giskra.

Die sich so ausbildende höhere Mittelschicht konnte aber die Aristokratie als herrschende Klasse weder völlig ersetzen noch sich erfolgreich mit ihr vermischen. Auf dem Gebiet der Kultur suchte sie sich daher Kompensationen zu schaffen. So zeigt vor allem der Bau der Wiener Ringstraße nach 1860 den Versuch des liberalen Bürgertums, seine Wertvorstellungen einer bürgerlichen Gegenkultur in architektonische Monumente zu projizieren, um mit den Kirchen und Palästen einer religiösen und aristokratischen Welt zu konkurrieren. Gebäude wie die Universität, die verschiedenen Ringstraßenmuseen, die Hofoper oder die Theater spiegeln das Bildungsideal des liberalen, aufgeklärten Bürgertums wider. Die hohen Werte, die man der Bildung im öffentlichen Bewußtsein zuschrieb, drangen in den privaten Bereich ein, wo man wissenschaftliche Tätigkeit wegen ihres sozialen Nutzens als einen Schlüssel zum Fortschritt ansah. Hatte man auf diesen Gebieten Erfolg, war einem der Eintritt in die finanzkräftigen Schichten der Gesellschaft sicher. So berichtet der Historiker August Fournier, aufgrund eines ihn lobenden Feuilletons in der liberalen „Presse" sei es ihm gelungen, Eingang in die Häuser der Bankiers und Industriellen Gomperz und Todesco zu erhalten. Gerade dieser soziale Aufstieg und das Hineinwachsen in die Festkultur des wirtschaftlich erfolgreichen und kapitalkräftigen Industriebürgertums bewirkte zum Teil die Erinnerung an die klassischen Ideale der Bildung. So schreibt der Wiener Bürgermeister Cajetan Felder, der bei den Benediktinern in Seitenstetten einen Teil seiner Gymnasialzeit verbracht hatte, in seinen „Erinnerungen": *Soll die klassische Bildung der Hauptzweck der Gymnasien sein, so muß im Heranwachsenden die Neigung und das Verständnis für die altklassische Literatur schon frühzeitig in kluger, dem jugendlichen Gemüt sich anpassender Weise geweckt und er auf die großen Gedanken und die Schönheit des Ausdrucks aufmerksam gemacht werden, um so, fast unwillkürlich, vom unwiderstehlichen Reize hingezogen, ein Ideal fürs geistige Leben darin zu finden. So faßte es die Mehrzahl meiner*

Lehrer auf, (. . .). *Ich bin diesen ehrwürdigen Männern* (. . .) *zum innigsten Dank verpflichtet, denn ihr Verdienst ist es, daß ich bis zur Stunde ein Verehrer der klassischen Literatur bin, die mir sicherlich mehr und befriedigendere Stunden geboten, als ein Jour fixe oder eine Soiree eleganter Modekreise.* Felder ist hier freilich eher als Ausnahme anzusehen, denn normalerweise schätzten es die Angehörigen des Bildungsbürgertums, in den Salons der Industriellen ein- und auszugehen. Im Gegenteil: Da den meisten Angehörigen des Finanzbürgertums der Zugang zum alten Adel verschlossen blieb, stürzten sie sich auf den Adel des Geistes. Bildung und Kultur dienten jetzt nicht mehr nur als Weg einer persönlichen Entwicklung, sondern als Brücke von einem „niederen" Lebensstil zu einem stilvollen Leben. „Soziologisch bedeutet die Demokratisierung der Kultur die Aristokratisierung der Mittelschichten" (Carl E. Schorske). Durch die intensiven Kontakte der Industrie, der Politik, Wirtschaft, Kunst und Wissenschaft vereinigten sich jene zu einer gesellschaftlichen Schicht, die ihrer eigenen Gegenwart sicher war und auf die Zukunft, für die sie kämpfte, vertraute. Die Vereinigung von Bildung und Besitz wurde während der liberalen Herrschaft zu einer überraschenden gesellschaftlichen Wirklichkeit; eine Intellektualisierung der Gesellschaft ist zu bemerken.

Die Welt des Adels reizte das Finanzbürgertum dennoch, es versuchte die Lebensformen der Adeligen nachzuahmen, gleichzeitig auch Adelsdiplome zu ergattern und sich mit Orden zu schmücken. *Mit den Jahren* (. . .) *kam es dahin, daß eigentlich ein leeres Knopfloch insofern mehr Aufsehen erregt*(e), *als man sich beim Anblick eines solchen fragt*(e), *was sein Besitzer ‚angestellt' haben müsse,* notiert Ludwig von Przibram in seinen „Erinnerungen". Gerade die Diskrepanz zwischen den Erfolgen aufgrund materieller Überlegenheit auf der einen und den Erfolgen durch individuelle Bemühungen und Fähigkeiten auf der anderen Seite schuf aber aus der Sicht des Bildungsbürgertums latente Konfliktstoffe. So schreibt wiederum Felder, er habe aufgrund seiner staatlichen Stellung als Bürgermeister im Laufe der Jahre alle drei österreichischen Orden bekommen, daran aber nicht viel Vergnügen gefunden. Er, in fünf Jahren durch die Ordensverleihungen gleich zweimal Baron geworden, scheute sich, den Titel anzunehmen, tat es letztendlich aber wegen seiner Enkel. *Ich vermag aber trotzdem nicht zu verhehlen, wie es mir schrill und widerwärtig in den Ohren klang, wenn ich mit ‚Herr Baron' angesprochen wurde, weil ich niemals den Gedanken an die zahlreichen Börsen-, Bank- und Eisenbahnbarone verscheuchen konnte, deren Verdienste lediglich aus ihren Geldsäcken erwuchsen.* Daneben entsetzten die Intelligenz die eklatanten Bildungslücken des wirtschaftlich erfolgreichen Bürgertums, die Daniel Spitzer in den „Wiener Spaziergängen" sarkastisch beschreibt: *Ein Banquier, der keine erste Vorstellung versäumt und dem eine Loge zur neunten Symphonie auf der Börse zum Kaufe angeboten wurde, erklärte gereizt, er sei nicht gewohnt, neunte Symphonien zu besuchen; es liege ihm nichts daran, den fünffachen Preis für eine Loge zur ersten, oder im schlimmsten Falle zweiten Symphonie zu bezahlen, aber erst zur neunten Symphonie zu gehen, verbiete ihm seine gesellschaftliche Stellung.* Auch gegenüber der Hocharistokratie trat das Bildungsbürgertum mit Stolz und Selbstbewußtsein auf, denn diese hatte noch weniger persönlich für ihre gesellschaftliche Stellung geleistet als der Geldadel. Dazu kam die Tendenz des überwiegenden Teils der Hocharistokratie zu den klerikalen und konservativen Kräften in der Donaumonarchie, was dem liberalen Bildungsbürgertum noch suspekter erschien. Nur so ist es erklärlich, wenn Fournier die Heiraten innerhalb des Kreises der Hocharistokratie unter anderem *auf die in der Regel sehr geringe Bildung der gewöhnlich von Jesuiten oder sonst wenig unterrichteten Geistlichen erzogenen Adeligen zurückführt, die es im Gefühl ihrer geistigen Beschränktheit vermieden, mit den meist besser gebildeten Bürgerlichen zu verkehren, um sich keine Blöße zu geben, die ihrer als sozial höher geschätzten Stellung Eintrag getan hätte.* Menschen, die stolz auf ihre Bibliothek verweisen konnten, auf ihre wissenschaftliche Tätigkeit, die sich vollkommen der Universalität ihres Geistes bewußt waren, die zahlreiche Bildungsreisen genossen hatten, mußte die offensichtliche Unwissenheit eines Teils des Adels und des Finanzbürgertums suspekt erscheinen.

Auch das Verhältnis zwischen dem gewerblichen Kleinbürgertum und dem Bildungsbürgertum gestaltete sich zeitweise von beiden Seiten gespannt. Wiederum lassen sich diesbezügliche Hinweise aus den „Erinnerungen" Felders herausfiltern. Wandte sich das Erstgenannte 1868 gegen eine Wahl Felders zum Wiener Bürgermeister mit der Parole *Keinen Doktor-Bürgermeister mehr, sondern nur einen Bürger!*, so spalteten sich die Akademiker und einige *sich für die Intelligenz der Bürgerschaft* haltende Herren im Wiener Gemeinderat von der kleinbürgerlich geprägten Mittelpartei ab und gründeten den Reformklub. Gerade von Seiten der weniger gebildeten Schichten brachte man dem Bildungsbürgertum freilich oft von sich aus große Hochachtung entgegen, gar mancher maßte sich auch akademische Titel an. Möglicherweise aus einer Art Minderwertigkeitsgefühl heraus verliehen breite Bevölkerungsschichten den Trägern dieser Titel a priori den Nimbus höchster Genialität. So notiert Spitzer in einem Feuilleton, in Ischl würden aus Hochachtung und zur Erinnerung an verstorbene Ärzte die Plätze des Städtchens nach diesen benannt. Bei der literarischen Verewigung dieses von Spitzer belächelten Brauchs schwingt eine für das deutschliberale Bildungsbürgertum charakteristische Abneigung gegen die Slaven mit, wenn er zur Benennung eines Platzes nach einem Dr. Pollak bemerkt: *Es erschiene (. . .) wünschenswerth, wenn nur Bade-Aerzte mit schönklingenden Familien-Namen in Ischl bestellt würden, deren Tode man in Ruhe entgegensehen könnte, ohne für den Wohlklang der Ischler Topographie Besorgnisse hegen zu müssen.*

Mit den unteren Schichten der Gesellschaft, die angeblich nicht mehr brauchten *als halbwegs auskömmlichen Lohn, Wein und Bier, Wurstelprater und Heurigenmusik und für die Bildung das ‚Illustrierte Wiener Extrablatt'*, wie EDUARD LEISCHING die Ansichten eines Liberalen überliefert, gab sich das Bildungsbürgertum möglichst nicht ab. Vielmehr versuchte man trotz aller Aversionen gegenüber dem Adel und der Geldaristokratie deren Lebensstil nachzuahmen. Man erfreute sich an Unterhaltungen mit Gleichgesinnten in feinen Salons, ging zu Soiréen, veranstaltete Theateraufführungen und besuchte Tanzabende, die Oper und die Bühnen. Freilich versuchte man bei diesen Abenden gerade den Adel durch das höhere Niveau der Gespräche zu übertrumpfen. Die so verabscheuten Lebensformen des Adels und dessen Verhalten übten dennoch eine große Faszination auf das Bildungsbürgertum aus: *Und so habe ich denn auch an manchen der aristokratischen Herren manches gefunden, das mir gefiel: Eine gewisse Vornehmheit in Haltung und Gesinnung, die ich selbst in mir pflegte, ein, wenn es nicht outriert war, außerordentlich angenehmes savoir vivre mit viel Liebenswürdigkeit im Entgegenkommen,* (. . .), schreibt Fournier. Nicht zuletzt unter dem Aspekt der Nachahmung adeliger Repräsentationselemente ist in den Kreisen des Wiener Bildungsbürgertums die Tendenz zu sehen, sich vom Gründungsfieber der Geldaristokratie anstecken zu lassen und Parzellen im Ringstraßenbereich zu erstehen.

Das Bildungsbürgertum hatte sich somit in den ersten Jahrzehnten der Regierung Kaiser Franz Josephs nahezu vollkommen in der „zweiten Gesellschaft" integriert und bedeutete ein wesentliches Element derselben. Die Abgrenzungstendenzen gegenüber den breiten Massen des Volkes, dem Kleinbürgertum, der Geldaristokratie und dem alten Adel fußten auf dem stolzen Bewußtsein, durch eigene, nichtmaterielle Kräfte und nicht ererbte Privilegien eine angesehene Stellung in der hierarchischen Gesellschaftsordnung erreicht und durch den Erwerb von Bildung eine neue Aristokratie geschaffen zu haben, nämlich jene des Geistes.

Quellen:

Felder, Cajetan, Erinnerungen eines Wiener Bürgermeisters, hg. *Felix Czeike,* Wien/Hannover/Bern 1964. – *Fournier, August,* Erinnerungen, München 1923. – *Kann, Robert A(dolf); Leisching, Peter* (Hg.), Ein Leben für Kunst und Volksbildung. Eduard Leisching 1858–1938. Erinnerungen (= Fontes Rerum Austriacarum. Österreichische Geschichtsquellen, I. Abteilung, Scriptores 11), Wien 1978. – *Mauthner, Fritz,* Erinnerungen, Band I, Prager Jugendjahre, München 1918. – *Plener, Ernst Freiherr von,* Erinnerungen, 3 Bände, Stuttgart/Leipzig 1911–1921. – *Przibram, Ludwig Ritter von,* Erinnerungen eines alten Oesterreichers, Stuttgart/Leipzig 1910. – *Spitzer, Daniel,* Wiener Spaziergänge. Gesammelte Werke II, hg. *Max Kalbeck, Otto Erich Deutsch,* München/Leipzig 1912. – *Sueß, Eduard,* Erinnerungen, Leipzig 1916. – *Uhl, Friedrich,* Aus meinem Leben, Stuttgart/Berlin 1908.

Literatur (in Auswahl):
Baltzarek, Franz; Hoffmann, Alfred; Stekl, Hannes, Wirtschaft und Gesellschaft der Wiener Stadterweiterung (= Die Wiener Ringstraße. Bild einer Epoche. Die Erweiterung der Inneren Stadt Wien unter Kaiser Franz Joseph, Band V, hg. *Renate Wagner-Rieger*), Wiesbaden 1975. – *Durdik, Christel,* Bevölkerungs- und Sozialstatistik in Österreich im 18. und 19. Jahrhundert, in: Beiträge zur Bevölkerungs- und Sozialstatistik Österreichs. Nebst einem Überblick über die Entwicklung der Bevölkerungs- und Sozialstatistik, hg. *Heimold Helczmanovszki,* Wien 1973, S. 225–266. – *Heindl, Waltraud,* Die österreichische Bürokratie. Zwischen deutscher Vorherrschaft und österreichischer Staatsidee (Vormärz und Neoabsolutismus), in: Österreich und die deutsche Frage im 19. und 20. Jahrhundert. Probleme der politisch-staatlichen und soziokulturellen Differenzierung im deutschen Mitteleuropa, hg. *Heinrich Lutz, Helmut Rumpler* (= Wiener Beiträge zur Geschichte der Neuzeit 9), Wien 1982, S. 73–91. – *Henning, Hansjoachim,* Das westdeutsche Bürgertum in der Epoche der Hochindustrialisierung 1860–1914. Soziales Verhalten und soziale Strukturen. Teil I: Das Bildungsbürgertum in den preussischen Westprovinzen (= Historische Forschungen im Auftrag der historischen Kommission der Akademie der Wissenschaften und der Literatur 4, hg. *Otto Brunner, Peter Rassow, Joseph Vogt*), Wiesbaden 1972. – *Herzl, Theodor,* Der Judenstaat, Wien [9]1933. – *Lichtenberger, Elisabeth,* Wirtschafts- und Sozialstruktur der Wiener Ringstraße (= Die Wiener Ringstraße. Bild einer Epoche. Die Erweiterung der Inneren Stadt Wien unter Kaiser Franz Joseph, Band VI, hg. *Renate Wagner-Rieger*), Wien 1970. – *Lichtenberger, Elisabeth,* Von der mittelalterlichen Bürgerstadt zur City, Wien 1977. – *Schorske, Carl E.,* Wien, Geist und Gesellschaft im Fin de Siècle, Frankfurt/Main 1982. – *Simhart, Florian,* Bürgerliche Gesellschaft und Revolution. Eine ideologiekritische Untersuchung des politischen und sozialen Bewußtseins in der Mitte des 19. Jahrhunderts. Dargestellt am Beispiel einer Gruppe des Münchner Bildungsbürgertums (= Studien zur bayerischen Verfassungs- und Sozialgeschichte IX), München 1978. – *Vondung, Klaus* (Hg.), Das wilhelminische Bildungsbürgertum. Zur Sozialgeschichte seiner Ideen. Mit Beiträgen von *Gerhard Dilcher, Janos Frecot, Peter Hampe, Thomas Hollweck, Eike-Wolfgang Kornhass, Ulrike Linse, Michael Naumann, Peter J. Optiz, Klaus Vondung,* Göttingen 1976.

Karl Megner

DAS MITTLERE UND NIEDERE BEAMTENTUM

Unterschiedlich zu anderen Berufsgruppen war der Staatsbeamte als sozialer Typus im europäischen Mittelalter und in der Neuzeit vor dem 18. Jahrhundert nicht existent. Bis zu diesem Jahrhundert galt, wie vom Historiker Otto Brunner überzeugend dargestellt, als wichtiges gesellschaftliches Ordnungsprinzip das sogenannte Ganze Haus. Darunter kann man diejenige ideelle Einheit verstehen, die aus dem im Haus lebenden Menschen, den vorhandenen Produktionsmitteln, den erzeugten Verbrauchsgütern (und gemeinsam gelebten Wertmustern usw.) gebildet wurde. Der auf wirtschaftliche Autarkie hinarbeitende Bauer, der Abt eines Klosters waren in der Sozialform des Ganzen Hauses typologisch-funktional genauso Haus-Väter wie der landsässige Adelige oder der Landesfürst: Letztlich ist der Fürstenhof nichts anderes als eine differenzierte Form des bäuerlichen Ganzen Hauses. Daher waren die „Beamten" des Landesfürsten nichts anderes als „fürstliche Bediente", die im 16. und 17. Jahrhundert kein formelles Recht auf ziffernmäßig penibel fixierte (in ihrer Höhe steigende) Gehaltszahlungen, Alterspensionen und dergleichen hatten. Auch der nur fiktiv zum Ganzen Haus des Landesherren gehörende „Beamte" – der mitunter in seinem gesamten Leben seinen Haus-Vater kaum aus der Nähe zu sehen bekam – unterstand diesem mit allen Konsequenzen. Niedere „Beamte" gehörten aber auch zum Haus der höheren, wohnten bisweilen darin in einer Art abhängiger Gesindefunktion (pekuniäre Zuwendungen aus Huld des Herren, Einholung von Heiratsbewilligungen u. a. m.). Die entscheidenden Änderungen vollzogen sich im 18. Jahrhundert im Rahmen eines elementaren sozialen Prozesses. Sehr verkürzt kann dieser mit dem Erscheinen des auf seine (Rechts-)Gleichheit pochenden „allgemeinen Staatsbürgers" umschrieben werden, der sich nicht mehr

Gerichtsszene mit Patrimonialbeamten (Wien, Österreichische Nationalbibliothek, Bildarchiv)

lediglich als Angehöriger einer ständisch zu definierenden Sozietät (z. B. Zünfte) verstand. Dieser neue „aufgeklärte" Staatsbürger glaubte sich aufgrund des Naturrechtes berechtigt, Menschen-, Bürger- und schließlich Verfassungsrechte (Contrat social) zu fordern. Er sah sich als individuellen Teil der (staatsbürgerlichen) Gesellschaft, die dem Staat gegenübertrat. Auch der Herrscher wurde als Folge der Rezeption dieses aufgeklärten Menschenideals Organ des Staates – verkörperter erster (Staats-)Diener. Der fürstliche Bediente war nun als Folge dieses Prozesses in der Lage, mehr und mehr „den Staat" als Dienstherrn zu verstehen – wobei persönliche (auch sentimentbeladene) Bindungen an den Monarchen weiterhin bestehen bleiben konnten. Aber diese Bindungen waren nunmehr – und dies ist entscheidend! – nicht mehr wie jene eines praktisch rechtlosen Bedienten an seinen Herren, sondern getragen von Normen und Rechtssatzungen, auf deren Einhaltung der zum Staatsbeamten gewordene fürstliche Bediente zunächst faktischen, später verbürgten Anspruch hatte. Diese komplexe Entwicklung, die hier nur verkürzt, stark vereinfacht und keineswegs vollständig skizziert werden kann, setzte in Österreich etwa ab der Mitte des 18. Jahrhunderts ein, vor allem aber während der Regierungszeit Kaiser Josephs II. (1780–1790). Dieser Herrscher sah sich bereits als ersten Diener des Staates (und nicht mehr als dessen Haus-Vater): „damit zeichnet sich eine Verabsolutierung der Staatsgewalt ab, die das Recht zum Erzeugnis des Staates macht".

Die gesamte Entwicklung des Auseinanderfallens von „Gesellschaft" und „Staat" (innerhalb derer die Entwicklung des Fürstendieners zum Staatsbeamten allerdings großen Stellenwert hat) vollzog sich in den einzelnen europäischen Ländern und menschlichen Lebensbereichen zeitlich keineswegs synchron. Überlappungen von einigen Jahrzehnten waren nicht selten.

Die von Kaiser Joseph II. im Jahr 1783 im sogenannten „Hirtenbrief" publizierte Predigt über wünschenswerte Eigenschaften von Beamten war daher lediglich eine Absichts- und Grundsatzerklärung, keineswegs konsequent in der Großgruppe des sich allmählich entwickelnden Staatsbeamtentums sozioökonomisch verwirklicht: Erst zu Beginn des 19. Jahrhunderts wurden dann auch sämtliche Beamte in zwölf Diätenklassen eingeteilt, weil im Sinne der weiter oben dargelegten „Erzeugung des Rechtes durch den Staat" die prinzipielle Ablösung des fürstlichen Willen durch allgemein gültige Normen erfolgte. Formal dienten die Diätenklassen der Festsetzung von Spesenvergütungen (Dienstreisen usw.), tatsächlich aber legten sie den hierarchischen Rang der Beamten fest: das neue rationale Prinzip des Amtsranges wurde wichtiger als das alte des „persönlichen Ranges", den – früher – der Fürst nach individuellem Gutdünken verleihen konnte. Weniger das Gehalt, sondern vielmehr die „diätklassenmäßige" Stellung bestimmte die Wertigkeit des Beamten im sozialen Gefüge. Die niedere Beamtenschaft gehörte der 12. bis 9., die mittlere der 8. bis 5. Diätenklasse an. Die 5. Klasse war ferner Grenzzone zum Spitzenbeamtentum im engeren Sinn („Hofratsdienstklasse"). In diesen acht Diätenklassen befand sich das Gros der österreichischen Beamten, vorwiegend in den Klassen zwölf bis neun. Die Rangklassen eins und zwei waren – nach der Revolution des Jahres 1848 und den Veränderungen im Verwaltungsorganismus – dem Ministerpräsidenten und den Ministern vorbehalten, während in den Klassen drei und vier Sektionschefs, Präsidenten der Höchstgerichte und dergleichen Würdenträger „einrangiert" waren.

Um die Mitte des 19. Jahrhunderts bestand die österreichische Beamtenschaft – von der Formaleinteilung in Diätenklassen abgesehen – aus zwei großen Teilgruppen: den Konzeptsbeamten einerseits und den Kanzlei-, Rechnungs- und Manipulationsbeamten andererseits (von weiteren, letztgenannten in der Verwendung ähnlichen Gruppen abgesehen). Konzeptsbeamte waren sehr oft vollständig ausgebildete Juristen (der gegenwärtigen Terminologie nach Magister der Rechtswissenschaften – den Doktortitel besaßen um die Mitte des Jahrhunderts nur wenige Beamte). Der Konzeptsdienst ist – sehr vergröbert – dem „Höheren Dienst" (A-Dienst) der Gegenwart vergleichbar. In den Jahren 1850–1870 war es in manchen Ressorts und Kronländern – kaum aber in den Wiener Zentralstellen – mitunter leichter möglich, auch als Nichtakademiker in den Konzeptsdienst aufzusteigen. Ab etwa 1870/1880 wurden die dafür erforderlichen „Studiendispense" seltener, hörten aber – in modifizierter Form – bis heute nie gänzlich auf. Erst ab dem Jahr 1850 wurde in Österreich ein Typus der Höheren Schule (Gymnasium) kreiert, dessen Besuch mit der Matura abgeschlossen werden konnte. Bis dahin führte das Gymnasium lediglich sechs Jahrgänge und schloß nicht mit der Berechtigung zum Universitätsstudium ab (hiezu waren ergänzende Studien nötig). Mit anderen Worten: „Maturanten" (heute: „Gehobener Dienst", B-Dienst) waren bürokratiesozologisch nicht gruppenkonstituierend. Die Absolventen der Gymnasien (auch Technischen Hochschulen usw.) bildeten eine nicht genau abgrenzbare Mittelschicht zwischen den Kanzleibeamten, von denen bloß die Beherrschung des Rechnens, des Schreibens und des Lesens verlangt wurde, und den absolvierten Akademikern. Ein Absolvent eines Gymnasiums konnte sowohl als Abschreiber in einer Registratur als auch im Konzeptsdienst als Leiter eines Amtes (Studiendispens, unter Umständen externe Ablegung der juridischen Staatsprüfungen) fungieren. Da es somit eine Sozialgruppe „Beamte mit Matura" im heutigen Wortsinn in den Jahren um 1850 (noch) nicht gegeben hatte, waren „Maturantenposten" im Staatsdienst nicht reichlich gesät. Nur in manchen Ministerien, Statthaltereien, Finanzprokuraturen, im Archiv- und Bibliotheksdienst wurden Aspiranten mit Matura bevorzugt angestellt (Ausnahmen kamen freilich auch hier immer wieder vor). In den fünfziger Jahren des 19. Jahrhunderts setzte eine wirtschaftlich-technische und wissenschaftliche Entwicklung von bis dahin kaum geahnten Ausmaßen ein. Trotz konjunktureller Wirtschaftsschwankungen (vor allem während der „Großen Depression" der Jahre 1873–1896) ging diese Entwicklung zumindest tendenziell weiter. Indirekt benötigte die Staatsverwaltung dadurch immer mehr Absolventen von Gymnasien und Realschulen (die Realschule erhielt 1867 den Status einer lateinlosen Höheren Schule mit Matura). Wo um 1850 ein einfacher Kanzleibeamter noch genügt hatte, glaubte die Staatsverwaltung, das „Ärar", um 1880 unbedingt Maturanten einsetzen zu müssen. Besonders im Finanz-, Rechnungs-, Post- und Telegraphendienst wurden die Maturanten zur mittleren Schicht des k. k. Beamtentums. Den subalternen Dienst im eigentlichen Wortsinn versahen Männer mit Volks- oder Hauptschulbildung (Unterstufe einer Höheren Schule). Ferner gab es noch zahlreiche „Dienerkategorien", wie etwa Polizisten, Finanzwachaufseher, Gefängnispersonal und dergleichen. Manchen dieser Gruppen gelang der soziale Aufstieg in die Subalternbeamtenschaft.

Die Rekrutierung des Beamtennachwuchses im mittleren und niederen Dienst geschah in den Jahren nach 1848 üblicherweise anhand dreier Verfahren: Übernahme aus dem Patrimonialdienst, Eintritt als „Amtspraktikant", Übertritt vom aktiven Heeresdienst („Zivilversorgungsschein").

Die öffentliche Verwaltung mußte nach Aufhebung der Patrimonialherrschaften (Grundherrschaften) nach 1848 hic et nunc eine dritte hierarchische Ebene konstituieren, die mit den Untertanen direkten Kontakt hatte. Bis dahin hatten ja viele Agenden der Staatsverwaltung auf unterster Verwaltungsebene (auch Rechtspflege) die Grundherren und deren Organe ausgeübt. Die nunmehr brotlos gewordenen Patrimonialbeamten boten sich zur Übernahme in den Staatsdienst geradezu an. Vor allem dadurch wurde es möglich, den Umbau der Verwaltungsorganisation größten Ausmaßes personell zu verkraften. Die ehemaligen Patrimonialbeamten machten üblicherweise rasch Karriere (zehnte bis achte Diätenklasse), mußten später aber, weil es keine gesetzlich garantierte Zeitvorrückung und kein (auch nicht faktisches!) Recht auf Beförderung gab, sehr oft Stagnation der Laufbahn in Kauf nehmen.

Praktikanten stammten um 1850 meist aus zumindest wohlhabenden Familien, die in der Lage waren, den jungen Mann ein Jahr (oft noch länger) zu erhalten. Denn Anspruch auf „Adjuten" (staatliche Zahlungen an Praktikanten) bestand nicht. Nur Theresianisten erhielten bevorzugt Adjuten. Besonders in den Adelsstand erhobene Beamte (oder auch ranggleiche, die nicht nobilitiert worden waren) pflegten ihre Söhne, zwecks Fortsetzung der „Beamtendynastie", als Praktikanten zu placieren.

Drittens schließlich wurden dienstuntauglich gewordene (oder „ausgediente") Soldaten und Unteroffiziere unter bestimmten Voraussetzungen bevorzugt mit Diener- und Subalternbeamtenstellen beteilt. Seit Jahrzehnten in Österreich üblich gewesen, wurde die Versorgung von Heeresangehörigen im Jahr 1872 durch das „Zertifikatistengesetz" rechtlich institutionalisiert: nach mindestens zwölfjähriger Heeresdienstzeit erhielten die Unteroffiziere Diener- oder Beamtenzertifikate (und konnten im Rahmen der freien Posten versuchen, den von ihnen gewünschten zu erhalten). Auch zum Heeresdienst untauglich gewordene Offiziere – egal ob aus gesundheitlichen oder sozialen Gründen – traten manchmal in den Zivilstaatsdienst über. Wenn eine Offiziersbraut nicht den sozialen Wertvorstellungen der Vorgesetzten des Bräutigams entsprach, oder das Geld für die Heiratskaution (= unter staatlicher Kontrolle eingefrorenes Kapital, dessen Zinsen die Offiziersgagen aufbesserten) nicht vorhanden war, stellte das Überwechseln eine der wenigen statusbewahrenden Möglichkeiten dar. Freilich trugen die unterschiedlichen Wertvorstellungen und Lebensweisen der Exoffiziere zu Spannungen zwischen ihnen und den eingesessenen Beamten bei. Umso mehr, je größer die (für den Eintritt in den Zivilstaatsdienst manchmal erforderliche) Protektion des Exoffiziers gewesen war. (Jede Beamtenschaft haßt „Einschüblinge".) Die Kriege der Jahre 1859, 1864 und 1866 sowie die Heeresreform nach 1868 vermehrten die Anzahl der an Zivildienstposten interessierten (Ex)Offiziere.

Der Staat des österreichischen Neoabsolutismus war omnipotenter öffentlicher Dienstgeber. Zwischen ihm und den Beamten bestand kein wechselseitig geschlossener Arbeitskontrakt; die Anstellung des Beamten erfolgte (und erfolgt noch heute) durch einen einseitigen Hoheitsakt des Staates. Der Staat bot dem Beamten lebenslängliche standesgemäße Versorgung; „Alimentation", wie der treffliche Ausdruck der Quellen lautet. Systeme, in denen nicht unbedingt das Leistungsprinzip sondern soziale Angepaßtheit, Gehorsam und Ergebenheit dominieren, neigen dazu, Immobilität, Mediokrität, Starrheit der Laufbahnen und Desinteresse der Beschäftigten an Innovation zu erzeugen. Freilich, der Staat als Arbeitgeber sorgte sich vor allem in der Zeit der napoleonischen Kriege und dann wieder zwischen 1848 und 1873 zu wenig um die „Alimentation" der Beamten. 1852/1853 sprachen bereits amtliche Quellen von einer Proletarisierung der Beamtenschaft. Diese hatte bis 1867 keine Möglichkeit, sich durch gewerkschaftlich-vereinsmäßiges oder publizistisches Agieren zu wehren. Erst in den Jahren 1855 und 1868 wurden die Gehaltssätze etwas erhöht. Damit erfolgte lediglich ein teilweises Gleichziehen mit den gestiegenen Lebenshaltungskosten. Das Grundübel für die unzureichenden Gehälter – von der zeitweise katastrophalen Situation der Staatsfinanzen einmal abgesehen – lag im eingangs erwähnten starren Diätenklassensystem. Der Beamte wurde zu Beginn seiner Laufbahn in eine Diätenklasse eingereiht, zugleich aber auch in einen sogenannten „Konkretalstatus". Diese Status konnten die verschiedensten Größen haben: etwa die Beamten eines bestimmten Verwaltungszweiges mehrerer Kronländer umfassen oder, als Gegenbeispiel, aus nur wenigen Dutzenden Beamten bestehen (z. B. k. k. Lottogefälle). Wenn im Konkretalstatus keine Stelle frei war, konnte der durchschnittliche, protektionslose Staatsbeamte nicht „vorrücken". Er blieb oft jahrelang in derselben Gehaltsstufe seiner Diätenklasse.

Ein junger lediger Beamter, der mit seinen Bezügen gerade noch das Auslangen fand und – ökonomisch gesehen – risikobereit genug war, eine nicht mit materiellen Gütern versehene Frau zu ehelichen, konnte bei diesem Gehaltssystem sehr leicht in Not geraten: Um 1870 – um nur ein Beispiel zu nennen – entsprossen einer Ehe im Durchschnitt vier Kinder. Hatte nun dieser Beamte ferner das Unglück, in einem Status zu sein, in dem wenig „Vordermänner" verstarben oder in den Ruhestand gingen – die Dauer der aktiven Dienstzeit war bis in die neunziger Jahre des 19. Jahrhunderts prinzipiell nicht festgesetzt –, kam es zur fast unvermeidlichen Verschuldung. Denn das nominell gleich gebliebene Gehalt sank hinsichtlich der Kaufkraft (Inflation).

Das Image des „armen" Beamten – sprichwörtlich wurde die „Beamtenforelle" (eine billige Wurstsorte) – entstand zu einem Gutteil in den fünfziger bis siebziger Jahren des 19. Jahrhunderts. Junge Leute, kaum aus der Schule getreten, verdienten bei den aus dem Boden sprießenden Banken, Bau- und Eisenbahngesellschaften vor allem in der Gründerzeit nach 1867 zumindest gleich viel wie ergraute, kinderreiche Beamte in mittleren Positionen.

Mit Beginn der konstitutionellen Ära im eigentlichen Sinn (nach der Dezemberverfassung 1867) wurden Beamtenvereine wirksam, von denen einige als entfernte Ahnen der in der Gegenwart bestehenden Gewerkschaften des öffentlichen Dienstes gelten können. Der größte Verein, der Erste Allgemeine Beamtenverein der österreichisch-ungarischen Monarchie, vertrat stärker die Interessen des mittleren, teilweise saturierten Beamtentums. Er bot unverbindliche apolitische Geselligkeit, Darlehen, Verzinsung von Spareinlagen, Lebensversicherungen u. a. m. Schließlich pervertierte er zu einem riesigen Versicherungsunternehmen. Eine schärfere Gangart pflegte der zu Beginn der siebziger Jahre entstandene Verein „Beamtentag-Club". Er war sehr stark in der im Wiener neunten Gemeindebezirk lebenden Beamtenschaft verwurzelt und organisierte – noch als inoffizielle Vereinigung der Mitglieder, denn die vereinsrechtliche Anerkennung ließ auf sich warten – den ersten Beamtentag (1872). Diese Protestversammlung von k. k. Beamten, die kategorisch die Verbesserung ihrer materiellen Lage forderten, wirkte alarmierend auf die Spitzen der Gesellschaft und die teilweise noch „vormärzlich" gesinnten Wiener Hofratszirkel. Vor allem schokkierte, daß Teile der Subalternbeamtenschaft zumindest formal gleiche Kampfmittel ergriffen wie die Arbeiterschaft (Arbeitertage). Freilich, der erste Beamtentag – etwa 3.000 Beamte waren erschienen – schloß mit einem Hoch auf den Kaiser, aber auch mit einem auf die Verfassung.

Das erste grundlegende, umfassende „Beamtengesetz" Österreichs (April 1873) reformierte das Besoldungswesen und die Rangverhältnisse in rationalem Sinn. Gleichzeitig wurden Wertvorstellungen des damals herrschenden liberalen, fortschrittsgläubigen Bürgertums verwirklicht: Der Typus des „statischen", irgendwann in eine Diätenklasse eingereihten Beamten, der jahrelang den gleichen Bezug erhielt – er konnte höher oder niedriger sein als der eines ranggleichen Kollegen und kein Mensch wußte, weshalb – wurde schlagartig obsolet. Nunmehr bestanden für die Beamten aller Verwaltungszweige gleiche Rangklassen mit gleichen Gehaltsstufen. Gesetzlich normiert wurde ferner auch die „Zeitvorrückung" (Vorrücken in höhere Gehaltsstufen nach Ablauf von je fünf Jahren, ohne Rücksicht darauf, ob im „Status" eine Stelle frei war). Knapp vor dem „Schwarzen Freitag", der eine lang anhaltende Depression einleitete, hatte die österreichische Beamtenschaft ein umfassendes Rang- und Gehaltsgesetz erhalten. In den folgenden Jahren konnte sie sich – vor allem in Relation zu der teilweise stellungslos gewordenen Angestelltenschaft der liquidierten Banken, Aktiengesellschaften und dergleichen – materiell etwas erholen. Wohlhabend freilich wurde das niedere Beamtentum in Österreich niemals.

Literatur (in Auswahl):

Der erste allgemeine *Beamtentag*, Wien 1872. – *Beamtenzeitung* (Wien 1870–1919), 1870–1873 unter dem Titel: Zeitschrift des Ersten Allgemeinen Beamten-Vereines der österreichisch-ungarischen Monarchie. – *Beidtel, I.*, Geschichte der österreichischen Staatsverwaltung 1740–1848 . . . Hrsg. v. *A. Huber*, 2 Bände, Innsbruck 1896–1898. – *Błoński, J.*, Der österrreichische Civilstaatsdienst . . ., Wien 1882. – *Brunner, O.*, Das „ganze Haus" und die alteuropäische „Ökonomik", in: ders., Neue Wege der Verfassungs- und Sozialgeschichte, Göttingen, 2. Aufl. 1968, S. 103–127. – *Brusatti, A.*, Die Stellung der herrschaftlichen Beamten in Österreich in der Zeit von 1780–1848, in: Vierteljahresschrift für Sozial- und Wirtschaftsgeschichte, Bd. 45 (1958), S. 505–516. – *Czoernig, C. J. v.*, Österreichs Neugestaltung 1848–1858 . . ., Stuttgart 1858. – II. (Zweite) *Denkschrift* des Verwaltungsrathes des Ersten Allgemeinen Beamten-Vereines . . . betreffend die Regelung der Pensions- und Versorgungs-Ansprüche der Staatsbeamten, ihrer Witwen und Waisen, Wien 1872. – *Dienst-Unterricht* für Gerichtsdiener, . . . Amts- und Kanzleidiener . . ., Wien 1855. – *(Felkl, C.,)* Eine Stimme aus dem Bureau, Wien 1860. – *Goldinger, W.*, Die Zentralverwaltung in Cisleithanien – Die zivile gemeinsame Zentralverwaltung, in: Die Habsburgermonarchie, a. a. O., 2. Band, S. 100–189. – *Habdank-Hankiewicz, H. v.*, Das Gesetz vom 19. April 1872 über die Verleihung von Anstellungen an ausgediente Unteroffiziere, Wien 1890. – Die *Habsburgermonarchie* 1848–1918, hrsg. v. *Wandruszka, A.* u. *Urbanitsch, P.* Band 2: Verwaltung und Rechtswesen, Wien 1975, Band 3: Die Völker des Reiches, 2 Teilbände, Wien 1980. – *Heindl, W.*, Die österreichische Bürokratie. Zwischen deutscher Vorherrschaft und österreichischer Staatsidee (Vormärz und Neoabsolutismus), in: *Lutz, H.*, *Rumpler, H.* (Hrsg.), Österreich und die deutsche Frage im 19. und 20. Jahrhundert (= Wiener Beiträge zur Geschichte der Neuzeit. Band 9) Wien 1982, S. 73–91. – *Hoffmann, A.*, Die Beamten, in: Österreichs Sozialstrukturen in historischer Sicht, Wien 1980, S. 83–88. – *Holzer, R.* (Hrsg.), Ein k. k. Zöllner. Vom Finanzwachaufseher zum Direktor des Hauptzollamtes Wien. Das Leben Franz Holzers, Wien 1961. – Acht *Jahre* Amtsleben in Ungarn, Leipzig 1861. – *Lippert, A. J.*, Über den fiskalischen Geist, in: Allgemeine österreichische Beamten-Correspondenz. Zeitschrift zur Förderung der Gesamt-Interessen des vaterländischen Beamtenstandes, 2. Jg. (1865), S. 149–152. – *Mayerhofer, E.*, Handbuch für den politischen Verwaltungsdienst 1. Aufl., Wien 1856. – *Megner, K.*, Beamte. Wirtschafts- und sozialgeschichtliche Aspekte des k. k. Beamtentums (= Studien zur Geschichte der österreichisch-ungarischen Monarchie. Bd. 21), in Vorbereitung für 1984. – Die *Protokolle* des österreichischen Ministerrates 1848–1867. – *Rumpler, H.*, Einleitungsband. Behördengeschichtliche und aktenkundliche Analyse, Wien 1970. Vgl. ferner die Einleitungskapitel zu den einzelnen Editionsbänden. – *Stölzl, Ch.*, Die Ära Bach in Böhmen. Sozialgeschichtliche Studien zum Neoabsolutismus 1849–1859 (= Veröffentlichungen des Collegium Carolinum. Bd. 26), München–Wien 1971. – *Weber, M.*, Wirtschaft und Gesellschaft . . ., hrsg. v. *Winckelmann, J.*, 2 Bände, Köln–Berlin 1964. – *Wolfram, L.* (= Ferdinand Prantner), Wiener Federzeichnungen, Berlin 1872.

Waltraud Heindl

DIE HÖHERE BÜROKRATIE IN ÖSTERREICH ENTWICKLUNGSLINIEN SEIT 1848

Kaum ein anderer Berufsstand war ehemals, wie heute, so stark im Blickpunkt der Öffentlichkeit wie die Bürokratie: entweder als hochgeachtete und wichtige Stütze des Staates, den sie in seiner jeweiligen Form und Doktrin stabilisieren sollte oder – im Gegenteil – als Zielscheibe beißenden Spottes und heftiger Kritik. Die österreichische Literatur, in der Beamte immer wieder als Zentralfiguren agieren, ist ein Beweis für die wichtige politische und soziale Stellung der „Diener des Staates". Johann Nestroy, Robert Musil, Heimito von Doderer, Fritz Herzmanovsky-Orlando seien nur als einige – prominente – Schriftsteller hervorgehoben, die sich mit Leben, Charakter und Psyche von österreichischen Beamten eingehend beschäftigen.

Die heftigen Angriffe, die von literarisch-künstlerischer sowie von wissenschaftlicher, vor allem soziologischer und politologischer Seite des öfteren gestartet wurden, und das häufig negative Bild, das von den Kritikern gezeichnet wurde (und wird), läßt uns fast vergessen, daß ursprünglich Verwaltung und Bürokratie weitreichende politische Funktionen zugedacht waren: Sie hatten einst die Aufgabe, Staat und Gesellschaft zu modernisieren.

Besonders wäre diesbezüglich Joseph II. zu nennen, der die Entwicklung der österreichischen Bürokratie zum Fachbeamtentum (im modernen Sinn) maßgeblich förderte und wohl auch entscheidend prägte, vor allem auch deshalb, weil es als vorwiegend bürgerliches Element zur Überwindung des alten ade-

Leopold-Orden, Orden der eisernen Krone (Wien, Kunsthistorisches Museum, Münzkabinett)

ligen Ständewesens beitragen sollte. Die höheren Beamten (und nur von ihnen ist im folgenden die Rede) besaßen eine damals seltene Bildung (sie hatten ein Universitätsstudium zu absolvieren, waren also den heutigen „A-Beamten“ vergleichbar), und alles deutet darauf hin, daß sie auch im Laufe der Zeit ein entsprechendes Selbstgefühl entwickelten, die Bildungselite darzustellen und die wahren Repräsentanten des Staates zu sein.

Besonders anschaulich demonstriert uns der österreichische Staat der Zeit nach der Revolution von 1848 all jene – uns ambivalent erscheinenden – Funktionen, die die Beamten für ihn zu erfüllen hatten. Sie wurden eingesetzt, um einerseits Staat und Gesellschaft wieder unter Kontrolle zu bringen, andererseits um einen Modernisierungsprozeß voranzutreiben, der aus dem veralteten Gebilde „Kaiserthum Österreich“ einen modernen Staat westeuropäischer Prägung mit einer effizienten bürgerlichen Wirtschaftsgesellschaft schaffen sollte, – mit einem Wort, sie hätten Reaktion und Reform zu vereinen gehabt.

Innerhalb kürzester Zeit wurde ein moderner zentralistischer Verwaltungsapparat mit einer neuen Leistungsbürokratie aufgebaut, der es erlaubte, alle Kronländer von Wien aus straff und wirksam zu regieren. Und als es gelang, den Absolutismus im fast vormärzlichen Stil wieder zu etablieren und sämtliche konstitutionellen Institutionen des Jahres 1848 zu beseitigen (wichtigste Maßnahme war das Silvesterpatent vom 31. Dezember 1851), diente dieser Verwaltungs- und Beamtenapparat, der nun bereits fast allen Anforderungen der neuen Zeit entsprach, in gleicher Weise dazu, das autokratische Regierungssystem des jungen Kaisers zu stützen.

Eine wichtige Folge war, daß sich gerade in diesem „stillen“ Jahrzehnt nach der fehlgeschlagenen Revolution von 1848 jene Formen und jener Stil eines sich immer stärker bürokratisierenden Obrigkeitsstaates ausprägten, die das gesamte Verständnis von Staat und Obrigkeit in Österreich für Jahrzehnte nachhaltig prägen sollten. Der Bürokratie war, wie gesagt, bei der Ausführung dieses neoabsolutistischen Systems eine maßgebliche Rolle zugedacht.

Werfen wir jedoch einen kurzen Blick auf die hohe Beamtenschaft, die in den Ministerien und in den Statthaltereien, Kreisämtern und Bezirken als erste Mitarbeiter der konservativen Regierungsspitze faktisch die Grundlagen für die Organisierung der Monarchie lieferten, so können wir feststellen, daß wir durchwegs Vertreter darunter finden, deren Namen einen „freisinnigen“, liberalen Klang besaßen: Tatsächlich bestand eine erhebliche Diskrepanz zwischen autoritär-konservativer Regierung und weitgehend liberaler Beamtenschaft (obwohl Zuordnungen politischer Gesinnungen in dieser Zeit mit aller Vorsicht vorzunehmen sind; als Maßstab kann die Haltung zur Revolution von 1848 gelten). Wahrscheinlich konnte das System in den fünfziger Jahren überhaupt nur deshalb funktionieren und eine Organisation des Reiches von solchem Bestand schaffen, weil die mit der tatsächlichen Ausarbeitung betrauten Beamten den realen Verhältnissen nach 1848 mit allen Erfordernissen einer liberal orientierten Staats- und Wirtschaftsgesellschaft weitgehend Rechnung zu tragen wußten.

Die Reform der Verwaltung und der damit seit 1848 ständig anwachsende Apparat verursachte bei der

Ausdehnung des Reiches naturgemäß immer mehr Verwaltungsauslagen. Es stimmt, daß das Militäretat in diesen Jahren im Durchschnitt sehr oft höher lag als jenes der Zivilverwaltung, beispielsweise in den Kriegsjahren 1848, 1854, 1855 und 1856. Das Anwachsen der Verwaltungsausgaben war jedoch unvergleichlich höher als jenes der Militärauslagen: die letzteren waren beispielsweise von 76,611.484 fl. im Jahre 1848 auf 115,393.841 fl. im Jahre 1857 gestiegen. Die Auslagen für die Zivilverwaltung stiegen kontinuierlich von 55,229.597 fl. im Jahre 1848 auf 162,336.244 fl. im Jahre 1857. Bei der angespannten Finanzlage bildeten diese Verwaltungsausgaben eine erhebliche Belastung des Budgets. Verständlicherweise wurde daher gerade bei Erstellung des Personalstandes der Behörden streng kalkuliert. Die Weisung, *den Staatsschatz zu schonen,* kam von *allerhöchster,* kaiserlicher, Stelle. Der Personalstand war im allgemeinen so knapp bemessen, daß bereits Klagen der Statthalter eintrafen, die sichere Geschäftsführung könne bei diesem reduzierten Personalstand bald nicht mehr garantiert werden.

Von geradezu politischer Bedeutung ist die Frage, ob die Gehälter der Beamten ihrer Position und der ihnen zugedachten Funktion auch entsprachen. Offenbar fühlten sich alle Beamten unterbezahlt. Sogar ein Statthalter äußerte sich besorgt – wohl zu Unrecht – über die Unzulänglichkeit der Statthaltereibezüge – sie verdienten nach dem neuen Besoldungsschema dann 6.000 bis 8.000 fl. nebst freier Wohnung und 4.000 bis 8.000 fl. Funktionszulage –, *die bei dem verringerten Geldwerte und den höheren Preisen aller Bedürfnisse in keinem Verhältnisse stunden mit den Anforderungen [. . .], standesgemäß zu leben und eine würdige Repräsentation zu bilden.*

Wirklich schlecht waren die mittlere und schon gar die untere Beamtenschaft gestellt. Ein Bezirksadjunkt, der nach heutigen Begriffen Bezirksrichter war, verdiente 700 bis 800 fl. pro Jahr. (Zum Vergleich: Der Wochenlohn eines Bauarbeiters sank Ende der fünfziger Jahre von 3 fl. auf 1,8 fl.; ½ kg Roggenbrot kostete 1851 ca. 7 Kreuzer, 1857 6½ Kreuzer.) Der Lokalpreis einer Wohnung mit fünf Zimmern, Küche und Nebenräumen, welche für eine sechsköpfige Familie, bestehend aus Mann, Frau, drei Kindern und einem Dienstboten (das entsprach der damaligen Durchschnittsfamilie), das Mindestmaß darstellen mußte, betrug beispielsweise in den Provinzhaupt-

Großkreuz des Franz Joseph-Orden (Wien, Kunsthistorisches Museum, Münzkabinett)

städten ca. 300 fl. pro Jahr, in den Bezirksstädten 140 fl. und 150 fl.

Im Jahre 1857 berechnete ein Zeitgenosse die Lebenshaltungskosten der sogenannten „kleinen Honoratioren auf dem Lande“ (dazu zählte er kleine Staatsbeamte, Schullehrer, Gemeindebeamte, pensionierte Subalternoffiziere) für eine Durchschnittsfamilie in summa mit 500 fl. jährlich (298 fl. 40 Kreuzer *um sich satt zu essen,* 57 fl. 21 Kreuzer *um sich anständig zu kleiden,* 86 fl. *um anständig zu wohnen,* inklusive Mietzins, Beheizung, Kerzen, Seife, Stiefelwichse, Kaminfeger, Lohn für den Dienstboten etc., 47 fl. 40 Kreuzer für Möbel, Küchengeräte, Tischzeug und Betten, Lehrmittel für Kinder, 25 fl. 20 Kreuzer *für das Überflüssige wie Unterhaltung, Wein, Bier, Tabak, für den Spar-, Wehr- und Ehrenpfennig, Rasieren, Haarschneiden* usw.). Zieht man ins Kalkül, daß diese Berechnungen viel zu optimistisch angesetzt waren und nicht stimmen konnten – er setzte beispielsweise den Mietzins mit 86 fl. an, wo es selbst in den kleinen Bezirksstädten unmöglich war, eine Wohnung unter 140 fl. zu finden –, und rechnet man, daß ein Bezirksadjunkt in der Beamtenhierarchie nicht mehr ganz zu den „kleinen Honoratioren“ gehörte und ihm höhere Lebenshaltungskosten zugebilligt wurden, so wird deutlich, daß er mit 700 bis 800 fl. Gehalt kaum sein Auslangen finden konnte.

Dazu gab es bei den Konzeptsbeamten (das waren die akademisch ausgebildeten Beamten) noch ein Heer von Auskultanten (Richteramtsanwärtern) und Konzeptspraktikanten, die im besten Falle ein *Adjutum* von 300 fl. bezogen, sofern sie überhaupt besoldet waren. In der Steiermark waren beispielsweise von 50 vorgesehenen Auskultantenstellen 40 gänzlich unbesoldet. Dies wirft ein bezeichnendes Licht auf die wenig erfreuliche finanzielle Situation der Beamtenschaft.

Wie schlecht die Lage der Beamten tatsächlich war, zeigten die Verhandlungen über die Erhöhung der Beamtengehälter der Minister in den Konferenzen vom 2. Juni, 11. Dezember und 22. Dezember 1855, aus denen auch ersichtlich wird, wie hoch der Anteil der gering Besoldeten in der Beamtenschaft war. Auf die Gehaltsklassen von 150 bis 500 fl. entfielen beispielsweise 9,600.000 fl. an Personalkosten, während für jene über 6.000 fl. 700.000 fl. im Jahresetat berechnet wurden. Infolge dieser prekären finanziellen Situation kam es des öfteren zu Unterschlagungen, besonders von seiten der niederen Beamten. Auch Erscheinungen des Pauperismus wurden verzeichnet, und in den Berichten aus Ungarn an Innenminister Bach fielen Bemerkungen wie, daß *der tatsächlich hungernde Beamte auch tatsächlich zu arbeiten nicht fähig sei.* Das ohnehin so niedrig bemessene Gehalt verlor überdies durch die Teuerung in jenen Jahren ständig an Kaufkraft. Wie Roman Sandgruber neuerdings feststellt, zählten zu jenen Personen, die von dem in den fünfziger Jahren starken Lohndruck und der schleichenden Inflation am stärksten betroffen waren, die Beamten, die faktisch mit ihren kaum angepaßten Gehältern das Auslangen finden mußten.

So verlor das staatliche Beamtentum, dessen man überall in zunehmendem Maße zur exakten Ausführung des neoabsolutistischen Reformprogramms bedurft hätte, an Attraktion für die Jugend. Es fehlte an Nachwuchs in Ungarn, in Böhmen und in der Steiermark, wo es bereits für die besoldeten Auskultantenstellen an Nachwuchs mangelte, weil sich, so wurde geklagt, *die aus den Studienjahren tretenden Jünglinge jeder anderen Richtung, dem Notariat, der Advokatur, dem Auditoriat, dem Militärstande, dem kameralistischen Stande* lieber zuwendeten als dem Justiz- und Verwaltungsdienste, von dem sie *die Sorge, eine anständige Subsistenz bei den jetzigen Teuerungsverhältnissen in den Emolumenten der höheren Gehaltsstufen zu erlangen, der angestrengte Dienst, die entfernte Hoffnung auf Beförderung, die lange Dauer des bisherigen Provisoriums* abhielten.

Die anfangs gehegte Hoffnung, durch das Beamtentum eine integrierende Wirkung auf die national so heterogenen Kräfte zu erzielen, scheint nicht einmal schlechte Chancen gehabt zu haben, Früchte zu tragen, sogar in Ungarn, wohin man zunächst aus rein verwaltungstechnischen Gründen Instruktoren berief, welche sowohl im Gesetz wie in der Behördenorganisation bewandert waren und ihre Kenntnisse an die ungarischen Beamten weitergeben sollten. Eine anonyme Schrift über das Beamtentum aus dem Jahre

1861 meint rückblickend: *Es war allenthalben eine freudige, hoffnungsreiche Tätigkeit, die sich auch durch häufige Eingehung von Ehen äußerte. . . . Alles heiratete und bunt mischten sich die Nationen und Religionen und politische Fraktionen, so daß man zu der Hoffnung berechtigt schien, alle diese feinen Unterschiede würden in einigen Jahren, bis die ‚Kleinen' miteinander in die Schule gingen, verschwunden und ausgeglichen sein.*

Doch die Folgen waren letzten Endes konträr. Durch die Verschiebung des sozialen Status der Beamtenschaft kam es langsam auch zu einem empfindlichen Autoritätsschwund der Bürokratie, besonders eben in Ungarn. In Ungarn war das Volk gewohnt gewesen, in seinen adeligen Beamten große Herren zu sehen, die in seinen Augen das „große Leben" repräsentierten, und deshalb zollte man ihnen Respekt. Die neuen „deutschen" Beamten – auf ihre kleinen Gehälter angewiesen – konnten es diesbezüglich den früheren nicht gleichtun und genossen deshalb nur geringe Achtung bei der Bevölkerung. Auch in Böhmen war die Lage der unteren Beamten bald so prekär, daß von einer „Proletarisierung" der Beamtenschaft gesprochen wurde, und die Haltung der sozial besser gestellten bürgerlichen Gesellschaft gegenüber den schlecht besoldeten Beamten war höchstens von Mitleid, nicht aber von dem Bewußtsein bestimmt, „die eigentlichen Träger des Staates" vor sich zu haben, – die Rolle, die man eigentlich in ihnen verkörpert sehen wollte.

So änderte sich auch das Selbstverständnis des Beamtentums, die Bildungselite zu repräsentieren und ein wichtiger Faktor der Modernisierung des Staates zu sein, auf den dieser angewiesen war. Das „Literarische Jahrbuch des ersten allgemeinen Beamtenvereines der österreichisch-ungarischen Monarchie", der zu Beginn der siebziger Jahre des 19. Jahrhunderts gegründet wurde, meinte bezeichnenderweise, daß der Beamtenstand *wohl die einzige Gesellschaftsklasse* sei, *die inmitten der großartigen Entwicklung, welche seit dem Jahre 1848 in Handel und Gewerbe, in Industrie und Künsten, in der landwirtschaftlichen Produktion . . . stattgefunden* habe, ausgeschlossen geblieben wäre, die inmitten des allgemeinen Fortschritts *nur Rückschritte* gemacht habe (1871).

Das neoabsolutistische Programm, durch Verwaltungsorganisation und Bürokratie aus einem Reich mit so differenten Strukturen einen Staat modernen Gepräges mit einem Staatsvolk zu schaffen, scheiterte. Die zentralistische Verwaltungsorganisation entbehrte der starken Stütze eines einheitlichen Staatsvolkes, das sich mit diesem identifizieren konnte. Sie förderte letzten Endes sogar, zumindest was die Bürokratie betrifft, die nationale Desintegration. Die Weichen für spätere Entwicklungen wurden gestellt!

Auch der Verfassungsstaat, der durch das Staatsgrundgesetz von 1867 schließlich die allgemeinen Voraussetzungen für die politische Betätigung seiner Bürger schuf, wollte – selbstverständlich – nicht darauf verzichten, in seinen Beamten ausschließlich Diener des Staates und Träger des Staatsganzen zu sehen. Er war daher streng darauf bedacht, sie in diesem Zeitalter der zunehmenden Nationalisierung teilweise von den den anderen Staatsbürgern gewährten Rechten auszuschließen und sie von allen politischen und nationalen Agitationen fernzuhalten (besonders wird dies manifest in dem Streit um die „Dienstpragmatik"), und forderte weiterhin – Kernpunkt eines jedes Beamtenethos – allein den Staat und die Staatsdoktrin „über den Nationen stehend" zu vertreten.

Wenn wir uns auch fragen müssen, ob die Beamten diesem Anspruch voll gerecht werden konnten, so blieben sie auch weiterhin für den Staat im Zeitalter der nationalen Spannungen einer jener wichtigen Faktoren, auf die er sich verlassen zu können vermeinte und für die Gesellschaft ein herausgehobener Berufsstand, dem man, trotz aller Kritik und aller Belustigung, größte Hochachtung zollte, – nicht zuletzt auch deshalb, weil er gleichzeitig mit der Verwaltung auch Herrschaft und Macht ausübte.

Literatur (in Auswahl):

Fischer, Heinz (Hg.), Das politische System Österreichs, Wien [2]1978. – *Goldinger, Walter,* Autoritäre Züge der Verwaltung im Verfassungsstaat, in: *L'udvit Holot'k* (Hg.), Der österreichisch-ungarische Ausgleich 1867, Bratislava 1971. – *Heindl, Waltraud,* Bürokratie und Verwaltung im Neoabsolutismus, in: Österreichische Osthefte 22/3, 1980. – *Heindl, Waltraud,* Die österreichische Bürokratie zwischen deutscher Vorherrschaft und österreichischer Staatsidee (Vormärz und Neoabsolutismus), in: Österreich und die deutsche Frage im 19. und 20. Jahrhundert. Probleme der politisch-staatlichen und soziokulturellen Differenzierung im deutschen Mitteleuropa (= Wiener Beiträge zur Geschichte der Neuzeit), Wien 1982. – *Heindl, Waltraud,* Beamtentum, Elitenbildung und Wissenschaftspolitik im Vormärz, in: Wendepunkt und Herausforderung, hg. von *Hanna Schnedl* (= Veröffentlichungen des Ludwig-Boltzmann-Institutes für Geschichte der Gesellschaftswissenschaften Wien–Salzburg, hg. von *Erika Weinzierl* und *Wolfgang Huber,* 10), Wien 1983. – *Hoffmann, Alfred,* Die Beamten, in: Österreichs Sozialstrukturen in historischer Sicht (= Schriften des Instituts für Österreichkunde 36), Wien 1980. – *Kosseleck, Reinhart,* Preußen zwischen Reform und Revolution. Allgemeines Landrecht, Verwaltung und soziale Bewegung von 1791 bis 1848. (= Industrielle Welt. Schriftenreihe des Arbeitskreises für moderne Sozialgeschichte, hg. von *Werner Conze,* 7), Stuttgart 1967. – *Morstein Marx, Fritz,* Einführung in die Bürokratie. Eine vergleichende Studie, Neuwied 1969. – DIE PROTOKOLLE DES ÖSTERREICHISCHEN MINISTERRATES, III. Abteilung: Das Ministerium Buol-Schauenstein. Band 1, 2 und 3: 14. April 1852 bis 19. Dezember 1854, bearb. von *Waltraud Heindl,* Wien 1975, 1979 und 1983; V. Abteilung: Die Ministerien Erzherzog Rainer und Mensdorff. Band 1: 7. Februar 1861 bis 30. April 1861, bearb. von *Horst Brettner-Messler,* Wien 1977; Band 2: 1. Mai 1861 bis 2. November 1862, bearb von *Stefan Malfèr,* Wien 1981; VI. Abteilung: Ministerium Belcredi. Band 1 und 2: 29. Juli 1865 bis 6. Februar 1867, bearb. von *Horst Brettner-Messler,* Wien 1971 und 1973. – *Redlich, Josef,* Das österreichische Staats- und Reichsproblem. Geschichtliche Darstellung der inneren Politik der habsburgischen Monarchie von 1848 bis zum Untergang des Reiches 1: Der dynastische Reichsgedanke und die Entfaltung des Problems bis zur Verkündigung der Reichsverfassung von 1861, Leipzig 1920. – *Sandgruber, Roman,* Lebensstandard und wirtschaftliche Entwicklung im österreichischen Neoabsolutismus (1848–1859), in: Wirtschafts- und sozialhistorische Beiträge. Festschrift für Alfred Hoffmann zum 75. Geburtstag, hg. von *Herbert Knittler,* Wien 1979. – *Torke, Hans-Joachim,* Das russische Beamtentum in der ersten Hälfte des 19. Jahrhunderts (= Forschungen zur osteuropäischen Geschichte 13/1), Berlin 1967. – *Walter, Friedrich,* Die österreichische Zentralverwaltung. 3. Abteilung: Von der Märzrevolution 1848 bis zur Dezemberverfassung 1867; 1: Die Geschichte der Ministerien Kolowrat, Ficquelmont, Pillerdorf, Wesenberg-Doblhoff und Schwarzenberg; 3: Die Geschichte der Ministerien vom Durchbruch des Absolutismus bis zum Ausgleich mit Ungarn und zur Konstitutionalisierung der österreichischen Länder 1852–1867, Wien 1964–1971. – *Wandruszka, Adam; Urbanitsch, Peter* (Hg.), Die Habsburgermonarchie 1848–1918, Band 2: Verwaltung und Rechtswesen, Wien 1975. – *Wunder, Bernd,* Privilegierung und Disziplinierung. Die Entstehung des Berufsbeamtentums in Bayern und Württemberg (1780–1825) (= Studien zur modernen Geschichte 21), München–Wien 1978.

Moritz Csáky

ADEL IN ÖSTERREICH

Der Versuch einer auch nur annähernd gültigen Typologie des Adels der Habsburgermonarchie in der zweiten Hälfte des 19. Jahrhunderts, bei Berücksichtigung des historischen, sozialen, ökonomischen und politischen Aspekts, stößt auf mancherlei Schwierigkeiten. Auf der einen Seite fehlt bislang eine zuverlässige „traditionelle" historische Aufarbeitung dieses Fragenkomplexes, gerade auch in bezug auf das 19. Jahrhundert. Es gibt zwar einige Spezialuntersuchungen, deren Bedeutung hier keineswegs geleugnet werden soll; sie ersetzen aber keineswegs eine noch immer fehlende Gesamtdarstellung und -Einordnung des Problems in den historisch-sozialen Kontext des damaligen Österreich. Andererseits bedienen sich gerade historische Untersuchungen vornehmlich solcher gesellschaftlich-juristischer Kategorien, die dem ständisch-staatsrechtlichen Rahmen des Ancien Régime entlehnt sind und den spezifischen Gegebenheiten einer „geschichteten" Gesellschaft, mit wesentlich mehr Mobilität und sozial-politischer Fluktuation, als ein solcher juristischer Raster vermuten läßt, kaum gerecht wird. Schließlich wäre es wichtig, ohne einer anachronistischen Verteidigung oder Verherrlichung einer vergangenen historischen Herrschaftsschicht zu verfallen, gerade vom Standpunkt einer historisch-soziologischen Typologie, Adel in Europa und auch in Österreich nicht überwiegend von jener ideologischen Differenzierung, wie sie vor allem ab 1789 eintrat und die dann etwa von einer von tagespolitischen Auseinandersetzungen des Vormärz geprägten Marx'schen Sozialanalyse zum Topos einer modernen Geschichtsbetrachtung erhoben wurde, zu beurteilen, vielmehr den funktionalen Charakter des Adels über die juristisch-staatsrechtliche Relevanz zu beachten. Eine solche differenzierte Betrachtungsweise würde dann nämlich zu Genüge die Aporie von Begriffen – die gleichsam unbesehen benützt werden – und der ihnen inhärenten Dynamik wie: fortschrittlich-reaktionär, progressiv-konservativ, demonstrieren, obwohl gerade die österreichische adelige Wirklichkeit sich von jener anderer europäischer Länder eher zugunsten einer überwiegend konservativen Einstellung in der Tat abhebt. Gerade deshalb ist es erstaunlich, daß eine marxistische Historiographie mancher „Nachfolgestaaten", gewiß unter dem Aspekt einer zunehmenden nationalen Identifikation, sich bereits zu einer „ideologiefreieren" und wertneutraleren Einschätzung historischer Führungsschichten („herrschende Klassen") durchgerungen hat, als manche westliche Beobachter historisch-gesellschaftlicher Zusammenhänge und Entwicklungen.

Die vorliegenden Überlegungen können und wollen daher nicht – vor allem auch aufgrund der eben angeführten Schwierigkeiten – als jene postulierte, zusammenfassende und darstellende Analyse des Adels in Österreich in der franzisko-josephinischen Epoche verstanden werden. Vielmehr werden nur einzelne wesentliche, zum Teil freilich noch zu erforschende Kriterien des gestellten ‚status quaestionis' hervorzuheben sein.

Die klassische Definition von Adel als „politisch und sozial privilegierter Führungsschicht in traditional bestimmten Verbänden" (K. Bosl) trifft für die Habsburgermonarchie der zweiten Hälfte des 19. Jahrhunderts nur mehr sehr eingeschränkt zu. Zwar ist die bewußtseinsmäßige Verankerung des Adels als politisch-sozialer Elite, oder zumindest als der „besseren Gesellschaft", noch weitgehend vorhanden. Die Thematik eines relativ weitverbreiteten Typus von Literatur im damaligen Österreich demonstriert dies zur Genüge (z. B. Stifter, Saar, Ebner-Eschenbach; später noch Hofmannsthal, Musil oder Doderer) und selbst eine immer deutlichere Kritik mancher Dichter und Schriftsteller – bis hin zu den Operettenlibrettis – ist wiederum nur ein Indiz für die Realität des Kritisierten. Die tatsächliche politisch-gesellschaftliche Gewichtung des Adels ist freilich infolge sozialer und wirtschaftlicher Umschichtungen und Strukturveränderungen in einer sich industrialisierenden Welt beziehungsweise aufgrund von gesellschaftlichen Verschiebungen (rapider Bevölkerungszuwachs), nicht zuletzt aber aufgrund jener demokratischen Grundsätze, die der Liberalismus letztendlich doch, zumindest bis zur Umgestaltung der absoluten in eine konstitutionelle Monarchie, vertrat, keineswegs mehr ident mit dem Einfluß, den der Adel noch in einem überwiegend ständisch dominierten Habsburgerreich des 18. Jahrhunderts eingenommen hatte. So gesehen sind die politischen Rechte und Privilegien, die dem Adel in Österreich nach der Revolution von 1848 noch zustanden, recht relativ: Der Einfluß des großgrundbesitzenden Adels auf das öffentliche politische Leben und seine Entscheidungen ist gewiß durch die Kurie der Großgrundbesitzer gewahrt; nur war keineswegs die überwiegende Mehrheit des Adels in der Tat im Besitz von Latifundien und es gab auch schon „bürgerliche" Grundherren. Sitz und Stimme im Herrenhaus sicherten dem Adel, zusammen mit dem Klerus, zumindest eine Einsprache und Approbation bei der Gesetzgebung, doch wer sich mit der Geschichte des österreichischen Parlamentarismus beschäftigt, wird bald gewahr, von wie geringer Gewichtung im Grunde genommen das Herrenhaus war. Schließlich bezieht sich das eben Gesagte auch auf die Landtage, in denen der Adel ebenfalls noch Sitz und Stimme hatte. Das heißt: Die tatsächliche Präsenz von Mitgliedern der Aristokratie in der politischen Öffentlichkeit entspricht oft mehr einem historischen Habitus, als einer politisch-kontitutionellen oder leistungsmäßigen Realität. Und eben in dieser Diskrepanz lag für einen Großteil des Adels die Versuchung, über die tatsächliche Realität hinweg eine politisch und sozial bereits obsolete, vergangene, im Grunde genommen nicht mehr aktuelle Rolle zu fingieren, das heißt sich auch in der Politik so zu gebärden, als ob diese noch immer sein ureigenstes Terrain wäre und Rechte zur Schau zu tragen und zu verteidigen, die ihm de jure keineswegs mehr zustanden.

Damit lebte aber der österreichische Adel der franzisko-josephinischen Zeit in einer irrealen Welt und in einer Mentalität, die gewiß einen Teil des gesellschaftlichen Bewußtseins der damaligen Zeit ausmachte. Es ist eine „zweite Wirklichkeit“, die man akzeptierte, ja in die man, wie in eine utopische Projektion einer heilen Welt, sich zu flüchten anschickte, in jene Welt der „Großen, die sich vieles erlauben dürfen“ (H. von Hofmannsthal), was den Bürgerlichen eben verwehrt ist. Die zunehmende Zahl von Adelsgesuchen ist dafür ebenso ein Indiz, wie literarische Entwürfe mancher österreichischer Schriftsteller, bis hin zu Dichtern des Fin de siècle. Nicht nur die Tradition, auch die Herausbildung einer solchen „zweiten Wirklichkeit“ hatte gewiß zur Folge, daß einerseits wichtige Posten und Ämter – Ministerien, hohe Verwaltungsstellen, Ehrenämter und bis 1866 hohe Chargen beim Militär – von Vertretern des Adels besetzt wurden, andererseits aber, daß der Großteil dieses Adels, wie Kronprinz Rudolf 1878 hervorhob, von sich aus nichts dazu beitrug, sich für die eigentlichen Aufgaben dieser Ämter, für die „erste Wirklichkeit“ gleichsam, vorzubereiten. Während ein liberales Bildungsbürgertum durch Leistung den ökonomischen, sozialen und politischen Aufstieg schaffte, war den Vertretern dieser „zweiten Wirklichkeit“, dem Adel, Leistung in diesem neuzeitlichen Sinne fremd. Oszkár Jászi sieht hierin die Ursache dafür, daß der österreichische Adel beim Zusammenbruch der Monarchie nicht imstande und willens war, für Werte und Ideale der alten Ordnung einzutreten. Für den Adel genügte das „Sein“, das heißt, es genügte die Tatsache, in eine adelige Familie hineingeboren zu werden, einen alten adeligen Namen zu tragen, Latifundien sein eigen zu nennen und vielleicht noch manche alten adeligen Privilegien zu genießen – unter denen kurioserweise das Jagdrecht eine besondere Rolle spielte –, ein „Sein“ also, das in einer ständisch strukturierten Gesellschaft in der Tat zählte. Leistung aber, Bildung im modernen, „bürgerlichen“, das heißt alle Bereiche des Lebens umfassenden Sinne, erachtete dieser Adel für sekundär, für „négligeable“. Nur daß das Sein eben allmählich, nach Entzug der rechtlich-politischen und zunehmend auch der ökonomischen Basis, zum „Schein“ und damit eben zur Grundlage der „zweiten Wirklichkeit“ wurde. Diese wesentliche Relativierung der eigentlichen Bedeutung des Adels in Österreich in der zweiten Hälfte des 19. Jahrhunderts, bedeutet noch nicht, daß Vertreter dieses Adels nicht doch an Herrschaft teilgehabt hätten, was gewiß wieder eine der Voraussetzungen für ein noch immer vorhandenes Sozialprestige, nicht zuletzt aufgrund der monarchischen Verfassung des Staates war.

Die Permissivität der Gesellschaft der franzisko-josephinischen Ära wird unter anderem auch dadurch bestimmt, daß in zunehmendem Maße, bis 1918, Nobilitierungen vorgenommen wurden. Diese Permissivität oder Mobilität betrifft freilich auch alle Rangerhöhungen, das heißt Veränderungen innerhalb der sozialen Struktur des Adels. Sie schafft aber, handelte es sich eben um die angeführten Nobilitierungen, auch jene neue Schicht, die treffend als die „zweite Gesellschaft“ (A. Wandruszka) apostrophiert wurde: zumeist hohe Beamte und Offiziere, die durch ihre Adelserhebung zwar vom juristischen Gesichtspunkt und auch mentalitätsmäßig in eine andere soziale Schicht gerieten, die aber von Vertretern des alteingesessenen Adels nicht oder nur schwer als ihresgleichen akzeptiert wurden. Ursache und Wirkung solcher Nobilitierungen lagen eng beieinander. Zum einen war die „bessere Gesellschaft“ noch immer die soziale Zielvorstellung eines Großteils des oberen und mittleren Bürgertums, zum anderen bewirkte sowohl die alleinige Sehnsucht, als auch der eventuell vollzogene Aufstieg in die Welt des Adels die Rezeption eines „adeligen Lebensstils“, den das Bürgertum, von „feudalen“ Wohngewohnheiten (Ringstraßenstil) bis zum Siegelring, zur Schau trug. Um aber die Bedeutung solcher Umschichtungen in ihrer vollen Tragweite zu erfassen, ist es notwendig, sich zunächst die Struktur des Adels in Österreich vor Augen zu führen.

Die Differenzierung des Adels der Monarchie läßt sich von einem doppelten Gesichtspunkt verdeutlichen: von einem regionalen Aspekt und vom Blickwinkel der juristisch-ständischen Struktur.

Als erstes wäre, von seiner historischen Genesis aus betrachtet, auf das regionale Moment hinzuweisen.

Aufgrund des ursprünglich und im Prinzip noch immer föderativen Charakters der Monarchie war auch der Adel dieser Monarchie regional verankert und hatte ursprünglich Sitz und Stimme in den einzelnen Kronländern und ihren Landtagen. Neben dem Adel, der den Kernlanden des habsburgischen Herrschaftsverbandes entstammte (Österreich/Niederösterreich, Steiermark, Kärnten, Tirol, usw.), bekam nach 1526 vor allem der Adel der böhmischen Krone und der Länder der Stephanskrone zunehmend an Gewicht, wobei die Integration des böhmischen Adels in die Gesamtkonzeption des Staatenverbandes rascher, das heißt bereits im 17. Jahrhundert vollzogen wurde, während der ungarische Adel auf seiner autochthonen, ständischen Verfassung beharrte. In Ungarn wurde überhaupt erst mit den Habsburgern auch die innere, strukturelle Differenzierung des Adels nach mitteleuropäischem Muster (Fürsten, Grafen und mittlerer/niederer Adel) eingeführt, gegenüber der alten Einteilung in den hohen (Magnaten) und den restlichen Adel, wobei freilich die Verfassung, nach dem Muster der erweiterten Goldenen Bulle (1351), bis ins 19. Jahrhundert die prinzipielle Einheit des Adels betonte. Die Einbindung des ungarischen Adels in die Verfassung des Landes und die Tatsache, daß der Adel hier, gewiß auch infolge des Fehlens einer ausreichenden bürgerlich-städtischen Schicht, zum Teil staats- und gesellschaftsverändernde (nationale) Ideen vertrat, die als progressiv galten – vergleiche etwa die Beteiligung des ungarischen Adels an den Ideen der ungarischen Reformzeit (Vormärz) und an der Revolution von 1848/49 –, verlieh diesem ungarischen Adel innerhalb des Adels der Monarchie, insbesondere nach dem Ausgleich von 1867, eine eigene, selbstbewußte Stellung.

Ein Teil des Adels der Monarchie war auch im Deutschen Reich verankert (Ernennungen bis 1806), was ihm einen besonderen Nimbus als Reichsadel verlieh. Die Erhebung eines „österreichischen“, das heißt Tiroler, Steirischen, Kärntner, Krainer usw. Adeligen in den Reichsfürsten- oder Reichsgrafenstand war nicht nur vom verfassungsrechtlichen Standpunkt ein bedeutsamer Schritt, vielmehr trug eine solche Erhebung auch zu jener Erweiterung des Horizonts bei, die auf der einen Seite immer wieder ein Signifikativum von Adel war, nämlich der überregionale, übernationale Aspekt, und die auf der anderen Seite – auf den eigentlichen habsburgischen Herrschaftsbereich reduziert – zumindest seit der Regierungszeit Ferdinands II. zum Kriterium eines „gesamtösterreichischen“ Adels wurde. Das heißt: man löste sich von der eigentlichen Inkolatsmentalität und dachte und handelte allmählich dynastisch, wobei dem Dynastischen eben das Umfassende, Überregionale inhärent war. Unterstützt wurde dieser Gesamtstaatsaspekt noch von der Tatsache, daß der Adel schon seit dem Mittelalter gewohnt war, „international“ zu agieren: auf der einen Seite in der Abwehr gegen ein zentrales, starkes Königtum (ständischer Dualismus), auf der anderen Seite durch seine eigene „dynastische“ Heiratspolitik. Es ist erstaunlich, wie eng zum Beispiel innerösterreichische (steirische) und ungarische adelige Familien bereits im 15. Jahrhundert verschwägert waren: Als Beispiel einer solchen, die Grenzen überschreitenden „Adelspolitik“ sei nur auf Andreas Baumkircher, der eine ungarische Kanizsai zur Frau hatte und abwechselnd „österreichische“ und „ungarische“ Politik betrieb und auf die Grafen von Cilli hingewiesen, die zuletzt zwischen Habsburg und den ungarischen Königen eine wichtige Mittlerrolle einnahmen.

Im Hinblick auf die Vereinheitlichung des Adels der Habsburgermonarchie spielte nicht zuletzt der Hof eine bestimmende Rolle. Adel, von seinem politischen Selbstverständnis her gesehen, war „ex offo“ an Herrschaft gewöhnt, also in die Gesetzgebung und Verwaltung eingebunden, und in zunehmendem Maße bemühten sich die Habsburger auch den Adel an ihrem Hofe, am Zentrum der Herrschaft, zu beschäftigen. So finden wir vor allem seit dem 17. Jahrhundert, vor allem seit dem Aufkommen des sogenannten „Leopoldinischen Absolutismus“, das Entstehen einer neuen, gesamtstaatlichen Schicht innerhalb des Adels der Monarchie, die zunehmend in Wien sich niederließ: des Hofadels. Zwar wurde der Adel, der so an den Kaiserhof gelockt wurde, nicht selten zugleich auch seiner ursprünglichen politischen Aufgaben in den einzelnen Ländern entkleidet, was mit zur Taktik des höfischen Absolutismus gehörte. Die Zugehörigkeit zum Hof verlieh aber auf der anderen Seite diesem Adel auch einen neuen Glanz und erhob ihn über seine Standesgenossen in den Königreichen und Ländern. Als Beispiel möge nur auf die Familien Auersperg, Liechtenstein, Schwarzenberg, Kinsky, Lobkowitz, Khevenhüller, Esterházy, Pálffy oder Batthyány hingewiesen werden, deren Repräsentanten sich seit dem 17. Jahrhundert, vor allem aber dann im 18. Jahrhundert, in Wien niederzulassen begannen und den Kern dieses Hofadels ausmachten. Ihre Palais waren in der zweiten Hälfte des 19. Jahrhunderts in Wien noch vorhanden und bewohnt. In bezug auf die franzisko-josephinische Zeit wäre zu überlegen, daß einerseits die Tradition dieses Hofadels – selbst in der Kontinuität derselben Familien – weiterbestand, andererseits, innerhalb des tatsächlichen Funktionswandels, auf den schon hingewiesen wurde, dieser Hofadel zum Teil die sogenannte „Hofpartei" (I. Diószegi) ausmachte, die auf die politischen Entscheidungen, neben und außerhalb der konstitutionellen Möglichkeiten, Einfluß nahm. Vor allem scheint dies nach dem Ausgleich (1867) in bezug auf Entscheidungen in den gemeinsamen Angelegenheiten, vor allem der gemeinsamen Außenpolitik, zu gelten. In dem Maße, als der gemeinsame Herrscher sich die letzten außenpolitischen Schritte vorbehielt, war auch der Einfluß dieser „Hofpartei" in gewissem Sinne gesichert. Freilich fielen die grundsätzlichen Weichenstellungen auch in diesem Bereich in Wirklichkeit bereits auf einer anderen, auf der parlamentarischen Ebene, sodaß auch hier die Feststellung vom Adel der franzisko-josephinischen Epoche als der „zweiten Wirklichkeit", ihre Gültigkeit hat. Insgesamt ist nicht allein für den sogenannten Hofadel, vielmehr für den gesamten „alten" Adel der Monarchie bezeichnend, daß er sich einer die Grenzen der einzelnen Länder überschreitenden Zusammengehörigkeit bewußt war, also auch einen staatsumfassenden Patriotismus repräsentierte und darüber hinaus, aufgrund seiner gesamteuropäischen verwandtschaftlichen Beziehungen und seiner engen Bindung an das Reich (Reichsadel), so etwas wie ein „europäisches Bewußtsein" gegenüber der Engstirnigkeit des Nationalismus entwickelte.

Die Differenzierung des Adels der Monarchie erfolgte freilich auch von seiner juristisch-ständischen Perspektive, und die Rangordnung innerhalb des Adels spielte noch im 19. Jahrhundert eine wichtige Rolle. Dazu kam selbstverständlich, nach 1848/49 freilich zum Teil nur mehr an zweiter Stelle, die Verbindung mit tatsächlichem Besitz, vor allem in Form von Latifundien. Daß politische Macht an Besitz gebunden sei, wußte man seit dem Mittelalter und in Anlehnung an diese Überzeugung definierte zum Beispiel der bekannte ungarische Verfassungsjurist Stephan Werböczi zu Beginn des 16. Jahrhunderts, daß die „Freiheiten", das heißt die aktiven und passiven politischen Rechte (Teilnahme an der gesetzgebenden, richterlichen und ausübenden Gewalt, Steuerimmunität, Kriegsdienst), die dem Adel zukamen, mit seinem Rang und Namen („ratione nobilitatis") und mit seinem Besitz („ratione bonorum temporalium") engstens verknüpft wären.

Man unterschied noch in der zweiten Hälfte des 19. Jahrhunderts zwischen Adelstiteln, die nur einer Person verliehen wurden, also mit einem Amt verbunden waren, wie der Fürstentitel mancher Bischöfe (z. B. Wien, Salzburg, Olmütz), und dem erblichen Adel. Beide wurden vom Herrscher verliehen. Innerhalb des erblichen Adels gab es den hohen und den niederen Adel. Zum hohen zählten die Fürsten und Grafen, zum niederen die Freiherrn, die Ritter und der einfache Adel (mit dem Titel „von" bzw. mit dem Prädikat „Edler von"), wobei seit 1877 die Freiherrn ebenfalls dem hohen Adel zuzuzählen waren, ein Umstand, der manche Vertreter der beiden oberen Stände zu manchen Protesten veranlaßte. Freilich gab es auch innerhalb dieser Einteilung Ausnahmen: so konnte eine Familie niedereren Ranges, die aber „uradelig" war, ohne weiteres als hoher Adel gelten. Ungarn, das ja, wie schon erwähnt, eine Sonderentwicklung aufzuweisen hatte, unterschied nur zwischen Fürsten, Grafen, Baronen und „von", wobei der niedere Adel in Ungarn zahlenmäßig jenen der Gesamtmonarchie weit übertraf. Dies ist nicht darauf zurückzuführen, daß etwa der ungarische König – der ja identisch mit dem Kaiser war – mit Adelserhebungen freizügiger umgegangen wäre, vielmehr wäre hier auf die ungarische Verfassungsentwicklung hinzuweisen. Denn zur politischen „Natio“ zählte ursprünglich nur der Adel, der hohe Klerus und die Gesamtheit der königlichen Freistädte, denen insgesamt eben politische, soziale und ökonomische Freiheiten zustanden. Wollte nun zum Beispiel ein Bauer, ein städtischer Bürger (als Einzelperson) sich des Rechtes des freien Grundbesitzes oder bestimmter Steuerprivilegien versichern, war er gezwungen, sich um die Aufnahme in den Adelsstand zu bewerben. So waren in Ungarn „freie Bauern“, eine Bevölkerungsschicht, die z. B. in Tirol Zugang zum Landtag hatte, stets Adelige, zwar im juristischen, nicht aber im sozio-kulturellen Sinne und mit der Zeit verschmolzen diese niederen Adeligen mit dem mittleren Adel des Landes. Bewußtseinsmäßig, nicht de jure, machte man innerhalb des Adels selbst einen Unterschied zwischen dem alten Adel, dem vom Herrscher mit dem Adelsprädikat noch Besitz verliehen worden war, und dem Briefadel. Der „niedere“ Briefadel des 19. Jahrhunderts, zumeist ausgezeichnete Beamte, Militärs oder Träger bestimmter Orden, an die die Verleihung des Adelstitels gebunden war (Maria-Theresien-Orden und bis 1884 Träger des St. Stephans-, des Leopold-Ordens und des Ordens der eisernen Krone), war mentalitätsmäßig vom älteren Briefadel, erst recht vom Hoch- und Uradel, entfernt und bildete die bereits erwähnte „zweite Gesellschaft“. Dies Faktum wird auch daraus ersichtlich, daß bei Verehelichungen – nach dem im Adel allgemein üblichen Prinzip der Endogamie – nur selten eine Verbindung zwischen Nachkommen der „ersten“ und „zweiten“ Gesellschaft eingegangen und das unter den Mitgliedern des Adels gebräuchliche „Du“ von Trägern alter Namen nur selten diesen „Annoblis“ des 19. Jahrhunderts, die auch aus den Reihen von Industriellen (worunter sich auch jüdische Familien befanden), angeboten wurde. Freilich gab es auch Fälle, in denen sich Nachfahren einer alten, aber verarmten Familie, durch Verehelichung mit einem Mitglied des neuen, aber vielleicht reichen Adels, finanziell zu sanieren suchten. Andererseits bedeutete auch die Einheiratung eines Neugeadelten in eine alte Familie in gewissem Sinne die „Hoffähigkeit“ in der „ersten Gesellschaft“, – nicht die Hoffähigkeit im eigentlichen Sinne, welche das Recht, zu Hoffesten, Hofbällen, Hofempfängen geladen zu werden, inkludierte und, aufgrund eines Adelsnachweises (etwa des Nachweises von 16 adeligen Vorfahren), das Vorrecht der alten Familien blieb. Dieser Unterschied zwischen altem und neuem Adel war auch aus dem Zugang zu bestimmten Vereinigungen (Malteserritterorden, Sternkreuzorden) oder Ehrenämtern (z. B. die Kämmererwürde) ersichtlich, der von einer entsprechenden Anzahl direkter adeliger Vorfahren (16 bzw. 12 Ahnen) abhängig gemacht wurde. Sowohl die zunehmende Zahl von Neugeadelten, als auch die allmählich doch einsetzende Annäherung von Mitgliedern des alten an jene des neuen Adels, zum Teil sogar des Bürgertums, weist in Richtung einer wachsenden Permissivität der „oberen“ Gesellschaftsschicht: es ist die allmähliche Zerstörung der sozialen Exklusivität der Oberschicht im Sinne einer sozialen Nivellierung, beziehungsweise ein Zeichen der, teils gewiß unfreiwilligen Anpassung des Adels an den gesellschaftlichen Wandel der letzten Jahrzehnte.

Von einem anderen Gesichtspunkt ließe sich der österreichische Adel, auch noch in der zweiten Hälfte des 19. Jahrhunderts, nach Max Weber (und F. Tönnies) in einen „traditionalen“ Geblütsadel (alter Adel), in einen „rationalen“ Amtsadel – dem in Österreich auch die sogenannte „zweite Gesellschaft“ zuzuzählen wäre – und in eine „charismatische“ Führungsschicht, repräsentiert durch einzelne Vertreter an der Spitze des Staates, zu denen in erster Linie der herrschende Fürst, also der Kaiser, zu zählen wären, unterscheiden.

Schließlich wäre ein wichtiges Unterscheidungsmerkmal, selbst innerhalb der Weber'schen „traditionalen“ Oberschicht, die unterschiedliche ökonomische Absicherung. Sie spielte auch im Ancien Régime eine bedeutendere Rolle, als manchmal angenommen wird. In den Jahrzehnten wirtschaftlicher Umwälzungen und tiefgreifender ökonomischer Veränderungen mußte auf der einen Seite ein wie immer gearteter, aber tatsächlicher Besitz ein wichtiges Kriterium für „Erfolg“ innerhalb der Gesellschaft darstellen, der sich freilich nach der Größe und dem Umfang des Kapitals abschätzen ließ – dasselbe Kriterium galt ja auch innerhalb der aufsteigenden Bourgeoisie, der Börsenkrach 1873 ist ein deutlicher Hinweis darauf –; auf der anderen Seite wurde die Hinwendung mancher, vor allem kapitalkräftiger Familien zur Industrie zu einem weiteren, vertiefenden Unterscheidungsmerkmal und es ist bezeichnend, daß gerade in solchen Kreisen, die sich einen Wechsel von der Landwirtschaft zur Industrie nicht leisten konnten, ein fabriksbesitzender Standesgenosse zumindest scheel angesehen wurde.

In diesem Zusammenhang muß auch die viel zitierte Gentry in Ungarn erwähnt werden: mit dieser englischen Bezeichnung meinte man jene verarmten Landadeligen, die insbesondere nach 1848/49, nicht zuletzt infolge der Bauernbefreiung, die ihnen die letzten Arbeitskräfte (Fronbauern) raubte, sich gezwungen sahen, ihre (kleinen) Güter zu veräußern und einen „bürgerlichen" Beruf zu ergreifen, die aber dennoch – par force – so weiterlebten, „als ob" sie noch im Besitz all jener ökonomischen und sozialen Vorrechte wären, die sie einstmals tatsächlich besessen hatten. Diese „irreale Wirklichkeit" der ungarischen Gentry war schon in der zweiten Hälfte des 19. Jahrhunderts als eine extreme Form der von uns apostrophierten „zweiten Wirklichkeit" erkannt und mehrfach verspottet worden (von den zeitkritischen, realistischen Schilderungen eines Koloman Mikszáth – etwa in seinen „Kavallieren" – bis zu den Librettis der populären Operetten).

Die Frage nach der Funktion des Adels in der Habsburgermonarchie in der zweiten Hälfte des 19. Jahrhunderts wäre grundsätzlich von der eben getroffenen Unterscheidung einer „ersten" (alter Adel) und einer „zweiten" Gesellschaft (neuer Adel) zu beantworten. Während die Neugeadelten zumeist aufgrund ihrer individuellen Leistung in „bürgerlichen" Berufen es zum „von" beziehungsweise zum Freiherrn brachten – im Volksmund hießen sie alle, sowie auch insgesamt der niedere Adel „Barone" – sie also im Gesamtgefüge der Gesellschaft und des Staates ihre feste Funktion hatten, war die Ausübung eines „zivilen" Berufes in den Kreisen der „ersten Gesellschaft" eine Ausnahme, wobei ganz gewiß die relative ökonomische Sicherstellung der einzelnen Familienmitglieder im Verband der Familie (Fideikommiß) die Notwendigkeit, einen Beruf auszuüben, nicht dringlich erscheinen ließ. Solche Ausnahmen, unter denen sich Ministerpräsidenten, Minister, hohe Verwaltungsbeamte, Offiziere und vor allem Diplomaten befanden, repräsentierten nun aber keineswegs, wie man zunächst vielleicht annehmen möchte, allgemein eine konservative oder reaktionäre Geisteshaltung. Bilden schon solche „aktiven Aristokraten" an sich eine Ausnahme, so sind sie nicht selten erst recht eine Ausnahme innerhalb einer stets als traditionsverhaftet apostrophierten Oberschicht. Diese Feststellung gilt nicht nur für die österreichischen bzw. cisleithanischen Länder, sie gilt insbesondere für Ungarn: gerade hier ist der Durchbruch des Liberalismus, einer politischen Ideologie, die ja die alten adeligen Vorrechte grundsätzlich in Frage stellte, auch an die Träger alter adeliger Namen gebunden. Von dieser Warte aus gesehen scheint die kritische Zielvorstellung des Kronprinzen Rudolf, der Adel hätte sich in erster Linie um die Gründung einer konservativen Partei zu kümmern, nicht ganz überzeugend zu sein, da im konkreten Adel sich keineswegs nur mit „konservativ" oder „reaktionär" identifizieren ließ. Der Kronprinz selber ist ja das beredteste Beispiel für einen „progressiven", liberalen Repräsentanten innerhalb dieser „traditionalen" Gesellschaft.

Freilich ist das im übrigen vernichtende Urteil Rudolfs über den österreichischen Adel, daß dieser *weder in der Civilverwaltung, noch im Heere dem Staate seine Dienste in jenem Umfange entgegenbringe, in welchem dies in anderen Ländern . . . der Fall ist,* und daß diese *bedauerliche Thatsache* einerseits auf das Beharren auf nicht mehr existenten Vorrechten und Privilegien, andererseits auf dem Unwillen und der Unfähigkeit, sich einen umfassenden, modernen Bildungsstand anzueignen, beruhe, richtig und macht nur deutlich, daß der österreichische Adel in einer sich wandelnden Gesellschaft des 19. Jahrhunderts seine ursprüngliche Funktion als eigentliche Führungsschicht verloren und verwirkt habe. Somit wird in ihm jener „Realitätsverlust" deutlich, der zur Zeit des (Wiener) Fin de siècle auch für eine protestierende Jugend großbürgerlicher liberaler

Väter typisch werden sollte. Nun: diese „zweite Wirklichkeit" des Wiener Fin de siècle ist vielleicht eben *auch* erst möglich geworden aufgrund einer bereits vorhandenen „zweiten Wirklichkeit" im gesellschaftlichen Gefüge der Monarchie, nur daß die Repräsentanten der Jahrhundertwende geistig Suchende waren, die manche Entwicklung der Zukunft intellektuell antizipierten und somit auch beeinflußten, während im Gegensatz dazu der Adel primär einer rückwärtsgewandten Utopie nachhing und die heile Welt vergangener Zeiten festhalten wollte.

Literatur (in Auswahl):

Aus einer Fülle von zumeist sehr allgemein gehaltenen Untersuchungen möge auf folgende hingewiesen werden:
Marcziányi, György, Nemesség. Kézi könyv nemesi ügyekben (Adel. Handbuch in Angelegenheiten des Adels), Budapest 1886. – *Schvarcz, Gyula,* Aristokratia, in: Magyar Jogi Lexikon (Ungarisches Rechtslexikon) Bd. 1, Budapest 1898, S. 297–302. – Das Ständewesen, in: *Mayrhofer, Ernst,* Handbuch für den politischen Verwaltungsdienst in den im Reichsrathe vertretenen Königreichen und Ländern Bd. 5, hg. von Graf *Pace, Anton,* Wien 1901, S. 114–183. – *Gumplowicz, Ludwig,* Das Oesterreichische Staatsrecht, Wien [2]1902, S. 82–86. – Adelsrecht, in: Österreichisches Staatswörterbuch. Handbuch des gesamten österreichischen öffentlichen Rechtes, hg. von *Mischler, Ernst,* und *Ulbrich, Josef,* Bd. 1, Wien 1905, S. 23–27. – *Jászi, Oszkár,* The Dissolution of the Habsburg Monarchy, Chicago 1929. – *Schadauer, Erich,* Gesellschaft und Kultur Österreichs im Spiegel der Novellen Ferdinands von Saar und Marias von Ebner-Eschenbach, Wien, Diss. phil. 1949. – *Preradovich, Nikolaus von,* Die Führungsschichten in Österreich und Preußen (1804–1918). Mit einem Ausblick bis zum Jahre 1945 (= Veröffentlichungen des Instituts für Europäische Geschichte Mainz 11.), Wiesbaden 1955, S. 3–72. – *Preradovich, Nikolaus von,* Der Adel in den Herrschaftsgebieten der deutschen Linie des Hauses Habsburg, in: Deutscher Adel 1555–1740. Büdinger Vorträge 1964, hg. von *Rössler, Hellmuth,* (= Schriften zur Problematik der Führungsschichten der Neuzeit 2.), Darmstadt 1965, S. 200–215. – *Waldstein-Wartenberg, Berthold,* Neuer Adel unter Habsburgs Patronanz, in: Adel in Österreich, hg. von *Siegert, Heinz,* Wien 1971, S. 49–55. – *Wandruszka, Adam,* Die „Zweite Gesellschaft" der Donaumonarchie, in: Adel in Österreich, hg. von *Siegert, Heinz,* Wien 1971, S. 56–67. – *Bosl, Karl – Mommsen, Hans,* Adel, in: Marxismus im Systemvergleich, hg. von *Kernig, C. D.,* Geschichte 1, Frankfurt–New York 1974, Sp. 25–51 (Literatur!). – *Conze, Werner,* Adel, Aristokratie, in: Geschichtliche Grundbegriffe. Historisches Lexikon zur politisch-sozialen Sprache in Deutschland, hg. von *Brunner, Otto – Conze, Werner – Koselleck, Reinhard,* Bd. 1, Stuttgart 1972, S. 1–48. – (Kronprinz *Rudolf von Habsburg*), Der Oesterreichische Adel und sein constitutioneller Beruf (1878), in: Kronprinz Rudolf, Majestät, ich warne Sie. Geheime und private Schriften, hg. von *Hamann, Brigitte,* Wien 1979, S. 18–52.

Johann Christoph Allmayer-Beck

DAS MILITÄR

In einem, knapp vor Ausbruch des Ersten Weltkrieges, erschienenen Bildband über „Die Wehrmacht der Monarchie" schrieb der damalige Direktor des Kriegsarchivs in Wien, General der Infanterie von Woinovich, den heute gewiß etwas pathetisch klingenden, aber damals ganz selbstverständlichen Satz: *Wenn von der Wehrmacht der Österreich-ungarischen Monarchie gesprochen wird, so erheischt es nicht nur die althergebrachte Überlieferung, sondern hauptsächlich die in der Brust jedes Militärs festgewurzelte Überzeugung von den unvergänglichen Verdiensten, die sich unser Kaiser und Kriegsherr als Schöpfer der Wehrmacht in dem legendären Zeitraume von fast 65 Jahren um sie erworben hat, seiner an erster Stelle zu gedenken.* In diesem Satze, dessen objektive Richtigkeit hier nicht zur Debatte steht, kommt treffend das subjektive Empfinden der Armee und vor allem ihrer Offiziere gegenüber dem Kaiser als Soldaten und Obersten Kriegsherrn zum Ausdruck. Tatsächlich entsprach das Rollenbild, das Kaiser Franz Joseph in der Spätzeit seiner Regierung der Öffentlichkeit und hier wiederum vor allem der Armee von sich vermittelte, dem einer vorwiegend militärisch orientierten Persönlichkeit, dem des chevaleresken Offiziers. Dazu trug rein äußerlich zweifellos bei, daß der Kaiser bis zu seinem Lebensende fast ständig nur in Uniform auftrat und diese Kleidungsstücke keineswegs als eine Art Kostüm, sondern mit schlichter Selbstverständlichkeit zu tragen wußte, die jedem Außenstehenden unschwer signalisierte, daß er hier eine Persönlichkeit vor sich hatte, die sich auch innerlich als Soldat fühlte.

Nun kann man trotzdem darüber streiten, ob Kaiser Franz Joseph, zumindest in der zweiten Hälfte seiner Regierung, nicht viel eher als ein „Beamtenkaiser", denn als „Soldatenkaiser" bezeichnet werden müßte. Aber auch für die ersten Regierungsjahrzehnte, die im Rahmen der vorliegenden, kurzen Skizze, zur Darstellung kommen sollen, wäre doch wohl festzuhalten, daß, ungeachtet dieser soldatischen Grundhaltung, der Kaiser sich gewiß nie, wie etwa sein Vorgänger Joseph II. als der „erste Soldat" seines Heeres gefühlt hatte. Er war trotz der angelegten Uniform niemals ein Angehöriger der Armee, mit der er sich auch zu keiner Zeit in der Weise solidarisiert hat, wie dies etwa dann sein Sohn, Kronprinz Rudolf, tat, der 1887 bei einem Toast ausrief: *Wir Soldaten, als der erste und vornehmste Stand* ... Nein, Franz Joseph rechnete sich nicht zur soldatischen Gemeinschaft, er war auch kein Soldatenvater, sondern stets nur der Monarch und Oberste Kriegsherr. Und als solcher trug nicht er die Uniform seines Heeres, sondern seine Offiziere trugen die seine, eben *des Kaisers Rock,* wie man dies gerne formulierte.

Aus dieser Sicht ergab sich auch die grundlegende Einstellung des Kaisers zu seiner Wehrmacht. Sie war und blieb für ihn stets nur ein Instrument, einer der großen Hebel der monarchischen Gewalt und zwar nach außen wie nach innen, wobei die Verteilung der Gewichte auf diese beiden Bereiche im Laufe seiner Regierungszeit gewissen Schwankungen unterworfen war.

Was eine verläßliche Armee eben für einen Monarch als Stütze seines Thrones bedeutet, das wurde Franz Joseph bereits unmittelbar nach Besteigung desselben deutlich demonstriert. In dem zwar schon von Jugend auf militärisch interessierten und auch in dieser Richtung durchaus bewußt und mitunter sogar ein wenig korporalhaft erzogenen Erzherzog haben die Eindrücke der Revolution des Jahres 1848 und dann seine Erlebnisse bei der Armee Radetzkys in Italien begreiflicherweise ein sehr starkes, vielleicht sogar zu starkes Vertrauen auf die Effizienz der bewaffneten Macht seines Reiches hervorgerufen. Tatsächlich hatte sich ja in den Jahren 1848/49 die Armee, ungeachtet mancher damals auftretender Krisen, als das überzeugendste Argument erwiesen, daß die Krone den verschiedenen, von innen und außen auf sie einstürmenden, feindlichen Kräften entgegenzusetzen vermocht hatte. Sie war vorerst die verläßlichste Klammer der fast zerfallenden Monarchie gewesen und spielte diese Rolle auch nach Beendigung der Kämpfe weiter. In weiten Teilen des Reiches, nicht zuletzt in der Reichs-Haupt- und Residenzstadt Wien, blieb noch durch lange Jahre der Belagerungszustand aufrecht und in zahlreichen Provinzen lag die Verwaltung in den Händen von Militärs. Das räumte der Armee naturgemäß einen besonderen Platz innerhalb des Staates und der Gesellschaft ein. Und dies umsomehr, als der junge Kaiser, schon wenige Wochen nach seiner Thronbesteigung, erklärt hatte, daß er das Heil seiner Völker vor allem in einem schlagfertigen und kräftigen Bestand der Armee erblicke.

Anders als im Vormärz schien sich nun eine konservativ-militärische Allianz anzubahnen, die tiefgreifende Folgen für die soziale Stellung des Offizierskorps zeitigen sollte. Einmal erhielt dieses nunmehr, gleich nach dem Adel, einen bevorzugten Platz an den Stufen des Thrones eingeräumt, was dem Selbstbewußtsein der Offiziere verständlicherweise zuträglich war und sie weitgehend darüber hinwegsehen ließ, daß auch in der Folge ihre materielle Basis alles andere als glänzend war. Zum anderen bewirkte diese Bevorzugung, im Verein mit der Rolle, die die Armee als innenpolitische Ordnungsmacht auch weiterhin zu spielen berufen schien, doch eine deutliche Distanzierung zum liberal-intellektuellen Bürgertum und insbesondere zur akademischen Jugend. Das glaubte man aber in Armeekreisen durchaus hinnehmen zu können, ja mancherorts hielt man eine solche Isolierung für die Reinerhaltung des „alt-österreichischen Soldatengeistes“ und damit zur Förderung des militärischen Selbstverständnisses für durchaus erwünscht.

Allerdings gerade in bezug auf den Geist der Armee ergaben sich auch kritische Fragen. Fraglos waren die Bruchlinien, die im Gefüge der Habsburgermonarchie durch die eruptive Wirkung der Revolution zutage getreten waren, auch im Bereich der bewaffneten Macht sichtbar geworden. Die Truppe hatte sich gegenüber den liberal-nationalen Strömungen keineswegs als so immun erwiesen, wie man das noch im Vormärz als selbstverständlich erachtet hatte. Nicht nur die ungarischen Regimenter waren 1848 zu einem guten Teil abgefallen. Auch in Italien, bei der berühmten Armee Radetzkys hatten sich zahlreiche italienische Truppenteile ihren aufständischen Landsleuten angeschlossen, die Flotte war zum größten Teil zu den Venetianern übergegangen, um von sonstigen kleineren Meutereien und Insubordinationen gar nicht zu reden.

Das waren genügend Hinweise dafür, daß nun, nach Wiederherstellung der alten Ordnung und bei aller Anerkennung der Verdienste der Armee um dieselbe, man dem Geist der Truppe doch einige Aufmerksamkeit werde schenken müssen.

Jedoch war nicht nur die Verläßlichkeit der Truppe durch die Revolution da und dort in Frage gestellt worden. Vielmehr war auch die unmittelbare und absolute Verfügungsgewalt des Monarchen über die Armee selbst von ihr tangiert worden, indem die Revolution der Krone, sozusagen im ersten Anlauf, mit der Gewährung der Verfassung auch die Schaffung von Ministerien und somit auch die eines Kriegsministeriums abgetrotzt hatte, dem 1848 sogar auch noch ein eigenes ungarisches Kriegsministerium an die Seite getreten war. Von letzterem war nach der Wiedereroberung Ungarns vorerst zwar keine Rede mehr, aber auch das in Wien verbliebene Kriegsministerium stellte in den Augen der nunmehr maßgebenden Kreise einen konstitutionellen und damit augenscheinlich revolutionären Restbestand dar, dem dementsprechend keinerlei Daseinsberechtigung mehr zukam. Und das nicht nur prinzipiell, sondern auch faktisch, denn der eigentliche Sinn dieses Ministeriums, die ministerielle Verantwortung gegenüber einer parlamentarischen Volksvertretung wahrzunehmen, wurde nach der Aufhebung der Verfassung im Jahre 1851 illusorisch, da es eine solche Volksvertretung nicht mehr gab. Das Ministerium fungierte lediglich als ein Exekutivorgan der Krone bei der Administration der Armee.

Gerade der Begriff „verwalten“ hatte aber im Zeitalter des anhebenden Neoabsolutismus im militärischen Bereich keinen guten Klang. Zu sehr fühlte man sich an den vormärzlichen, gewiß sehr ehrwürdigen, aber auch schwerfälligen Hofkriegsrat erinnert. Die Armee sollte geführt, das heißt befehligt, aber nicht administriert werden. Dafür aber schien ein dem Kaiser unmittelbar untergeordnetes Armeeoberkommando weit zweckmäßiger.

Schließlich und endlich ging es aber nicht nur darum, die Armee von allen noch vorhandenen revolutionären Schlacken zu reinigen, sondern auch den da und dort angesammelten Schutt aus früheren Zeiten gleich mit zu beseitigen. Denn darüber war sich auch der wohlmeinendste Beobachter im klaren, was ein etwas Fernerstehender entsprechend nüchtern vermerkte, daß es nämlich kaum eine europäische Armee gäbe, „welche in ihrer ganzen Charakteristik noch so viele mittelalterliche Erscheinungen zeigt, wie die k. k. österreichische“. Die Schwierigkeit bestand lediglich darin, Ursache und Wirkung voneinander richtig zu unterscheiden.

Wie bei Armeereformen meistens der Fall, glaubte man das Übel vor allem im Bereich der Organisation zu erkennen. In der Tat bot sich die Armee rein äußerlich betrachtet als ein zwar gewaltiger, aber doch recht ungegliederter Mechanismus dar. Vor 1848 hatte sie lediglich 12 Landes-Generalkommanden gekannt, denen eine Anzahl von Brigaden und Divisionen unterstand, die dann im Kriegsfall, je nach Bedarf, vom Hofkriegsrat den einzelnen Kriegsschauplätzen und den dort kommandierenden Befehlshabern zugeteilt werden sollten. Irgendwelche höheren Stäbe für die operative Führung zwischen der obersten Zentralstelle und den Divisionen beziehungsweise Brigaden gab es in Friedenszeiten nicht. Lediglich die Armee in den italienischen Provinzen, die sogenannte „italienische Armee“, die sich auf Grund der dort herrschenden besonderen Verhältnisse stets in einem Zustand höherer Kriegsbereitschaft befand, hatte schon vor 1848 neben einem Armeekommando unter Radetzky auch die Einteilung in Armeekorps gekannt.

Das sollte nun alles anders werden. Mit einem wahren Feuereifer schritt man an das Reformwerk, dessen erster Teil, nämlich die Beseitigung des Kriegsministeriums, relativ einfach war. Bis zum Jahre 1853 waren seine Kompetenzen zugunsten des inzwischen geschaffenen Armeeoberkommandos soweit ausgehöhlt, daß man die ihm noch verbleibenden, vor allem administrativen Agenden auch noch dem Armeeoberkommando zuteilen und das Ministerium auflösen konnte.

Gleichzeitig ging man daran, das Organisationsmuster der italienischen Armee auf das gesamte Heer auszudehnen. Es wurden nun in Wien, Verona, Pest und Lemberg vier ständige Armeekommandos geschaffen, denen als Großverbänden insgesamt 12 Armeekorps und zwei Reservekorps unterstanden. Nur die Grenztruppen sollten im Kriegsfall den Armeen nach Bedarf jeweils zugeteilt werden. Aber bereits 1852 gab es schon wieder eine neue Armeegliederung. Statt der 14 Korps wurden nun 12 Infanteriekorps und ein Kavalleriekorps formiert, von denen je vier Infanteriekorps zur I. und II. Armee, drei Infanterie- und das Kavalleriekorps zur III. Armee, und nur ein Infanteriekorps zur IV. Armee gehörten. 1857 wurde dann noch einmal umorganisiert. Es war also offensichtlich nicht leicht, eine allen Wünschen entsprechende Gliederung zu finden.

Damit war es nun freilich nicht getan. Wer A sagt, muß meistens auch B sagen und so war es auch hier. Die neue Armeegliederung verlangte nach einer ihr angepaßten Reorganisation der Truppe. Die war auch schon angelaufen und zwar in einer solchen Vielfalt, daß die komplette Aufzählung aller Details den Leser mindestens ebenso verwirren würde, wie sie seinerzeit die Truppe verwirrten, die das alles über sich ergehen lassen mußte.

Bei der Infanterie hielten sich diese „Reformen" noch eher in Grenzen, wenn man davon absieht, daß infolge der 1851 erfolgten Auflösung der siebenbürgischen Militärgrenze und der damit verbundenen Umwandlung der dortigen Grenzinfanterieregimenter in Linienregimenter die Zahl der letzteren dadurch von 56 auf 62 erhöht wurde. Im folgenden Jahr wurde das Institut der Landwehr aufgehoben und die Landwehrbataillone bei den Linienregimentern aufgelöst, dafür aber selbständige Grenadierbataillone gebildet.

Bei der Kavallerie, bei der die Zahl der Regimenter im ersten Jahrzehnt nach der Revolution zwischen 37 und 40 schwankte, waren die Veränderungen schon größer. Am meisten fiel ins Gewicht, daß eine ganze Truppengattung, nämlich die Chevauxleger-Regimenter, verschwanden beziehungsweise zum überwiegenden Teil in Ulanenregimenter umgewandelt wurden.

Vielleicht am stärksten aber war die Artillerie betroffen, wobei bei der Feldartillerie die Zahl der Batterien in den Regimentern vermindert, dafür aber neue Regimenter formiert wurden, mit dem deutlichen Ziel, die Artillerie als wirksame Unterstützungswaffe der neuen Heeresorganisation anzupassen und damit nun endgültig voll in der Feldarmee zu integrieren.

Das alles ergab ein sehr bewegtes, aber eigentlich eher seltsames Bild. Von einer wesentlichen Vermehrung und Verstärkung der Streitkräfte, von der man in der Truppe manchmal träumte, war genau genommen, keine Rede. Vielmehr wirkte das Ganze wie eine große Rochade auf der alten Grundlinie. Und dieser Eindruck verstärkt sich noch mehr, wenn man bedenkt, daß auch von einer „Aufrüstung" im technischen Sinne kaum gesprochen werden kann. Zwar erhielten Infanterie wie Jäger ein neues Gewehrmodell (System Lorenz), aber es war nach wie vor ein Vorderlader, da man dem, natürlich auch in Österreich, bereits bekannten, preußischem Zündnadelgewehr noch zu wenig traute. Ebenso wurde die Kavallerie mit verbesserten Pistolen ausgerüstet. Auch hier blieb man beim einschüssigen Vorderlader, obwohl mehrschüssige Revolver im Ausland bereits entwickelt waren. Die Artillerie behielt vollends ihre, dem Grundschema nach dem 18. Jahrhundert entstammenden Modelle. Die nach den napoleonischen Kriegen aufgebaute Raketenwaffe wurde nicht weiter entwickelt, da man sie der Artillerie gegenüber als inferior betrachtete. So vegetierte sie noch ein paar Jahrzehnte dahin, bis sie der Auflösung verfiel. Man liebte eben das Bewährte und dementsprechend Perfekte. Für technische Experimente hatte man, schon wegen der damit verbundenen Kosten, nicht viel übrig. Die Ballonbomben, die der Oberleutnant Franz von Uchatius 1849 auf das von Radetzky belagerte Venedig hatte abwerfen lassen, erschienen mehr als ein Kuriosum, denn als eine Vorwegnahme künftiger Entwicklungen.

Nichts geändert wurde auch am Wehrsystem. Das heißt, man blieb bei dem bisherigen Konskriptionsheer mit achtjähriger Dienstzeit, die freilich von den einzelnen Soldaten fast nie voll ausgedient wurde, da, um das jeweilige Rekrutenkontingent einstellen zu können, die älteren Jahrgänge bis zum definitiven Ausscheiden aus dem Militärdienst beurlaubt wurden. Im Durchschnitt diente der „gemeine" Soldat daher meist nur vier Jahre aktiv bei der Truppe.

Rein optisch kamen die Tendenzen der Reform vielleicht am besten in der neuen Adjustierung zum Ausdruck, die bei der Armee in diesen Jahren eingeführt wurde. Abgesehen von der Systemisierung von Rangabzeichen für die einzelnen Offizierschargen und gewissen Änderungen in der Uniformierung der Husaren und Ulanen erhielten auch die anderen Waffengattungen und Branchen neue, sehr kleidsame Uniformen, was allerdings auf eine recht bezeichnende Weise geschah: Die Grundfarbe des Tuches der einzelnen Truppengattungen blieb im wesentlichen unverändert, so zum Beispiel das historische, aber reichlich unpraktische Weiß der Infanterie. Auch die eher unübersichtliche Vielzahl der Aufschlagfarben wurde nicht angetastet. Geändert wurde lediglich die Form des Uniformschnittes. An Stelle des bisherigen Biedermeierfracks trat nun der, auch der zivilen Mode mehr angeglichene, zweireihige Waffenrock. Und damit wurde noch einmal das Wesen der Wandlungen des Heeres in den fünfziger Jahren eindrucksvoll unterstrichen: die alten Strukturen wurden in eine neue Form gekleidet.

Warum auch nicht? Schließlich strebte man ja keineswegs irgendwelche expansiven Ziele an. Die Monarchie fühlte sich vielmehr nach außen hin völlig saturiert. Was man wünschte, war die Erhaltung der Integrität des Reiches und – wie man sich ausdrückte – der legitimen Rechte der Krone, mit einem Wort die Stabilität der so mühsam verteidigten konservativen Ordnung. Der Feind, den man daher vor allem im Visier hatte, war scheinbar immer noch der gleiche, den man in den vergangenen Jahren nach außen wie im Inneren im Verein mit anderen konservativen Armeen, etwa der preußischen und der russischen, zu bekämpfen gehabt hatte, nämlich die liberal-freiheitliche Revolution. Ihr gegenüber sollte die Armee immunisiert und noch stärker als bisher zu einem bedingungslosen Werkzeug der monarchischen Gewalt gemacht werden.

Diesem Streben diente daher auch der vielleicht wichtigste Teil der Reform, den man bezeichnender Weise auch als die „Redression" des Heeres bezeichnete. Zwar war der Korporalstock 1848 abgeschafft worden, was aber nicht bedeutete, daß der Stock nicht weiterhin regierte. Durch drillmäßige Ausbildung und durch Erziehung zu einer formalen Gleichförmigkeit des einzelnen Soldaten wurde versucht, dem einzelnen Mann jenen Grad an unbedingter „Verläßlichkeit" anzuerziehen, den man in der zurückliegenden Krise des Reiches da und dort vermißt hatte. Treffend gab ein damals aufsteigender Stern am militärischen Himmel, nämlich der General Ludwig von Benedek, dieser Einstellung Ausdruck, wenn er gelegentlich meinte, daß *der beste Operationsplan, der talentvollste Generalstab, die sublimste Artillerie* wenig nützen würden, wenn *der Kommißdienst in einer Armee nicht korrekt* sei. Die Folge davon war freilich, daß der Formalismus im militärischen Getriebe mitunter geradezu groteske Formen annahm.

Bis zu einem gewissen Grad mag das freilich auch einem praktischen Bedürfnis entsprungen sein, wenn man bedenkt, welche Menschenmassen etwa ein Oberst als Regimentskommandant im Gefecht, gleichsam vom Sattel aus, zu kommandieren hatte. Zwar waren die Infanterieregimenter in eine Anzahl von Bataillonen zu je 6 Kompanien gegliedert, aber der Kriegsstand eines solchen Regiments betrug fast 6000 Mann. Das von Tirol und Vorarlberg zu stellende Jäger-Regiment, die späteren Kaiserjäger, erreichten sogar einen Kriegsstand von fast 7000

Mann. Die Regimenter der schweren Reiterei, also Kürassiere und Dragoner, hatten einen solchen von 1157, die der leichten, also die Husaren und Ulanen, von 1770 Pferden. Die Führung solcher „Heerhaufen", noch mehr aber die der aus ihnen zusammengesetzten höheren Verbände, der Brigaden, Divisionen und Korps, hätte freilich bei dem dazu berufenen Offizierskorps ganz besondere Führungsqualitäten zur Voraussetzung gehabt.

Hier zeigte sich eine der Schwächen des Konzeptes, indem äußere und innere Reform in fataler Weise auseinanderklafften.

Daß Benedek, in den kommenden Jahren zweifellos einer der einflußreichsten Generale in der Armee, wie erwähnt, die Tätigkeit des Generalstabes uneingeschränkt dem Kommißdienst unterordnete, war nur ein Symptom dafür. Ein anderes war die Feststellung, die der junge Kaiser persönlich traf, daß nämlich *die Güte einer Armee nicht so sehr in gelehrten, als in treuen und ritterlichen Offizieren liege.*

Gewiß, Treue und Loyalität des Offizierskorps gegenüber der Krone standen in der Folge über jeden Zweifel. Zu sehr waren auch beide Teile durch die politische Situation aufeinander angewiesen. Aber die „Theorie" und damit zusammenhängend die Beherrschung der Grundsätze der höheren Führung blieben dabei auf der Strecke. Sich mit Theorie zu befassen galt in der Armee geradezu als wirklichkeitsfremd. Waffengattungen, die zwangsläufig eine gewisse wissenschaftliche Bildung voraussetzten, wie die Artillerie und die technischen Truppen, wurden als „Schriftgelehrte" verschrieen. Die Generalstabsarbeit degenerierte zur akribischen Sammlung führungstechnischer Details. Die 1852 erfolgte Gründung einer „Kriegsschule" als Ausbildungsstätte angehender Generalstabsoffiziere vermochte daran so schnell nichts zu ändern. Nicht von ungefähr wurden die Generalstabsoffiziere von den höheren Adjutanten rivalisiert.

So bot denn die kaiserliche Armee der Fünfzigerjahre mit ihrer theoretischen Heeresstärke von 680.000 Mann nach außen hin ein durchaus imponierendes Bild, das noch dazu vom Lorbeer der Siege Radetzkys wirkungsvoll umrahmt war, deren innere Problematik vor allem aber dann zutage treten mußte, wenn sie als Instrument nicht in der Weise Verwendung fand, für die sie primär vorgesehen war.

Und da lag nun der zweite, vielleicht entscheidende Fehler der neuen Konzeption. Nicht die so gefürchtete Revolution war nämlich der nächste Gegner, sondern die Gesinnungsgenossen von einst: Rußland und Preußen, von denen der eine sein Protektorat über die Balkanchristen, der andere vorerst noch seine Gleichberechtigung an der Führung des deutschen Bundes anmeldete, zwei Vorhaben, die die Großmachtstellung Österreichs empfindlich zu beeinträchtigen schienen.

Vorerst genügte zwar noch ein Säbelrasseln, sowohl in der kurhessischen Krise von 1850 gegenüber Preußen, wie auch während des Krimkrieges gegenüber Rußland, um die beiden neuen Gegner zurückweichen zu lassen. Rückblickend wird man sich freilich fragen müssen, was damit letztlich erreicht wurde? Die Beziehungen zu beiden Mächten waren dadurch ernstlich getrübt, die ohnehin nicht übervollen Staatskassen durch die Mobilisierungen und Aufmärsche stark geschwächt und 1877 trat Rußland, ohne daß Österreich diesmal militärisch auch nur einen Finger rührte, erneut den Marsch nach den Dardanellen an, während Preußen schon viel früher und nur jetzt kompromißloser und bekanntlich auch mit Erfolg die Hand nach der Vorherrschaft in Deutschland ausstreckte. Schließlich wird man sich im Hinblick auf den Krieg mit Frankreich-Piemont, der 1859 ausbrach, fragen müssen, ob hier nicht versucht wurde, etwas zu verteidigen, was auf die Dauer gesehen weder außen- noch innenpolitisch zu halten war. Das zeigte sich besonders tragisch im Jahre 1866: der Sieg der österreichischen Südarmee über die Piemontesen bei Custoza war insoferne sinnlos, als hier um etwas gekämpft wurde, was politisch schon längst verpfändet war. Die Tragik der Armee wird damit offensichtlich; als Werkzeug einer rein defensiven, aber auch zugleich absolut statischen Außenpolitik, inmitten einer im vollen Umbruch begriffenen europäischen Staatenwelt, wurde sie zur „Feuerwehr" einer Diplomatie, die den sich ständig anbahnenden Veränderungen mit ihren Mitteln nicht mehr Herr zu werden vermochte. Immer wieder sah man sich daher in die so

Zwei Dragonerhelme aus der Schlacht bei Königgrätz (Wien, Heeresgeschichtliches Museum)

peinliche Lage versetzt, als militärischer Angreifer auftreten zu müssen, weil man kein anderes Auskunftsmittel mehr sah. Der Appell an die Waffen war dann aber keineswegs eine kalkulierte Fortsetzung des politischen Verkehrs mit anderen Mitteln im Sinne von Clausewitz, sondern an Stelle einer bewegungsunfähig gewordenen Politik nahm man die Zuflucht zu einem, meist auch noch falsch eingeschätzten, Risiko. Nicht zu unrecht argwöhnten die Militärs immer wieder, daß sie für die Diplomaten die Kastanien aus dem Feuer zu holen hätten und dies dann nicht selten unter besonders ungünstigen Umständen. Tatsächlich war die Art und Weise, wie das Kaiserreich 1859 sich nur noch durch ein militärisches Ultimatum an Piemont seiner politischen Quälgeister glaubte entledigen zu können, ein schlagender Beweis dafür. Selten wurde eine militärische Operation diplomatisch so mangelhaft vorbereitet.

Freilich war dann die militärische Durchführung nicht weniger dilettantisch. Alles was an „Sünden“ in der vorhergegangenen „Reformperiode“ begangen worden war, schlug nun zu Buche: Mängel in der Ausrüstung, Mängel in der taktischen Ausbildung und vor allem Mängel in der oberen Führung.

Die Folgen des verlorenen oder zumindest sehr schnell verloren gegebenen Krieges waren für die Armee weit beträchtlicher und verhängnisvoller als es auf den ersten Blick schien, beziehungsweise als man es wahrhaben wollte. Denn eine kritische Betrachtung hätte zu Tage bringen müssen, daß eine Reihe schwerer Fehler im Bereich des Allerhöchsten Oberkommandos selbst zu suchen waren. So setzte eine neuerliche Reform des Heerwesens erst auf einer etwas tieferen Stufe an: Haufenweise wurden Generale in Pension geschickt, die Adjustierung wieder einmal, aber nicht wesentlich, geändert, bei der Artillerie ging man nun nach französischem Vorbild zu gezogenen Vorderladern über und auch bei der Reform der Ausbildung stand die französische Taktik Pate. Es sollte sich hier aber erweisen, daß die Auswertung von Kriegserfahrungen nur dann zielführend ist, wenn man beim nächsten Zusammenstoß ähnliche Prämisse vorfindet, wie sie für den Fall vorlagen, aus dem man die Lehren gezogen hatte. Tatsächlich bewährte sich die nunmehr eingeübte Stoßtaktik der Infanterie bei der österreichischen Intervention gegenüber Dänemark im Jahre 1864 zumindest scheinbar. Im Feldzug von 1866 gegen Preußen sollte sie allerdings ihr Fiasko erleben.

Keinerlei Lehren zog man dafür hinsichtlich der Technik der Höheren Führung, vielmehr ging man hier einige Schritte zurück. 1862 wurden sämtliche Divisionskommanden aufgelöst und die Infanteriebrigaden wieder unmittelbar den Korps unterstellt.

Auch die Heeresgliederung wurde wieder geändert, nicht zuletzt durch die Abtretung der Lombardei. So verfielen denn in den folgenden Jahren nach und nach sämtliche Armeekommandos, mit Ausnahme desjenigen in Venetien der Auflösung. Eine Reihe von Infanteriekorps und das Kavalleriekorps teilten das gleiche Los. Schließlich blieben kriegsgliederungsmäßig nur noch 10 Armeekorps und 5 Kavalleriedivisionen übrig.

Diese rigorosen Maßnahmen entsprangen freilich nicht nur rein militärischen Erwägungen, sondern hatten ihre Gründe auch im politischen wie im wirtschaftlichen Bereich. Mit der Niederlage von 1859 war das Schicksal des neoabsolutistischen Regimes besiegelt. Der kaiserliche Oberbefehl war, wie schon angedeutet, auch in der breiten Öffentlichkeit, ja selbst innerhalb der Armee in ein gewisses Zwielicht geraten, das einen Rückzug des obersten Kriegsherrn aus seiner allzu exponierten Position für ratsam erscheinen ließ. Am gleichen Tag, an dem der Kaiser das bekannte Oktoberdiplom erließ, wurde daher wieder ein neuer Kriegsminister ernannt, der künftig dem neuen Reichsrat Rede und Antwort stehen mußte. Dieser Reichsrat, mit seiner vorwiegend liberal gesinnten Mehrheit, war aber alles andere als armeefromm. Vielmehr gab es gerade unter den Liberalen nicht wenige, denen die Niederlage des Heeres als dem wichtigsten Stützpfeiler des zwar noch nicht vollends gestürzten, so doch nun erheblich wankenden Systems nicht unerwünscht erschien. Die Votierung des Militärbudgets war nun für diese Politiker die Gelegenheit um ihrer Abneigung den entsprechenden Ausdruck zu verleihen. Sie konnten sich hierbei freilich auf sehr reale Tatsachen berufen. Gerade die militärischen Experimente der zurückliegenden zehn Jahre hatten die Staatsfinanzen in einen bösen Zustand versetzt und was lag näher, als daß man dort Einsparungen zu erzielen wünschte, wo man die Hauptursache für die Ebbe in der Staatskasse vermutete.

So nahm denn in den Jahren vor der säkularen Entscheidung, die auf dem Schlachtfeld von Königgrätz fallen sollte, die Schlagkraft des Heeres eher ab als zu, auch wenn nach 1859 die Zahl der Infanterieregimenter von 62 auf 80 erhöht wurde. Dies erfolgte lediglich durch die Herabsetzung der, wie erwähnt, außerordentlich hohen Soll-Stände der Regimenter und war daher echt keine Heeresvermehrung.

An einem Punkt aber wollte man von seiten der Krone unter keinen Umständen gerührt sehen, nämlich am Geist der Truppe. *Man rühre ja nicht ohne dringender Notwendigkeit an alten Formen* mahnte unüberhörbar einer der Paladine des alten Systems, Erzherzog Albrecht. Nicht ganz ohne Grund, denn er befürchtete, daß ein zu williges Eingehen auf den vielberufenen „Zeitgeist", etwa im Sinne liberaldeutsch-nationaler Forderungen, nur die Folge haben könnte, die Nationalisierung innerhalb der Völker der Monarchie wesentlich zu beschleunigen und dieses Ferment der Dekomposition auch in die Truppe zu tragen.

Tatsächlich ließ die Haltung der Truppen, die 1866 neuerlich ins Feld zogen, im wesentlichen nichts zu wünschen übrig. Aber die ausschließliche Bedachtnahme auf diese Haltung und deren Pflege, hatte die verhängnisvolle Nebenwirkung, daß dabei die geistigen Grundlagen einer modernen Kriegführung eine Unter- und die äußere Form dafür eine Überbewertung erfuhren. So wurde denn der Geist der Armee, den man mit Recht als so wesentlich betrachtete, trotz aller ihm gewidmeten Sorgfalt starr und unelastisch. An veralteten Vorbildern orientiert und ausgetretenen Pfaden folgend führte der Weg des Heeres schnurgerade nach Königgrätz.

Relativ bald nach Ende des Krieges von 1866 legte ein großer Teil der österreichischen Regimenter den berühmten und seit den Tagen des Prinzen Eugen für das kaiserliche Heer charakteristischen weißen Waffenrock ab, um ihn gegen einen solchen von dunkelblauer Farbe zu vertauschen. Was sich darin dokumentierte war diesmal mehr als eine der ja schon wiederholt vorgenommenen Adjustierungsänderungen. Vielmehr wurde jetzt damit eine ganz entscheidende Zäsur in der Geschichte des habsburgischen Heeres dokumentiert. Ein Amtsnachfolger des eingangs genannten Generals von Woinovich als Direktor des Kriegsarchivs, nämlich Edmund Glaise von Horstenau, hat nach dem Ersten Weltkrieg diese Zäsur wie folgt charakterisiert: *Der Kanonendonner von Königgrätz ist dem altösterreichischen Berufsheer deutscher Prägung zum Grablied geworden. Das Völkerheer Österreich-Ungarns trat an seine Stelle.*

Der solcherart beschriebene Vorgang ist freilich nicht als eine augenblicklich vollzogene „Wachablösung“ zu verstehen, vielmehr vollzog er sich fließend und reicht in seiner Abwicklung weit über den Bereich hinaus, der hier zu betrachten ist. Auch verlief der nun eintretende Wandel nicht gezielt. War er doch in seinen Fernwirkungen in keiner Weise abzusehen, zumal nun, noch stärker als vor 1866, auch die Entwicklung im Inneren des Reiches auf die Armee einwirkte.

Die erste Reaktion auf die Niederlage bestand zwar zunächst – wie meist in solchen Fällen – darin, daß man vom Sieger das zu übernehmen trachtete, was zu dessen Erfolg am meisten beigetragen zu haben schien. Dieses Bestreben kam schon rein äußerlich darin zum Ausdruck, daß man das Blau der preußischen Uniformierung übernahm, wenn auch in einer anderen Schattierung. Wichtiger war aber, daß nunmehr unwidersprochen das Hinterladegewehr eingeführt wurde, weil man dem preußischen Zündnadelgewehr, zu dem man früher kein Zutrauen fassen konnte, nun auf einmal, wenn auch irrigerweise, eine kriegsentscheidende Bedeutung beimaß. Der wesentlichste Punkt jedoch, in dem man Preußen ebenfalls nachzuahmen wünschte, war die Einführung der allgemeinen Wehrpflicht.

Doch hier ergab sich eine Reihe von Problemen. Einmal ließ Ungarn nach Wiederherstellung seiner Verfassung keinen Zweifel daran aufkommen, daß eine so grundlegende Veränderung des Wehrsystems nicht einfach im Verordnungsweg, sondern, zumindest in den Ländern der Stephanskrone, seine verfassungsmäßige Erledigung finden müsse, was erhebliche Weiterungen nach sich zog. Zum anderen erhob sich die Frage, ob der Staat in der Lage sein würde, ein derartiges Massenaufgebot – es zeichnete sich eine Kriegsstärke von 800.000 Mann ab – überhaupt zu finanzieren. Natürlich mußte dabei die Dienstzeit herabgesetzt werden. Nach einigem Hin und Her wurde sie auf drei aktive Dienstjahre in der Linie und sieben in der Reserve festgelegt. Bei all dem war aber auch nicht zu übersehen, daß die Heranziehung von möglichst allen Schichten der Bevölkerung mit gewissen politischen Rechten würde honoriert werden müssen. Mit einem Wort, das ganze traditionelle Erscheinungsbild des Soldaten wurde jetzt zur Diskussion gestellt. Und schließlich war darüber hinaus auch die, bisher wenigstens in der Theorie, noch aufrechterhaltene Vorstellung von der Rolle der Armee als Schutzmacht gegen die liberale Revolution neu zu überdenken. Der Liberalismus hatte ja inzwischen auch in das früher so konservative Offizierskorps Eingang gefunden, und zwar mitunter bis in die höchsten Ränge hinauf. In diesen Kreisen war es nun das erklärte Ziel, die Armee aus der Abkapselung der neoabsolutistischen Periode zu lösen und die Wehrmacht, stärker als bisher, mit den Idealen und dem Fortschrittsglauben des aufstrebenden Bürgertums in Verbindung zu bringen. Ein erbittertes Ringen um ein neues Leitbild des Soldaten setzte ein, wobei nun die sozialen Probleme der Zeit in die davon bisher so sorgfältig abgeschirmte Armee hineingetragen wurden.

Vehement wurde jetzt gegen die bisherige Stellung des hohen Adels in der Armee Front gemacht, da man ihm – teils zu recht, teils zu unrecht – eine Mitschuld nicht nur an der Niederlage von 1866, sondern auch an der von 1859 ankreidete. Vor allem waren es die Rechte, die die meist adeligen Regimentsinhaber seit altersher übten, die Widerspruch erregten. Daneben liefen aber auch Angriffe gegen jene Institution, der man neben wenig Effizienz ein ähnliches Streben nach Macht und Privilegien zuschrieb wie den Inhabern – und das war der Generalstab. Alle diese Hemmnisse sollten beseitigt, dem liberalen Leistungsprinzip Geltung verschafft und damit jedem Talent die Möglichkeit zur vollen Entfaltung gegeben werden.

Als 1868 Franz Freiherr von Kuhn, gewiß einer der brillantesten Köpfe, aber auch einer der freisinnigsten Generale der Armee, Reichskriegsminister wurde – soweit hatte sich also die liberale Opposition schon durchgesetzt – schien die Verwirklichung der oben skizzierten Ideale nahe. Noch im gleichen Jahr wurden die Inhaberrechte restlos abgeschafft. Drei Jahre später führte Kuhn den nächsten Schlag: der Generalstab als Korps wurde aufgelöst und dafür der Dienststand der Generalstabsoffiziere eingeführt, dem jeder angehören konnte, der sich mit entsprechendem Erfolg der für alle Truppenoffiziere vorgeschriebenen Prüfung unterzog. Der bürgerlichen Intelligenz aber, die man bisher so brüsk von sich gewiesen hatte, sollte mit der Schaffung der Institution der Reserveoffiziere und mit der Einführung des Einjährig-Freiwilligen-Status eine goldene Brücke gebaut werden.

Das waren zweifellos einschneidende Änderungen, von denen diejenigen zur „Verbürgerlichung" des Heeres beziehungsweise seines Offizierskorps auch in der Zukunft zwar langsam, aber dafür ständig an Boden gewannen. Die Auflösung des Generalstabskorps hingegen ließ sich nur kurze Zeit aufrechterhalten. Hier hatte sich das Ideal zu weit von der Realität, nämlich der gerade für ein modernes Massenheer unbedingten Notwendigkeit eines homogenen Führungskorps, entfernt. Auch der erhoffte Anschluß an das Großbürgertum gelang nur bedingt. Der 1848 aufgerissene Graben war nicht so ohne weiteres zu überspringen.

Das alles war aber vergleichsweise von geringerer Bedeutung gegenüber dem Problem, dem das kaiserliche Heer in Kürze gegenüberstehen sollte. Es war kein neuer Krieg, wenn man von der gewaltsamen Okkupation von Bosnien und der Herzegowina im Jahre 1878 absieht, der die Armee neuerlichen Erschütterungen aussetzte. Vielmehr war es die 1867 vorgenommene Umgestaltung des alten Kaiserreiches in die österreichisch-ungarische Doppelmonarchie, die das Heer des Kaisers in eine Identitätskrise stürzte. Just in dem Augenblick, als die Armee sich anschickte, von einer Stütze des Thrones zu einem Pfeiler des gesamten Reiches zu werden, brach dieses in zwei Teile auseinander, von denen jeder außerdem noch über ein eigenes Heer, hier die k. u. k. Honvéd, dort die k. k. Landwehr, verfügen sollte. Die alte Armee aber wurde damit zu einem Reichsheer ohne Reich.

Doch dies liegt bereits jenseits des Rahmens, den es hier zu skizzieren galt.

Literatur (in Auswahl):

Das Schrifttum zum vorliegenden Thema ist außerordentlich umfangreich, sodaß es hier auch nicht annähernd angeführt werden kann. Spezialuntersuchungen, Truppengeschichten, Biographien, sowie kriegsgeschichtliche und waffenkundliche Darstellungen wurden bewußt übergangen. Ausgewählt wurden nur jene Arbeiten, die entweder einen Gesamtüberblick vermitteln oder zumindest ein zentrales Thema abdecken. Im einzelnen wären zu nennen: *Allmayer-Beck, Joh. Chr. u. Lessing, Erich,* Die k. (u.) k. Armee 1848–1914, München–Güthersloh–Wien 1974. – *Allmayer-Beck, Joh. Chr.,* Der Ausgleich von 1867 und die k. u. k. bewaffnete Macht. In: Der Österreichisch-ungarische Ausgleich von 1867, Vorgeschichte und Wirkungen, hrsg. v. Forschungsinstitut für den Donauraum, Wien–München 1967. – *Glückmann, Carl,* Das Heerwesen der österreichisch-ungarischen Monarchie, 4. Aufl. Wien 1895. – *Niemeyer, Joachim,* Das österreichische Militärwesen im Umbruch. Untersuchungen zum Kriegsbild zwischen 1830 und 1866, Osnabrück 1979. – *Rauchensteiner, Manfried,* Zum „operativen Denken" in Österreich 1814–1914. In: Österreichische Militärische Zeitschrift 1974. – *Rothenberg, Gunter E.,* The Army of Francis Joseph, West Lafayette 1977. – Sechzig Jahre Wehrmacht, 1848–1908, bearb. im k. u. k. Kriegsarchiv, Wien 1908. – *Schmidt-Brentano, Antonio,* Die Armee in Österreich. Militär, Staat und Gesellschaft 1848–1867, Boppard am Rhein 1975. – Unser Heer. 300 Jahre österreichisches Soldatentum im Krieg und Frieden, hrsg. von *H. St. Fürlinger,* Wien–München–Zürich 1963. – *Wagner, Walter,* Geschichte des k. k. Kriegsministeriums, Graz–Wien–Köln 1966/71. – *Derselbe,* Von Austerlitz bis Königgrätz. Österreichische Kampftaktik im Spiegel der Reglements 1805–1864, Osnabrück 1978. – *Wrede, Alphons Frh. v.,* Geschichte der k. u. k. Wehrmacht, Wien 1898–1905.

DIE INNERE ENTWICKLUNG DER HABSBURGERMONARCHIE

Peter Urbanitsch

ZWISCHEN ZENTRALISMUS UND FÖDERALISMUS
DAS „PROBLEM DER KONSTRUKTIVEN REICHSGESTALTUNG“

Dem Staat, verstanden als Herrschaftsordnung, eine der gesellschaftlichen Realität jener Zeit adäquate Organisation zu geben, war im Jahr 1848 nicht gelungen. Sie zu finden, „das österreichische Staats- und Reichsproblem“ (Josef Redlich), „das Problem der konstruktiven Reichsgestaltung“ (Hugo Hantsch) zu lösen, blieb die große Aufgabe und Herausforderung der postrevolutionären Zeit. Vorstellungen und Leitgedanken, nach denen die Habsburgermonarchie am zweckmäßigsten einzurichten wäre, waren ebenso zahlreich wie einander widersprechend. Dem Prinzip der Volkssouveränität stand das der monarchischen Legitimität gegenüber, der administrative Zentralismus stand im Widerspruch zur Idee des Selfgovernment, die Betonung der historisch überkommenen Länder (die „historisch-politischen Individualitäten“) vertrug sich schlecht mit der Schaffung neuer, ausschließlich ethnisch-nationalen Kriterien folgenden Einheiten.

Die vornehmlich vom Innenminister Franz Graf Stadion entworfene (wobei er sich partienweise an den Kremsierer Entwurf anlehnte) und vom Kaiser „oktroyierte Reichsverfassung“ vom 7. März 1849 stellt einen Kompromiß zwischen den verschiedenen Prinzipien, wenngleich mit starker Betonung der monarchischen Gewalt, dar. In der Ordnung, wie sie Stadion und den Anhängern seiner Geistesrichtung vorschwebte, war dem Element des Selfgovernment ein wichtiger Platz eingeräumt, wodurch man sowohl den Intentionen eines Teils der Aristokratie als auch denen des Besitz- und Bildungsbürgertums entgegenzukommen hoffte. Und wenn auch der erste Ministerpräsident Franz Josephs, Felix Fürst Schwarzenberg, selbst dem Konstitutionalismus an sich durchaus fernstand, war er ein glühender Verfechter einer starken Position des Ersten Ministers gegenüber dem Herrscher. Franz Joseph jedoch und jene Kreise, die damals im zunehmendem Maß Einfluß auf die Entscheidungen des Kaisers gewannen, wollten es anders.

Nur ein Teil des ursprünglichen Stadion'schen Konzepts wurde in die Tat umgesetzt (es ist bezeichnend, daß zuerst mit der Einrichtung der staatlichen Verwaltungsorganisation begonnen wurde, während die Etablierung der Repräsentativkörperschaften – sieht man von den Gemeinden ab – unterblieb) und auch dieser nach gut zwei Jahren zurückgenommen. Mit den Patenten vom 31. Dezember 1851 (diese und die sie begleitenden „Grundsätze für organische Einrichtungen in den Kronländern des österreichischen Kaiserstaates“ sind als Silvesterpatent bekannt) wurden Grundrechte und Verfassung aufgehoben und damit auch die theoretische Möglichkeit einer Partizipation breiterer Bevölkerungskreise an den politischen Entscheidungsprozessen genommen. Schon vorher war in der Stellung des Ministerrats eine entscheidende Änderung eingetreten, die ihn bloß zu einem Beratungsorgan der Krone neben und nicht selten auch unter dem neugeschaffenem Reichsrat herabdrückte. Die Behauptung, Schwarzenberg sei (am 5. April 1852) für die Intentionen Franz Josephs zur rechten Zeit gestorben (H. Rumpler), entbehrt nicht der inneren Logik.

Der Weg schien nun frei zur Schaffung eines monarchischen Einheitsstaates. Doch noch einmal kam es im Schoß der Ministerkonferenz zu grundsätzlichen Auseinandersetzungen um den einzuschlagenden Kurs, als Leo Graf Thun in die neu zu errichtende Verwaltungsorganisation abermals Elemente des Selfgovernment einbringen wollte; nun freilich solche mit einer ausgesprochen ständischen bzw. neo-ständischen Färbung. Dieser Initiative war kein Erfolg beschieden.

Mit großer Sachkenntnis schuf Alexander Bach, der Nachfolger Stadions im Innenministerium, einen bürokratisch-zentralistischen Staats- und Verwaltungsaufbau, dessen Grundlagen in manchem bis in die Gegenwart herein weiterwirken. Und wenn auch die Zusammenlegung von Justiz und politischer Verwaltung auf der Ebene der gemischten Bezirksämter der konstitutionellen Theorie von der Gewaltentrennung widersprach, ein Großteil der betroffenen Bevölkerung wußte dieses praktische Beispiel von Bürgernähe ebenso zu schätzen wie die verhältnismäßig geringe territoriale Ausdehnung der neuen Amtsbezirke, deren Umfang unter Berücksichtigung der damaligen Verhältnisse mit Absicht so festgesetzt wurde, daß von überall Hin- und Rückfahrt zum Bezirksort nicht mehr als eine Tagesreise in Anspruch nahm.

Es war das Ziel Alexander Bachs und der anderen Reformer im Neoabsolutismus, den gegenüber dem westlichen Europa „verzögerten österreichischen Staatsbildungsprozeß mit rigoroser Zentralisierung zu forcieren" (B. Mazohl-Wallnig), wobei weder auf regionale Besonderheiten noch auf den multinationalen Charakter der Habsburgischen Monarchie Rücksicht genommen wurde. Zwar hatte das Nationale damals bei weitem noch nicht jene dominierende Stellung eingenommen, aus der heraus späterhin alle anderen Sachfragen diesem einen Aspekt untergeordnet wurden, doch hatte sich 1848/49 die nationale Komponente unüberhörbar bemerkbar gemacht und selbst die Regierung Schwarzenberg schien das Prinzip der Gleichberechtigung der Nationalitäten zu einem „Grundpfeiler der Neukonstruktion der Habsburgermonarchie" (G. Stourzh) machen zu wollen, was sich nicht nur in allgemeinen Formulierungen, sondern auch in sehr konkreten Verwaltungsakten niederschlug. Von diesem Prinzip rückte man bald ab. Der Gleichberechtigung der Nationalitäten folgte in der Praxis der Primat des Deutschen. Zwar galt den leitenden Männern des Neoabsolutismus dieser Primat vornehmlich als Funktion der erstrebten Großmachtstellung und Einheit der Monarchie, doch sahen ihn die Nationalbewußten unter den Nichtdeutschen als Beispiel weitergreifender Germanisierungstendenzen an. Solcherart war es nicht gelungen, die dem Nationalen innewohnende politische Kraft zur Stärkung der Habsburgermonarchie einzusetzen, im Gegenteil: der Widerstand gegen tatsächliche oder vermeintliche Germanisierungsmaßnahmen führte letztlich zu einer Vertiefung des nationalen Gedankens bei den Betroffenen und somit zu einer Stärkung der zentrifugalen Kräfte.

Auch in anderen Bereichen zeitigten die Maßnahmen der neoabsolutistischen Politik nicht durchwegs die gewünschten Erfolge, so notwendig diese Maßnahmen für eine zeitgemäße Modernisierung des Staates und der Gesellschaft auch waren. Am wenigsten gilt das von der Vereinheitlichung des Rechtssystems, wie sie etwa durch die Ausdehnung des Allgemeinen Bürgerlichen Gesetzbuches oder des Strafrechts auf die gesamte Monarchie erfolgte. Daß die Notwendigkeit dieser Maßnahmen allgemein akzeptiert wurde, zeigt schon die Tatsache, daß die entsprechenden Bestimmungen auch nach den staats- und verfassungsrechtlichen Veränderungen der sechziger Jahre materiell weithin in Geltung blieben.

Das Streben nach Vereinheitlichung erkennt man auch auf wirtschaftspolitischem Gebiet, wo durch die Aufhebung der Zwischenzollinie zwischen Ungarn und den anderen Ländern des Kaisertums Österreich endlich ein einheitlicher Wirtschaftsraum geschaffen wurde (einzelne Teile des Staatsgebietes blieben freilich auch weiterhin ausgeschlossen). Bemühungen, diesen Wirtschaftsraum durch den Anschluß an den deutschen Zollverein zu erweitern (der sog. „70-Millionen-Plan" Brucks und Schwarzenbergs, dem über die rein wirtschaftspolitischen Zielsetzungen hinaus auch macht- und nationalpolitische Konnotationen nicht abgesprochen werden können), führten letztlich ebensowenig zu einem positiven Ergebnis wie die Anstrengungen, den Staatshaushalt zu sanieren. Die Hauptschuld für diesen Mißerfolg lag nicht so sehr in einer verfehlten Wirtschaftspolitik als vielmehr in der wenig glücklichen Militär- und Außenpolitik, die Franz Joseph der Großmachtstellung seines Staates schuldig zu sein glaubte, die jedoch die Kräfte des Reiches und seiner Bewohner überstieg. Dabei bemühten sich die für die Wirtschaftspolitik Verant-

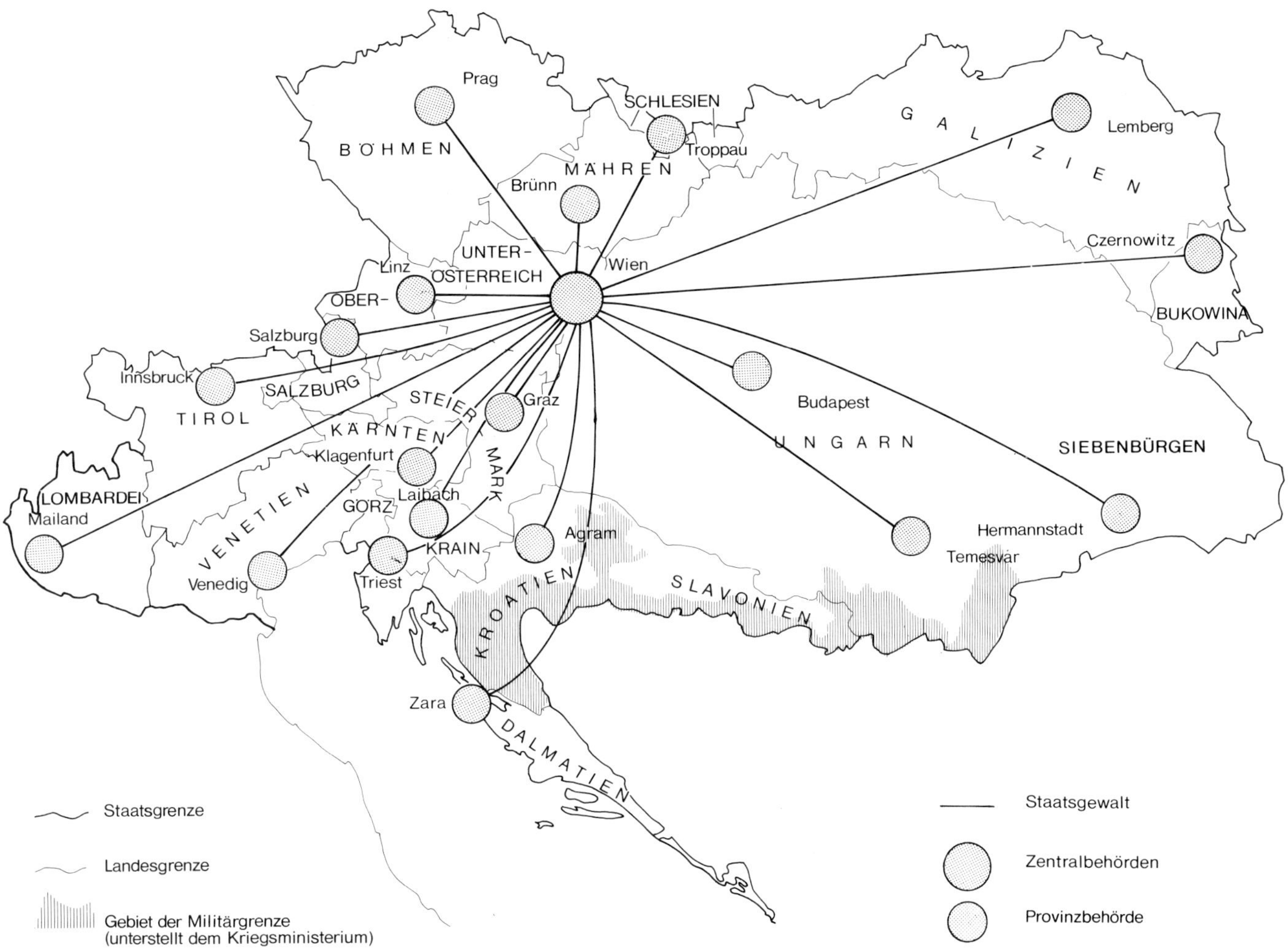

wortlichen im Rahmen der damals vorherrschenden liberalen Doktrinen nach Kräften, für die Ankurbelung der Wirtschaft zu sorgen. Sie schufen jene Rahmenbedingungen, die für den sozioökonomischen Modernisierungsprozeß unerläßlich waren. Der Plan, durch eine Reihe von, den Interessen der „besitzenden Klassen" entgegenkommenden wirtschaftspolitischen Maßnahmen diese Schichten mit den allgemeinpolitischen Vorstellungen der Staatsleitung zu versöhnen und sie dem unitarischen Programm des Neoabsolutismus ein- und unterzuordnen, scheiterte. Der zweifellos initiierte Modernisierungsprozeß führte letztlich bloß dazu, daß sich die schon bestehenden regionalen und sozialen Unterschiede verstärkten, sich neue Gruppierungen formierten und alle zusammen ihre Interessen, die oft genug miteinander in Widerspruch standen, viel deutlicher artikulierten als dies vordem der Fall gewesen war.

Langfristig gesehen zeitigten die Maßnahmen auf dem bildungs- und kulturpolitischen Sektor ähnliche

Ergebnisse. Auch hier führten die an sich wichtigen, notwendigen und positiven Reformen, die unter der Schirmherrschaft des Grafen Thun stattfanden, etwa auf dem Gebiet des mittleren und höheren Schulwesens, in letzter Konsequenz zur stärkeren Betonung der Eigenständigkeit der einzelnen Nationalitäten und nicht zu der ursprünglich intendierten Integration in eine einheitliche Gesamtstaatsnation. Diese Feststellung ändert natürlich nichts an der positiven Beurteilung dieser Reformen für das Bildungswesen als solches, das seither nicht nur auf der Höhe der Zeit stand, sondern selbst Anstoß für zukunftsweisende Entwicklungen gab.

Dem Programm der Reichszentralisation war auch die Gründung des Instituts für österreichische Geschichtsforschung verpflichtet. Damit war unter anderem die Absicht verbunden, die „vaterländische Geschichte" mit einzubinden in den Versuch zur Schaffung eines Gesamtstaatspatriotismus, eines Staatsgedankens, der unter Rückgriff auf historische Traditionen (die es allerdings erst aufzuweisen galt) den Unterbau für die zentralistische Staatskonstruktion liefern sollte. Daß in der Arbeit des Instituts sehr bald andere Aspekte in den Vordergrund rückten, ist gewiß nicht allein mit der Persönlichkeit des jeweiligen Direktors zu erklären. Die Geschichte als „nationale Wissenschaft" entzog sich der ihr zugedachten Rolle als Geburtshelferin für ein wenn schon nicht übernational so doch wenigstens a-national konzipiertes Staatsbewußtsein.

Bei der Verwirklichung des neoabsolutistischen Programms – machtvolle Kraftentfaltung nach innen und außen – stützte man sich neben Bürokratie und Armee (da in weiten Teilen des Reiches längere Zeit hindurch Belagerungszustand herrschte, kamen der Armee selbst im „zivilen" Bereich ausgedehnte Befugnisse zu; auch die neugeschaffene Gendarmerie, die nach Aufhebung der Grundherrschaften auf dem flachen Land für Ruhe und Ordnung zu sorgen hatte und sich deshalb bei der Bevölkerung keiner Popularität erfreute, war ein Teil des Militärs) auch auf die Kirchen, in erster Linie auf die römisch-katholische. Doch auch die griechisch-unierte und selbst die protestantischen Kirchen suchte man den Absichten des Staates nutzbar zu machen (wenngleich man staatlicherseits gerade gegenüber letzteren und gegenüber den Juden oft Maßnahmen setzte, die von diesen nur als schwere Beeinträchtigung ihrer Entfaltungsmöglichkeiten verstanden werden konnten).

Höhepunkt dieses Kurses war der Abschluß des Konkordats mit dem Hl. Stuhl im Jahr 1855, wodurch das josephinische Staatskirchensystem endgültig zurückgenommen und der römisch-katholischen Kirche in den Staat und Kirche gleichermaßen tangierenden Fragen, den „res mixtae", beträchtlicher Einfluß zugestanden wurde. Sieht man vom konfessionellen Bereich im eigentlichen Sinne (auf den das Konkordat ja ebenfalls bedeutende Auswirkungen hatte), ab, versprach das Kalkül des Staates, durch ein Bündnis von „Thron und Altar", von Staatsmacht und „Amtskirche" die Herrschaft des Staatsapparates zu stärken, durchaus reale Erfolgschancen. Denn in vielen Teilen der Monarchie (so z. B. in den Alpenländern, weniger offensichtlich in Böhmen) hatte das josephinische Gedankengut in der Bevölkerung als Ganzer keine so tiefen Wurzeln geschlagen, hatte das dahinterliegende rationalistische Weltbild vergleichsweise geringe Resonanz hervorgerufen. In Kreisen der Intelligenz und der Bürokratie stieß das Konkordat freilich auf heftige Ablehnung. Diese Ablehnung galt nicht nur den materiellen Bestimmungen des Konkordats, sondern man betrachtete dieses gewissermaßen als Sündenbock für alle Fehler und Versäumnisse, die man dem neoabsolutistischen System an sich vorzuwerfen hatte.

So war am Ende des ersten Jahrzehnts der Regierung Franz Josephs die Unzufriedenheit allgemein. Trotz vieler positiver Einzelmaßnahmen war das erklärte Ziel der neoabsolutistischen Staatskunst, einen einheitlichen, innerlich gefestigten und nach außen machtvoll auftretenden Staat zu schaffen, nicht erreicht worden.

Die katastrophale Finanzlage, die sich im Krieg von 1859 offenbarte, gab schließlich die Initialzündung für die nun wieder einsetzende Diskussion um eine umfassende Staatsreform ab. Bruck und dessen Nachfolger als Finanzminister, Ignaz von Plener, die Repräsentanten des liberalen Wirtschaftsbürgertums, forderten die Einführung eines wahrhaft konstitutionellen Regimes, um so für dieses eine wirksame Kontrolle der Staatsfinanzen sicherzustellen; Plener und manche seiner Gesinnungsgenossen plädierten für die Inkraftsetzung der – seinerzeit vom Kaiser ja selbst erlassenen – „Reichsverfassung" vom März 1849 als ersten Schritt auf dem Weg zu einer konstitutionellen Neugestaltung. Bei prinzipieller Beibehaltung des zentralistischen Rahmens sollte durch Übertragung vieler Kompetenzen in den Bereich der Gemeindeselbstverwaltung der aufgeblähte Beamtenapparat drastisch reduziert werden (eine Idee, die bei der Bürokratie verständlicherweise auf wenig Gegenliebe stieß, bei der starken Verflechtung von hoher Bürokratie und Adel, gerade in den Ländern, aber auch die gesamte bestehende Sozialordnung in Frage stellte).

Das bisherige bürokratisch-zentralistische System geriet noch von einer zweiten Seite her unter Beschuß. Auch die Gruppe um Thun – Agenor Graf Gołuchowski d. Ä., der nach Villafranca Nachfolger Bachs als Innenminister wurde, der neue Ministerpräsident Johann Bernhard Graf Rechberg sowie die beiden Reichsräte Heinrich Jaroslav Graf Clam Martinic (aus Böhmen) und Anton Graf Szécsen (aus Ungarn) – war gegen das *Überwuchern einer Administration, welche von außen alles an sich, im eigenen Schoße alles an das Zentrum zieht,* auch sie waren für das budgetäre Kontrollrecht, weil es ihnen „die Mitsprache ihres Standes bei der Lösung der Finanzfrage" zusicherte. Freilich war dieses Eintreten „vom Grundsätzlichen her gesehen ein Beispiel für den Gebrauch einer parlamentarischen Idee – des Budgetrechts – zum Zweck der Machtsicherung antiparlamentarischer Gruppen" (H. Rumpler). Der Abbau der Zentralisation sollte ebenso der Stärkung der Position des hohen Adels in den Ländern, in den „historisch-politischen Individualitäten", dienen wie die an historisch überkommenen Vorbildern orientierte, neoständische innere Einrichtung der Kronländer, die dem Adel vorschwebte. Für eine genuin konstitutionelle Entwicklung war im Konzept der Landaristokratie kein Platz; ein Konzept, das sich am deutlichsten im Majoritätsantrag des „Verstärkten Reichsrates" manifestierte, in dem es hieß, daß *die Anerkennung der historisch-politischen Individualität der einzelnen Länder, innerhalb welcher die naturgemäße Entwicklung und Förderung der verschiedenen Nationalitäten ihre Geltung zu finden hat, . . . bei prinzipieller Gleichstellung aller Länder der Monarchie . . . die Anerkennung und Begründung ihrer Autonomie in der Administration und inneren Legislation* erfordere, daß aber eine derartige staatliche Regelung *ihre Ergänzung nur durch die Wiederbelebung und Begründung munizipaler Institutionen im Sinne einer ernstgemeinten Selbstverwaltung finden* könne. Wäre dieser Vorschlag vollinhaltlich verwirklicht worden, hätte das nicht nur den Abschied vom zentralistischen Staatsaufbau bedeutet, sondern auch einen „sozialpolitischen Abwehrsieg" des Adels über die sie bedrohenden Kräfte des Wirtschaftsliberalismus.

Der Sieg war bei weitem kein vollständiger. Vor die Alternative zwischen Konstitutionalisierung des Gesamtreiches und einen staatsrechtlichen Föderalismus gestellt, der in letzter Konsequenz nicht nur die Auflösung des Einheitsstaates des Neoabsolutismus sondern auch die Aufgabe der theresianisch-josephinischen Staatsreformen und somit die Rückkehr zur „monarchischen Union von Ständestaaten" (O. Brunner) bedeutet hätte, entschied sich der Kaiser für einen Kompromiß, der wesentliche Komponenten beider Konzeptionen unberücksichtigt ließ. Franz Joseph, der seit jeher konstitutionellen Gedankengängen abhold war und sich später nur unter dem Zwange der Umstände damit abfand, akzeptierte zwar das neoständische Programm, bestand aber darauf, die Reichseinheit in möglichst großem Umfang zu bewahren. Wäre die Monarchie nach den Grundsätzen des „Oktoberdiploms" – *Kaiserliches Diplom vom 20. Oktober 1860 zur Regelung der inneren staatsrechtlichen Verhältnisse der Monarchie* – und den es begleitenden Handschreiben und Statuten organisiert worden, wäre der Staat wohl nicht, wie oft behauptet wurde, „eine enge Realunion mit bundesstaatlichem Charakter, ein zusammengesetzter Staat gewesen" (E. Bernatzik). Verwaltung und Rechtsprechung lagen weiterhin allein beim Kaiser; Reichsrat (eigentlich bloß eine Art ständischer Generallandtag) bzw. Landtage konnten nur in einigen Bereichen an der

FÖDERALISTISCHER STAATSAUFBAU

mit teils unterschiedlicher Stellung der Länder - ‚differenzierter Föderalismus'

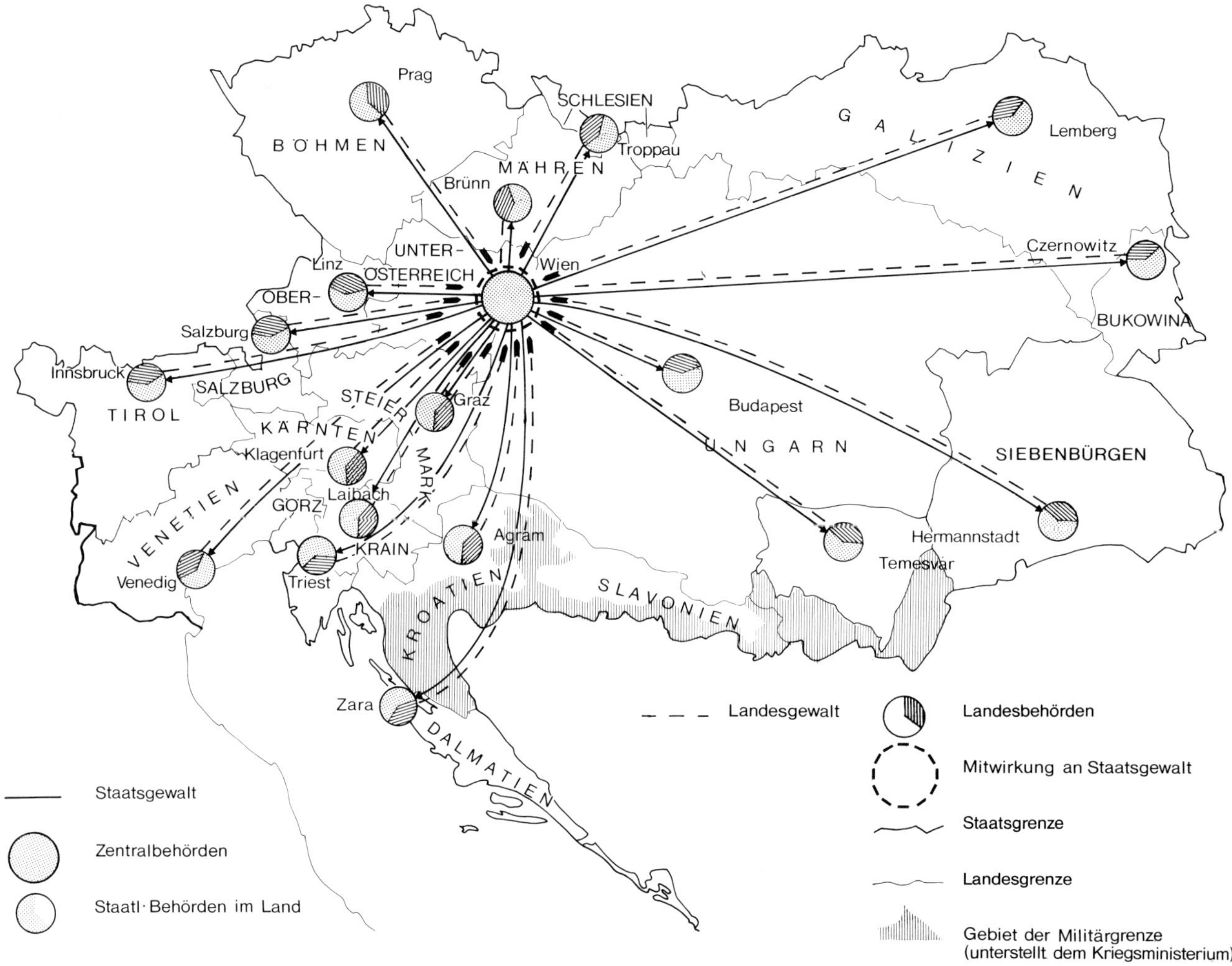

Gesetzgebung mitwirken (die „Zustimmung" – wie es dem konstitutionellen Modell entsprochen hätte – war überhaupt nur auf ganz wenige Fälle beschränkt, nämlich auf die Aufnahme neuer Anleihen, die Einführung neuer Steuern und Gebühren und die Erhöhung bestehender Abgaben). Auch war die Stellung der einzelnen Länder nicht gleich, in Umrissen deutete sich bereits die Sonderbehandlung der Länder der ungarischen Krone an, wenngleich die dualistischen Ansätze, die die ungarischen Altkonservativen unter Berufung auf das Prinzip des historischen Rechts durchsetzen konnten, vorderhand noch durch einen verhältnismäßig starken Gesamtstaat überwölbt waren.

Gegen das Oktoberdiplom wurden sehr bald Widerstände aus den verschiedensten Kreisen fühlbar. Zwar wollten manche Föderalisten späterhin immer wieder zu den Grundsätzen des Oktoberdiploms zurückkehren, weil es ihnen Entwicklungsmöglichkeiten in Richtung eines stärkeren Föderalismus zu bieten schien, im Augenblick jedoch zeigten sich z. B. die Vertreter der tschechischen Nationalbewegung enttäuscht, daß ihren Forderungen nach Berücksichtigung des „Böhmischen Staatsrechts", d. h. nach einer speziellen Verbindung von Böhmen, Mähren und Schlesien und einer Sonderstellung dieser Einheit im Rahmen des Gesamtstaates, so wenig entsprochen worden war. Ähnliche Kritik kam aus Kroatien.

Hatten die altkonservativen ungarischen Mitautoren des Diploms geglaubt, dieses würde in ihrem Land Anklang finden, sahen sie sich alsbald getäuscht. Man kritisierte einerseits die – trotz Wiederherstellung der alten Komitatsverwaltung und der ungarischen Hofkanzlei, deren Chef Mitglied des Ministerrates wurde und so dem Staatsminister als dem Leiter der *administrativ-politischen Angelegenheiten der anderen Länder der Monarchie* gleichgestellt war – weiterbestehende Unterordnung unter den Gesamtstaat, andererseits das Fehlen der 1848 erreichten konstitutionellen Zugeständnisse. Auch für die Liberalen diesseits der Leitha war der Mangel an echten konstitutionellen Zugeständnissen Hauptpunkt der Kritik. Dazu kommt noch, daß durch das Oktoberdiplom die drükkende Finanznot in keiner Weise gemildert oder gar behoben worden wäre. Im Gegenteil: die im Gefolge der Enttäuschung über das Oktoberdiplom neuerlich einsetzenden Unruhen und Steuerverweigerungen in Ungarn schmälerten die Staatseinnahmen weiter.

Die Vertreter die Wirtschaft ließen keinen Zweifel daran, daß eine Sanierung der Finanzen durch in- und vor allem ausländisches Kapital nur dann zu erwarten sei, wenn es zu einer echten Mitbestimmung breiterer Bevölkerungskreise, zu einer Konstitutionalisierung des Staatswesens käme. Auch in außenpolitischer Hinsicht – vor allem im Hinblick auf die „deutsche Frage" – schien eine Liberalisierung in Österreich angezeigt. Dem Kaiser die Zustimmung zu derartigen Maßnahmen abzuringen, diese dann durchzuführen, und gleichzeitig die Opposition Ungarns zu brechen, wobei an der Ein- und Unterordnung dieses Landes unter dem einheitlichen Reichsverband nicht zu rütteln wäre, diese Aufgabe fiel ANTON RITTER VON SCHMERLING zu, dem Nachfolger Gołuchowskis als Staatsminister.

Der konstitutionelle Gehalt der von Schmerling, JOSEPH VON LASSER und HANS VON PERTHALER erarbeiteten sog. Februarverfassung, die eigentlich aus einem ganzen Bündel von Dokumenten bestand, war eher dürftig. Es fehlte ein Grundrechtskatalog, es fehlten Normen über die vollziehende und richterliche Gewalt, es fehlte vor allem das Rekruten- und Steuerbewilligungsrecht und anderes mehr.

Dank der Schmerling'schen Wahlgeometrie verfügten die liberalen Abgeordneten, die sich in der „Verfassungspartei" zusammenfanden (die entsprechend ihrer unterschiedlichen Einstellung zu den strukturellen Problemen des Reiches in mehrere Fraktionen zerfiel und zum überwiegenden Teil aus Deutschösterreichern bestand), im Reichsrat über eine solide Mehrheit; ihre Wünsche nach stärkerer Umsetzung des liberal-konstitutionellen Gedankenguts, nach einer „Weiterentwicklung der Verfassung", wurden nur in Einzelfällen erfüllt (Hausrecht, Gesetz zum Schutz der persönlichen Freiheit, Gemeindegesetz; auch das noch vor Zusammentritt des Reichsrats erlassene Protestantenpatent entsprach liberalen Vorstellungen). In einer Reihe von wesentlichen Fragen wie z. B. der Ministerverantwortlichkeit oder der Modifikation des Notverordnungsrechtes zog der Reichsrat gegenüber Regierung und Kaiser den kürzeren. Franz Joseph hatte ja schon unmittelbar nach der Verlautbarung des Februarpatents erklärt, daß *damit die äußerste Grenze der nach der allerhöchsten Willensmeinung zulässigen Beschränkung der souveränen Macht erreicht* sei und daß die Minister mit allen Kräften *den Thron gegen die Abnötigung weiterer Zugeständnisse* . . . (zu) *verteidigen* hätten – ein nicht zu übersehender Hinweis auf die monarchische Legitimität als der Grundlage des Verfassungslebens.

Trotz dieses eher negativen Befundes ist vor allem die psychologische Bedeutung der „Februarverfassung" für die Entwicklung des Konstitutionalismus in Österreich hoch anzusetzen: mit dem „Grundgesetz über die Reichsvertretung" und den Landesordnungen des Jahres 1861 setzt (nach dem „Vorspiel" der Jahre 1848/49) das konstitutionelle Leben ein, beginnt die Mitwirkung breiterer Bevölkerungskreise an den politischen Entscheidungsprozessen und ihre Mitverantwortung dafür. Nicht zu übersehen ist in diesem Zusammenhang auch die Wiederaufnahme der kommunalen Selbstverwaltung. Zwar banden die Normen des Reichsgemeindegesetzes und der im Anschluß daran erlassenen Landesgesetze die Gemeinden stärker in den staatlichen Verwaltungsorganismus ein als das gemäß dem Stadion'schen „provisorischen Gemeindegesetz" von 1849 der Fall gewesen wäre, dennoch ermöglichten diese Gesetze eine direkte und aktive Teilnahme wenigstens eines Teiles der Bevölkerung an den sie unmittelbar betreffenden Aktivitäten der Gemeinwesen.

Konnte (bzw. wollte) Schmerling die Hoffnungen auf eine durchgreifende Konstitutionalisierung des Reiches nicht erfüllen – was ihm ebenso das Mißtrauen der Deutschliberalen eintrug wie das durch Preußen bewirkte Scheitern seiner Pläne, die deutsche Einheit unter österreichischen Vorzeichen zu fördern –, so blieb auch seinem Programm der Reichsreform der Erfolg versagt. Der Staatsminister war ein Vertreter eines prononcierten Reichszentralismus. Die staatliche Exekutivgewalt sollte im Kaiser konzentriert sein bzw. im Ministerrat, dem neben dem Staatsminister und einigen Ressortministern die Leiter der obersten Verwaltungsstellen (der Hofkanzleien) von Ungarn, von Siebenbürgen und des kroatisch-slawonischen Königreichs angehörten. Zur „Mitwirkung der Völker" an der Legislative war der „weitere" Reichsrat bestimmt, der sich aus den Delegierten der Landtage aller Königreiche und Länder zusammensetzen sollte. Um jedoch ein Gegengewicht vor allem gegen den ungarischen Landtag zu haben, schuf Schmerling in Ausführung eines schon im Oktoberdiplom enthaltenen Gedankens für die „nichtungarischen Länder" den sog. „engeren" Reichsrat, der nun gewissermaßen ein Pendant zum Staatsministerium bildete und der gegenüber den „nichtungarischen" Landtagen (den „cisleithanischen", wie es nach dem Ausgleich von 1867 unschön, aber kurz hieß) ein Mehr an Kompetenzen erhielt. Kompetenzstreitigkeiten zwischen dem „weiteren" (der nur dank der Anwesenheit einiger siebenbürgisch-sächsischer Abgeordneter als ein solcher bezeichnet werden konnte) und dem „engeren" Reichsrat, zwischen diesem und den Landtagen, begleiteten die Arbeit der Vertretungskörper von Anfang an.

Hinter diesen Kompetenzstreitigkeiten stand der weiterhin unausgetragene Konflikt zwischen Zentralisten und Föderalisten, zwischen Anhängern der ungarischen Eigenständigkeit bzw. Unabhängigkeit und denen der Reichseinheit. Die ungarischen Politiker lehnten Schmerlings Programm der Unterordnung unter Wien ab. Sie stellten sich auf den Boden der „Rechtskontinuität", d. h. sie verlangten die Wiederinkraftsetzung der Aprilgesetze des Jahres 1848, die ihnen praktisch die Personalunion (also die Verbindung mit den übrigen, von Habsburg beherrschten Territorien nur durch die Person des Herrschers) und die konstitutionelle Regierungsform, ein eigenes „verantwortliches Ministerium" gebracht hatten. Demgegenüber verfocht Schmerling, wie schon seinerzeit Schwarzenberg, die „Verwirkungstheorie", die These, daß die Ungarn infolge der Revolution diese Gesetze und die früheren Privilegien „verwirkt" hätten. Da der ungarische Landtag sich weigerte, den Reichsrat zu beschicken, löste Schmerling ersteren auf und kehrte schon 1861 zu absolutistischen Regierungs- und Verwaltungsmethoden zurück.

Ähnlich verlief die Entwicklung im Königreich Kroatien-Slawonien. Auch dort lehnte man es ab, Delegierte in den Wiener Reichsrat zu entsenden, war aber auch gegen eine Erneuerung der Verbindung mit Pest. Man war bestrebt, eine Art Äquidistanz zu Wien und zu Pest zu halten, weil man sich weder mit dem österreichischen noch mit dem ungarischen Zentralismus befreunden konnte. Den kroatischen Politikern schwebte eine staatsrechtliche Einrichtung der Monarchie auf föderalistischer Basis vor, in dessen Rahmen ein mit umfassenden Kompetenzen ausgestatteter Landtag und eine eigene Landesregierung Kroatien ein hohes Maß an Autonomie sichern sollten – ein Plan, der schon 1848 ventiliert worden war und der unüberhörbare Anklänge an die im Majoritätsantrag des Verstärkten Reichsrats enthaltenen Gedankengänge mit ihrer starken Betonung des historischen Rechts aufweist. Es ist kein Zufall, daß man sich gerade damals um die Errichtung einer Südslawischen Akademie der Wissenschaften und Künste (mit einem Schwerpunkt auf der Erforschung der kroatischen Geschichte) bemühte, galt es doch, der Geschichte jene Legitimationsgrundlagen zu entnehmen, die man für das gegenwärtige politische Handeln benötigte.

Auch in den „nichtungarischen" Ländern regte sich Widerstand gegen Schmerlings Politik. Der Tiroler Landtag bestand auf der Wahrung der traditionellen Rechte der Länder gegenüber dem Wiener („engeren") Reichsrat. Zu dieser Haltung hat ganz wesentlich auch die Opposition gegen das Protestantenpatent beigetragen, das man als Anschlag gegen die Glaubenseinheit im „heiligen Land Tirol" und als unvereinbar mit den alten Gebräuchen des Landes ansah. Die Mehrzahl der tschechischen und der polnischen Abgeordneten blieb den Beratungen der Reichsvertretung fern, weil sie die Kompetenz dieses Forums für die Erledigung von Angelegenheiten ihrer Länder nicht akzeptierten; das galt übrigens auch für die Vertreter Venetiens. Und selbst ein Teil der „Verfassungspartei", die „Autonomisten", waren der Meinung, daß Autonomie in Gemeinden, Kreisen und Ländern eher als starre Zentralisation dazu beitragen könnte, liberalen Prinzipien zum Durchbruch zu verhelfen.

Schmerlings System eines deutsch betonten Reichszentralismus, das auf einem Bündnis zwischen Bürokratie und (deutschem) Bürgertum – die bisher keineswegs immer einer Meinung gewesen waren – aufbauen, und einen, wenn auch ziemlich eingeschränkten Konstitutionalismus im ganzen Reich einführen wollte, war gescheitert. Zuletzt war nur mehr der zentralistische Aspekt übriggeblieben, und der erwies sich als undurchführbar; Schmerling trat im Frühsommer 1865 zurück.

Dennoch blieb die Einheit des Reiches für den neuen Staatsminister Richard Graf Belcredi und anfänglich auch für Franz Joseph der bestimmende Faktor. Belcredis Absichten sind jüngst dahingehend gedeutet worden, daß er „einen übernationalen österreichischen Einheitsstaat auf konservativer Grundlage" (Éva Somogyi) schaffen wollte. Seine Absichten standen den Anschauungen des reichsrätlichen Majoritätsantrags nahe, er trat für die Berücksichtigung der ständisch-konservativen Anliegen des Hochadels ein, konnte den konstitutionellen Aspekten jedoch wenig abgewinnen. Unter diesem Blickpunkt wird deutlich, warum die Außerkraftsetzung, die „Sistierung" des „Grundgesetzes über die Reichsvertretung" (die Landtage blieben davon unberührt) im September 1865 – vorgeblich deswegen angeordnet, um eine Einigung mit Ungarn zu erleichtern – bei den Liberalen aller Schattierungen auf derart heftige Kritik stieß. Zu frisch war noch die Erinnerung an das neoabsolutistische System; man zog Parallelen zum Silvesterpatent und befürchtete, daß die konstitutionelle Entwicklung, wie unvollkommen sie unter Schmerling auch gewesen sein mochte, nun abermals entscheidend zurückgedrängt werden würde.

Belcredis konservatives Programm und seine landtagsfreundliche Politik enthielten auch gewisse Elemente des Länderföderalismus, doch übersah er, daß sich der Inhalt des Föderalismus im Laufe der Jahre gewandelt hatte. Wie beim Zentralismus, der immer stärker den nationalpolitischen Intentionen der Deutschen angepaßt wurde, hatte das nationale Prinzip auch das Konzept der „historisch-politischen Individualitäten" gleichsam unterwandert. Unter dem Deckmantel des historischen Staatsrechts erhofften die politisch Interessierten unter den Slawen der Monarchie eine föderative Umgestaltung des Reiches, bei der sie ihre nationalen Interessen zur Geltung bringen konnten. Demgegenüber war auch für Belcredi die Parole von der Gleichberechtigung der Nationalitäten nur ein Instrument zur Durchsetzung höherer Ziele und hatte keinen Wert an sich. Noch viel weniger war er bereit, *dem Nationalitätenprinzipe eine politisch konstitutive Aufgabe zuzuerkennen;* er dachte ausschließlich in historisch-ständischen Kategorien.

Wie auch immer sich Belcredis Vorschläge für die strukturelle Reform des Reiches ausgewirkt hätten, der Kaiser hatte sich bereits anders entschieden. Schon Anfang 1865 hatte Franz Joseph die „Verwirkungstheorie" aufgegeben und strebte eine Verständigung mit Ungarn an. Zuerst noch vom Wunsche durchdrungen, die Einheit des Reiches zu wahren, akzeptierte er nach langwierigen Verhandlungen schrittweise eine Forderung der liberalen ungarischen Politiker (Ferenc Deák und Gyula Andrássy waren die Hauptprotagonisten) nach der anderen. Er akzeptierte die „territoriale Integrität" der Länder der ungarischen Krone (d. h. die Vereinigung Siebenbürgens mit

DUALISTISCHER STAATSAUFBAU

innerhalb desselben z.T. differenzierter Föderalismus

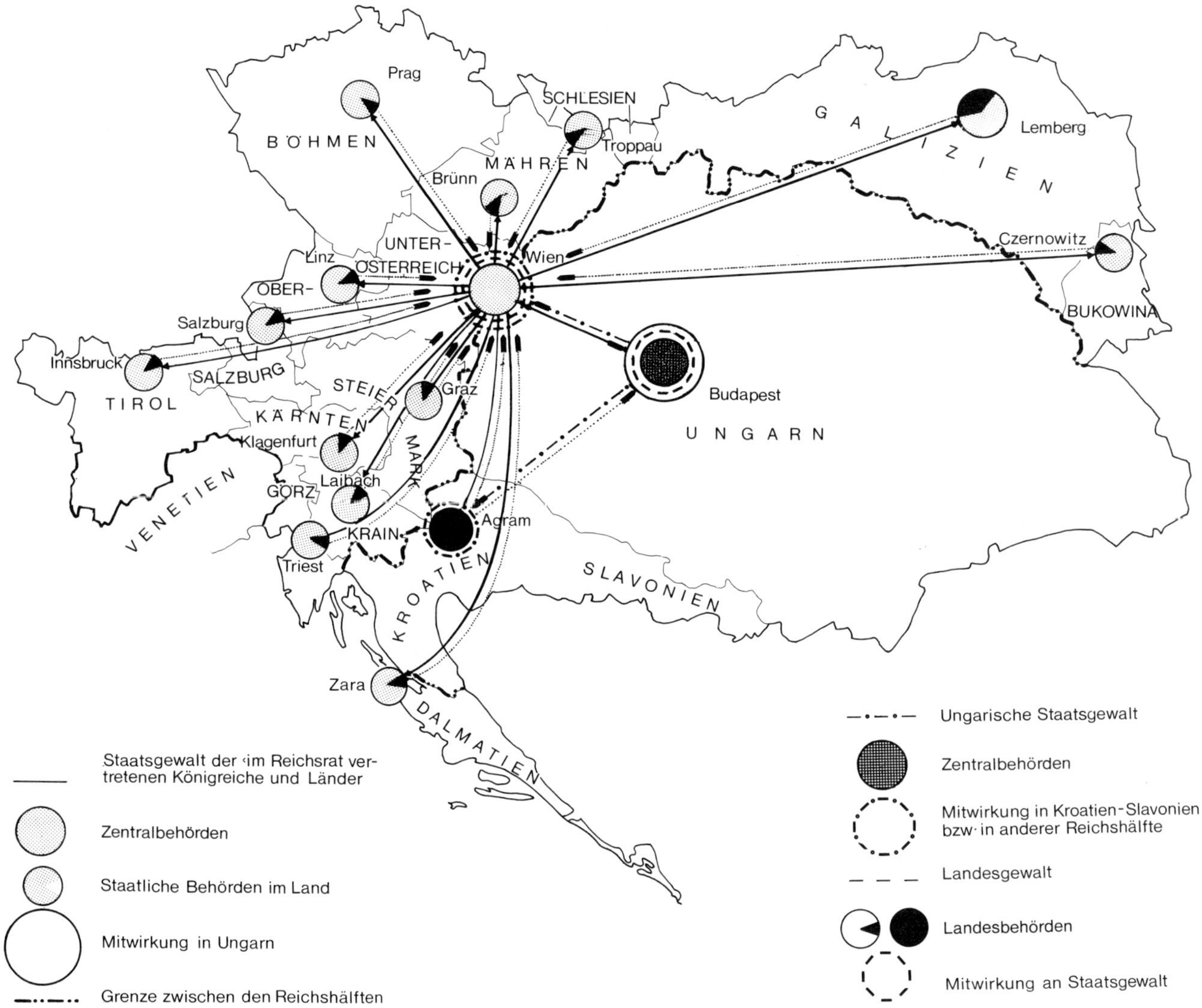

Ungarn und die Unterordnung Kroatien-Slawoniens unter die ungarische Legislative und Exekutive), er gab sich mit einer Beschränkung der dem Gesamtstaat gemeinsamen Angelegenheiten zufrieden (wenngleich es in diesen Bereichen gelang, die Ungarn zu gewissen Konzessionen zu bewegen), er akzeptierte schließlich auch den konstitutionellen Gehalt der Gesetze von 1848, allerdings nicht ohne gewisse Modifikationen, die dem Herrscher trotz der Existenz eines dem ungarischen Reichstag (wie der Landtag ab nun genannt wurde) verantwortlichen Ministeriums Einflußmöglichkeiten auch in inneren Angelegenheiten gaben, wie überhaupt gesagt werden muß, daß die herrscherlichen Reservatrechte auch in der dualistischen Staatsordnung gewahrt blieben, sowohl bei den gemeinsamen Angelegenheiten (das betraf vor allem die Rolle

Der Stammbaum des Hauses Habsburg-Lothringen
(Kat.-Nr. 17.1)

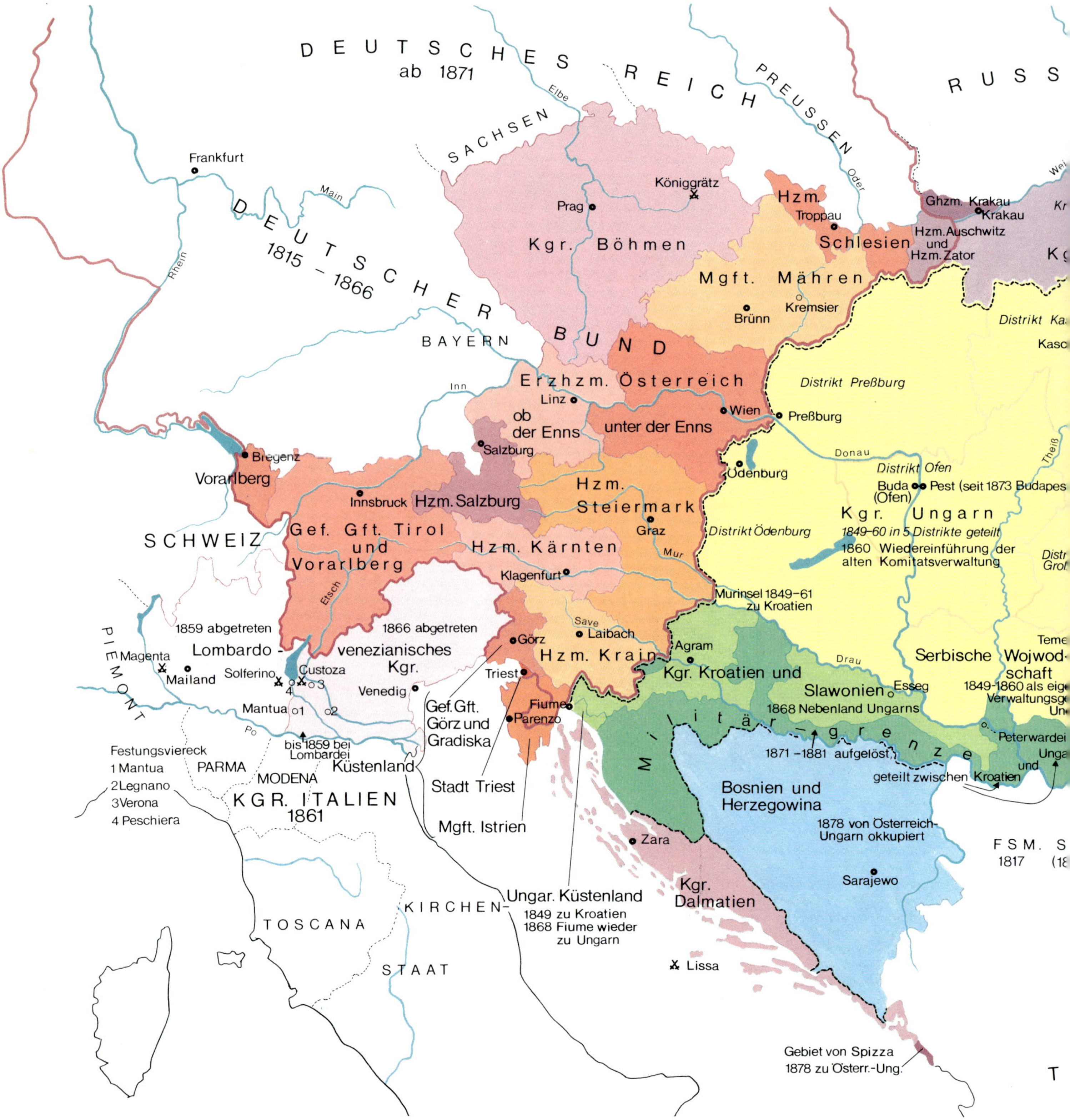
DEUTSCHES REICH
ab 1871
DEUTSCHER BUND
1815 – 1866
SACHSEN
PREUSSEN
RUSS
BAYERN
SCHWEIZ
PIEMONT
Frankfurt
Main
Rhein
Elbe
Oder
Inn
Donau
Mur
Drau
Save
Etsch
Po
Theiß
Königgrätz
Prag
Kgr. Böhmen
Hzm.
Troppau
Schlesien
Ghzm. Krakau
Krakau
Hzm. Auschwitz und Hzm. Zator
Mgft. Mähren
Kremsier
Brünn
Distrikt Kaschau
Erzhzm. Österreich
Linz
ob der Enns
unter der Enns
Wien
Preßburg
Distrikt Preßburg
Salzburg
Hzm. Salzburg
Bregenz
Vorarlberg
Innsbruck
Gef. Gft. Tirol und Vorarlberg
Hzm. Steiermark
Graz
Ödenburg
Distrikt Ödenburg
Distrikt Ofen
Buda (Ofen)
Pest (seit 1873 Budapest)
Kgr. Ungarn
1849–60 in 5 Distrikte geteilt
1860 Wiedereinführung der alten Komitatsverwaltung
Hzm. Kärnten
Klagenfurt
Murinsel 1849–61 zu Kroatien
1859 abgetreten
1866 abgetreten
Lombardo - venezianisches Kgr.
Magenta
Mailand
Solferino
Custoza
Mantua
Venedig
Festungsviereck
1 Mantua
2 Legnano
3 Verona
4 Peschiera
bis 1859 bei Lombardei
PARMA
MODENA
KGR. ITALIEN
1861
TOSCANA
KIRCHEN-
STAAT
Görz
Laibach
Hzm. Krain
Triest
Gef. Gft. Görz und Gradiska
Küstenland
Stadt Triest
Mgft. Istrien
Fiume
Parenzo
Ungar. Küstenland
1849 zu Kroatien
1868 Fiume wieder zu Ungarn
Agram
Kgr. Kroatien und Slawonien
1868 Nebenland Ungarns
Esseg
Serbische Wojwodschaft
1849–1860 als eigene Verwaltungs...
Temes...
Peterwardein
Militärgrenze
1871 – 1881 aufgelöst,
geteilt zwischen Kroatien und Ungarn
Bosnien und Herzegowina
1878 von Österreich-Ungarn okkupiert
Sarajewo
Zara
Kgr. Dalmatien
Lissa
Gebiet von Spizza
1878 zu Österr.-Ung.
FSM. S
1817
T

POLITISCHE KARTE DER HABSBURGERMONARCHIE 1848–1880

Grenze des Deutschen Bundes

Grenzen zwischen den im Reichsrat vertretenen Königreichen und Ländern, den Ländern der Ungarischen Krone und Bosnien/Herzegowina

Tirol und Vorarlberg, das 1861 einen eigenen Landtag erhielt, waren bis 1918 unter einer gemeinsamen Statthalterei in Innsbruck vereinigt. Görz-Gradiska, Istrien und Triest hatten eigene Landesvertretungen, unterstanden aber einer gemeinsamen Statthalterei für das „Küstenland" in Triest. Salzburg, das bis 1849 den 5. Kreis von Oberösterreich gebildet hatte, kam Anfang 1860 erneut unter die Statthalterei in Linz, erhielt jedoch 1861 mit dem Landtag auch wieder eine eigene staatliche Landesbehörde. In Galizien bestanden 1854 bis 1860 zwei Statthaltereien (in Lemberg und Krakau). 1860 abgeschafft, 1861 wieder eingeführt, wurde die administrative Zweiteilung Galiziens 1867 endgültig aufgehoben. 1860/61 war auch die Bukowina mit Galizien administrativ vereinigt. Siebenbürgen hörte Ende 1865 als eigenständige staatsrechtliche Einheit zu existieren auf, 1876 wurde auch die innere Verwaltungsstruktur dem ungarischen Vorbild angepaßt. Fiume, 1849–1868 unter kroatischer Verwaltung, wurde 1868 als „corpus separatum" bezeichnet und 1870 von den ungarischen Behörden in Besitz genommen (siehe Kat.-Nr. 1.11).

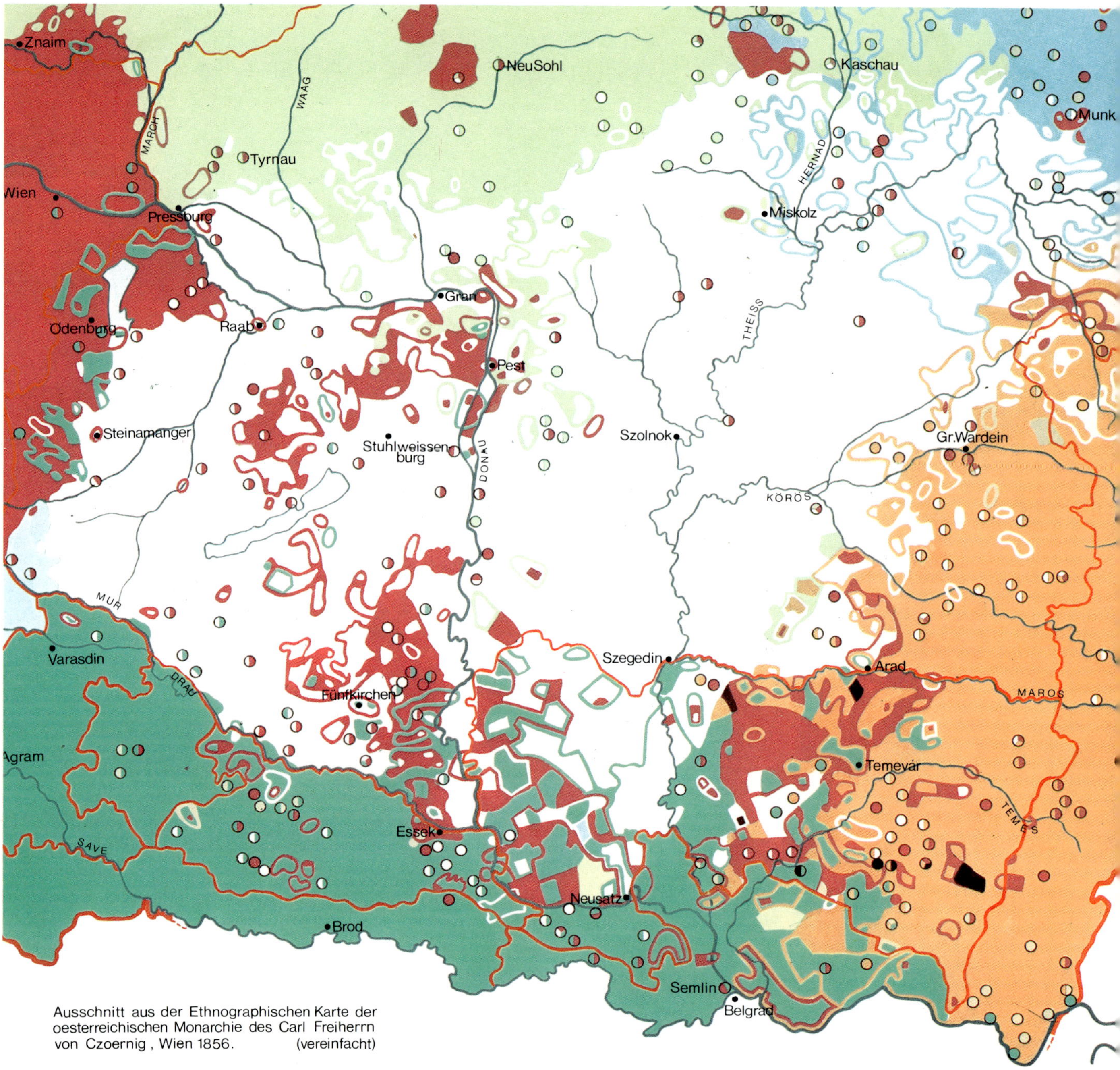

Ausschnitt aus der Ethnographischen Karte der oesterreichischen Monarchie des Carl Freiherrn von Czoernig, Wien 1856. (vereinfacht)

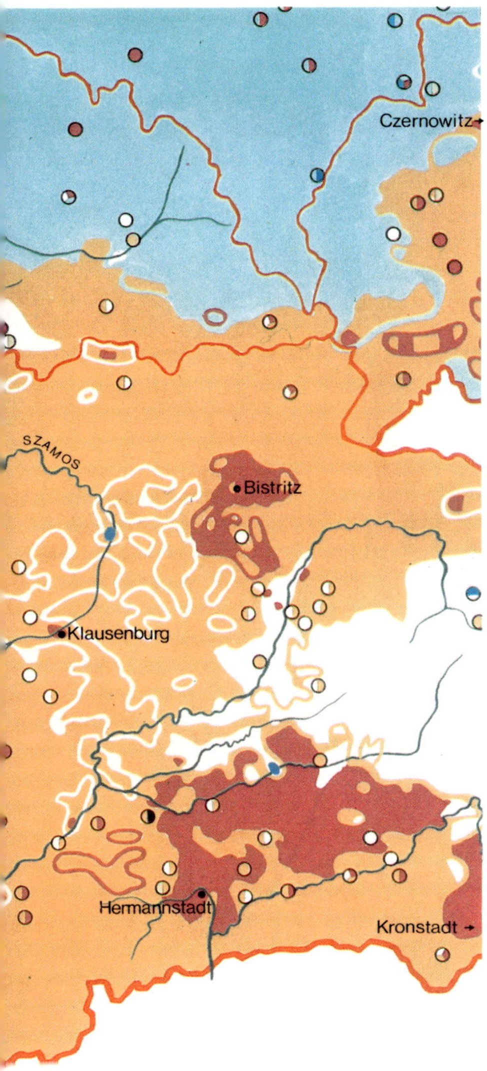

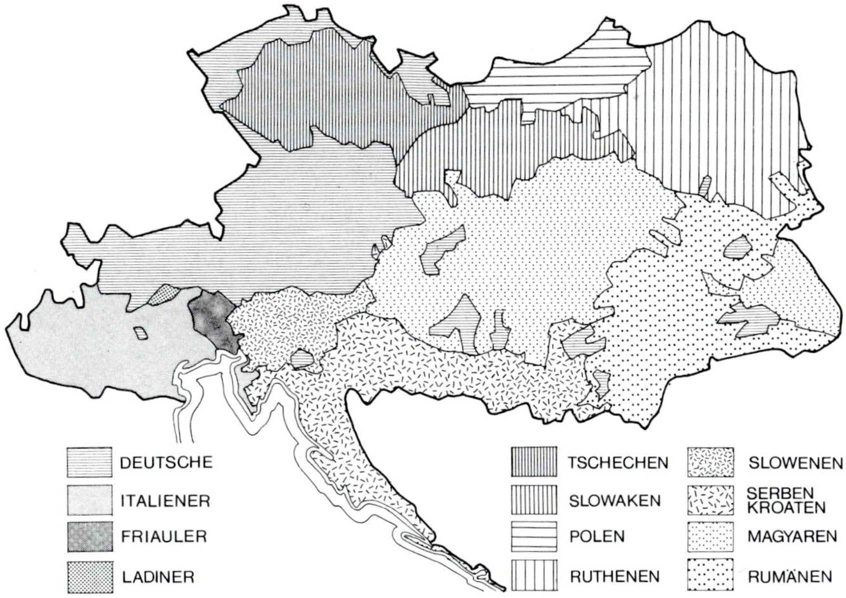

Ortschaften, deren Bewohner mehr als einem Volksstamme angehören, werden durch Einfassung mit der bezüglichen Farbe bezeichnet:
○ ⦶ ☮ Sprachinseln mit 1, 2 oder 3 Nationalitäten.

Siehe auch Kat.-Nr. 1.1.2

DER WEG ZUM VERFASSUNGSSTAAT

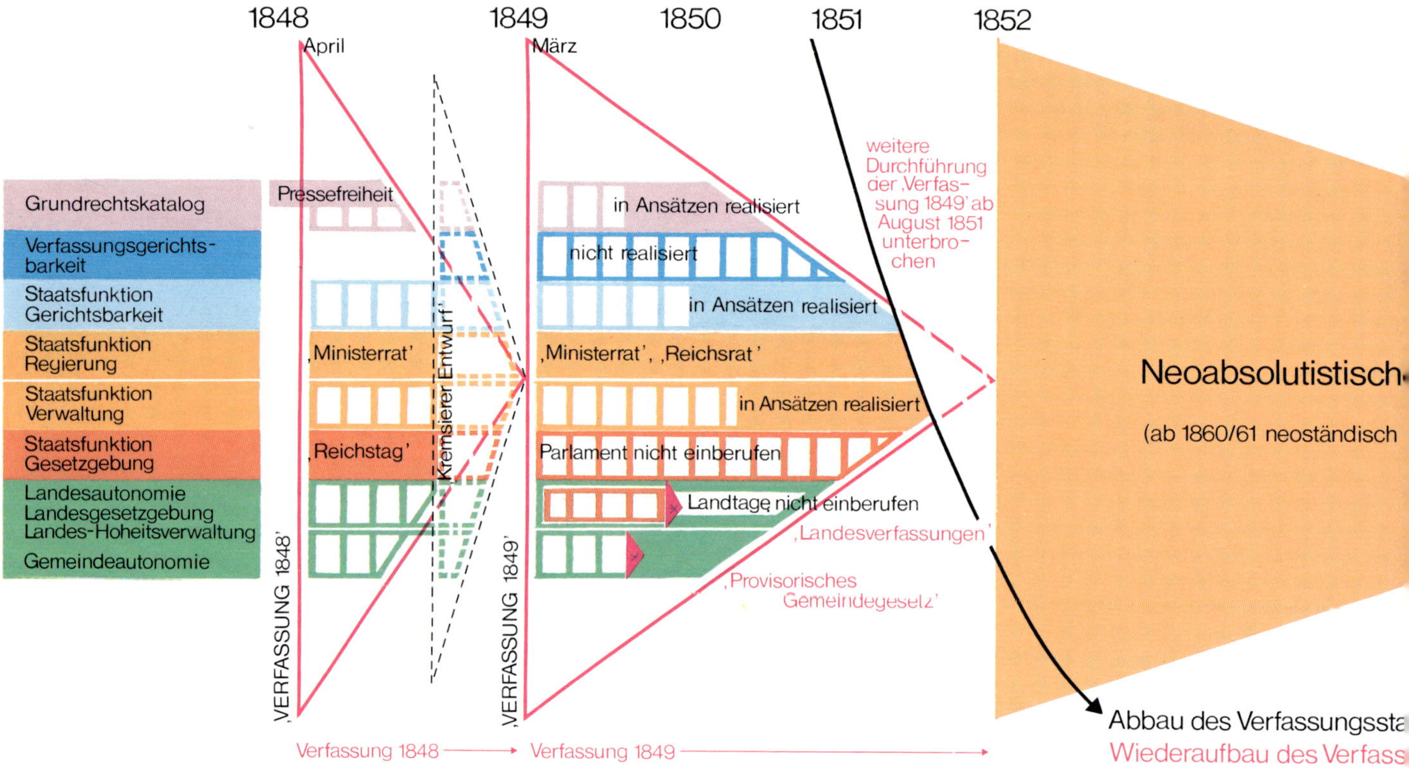

Der Weg zum Verfassungsstaat, d. h. zum Staat, dessen Grundordnung durch ein oder mehrere Verfassungsgesetze festgelegt ist, beginnt im Jahre 1848 mit der „Verfassungsurkunde des österr. Kaiserstaates" (Verfassung 1848). Zwar wurde mit ihrer Durchführung begonnen, vor allem ein Ministerrat als Regierung eingesetzt und das Parlament, der Reichstag, einberufen, jedoch hatte dieser die Aufgabe, eine neue Verfassung auszuarbeiten. Einen Entwurf hiezu, den „Kremsierer Verfassungsentwurf", lehnte der Kaiser wegen seiner radikalen liberaldemokratischen Tendenzen ab, löste den Reichstag im März 1849 auf und erließ die „Reichsverfassung für das Kaisertum Österreich" sowie für Cisleithanien ein Grundrechtspatent (Verfassung 1849), die an die Stelle der Verfassung 1848 traten. Mit dem Vollzug dieser bloß gemäßigt liberalen Verfassung wurde zwar vorerst begonnen, doch 1851 der Abbau des erst unvollkommen realisierten Verfassungsstaates eingeleitet und die Verfassung 1849 schließlich zu Ende 1851 aufgehoben. Mit 1852 trat an die Stelle des Verfassungsstaates ein neoabsolut-neoständisches Staatskonzept, die Verfassungswirklichkeit beherrschte vorerst ein neoabsolutes Regierungssystem. Es sollte ab 1859 im neoständischen Sinn modifiziert werden, 1859 durch ein neues Gemeindegesetz und 1860 durch Landesvertretungsstatute, welche Landtage vorsahen, sowie durch das „Okto-

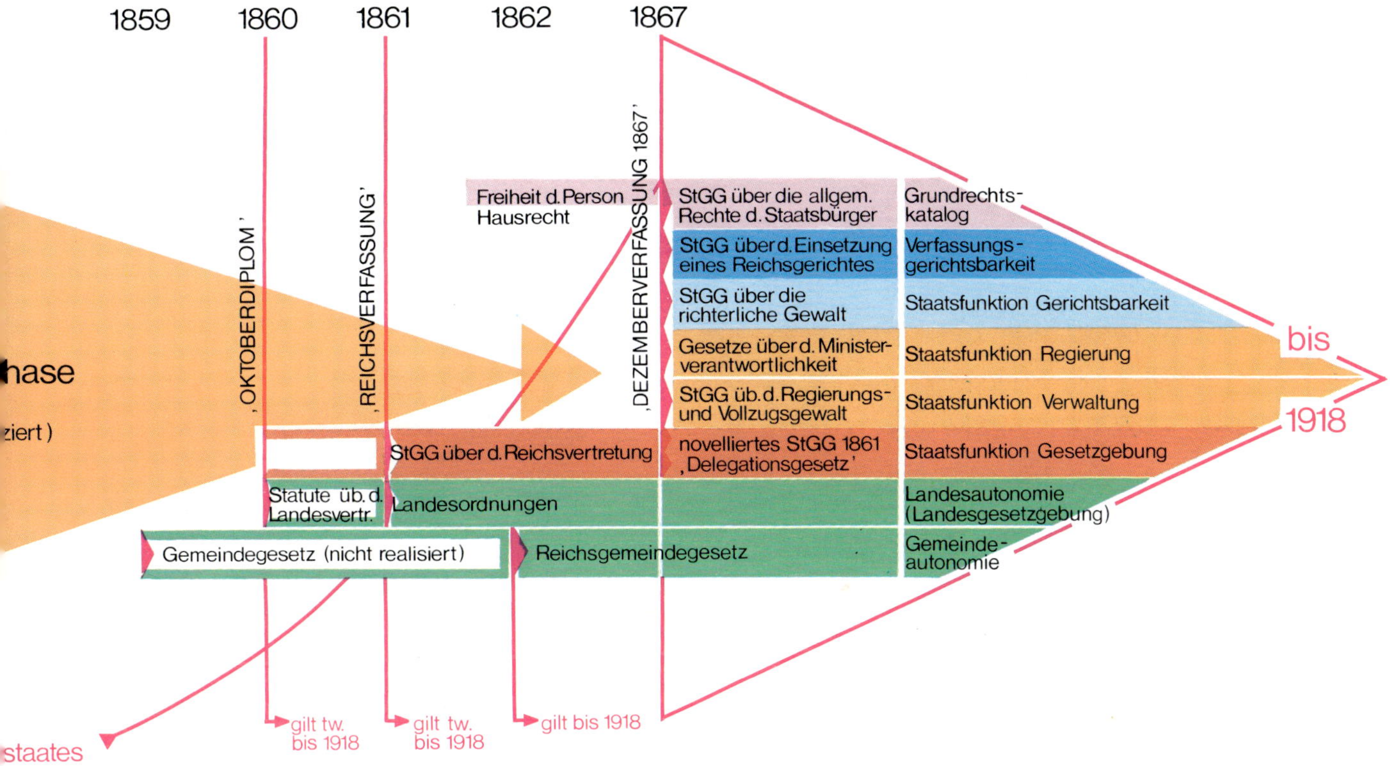

berdiplom", das den Reichsrat zu einer parlamentsähnlichen Institution umwandeln wollte. Auf Gemeinde-, Landes- und schließlich Gesamtstaatsebene wären damit neue Organe eingesetzt worden. Dies geschah jedoch erst mit der Reichsverfassung 1861 bzw. dem Reichsgemeindegesetz 1862: Die Reichsverfassung 1861, die das Oktoberdiplom ergänzte und modifizierte, versah den Reichsrat mit Parlamentsfunktionen und etablierte mit ihren Landesordnungen die Landtage als Landesvertretungsorgane.

Damit war ein wesentlicher Schritt zur abermaligen Errichtung des Verfassungsstaates getan, nämlich die Gesetzgebung an Parlamente gebunden. Unter dem Druck des Reichsrats komplettierten 1867 mehrere Staatsgrundgesetze die Reichsverfassung 1861 um die noch ausständigen Teile einer konstitutionellen Verfassung zur „Dezemberverfassung 1867". Mit ihr wurde, in starker Anlehnung vor allem an die Verfassung 1849, Österreich (Cisleithanien) abermals zum Verfassungsstaat. Diese Grundordnung hatte bis 1918 Bestand, von den Landesordnungen galt die Oberösterreichs sogar bis 1930, das Reichsgemeindegesetz bis 1962 und das Staatsgrundgesetz über die allgemeinen Rechte der Staatsbürger bildet noch heute den Kern der Grundrechte (siehe Kat.-Nr. 16.1.5).

DIE BESCHICKUNG DES REICHSRATS 1861-1873

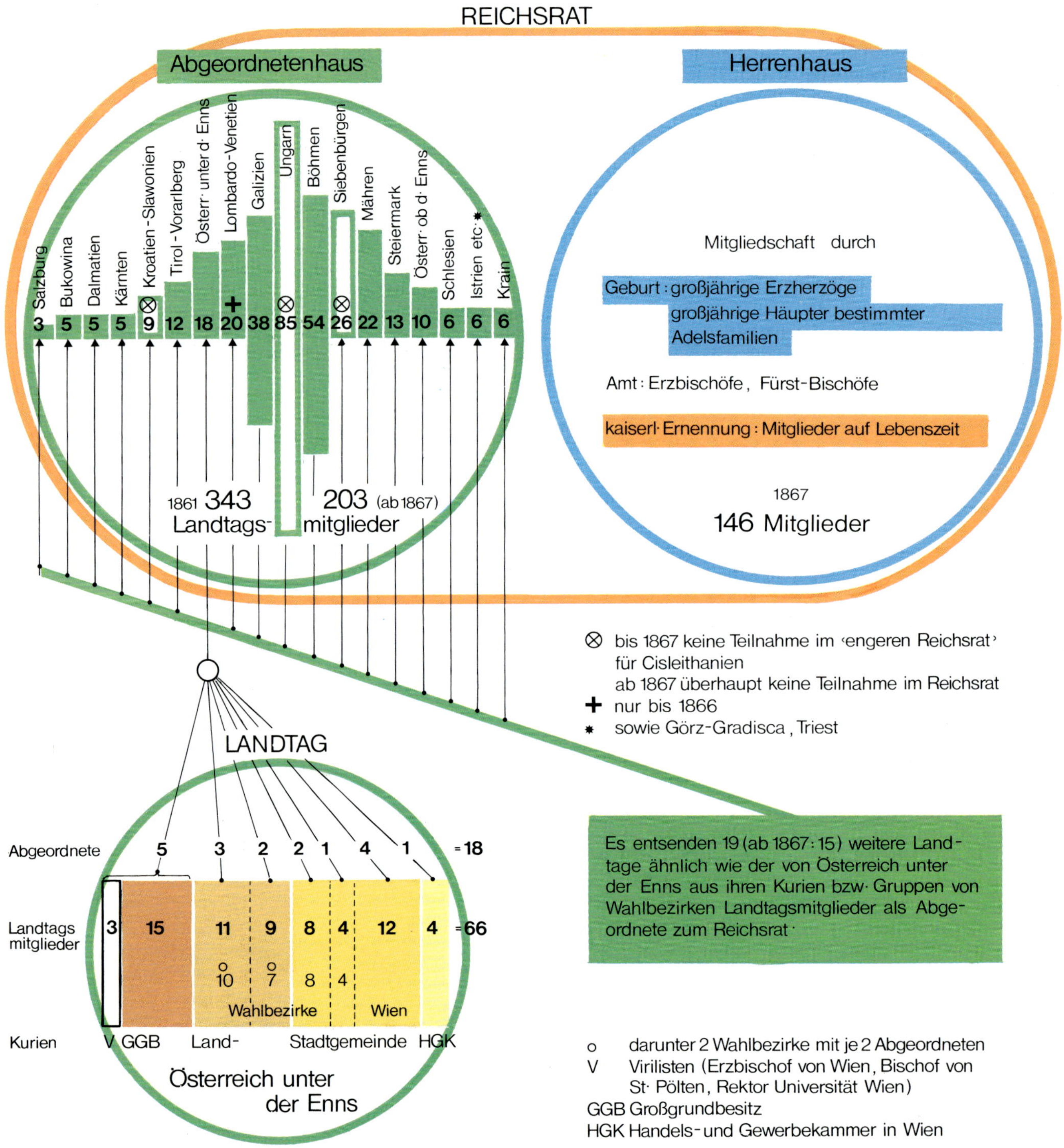

⊗ bis 1867 keine Teilnahme im ‹engeren Reichsrat› für Cisleithanien
ab 1867 überhaupt keine Teilnahme im Reichsrat
+ nur bis 1866
* sowie Görz-Gradisca, Triest

Es entsenden 19 (ab 1867: 15) weitere Landtage ähnlich wie der von Österreich unter der Enns aus ihren Kurien bzw. Gruppen von Wahlbezirken Landtagsmitglieder als Abgeordnete zum Reichsrat.

o darunter 2 Wahlbezirke mit je 2 Abgeordneten
V Virilisten (Erzbischof von Wien, Bischof von St. Pölten, Rektor Universität Wien)
GGB Großgrundbesitz
HGK Handels- und Gewerbekammer in Wien

Siehe Kat.-Nr. 16.2.1

des Monarchen als Oberster Kriegsherr) als auch in bezug auf die inneren Verhältnisse von „Cis-" und „Transleithanien". Am 17. Februar 1867 wurde das Ministerium Andrássy installiert, am 8. Juni erfolgte die Krönung Franz Josephs zum apostolischen König von Ungarn. Die alte, bislang so zäh verteidigte Reichseinheit war dahin, statt des Kaisertums Österreich gab es die dualistische österreichisch-ungarische Monarchie, in der Nationalismus und Konstitutionalismus an die Stelle der übernationalen Reichsideologie traten.

Wie beeinflußte nun diese gravierende Änderung der staatsrechtlichen Struktur der Monarchie, dieser Ausgleich zwischen dem König und der „ungarischen (Politischen) Nation", der ja ohne Mitwirkung oder Einflußnahme von Seiten Cisleithaniens erfolgt war, die strukturelle Problematik der „nichtungarischen Länder"?

Belcredi blieb bei seiner Vorstellung, wenigstens die westliche Hälfte der Monarchie nach den konservativen Grundsätzen einer Autonomie für die „historisch-politischen Individualitäten" zu organisieren. Ferdinand Frh. v. Beust, der nach der Niederlage von Königgrätz (Hradec Králové) 1866 neuernannte Außenminister der Monarchie, war anderer Meinung. Ihm zufolge sollte dem zentralistischen Aufbau in den Ländern der ungarischen Krone (in „Transleithanien") ein ebensolcher in „Cisleithanien" entsprechen, sollte mit der Wiedereinführung des Konstitutionalismus in Ungarn der Ausbau konstitutioneller Einrichtungen und Verfahrensweisen auch in der anderen Hälfte der Monarchie parallel gehen, sollte sich das dualistische System unter Vernachlässigung der Wünsche der Slawen (die freilich rein numerisch die Mehrheit der Staatsbevölkerung ausmachten) auf die beiden „Staatsvölker" der Magyaren und der Deutschen stützen.

Ein Großteil der Deutschliberalen wandte sich verhältnismäßig rasch von der bisher dominierenden Gesamtstaatsideologie ab, sie übertrugen ihre Vorstellungen und Wünsche nun vom Ganzen auf den westlichen Teil der Monarchie, in dem sie ihre Ansichten von Nationalismus und Konstitutionalismus durchsetzen wollten. Gewissermaßen als Preis für die Zustimmung zum Ausgleich verlangten und erhielten die Deutschliberalen jene „Erweiterung der Verfassung", die sie unter Schmerling vergeblich erhofft hatten. Verschiedene Gesetze, die schon im Sommer und Herbst 1867 vom Kaiser sanktioniert wurden, vor allem aber die unter dem Namen „Dezemberverfassung" (weil am 21. Dezember 1867 sanktioniert) bekannt gewordenen Staatsgrundgesetze ließen nun auch Cisleithanien zu einem „Verfassungsstaat", zu einem konstitutionellen Staat werden, wenngleich manches auch weiterhin noch ungelöst blieb und Anlaß zu zukünftigen Konflikten bot. Nichtdestoweniger bildeten die Dezembergesetze jenen Rahmen, in dem sich das konstitutionelle Leben bis zum Zerfall der Habsburgermonarchie im wesentlichen abspielte.

Schon 1868 wurde der Verwaltungsorganismus Cisleithaniens, so weit es nötig war, den Bestimmungen der Dezemberverfassung angeglichen (insbesondere die Trennung der Verwaltung von der Rechtspflege in allen Instanzen verfügt). Prinzipielle Änderungen im Verwaltungsaufbau ergaben sich nicht, wohl aber traten an die Stelle der alten Bezirksämter neue Behörden, die Bezirkshauptmannschaften, die mehrere bisherige Amtssprengel zusammenfaßten.

Man hat den westlichen Teil der Monarchie, wie er sich nach 1867 präsentierte, als „dezentralisierten Einheitsstaat" bezeichnet, in dem die Länder eine eher untergeordnete Position einnahmen. Das stimmt sicherlich, wenn man bloß die Normen des Verfassungs- und Verwaltungsrechts betrachtet. Richtet man das Augenmerk jedoch auf die Verwaltungspraxis, die „lebendige Verfassung", wie sie sich im Laufe der Zeit herausbildete, ist man versucht, den Stellenwert der Länder und ihrer Autonomie, aber auch den der Gemeinden, doch höher anzusetzen, als dies bisweilen in der historischen Literatur geschah.

Der trotz allem zentralistische Charakter Cisleithaniens sprach die Deutschliberalen noch aus einem anderen Grunde an: nur in einem solcherart organisierten Staat konnten sie die Verwirklichung ihrer nationalpolitischen Ziele erhoffen. *Verfassung und auf dem verbliebenen Gebiet kraftvolle deutsche Politik* war das Motto jener Deutschliberalen, die den Ausgleich und den dualistischen Umbau des Gesamtstaates akzeptierten. Bezeichnenderweise waren es die Autonomisten, die als erste ihre staatsrechtlich-ideologischen Grundsätze modifizierten, um den nationalen Interessen zum Durchbruch zu verhelfen; ja sie waren schließlich sogar zur staatsrechtlichen Ausgliederung verschiedener von Slawen bewohnten Länder (Galizien, Bukowina, Dalmatien) aus Cisleithanien bereit, um solcherart die deutsche Vorherrschaft in der verbleibenden österreichisch-böhmischen Ländergruppe zu sichern.

Die Niederlage im Krieg gegen Preußen von 1866, das darauf folgende Ausscheiden aus dem Deutschen Bund und der erzwungene Verzicht, auf die staatliche Neugestaltung Deutschlands Einfluß zu nehmen, löste bei den Deutschen der Habsburger Monarchie eine tiefe Identitätskrise aus. Sie mußten ihre (im alten Sinne) großdeutschen, vielfach an der alten Reichsideologie orientierten Aspirationen begraben, sie verloren den Rückhalt am nationalen Hinterland, während ringsum das nationale Prinzip im Vormarsch begriffen war und gleichzeitig die Regierung Belcredi einen Kurs zu steuern schien, der die bisher eher unreflektiert angenommene Stellung der Deutschen als die staatstragende und staatserhaltende Nation par excellence in Frage zu stellen geeignet war.

Die tiefe Betroffenheit über diese Zustände, die Enttäuschung, daß es nicht gelungen war, Nation und Staat zur Deckung zu bringen, das aus Niederlage und Enttäuschung entsprungene Gefühl der Unterlegenheit führten manche dazu, ihr deutsches Nationalbewußtseins über die österreichische Staatsidee zu stellen: Die Siege Preußens gegen Frankreich 1870 und die Gründung des Deutschen Reiches haben in vielen von Deutschösterreichern bewohnten Städten der Monarchie eine Welle der Begeisterung für den neuen deutschen Staat hervorgerufen, wenn auch offen irredentistische Positionen erst später – und auch dann nur in vergleichsweise geringem Ausmaß – bezogen wurden. Die große Mehrheit akzeptierte schließlich die völkerrechtliche Verbindung zwischen Österreich-Ungarn und dem Deutschen Reich, wie sie seit dem Abschluß des Zweibundes 1879 bestand, und das Bewußtsein, in geistiger und kultureller Hinsicht auch weiterhin Teil der deutschen Nation zu sein, als ausreichenden Ersatz für die nicht zustandegekommene Deutsche Einheit.

Was die nationalpolitische Aufgabe der Deutschen innerhalb Cisleithaniens betrifft, kristallisierten sich nach 1867 zwei Varianten heraus: den einen ging es in der Nachfolge der Autonomisten darum, die dominante Stellung der Deutschen, den *deutschen Besitzstand*, möglichst unversehrt zu bewahren, auch wenn dies auf Kosten einer freien Entwicklung anderer Nationalitäten ging. Andere wiederum sahen die Aufgaben der Deutschen im und für den Staat positiver: Die Deutschen seien *der Kitt und die festen Quadern des Ganzen* (H. v. Srbik); nur sie konnten den anderen Nationen die Fortschritte von Kultur und Zivilisation vermitteln.

Solche Ansichten mußten zwangsläufig den Widerspruch der anderen Völker Österreichs erwecken, deren nationales Bewußtsein seit den Tagen des Neoabsolutismus sich ungemein entwickelt hatte, wenn auch die diversen Nationalbewegungen keineswegs in allen Fällen die gesamte Bevölkerung erfaßt hatten.

Die Gegnerschaft gegen die im Dualismus gefundene Ordnung wurde bei den Nichtdeutschen aus zwei, einander wechselseitig bedingenden und ergänzenden Wurzeln gespeist: aus der nationalen und der staatsrechtlichen. Die Polen, die seit 1863 dem Reichsrat ferngeblieben waren, verlangten schon seit der – von ihnen begrüßten – Sistierung des „Grundgesetzes über die Reichsvertretung" im September 1865 eine staatsrechtliche und verwaltungsmäßige Sonderstellung Galiziens, die Übertragung zahlreicher Kompetenzen vom Reichsrat an den Landtag, die Schaffung einer eigenen Zentralbehörde, die komplette Polonisierung von Verwaltung und Schulwesen usw. An der Slawenkonferenz, die Ende Juli 1866 in Wien stattfand und bei der auf der Grundlage des historischen Staatsrechts ein föderalistisch-autonomistisches Programm für die Umgestaltung der Gesamtmonarchie erarbeitet wurde, nahm auch Gołuchowski teil. (Übrigens waren bei diesen Besprechungen auch noch Repräsentanten der deutschen Autonomisten vertreten). Die Polen bzw. die in politischen Dingen führende Schicht des polnischen Adels distanzierten sich jedoch zusehends vom austroslawischen Programm, wie es die im wesentlichen bürgerlichen Nationalbewegungen der Tschechen und der Kroaten formulierten; eine Wendung, die sich schon in der Adresse des galizischen Landtags vom Dezember 1866 ankündigte. Vollends sichtbar wurde sie, als sich die Polen (anders als die Tschechen) im März 1867 bereit erklärten (übrigens nicht ohne Widerstände in den eigenen Reihen), den Wiener Reichsrat zu beschicken und damit den Ausgleich im Prinzip anzuerkennen.

Die Regierung honorierte diese „staatsbejahende" Einstellung der polnischen führenden Schichten zwar nicht mit der Erfüllung der staatsrechtlichen Forderungen (im September 1868 unternahm der galizische Landtag einen neuerlichen Vorstoß in dieser Richtung), gewährte aber im administrativen Bereich eine Reihe nicht unbeträchtlicher Konzessionen. Nach 1870 erfreute sich daher Galizien (und damit nur die Polen, denn der zweite im Land siedelnde Volksstamm, die bäuerlichen Ruthenen, wurden dabei ganz übergangen) im Rahmen des dualistischen Systems einer ziemlich ausgedehnten Autonomie, einer Autonomie freilich, die in höchst unsystematischer Weise zustandegekommen war und deren Qualität sich auch fortwährend änderte, die aber doch entschieden weiter ging als die der anderen Kronländer. Als äußeres Zeichen dieser Sonderstellung kann neben der Einführung der polnischen Amtssprache im inneren Dienst der Behörden, Gerichte und im Schulwesen (1869/70) die Ernennung eines „Ministers für Galizien" gelten, dem auf der obersten Ebene der Staatsverwaltung eine Art Präventivkontrolle über alle, Galizien betreffenden Dinge und darüber hinaus beträchtlicher Einfluß auf Beamtenernennungen zukam.

Gelangte Galizien durch Konzessionen „von Fall zu Fall" in den Genuß seiner besonderen Autonomie (wobei gewiß auch die besondere strategische Lage eine Rolle spielte), lag der autonomen Stellung Kroatiens innerhalb der Länder der ungarischen Krone ein spezielles Abkommen zugrunde, der sog. ungarisch-kroatische Ausgleich des Jahres 1868. Die Kroaten, die sich auf das historische Recht beriefen, neigten – wie erwähnt – einer föderalistischen Lösung zu; ihre Aspirationen fielen allerdings den Absichten des Kaisers zum Opfer, mit den Ungarn zu einer Verständigung zu gelangen. Die Ungarn anerkannten zwar den Charakter der Kroaten als „politische Nation" und billigten ihnen ein gewisses Maß an innerer Autonomie zu. Sie verstanden es aber, die Form über den Inhalt zu stellen, so daß letztlich die autonomen kroatischen Institutionen relativ wirkungslos blieben, besonders wenn es um finanzielle und wirtschaftliche Fragen ging. Auch eine Revision des Ausgleichs 1873 und die – in staatsrechtlicher, „nationaler" Hinsicht als Erfolg zu wertende – Inkorporierung der kroatisch-slawonischen Militärgrenze in den Jahren 1871–1881 änderten wenig. Hier zeigt sich eine Parallele zu Galizien: so positiv sich das größere Ausmaß an Eigenständigkeit im national- und kulturpolitischen Bereich auch auswirkte, sowenig konnten oder wollten die führenden Schichten beider Länder das Instrumentarium der auf den konservativen Grundlagen des historischen Rechts beruhenden Autonomie zur Bewältigung wirtschaftlicher Probleme einsetzen.

Wie die Polen hatte auch die tschechische Nationalbewegung die Sistierung des „Grundgesetzes über die Reichsvertretung" begrüßt und sich von dieser Wende in teilweiser Verkennung von Belcredis Absichten Vorteile für die eigenen Vorstellungen erhofft, die auf eine größere Selbständigkeit der böhmischen Länder hinausliefen.

So unterschiedlich die gesellschaftspolitischen Positionen der Alttschechen, der Jungtschechen und der „böhmischen Feudalen" auch sein mochten, in nationalpolitischer und staatsrechtlicher Hinsicht einigten sie sich auf gemeinsames Vorgehen gegen die Wiener Zentrale. Ziel ihrer Wünsche war das „Böhmische Staatsrecht". Dem stand freilich nicht nur die damals noch geringe Neigung auch der nationalbewußten Tschechen Mährens und Schlesiens entgegen, sich Prag anzuschließen; entschiedenen Widerspruch erfuhr die These von den deutschböhmischen Politikern, die von einer solchen Entwicklung den Verlust ihrer bisherigen Position befürchteten und die gerade deshalb Anhänger eines scharfen Zentralismus und einer *kraftvollen deutschen Politik* waren.

Die von tschechischen Politikern im Sommer 1866 initiierte Konferenz slawischer Parteiführer führte zu nichts. Belcredi, der vage Versprechungen hinsichtlich einer möglichen Krönung Franz Josephs zum König von Böhmen und anderer Konzessionen gemacht hatte, lehnte die auf dieser Konferenz entwickelten Föderationspläne ab, *denn sie wäre(n) in erster Linie die Auflösung der bisherigen Gemeinsamkeit, um sodann, und zwar in ziemlich willkürlicher und mechanischer Weise, zu einer teilweisen Wiedervereinigung zu schreiten.* Das wäre *mit dem Grundsatze des Oktoberdiploms,* nämlich der Berufung auf das historische Recht, *nicht in Einklang zu bringen.*

Durch den österreichisch-ungarischen Ausgleich sah sich die tschechische Nationalpartei um all ihre Hoffnungen gebracht. Die vielbesprochene „Pilgerreise nach Moskau" im Jahre 1867, die eine mögliche Umorientierung der bisher im Grunde austroslawischen Politik in eine panslawistische Richtung andeutete, war Ausdruck dieser Enttäuschung. Das blieb allerdings Episode. Im August des darauffolgenden Jahres unterzeichneten die tschechischen Abgeordneten des böhmischen und des mährischen Landtags eine staatsrechtliche Deklaration, in der sie den österreichisch-ungarischen Ausgleich und die Dezemberverfassung ablehnten und eine *Übereinkunft zwischen dem allerdurchlauchtigsten König und der politisch-historischen, auf einer richtigen und geregelten Grundlage vertretenen böhmischen Nation* forderten. Unterstützt wurde diese Forderung nach einer der Stellung Ungarns ähnlichen für die böhmischen Länder durch eine Reihe von Volksversammlungen, tabori, in denen sich nationale Anliegen mit demokratischen verbanden.

1871 erfolgte mit den sog. „Fundamentalartikeln" ein neuerlicher Versuch, die Position Böhmens gegenüber Cisleithanien im föderalistischen Sinne zu verschieben. Im September 1871 anerkannte Franz Joseph in einem Reskript an den böhmischen Landtag *die staatsrechtliche Stellung der Krone Böhmens* und stellte seine Krönung in Aussicht. Nach heftigen Protesten nicht nur der Deutschböhmen, sondern der gesamten Verfassungspartei, von Seiten Ungarns und des Deutschen Reiches verweigerte jedoch der Herrscher die Zustimmung zu den Fundamentalartikeln und zum parallel dazu vorgelegten Nationalitätengesetz, das in vielem die Gleichstellung der Tschechen mit den Deutschen im Lande gebracht hätte.

Auch die Italiener im südlichen Teil Tirols, die ja in einem sprachlich und ethnisch ziemlich geschlossenen Gebiet wohnten, verlangten die Schaffung eines von Innsbruck unabhängigen Gebietes und die Gewährung eines eigenen Landtags oder wenigstens die Einrichtung von zwei nach nationalen Kriterien getrennten Landtagssektionen. Die Konservativen Tirols standen anfänglich diesen Wünschen nicht ohne Verständnis gegenüber, ab 1866, dem Verlust Venetiens und dem Auftreten irredentistischer Kundgebungen im Trentino, verhärtete sich ihre Haltung; sie maßen nun der Erhaltung der Landeseinheit größere Bedeutung bei. Die Liberalen in der Wiener Regierung und im Reichsrat (dem übrigens seitens der Tiroler konservativ-föderalistischen Landtagsmehrheit die Kompetenz abgesprochen wurde, in dieser, die Tiroler Landesverfassung tangierenden Frage einzugreifen) argumentierten, daß die verfassungsrechtliche Frage Welschtirols im Hinblick auf die übrigen Kronländer (hier dachte man vornehmlich an Böhmen) nicht verselbständigt werden dürfe. So kam es nur zu Konzessionen im administrativen Bereich, etwa zur Schaffung einer Statthaltereiexpositur in Trient (Trento).

Das Mißbehagen gegen den durch die Dezembergesetze zementierten Zentralismus erfaßte auch deutsche Politiker. Der Vorarlberger Landtag setzte sich zu eben jener Zeit, als die Fundamentalartikel zur Diskussion standen, in einer Adresse an den Kaiser massiv für die Autonomie des Landes ein. Es hieß dort, daß die von den Dezembergesetzen geschaffenen Zustände unhaltbar seien und daß diese durch eine Regelung zu ersetzen wären, welche *uns das Recht freier Selbstbestimmung und Ordnung unserer eigenen Angelegenheiten wahrt und dem Lande . . . seine Integrität als selbständiges Glied gegen jeden Versuch einer Verschmelzung mit anderen Ländern oder Ländergruppen* wahrt. Nichts könnte die föderalistische Position besser beleuchten als diese sehr selbstbewußte Sprache der Landesvertretung des kleinsten Kronlandes Cisleithaniens, eine Haltung, die von der mittlerweile wieder von Liberalen geführten Wiener Regierung mit der umgehenden Auflösung des unbotmäßigen Landtags beantwortet wurde. Und als 1873 der bisherige Modus der Beschickung des Reichsrates durch Delegationen seitens der Landtage aufgehoben und durch direkte Wahlen ersetzt wurde, da war es der Tiroler Landtag, der heftig dagegen protestierte, daß *dem Landtag das Recht der Mitwirkung an den gemeinsamen Angelegenheiten des Reiches* genommen wurde, ein Recht, *in welchem die politische Individualität des Landes ihren stärksten Ausdruck findet.*

Basierten die bisher erörterten Regelungen auf dem Prinzip des historischen Rechts, wobei bei den nichtdeutschen Völkern nationale Aspirationen eine mindestens ebenso große Rolle spielten wie staatsrechtliche, wurden auch andere, auf rein ethnischen Momenten basierende Alternativen zur dualistischen Reichsstruktur formuliert (schließlich ist nicht zu übersehen, daß ja auch dem Dualismus eine das Nationale hervorkehrende Interpretation gegeben wurde). Es waren die Slowenen, die in den sechziger Jahren ihr im Naturrecht wurzelndes Programm wiederbelebten, nämlich die Vereinigung aller von Slowenen bewohnten Gebiete, ohne Rücksicht auf die bestehenden Kronländergrenzen, zu einer autonomen territorialen Einheit („Vereintes Slowenien"). Diesem Beispiel eines ethnischen Föderalismus, demzufolge ein Gebilde entstehen sollte, *welches seine Staatsgenossen unter der magna charta einer Grammatik vereinigt* (Anastasius Grün), war trotz Unterstützung durch eine Reihe von Volksversammlungen (tabori) ebensowenig Erfolg beschieden wie dem Versuch, die nationalpolitischen Interessen der Slowenen mit der Lehre von den historisch-politischen Individualitäten in Einklang zu bringen (Erneuerung der ehemaligen Ländergruppe „Innerösterreich" durch Zusammenfassung der Länder Steiermark, Kärnten, Krain und Küstenland, Einrichtung eines Generallandtags und einer Hofkanzlei). Die slowenische Nationalbewegung blieb genauso erfolglos wie die der nichtmagyarischen Nationalitäten Ungarns, die alle am nationalliberalen, konstitutionellen Zentralismus dieses Staates scheiterten und sich daraufhin in die Politik des „Passivismus" flüchteten: der Slowaken, die im Memorandum von 1861 die Schaffung eines „Oberungarischen Slowakischen Kreises" und die Anerkennung der slowakischen Nation als Rechtspersönlichkeit forderten; der Serben, die sich zuerst für eine autonome Vojvodina, nach dem Ausgleich für eine ehrliche Handhabung der Gleichberechtigung der Nationalitäten aussprachen; der siebenbürgischen Rumänen, die die Wiederherstellung der Autonomie Siebenbürgens und die Anerkennung der korporativen Rechte der Rumänen verlangten.

Mit den Fundamentalartikeln scheiterte der letzte ernsthafte Versuch, den dezentralisierten Einheitsstaat bzw. die dualistische Ordnung als solche grundsätzlich zu ändern. Sicherlich gab es auch weiterhin Spannungen zwischen Zentralisation und Föderalisierung bzw. Autonomie, doch sollte sich die politische Auseinandersetzung nun nicht mehr in den Kategorien „für" oder „gegen" die verfassungsmäßig niedergelegte Grundordnung abspielen, sondern es ging im Rahmen der nun einmal vorgegebenen Staatsstruktur um die Verteilung der Macht im Staate, wofür auch der Eintritt der tschechischen Abgeordneten in den Reichsrat im Jahr 1879 ein Indiz ist.

In dem Ausmaß, als staatsrechtliche Forderungen aus dem Umkreis politischer Erwägungen verschwanden, trat die nationale Komponente, die in den Föderationsplänen immer auch enthalten war, stärker in den Vordergrund. Allerdings trat sie nun vor allem im administrativen Bereich zutage, wo sie zuerst als Sprachenfrage, als Recht auf den Gebrauch und die „Gleichberechtigung aller landesüblichen Sprachen in Schule, Amt und öffentlichem Leben" auftrat. Der Artikel 19 des Staatsgrundgesetzes über die allgemeinen Rechte der Staatsbürger vom 21. Dezember 1867, aus dem diese Formulierung stammt, setzte darüberhinaus in Absatz 1 fest: *Alle Volksstämme des Staates sind gleichberechtigt, und jeder Volksstamm hat ein unverletzliches Recht auf Wahrung und Pflege seiner Nationalität und Sprache.* Nun war dem liberalistischen Staatsdenken der Gedanke, die Nationalitäten als Kollektiv mit Rechtspersönlichkeit auszustatten, durchaus fremd. Dennoch fanden sich Formen, in denen das Zusammengehörigkeitsgefühl und die Identität der Nationalitäten zum Ausdruck gebracht werden konnten: das weitverzweigte Vereinswesen, das System der autonomen Verwaltung auf Gemeinde-

und Bezirksebene, aber auch Manifestationen im kulturellen Bereich, wie beispielsweise die Errichtung des tschechischen Nationaltheaters, bildeten jenen Rahmen, innerhalb dessen sich das nationale Leben bis in die siebziger Jahre vornehmlich entfaltete. Doch der überbordende Drang der Nationalitäten, in das Institutionengefüge Cisleithaniens integriert zu werden, führte zur Suche nach neuen institutionellen Formen, die über das Territorialprinzip und damit über „das traditionelle Inventar des liberalen Konstitutionalismus“ (G. Stourzh) hinausgingen. Die auf dem Personalitätsprinzip beruhenden Vorstellungen der „nationalen Autonomie“ signalisierten auch eine qualitative Änderung des Konflikts der Nationalitäten: dieser wurde immer mehr zum „Kampf der österreichischen Nationen um den Staat“ (K. Renner).

Das nationale Prinzip mit dem im Dynastischen wurzelnden Bauplan des Reiches, mit einer Ausweitung und Vertiefung des konstitutionellen Gehalts des politischen Lebens sowie mit den Erfordernissen einer insgesamt durchgreifenden, wenn auch regional und phasenweise höchst unterschiedlichen Modernisierung zu verbinden, das war die Form, in der sich das „Problem der konstruktiven Reichsgestaltung“ in der zweiten Hälfte der Regierungszeit Franz Josephs stellte.

Literatur (in Auswahl):

Bernatzik, Edmund (Hg.), Die österreichischen Verfassungsgesetze mit Erläuterungen, Wien[2] 1911. – *Brandt, Harm-Hinrich*, Der österreichische Neoabsolutismus: Staatsfinanzen und Politik 1848–1860, 2 Bde. (Schriftenreihe der Historischen Kommission bei der Bayerischen Akademie der Wissenschaften 15), Göttingen 1978. – *Brauneder, Wilhelm* und *Lachmayer, Friedrich*, Österreichische Verfassungsgeschichte. Einführung in Entwicklung und Strukturen, Wien[2] 1980. – *Eder, Karl*, Der Liberalismus in Altösterreich. Geisteshaltung, Politik und Kultur (Wiener historische Studien 3), Wien–München 1955. – *Fellner, Fritz*, Das „Februarpatent“ von 1861. Entstehung und Bedeutung, in: Mitteilungen des Instituts für Österreichische Geschichtsforschung 63 (1955) 549–564. – *Fellner, Fritz*, Kaiser Franz Joseph und das Parlament. Materialien zur Geschichte der Innenpolitik Österreichs in den Jahren 1867–1873, in: Mitteilungen des Österreichischen Staatsarchivs 9 (1956) 287–347. – *Franz, Georg*, Liberalismus. Die deutschliberale Bewegung in der habsburgischen Monarchie, München 1955. – *Friedjung, Heinrich*, Österreich von 1848 bis 1860, 2 Bde., Stuttgart–Berlin 1908, 1912. – *Hantsch, Hugo*, Das Nationalitätenproblem im alten Österreich. Das Problem der konstruktiven Reichsgestaltung (Wiener historische Studien 1), Wien 1953. – *Haselsteiner, Horst*, Die Serben und der Ausgleich. Zur politischen und staatsrechtlichen Stellung der Serben Südungarns in den Jahren 1860–1867 (Wiener Archiv für Geschichte des Slawentums und Osteuropas 9), Wien–Köln–Graz 1976. – *Holotík, L'udovit* (Hg.), Der österreichisch-ungarische Ausgleich 1867. Materialien der internationalen Konferenz in Bratislava 28. 8.–1. 9. 1967, Bratislava 1971. – *Hugelmann, Karl Gottfried* (Hg.), Das Nationalitätenrecht des alten Österreich, Wien–Leipzig 1934. – *Kann, Robert A.*, Das Nationalitätenproblem der Habsburgermonarchie. Geschichte und Ideengehalt der nationalen Bestrebungen vom Vormärz bis zur Auflösung des Reiches im Jahre 1918, 2 Bde. (Veröffentlichungen der Arbeitsgemeinschaft Ost 4 und 5), Graz–Köln[2] 1964. – *Macartney, Carlile Aylmer*, The Habsburg Empire 1790–1918, London[2] 1971. – *Mischler, Ernst* und *Josef Ulbrich* (Hgg.), Österreichisches Staatswörterbuch. Handbuch des gesamten österreichischen öffentlichen Rechts, 4 Bde., Wien[2] 1905–1909. – *Die Protokolle des österreichischen Ministerrates 1848–1867.* Einführungsband; Abt. III: Das Ministerium Buol-Schauenstein (bisher 3 Bde.); Abt. IV: Die Ministerien Erzherzog Rainer und Mensdorff (bisher 2 Bde.); Abt. VI: Das Ministerium Belcredi, 2 Bde., Wien 1970f. – *Redlich, Josef*, Das österreichische Staats- und Reichsproblem. Geschichtliche Darstellung der inneren Politik der habsburgischen Monarchie von 1848 bis zum Untergang des Reiches, 2 Bde., Leipzig 1920, 1926. – *Rumpler, Helmut*, Der Kampf um die Kontrolle der österreichischen Staatsfinanzen 1859/60. Ein Beitrag zur Geschichte des parlamentarischen Budgetrechts, in: Gesellschaft, Parlament und Regierung. Zur Geschichte des Parlamentarismus in Deutschland, hrg. v. *Gerhard A. Ritter*, Düsseldorf 1974, 165–188. – *Somogyi, Éva*, Vom Zentralismus zum Dualismus. Der Weg der deutschösterreichischen Liberalen zum Ausgleich von 1867 (Veröffentlichungen des Instituts für Europäische Geschichte Mainz, Abt. Universalgeschichte, Beiheft 13), Wiesbaden 1983. – *Stölzl, Christoph*, Die Ära Bach in Böhmen. Sozialgeschichtliche Studien zum Neoabsolutismus 1849 bis 1859 (Veröffentlichungen des Collegium Carolinum 26) München–Wien 1971. – *Szabad, György*, Hungarian political trends between the revolution and the compromise (1849–1867) (Studia Historica Academiae Scientiarum Hungaricae 128) Budapest 1977. – *Tapié, Victor Lucien*, Die Völker unter dem Doppeladler, Graz 1975. – *Walter, Friedrich*, Die österreichische Zentralverwaltung, 3. Abteilung: Von der Märzrevolution 1848 bis zur Dezemberverfassung 1867, 4 Bde. (Veröffentlichungen der Kommission für Neuere Geschichte Österreichs 49, 50, 54, 55), Wien 1964–1971. – *Wandruszka, Adam*, Österreich-Ungarn vom ungarischen Ausgleich bis zum Ende der Monarchie (1867–1918), in: Handbuch der Europäischen Geschichte 6, hrg. v. *Theodor Schieder*, Stuttgart 1968, 353–399. – *Wandruszka, Adam* und *Peter Urbanitsch* (Hgg.), Die Habsburgermonarchie 1848–1918. Bd. I: Die wirtschaftliche Entwicklung (hg. v. *Alois Brusatti*) Wien 1973; Bd. II: Verwaltung und Rechtswesen, Wien 1975; Bd. III/1, 2: Die Völker des Reiches, Wien 1980; Bd. IV: Die Konfessionen, Wien 1984. – *Wierer, Rudolf*, Der Föderalismus im Donauraum, Graz 1960. – *Winter, Eduard*, Revolution, Neoabsolutismus und Liberalismus in der Donaumonarchie, Wien 1969.

Alfred Ableitinger

DIE REVOLUTION 1848/49

Das Jahr 1848/49 als österreichisches Revolutionsjahr enthielt, offenbarte und konkretisierte die großen Themen des Franz-Joseph-Zeit. Mit Robert A. Kann zu sprechen, handelte es sich gleichzeitig um das konstitutionell-liberale, das soziale und – „am bedeutungsvollsten" – um das nationale Thema. Weitgehend formulierte 1848 aus diesen allgemeinen Themen auch schon bestimmte Fragen, die in den folgenden Jahrzehnten dann teils zufriedenstellende Antworten erhielten – und somit als besonders akute Fragen zu existieren aufhörten –, teils unbeantwortet blieben. In Österreich provozierte der Verlauf der Dinge 1848 zudem den Thronwechsel, entschied, daß Franz Joseph – ähnlich wie sein Großvater Franz II. (I.) – als sehr junger Mann und in außergewöhnlich dramatischer Zeit die Regierung übernahm. Dieser Sachverhalt bestimmte mit darüber, daß die Jahre, die auf 1848 im Lande folgten, auch in hohem Maße von den Reaktionen eines sehr jungen Monarchen auf das 1848er Jahr geprägt wurden – und anschließend von der Verarbeitung der inneren und äußeren Niederlage durch ihn, in die ihn eben seine Reaktionen recht bald geführt hatten.

Charakteristisch ist, daß die erwähnten drei großen Themen 1848 politisiert wurden, teils erstmals, teils mit ungeahnter Rapidität und Energie, jedenfalls aber nicht durch die bis dahin allein zur politischen Entscheidung befugten Institutionen der absoluten Monarchie des Vormärz. Mehr als in Aufruhr und blutigen Barrikadenkämpfen manifestierte sich darin das Revolutionäre des Geschehens. Mit unerhörter Vehemenz wurde für vielerlei die politische Entscheidung, d. h. die fortan verbindliche, unabweisbar gefordert, wurde vielerlei aktiv von Kräften „auf die politische Tagesordnung" gesetzt, die bis dahin zu dieser Tagesordnung nichts zu sagen gehabt hatten: von den Revolutionären und ihrem Anhang. Die Protagonisten der absoluten Monarchie zeigten sich demgegenüber erst wehrlos, später vor die Alternative gestellt, nachzugeben, Kompromisse zu schließen oder auf die – wieder verfügbare – militärische Gewalt zurückzugreifen bzw. mit ihrem Einsatz zu drohen. Ihre Bereitschaft dazu kennzeichnete die Schlußphase der Revolution vom Herbst 1848 an. Sie entschied aber nichts über das Fortleben der aktualisierten Probleme von 1848.

Soziale, konstitutionelle, nationale Gehalte der Revolution zu nennen, bedeutet freilich nur, Themenüberschriften zu geben. Die Themen selber zu umschreiben, ihre Formulierung in konkrete und eben in dieser Fassung dann oft lang fortdauernde Fragen zu umreißen und den Konflikt sowie den Konfliktverlauf zwischen diesen Konkretisierungen untereinander bzw. zwischen einzelnen von ihnen und den Trägern des ancien régime zu skizzieren, soll Gegenstand der folgenden, notwendigerweise bloß einleitenden Bemerkungen sein.

I.

1. Die soziale Revolution betraf in erster Linie das Rechtsverhältnis zwischen Bauern und Grundherren. Bei aller Unterschiedlichkeit seiner Ausgestaltung im einzelnen war es generell dadurch charakterisiert, daß der Bauer nur ausnahmsweise Eigentümer des von ihm bewirtschafteten Bodens war. Das galt zwar schon lange als unhaltbarer Zustand, dennoch war es immer nur zu Teillösungen gekommen, bzw. seine Änderung war dem freien Übereinkommen der Beteiligten überlassen geblieben. Sowie im März 1848 Unruhen ausbrachen – und noch bevor die Bauernschaft von ihnen sozusagen angesteckt werden konnte –, war von Bregenz bis Debrecen und von

Prag bis Zagreb allseits klar, daß das Problem nun gelöst werden müßte. Allerdings versuchte die erste Märzregierung in Wien noch – die Regierung, die aufgrund und als Errungenschaft der ersten Revolutionswelle vom Kaiser ernannt worden war – dieses Thema der Gesetzgebung der Landtage zu überantworten. Diese sollten ihrerseits, verglichen mit den vormärzlichen, nach dem Willen dieser Regierung nur teilweise reformiert sein, ihre Zusammensetzung sollte sich aus einer Vereinbarung zwischen den bisherigen Landtagsmitgliedern und den jeweiligen Trägern der Revolution im Lande ergeben. Im Hinblick auf diesen Sachverhalt konnte es nicht überraschen, daß die Bauern von den Resultaten derart zusammengesetzter Gesetzgebungskörper – wenn Resultate überhaupt zustandekamen – nicht befriedigt wurden. Sie begannen bisherige Leistungen an die Grundherren zu verweigern. So sah sich die nächste Wiener Regierung dazu genötigt, dem Reichstag eine generelle Regelung vorzuschlagen, und ihr kam in diesem Parlament Hans Kudlichs Antrag vom 25. Juli 1848 zuvor. Daß in den folgenden Wochen bis zur Entscheidung am 7. September die Entschädigungsfrage ganz ins Zentrum rückte und das Prinzip der Grunduntertänigkeit keine Verteidiger mehr fand und daß es über das Revolutionsende hinaus in der Substanz bei der damals erreichten Regelung blieb, war ein Indiz mehr für das revolutionäre Potential, das in diesem sozialen Thema steckte. Umgekehrt: die hier so engagierten Bauern waren für andere Themen des Jahres 1848 nicht entfernt ähnlich politisierbar, sie zogen sich, nicht zuletzt zu Kudlichs Enttäuschung, aus der Revolution de facto zurück.

2. Einer ähnlich tiefgreifenden sozialen Revolutionierung bedurfte es 1848/49 im bürgerlich-gewerblichen Sektor nicht mehr. Was das ökonomische Disponieren rechtlich jahrhundertelang eingegrenzt hatte, voran das Zunftwesen, war seit langem gelockert und durchlöchert bzw. für neue Gewerbezweige durch zahlreiche Gewerbeordnungen des 18. und frühen 19. Jahrhunderts ergänzt. Handels- und im engeren Sinn industrielle Tätigkeit hatte im Vormärz unter jenen älteren Schranken kaum mehr zu leiden gehabt. Fehlte es daher in diesen Bereichen an revolutionärem Explosivstoff, so blieben freilich auch von ihnen her genug Wünsche an die staatlichen Institutionen offen – wie immer diese verfaßt waren. Die nachrevolutionäre neoabsolute und die frühkonstitutionelle Ära ab 1860/61 sollten davon mit einer umfangreichen Gesetzgebung besonders rechtspolitischer und fiskalischer Natur Zeugnis geben.

3. Anders wieder war 1848 die Lage der Lohnbeschäftigten. Litten der Agrarsektor seit der Mitte der 1840er Jahre an schlechten Ernten (und damit am Preisverfall für Vieh infolge von Zwangsschlachtungen) und der gewerbliche im allgemeinen an einer Nachfrageschwäche (verursacht u. a. durch extrem erhöhte Aufwendungen der Bevölkerung für Getreideprodukte und Kartoffel), so verspürten die industriellen und gewerblichen Unselbständigen die konjunkturelle und strukturelle Depression als Lohndruck (bei gleichzeitigem Preisauftrieb) und als Arbeitslosigkeit. Hier lag sozialer Explosivstoff, der sich einerseits gegen Maschinen und deren unternehmerische Eigentümer richtete, andererseits Erwartungen an den Staat herantrug, gerade auch an den konstitutionell revolutionierten Staat. Doch zeigte sich das Volumen dieser potentiell revolutionären Gärung bzw. das ihrer politischen Mobilisierbarkeit noch als zu gering, um selbst mit einer eigenen Revolutionsbewegung das Jahr 1848 im Habsburgerreich prägen zu können. Zwar gab es in Prag schon im März 1848 Forderungen nach gesetzlicher, d. h. nach staatlicher Organisation der Lohnarbeit, nach gesetzlicher Fixierung des Arbeitslohnes; aber es charakterisiert den Stellenwert dieser Postulate, daß sie sehr rasch hinter allgemeinen konstitutionellen und spezifisch tschechisch-nationalen zurückzutreten hatten. Zwar wurde in Wien zwischen Früh- und Spätsommer implizit so etwas wie Beschäftigungsgarantie durch den Staat unter Einhaltung eines bestimmten Lohnniveaus beansprucht; aber als sich der Staatsapparat in Gestalt von konstitutionell-liberaler Regierung und Wiener Sicherheitsausschuß dem schließlich verweigerte, mündete der Konflikt nur in die blutigen Auseinandersetzungen eines Tages, des 23. August, nicht in eine neue sozialrevolutionäre Welle. Im ganzen verstärkte das zeitgenössische Revolutionspotential der

städtischen Lohnbeschäftigten das allgemeine revolutionäre Geschehen, akzentuierte es dessen demokratisch-radikale Seite im Gegensatz zur gemäßigten liberalen. Zeitweise explodierte es punktuell in Aufruhrakten gegen Bäcker, staatliche Konsumsteuerämter („Linienämter") und, wie im August, gegen den staatlichen Arbeitgeber. Der Vergleich mit dem zeitgenössischen Paris zeigt freilich, wie wenig in Österreich Arbeiter-Revolution stattfand, und wie sehr versuchte Arbeiter-Revolution 1848 auf dem europäischen Kontinent isoliert war. Diesen Sachverhalt beleuchtet auch der Umstand, daß Karl Marx' Aufenthalt in Wien Anfang September 1848 noch ohne Resonanz blieb.

II.

Den größten gemeinsamen Nenner erreichte die Revolution 1848/49 im europäischen wie auch im habsburgischen Rahmen als konstitutionelle Revolution. Als solche war sie, in R. A. Kanns Terminologie, zugleich die „liberale". Aber diese Bezeichnung erscheint problematisch, denn das Wort „liberal" deckt einerseits zwar die prinzipielle Forderung nach „Konstitution", da „Liberale" im Vormärz diese Forderung überall dort erhoben, wo absolute Monarchien das politische Feld noch allein behaupteten; andererseits jedoch bedeutet „liberal" 1848 auch eine bestimmte Art, die prinzipielle Forderung zu konkretisieren, bedeutet ein einigermaßen abgrenzbares Ensemble von einzelnen Postulaten, das sich von einem Set anderer, zumeist weitergehender Postulate unterscheidet. Und dieses Set wird historisch korrekt mit dem Vokabel „demokratisch" erfaßt. Vielleicht wird der komplexe Sachverhalt am angemessensten derart ausgedrückt, daß auf der Ebene, auf dem Aktionsfeld „liberales System" (E. Nolte) – hier zu identifizieren mit Konstitutionalismus überhaupt –, 1848 in Österreich liberale und demokratische Tendenzen wirksam wurden, teils gegen die Beharrungsmacht des ancien régime kooperierten, teils aber auch miteinander in heftige Konflikte gerieten.

Konstitution schlechthin meint 1848 im Wesen zweierlei: Erstens Formulierung von Grund- oder Menschen- und Bürgerrechten (später: „allgemeine Rechte der Staatsbürger"), ihre rechtsstaatliche Garantie durch, mindestens in letzter Instanz, unabhängige Rechtssprechung über sie und Sicherung solcher richterlichen Unabhängigkeit gegenüber Eingriffen der Regierungsmacht. Damit soll ein dem staatlichen Zugriff entzogener Privatraum für die vor diesem Gesetz dann gleichen Staats-Bürger und für ihre Beziehungen untereinander ausgegrenzt und so feierlich wie praktisch wirksam gewährleistet werden. In der Differenzierung zwischen den Bereichen öffentlichen und privaten („zivilen", „bürgerlichen") Rechtes seit dem 18. Jahrhundert vorbereitet, wird dieses Thema zwar 1848/49 nicht erledigt, doch erfährt es während der 1860er Jahre eine so weitgehende befriedigende Regelung, daß diese später in Cisleithanien kaum mehr umstritten ist, ja sogar 1918/20 von der Republik Österreich übernommen werden kann. Nicht verwunderlich daher auch, daß sich bei diesem Gegenstand liberale und demokratische Tendenz 1848 kaum unterscheiden.

Anders verhält es sich bei der zweiten Dimension des Konstitutions-Postulates, bei der partizipatorischen. Liberale und demokratische Richtung trugen 1848 einen latenten und manchmal auch manifesten Konflikt über das Maß wünschenswerter politischer Mobilisierung der Bevölkerung, über den Grad ihrer politischen Mitentscheidung im Staate und insbesondere über die Frage aus, wem – sozial gesehen – Mitentscheidung in Gestalt von Wahlberechtigung eingeräumt werden sollte bzw. wem nicht. Ende April und besonders im Mai 1848 gewannen diese Streitpunkte in Wien zentralen Rang: Nachdem, analog zu fast allen Staaten des Deutschen Bundes, auch in Österreich die Wahlen zur Deutschen Nationalversammlung in Frankfurt am Main auf der Grundlage eines fast allgemeinen und gleichen (Männer-)Wahlrechtes ausgeschrieben und weitgehend auch durchgeführt worden waren, sah die Regierung Pillersdorf für die Wahlen zum österreichischen Reichsrat ein sehr ausgeprägtes Zensuswahlrecht vor, das Begüterten Wahlrecht zusprach, Nichtvermögende aber ausschloß (8. Mai). Liberale, großbürgerliche Vereine zeigten sich zufrieden, demokratische Kleinbürger

Denkblatt an Österreichs drei glorreiche Tage (Wien, Historisches Museum der Stadt Wien)

und Arbeiter protestierten dagegen und nahmen die Wahlordnung z. T. zum Anlaß, sich in eigenen Vereinen zu organisieren. Mit der Wahlordnung war ihre Schmerzschwelle vollends überschritten worden. Denn schon zuvor hatte sie die Konstitutions-Urkunde vom 25. April, die „Pillersdorfsche Verfassung", erbittert: Sie sah zwei Kammern für das zentrale Parlament Österreichs, den Reichstag, vor, deren erste, den Senat, allein der Monarch durch Ernennung der Senatoren kreierte, sodaß die zweite, die gewählte, in ihrem Stellenwert stark beschnitten wurde. Und sie hatte überdies die Verfassung selbst schon formuliert, einseitig als Werk des Kaisers und der von ihm berufenen Minister, und dem kommenden Reichstag damit jede verfassunggebende Kompetenz entzogen. Beide Regelungen standen, nicht anders als die Wahlordnung, im Gegensatz zum Einkammersystem und zum verfassunggebenden Anspruch der Frankfurter Nationalversammlung, im Gegensatz zur „Paulskirche". Am 15. Mai zwang dann stürmischer Massenprotest, die „Sturmpetition", die Regierung zum Rückzug auf der ganzen Linie: das Wahlrecht wurde demokratisiert, auf den Senat verzichtet, dem Reichstag die Beratung der Konstitution zugewiesen. Kaiser und Hof flohen nach Innsbruck, zum Schrecken der Liberalen, die die „Herrschaft der Straße" drohen sahen, aber auch zum Mißfallen vieler anderer, die kaufkräftige Kundschaft verloren und/oder die „Kränkung" des „gütigen" Monarchen verurteilten. Der 26. Mai, seine 160 Barrikaden in Wien und die Entmachtung der Regierung durch den neu etablierten Sicherheitsausschuß – alles Reaktionen der Revolutionäre auf den Versuch der Regierung, durch Entwaffnung und Abschieben der Studenten aus der Hauptstadt das eigene Gewaltmonopol wiederherzustellen –, vertieften den Graben zwischen liberal und demokratisch. Dann aber verminderten sich diese Spannungen bis zum neuen revolutionären Ausbruch im Herbst; auch der Konflikt mit den Arbeitern im August verlief nicht eigentlich an den Fronten des Mai und auch die Eruption des 6. Oktober und die ihr folgenden drei Wochen in der nunmehr isolierten Hauptstadt ohne Monarchen und ohne Regierung belebten jene Fronten nicht wieder: Spontan und im Grunde ziellos, wie er geschah, schockierte der Ausbruch nicht mehr nur die liberalen Schichten sondern weitaus breitere; er vermochte kaum wirksame Resonanz außerhalb der Stadtgrenzen zu mobilisieren, er aktivierte zu seiner Verteidigung vielfach nur Männer, die der nun wirklich oder scheinbar drohenden Alternative, keiner liberalen mehr, sondern der Herrschaft kaiserlicher Bajonette, zum Teil contre coeur Widerstand leisteten. Als sich dann dieses Schreckbild vorerst nicht realisierte, als der im November in Kremsier, nahe Olmütz, wieder versammelte Reichstag noch eine Chance zur Vollendung seines Verfassungswerkes zu erhalten schien, wirkten liberale und demokratische Tendenz wieder kompromißwillig zusammen. Beide sahen, daß diese Parlamentstagung für lange Zeit die letzte sein würde, wenn sie nicht kooperierten, beide sahen auch im Winter 1848/49 immer deutlicher, daß die die Österreicher so enttäuschenden Vorgänge im deutschen Raum, besonders in Frankfurt und Berlin, eine eigentümliche, notwendigerweise kompromißhafte Lösung erforderten. So wie Liberale und Demokraten an ihr arbeiteten, so nun auch die Repräsentanten vieler österreichischer Nationen.

Zusammengefaßt: Es bleibt legitim, im Blick auf Österreich 1848 von einer konstitutionellen Revolution zu sprechen. Das lehrt wieder der internationale Vergleich. Während in Italien die Revolution selbst – nicht zugleich ihr Scheitern – hochgradig vom Zusammenstoß von Liberalen und republikanischen Demokraten geprägt wurde, während in Deutschland von einer deutlichen Spaltung der Revolution zwischen beiden mit dem Resultat gegenseitiger Lähmung gesprochen werden kann, blieb es im Habsburgerstaat bei divergierenden liberalen und demokratischen Tendenzen.

III.

Dazu trug gewiß bei, daß die Differenzierung der bürgerlichen, d. h. der nicht agrarischen Gesellschaft im Habsburgerreich als ganzem und in den meisten seiner Regionen – Wien am ehesten ausgenommen –, in der Jahrhundertmitte noch nicht weit genug gediehen war, um die soziale Basis für einigermaßen stabile politische Lager abgeben zu können: etwa für ein liberales, vorwiegend großbürgerliches und obermittelständisches, etwa für ein demokratisches, in sich weiter aufgegliedert in kleinbürgerliche Gruppierungen hier, Arbeitergruppen dort. M. E. bildete sich erst in den auf 1848 folgenden drei bis vier Jahrzehnten die gesellschaftliche Differenzierung heraus, die dann ab ca. 1880 auch einer Vielfalt von politischen Richtungen und Parteien als Grundlage diente. Freilich in einem nach Regionen und Nationen Österreichs sehr unterschiedlichen Grade.

1. Damit ist schließlich die dritte Ebene der Revolution von 1848 angesprochen, die n a t i o n a l e. Sie zeigt einen inner-revolutionären Konflikt von einer Massivität, durch die die Zeitgenossen selbst überrascht wurden. Auf dieser Ebene fand in Wahrheit eine Mehrzahl von nationalen Revolutionen gleichzeitig und nicht zuletzt voneinander stimuliert statt. Dabei handelte es sich einmal um Revolutionen mit untereinander rivalisierenden Ansprüchen. Diese Revolutionen prägten aber zudem soziale und konstitutionelle Revolutionsmotive um, überformten sie derart, daß fast nur jene sozialen und konstitutionellen Postulate zur Geltung gebracht werden konnten, die der jeweiligen nationalen Programmatik zu nützen versprachen. Liberale oder demokratische, zentralistische oder föderalistische, ansatzweise auch schon klerikale oder laizistische Devisen wurden fast gänzlich zu Funktionen der nationalen. Man konnte genau so

Die Zukunft der Völker (Wien, Historisches Museum der Stadt Wien)

gut ein liberaler oder demokratischer Tscheche sein wie ein liberaler oder demokratischer Deutscher oder Magyare: das hatte doch keine gemeinsamen, quasi intraösterreichisch-internationalen, liberalen bzw. demokratischen Aktionseinheiten zur Folge, die als zwei revolutionäre Hauptlager miteinander in Konkurrenz hätten treten können. Vielmehr kollidierten liberale Tschechen mit liberalen Deutschösterreichern, demokratische Deutschösterreicher mit demokratischen Tschechen so sehr, daß liberale und demokratische Tendenz im jeweils nationalen Rahmen schwer unterscheidbar wurden. Die Devise vom gemeinsamen Völkerfrühling – im März 1848 geträumt – stellte sich zwischen April und Juni schon als obsolet heraus. Nur sehr vage deuteten sich demgegenüber deutschösterreichische und magyarische Gemeinsamkeiten gegen die Slawen des Kaisertums während des Sommers und Herbstes 1848 an. Erst der drohende Wiederaufstieg des Absolutismus schuf im Winter 1848/49 eine kurzfristig lebendige gemeinsame Abwehrposition im Reichstag von Kremsier. Im weiteren aber, ab 1860 nur zu sichtbar, unterliefen die nationalen Zerklüftungen in der österreichischen Wirklichkeit im Entscheidungsfall alle transnationalen Gemeinsamkeiten. Was sich 1848/49 massiv abzeichnete, erwies sich später als dauerhaft dominant: die jeweiligen nationalen Motive und Programme enthielten die weitaus stärksten Anziehungs-, Mobilisierungs- und Integrationskräfte. Sie strukturierten die politisch-parlamentarische Szene, sie strukturierten recht eigentlich die Bevölkerung des Habsburgerreiches in nationale Gesellschaften. Die Modernisierungsprozesse seit der Mitte des 19. Jahrhunderts akzentuierten diesen Trend viel mehr, als daß sie ihn transzendiert und überwölbt hätten. Es scheint eine noch offene Frage zu sein, ob es diesem Trend gegenüber aufgrund demographischer, sozialer, ökonomischer und im weitesten Sinn kultureller Tendenzen im Habsburgerreich in der Folgezeit zu transnationalen Interaktionen überhaupt in einem Maße gekommen ist, daß man in angemessener Weise von einer österreichischen, cisleithanischen bzw. einer Gesellschaft der Donaumonarchie sprechen dürfte.

2. Schon die Reihenfolge, in der revolutionärer Aufruhr im Kaisertum Österreich 1848 losbrach, zeigt die Revolution als vorrangig regional, d. h. zugleich national dominiert. Die österreichischen Italiener Lombardo-Venetiens, mobilisiert durch die Vorgänge in Sizilien und Piemont im Jänner und Februar, ließen die Wiener Zentrale schon im Februar den Ausnahmezustand verhängen. Sie, wie die Italiener außerhalb Österreichs, definierten ihren revolutionären Anspruch als Separation vom Kaisertum, als Teilnahme an der revolutionären Gründung eines italienischen Staates. In der zweiten Märzhälfte ging ihre latente Gärung in offenen Aufstand über. Er wurde vom piemontesischen Staat unterstützt, und es folgte in Oberitalien ein förmlicher Krieg, in dem die Armee Radetzkys im Laufe des Sommers 1848 die Oberhand gewann. Das alles aber trug sich doch so sehr an der Peripherie des Habsburgerstaates zu, daß dessen Regierungsstellen ernsthaft an die Abtretung der Lombardei dachten. Mit den Vorgängen in den für die politische Existenz des Reiches vitalen Regionen hatte es vor allem insofern zu tun, als der oberitalienische Schauplatz die Chancen vorführte, die eine intakte Armee in der Auseinandersetzung mit der Revolution bot – den Mächten des ancien régime sowohl wie vom Revolutionsfortgang entsetzten Liberalen. Grillparzers Grußwort an Radetzky („In Deinem Lager ist Österreich") war ja durchaus doppeldeutig.

3. Die politische Elite der Magyaren, während des Winters 1847/48 schon im Landtag in Preßburg versammelt, erstrebte die Konstitutionalisierung Ungarns durch Etablierung einer Volksrepräsentation anstelle des altständisch zusammengesetzten Landtages, durch Einrichtung einer dieser Repräsentation, diesem im liberalen Sinn modernen Parlament gegenüber voll verantwortlichen Regierung Ungarns. Beide fast bis zur Identität miteinander verbundenen Forderungen bedeuteten eo ipso zweierlei: eine sehr weitgehende, in ihrem Grade noch kaum abschätzbare Lösung Ungarns von Wiener Regierungsstellen einerseits – also Akzentuierung seiner seit jeher betonten und praktizierten Eigenständigkeit innerhalb des habsburgischen Herrschaftsgebietes –, andererseits gerade durch diese Ablösung von Wien den Anspruch auf faktische Unterwerfung der nichtmagyarischen

Nationalitäten Ungarns unter das neue Zentrum Budapest. Denn nahezu diskussionslos bezogen die Redner des Preßburger Landtages ihre Forderung nach Konstitutionalisierung auf ein Ungarn, das alle Länder der Stefanskrone einschloß, also auch das „dreieinige Königreich" Kroatien – Slawonien – Dalmatien und das Großherzogtum Siebenbürgen. Beide sollten nun mit Ungarn „uniert", d. h. voll vereinigt werden, und das konnte nur in die Dominanz der Magyaren über Slowaken, Ungarndeutsche, Serben, Kroaten, Rumänen und Siebenbürger Sachsen münden. Magyarenfeindlicher Protest war somit vorprogrammiert, er sollte in kürzester Frist akut werden und zugleich – im Hinblick auf das sehr bescheidene Machtpotential dieser nationalen Kontrahenten der Magyaren nur zu begreiflich – den Appell an Wien beinhalten, weiter als Metropole für sie zu fungieren und nicht gegenüber Budapest quasi abzudanken. Diese Appelle waren nicht gleichbedeutend mit dem Ruf nach Wahrung bzw. Restauration der vormärzlichen Zustände. Sie gingen durchaus Hand in Hand mit Forderungen nach konstitutionell-repräsentativer Umgestaltung des Siebenbürger Landtages und des kroatischen Sabor, nach gesellschaftlicher Umwälzung, d. h. insbesondere nach Liquidierung der grundherrschaftlichen Sozialstruktur. Dennoch gelang es der politischen Führung der Magyaren in hohem Maße, eine solche restaurative Sicht ihrer nationalen Opponenten zu verbreiten, und dies vermutlich mit umso mehr Erfolg, als sie selbst, aus ihrer entwickelteren sozialen und kulturellen Situation heraus, daran wirklich glaubte.

Die Magyaren setzten fürs erste in der „Aprilverfassung" ihr Programm nahezu vollständig durch. Parlament und Regierung gingen zügig an die Modernisierung des Landes und an die „Unierung" Siebenbürgens und Kroatiens. Sie provozierten damit insbesondere den Widerstand der Kroaten (aber auch slawonischer und südungarischer Serben). Der Sabor in Zagreb/Agram gab seinem Land ein eigenes Sozial- und Nationalprogramm, mit dem Oberst Joseph Jellačić als Banus wurde ein Chef der Landesregierung etabliert, der sehr rasch einen dramatischen Konflikt mit Budapest aufnahm. Der Hof in Wien bzw. in Innsbruck wand sich zwischen den durch die vom Monarchen bewilligte „Aprilverfasssung" wohl begründeten Ansprüchen Budapests und seiner geheimen Sympathie für Zagreb. Nach erfolglosen Vermittlungsversuchen nahm Jellačić im September den Krieg mit Ungarn auf – unter blau-weiß-roten kroatischen und schwarz-gelben habsburgischen Fahnen gegen rot-weiß-grüne ungarische.

4. Eine der Ursachen für ihre Ansprüche lag in dem Selbstbewußtsein der Magyaren, eine historische Nation zu sein (eine „historisch-politische Individualität"), d. h. eine mit eigener staatlicher Tradition, im Gegensatz zu den „unhistorischen", seit je vermeintlich staatslosen, bloßen Volksstämmen, die gewissermaßen nur durch Volkskunde und Sprachwissenschaft, nicht aber durch Jurisprudenz und Politikwissenschaft erfaßt zu werden vermochten. Wie die Magyaren, historisch außerdem irrig, den Kroaten bestritten, „historische" Nation zu sein, beanspruchten die revolutionären Tschechen 1848, de facto allein für das historische „Staatsrecht" der Länder der Wenzelskrone (Böhmen, Mähren und Rest – Schlesien) zu sprechen und sie als Einheit, analog zu denen der Stephanskrone, gegenüber Wien hochgradig zu verselbständigen. Freilich stand es um ihre Chancen dafür viel schlechter. Während im Falle der Magyaren 1848 eine fast perfekte Aktionseinheit von traditioneller aristokratischer politischer Elite mit bürgerlich-liberaler am Werk war – recht ähnlich den englischen Verhältnissen –, standen damals die Träger des tschechischen Nationalprogramms viel eher in Opposition zur einheimischen Aristokratie. Diese entrollte in der Jahrhundertmitte überhaupt erst ansatzweise eine eigene politische Fahne. Die tschechische, voran die böhmisch-tschechische, viel weniger die mährisch-tschechische, Nationalbewegung war demgemäß 1848 durch die politische Selbstartikulierung einer noch schmalen bürgerlich-liberalen Elite, dann auch eines demokratisch orientierten Kleinbürgertums charakterisiert. Die Szene in Prag spiegelte mithin viel exakter als die in Preßburg und Budapest neben dem nationalen auch den sozialen Gehalt der vorrevolutionären Gärung und der revolutionären Explosion. Aber sie konnte sich eben dadurch viel weniger Resonanz und

Durchschlagskraft verschaffen. Auch hatte sie es 1848 und später, wenn sie sich am magyarischen Vorbild orientierte, mit ungleich mächtigeren Gegnern zu tun, als es die der Magyaren im Revolutionsjahr im eigenen Lande waren: nämlich mit der Krone und ihrem Prestige, d. h. mit M. Weber zu reden mit der Kraft der traditionalen, monarchischen Legitimität, mit den Traditionen und Interessen von Bürokratie und Armee als den Manifestationen des habsburgischen Staatsbildungswerkes, schließlich mit einer deutschböhmischen nationalen Opposition und ihrem sozialen Potential im Lande selbst sowohl wie bei den Deutschösterreichern schlechthin, ja sogar bei den Deutschen außerhalb der österreichischen Grenzen. Ab dem Herbst 1848 sollten ja dann auch die Magyaren mit der Krone, der Armee und dem von diesen beiden Mächten mobilisierbaren, traditionalen außenpolitischen, d. h. russisch-zaristischen Intervention-potential zusammenprallen und unterliegen, und später, ab 1860/67, sollte es auch den Magyaren nicht gelingen, ihr Nationalprogramm voll zu realisieren – schließlich 1918 nur um den Preis des Verlustes des Großstaates der Stephanskrone. Wie viel schlechter standen also 1848 erst die Aussichten der tschechischen Nationalbewegung! Wenn sie die Krone nicht auf ihre Seite zu ziehen vermochte, war sie ganz vom totalen politischen und sozialen Sieg der Revolution abhängig, bereits jedes Kompromißresultat mußte ihr am magyarischen Vorbild orientiertes Nationalprogramm außer Kraft setzen. Es war daher gewissermaßen konsequent, daß es, da sie Ende Mai im Moment des Tiefpunktes der Wiener Regierungsmacht die Krone nicht für die Einrichtung einer provisorischen Regierung mit Sitz in Prag gewonnen hatte, zu Pfingsten, Mitte Juni, in ihrem Umfeld zum demokratisch-nationalen Aufstand kam – und daß diese Explosion im Hagel der Artilleriegeschosse und im Straßenkampf mit der Armee des Fürsten Alfred Windischgrätz zusammenbrach. Die Bedingungen der Möglichkeit, das tschechische Nationalprogramm von 1848 zu realisieren, waren damals nicht zu schaffen; sie sollten sich erst in der revolutionären Lage Europas von 1914/18 einstellen – „Weltrevolution" nannte Th. G. Masaryk dann diese Lage. (Die ab 1860 immer wieder nach magyarischem Vorbild hergestellte und immer wieder zerfallene Allianz von konservativ-antizentralistischer böhmischer Aristokratie und bürgerlicher tschechischer Nationalpolitik erwies sich dagegen selbst zur Durchsetzung von Teilzielen kaum als stark genug; ihr innerer Zusammenhalt blieb zu prekär, ihre Wirksamkeit beschränkte sich im Wesen auf oppositionelles Verhindern.)

5. Die Bewegung in Wien war zunächst keineswegs von Abwehr sei es der Preßburger, sei es der Prager Forderungen bestimmt. Was in Preßburg geschah, motivierte in Wien vielmehr positiv, das Spezifische der Prager Forderungen wurde kaum noch wahrgenommen. Mit residenz- und hauptstädtischem Selbstbewußtsein konzentrierte sich die Revolution in Wien Mitte März auf konstitutionelle Anliegen. Sie legte dabei ihren Vorstellungen den zentralistischen Staat zugrunde, den die absolute Monarchie geschaffen hatte, in dem den historischen Ländern nur sehr bescheidener, den Nationalitäten als Kollektiven gar kein Aktionsraum eingeräumt gewesen war. Der Wiener Revolution und der von ihr angestoßenen in den Städten der deutschösterreichisch bewohnten Erbländer handelte es sich nur um die Konstitutionalisierung dieses Staates. In Wahrheit aber manifestierte sich in eben dieser reduzierten Zielsetzung von Revolution das nationale Selbstverständnis der Deutschösterreicher, das einen „Bedarf" an nationalen Revolutionen im Kaisertum gar nicht sah, ausgenommen an einer ungarischen. Gedanklich operierten die Deutschösterreicher sozusagen bloß mit zwei „historischen", staatstragenden Nationen im Habsburgerreich, ihrer eigenen und der „ungarischen", de facto der magyarischen. Demgegenüber erschienen ihnen die Postulate von Kroaten, Serben, Rumänen in Ungarn und insbesondere die von Tschechen und Slowenen im „Österreich" westlich der Leitha im günstigen Falle unverständlich. Die meiste Zeit des Jahres 1848 aber fanden sie die tschechische Forderung nach einem besonderen Staatsrecht der Länder der Wenzelskrone, d. h. nach einer eigenen Konstitution für sie im Rahmen einer losen gesamthabsburgischen, und die slowenische Forderung nach Begründung einer neuen territorialen Einheit durch

Herausschälen der von Slowenen bewohnten Teile der Steiermark, Kärntens, Görz-Gradiskas, des Küstenlandes, des zu Ungarn gehörigen „Übermurgebietes" und durch deren Zusammenlegen mit dem slowenischen Kernland Krain als direkt illegitim, ja, weil z. T. von katholisch motivierten Kreisen vorgetragen, als reaktionär. (Die Polen, erst 1846 mit einem Nationalaufstand gescheitert, und die Ruthenen/Ukrainer in Galizien traten 1848 demgegenüber nur wenig hervor.) – Die Deutschösterreicher waren ganz auf den Sturz Metternichs am 13., die Aufhebung der Zensur am 14., das kaiserliche Versprechen vom 15. März konzentriert, eine Konstitution zu gewähren und eine verantwortliche Regierung einzusetzen. Das ließ sie von „glorreichen Märztagen" sprechen, das ließ sie an den „Völkerfrühling" glauben. In Wahrheit war nur für ihre nationalen Bedürfnisse, verglichen mit denen der anderen Völker der Monarchie, in der hergebrachten Staatsstruktur am besten gesorgt.

Aber doch nur am besten, jedoch nach dem damals vorherrschenden Verständnis nicht hinreichend. Großösterreichische Stimmen, die 1848 gewissermaßen die nationalpolitische Saturiertheit der Deutschösterreicher verkündeten und deren weitergehende Ansprüche ebenso im Namen der europäischen Rolle des Kaiserstaates ablehnten wie solche der nichtdeutschen Nationen, verhallten ohne viel Anklang und fanden, als journalistische Stimmen, buchstäblich fast keine Käufer. Dominant wie signifikant war, daß die Wiener, die alpenländische und die deutschböhmische Revolution nicht bloß eine sozusagen konstitutionell erneuerte schwarz-gelbe Fahne hißte, sondern die schwarz-rot-goldene der gesamtdeutschen Bewegung. Sie nahm Teil an der Bewegung, deren Instrument Frankfurts deutsches Nationalparlament, deren Ziel ein neues deutsches Reich bildete. Daß sich solche Teilnahme nicht nur mit habsburgisch-österreichischem „Völkerfrühling" absolut nicht vertrug, sondern auch nicht mit der österreichischen staatlichen Existenz selbst, vermochte die große Mehrzahl der 1848 aktivierten Deutschösterreicher nicht einzusehen, erst recht nicht, daß sie damit unabweisbar die Frage aufwarf, ob sie „in erster Linie Deutsche oder Österreicher" sein wollte (J. Kořalka). Diese Frage sollte bekanntlich die gesamte Franz-Joseph-Zeit hindurch aktuell und mehr oder weniger unentschieden bleiben. Daß sie damals wie später eine Frage war, warf, mit Kořalka zu reden, die zweite Frage ernsthaft auf, ob „Österreich ein selbständiges, von Deutschland unabhängiges Dasein führen" konnte. Es war selbstverständlich, daß die Antwort, die Deutschösterreicher wären zuerst Deutsche, und Österreich habe ein Teil des wie immer verfaßten Deutschland zu sein, 1848 wie später, bis in den Ersten Weltkrieg hinein, noch weitaus prononciertere Reaktionen der nichtdeutschen Österreicher hervorrief, als sie der traditionelle Vorrang der Deutschen im Donaureich seit der Revolution ohnehin auslöste.

1848 jedenfalls entsandten die Deutschösterreicher Abgeordnete nach Frankfurt, nahmen sie dankbar den Jubel auf, der ihnen dort bereitet wurde, war es ihnen tiefe Bestätigung ihrer Sehnsüchte, als am 29. Juni der habsburgische Erzherzog Johann zum provisorischen gesamtdeutschen Staatsoberhaupt, zum Reichsverweser, gewählt wurde. Daß dessen wie ihre Position dort von Anfang an „schief" war (Srbik), gewahrten sie nicht bzw. nur langsam. Erst an der Jahreswende wurden sie dort mit einer „Frage an Österreich" konfrontiert, die Auskunft begehrte, ob sie und die Habsburgerdynastie bereit waren, den Kaiserstaat aufzulösen bzw. zumindest zweizuteilen. Standen sie der Frage zumeist noch immer ratlos gegenüber, so galt das nun freilich nicht mehr für das Herrscherhaus.

IV.

Unmerklich, weil ganz langsam, hatte sich schon seit dem Sommer 1848 die gesamte politische Szene dadurch verwandelt, daß die Mächte von gestern wieder Tritt faßten. Die Spaltungen innerhalb der revolutionären Bewegung, die zentrifugale Dynamik der Mehrzahl der nationalen Tendenzen stimulierte nun in Österreich dazu, einen Ordnungsversuch von traditionaler Seite her zu unternehmen – wenn er nur einigermaßen chancenreich schien. Diese Chancen aber gaben die militärischen Erfolge Windischgrätz' und Radetzkys, das zunächst scheinbar unwiderstehliche Vorrücken Jellacić' in Ungarn, aber auch die außerösterreichischen Vorbilder von Paris und Berlin. Daß am 6. Oktober in Wien neuerdings Aufruhr losbrach – gerichtet darauf, der vermeintlich von Jellacić ausgehenden Reaktion in Österreich wie in Ungarn zuvorzukommen –, daß damit der Kompromißkurs der Wiener Regierung Wessenberg-Doblhoff diskreditiert erschien, daß Ungarn sich anscheinend über die (in ihrer Bedeutung reichlich unklaren) „Aprilgesetze" hinaus separierte und gegensteuernde monarchische Reskripte ablehnte: das alles schien auch keine Alternative zum militärischen Gegenschlag mehr zuzulassen. So unterwarf Windischgrätz die Hauptstadt, nachdem er zusammen mit Jellacić eine Art ungarischen Entsatzheeres am 31. Oktober bei Schwechat zurückgeschlagen hatte, so wurde die kriegerische Wiederherstellung der monarchischen Macht in Ungarn selbst begonnen. Auch manche gemäßigten Zeitgenossen, nicht nur demokratische, sahen eine Militärdiktatur bevorstehen, verglichen Windischgrätz mit Wallenstein.

Demgegenüber bedeuteten die Ernennung Fürst Felix Schwarzenbergs zum neuen Regierungschef am 21. November, die Tatsache der Einberufung des Reichstages nach Kremsier an sich schon und die Regierungserklärung Schwarzenbergs vor diesem Parlament noch eine neue Hoffnung auf Kompromiß zwischen wiederbelebtem monarchischem und revolutionär-konstitutionellem Potential. Auch die Abdankung Kaiser Ferdinands und die Thronbesteigung Franz Josephs am 2. Dezember 1848 in Olmütz verhieß noch nicht unzweideutig das Ende der Revolutionsperiode bzw. das Scheitern ihrer essentiellen Gehalte.

Waren es nur mehr illusionäre Hoffnungen oder gab es noch eine wirkliche Chance für konstitutionellen Umbau mit dem Reichstag? Die Frage muß offen bleiben, wenngleich sich die Vermutung aufdrängt, daß die gegenrevolutionäre Welle im Ausland wie die Lehren, die der junge Monarch für sich aus dem ganzen Jahr 1848 zog, wie die persönlichen Neigungen, die er überhaupt mitbrachte, schon damals für irgendeine Art von Neoabsolutismus entschieden. Daß gleichzeitig, wie angedeutet, in Frankfurt der nationaldeutsche Wind Österreich und Habsburg scharf ins Gesicht blies, daß auch der Reichstag in Kremsier noch Volkssouveränität anstelle von Gottesgnadentum als Basis des künftigen Staatslebens beanspruchte, besorgte den Rest. Am 20. Jänner 1849 schon wurde die Auflösung des Parlaments beschlossen, am 7. März wurde sie verkündet. Freilich zugleich mit einer neuen, vom Monarchen einseitig erlassenen und Ungarn einschließenden Verfassungsurkunde, mit der Bekräftigung der Grundentlastung und Aufhebung bäuerlicher Untertänigkeit, mit einem halbwegs liberalen Pressegesetz. Tags darauf wurde Frankfurt die Antwort auf die „Frage an Österreich" erteilt: nicht Zweiteilung oder Auflösung, sondern Aufnahme des gesamten Kaisertums Österreich von Vorarlberg bis Siebenbürgen, von Galizien bis Dalmatien in den deutschen Nationalstaat lautete sie. Gleichzeitig trug Schwarzenberg in Berlin auf die gemeinsame österreichisch-preußische Liquidation der deutschen Revolution überhaupt an, deren Symbol die „Paulskirche" in Frankfurt darstellte. Die österreichischen Abgeordneten wurden aus Frankfurt zurückgerufen, und in ihrer großen Mehrzahl fügten sie sich. – Es blieb nur noch, die Magyaren zu unterwerfen. Das sollte sich allerdings als unerwartet schwierig erweisen, denn erst, als russische militärische Hilfe für Franz Joseph in ihr Land rückte, ergaben sie sich im August. Bis zum Herbst noch dauerte es, ehe auch Oberitalien „pazifiziert" war.

Wie wenig mit all dem allerdings auch eine dauerhafte Liquidation der liberal-demokratisch konstitutionellen und der nationalpolitischen Erwartungen gelungen war, die das 1848er-Jahr verursacht hatten, bzw. die sein Verlauf mobilisiert hatte: das war eine Lektion, die zu lernen noch ein Jahrzehnt beanspruchte.

*

Nicht nur demgegenüber, auch im Blick auf die gesamte Franz-Joseph-Zeit blieb es ein bloßer Epilog, eine Episode, was sich bis zum 7. März 1849 im Reichstag von Kremsier zugetragen hatte. Dort standen die Abgeordneten längst unter dem Eindruck des

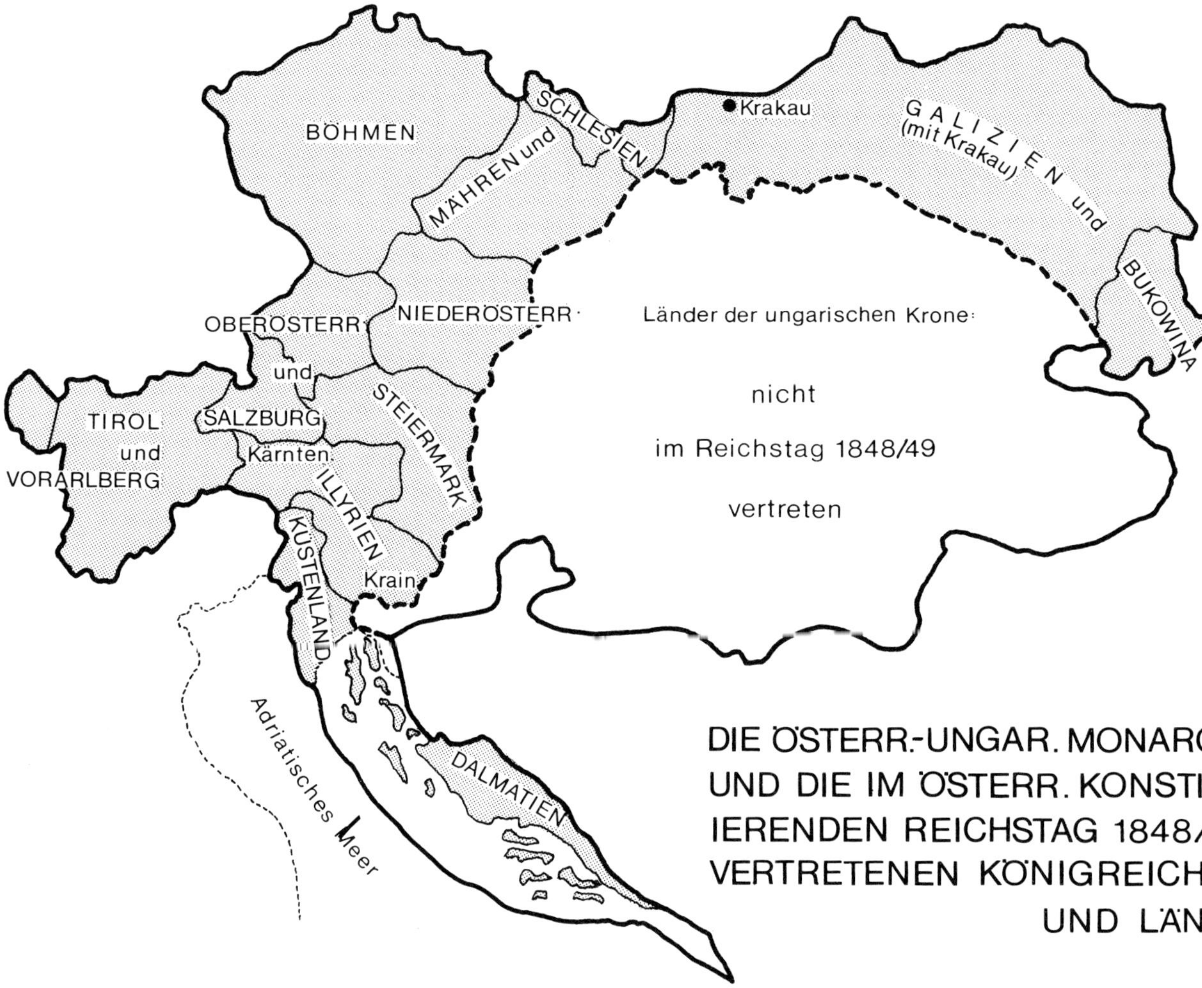

DIE ÖSTERR.-UNGAR. MONARCHIE UND DIE IM ÖSTERR. KONSTITUIERENDEN REICHSTAG 1848/49 VERTRETENEN KÖNIGREICHE UND LÄNDER

—— Grenze der Österreichisch–Ungarischen Monarchie

Prager Juni, des Wiener Oktober, des Frankfurter Winter, des einsetzenden Endkampfes der ungarischen Revolution. Sie wußten, daß sie unter Einigungszwang standen. Liberal-gemäßigte Tschechen, Slowenen und Polen vertraten ein „austro-slawisches" Programm, orientiert an der Erkenntnis des tschechischen Historikers F. Palacký, daß ihr gemeinsames Interesse – aber auch das ganz Europas – zwischen den beiden Großvölkern der Deutschen und der Russen ein ebenso starkes wie auf nationalem Kompromiß aufruhendes Großösterreich erforderte. Die Kroaten Ungarns wußten sie auf ihrer Seite. Die Magyaren luden sie indirekt ein, auch ihr eigenes Nationalinteresse in dieser Perspektive realisiert zu sehen statt in der großungarischen Ideologie der Stephanskrone. Die Sprecher der Deutschösterreicher wurden in Kremsier für dieses Programm gewonnen. So unvollkommen der daraus resultierende Konsitutionsentwurf auch blieb, den der Verfassungsausschuß des Reichstages erarbeitete: er gab sowohl den Nationen

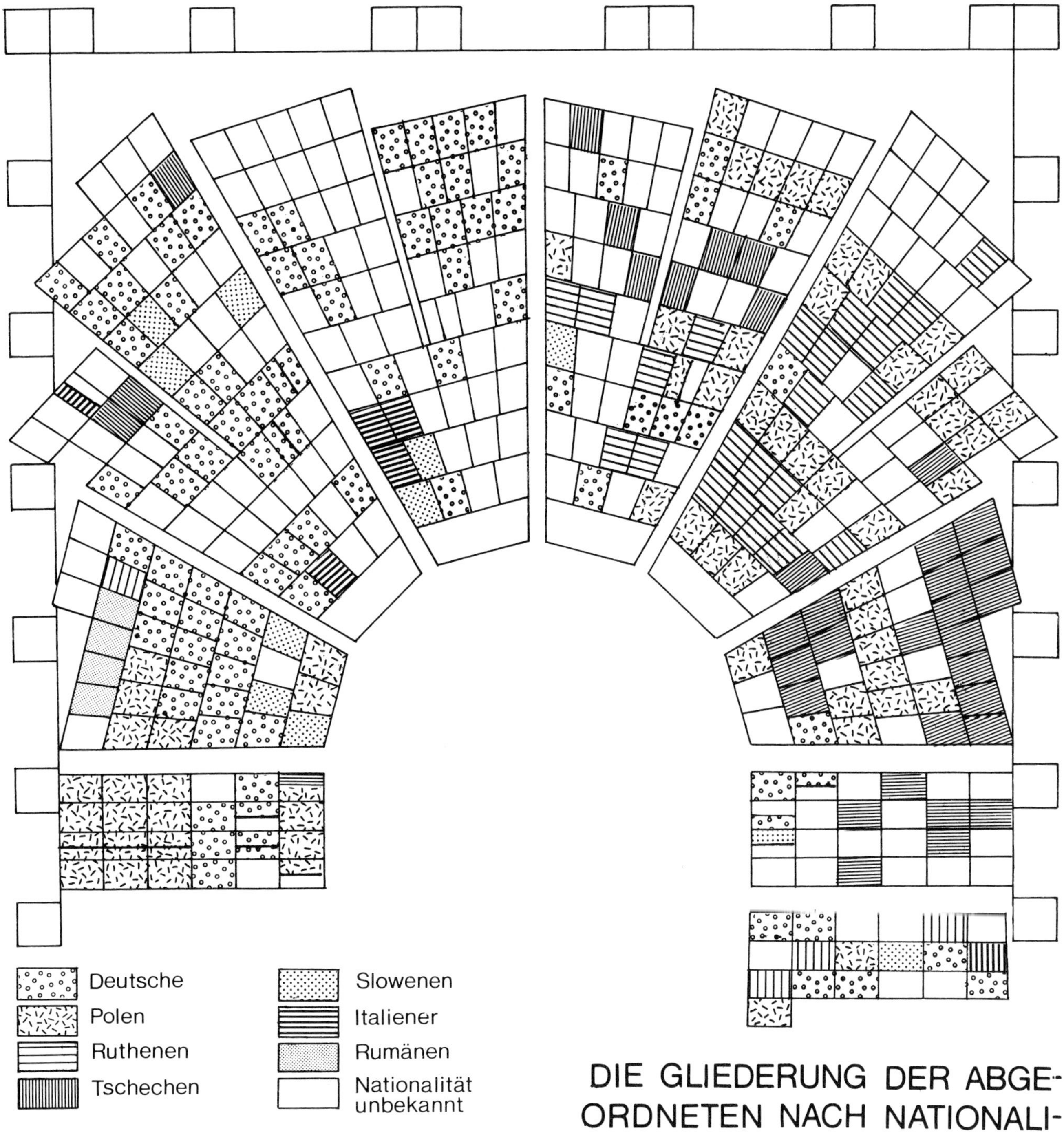

DIE GLIEDERUNG DER ABGEORDNETEN NACH NATIONALITÄTEN IM REICHSTAG 1848 IN WIEN

als den neuen, 1848 auf die Bühne getretenen Kollektiv-Individualitäten Österreichs, die die alten, die Länder wie den Zentralstaat, historisch überholt hatten, den Rahmen für weitreichende politische Selbstregierung wie dem Staat als Ganzheit hinreichende Kompetenzen und Institutionen. Später wurde an „Kremsier“ wohl wiederholt anzuknüpfen versucht, gleichwohl blieb es Episode. Der Kairos für nationalen Kompromiß kehrte so nicht wieder.

Literatur (in Auswahl):

Burian, Peter, Die Nationaltäten in „Cisleithanien“ und das Wahlrecht der Märzrevolution 1848/49 (= Veröffentlichungen der Arbeitsgemeinschaft Ost 2), Graz–Köln 1962. – *Deak, Istvan,* The Lawful Revolution. Louis Kossuth and the Hungarians 1848–1849, New York 1979. – *Größing, Helmuth,* Der Kampf um Wien im Oktober 1848 (= Militärhistorische Schriftenreihe 23), Wien 1973. – *Häusler, Wolfgang,* Das Gefecht bei Schwechat am 30. Oktober 1848 (= Militärhistorische Schriftenreihe 34), Wien 1977. – *Ders.,* Von der Massenarmut zur Arbeiterbewegung. Demokratie und soziale Frage in der Wiener Revolution von 1848, Wien–München 1979. – *Hauptmann, Ferdinand,* Jelačić's Kriegszug nach Ungarn 1848 (= Zur Kunde Südosteuropas II/5), Graz 1975. – *Ibler, Hermann,* Die Wahlen zur Frankfurter Nationalversammlung in Österreich 1848 (mit besonderer Berücksichtigung der Steiermark), in: Mitteilungen des Instituts für österreichische Geschichtsforschung 48 (1934) S. 103–112. – *Kiszling, Rudolf,* Die Revolution im Kaisertum Österreich 1848–1849, 2 Bde., Wien 1948. – *Kořalka, Jiři,* Prag–Frankfurt im Frühjahr 1848. Österreich zwischen Großdeutschtum und Austroslawismus, in: Österreich und die deutsche Frage im 19. und 20. Jahrhundert, hg. von *Heinrich Lutz* und *Helmut Rumpler* (= Wiener Beiträge zur Geschichte der Neuzeit 9), Wien 1982, S. 117–139. – *Marx, Julius,* Die wirtschaftlichen Ursachen der Revolution von 1848 in Österreich (= Veröffentlichungen der Kommission für Neuere Geschichte Österreichs 51), Graz–Köln 1965. – *Obermann, Karl,* Die österreichischen Reichstagswahlen 1848. Eine Studie zur Frage der sozialen Struktur und der Wahlbeteiligung auf der Grundlage der Wahlakten, in: Mitteilungen des Österreichischen Staatsarchivs 26 (1973) 342–374. – *Pech, Stanley Z.,* The Czech Revolution of 1848, Chapel Hill 1969. – *Prinz, Friedrich,* Hans Kudlich (1823–1917). Versuch einer historisch-politischen Biographie (= Veröffentlichungen des Collegium Carolinum 11), München 1962. – *Ders.,* Prag und Wien 1848. Probleme der nationalen und sozialen Revolution im Spiegel der Wiener Ministerratsprotokolle (= Veröffentlichungen des Collegium Carolinum 21), München 1968. – *Rath, R. John,* The Viennese Revolution of 1848, Austin 1957. – *Sked, Alan,* The Survival of the Habsburg Empire. Radetzky, the imperial army and the class war 1848, London 1979. – *Srbik, Heinrich von,* Die Wiener Revolution des Jahres 1848 in sozialgeschichtlicher Beleuchtung, in: Schmollers Jahrbuch 43 (1919), S. 19–59. – *Ders.,* Deutsche Einheit. Idee und Wirklichkeit vom Heiligen Reich bis Königgrätz I, München 1935. – *Urbanitsch, Peter,* 1848/49: Ende und Anfang. Die Revolution im österreichischen Kaiserstaat, in: Hans Kudlich und die Bauernbefreiung in Niederösterreich (Katalog des Niederösterreichischen Landesmuseums NF 134), Wien 1983, S. 12–37. – *Wandruszka, Adam,* Großdeutsche und kleindeutsche Ideologie 1840–1871, in: Deutschland und Österreich. Ein bilaterales Geschichtsbuch, hg. von *Robert A. Kann* und *Friedrich Prinz,* Wien–München 1980, S. 110–142. – *Wollstein, Günter,* Das „Großdeutschland“ der Paulskirche. Nationale Ziele in der bürgerlichen Revolution 1848/49, Düsseldorf 1977.

Wilhelm Brauneder

VERFASSUNGS- UND VERWALTUNGSORGANISATION

Die Verfassungs- und Verwaltungsentwicklung in der Regierungszeit Kaiser Franz Josephs prägt im wesentlichen, wenngleich in höchst unterschiedlicher Weise, das Jahr 1848 mit seinen Errungenschaften: bis Ende 1851, da man an ihnen festhält oder festzuhalten vorgibt; bis 1867, da man von ihnen deutlich abrückt und Gegenmodelle zu realisieren sucht; ab 1867, da man doch zu den Ideen und der Verfassungskonstruktion von 1848 zurückkehrt – wenngleich mit Vorbehalten, die in der Folge zögernd und nur teilweise abgebaut werden.

Die verfassungsrechtliche Errungenschaft des Jahres 1848 besteht in der Einführung des Regierungssystems des Konstitutionalismus. Sein Wesen liegt darin, zwei Verfassungsprinzipien, nämlich die „Monarchische Legitimität", wonach alle Staatsgewalt beim Monarchen, und die „Volkssouveränität", wonach diese allein beim Volk liegt, miteinander zu verbinden, und zwar derart, daß die Staatsgewalt vom Monarchen und vom Volk, dieses vertreten durch ein Parlament, auf der Grundlage der Gewaltenteilung ausgeübt wird: Die Gesetzgebung obliegt dem Parlament und dem Monarchen; die Verwaltung besorgt in oberster Spitze eine vom Monarchen eingesetzte Regierung, die dem Parlament verantwortlich ist; die Gerichtsbarkeit erfolgt durch unabhängige Gerichte. Obrigkeitliche Gewalt üben allein staatliche Organe aus, nicht auch sogenannte „intermediäre Gewalten" wie Grundherren, Kirche, Zünfte. In Abkehr von einer ständischen Gesellschaft schützt – basierend auf der Grundlage der Gleichheit aller Staatsbürger – ein Katalog an Grundrechten den Einzelnen gegenüber dem Staat und garantiert Freiräume für dessen individuelle Entfaltung. Die Grundrechte stellen, da einklagbar, echte Rechtsansprüche (subjektive öffentliche Rechte) dar. Alle diese Grundsätze sind in einer einheitlichen oder in einer aus mehreren Teilen bestehenden Verfassungsurkunde gesetzlich fixiert und nur unter besonderen Bedingungen im Wege der Gesetzgebung abänderbar.

Der Erlaß einer „Konstitution", einer Verfassung im Sinne des eben beschriebenen Konstitutionalismus, stellte ein sehr wesentliches Anliegen der Revolution von 1848 und schließlich eines ihrer greifbaren Ergebnisse dar: Am 25. 4. 1848 erhält das Kaisertum Österreich seine erste Verfassung, die „Verfassungsurkunde des österreichischen Kaiserstaates", nach dem damaligen Innenminister PILLERSDORFF'sche VERFASSUNG genannt. An ihrer Ausarbeitung hatten auch Mitglieder der Landtage mitgewirkt, die sich gleichfalls mit Verfassungsfragen beschäftigten. Nicht in den Geltungsbereich der Verfassung 1848 einbezogen sind allerdings die ungarischen Länder, da sie am 11. 4. 1848 eine Verfassung erhalten hatten, sowie Lombardo-Venetien, da hier Bürgerkrieg und Ausnahmezustand herrschten. Doch war die Verfassung 1848 für den gesamten Staat gedacht und sollte im Prinzip auch auf die eben genannten Länder erstreckt werden. Eine Kluft insbesondere zu den ungarischen Ländern aufzureißen, lag nicht in ihrer Absicht. Die ungarische Verfassung sah allerdings eine weitestgehende Unabhängigkeit Ungarns im Sinne einer Personalunion mit den übrigen Ländern vor.

Die Verfassung 1848 enthält einen Grundrechtskatalog, der unter anderem die Gleichheit vor dem Gesetz, die Glaubens- und Gewissensfreiheit und die Freiheit der Presse gewährleistet; sie strebt eine Veränderung der Landesverfassungen sowie die Einrichtung von Bezirken, Kreisen und vor allem Gemeinden an; sie sieht einen Eid des Kaisers auf die Verfassung vor, überträgt die Regierung einem dem Parlament verantwortlichen Ministerrat und schafft vor allem im Reichstag ein Parlament, das aus zwei Kammern bestehen soll, einer vom Volk gewählten „Kammer der Abgeordneten“ und einem Senat aus kaiserlichen Prinzen, vom Kaiser ernannten Mitgliedern und den bedeutendsten Grundbesitzern. – Nach der Mairevolution wurde allerdings der Senat, da er den in der Abgeordnetenkammer artikulierten Volkswillen einzuschränken fähig gewesen wäre, abgeschafft und überdies das Wahlrecht zur Abgeordnetenkammer, das heißt nunmehr zu dem allein aus ihr bestehenden Reichstag, erweitert.

Am 22. Juli 1848 wird das erste österreichische Parlament feierlich eröffnet. Mit ihm ist ein wesentliches Element der Verfassung 1848 verwirklicht worden, allerdings kommen die Abgeordneten nur aus jenen Ländern, in welchen die Verfassung 1848 gilt – insbesondere also nicht aus Ungarn.

Mit seinem Beschluß über die Grundentlastung („Bauernbefreiung“) legte der Reichstag die Grundlage für die Aufhebung der intermediären Gewalt der Grundherrschaften. Zu seinem Hauptanliegen zählte aber die Erstellung einer neuen Verfassung, die ihm Kaiser Franz Joseph in seiner Thronrede vom 2. Dezember 1848 ausdrücklich zur Hauptaufgabe macht. In der mährischen Stadt Kremsier (Kroměříž), wo der Reichstag seit der Wiener Oktoberrevolution tagt, bringt sein Verfassungsausschuß die Arbeiten am Kremsierer Entwurf zu Ende, und es beginnt im Reichtags-Plenum die Debatte über die Grundrechte. Von ihnen kann der Reichstag einen Teil zum Beschluß erheben, vor einer Beschlußfassung der übrigen Teile des Verfassungsentwurfs wird er jedoch vom Kaiser aufgelöst, der an seiner Stelle eine von seiner Regierung erarbeitete Verfassung in Kraft setzt.

Der Kremsierer Entwurf folgt dem Modell des Konstitutionalismus bei einem Vorrang der „Volkssouveränität“ vor der „Monarchischen Legitimität“. Der umfassende Grundrechtskatalog begann mit der erstmals in Österreich formulierten Bestimmung: *Alle Staatsgewalten gehen vom Volke aus . . .* Angesichts der ablehnenden Haltung der Regierung erhob der Reichstag diese Bestimmung jedoch nicht zum Beschluß. Auch war keine umfassende Gerichtsbarkeit in Grundrechtsangelegenheiten vorgesehen, die Grundrechte damit nicht als subjektive Rechtsansprüche ausgeformt. Die Staatsgewalt sollte nicht nur im Sinne der Gewaltenteilung getrennt, sondern in eine Reichszentralgewalt und in eine Landesregierungsgewalt aufgeteilt werden, und zwar die Gesetzgebung auf Reichstag und Landtage, während die Landesregierung (Statthalter mit Räten) der Reichsregierung untergeordnet, allerdings dem Landtag verantwortlich gewesen und die Gerichtsbarkeit ungeteilt dem Reich verblieben wäre: Die Verteilung staatlicher Aufgaben (Kompetenzen) betraf daher allein die Gesetzgebung. Insgesamt wahrt der Kremsierer Entwurf jedoch einen föderalistischen Charakter: Den Ländern wäre eine eigene Landesverfassung, eine eigene Landesgesetzgebung (Landtag) und eine Länderkammer im Reichstag zugestanden. Größere Länder sollten in Kreise mit autonomer Verwaltung (Kreistag) unterteilt werden, alle Länder in autonome (Orts-)Gemeinden. Der Schwerpunkt der Staatsgewalt hätte jedoch beim Gesamtstaat (Reich) gelegen. Die Reichsgesetzgebung sollte unter Sanktion des Kaisers vom Reichstag besorgt werden, der aus zwei Kammern bestanden hätte, einer gewählten „Volkskammer“ und einer von den Landtagen und Kreistagen beschickten „Länderkammer“. Die Reichsregierung sollte durch vom Kaiser bestellte, dem Reichstag verantwortliche Reichsminister ausgeübt werden, zu deren Beratung ein „Reichsrat“ vorgesehen war.

Die Verfassungsarbeiten hatten sich besonders ausführlich mit einem spezifisch österreichischen Verfassungsproblem beschäftigt, für das keine der bestehenden Verfassungen, etwa der Nationalstaaten Frankreich oder auch Bayern, ein Vorbild abgeben konnte: nämlich mit der Vielfalt an Volksstämmen, durch die Österreich den Charakter eines Nationalitätenstaates aufwies. Pläne einer Neueinteilung des Reiches nach nationalen Kriterien etwa in eine deutsch-österreichische, eine böhmische (= tschechische), magyarische etc. Ländergruppe (so der tschechische Abgeordnete Palatzky) wurden fallengelassen. Dem Nationalitätenpluralismus sollte durch die Einteilung vor allem der gemischt-nationalen Länder in die erwähnten Kreise, gebildet unter Bedachtnahme auf Volksgrenzen, Rechnung getragen werden sowie durch das Grundrecht, daß jeder Volksstamm ein unverletzliches Recht auf Wahrung und Pflege seiner Nationalität und Sprache habe.

Gemäß der Herkunft der Abgeordneten aus dem Geltungsbereich der Verfassung 1848 war daran gedacht, den Kremsierer Entwurf vorerst nur im territorialen Wirkungsbereich des Reichstags in Kraft zu setzen, er hätte demnach den selben örtlichen Geltungsbereich aufgewiesen wie die Verfassung 1848. Allerdings aus einem anderen Grund: Der Reichstag nahm als Volksrepräsentation davon Abstand, die Verfassung den von ihm „nicht-repräsentierten Völkern“ aufzuzwingen, wollte sie aber durch ihr künftiges Mitwirken auf den Gesamtstaat erstrecken; tatsächlich hatte man auch in der Verfassungsdiskussion deren Verhältnisse mitberücksichtigt.

Der nicht auf das ganze Reich bezogene örtliche Geltungsbereich gab aber für den Kaiser einen Grund zum Abbruch der Verfassungswerdung des Kremsierer Entwurfs durch die Auflösung des Reichstags ab: Der Reichstag habe sich zu lange mit theoretischen Erörterungen abgegeben und überdies nicht die Kompetenz besessen, eine Verfassung für das ganze Reich zu erlassen, was nunmehr durch den territorial unbeschränkt regierenden Monarchen erfolgen werde.

Die am 4. 3. 1849 erlassene REICHSVERFASSUNG FÜR DAS KAISERTUM ÖSTERREICH (RGBl. 150) galt im Gegensatz zur nunmehr aufgehobenen Verfassung von 1848 erstmals im gesamten Staatsgebiet, das sie ergänzende Grundrechtspatent (RGBl. 151) allerdings abermals nicht in den ungarischen Ländern und in Lombardo-Venetien wegen der hier herrschenden anders gelagerten Zustände. – Die Verfassung 1849 folgt gleichfalls dem konstitutionellen Verfassungsmodell und auf weite Strecken dem Kremsierer Entwurf. Allerdings überwiegt nunmehr das Prinzip der „Monarchischen Legitimität“, das sich insbesondere in einem Notverordnungsrecht des Kaisers und einer strikten Bindung der gesamten Verwaltung an ihn und seine Regierung niederschlägt: Die Verwaltung im Land obliegt keiner dem Landtag verantwortlichen Landesregierung, sondern dem vom Kaiser eingesetzten und ihm verantwortlichen Statthalter. Die Länder besitzen somit keinen Einfluß mehr auf die Verwaltung und sind strikt auf die Gesetzgebung beschränkt: Die des Landes obliegt den Landtagen, an der des Gesamtstaates nehmen die Ländern durch eine Länderkammer teil, die aber von den Landtagen nicht völlig frei, sondern zum Teil nach einem hohen Steuerzensus zu beschicken ist. Auch können sich die Länder nicht selbst eine Verfassung geben, sondern erhalten sie vom Staat; Kreise sind nicht vorgesehen. So zeigt sich der Föderalismus gegenüber dem Kremsierer Entwurf wesentlich weniger entwickelt. Allerdings trägt er nunmehr den Besonderheiten bestimmter Länder Rechnung: Es sollen unter anderem Ungarn (aufgrund seiner bisherigen Verfassung) und die von ihm nun abgetrennten Länder Siebenbürgen sowie Kroatien-Slawonien, dann Triest, die Militärgrenze und Lombardo-Venetien den besonderen Verhältnissen angepaßte Verfassungen bzw. Statute erhalten, die meisten der übrigen Länder jedoch im wesentlichen gleichartige Landesverfassungen. Vorgesehen sind wie bisher (Orts-)Gemeinden, aber auch Bezirks- und Kreisgemeinden.

Die Verfassung 1849 enthält einen Katalog von Grundrechten, die vor dem „Reichsgericht“ geltend gemacht werden können.

Schon 1849 wird damit begonnen, die Verfassung durchzuführen und anzuwenden: Es ergehen ein Gemeindegesetz und ein Vereinspatent, zahlreiche Landesverfassungen, Gesetze zur Regelung des Verhältnisses zwischen Staat und Kirche sowie vor allem das Gesetz über die Durchführung der Grundentlastung. Unrealisiert bleiben jedoch der Kern der Verfassung, nämlich das Parlament, der Reichstag, und ebenso die Landtage, somit jene Organe, in denen das Prinzip der Volkssouveränität seinen Ausdruck hätte finden sollen. Etabliert werden der Ministerrat und der diesen und den Kaiser unterstützende Reichsrat, der seit 1851 *in allen Fragen der Gesetzgebung gehört* werden soll und damit einen schwachen Parlamentsersatz bietet.

Die Aufhebung der Grundherrschaften initiiert notwendigerweise den Neuaufbau der staatlichen Verwaltungs- und Gerichtsorganisation. Neben den Gemeinden übernehmen in 1. Instanz Aufgaben der Grundherrschaft die Bezirkshauptmannschaften (Verwaltung) und die Bezirksgerichte. Die nächste Instanz bilden die Kreisämter (Verwaltung) in Unterordnung unter den Statthalter bzw. die Kreisgerichte in Unterordnung unter die Oberlandesgerichte. Oberste Instanz sind die einzelnen Minister (Verwaltung) bzw. der Oberste Gerichts- und Kassationshof.

Bereits im August 1851 erfolgt jedoch eine Abkehr vom Konstitutionalismus der Verfassung 1849: Der Ministerrat, verfassungsgemäß dem Parlament und damit dem Volk verantwortlich, wird als *ausschließend dem Monarchen und dem Throne verantwortlich* (RGBl. 194) und der Reichsrat in einen nur dem Monarchen, nicht auch, wie noch gemäß der Verfassung 1849, dem Ministerrat zugeordneten Kronrat umgewandelt (RGBl. 196). Das Schwergewicht der staatlichen Willensbildung wird zum Monarchen verlagert. Der Ministerrat erhält überdies den Auftrag, eine Verfassungsrevision unter *Aufrechterhaltung . . . der monarchischen Gestaltung und der staatlichen Einheit* in Erwägung zu ziehen (RGBl. 197). Die Abkehr von der Verfassung 1849 kündigt sich an.

Den Bruch mit der Verfassung 1849 vollziehen die sogenannten Sylvester-Patente vom 31. 12. 1851: Sie heben einerseits die „Reichsverfassung" (RGBl. 2/1852) und das Grundrechtspatent von 1849 auf (RGBl. 3/1852) und legen andererseits Grundsätze für den staatlichen Aufbau fest, mit dem der Ministerrat betraut wird (Allerhöchstes Handschreiben samt Beilage: RGBl. 4/1852).

Diese Verfassungsgrundsätze 1851/52 bedeuten eine völlige Abkehr vom Modell des Konstitutionalismus. Das maßgebende Verfassungsprinzip stellt nunmehr allein die „Monarchische Legitimität" dar, von der Volkssouveränität wird völlig abgerückt. Als Folge davon sind im Gegensatz zur Gewaltentrennung Gesetzgebung und Verwaltung in der Hand des Monarchen verbunden, woraus sich gleichzeitig ein zentralistischer Staatsaufbau in Abkehr vom Föderalismus ergibt. Es existieren keine Volksvertretungen mehr; einige beibehaltene Grundrechtsbestimmungen – insbesondere die Gleichheit aller Staatsbürger – verlieren ihren Charakter einklagbarer Rechte und sind als „Staatsziel-Bestimmungen" lediglich Richtlinien für die Staatsführung. Die „Verfassungsgrundsätze" 1851/52 beziehen sich ausdrücklich auf Einrichtungen „in den Kronländern". Erst in einem zweiten Schritt war offenbar an die Errichtung eines beratenden „Centralorgans" gedacht, das sich wohl als eine Art Ausschußlandtag aus Vertretern der einzelnen Landtage zusammengesetzt hätte.

Dem Wesen des monarchischen Einheitsstaates gemäß kann den Kronländern kein bedeutsames Gewicht zuerkannt, ihnen aber im Sinne des monarchischen Staatsrechts die Existenz nicht abgesprochen werden, da sie für dieses durch ihre historischen Wurzeln unabdingbare Elemente darstellen: Fast alle überkommenen Rechtstitel, welche in ihrer Summe die Stellung des Monarchen legitimierten, beziehen sich auf „seine" Länder. Die „Verfassungsgrundsätze" 1851/52 zielen demgemäß darauf ab, die Länder einerseits als Sprengel für die Ausübung der vom Monarchen ausgehenden Staatsgewalt einzurichten, andererseits, hiefür beratende Kollegialorgane („Landtage") aus „Erbadel", „Grundbesitz" und „Industrie" zu etablieren, womit der ständische Gedanke aus der Zeit vor 1848 in modifizierter Form neu belebt worden wäre. Insgesamt war damit dem Staatswesen ein absolutistisch-ständisches Konzept neuer Art zugrundegelegt: Im Vergleich mit der Situation vor 1848 kennzeichnen den nunmehrigen Absolutismus neue Einrichtungen wie Ministerrat, Reichsrat, zwingende Gesetzespublikation und die Festlegung von Staatszielbestimmungen wie etwa der Grundentlastung. Neu gegenüber dem ständischen Staatswesen vor 1848 ist das Beibehalten der allein staatlichen Verwaltungs- und Gerichtsorganisation, die in ihrer nunmehr einsetzenden Durchführung nur eine wesentliche Modifikation erfuhr: An die Stelle der Bezirkshauptmannschaften und der Bezirksgerichte traten die Bezirksämter, die damit in 1. Instanz Verwaltung und Gerichtsbarkeit verbanden. Da wesentlich mehr Bezirksämter eingerichtet wurden als zuvor Bezirkshauptmannschaften, entstand nun ein besonders dichtes Verwaltungsnetz. Auch blieb es bei der Errichtung von Gemeinden an Stelle der feudalen Grundherrschaften, wenngleich diese in bestimmten Fällen als sogenanntes „Gutsgebiet" eine Renaissance erfahren konnten, wovon allerdings nur in Galizien und in der Bukowina Gebrauch gemacht wurde.

Damit war von der Tendenz, intermediäre Gewalten zu verdrängen, ein wenig abgewichen worden. In besonderem Maße geschah dies aber mit dem Konkordat 1855 (RGBl. 195), das wesentliche staatliche Befugnisse im Schul- und Pressewesen sowie die Ehegerichtsbarkeit über Katholiken der Katholischen Kirche übertrug. Dieses neoabsolutistisch-neoständische Konzept galt als Alternative zum konstitutionellen Verfassungsmodell.

Die Realisierung des neoständischen Elements bedurfte jedoch einer Anlaufzeit, so daß im wesentlichen vorerst ein NEOABSOLUTISMUS die Verfassungswirklichkeit bestimmte. Allerdings wurde 1855 die Einberufung der Landesvertretung von Lombardo-Venetien angeordnet, gleichzeitig an Entwürfen für die übrigen Landesverfassungen gearbeitet und 1859 eine Gemeindeordnung erlassen. Diese Entwicklung beschleunigte der negative Ausgang des Krieges von 1859: Die Idee des „Centralorgans" erfuhr im Frühjahr 1860 insoferne eine Verwirklichung, als der Reichsrat insbesondere durch Ländervertreter zum sogenannten „Verstärkten Reichsrat" (RGBl. 56) und seine Kompetenz schließlich sogar um ein Zustimmungsrecht in finanziellen Angelegenheiten (RGBl. 81) erweitert wurde.

Vollends das neoständische Element etablieren wollte das OKTOBERDIPLOM 1860 (RGBl. 226) und seine Folgeanordnungen, doch blieb das Konzept unrealisiert und ist hier nur kurz zu skizzieren: Der Grundgedanke liegt in einer Bindung des Monarchen in bloß einigen Teilen der Gesetzgebung, und zwar auf Landesebene an ständisch zusammengesetzte Landtage, auf Gesamtstaatsebene an den Reichsrat, der als Ausschußlandtag den Gedanken des zuvor erwähnten Zentralorgans aufgreift. Die Teilnahme der cisleithanischen Landtage und des Reichsrats hätte allerdings allein in der Beratung des Monarchen bestanden, nur die der transleithanischen Landtage und des Reichsrats in einigen wenigen Angelegenheiten auch schon in einer Beschlußfassung. Ein großer Teil an Gesetzgebungsbefugnissen wäre aber weiterhin allein dem Monarchen verblieben („Prärogativen der Krone"). Das „Oktoberdiplom" mit seiner beibehaltenen neoabsolutistisch-neoständischen Konzeption stieß sowohl wegen seines Abstandes zu einer konstitutionellen Verfassung auf Widerstand wie speziell in Ungarn, da es dieses weiterhin stark in den Gesamtstaat einbezieht.

Im Frühjahr 1861 erfolgte ein zweiter Verfassungsversuch, der das „Oktoberdiplom" samt seinen Folgeanordnungen mit einem neuen „Grundgesetz über die Reichsvertretung" und mit neuen „Landesordnungen" für die cisleithanischen Länder zu einer REICHSVERFASSUNG zusammenfaßt, die das neoabsolutistisch-neoständische Modell durch das Einpflanzen eines Parlaments (Reichsrat als „Reichsvertretung") modifizieren will. Festgehalten wird aber weiterhin am Grundkonzept des „Oktoberdiploms", nämlich, Reichsrat und Landtage nur an einem Teil der Gesetzgebung teilnehmen zu lassen und alle anderen Staatsfunktionen nicht zu regeln. Die Neuerung besteht aber darin, daß diese Teilnahme nicht mehr in einer Beratung, sondern in einer echten Beschlußfassung bestehen soll. Insoferne sind Reichsrat wie Landtage modernen Parlamenten vergleichbar. Sie sind jedoch anders als diese kompetenzmäßig nicht als Volksvertretungen mit umfassender Regierungsbefugnis eingerichtet, sondern bloß als „Landesvertretung" (Landtage) bzw. „Reichsvertretung" (Reichsrat) gegenüber dem Monarchen. Vor allem sind sie auch in ihrer Zusammensetzung nicht als Volksvertretungen konzipiert, sondern als „Interessenvertretungen" nur bestimmter Bevölkerungsgruppen.

Das System der Interessenvertretung der Reichsverfassung 1861 besteht in einer Trennung der Bevölkerung nach Stadt- und Landgemeinden, wobei aus ersteren die Handels- und Gewerbekammern, aus letzteren der Großgrundbesitz noch eigens heraus- und hinzugenommen werden. Jeder dieser vier Wählerklassen (Kurien) ist eine bestimmte Anzahl an Abgeordneten zugeteilt, die in einem stets anderen Verhältnis zur jeweiligen Wählergruppe stehen, so daß auf diese Weise eine Gewichtung der Kurien und der durch sie vertretenen Interessen vorgenommen wird. Beispielsweise entsenden in Österreich ob der Enns 1867 schon je 10 Wähler des Großgrundbesitzes oder je 10 Wähler der Handels- und Gewerbekammern einen Abgeordneten, jedoch in der Stadtgemeinde-Kurie erst 447 und in der Landgemeinde-Kurie gar 1644 Wähler. Diese Kurieneinteilung ist allerdings nur für die Wahl von Bedeutung, nicht aber für die Tätigkeit der Landtage oder des Abgeordnetenhauses des Reichsrats: Alle Abgeordneten bilden hier eine einheitliche Versammlung, die durch Mehrheitsbeschluß entscheidet.

Von den beiden Vertretungsorganen – Reichsrat, Landtag – wird jedoch nur der Landtag gewählt. Zum Reichsrat hingegen, der nunmehr aus zwei Kammern (Häusern) besteht, findet keine Wahl statt: Das Herrenhaus setzt sich ähnlich dem Senat der Verfassung 1848 aus großjährigen kaiserlichen Prinzen, bestimmten Adelsgeschlechtern, bestimmten Erzbischöfen und Bischöfen sowie vom Kaiser ernannten Männern, die sich um Staat und Kirche, Wissenschaft und Kunst verdient gemacht haben, zusammen. Als ein völliges Novum zeigt sich das Abgeordnetenhaus: Trotz seiner Bezeichnung, die wie selbstverständlich auf eine Wahl hinzuweisen scheint, wird es nicht gewählt. Vielmehr entsenden die Landtage die Abgeordneten, und zwar aus ihrer Mitte nach einem bestimmten, an den Kurien ausgerichteten Schlüssel. So trägt das Abgeordnetenhaus in zweifacher Weise den Charakter einer Interessenvertretung: durch die Entsendung seitens der Landtage den einer Ländervertretung und durch den Modus der Entsendung den der Kurienvertretung. Das Abstellen auf territoriale Interessen zeigt sich abermals darin, daß der Reichsrat wie schon nach dem „Oktoberdiplom" als „engerer Reichsrat" zusammentreten kann, wenn er Angelegenheiten behandelt, die nur die cisleithanischen Länder betreffen. In den transleithanischen Ländern sind hiefür deren Landtage zuständig, was ihnen einen höheren Stellenwert als in Cisleithanien einräumt, dessen Föderalismus weniger ausgeprägt ist. Die cisleithanischen Länder stellen daher auch nur gemeindeähnliche „Kommunalverbände höchster Ordnung" dar.

In Cisleithanien suchen sowohl „Oktoberdiplom" wie Reichsverfassung 1861 mit ihren neoabsolutistisch-neoständischen Grundlagen weiterhin ein prinzipiell einheitsstaatlich-zentralistisches Staatsmodell zu realisieren: Gesetzgebung, Verwaltung und Gerichtsbarkeit bleiben ungeteilt beim Gesamtstaat, wobei sich der Monarch in einem Teil der Gesetzgebung an die Mitwirkung von Reichsrat bzw. Landtagen bindet, und zwar mit der Wirkung, daß alle Angelegenheiten, die nicht entweder ausdrücklich dem Reichsrat oder den Landtagen zugewiesen sind, als „Prärogativen der Krone" vom Monarchen allein besorgt werden (nicht, wie oft zum angeblich föderalistischen Charakter des Oktoberdiploms angeführt, den Landtagen zufallen, die ja dann etwa über Äußeres und Krieg zu entscheiden gehabt hätten!).

Wegen der einheitsstaatlich-zentralistischen Ausrichtung stößt die Reichsverfassung 1861 auf den Widerstand vor allem der Ungarn, aber auch der Kroaten, Polen, Tschechen und Tiroler. Dank der vom Siebenbürger Landtag entsandten Abgeordneten tagt aber dennoch nicht bloß der „engere Reichsrat", sondern der, wenngleich stark amputierte, Gesamt-Reichsrat. Er erfüllt aber weder das ihm als „Reichsvertretung" zugewiesene Programm der Reichseinheit, noch kann er sich zu dem entwickeln, was er in der Tat nur höchst unvollkommen war, nämlich zu einem Parlament.

Die liberale Reichsratsmehrheit suchte zwar die Entwicklung im konstitutionellen Sinne voranzutreiben: 1861 regelt das PROTESTANTEN-PATENT (RGBl. 41) die Rechtsstellung der evangelischen Kirchen, 1862 brachte das REICHSGEMEINDEGESETZ (RGBl. 18) die Gemeindeautonomie und fanden zwei Grundrechte ihre gesetzliche Regelung, nämlich der SCHUTZ DER PERSÖNLICHEN FREIHEIT (RGBl. 87) und der des HAUSRECHTS (RGBl. 88). Damit hat es aber auch schon sein Bewenden: Durch das neoabsolutistisch-neoständische System konnte kein Tor zum Konstitutionalismus aufgebrochen werden.

Im Gegenteil: Da mit den Mitteln der Reichsverfassung 1861 das immer drängender werdende ungarische Problem nicht zu lösen ist, greift der Kaiser auf die Grundlage der Verfassung, die „Monarchische Legitimität" zurück und suspendiert 1865 die Tätigkeit des Reichsrats durch die vorläufige Nichtanwendung („Sistierung") des „Grundgesetzes über die Reichsvertretung". Die übrige Verfassung bleibt jedoch unangetastet, vor allem tagen die Landtage auch in der nunmehr beginnenden SISTIERUNGSEPOCHE.

Die weitere Verfassungsentwicklung bestimmt der sich anbahnende Ausgleich mit Ungarn. Er kommt nun nicht durch eine parlamentarische Verfassungsänderung im Reichsrat zustande, sondern mittels Verhandlungen zwischen dem Monarchen und dem ungarischen Landtag: Beide treffen eine Vereinbarung über die ungarische Verfassung. Dies entspricht ganz dem konstitutionellen Weg einer Verfassungsvereinbarung zwischen Monarchen und Volksvertretung, welche die beiderseitigen Einflußsphären und Rechte einvernehmlich festlegt. Im AUSGLEICH erkennt der Monarch im wesentlichen den Fortbestand der ungarischen Verfassung von 1848 an und verläßt damit die einheitsstaatliche Konzeption der Reichsverfassung 1861, die Ungarn hingegen erkennen entgegen ihrer Verfassung von 1848 gemeinsame Angelegenheiten und damit doch ein enges Verhältnis der beiden Reichsteile an. Überdies wird Ungarn im Gebietsumfang von 1848 mit Einschluß von insbesondere Siebenbürgen und Kroatien-Slawonien wiederhergestellt. Die Kompetenzen der ungarischen Regierung und des ungarischen Parlaments werden so vermehrt, daß beide der Reichs-Regierung und dem Reichs-Parlament (Reichsrat) gleichberechtigt zur Seite treten und deren Wirkungsbereich auf Cisleithanien beschränken. Eine Bindung schaffen die sogenannten „dualistischen" Angelegenheiten, da sie durch beiderseits vereinbarte Gesetze zu regeln sind. Gemeinsam für die Gesamtmonarchie werden nur wenige Angelegenheiten ausgeübt, nämlich die bisherigen „Prärogativen der Krone" Äußeres, Kriegswesen und die hiefür notwendigen Finanzen als Folge der Pragmatischen Sanktion (daher „Pragmatische Angelegenheiten"). Neben dem Monarchen besorgen sie die „k. u. k. Minister" (d. h. die „kaiserlich" cisleithanischen „und" zugleich „königlich" ungarischen Minister) als Verwaltungsorgane und die „Delegationen" der beiden Parlamente als Gesetzgebungsorgane.

Durch den Ausgleich mit Ungarn hat der Monarch sein Verhältnis zu einem Teil seiner Länder, den transleithanischen, neu geregelt. So galt es nun, die Rückwirkungen dieser Neuregelungen auf den Komplex der übrigen, der cisleithanischen Länder verfassungsrechtlich zu berücksichtigen. Dazu gesellt sich der weitere Umstand, daß Ungarn durch den Ausgleich eine konstitutionelle Verfassung erhalten hat, während Cisleithanien noch im Zustand der nichtkonstitutionellen Reichsverfassung 1861 verharrt. Die verfassungsrechtliche Berücksichtigung des Ausgleiches bietet daher zugleich die Chance, den notwendigen Verfassungsumbau zur Einführung einer konsitutionellen Verfassung zu nutzen, was nun auch geschieht. Um Franz Joseph, der den Konstitutionalismus noch 1860/61 strikt abgelehnt hat, mit einer neuen Verfassung nicht vor den Kopf zu stoßen, um vor allem seine Sanktion für das Verfassungswerk zu erhalten, wählt man formal den Weg einer Erweiterung und Modifikation der Reichsverfassung 1861 und greift inhaltlich auf die seinerzeit von Franz Joseph erlassene Verfassung 1849 zurück:

So wird nun 1867 das „(Staats-)Grundgesetz über die Reichsvertretung" von 1861 den Umständen angepaßt und mit weiteren Gesetzen zu einer konstitutionellen Verfassung vereinigt: Es regelt mit seiner ausdrücklichen „Ergänzung", dem durch den Ausgleich notwendig gewordenen „Delegationsgesetz", die Staatsfunktion Gesetzgebung; schon ihren Bezeichnungen nach enthalten das „Staatsgrundgesetz über die Ausübung der Regierungs- und Vollzugsgewalt" eine verfassungsgesetzliche Fundierung der Staatsfunktion Verwaltung (wesentlich ergänzt durch das bereits erlassene „Gesetz über die Verantwortlichkeit der Minister": RGBl. 101) und das „Staatsgrundgesetz über die richterliche Gewalt" eine solche der Staatsfunktion Gerichtsbarkeit, das überdies auch die Grundlage für eine Verwaltungsgerichtsbarkeit legt; das „Staatsgrundgesetz über die allgemeinen Rechte der Staatsbürger" bringt wieder einen Grundrechtskatalog und das „Staatsgrundgesetz über die Einsetzung eines Reichsgerichtes" schafft mit diesem Gericht jene Instanz, vor der vor allem die Grundrechte geltendgemacht werden können. Alle diese Staatsgrundgesetze bzw. ihre Ergänzung (RGBl. 141–146) treten gemeinsam im Dezember 1867 (RGBl. 147) in Kraft: Mit dieser DEZEMBERVERFASSUNG war die cisleithanische Reichshälfte zum konstitutionellen Staat geworden.

Die neue Verfassung setzte sich aus sehr heterogenen Elementen zusammen: Neue, durch den Ausgleich bedingte Konstruktionen standen neben Teilen, die in der Verfassungssituation von 1848/49 wurzelten, wie wortwörtlich die Grundrechte, während das Parlament wie auch die Landtage aus dem neoabsolutistisch-neoständischen System fortdauern. So ließ die Verfassung 1867 viele Fragen und Wünsche offen: Reichsrat und Landtage waren weiterhin keine Volksvertretungen, sondern Interessenvertretungen, der Reichsrat überdies ein Parlament, das ohne Wahlen beschickt wurde; zahlreiche „Prärogativen der Krone“ gaben dem Monarchen eine überaus starke Stellung gegenüber Parlament und Regierung. Die Stellung der Länder als „Kommunalverbände höchster Ordnung“ erschien in zunehmendem Maße als unterentwickelt, zumal sie seit der Verfassung 1867 alle jene Gesetzgebungskompetenzen zu übernehmen hatten, die nicht ausdrücklich dem Reichsrat vorbehalten waren.

Auch das Verhältnis zu Ungarn barg Probleme, ja Zündstoff in sich: Da der Ausgleich nicht als Verhandlungsergebnis der beiden Parlamente zustandegekommen war, stimmten die jeweiligen Ausgleichsgesetze nicht miteinander überein, so daß es über das Verhältnis der beiden Reichsteile zueinander die unterschiedlichsten Auslegungen gab. Außerdem verlangte das System des Ausgleichs regelmäßig wiederkehrende Absprachen zwischen den beiden Reichshälften, welche deren Verhältnis immer wieder aufs Neue belasteten. Weder die Verfassung 1867 noch der Ausgleich bringen eine Lösung des Nationalitätenproblems. Mit dem Bestreben, den Reichsrat und die Landtage durch Wahlrechtsreformen Volksparlamenten weitestgehend anzugleichen, belastet es die weitere Verfassungsentwicklung.

In Durchführung der Verfassung 1867 begann durch den Abbau der 1855 im Konkordat der Katholischen Kirche übertragenen staatlichen Aufgaben eine Laisierung des Staates: Insbesondere trat 1868 für Katholiken das weltliche Eherecht wieder an die Stelle des kanonischen und die Leitung und Aufsicht über das gesamte Unterrichts- und Erziehungswesen nahm der Staat für sich in Anspruch. Schließlich kam es 1871 zur Kündigung des Konkordats gegenüber dem Heiligen Stuhl und daher 1874 zur Beseitigung seiner innerstaatlichen Wirkungen. Einen kleinen Schritt hin zur Volksvertretung bedeutete 1873 die Einführung der Wahl zum Abgeordnetenhaus des Reichsrats. Das Prinzip der Interessenvertretung blieb aber gewahrt und übermächtig, da das Kurienwahlsystem zu den Landtagen übernommen wird. Einen großen Schritt zur Verwirklichung des Rechtsstaates bildeten die Einrichtungen des Reichsgerichtes 1867 und des Verwaltungsgerichtshofes 1876. Schon 1868 schuf das „Gesetz über die Einrichtungen der politischen Verwaltungsbehörden“ (RGBl. 44) die Grundlage für eine Neuorganisation der allgemeinen Verwaltung. Ebenso wie die Gerichtsbarkeit ist sie ausschließlich Angelegenheit des Gesamtstaates und wird, anders als die Gesetzgebung, nicht mit den Ländern geteilt. Die (staatlichen) Verwaltungsbehörden vollziehen daher sowohl Gesamtstaats- wie Landesgesetze. Die Länder bilden allerdings, anders als in der Organisation der Gerichtsbarkeit, einen Verwaltungssprengel (Provinz). Eine Ausnahme stellen insbesondere der Verwaltungssprengel Tirol–Vorarlberg dar, der diese beiden Länder umfaßt, sowie der Verwaltungssprengel „Küstenland“ („Litorale“), der sich auf die Stadt Triest sowie die Länder Görz-Gradiska und Istrien erstreckt. An der Spitze der staatlichen Verwaltung im Land steht der „Landeschef“, dem auch „die Repräsentation des Landesfürsten (des Kaisers) bei feierlichen Gelegenheiten“ sowie die der „kaiserlichen Regierung“ gegenüber dem Landtag obliegt (daher auch sogenannte „landesfürstliche“ Verwaltung). Der Landeschef führt in kleineren Ländern wie z. B. in der Bukowina, in Kärnten und in Salzburg den Titel „Landespräsident“ und seine Behörde die Bezeichnung „Landesregierung“, in den größeren Ländern wie z. B. Böhmen und fast allen Verwaltungssprengeln auf dem Boden des heutigen Österreich den Titel „Statthalter“ und seine Behörde die Bezeichnung „Statthalterei“. Trotz der Bezeichnungen „Landeschef“, „Landespräsident“ und „Landesregierung“ handelt es sich jedoch im Gegensatz zu Landtag und Landeshauptmann um keine Landesbehörden, sondern um staatliche Behörden! Gleiches gilt für den ihnen unterstellten Bezirkshauptmann, den Leiter des „politischen (Amts-)Bezirks“, zu welchem, analog zur Situation vor etwa 1852, mehrere der bisherigen

Sprengel der Bezirksämter zusammengefaßt werden. Weiters bedient sich die staatliche Verwaltung der Gemeinden, die im sogenannten „übertragenen Wirkungsbereich“ neben ihrem „autonomen Wirkungsbereich“ staatliche Verwaltungsaufgaben zu besorgen haben.

Eine Landesverwaltung gibt es seit der Reichsverfassung 1861 jedoch auch. Sie wird vom „Landesausschuß“, einem Ausschuß des Landtags unter Vorsitz des Landeshauptmanns ausgeübt, ist aber strikt auf eine Vermögensverwaltung des Landes beschränkt und somit keine Hoheitsverwaltung. In zunehmendem Maße wachsen ihr jedoch andere Aufgaben zu, so daß sie, entgegen der ursprünglichen Intention, mit der staatlichen Verwaltung eine „Doppelgleisigkeit der Verwaltung“ erzeugt, die zu einem weiteren Problem im Staatsaufbau Cisleithaniens wird.

Zieht man für etwa das Jahr 1880 ein Resümee zur Situation der Verfassungslage und der staatlichen Organisation, so ist festzuhalten, daß es ab 1848/49 gelungen war, eine Verwaltungs- und Gerichtsorganisation moderner Art zu schaffen, die nahezu mustergültig die staatliche Willensbildung in das politisch-gesellschaftliche Leben umzusetzen fähig war. Die Art der staatlichen Willensbildung selbst durch die obersten Verfassungsorgane Monarch, Regierung und Parlament hatte aber keine allseits befriedigende Lösung erfahren. Es standen ihr in Hinblick auf die Verbindung mit Ungarn, auf die vom Wahlrecht nicht erfaßten Volksteile und das ungelöste Nationalitätenproblem mannigfache Belastungsproben bevor.

Literatur (in Auswahl):

Die zitierten Gesetze im RGBl. = Reichsgesetzblatt; ferner kommentiert in: *Bernatzik, E.*, Die österr. Verfassungsgesetze . . ., 2. Aufl, Wien 1911.

Gesamtüberblick mit weiterführenden Angaben:
Brauneder, W., Österr. Verfassungsgeschichte, 3. Aufl, Wien 1983.

Zur Verwaltungsorganisation (allerdings ohne autonome Landesverwaltung):
Wandruszka, A.; Urbanitsch, P., Die Habsburgermonachie 1848–1918, Bd. II: Verwaltung und Rechtswesen, Wien 1975.

Zu Einzelfragen aus zeitgenössischer Sicht:
Mischler, E.; Ulbrich, J., Österr. Staatswörterbuch I–IV, Wien 1905–1909.

Éva Somogyi

UNGARN IN DER HABSBURGERMONARCHIE

Als Franz Joseph I. am 2. Dezember 1848 in Olmütz als Kaiser von Österreich den Thron bestieg, befand sich Ungarn im Krieg; es hatte zu den Waffen gegriffen, um die im März 1848 erreichten Errungenschaften, die Grundentlastung, die bürgerliche Rechtsgleichheit und – was davon untrennbar war – das eigenständig gewordene liberal-konstitutionelle Königtum Ungarn zu verteidigen. In der Märzrevolution war Ungarns verfassungsmäßige Eigenständigkeit durchgesetzt worden: Das Land hatte eine selbständige, dem Landtag verantwortliche Regierung. In der neuen ungarischen Regierung wurden auch für die später zu „gemeinsamen Angelegenheiten“ erklärten Geschäftsbereiche, Finanzen, Kriegswesen und Außenpolitik, eigene Ressorts eingerichtet. Diese Errungenschaft sowie die Verfügung, wonach in Abwesenheit des Königs der Palatin als Regent die Exekutivmacht besaß, widerspiegelten das Bestreben, das Verhältnis zwischen Ungarn und Österreich auf das einer Personalunion zu reduzieren. Dies konnte allerdings nur mit Einschränkungen realisiert werden. Es wäre ja übertrieben zu glauben, daß die Revolution von 1848 eine tatsächlich unabhängige Verteidigungs- und Außenpolitik geschaffen hätte. Dennoch versuchte die Revolution die Beziehungen zu Österreich umzugestalten, die Selbständigkeit – nicht die Unabhängigkeit – des Landes zu garantieren und zwar auf gesetzlichem Wege: Die ungarische Revolution wollte eine legitime Revolution bleiben.

In den Wochen der argen Bedrängnis im Frühjahr und Sommer 1848, als es galt, mit den in den österreichischen und italienischen Provinzen des Reiches ausgebrochenen Aufständen fertigzuwerden, akzeptierte die Krone die Forderungen der Ungarn. Im April 1848 billigte König Ferdinand V. die im März verabschiedeten Gesetze. Vom Herbst 1848 an hat sich indes die Lage verändert. Bis zu dieser Zeit rechnete die Dynastie mit den Revolutionen in den anderen Ländern des Reiches ab. Sie hielt nun die Zeit für gekommen, die Aprilgesetze zurückzunehmen, und das schwere Versäumnis der ungarischen Revolution zu ihren eigenen Gunsten auszunutzen. Die ungarische Revolution garantierte nämlich, der liberalen Auffassung entsprechend, allen Bürgern des Landes – unabhängig von ihrer nationalen Zugehörigkeit – Gleichheit vor dem Gesetz, während sie die Anerkennung der im Lande lebenden Nationalitäten als Gemeinschaften ablehnte. Deshalb suchten und fanden diese bei der Dynastie Unterstützung in ihren Bestrebungen gegenüber der ungarischen Revolution. Am 3. Oktober, an dem Tag, als der König den ungarischen Landtag auflöste und über das Land das Kriegsrecht verhängte, ernannte er gleichzeitig den kroatischen Banus Jellacić, der seit September mit Waffengewalt gegen die ungarische Revolution kämpfte, zum Oberbefehlshaber des Landes.

Mit dem Thronwechsel vom 2. Dezember wollte man zumindest vor dem Ausland als Gegengewicht gegen die legale Revolution den Anschein einer legalen Konterrevolution erwecken. Waren doch die Gesetze, zu deren Zurücknahme mit Waffengewalt sich nun die Dynastie anschickte, von Ferdinand V. und nicht von Franz Joseph I. sanktioniert worden. Wenige Tage nach Franz Josephs Thronbesteigung wurden die seit November in Bereitschaft stehenden kaiserlichen Truppen gegen die Ungarn in Marsch gesetzt. Der neue Oberbefehlshaber der Truppen in Ungarn, Fürst Windischgrätz, war nicht einmal zu Verhandlungen mit einer Friedensabordnung des ungarischen Reichstages bereit und forderte *unbedingte Unterwerfung*. Durch den Erfolg der kaiserlichen Truppen im Frühjahr wurde es dem Monarchen ermöglicht, am 4. März 1849 in Olmütz (Olomouc) eine Verfassung zu oktroyieren, die die Errungenschaften vom April des Vorjahres zunichte machte und Ungarn in das Gesamtreich eingliederte. Als Reaktion auf die oktroyierte Verfassung entschied sich die ungarische Revolution zu einem letzten Verzweiflungsschritt: Das nach Debrecen geflüchtete Parlament beschloß die Entthronung des Hauses Habsburg. Nun gab es keine Chancen mehr zu einer Einigung. Der junge Kaiser ersuchte im Frühsommer 1849 – eingestehend, daß er allein außerstande sei, die ungarische Revolution niederzuschlagen, – den russischen Zaren um *vaterliche Unterstützung* zum Schutz der gesellschaftlichen Ordnung im heiligen Kampf gegen die Anarchie. Im Juni 1849 zogen die Truppen Paskiewitschs gegen Ungarn, und angesichts der enormen Überlegenheit der zaristischen Kräfte streckten die ungarischen Truppen am 13. August bei Világos die Waffen.

Die Großmächte schlugen der dank fremder Waffenhilfe siegreichen Habsburgermacht Verhandlungen vor. Zar Nikolaus indes mahnte seinen *lieben Freund* Kaiser Franz Joseph: *Gnade den Getäuschten; die Aufwiegler nach Verdienst behandeln!* Der Kaiser indes „stürzte dennoch in die blutige Orgie der an die Macht gelangten Schwachen". In den ersten Wochen nach Világos wurden etwa 120 Menschen aufgrund von Gerichtsurteilen hingerichtet, etwa zehnmal mehr kamen in Gefängnisse; eine unbekannte Zahl von Soldaten und Zivilpersonen gerieten in Gefangenschaft. Vierzig- bis fünfzigtausend Soldaten und Offiziere wurden in die österreichischen Provinzen zwangsrekrutiert. Die Hinrichtung von Ministerpräsident Lajos Batthyány und von dreizehn Honvédgenerälen am 6. Oktober 1849 löste europaweit Empörung aus. Der britische Außenminister Palmerston konstatierte resigniert: Die Österreicher kennen kein anderes Argument als Gewalt. Der Zar versuchte die Generäle auf diplomatischem Wege zu retten, da aber seine Bemühungen erfolglos blieben, betrachtete er die Urteile von Arad als persönliche Beleidigung.

Das eroberte Land wurde unter Militärverwaltung gestellt und Feldzeugmeister Freiherr JULIUS HAYNAU zum Generalgouverneur bestellt. Haynau kam mit einem festen politischen Konzept nach Ungarn: Ich *lasse . . . die Rebellenchefs hängen und alle kk. Offiziere, die bei den Revolutionärs Dienste nahmen erschießen, ich will das Unkraut mit der Wurzel vertilgen und ganz Europa ein Beispiel geben, wie man Rebellen behandeln muß, um die Ordnung, Ruhe und Friede auf ein Jahrhundert herzustellen.*

Haynaus Aktivitäten waren bald auch der Regierung Schwarzenberg-Bach lästig. Im Sommer 1850 konnte Bach erreichen, daß Haynau abgesetzt wurde.

Haynaus Sturz machte dem Bach-Regime in Ungarn den Weg frei. Man könnte die Wende mit einem modernen Ausdruck in etwa so beschreiben: Den konterrevolutionären Terror löste eine konservativ-absolutistische Diktatur ab. Ministerpräsident FELIX FÜRST SCHWARZENBERG wandte sich schon im Juni 1849 mit einer Denkschrift an den Monarchen, in der er ausführte: Als die Ungarn gegen ihren König zu den Waffen griffen und das Herrscherhaus des Thrones beraubten, hätten sie ihre historischen Rechte schon verwirkt. Den Monarchen binden mithin nicht mehr die traditionellen, die Eigenständigkeit Ungarns garantierenden Rechte. Der Herrscher bekam freie Hand, eine aus Wien regierte einheitliche Gesamtmonarchie zu schaffen. Entsprechend der Konzeption der Regierung Schwarzenberg-Bach kam der Absolutismus in Ungarn in den 1850er Jahren dermaßen uneingeschränkt zur Geltung wie noch nie zuvor in der Geschichte. Die Verfassung indes bedeutete in Ungarn nicht nur das, was sie in einem unabhängigen Nationalstaat bedeutet – das Recht des Parlaments auf Budgetbewilligung oder Budgetablehnung, auf die Kontrolle der Regierung usw.; das Parlament galt hier als traditioneller Schützer der nationalen Rechte gegenüber einem „fremden" Monarchen. Noch nie zuvor zerstörte die Habsburgermacht das historische Ungarn so zielstrebig und noch nie zuvor war sie so konsequent bemüht, ein von Wien aus gelenktes einheitliches, deutschsprachiges Reich zu schaffen, wie sie es nach 1849 tat. Vom historischen Ungarn wurden seine Nebenländer Kroatien und Siebenbürgen getrennt und diese wie auch die zur Befriedigung der Ansprüche der Serben geschaffene Serbische Woiwodschaft und das Temeser Banat direkt der Wiener Regierung unterstellt, während die Militärgrenze weiterhin vom zivilen Verwaltungsorganismus ausgenommen blieb. Das engere Rumpfungarn wurde in fünf Militärdistrikte aufgeteilt, die dann mit mehr oder minder größeren Abänderungen auch der im Aufbau befindlichen bürgerlichen Verwaltung als Grundlage dienten. Den Distrikten standen die Obergespane, später die Statthalterei-Vizepräsidenten vor, die ebenfalls der Regierung in Wien direkt unterstellt wurden. Die Regierung ließ sich dabei von der Hoffnung leiten, daß die einzelnen Teile mit der Zeit so organisch in das einheitliche Reich eingegliedert werden würden wie die Kronländer diesseits der Leitha.

Der politischen Einrichtung der 1850er Jahre stellte sich die ganze ungarische Gesellschaft entgegen. Die politische Führungsschichte des Landes, der liberale Adel, verkündete vom Standpunkt der Gesetze von 1848 aus passiven Widerstand gegen die neue Einrichtung. Es wurde beschlossen, *keine Steuern zu zahlen, solange kein Steuereintreiber kommt. Dem Militär wird nur das abgeliefert, was unumgänglich scheint . . . man weigert sich das Deutsche zu verstehen und verlangt . . . überall Antwort und Urteilsverkündung in ungarischer Sprache. Niemand soll eine genaue Steuererklärung über seine Besitzverhältnisse, Einkommen abgeben. Die Willkürherrschaft wird verachtet, ihre Diener werden ignoriert als wenn es sie gar nicht gäbe – lautete die allgemeine Parole* (Berzeviczy). Selbst der konservative Teil der Aristokratie stellte sich der Zentralisation, der Germanisierung des Landes, der Aufteilung des Landes entgegen. Das Bauerntum wartete auf den emigrierten LAJOS KOSSUTH, dessen Name ihm nicht nur die Freiheit der Nation, sondern auch den Realisator seiner Träume und Wünsche bedeutete.

Der Widerstand gegen den Absolutismus gab dem nationalen Einheitsbewußtsein, oder besser einer nationalen Einheitsillusion Nahrung: dem Aufeinanderangewiesensein des ungarischen Adels und des Bauerntums gegenüber der fremden Macht.

Diese „fremde Macht" indes war samt ihrem Absolutismus, ihrem einheitsschaffenden Zentralismus und ihrer Germanisierung ein bürgerlicher Staat, der die großen Errungenschaften der Revolution, die Grundentlastung und die bürgerliche Gleichberechtigung anerkannte. Er schuf einen bürgerlichen Staatsapparat und ein bürgerliches Rechtssystem auf der Basis moderner Grundsätze. Auch in Ungarn wurde das bürgerliche und das Strafgesetzbuch Österreichs angewendet und der Versuch gemacht, Verwaltung und Justiz konsequent auseinanderzuhalten, sowie eine sachgemäße bürgerliche Staatsverwaltung aufzubauen. Da aber all diese zweifelsohne progressiven Maßnahmen von der absolutistischen Macht zum Zwecke der Etablierung einer Gesamtmonarchie getroffen wurden, wurden sie im Lande selbst widerwillig aufgenommen. Es ist wohl kaum möglich zu beurteilen, inwieweit der Widerstand gegen die Maßnahmen den fortschrittlichen Reformen und inwieweit er der absolutistischen Macht, die diese durchführte, galt. Konnte sich der Absolutismus auch in Österreich nur auf eine äußerst schmale gesellschaftliche Basis stützen und ließ die im Krieg gegen Piemont erlittene Niederlage auch dort die gesellschaftliche Unzufriedenheit sowie eine politische Bewegung der in den Hintergrund gedrängten Aristokratie und des liberalen Bürgertums zutage treten, das die Rückkehr zur Verfassungsmäßigkeit forderte, so war dies in Ungarn noch mehr der Fall.

Die hier auflebende absolutismusfeindliche nationale Bewegung gewann angesichts der Aktivitäten der Emigranten an Selbstvertrauen und Mut. Am Vorabend des österreichisch-piemontesischen Krieges tat Kossuth alles, damit die ungarische Unabhängigkeitsbewegung die durch den Krieg gegen Österreich gebotenen Möglichkeiten nutzen und internationale Unterstützung für den im Land geplanten Aufstand gegen die Habsburger gewinnen könne. Kossuth schloß Bündnisse mit Kaiser Napoleon III. und dem rumänischen Fürsten Cuza und verhandelte mit dem serbischen Thronfolger Milan; sie alle stellten Unterstützung im Falle eines Aufstands in Ungarn in Aussicht. Als Gegenleistung dafür boten die ungarischen Emigranten den Nationalitäten Ungarns im Rahmen der territorialen Integrität des Landes weitgehende nationale Rechte an, es wurde sogar daran gedacht, nach dem erfolgreichen Befreiungskrieg die Völker Siebenbürgens bei einem Referendum über die Union mit Ungarn entscheiden zu lassen.

Zum Einsatz der von der Emigration aufgestellten Ungarischen Legion im französisch-piemontesischen Krieg gegen Österreich konnte es jedoch nicht kommen, und noch weniger war es möglich, daß – wie es Kossuth plante und Napoleon III. in Aussicht stellte – französische Truppen ungarischen Boden betraten. Der französische Kaiser ließ seine Verbündeten im Stich und schloß bekanntlich in größter Eile in Villafranca Frieden mit Franz Joseph; damit ersparte er der Monarchie weitere, noch schwerere Niederlagen. Die großen Pläne der Emigration zerrannen im Nichts.

Österreichs Niederlage im Krieg aktivierte dennoch die nationale Bewegung in Ungarn. Alle Richtungen dieser Bewegung gelangten zu der Überzeugung, daß sich Wien nach dem verlorenen Krieg in einer Zwangslage befände, daß Teilkonzessionen jeder Art abzulehnen seien, statt dessen aber sei die völlige Wiederherstellung der Grundlage von 1848 zu fordern. *In der ungarischen Nation muß die Begeisterung für das Verfassungsprinzip wachgehalten werden. Zu einem günstigen Augenblick kann dann die Verfassung selbst mit einem Federstrich wiederhergestellt werden*, sagte der anerkannte Führer der liberalen Bewegung in Ungarn Ferenc Deák. In Kreisen der ungarischen Liberalen brachte man dem in der Werkstatt der konservativen Aristokratie formulierten Oktoberdiplom, das eher die Rückkehr zu den Zuständen vor der Revolution 1848 als die Anerkennung von 1848 bedeutete, deswegen Mißtrauen entgegen, wiewohl es zweifelsohne auch beachtliche Zugeständnisse für die Ungarn enthielt. Es stellte die ungarischen ständischen Regierungsorgane, die Hofkanzlei und die Statthalterei wieder her. Diese Maßnahme bedeutete eine gewisse Anerkennung der historischen Selbständigkeit Ungarns. Die Wiederherstellung der Komitatsverwaltung und die Einberufung des Landtages bedeuteten gleichermaßen die Lockerung des Absolutismus und des Zentralismus. Nach zwölf Jahren Absolutismus fanden sich die Abgeordneten des im Frühjahr 1861 wieder zusammengetretenen ungarischen Parlaments in einer sehr schwierigen Situation. Die Einberufung des Landtags erfolgte noch im Geist des Oktoberdiploms, das eine Einigung anbot. Als dann aber der Landtag seine Beratungen im April 1861 in Wien aufnahm, trat infolge der ungünstigen Aufnahme des Oktoberdiploms im ganzen Reich eine politische Wende ein: Schmerling, der ein Programm vorlegte, das den Ungarn keinerlei Zugeständnisse anbot, war zum Staatsminister ernannt worden.

Das Februarpatent von 1861, das in Österreich dem verfassungsmäßigen Leben als Grundlage diente, nahm für Ungarn indes auch die im Oktoberdiplom eingeräumten Zugeständnisse zurück, so daß es für dieses Land lediglich Zentralisierung, die Aufhebung der verfassungsmäßigen Eigenständigkeit des Landes bedeutete. Deswegen entsandte der ungarische Landtag keine Abgeordneten in den Wiener Reichsrat und billigte einstimmig eine Adresse Deáks an den Monarchen: *Wenn es notwendig ist, zu dulden, so wird die Nation dulden ... ohne Entmutigung, sowie ihre Ahnen geduldet und gelitten haben, um die Rechte ihres Landes verteidigen zu können; denn was Kraft und Gewalt wegnehmen, das können Zeit und günstige Umstände wieder zurückbringen, aber worauf die Nation aus Furcht vor den Leiden selbst verzichtete, dessen Wiedergewinn ist immer schwer und zweifelhaft. Die Nation wird dulden, auf eine schöne Zukunft hoffen und der Gerechtigkeit ihrer Sache vertrauen.*

Deák rief erneut zum Dulden und Abwarten gegenüber der neuen Zentralisierungswelle durch Schmerling auf, die Ungarn erneut den Absolutismus brachte. Der passive Widerstand setzte eine gewisse „Interessenvereinigung“ des früheren Leibeigenen und des Adels voraus, eine Interessenvereinigung, wie sie im Jahr der Revolution durch die Grundentlastung und die Durchsetzung der Rechtsgleichheit der Bürger geschaffen wurde. Um die Wende der 1850er und der 1860er Jahre nahmen indes bei der Durchführung der Grundentlastung die sogenannten Urbarialprozesse ihren Anfang, die die Gegensätze zwischen den Herrschenden und den Bauern deutlich zutage treten ließen. Im Zusammenhang mit den Prozessen über die Regelung der Besitzverhältnisse flackerten eine Reihe von regionalen Bauernaufständen auf und die ehemaligen Großgrundbesitzer, die bis dahin die Behörden verachtet hatten, ersuchten die staatliche Macht um Waffenhilfe gegen die aufständischen Bauern.

In ähnlicher Weise waren die ungarischen herrschenden Schichten auch auf die Unterstützung durch die Regierung angewiesen, um ihre nationale Vormachtstellung aufrechtzuerhalten. Je entschiedener die in Ungarn lebenden Nationalitäten um die Wende der 1850er und 1860er Jahre territoriale Autonomie forderten, je mehr die besten Vertreter der ungarischen Emigration die Notwendigkeit einer Einigung mit den Nationalitäten erkannten, für um so dringender hielt die Mehrheit der ungarischen Großgrundbesitzer eine Einigung mit Wien. *Der Preis unserer Versöhnung mit Österreich und dessen Herrscherhaus ist nicht so hoch, wie der von den Nationalitäten geforderte und der, den unsere ungeschickten Revolutionäre auch zu zahlen bereit wären* (Kecskeméthy). Das Habsburgerreich lockte auch mit bedeutenden wirtschaftlichen Vorteilen. Die Zollunion mit Österreich garantierte während der Getreidekonjunktur in den 1850er Jahren den ungarischen Agrarprodukten günstige Absatzmöglichkeiten. Die Gutsbesitzer in Ungarn vertrauten zu Recht darauf, daß der Ausgleich, die Stabilisierung der politischen Verhältnisse, weitere Vorteile mit sich bringen würde: Die zu strengen Kreditbedingungen würden besser, und die politische Stabilisierung würde den Zustrom ausländischen Kapitals beschleunigen. Immer lauter war mithin die Stimme jener zu vernehmen, die der so lästig gewordenen Prinzipientreue müde, des Duldens und Abwartens überdrüssig waren und sich ein Amt, eine Beamtenstelle wünschten.

Am Ostersonntag 1865 erschien Deáks berühmte Schrift: *Wir werden immer bereit sein, unsere Gesetze auf verfassungsmäßigem Wege in Einklang zu bringen mit den Bedürfnissen der Sicherheit und Festigkeit der Monarchie.* Der Osterartikel, Deáks Erklärung, *wir werden bereit sein,* die Gesetze von 1848 den Reichsinteressen entsprechend zu modifizieren, gab nicht die

Anregung zu der auf beiden Seiten heranreifenden Wende, sondern war bereits ein Anzeichen dieser Wende. Franz Joseph bereitete sich schon seit Anfang des Frühjahrs 1865 auf eine Einigung mit den Magyaren vor. Deswegen beauftragte er statt des Zentralisten Schmerling Belcredi mit der Führung der neuen Regierung, und führte durch Vermittler auch Verhandlungen mit Ferenc Deák. Angesichts des unerwartet verlorenen Krieges von 1866 schien dann die Umstrukturierung des Reiches unaufschiebbar zu sein. Das Scheitern der absolutistischen und später der verfassungsmäßig-zentralistischen Politik der Schmerling-Ära, der Krieg gegen die Preußen im Jahre 1866, durch den die Monarchie ihr deutsches Hinterland verlor, das Abflauen des passiven Widerstandes der Ungarn zwangen die die Monarchie formenden politischen Faktoren, Kaiser und König Franz Joseph ebenso wie das deutschösterreichische Bürgertum und die ungarischen Groß- und mittelgroßen Grundbesitzer, die in politischer Hinsicht das Bürgertum ersetzten, zu einem Kompromiß. Das Ergebnis dieses Kompromisses war der Ausgleich von 1867, die dualistische Umgestaltung der Monarchie. Die herrschenden Schichten beider Reichshälften strebten in ihrem Land nationale Hegemonie und eine konstitutionelle Einrichtung an, was sie auch mit dem Ausgleich von 1867 erreichen konnten. Sie schufen eine nationale Hegemonie, wenngleich sie, den liberalen Anforderungen der Zeit entsprechend, auch die elementaren Rechte der im Lande lebenden Nationalitäten garantierten. Sie bauten eine verfassungsmäßige Ordnung auf; der Konstitutionalismus indes konnte in den wichtigsten Bereichen des Staatslebens – nämlich in den gemeinsamen Angelegenheiten: in der Außen- und Militärpolitik – nur stark eingeschränkt zur Geltung kommen. Franz Joseph indes akzeptierte die verfassungsmäßige Regierung, zumal er darin ein Mittel zur Reichskonsolidierung, zur Wahrung bzw. Wiedererlangung der Großmachtstellung sah; er akzeptierte, daß in beiden Reichshälften die internen Angelegenheiten von einer dem Parlament verantwortlichen Regierung erledigt würden, weil er in den wahren Angelegenheiten des Reiches absoluter Herrscher bleiben konnte.

Der Ausgleich von 1867 kam durch eine erzwungene Übereinstimmung von Interessen zustande, er war ein Kompromiß, und eine natürliche Begleiterscheinung von Kompromissen ist es, daß häufig auch ihre Schöpfer den Eindruck erhalten, benachteiligt worden zu sein. Die zeitgenössische, später dann die nationale Auffassung Ungarns geißelten die Billigung der gemeinsamen Angelegenheiten, durch die die Deutsch-Österreicher die nationale Unabhängigkeit geschmälert hatten, die Deutsch-Österreicher beklagten dagegen die Aufopferung der konstitutionellen Gesamtmonarchie, die in Wirklichkeit nie existiert hatte, sondern nur gewünscht worden war. Die Stimme jener, die in dem konsolidierten Reich, in dem sich von nun an die zwei führenden Nationen die Herrschaft teilten, tatsächlich mit leeren Händen ausgingen, war viel leiser zu hören.

Mit dem Ausgleich von 1867 trat die Habsburgermonarchie nach einer langen Periode innerer Unsicherheit in eine Phase der Konsolidation ein. In dem von den Parlamenten gebilligten und vom Monarchen sanktionierten Gesetz war festgehalten, welche Bereiche der Staatsgeschäfte als „gemeinsame Angelegenheiten" der Monarchie zu gelten hatten und welche von beiden Staaten autonom verwaltet wurden. Wiewohl die Gemeinschaft der Außenpolitik und des Heereswesens die Österreich-Ungarische Monarchie vor dem Ausland, und gewissermaßen auch in der Realität als ein Staat erscheinen ließen – die Reichseinheit wurde durch das einheitliche Währungssystem und die gemeinsamen Zollgrenzen nur noch weiter verstärkt – erledigten beide Länder ihre inneren Angelegenheiten voneinander unabhängig, autonom.

In den auf 1867 folgenden Jahren galt dann der Aufbau eines neuen bürgerlichen Staates als die grundlegende Aufgabe der ungarischen Politik. In diese Zeit fallen auch die Wiederherstellung der territorialen Einheit des in den 1850er Jahren administrativ geteilten Landes; die Neuregelung der Rechtsverhältnisse Siebenbürgens, die von denen Ungarns in vieler Hinsicht abwichen; die Aufhebung der auf die Zeit der Türkengefahr zurückgehenden, von Wien direkt verwalteten Militärgrenze im Süden des Landes.

Auch galt es, selbständige ungarische Ministerien zu organisieren, eine moderne öffentliche Verwaltung aufzubauen. An die Spitze der Komitate wurden von der Regierung ernannte Obergespane gestellt, wodurch die aus der ständischen Zeit ererbte Autonomie der Komitate stark eingeschränkt wurde. Gleichzeitig wurden auch öffentliche Verwaltung und Justiz vollkommen voneinander getrennt und auf den unteren Instanzen die Gerichtsbarkeit aus dem Kompetenzbereich der Komitate herausgelöst. Es wurden Grundbuchämter aufgestellt, um endlich die Eigentumsverhältnisse bei Immobilien den bürgerlichen Anforderungen entsprechend zu registrieren.

1868 wurde in Ungarn die Schulpflicht für Kinder im Alter von 6 bis 12 Jahren eingeführt. Das Gesetz machte es neben den Kirchen und Gemeinden auch dem Staat zur Aufgabe, ein Netz von Volksschulen aufzubauen. In den sechziger Jahren konnte ein Drittel der Bevölkerung des Landes schreiben und lesen; in der Bekämpfung des Analphabetentums konnten im Laufe einer Generation beachtliche Ergebnisse erzielt werden.

Der Dualismus fußte auf der Hegemonie der beiden „führenden Nationen“: auf der der Deutschösterreicher und der Ungarn. Darin lag nach Auffassung seiner Schöpfer der Sinn des dualistischen Systems. Die Festlegung der Rechte der in beiden Ländern lebenden Nationalitäten hingegen gehörte schon in den Kompetenzbereich der beiden Regierungen bzw. Parlamente. Nach langwierigen innenpolitischen Auseinandersetzungen wurde 1868 in Ungarn das sog. „Nationalitätengesetz“ gebilligt. Dieses Gesetz erkannte die Gleichberechtigung der Nationalitäten an und legte deren Mitgliedern wegen ihrer Zugehörigkeit zu einer nationalen Minderheit im wirtschaftlichen Bereich, in der politischen Welt oder bei Beamtenkarrieren keine Hindernisse in den Weg. Ihre kollektiven nationalen Rechte wurden aber nicht anerkannt, und auch keine politisch-nationalen Institutionen zugelassen. Dieses Gesetz erhob das Ungarische zur Staatssprache, garantierte aber den Nationalitäten weitgehend den Gebrauch ihrer Muttersprache im Gemeinde-, Stadt- und Komitatsleben, insbesondere aber in den kulturellen Institutionen und im Volksschulunterricht. Es ist auch nicht zu bestreiten, daß man mit diesem Gesetz bestrebt war, die Nationalitätenrechte exakt festzulegen, was an und für sich schon ein positives Ergebnis war. Man erkannte, daß man sich in bezug auf die Nationalitätenrechte nicht vom Mehrheitsprinzip leiten lassen könne. So wurde auch verankert, daß jede Minderheit, die mindestens 20 Prozent der Bevölkerung ausmachte, den Gebrauch einer zweiten oder dritten Sprache in der jeweiligen Gemeinde beantragen könne. In den späteren Kritiken an der Nationalitätenpolitik Ungarns wurde nicht so sehr das liberale Nationalitätengesetz von 1868 beanstandet, sondern vielmehr dessen Nichtbeachtung in den Folgejahren.

Das Nationalitätengesetz bezog sich nicht auf Kroatien. Der sog. ungarisch-kroatische Ausgleich von 1868 erkannte die Autonomie Kroatiens in den inneren Angelegenheiten des Landes sowie das Recht des Parlaments von Agram, Gesetze über innenpolitische Fragen selbständig zu beschließen, an.

Wie oben festgestellt, wurden 1867 die Angelegenheiten des Reiches konsolidiert und gelöst, die tiefe innere Krise der Monarchie, die zu blutigen Tragödien, Revolutionen und Konterrevolutionen geführt hatte, wurde überwunden. Dennoch galt zu dieser Zeit und während des fünfzigjährigen Bestehens des Dualismus das Verhältnis zum Reich als das die politischen Parteien formende Grundproblem und das blieb es auch. In diesem halben Jahrhundert des Dualismus erreichte das Verhältnis Ungarns zu Österreich nie einen Ruhepunkt, wo die politischen Parteien in der Hoffnung auf dauerhafte Erfolge statt mit nationalen Parolen mit einem weltanschaulichen Programm hätten auftreten können. Das politische Programm der Deák-Partei, die den Ausgleich zustande brachte, wurde ebenso vom Verhältnis zum Reich bestimmt, wie dasjenige der Opposition, nur daß die verschiedenen Gruppen der Opposition das Ausgleichssystem angriffen, während die Regierungspartei Deáks daran festhielt.

Die den Ausgleich kritisierende sog. Mitte-Links-Partei, die sich hinsichtlich ihrer gesellschaftlichen Basis von der Regierungspartei kaum unterschied, die sich auf die verschiedenen Schichten des ehemaligen Besitzadels, auf das bemitteltere Bürgertum, die bürgerliche Intelligenz stützte, sprach sich nicht gegen das Prinzip des Ausgleichs aus, sie wünschte sich lediglich einen besseren Ausgleich. Ihr Verhalten war in den ersten Jahren von Angst bestimmt, sie befürchtete, das Land würde außerstande sein, die vom Dualismus garantierten Rechte auch zu bewahren.

Eine sachliche Kritik am Ausgleich bot die „Partei der 48er". Sie forderte die Personalunion, und ihre 48er Parolen enthielten auch die Möglichkeit eines demokratischen Programms. Sie baute auf das mittlere Bürgertum, das städtische Kleinbürgertum. Diese Schichten wandten sich auch aus einem Gefühl der ökonomischen Bedrohung heraus gegen Österreich. Die Basis der Partei stellte jedoch das Besitzbauerntum, dem „48" nie einfach nationale Unabhängigkeit, sondern auch Grundentlastung, sowie gesellschaftliche Reformen bedeutete. Die Partei der 48er fand gefühlsmäßige Unterstützung bei der überwiegenden Mehrheit der am politischen Leben nicht teilnehmenden, kein Wahlrecht besitzenden ungarischsprachigen Bevölkerung.

Die Vereinigung der Deák-Partei mit der von KÁLMÁN TISZA geführten Mitte-Links-Partei, die bis dahin einen vorsichtigen Oppositionskurs betrieben hatte, im Jahre 1875 lieferte den Beweis dafür, daß sich die besitzenden Schichten, die wirtschaftlich und politisch führenden Kräfte des Landes, mit der gegebenen Form des Ausgleichs abgefunden haben. Der Dualismus festigte sich in Ungarn innenpolitisch.

In den Jahren nach dem Ausgleich machte das Land eine bedeutende wirtschaftliche Entwicklung durch, es entstand ein moderner bürgerlicher Staat, wiewohl auch noch Überreste des alten Regimes weiter bestehen blieben, ja gewissermaßen stärker wurden: das System des Großgrundbesitzes, die ausschließliche politische Macht konservativer Grundbesitzerschichten insbesondere adeliger Herkunft. So nahm der Widerspruch zwischen den Ergebnissen der bürgerlichen Entwicklung und dem verknöcherten Konservatismus immer schärfere Formen an, ein Widerspruch, der für die politischen und Machtverhältnisse der Habsburgermonarchie, mithin auch für die Ungarns, kennzeichnend war.

Literatur (in Auswahl):

Berzeviczy, Albert, Az abszolutizmus kora Magyarországon (Das Zeitalter des Absolutismus in Ungarn), 1849–1865, 4 Bde., Budapest 1922–1933. – *Hanák, Péter,* Magyarország a Monarchiában (Ungarn in der Monarchie), Budapest 1975. – Magyarország története (Geschichte Ungarns) 1848–1890, hg. von *Kovács Endre, Katus László,* Budapest 1979. – *Redlich, Joseph,* Das österreichische Staats- und Reichsproblem, 2 Bde., Leipzig 1920–1926. – *Somogyi, Éva,* Vom Zentralismus zum Dualismus. Der Weg der deutschösterreichischen Liberalen zum Ausgleich von 1867, Budapest–Wiesbaden 1983. – *Szabad, György,* Hungarian Political Trends between the Revolution and the Compromise 1849–1867, Budapest 1977.

Jiří Kořalka

ALTES UND NEUES IN DEN BÖHMISCHEN LÄNDERN

In der inneren Entwicklung der böhmischen Länder – Böhmen, Mähren und Österreichisch-Schlesien – waren die drei Jahrzehnte von der bürgerlichen Revolution 1848/49 bis zum Regierungswechsel 1879 durch einen anwachsenden Konflikt zwischen den bestehenden Ordnungskräften und den aufstrebenden dynamischen Elementen, zwischen alten und neuen Loyalitäten gekennzeichnet. Diese Auseinandersetzung verlief meistens nicht in feststehenden, gegenseitig sich ausschließenden Fronten; so ließ sich die Kaiser- und Staatstreue ohne größere Gewissenskämpfe mit einer bewußten Zugehörigkeit zur tschechischen oder deutschen sprachnationalen Gemeinschaft verbinden.

Etwas schematisch ausgedrückt, kann man in den böhmischen Ländern 1848–1879 ein Neben- und Durcheinanderwirken von verschiedenen sozialen Strukturen hauptsächlich auf drei grundlegenden Ebenen beobachten:

1. auf gesellschafts- und klassenpolitischem Gebiet zwischen der reorganisierten Staatsmacht, dem adeligen Großgrundbesitz, dem Industrie-, Handels-, Finanz- und Bildungsbürgertum, dem stark differenzierten Bauerntum, dem städtischen Kleinbürgertum und der Arbeiterklasse;
2. auf nationalpolitischem Gebiet zwischen dem Österreichertum, Großdeutschtum, Slawismus, Bohemismus (bzw. Moravismus) und Tschechentum;
3. auf sozioreligiösem Gebiet zwischen konservativen Tendenzen in der katholischen Kirche und dem Reformkatholizismus, heterogenen Strömungen im Protestantismus und im Judentum, sowie dem im Entstehen begriffenen Freidenkertum.

In der Staats- und Selbstverwaltung wurden in den ersten zwei Jahrzehnten nach dem Ausbruch der Revolution von 1848 die größten Veränderungen der gesamten neuzeitlichen Entwicklung bis zur Mitte des 20. Jahrhunderts durchgeführt. Die staatliche Verwaltung der drei Länder und der politischen Bezirke behielt eindeutig die Oberhand, vor allem was die eigentliche politische Macht in den böhmischen Ländern betraf. Der k. k. Gendarmerie und Polizei konnte keine regierungsfeindliche Tätigkeit in der zweiten Hälfte des 19. Jahrhunderts auf längere Zeit erfolgreich standhalten. Nur in einzelnen Fällen, wo es den Staatsbehörden bei nationalen oder sozialen Unruhen als notwendig erschien, wurde auch das k. k. Militär eingesetzt. Demgegenüber entwickelte sich seit 1848, besonders nach 1861, ein weit verzweigtes, auf beschränktem Wahlrecht gegründetes System der autonomen Selbstverwaltung von der Länder- bis zur Gemeindeebene. In allen drei Landtagen behauptete sich (mit Ausnahme von 1865–1867 und 1871 in Böhmen und von zwei kürzeren Zeitabschnitten in Mähren) die deutsch-zentralistische Mehrheit. In der Stadt- und Gemeindeverwaltung, in Böhmen seit 1864 auch in einflußreichen Bezirksvertretungen, traten neue Kräfte der deutschliberalen und tschechischen bürgerlichen Emanzipation noch klarer zutage.

Obwohl die grundherrschaftlich-obrigkeitlichen Verhältnisse auf dem Lande 1848 endgültig aufgehoben wurden, blieb die gutsbesitzende Aristokratie in den böhmischen Ländern auch weiterhin an der Spitze der gesellschaftlichen Stufenleiter. Der böhmische und mährische Adel hob sich nicht zuletzt durch seine Lebensweise von reicheren bürgerlichen Schichten ab. Ohne Rücksicht auf zeitweilige politische Differenzierung in einen konservativ-föderalistischen und einen verfassungstreuen Flügel bildete die Aristokratie in den böhmischen Ländern immer noch eine in sich geschlossene Gesellschaftsklasse. Die anhaltende soziale Autorität des Adels kam unter anderem in der Wahl vieler aristokratischer Gutsbesitzer zu Bezirksvorstehern im Rahmen der autonomen Selbstverwaltung in Böhmen zum Ausdruck.

In der wirtschaftlichen Struktur des Kaisertums Österreich (bzw. der österreichisch-ungarischen Monarchie nach 1867) setzten sich die böhmischen Länder, besonders nach dem Verlust der Lombardei und Venetiens, als die führenden Industrieländer durch. Am Ende der behandelten Periode, im Jahre 1880, machte der Anteil Böhmens, Mährens und Österreichisch-Schlesiens etwa 35% an der Gesamtbevölkerung aus, aber fast 64% an der industriellen Produktion, darunter 82,6% an der Kohlenförderung und 78,2% an der Textilerzeugung in den im Reichsrate vertretenen Königreichen und Ländern. Da die kaiserliche Hauptstadt Wien als das wichtigste Bank- und Kapitalzentrum für die böhmischen Länder galt und andererseits sich auch der begüterte Adel an verschiedenen Investitionen beteiligte, entsprach der soziale Aufstieg des böhmischen und mährisch-schlesischen Industrie-, Handels- und Finanzbürgertums nicht völlig dem Ausmaß der in den böhmischen Ländern situierten Unternehmungen. Doch konnte man schon 1848 und noch mehr in den 1860er Jahren einen spezifischen Einfluß des überwiegend deutschen und deutsch-jüdischen Industriebürgertums im politischen Leben der böhmischen Länder, hauptsächlich auf den deutschböhmischen Flügel der Verfassungspartei, bemerken. Allmählich meldete sich ebenfalls ein spezifisch tschechisches Unternehmensbürgertum zu Wort.

Das Bildungsbürgertum als Honoratiorenschicht trat seit 1848 in allen Sphären des öffentlichen Lebens der böhmischen Länder in den Vordergrund. Die Anzahl der unabhängig wirkenden Advokaten und Angehöriger anderer freien Berufe war noch verhältnismäßig gering, aber Lehrer, Techniker, Beamte in Privatunternehmungen oder in der Bezirks- und Gemeindeselbstverwaltung, sowie auch Universitätsstudenten gehörten zu den rührigsten Organisatoren von Vereinen und von kulturpolitischen Veranstaltungen aller Art. Das Erreichen einer höheren Bildung galt damals noch als Privilegium und legte den Gebildeten einige gesellschaftliche Pflichten auf, wenn sich auch der Lebensstandard eines großen Teils derselben in bescheidenen kleinbürgerlichen Schranken hielt. Nicht wenige später berühmte Schriftsteller und Zeitungsleute lebten fast in Armut. Diese Lage war bei Tschechen wie bei Deutschen in den böhmischen Ländern nicht grundsätzlich verschieden, vielleicht doch mit etwas besseren Erwerbsmöglichkeiten deutscher Bildungsbürger in der Industrie und im Handel.

Die bis zur Mitte der 1870er Jahre andauernde Agrarkonjunktur ermöglichte der verhältnismäßig starken Schicht wohlhabender Bauern in den böhmischen Ländern, die finanzielle Entschädigung für die Grundentlastung ohne größere Schwierigkeiten zu bezahlen und eine wichtige Stellung im gesellschaftlichen Leben einzunehmen. Am stärksten war die Position des reichen Bauerntums in der Gemeindeselbstverwaltung auf dem Lande, die ohne neue Wahlen auch die neoabsolutistische Periode der 1850er Jahre überstand und nach 1861 noch mehr gefestigt wurde. Gewichtig war der Umstand, daß fast alle fruchtbaren landwirtschaftlichen Gebiete der böhmischen Länder (mit Ausnahme der Bezirke Leitmeritz [Litoměřice] und Saaz [Žatec] in Nordwestböhmen und Znaim [Znojmo] in Südmähren) im ethnisch-sprachlichen und nationalpolitischen Sinne tschechisch waren. Nicht zuletzt dadurch ist es zu erklären, warum sich bis zum Ende der 1870er Jahre – weit mehr als in den folgenden Jahrzehnten – der tschechisch-deutsche Gegensatz in den böhmischen Ländern mit dem Konflikt zwischen den Agrar- und Industrieinteressen vermischte. Die zahlreiche kleinbäuerliche und landlose Bevölkerung war unter tschechischen Auswanderern in den drei Jahrzehnten nach 1848 stark vertreten. Der Anteil der böhmischen Länder an der Gesamtauswanderung aus der Habsburgermonarchie nach Amerika überstieg in den einzelnen Jahren zwischen 1853 und 1871 immer 75% (im Vergleich zu 5 bis 7% in den letzten zwei Jahrzehnten vor 1914).

Nicht weniger bedeutend war die soziale und nationalpolitische Rolle kleinbürgerlicher Schichten in den böhmischen Ländern, vor allem in den Gebieten mit vielen Kleinstädten und einer traditionellen Marktstruktur, wie in Mittel- und Ostböhmen. In den Anfängen des neuzeitlichen politischen Lebens im Jahre 1848, z. B. bei den ersten Gemeindewahlen oder in der gesamtböhmischen Umfrage des Prager Gewerbevereins wegen der Beziehungen zum deutschen

Zollverein, traten Handwerkerzünfte in der Mehrzahl der Kleinstädte auch als politische Interessenorganisationen auf. Die bis zum Ausbruch der Wirtschaftskrise von 1873 wirkende Hochkonjunktur trug zu einer Vergrößerung der Zahl selbständiger Handwerker und Gewerbeleute bei, was durch die Abschaffung der Zünfte 1859 begünstigt wurde. In der Innenstadt von Prag (Praha) war das wirtschaftliche und soziale Gewicht des Kleinbürgertums, hauptsächlich der Erzeuger von Konsum- und Luxusgütern, viel größer als in Brünn (Brno) oder den nordböhmischen Industriestädten. Das städtische Kleinbürgertum und die aus dessen Reihen entstammende kleinbürgerliche Intelligenzschicht bildeten die wichtigste soziale Stütze der in den Jahren 1868–1871 kulminierenden tschechischen massenpolitischen Aktivität in Böhmen, teilweise auch in Mähren und Schlesien.

Völlig neue Aspekte brachte die Entstehung der organisierten Arbeiterbewegung in den böhmischen Ländern, besonders seit 1867. Zwei Hauptzentren der fabriksmäßigen Textilindustrie, die mährische Landeshauptstadt Brünn und Reichenberg (Liberec) in Nordböhmen, sowie die böhmische Landeshauptstadt Prag, gehörten von Anfang an zu den bedeutendsten Stützpunkten der sozialistischen Arbeiterbewegung in der Habsburgermonarchie. Von allen sozialpolitischen Strömungen und Gruppen gelang es den organisierten Arbeitern am besten, die nationalen Gegensätze durch eine bewußte internationalistische Politik zu überwinden. Die auf dem Neudörfler Kongreß 1874 gegründete gesamtösterreichische sozialdemokratische Arbeiterpartei war im europäischen Maßstab das erste Beispiel einer organischen Verbindung von früher entgegengesetzten nationalpolitischen Traditionen, in diesem Falle der deutschen und der tschechischen radikalen Demokratie. Innerhalb und mit Zustimmung der gesamtösterreichischen Partei, deren Zentralleitung 1877–1880 ihren Sitz in Reichenberg hatte, wurde seit 1878 eine autonome Organisation der tschechoslawischen Sozialdemokratie aufgebaut.

Was die Existenz und die breitere Wirkung verschiedener nationalpolitischer Strukturen und Ideologien in den böhmischen Ländern zwischen 1848 und 1879 anbelangt, so darf man das Ausmaß des in späteren Jahrzehnten fast allgegenwärtigen Nationalitätenkonfliktes noch nicht überschätzen. Es wirkten oft sehr starke lokale, regionale und übernationale Bindungen, die vom anwachsenden tschechisch-deutschen nationalen Gegensatz fast nicht betroffen waren. Vor allem im Beamtentum und im Offizierskorps, aber auch in einem großen Teil des Adels und der höheren kirchlichen Würdenträger in den böhmischen Ländern überwog die zwar deutschsprachige, aber einem großdeutschen Nationalismus fremde österreichische Kaiser- und Staatstreue. Nur in Beziehung zur Person des Kaisers und zur kaiserlichen Familie war dieses auch in den böhmischen Ländern verbreitete Österreichertum emotionell. Sonst konnte seine grundsätzlich konservative und hauptsächlich im Bildungsbürgertum vorherrschende rationale Einstellung der Anziehungskraft der dynamischen modernen Nationalismen nicht standhalten.

In der Volkszählung von 1880 gaben mehr als 37% der Bewohner in Böhmen, mehr als 29% in Mähren und fast 49% in Schlesien die deutsche Umgangssprache an. Das allgemeine Bewußtsein der Zugehörigkeit der deutschsprachigen Bevölkerung der böhmischen Länder zur deutschen Sprach- und Kulturwelt, bis 1866 auch zum österreichisch geführten Deutschland, war in der ganzen Zeitperiode vorherrschend, wenn auch nicht allgemein durchgesetzt. Nur kleinere Gruppen in der deutschböhmischen Politik waren 1848/49 oder in den 1860er Jahren bereit, um Deutschlands willen auf Österreich zu verzichten, falls es zu weit den österreichischen Slawen entgegenkommen würde. Erst nach der deutschen Reichsgründung von 1871 waren die Anziehungskraft und der Einfluß des deutschen Nationalstaates unter den Deutschen in den böhmischen Ländern immer mehr im Wachsen.

Auch die Idee der Zusammengehörigkeit und der gemeinsamen Interessen aller Slawen, oder wenigstens der Slawen in der Habsburgermonarchie, war um die Mitte des 19. Jahrhunderts anziehend. Das deutsche Beispiel schien naheliegend zu sein: Wenn die Deutschen aus Preußen, Bayern, Sachsen, den Hansestädten usw. und ebenfalls aus Österreich eine Nation bilden könnten, warum sollte es mit den russischen, polnischen, ungarischen, türkischen und selbstverständlich auch mit den böhmischen und mährischen Slawen nicht ähnlich sein? Zwei führende Persönlichkeiten der tschechischen Nationalbewegung, der böhmisch-ständische Historiograph František Palacký und der Journalist Karel Havlíček, leisteten um 1848 den größten Beitrag zur deutlichen Unterscheidung der tschechisch-böhmischen nationalpolitischen Ideologie vom allgemeinen Slawismus oder Panslawismus. Der in Prag im Juni 1848 tagende Slawenkongreß wurde von den Veranstaltern absichtlich im austroslawischen Sinne konzipiert. Als der Bestand des österreichischen Vielvölkerstaates durch die deutsche und ungarische Revolution am meisten gefährdet war, wollten die austroslawisch gesinnten Tschechen, Slowaken, Ruthenen, Slowenen und Kroaten die verläßlichste Stütze eines zu allen Nationalitäten gerechten Habsburgerreiches bilden. Immerhin wirkte in tschechischen politischen Kreisen auch die Vorstellung von der slawischen Ideologie als Unterstützung ihrer nationalen Aspirationen. So versuchten führende tschechische Politiker im Frühjahr 1867, durch eine Reise nach Moskau und Sankt-Petersburg ihre Ablehnung des gegen die Interessen der österreichischen Slawen in beiden Reichshälften durchgesetzten österreichisch-ungarischen Dualismus zu demonstrieren.

Aus der Zeit vor 1848 wirkten im gesellschaftlichen und kulturellen Leben der böhmischen Länder die landespatriotischen Ideologien des Bohemismus und des Moravismus weiter. Ursprünglich als eine Oppositionsplattform des Adels gegen die Zentralisierungsmaßnahmen der Wiener Staatsbehörden gedacht, an die staatsrechtliche Wirklichkeit des Mittelalters und der frühen Neuzeit anknüpfend, erfüllte der böhmische und mährische Landespatriotismus einige Zeit lang eine wichtige Rolle als Vorstufe des neuzeitlichen ideologischen Nationalismus. Im Revolutionsjahr 1848 wurde von Deutschland aus gelegentlich versucht, Böhmen und Mähren für eine autonome, von Wien unabhängige Stellung im künftigen deutschen Nationalstaat zu gewinnen. In den meisten Fällen war aber der böhmische und mährische Landespatriotismus zwar deutsch- oder zweisprachig, nicht jedoch deutschnational ausgerichtet. Einflußreiche Institutionen der Wissenschaft und Kultur, meistens vom böhmischen und mährischen Adel vor 1848 gestiftet, wie das Museum des Königreichs Böhmen oder die Gesellschaft patriotischer Kunstfreunde in Prag, trugen wesentlich dazu bei, den Gedanken der nationalpolitischen und kulturellen Eigenständigkeit der böhmischen Länder in breiteren Bevölkerungskreisen zu vertiefen.

Mehr als 62% der Bevölkerung in den böhmischen Ländern (darunter fast 63% in Böhmen, über 70% in Mähren und beinahe 23% in Österreichisch-Schlesien) gaben in der Volkszählung von 1880 die „böhmisch-mährisch-slowakische" Umgangssprache an. Es war das moderne Tschechisch, wie man es aus den folgenden Jahrzehnten kennt, aber dieser heute geläufige Begriff wurde damals von beiden Seiten gemieden. Tschechische Politiker und Wissenschaftler zogen die Termini „Böhme" und „böhmisch" vor, da diese die historische Kotinuität mit dem Königreich Böhmen andeuteten und auch der Identifizierung der Begriffe „böhmisch" und „tschechisch" in tschechischer Sprache (d. h. *český*) entsprachen. Auf der deutschen Seite versuchte man lange, die zweifellos bestandenen Unterschiede zwischen den böhmischen und den mährischen Tschechen politisch auszunutzen und deren nationale Integration in Abrede zu stellen. Man sprach meistens von „mährischen Slawen", mit Betonung der Stammesverschiedenheit von Hannaken, Walachen, mährischen Slowaken usw. Während die sprachliche Einheit der Tschechen in Böhmen und Mähren schon vor 1848 keinem ernsthaften Zweifel unterlag, setzte sich auch ihre nationalpolitische Zusammenarbeit in den 1860er Jahren immer mehr durch.

Der Aufstieg der tschechischen Nationalbewegung im 19. Jahrhundert war beständig und imponierend. Schon im Frühjahr 1848 gelang es der tschechischen politischen Repräsentanz in Prag, ihre negative Einstellung zum Frankfurter Parlament und die von ihr gestellten Kandidaten für die Landtags- und Reichstagswahlen in Böhmen (nicht aber in Mähren) in vollem Umfang durchzusetzen. Der Absagebrief von František Palacký an den Frankfurter Fünfziger-Ausschuß vom 11. April 1848 machte die österreichische und internationale Öffentlichkeit mit dem Programm der tschechischen nationalpolitischen Selbständigkeit im Rahmen eines multinationalen Österreich bekannt. Nach dem Rückschlag der neoabsolutistischen Zeit brachten die 1860er Jahre eine zielbewußte Aktivität der tschechischen bürgerlichen Politik, die in der Aufstellung des Programms des böhmischen Staatsrechtes im Bündnis mit dem konservativ-föderalistischen Flügel des böhmischen und zum Teil auch des mährischen Adels vor sich ging.

Die eigentliche Stärke der tschechischen Nationalbewegung lag nicht in den Landtagen oder im Reichsrat, den fast alle tschechischen Abgeordneten 1863 verließen und in den sie bis 1879 nicht zurückkehrten. Als organisatorische Stützpunkte wirkten hunderte und tausende Vereine aller Art. Weit verbreitet war die gesamtnationale und regionale tschechische Presse, die in den meisten Fällen radikaler als die führenden tschechischen Politiker in Prag und Wien auftrat. In den Jahren 1868–1871 fanden mehr als einhundert große Volksversammlungen unter freiem Himmel statt, nach dem Vorbild der Hussitenbewegung des 15. Jahrhunderts *tábory* genannt. Die Deklaration tschechischer Landtagsabgeordneter in Böhmen vom 22. August 1868 und in Mähren vom 25. August 1868 wurde als der Höhepunkte des staatsrechtlichen Kampfes bis zum Ersten Weltkrieg bezeichnet. Unter der Regierung Hohenwart-Schäffle schien es, als ob die böhmische staatsrechtliche Politik im September 1871 knapp vor dem Erfolg stünde. Erst der endgültige Zusammenbruch der böhmischen Autonomiepläne verursachte eine allmähliche Änderung der politischen Taktik der mährischen und später auch der böhmischen Jung- und Alttschechen zum Reichsrat.

Obwohl 95% der Bevölkerung in den böhmischen Ländern römisch-katholisch waren, konnte von einer ultramontanen Einstellung der breiten Kreise tschechischer Katholiken keine Rede sein. Einerseits wirkte sogar in den Reihen tschechischer Priester die Verehrung des 1415 in Konstanz verbrannten nationalen Märtyrers Jan Hus fort, andererseits stieß die päpstliche Kritik an den Balkanslawen und an Rußland nach 1877 auf Widerstand. In der Auseinandersetzung zwischen konservativen Tendenzen in der katholischen Kirche und dem Reformkatholizismus, besonders zur Zeit des Ersten Vatikanischen Konzils, war die öffentliche Sympathie in den böhmischen Ländern meistens dem letzteren zugewandt. Allerdings traten nur sehr wenige Tschechen nach 1870 aus der katholischen Kirche aus.

Der Anteil der Protestanten des Augsburger Bekenntnisses war ein wenig höher bei den Deutschen in Böhmen, derjenigen des Helvetischen Bekenntnisses bei den Tschechen. Inwieweit ihre politisch-ideologische Rolle in den böhmischen Ländern diesen geringen Prozentanteil überstieg, zeigte sich z. B. in der aktiven Beteiligung tschechischer reformierter Geistlicher an der Verbreitung der Hus- und Hussitentradition. Bedeutend war auch die nationale Auseinandersetzung um die weniger als 2% Einwohner hebräischen Bekenntnisses. Trotz der überwiegenden Assimilierungstendenz zur deutschen, in Böhmen im steigenden Maße auch zur tschechischen Nationalität erhielt sich ein großer Teil des Judentums in den böhmischen Ländern eine spezifische, in mancher Hinsicht übernationale und vermittelnde Position. Kleine freireligiöse oder konfessionslose Gruppen blieben in Böhmen vor 1880 auf radikale Kleinbürger und sozialdemokratische Arbeiter beschränkt.

Der Konflikt zwischen Altem und Neuem in der inneren Entwicklung der böhmischen Länder begann schon vor 1880 alle Sphären des wirtschaftlichen, sozialen, politischen und kulturellen Lebens zu durchdringen. Der österreichische Staat stellte dieser Entwicklung keine grundsätzlichen Hindernisse in den Weg. Da der Staat nicht in der Lage war, eine dynamische Initiative zu übernehmen, mußte er zusehen, wie sich sowohl die Tschechen als auch die Deutschen in den böhmischen Ländern immer mehr dem Staatsgedanken entfremdeten.

Literatur (in Auswahl):

Galandauer, Jan und *Honzík, Miroslav*, Osud trůnu habsburského (Das Schicksal des habsburgischen Thrones), Praha 1982. – *Havránek, Jan*, The Development of the Czech Nationalism, in: Austrian History Yearbook III/2 (1967) 223–260. – *Heumos, Peter*, Agrarische Interessen und nationale Politik in Böhmen 1848–1889. Sozialökonomische und organisatorische Entstehungsbedingungen der tschechischen Bauernbewegung, Wiesbaden 1979. – *Kořalka, Jiří*, Fünf Tendenzen einer modernen nationalen Entwicklung in

Böhmen, in: Österreichische Osthefte 22 (1980) 199–213. – *Kořalka, Jiří* und *Crampton, R. J.*, Die Tschechen, in: Die Habsburgermonarchie 1848–1918, III/1, hg. von *Adam Wandruszka* und *Peter Urbanitsch*, Wien 1980, 489–521. – Přehled československých dějin (Übersicht der tschechoslowakischen Geschichte), II/1, 1848–1900, hg. von *Oldřich Říha* und *Július Mésároš*, Praha 1960 (die betreffenden Kapitel von Václav Čejchan, Jaroslav Purš und Zdeněk Šolle). – *Prinz, Friedrich*, Die böhmischen Länder von 1848 bis 1914, in: Handbuch der Geschichte der böhmischen Länder III, hg. von *Karl Bosl*, Stuttgart 1968, 1–235. – *Purš, Jaroslav*, The Industrial Revolution in the Czech Lands, in: Historica 2 (1960) 183–272. – *Šolle, Zdeněk*, Die I. Internationale und Österreich, in: Historica 10 (1965) 255–300. – *Urban, Otto*, Česká společnost 1848–1918 (Die tschechische Gesellschaft 1848–1918), Praha 1982. – *Urban, Otto*, Kapitalismus a česká společnost (Der Kapitalismus und die tschechische Gesellschaft), Praha 1978.

Józef Buszko

DIE INNEREN VERHÄLTNISSE IN GALIZIEN UND IN DER BUKOWINA

Die innenpolitischen und gesellschaftlich-wirtschaftlichen Verhältnisse Galiziens und der Bukowina bildeten sich in den oberwähnten Jahren in engem Zusammenhang mit den Ereignissen, die damals das Schicksal der Donaumonarchie entschieden. Der Frühling 1848 brachte auch hier die Belebung des politischen Lebens, das in die bewaffneten Kämpfe auf den Straßen der galizischen Hauptstädte Lemberg und Krakau einmündete. Zum Ausdruck kamen freiheitlich-nationale Forderungen – in Galizien die der polnischen und ukrainischen, in der Bukowina die der rumänischen, ukrainischen und der anderen einheimischen Völker. Sämtliche Völker verlangten breite sprachliche und kulturelle Rechte. Während die Polen die Übernahme der Verwaltung in Galizien forderten, stellten die Ukrainer (Ruthenen), die damals zum ersten Mal ein eigenes politisches Programm ausarbeiteten, dagegen eine Konzeption der Gliederung des Landes in zwei abgesonderte Teile in den Vordergrund, nämlich in einen westlichen, polnischen Teil, und einen östlichen, ukrainischen Teil, der – hinsichtlich des ähnlichen ethnisch-sprachlichen Charakters der nördlichen Gegenden der Bukowina – mit diesem Land vereinigt werden sollte. Die Rumänen entwarfen demgegenüber ein Programm, das ihre politische Vorherrschaft in der ganzen Bukowina vorsah.

Die Niederschlagung der Revolution im Reich hat all die Forderungen illusorisch gemacht. In den Jahren 1849–1859 wurde durch die zentralistische und germanisierende Tendenz das gesellschaftlich-politische Leben beider Länder gehemmt. Als wichtigste und dauerhafte Tatsache erwies sich jedoch die endgültige Abschaffung der Frondienste der Bauern, wodurch in den sozialen Verhältnissen in den galizischen und bukowinischen Landgebieten eine erhebliche Umwandlung eintrat. In der nächsten Periode bis in die achtziger Jahre des 19. Jahrhunderts hat jedoch die Landwirtschaft dieser Länder ihren extensiven Charakter behalten.

Im Jahre 1848 wurde die Bukowina von Galizien abgetrennt und als abgesondertes Kronland in den Rang eines Herzogtums erhoben. Trotz dieser Absonderung blieb jedoch die Bukowina bis zum Ende der österreichischen Regierung in verschiedenen Bereichen der Landesverwaltung mit Galizien verbunden. So fungierten z. B. das Oberlandesgericht in Lemberg, das Oberbergbauamt in Krakau, sowie die galizischen Versicherungsanstalten, Bahndirektionen und die Gewerbeinspektion als Appellationsinstanzen für die Bukowina. Ähnliche Verbindungen kann man auch in der Verwaltung der römisch-katholischen und griechisch-katholischen Kirche beobachten.

Die weitgehenden Umwandlungen des sozialpolitischen Antlitzes Galiziens wurden von solchen Ereignissen, wie dem österreichisch-französisch-italienischen Krieg 1859, dem österreichisch-preußischen

Krieg 1866, sowie dem polnischen Aufstand 1863–64 in Russisch-Polen, entscheidend beeinflußt. Für die Realisation der neuen Politik Wiens im föderalistischen Sinne wurde ein konservativer Großgrundbesitzer und ehemaliger Statthalter von Galizien, der Pole Graf Agenor Gołuchowski, als Staatsminister ernannt, der im „Oktoberdiplom" (1860) die Teilung der Gesetzgebung zwischen dem Reichsrat und den Landtagen ankündigte. Gołuchowskis Nachfolger, der zentralistisch und liberal gesinnte Schmerling, begrenzte zwar in dem von ihm erarbeiteten „Februarpatent" (1861) die Kompetenzen der Landtage zugunsten des Zentralparlaments, trotzdem erhielten die einzelnen Länder, darunter auch Galizien und die Bukowina, gewisse autonome Rechte. Damals wurden zum ersten Mal die Landtage – der galizische und der bukowinische – einberufen.

Nach dem Ausbruch des polnischen Aufstandes im Königreich Polen erfuhr das autonome politische Leben in Galizien eine Unterbrechung. Im Februar 1864 wurde im Lande der Belagerungszustand erklärt und man begann im weitesten Umfang diejenigen Personen zu verfolgen, die am Aufstand teilgenommen hatten. Sie wurden verhaftet und die russischen Untertanen den zaristischen Behörden ausgeliefert. Erst im Mai 1865 entschied man in Wien, den Belagerungszustand aufzuheben. Im November wurde eine Amnestie erlassen, die den Übergang des Landes zu normalen Verhältnissen ermöglichte.

Es entstand damit wieder die Möglichkeit – nach der Bildung der Regierung Belcredi – einen neuen polnisch-österreichischen Ausgleich zu verwirklichen, umsomehr, als Belcredi zu Gołuchowski und zu den anderen polnischen Magnaten gute Beziehungen hatte. Nach der temporären Aufhebung des Reichsrates gewann der galizische Landtag an Bedeutung, indem er die bisherigen autonomen Institutionen in einem Sinn ausbaute, der den Interessen des polnischen Adels entsprach. Er nahm u. a. einige Gesetzentwürfe an, die die Selbstverwaltung der Gemeinden und der Bezirke regelten, und die die aus den Gemeinden ausgeschiedenen Gutshöfe als abgesonderte, vielfältig privilegierte Verwaltungseinheiten erklärten.

Der preußisch-österreichische Krieg 1866 beschleunigte diesen, ohnedies fortgeschrittenen Prozeß der Bildung der galizischen Autonomie. In der neuen politischen Lage sah die Wiener Regierung in der politischen Annäherung an polnische konservative Schichten eine Möglichkeit zur Isolierung der tschechischen Opposition im Reichsrat und zur Bildung eines Gegengewichtes zu den russophilen ukrainischen Separatisten in Galizien, die eine Konzeption vertraten, derzufolge die Ruthenen ein Teil der russischen Nation wären und die die Angliederung Ostgaliziens an Rußland forderten. Deshalb wurde gleich nach Königgrätz, am 20. September 1866, Gołuchowski wieder zum Statthalter von Galizien ernannt, wobei ihm auch gestattet wurde, die Verwaltung des Landes zu polonisieren, was dieser unverzüglich durchzuführen begann.

Der galizische Landtag, dessen polnische Mehrheit aus konservativen Großgrundbesitzern bestand, beschloß im Dezember 1866, um seiner Dankbarkeit für die Zugeständnisse Ausdruck zu verleihen, und mit der endgültigen Versöhnung mit Wien rechnend, die bekannte Adresse an den Kaiser, die mit den Worten endete: „Bei Dir, Allergnädigster Herr, stehen wir und wollen wir stehen."

Die Liberalen begannen aber im Landtag eine Kampagne für die Erlangung der gleichen Stellung für Galizien, welche durch den Ausgleich Ungarn gewährt worden war. Die Mehrheit der polnischen Abgeordneten vertrat gegensätzliche Meinungen. Die Versöhnler argumentierten damit, daß jedes stärkere oppositionelle Unternehmen zur Schwächung und Auflösung Österreichs führen würde, was die Beherrschung Galiziens durch Rußland zur Folge haben könnte. Unter dem Einfluß dieser Gruppe stimmte die polnische Delegation im Wiener Parlament für den Ausgleich mit Ungarn und akzeptierte nicht die Auffassung der Tschechen, die im Boykott des Reichsrats ein geeignetes Mittel zur Durchsetzung ihrer Ziele sahen. Gewissermaßen als Belohnung dafür erhielt Galizien den autonomen Landesschulrat, in dessen Kompetenz die Volks- und Mittelschulen fielen.

Bald danach, im September 1868, beschloß der galizische Landtag einen Kompromißantrag, die sog.

Resolution, in der er die Erweiterung der Landesautonomie forderte, u. a. durch die Bildung einer dem Landtag verantwortlichen Landesregierung, deren Kompetenz sich über folgende Gebiete erstrecken sollte: die innere Verwaltung, die Polizeibehörde, die Gerichtsbarkeit und das Unterrichts- und Kulturwesen. Es wurde auch die Bildung einer besonderen Galizischen Hofkanzlei bei der Wiener Regierung verlangt. Vor allem aber forderte der Landtag, daß er selbst über die Art der Wahlen der Reichsratsmitglieder entscheiden könne, und daß die Vertreter Galiziens an den Verhandlungen des Parlaments nur dann teilnehmen sollten, wenn gemeinsame Angelegenheiten Galiziens und der übrigen Monarchie zur Debatte standen.

Die Angelegenheit der galizischen Resolution führte bekanntlich zu einer Reihe politischer Verwicklungen, sowohl in Galizien als auch in Wien. Die Wiener Regierung erließ, um den nationalen Forderungen der Polen in einer anderen Form entgegenzukommen, im Juni 1869 eine kaiserliche Verordnung, die die Einführung des Polnischen anstelle des Deutschen als innere Dienst- und Korrespondenzsprache bei den Verwaltungs- und Gerichtsbehörden Galiziens genehmigte. Es wurde die Stelle eines Ministers für Galiziens (kein amtlicher Titel) bei der Regierung geschaffen, die Universitäten und andere Hochschulen in Krakau und Lemberg wurden polonisiert und es wurde die Gründung einer Akademie der Wissenschaften in Krakau beschlossen. Gleichzeitig wurde zum dritten Mal Agenor Gołuchowski zum Statthalter von Galizien ernannt. Obwohl dadurch nicht alle nationalen Aspirationen der polnischen Politiker, besonders der Liberalen, erfüllt worden waren, haben sie den österreichisch-polnischen Ausgleich als vollendete Tatsache angesehen, indem sie den Beginn der „organischen Arbeit" für die innere, wirtschaftliche und kulturelle Entwicklung forderten.

Wenn in Galizien die Polen die bedeutendste Stelle gewannen, erlangten dagegen die Rumänen in der Bukowina die Übermacht, wenn auch keine so entscheidende. Das Deutsche ist hier die Amts- und Vorlesungssprache an der (1875 gegründeten) Universität in der Landeshauptstadt Czernowitz und in den Oberschulen geblieben. Eine Ausnahme bildete bloß die theologische Fakultät der Universität, wo neben dem Deutschen die rumänische Sprache dominierte. Die Volksschulen entsprachen dem einheimischen nationalen Mosaik. Es gab hier deswegen Schulen mit deutscher, rumänischer, ukrainischer, polnischer, ungarischer und sogar der armenischen Unterrichtssprache. Wenn in Galizien Polnisch und Ukrainisch als die Landessprachen anerkannt wurden, spielten in der Bukowina Rumänisch und Ukrainisch dieselbe Rolle. Infolgedessen wurde von den Beamten die Kenntnis mindestens einer der obenerwähnten Sprachen verlangt. Auch die polnische Sprache bekam gewisse Berechtigungen als sog. „stadtübliche" Sprache in Czernowitz, obwohl sie die Rechte einer Landessprache nicht erlangte.

Der gesellschaftlich-wirtschaftliche und auch der politische Bereich wurde von der Suprematie der Großgrundbesitzer und – in einem gewissen Ausmaß – der kapitalistischen Schichten geprägt. Die Rumänen, die polnischen und armenischen Großgrundbesitzer zählten zu ersteren, die Juden zu letzteren. Während aber im galizischen Landtag die Polen (hauptsächlich polnische Großgrundbesitzer und die bürgerlichen sowie die der Intelligenz angehörenden Schichten) die entscheidende zahlenmäßige Überlegenheit besaßen (unter den 161 Abgeordneten gab es nur eine ukrainische Gruppe von 30–40 Personen und einige Juden), wurden im bukowinischen Landtag bei einer Gesamtzahl von 31 Abgeordneten die Rumänen von 14–16 Personen vertreten, die ukrainische, polnische, deutsche und jüdische Nationalität hatten gewöhnlich je ein paar Abgeordneten. Die Wahlen kann man hier eigentlich als eine reine Formalität bezeichnen. Die personelle Zusammensetzung des Landtags und des Landesausschusses war ein Ergebnis der vor den Wahlen stattfindenden Verhandlungen der rumänischen und polnisch-armenischen Führer (ein bedeutender Teil der Armenier wurde polonisiert) der Vertreter der Großgrundbesitzerkurie, mit der Regierung. Die erste Geige spielten hier die Rumänen, und auch der Landespräsident entschied gewöhnlich zugunsten der Rumänen, die meistens das Amt des Landmarschalles bekleideten. Im Landesausschuß saßen neben den Mitgliedern der rumänischen Nationalität auch Ukrainer und Armeno-Polen.

Was Galizien betrifft, ist zu beachten, daß die ganze Ämterhierarchie, sowohl der autonomen als auch der staatlichen Behörden, nach 1869 im Prinzip einen polnischen Charakter hatte, was besonders bei den Spitzenrängen der Beamtenschaft der Fall war.

Die gesellschaftlich-nationale Struktur Galiziens und der Bukowina stand nicht im Einklang mit der politischen Situation der beiden Länder. In Galizien, das ein Gebiet von 78.500 km² umfaßte, wohnten im Jahre 1880 ca. 5,960.000 Einwohner (72 Personen pro km²), darunter 45,9% Polen, 42% Ukrainer, 10% Juden, die sich teilweise auch zur polnischen Nationalität bekannten. Ethnisch war der westliche Teil Galiziens polnisch (zu 90% von Polen bewohnt), im östlichen Teil dagegen überwogen entscheidend die Ukrainer (ca. 65%), wobei die Polen und Juden eine bedeutende Minderheit (25 und 10%) bildeten.

In der Bukowina (Gebiet: 10.450 km², Einwohner: 572.000, d. h. 55 Personen pro km²) zählte man nach der Sprach- und Glaubensstatistik zur gleichen Zeit: Ukrainer 42%, Rumänen 33,5%, Deutsche (darunter die Hälfte von jüdischer Herkunft) 19%, Polen 3,2%, Ungarn 1,7%. Nur Bruchteile von Prozenten machten zwei Sprachgruppen aus: die russischen Altgläubigen (Lippowaner) und jener Teil der Armenier im südlichen Gebiet, der die Eigentümlichkeit ihrer Sprache beibehielt.

Beide Länder, sowohl Galizien als auch die Bukowina, besaßen entschiedenen Agrarcharakter. Dies beweist die Tatsache, daß nach den statistischen Angaben aus dem Jahr 1880 fast drei Viertel der Bevölkerung von der Landwirtschaft lebten und diese Proportion bis in die neunziger Jahre des 19. Jahrhunderts unverändert blieb. Mit der Agrarstruktur dieser Länder hängt die besonders große Rolle des Großgrundbesitzes zusammen, der noch Anfang des 20. Jahrhunderts über 40% des bebauten Landes umfaßte. Die Bauerngüter wurden dagegen ungemein zerstückelt. Die Kleinbauernwirtschaften, zu denen weniger als 5 ha Grund gehörten, machten in Galizien ca. 70% aller Besitzfälle aus, in der Bukowina noch mehr – fast 90 %.

Zahlreiche feudale Überreste gehörten zu jenen Faktoren, die den Fortschritt in der Landwirtschaft hemmten. So blieb z. B. weiterhin die Schankgerechtigkeit bestehen, die dem Gutbesitzer das Monopol des Besitzes von Brennereien und Brauereien auf dem Lande sowie die Ausschließlichkeit des Verkaufes von Branntwein und Bier in den Schenken und Wirtshäusern zusicherte. Die Steuerprivilegien des Großgrundbesitzes fanden u. a. ihren Ausdruck darin, daß zum Gutshof gehörende Meierhöfe aus der Gemeinde ausgeschieden und als Teil der abgesonderten Verwaltungseinheiten (siehe oben) erklärt wurden, welche von der Zahlung einer Reihe von Steuern sowie von den Leistungen für das Volksschulwesen und den Straßenbau bis in die neunziger Jahre des 19. Jahrhunderts befreit waren.

In den Städten und Städtchen Galiziens und der Bukowina lebte kaum ⅕ der Bevölkerung, wobei der Anteil der in der Industrie Tätigen kaum 12%, der im Handel 5% der Gesamtbevölkerung ausmachte. Man muß auch unterstreichen, daß im gewerblich-industriellen Sektor die Handwerksbetriebe dominierten und die Fabrikindustrie im eigentlichen Sinne schwach entwickelt war. Von der Rückständigkeit der sozialen Struktur in Galizien (und der Bukowina) im Vergleich zu den anderen Ländern der Österreichisch-Ungarischen Monarchie zeugt die Tatsache, daß im Jahre 1880 die Gesamtzahl der Industriebetriebe im Verhältnis zur ganzen Monarchie nur 9,2% betrug, bei einem Bevölkerungsanteil von 26,9% und einem Anteil an der Landesfläche von 26,1%. In der größeren Fabrikindustrie war der Anteil Galiziens an der industriellen Produktion noch kleiner und betrug nur ein bißchen unter 4%. Ein Vergleich der Statistik der galizischen Industrie aus dem Jahre 1880 mit den Angaben aus dem Jahre 1841 zeigt, daß Galizien im Bezug zu den anderen Ländern der Monarchie auf dem Feld der industriellen Entwicklung in dieser Zeitspanne zurückgefallen war. Erst die achtziger Jahre des 19. Jahrhunderts brachten eine Wendung zum Besseren.

Literatur (in Auswahl):

Buszko, J., Stosunki gospodarczo-społeczne w Galicji i na Śląsku Cieszyńskim po uwłaszczeniu. Galicja i Śląsk Cieszyński w dobie walki o autonomie, in: Historia Polski, ed. Polska Akademia Nauk, Warszawa 1963, S. 295–370. – *Ders.*, Die galizische Autonomie und Wien zwischen 1869 und 1914, in: Donauraum gestern, heute, morgen, Wien 1967, S. 81–93. – *Ders.*, Zum Wandel der Gesellschaftsstruktur in Galizien und in der Bukowina, in: Sitzungsberichte der phil.-hist. Klasse der Österreichische Akademie der Wissenschaften, nr. 343, Wien 1978. – *Grzybowski, K.*, Galicja 1848–1914, Historia ustroju politycznego na tle historiiustroju Austrii, Kraków–Wrocław–Warszawa 1959. – *Kieniewicz, S.*, Galicja w dobie autonomicznej (1850–1914), Wrocław–Warszawa–Kraków 1951. – *Nestor, Ion*, Der nationale Kampf in der Bukowina, Bucuresti 1919. – *Worobkiewicz, Eugen*, Die geographisch-statistischen Verhältnisse der Bukowina, Lemberg 1893. – *Zukowski, Otton*, Bukowina pod względem topograficznym, statystycznym i historycznym, Czerniowce-Lwów 1914.

Übersetzung der fremdsprachigen Titel:

Buszlo: Soziale Verhältnisse in Galizien und in Teschener Schlesien nach Aufhebung der Leibeigenschaft. Galizien und Teschener Schlesien im Zeitalter des Kampfes um die Autonomie.
Grzybowski: Galizien 1848–1984. Geschichte der politischen Organisation im Rahmen der Verfassungsgeschichte Österreichs.
Kieniewicz: Galizien im Zeitalter der Autonomie, 1850–1914.
Zukowski: Die Bukowina in topographischer, statistischer und historischer Hinsicht.

Brigitte Mazohl-Wallnig

DIE INNEREN VERHÄLTNISSE IM LOMBARDO-VENETIANISCHEN KÖNIGREICH

Das lombardo-venetianische Königreich ist heute nur mehr für Briefmarkensammler ein Begriff: die blaue 45-Centesimi-Marke genießt, wenn sie den vorgeschriebenen kleinen Makel aufweisen kann, allerhöchsten Sammlerwert.

Dem Regno lombardo-veneto selbst haftet – jedenfalls als historiographischer Konstruktion – Makel genug an, wenngleich, einer offenbar zwanghaften Dialektik folgend, der modische Trend nachfolgender Historikergenerationen nun dahin zu gehen scheint, unter festgeschriebenen Nationalitätstraumata plötzlich ein Stück idyllischer Vielfalt als mit der Donaumonarchie untergegangener Möglichkeit hervorzuzaubern.

Im allgemeinen Bewußtsein jedoch ist die Erinnerung an die Zeit, als Venedig, Verona, Mantua, Mailand noch „österreichisch" waren, nahezu verschwunden – selbst die Gedenktafeln, die in jeder dieser Städte der Vertreibung des „austriaco tiranno" ein Denkmal setzen, werden von den reisenden Touristenfluten kaum wahrgenommen. Ob es die Zeitgenossen anders erlebten? War es den Zeitgenossen bewußt, daß der größte Teil Norditaliens ebenso zu „Österreich" gehörte, wie Niederösterreich und Kärnten? War sich ein Prager Kaufmann, der zur Kur nach Boario Terme fuhr, darüber im klaren, daß er nicht ins Ausland mußte? Und umgekehrt – wenn ein Rechtsanwalt aus Lodi in die „Hauptstadt" reisen wollte, dachte er an Wien, oder nicht viel eher an Mailand?

Das lombardo-venetianische Königreich hatte eine kurze Geschichte, und die Zeit, in der diese Geschichte spielte, war von sozialen Identitätskrisen und daraus folgenden „nationalen" Zuschreibungen geprägt: vielleicht ist die kollektive Verdrängung einer gemeinsamen Vergangenheit Zeichen dafür, daß es niemals eine gemeinsame Gegenwart gegeben hatte?

Als das Regno lombardo-veneto von der österreichischen Regierung nach dem Wiener Kongreß „gestiftet" wurde, hatte es keine Tradition und wenig Zukunft. Es ebnete – napoleonischen Vorbild folgend – die verschiedenen Traditionen ein, die diesen Raum geformt hatten, und es überdauerte als neu gesetzte, staatlichen Erfordernissen entsprechende Verwaltungseinheit nicht mehr als fünfzig Jahre. 1866 ging das einstige lombardo-venetianische Königreich im neuen italienischen Königreich auf, nachdem Österreich 1859 bereits die Lombardei und nach Königgrätz dann auch noch Venetien an Italien verloren hatte.

Die „eiserne Krone" der Lombardei, mythisches

Symbol aus langobardischer Zeit, wurde als Herrschaftszeichen des neuen Reiches dem gütigen Ferdinand 1838 aufs Haupt gesetzt. Fehlende rechtlich-institutionelle Tradition sollte durch prunkvolle Symbolik wettgemacht werden: war doch die Stirn Karls des Fünften die letzte habsburgische gewesen, die sie geschmückt hatte.

Doch auch die „eiserne Krone" war durch Napoleon und seine Krönung gewissermaßen „säkularisiert" worden und vermochte es nicht, das Regno des 19. Jahrhunderts mit dem Glanz archaischen Gottesgnadentums zu umgeben. Unbewußt handelte Franz Joseph daher nur folgerichtig, als er ganz auf sie verzichtete und eine Krönung gar nicht mehr ins Auge faßte. Heute liegt das ehrwürdige Museumstück in einer Seitenkapelle der Kathedrale von Monza. Zeitgemäßer und effizienter funktionierte hingegen die administrative Organisation des Königreiches. So sehr der französische Etatismus österreichischer Restaurationspolitik verhaßt gewesen sein mochte, so sehr man in Wien dem Prinzip der „Revolution" das Prinzip der „Legitimität" entgegenstellte: in der Práxis wurde Österreich in seinen italienischen Ländern zum Nutznießer der Französischen Revolution. Die Cisalpinische Republik und das italienische Königreich von Napoleons Gnaden hatten ihrem österreichischen Erben ein dichtes Netz an staatlicher Administration hinterlassen, das bis in die äußerste Peripherie reichte, und mit diesem Netz ein reiches Reservoir an staatlichen Funktionären, an bürokratisch geschulten Beamten, deren sich die neuen Machthaber bedienen konnten.

Und doch liefen die Uhren in Wien und in Lombardo-Venetien von Anfang an nicht synchron. *Das lombardo-venetianische Königreich ist von einer Krankheit befallen, welche einen endemischen und einen epidemischen Charakter hat. Endemisch ist der geschichtliche Haß gegen die Fremden und epidemisch ist der revolutionäre Geist als ein bis zur Verrücktheit gesteigerter Modeartikel. Gegen das endemische Übel läßt sich von Regierungswegen nichts tun als Regieren und auf das Übel keine andere Rücksicht nehmen. Gegen die epidemischen Einflüsse genügt das gewöhnliche Regieren nicht, es müssen die schirmenden Gewalten demselben gegenüber fest auftreten und dem Übel gerade ins Gesicht schauen.* Es war Metternich, der kurz vor 1848 diese Worte schrieb, im vollen Bewußtsein des Gesunden, für den die „Krankheit" des anderen ein Übel ist, das im eigenen Interesse beseitigt werden muß. Wenn, der Vorstellung des 19. Jahrhunderts entsprechend, der Staat als Organismus wie der Körper und die einzelnen Teile als Glieder dieses Körpers gedacht wurden, so barg die „Krankheit" eines Teiles tatsächlich die Gefahr des Übergreifens auf das Ganze in sich.

Südlich der Alpen las es sich anders. Da war von der unbezähmbaren Herrschsucht Österreichs die Rede, von der Unfähigkeit der Wiener Zentralstellen, Bedürfnisse, die ihnen fremd sein mußten, zu erkennen: aus Fehlern aus Unwissenheit seien bald Fehler aus Feindseligkeit geworden und insgesamt sei die österreichische Herrschaft in Lombardo-Venetien ein *organisierter Egoismus, eine systematische Lüge, ein grausames Schicksal, das auf Regierenden und Regierten gleichermaßen laste.*

Die beiden Aussagen stehen nur inhaltlich zueinander im Gegensatz, denn strukturell sprechen sie die gleiche Sprache: es ist der simplifizierte Diskurs der gegenseitigen Schuldzuschreibung, der wechselseitigen Feindbilder, den das 19. Jahrhundert im neuen Gewand der abstrakten „nationalen" Konnotationen geboren hat, und der sich widerspruchslos bis weit ins 20. Jahrhundert hinein durchgesetzt hat.

Die eigentlichen Probleme beginnen dort, wo die oben zitierten Äußerungen nicht mehr faßbar sind: in den Köpfen derer, die sie gedacht haben. Wie kam es zur Dominanz dieser einen und lange Zeit einzigen Interpretation von Realität und wem nützte sie? Und war die Frage von Macht und Ohnmacht in Wirklichkeit nicht vielschichtiger? In Italien gingen die Uhren schneller. Mehr Menschen, mehr Städte, mehr Straßen und Eisenbahnen, mehr Kanäle, ein dichteres Telegraphennetz bewirkten eine größere Mobilität und eine raschere Kommunikation. Begeistert konnte ein Venediger Statthalter 1851 nach Wien berichten, daß in einer einzigen Nacht 112 telegraphische Mitteilungen mit auswärtigen Plätzen gewechselt wurden: den *Handelsstand* habe *ein heilsames Staunen über die unermeßliche Bedeutung dieses wundervollen Werkzeugs der Kommunikation* erfaßt und man sei darüber *wie elektrisiert* gewesen.

Keine Grundherrschaft, kein Untertanenverband und keine geschlossenen Güter verhinderten die Teilung und Kapitalisierung von Grund und Boden, jedermann konnte ohne Beschränkung jede Art liegender Güter an sich bringen, Grundbesitz war hier schon lange kein Vorrecht des Adels mehr. Größere Studentenzahlen als in allen übrigen österreichischen Universitäten mit Ausnahme von Wien bildeten die Grundlage einer breiteren Schicht von „Gebildeten", zahlreiche „akademische Gesellschaften" waren um die Hebung von Ackerbau, Seidenzucht, von Wohlstand und Bildung der „unteren" Bevölkerungsklassen bemüht.

In Italien war das bereits vollzogen, was Max Weber den Übergang von einer Ständegesellschaft zu einer Klassengesellschaft genannt hat: durch „historisches Recht" privilegierte Stände waren – früher als im übrigen Österreich – von einer durch „Besitz und Bildung" privilegierten Klasse abgelöst worden.

Da sich die neue Elite durch Privateigentum und dessen Surrogat: geistiges Eigentum, d. h. Bildung definierte, waren die Unterschiede zwischen Adel, Patriziern, Bürgern auf dieser Ebene gering. Ständische Relikte des einstigen Patriziats, dessen Selbstverständnis auf dem historischen Recht einst herrschaftsrechtlicher Funktionen beruhte, figurierten nur als Hintergrund, um die neuen Konturen umso deutlicher hervortreten zu lassen. Die ökonomische und symbolische Macht lag in den Händen einer kapital- und bildungsbewußten Klasse, welche die alten Standesgegensätze scheinbar aufgehoben hat, den neuen Klassengegensatz aber erst mit aller Schärfe hervorzubringen sich anschickte.

Wien war weit und in Wien war es noch nicht so weit: es bedurfte der Aufrüttelung durch die Revolution und es bedurfte neuer gesellschaftlicher Elemente in den zentralen Machtpositionen, ehe man in Wien die sozialen Verschiebungen und vor allem die differenten Bedingungen Lombardo-Venetiens zu begreifen begann. Deutlich erkannten die Gruppen um Stadion, Bruck und Montecuccoli, daß es darauf ankam, die neue soziale Klasse von Besitz und Bildung in den neuen Staat zu integrieren. Verfassung, d. h. Mitsprache an der legislativen Gewalt und das Recht der Kontrollierung des Staatshaushalts, Landesautonomie mit eigener Landesvertretung, ein reformiertes Gemeindegesetz, das der Gemeinde volle Selbstverwaltung gewährte und die Gemeinde selbst auf die Grundlage von Besitz und Bildung stellte: dies sollten die wesentlichen Schritte dazu sein, jener Klasse endlich auch politisch ihren Tribut zu zollen, ihr endlich die politische Macht einzuräumen, die ihrem ökonomischen, sozialen und symbolischen Gewicht entsprach.

Im Vormärz war in Wien die Sensibilität für soziale Veränderungen dieser Art noch nicht vorhanden gewesen, nicht zuletzt wohl deshalb, weil man sie nicht wahrhaben wollte. Aus Angst vor dem „demokratischen" französischen Erbe war die Fahne des „historischen Rechts" hochgehalten und die neue Klasse im politischen Vakuum gelassen worden. Ein Gemeindegesetz, das auf die Zeiten Maria Theresias zurückging, hatte ausschließlich den großen Grundbesitz privilegiert und den mittleren und kleinen Grundbesitz, Handel- und Gewerbetreibende, und vor allem die besitzlosen „Gebildeten" vom politischen Leben ferngehalten.

Konflikte und Krisensituationen wurden ex cattedra, von oben, von Staats wegen gelöst, denn die dichte staatliche Struktur war ja, trotz aller Ängste (oder gerade ihretwegen?) von der französischen Ära in durchaus effizienter Weise übernommen worden. Mit ihrer Hilfe konnte „der Staat" zwar wohl „seine", d. h. die in Wien entwickelten Konzepte durchsetzen, mit ihrer Hilfe manövrierte er sich aber genau dorthin, wo ihn die herrschende und doch nicht herrschende Klasse Lombardo-Venetiens haben wollte: in die Rolle des oppressiven, allmächtigen Gegners. Wenn ein Distriktskommissär in einer Gemeinderatssitzung den Verkauf von Gemeindegütern zur besseren ökonomischen Nutzung des Bodens durchsetzte, so vertrat er nicht nur das „staatliche", sondern ebenso das Interesse jener ökonomischen Gruppen, die im Lande selbst davon profitierten. Die Gegnerschaft der betroffenen Bauern aber konnte auf diese Weise in Richtung des omnipotenten Staates kanalisiert werden, denn der „private" Eigentümer war ja nur zum Nutznießer einer staatlichen Maßnahme geworden, die er nicht selbst hatte entscheiden können. Der österreichische Staat arbeitete letztlich der neuen sozialen Klasse in die Hände, weil ökonomische Modernisierung, intensivere Kapitalbildung und Domestizierung der „Untertanen" durchaus auch im „staatlichen" Interesse lagen: indem er es jedoch versäumte, der gemeinsamen Zielsetzung entsprechend, jener Klasse eine konsequente politische Partizipation angedeihen zu lassen, ließ er sich von ihr zum überdimensionalen Feindbild stilisieren, hinter dessen bürokratischer Indolenz die eigentlichen sozialen Machtkämpfe und Auseinandersetzungen verborgen bleiben konnten. Dies sollte mit der fieberhaften postrevolutionären Reform anders werden: es galt, den Konsens von Staat und Gesellschaft in Lombardo-Venetien herzustellen, es galt, die neue Klasse als staatstragendes Element so weit an der politischen Macht teilhaben zu lassen, daß sie in Zukunft selbst ihr ökonomisches und gesellschaftliches Interesse (und damit das des Staates) vertreten und durchsetzen zu können glaubte.

Vielleicht wären diese folgerichtigen Überlegungen und Maßnahmen zielführend gewesen, auch wenn sie für lombardo-venetianische Zeitmessung sicherlich den Charakter verzögerter Modernität an sich trugen.

Was aber viel schwerer wog: sie wurden gar nicht erst realisiert. Es war das maßgeblichste Ziel der neoabsolutistischen Reformen, den verzögerten österreichischen Staatsbildungsprozeß mit rigoroser Zentralisierung zu forcieren. Und was 1848 für Lombardo-Venetien gut gewesen wäre, war für Ungarn, Vorarlberg oder Galizien noch überhaupt keine Denkmöglichkeit. Lombardo-Venetien mußte daher der Gesamtkonzeption geopfert werden und aus dieser waren Verfassung, Landtag und autonome Gemeinde vorerst gestrichen.

Die konsensbereiten Italiener, die in Verfassungsentwürfe, Landtagsstatute, in die Reform des Gemeindegesetzes Arbeit, Zeit, Energie und Hoffnung investiert hatten, sahen sich mit der lakonischen Feststellung des Silvesterpatentes vor den Kopf gestoßen, daß vorerst alles beim alten zu bleiben habe.

Die „zivilen" Beamten im Lande, die Montecuccolis, Toggenburgs, Strassoldos versuchten wohl, im Verwaltungswege das zu erreichen, was sie als Gebot der Stunde erkannt hatten, doch waren sie durch die allgegenwärtige Präsenz des Militärs ebenso paralysiert wie durch die Minister in Wien, die ihrerseits uneinheitlich und mittlerweile vom Kaiser abhängig an ihrem revolutionären Programm beträchtliche Abstriche machen mußten.

Symbolische Figur in diesem Kräftefeld war Radetzky, General-Zivil- und Militärgouverneur in Verona und militärisches Denkmal, das von Statthaltern, Ministern und Kaiser ergeben in Kauf genommen wurde und als Alibi dafür diente, daß nichts geändert werden konnte. Als Radetzkys Nachfolger, Franz Josephs Bruder Ferdinand Maximilian als erster und letzter Österreicher die Sache der italienischen Freiheit zu seiner eigenen machen wollte und davon träumte, mit der „eisernen Krone" Italien und sich selbst vom Kaiser in Wien zu befreien, da war dieser Traum noch anachronistischer als es die vormärzliche Krönung Ferdinands gewesen war.

Und es liegt viel mehr als eine tiefe historische Ironie in der Tatsache, daß Österreich erst dann ein Verfassungsstaat wurde, nachdem es sein Regno lombardo-veneto verloren hatte.

Literatur (in Auswahl):

Austria e province italiane 1815–1918, Potere centrale e amministrazioni locali, a cura di *Franco Valsecchi* e *Adam Wandruszka*, Bologna 1981. – *Benedikt, Heinrich,* Kaiseradler über dem Apennin, Die Österreicher in Italien 1700–1866, Wien–München 1964. – *Corsini, Umberto,* Die Italiener, in: Die Habsburgermonarchie 1848–1918, Band III/2, Wien 1980. – *Furlani, Silvio; Wandruszka, Adam,* Österreich und Italien, Ein bilaterales Geschichtsbuch, Wien–München 1973. – *Greenfield, Robert Kent,* Economia e liberalismo nel Risorgimento. Il movimento nazionale in Lombardia dal 1814 al 1848, Bari 1961. *Helfert, Josef Alexander Frh. von,* Kaiser Franz I. und die Stiftung des lombardo-venetianischen Königreichs, Innsbruck 1901. – *Kramer, Hans,* Österreich und das Risorgimento, Wien 1963. – *Meriggi, Marco,* Amministrazione e classi sociali nel Lombardo-Veneto, 1814–1848, Bologna 1983. – Il Lombardo-Veneto (1815–1866), Atti del Convegno Storico, a cura di Renato Giusti, Mantova 1977. – I problemi dell'amministrazione austriaca nel Lombardo-Vento, Atti del Convegno di Conegliano, Conegliano 1981. – *Raponi, Nicola,* Politica e amministrazione in Lombardia agli esordi dell'unitá. Il programma dei Moderati, Milano 1967. – *Rath, John R.,* The Austrian Provisional Governement in Lombardy-Venetia, Austria 1969. – *Sandoná, Augusto,* Il Regno lombardo-veneto 1814–1859. La costituzione e l'amministrazione, Milano 1912. – *Saurer, Edith,* Materielle Kultur und sozialer Protest in der Lombardei, Venetien, Niederösterreich und Böhmen zwischen Vormärz und Neoabsolutismus, Habil. Schrift, Wien 1983 (im Druck).

Mirjana Gross

DIE INNEREN VERHÄLTNISSE IN DEN SÜDSLAWISCHEN LÄNDERN

Die südslawische Bevölkerung der Habsburger Monarchie wohnte in verschiedenen, geographisch und politisch-administrativ voneinander getrennten Gebieten, zwischen welchen die Kommunikationsmöglichkeiten spärlich waren und die sich auch durch ihr wirtschaftliches Niveau und ihre soziale Struktur unterschieden. Die Slowenen lebten in Krain, in der Steiermark, in Kärnten, dem Küstenland und auch im Übermurgebiet in Ungarn. Es waren meistens Bauern unter der Führung des katholischen Klerus. Vor 1848 hatte sich eine dünne bürgerliche Schicht mit Intelligenz gebildet. Die Kroaten lebten in Zivil-Kroatien und Slawonien, der kroatisch-slawonischen Militärgrenze, in Dalmatien, dem kroatischen Küstenland, in Istrien und in Ungarn (hauptsächlich im Burgenland und der Batschka). Die kroatische Gesellschaft hatte eine „vollkommene" Struktur, d. h. Adel, traditionelles Bürgertum, bäuerliche Untertanen und bäuerlichen Adel in Zivil-Kroatien und Slawonien, bzw. städtisches Patriziat und „Volk" (Bürger und Bauern) in Dalmatien. In großen Teilen Kroatiens (Militärgrenze, dalmatinisches Hinterland, Istrien) waren die Kroaten nur ein Bauernvolk. Die Serben lebten in Ungarn, wo ihre gesellschaftliche Struktur aus dem Bürgertum (Kaufleute), Bauern und auch etwas Adel bestand, in der kroatisch-slawonischen und der banater Militärgrenze, in Teilen Zivil-Kroatiens und Slawoniens, sowie Dalmatiens, wo sie dieselbe oder eine ähnliche Sozialstruktur wie die Kroaten hatten. Der Einfluß der serbischen orthodoxen Kirche auf die Bevölkerung war bedeutend.

Als Franz Joseph im Dezember 1848 Kaiser wurde, hatten alle sozialen Schichten der Südslawen einen großen Wendepunkt erreicht: einerseits wegen der Auflösung der feudalen Untertansverhältnisse und der Aufhebung der Schranken für die bürgerliche Gesellschaft, andererseits wegen der politischen Tätigkeit. Trotz der bedeutenden Unterschiede zwischen den südslawischen Nationalbewegungen wurde das Programm einer föderativen Umgestaltung der Habsburger Monarchie und der Gleichberechtigung aller Nationen auf der Grundlage des natürlichen Rechtes formuliert. Eine der Einheiten sollte auch die südslawische sein, die das Vereinte Slowenien, das Dreieinige Königreich Dalmatien, Kroatien und Slawonien und die Serbische Woiwodschaft umfassen sollte. Die Kroaten und Serben befanden sich mit der magyarischen Revolution im Kriege und hatten Verwüstungen des Landes und große Kriegssteuern hinnehmen müssen.

Die oktroyierte Verfassung von 1849, und später ihre Aufhebung im Jahr 1851, setzte sich über diese Pläne sowie auch über die liberalen Postulate hinweg. Die Forderung nach der Abtrennung Kroatiens und Slawoniens von Ungarn, nach Schaffung eines autonomen Gebietes auf der Grundlage der modernisierten Institution des kroatischen historischen Rechtes, sowie einer autonomen Woiwodschaft Serbien auf der Grundlage der habsburgischen Privilegien, wurde nicht erfüllt. Hingegen waren die beiden neuen Kronländer Kroatien und Slawonien und die Serbische Woiwodschaft mit dem Temescher Banat nach den einförmigen neoabsolutistischen Prinzipien gestaltet, die für die ganze Monarchie galten. Obwohl es sich 1848/49 gezeigt hatte, daß die Militärgrenze ihrer Aufgabe eines billigen Streitmacht-Lieferanten nicht mehr entsprach, sprachen sich die Wiener Zentralbehörden für ihren weiteren Bestand aus und verweigerten ihre Vereinigung mit Kroatien und Slawonien bzw. der Woiwodschaft. Damit war die Grenze als einziges Gebiet des Kaiserreiches von den Modernisierungsreformen und -möglichkeiten ausgeschlossen.

Diese Verwaltungs-, Justiz- und Steuerreformen, sowie die Durchführung der Grundentlastung, hatten zweierlei Folgen für die südslawischen Gebiete. Zwar trugen sie kurzfristig nicht zum Aufschwung der

Marktwirtschaft bei und die steuerliche Überbelastung aller Bevölkerungsschichten war eine Tatsache, bevor die Bedingungen für ein wirtschaftliches Wachstum geschaffen waren. Es zeigte sich aber, daß die Verwaltungsreformen auf lange Sicht nützlich waren, besonders wo sie mit dem anachronistischen Komitatssystem aufräumten. Die Germanisierungsversuche des Neoabsolutismus – zu einem Zeitpunkt also, da die nationalen Literatursprachen der Südslawen schon einen bedeutenden Aufschwung erzielt hatten –, wurden von den politisch und kulturell aktiven Gruppen nicht mehr vergessen.

Bei den Slowenen in Krain und der Steiermark erfuhr die anfänglich bescheidene nationale Bewegung einen bedeutenden Fortschritt, als sie außer der Intelligenz, dem Klerus und einem Teil des Bürgertums auch Bauern erfaßte. Im Jahr 1867 errangen die Slowenen sogar die Mehrheit im krainischen Landtag und behielten sie bis 1877. Die führende Rolle des Klerus auf dem Lande beeinflußte das slowenische nationale Programm, so daß es mit der Verteidigung des Katholizismus und der katholischen Kirche gegen den deutschen Liberalismus verbunden wurde. Es begann auch eine Differenzierung in Konservative (Altslowenen) und Liberale (Jungslowenen). Anfänglich standen die Forderungen nach Einführung der slowenischen Sprache in Verwaltung, Gericht und Schule im Vordergrund. Im Jahr 1865 wurde auf Grund des historischen Rechtes eine innerösterreichische Ländergruppe, in welcher die Slowenen zusammenleben könnten, gefordert. Nach dem Ausgleich, dem sich die Slowenen widersetzten, wurde das auf der Grundlage des Naturrechtes beruhende Programm des „Vereinten Slowenien" von 1848 erneuert und mit großem Erfolg in Volksversammlungen, besonders im Jahr 1868, verkündet. Der Dualismus und die staatliche Einigung Deutschlands, beide als Gefahr für die Slowenen als Nation gedeutet, veranlaßte die Führung, die jugoslawischen Ansätze einer Anlehnung an die Kroaten und Serben aus dem Jahr 1848 wieder aufzunehmen.

In Nord-Kroatien war die Mehrheit des kroatischen Landtages im Jahr 1861 bereit, unter Anerkennung ihrer Autonomie, mit den Magyaren zu verhandeln, lehnte es aber ab, Abgeordnete in den Reichsrat zu senden und über gemeinsame Angelegenheiten mit Österreich zu beraten. In der Nationalpartei, Vertreterin des Bürgertums und Klerus, kam es in den unsicheren Verhältnissen der sechziger Jahre zur Spaltung in den Flügel des Kanzlers Ivan Mažuranić, welcher bestrebt war, die kroatische Autonomie durch die Anerkennung gemeinsamer Angelegenheiten mit Österreich zu realisieren, und den des Bischofs Josip Juraj Strossmayer. In der Ausgleichszeit vereinigten sich beide Flügel wieder zur einheitlichen Nationalpartei. Die Unionistenpartei, Vertreterin jenes kroatischen Adels, der seine materiellen Interessen gemeinsam mit dem magyarischen Adel fördern wollte, vertrat die bedingungslose Union mit Ungarn unter Wahrung der traditionellen kroatischen Autonomie. Die kleinste Gruppe war die Rechtspartei unter Ante Starčević und Eugen Kvaternik, die sich auf Grund des historischen Rechtes für die Selbständigkeit des vereinigten Kroatien einsetzte und daher gemeinsame Angelegenheiten mit Österreich oder Ungarn prinzipiell ablehnte. Kvaternik hat seine Überzeugung von der Schuld der Habsburger für die bedrückte Lage der Kroaten durch einen Aufstand in der Militärgrenze gegen die Habsburger Monarchie im Jahr 1871 zum Ausdruck gebracht.

Nach dem österreichisch-ungarischen Ausgleich wurde der ungarisch-kroatische Ausgleich im Jahr 1868 vom kroatischen Landtag mit Hilfe der Unionisten angenommen, aber ohne die Nationalpartei, die in erbitterter Opposition war. Durch den Ausgleich wurde dem Königreich Kroatien, Slawonien und Dalmatien der Status einer „politischen Nation" zugebilligt und die territoriale Integrität des „Dreieinigen Königreiches" anerkannt. Kroatien hatte auch eine eigene Regierung für innere Angelegenheiten, Justiz und Kultus und Unterricht, mit dem Banus an der Spitze, der aber vom ungarischen Ministerpräsident abhängig war. Das Kroatische wurde als offizielle Sprache anerkannt. Obwohl der Ausgleich auf die staatsrechtliche Tradition Rücksicht nahm, schuf er ungünstige Verhältnisse für das wirtschaftliche Wachstum, weil alle wirtschaftlichen Entschlüsse zu den „gemeinsamen" Angelegenheiten, d. h. zur Kompetenz der ungarischen Regierung und des Parlaments (in dem auch 40 Vertreter des kroatischen Landtages saßen) gehörten. Im weiteren Verlauf der Dinge hielt sich die ungarische Regierung nicht an die Vorschriften des Ausgleichs. Rijeka (Fiume) wurde de facto Ungarn angegliedert. Für das magyarische Kapital war Kroatien hauptsächlich als Durchzugsgebiet für seine Eisenbahnlinien nach der Adria und dem Balkan von Bedeutung. Daher war sogar die Aufrechterhaltung der bestehenden Autonomie, geschweige ihre Erweiterung, für die Interessen der magyarischen Führung gefährlich.

In Dalmatien, welches, so wie Istrien, durch den österreichisch-ungarischen Ausgleich im Rahmen der österreichischen Länder verblieb, von Nord-Kroatien getrennt, kam es in den sechziger Jahren zur sog. „nationalen Wiedergeburt". Die Nationalpartei umfaßte Kroaten und Serben; sie stützte sich auf das Bürgertum, den Klerus und teilweise auf die Bauern und setzte sich für die Vereinigung mit Nord-Kroatien ein. Ihre Gegner waren die Autonomisten, also jene, die eine Autonomie Dalmatiens forderten. Im Laufe des Prozesses der Einigung Italiens wurden sie zu einer italienischen Partei. Der erbitterte Kampf zwischen den beiden Gruppen wurde bei den Gemeindewahlen ausgetragen. In den Gemeinden, wo sie die Mehrheit erringen konnte, bemühte sich die Nationalpartei die Nationalsprache als offizielle Sprache anstatt des italienischen einzuführen. Im Jahr 1870 konnte die Nationalpartei auch die Mehrheit im dalmatinischen Landtag gewinnen.

In Istrien hat die kroatische „nationale Wiedergeburt" unter der Führung des Klerus begonnen. Hier war das Bürgertum der Städte italienisch, während die Umgebung zumeist von kroatischen Bauern besiedelt war. Die nationalen Bewegungen in Dalmatien und Istrien standen unter dem Einfluß des Jugoslawismus der Strossmayer-Partei in Nord-Kroatien. Im Jahr 1860 wurde die serbische Woiwodschaft aufgelöst und wieder Ungarn angegliedert. Im Mittelpunkt des serbischen Programmes stand die Auffassung, daß die Serben eine Nation, d. h. eine korporativ-juridische Person seien, mit historischem Recht (durch die ihnen von den Habsburgern garantierten Privilegien) auf ein autonomes Territorium, und daß die nationale Frage keineswegs nur auf den kulturellen Bereich und die persönliche Gleichberechtigung begrenzt sein dürfe, sondern sich auch auf die national-politische Rechtsgleichheit beziehen müsse. Die Konservativen und die orthodoxe Hierarchie wollten dies mit Hilfe des Hofes erreichen, während die National-Liberalen ihr Programm mit der ungarischen Verfassung in Einklang zu bringen versuchten. Der Gegensatz zwischen den beiden Gruppen vergrößerte sich. Die überragende Rolle der orthodoxen Hierarchie in Politik und Kultur ging schon in den sechziger Jahren zum großen Teil verloren.

Das Programm der National-Liberalen, unter der Führung von SVETOZAR MILETIĆ, forderte die Wiederherstellung der ungarischen Verfassung und die Anerkennung der Serben als eigene Rechtspersönlichkeit mit autonomem Territorium. Dieser Standpunkt konnte sich gegen die magyarische Auffassung, daß es in Ungarn nur *eine* ungarische „politische Nation" gäbe, nicht durchsetzen. Der staatsrechtliche Ausgleich wurde daher ohne die Lösung der „Nationalitätenfrage" abgeschlossen und erst später erkannte das „Nationalitätengesetz" wenigstens die kulturellen Rechte der Nationalitäten als innenpolitische Maßnahme an. Die serbischen National-Liberalen waren keine prinzipiellen Gegner des Dualismus. Sie setzten sich aber für eine Föderalisierung Ungarns ein und lehnten den deutsch-magyarischen „Staatsnationen-Dualismus" entschieden ab.

Die serbische Politik in Ungarn beeinflußte alle serbischen Gruppen der Monarchie. Der Einfluß der serbischen Politik und der nationalen Ideologie aus Südungarn auf die serbische politische Aktion in Nord-Kroatien und Dalmatien wurde durch die Propaganda der im Jahr 1866 gegründeten „Vereinigten Serbischen Jugend" (Omladina) gestärkt. Als kultureller Verein für alle Serben gegründet, setzte sich die Jugend für die Befreiung von den Türken und für die Vereinigung aller Serben, wo immer sie lebten, ein.

Nach der Enttäuschung durch den Ausgleich hat die kroatische Nationalpartei vorübergehenden Kontakt mit der serbischen Regierung aufgenommen. Jedoch hatte die serbische Regierung ihre eigenen Interessen, die nicht einmal mit den serbischen politischen Gruppen in Südungarn in Einklang gebracht werden konnten. Grundlegende Bedeutung hatte die gemeinsame Erklärung der kroatischen Nationalpartei, der slowenischen Führung und eines Vertreters der Vereinigten Serbischen Jugend im Jahr 1870 in Ljubljana (Laibach). Sie verkündete die Einheit der Südslawen der Monarchie und ihre Absicht, auch die Bedürfnisse ihrer Brüder außerhalb der Monarchie zu berücksichtigen.

Trotz ihrer Gegensätze konnten die Alt- und Jungslowenen bis zu den neunziger Jahren mit gemeinsamen nationalen Forderungen hervortreten. Das wirtschaftliche Erstarken des deutschen Kapitals in den siebziger Jahren in Verbindung mit dem politischen und kulturellen Druck des deutschen liberalen Bürgertums und seiner Unterstützung durch die österreichische Regierung hatte die Germanisierung eines Teiles der Intelligenz- und Mittelschicht in den Städten zur Folge. Dieser Druck hatte mehr Erfolg in der Steiermark und in Kärnten als in Krain. Unter Führung der slowenischen Intelligenz konnte die nationale Bewegung in der Steiermark nichtsdestoweniger bescheidene Erfolge verzeichnen. In Kärnten, wo der Klerus an der Spitze der nationalen Bewegung stand, kam man über die Anfangsstadien nicht hinaus. Im Küstenland (Istrien) hatte die slowenische Nationalbewegung zwei Gegner: die deutsche Bürokratie und Regierungspolitik und die italienische Partei im Landtag und in den Gemeinden. Ab 1870 entwickelte sich eine gemeinsame Nationalbewegung der Slowenen und Kroaten. Unter liberaler Führung konnten die Slowenen in Triest und Görz einen Aufschwung verzeichnen. Die slowenische Sprache war im Vordringen. Ab 1870 vermehrten sich die Volksschulen mit slowenischem Unterricht.

Nachdem man seitens der Magyaren den Forderungen der kroatischen Nationalpartei insoferne entgegen gekommen war, als eine Revision des ungarisch-kroatischen Ausgleiches bewilligt wurde, ohne daß dessen Charakter grundsätzlich geändert worden wäre, gelangte die Nationalpartei, der sich die gemäßigten Unionisten angeschlossen hatten, an die Regierung. An ihrer Spitze stand Banus Mažuranić. Von der Strossmayergruppe wurde diese Revision abgelehnt und Strossmayer selbst zog sich formell von der Politik zurück, übte aber auch weiterhin einen bedeutenden Einfluß aus. In seinem engeren Kreise wurde ein Programm formuliert, welches schrittweise, durch Vereinigung verschiedener südslawischer Ländergruppen in- und außerhalb der Monarchie, zu einer künftigen südslawischen Staatsgemeinschaft führen sollte.

Die Mažuranić-Regierung setzte mit dem kroatischen Landtag die Modernisierungsreformen des Neoabsolutismus fort. Justiz und Verwaltung wurden völlig getrennt, Versammlungsrecht, Presse, Besitzverhältnisse, die durch die Grundentlastung nicht geordnet waren, sowie die Lage „der Hauscommunionen“ wurden reguliert, die konfessionellen Volksschulen wurden verstaatlicht. Ein bedeutender Erfolg war die Errichtung der ersten südslawischen Universität im Jahr 1874 in Zagreb (Agram), wo die Jugoslawische Akademie der Wissenschaften und Künste schon seit 1867 bestand. Diese und noch andere Reformen waren für die bürgerlicher Gesellschaft bedeutend, es fehlte aber die wirtschaftliche Grundlage, weil die wirtschaftlichen Angelegenheiten nicht in die Kompetenz der autonomen Regierung fielen.

Die Auflösung der Militärgrenze war eine Folge des Dualismus, obwohl sich Kaiser und Militär den Ansprüchen der ungarischen Regierung widersetzten, die in der Grenze eine Gefahr wegen ihrer bewaffneten Macht und der südslawischen „Umtrieben“ sah. Im Rahmen politischer und wirtschaftlicher Gegensätze zwischen der ungarischen Regierung, dem Militär und den kroatischen und serbischen politischen Gruppen kam es nach 1871 zur Entmilitarisierung ohne Mitwirkung der Vertreter der Bevölkerung und des kroatischen Landtages. Die banater Grenze wurde an Ungarn angeschlossen, für die entmilitarisierte kroatisch-slawonische Grenze bestand seit 1873 eine besondere Administration unter Leitung der Militärs, die einige längst fällige Modernisierungsreformen durchführte. Erst 1881 wurde die Grenze mit Zivil-Kroatien und Slawonien vereinigt, nachdem die wirtschaftlichen Interessen der ungarischen Regierung auf Kosten der kroatischen Autonomie gesichert waren.

In Dalmatien gerieten fast alle Gemeinden in die

Hand der Nationalpartei. Als Ende der „nationalen Wiedergeburt" wird die Wahl für die Gemeinde von Split (Spalato) angesehen, die im Jahr 1882 unter den Einfluß der Nationalpartei geriet. Nur die Hauptstadt Zadar (Zara) blieb unter der Verwaltung der italienischen Partei. Allerdings kam es im Verlaufe der Entwicklung auch zur Trennung zwischen der kroatischen und der serbischen Nationalbewegung.

In Zusammenarbeit mit den Slowenen konnte die Nationalbewegung in Istrien zwar einen gewissen Aufschwung verzeichnen, obwohl die kroatischen Bauern wirtschaftlich von den italienischen Städten abhängig waren. Daher konnten sich auch die kroatische und slowenische Sprache nicht in dem Maße wie in Dalmatien durchsetzen.

Im Jahr 1869 verkündete die serbische nationalliberale Partei in Südungarn eine Prinzipienerklärung, in welcher sie sich für die nationale Gleichberechtigung und gegen den antislawischen Dualismus einsetzte und auch die Forderungen der anderen Nationen unterstützte. Die radikalen Elemente um Miletić wurden aber durch gemäßigte Gruppen geschwächt. Die Vereinigte Serbische Jugend stand unter dem Druck der Regierung des Fürstentums Serbien und der ungarischen Regierung und hörte im Jahr 1872 zu existieren auf. Die serbische Kirchen- und Schul-Autonomie wurde 1868 bestätigt. Im Kongreß, der die autonomen Angelegenheiten zu regeln hatte, versuchten die Liberalen die Macht der mit den Konservativen verbündeten, orthodoxen Hierarchie zu brechen. Da sich diese aber der Unterstützung der ungarischen Regierung erfreute, wurde die Zusammensetzung des Kongresses nicht im Interesse des liberalen Bürgertums geregelt.

In Kroatien begann sich die serbische Politik von der Mažuranić-Partei abzugrenzen. Die Verstaatlichung der konfessionellen Schulen war ein Schlag auch für die liberalen Serben, denn auch sie wußten die nationale Erziehung ihrer Kinder nur in diesen Schulen gesichert. Ein weiterer Grund für diese Entfremdung lag in der Okkupation Bosniens und der Herzegowina.

Der Aufstand im Jahr 1875 und der Eintritt Serbiens in den Krieg gegen die Türkei rief bei allen Südslawen der Monarchie helle Begeisterung hervor. Die serbischen Liberalen hatten schon am Anfang der siebziger Jahre ohne Erfolg die serbische Regierung gedrängt, in diesen Krieg zu ziehen und wollten auch geheime Ausschüsse gründen. Als nun der Aufstand wirklich ausbrach, konnte die geschwächte National-liberale Partei den Aufständischen keine tatkräftige Hilfe leisten, wohl auch darum, weil die aktiven Serben verfolgt wurden und Miletić selbst, wie schon bei früheren Gelegenheiten, wegen Hochverrats ins Gefängnis geworfen wurde. In Nordkroatien und Dalmatien entstanden Ausschüsse zum Zwecke aktiver Hilfeleistung für die Aufständischen; diese Vereinigungen konnten sich aber legal nur der Flüchtlingshilfe widmen.

Nach den Beschlüssen des Berliner Kongresses okkupierte Österreich-Ungarn Bosnien und die Herzegowina, und Serbien und Montenegro wurden als selbständige Staaten anerkannt. Während die Serben die Vereinigung Bosniens und der Herzegowina mit Serbien wünschten und die Okkupation mißbilligten, wollte die kroatische öffentliche Meinung, mit Ausnahme vereinzelter Persönlichkeiten, die Vereinigung der okkupierten Provinzen mit Kroatien. So lautete der Beschluß des kroatischen Landtages, der vom König wegen Kompetenz-Überschreitung gerügt wurde. Bei den Slowenen, die der Bevölkerung von Bosnien und der Herzegowina ebenfalls Hilfe geleistet hatten, überwog die Billigung der Okkupation, die der Landtag von Krain zum Beschluß erhob. Die Okkupation war ein Umbruch in den Beziehungen zwischen den Südslawen inner- und außerhalb der Monarchie. Sie bestimmte von da an die gesamte Innen- und Außenpolitik der Führung in der Monarchie.

Trotz großer Unterschiede kann man für den beschriebenen Zeitraum ähnliche Entwicklungszüge in den südslawischen Ländern der Monarchie finden. Das wirtschaftliche Wachstum war bescheiden. Die besten Möglichkeiten hatten die Slowenen sowie die Serben und Kroaten der fruchtbaren östlichen Gebiete. Die Integrierung der Bauern in die Marktwirtschaft stieß auf große Schwierigkeiten. Die Grundentlastung dauerte lange und die moderne

Bauernwirtschaft wurde durch den Verfall der „Hauscommunionen" bei den Kroaten und Serben aufgehalten, besonders in der Militärgrenze, wo die wirtschaftliche Entwicklung durch das Militärsystem gehemmt wurde. In Dalmatien und Istrien bestand auch weiterhin das „Kolonat", ein Pachtsystem zwischen dem Grundbesitzer und dem Bauern, welches den rationellen Weinbau vereitelte. Außer bei den Slowenen, waren Ansätze zur Industrialisierung hauptsächlich auf den Großgrundbesitzungen möglich. Trotzdem machten sich schon die ersten Arbeiterbewegungen bemerkbar, sozialistische Ideen kamen auf. Das Bürgertum wurde noch immer durch die Kaufleute und die öffentliche Meinung durch eine dünne Intelligenzschicht geprägt. Die traditionellen Gesellschafts- und Familienstrukturen blieben zum größten Teil erhalten. Das bürgerliche Leben bekam dennoch seine typischen Züge durch die politische Aktion, die kulturellen und wirtschaftlichen Vereine, die Standardisierung der Literatursprachen, einer meistens durch die Romantik geprägten Literatur, Historie und Philologie und besonders durch die nationalen Integrationsideologien. Trotz Kommunikationsschwierigkeiten verbreiteten sich die national-politischen Bewegungen und drangen teilweise von den Mittel- und Intelligenzschichten zu den Kleinbürgern und Bauern durch, waren aber von bedeutenden inneren Spaltungen betroffen.

Literatur (in Auswahl):

Grafenauer, B.; Gestrin, F.; Melik, V.; Mikuž, M. u. a., Zgodovina Slovencev (Geschichte der Slowenen), Ljubljana 1979. – *Krestić, V.*, Srbi u Habsburškoj monarhiji (Die Serben in der Habsburger Monarchie) 1849–1868; *Radenić, A.*, Srbi u Habsburškoj monarhiji (Die Serben in der Habsburger Monarchie) 1868–1878; *Milutinović, K.*, Srbi u Dalmaciji (Die Serben in Dalmatien) 1797–1878, in: Istorija srpskog naroda V, 2, Od prvog ustanka do berlinskog kongresa 1804–1878 (Die Geschichte der serbischen Nation V, 2, Vom ersten Aufstand bis zum Berliner Kongreß), Beograd 1981. – *Šidak, J.; Gross, M.; Karaman, I.; Šepić, D.*, Povijest hrvatskog naroda 1860–1914 (Geschichte der kroatischen Nation), Zagreb 1968. – *Suppan, A.*, Die Kroaten; *Djordjević, D.*, Die Serben; *Pleterski, J.*, Die Slowenen, in: *Wandruszka, A.; Urbanitsch, P.*, Die Habsburger Monarchie 1848–1918, III, 1, Die Völker des Reiches, Wien 1980. – *Wandruszka, A.; Plaschka, R.; Drabek, A.* (Hg.), Die Donaumonarchie und die südslawische Frage von 1848 bis 1918. Texte des ersten österreichisch-jugoslawischen Historikertreffens Gösing 1976, Wien 1978.

Peter Urbanitsch

DAS ENTSTEHEN EINER POLITISCHEN ÖFFENTLICHKEIT

Die Revolution von 1848 hatte eine explosionsartige Ausbreitung des Interesses an politischen Dingen mit sich gebracht. In einem bisher nie dagewesenen Ausmaß sorgten vor allem die Preßerzeugnisse (periodische Zeitschriften, Flugschriften etc.) für die Artikulierung und Verbreitung politischer Ansichten der verschiedensten Richtungen. Zur Aktivierung eines für die Belange des Gemeinwesens (egal ob es sich dabei um den Staat oder die unmittelbare örtliche Umgebung handelt) wachen Bewußtseins trugen auch eine Unzahl von Vereinigungen formeller und informeller Art bei, in denen man zu Zeitproblemen Stellung nahm.

Nach der Niederschlagung der Revolution war das Regime bemüht, eine Wiederholung jener Ereignisse, die nach Ansicht der leitenden Männer die Habsburgermonarchie an den Rand des Ruins gebracht hätten, unter allen Umständen zu vermeiden. Besonderes Augenmerk wandte man staatlicherseits der Presse zu: die Pressefreiheit, eine der ersten Errungenschaften der konstitutionellen Bewegung im März 1848, wurde praktisch zurückgenommen, einzelne Journalisten waren im Anschluß an den Wiener Oktoberaufstand sogar standrechtlich erschossen worden, eine ganze Reihe wurde zu längeren Haftstrafen verurteilt, viele entzogen sich einer drohenden Verhaftung durch

Flucht bzw. Auswanderung. Die neuen presserechtlichen Bestimmungen setzten der freien Meinungsäußerung enge Grenzen. Die Zahl der Presseerzeugnisse fiel rapide, die allermeisten „politischen" Zeitungen und Zeitschriften stellten ihr Erscheinen ein, der Inhalt der verbliebenen, meist auf kulturelle, wirtschaftliche und religiöse Belange ausgerichteten Blätter wurde sorgsam überwacht. Publikationen aus dem Ausland, die den Weg über die Grenze fanden, bildeten nur teilweise einen Ersatz für die fehlende Öffentlichkeit im Innern.

Parallel dazu verlief die Entwicklung im Vereinswesen, einer für das 19. Jahrhundert – dem „Jahrhundert der Vereine" – typischen Form bürgerlichen gesellschaftlichen Lebens mit starker Verankerung im städtischen, auch kleinstädtischen Bereich. Das Vereinsgesetz des Jahres 1852 beschränkte die Vereine auf sog. „nichtpolitische". Bezeichnenderweise fielen um die Mitte der 50er Jahre mehr als die Hälfte der in der gesamten Monarchie existierenden 6213 Vereine in die Kategorie der religiösen und humanitären Organisationen. Selbst solche Vereine wie der 1848 gegründete „Katholikenverein für Glauben, Freiheit und Gesinnung", der eine demokratischere Reformrichtung innerhalb der Kirche vertrat, mußten Änderungen ihrer inneren Organisation und ihrer Statuten vornehmen, um jeden Anschein einer im weitesten Sinn politischen Betätigung zu vermeiden. Kein Wunder, daß sich in dieser Atmosphäre, die in hohem Maße von polizeilicher Überwachung geprägt war, ein freierer Meinungsaustausch über politische Probleme nur schwer entwickeln konnte.

Nicht, daß es an Themen für einen solchen Diskurs gefehlt hätte. Ganz im Gegenteil! Der Wunsch nach Wiedereinführung eines konstitutionellen Systems, die Debatte um Zentralismus oder (territorialen bzw. ethnischen) Föderalismus als das dem Reich und seinen Bewohnern gemäße Organisationsprinzip, das Für und Wider in bezug auf das Konkordat, Maßnahmen zur Beseitigung sozialer Mißstände, die im Gefolge der nun stärker zum Tragen kommenden Modernisierungsprozesse auftraten, die Ansprüche, die die Propagatoren der diversen Nationalbewegungen an die Bevölkerung und an den Staat richteten, all dies trug während des Neoabsolutismus zur Formung und Scheidung deutlich voneinander abgegrenzter Grundströmungen, der konservativen und der liberalen, bei. Es ist jedoch festzuhalten, daß für die spezifische Ausprägung „konservativer" bzw „liberaler" Positionen (die sich – freilich in unterschiedlichem Maße – bei allen Völkern der Monarchie finden) verschiedenste Aspekte aus den vorhin genannten Problemkreisen herangezogen wurden. Aspekte, die sich nicht immer deckten sondern sich in vielfältiger Weise überschnitten, was – je nach Hervortreten des einen oder des anderen Schwerpunktes – zu einem relativ uneinheitlichen, darüber hinaus auch regional stark differenzierten, Bild der sich langsam herausbildenden politischen Öffentlichkeit führte.

Mit der Ankündigung von Wahlen für die Mitglieder der Gemeindevertretung (die ersten und zugleich letzten derartigen Wahlen hatten im Sommer und Herbst 1850 stattgefunden) im Winter 1860/61, denen bald darauf Wahlen für die Bezirksausschüsse (dort, wo sie existierten, wie etwa in Böhmen), für die Beamten der ungarischen Komitate und schließlich auch für die Abgeordneten zu den Landtagen folgten, begann jener Prozeß der politischen Mobilisierung breiterer Bevölkerungskreise, jene Teilhabe an den politischen Entscheidungsprozessen, die auf lange Sicht die Qualität des öffentlichen Lebens entscheidend verändern sollte.

Das Wahlrecht, wie es – im Anschluß an das „provisorische Gemeindegesetz" von 1849 – seit den Landtagswahlordnungen von 1861 und den diversen Gemeindegesetzen der frühen sechziger Jahre für die Wahlen in die Gemeindevertretungen und in die Landtage galt, baute auf dem Gedanken der Vorherrschaft von „Besitz und Bildung" auf. Es kombinierte ein ihren Inhabern auf Grund ihrer Stellung zustehendes „Intelligenzwahlrecht" mit einem „Steuerwahlrecht", das an eine bestimmte, für verschiedene Regionen unterschiedlich hohe Steuerleistung gebunden war. Nicht ohne Grund ist deshalb die Ausübung des Wahlrechts als Akt der Vermögensverwaltung angesehen worden.

Teilte man bei Gemeindewahlen die wahlberechtigte Bevölkerung nach der Höhe ihrer Steuerleistung in drei, respektive zwei Wahlkörper, wodurch gemäß dem Grundsatz „wer mehr zahlt, soll mehr zu reden haben“ den größeren Steuerträgern mehr Gewicht und Einfluß zufiel, kannte das Wahlrecht zu den Landtagen der nichtungarischen Länder die Einteilung der Wahlberechtigten in vier Kurien: in die des Großgrundbesitzes (bzw. der Höchstbesteuerten), der Handels- und Gewerbekammern (in manchen Ländern mit der Städtekurie verbunden), der Städte, Märkte und Industrialorte und die der Landgemeinden. Das Wahlrecht für die beiden letzten Kurien war übrigens direkt mit dem für die Gemeindewahlen verknüpft: nur ein ganz bestimmter Teil der Gemeindewähler war auch zum Landtag wahlberechtigt. Als 1873 auch für den Reichsrat direkte Wahlen eingeführt wurden (bis dahin waren die Abgeordneten von den Landtagen delegiert worden), übernahm man vom Landtagswahlrecht nicht nur das Kuriensystem (das den Wahlordnungen des Jahres 1848 oder der zum ungarischen Reichstag fremd war) sondern auch die Wahl in der Landgemeindekurie mittels Wahlmänner.

Gemessen an der Gesamtbevölkerung war die Zahl der Wahlberechtigten und damit die derjenigen Leute, die in die politischen Entscheidungsmechanismen integriert wurden, recht gering: Ende der sechziger Jahre belief sich die Wohnbevölkerung Wiens auf rund 630.000 Menschen, davon konnten rund 27.000 (oder 4,3%) an den Gemeinderatswahlen teilnehmen. In Oberösterreich gab es bei einer Gesamtbevölkerung von rund 725.000 zwar an die 110.000 Wahlberechtigte bei Gemeinderatswahlen, aber nur knapp 39.000 bei Landtagswahlen. Noch deutlicher wird das Mißverhältnis, zieht man die tatsächliche Wahlbeteiligung heran. Bei der Wahl zum Landtagsabgeordneten von Bludenz in Vorarlberg im Jahr 1865 gaben beispielsweise von 272 Wahlberechtigten nur 64 ihre Stimme ab. Besonders niedrig war stets die Wahlbeteiligung in der Landgemeindekurie: bei den Reichsratswahlen 1879 gingen im Durchschnitt rund ein Drittel der Urwähler zur Wahl, in Istrien gar nur 12%! (von knapp 175.000 Menschen, die in Istrien der Landgemeindekurie angehörten, waren 9.500 wahlberechtigt, von diesen wiederum beteiligten sich 1.122 an der Urwahl!)

Die Wahlen waren anfänglich überall öffentlich, Wahlen per Stimmzettel setzten sich erst allmählich durch. Die Öffentlichkeit der Wahlen – zu deren theoretischer Untermauerung unter anderem das nicht ganz von der Hand zu weisende Argument des Analphabetismus herangezogen wurde – führte zu mancherlei Mißbräuchen, wie überhaupt der Wahlvorgang als solcher Möglichkeiten zu mannigfacher Manipulation bot, von denen nur allzuoft Gebrauch gemacht wurde. Der Ausdruck „galizische Wahlen“ als Synonym für Wahlschwindel und Korruption war allgemein bekannt, doch beschränkten sich derartige Erscheinungen beileibe nicht auf dieses Kronland. Noch in den siebziger Jahren wurden z. B. in Agram Listen mit dem genauen Abstimmungsverhalten veröffentlicht, so daß die Wähler auch nach der Abstimmung Pressionen aller Art ausgesetzt werden konnten.

Die Auswahl der Kandidaten für die Kurien der Stadt- und Landgemeinden erfolgte anfänglich nach keinen feststehenden Regeln. Meistens kamen einige Bürger eines Ortes oder eines Wahlkreises zusammen, um sich in informellen Gesprächen auf einen Kandidaten zu einigen, von dem man annahm, daß sich seine Grundsätze mit denen der Proponenten deckten. Es geschah aber auch, daß sich jemand selbst als Kandidat anbot. Bald verfestigte sich das System der Kandidatenauslese. Es wurden „Wahlkomitées“ gebildet, die Kandidaten aufstellten und auch die Formulierung eines Wahlprogrammes im Sinne einer bestimmten politischen Richtung übernahmen, wenngleich in den Wahlaufrufen immer die Person und nicht so sehr die politische Gruppierung in den Vordergrund gestellt wurde.

Das Vereinsgesetz von 1867 erleichterte die Bildung politischer Vereine; das führte zu einer größeren Organisationsdichte. Es entstanden allenthalben Landeswahlcomitées, die die Politik auf Landesebene zu lenken suchten. Koordination im gesamtstaatlichen Rahmen blieb allerdings selten. Mittels Flugschriften und auch in Wahlversammlungen bemühte sich der Kandidat, die Wählerschaft von den Vorzügen seiner Anschauungen zu überzeugen. War er einmal gewählt, ließ der Kontakt zu den Wählern, von denen allerdings die Abgeordneten nach dem Wortlaut des Gesetzes „keine Instruktionen anzunehmen" hätten, bald nach. Unter diesen Umständen waren die häufigen Wahlbewegungen (von „Wahlkämpfen" sprach man damals noch nicht) – in vielen Gemeinden gab es alljährlich Ergänzungswahlen; die vom konstitutionellen Standpunkt aus bedenklichen, oftmaligen Auflösungen mancher Landtage hatte ebenfalls viele Neuwahlen zur Folge – für die Mobilisierung des politischen Bewußtseins von nicht zu unterschätzender Bedeutung.

Nach der Wahl schlossen sich jene Abgeordnete, die in ihren Grundanschauungen übereinstimmten, in den Vertretungskörperschaften in der Regel zu Fraktionen zusammen. Diese Fraktionen waren vor allem in den Anfängen des parlamentarischen Lebens keine festgefügten Einheiten. Das Stärkeverhältnis der Fraktionen untereinander änderte sich von Abstimmung zu Abstimmung, es gab auch Abgeordnete, die sich keiner Richtung zuzählten. Das entsprach durchaus dem liberalen Modell „der Volksvertretung als dem Ort der freien und ungebundenen Diskussion und Meinungsbildung, wo die Rationalität des Arguments das Abstimmungsverhalten entscheiden konnte" (G. Schmitz). Wohl trafen sich die Fraktionen zu vorbereitenden Gesprächen, in denen die in den Vertretungskörperschaften einzuschlagende Linie beraten und die unterschiedlichen Meinungen in etwa aufeinander abgestimmt wurden; eine feste Parteidisziplin und Klubzwang traten erst ganz allmählich in Erscheinung. Letzte Richtschnur für das Handeln der Abgeordneten blieb das Gewissen und die Überzeugung des Einzelnen, wobei sich der Abgeordnete aber auch stets fragen mußte, ob sein Verhalten letztendlich von den Wählern gutgeheißen würde.

Der Kontakt zur Wählerschaft war allerdings, wie erwähnt, kein enger. Gelegentlich wurden zwar in den Kronländern Parteitage abgehalten, an denen die Sympathisanten einer politischen Richtung (meist Delegierte der verschiedenen Vereine) teilnahmen, „zum Aufbau eines straff durchorganisierten, dauerhaften Parteiapparates, der die Aufgabe gehabt hätte, die sich zu den gemeinsamen Grundsätzen Bekennenden zusammenzufassen und die für die Realisierung der Grundsätze notwendigen Aktionen zu planen und zu steuern, kam es nicht" (D. Harrington-Müller).

Es kam auch deshalb nicht dazu, weil die Bedingungen für politisches Handeln, das Umfeld, in dem dieses Agieren erfolgte, von Ort zu Ort verschieden waren und die diversen Ebenen parlamentarischen Handelns unterschiedliche Verhaltensweisen erforderten und weil die einzelnen Gruppierungen jeweils andere Facetten der gemeinsamen Grundüberzeugungen in den Vordergrund stellten. So verfolgten innerhalb des „liberalen Lagers" die „Demokraten" im Wiener Gemeinderat eine andere Politik als die „Jungen" der Verfassungspartei in Böhmen, der „verfassungstreue Großgrundbesitz" oder stärker deutschnational ausgerichtete Vereine in den Alpenländern; der Liberalismus der Slowenen war von anderer Art als der des Wiener Großbürgertums; die „Jungtschechen", die in ihren Reihen auch das demokratische Erbe des Jahres 1848 bewahrten, traten im böhmischen Landtag anders auf als wenn sie zu Problemen des gesamten Staates Stellung nahmen. Ähnliches galt übrigens auch für die politischen Gruppierungen der Polen, die unbeschadet ihrer sachlichen und ideologischen Differenzen im galizischen Landtag gegenüber der Zentralgewalt und somit auch im Wiener Reichsrat stets geschlossen auftraten. Entsprang diese Haltung der Polen ursprünglich einer föderalistischen Grundstimmung, mischten sich bald nationale Momente ein.

Überhaupt sollte es für die Entwicklung des Parteiwesens charakteristisch werden, daß das nationale Prinzip die weltanschaulich-ideologischen Komponenten überlagerte, sich mit ihnen überkreuzte, ohne daß jedoch bis zu den achtziger Jahren der eine oder der andere Aspekt sich schon eindeutig durchgesetzt hätte. Während die tschechischen, polnischen und auch die slowenischen Politiker in nationalen Dingen (aber nur in diesen) gegenüber der Regierung bzw. gegenüber deutschnationalen Kräften und Bestrebungen einheitlich vorgingen, kam es bei den Deutschen nicht zu einer derartigen nationalen „Einheitsfront". Andererseits fanden sich Deutsche, Slawen und Romanen zur Bildung einer auf den Grundlagen von Konservatismus und Föderalismus aufbauenden politischen Gruppierung zusammen, wohingegen deutsche und tschechische Liberale trotz gleicher Ansichten in manchen Sachfragen zu keiner dauernden Zusammenarbeit gelangten. Aus der schon in der gemeinsamen Tradition der Romantik angelegten Verbindung von Liberalismus und Nationalismus ging letzterer schließlich als der stärkere hervor.

Allerdings trat dieser Prozeß bei den einzelnen Völkern der Monarchie ebenso phasenverschoben auf wie die Differenzierung nach ideologisch-weltanschaulichen Bereichen. Sowohl in bezug auf den Nationalismus als auch das ideologisch-staatsrechtlich geprägte Gegensatzpaar „liberal" – „konservativ", „zentralistisch" – „föderalistisch" waren es die Deutschen (und die Magyaren), bei denen sich die Vielfalt an politischen Parteiungen am frühesten bemerkbar machten. Die Parteienlandschaft bei den Magyaren stellte allerdings insoferne einen Sonderfall dar, als das politische Spektrum bei ihnen bis weit über die achtziger Jahre hinaus so gut wie ausschließlich von der staatsrechtlichen Problematik (für oder gegen Wien, für oder gegen den Ausgleich) geprägt war.

Bei diesen beiden Völkern, z. Teil auch bei den Italienern, verfügten denn auch die Liberalen über ihren größten Anhang. Wohl hatte bei den anderen Völkern der Liberalismus ebenfalls Fuß gefaßt („Jungtschechen", „Jungslowenen", bei Serben, ja selbst bei Polen und Ruthenen gab es liberale Tendenzen), doch war im politischen Leben dieser Völker die konservative Richtung längere Zeit hindurch die dominierende.

Die konservative Richtung war zwar durch das geltende Wahlrecht mit seiner Bevorzugung des städtischen Elements, des „Hortes des Liberalismus" benachteiligt, bei den Deutschen (noch mehr bei den Magyaren) war sie anfänglich in der Bevölkerung als solcher aber auch nicht allzu stark verankert. Die Betonung des historischen Rechts, des Länderföderalismus, und konservativer Wertvorstellungen in sozialpolitischer Hinsicht, die die adeligen Propagatoren vertraten, stießen nicht überall auf entsprechende Resonanz. Das änderte sich, als die „Feudal-Konservativen" sich stärker um die Anliegen der von den Liberalen vernachlässigten Bevölkerungsgruppen zu kümmern begannen und vor allem als die konfessionelle Problematik den Auseinandersetzungen eine neue Dimension verlieh.

Seit Anbeginn des konstitutionellen Lebens hatten die Liberalen versucht, eine Aufhebung des Konkordats, für sie der „Inbegriff der Reaktion", oder wenigstens eine Abänderung einzelner seiner Bestimmungen zu erreichen. Anfänglich erfolglos, unternahmen sie nach 1867 einen neuen Vorstoß. Einzelne Passagen der „Dezemberverfassung", die kultuspolitischen Gesetze des Jahres 1868 und das Reichsvolksschulgesetz des folgenden Jahres kennzeichnen den Weg über die Durchlöcherung zur völligen, einseitigen Aufhebung des Konkordats, die 1870 im Anschluß an die Promulgation des Unfehlbarkeitsdogmas erfolgte (was allerdings nur für die cisleithanische Reichshälfte galt, während das Konkordat seinerzeit für die ganze Monarchie abgeschlossen worden war. Daraus folgte, daß z. B. in Kroatien das Konkordat formell bis nach 1918 in Kraft blieb, materiell wurden einzelne seiner Bestimmungen durch nachfolgende Spezialgesetze stark modifiziert).

Gegen diese kultuspolitischen Gesetze und gegen die bei diesen Debatten zum Ausdruck gekommene Haltung der Liberalen, die als Anschlag gegen Kirche und Religion gewertet wurden, richtete sich der Widerstand katholischer Kreise. Sie bedienten sich dabei eines Organisationsprinzips und einer Strategie, die sie von den Liberalen übernommen hatten, nämlich des Vereinswesens.

Im Frühjahr 1868 wurden im Westen Cisleithaniens, in Vorarlberg, die ersten katholischen Casinos gegründet; auch der Osten stand nicht nach: im März 1868 entstand in Krems das erste Casino Niederösterreichs. Weitere Gründungen katholischer Vereinigungen folgten, so 1869 der Katholische Volksverein für Oberösterreich in Linz, aber auch in den böhmischen Ländern und im slowenischen Sprachgebiet. Diese Vereine setzten sich anfänglich nur die Verteidigung kirchlicher Interessen zum Ziel, sie waren „sozusagen eine politische Wehr- und Abwehrorganisation der Kirche" (H. Slapnicka) gegen die Herausforderung des Liberalismus. Deshalb standen die neuen Organisationen vornehmlich unter der Führung von Geistlichen – meist solchen, die sich der „schärferen Tonart" (G. Lewis) zurechneten – also solche, die sich von der auch im Klerus anzutreffenden josephinischen Geisteshaltung distanzierten –, daneben wirkten auch katholische Adelige. Trotz geistlicher Führung war das Laienelement in diesen Vereinen gleichberechtigt, bald trat es an die erste Stelle. Im Gegensatz zu den liberalen Vereinen wandten sich die neuen Gruppierungen nämlich von Anfang an breiten Bevölkerungsschichten zu, in erster Linie der Landbevölkerung. Es gelang ihnen in kürzester Zeit, in diesen Kreisen Fuß zu fassen, es gelang ihnen die „Politisierung der Grundschichten" (J. Pleterski). Dank einer überlegeneren und ausgefeilten Organisation, die sich das enge Beziehungsgeflecht von Landbevölkerung und Geistlichkeit zunutze machen konnte, sowie einer Angleichung der Interessen, wonach das Eintreten für die Belange der Kirche mit den konservativen staatsrechtlichen Vorstellungen der Landesautonomie und den sozio-ökonomischen Wünschen der Bauernschaft verbunden wurde, blieb der Einfluß der Katholisch-Konservativen für viele Jahre ungebrochen.

Die erweiterten Möglichkeiten, die das Vereinsgesetz von 1867 bot, machte sich auch die Arbeiterschaft zunutze. Nachdem frühere Versuche, die Arbeiterschaft zu organisieren, ohne Erfolg blieben (sieht man von 1848 ab), trat noch im Spätherbst 1867 der Wiener Arbeiterbildungsverein ins Leben, der erste in Cisleithanien, dem bald ähnliche Vereinigungen in allen größeren Städten und Industriegebieten folgten. Laut Statuten zur „Wahrung und Förderung der geistigen und materiellen Interessen des Arbeiterstandes" berufen, verfolgten die Arbeiterbildungsvereine eindeutig politische Zielsetzungen im Sinne der 1. Internationale. Zwar zeitigten die politischen Bestrebungen der Arbeiterbewegung bis zum Ende der siebziger Jahre (und darüber hinaus) nur wenig konkrete Ergebnisse – Ungunst des Wahlrechts, behördliche Schikanen, aber auch interne Differenzen und Reibereien trugen dazu bei –, doch spielten die Arbeiterbildungsvereine für die politische Bewußtseinsbildung und Schulung eine nicht hoch genug einzuschätzende Rolle. Man bediente sich zwar des „bürgerlich"-liberalen Organisationsmodells der Vereine, der Anspruch, mit der Tätigkeit dieser Vereine den „ganzen Menschen", die Totalität des menschlichen Lebens „von der Wiege bis zur Bahre" zu erfassen und in eine Gemeinschaft zu integrieren, weist aber schon über das liberale, individualistisch geprägte Verständnis von Politik und Gesellschaft hinaus.

Bei dem insgesamt gesehen doch eher bescheidenen Organisationsgrad der politischen Vereine kam dem Pressewesen eine entscheidende Rolle zu. Seit dem Ende des Neoabsolutismus war die Zahl der Presseerzeugnisse wieder beträchtlich angestiegen. 1873 existierten in Cisleithanien 866 Zeitungen und Zeitschriften, davon erschienen 590 in deutscher Sprache. Die bedeutendste unter ihnen war zweifellos die 1864 durch die Sezession des größten Teils der Redaktion der alten „Presse" entstandene „Neue Freie Presse". Die Zeitung, die in den sechziger und siebziger Jahren als „Sprachrohr der Verfassungspartei" gelten konnte, besaß in der Tat „eine Monopolstellung innerhalb der deutsch-liberalen Bevölkerung der Monarchie". Sie war „als Organ des Großbürgertums Sprachrohr des Finanz- und Industriekapitals und . . . ein entschiedener Vertreter . . . des Glaubens an die segensvolle Wirkung des freien Spiels der Kräfte" (A. Wandruszka). Wegen ihrer umfassenden Berichterstattung und des hohen Niveaus der Beiträge zählte die „Neue Freie Presse" nicht nur zu den überregionalen Blättern der Monarchie, mit Recht konnte man sie als „Weltblatt" apostrophieren, das auch im Ausland gute Verbreitung fand. Unter jenen Blättern, die den wirtschaftlichen und politischen Interessen des deutschsprachigen, in konfessioneller Hinsicht oft jüdischen Bürgertums Ausdruck verliehen und überregionale Geltung beanspruchen konnten, sei neben der „Neuen Freien Presse", der „Presse" und dem „Neuen Wiener Tagblatt" (das Ende der siebziger Jahre mit 35.000 Exemplaren eine höhere Auflage hatte als die „Neue Freie Presse") noch auf den in Pest erschienenen „Pester Lloyd" und die Prager Zeitungen „Bohemia" und „Prager Tagblatt" verwiesen.

Obwohl die „Neue Freie Presse" in vielem den Standpunkt der Altliberalen vertrat, war sie – wie die meisten liberalen Blätter der Zeit – keine Parteizeitung im heutigen Sinn. Das Verhältnis von Journalisten und

Politikern war überhaupt ambivalent. Einerseits wollten die Zeitungen Einfluß auf politische Entscheidungen nehmen (was ihnen in so manchen Fällen auch gelang), andererseits bedurften die Politiker der Presse, um ihren Ansichten Gehör zu verschaffen und um den ständigen Kontakt mit ihren Sympathisanten aufrechtzuhalten. Die Feststellung, daß die sich aus Politikern und Journalisten rekrutierenden Kaffeehausrunden – die Rolle des Kaffeehauses als „Träger und Vermittler der neuen bürgerlichen Öffentlichkeit“ (R. Sandgruber) kann nicht hoch genug veranschlagt werden – eine Art „politischer Generalstab“ der jeweiligen Gruppierungen bildeten, gilt für die deutsch-liberale Richtung ebenso wie für die Katholisch-Konservativen oder die politischen Strömungen der nichtdeutschen Nationalitäten, wenngleich eine völlige Kongruenz von parteipolitischer Gruppierung und Zeitung selten anzutreffen war.

Vielfältig wie die parteipolitischen Gruppierungen waren auch die Erzeugnisse der Presse, die den politischen Einstellungen in all ihren Nuancen Ausdruck verliehen. Neben den schon genannten Blättern, die dem altliberalen Standpunkt verpflichtet waren, gab es im Wiener Raum auch solche, wie das „Neue Wiener Tagblatt“ oder die „Konstitutionelle Vorstadtzeitung“, die mit ihren Sympathien am linken Rand der Verfassungspartei, am demokratischen Flügel des „liberalen Lagers“ zu finden waren. Die nationale Komponente des Deutschliberalismus fand in der „Deutschen Zeitung“ oder im Grazer „Telegraf“ ihre Fürsprecher. Bis 1866 vertrat die „Ostdeutsche Post“ ein großdeutsches Programm. Eine ganze Reihe lokal gebundener Tages- und Wochenzeitungen, auf die spezifischen Bedürfnisse der jeweiligen Region abgestimmt, sowie eine Unzahl von nicht vorrangig „politischen“ Journalen ergänzten die breite Palette der im weitesten Sinne liberalen Journalistik.

Dieser Dominanz auf dem Gebiet der öffentlichen (oder „veröffentlichten“) Meinung – fast ist man versucht, von einem Meinungsmonopol zu sprechen – hatte die konservative Richtung nichts annähernd Gleichwertiges entgegenzusetzen. Das „Vaterland“ – das selbst in seinen besten Zeiten nie mehr als 8.000–10.000 Exemplare absetzte – war das Organ des föderalistisch eingestellten Hochadels, in dem seit dem Eintritt des Freiherrn von Vogelsang in die Redaktion verstärkt auch sozialpolitische Probleme erörtert wurden. Föderalistisch war auch die „Wiener Kirchenzeitung“, während ein anderes klerikales Blatt, der „Österreichische Volksfreund“, eine eher zentralistische Tendenz vertrat.

Mit der Verschärfung des „Kulturkampfes“ ging auch eine Intensivierung des katholisch inspirierten Pressewesens einher. Gestützt auf zahlreiche „katholische Preßvereine“ entstanden Ende der sechziger, Anfang der siebziger Jahre viele, auf ein regionales Einzugsgebiet beschränkte Wochen- (in geringerem Ausmaß auch Tages-) Zeitungen, die aber gerade wegen ihrer Verwurzelung im regionalen Bereich eine wichtige Rolle bei der Formierung des politischen Bewußtseins spielten.

Ähnliches galt auch für die Presse der Nichtdeutschen. Die Magyaren verfügten, insbesondere seit 1867, über ein reichgegliedertes und vielfältiges Pressewesen, in dem jede politische Schattierung vertreten war. Der Bogen reichte vom eher konservativen „Pesti Napló“ (in dem Deáks berühmter „Osterartikel“ erschien, der den Weg zum Ausgleich signalisierte), über „Pesti Hirlap“, dem Organ der Regierung bzw. der liberalen Opposition, und „A Hon“, in dem die Deákpartei zu Wort kam, bis zur Zeitung der Unabhängigkeitspartei „Egyetértés“ bzw. dem klerikalen Blatt „Magyar Állam“.

Den nichtmagyarischen Nationalitäten der ungarischen Reichshälfte wurde es allerdings schwer gemacht, ihre Presse adäquat zu entwickeln: Zensur, Presseprozesse und behördliche Schikanen waren an der Tagesordnung. Freilich hielt sich auch das Interesse der Nationalitäten an ihren eigenen Preßerzeugnissen in Grenzen: der kroatische, oppositionell eingestellte „Obzor“ brachte es zeitweise nur auf eine Auflagenhöhe von 1.500 Stück. Anderen Blättern, wie etwa dem kroatischen „Pozor“ und „Narodni List“ oder der serbisch-liberalen Zeitung „Zastava“ ging es nicht viel besser. Die „Gazeta de Transilvania“, die älteste rumänische politische Zeitung, hatte 1860 ca. 400 Abonnenten. Auch „Slovenski Narod“, das Organ der Jungslowenen und „Slovenski Gospodar“ und „Novice“, die beide der konservativen Richtung der Slowenen zuzuzählen sind, erschienen in vergleichsweise geringen Auflagen. Noch befand sich die Mobilisierung breiterer Bevölkerungskreise für politische bzw. nationalpolitische Dinge erst in den Anfängen.

Anders war die Situation bei Polen und Tschechen. Dort hatten sich der konservative polnische „Czas“ bzw. die liberal-demokratische Ansichten vertretende tschechische „Národni Listý“ (die Alttschechen verfügten über ein eigenes Organ „Pokrok“) eine beherrschende Stellung in den sich langsam aber stetig entwickelnden Nationalgesellschaften geschaffen, die bald über ein reiches Spektrum sowohl an politischem als auch kulturell bzw. wirtschaftlich ausgerichteten periodischem Schrifttum verfügten.

Das politische Leben blieb nicht auf die Aktivitäten in den Vertretungskörperschaften, in Parteien, politischen Vereinen und in der Presse beschränkt. Gelegentlich kam es auch zu direkten Aktionen wie etwa der Massendemonstration der Arbeiterschaft vor dem Wiener Abgeordnetenhaus im Jahr 1869 oder der Sammlung vieler tausender Unterschriften bei Petitionen, die an den Kaiser gerichtet wurden (z. B. die Petition der Welschtiroler, die 1871 die Schaffung zweier Kreise mit besonderen Kompetenzen verlangte oder die der Vorarlberger, die 1867 nahezu 14.000 Unterschriften gegen die Schulgesetzvorlagen der Wiener Regierung aufboten).

Alle diese Aktionen involvierten einen weitaus größeren Teil der Bevölkerung in Angelegenheiten der Politik als es auf Grund des Wahlrechts möglich gewesen wäre; sie trugen so zu einer beträchtlichen Ausweitung des politischen Bewußtseins bei.

Das gilt auch für jene, im Freien stattfindenden Volksversammlungen, die von den Tschechen zwischen 1868 und 1871 organisiert wurden und die in bewußter Anlehnung an die Tradition der Hussitenzeit die Bezeichnung *tabori* erhielten. Inhaltlich ging es bei diesen Versammlungen um die staatsrechtliche Forderung nach Gewährung einer größeren Selbständigkeit für die böhmischen Länder (das „Böhmische Staatsrecht“), um die Erfüllung der nationalpolitischen Wünsche der Tschechen und um die Berücksichtigung der sozialpolitischen Anliegen der Teilnehmer. Deren Zahl festzustellen, ist nicht ganz leicht, da die Angaben der offiziellen Stellen und die der Organisatoren naturgemäß differieren, doch nahmen an den einzelnen Veranstaltungen jeweils mehrere tausend Personen teil.

Die Kombination von nationalpolitischen Forderungen mit solchen aus dem Bereich der Sozialpolitik, begleitet von demokratischen Tendenzen, war auch für die tabori der Slowenen charakteristisch, die diese Form der politischen Artikulation übernommen haben. Die slowenischen tabori wurden von der liberalen Intelligenz veranstaltet, das Gros der Teilnehmer stellten aber die Bauern, die sich nun wenigstens teilweise am liberalen politischen Programm des „Vereinten Slowenien“ interessiert zeigten. In einem Bericht an den Innenminister über einen dieser tabori im Jahre 1870 heißt es, daß dieser *bei einer Betheiligung von beiläufig 8.000 Menschen ohne Anstand verlief . . . Von Laibach aus betheiligten sich . . . meist Mitglieder des hiesigen Turn-Vereins ‚Sokol‘.*

Damit ist ein weiterer Bereich angesprochen, der für die Integration und Motivation großer Teile der Bevölkerung in das politische Leben im weitesten Sinn und für die Artikulation politischer Standpunkte von eminenter Bedeutung war: das „unpolitische“ Vereinswesen. Lese- und Bildungsvereine, Gesangsvereine, Turnvereine, Vereine, die wirtschaftliche Zielsetzungen verfolgten (um nur ganz willkürlich einige herauszugreifen), sie alle trugen zur Verbreitung und zur Vertiefung nationalen, konfessionellen oder weltanschaulich gebundenen Gedankengutes bei. Erst wenn man berücksichtigt, in welchem Ausmaß das nationale Element bei Gesangs- und Turnvereinen gepflegt wurde (auf deutscher Seite ebenso wie auf nichtdeutscher), wie stark sich die lokalen Lesevereine und die nationalen *Matice* an der nationalen Bewußtwerdung vor allem der Slawen beteiligten, in welcher Weise die Schützenvereine „Sammelbecken der konservativen kaisertreuen Kräfte der Monarchie“ (F. Grieshofer) waren, welchen Einfluß die von kirchlichen Kreisen geführten Vereinigungen aller Art auf den Versuch hatten, eine Umgestaltung des gesamten öffentlichen Lebens im christlichen Sinne durchzuführen, wird man ermessen können, wie stark die Anteilnahme (vorderhand noch nicht die Teilnahme) der gesamten Bevölkerung an den Belangen des öffentlichen Lebens war und welcher Wandel diesbezüglich in den dreißig Jahren seit dem Ende des Vormärz Platz gegriffen hatte.

Literatur (in Auswahl):

Allmayer-Beck, Johann-Christoph, Der Konservatismus in Österreich, München 1959. – *Boyer, John W.*, Political Radicalism in late imperial Vienna. Origins of the Christian Social movement 1848–1897, Chicago 1981. – *Drabek, Anna M.*, Matice česká und Matice moravska – ihre Bedeutung für die kulturelle, nationale und gesellschaftliche Entwicklung der Tschechen im 19. Jahrhundert, in: Das Vereinsleben in den böhmischen Ländern. Tagung des Collegium Carolinum 27.–30. 11. 1983 (Druck in Vorbereitung). – *Grieshofer, Franz,* Vereinswesen in Österreich; in: Österreichischer Volkskundeatlas, Kommentar zur 5. Lieferung, Wien 1982. – *Harrington-Müller, Diethild,* Der Fortschrittsklub im Abgeordnetenhaus des österreichischen Reichsrats 1873–1910, Wien–Köln–Graz 1972. – *Heumos, Peter,* Agrarische Interessen und nationale Politik in Böhmen 1848–1889: Sozialökonomische und organisatorische Entstehungsbedingungen der tschechischen Bauernbewegung, Wiesbaden 1979. – *Katschnig-Fasch, Elisabeth,* Vereine in Graz. Eine volkskundliche Untersuchung städtischer Gruppenbindungen, phil. Diss. Graz 1976. – *Knoll, Reinhold,* Zur Tradition der christlich-sozialen Partei. Ihre Früh- und Entwicklungsgeschichte bis zu den Reichsratswahlen 1907, Wien–Köln–Graz 1973. – *Lewis, Gavin,* Kirche und Partei im politischen Katholizismus. Klerus und Christlichsoziale in Niederösterreich, Wien–Salzburg 1977. – *Paupié, Kurt,* Handbuch der österreichischen Pressegeschichte, 2 Bde., Wien 1960 und 1966. – *Schmitz, Georg,* Die Anfänge des Parlamentarismus in Niederösterreich. Landesordnung und Selbstregierung 1861–1873 (im Druck). – *Wandruszka, Adam,* Geschichte einer Zeitung. Das Schicksal der „Presse“ und der „Neuen Freien Presse“ von 1848 zur Zweiten Republik, Wien 1958. – 200 Jahre Tageszeitung 1783–1983, Festschrift, Wien 1983.

Marianne Lunzer

DIE SITUATION DER WIENER TAGESPRESSE

DIE PRESSERECHTLICHEN GRUNDLAGEN

Der blutige Oktober des Jahres 1848 hatte den Bestand der österreichischen Monarchie, die in den bewegten Tagen der Revolution hart an den Rand des Unterganges getrieben wurde, insoferne gesichert, als die durch die radikale Presse geprägten Schlagworte zunächst ihre Wirkung verloren. Ihre Forderungen nach „Pressefreiheit“ und „Konstitution“ gingen im Waffenlärm der Militärkamarilla unter, sie verstummten vor den Armeen des Fürsten Windischgrätz und des Banus Jelačić. Als warnendes Beispiel fielen die Journalisten Alfred Julius Becher und Hermann Jellinek einem grausamen Strafgericht zum Opfer. Beide waren Wortführer des „Radikalen“ gewesen – einem Blatt, das durch seine offene Polemik – „Wir wollen die demokratische Monarchie“ – in das Kreuzfeuer der konservativen Kräfte geraten mußte.

Der Sieg der Militärdiktatur brachte das „Verbot aller Zeitungen mit Ausnahme der offiziellen Mitteilungen in der amtlichen ‚Wiener Zeitung‘“. Diese Maßnahme galt für die Dauer des Belagerungszustandes, sie wurde durch Fürst Windischgrätz in den Hetzendorfer Proklamationen vom 23. Oktober und 1. November 1848 der Bevölkerung zur Kenntnis gebracht. Eine weitere Verfügung untersagte *bei augenblicklicher Verhaftung und Arreststrafe das Ausrufen und Verkaufen von Journalen auf offener Straße.* Haltung und Ton des periodischen Schrifttums bestimmte der Militärgouverneur Baron Welden. Kopfzerbrechen bereitete ihm die im Revolutionsjahr gegründete „Presse“ des August Zang. Fortgesetzte Differenzen führten schließlich zur vorübergehenden Einstellung dieser Zeitung während der Belagerung. Neue Einschränkungen enthielt der Erlaß des Ministeriums des Innern vom 20. Dezember 1848

(RGBl. Nr. 42), der *für jedermann das öffentliche Anschlagen von Plakaten und Flugschriften sowie das Austeilen und Verkaufen derselben* verbot. Desgleichen wurde der verantwortliche Redakteur oder der Herausgeber einer Zeitung zur *Abgabe eines Pflichtexemplars an die Behörden vor Beginn der Ausgabe* veranlaßt. Als die Buchdrucker sich nicht ausnahmslos daran hielten, keine Schriften revolutionären Inhalts zu drucken, kam es Anfang 1849 zur Sperrung verschiedener Druckereien und zur Forderung einer Kaution von 10.000 Gulden für die Herausgabe einer Zeitung.

Die Tagespresse durch finanzielle Belastungen unter Druck zu setzen – dafür sorgte die Preßordnung vom 27. Mai 1852 (RGBl. Nr. 122), deren harte Bestimmungen zehn Jahre das österreichische Zeitungswesen beherrschten (Repressivsystem). Das Schwergewicht ihrer Vorschriften lag u. a. auf dem System der Verwarnung und Beschlagnahme, des Konzessions- und Kautionszwanges, der Verbindlichkeit zur Hinterlegung von Pflichtexemplaren und der Verantwortlichkeit aller an der Zeitung Beteiligten (objektives Verfahren), mit deren Namensangabe jede zu versehen war. Gründe, die die Beschlagnahme oder den Konzessionsentzug einer periodischen Druckschrift nach sich zogen, formulierte § 22, Abs. 1. Er bot den Behörden ein weites Feld willkürlicher Auslegung und subjektiver Interpretation, denn *alles, was gegen die monarchische Regierungsform und die staatliche Einheit, gegen Religion, Sittlichkeit und öffentliche Ruhe verstieß*, galt als staatsfeindlich. Die unerfreuliche Fortsetzung der Preßordnung zeigte sich in der Wiedereinführung der Stempelpflicht (23. Oktober 1857) für politische, nichtamtliche Journale, die Ende des Jahres 1849 aufgehoben worden war. Nicht, um *Mißstände der Presse zu beseitigen,* wie es motiviert wurde, sondern als *neue Einnahmsquelle für die leere Staatskasse,* wie es Finanzminister Frh. von Bruck den Tatsachen entsprechend bezeichnete.

Die unverhältnismäßig hohen Ausgaben der Staatsführung für Polizei, Beamtenschaft und Militär hatten die finanziellen Kräfte des Staates überspannt und zu einer schweren Krise geführt, die durch den unglücklichen Feldzug in Italien verschärft wurde. Unzufriedenheit lastete auf weiten Bevölkerungsschichten, der Ruf nach einer Verfassung wurde immer deutlicher und erzwang eine Änderung in der Innenpolitik. So rigoros der Staat seine presserechtlichen Machtmittel auch einzusetzen wünschte, sie waren dennoch nicht imstande, vormärzliche Zensurverhältnisse wiederherzustellen. Das Rad der Zeit ließ sich nicht zurückdrehen, hingegen erwies sich die Fühlungnahme der Regierenden mit der öffentlichen Meinung als unerläßlich.

Die weitgreifenden Ereignisse des Jahres 1848 hatten einen Umschwung des Denkens herbeigeführt, nicht zuletzt durch die Öffentlichkeitsarbeit der radikalen Presse, vor allem der „Constitution“ des Leopold Häfner.

Als Erbe der Revolution begannen sich in den folgenden Jahren des Überganges von der absoluten zur konstitutionellen Monarchie (Neuabsolutismus) enge Beziehungen und Wechselwirkungen zwischen Tagespresse und öffentlichem Leben abzuzeichnen. Selbst Regierungsmitglieder scheuten sich nicht, Zeitungen für ihre politischen Ziele zu gewinnen, sie entweder in das offiziöse Fahrwasser zu lenken oder – als Volkspresse getarnt – zu subventionieren. Die Wichtigkeit einer schlagkräftigen Regierungspublizistik und eines funktionsfähigen Nachrichtenapparates wurde erkannt, als es galt, die auseinanderstrebenden Völker der Monarchie der staatlichen Einheit zu erhalten.

Es bedurfte dieser gespannten Krisensituation, um den Monarchen der „alten Schule“ zum völligen Bruch mit dem Absolutismus und dazu zu bringen, die Liberalen als seine – wie er bisher glaubte – größten Feinde in die Regierung zu berufen. Immer stürmischer erhob sich die Forderung nach einem, den konstitutionellen Einrichtungen entsprechenden Pressegesetz. Ritter von Schmerling löste das bei seinem Regierungsantritt (Februarpatent 1861) gegebene Versprechen einer Reform des Presserechtes ein. Das Ergebnis war das Pressegesetz vom 17. Dezember 1862 (RGBl. Nr. 6/63), das zwar nicht den Erwartungen entsprach, aber dennoch Gebrechen des Repressivsystems – Kaution, Konzession und polizeiliche Verwarnung – aufhob und den Weg zur Pressenovelle vom 15. Oktober 1868 (RGBl. Nr. 142) ebnete.

Diese schuf, basierend auf dem Staatsgrundgesetz vom 21. Dezember 1867 (Dezemberverfassung) *über allgemeine Rechte der Bürger der im Reichsrathe vertretenen Königreiche und Länder* die öffentlich-rechtliche Grundlage für eine relative Pressefreiheit. Dem Aufstieg der österreichischen Presse zu einem politischen Machtfaktor stand nichts mehr im Wege.

DIE VORMACHTSTELLUNG DER LIBERALEN PRESSE

Die Verfassungspartei vereinigte in ihren Reihen das durch Besitz und Bildung wohlhabende Bürgertum. Seine wirtschaftliche Vormachtstellung berechtigte es, alle Gebiete des öffentlichen Lebens – auch das Zeitungswesen – zu erfassen und neu zu gestalten. Die bürgerliche liberale Presse polemisierte gegen die Vorrechte der feudalen Gesellschaft, sie bekämpfte die ständische Ordnung und das traditionelle Denken. Der Auserwähltheit durch die Geburt wurde das Prinzip der persönlichen Leistung gegenübergestellt. Zwei Gesellschaftsalter, das aristokratisch-feudale und das bürgerlich-kapitalistische, fanden ihren Niederschlag im konservativen „Vaterland" und in der liberalen „Neuen freien Presse".

Die liberale Herrschaft als politische Instanz war nur von kurzer Dauer, ihre Presse jedoch blieb davon unberührt, sie überdauerte Niedergang und Verfall der Partei. Den Ton gaben jüdische Journalisten an. Friedländer („Neue freie Presse"), Landsteiner („Morgenpost") und Warrens („Journal des österreichischen Lloyd") waren ebenso jüdischer Herkunft wie Bacher, Benedikt („Neue freie Presse") und Szeps („Neues Wiener Tagblatt"). Den „Judenzeitungen" standen die katholischen Blätter als Minderheit und hoffnungslos im Hintertreffen gegenüber. Die fehlende Aktualität der Nachrichten trat besonders hervor. So zeigte sich der unter dem Einfluß von Kardinal Rauscher stehende „Österreichische Volksfreund" nur in kirchlichen Fragen als gut informiert. Desgleichen die „Wiener Kirchenzeitung", deren kämpferischer Antisemitismus zu zahlreichen Presseprozessen führte. Auf höchstens lokale Bedeutung beschränkten sich „Gegenwart", „Gemeindezeitung" und „Neuigkeitsweltblatt". Bemerkbare Mängel in der Berichterstattung hatten zur Folge, daß selbst Katholiken liberale Blätter bevorzugten. Zu den am meisten gelesenen zählten die „Neue freie Presse" und das „Neue Wiener Tagblatt". Die „Neue freie Presse" zu abonnieren, gehörte zum guten Ton, selbst dann, wenn man ihre Ansichten nicht teilen konnte.

Hervorgegangen 1864 aus der ebenfalls liberalen „Presse" des August Zang durch Redaktionsspaltung – Max Friedländer und Michael Etienne verließen die „Presse" wegen finanzieller Streitigkeiten –, vertrat die „Neue freie Presse" den großbürgerlichen Liberalismus. Betont deutschfreundlich, innenpolitisch zentralistisch eingestellt, journalistisch und technisch vollkommen, brachte sie es nach dem Eintritt Moritz Benedikts in die Redaktion zu Spitzenleistungen in jeder Sparte, auch im Bereich des Feuilletons, die ihre internationale Anerkennung als Weltblatt rechtfertigten.

Ohne ihr diesen Rang streitig zu machen, gelang es dem „Neuen Wiener Tagblatt", sie durch höhere Auflagen zu übertreffen. Verbreitung und Erfolg blieben jedoch auf die Monarchie und hier vor allem auf Wien beschränkt.

Als Nachfolge des „Wiener Journals" im März 1867 gegründet, wurde das „Neue Wiener Tagblatt" bereits im Juli 1867 von Moritz Szeps, der sich von der „Morgenpost" abgesetzt hatte, übernommen. Kronprinz Rudolf stand – sehr zum Verdruß seines kaiserlichen Vaters – durch freundschaftliche Beziehungen zu Moritz Szeps dem Blatt nahe, das den linken Flügel der Liberalen unterstützte und seine Unabhängigkeit von Regierungen und Parteien betonte. Seiner Zielsetzung gemäß, die Interessen weiter Bevölkerungskreise zu verfechten, führte es den Untertitel „Demokratisches Organ". Eine von Josef Schöffel erfolgreich angeführte Pressekampagne zur Erhaltung des Wienerwalds mag als eines der vielen Beispiele dafür gelten, welchen Einfluß gerade die liberale Presse auf das öffentliche Leben ausübte. Zweifellos hatte sie ein bemerkenswertes Klima politischer und kultureller Aufgeschlossenheit geschaffen. Ihre oft zitierte Mitschuld an der wirtschaftlichen Scheinblüte und dem daraus folgenden Zusammenbruch in den siebziger Jahren hingegen lag darin, daß sie – ganz im Sinne kapitalistischer Wirtschaftspolitik – die Verbreitung von Korruptionsaffären förderte. Immer offensichtlicher traten ihre Verbindungen zu Banken und Konzernen zutage. So gehörte die „Morgenpost" der Hypothekenbank, das „Neue Wiener Tagblatt" und die „Constitutionelle Vorstadtzeitung" gingen in den Besitz der Steyrermühl über, das „Fremdenblatt" in die Elbemühl AG. Die „Presse" Zangs wurde vom Wiener Bankverein und der Bodenkreditanstalt erworben. Nachweisen ließen sich Beziehungen der „Neuen freien Presse" zum Hause Rothschild und zur Creditanstalt. –

Das liberale Wirtschaftssystem forderte geradezu den Gegensatz zwischen Unternehmertum und Arbeiterschaft heraus. Das ungesicherte Industrieproletariat stand feindselig dem Großbürgertum gegenüber, es begann sich langsam in Gruppen zu organisieren.

Es drängt sich die Frage auf, ob die liberale Presse die Gefahr antiliberaler Strömungen erkannt hat. Wie sehr die „Neue freie Presse" diese unterschätzte, beweist die Tatsache der von ihr angebotenen Geldzuwendungen an das finanzschwache 1869 gegründete sozial-demokratische Wochenblatt „Die Volksstimme". Ebenso ging es der liberalen „Wiener Stadt- und Vorstadtzeitung" in ihrer Beilage „Die Arbeiterzeitung" darum, den vierten Stand wirtschaftlich zu unterstützen.

Die dem Liberalismus und Sozialismus gemeinsame materialistische Grundhaltung läßt die Vermutung zu, daß zunächst tatsächlich der Wunsch bestand, die sozial-demokratische Bewegung in das bürgerlich-liberale Lager einzugliedern. Das Trennende jedoch lag in der grundsätzlichen Verschiedenheit der wirtschaftlichen Auffassungen. Von Beginn an waren die mit finanziellen Schwierigkeiten und Konfiskationen belasteten und daher kurzlebigen sozial-demokratischen Blätter vor dem Hainfelder Parteitag 1889 („Volksstimme", „Volkswille", „Gleichheit") als Kampfpresse zu bezeichnen, die, auf sich selbst gestellt, Verbindungen zu anderen Bewegungen oder Parteien ablehnte.

Der Börsenkrach 1873 gab den Anstoß zu einem Klimaumschwung. Die soziologischen, wirtschaftlichen und politischen Veränderungen, die der Industrialisierungsprozeß verursacht hatte, bewirkten eine Emotionalisierung und Radikalisierung des politischen Denkens und Verhaltens – ein Umstand, dem die Parteienpresse des folgenden Zeitraums ihren endgültigen Durchbruch verdankte.

Literatur (in Auswahl):

Concordia. Eine Festschrift des Journalisten-Schriftstellervereins 1859–1909, Wien 1909. – *Endler, Franz,* Österreich zwischen den Zeilen. Die Verwandlung von Land und Volk seit 1848 im Spiegel der „Presse", Wien–München–Zürich 1973. – *Fuchs, Albert,* Geistige Strömungen in Österreich 1867–1918, Wien 1949. – *Groth, Otto,* Die Zeitung, 2 Bde., Berlin–Mannheim 1928. – *Harum, Peter,* Die gegenwärtige österreichische Pressegesetzgebung, Wien 1857. – *Helfert, Josef Alexander,* Die Wiener Journalistik im Jahre 1848, Wien 1877. – *Hautmann, Hans – Kropf, Rudolf,* Die österreichische Arbeiterbewegung vom Vormärz bis 1945, Wien 1974. – *Junker, Karl,* Die Aufhebung des Zeitungsstempels und die österreichische Presse, Wien 1901. – *Lienbacher, Georg,* Historisch-genetische Erläuterungen des österreichischen Pressegesetzes, Wien 1863. – *Liszt, Franz,* Lehrbuch des österreichischen Preßrechts, Leipzig 1878. – *Lunzer, Marianne,* Die Umstellung in der österreichischen Pressepolitik – die Verdrängung der negativen Methoden durch positive. Vom Zeitungsverbot im Oktober 1848 bis zum endgültigen Ausbau eines organisierten Presseapparates im Jahre 1870, Habilitationsschrift, Wien 1953. – *Lunzer, Marianne,* Der Versuch einer Presselenkung in Österreich 1848 bis 1870, Wien 1954. – *Lunzer, Marianne,* Parteien und Parteienpresse im wirtschaftlichen und gesellschaftlichen Wandel des 19. Jahrhunderts, in: 200 Jahre Tageszeitung in Österreich 1783–1983, hg. von *Franz Ivan, Helmut W. Lang und Heinz Pürer,* Wien 1983. – *Mayer, Anton,* Wiens Buchdruckergeschichte 1482–1882, Wien 1883. – *Miersch, Klausjürgen,* Die Arbeiterpresse der Jahre 1869–1889 als Kampfmittel der österreichischen Sozialdemokratie, Wien 1960. – *Neck, Rudolf,* Arbeiterbewegung und soziale Frage 1848–1916, in: *Engel-Janosi, Friedrich – Rumpler, Helmut,* Probleme der Franzisko-Josephinischen Zeit 1848–1916, Bd. 1, Wien 1967. – *Paupié, Kurt,* Handbuch der österreichischen Pressegeschichte 1848–1959, Bd. 1, Wien, Wien 1960, Bd. 2, Die zentralen pressepolitischen Einrichtungen des Staates, Wien 1965. – *Winckler, Johann,* Die periodische Presse Oesterreichs. Eine historisch-statistische Studie, Wien 1875. – *Zenker, Ernst Victor,* Geschichte der Journalistik in Österreich, Wien 1900.

DER STAAT NACH AUSSEN

Heinrich Lutz

DIE STELLUNG DER HABSBURGER MONARCHIE IN EUROPA

I.

Als Kaiser Franz Joseph die Regierung antrat, waren durch die revolutionären Bewegungen sowohl die inneren Verhältnisse wie die außenpolitische Situation der Monarchie in Frage gestellt. Beide Seiten der politischen Entwicklung standen in engem Zusammenhang. Für eine Vielvölker-Monarchie bedeutete die revolutionäre Zuspitzung der Nationalidee nicht nur eine interne Zerreißprobe. Vielmehr betraf die Frage nach der künftigen Gestaltung des Zusammenlebens der Nationalitäten in dem dynastisch entstandenen Staat der Habsburger unmittelbar die Stellung dieses Staates in Europa. Und ebenso waren die Entscheidungen hinsichtlich der verfassungsrechtlichen und der sozioökonomischen Entwicklung der Monarchie, die 1848/49 fielen oder sich anbahnten, von größter Bedeutung für die weitere Rolle, die Österreich als eine der europäischen Großmächte im Staatensystem wie im Wirtschaftsleben des Kontinents spielen werde. Die vielschichtigen Zusammenhänge von Innen- und Außenpolitik werden von der heutigen Forschung mit Recht betont. Sie verdienen im Falle der Habsburger Monarchie aufgrund ihrer eigentümlichen ethnischen, verfassungsrechtlichen und sozialen Probleme im Hinblick auf die allgemeinen Wandlungs- und Modernisierungsprozesse der zweiten Hälfte des 19. Jahrhunderts besondere Beachtung.

Unter den Entscheidungsfragen, die der bisherige Gang der Revolution dem jungen Herrscher und seinem Ministerpräsidenten, Fürst Felix zu Schwarzenberg stellte, stand Ende 1848 an erster Stelle die deutsche Frage. Das Ringen um neue Formen deutscher Einheit und Staatlichkeit betraf nicht nur die Habsburger-Monarchie als Staat und als bisherige Präsidialmacht des Deutschen Bundes, der seit 1815 anstelle des früheren römisch-deutschen Kaiserreichs Mitteleuropa in lockerer, föderativer Form zusammenfaßte. Der revolutionäre Ruf nach deutscher Einheit und Freiheit hatte auch die deutsche Bevölkerung der Monarchie erfaßt. In der Frankfurter Paulskirche war das erste gewählte gesamtdeutsche Parlament zusammengetreten. Dort saßen und verhandelten auch die Abgeordneten der deutschen Provinzen Österreichs. An der Spitze der provisorischen Zentralgewalt in Frankfurt, deren Kompetenz sich auf alle Gebiete des bisherigen Deutschen Bundes erstreckte, stand Erzherzog Johann als Reichsverweser. Wie sollte die künftige Stellung Österreichs in einem oder zu einem deutschen Nationalstaat sein? So betraf die deutsche Frage ebenso die inneren Verhältnisse der Monarchie wie ihre Stellung als europäische Macht.

Die Forderung des Paulskirchenparlaments ging dahin, daß die deutschen Gebiete Österreichs dem neuen Nationalstaat angehören und ihr Zusammenhang mit den nichtdeutschen Gebieten nur durch die Person des Kaisers hergestellt werde (Personalunion). Dagegen stellte die österreichische Regierung unter Schwarzenberg die ebenso radikale Gegenforderung: Gesamteintritt der Monarchie, auch mit ihren nichtdeutschen Teilen, in den neuen staatlichen Verband. Das sollte, auch als einheitliches Zoll- und Wirtschaftsgebiet, ein mächtiges „70-Millionen-Reich" in der Mitte Europas ergeben, mit der Sicherung des österreichischen Führungsanspruches über Preußen und mit der Festigung des deutschen Elementes innerhalb eines autoritär und zentralistisch regierten Österreich. Im Wiener Ministerrat vom 12. Dezember 1848 entwickelte Schwarzenberg dies Projekt, dem der Kaiser zustimmte: *Bei Festhaltung der Idee, daß die sämtlichen zur österreichischen Monarchie gehörigen Provinzen untrennbar zu einem großen Reiche vereinigt bleiben sollen, könne von einer Vereinigung der bloß deutschösterreichischen Länder mit Deutschland, die nur zur Zerstückelung Österreichs führen würde, keine Rede sein. Vielmehr müsse Österreich in seiner Gesamtheit als wahre europäische Großmacht im eigenen und im wohlverstandenen Interesse Deutschlands selbst dem deutschen Staatenbunde beitreten.*

Dies Projekt eines mitteleuropäischen „70-Millionen-Reiches" entsprach den Machtinteressen Österreichs und war in wirtschaftlicher Hinsicht modern und suggestiv. Mit den Zielen der deutschen Bewegung von 1848, auch der gemäßigt liberalen Gruppen, war es unvereinbar, denn es hätte den Verzicht auf den Nationalstaat und auf seine freiheitliche Ausgestaltung bedeutet. Als die revolutionäre Bewegung 1849 gescheitert war, hoffte man in Wien, mit den antirevolutionären Regierungen, die jetzt in den deutschen Einzelstaaten wieder die Macht hatten, einig zu werden, insbesondere mit Preußen. Doch Preußen wollte nicht. Zwar mußte Berlin sein kleindeutsches Unionsprojekt angesichts des österreichischen und russischen Widerstandes aufgeben. Aber als 1851 nochmals über die österreichischen Forderungen nach Gesamteintritt und Bundesreform verhandelt wurde, zog Preußen schließlich vor, daß der Deutsche Bund unverändert und unreformiert wieder ins Leben gerufen wurde. Die österreichische Führung war von diesem Ergebnis umso mehr enttäuscht, als auch die weiteren Verhandlungen über deutschösterreichische Zoll- und Wirtschaftsvereinbarungen am Widerstand Preußens scheiterten. Der restaurierte Bundestag in Frankfurt wurde nun zunehmend zur Bühne des preußisch-österreichischen Dualismus, ohne daß die Bemühungen der deutschen Mittelstaaten um Ausgleich und Reform Erfolg hatten.

Auch hinsichtlich der Stellung Österreichs in Italien hatte das Scheitern der Revolution ähnliche Resultate gebracht. Äußerlich hatten die Siege Radetzkys die österreichische Macht in Lombardo-Venetien wiederhergestellt. Die Herrschaft des Papstes im Kirchenstaat, der Bourbonen in Parma und Neapel, der habsburgischen Großherzöge in Florenz wurde restauriert. Das Königreich Piemont-Sardinien, das sich 1848 an die Spitze der revolutionären Nationalbewegung gestellt hatte, war in seine Schranken zurückgewiesen und der neue König Viktor Emanuel II. mußte sich dem wiederhergestellten habsburgischen Machtsystem fügen. Liberale Versprechungen, wie das von Franz Joseph zunächst zugesagte konstitutionelle Statut für Lombardo-Venetien, wurden nicht eingelöst. Gleichzeitig mit dem Ende der innerösterreichischen Verfassungshoffnungen und mit dem Ausbau des Neoabsolutismus verschärfte sich die Unterdrückung der freiheitlichen Kräfte in Italien (ausgenommen Piemont). „Mit dem Fehlschlag einer liberalen und nationalen Lösung in Italien stimmte die Beendigung aller analogen Hoffnungen in Deutschland, Österreich und Ungarn überein" (S. Furlani). Aber die Wiederherstellung der österreichischen Vorherrschaft war nicht von Dauer. Unter der Decke bereitete sich die nächste Erhebung der Nationalbewegung gegen Österreich und für die ‚Italia unita' vor.

Weniger eindeutig waren die Ergebnisse der Revolution im Hinblick auf das Verhältnis Österreichs zur slawischen Welt. Das Jahr 1848 hatte bemerkenswerte Ansätze eines Panslawismus gebracht. Die tschechische Nationalbewegung kam zur Geltung und nahm Verbindung mit Rußland auf, von Belgrad gingen großserbische Impulse aus, die südslawische Idee machte sich in Kroatien und anderswo bemerkbar. Wesentlich war das Verhalten des zaristischen Rußland. Zar Nikolaus I. begrüßte und unterstützte die Niederwerfung der Revolution. Bekanntlich entschied die von Wien angerufene Waffenhilfe Rußlands den Sieg über die republikanische ungarische Armee. Das neoabsolutistische Österreich konnte also mit der Solidarität des autokratischen Zarentums rechnen. Mit Rußland und dem postrevolutionären Preußen schien sich jenes Bündnis der drei konservativen Monarchien zu erneuern, das für Metternichs Europa kennzeichnend gewesen war. Doch die Zeiten hatten sich geändert. Durch die Freiheitsbestrebungen der christlichen Balkanvölker und die macht- und ideenpolitisch geleitete Expansion Rußlands gegen die Türkei kam nach 1848 eine immer stärkere Bewegung in die Verhältnisse Südosteuropas. Die „Orientalische Frage", d. h. die Frage nach der Auflösung des osmanischen Reiches und der staatlichen Neugestaltung der Balkanländer, verschwand seitdem nicht mehr von der Tagesordnung. So standen die österreichisch-russischen

Beziehungen seit 1849 im Zeichen zweier widersprüchlicher Bezugssysteme. Hinsichtlich der Aufrechterhaltung einer autoritären und antirevolutionären Herrschafts- und Gesellschaftsordnung in Mitteleuropa war man sich einig und schätzte sich gegenseitig als Verbündete. Im Hinblick auf die „Orientalische Frage“ (und auf das Schicksal der Slawen in Österreich) zeichneten sich zunehmend Probleme und Konflikte ab.

Was England und Frankreich anging, so hatten sich schon lange vor 1848 Differenzen zwischen den drei konservativen Monarchien des Ostens und den zwei westeuropäischen Großmächten gezeigt, die in ihrer innen- und außenpolitischen Entwicklung andere, liberalere Wege gingen. Diese Zweiteilung innerhalb der Pentarchie – der „Fünferherrschaft“ – der großen europäischen Mächte war durch die Ergebnisse der Revolution nicht aufgehoben, aber doch verändert worden. England ging weiter in der Demokratisierung seiner Gesellschaft und Verfassung. Der englische Prinzgemahl Albert und Queen Victoria zeigten Sympathien für eine preußisch-kleindeutsche Lösung der deutschen Frage. Beides stärkte das Mißtrauen der herrschenden Kreise Österreichs gegen England. Komplizierter lagen die Dinge zwischen Wien und Paris. Einerseits war die Ablehnung aller, noch 1849/50 in Frankreich bestehenden Errungenschaften der Revolution für Wien selbstverständlich. Schwarzenberg schrieb im November 1850 dem preußischen Ministerpräsidenten v. Manteuffel: *Der unmögliche französische Constitutionalismus mit all seinen Mißgeburten, wie Volksvertretung, Preßfreiheit, Geschworenengericht, Vereinsrecht, an denen die Menschheit noch einmal verbluten wird . . .* Deshalb begrüßte man am Ballhausplatz den Aufstieg Louis Napoleons und akzeptierte sogar seine Proklamation zum Kaiser Napoleon III. Man sah in ihm den Überwinder der Revolution und den Garanten „geordneter“, d. h. autoritärer Zustände in Frankreich. Andererseits blieb nicht verborgen, daß der neue französische Herrscher sowohl an die Großmachtspolitik wie an das Nationalitätenprinzip Napoleons I. anknüpfen wollte. Das mußte vor allem eine unmittelbare Bedrohung der österreichischen Herrschaftspositionen in Italien bringen. So war im neuartigen Zusammenwirken machtpolitischer, gesellschaftspolitischer und ideenpolitischer Faktoren das europäische Staatensystem, in dem Österreich als wiederhergestellte Großmacht seit 1849/50 eine so bedeutende Rolle spielte, trotz scheinbarer Stabilität von schwer berechenbaren Bewegungselementen gekennzeichnet.

II.

Wie labil die europäische Gesamtlage war und wie rasch neue Frontstellungen entstehen konnten, die Österreich Schwierigkeiten brachten, zeigte der Krimkrieg. Ein seltsamer Krieg, an dem die Monarchie schließlich keinen direkten Anteil nahm, der aber weitreichende Folgen für die Umgestaltung des europäischen Kräftefeldes hatte und auch die anschließenden Entscheidungen in der italienischen und in der deutschen Frage zuungunsten Wiens beeinflußte.

Auf der einen Seite kämpfte Rußland, auf der anderen Seite die Westmächte England und Frankreich, denen sich Piemont-Sardinien anschloß. Hauptkriegsschauplatz war die Krim. Es ging im Großen um die Aufteilung oder Erhaltung der Türkei, um die Vorherrschaft am Balkan und im östlichen Mittelmeer wie um die Kontrolle der Meerengen durch Rußland. Der Zar hatte seine Ansprüche als Protektor der orthodoxen Christen in der Türkei zum Anlaß von Forderungen genommen, denen sich der Sultan widersetzte. England und dann auch Frankreich traten für die Integrität der Türkei ein. Das war der Anlaß zum Krieg gewesen. Alsbald besetzte Rußland die Donaufürstentümer und schlug die türkische Flotte. Nun war die Frage nach der Parteinahme Österreichs und des Deutschen Bundes gestellt.

In Wien lag seit dem Tode Schwarzenbergs 1852 die Führung der Außenpolitik in der Hand des Grafen Buol-Schauenstein; er konnte sich weder an Energie noch an Einfluß auf den jungen Kaiser mit seinem Vorgänger messen. Die führenden Kreise Österreichs waren sich uneins, wie die Monarchie aus der Konfliktsituation am meisten Gewinn ziehen sollte. Diese internen Meinungsunterschiede sind aufschlußreich.

„Graf Buol-Schauenstein . . . hielt die Gelegenheit für gekommen, das Werk des Prinzen Eugen zu vollenden und die Herrschaft Österreichs über den benachbarten Balkan auszudehnen, an dem Untergang des osmanischen Reiches in Europa mitzuarbeiten und mitzuverdienen. Die Generale, vorab der alte Radetzky, näherten sich diesem Standpunkt und glaubten, Österreich könne sich nach einer Verständigung mit Rußland, Serbien, Bosnien, Albanien und Westmazedonien aneignen. Die typischen Vertreter des liberalen Absolutismus, Bach, Bruck, Hübner, Prokesch-Osten, wollten die größere Gefahr in Rußlands Machstreben erkennen und sie durch Zusammengehen mit den Westmächten bannen. Die Schule Metternichs verteidigte die alte mitteleuropäische These, die Erhaltung der Türkei als einer europäischen Notwendigkeit und Vorbedingung konservativer Ordnung, als eines Bollwerkes gegen imperialistische Umsturzideen und eines Glacis der Monarchie, befürwortete das Zusammengehen mit dem Deutschen Bund, als Voraussetzung, um der Machtentfaltung Rußlands und der Westmächte wirksam Einhalt gebieten zu können. Dieser Meinung war auch schließlich der dreiundzwanzigjährige Kaiser, der den Lehren des aus dem Exil zurückgekehrten Fürsten Metternich in alter Anhänglichkeit sein Ohr lieh" (Hugo Hantsch).

Der Angelpunkt für eine erfolgreiche Durchführung dieser Politik lag in der Unterstützung seitens des Deutschen Bundes. Nur sie hätte dem weiteren Vorgehen Österreichs – ob friedlich oder kriegerisch – den nötigen Rückhalt geben können. Zunächst schien Preußen zu einer Kooperation bereit. Im April 1854 schlossen die beiden Staaten ein „Schutz- und Trutzbündnis" für die Dauer des Krieges. Bei dem Streit um die Auslegung dieses Vertrages bzw. um den Beitritt aller deutschen Bundesstaaten, der sich über die folgenden Monate erstreckte, trat zum erstenmal der Einfluß Bismarcks in Erscheinung, der als preußischer Gesandter am Frankfurter Bundestag immer schärfer den österreichischen Bestrebungen entgegentrat. Er sah in dem Vertrag die Möglichkeit, durch eine neutralistische Ausdeutung eine Solidarisierung von Preußen mit den anderen Bundesstaaten und damit die Isolierung Österreichs im Bunde herbeizuführen: *Die Konvention mit Österreich wird den Beifall der deutschen Regierungen in dem Maße haben, als sie Garantien gegen die Wiener Kriegsbestrebungen bietet, und man wird von uns erwarten, daß wir diese Garantien handhaben.*

Die weitere Politik Österreichs im Krimkrieg ist sehr unterschiedlich beurteilt worden. Vermutlich war es Buols durchgehendes Ziel, ohne Kriegseintritt die Positionen Österreichs durch eine bewaffnete Neutralität und durch Vermittlung nach beiden Seiten hin auszubauen. Das Gegenteil trat ein. Im Laufe des Jahres 1854 näherte sich Österreich den Westmächten und schloß am 2. Dezember einen „Allianzvertrag". Er wurde durch ein Geheimabkommen ergänzt, in dem sich England und Frankreich zur Aufrechterhaltung des Status quo in Italien für die Dauer der orientalischen Krise verpflichteten. Man bemerkt schon hier die Sorge Wiens vor einem Wiederaufleben der italienischen Nationalbewegung mit Hilfe der Westmächte. Weiterhin besetzte Österreich die (von Rußland geräumten) Donaufürstentümer und ließ starke Armeeverbände an der Grenze zu Rußland aufmarschieren, wodurch entsprechende russische Kräfte gebunden wurden.

Diese Wendung Österreichs zu den Westmächten erleichterte Preußen die neutralistische Solidarisierung mit den deutschen Bundesstaaten. Im Januar 1855 kündigte Buol den deutschen Regierungen an, daß Wien demnächst die Mobilisierung des halben Bundeskontingents vorschlagen werde. „Diese Politik des Grafen Buol, die den großen Krieg wenigstens ins Kalkül einbezog, gab Preußen in Verbindung mit Bayern die Chance, die legitime Interessenvertretung der deutschen Staaten am Bundestag gegen die Präsidialmacht zu übernehmen" (W. Bußmann). Wie legitim diese Interessen waren, kann dahingestellt bleiben. Jedenfalls war es ein erheblicher und zukunftsträchtiger politischer Sieg Preußens gegen Österreich, daß der Bundestag am 8. Februar entgegen dem österreichischen Antrag eine erhöhte Kriegsbereitschaft „in jeder Richtung" beschloß. Damit hatte Berlin auch eine deutliche Distanzierung von der antirussischen Politik Wiens vorgenommen. Langfristig konnte Preußen nun umsomehr mit russischer Rückendekkung rechnen, als man in St. Petersburg Österreich in emotionaler Weise Undank für die Hilfe von 1849 vorwarf. So war die Solidarität der drei konservativen Ostmächte zu Ende, ohne daß Österreich durch einen Kriegseintritt an der Seite der Westmächte von ihrem Sieg über Rußland profitiert hätte.

Die militärischen Erfolge der Westmächte, die durch Österreichs Truppenaufmarsch erleichtert, wenn nicht ermöglicht worden waren, führten im März 1856 zum Frieden von Paris. Nicht Österreich als „bewaffneter Vermittler", sondern Napoleon III. erntete die Früchte des Friedens. Napoleon erschien seitdem als Schiedsrichter und stärkster Faktor in Europa; er brachte sogleich eine Annäherung mit dem geschlagenen Rußland zustande. Österreich hatte Ansehen und Vertrauen auf beiden Seiten eingebüßt. Preußen gewann neue Aktionsmöglichkeiten zwischen Ost und West. Im Deutschen Bund hatte sich erstmals bei einer großen europäischen Entscheidung die überwiegende Übereinstimmung der Interessen des außerösterreichischen Deutschland mit der preußischen Politik ergeben. Angesichts der komplizierten innerpreußischen Machtverhältnisse war von einer energischen Reaktivierung der kleindeutschen Ziele Berlins damals noch nicht die Rede. Doch die Erwartungen Wiens, auf der Linie von Schwarzenbergs seinerzeitigem „70-Millionen-Projekt" die Kräfte der deutschen Staatenwelt für eine europäische Großmachtpolitik mobilisieren zu können, waren gescheitert. Und an diesem Scheitern hatte Otto von Bismarck erheblichen Anteil.

III.

Aus der Konstellation des Krimkrieges folgte wenig später eine neue Krise und Umwälzung, die Österreichs Stellung empfindlich traf, die deutsche Frage in Bewegung brachte und die europäische Landkarte veränderte. Im Gegensatz zum Krimkrieg war der italienische Krieg 1859/60 kein Kabinettskrieg alten Stiles mehr; es handelte sich um einen Krieg der nationalen Einigung mit teilweise revolutionären Vorzeichen und Erscheinungsformen.

Piemont hielt weiter an seinem Ziel fest, Italien unter seiner Herrschaft zu einigen. Da es als einziger italienischer Staat nach 1848 seine konstitutionelle Verfassung beibehalten hatte, bedeutete die Politik Turins eine ständige Bedrohung für die österreichische Herrschaft in Italien. Demgegenüber versuchte Wien, die historische Belastung, die seine absolutistische Herrschaft darstellte, durch eine Betonung liberaler Komponenten und durch den Appell an die wirtschaftlichen Interessen Italiens zu verringern. Im Zusammenhang mit Zollverhandlungen zwischen Wien und dem Herzogtum Modena entwickelte der Handelsminister Bruck 1857 das Projekt der Errichtung eines „einheitlichen Zollgebietes", das die Staaten des Deutschen Bundes, das österreichische Kaiserreich und sämtliche italienische Staaten mit Ausnahme Piemonts umfassen sollte. Auch hier zeigt sich das Weiterleben der Schwarzenbergschen Idee eines großräumigen politisch-wirtschaftlichen Zusammenschlusses, – dazu der Versuch, der von Turin geschürten Nationalbewegung durch das Angebot eines größeren und günstigeren Rahmens für Handels- und Wirtschaftsfreiheit den Wind aus den Segeln zu nehmen. Doch von Turin aus gelang es, das Projekt zu Fall zu bringen.

Der piemontesische Ministerpräsident Graf Cavour stand zu dieser Zeit schon in enger Verbindung mit Napoleon III., um gegen Österreich eine nationale Neuordnung Italiens herbeizuführen. Napoleon wollte allerdings keinen nationalen Einheitsstaat. Das Königreich beider Sizilien und die weltliche Herrschaft des Papstes im Kirchenstaat sollten erhalten bleiben. Ein Staatenbund unter dem Präsidium des Papstes sollte diese Gebiete mit einem neu zu bildenden starken Königreich in Oberitalien (unter Viktor Emanuel II.) und der Toskana vereinigen. Der Krieg der verbündeten Franzosen und Piemontesen gegen Österreich wurde im Frühjahr 1859 durch ein Ultimatum Wiens an Turin ausgelöst. Vor der europäischen Öffentlichkeit hatte Österreich damit die Rolle des Aggressors auf sich genommen. Noch schwerer wogen die militärischen Niederlagen der österreichischen Armee bei Magenta und Solferino. Denn nun war es zu spät, von seiten des Deutschen Bundes militärisch zugunsten des Kaiserstaates einzugreifen. Die Stimmung in Süddeutschland, aber auch in Teilen der preußischen Bevölkerung und der Führungsschichten in Berlin, war antifranzösisch. Ein Kriegseintritt des Bundes hätte freilich das Risiko einer Ausweitung des Krieges (gegen Frankreich am Rhein) gebracht und wohl bestimmte Konzessionen Wiens an Berlin vorausgesetzt.

Derartige Entwicklungen wurden aber durch eine rasche Verständigung zwischen Kaiser Franz Joseph und Napoleon III. abgeschnitten. Der Vorfriede von Villafranca (11. Juli) und der Friede von Zürich (10. November) brachten den Verzicht Österreichs auf die Lombardei und auf die habsburgischen Sekundogenituren in der Toskana und in Modena. Damit war aber die italienische Frage noch nicht gelöst. Regionale revolutionäre Bewegungen und der Volkskrieg Garibaldis in Sizilien und Unteritalien führten zu einer totalen Umgestaltung. Viktor Emanuel II. konnte 1860 die ganze Halbinsel außer einem stark verkleinerten Kirchenstaat und Venetien zum ‚Regno d'Italia' vereinigen. Das bedeutete für Österreich viel mehr als nur das Ende der Hegemonie über Italien. Die europäische Machtstellung der Monarchie war ab jetzt vor allem auf die Ausgestaltung des Einflusses im Deutschen Bund angewiesen. Diese Interessenverlagerung traf aber sogleich mit der neuen Aktivität der kleindeutschen Nationalbewegung zusammen: unter dem Eindruck der italienischen Erfolge und in der Hoffnung auf die liberale „Neue Ära" in Preußen entfaltete der 1859 gegründete Deutsche Nationalverein eine umfassende Tätigkeit im Sinne der preußischen Führung und des Ausschlusses Österreichs. Andererseits bedeutete die Niederlage von 1859 auch das Ende des österreichischen Neoabsolutismus. Seit 1860 konnte das Kaiserreich als Verfassungsstaat mit liberalen Errungenschaften in das Ringen um die Neugestaltung der deutschen Dinge eintreten.

IV.

Überblickt man die recht komplexen Verläufe der Entscheidungsprozesse zwischen Wien, Berlin und den deutschen Mittelstaaten einerseits sowie andererseits die französische, russische und italienische Politik gegenüber dem Ringen um die Neugestaltung Mitteleuropas bis 1866, so ist dem biographischen Element eine erhebliche Bedeutung nicht abzusprechen. In Frankreich vereinigte Napoleon III. die Macht in seiner Hand. Gestützt auf ein gutes Verhältnis zu Rußland wie zu England und Italien, hat er bis zu den Entscheidungen von 1866 die energischen Züge der preußischen Politik, die auf eine Eindämmung von Einfluß und Macht Österreichs zielten, mit Sympathie verfolgt. Erst nach 1866 – im Zeichen des Schlagwortes „Rache für Sadowa" – setzte in Frankreich die Beunruhigung über einen weiteren Aufstieg Preußens zur hegemonialen Macht in der Mitte Europas ein. In Rußland verfolgte Zar Alexander II. eine Politik engen Einvernehmens mit dem ihm verwandten preußischen Königshaus. Seine Sympathien für die deutschen Mittelstaaten, bekräftigt gleichfalls durch dynastische Verbindungen mit Hessen und Württemberg, waren spürbar, standen aber schließlich einer kleindeutschen Lösung nicht im Wege. Österreich dagegen hatte von Rußland, dessen Balkaninteressen und dessen slawische Ideenpolitik stets weitergriffen, wenig Rückhalt zu erwarten. Umsoweniger, als sowohl der Wandel der Monarchie zum Verfassungsstaat seit 1860 wie auch die damit verbundene Neuartikulation der seit 1849 verstummten ungarischen Interessen neue Gegensätze mit sich brachten.

Von größter Bedeutung für die europäische Stellung der Monarchie wurde die Tatsache, daß die Politik Preußens seit 1862 von Bismarck geleitet wurde. Gegenüber der zwischen Großmachtsgedanken und traditioneller, auch gesellschaftspolitisch unterbauter Loyalität zur habsburgischen Kaisermacht schwankenden Orientierung König Wilhelms I. und vieler Angehöriger der preußischen Führungsschicht entwickelte der neue Ministerpräsident Zug um Zug eine ebenso zielstrebige wie elastische Politik antiösterreichischer Machtsteigerung. Es ist umstritten, ab wann Bismarck und die militärischen Chefs (Moltke, Roon) eine kriegerische Lösung im Ringen mit Österreich um die Vorherrschaft in Deutschland für zweckmäßig, dann für notwendig hielten. Unbestritten ist, daß die von ihm verantwortete preußische Politik die Ausschaltung der Monarchie aus „Deutschland" anstrebte. Und was die Konsequenzen für Österreich angeht, so dürfte es – hier vorgreifend auf die Ereignisse bis 1871/79 – ebenfalls unbestritten sein, daß das Gelingen dieser Ausschaltung und der damit verbundene umfassende Wandel des politischen Systems in Europa die einschneidendste Veränderung für die Existenzbedingungen der österreich-ungarischen Monarchie brachte.

Der politischen Kraft und Berechnung eines Bismarck stand in Wien als Außenminister Graf RECHBERG gegenüber. Er bemühte sich fortgesetzt um eine Linie des Einvernehmens mit Preußen. Dabei konnte sich Österreich zu einer eigentlichen „Einflußteilung" mit Berlin nicht entschließen; die Rücksichtnahme auf die deutschen Mittel- und Kleinstaaten, die in vielfacher Hinsicht als natürliche Bundesgenossen Wiens gelten konnten, wurde aber der angestrebten Partnerschaft mit Preußen doch immer wieder untergeordnet. Auch die genaue Beobachtung und Ausnutzung der europäischen Machtkonstellationen, die für Bismarck selbstverständlich war, gehörte nicht zu Rechbergs starken Seiten. Weiterhin ist die latente Finanzkrise der Monarchie durchgehend in Rechnung zu setzen, die schon in den 50er Jahren das Militärbudget und damit die politisch-militärische Aktionsfähigkeit beeinträchtigt hatte. Hinter der langfristigen Schwäche der Staatsfinanzen wird – das sei hier nur angedeutet – das Zurückfallen der wirtschaftlichen Entwicklung der Monarchie aufgrund schlechterer Standortbedingungen und gesellschaftlicher Rückständigkeiten in den gesamteuropäischen Industrialisierungsvorgängen gerade der 50er und 60er Jahre bemerkbar.

Noch einmal unternahm Österreich einen großangelegten Versuch, durch eine Reform des Deutschen Bundes seine Stellung in Deutschland und damit in Europa auf den alten Grundlagen von 1815, nun mit liberalen Elementen erweitert, auszubauen. 1862 äußerte sich Franz Joseph zu dem Präsidenten des in Wien tagenden deutschen Juristenverbandes: *Ich bin vor allem Österreicher, aber entschieden deutsch und wünsche den innigsten Anschluß an Deutschland.* Das Reformprogramm, das der Kaiser 1863 auf einem Fürstentag in Frankfurt vorlegte, bedeutete eine Verstärkung der bundesstaatlichen gegenüber den staatenbündischen Elementen. Es war geeignet, nicht nur den Beifall der um den Kaiser versammelten deutschen Fürsten zu finden, sondern wollte auch den nationalen Wünschen, vor allem den großdeutsch-liberalen Hoffnungen, entgegenkommen: ein mehrköpfiges Direktorium an der Spitze des Bundes, ein Bundesgericht, eine Verstärkung der Exekutivgewalt, auch ein Bundesparlament (aus Vertretern der Länderparlamente). Das großdeutsch-österreichische Projekt scheiterte vor allem an Bismarck, der dem preußischen König für den Fall von dessen Zustimmung seinen Rücktritt androhte. So verlagerte sich die deutsche Frage wieder auf die direkte Konfrontation zwischen Preußen und Österreich.

Eine letzte Gelegenheit zum Zusammenwirken von Berlin und Wien im deutschen und europäischen Interesse bot 1864 die schleswig-holsteinische Frage. Und sie wurde dann 1866 auch der Anlaß zum Krieg. Man fragt sich, wie eine so entlegene Frage zentrale Bedeutung für die österreichische Außenpolitik gewinnen konnte. Die Antwort ist in der engen Verstrickung von deutscher und europäischer Politik, von nationalen Impulsen und Staatsräson zu suchen, die den Streitfall zwischen Dänemark und den deutschen Mächten kennzeichnete. 1848/52 hatte eine prodänische Front der europäischen Mächte die Abtrennung der Herzogtümer Schleswig und Holstein verhindert. Als der neue dänische König Christian IX. 1863 die vertraglich durch das Londoner Protokoll (1852) gesicherten Sonderrechte der beiden Herzogtümer aufhob, erhob sich ein Sturm nationaler Empörung, der Großdeutsche und Kleindeutsche, Liberale und Konservative zusammenführte. Rechberg suchte, obwohl Preußen eben die Frankfurter Initiative zunichte gemacht hatte, nun doch die Verbindung mit Berlin: Österreich ließ sich von Bismarck zu einer Sonderpolitik gegenüber Dänemark verleiten. Zwar brachte der gemeinsame Feldzug österreichischer und preußischer Truppen 1864 einen kompletten Sieg über die dänische Armee und im Friedensvertrag mußte Christian IX. die Herzogtümer an Österreich und Preußen abtreten. Doch wie schwierig und isoliert die Lage war, in die

Bismarck das Kaiserreich mit diesem Vorgehen – ohne Rückendeckung durch den Deutschen Bund – absichtlich hineinmanövriert hatte, zeigte sich bald. Nachdem sich Wien und Berlin über eine gemeinsame Verwaltung der Herzogtümer nicht einig wurden, teilte man administrativ: Holstein an Österreich, Schleswig an Preußen (Gasteiner Konvention 1865). Das preußische Interesse ging auf Einverleibung der auch strategisch und handelspolitisch wichtigen Gebiete (zwischen Ostsee und Nordsee). Österreich und die Mehrheit der Bevölkerung waren für die Einsetzung des Prinzen Friedrich von Augustenburg als Herzog, was den Bund durch einen neuen Gliedstaat gestärkt hätte. Während sich die Gegensätze zuspitzten, begann Bismarck auf eine kriegerische Lösung zuzusteuern.

Es gelang ihm, Österreich außenpolitisch zu isolieren, für Preußen aber Bundesgenossenschaft und Rückhalt in Europa zu sichern. Am 8. April 1866 schloß das konservative Preußen mit Viktor Emanuel II., dem „roten König", ein für drei Monate gültiges Kriegsbündnis: Italien verpflichtete sich zum Kriegseintritt gegen Österreich, sobald Preußen die Monarchie angreifen wird. Damit hatte Berlin gegen die Verfassung des Deutschen Bundes verstoßen. Andererseits übertrug nun Österreich – entgegen dem Gasteiner Vertrag – die Entscheidung über Schleswig-Holstein dem Bund. Darauf antwortete Preußen mit der Vorlage eines radikalen Bundesreformplanes in Frankfurt (Bundesparlament mit allgemeinem Wahlrecht), dann mit dem Austritt aus dem Bund und mit der Besetzung Holsteins. Franz Joseph versuchte in letzter Stunde, die Parteinahme Napoleons III. gegen Österreich durch einen Geheimvertrag zu verhindern; Österreich versprach, auch im Falle eines Sieges über Preußen Venetien abzutreten und im gleichen Falle jede Änderung des Status quo in Italien und jede territoriale Verschiebung in Deutschland, die eine Störung des europäischen Gleichgewichts bedeuten könnte, von der Zustimmung Napoleons abhängig zu machen.

Der Krieg, den Preußen (mit einigen kleineren Staaten Norddeutschlands) gegen Österreich und die meisten Gliedstaaten des Bundes führte, wurde durch die Schlacht von Königgrätz am 3. Juli entschieden. Die Siege der österreichischen Armee und Flotte gegen Italien konnten an diesem Ausgange nichts ändern. Andererseits blieben auch Bismarcks Projekte bzw. Maßnahmen, durch Mobilisierung des ungarischen, serbischen, rumänischen und auch tschechischen Nationalismus gegen die Monarchie deren Bestand zu untergraben, infolge des raschen Kriegsendes ohne sichtbare Wirkung. Unter dem Eindruck einer von Napoleon III. inszenierten Vermittlungsaktion und in Verfolgung längerfristiger Ziele (Zusammenarbeit mit einem aus Deutschland ausgeschiedenen Österreich) fand sich Preußen im Vorfrieden von Nikolsburg und dann im Friedensvertrag von Prag (23. August) zu einer für den Kaiserstaat akzeptablen Durchsetzung eingeschränkter Kriegsziele bereit: Auflösung des Deutschen Bundes, Zustimmung Wiens zur Errichtung eines Norddeutschen Bundes unter preußischer Führung und zu den preußischen Annexionen in Nord- und Mitteldeutschland; durch französische Intervention wurde für den südlich des Mains zu errichtenden „Südbund" ausdrücklich eine selbständige internationale Stellung vorgesehen.

V.

Nach der Niederlage sollte die erfolgreiche Rekonstruktion – so hoffte man in Wien und Budapest – der nun dualistischen und liberal orientierten Monarchie einen Wiederaufstieg als europäische Großmacht ermöglichen. Der Mann des kaiserlichen Vertrauens, der die Verantwortung für diese neue Etappe österreichisch-ungarischer Großmachtpolitik übernahm, war der sächsische Protestant Freiherr Friedrich Ferdinand von Beust. 1867 erhielt er den Grafentitel und wurde zum Reichskanzler ernannt. Die europäische Politik der Jahre zwischen 1866 und 1871 stand, von Wien her gesehen, im Zeichen zweier Hauptprobleme, die in unterschiedlicher Intensität ineinandergriffen. Auf der einen Seite war Napoleon III. bemüht, auf Italien gestützt – und möglicherweise mit Hilfe Österreich-Ungarns – dem zunehmenden Einfluß Preußens entgegenzuwirken und eine definitive Lösung der deutschen Frage im Sinne eines kleindeutsch-preußischen Staates zu verhindern. Andererseits arbeitete Rußland darauf hin, die orientalische Frage im Sinne eines Protektorats über den Balkan voranzutreiben und die Folgen der Niederlage von 1856 wettzumachen. Die französisch-russische Halb-Allianz bestand seit 1867 nicht mehr, vielmehr suchte Zar Alexander II. verstärkt die Zusammenarbeit mit Preußen. Bismarck ging nur sehr vorsichtig auf die Avancen des Zaren ein und vermied es, sich hinsichtlich der russischen Balkanexpansion gegen die Donaumonarchie festzulegen.

Demgegenüber gingen die Interessen Wiens sowohl auf eine Erweiterung der Einflußsphäre auf dem Balkan (auch um der russischen Politik und ihrer Werbewirkung auf die Slawen in der Monarchie entgegenzutreten) wie auf eine neuerliche Mitsprache und Mitgestaltung in den deutschen Dingen. Eine Zusammenarbeit zwischen Bismarck und Beust wurde 1867 im Zeichen der Luxemburgkrise versucht. Sie kam jedoch nicht zustande, da Berlin mit Rücksicht auf Rußland zu den für Wien erforderlichen Garantien im Südosten nicht bereit war. Danach kam es zu einer Annäherung zwischen Wien und Paris und es begannen Geheimverhandlungen über eine französisch-österreichische Allianz, in die alsbald auch Italien einbezogen wurde. Diese Dreibundbestrebungen gelangten zwar zu keinem formellen Abschluß, sie waren aber für das internationale Kräftefeld und die Stellung Österreich-Ungarns bis zum Beginn des französisch-deutschen Krieges 1870 nicht ohne Bedeutung. Faktisch zeichnete sich in diesen Jahren eine Teilung Kontinentaleuropas in zwei Blöcke ab: auf der einen Seite Rußland und Preußen, das Norddeutschland beherrschte und darauf wartete, auch Süddeutschland definitiv in seinen Machtbereich einzuschließen; auf der anderen Seite die Trias Frankreich, Italien und Österreich-Ungarn, die eine Überschreitung der Mainlinie durch Preußen verhindern wollten. Gegebenenfalls sollte für Wien ein „Wiedereintritt in Deutschland“ ermöglicht werden.

Das Bild dieser europäischen Politik vor 1870 wird noch widersprüchlicher, wenn man die unterschiedlichen wirtschaftspolitischen Interessen der Mächte – zwischen Freihandel und Schutzzoll – und die divergierenden nationalpolitischen Strömungen in der Bevölkerung Deutschlands und Österreich-Ungarns einbezieht. In der ungarischen Führungsschicht, die seit dem Ausgleich erstmals einen Einfluß auf die Außenpolitik der Monarchie gewann, überwog eine antirussische Einstellung (von 1849 her) und das Interesse an einer aktiven Balkanpolitik; Preußen stand man nicht ohne Sympathie gegenüber, ein neuerliches Engagement der Monarchie in Deutschland wollte man keineswegs. In der deutschsprachigen Bevölkerung des Reiches war die traditionelle antifranzösische Orientierung sehr stark. Sie verband sich mit der Abneigung des Liberalismus gegen Napoleon III.; sie bot also keineswegs eine Basis für die profranzösisch-antipreußische Außenpolitik, die am Ballhausplatz damals als Weg zur Wiederherstellung der Stellung der Monarchie in Deutschland und Europa galt. In Süddeutschland und auch in dem nunmehr von Preußen organisierten Norddeutschen Bund gab es weiterhin erhebliche großdeutsch-proösterreichische Strömungen, die einem Aufgehen in dem preußischen „Kasernen- und Junkerstaat“ widerstrebten. Doch auch hier war der gemeinsame Nenner antifranzösisch. Zusätzlich bewirkten das 1. Vatikanische Konzil und die liberale Gesetzgebung in Österreich 1869/70 eine Spaltung zwischen dem konservativen und dem „linken“ Flügel der proösterreichischen Gruppierungen. Und hier hat dann Bismarck in einer zusammenfassenden und überlegenen Berechnung der staatlichen, militärischen und ideenpolitischen Kräfte den Hebel angesetzt. Der französisch-preußische Konflikt vom Juli 1870 wurde zum Nationalkrieg Nord- und Süddeutschlands gegen Napoleon III. Er führte zur Niederwerfung Frankreichs, zur Gründung des Deutschen Reiches unter preußischer Führung und zur halbhegemonialen Führungsposition dieses Reiches in der Mitte Europas.

Was die Rolle der österreichisch-ungarischen Monarchie angeht, so hatte der französische Außenminister Duc de Gramont im Juli 1870 fest mit einem Kriegseintritt der Monarchie als Verbündeter Napoleons gegen Preußen gerechnet. Beust und der Kaiser vertraten eine abwartende Politik. Als dann die Siegesmeldungen kamen, gewannen die ungarischen und die deutschliberalen Sympathien für die Sieger an Gewicht. Beust arbeitete nun auf ein solidarisches Eingreifen der neutralen Mächte hin: mit Rußland, England und Italien sollte Österreich vermittelnd in den Konflikt eingreifen und eine international verankerte Neuordnung in Mitteleuropa durchsetzen. Doch es gelang Bismarck, sowohl Rußland wie auch Italien von einer solchen Interventionspolitik abzuhalten. Darauf vollzog die österreichische Politik eine energische Wendung, nicht nur zur Anerkennung der neuen Machtverhältnisse und der Gründung des Deutschen Reiches, sondern zur Annahme des Bismarckschen Angebots freundschaftlicher Beziehungen zwischen den beiden Reichen. Franz Joseph hat sich zu dieser weitreichenden und folgenschweren Wendung nur widerstrebend bereit gefunden. Es war Beust, der den prodeutschen Konsens der Deutschliberalen und der Ungarn in eine energische, neue Politik des Zusammengehens mit dem Bismarckreich umsetzte. Auf diesem Wege sollte – so lauteten schon damals die Wiener Berechnungen – die Unterstützung Berlins für die österreichischen Südostinteressen gegen Rußland gewonnen werden.

VI.

Seit der Errichtung des Deutschen Reiches im Winter 1870/71 mußte die Wiener Regierung die Anziehungskraft eines deutschen Nationalstaates auf die Deutschen in Österreich fürchten. Es ging um Zerfall oder Erhaltung der Monarchie. Bismarck versicherte unentwegt, die Integrität der Habsburger-Monarchie zu achten und zu wünschen. So konnte Wien damit rechnen, in einer freundschaftlichen Annäherung via Berlin jeden gesamtdeutschen Irredentismus zu neutralisieren; die Annäherung an Berlin sicherte die Monarchie vor dem Zerfall. Für eine aktive Balkanpolitik, die nun mehr denn je das wichtigste Betätigungsfeld geworden war, erwartete man sich eine Unterstützung Deutschlands. Und in der Tat zeigte bereits die in London von Januar bis März 1871 tagende Schwarz-Meer-Konferenz ein beginnendes Umschwenken der Berliner Diplomatie von einer bedingungslosen Unterstützung Rußlands zur Berücksichtigung österreichischer Donauinteressen. In der sofort einsetzenden Verstimmung Rußlands kündigte sich das schwere Problem der deutschen Option zwischen Wien und St. Petersburg an, das auch die österreichische Diplomatie sogleich aufgriff, wobei sie allerdings in weiteren Zeiträumen rechnete. Am 1. April 1871 schrieb Graf Wimpffen, der österreichische Gesandte in Berlin, an Beust: *Nach meiner innersten Überzeugung ist die Zeit noch ferne, wo wir unsere so wünschenswerten guten Beziehungen zu Deutschland auf Kosten des preußisch-russischen Verhältnisses pflegen und verwerten können, und im Interesse einer dauerhaften Annäherung dürfte es vielleicht empfehlenswert sein, den Fürsten Bismarck noch nicht sobald dieser Feuerprobe auszusetzen.*

Für Preußen und Bismarck war die Annäherung an Wien von unschätzbarem Wert in dem allgemeinen Konsolidierungs- und Beruhigungsprozeß, der dem Umschwung in der Mitte Europas nun zu folgen hatte. Eine Auflösung der Donaumonarchie paßte gewiß nicht in Bismarcks Konzept. Aber auch eine andauernd feindliche oder abwartende Haltung Wiens hätte seine Politik der Sicherheit aufs empfindlichste gestört; das läßt sich u. a. aus dem gelegentlichen Auftauchen des Schreckgespenstes einer neuen Kaunitzschen Koalition – Österreich mit Rußland und Frankreich gegen Berlin – ablesen. Nachweislich hat es darüberhinaus für Bismarck eine Rolle gespielt, die damaligen Entwicklungsprozesse und Konflikte in der Monarchie in einer Weise zu beeinflussen, die nicht nur den außenpolitischen Wünschen Berlins entsprach, sondern auch den inneren Strukturen des neuen Reiches, d. h. den gesellschaftspolitischen und nationalpolitischen Absicherungstendenzen des neuen Machtzentrums in der Mitte Europas. Österreich-Ungarn befand sich von nun an im Bannkreis einer Macht, deren gesellschaftliche und kulturelle Ausstrahlungen – potenziert durch unmittelbare Nachbarschaft und nationale Affinität – in eine ganz andere Richtung wiesen als die des „Empire liberal“ Napoleons III.

So hat die österreichische Politik bereits unter Beust

– und nicht erst unter seinem Nachfolger Andrássy – die Weichen gestellt für jenes neue Programm europäischer Politik, das nach der französischen Katastrophe für die alte Donaumonarchie als gleichberechtigten Partner der jungen deutschen Großmacht ein würdiges Überleben sichern sollte. Beust hatte dieses Programm nach dem Frankfurter Frieden im Mai 1871 in einer Denkschrift für den Kaiser lapidar formuliert: *Faktisches Prädominieren Mitteleuropas in der Waagschale der europäischen Geschicke durch vorläufige Verständigung Österreich-Ungarns und Preußen-Deutschlands in allen brennenden Tagesfragen mit dem ausgesprochenen Zwecke der Erhaltung des Weltfriedens.*

Was den Weiterweg bis zum Zweibund zwischen Österreich-Ungarn und Deutschland betrifft, so versuchte Graf Julius Andrássy, seit dem Herbst 1871 Beusts Nachfolger als Außenminister, zunächst, dem Konsens der ungarischen Liberalen folgend, eine noch stärker nach England als nach Deutschland orientierte Politik mit einer Frontstellung gegen Rußland zu verbinden. In einer Vierer-Koalition (mit Italien) hoffte Andrássy anscheinend, den „chauvinistischen und militärischen Geist Deutschlands" durch das Zusammengehen der liberalen Mächte Österreich-Ungarn und England bändigen zu können. Doch es kam anders. Englands liberales Ministerium zeigte sich damals nicht bereit, den Standpunkt einer kontinentalen Nicht-Intervention aufzugeben. Daher wurden die Bündnissondierungen mit Deutschland 1872 weitergeführt. Hier traf Andrássy auf die überlegene Diplomatie Bismarcks, der nicht zu einer Option zwischen Rußland und Österreich gezwungen werden wollte. So entstand durch die Initiative Berlins 1872/73 das Dreikaiserbündnis: ein langfristig geplantes Zusammenwirken von Deutschland, Rußland und Österreich-Ungarn im Sinne einer erneuerten konservativen Solidarität. Erst die Enttäuschung Rußlands über die mangelnde Unterstützung seiner Balkaninteressen durch Bismarck auf dem Berliner Kongress 1878 hat dann den Weg freigemacht zum Zweibund von 1879. Er entsprach damals dem überwiegenden Wunsch der Führungsschichten in Österreich-Ungarn nach einer starken antirussischen Rückendeckung. Daß diese Zweibundbindung dann bis zum Ende von 1918 die Außenpolitik der Monarchie bestimmen würde, war damals noch nicht abzusehen. Doch bleibt festzuhalten, daß die Dauerbindung Wiens an den – stärkeren – Partner in Berlin kein Zufall war; sie hat sich vielmehr aus den verwickelten und alten Zusammenhängen von europäischer Politik und deutscher Frage ergeben.

Literatur (in Auswahl):

Beyrau, D., Russische Orientpolitik und die Entstehung des deutschen Kaiserreiches 1866–1870/71 (Veröffentlichungen des Osteuropa-Instituts München, Reihe Geschichte 40), Wiesbaden 1974. – *Bridge, F. R.*, From Sadowa to Sarajevo. The Foreign Policy of Austria-Hungary, 1866–1914, London/Boston 1972. – *Clark, Ch. W.*, Franz Joseph and Bismarck. The Diplomacy of Austria before the War of 1866; Cambridge 1934. – *Engel-Janosi, F.*, Geschichte auf dem Ballhausplatz. Essays zur österreichischen Außenpolitik 1830–1945. Hrsg. v. *F. Fellner* als Festgabe des Instituts für Geschichte der Universität Wien, Graz, Wien, Köln 1963. – Die Habsburgermonarchie 1848–1918, hg. von *A. Wandruszka* und *P. Urbanitsch*, Bd. V: Außenpolitik, Wien, voraussichtlich 1984. – Handbuch der Europäischen Geschichte, hg. von *Th. Schieder*, Bd. 5: Europa von der französischen Revolution zu den nationalstaatlichen Bewegungen des 19. Jahrhunderts, hg. von *W. Bussmann*, Stuttgart 1981. – *Jelavich, B.*, The Habsburg Empire in European Affairs 1814–1918, Chicago 1969. – *Katzenstein, P. J.*, Disjoined Partners. Austria and Germany since 1815, Berkeley 1976. – *Leidner, F.*, Die Außenpolitik Österreich-Ungarns vom Deutsch-Französischen Krieg bis zum Deutsch-Österreichischen Bündnis 1870–79, Kiel 1936. – *Lutz, H.*, Von Königgrätz zum Zweibund. Aspekte europäischer Entscheidungen, in: Historische Zeitschrift 217 (1973) 347 ff. – *Lutz, H.*, Österreich-Ungarn und die Gründung des Deutschen Reiches. Europäische Entscheidungen 1867–1871, Frankfurt/Main, Berlin, Wien 1979. – *Mosse, W. E.*, The European Powers and the German Question 1848–71 with special reference to England and Russia, Cambridge 1958. – Österreich und die deutsche Frage im 19. und 20. Jahrhundert, hg. von *H. Lutz* und *H. Rumpler* (= Wiener Beiträge zur Geschichte der Neuzeit, Bd. 9, Wien 1982) – *Srbik, H., Ritter v.*, Deutsche Einheit. Idee und Wirklichkeit vom Heiligen Reich bis Königgrätz, 4 Bde., München 1935/1942. – *Taylor, A. J. P.*, The Habsburg Monarchy 1809–1918. A History of the Austrian Empire and Austria-Hungary, London 1955. – *Taylor, A. J. P.*, The Struggle for Mastery in Europe 1848–1918, Oxford 1954. – *Unckel, B.*, Österreich und der Krimkrieg, Lübeck 1969. – *Wandruszka, A., Plaschka, G. R., Drabek, A.* (Hgg.), Die Donaumonarchie und die südslawische Frage von 1848 bis 1918. Texte des ersten österreichisch-jugoslawischen Historikertreffens, Gösing, Wien 1978.

Brigitte Hamann

DIE DEUTSCHE FRAGE

Ich bin ein deutscher Fürst. – Es gibt wohl keinen Satz Kaiser Franz Josephs, der so sehr mißverstanden und falsch ausgelegt wurde wie dieser. Der Satz stammt aus der Zeit vor 1866 und ist keineswegs ein einziges Mal gesagt worden, sondern mehrfach und in verschiedenen Versionen, die alle dasselbe, nämlich eine Tatsache, ausdrücken: Vom Regierungsantritt 1848 bis zum Austritt Österreichs aus dem Deutschen Bund nach Königgrätz 1866 war Franz Joseph wirklich ein deutscher Fürst und zwar der erste und angesehenste Fürst im Deutschen Bund. Und die ausdrückliche und mehrfache Bekräftigung des Kaisers von Österreich, ein „deutscher Fürst" zu sein, war politisch nötig: Denn eben in dieser Zeit gab es ja Bestrebungen, einen deutschen Nationalstaat ohne Österreich zu schaffen. In einem angestrebten „kleindeutschen" Reich wollte Preußen die unumstrittene Herrschaft haben und sich nicht von Österreich, das zudem große nicht-deutsche Landesteile besaß, in einem größeren (eben dem „großdeutschen") Reich an die zweite Stelle drängen lassen.

Franz Josephs Aussage ist also als Machtanspruch zu verstehen. Er betonte, als einer der deutschen Fürsten selbstverständlich seinen legitimen Platz in einem zu schaffenden deutschen (aber eben „großdeutschen") Reich zu haben. Von einem nationalen Bekenntnis Franz Josephs für eines seiner Völker, eben das deutsche, kann in diesem Zusammenhang gar keine Rede sein. Es blieb den kämpferischen achtziger Jahren des 19. Jahrhunderts (und seinen gleichgesinnten Nachfolgern bis ins „Dritte Reich") vorbehalten, diese politische Aussage des Kaisers zu einer nationalen und damit zur Kampfwaffe gegen die anderen Nationalitäten der Monarchie zu machen. (Auch das Wort „großdeutsch" erhielt ja später eine nationale Bedeutung, die es vor 1866 nicht hatte: „großdeutsch" war für Franz Joseph ein großes, föderativ geordnetes Reich der deutschen Fürsten mit Einschluß aller diesen Fürstentümern gehörenden nichtdeutschen Landesteile – und eben kein deutsches Nationalreich.)

Kronprinz Rudolf, immer wieder mit diesem Satz seines Vaters konfrontiert, antwortete darauf 1884 dem Schriftsteller Karl Emil Franzos: *Im Sinne eines Bekenntnisses zu einer bestimmten Nationalität, also im modernen Sinne, wie ihn erst der Nationalitätenschwindel hervorgebracht hat, ist jenes Wort nicht gemeint gewesen und kann es gar nicht gewesen sein. Natürlich sind wir unserer Kultur nach Deutsche, unserer Abstammung nach sind wir das, was alle alten Dynastien in Europa sind: Mischblut. Damals war übrigens der Schwindel noch gar nicht so im Flor wie heute.* (Gemeint waren die achtziger Jahre).

Die deutsche Frage der frühen Franz Joseph-Zeit ist für uns heute deshalb so kompliziert, weil der Begriff „deutsch" sich keineswegs mit der Nation deckt wie später. Das alte deutsche Kaiserreich, an dessen Tradition der junge Kaiser Franz Joseph so sichtlich und demonstrativ anknüpfte, war ja eben kein „deutsches" Reich wie das Bismarckreich, sondern ein übernationales Reich im Sinne des Mittelalters, aus dem es stammte: also ein Reich vieler Nationalitäten, unter vielen Fürsten und einem übernationalen Kaiser, der in Wien seinen Sitz hatte. Dieses Reich war zwar in den napoleonischen Kriegen zu Ende gegangen, und Kaiser Franz, Franz Josephs Großvater, hatte die Krone dieses Reiches 1806 zurückgelegt. Aber der Gedanke, dieses alte übernationale deutsche Reich wieder aufleben zu lassen (also vor allem: die deutschen Fürsten wieder enger um die Habsburgische Krone zu scharen), war noch nicht tot, ja erlebte nach 1848 eine Renaissance.

Der alte Fürst Metternich, der aus seinem Exil nach Wien zurückkehrte und dem jungen Kaiser politische Ratschläge gab, war für diesen Gedanken ebenso eingenommen wie Ministerpräsident Fürst Felix Schwarzenberg und, aus ganz anderen, nämlich wirtschaftlichen und handelspolitischen Gründen, auch der geniale Finanzminister dieser Zeit, Freiherr von Bruck: *Wenn ein deutscher Zentralstaat, mit Ausschluß von Österreich, der härteste Schlag wäre, welcher den Kaiserstaat treffen könnte, so kann, wie kaum zu bezweifeln steht, einer solchen Gestaltung auf die Dauer nur dadurch vorgebaut werden, daß Österreich selbst den Ausbau des Bundes auf entsprechender und die Nation befriedigender Grundlage mit Festigkeit unternimmt, sich in seinem eigenen Innern ohne Zögern dafür vorbereitet und ein positives Programm der Bundesreform aufstellt.*

Das angestrebte „Siebzigmillionenreich" sollte nicht nur die deutschen Länder, sondern auch alle nichtdeutschen Länder der Habsburgermonarchie umfassen. Eine einheitliche Zoll- und Wirtschaftsvereinbarung sollte solide wirtschaftliche Grundlagen für diese politische Lösung schaffen. Wien, die alte Kaiserstadt, die die Insignien des alten Reiches treu hütete, sollte das Zentrum dieses Reiches sein, Franz Joseph wie sein Großvater Franz nicht nur Kaiser von Österreich, sondern auch Kaiser dieses übernationalen deutschen Reiches sein.

Es gibt eine Fülle von Beispielen, um diese Politik zu veranschaulichen. So erhielt der 1858 geborene Kronprinz den Namen Rudolf in Anlehnung an die alte Reichstradition und den Stammvater Rudolf von Habsburg.

Zur selben Zeit wurde auch der Dom zu Speyer mit den alten deutschen Kaisergräbern (auch dem Rudolfs von Habsburg) mit großer Sorgfalt restauriert, und zwar auf Kosten der Privatschatullen Kaiser Franz Josephs und seines Onkels König Ludwig I. von Bayern. Auch das Konkordat von 1855 muß (unter anderem) unter dem Aspekt gesehen werden, daß sich der Kaiser damit als Schirmherr der katholischen Kirche, im Glauben an den göttlichen Auftrag seines Amtes, in die alte Reichstradition stellte. Die Betonung Franz Josephs, seine Politik sei *eine echt österreichische und deutsche,* hatte durchaus ihre Berechtigung, versicherte er doch auch seinen königlichen Verwandten in Preußen, Bayern und Sachsen in dieser Zeit wiederholt, *daß Österreich und Deutschland vereinigt den allgemeinen Frieden wiederherzustellen berufen sind.*

Franz Joseph appellierte wiederholt an den Geist der Freiheitskriege, den gemeinsamen Kampf der deutschen Staaten gegen den Eroberer Napoleon. Besonders nötig war dieser Appell 1859, bei Ausbruch des Krieges gegen Piemont-Sardinien. Franz Joseph in seinem Manifest vom 28. Januar 1859: *Der Boden, auf dem wir kämpfen, ist auch mit dem Blute des deutschen Brudervolkes gedüngt, als eine seiner Schutzwehren errungen und bis auf diese Tage behauptet; dort haben Deutschlands arglistige Feinde zumeist ihr Spiel begonnen, wenn es galt, seine Macht im Innern zu brechen. Das Gefühl einer solchen Gefahr durchzieht auch jetzt die deutschen Gauen, von der Hütte bis zum Throne, von einer Grenze zur anderen. Ich spreche als Fürst im Deutschen Bunde, wenn ich auf die gemeinsame Gefahr aufmerksam mache und an die glorreichen Tage erinnere, wo Europa der allgemein aufflammenden Begeisterung seine Befreiung zu danken hatte.*

Die zweifellos vorhandenen Sympathien vieler Deutscher außerhalb Österreichs für die gesamtdeutsche Sache, die in Wien mit Eifer beobachtet und registriert wurden, nützten wenig. Preußen hielt sich aus dem Konflikt heraus: Der König von Preußen handelte nicht als „Fürst im deutschen Bund", sondern ausschließlich als Landesfürst. Franz Joseph mußte bald die Hoffnung aufgeben, *daß vielleicht Deutschland und dieser schmähliche Auswurf von Preußen uns doch im letzten Augenblicke beistehen werde.* Die Niederlage führte er auf die mangelnde Solidarität des Deutschen Bundes, vor allem Preußens, zurück und betonte in seinem Manifest vom 15. Juli 1859 mit dem Eingeständnis der Niederlage, daß sich Preußen mit dieser Abstinenz keineswegs im Einklang mit der öffentlichen deutschen Meinung befand (war doch das Schlagwort, „den Rhein am Po verteidigen" nur allzu hörbar gewesen): *Der warmen und dankbar anzuerkennenden Theilnahme ohngeachtet, welche Unsere gerechte Sache in dem größten Theile von Deutschland bei den Regierungen wie bei den Völkern gefunden hat, haben sich Unsere ältesten und natürlichen Bundesgenossen hartnäckig der*

Erkenntniß verschlossen, welche hohe Bedeutung die große Frage des Tages in sich trug.

Immer wieder appellierte Franz Joseph an die Solidarität der deutschen Fürsten, so gegenüber König Johann von Sachsen: *Es ist nur zu wahr, daß während Frankreich die Grundlagen der bestehenden Ordnung in Italien mit dem Schwerte angriff, Preußen sie in Deutschland durch seine Politik erschütterte. Die deutschen Souveräne werden daher um so fester und einmüthiger für das föderative Prinzip einstehen müssen, und meinerseits werde ich nach Möglichkeit darauf bedacht sein, meinen Bundesgenossen ein enges Anlehnen an Österreich durch die Behandlung sowohl der inneren österreichischen Angelegenheiten als der Bundesfragen zu erleichtern.*

Damit versprach er also, Österreich durch innere Reformen, vor allem eine Verfassung, für die deutschen Staaten attraktiver zu machen und damit ein künftiges (groß-)deutsches Reich auch mittels einer aufgeschlossenen Innenpolitik Österreichs vorzubereiten. Es war ja nur zu natürlich, daß der Kaiserstaat sich nach dem Verlust der Lombardei noch mehr seinen Interessen in Deutschland zuwendete.

Die Fünfzigjahrfeiern für die Schlacht von Aspern brachten 1859 neuerliche Beschwörungen des gemeinsamen deutschen Kampfes gegen Napoleon. Das neue Erzherzog Karl-Denkmal auf dem Heldenplatz, das 1859 unter größter Prachtentfaltung enthüllt wurde, trägt die Inschrift: „Kaiser Franz Joseph I. dem Erzherzog Karl von Österreich. Dem heldenmüthigen Führer der Heere Österreichs. Dem beharrlichen Kämpfer für Deutschlands Ehre".

Schon die Schillerfeiern im November desselben Jahres allerdings zeigten die Diskrepanz zwischen österreichischem Patriotismus und nationalem deutschen Denken überdeutlich. Nicht der geringste Zweifel konnte bestehen, daß bei diesen in ganz Deutschland abgehaltenen Feiern nicht mehr die deutschen Fürsten geehrt wurden (wie das noch bei den Aspernfeiern mit einiger Mühe aufrechtzuerhalten war), sondern die deutsche Nation. Der Ruf nach nationaler Einheit erscholl. Von „Einigkeit" deutscher Staaten und Fürsten, wie es sich die Vertreter der föderativen großdeutschen Idee in Österreich vorstellten, war kaum die Rede.

Das Haus Habsburg und die offizielle österreichische Politik nahmen keinen Anteil an diesen Schillerfeiern – ja mehr denn je zeigte sich die Opposition zur deutschen Nationsidee, die seit dem Jahr 1859 geradezu explodierte und im selben Jahr im „Deutschen Nationalverein" in Gotha auch eine Propagandazentrale für die kleindeutsche Lösung und damit für den Ausschluß der gesamten Donaumonarchie aus Deutschland fand. Mehr und mehr mußte Österreich also den Deutschnationalismus als feindlich betrachten.

Die Einberufung des Frankfurter Fürstentages zur Reform des Deutschen Bundes 1863 war laut Kaiser Franz Joseph *der letzte Versuch, Deutschland zu einigen, um es der Aufgabe gewachsen zu machen, die es zum Gleichgewichte und Frieden Europas erfüllen sollte, – es ist das letzte Mittel, um die vielen Souveräne Deutschlands vor dem Untergange durch die wachsende Revolution zu retten. Leider will sich Preußen aus Eifersucht und Verblendung an dem Werk nicht beteiligen, wodurch die Sache sehr erschwert wird.* Preußen blieb Frankfurt fern und brachte so alle föderativen Reformpläne zum Scheitern.

Hier in Frankfurt, wo fünfzehn Jahre vorher Erzherzog Johann als „erster deutscher Mann" unter schwarzrotgoldenen Fahnen eingezogen war, bediente sich nun auch Franz Joseph der sonst von ihm so wenig geliebten schwarzrotgoldenen Farben. Er wollte damit seinen Hegemonieanspruch im Deutschen Bund dokumentieren. Eine Welle nationaler Begeisterung in allen deutschen Staaten schlug ihm entgegen. Doch herrschten grundsätzliche Mißverständnisse zwischen den nationalen Deutschen und Kaiser Franz Joseph. Allein die Tatsache, daß der Kaiser unter der schwarzrotgoldenen Fahne mit den deutschen Fürsten zusammentraf, machte ihn noch nicht zum Verfechter der „deutschen Einheit". In seinen Privatbriefen ließ er nicht den geringsten Zweifel daran, daß er vom deutschen Nationalgefühl wenig hielt, vielmehr allein im deutschen Fürstenbund die Lösung des deutschen Problems sah.

Doch war seine Haltung in Frankfurt derart mißverständlich, daß sie sogar im engsten Familienkreis auf heftige Kritik stieß. Erzherzog Ferdinand Max, Franz Josephs jüngster Bruder, schrieb am 7. August 1863 erbost in sein Tagebuch: *Wichtige und mich erschütternde Nachricht aus Wien; der Kaiser beruft auf einmal mit autographem Handschreiben alle 34 deutschen Fürsten und die freien Reichsstädte nach Frankfurt, um den Bund auf constitutioneller Basis zu reformieren. Die Fürsten sollen selbst kommen, selbst sprechen und berathen; man muß nun diese Trotteln kennen, um sich eine Idee von diesen Verhandlungen zu machen. Das Ganze scheint mir ein sehr gewagter Streich, der sehr leicht zu einer großartigen Blamage führen kann und unserem armen Österreich nur Schaden bringen kann. Hinter dem ganzen steckt Schmerling mit seinen pangermanischen Ideen. Die Nachricht verstimmt mich im höchsten Grade und macht mich geradezu tiefsinnig.*

Deutlicher als Franz Joseph, der noch ganz im dynastischen Denken befangen war, erkannte Max die Sprengkraft des deutschen Nationalismus, dem kollegiale Abmachungen der Fürsten keinen wirksamen Widerstand entgegenzusetzen fähig waren. Er schrieb am 13. September 1863, daß Franz Joseph bei seiner Rückkehr aus Frankfurt *im geraden Gegensatze zu den offiziellen Zeitungsberichten sehr kühl und unanständig* empfangen worden sei: *nirgendwo die altösterreichische Volkshymne, überall nur das ekelhafte deutsche Vaterland, von allen Fenstern und Thürmen die deutsche Tricolore, und darin soll Sinn und Logik sein. Bei den Ungarn ist die Tricolore Hochverrath, bei den Italienern ist das Garibaldi-Lied Verbrechen; aber im dummen Wien da ist alles erlaubt. In den eigenen Eingeweiden darf man ja wühlen, wenn einem nur die Anderen in Fried lassen.*

Die Schlacht von Königgrätz am 3. Juli 1866 entschied die deutsche Frage zugunsten der kleindeutschen Lösung im Sinne Bismarcks. Der Deutsche Bund wurde aufgelöst. Franz Joseph schrieb erbost an seine Gattin Elisabeth: *Aus Deutschland treten wir jedenfalls ganz aus, ob es verlangt wird oder nicht, und dieses halte ich nach den Erfahrungen, die wir mit unseren lieben deutschen Bundesgenossen gemacht haben, für ein Glück für Österreich.*

Von diesem Zeitpunkt an war für Kaiser Franz Joseph die „deutsche Frage" erledigt. Er erkannte nicht, daß diese deutsche Frage als nationale Frage erst akut werden und am Zusammenbruch des übernationalen Kaiserreiches nicht unwesentlichen Anteil haben sollte. Denn die kleindeutsche Lösung schlug in Österreich tiefe Wunden. Die deutschen Österreicher mußten das Ende einer fast tausendjährigen gemeinsamen deutschen Geschichte hinnehmen, der Geschichte eines großen Reiches mit der glänzenden Kaiserstadt Wien, die weiterhin wie zum Hohn die Insignien des alten Reiches hütete.

In den nächsten Jahrzehnten, in denen sich das „neudeutsche" Bismarck-Reich konsolidierte und durch wirtschaftliche und politische Erfolge an Anziehungskraft gewann, wuchs die Sehnsucht vieler deutscher Österreicher nach einer Gemeinsamkeit mit diesem nationalen deutschen Staat. Der nationale Kampfgeist der anderen Völker der Donaumonarchie verstärkte zusätzlich das eigene Nationalbewußtsein, das sich in Österreich-Ungarn nicht (wie im Deutschen Reich) mit dem Staat identifizieren konnte. Es gab nur wenige Hellsichtige aller Volksstämme, die die Vorzüge eines übernationalen Vielvölkerstaates erkannten und der damals moderneren Form eines Nationalstaates vorzogen.

Literatur (in Auswahl):

Friedjung, H., Der Kampf um die Vorherrschaft in Deutschland, 2 Bde., 9. Aufl. Berlin 1912. – *Ritter von Srbik, H.*, Deutsche Einheit, 4 Bde., München 1935–42. – *Hamann, B.*, Die Habsburger und die deutsche Frage im 19. Jahrhundert, in: *Lutz, H. – Rumpler, H.* (Hrsg.), Österreich und die deutsche Frage im 19. und 20. Jahrhundert (Wiener Beiträge zur Geschichte der Neuzeit 9) 1982.

Paul W. Schroeder

ÖSTERREICH UND DIE ORIENTALISCHE FRAGE, 1848–1883

Zur Zeit der Thronbesteigung Franz Josephs im Dezember 1848 hätte niemand die orientalische Frage zu den drohendsten Gefahren für Österreich gerechnet. Während Revolution und Krieg die Länder Mitteleuropas verheerten, blieb das schwache osmanische Reich ruhig und bürgte für Österreichs Sicherheit im Südosten, nach dem Ausdruck Metternichs, wie eine Seegrenze. Selbst die russische Gefahr im Südosten, seit einem Jahrhundert der Alptraum österreichischer Staatsmänner, schien momentan entfernt. Zar Nikolaus I. hatte 1848–49 mitgewirkt, Revolutionen in Ungarn und den rumänischen Fürstentümern zu unterdrücken, und unterstützte Österreichs Stellung in Deutschland und Italien. Nichtsdestoweniger sollte in knapp fünf Jahren aus der Orientfrage ein großer Krieg entstehen, der, obwohl Österreich nicht direkt daran teilgenommen hat, die österreichisch-russische Freundschaft und Österreichs internationale Stellung mehr untergraben sollte als sämtliche Revolutionen und Konflikte der Sturmjahre 1848–49.

Österreich hat 1853 nur indirekt zum Ursprung der Orientkrise beigetragen, als es im Februar einige kleinere Streitpunkte mit der Türkei durch die Leiningen-Mission ultimativ erledigte. Hauptquelle des Konfliktes ist der Wettbewerb Frankreichs und Rußlands um eine dominierende Stellung in Konstantinopel gewesen. Als im Juni die Gefahr eines ernsten russisch-türkischen Konfliktes, erweitert durch eine Intervention Frankreichs und Englands, offensichtlich wurde, schob die österreichische Regierung frühere Ideen einer Ausdehnung ihres eigenen Einflusses und ihrer Macht am Balkan beiseite. Die österreichische Diplomatie richtete sich eindeutig auf Vermeidung eines Krieges aus. Graf Buol, der Außenminister, war bemüht, einen europäischen Kongreß als Vermittler und Schiedsrichter zwischen Russen und Türken ins Spiel zu bringen. Anfangs versuchte er, Rußland durch vage türkische Zusicherungen zu besänftigen, während Europa die Unabhängigkeit der Türkei garantieren sollte. Später ist es seine Hauptaufgabe geworden, Rußland zum schnellen Rückzug zu drängen und die Westmächte von unerreichbaren Forderungen abzuhalten. Letztendlich wurde Buols Friedenspolitik, obwohl mit Geduld und Gewandtheit ausgeführt, durch verschiedene Elemente zum Scheitern gebracht – türkische Kriegslust, russischer Stolz, unglückliche diplomatische und militärische Vorfälle, und (das entscheidende Moment) der Wille Englands und Frankreichs, durch eine Konfrontation mit Rußland das europäische System gründlich zu ändern. Für das Frankreich Napoleons III. war der Hauptzweck die Sprengung der „Heiligen Allianz" zwischen Rußland, Österreich und Preußen. Für England, insbesondere Lord Palmerston, lag er in einer entscheidenden Niederlage Rußlands.

Daher mußte sich Österreich zu Beginn des Jahres 1854 entscheiden, was es für eine Rolle übernehmen sollte in einem Krieg, der, von Russen und Türken schon begonnen und bald durch Eintritt der Franzosen und Engländer erweitert, offenbar Mitteleuropa auch hineinzuziehen drohte. Die Meinungsverschiedenheiten in Österreich waren groß. Kaum jemand dachte an eine Einigung mit Rußland oder an passive Neutralität; die Wahl lag zwischen einer „aktiven" Neutralität und dem vorsichtig pro-westlichen Kurs Buols, den er mit Mühe beim Kaiser endlich durchgesetzt hatte. Buols Ziel war es, ohne aktive Teilnahme am Kriege die Russen zu Friedensbestimmungen zu zwingen, um dadurch die Integrität der Türkei zu sichern und eine dauernde Partnerschaft zwischen Österreich und den Westmächten im Orient zu gründen. Alle österreichischen Handlungen des Jahres 1854 – ein Defensivvertrag mit Preußen im April, ein gemeinsames Kriegszielprogramm (die „Vier Punkte") mit den Westmächten, die Besetzung der rumänischen Fürstentümer nach dem russischen Rückzug, eine Teilmobilisierung gegen Rußland, und im Dezember eine Allianz mit den Westmächten – sollten den Zweck fördern, alle kriegführenden Mächte an den Verhandlungstisch zu bringen – Rußland durch Druck, die Westmächte durch Überredung. Im Frühjahr 1855 schien es zeitweise, als ob es ihm gelingen könnte. Das militärische Patt am Kriegsschauplatz auf der Krim und günstige politische Entwicklungen in England führten zur Eröffnung einer Wiener Friedenskonferenz im März; die Verhandlungen machten anfangs erhebliche Fortschritte. Im Mai aber brach die Konferenz zusammen, hauptsächlich weil die Westmächte fest entschlossen waren, keinen Frieden ohne einen militärischen Sieg zu schließen. Dem Versuch Buols, den Krieg zu steuern, den Frieden wiederherzustellen und das alte System Europas neu aufzustellen, war Österreich, mit seinem geringen Einfluß und beschränkten Hilfsquellen, einfach nicht gewachsen.

Nach dem Fall Sebastopols (September 1855) nahm Buol seine prowestliche Tätigkeit wieder auf. Eine härtere Fassung der „Vier Punkte" wurde mit Frankreich ausgearbeitet und durch ein österreichisches Ultimatum im Dezember Rußland auferlegt. Am Pariser Friedenskongreß von 1856 hat Österreich eine nützliche, wenn auch untergeordnete, Rolle gespielt. Dem Anschein nach hatte Buol sein Ziel erreicht – die Unterzeichnung einer Tripelallianz mit den Westmächten zugunsten der Türkei am 15. April. Tatsächlich hatte Österreich am Kongreß aber eine Reihe von Erniedrigungen erlitten, insbesondere in bezug auf seine italienische Politik, und die Folgen und Auswirkungen des Krieges sind fast katastrophal gewesen. Rußland verlangte nach Revanche. Preußen und die deutschen Staaten waren kaum weniger verbittert. Frankreich beabsichtigte, sich mit Rußland auszusöhnen und Österreichs exponierte Lage in Italien auszunutzen. Preußen hatte ähnliche Ambitionen in Deutschland. England, das die österreichische Politik als feig und egoistisch verurteilte, zog sich zunehmend von kontinentalen Angelegenheiten zurück. Der Vertrag vom 15. April war ein toter Buchstabe, Österreichs Staatsfinanzen waren zerrüttet, und sein einziger Freund war – die Türkei. Doch liegt der Grund für den eklatanten Fehlschlag weniger in Buols Eigenschaften und Politik (obwohl beides Anlaß zu Kritik bot) als in der Schwäche der alten Ordnung in Europa, die Österreich vertreten und verteidigen mußte. Keine andere Großmacht wollte diese Ordnung länger aufrechterhalten. Manche Staatsmänner (z. B. Palmerston und Napoleon III.) wollten sie stürzen, ohne genau zu wissen, wozu das führen sollte. Andere (z. B. Cavour und Bismarck) hatten klarere Ideen.

Nach 1856 verlor die Orientfrage für Österreich viel von ihrer unmittelbaren Wichtigkeit im Vergleich zu Italien und Deutschland, wo durch diplomatischen Druck und Krieg Österreich vertrieben und eine neue Ordnung, basierend auf Nationalismus und *Realpolitik*, geschaffen wurde. Jedoch ist der Orient nie von der politischen Bühne verschwunden; oft wirkten mitteleuropäische und orientalische Verwicklungen zusammen, zuungunsten Österreichs. Am Höhepunkt der italienischen Krise 1858–59 mußte Österreich es dulden, daß die rumänischen Fürstentümer mit der Doppelwahl Alexandru Ion Cuzas zum Hospodaren der Moldau und der Walachei der (wenig später tatsächlich erfolgten) Vereinigung einen großen Schritt näher kamen, was eine Gefahr für Ungarn mit seiner rumänischen Minderheit bildete. Auf ähnliche Weise hat Bismarck 1866 mit französischer Hilfe die Wahl eines preußischen Fürsten, Karl von Hohenzollern-Sigmaringen, für den Thron Rumäniens durchgesetzt. Am schwersten wog für Österreich, im Orient und anderswo, jedoch die Last der russischen Feindschaft.

Die Vertreibung Österreichs aus Italien und Deutschland 1859 und 1866 hat selbstverständlich seine orientalische Politik tief beeinflußt. Manche Österreicher dachten an Kompensationen am Balkan. Die neue Lage schien aber mehr Gefahren als Aussichten anzubieten. Nationale Unzufriedenheit in Österreich und der Türkei, Irredentismus in Italien, Serbien und Rumänien wurden durch Österreichs Niederlagen ermutigt. Der Ausgleich 1867 mit Ungarn, wobei die Ungarn ein gewisses Vetorecht über die Außenpolitik des Gesamtstaates errungen haben, schien die Entschlußkraft Österreichs weiter zu lähmen und trieb seine Orientpolitik gewissermaßen in eine antislawische und russenfeindliche Richtung. Trotz dieser langfristigen Auswirkungen aber gab es in Wien 1866 keinen plötzlichen Umschwung. Graf BEUST, Reichskanzler und Außenminister 1866–1871, hat zwei Ziele für gleich wichtig gehalten, die Eindämmung Rußlands im Osten und die Erhaltung der Unabhängigkeit Süddeutschlands und Hebung des österreichischen Einflusses in Deutschland. Beide Absichten waren besonders eng verflochten mit den langen, fruchtlosen Verhandlungen über eine Allianz mit Frankreich und Italien 1867–1870.

Erst nach dem Ausbruch des Krieges von 1870 und den großen deutschen Siegen über Frankreich ist die endgültige Wendung Österreichs nach Osten unvermeidlich geworden – und erst nachdem Beust erfolglos versucht hatte, sowohl eine europäische Vermittlung im Kriege zu organisieren, als auch irgendeine staatliche Unabhängigkeit für Bayern und Württemberg in dem neuen Deutschen Reich zu retten. Symbolisch für die neue Richtung der österreichischen Politik ist die starke antirussische Linie, die Beust in der Londoner Konferenz (Januar 1871) verfolgte, die die unilaterale russische Aufhebung der Neutralisierung des Schwarzen Meeres behandelte. Entscheidender jedoch war ein Vortrag Beusts an den Kaiser im Dezember 1870, in dem der Minister die neuen Richtlinien klar darlegte: Österreich müsse die preußischen Siege und Deutschlands Vorherrschaft als endgültig betrachten, sich nach dem Orient wenden und versuchen, Rußland als Deutschlands engsten Alliierten zu ersetzen, um deutsche Hilfe für Österreichs Interessen zu erwerben. Hier beginnt die Ära, die mit dem Zusammenbruch der Monarchie endet, in der Österreich, immer noch nominell eine europäische Großmacht, Großmachtpolitik eigentlich nur mehr am Balkan betreibt.

Weder Beust noch sein Nachfolger seit November 1871, Graf ANDRÁSSY, haben die neue Politik gleich ins Werk setzen können. Bismarck hatte es keineswegs eilig, zwischen Deutschlands Nachbarn zu wählen und Österreich und Rußland selbst haben erkannt, daß ihre Rivalität nur Deutschland zugute kam. Daher haben Franz Joseph und Zar Alexander II. 1872 selbst den Weg zur Verständigung gefunden; mit Kaiser Wilhelm I. wurde ein verhältnismäßig loser Dreikaiserbund geformt, der in gewisser Weise die alte „Heilige Allianz“ erneuert und eine österreichisch-russische Zusammenarbeit im Orient wiederhergestellt hat. Beide Mächte wollten ehrlich für den Frieden arbeiten. Doch waren tiefliegende Kräfte und grundlegende Divergenzen ihrer Staatsinteressen zu stark für die schwache Entente, als 1875 die nächste große Orientkrise ausbrach.

Österreich trug eine gewisse Verantwortung für die Krise. Bei einem Besuch des Kaisers in Dalmatien im Mai 1875 haben Franz Joseph und andere Österreicher den Einwohnern der benachbarten türkischen Provinzen den Eindruck vermittelt, daß Österreich sie unterstützen würde. Die Revolte, die im Juli in Bosnien-Herzegowina ausbrach, hatte jedoch tiefere Wurzeln und erwies sich bald als nicht zu unterdrücken.

Einige Militärs in Österreich hatten schon lange Bosnien als einen günstigen strategischen Gewinn betrachtet, und die österreichischen Kroaten und Serben hätten den Eintritt ihrer Stammesbrüder in die Monarchie freudig begrüßt. Die Regierung aber, insbesondere Andrássy, wollte keineswegs für solch einen zweifelhaften Gewinn unberechenbare internationale und interne Komplikationen heraufbeschwören. Deswegen wirkten Andrássy, Bismarck und der russische Kanzler Fürst Gorchakov zusammen, um das Feuer des Aufstands zu ersticken und die Türkei zu erhalten. Das übliche Heilungsrezept, türkische Reformen unter europäischer Aufsicht, war offenbar unzureichend, besonders gegenüber der Renitenz und Desorganisation der Türkei und den Ansprüchen der Aufständischen; doch trug diese Diplomatie dazu bei, den allgemeinen Frieden zu erhalten und die herrschende Uneinigkeit unter den Mächten zu verdecken. Im Frühling 1876 aber dehnte sich die Revolte nach Bulgarien aus, und wurde so grauenvoll von türkischen Freischärlern unterdrückt, daß es unmöglich wurde, den Russen zumindest eine indirekte Intervention zugunsten der Christen zu untersagen. Jetzt waren auch die kleinen Staaten Serbien und Montenegro begierig, den Kampf aufzunehmen. Notgedrungen hat Andrássy ein Übereinkommen mit Gorchakov erreicht, das eine partielle Aufteilung der europäischen Türkei vorsah, falls das türkische Reich gegen Serbien den kürzeren ziehen sollte.

Trotz indirekter russischer Hilfe aber scheiterte der serbische Angriff erbärmlich. Rußland mußte Serbien vor den Türken retten. Dieser Erniedrigung für Rußland folgte eine weitere Schlappe im Dezember 1876, das Scheitern einer Botschafterkonferenz in Konstantinopel. Jetzt mußte Andrássy mit der Wahrscheinlichkeit eines direkten russisch-türkischen Krieges rechnen. Im Januar und März 1877 erreichte er in Budapest Übereinstimmungen mit den Russen über den Preis der österreichischen Neutralität in einem solchen Krieg. Der Preis war hoch genug angesetzt (die Russen durften nur kleine Territorien selbst annektieren, und durften keinen großen slawischen Staat auf dem Balkan begründen, während Österreich Bosnien und die Herzegowina erhalten sollte), sodaß Rußland bereit war, einen letzten Versuch zu machen, durch das Europäische Konzert die Türken zu Vernunft zu bringen. Als der letzte Plan einer Londoner Konferenz im April scheiterte (teilweise wegen Uneinigkeit in der Politik und dem Vorgehen Großbritanniens), blieb Rußland nichts anderes übrig, als den Krieg zu erklären.

Hätten die Russen, wie jedermann erwartete, die türkischen Streitkräfte rasch vernichtet, wären sie vielleicht mit einem Prestigesieg zufrieden gewesen, der einen raschen Frieden und die Erhaltung eines erträglichen österreichisch-russischen Verhältnisses ermöglicht hätte. Die russische Offensive aber stockte und der Krieg dauerte bis in den Herbst und Winter hinein; erst im Januar 1878 brach die Türkei zusammen. Nun verlangte die russische „öffentliche Meinung" (sprich, die nationale Presse und Publizisten) eine gründliche Abrechnung mit der Türkei. Österreich begann zu zweifeln, ob die Budapester Abmachungen gehalten werden würden, während England über den Marsch einer russischen Armee gegen Konstantinopel tief erschrocken war. Nachdem eine gefährliche anglo-russische Krise im Januar überwunden wurde, entstand neuerlich Kriegsgefahr, als der Panslawist Ignatiew im März das drakonische Friedenstraktat von San Stefano unterzeichnete, das ein großes Bulgarien auf der Balkanhalbinsel schuf, durch das die Russen den ganzen Balkan, die türkischen Meerengen und die restliche Türkei beherrschen konnten. Damit hatte Ignatiew auch die Budapester Abkommen eindeutig gebrochen. Österreich und Britannien begannen zu rüsten und Fühler für ein Kriegsbündnis auszustrecken. Aber Österreich wollte eigentlich keinen Krieg und inzwischen hatten konservative Russen, außer sich vor Angst über Rußlands verzweifelte Lage, um Bismarcks Hilfe gebeten. Er war bereit, einen europäischen Kongreß zu veranstalten – vorausgesetzt, daß Rußland und Großbritannien zuerst sich selbst über eine Revision des Friedensvertrags verständigen würden. Das ist geschehen. Zwei Wochen anstrengender Verhandlungen in Berlin im Juli haben den Frieden gesichert, San Stefano drastisch revidiert, auf Kosten Bulgariens und Rußlands, und noch einmal die Türkei aufgerichtet. Wie in Paris 1856, hat Österreich keine führende Rolle auf dem Kongreß gespielt. Anders als Buol ist Andrássy jedoch im Triumph nach Hause gekommen, mit einem europäischen Mandat für eine zeitlich unbegrenzte Okkupation und Verwaltung Bosnien-Herzegowinas durch Österreich.

Andrássy nahm gern die Lorbeeren für den Gewinn entgegen, obwohl der Erwerb eigentlich eher eine Niederlage für seine ursprüngliche Politik darstellte. Sein nächstes und letztes großes diplomatisches Verdienst stimmte jedoch mit seinem alten Wunsch zusammen – eine Defensivallianz mit Deutschland im Oktober 1879. 1881 und 1882, unter Andrássys Nachfolgern Baron Haymerle und Graf Kálnoky, schloß Österreich auch direkte Bündnisse mit Serbien und Rumänien. Auch Italien schloß sich der deutsch-österreichischen Allianz an. Selbst mit Rußland, unter dem Ansporn Bismarcks, erneuerte Österreich das Dreikaiserbündnis, in einer neuen, sachlicheren Fassung.

Äußerlich betrachtet, schien Österreichs internationale Stellung 1883, besonders im Nahen Osten, sicherer und glänzender als je seit den 20er Jahren. Aber im Grunde waren diese Errungenschaften weder stabil noch kostenlos. Der Status Bosnien-Herzegowinas war nicht nur völkerrechtlich anomal (österreichische Besetzung und Verwaltung mit türkischer Souveränität), eine sichere Quelle zukünftigen Haders mit der Türkei, Serbien und Rußland; die Provinzen wurden auch innenpolitisch eine zusätzliche Bürde und Verlegenheit für die Monarchie. Sie vertieften unter anderem das südslawische Problem und schufen einen neuen Zankapfel zwischen Österreich und Ungarn. Die Bündnisse mit Serbien und Rumänien waren Geheimverträge, die die Monarchen verbunden, aber die Parteien und Völker kaum beeinflußt haben. Italien und Österreich sind 1882 Rivalen gewesen und sind es als Alliierte geblieben, besonders auch im Orient. Selbst der Zweibund hatte seinen Preis, in Gestalt des deutschen Drucks auf die innere Politik Österreichs und Bismarcks Beharren auf den österreichischen Beitritt zum Dreikaiserbündnis und auf eine freie Hand für Rußland im östlichen Balkan. Haymerle und Kálnoky haben ständig darüber geklagt, daß sie in eine Partnerschaft mit Rußland gedrängt würden, während Bismarck die russischen Übergriffe und Wühlereien in Bulgarien und anderswo ignorierte.

Man darf daher leicht und treffend zu dem Schluß kommen, daß Österreich 1848–1883 seine Probleme im Orient nicht gelöst hatte – ja, daß sein letzter Erwerb diese eher vertieft hatte. Viel schwieriger ist es, eine bessere mögliche Politik vorzuschlagen. Zur Verteidigung der österreichischen Politik kann man sicherlich sagen, daß sie nie der Ausdruck eines Drangs nach Osten, wie zur Zeit Prinz Eugens, gewesen ist. Auch war sie nie wesentlich ein Beispiel für den Sozialimperialismus – der Versuch, unlösbare interne Probleme und Spannungen durch eine aggressive Außenpolitik zu sublimieren. Österreich hatte unleugbar den Wunsch, sich im Orient auszudehnen – wirtschaftlich, kulturell und hinsichtlich des politischen Einflusses. In bezug aber auf Territorium, militärische Macht und internationale Politik im allgemeinen war und blieb Österreichs Politik defensiv, konservativ, erhaltend. Das muß natürlich nicht heißen, daß die österreichische Politik vernünftig und gerecht gewesen ist. Es kann aber wohl heißen, daß es manchmal Probleme und Gefahren in der Außenpolitik gibt, die selbst die größte staatsmännische Klugheit weder lösen noch bannen kann.

Literatur (in Auswahl):

Ältere Literatur:
Beer, Adolf, Die orientalische Politik Österreichs seit 1774, Prag 1883. – *Friedjung, Heinrich,* Der Krimkrieg und die österreichische Politik, Stuttgart 1907. – *Langer, W. L.,* European Alliances and Alignments 1871–1890, New York 1931. – *Wertheimer, Eduard von,* Graf Julius Andrássy, 3 Bde., Stuttgart 1910.

Neuere Literatur:
Bridge, F. R., From Sadowa to Sarajevo, London 1972. – *Baumgart, Winfried,* Der Frieden von Paris 1856, München 1972. – *Lutz, Heinrich,* Österreich-Ungarn und die Gründung des deutschen Reiches. Europäische Entscheidungen 1867–1871, Frankfurt 1979. – *Schroeder, P. W.,* Austria, Great Britain and the Crimean War, Ithaca, N. Y. 1972. – *Unckel, Bernhard,* Österreich und der Krimkrieg, Lübeck 1969. Hintergründe im 18. Jahrhundert: *Roider, Karl A., Jr.,* Austria's Eastern Problem, 1700–1790, Princeton 1980.

GEISTIGE STRÖMUNGEN

Herbert Zeman

DIE ÖSTERREICHISCHE LITERATUR – IHR AUFSTIEG ZU EUROPÄISCHEM FORMAT

Die maria-theresianische und die josephinische Aufklärung hatten ein geistiges Erbe hinterlassen, von dem sich die Schriftsteller bis weit ins 19. Jahrhundert kaum lösen konnten. Vor allem veränderte sich die Bildungssituation so gut wie nicht. Die seinerzeit ins Leben gerufene Studien-Hofkommission und die gesamte Schulverwaltung blieben bis 1848 unverändert; erst dann stellte die Unterrichtsreform (1849) des neu gegründeten k. k. Ministeriums für Unterricht die Ausbildung vor allem an den Gymnasien und Universitäten auf eine neue, gründlich – z. T. nach deutschem Muster – reformierte Basis. Aber nach den stürmischen Neuerungen unter Maria Theresia und Joseph II. ruhte man auf den einmal erarbeiteten Positionen. Die Lehrbücher adaptierte man nur geringfügig. Neue allgemein verbindliche Besserungsmöglichkeiten zeigten sich nicht, und so wurde der altüberlieferte aufgeklärte Standpunkt weitertradiert, nicht zuletzt auch in der literarischen Geschmacksbildung. Die Unterrichtswerke beharrten während der ersten Hälfte des 19. Jahrhunderts auf weit zurückliegenden literarischen Beispielen: Rhetorik, Metrik und Poetik wurden in den Humanitätsklassen der Gymnasien an Hand der teilweise in lateinischer Sprache abgefaßten INSTITUTIO AD ELOQUENTIAM gelehrt. Von 1805 bis 1848 benützten Lehrer und Schüler dieses Unterrichtswerk, das selbst wieder auf die vorbildlichen deutschen ästhetischen Kompendien Sulzers und Eschenburgs aus dem 18. Jahrhundert zurückging, nahezu unverändert. Sulzers (ALLGEMEINE THEORIE DER SCHÖNEN KÜNSTE, 1771–74; 1792–99) und Eschenburgs (ENTWURF EINER THEORIE UND LITERATUR DER SCHÖNEN WISSENSCHAFTEN, 1783; [2]1805; [3]1817; [4]1836) aus dem Geist der Aufklärung geschriebene Handbücher wurden als Standardwerke für die Lehrerbibliotheken empfohlen. Die Beispiele der INSTITUTIO entstammen ausschließlich der rationalistischen und der empfindsamen Dichtung des 18. Jahrhunderts. Klopstock ist der geschätzteste und mit den meisten Proben vertretene Autor. Parallel zur INSTITUTIO wurde als deutsches Lesebuch die SAMMLUNG DEUTSCHER BEYSPIELE ZUR BILDUNG DES STYLS von 1812 bis 1848 verwendet. Die SAMMLUNG wurde erst in der zweiten Jahrhunderthälfte vom DEUTSCHEN LESEBUCH Joseph Mozarts (erschienen beim Verlag Carl Gerold, 1851–55), das ziemlich ausgewogen die deutsche Literatur bis ins frühe 19. Jahrhundert dokumentierte, abgelöst. Bis dahin jedoch propagierte die SAMMLUNG den gleichen Geschmack wie die INSTITUTIO: Klopstock, Lessing und Gellert waren die favorisierten Schriftsteller; von Schiller bot man einige Proben. An Goethes Dichtungen wagte man sich kaum. Nur einen Ausschnitt aus dem formal harmonischsten, ethisch gebändigtsten Drama, der IPHIGENIE AUF TAURIS, druckte man ab (hierin unterschied man sich kaum von norddeutschen Gepflogenheiten). Die übrige Dichtung vom Sturm und Drang bis zur deutschen Romantik wurde verschwiegen. Dieser sich somit abzeichnende Kunstgeschmack war keineswegs bloß von oben verordnet. Er entsprach durchaus den Wünschen eines allgemeineren Lesepublikums, dem die österreichischen Verleger bis weit ins 19. Jahrhundert mit zahllosen Nachdrucken deutscher Aufklärungsliteratur nachkamen.

Es versteht sich nun von selbst, daß damals die österreichische Vokalmusik Texte aus diesem Literatur-Kanon bezog, daß Beethoven 1803 Gedichte Gellerts für die SECHS LIEDER AUF DEM KLAVIER ZU SINGEN als aktuelle Verse empfand, daß Franz Schubert besonders seine frühe Liedkunst um die Zeit des Wiener Kongresses vorzugsweise an Klopstocks pathetisch-empfindsamen Versen (wie einst Christoph Willibald Gluck!) erprobte und die Maler Josef Abel (1764–1818) und Heinrich Friedrich Füger (1751–1818) nach Klopstockschen Motiven arbeiteten. Die jungen Dichter Grillparzer, Castelli, Lenau, Johann Mayrhofer, natürlich der später zum Schreiben kommende Nestroy, tauchten zunächst in das einerseits empfindsame, anderseits rationalistische aufgeklärte Literaturangebot, das sie prägte, aus dem sie dann ihren eigenen späteren Schaffensgang motivierten.

Ähnlich wie die allgemeine Bildungswelt bemühte sich auch die österreichische Kunstwelt nach dem Josephinismus um die Konsolidierung der seinerzeit erarbeiteten ästhetischen und ethischen Qualitäten. Bis um 1820 hielt diese Tendenz, zuletzt noch vertreten durch ältere Literaten wie Joseph Richter (1749–1813) – den Eipeldauer-Richter, Joseph Franz Ratschky (1757–1810), Friedrich Freiherrn von Retzer (1754–1824), Friedrich Schreyvogel (1768–1832), Caroline Pichler (1769–1843) u. a., an; zu ihnen gesellten sich vorübergehend oder ständig gleichgesinnte deutsche Zuwanderer: Emanuel Schikaneder (1751–1812), Karl Friedrich Hensler (1759–1825) oder Friedrich Treitschke (1776–1842), der Bearbeiter des FIDELIO-Textes. Ein besonderer Ordnungswille entfaltete sich in den Künsten. Die Dichtung vermeidet die konsequenteren, mitunter radikalen ästhetisch-ethischen Entwicklungen des deutschen Idealismus, lehnt das Genie- und Individualismusdenken des Sturm und Drang, lehnt schließlich die Individualkunst der deutschen Romantik ab. Sie bleibt den moralischen und künstlerischen Maximen der deutschen bzw. gemeineuropäischen Aufklärung treu. Sie sucht stets die vorzugebenden Ordnungen (religiös-weltanschaulicher oder staats- bzw. familienpolitischer Art) zu bestimmen, in die der Mensch sich einzufügen hat. Das ist symptomatisch für eine literarische Kunst, die – wie damals – beinahe hauptsächlich von Beamten getragen wurde. Die österreichische Dichtung begibt sich daher jener Entfaltung des sich selbst Maßstäbe setzenden Individuums, das die mittel- und norddeutsche Literatur anstrebte und in der Goethe-Zeit der Vollendung zuführte. Daher wird Goethes Dichtung spät, dafür umso begeisterter gewürdigt, aber besonders von den ordnungsgestaltenden Aspekten her verstanden.

Die Österreicher führen – mit Hilfe der literarisch noch immer tätigen josephinischen Aufklärer – diese beiden grundsätzlichen Spielarten aufgeklärten Schreibens ins 19. Jahrhundert: einerseits den literarischen Rationalismus der witzigen, scherzhaften didaktischen Lyrik (z. B. Ratschky, Castelli, Grillparzer), des Lehrgedichts (z. B. Johann Baptist Hoheisl, Friedrich Karl von der Lühe, Leopold Trattinick, Michael Enk von der Bûrg), der witzig-satirischen Epigrammatik (z. B. Johann Joseph Franz Reilly, Joseph Anton Stein, Johann Baptist Rupprecht, Grillparzer), anderseits die literarische Empfindsamkeit der anmutig-zärtlichen, melancholischen (z. B. Gottlieb Leon, Caroline Pichler, Gabriele v. Baumberg, Matthäus v. Collin, z. T. Johann Mayrhofer, z. T. Grillparzer, z. T. Lenau) oder pathetischen Lyrik (Heinrich Joseph v. Collin, Nikolaus Craigher de Jachelutta). Beide Spielarten vereinigen sich im moralischen Anspruch zunächst des weitausladenden Epos (z. B. Johann Ladislaus Pyrker), dann aber in den Hochstil-Lustspielen – meist nach französischen Vorlagen – (z. B. Cornelius Hermann v. Ayrenhoff, Ignaz Franz Castelli, Eduard von Bauernfeld, Grillparzer), den pathetischen Hochstildramen (z. B. Ayrenhoff, Johann v. Kalchberg, Heinrich Joseph v. Collin, Grillparzer) und schließlich in den Besserungsstücken der Volkskomödie (z. B. Carl Friedrich Hensler, Joseph Alois Gleich, Carl Meisl, Adolf Bäuerle); empfindsam getönt sind die Stücke Raimunds, mit rationalistisch-sarkastischer Rhetorik ausgestattet sind die Possen Nestroys. Ehe Grillparzer, Raimund, später Lenau, Nestroy und andere österreichische Schriftsteller ihre Meisterschaft erreichten, wurden etwa bis 1820 in anspruchsloser literarischer Formung die hohen Ideale aufgeklärten Denkens zwischen den Polen christlich-katholischer, aber auch christlich-protestantischer und deistischer Weltanschauung – die besonders in freimaurerischen Kreisen unter englischem Einfluß Fuß faßte – gestaltet: Taten sich die alten, immer noch freimaurerisch inspirierten Wiener Autoren Leon, Ratschky, Schreyvogel u. a. zusammen, so begann um 1800 auch eine von prononcierten

Wiener Katholiken getragene literarische Bewegung mit Franz Anton de Paula Gaheis (1763–1809), Christoph Kuffner (1777–1846), Johann Philipp Neumann (1774–1849) usw. einzusetzen und nur wenige Jahre später eine protestantisch profilierte, deren – zumeist in Ungarn geborene, z. T. dort verbliebene oder nach Wien gezogene – Hauptvertreter Jakob Glatz (1776–1831), Johann Wächter (1757–1827), Johann August Genersich (1761–1823) waren. In Prag übernahmen nach Karl Heinrich Seibt (1735–1806) die Ästhetiker und Literaten August Gottlieb Meißner (1753–1807), später Johann Heinrich Dambeck (1774–1820) den ästhetisch-literarischen universitären Lehrbetrieb und legten – ebenfalls aus aufklärerischer, überkonfessioneller Überlieferung die Grundlage einer aufblühenden deutsch-böhmischen Literaturlandschaft, die etwa mit Wilhelm Adolf Gerle (1789–1846), Karl Egon Ebert (1801–1882) erste literarische, mit Joseph Stanislaus Zauper (1784–1850) und dem nach Wien gezogenen Philipp Mayer (1798–1828) erste ästhetische, der Goethe-Zeit der außerösterreichischen Raumes aufgeschlossene Erfolge zu verzeichnen hatte.

Große Dichtung konnte aus solcher, um dichterische Aufbauarbeit bemühter Leistung nicht entstehen, wohl aber reichte sie aus, der Musik Texte zu bieten, die zu höchster kompositorischer Schöpfung die Grundlage bereiteten: Damit ist die Vokalmusik (von Mozarts letzten Lebensjahren über Haydns Höhepunkt mit den beiden deutschen Oratorien um 1800 bis zu Beethovens in die zwanziger Jahre reichendem Schaffen) gemeint. Die künstlerischen Utopien dieser Komponisten und ihrer Textdichter fragen immer wieder nach den Möglichkeiten menschenwürdigen Zusammenlebens, fragen nach privat-intimen und öffentlich-staatspolitischen Ordnungen als Voraussetzungen irdischer Harmonie und Zufriedenheit, deren Garant immer der an Herz und Geist gebildete und daher mündige Mensch bleibt: Das gilt für die großen Opern Mozarts, für Haydns Oratorien DIE SCHÖPFUNG (1798) und DIE JAHRESZEITEN (1801) mit den deistisch – nicht christlich – orientierten Texten Gottfried van Swietens, für Beethovens FIDELIO (1805 und 1816; Text von Joseph Sonnleithner, Grillparzers Onkel und Karl Friedrich Treitschke) und für die humane Freude des von Beethoven selbst bearbeiteten Schillerschen Textes der Neunten Symphonie (1823).

Schließlich erhält dieses Ordnungsstreben nach höchsten ideellen Entwürfen auch eine auf die historisch-reale Situation gewendete restaurative Komponente selbst in den Festspielen Beethovens (z. B. DIE WEIHE DES HAUSES mit dem Text von Carl Meisl; 1813) oder in den Habsburg-Dramen Grillparzers (z. B. KÖNIG OTTOKARS GLÜCK UND ENDE, 1825; EIN TREUER DIENER SEINES HERRN, 1825), ganz zu schweigen von den mit der politischen Situation sich völlig identifizierenden Volkskomödien, Huldigungsgedichten und Versepen von Gleich, Meisl bis zu Johann Gabriel Seidl, dem späteren Zedlitz, Friedrich Halm und der neuen Generation, die Heliodor Truska (s. u.) huldigend um sich scharte. In diesem Sinn verengt sich auch der ethische Horizont der jüngeren Generation in den zwanziger Jahren: als Grillparzer im Jahr 1826 Goethe in Weimar besuchte, steckt er bezeichnenderweise auch aus diesen Gründen in einer Schaffenskrise. Aber gerade ihm und Ferdinand Raimund gelangen um 1830 noch einmal Werke, die das aufgeklärte, alte Zufriedenheitsideal in der Harmonisierung z. T. unvergeßlicher Bühnencharaktere freilich nicht mehr in weltbürgerlichem Sinn, sondern nur mehr in (ländlich-seelendiätetischer) Selbstbescheidung gestalten: VOM MÄDCHEN AUS DER FEENWELT ODER: DER BAUER ALS MILLIONÄR (1826) über DER ALPENKÖNIG UND DER MENSCHENFEIND (1828) bis zum VERSCHWENDER (1834) Raimunds zieht sich eine dramengeschichtliche, eigengeprägte österreichische Linie, in die auch Grillparzers DER TRAUM EIN LEBEN (1834) gehört.

Ein Blick in das am Ende dieser Periode erschienene ästhetische Standardwerk bestätigt den vorgetragenen Befund aus zeitgenössischer Sicht: Das AESTHETISCHE LEXIKON von Ignaz Jeitteles, der aus einer böhmisch-jüdischen, vor allem an der Universität Prag gebildeten Familie stammte, erschien in zwei Bänden 1835–1837 bei Carl Gerold in Wien und zog die ästhetische, sowohl historische als auch systematische Summe. Jeitteles betont die aufklärerischen literarischen Überlieferungen. Dem Höhepunkt der Goethe-

Zeit und der deutschen Romantik weicht er aus. Goethe läßt er nur eingeschränkt gelten; wenn er Beispiele aus der deutschen Dichtung um 1800 liefert, nennt er lieber Herder oder Schiller. Sonst bleibt er bei den Aufklärern und ihren Nachfolgern. Jeitteles liebt klare, einfache („klassizistische") Formen. Daher schätzt er die (Vokal-)Musik von Mozart, Haydn, Beethoven. Den aus seiner Perspektive hyper-empfindsam die Liedkonventionen überschreitenden, ja mitunter durch die Vertonung großer Balladentexte sprengenden Schubert lehnt er ebenso ab wie den auf literarischem Gebiet für ihn ebenfalls hyper-empfindsam Allegorien wiederbringenden Ferdinand Raimund. Jeitteles stellt sich mit Hilfe der aufklärerischen Tradition (Sulzer und Eschenburg, s. o., sind seine wichtigsten Gewährsleute) gegen solche Vertreter der jüngsten Künstler-Generation. Er führt die soliden, so lange Zeit erfolgreich wirksam gewesenen Maßstäbe – rückwärts gewandt – noch einmal ins Treffen. Aber indem Jeitteles auf den Harmonisierungsidealen, den klar abgrenzbaren „einfachen" ästhetischen Formungen beharrte, vertrat er aus freien Stücken die gleiche Geschmacksrichtung, der viele Schichten des Publikums anhingen und die – gleichsam offiziell von Staats wegen – die zeitgenössischen Unterrichtswerke lehrten. Sie alle gerieten aus der Bewunderung für eine vergangene, bedeutende kulturell-künstlerische Strömung in eine ästhetische und ethische Stagnation. Sie wurde der um 1820 tätigen jüngsten Generation zur Zwangsjacke, aus der sie ausbrechen wollte und mußte. Die Frage war nur: wie ausbrechen und zu welchen Zielen aufbrechen? Objektive neue Maßstäbe waren in dieser Situation kaum zu gewinnen. Das große adelige und bürgerliche Mäzenatentum existierte nicht mehr. Das aufgeklärte Selbstbewußtsein konnte sich keine neuen öffentlichen Wege mehr bahnen: Gab es demnach eine innere Stagnation, so kam es nach den Napoleonischen Kriegen auch zu einer äußeren, politischen durch den Metternichschen Absolutismus. Der Künstler – ohne deutsches, individualistisches Selbstbewußtsein (s. o.) gewonnen zu haben – sah sich auf sich selbst zurück verwiesen, Anerkennung fand er nur mehr zum geringen Teil in fürstlichen Häusern; anstelle großer öffentlicher Resonanz trat der Beifall ähnlich gesonnener Freunde. Schubert empfand den Freundeszirkel als existenznotwendig und ähnlich erging es seinen Freunden, etwa den Malern Leopold Kupelwieser (1796–1862) oder Moritz von Schwind (1804–1871), den Dichtern Johann Mayrhofer, Johann Gabriel Seidl und Eduard von Bauernfeld.

Solche Ich-Erfahrungen führten vorerst – wie das Beispiel Raimunds und Grillparzers 1830 lehrt – zu einem besonderen Ordnungsstreben, dann jedoch zu Lebensunsicherheiten: Der Mensch werde wie ein Spielball von Schicksal und Zufall regiert, wie auf der Schaubühne spiele er eine ungewisse Rolle, sagt Schubert. Ungewißheiten treten nun an die Stelle aufgeklärt-optimistischer Gewißheiten; sie führen literarisch aus subjektiv-empfindsamer Haltung zu Resignation, Skepsis, Weltschmerz und Selbstaufgabe. Johann Mayrhofer begeht 1836 Selbstmord; für Nikolaus Lenau enden lange Jahre in Schwermut und Wahnsinn 1850; Ferdinand Raimund – ein immer schon der Resignation anhängender, längst an seinen Zufriedenheitsidealen irre gewordener, psychisch ruinierter Mann – begeht 1836 Selbstmord; der Melker Benediktiner, Professor am Stiftsgymnasium, Michael Enk von der Burg sucht und findet 1843 den Freitod; Grillparzers Hypochondrie und Weltskepsis werden immer nur vorübergehend und schwer überwunden.

Freilich, gerade Grillparzers die Zeitgenossen überragendes literarisches Genie ruhte tief in der österreichischen Aufklärung, wurde durch alte österreichische Josephiner so frühzeitig gefördert, daß sich sein Talent über das Wiener Burgtheater eine, den Skeptizismus und die existenzielle Lähmung überwindende Laufbahn eröffnen konnte. Grillparzers SELBSTBIOGRAPHIE erzählt, wie der alte Skriptor der Hofbibliothek, Gottlieb Leon, als einer der wichtigen Lyriker um den 1796 erloschenen WIENER(ISCHEN) MUSENALMANACH einstens geachtet, ihn – trotz energischen Widerstands – dem einflußreichen Kritiker und Sekretär am Burgtheater Joseph Schreyvogel (1768–1832) zuführte. Der alte Josephiner und Freimaurer Leon empfiehlt dem gleichgesinnten Schreyvogel die dichterische Hoffnung Österreichs. Diese Erzählung Grillparzers weist beinahe symbolisch auf die ideelle und persönliche

Ausstrahlung josephinischer Tendenzen ins 19. Jahrhundert. Ihnen folgen außer Grillparzer viele Schriftsteller, unter ihnen Johann Nestroy, Charles Sealsfield, Anastasius Grün u. a., denen es mit zeitkritischem Engagement und z. T. neuem Werte-Aufbau gelingt, die kritischen Jahre des Vormärz zu bestehen.

*

Als Franz Joseph, der spätere Kaiser, am 18. August 1830 in Schönbrunn zur Welt kam, begannen Kunst- und Unterhaltungsdichtung, Kunst- und Unterhaltungsmusik recht bewußt getrennte Wege zu gehen. In den Folgejahren sollten sie immer unvereinbarer werden. Trotzdem bewahrte man damals noch eine lebendige Erinnerung an jene literarische und musikalische Kunstperiode, die im Zeichen bürgerlicher Kunstausübung des 18. Jahrhunderts unter aristokratischer Patronanz beides – Unterhaltung und höheren ästhetischen Anspruch – zu vereinen wußte. Im neubegründeten habsburgischen Kaisertum waren es vor allem Mozarts Opern, die aus dieser ferngerückten Zeit lebendig waren. Die Zeit selbst aber war längst vorbeigezogen, wenngleich sie Goethe, der Böhmens Bäder beinahe heimatlich verbunden war, noch immer in Weimar repräsentierte: Als Franz Grillparzer 1826 vor Goethe stand, erfuhr er mit bestürzender Klarheit an sich selbst, wie human nahe ihm der größte deutsche Dichter war, und in welcher Distanz er trotzdem zu seinem eigenen Wesen und Wollen blieb. Er war damals ein anerkannter Dichter und doch fehlte ihm und seinem Werk die Selbstbewußtheit und das Selbstvertrauen seines großen Gegenübers. Goethe ging es seit seiner Jugend um die Selbstbehauptung des einzelnen, um die freie sittliche Handlung des mündigen Menschen, der sich selbst Ordnungen schafft. Grillparzer zeigt ein langes Leben hindurch mit seinen Werken wie sich der Mensch in vorgegebene anzuerkennende, weil notwendige Ordnungen einzufügen habe. Bestürzt und doch auf seine individuelle, nicht zuletzt auch aus der heimisch-österreichischen Tradition erklärbare Eigenständigkeit aufmerksam gemacht, flieht Grillparzer aus Weimar. Er geht einer neuen dichterischen Zukunft entgegen. Ihm scheint damals um 1830, daß eben doch eine sinnvolle diesseitige Natur- und Menschenordnung erkennbar sei, und das Glück des Menschen gewähren könne: Grillparzers spätaufklärerisches Denken führt zur Frage nach der menschlichen Zufriedenheit und dem irdischen Glück; er beantwortet sie mit dem 1831 fertiggestellten, 1834 im Burgtheater uraufgeführten Stück Der Traum ein Leben. Allem aktivistischen Leben erteilt das Stück eine Absage:

Eines nur ist Glück hienieden,
Eins, des Innern stiller Frieden
Und die schuldbefreite Brust.

Und die Größe ist gefährlich
Und der Ruhm ein leeres Spiel.

Ebensolche Weisheit legte der volkstümliche Ferdinand Raimund seinem Valentin zu derselben Zeit heiter-besinnlich in den Mund: 1834 wurde Der Verschwender im Theater in der Josefstadt zum ersten Mal gegeben. Auf stilistisch getrennten Wegen waren der gebildete Hochstildramatiker und der einfache Volkskomödienverfasser zu ähnlichen poetischen Ergebnissen gelangt. Die ländlichstille Selbstbescheidung des Grillparzerschen Stücks und die Geste des Sich-Drein-Gebens in die Unvermeidbarkeiten des Lebens bei Raimund, diese kontemplativen Haltungen schaffen die Harmonie von Seele und Geist; sie garantieren die erreichte und nur mehr so erreichbare humane Zufriedenheit. Die Dichtung wie die anderen Künste der Zeit suchen die intimen Regionen des Herzens auf und suchen sie mit den bescheidenen Wünschen des Verstandes in Einklang zu bringen. Dies geschieht in Übereinstimmung mit dem allgemeinen Lebensgefühl. Denn während der Hof zwar nach außen Weltgeschehen repräsentiert, die Habsburger Monarchie in mächtigem Glanze neu gefügt erscheint, sucht der einzelne sich selbst und verliert die Dimension des öffentlich-tätigen Bewußtseins. Man beachte die Einfachheit und Zurückgezogenheit im Lebenswandel des Kaisers, die volkstümliche Schlichtheit des Erzherzogs Johann. Und selbst in der Kirche stellt man neben den bisherigen offiziellen deutschen Meßgesang Michael Haydns „Hier liegt vor Deiner Majestät [. . .]" Johann Philipp Neumanns, den intimen seelischen Bereich des einzelnen Menschen verinnerlicht treffenden Text „Wohin soll ich mich wenden [. . .]“ mit der Musik Franz Schuberts (1826). Nicht nur die Verinnerlichung eines neuen religiösen Gefühls, das Hoffnungen gewährt, deutet sich hier an, sondern auch die negative Möglichkeit eines Weges in die Einsamkeit und Verzweiflung: Franz Schubert hat sie in den Liederzyklen DIE SCHÖNE MÜLLERIN und DIE WINTERREISE künstlerisch aufs Eindringlichste gestaltet, der Kreis um ihn und viele Dichter haben sie persönlich erfahren.

Die drohende Vereinsamung und Hoffnungslosigkeit des Menschen, der Verlust tradierter Werte und der Verlust der Öffentlichkeitsdimension führte nicht nur zu den Selbstmorden Ferdinand Raimunds oder Johann Mayrhofers in den dreißiger Jahren, sie sind wohl auch schuld an der Hoffnungslosigkeit mit der Michael Enk von der Burg 1843 und der Prager Erzähler Wolfgang Adolf Gerle (1783–1846) ihrem Leben ein Ende setzten; schließlich kündigt sich in dieser Situation Nikolaus Lenaus (1802–1856) Wahnsinn an. Lenau gestaltete das Irrewerden an sich selbst und der Welt in seinem episch-lyrisch-dramatischen Gedicht FAUST, das er in den Jahren 1833/34 schrieb und 1836 in Stuttgart veröffentlichte. Er stellte es dem Werk Goethes entgegen. Für diese Faust-Gestalt existiert keine Rettung, keine göttliche Gnade, weil sie sich selbst in verwirrter Schuld, in verlorenem Erkenntnisbewußtsein nicht mehr zu orten vermag. Das Suchen der Freiheit durch die revolutionäre Tat des Selbstmords ist die Selbsttäuschung, mit der sich Faust selbst Mephisto überantwortet. In der ethischen Entleerung dieser Dichtung sind die künstlerischen Ideale des Guten, Wahren und Schönen der Goethe-Zeit kaum mehr feststellbar.

Die düsteren Stimmungen, denen sich Lenau ausgesetzt sah, wurden für die Lyrik zu Bildern von hohem Reiz. Lenaus GEDICHTE erschienen zuerst gesammelt in Tübingen 1832 und erlebten bis in die vierziger Jahre immer neue Auflagen: die SCHILFLIEDER, HEIDEBILDER, DIE DREI ZIGEUNER und viele andere Gedichte übten mit ihrer einfachen, aber leidenschaftlichen, immer seelisch betroffenen Sprache starke Wirkung auf das Lesepublikum.

Der Umschlag aus der sich selbst aufgebenden Haltung des Weltschmerzes mußte radikal und mit aller nach außen gerichteten Agitation erfolgen. Verstärkter Druck des Spitzelwesens und konsequentere Zensurmaßnahmen waren die Folge. Nestroy sprach zwar 1848 in der Posse FREIHEIT IN KRÄHWINKEL – anläßlich der Abschaffung der Zensur – einen für die damaligen Schriftsteller mitunter bedenkenswerten Satz:

[. . .] und die Dichter haben ihre beliebteste Ausred' eingebüßt. Es war halt eine schöne Sach', wann einem nichts eing'fallen is und man hat zu die Leut' sagen können: „Ach Gott! es ist schrecklich, sie verbieten einem ja alles.“

Trotzdem hatte jeder Schriftsteller dieser Tage leidige, böse Zensurerfahrungen zu tragen.

Johann Nestroy, der große satirische – aus dem Geist des Josephinismus immer noch schöpfende – Komiker auf den Brettern der Vorstadttheater, dessen Aufstieg in den dreißiger Jahren begann und noch vor 1848 dem Höhepunkt zustrebte, kannte die Weltschmerzhaltung seiner Zeit. Die Wiener konnten anläßlich der Uraufführung der Erfolgsposse DER ZERRISSENE (9. April 1844 / Theater an der Wien) einen komisch-gezeichneten Weltschmerz-Charakter mit dem Herrn von Lips auf der Bühne belachen. Lips sagt – sich selbst karikierend –:

Mein Gemüt ist zerrissen, da is alles zerstückt,
Und ein z'riss'nes Gemüt wird ein' nirgends geflickt.
[. . .]
Meiner Seel', 's is a fürchterlich's G'fühl,
Wenn man selber nicht weiß, was man will.

Während die einen mit Hilfe der Religion bzw. der katholischen oder protestantischen Konfession, die anderen mit der Erinnerung an josephinische und goethezeitliche Ideale die Hoffnung auf den Menschen nicht aufgeben wollten, war für die dritten die Zeit der Zufriedenheitsideale vorbei. Die Kritik an den Zuständen häufte sich, viele gaben den Herrschenden ausschließlich die Schuld, manche – und vor allem die bedeutenden Schriftsteller – allerdings nahmen die Lausigkeit des menschlichen Charakters in allen sozialen Schichtungen aufs Korn: Das tat Franz Grillparzer mit seinem einzigen Lustspiel WEH' DEM, DER LÜGT! (entstanden 1834–37; Druck Wien 1840), das man bei der Uraufführung am 6. März 1838 am Wiener Burgtheater gründlich mißverstand und ablehnte; das tat der die Welt sarkastisch lachend ohrfeigende Nestroy, der den erbaulichen gemüthaften Raimund und dessen zweitrangige Nachfolger, die Volkstheatraliker Josef Alois Gleich (1772–1841), Karl Meisl (1775–1853) und Adolf Bäuerle (1786–1859) abgelöst hatte, mit allen seinen Possen; das tat wenigstens zum Teil der Graf Anton Alexander von Auersperg, der sich Anastasius Grün (1806–1876) nannte, mit den satirischen Gedichten der SPAZIERGÄNGE EINES WIENER POETEN (1831) und den komischen Epen DIE NIBELUNGEN IM FRACK (1843) und DER PFAFF VOM KAHLENBERG (1850); das tat auf seine revolutionär-leidenschaftliche Art schließlich Nikolaus Lenau mit dem Epos DIE ALBIGENSER, das 1842 in Stuttgart herauskam.

In dieses zeitkritische Konzert, aus dem man das zu neuem Leben erwachte Erbe des Josephinismus vernehmen konnte, mischte sich auch eine Stimme aus dem Ausland, die die Österreicher mit dem Buch AUSTRIA AS IT IS (1828) über die Zustände des Metternich-Regimes aufklären wollte. Der Verfasser war Karl Anton Postl, d. i. Charles Sealsfield (1793–1864), der entsprungene und aus Österreich geflohene Ordenssekretär der Prager Kreuzherrn. In der Neuen Welt und später in der Schweiz fand er eine neue Heimat. Von dort oder von den vielen wechselnden Aufenthalten seiner politischen Missionen sandte er vor allem in den dreißiger und vierziger Jahren einen Roman nach dem anderen an seinen fortschrittlichen Hamburger Verlag Hoffmann und Campe, der für weite Verbreitung sorgte. Sealsfield entwickelte in seinem erzählerischen Werk ein literarisches Aufklärungsprogramm, sprach von den Vorzügen der amerikanischen demokratischen Freiheit und entwickelte in der Nachfolge von James Fenimore Cooper und anderen vorbildlichen Schriftstellern eine Meisterschaft der Landschaftsdarstellung, der ethnographischen zeitgeschichtlichen Schilderung in realistischem Stil: Diese Eigenart zeigte Sealsfield zum ersten Mal eindrucksvoll mit den zum Titel LEBENSBILDER AUS BEIDEN HEMISPHÄREN (1835–37) zusammengefaßten Romanen und führte sie zur Meisterschaft mit den Büchern DAS CAJÜTENBUCH (1841) und SÜDEN UND NORDEN (1842f.). Diese amerikanische Freiheit begeisterte zunächst viele: Nikolaus Lenau reiste fasziniert hinüber und kehrte enttäuscht zurück. Der Roman DER AMERIKA-MÜDE (1855) Ferdinand Kürnbergers (1821–1879) stellte später Lenaus Amerika-Schicksal literarisch dar.

Es ist nur zu verständlich, daß eine Zeit, die in sich so widersprüchlich blieb, besondere Vorlieben für das Reisen hatte und besondere ethnographische und kulturgeschichtliche Interessen näheren oder ferneren Ländern entgegenbrachte. Zunächst reiste man noch vorgeprägt durch literarische Äußerungen: Man sah das fremde Land durch die Brille literarischer Zeugnisse, die das Abendland seit den Griechen, die der Nahe und Ferne Osten mit persischer oder chinesischer, mit indischer oder jüdischer Dichtung (z. B. die Bibel) dem Gebildeten anbot. Dieses Interesse an fernen Ländern dokumentiert sich in der Übersetzungsliteratur, die mit den kunstvollen Bemühungen Joseph von Hammer-Purgstalls (1774–1856) um die arabische und persische Dichtung einen Höhepunkt erreicht; die Hafis-Übersetzung (1812) wirkt auf Goethe und regt die Ghaselen-Dichtung des 19. Jahrhunderts bedeutsam an. Hammer-Purgstalls kulturgeschichtliche Schriften – etwa die LITERATURGESCHICHTE DER ARABER (1850–56) – weisen auf die zweite literarische Wirkung des Interesses an anderen Völkern und Ländern: Es ist das kulturgeschichtliche Schrifttum, dem Jakob Philipp Fallmerayers (1790–1861) Schriften als die wohl bedeutendsten Arbeiten dieses Gebiets der kunstvoll gestalteten Sachprosa dienen; am bekanntesten wurden seine FRAGMENTE AUS DEM ORIENT (1845). Schließlich ist die Reiseliteratur selbst in ihrer zunächst sehr literarisierenden Art eines Anton Graf von Prokesch-Osten (1795–1876) – ERINNERUNGEN AUS ÄGYPTEN UND KLEINASIEN (1829–31); DENKWÜRDIGKEITEN UND ERINNERUNGEN AUS DEM ORIENT (1836–37) –, der schließlich ebenfalls unter die Kulturhistoriker – GESCHICHTE DES ABFALLS DER GRIECHEN VOM TÜRKISCHEN REICHE (1867) – ging, oder eines Friedrich Fürst von Schwarzenberg (1800–1870) – AUS DEM WANDERBUCHE EINES verabschiedeten Lanzknechtes (1844–48); Antediluvianische Fidibus-Schnitzel (1850) – zu erwähnen. Parallel zu solchen Arbeiten erschienen Ida Pfeiffers (1797–1858) viel stärker ethnographisch ausgerichteten Forschungsergebnisse in farbig-realistischen Reisedarstellungen: Reise einer Wienerin in das Heilige Land (1833); Eine Reise um die Welt (1850); Reise nach Madagaskar (posthum 1861).

Nicht auf das ferne Ausland richteten die beiden großen Erzähler der Jahrhundertmitte, Grillparzer und Stifter, ihr schriftstellerisches Talent. Franz Grillparzers erzählerische Meisterschaft zeigt sich außer in der Selbstbiographie in der frühen Erzählung Das Kloster bei Sendomir (entstanden 1822–27; zuerst im Taschenbuch Aglaja 1828 gedruckt) und vor allem in der 1842 abgeschlossenen, aber erst 1848 erschienenen Rahmenerzählung Der arme Spielmann. Grillparzer zeichnete das Schicksal eines zwar sozial herabgekommenen, aber geistig-seelisch zutiefst edlen Charakters. Die hohe Dichtung war hinuntergestiegen in die Vorstadt, in die Welt des Kleinbürgertums. Das Humane auch im anscheinend kümmerlichsten Schicksal begann zu interessieren und für die Dichtung reif zu werden.

Als Der arme Spielmann in Gustav Heckenasts Pester Verlag als Beitrag von Johann Graf Mailaths Iris erschien, konnte man dort bereits die ersten bedeutenden Erzählungen des anderen großen Epikers der Zeit, Adalbert Stifter (1805–1868) lesen. Eine Reihe Stifterscher Werke war in der Iris abgedruckt worden. In den Jahrgang 1843 beispielsweise nahm Mailáth die Novelle Die Narrenburg auf. Stifters Novelle steht dort neben Erzählungen der Wienerin Betty Paoli (eigentlich Barbara Elisabeth Glück, 1815–1894), des Sudetendeutschen Walter Tesche, ferner neben den damals modischen balladesken Gedichten des lange Zeit in Pest tätigen Heinrich von Levitschnigg (1810–1862), des aus Mähren gebürtigen jüdischen Dichters Heinrich Landesmann (Ps. Hieronymus Lorm, 1821–1902) und des ungarn-begeisterten Johann Nepomuk Vogl (1802–1866), schließlich neben kulturgeschichtlichen Beiträgen zur ungarischen Geschichte von Mailáth selbst bzw. zum Orient von Hammer-Purgstall. Johann Gabriel Seidls und anderer, wenig bekannter Dichter, sanfte, zärtliche, besinnliche und melancholische Lyrik runden das Gesamtbild, das einen guten Querschnitt durch die literarischen Aktualitäten dieser Jahre bietet, ab. Im Jahrgang 1848 ließ Stifter die Erzählung Prokopus erscheinen und auch hier ergibt sich – vor allem auch durch z. T. dieselben Beiträger – ein ähnliches Bild; nur, daß Grillparzers Der arme Spielmann als Eröffnungsbeitrag und Adalbert Stifters Mitwirkung durch ein mit römischen Ziffern paginiertes, vom übrigen Inhalt getrenntes Lobgedicht Betty Paolis „An Adalbert Stifter" hervorgehoben werden. Grillparzers Leistungen waren damals längst unbestritten, Stifter verdankte seine äußere Anerkennung neben Mailáth vor allem Gustav Heckenast, der keine Kosten scheute, um die Erzählungen auch gesammelt einem breiteren Publikum vorzulegen. Zwischen 1844 und 1850 erschien die Sammlung Studien, die zwischen 1840 und 1845 geschriebene Erzählungen vereinigte; 1853 verlegte Heckenast die Bunten Steine, mit der berühmten, gegen Hebbels ungerechtfertigte Polemik gerichteten Vorrede: Stifter spricht darin vom „sanften Gesetz" einer universalen, nicht nur im Großen, sondern auch im Kleinen, Stillen wirkenden Kraft; diesem Wirken gelte (im Gegensatz zu Hebbels heroischen Übersteigerungen) seine schriftstellerische Kunst. Diese Haltung verbindet Stifter mit Grillparzers Wollen im Armen Spielmann. Stifter sieht im Kleinen, im Ereignis des niederen Alltags, die Größe der Welt, doch geht er – auf dem Land, im Böhmerwald geboren – wieder ins Land, in die Natur hinein, freilich noch nicht im Sinn der regional-heimatlichen Verengung eines Ludwig Anzengruber oder Peter Rosegger. Im Gegenteil: Die überregionale, überzeitliche Größe, die Stifter an den Erscheinungen dieser Welt abliest, läßt das regionale, heimatliche Element – mitunter nicht ohne gestalterische Zwänge – in der ethisch-ästhetischen Durchdringung des Sujets objektivierend aufgehen. Als Stifter 1842 die große Sonnenfinsternis in Wien – wie viele Menschen – erschüttert erlebt, wird sie ihm zum großen Naturereignis, das über alle beginnende Technisierung seiner Zeit, über alle Sozialprobleme hinweg zurückführt zum Wesentlichen: Zum Menschen selbst und diesen zu seinem Gott.

Adalbert Stifters große Zeit mit der Vollendung des Bildungsromans DER NACHSOMMER (entstanden 1848 und 1853 bis 1857; Erstdruck Pest, 1857) und des historischen Romans WITIKO (entstanden 1847 bis 1855 und 1860 bis 1867; Erstdruck, Pest 1865–67) liegt jenseits des Sturmjahrs 1848, in der Zeit des Nachmärz, in jedem Fall aber und von allem Anfang an jenseits des Tagesstreits der Parteien, jenseits schriftstellerischer Polemiken, von denen der Alltag – bestimmt durch den Aufstieg des Zeitungs- und Zeitschriftenwesens im Vormärz und Nachmärz – erfüllt war. Metternichs vertrauter Mitarbeiter, der Breslauer Friedrich von Gentz (1764–1832) begründete – im Sinne der Regierung – das erste politische Journal, den ÖSTERREICHISCHEN BEOBACHTER neben der alten WIENER ZEITUNG, die während der Napoleonischen Zeit vorübergehend in französische Hände überging. Zunächst stand das Blatt unter der redaktionellen Leitung von Friedrich Schlegel (1810/11), ab 1811 bis zum Ende (1848) leitete Anton v. Pilat (1782–1865). Parallel dazu erschien die von Metternich inaugurierte große literarische Zeitschrift, die WIENER JAHRBÜCHER DER LITERATUR (1818–1849), von mehreren Redakteuren, bezeichnenderweise auch von Deutschen, hintereinander betreut: Der Wiener Professor für Ästhetik Matthäus von Collin (1779–1824) leitete das Unternehmen von 1818–1821; ihm folgte der aus Münster in Westfalen stammende Beamte der Staatskanzlei und historisch-politische Schriftsteller Franz Bernard von Bucholtz (1790–1838) in den Jahren 1821 bis 1825 und dann Bucholtz' Kollege in der Staatskanzlei, der Göttinger Professor der Staatswissenschaften Johann Georg Hülsemann (1799–1863) von 1826 bis 1828; für ein Jahr (1829) übernahm der Wiener Hofbibliothekar und Slawist Bartholomäus Kopitar (1780–1844) die Redaktion, ehe sie schließlich in den Händen des Literaturkritikers, Professors der Ästhetik, Vizedirektors des Burgtheaters, Dramatikers und Zensors Johann Ludwig Deinhardstein (1790–1859) von 1830 bis 1849 verblieb. Eine Fülle literarischer Blätter trat neben dieses Organ, von denen hier nur Ignaz Franz Castellis (1781–1862) DER SAMMLER, EIN UNTERHALTUNGSBLATT (1809–1846), Adolf Bäuerles Wiener ALLGEMEINE THEATER-ZEITUNG (1806–1859) und die WIENER ZEITSCHRIFT FÜR KUNST, LITERATUR, THEATER UND MODE (1816–1848) des Schneidermeisters Johann Schickh (1770–1835), dessen Erbe der aus Bremen nach Wien gezogene Friedrich Witthauer (1793–1846) von 1836–1844 übernahm, genannt seien. Diese Blätter begleiteten mit literarischer Kritik, mit ersten Abdrucken soeben vollendeter Werke den Aufstieg der österreichischen Literatur; ohne sie und ihre breite Wirkung wäre die damalige Blütezeit österreichischer Dichtung nicht zu denken. Politisch freilich blieben diese Zeitschriften neutral oder gaben sich konformistisch. Viel kritischer gebärdete sich die 1837 von Moritz Gottlieb Saphir (1795–1858) begründete typisch „vormärzliche" Zeitschrift DER HUMORIST, der im gleichen Ton bald Ludwig August Frankls (1810–1894) SONNTAGSBLÄTTER FÜR HEIMATLICHE INTERESSEN (1842–48) folgten. Frankl war aus Böhmen nach Wien gezogen, Saphir kam aus Ungarn. Beide stammten aus jüdischen Familien und sind wesentliche Exponenten der um die Jahrhundertmitte vollständigen literarischen Emanzipation des österreichischen Judentums. Sowohl Saphir als auch Frankl leiten hinüber in die schrittweise Erweiterung der Pressegesetzgebung im Nachmärz, in die Explosion des Zeitungs- und Zeitschriftenwesens nach 1848. Neben die WIENER ZEITUNG war die großbürgerlich-liberale PRESSE (zunächst 1848–1896) getreten, ferner das kleinbürgerlich-radikale, demokratische Blatt MORGENPOST (seit 1850), später das „demokratische Organ" NEUES WIENER TAGBLATT und die großdeutsche OSTDEUTSCHE POST (1848–1866). Die Zeitungen, aber auch die unübersehbaren literarischen Zeitschriften von Saphirs HUMORIST, über Friedrich Kaisers DER KOBOLD (1846–1847), Joseph Wimmers (1834–1903) und Ottokar Franz Ebersbergs (Ps. Otto F. Berg, 1833–1886) TRITSCH-TRATSCH (seit 1858) bis zu Karl Sitters (1825–1884) berühmtem Witzblatt FIGARO (seit 1857), förderten nicht nur neue literarische Genres wie das Feuilleton, den Fortsetzungsroman etc., sondern erweiterten gleichsam den bislang engeren Bereich des Journalisten einerseits, des Dichters andererseits, führen beide Bereiche aufeinander zu. Die

Masse der literarisch Tätigen verlangte nach Organisation: 1859 wurde die Journalisten- und Schriftsteller-Vereinigung CONCORDIA gegründet.

*

Die März-Revolution des Jahres 1848 brachte nicht nur die Gegensätze der politischen, wirtschaftlichen und sozialen Lebenssphären gewaltsam an die Oberfläche; sie zeigte auch mit aller Schärfe die kulturellen, die künstlerischen Divergenzen auf. Im Jahr 1838 hatte Ernst Freiherr von Feuchtersleben in seiner weit über 1848 hinaus wirksamen Schrift ZUR DIÄTETIK DER SEELE noch im Geist der Goethe-Zeit beschwörend sagen können:

Wenn die zarte Pflanze, die wir unseren Geist nennen, schon im Treibhaus der Societät verdorren und absterben will, so versetze man sie in eine einsame Wildniß, und sie lebt wieder auf. [. . .] Man sage was man will zu Gunsten der Gesellschaft; sie lehrt den Menschen seine Pflicht und das ist das Höchste, was man überhaupt aussprechen kann; aber sein Glück erschafft ihm nur die Einsamkeit. Der Blick, in das unendliche Blau des Aethers verloren, oder über die reiche, mannichfache Schönheit der Erde hingleitend, wendet sich ab von den Armseligkeiten, die ihn im Gewühle des Marktes trüben und verwirren.

Das war ein aktuelles Losungswort selbst im Jahr 1848 – Feuchtersleben war damals Unterstaatssekretär im Unterrichtsministerium – für jene, die die Würde des Menschen wenigstens literarisch zu retten suchten. Für die anderen allerdings schien es an der Zeit, nach der Gerechtigkeit in der verwirrten Sozietät selbst zu fragen. Den Vorläufern der politischen Dichtung des Vormärz – Anastasius Grün, Franz Grillparzer, Josef Christian Freiherr v. Zedlitz (1790–1862; vgl. dessen GEDICHTE, 1832) – folgten die um 1820 Geborenen, der aus Ungarn stammende jüdische Kaufmannssohn Karl Isidor Beck (1817–1879; vgl. dessen NÄCHTE. GEPANZERTE LIEDER, 1838), Hermann v. Gilm zu Rosenegg (1812–1864, vgl. dessen um 1840 entstandenen „Jesuitenlieder“), die beiden linksdemokratisch überzeugten Böhmen Moritz Hartmann (1821–1872, vgl. dessen Gedichtsammlung KELCH UND SCHWERT, 1845 und die Satire REIMCHRONIK DES PFAFFEN MAURITIUS, 1849) und Alfred v. Meißner (1822–1885, vgl. dessen Epos ZISKA, 1846 und die Gedichtsammlung IM JAHR DES HEILS, 1848). Alle diese Dichtungen kommen mit höchst einfacher Rhetorik und schematischen metrischen Fügungen aus. Wichtig ist den Autoren die möglichst plakative Vermittlung ihrer Überzeugungen. Meinung steht gegen Meinung. Die Liberalen (Grün, Grillparzer, Zedlitz und Gilm) stehen gegen die mißbrauchte Gewalt des Absolutismus, gegen das Staatskirchentum; davon gehen die Linksdemokraten aus und bringen ihre gesellschaftlichen Forderungen ein (Beck, Hartmann, Meißner). In diese Stimmen mischen sich – je nach Weltanschauung – die aus dem Wiener Raum gebürtigen Hermann Rollett (1819–1904), Johannes Nordmann (1820–1887) und Eduard Mautner (1824–1889); deutsch national-liberal geben sich der Böhme Uffo Horn (1817–1860), der Siebenbürger evangelische Pfarrer Johann Friedrich Geltch (1815–1851), vor allem aber Johann Nepomuk Vogl mit seinen DEUTSCHEN LIEDERN (Jena, 1845) und SCHWARZROTGOLD (Wien, 1848). Auf allen Linien kämpfte von den Katholiken überzeugend gegen solche Tendenzen nur Sebastian Brunner (1814–1893).

Den Dichtern dieser Jahre um und nach 1848 zerfällt die Einheitlichkeit ihrer Welterfahrung: Privates und Öffentliches, politisches Engagement und Herzensregung fallen auseinander. Hinzu tritt noch ein anderes Moment: Neben die spontane, sinnenhafte Realerfahrung tritt die naturwissenschaftliche Brechung des Realitätsbewußtseins. All das irritiert den dichtenden Künstler, den letztlich die weltanschauliche Disparatheit nach dem politischen Bekenntnis wieder zum privaten Rückzug drängt. Aber noch lebt man um 1860/70 im Abglanz einer Dichtung, deren Sprache jedem Gefühl, jeder Naturstimmung, jeder menschlichen Regung gerecht werden konnte. Und dieser Sprache der späteren Goethe-Zeit und ihrer Fortbildung bediente man sich. Aber nicht das Ganze ist mehr gefragt. Der österreichischen Lyrik dieser Jahre beispielsweise fällt einerseits der Bereich des Seelisch-Intimen, anderseits der des weltanschaulichen Engagements auseinander. Das beweist Hermann v. Gilm: Bei ihm ist beides – unvermittelt – gegenwärtig. Neben den aggressiven „Jesuitenliedern" stehen die empfindungsvollen, zarten, melancholischen, auch pathetischen, in der bloßen Geste der Empfindung von keinem spezifischen Ethos getragenen Verse seiner GEDICHTE (1864), die dem allgemeinen literarischen Bewußtsein vor allem durch die Vertonungen von Richard Strauss (vgl. z. B. „Zueignung", „Allerseelen") gegenwärtig blieben.

In dieser extrem nach außen, oder ethisch erschöpft nach innen sich wendenden literarischen Situation, sprechen noch einmal Adalbert Stifter und Franz Grillparzer ein gewichtiges Wort, verstummt auf seine volkstümlich-kritische, die Redlichkeit des Menschen immer bedenkende Art auch Johann Nestroy nicht. Angesichts des heraufgekommenen Revolutionsjahrs und der erneut zutage getretenen Bestialität, der Grausamkeit des Menschen eröffnet sich Adalbert Stifter im Bildungsroman des NACHSOMMER mit der Forderung nach bürgerlicher Humanität als Grundlage geschichtlicher Verantwortung, eröffnet sich Franz Grillparzer im prophetischen Wurf des BRUDERZWIST IN HABSBURG (entstanden 1825–1848, Erstausgabe und Uraufführung 1872) eine künstlerisch geschaute Weltordnung, die zum letzten Mal an die alten Ideale des Guten, Wahren und Schönen zu appellieren scheint.

Und doch – wie anders, wie hoffnungsvoll bietet sich die Gegenwart – selbst vielen Dichtern – dar, als der junge Regent Franz Joseph I. die bayrische Prinzessin Elisabeth heiratet: [. . .] *ich bin in die unsägliche Holdseligkeit der jezigen Kaiserin, die ich im vorigen Sommer oft in Ischl sah, so verliebt wie der Kaiser selber* –, das schreibt Stifter am 13. Mai 1854 an seinen Verleger Heckenast nach Ungarn, und auch für den jungen Kaiser findet der Dichter erstaunliche Worte, indem er meint, daß manche Schritte desselben den künftigen großen Mann bezeichnen, der, *die höchsten Mächte des Lebens Kunst und Wissenschaft erkennt und ehrt.* Für Stifter – wie für viele Österreicher – waren die Jahre nach der vorübergezogenen Revolution im Zeichen neuer Hoffnung angebrochen und das junge Kaiserpaar wurde ihm zum lebendigen Symbol besserer Ordnungen. In die Person Franz Josephs projizierte Stifter den Wunschtraum, der Kaiser möge Förderer der Künste und Wissenschaften nach altem Vorbild sein: *wenn er mir wie August dem Virgil wie ein kleiner Fürst dem hohen Goethe die Muße gäbe schaffen zu können – ich glaube* [. . .] *tausende reiner Herzen würden vielleicht noch in späten Tagen davon sprechen* [. . .]. Dieser Gedanke lag wohl auch jener poetischen Gabe anläßlich der Hochzeit zugrunde, dem OESTERREICHISCHEN FRÜHLINGSALBUM von 1854. Das literarische Vertrauen dieses Jahrs reicht vom konventionellen Huldigungsgedicht bis zu jenen Dichtungen, die die neue Ordnung im Zeichen allgemeiner Humanität begrüßten. Diese Spanne in der letztlichen Divergenz der Überzeugungen ist die nämliche, die auch Grillparzers verschmähte und Johann Gabriel Seidls mit „allerhöchstem Handbillett" vom 27. 3. 1854 als authentische OESTERREICHISCHE VOLKSHYMNE akzeptierten Verse trennt. Seidls – nach Haschkas auf Franz I. 1835 gedichtete Strophen –

Gott erhalte, Gott beschütze
Unsern Kaiser, unser Land!

meint in identifikatorischem Konformismus die Person, Grillparzers

Gott erhalte unsern Kaiser
Und in ihm das Vaterland,

meint die Funktion des Kaisers als einigendes Symbol. In diesem Sinn ist das Ordnungsdenken der vier großen damals entstandenen dichterischen Utopien zu verstehen, Grillparzers Tragödien EIN BRUDERZWIST IN HABSBURG bzw. LIBUSSA und Stifters DER NACHSOMMER bzw. WITIKO. Diese Werke folgen auf die große Welle des politischen Tagesschrifttums und suchen in der – allerdings aufs äußerste getriebenen Fiktion – das zu erreichen, was in der Realität nicht zu erlangen war: den Ausgleich zwischen persönlichem Freiheits- und staatlichem Ordnungsanspruch. Spielt DER NACHSOMMER in der bürgerlich-aristokratischen Gegenwart des 19. Jahrhunderts, so spiegelt sich in Grillparzers Dramen und im WITIKO die Gegenwart am historisch-vergangenen Menschen- und Menschheitsentwurf. Nicht aus Zufall weisen zur Zeit des beginnenden Nationalitätenstreites sowohl die LIBUSSA als auch der WITIKO nach Böhmen. Der Roman WITIKO, von Stifter „Seinen Landsleuten insbesonders der alten ehrwürdigen Stadt Prag" gewidmet, deutet auf die Einheit des slawisch-deutschen Raumes im einigenden Band des Heiligen Römischen Reiches. *Wittiko ist der 1te Rosenberg, der Erbauer von Wittiko-Haus im Böhmerwalde* [. . .], *welches das Schloß der beiden Schwestern im Hochwalde ist. Die Einwanderung des Jünglings Wittiko aus Passau* [. . .] *sein Wandern durch den Böhmerwald, seine dortigen Schicksale* [. . .] *sein Emporkommen und die Anbahnung des späteren Glanzes der mächtigsten Dinasten, die Böhmen je gehabt* [. . .] *ist Gegenstand des Buches.* So beschreibt Stifter brieflich am 21. 6. 1855 Heckenast den Stoff, in dessen Zentrum das Schicksal Witikos und seiner späteren Frau Bertha steht. Im Symbol der Waldrose schließen – am Höhepunkt des Romans – Witiko und Bertha, die ersten aus dem künftigen Geschlecht der Rosenberge, ihren Bund. Die beiden wahlverwandten Gestalten reichen einander die Hände; aus der Liebe erwächst die moralische Pflicht: Die Unauflöslichkeit des Bundes ist die Grundlage des privaten Glücks und des gerechten fruchtbringenden Handelns. Die Harmonie der Liebenden erwächst aus der Bildung des Herzens und des Geistes zur individuellen Menschenwürde, die dem einzelnen größtmögliche Freiheit im Staatsgefüge gewährt. Noch einmal vermag es ein Dichter, an das Menschliche im Menschen zu glauben. Und so endet der im weitausladenden Stil des Prosaepos geschriebene Roman mit einem glanzvollen Bild des Reichstages von 1184, den Friedrich Barbarossa abhält, endet mit dem Glanz des Reiches, in das sich Witiko, Bertha und ihre Kinder, ihre Rechte und Pflichten wahrnehmend, einfügen. Die natürliche Ordnung – zum Vorbild der Gegenwart – scheint gefunden.

Das ist eine geschichts- und gesellschaftsphilosophische Position, in die selbst der BRUDERZWIST IN HABSBURG des skeptischen Grillparzer mit dem Wort Rudolfs II. – *Ich bin das Band, das diese Garbe hält / Unfruchtbar, doch nötig, weil es bindet* – einlenkt. Noch mehr dem Stifterschen Denken verwandt ist die Tragödie um die mystische Begründerin Prags bzw. der Přemysliden LIBUSSA. Sie, Libussa, verläßt das überirdische Reich ihrer Ahnen, um ihres aus bäuerlich-irdischem Geschlecht stammenden Gatten Primislaus willen, mit dem sie als Königin Böhmens in den Herrschaftsprozeß eintritt. Dem politischen Alltagshader, der Unnatur der Zivilisation, die Natur, Sitte und rechtes Tun im Vertrauen auf Gott verdrängt, erliegt Libussa. Ihre große Schluß- und Geschichtsvision weist skeptisch und warnend auf die verfahrene Situation von Grillparzers eigener Zeit, hinter der sich erst in weitester Ferne die Hoffnung auf neue Menschenwürde aus seelisch-geistiger Erneuerung auftut.

Libussas Verse

Der Mensch ist gut, er hat nur viel zu schaffen,
Und wie er einzeln dies und das besorgt
Entgeht ihm der Zusammenhang des Ganzen

sprechen von den zivilisatorischen Zwängen, in die der einzelne Mensch gerät und geben eine gute kulturkritische Diagnose der zweiten Hälfte des 19. Jahrhunderts. Nur ein gutes Menschenalter später bestätigt Hugo von Hofmannsthal den Befund auch für die Möglichkeiten künstlerischen Gestaltens: *Ich glaube, daß der Begriff des Ganzen in der Kunst überhaupt verloren gegangen ist.* Grillparzer sah die Entwicklung im voraus und deshalb behagten ihm weder philosophische (Hegel und seine Nachfahren) noch künstlerische Extrempositionen. Das Pathos von Richard Wagner war ihm ebenso verdächtig wie jenes von Friedrich Hebbel; harmlos erschien ihm dagegen – mit Recht – der gleichzeitige, epigonale, antikisierende (IPHIGENIE IN DELPHI, 1864) oder modisch-historisierend die Renaissance thematisierende (DER FECHTER VON RAVENNA, 1856) dramatische Stil Friedrich Halms (eigentlich Elegius Franz Joseph Freiherr v. Münch-Bellinghausen, 1806–1871):

Richard Wagner und Friedrich Hebbel
Tappen beide in ästhetischen Nebbel.
Behagen die beiden b dir nicht,
So denke, daß der Nebel sehr dicht.

1863 sind diese Verse geschrieben. Wagner und Hebbel lebten damals in Wien und erregten einerseits leidenschaftliche Begeisterung, erfuhren aber anderseits auch ebensolche Ablehnung. Der tragische Idealismus und Determinismus eines Friedrich Hebbel (1813–1863) war Grillparzer samt dem hochgestochenen pantragischen Pathos etwa der NIBELUNGEN-Trilogie (entstanden 1855–1860, Uraufführung 1861, Erstdruck 1862) ebenso ein ästhetischer Greuel, wie der gleichfalls mit extremem Pathos vorgetragene Schopenhauersche Weltverneinungspessimismus Richard Wagners. Da traf sich Grillparzer freilich mit dem noch immer führenden Volkstheatraliker Johann Nestroy, der Hebbels erstes Drama JUDITH (Uraufführung 1840, Erstdruck 1841) mit JUDITH UND HOLOFERNES (1859) travestierte und Richard Wagners (1813–1883) LOHENGRIN und TANNHÄUSER mit gleichnamigen Stücken 1857 und 1859 parodierte.

Mit Nestroy, der 1862 in Graz starb, wurde die eigentliche Alt-Wiener Volkskomödie zu Grabe getragen. Die Heiterkeit dieses Theaters gründete sich seit Stranitzkys, erst recht seit Schikaneders und Raimunds Tagen auf das Ineinanderspielen ethischer Maßstäbe mit dem Glauben an die Besserung des Menschen: Daraus ergab sich heitere oder komisch-sarkastische Zeitkritik, ergab sich das Lachen, auch dann noch – wenn es wie bei Nestroy – nur mehr mühsam erkämpft war. Was danach folgte, war entweder ein immer unglaubwürdigeres Possen- und Rührtheater, aus dem nur die Stücke Friedrich Kaisers (1814–1874), Karl Haffners (eigentlich Karl Schlächter, 1804–1876) und Carl Elmars (1815–1888) über den Durchschnitt hinausragen oder das immer ernsthaftere Volksstück bis hin zu Ludwig Anzengrubers (1839–1889) tragischem Drama DAS VIERTE GEBOT (1878), das der NEUEN FREIEN BÜHNE in Berlin bereits als naturalistischer Vorläufer galt.

Das Leben war auch der Kunst ernst und – angesichts sozial-, national- und außenpolitischer Konflikte (man vgl. die Kriege von 1866 und 1870/71) – schwer zu bewältigen geworden. Heiterkeit und Komik waren am ehesten dort noch am Platz, wo man das Leben spielerisch auffaßte, Sitte, Ehre, Würde des Menschen, aber bloß scherzhaft oder wenig bedachte: d. h. in den Konversations-Lustspielen Eduard v. Bauernfelds (1802–1890) der späten sechziger Jahre, die schon in die Richtung Arthur Schnitzlers zu weisen beginnen. Die Wiener Leichtlebigkeit aber wurde zum Welterfolg, wo sich Lachen und Sentimentalität der Volkskomödie, frivoles Spiel und Illusionismus der Gesellschaft am elektrisierendsten im Walzer-, Csárdás-, Polka- oder Marsch-Rhythmus darbieten ließen: in der Wiener Operette. Sie vereinigte den französischen Witz Offenbach'scher Vorbilder und wienerisches, böhmisches und ungarisches Kolorit. Sie war getragen von den musikalischen Talenten Franz von Suppés, Karl Millöckers und vom musikalischen Genie eines Johann Strauß, dem 1872 der Komödienautor Karl Haffner zusammen mit Richard Genée nach französischer Vorlage das Libretto der FLEDERMAUS schrieb. So schloß sich der Kreis der französischen Inspirationen, die von Beethovens FIDELIO über die Stücke der Alt-Wiener Volkskomödie, von Ignaz F. Castellis und seiner Zeitgenossen Lustspiele bis auf die Libretti der Alt-Wiener Operette wirkten. Am 5. April 1874 wurde die FLEDERMAUS im Theater an der Wien uraufgeführt.

Längst war nun die Zeit gekommen, alte Vorurteile gegenüber der österreichischen Literatur aus deutscher Perspektive zu revidieren. Österreichische Dichtungen wurden in Leipzig, Hamburg und Stuttgart gedruckt, Marie von Ebner-Eschenbachs Durchbruch gelang mit Hilfe von Julius Rodenberg (1831–1914) und seiner Zeitschrift DEUTSCHE RUNDSCHAU in Berlin, sogar Johann Nestroy erhielt die erste Gesamtausgabe seiner Werke posthum nicht von einem Wiener, sondern von einem Stuttgarter Verleger veranstaltet, und Ludwig Anzengrubers Stück DAS VIERTE GEBOT wurde von den Berliner Naturalisten als verwandter Vorläufer gefeiert. Trotzdem boten sich genügend heimische Publikationsforen an: Österreichische Autoren fanden bei heimischen Verlegern – an die Verlage Wallishausser, Carl Gerold und Wilhelm Braumüller in Wien, an Gustav Heckenast und die Hartlebensche Verlagsbuchhandlung in Pest, schließlich an die Haasesche Verlagsbuchhandlung in Prag sei nur beispielsweise erinnert – reichlich Möglichkeiten der Publikation; die Fülle der Zeitschriften, Musenalmanache und Taschenbücher (allein das bedeutendste Taschenbuch um die Jahrhundertmitte, die zuerst von Franz Gräffer, später von Johann Gabriel Seidl herausgegebene AURORA brachte es von 1824 bis 1858 auf 34 Jahrgänge) dokumentieren die Dynamik des literarischen Lebens. Ein weiterer, die literarische Öffentlichkeit der Donaumonarchie entscheidend prägender Faktor waren die in zahlreichen Städten entstandenen Leihbibliotheken; es sei hier nur auf die LEIHBIBLIOTHEK VON ARMBRUSTER'S WITWE UND FRIEDRICH GEROLD in Wien verwiesen, die 1841 eröffnet wurde und bis weit in die sechziger Jahre hinein dem interessierten Publikum ein vielfältiges Angebot literarischer Neuerscheinungen bieten konnte. Wie weit verbreitet diese Institutionen aber waren, belegt die Tatsache, daß der aus Preußen zugewanderte Wiener Leihbibliothekar Albert Last (1826–1889) ab 1863 sein fachspezifisches Journal ÖSTERREICHS LEIHBIBLIOTHEKEN veröffentlichen konnte und damit offenbar einer bestehenden Nachfrage entgegenkam.

Mit Recht begann man nach der Jahrhundertmitte Anthologien Österreichischer Dichtung zusammenzustellen, einerseits um die bis ins Mittelalter zurückreichende Tradition zu legitimieren, anderseits um den Reichtum an Stilen, Gattungen und Themen, um den Reichtum der Gegenwart an Talenten aus den verschiedensten Landschaften zu dokumentieren. Das MUSEUM AUS DEN DEUTSCHEN DICHTUNGEN ÖSTERREICHISCHER LYRIKER UND EPIKER DER FRÜHESTEN BIS ZUR NEUESTEN ZEIT (1854) von Salomon Hermann Mosenthal (1821–1877), dem aus Kassel stammenden, zu seiner Zeit anerkannten Dramatiker und – trotz seiner Zugehörigkeit zur jüdischen Glaubensgemeinschaft – kaiserlichen Beamten im k. k. Ministerium für Cultus und Unterricht, konnte tatsächlich einen Rundblick durch die gesamten Länder der Monarchie bieten und beinahe überall nennenswerte Talente der Gegenwart finden. Der Blick geht – neben den Autoren des binnenösterreichischen Raumes – zu allen Literaturlandschaften. Proben werden geboten aus den GEDICHTEN (1852) Johann Karl Kirschners (1821–1850) aus Siebenbürgen, Ungarn ist vertreten mit Johann Ladislaus Pyrker, Moritz Gottlieb Saphir, Johann Graf Mailath und Carl Isidor Beck, Schlesien unter anderem mit Eduard Silesius (1800 bis nach 1850); die böhmischen Länder sind repräsentiert durch Carl Marsano (1797–1876), Johann Carl Braun v. Braunthal (1802–1866), Alfred Meißner, Moritz Hartmann und den dominierenden Lyriker, Epiker und Dramatiker besonders der ersten Jahrhunderthälfte Karl Egon v. Ebert (1801–1882); der aus Peterwardein gebürtige Josef Freiherr v. Jellačić (1801–1859) vertritt mit einer Probe aus den GEDICHTEN (1851) seine Heimat, aus Kärnten kommt der Erzähler und Lyriker Adolf v. Tschabuschnigg (1809–1877) mit einigen Gedichten zu Wort, Proben der (Süd-) Tiroler Dichter Josef Thaler (1798–1876), Beda Weber (1798–1858), Pius (1801–1881) und Ignaz Vinzenz Zingerle (1825–1892) sowie Adolf Pichler (1819–1900) vervollständigen den umfassenden Eindruck, den die Anthologie bietet. Trotzdem dokumentiert sie nur hochdeutsche Versepik und Lyrik. Das Drama und die Prosa bleiben ebenso ausgeschlossen wie die volkstümliche Mundartdichtung, die seit Ignaz Franz Castelli (GEDICHTE IN NIEDERÖSTERREICHISCHER MUNDART, 1828), Johann Gabriel Seidl (GEDICHTE IN NIEDERÖSTERREICHISCHER MUNDART, 1844; S'LETZTI FENSTERLN, 1876) Anton Freiherr v. Klesheim (1812–1884, 'S SCHWARZBLATTL AUS'N WEANAWALD, 1843–1881), Peter Rosegger (1843–1918; ZITHER UND HACKBRETT, 1869; STOANSTEIRISCH, 1885) und vor allem Franz Stelzhamer (1802–1874; LIEDER IN OBDERENNSISCHER MUNDART, 1837 etc.) zu ungeheurer Popularität gelangte. Ihren anregenden Vorläufer hatte sie in der von Franz Ziska und Julius Max Schottky herausgegebenen Sammlung OESTERREICHISCHE VOLKSLIEDER MIT IHREN SINGWEISEN (Pest, 1819) und begleitet wurde sie von den Wiener Liedern der Volkssänger und durch die Gassenhauer eines Ferdinand Sauter (1804–1854), der allerdings ein auch in die ernste Hochstillyrik reichendes Talent besaß. Da Mosenthal sich nur der Versdichtung zuwandte, mußte er die bedeutendste literarische Stimme Vorarlbergs, den realistischen, sozialkritischen Erzähler aus bäuerlichem Milieu, Franz Michael Felder (1839–1869) unerwähnt lassen. Aber ganz ohne Zweifel ist Mosenthals Werk eine stolze Bestandsaufnahme, die womöglich noch übertroffen wird durch Ludwig Scheyrers (1811–1874) Anthologie DIE SCHRIFTSTELLER ÖSTERREICHS IN REIM UND PROSA

(1858). Als der aus Czernowitz stammende jüdische Burschenschafter Karl Emil Franzos (1848–1904) 1882 in Stuttgart beim Verlag Adolf Bonz & Comp., der später die erste Nestroy-Gesamtausgabe (s. o.) veranstaltete, sein DEUTSCHES DICHTERBUCH AUS ÖSTERREICH herausgab, konnte er im selbstbewußt geschriebenen Vorwort vermelden, daß auf seine Aufforderung nach Manuskripteinsendungen 394 Dichter mit 4.200 Dichtungen reagiert hatten. Die Zeit aber zwischen Mosenthal, Scheyrer einerseits und Franzos anderseits war eine andere geworden. Mit liberal deutsch-nationaler Begeisterung sprach Franzos davon, daß *die Wiedersacher deutschen Wesens in Österreich* nach den Ereignissen von 1866 (d. h. der Niederlage gegen Preußen bei Königgrätz) triumphierend verkündeten, *eine echt oesterreichische, ‚nur' oesterreichische Literatur* werde erstehen. Das sei nun – meint Franzos – glücklicherweise nicht eingetreten. Ganz im Gegenteil: *die oesterreichische Dichtung ist auch innerlich aus ihrer Isolierung herausgetreten, sie tauscht Impulse mit der Dichtung der anderen deutschen Stämme und zwar gibt und empfängt sie dieselbe in gleichem Maße* [. . .] *wie denn überhaupt der deutsche Stamm in Österreich mit seiner dichterischen Repräsentation in der Gegenwart zufrieden sein darf.* Mit den Feststellungen von Karl Emil Franzos zeichnen sich neue Spannungs- bzw. Problemfelder ab, in die die österreichische Literatur um 1880 tritt. Das apostrophierte deutsche Stammesbewußtsein weist weit voraus auf Tendenzen der österreichischen Literatur und der deutschen Literaturgeschichtsschreibung, die tief ins 20. Jahrhundert hineinreichen. Franzos hält an einem kulturgeschichtlichen Wendepunkt der Ära Kaiser Franz Josephs I., den es noch in Zukunft zu erläutern gilt.

Literatur (in Auswahl):

Der vorliegende Beitrag ist ein Teil einer größer konzipierten Abhandlung, die in absehbarer Zeit an anderer Stelle erscheinen wird und die wünschenswerten Ergänzungen enthält. Die Forschungsliteratur zur österreichischen Literatur des frühen und mittleren 19. Jahrhundert bis gegen 1880 zu ist ins Uferlose angewachsen. Es werden daher hier nur zwei zusammenfassende Werke angegeben.

Die Deutsch-Österreichische Literaturgeschichte, hg. v. *Johann Willibald Nagl, Jakob Zeidler* u. *Eduard Castle*, Bd. 2, Wien 1914 u. Bd. 3, Wien 1935, verarbeitet und verzeichnet alle wichtigen älteren Forschungen, alle neueren berücksichtigen die Bände: Die österreichische Literatur – Ihr Profil an der Wende vom 18. zum 19. Jahrhundert (1750–1830), hg. v. *Herbert Zeman*, Graz 1979. – Die österreichische Literatur – Ihr Profil im 19. Jahrhundert (1830–1880), hg. v. *Herbert Zeman*, Graz 1982.

Johann Hüttner

THEATER IM ZEITALTER KAISER FRANZ JOSEPHS

Theater als „Ereignis" ist ausstellungsmäßig nicht faßbar, die verbleibenden Unterlagen können nur Randgebiete, aber nicht die Sache selbst wiederbringen. Die Leistungen der vielen namenlosen Mitarbeiter vor allem im nicht-darstellenden Personal eignen sich weniger gut, einer Öffentlichkeit vorgestellt zu werden als etwa Bilder der damaligen Idole und ihre fast wie Devotionalien verehrten oft kitschigen Erinnerungsstücke. Bilder von Schauspieler- oder Sängerpersönlichkeiten aber treffen das Theaterereignis so wenig, wie es Szenenbilder oder Spielvorlagen tun.

Theater als Ort künstlerischer Verwirklichung manifestiert sich aber auch als gesellschaftliche Institution, als die sie durch die komplexe organisatorische Basis ausgeprägter, als dies bei anderen künstlerischen Vermittlungsformen der Fall ist, dem Besucher bewußt wird. Gerade Theater läßt sich am wenigsten von seiner realen Umwelt isoliert betrachten. Hieraus leitet sich die Berechtigung ab, das theatrale Umfeld stärker hervorzukehren. Auch wenn jeweils nur Einzelpersönlichkeiten oder Einzelwerke sichtbar gemacht werden können, sollte davon Abstand genommen werden, die verschiedenen Entwicklungen als individuelle Einzelentscheidungen der diversen am Theatergeschehen maßgebenden berühmten Persönlichkeiten zu sehen, sondern es sollte verstärkt versucht werden, Gesetzmäßigkeiten zu erkennen. Auch ist die Betrachtung vergangenen Theaters keine Geschichte der Premieren, sondern eine Gesamtbetrachtung dessen, was die Theaterbesucher in ihrer Summe erwarten konnten. Erinnert soll auch daran werden, daß sich Theater nicht darauf beschränken kann, dramatische Literatur zu vermitteln. Der dramatische Text ist für die Bühne Partitur, in der das gesprochene oder gesungene Wort nur eine von mehreren Textformen darstellt. Wie Theater in einer bestimmten Epoche eingeschätzt wird, hängt daher nicht primär von der Beurteilung der literarischen Qualitäten seiner Spielvorlagen ab, vielmehr ist die Vielfältigkeit, der Gebrauchscharakter etc. des Angebotenen an sich eine Größe, die zu beachten ist.

Industrialisierung, Verstädterung und radikale Verbesserung der Verkehrsverhältnisse, insbesondere der Eisenbahnen, kennzeichnen unter anderem die zweite Hälfte des 19. Jahrhunderts in der Habsburger-Monarchie – womit bereits gewichtige Gründe für eine sich verändernde Theaterlandschaft angeführt sind.

Theater wurde oft als Mittel der Politik verwendet und hat damit direkt oder versteckt ein politisches Problembewußtsein geschaffen oder auch zu politischer Unbildung beigetragen. Durch das Instrument der Zensur wurden Aussagen und Intentionen im Sinne der Obrigkeit reglementiert, was aber nicht verhindern konnte, daß ein gesellschaftlich-politisches Bewußtsein getarnt geäußert wurde (JOHANN NESTROY) oder daß nationale Anliegen innerhalb der Völker der Habsburgermonarchie durch nationalsprachliche Bühnen artikuliert wurden, daß das Großbürgertum in den Logen und Sitzen der Theater der Ringstraßenzeit seine Selbstbestätigung fand oder daß volkstümliche Theaterformen ideologisch und parteipolitisch einverleibt wurden, bis hin zur späteren Entdeckung der Theater durch die Massenparteien.

Aus der Diskrepanz der oft im weiteren Sinn politisch motivierten Theatergründungen und -programme sowie der politisch bewegenden Themen einerseits und der auf die Bühnen gebrachten konkreten Spielvorlagen andererseits, denen die Theaterzensur politische Abstinenz auferlegte, während die Presse und die Theaterunternehmer selbst mit dem Gezeigten eingestandenermaßen konkrete gesellschafts- oder parteipolitische Ziele verfolgten, ergeben sich aus heutiger Sicht leicht Mißverständnisse in der Interpretation.

Nicht immer brachten die jeweils maßgebenden Schichten dem Theater die gleiche Aufmerksamkeit und Wertschätzung entgegen, was wohl damit zusammenhing, wieweit sie auf den Bühnen ihre eigenen Wertvorstellungen wiederfanden oder nicht. Seit der Jahrhundertmitte beherrschte das Großbürgertum nicht nur die neuen Theatergründungen als Ort seiner Repräsentation, sondern auch jene früheren Volkstheater zogen zunehmend ein gehobeneres bürgerliches Publikum an – was sich äußerlich etwa in der Einrichtung bequemerer Sitzgelegenheiten oder der Betonung höherer Eintrittspreise vor allem im Parterre ausdrückte –, während das einfachere Publikum fernblieb und genötigt wurde, gegebenenfalls andere, in der bürgerlichen Wertschätzung weniger hoch angesehene Spielstätten, wie Pratertheater, Singspielhallen etc. aufzusuchen.

Erst mit den Bewegungen um ein neues Volksstück und Volkstheater der 80er Jahre will man „Volk" wieder in ein Theater bürgerlicher Wertvorstellungen bringen und will es auch erziehen. (Dieser Komplex im Zusammenhang mit dem Theater anderer Nationalitäten soll hier ausgeklammert und dem zweiten Teil der Ausstellung vorbehalten bleiben.)

Nimmt man die Hauptstadt Wien als Beispiel, zeigt sich schon aus der stadtgeographischen Lage, wie die Neugründungen bzw. Neubauten, die alle an der neugeschaffenen Ringstraße mit ihren Prachtbauten oder in ihrer Nähe zu stehen kamen, die sozial niederen Publikumschichten ignorierten: Das Theater am Franz Josephs Kai, das ebenfalls ein Monumentalbau hätte werden sollen, das Wiener Stadttheater, die Komische Oper (Ringtheater), von größter Wichtigkeit aber die neue Hofoper (1869) und das neue Burgtheater (1888) ermöglichten es vor allem dem Großbürger zu repräsentieren. Den Beginn hatte wohl Karl Carl am 10. Dezember 1847 mit seinem nach kürzester Bauzeit an Stelle des niedergerissenen Theaters in der Leopoldstadt errichteten, nach ihm benannten großen und eleganten Haus gesetzt; diese Selbstdarstellung kann bereits als Vorgriff auf die Repräsentationsbauten und -theater des Großbürgertums gewertet werden.

Eine Betrachtung der Theater der Habsburgermonarchie sollte sich nicht auf die Wiener Verhältnisse beschränken, doch muß festgestellt werden, daß Wien für viele Entwicklungen repräsentativ ist.

Man kann davon ausgehen, daß trotz Berücksichtigung der jeweils örtlichen Verhältnisse zu einem gegebenen Zeitpunkt die Theaterzensur (seit 1850 durch die Bachschen Zensurverordnungen neuformuliert) ziemlich einheitlich gehandhabt wurde, wobei das Angebot der Wiener Hoftheater noch zusätzlichen diplomatischen Rücksichten unterworfen war. Im Spielplan waren nun die Bühnen der Monarchie stark von den Hoftheatern wie auch den Privattheatern Wiens abhängig, so daß es im großen gesehen unrichtig wäre, ein örtlich differenziertes Theaterangebot anzunehmen. Es gab zwar ein vielfältiges Angebot aus allen Sparten des Theaters, doch zeigten die Städte jeweils im Spielplan eine starke Abhängigkeit von Wien. Auszunehmen sind hiebei Produkte der Nationalitätentheater und vereinzelte Arbeiten lokaler Größen.

Es läßt sich vielmehr sagen, daß die angebotene „Ware" Theaterstück trotz vielerlei politischer Barrieren im gegenseitigen kulturellen Verkehr Wiens mit Paris, aber auch mit London, und seit der deutschen Reichsgründung auch zunehmend mit Berlin, „gehandelt" wurde.

Trotz anderer bekannter Formen (wie teilweiser Unterstützung von Stadttheatern, vor allem deutschsprachigen in Gebieten anderer Nationalsprachen durch Polizeigelder, oder Förderung der sich stärker artikulierenden nationalsprachlichen Bühnen in solchen Gebieten durch ihnen nahestehende Kreise) verstand sich das Berufstheater hauptsächlich als Geschäftstheater, das sich in erster Linie aus den Karteneinnahmen erhielt. Auch die Grenzen zu den subventionierten Hofbühnen waren recht fließend. Berufstheater, das insbesondere in den Ballungsgebieten gedeihen konnte, war in seinem Selbstverständnis als Geschäftstheater bis zum Jahrhundertende unproblematisiert.

Die Handhabung der Theaterzensur, die Spielplanabhängigkeiten der Provinzbühnen von Wien und die Dominanz der Berufstheater als Geschäftstheater in den Ballungsräumen gewährleisten eine gewisse Einheitlichkeit des Kulturfaktors Theater im Zeitalter Kaiser Franz Josephs. Die darstellenden Künstler hingegen trachteten über die Bühnen der Monarchie oder über deutsche Stadt- und auch Hoftheater in die Residenzstadt Wien zu gelangen.

Unterschiede gab es aber sehr wohl in den verschiedenen Größen und Sparten der Unternehmen und darin, wie sie sich den neuen stilistischen und technischen Entwicklungen anpassen konnten, was auch davon abhing, welches Einzugsgebiet ihnen zur Verfügung stand bzw. welches Publikum sie ansprachen, und ob bei diesem Bildungs- oder Unterhaltungsbedürfnisse im Vordergrund standen.

Die neuen Inszenierungsprinzipien im Zeitalter des Historismus sind in einer gesamteuropäischen und amerikanischen Entwicklung zu sehen. Technische und finanzielle Voraussetzungen dürfen hier nicht verschwiegen werden. Der Ausbau des Eisenbahnnetzes ermöglichte erst Gesamtgastspiele nach dem Muster der „Meininger", die entgegen früherer Gewohnheit mit dem ganzen Ensemble als Inszenierungsgastspiele auf Reisen gingen und damit prägend für ihre Gastgeberstädte waren. Das schlecht entlohnte Massenpersonal im Zeitalter der hohen Stargagen ermöglichte neben den größeren Theatergebäuden und deren gestiegenem Einnahmepotential die Finanzierbarkeit dieser arbeitsintensiven Ausstattungen. Die Inszenierungen legten nicht selten mehr Gewicht auf den optischen Eindruck als auf die sprachliche Vermittlung. Der darstellende Künstler wurde nicht mehr nur solistisch oder im Kontext des Ensembles gesehen, sondern in eine realistisch gezeigte „Umwelt" gestellt, ja ihr sogar untergeordnet.

Charles Kean im London der 50er Jahre beeinflußte diese Entwicklung im höchsten Maße und wirkte auch als ein Vorbild für die Meininger. Daneben sehen wir aber an vielen anderen Beispielen vergleichbare Entwicklungen, welche das optische Element als Mittel gesamtkünstlerischer Wirkungen stärker hervorheben und damit auch den prunkvoll-malerischen Historienstil der Zeit auf die Bühne bringen wollen.

Für die Wiener, und aufgrund der Auswirkungen, für die gesamte österreichische Theatergeschichte sind Heinrich Laube (als Direktor des Burgtheaters 1849 bis 1867 und des Wiener Stadttheaters 1872 mit Unterbrechungen bis 1880) und Franz v. Dingelstedt (als Direktor der Hofoper 1867 bis 1870 und dann des Burgtheaters von 1870 bis 1881) immer wieder beschworene Größen. Vor allem Dingelstedt steht für prunkvolle, malerische historisierende Ausstattung, an der Hofoper wie auch am Burgtheater (z. B. Shakespeare-Zyklus von 1875), aber auch der „Wortregisseur" Laube ist dieser neuen Welle trotz Vorbehalten nicht unaufgeschlossen. Im Laufe der Folgejahre sind es die Operetteninszenierungen, welche Ausstattungsprunk in trivialisierter Weise betrieben und damit unter anderem die Kritik der am Volksstück orientierten Theaterreformer herausforderten.

Diese Entwicklung bleibt nicht auf Einzelpersönlichkeiten oder Einzelunternehmen beschränkt. Es lassen sich durch das Eisenbahnwesen mitverursachte Mehreinnahmen der Theater in den 50er Jahren registrieren, welche nicht nur zur Deckung der um diese Zeit rapid steigenden Solistengagen, sondern auch zur Bedeckung des vermehrten Sachaufwandes, d. h. der Ausstattung verwendet werden. Dieselben Eisenbahnen steigerten aber die Ansprüche des Publikums an glanzvollem Äußeren, was sich für den Mehrspartenbetrieb an Theatern kleinerer Städte hemmend auswirkte, da Eisenbahnen einen billigen und raschen Besuch größerer Städte möglich machten. Damit wird das gesteigerte Qualitätsbewußtsein und die Sogwirkung der größeren Städte bzw. der höhere Kostenbedarf einsichtig.

Shakespeareinszenierungen oder andere Spielvorlagen sowohl für Sprech- als Musiktheater, die vor einem historischen Hintergrund abliefen, können gute Anschauungsobjekte für diese neue Inszenierungspraxis abgeben.

Niedrige Reallöhne der Arbeitsleute bildeten offenbar die Voraussetzung für die Durchführbarkeit und Profitabilität solcher opulenter, optisch wirksamer Inszenierungen, bestückt mit Massen von Choristen oder Statisten. Im Jahr 1850 belief sich im Theater an der Wien ein durchschnittlicher Taglohn für einen Schneider auf etwa 45, für einen Garderobengehilfen auf etwas über 10 und einen Aushilfsarbeiter auf fast 13 Kreuzer (laut „Hauptbuch vom k. k. priv. Nationaltheater an der Wien des Franz Pokorny, Jahr 1850", im Besitz der Theatersammlung der Österreichischen Nationalbibliothek).

Karl Carl dient immer wieder als negatives Beispiel eines erfolgreichen, aber skrupellosen, gewinnbedachten, seine Mitarbeiter ausbeutenden Theaterdirektors. Es gehört zur Standardausrüstung der Theatergeschichte, seine sogenannten „Korsarenbriefe" als Extrembeispiele zu zitieren. Sein Vorgehen bildete jedoch unter den damaligen Theaterdirektoren keine Ausnahme, er unterschied sich auch weder durch einen anderen Theaterbegriff noch durch eine wesentlich andere Geschäftsauffassung von den übrigen: Leoninische Verträge, Monopolisierungsbestrebungen, Personalentlassungen oder Unterbezahlungen werden wohl in Analogie zu den sonstigen damaligen Besitzern der Produktionsmittel zu sehen sein. Im Rahmen des geschilderten wenig ausgeprägten sozialen Gewissens wird man sogar sagen können, daß Carl seine darstellenden Mitarbeiter – relativ zu anderen Bühnen – teilweise sogar besser entlohnte und seinen Spitzenkräften für damalige Verhältnisse auch Spitzengagen zahlte. Wenzel Scholz ist nur insofern eine Ausnahme, als er im Verhältnis zu Johann Nestroy und Karl Treumann, aber nicht im Vergleich zum sonstigen „Markt" unterbezahlt war. Johann Nestroy, lange der höchstbezahlte Mitarbeiter Carls, kam dadurch in die Lage, die finanzielle Basis für die Direktionsübernahme und Pachtung des Carltheaters nach dem Tod seines Erbauers 1854 zu legen.

Man gewinnt den Eindruck, daß das Verhalten der Direktionsräte der Gesellschaft des Wiener Stadttheaters zum Beispiel brutaler war als es Carl je gewagt hätte zu sein.

Die Geschichte des Wiener Stadttheaters ist in mehrfacher Hinsicht für die Theatergeschichte dieser Zeit interessant, vor allem wegen seiner Konkurrenz zur Hofbühne und seinem formulierten künstlerischen und gesellschaftlichen Anliegen. (Daß vor hundert Jahren das Haus niederbrannte – 16. Mai 1884 – und die mit ihm untrennbar verbundene künstlerische Persönlichkeit Heinrich Laube starb – 1. August 1884 – sei hier nur nebenbei erwähnt.) Für die zunehmende Bevölkerung Wiens stand der Bedarf neuer Theater bereits außer Frage. Die Programmatik des Wiener Stadttheaters (1872–1884), ein erstes Schauspielhaus sein und in erster Linie jene Stücke, gegen deren Aufnahme an einer Hofbühne Rücksichten im Wege gestanden wären, pflegen zu wollen, muß als Herausforderung an die Hofbühne gewirkt haben.

Aus heutiger Sicht stellt sich der Anspruch einerseits ein Repräsentationstheater großbürgerlicher Prägung mit literarischen Intentionen und andererseits ein gewinnorientiertes Unternehmen sein zu wollen, als Widerspruch dar, wurde aber von den Beteiligten nicht problematisiert. Als die Bühne im Zuge der sich verschlechternden ökonomischen Verhältnisse gerade jener, die sich durch diese Gründung angesprochen fühlten, mehr und mehr von seinen ursprünglichen Intentionen abging und ausschließlich den Charakter eines Geschäftstheaters wie jedes andere annahm, wurde dies, so scheint es, nicht bewußt. Jene in der Betriebsführung als wirtschaftlich notwendig angesehenen, oft brutalen Konsequenzen lassen die Vermutung zu, daß sie deshalb nicht reflektiert wurden, weil sie den Maßnahmen anderer Firmen als deren Repräsentanten die Direktionsräte in ihrer Gesamtheit gelten konnten, in vergleichbaren Situationen als angemessen empfunden wurden. So wurde z. B. versucht, durch radikale Einsparungen beim Personal (Gagenreduktionen und Entlassungen) und durch eine Änderung im Spielplanangebot Verbesserungen der finanziellen Situation herbeizuführen. Man wollte in einem Fall per 1. Juni 1875 den größten Teil des Personals entlassen und jene, die auf die angebotenen Gagenkürzungen eingingen mit 1. September wieder aufnehmen. Gegen Proteste war man taub. Am 3. Juni 1875 wird in den Sitzungsprotokollen des Direktionsrats (im Besitz der Theatersammlung der Österreichischen Nationalbibliothek) vermerkt: *Mehrere Mitglieder des Personals, insbesondere Choristen, Theaterarbeiter, Requisiteure, Beleuchter und Kehrfrauen hatten erstere direct, letztere durch Vermittlung der Polizei, eine 14tägige Entlohnung beantragt. Es wurde einstimmig beschlossen, diesen Antrag abzulehnen.*

Einige Beispiele über die Honorierung der „Namenlosen“ aus dem Jahr 1878: Ein Obergarderober erhielt monatlich 100, ein Haustischler 63, ein Requisiteur 40 (seine Gehilfen 5 bis 10 Gulden weniger), ein Tageskassier 75 und ein Kanzlist 10 Gulden ö. W. Man muß davon ausgehen, daß diese Bezüge in der Regel nur zehnmal im Jahr ausgezahlt wurden.

Beim darstellenden Personal sind die Gehaltsansätze sehr weit gespannt, schließlich ging es nicht nur um Schauspieler von Haupt- oder Nebenrollen, sondern die Zugkraft der Künstler und ähnliches bildeten Grundlagen der Bezahlung. Dazu kamen – meist nur für die ersten Kräfte – Spiel- und Garderobengelder zum Gehalt dazu. Ein typischer Vertrag konnte sich auf ein Jahresgehalt von 1.200 im ersten, 1.800 im zweiten, evtl. 2.400 Gulden ö. W. im dritten Vertragsjahr belaufen. Spitzengagen sind gegenüber Vergleichsfällen früherer Jahre sehr stark gestiegen: Als man BERNHARD BAUMEISTER 1878 vergeblich vom Burgtheater gewinnen wollte, war sein Jahresgehalt mit 11.000 Gulden präliminiert, als das Engagement kurz vor Laubes endgültigem Abgang schließlich glückte, soll er 16.000 Gulden ö. W. erhalten haben, plus Spiel- und Kostümgeld. KATHARINA SCHRATT, eine Attraktion innerhalb des Stadttheaterpersonals, durch die starke Bindung an die Direktionen Laubes für das künstlerische Profil dieser Bühne interessant, hat wechselvolle Engagementverhältnisse mit dem Wiener Stadttheater hinter sich, da ihr eine Vertragsklausel das Ausscheiden im Falle von Laubes Abgang ermöglichte. Im Jahr 1878 beispielsweise ging man im Direktionsrat von der Grundlage eines Zweijahresvertrags aus, wobei sie jeweils im Mai und Juni als Gast zur Verfügung stehen sollte. Für das Engagement waren 10.000, für den Gastspielvertrag 2.000, also insgesamt 12.000 Gulden ö. W. jährlich im Gespräch.

Diese Beispiele machen die zeitgenössischen Klagen über hohe Stargagen in gewissem Maße glaubhaft. Ein Schauspieler wurde als Ware betrachtet, und es darf nicht vergessen werden, daß man keine Skrupel hatte, seine Gagen zu vermindern, ihn zu kündigen oder – wo das ging – zu pensionieren, wenn er durch Krankheit, Alter oder andere Gründe im Kurs fiel.

Am Beispiel des Wiener Stadttheaters können noch zwei weitere Beobachtungen gemacht werden, die ebenfalls verallgemeinernd für das Theater dieser Zeit zu sehen sind:

Die Frage, wer in einem Theaterbetrieb die Verfügungsgewalt ausübt, ist schon deshalb wichtig, weil davon die Validität der Beurteilung einer Theaterleistung mit abhängt; und nicht immer ist es der Theaterdirektor, der das Sagen hat. Besonders am Beispiel der Hoftheater können die hierarchischen Abhängigkeiten und die Wege der Entscheidungsfindung große Auswirkungen zeitigen.

Im Wiener Stadttheater leitete eine relativ geringe Zahl von Direktionsräten, Repräsentanten der damals Mächtigen in der Industrie- und Finanzwelt, unter Führung eines Präsidenten (FRIEDRICH VON SCHEY bis 1880, dann DR. ERWIN SUCHANEK) die Geschäfte der Gesellschaft und indirekt auch die des künstlerischen Betriebs, zumindest bis zur Verpachtung des Hauses 1880. Alles deutet darauf hin, daß Schey aktiv und initiativ die Geschicke leitete und bei Entscheidungsfindungen seinen Einfluß in starkem Maße geltend machte. HEINRICH LAUBE als ideeller und materieller Mitbegründer des Theaters genoß natürlich auch als artistischer Direktor großes Ansehen beim Direktionsrat, dennoch war seine Entscheidungsfreiheit bei allen wichtigen künstlerischen Fragen, in denen es auch um Geld ging (Engagements, Entlassungen, Stückankäufe) stark eingeschränkt und es wurden dadurch viele künstlerische Entscheidungen durch den Direktionsrat präjudiziert. Es verwundert nicht, daß anderen, schwächeren Direktoren in noch größerem Ausmaß Entscheidungen des Direktionsrats aufgezwungen wurden, ja die Vermutung liegt nahe, daß solche schwache Direktoren vom Direktionsrat erwünscht waren.

Das zweite Beispiel betrifft die Gesamtgastspiele: Weitreichende Entwicklungen auf dem Gebiet des Verkehrs, vor allem des Eisenbahnwesens führten neben anderen Ursachen zu veränderten Freizeitgewohnheiten, insbesondere während der warmen Jahreszeit. Dies führte zu einer verstärkten Theaterabstinenz im Sommer, so daß sich zunehmend die Notwendigkeit der Schließung im Sommer ergab.

Die geänderte Inszenierungspraxis, die stärkere Betonung von Ausstattung und realistischen Details machte sogenannte Gesamtgastspiele wünschenswert und durch dieselben Entwicklungen auf dem Gebiet der Verkehrsinfrastruktur möglich und sinnvoll. Nun trat also nicht mehr der einzelne Star allein oder mit wenigen Partnern als Gast in einer vorhandenen oder für ihn eigens vom Ensemble des Gastgebers einstudierten Inszenierung auf – wie etwa noch bei den Gastspielen Johann Nestroys –, sondern eine komplette Produktion, welche den Gesamteindruck, die Inszenierung, die optische Lösung vermittelte, ging auf Reisen. (Daneben existierten natürlich weiterhin die wesentlich mobiler zu gestaltenden Gastspiele einzelner Stars, doch konnte damit natürlich kein künstlerischer Gesamteindruck einer Inszenierung vermittelt werden.) Gerade in der warmen Jahreszeit, wenn die aufnehmenden Häuser normalerweise geschlossen hätten, boten sich Gesamtgastspiele an und konnten als Attraktion immerhin häufig genug Publikum anziehen, um einen geschäftlichen Erfolg zu buchen.

Das Meininger Hoftheater begann seine Europa-Gesamtgastspiele 1874 und führte sie bis 1890 (nicht nur in der warmen Jahreszeit) unter größten künstlerischen wie finanziellen Erfolgen durch. Es gastierte, teilweise wiederholt, in folgenden Städten der Monarchie: Wien, Pest, Prag, Graz, Triest.

Viele andere Bühnen übernahmen dieses Modell. Die beispielsweise vom Wiener Stadttheater durchgeführten Gesamtgastspiele scheinen primär von finanziellen Erwägungen getragen worden zu sein und erfüllten im großen und ganzen auch diese Erwartungen. Im Mai/Juni 1876 ging es nach Pest, im März 1878 nach Graz und im Mai/Juni 1879 nach Pest, Graz und Prag.

Eine Theateraufführung hat viele Schöpfer, aber nur wenigen werden Kränze geflochten. Weder die repräsentativen Porträts der großen Schauspieler und Sänger noch die Theaterandenken und Kitschgegenstände (vor allem in Verbindung mit dem alten Burgtheater am Michaelerplatz) und ihr nostalgisch verbrämtes Klischee vergangener angeblicher Liebe und Wertschätzung des Theaters können darüber hinwegtäuschen, daß Theater, auch die Berufstheater der Zeit Kaiser Franz Josephs, personalintensive Großbetriebe waren, von deren vielen Mitarbeitern wir jeweils einige berühmte Künstler und ihre Leistungen kennen, uns aber von den meisten, deren Arbeit sich ebenfalls im Theaterereignis ausdrückte, nichteinmal bewußt ist, daß sie je gelebt haben.

Otto Biba

MUSIK

Um die Mitte des 19. Jahrhunderts entwickelte sich die Musikszene bereits zu jener komplexen Vielschichtigkeit, die schließlich zur Trennung von sogenannter Unterhaltungs- und sogenannter ernster Musik oder sogenannter Volks- und sogenannter Kunstmusik sowie zur Verselbständigung ganzer Teilbereiche des Musiklebens geführt hat. Dieser Prozeß setzte schon im 18. Jahrhundert ein und war erst im 20. Jahrhundert abgeschlossen. Wesentliche Stationen dieser Entwicklung fielen aber in die franzisco-josephinische Epoche und in dieser wieder in jenen Zeitraum zwischen 1848 und 1880, dem diese Ausstellung gewidmet ist. Sie zu beobachten ist wohl der dankbarste Aspekt für eine Betrachtung des Themas „Musik" in dieser Zeit. Manches erscheint lange seltsam statisch, konventionell und traditionell, was aber nicht im Zusammenhang mit den Beharrungstendenzen des Vormärz oder der Reaktion nach 1848, sondern nur innerhalb dieses Entwicklungsprozesses gesehen werden kann, während anderes so sehr im Fluß ist, daß es kaum faßbar und erklärbar erscheint. Dieser Entwicklungsprozeß ist freilich auch in einen sozialen, wirtschaftlichen und gesellschaftlichen Wandel eingebunden, von politischen wie geistesgeschichtlichen Erscheinungen mitbestimmt und die naheliegendste Erklärungsmöglichkeit für die vielen stilistischen Ausdrucksformen, die gerade damals in der Musik nebeneinander bestanden. Da gab es unter den Komponisten immer noch Vertreter einer klassizistischen Stilrichtung, Romantiker in der Nachfolge Schuberts, solche, die neue Wege im Sinne des jungen Brahms beschritten, die sogenannten Zukunftsmusiker der neudeutschen Schule, solche, die aus der wiederentdeckten alten Musik Anregungen für ihr Schaffen bekamen, Vertreter einer neuen Einfachheit, Vertreter nationaler Stilrichtungen und viele Einzelgänger, die zwischen diesen Gruppen standen, sowie Spezialisten, die nach den von ihnen repräsentierten musikalischen Gattungen – also etwa Tanzmusik – einzuordnen sind und nicht nach stilistischen Kriterien.

MUSIKUNTERRICHT, LEHRER, KIRCHENMUSIK

Der Musikunterricht lag ursprünglich in den Händen von Musikern oder Komponisten, für die er eine wichtige zusätzliche Einnahmsquelle bedeutete, oder von selbständigen Musiklehrern, die mit dem Einzelunterricht für einen entsprechend großen Schülerkreis ihren Lebensunterhalt bestritten. In der ersten Hälfte des 19. Jahrhunderts begannen sich langsam im städtisch-bürgerlichen Bereich private Musiklehranstalten zu entwickeln, die ihre Gründung dem Unternehmergeist solcher Musiklehrer verdankten, nach der Jahrhundertmitte immer mehr zunahmen, lang- oder kurzlebig, bedeutend oder unbedeutend waren und schließlich eine stets wechselnde und insgesamt fast unüberschaubare Zahl darstellten, welche die Bedeutung der selbständigen Musiklehrer völlig in den Hintergrund drängte. Ihre Existenz dokumentiert das Bildungsideal jener Zeit, das auch auf die Beherrschung praktischen Musizierens Wert legte.

Das 1816 begründete Konservatorium der Gesellschaft der Musikfreunde in Wien verfolgte allerdings andere Ziele. Es sollte nicht ein leidlich zufriedenstellendes musikalisches Können vermitteln, sondern Berufsmusiker ausbilden oder zumindest jenen Typ des Dilettanten, der nach damaligem Sprachgebrauch ein voll ausgebildeter Musiker war, der nur nicht mit der Musik seinen Lebensunterhalt verdiente. Solche Dilettanten stellten die für die Konzerte der Gesellschaft benötigten ausübenden Mitglieder, deren Reihen durch das Engagement von Berufsmusikern noch verstärkt wurden. Nach diesem Beispiel und dem des 1811 begründeten Prager Konservatoriums gründeten Musikvereine aller Art und allerorten Musikschulen bzw. Konservatorien, deren Lehrer, fortgeschrittene Zöglinge und Absolventen auf lange Sicht die Musikproduktionen dieser Vereine sicherten bzw. die militärischen wie zivilen Berufsmusiker stellten. Die Entwicklung dieser Vereinsmusikschulen bzw. der auf höherem Niveau stehenden Konservatorien begann zwar bereits in der ersten Jahrhunderthälfte, erreichte aber in dem hier zu behandelnden Zeitraum ihren Höhepunkt. Die Übernahme des Konservatoriums der Gesellschaft der Musikfreunde in staatliche Leitung – als Akademie für Musik und darstellende Kunst – im Jahre 1908 übertrug die Musikerausbildung der öffentlichen Hand; in den Landeshaupt- und erst recht in Provinzstädten blieb sie noch viel länger in den Händen privater Organisationen.

Anders war die Entwicklung im ländlichen Bereich, wo einerseits das Musizieren viel deutlicher als im bürgerlichen Milieu in der Familie tradiert wurde und andererseits der Schullehrer als der für die Kirchenmusik Verantwortliche ein Interesse (wenn auch nicht eine ausdrückliche Verpflichtung) an der Heranbildung von musikalischem Nachwuchs hatte. Mit der Auflösung des Spielgrafenamtes durch Kaiser Joseph II., dem damit verbundenen Verlust von Musizierprivilegien und dem daraus resultierenden Aussterben der in Kleinstädten und auf dem umliegenden Land in vielen Musikfunktionen tätig gewesenen Türmer, wurden die Schullehrer zu den wichtigsten Trägern der Musikkultur in diesen Bereichen. Ihre Einkünfte aus dem Schul- und Kirchenmusikdienst bildeten oft eine Einheit, andere musikalische Verpflichtungen (wie etwa die Tanzmusik) boten wichtige Nebeneinkünfte. Das Reichsvolksschulgesetz von 1869 brachte neben der längst notwendigen sozialen Anerkennung und Besserstellung des Lehrerstandes allerdings auch die völlige Trennung der schulischen Aufgaben von außerschulischen. Das bedeutete ein mehr oder weniger abruptes Ende der musikalischen Vorrangstellung des Lehrers in diesem kleinstädtisch-ländlichen Bereich; die Folgen waren besonders für die Kirchenmusik dramatisch.

Denn die Kirchen hatten seit den josephinischen Reformen nicht mehr die finanziellen und organisatorischen Möglichkeiten eigens besoldete Kirchenmusiker anzustellen. In Wien und in den größeren Landeshauptstädten war es deshalb zur Gründung von Kirchenmusikvereinen gekommen, womit die Kirchenmusikpflege aus kirchlichen Händen in bürgerliche überging; wieder ist zu beobachten, daß diese Entwicklung im zweiten Jahrhundertviertel einsetzt, nach der Jahrhundertmitte aber mit der Gründung von immer mehr Kirchenmusikvereinen zum vollen Durchbruch kommt. In Kleinstädten, Märkten und Dörfern war nach 1869 das Selbstverständnis der kirchenmusikalischen Mitbeschäftigung des Lehrers nicht mehr, die Voraussetzung zur Gründung von Kirchenmusikvereinen aber grundsätzlich nicht gegeben. Die Kirchenmusik konnte nur mehr eine freiwillig zu übernehmende Nebenbeschäftigung des Lehrers sein, die in den meisten Fällen – wenn sie überhaupt angenommen wurde – von beiden Seiten als solche betrachtet wurde und daher viel von ihrer Bedeutung verlor. Die damit verbundene musikalische Verarmung in Kleinstädten und ländlichen Gemeinden ist unverkennbar.

HAUSMUSIK, MUSIKALISCHER SALON

Die intime Hausmusikpflege und der auf Repräsentation bedachte musikalische Salon haben ihre charakteristische Ausprägung in Biedermeier und Vormärz gefunden, sind aber auch in unserem Zeitraum wesentliche Elemente der musikalischen Szene. Sie waren für das Bürgertum (durch dessen verschiedene soziale Schichten) wie für den Adel charakteristisch und wurden von beiden – wenn auch in differenzierten Formen – getragen. Wenn das Ausbildungs- und Bildungsideal nach praktischen musikalischen Kenntnissen verlangte, so war es naheliegend, diese zum eigenen Vergnügen, in sozialer Kommunikation mit Gleichgesinnten oder zur gesellschaftlichen Repräsentation zu pflegen. Eine Sonderform stellten schließlich Einladungen an bekannte Berufsmusiker oder berühmte Virtuosen dar, sich im privaten Kreis der Familie, deren Freunde und geladenen Gästen zu produzieren; sie ist dort zu beobachten, wo ein besonders enges Verhältnis zu den Künstlern bestand, die Musikkultur also über die engste Privatsphäre hinausging, oder dort, wo das gesellschaftliche Interesse und die Wichtigkeit der Repräsentation in besonderem Maße im Vordergrund standen.

Für das aktive Musizieren in diesem privaten oder halböffentlichen Bereich sind zahllose Werke komponiert worden, ja ganze Werkgattungen sind in erster Linie dafür bestimmt. Die unüberschaubare Liedproduktion aller Komponisten aller Stilrichtungen in dieser Epoche steht im krassen Gegensatz zu den relativ wenigen Liedproduktionen in öffentlichen Konzerten; Liederabende im modernen Sinn gab es noch gar nicht. Auch viel Kammer- und Klaviermusik war eher für die Hausmusik oder den musikalischen Salon und nicht für das Konzertpodium bestimmt. Die ungeheure kompositorische wie verlegerische Produktion von Salonmusik ist verständlich, wenn man an die vielen „Töchter des Hauses" denkt, deren Klavierspiel Familie wie Gäste zu entzücken hatte, was aber nicht heißen soll, daß das Klavier nicht auch von Herren und nicht in allen Altersstufen gespielt worden wäre.

Für Komponisten, Verleger und Instrumentenbauer war diese Musikproduktion im privaten Kreis nach der Jahrhundertmitte wahrscheinlich immer noch wichtiger, als jene in öffentlichen Konzerten. Bald zeigte sich aber eine divergierende Entwicklung: In einigen wenigen Salons oder Familien – in Wien sei etwa nur Theodor Billroth genannt – wurden immer anspruchsvollere Werke mit immer besseren Kräften zur perfekten Wiedergabe gebracht, während bei der Mehrzahl der daheim Musik Betreibenden das Niveau der Repertoirewahl wie der Interpretation absank, was nicht ästhetisch bewertet werden darf, sondern lediglich festzuhalten ist. Es ist eine Zeit des Wandels: Die Klaviermusik, das Lied und die Kammermusik – zur Zeit der Klassik Domänen des häuslichen Musizierens – dringen immer mehr in den Konzertsaal ein, daheim spielt man immer lieber Bearbeitungen, Potpourris und Salonmusik.

MUSIKVEREINE, GESANGVEREINE

Zum Musizieren in größeren Besetzungen waren organisatorische Voraussetzungen notwendig, die nur auf Vereinsbasis zu schaffen waren. Man muß sich nur in Erinnerung rufen, daß es bis ins beginnende 20. Jahrhundert selbst in größeren Städten zwar Opern- und Theaterorchester, aber kein stehendes Orchester von Berufsmusikern für Konzertproduktionen gab. Selbst das Philharmonische Orchester in Wien, das 1842 gegründet wurde und seit 1860 regelmäßige Abonnementkonzerte gab, war ein privater Verein, zu dem sich Mitglieder des Hofopernorchesters zusammenschlossen, um in Eigenregie Konzerte zu veranstalten. In den meisten Fällen waren die Orchester für öffentliche Konzerte aus Dilettanten – im oben beschriebenen Sinn – und einigen Berufsmusikern zusammengesetzt, immer aber von einem Verein getragen. Dieser kannte ausübende, also in den Konzerten mitwirkende, und unterstützende Mitglieder, veranstaltete zur Freude der Mitglieder wie der Gäste Konzerte, sorgte in vielen Fällen auch für musikalische Ausbildung und Nachwuchskräfte und bot jenen Rahmen, in dem man sich zum größeren gemeinsamen Musizieren und Musikhören treffen konnte. Der weitaus älteste unter ihnen auf dem Boden der Monarchie war die 1712 gegründete Philharmonische Gesellschaft zu Laibach, der angesehenste war die für viele ähnliche Gründungen beispielhafte, 1812 begründete Gesellschaft der Musikfreunde in Wien, die Mehrzahl solcher Gesellschaften entstand aber in allen Teilen der Monarchie im zweiten und dritten Viertel des 19. Jahrhunderts.

Unter ähnlichen Voraussetzungen wurden etwa seit den vierziger Jahren des Jahrhunderts Chorvereine gegründet; auch sie sollten die organisatorischen Voraussetzungen zum gemeinsamen Musizieren – in diesem Fall im Chorgesang – schaffen und sicherstellen. Dazu kam aber noch eine starke das gesellige und gesellschaftliche Moment betonende Komponente. Neben wenigen gemischten Chören handelte es sich überwiegend um Männerchöre, in denen musikalische und gesellige Interessen, manchmal auch politische feststellbar sind. Kein Wunder, daß ihnen die Behörden erst vorsichtig gegenübergestanden sind; seit den späten fünfziger Jahren nahm ihre Zahl laufend zu. Festzuhalten ist, daß der Damenchorgesang nur innerhalb gemischter Chöre oder in losem privatem Zusammenschluß, in dem hier zu behandelnden Zeitraum aber (mit zu vernachlässigenden kurzlebigen Ausnahmen) nicht in Damenchor-Vereinen gepflegt wurde.

Repertoire und musikalische Ziele solcher Gesangvereine unterschieden sich wesentlich von jenen Chören, die aus ausübenden Mitgliedern von Musikvereinen gebildet waren oder mit den Musikvereinen zur Aufführung von Chor- und Orchesterwerken zusammenwirkten. Für diese Gesangvereine entwickelte sich eine eigene Gattung von Chormusik, die später als Liedertafelmusik bezeichnet wurde. Diese Unterscheidung bedeutet wieder keine künstlerische Wertung, denn auch Brahms hat derartige Werke (etwa für den Kaufmännischen Gesangverein in Wien) geschrieben.

KONZERTWESEN

In einer Zeit, da auch die gesamte öffentliche Musikpflege auf privaten Ambitionen beruhte, nimmt es nicht Wunder, daß die wichtigsten Initiativen zur Veranstaltung von Konzerten von den Interpreten oder Komponisten ausgingen. Sie mieteten sich dafür die Säle und traten als ihre eigenen Veranstalter auf, was für sie in den meisten Fällen finanzielle wie organisatorische Vorteile hatte. Die meisten Konzerte kamen auf diese Weise zustande. Konzertagenturen kamen erst am Ende des hier zu behandelnden Zeitraumes langsam zu einiger Bedeutung für die nachfolgende Musikergeneration; die großen Virtuosen der Zeit standen ihnen lange distanziert gegenüber.

Die musikalischen Gesellschaften und Vereine veranstalteten wohl in der Regel niveauvolle und interessante Konzerte, aber einerseits waren sie vorwiegend für Mitglieder bestimmt und andererseits in der Regel mit Orchester- und Chorwerken programmiert, weil Solisten – sei es im Zusammenwirken mit Orchester, sei es in kleinerer Besetzung oder alleine – sich nicht gerne engagieren ließen, sondern selbst Veranstalter sein wollten. So konnte nur ein kleiner Teil des Repertoires von solchen Gesellschaftskonzerten abgedeckt werden.

Insgesamt bleibt festzuhalten, daß das Konzertleben reich und vielgestaltig war. Das Publikum war allem Neuen gegenüber aufgeschlossen und interessiert, was zur Folge hatte, daß Zustimmung oder Ablehnung deutlich ausgedrückt wurden und das persönliche Engagement für die Musik leicht zu musikalischen Parteienbildungen führten konnte. Reichtum und Farbigkeit des Konzertlebens sind sicher auch dadurch zu erklären, daß jeder, der Musik machen wollte, sich selbst darum bemühte: der Dilettant oder auch nur Liebhaber als ausübendes Mitglied in einem seinem Niveau entsprechenden Verein (und nicht nur privat bei sich daheim), der Komponist oder berufsmäßige Interpret durch persönlich veranstaltete Konzerte.

Konzerte – also jedermann zugängliche öffentliche Musikdarbietungen – veranstalteten aber auch neben ihrer eigentlichen Tätigkeit Tanz- und Militärkapellen. Konzertveranstalter waren nicht nur die sozusagen gehobenen musikalischen Gesellschaften, sondern auch die vielen Gesang- und Musikvereine. Sie alle fanden ihr Publikum. Und Konzerte gaben schließlich auch Orchester in Restaurants und Gastwirtschaften, in Kurorten und an Ausflugszielen. In allen diesen Bereichen war die Trennung zwischen sogenannter Unterhaltungs- und sogenannter ernster Musik noch nicht vollzogen.

SINGSPIEL, OPERETTE

Das Sprechstück mit Musik und Gesang, das Singspiel und die Operette – das waren drei Kunstgattungen, die in den fünfziger und sechziger Jahren des 19. Jahrhunderts in Wien noch viel gemeinsam hatten und oft nicht ganz scharf zu trennen waren. Die ersteren waren sicher Ahnherren der damals noch recht jungen Gattung Operette – ob man die Uraufführung von Offenbachs „Die beiden Blinden“ am 5. Juli 1855 wirklich als Geburtsstunde der Operette ansehen will, bleibe dahingestellt –, für die aber auch

Vorbilder und Einflüsse aus Frankreich wichtig waren. Letztere wurden in Wien von Jacques Offenbach präsentiert und repräsentiert.

Es ist für die künstlerische Atmosphäre Wiens charakteristisch, daß nach den aufsehenerregenden deutschsprachigen Erstaufführungen Offenbachscher Werke auf Wiener Bühnen der bisher mit Schauspielmusiken und Singspielen erfolgreiche Franz von Suppé – dessen Vorfahren aus den österreichischen Niederlanden stammten, von dort in die habsburgische Lombardei und weiter ins ebenfalls habsburgische Dalmatien wanderten – um ein Stück dieser Art gebeten wurde. So entstand jenes Werk, das man als erste Wiener Operette zu bezeichnen pflegt: Suppés „Das Pensionat", uraufgeführt 1860.

Zehn Jahre später hat sich Johann Strauß dieser Gattung zugewendet, die in den siebziger Jahren ihren eigentlichen großen Aufstieg erlebte.

OPER

Mit der Unterscheidung zwischen komischer Oper und Operette haben schon die Librettisten, Komponisten und Theaterdirektoren der franzisco-josephinischen Epoche ihre Schwierigkeiten gehabt, weil der Übergang tatsächlich fließend und oft wirklich nur eine Frage der Selbstbestimmung war. Die Spieloper, die große romantische Oper, die deutsche, die italienische, die französische, die slawische Oper – das sind nur Schlagworte einer Stilbestimmung für das, was die Bühnen an zeitgenössischen Werken im Repertoire hatten, ganz abgesehen vom älteren bis Mozart, Cherubini oder Rossini zurückreichenden Repertoire. Dazu kam noch das Phänomen Richard Wagner, dessen Schaffen sich langsam zu einem Oeuvre sui generis entwickelte und zum Teil als beispielhaft angesehen wurde.

Dieses ungeheuer reiche und verschiedenartige Opernrepertoire wurde auf vielseitige Weise gepflegt. Vom Opernhaus bis zu Privataufführungen, vom Stadttheater mit gemischtem Spielplan bis zu Wandertruppen reichte der Bogen der Träger dieser Kunstgattung. Für bescheidenere Verhältnisse waren Orchesterarrangements in kleinen Besetzungen selbstverständlich, kleine Bühnen haben bei Bedarf auch hausfremde Musiker oder Dilettanten als Verstärkung in den Orchestergraben geholt. Das Wichtige war, daß die Gattung Oper auf breitester Basis gepflegt wurde, von Komponisten immer neue Werke geschaffen wurden und diese auch aufgeführt werden konnten. Es wäre falsch, als charakteristisch für diese Zeit den Durchbruch Richard Wagners zu unbestrittener künstlerischer Anerkennung zu sehen. Das war zweifellos von bleibender Wichtigkeit, aber signifikant war die ungeheure Breite der Opernpflege und die stilistische Vielgestaltigkeit des Repertoires.

MUSIK BEI HOFE

Die weit über die Residenzstadt hinausreichende Beispielhaftigkeit der Musikpflege am kaiserlichen Hof hat bereits unter Franz I. deutlich abgenommen; unter Franz Joseph I. war sie nicht mehr gegeben. Das mag einerseits mit der allgemeinen musikalischen Entwicklung zusammenhängen, andererseits mit der Stellung der Regenten zur Musik. Franz I. war noch selbst ein guter ausübender Musiker. Ferdinand I. und Franz Joseph I. betrieben nicht mehr aktiv Musik, obwohl eine musikalische Ausbildung vorgesehen war, nahmen auch am Musikleben kaum Anteil. Unter Franz Joseph I. war die Musik am Hof nur mehr Etikette, Repräsentation und Tradition; Impulse konnten unter solchen Voraussetzungen von hier nicht mehr ausgehen. Daran vermochte auch nichts das relative Musikinteresse der Kaiserin ändern, das von der musikinteressierten Öffentlichkeit auch anerkennend bemerkt wurde, aber die Musik bei Hofe nicht prägen konnte. Die große Zeit der habsburgischen Musikpflege war vorbei, wenn auch festzuhalten bleibt, daß Johann Orth – aus der Familie ausgeschlossener Erzherzog – der letzte der komponierenden Habsburger war. Hofkapellmeister und Hofmusikkapelle hatten fast ausschließlich nur mehr die Kirchenmusik in der Hofburgkapelle zu bestreiten, für die Hofkonzerte wurden kulinarische Programme ohne künstlerische Intentionen gewählt; es waren

Veranstaltungen des Protokolls. Die Annahme von Kompositionswidmungen durch den Kaiser, die Auszeichnung von Musikern oder Komponisten erfolgten zwar durch den Kaiser, wurden aber im Instanzenweg entschieden.

NATIONALE SCHULEN IN DER MUSIK

Die bewußte Aufnahme nationaler – letztlich aus der Volksmusik kommender – Charakteristika in die sogenannte Kunstmusik ist bereits im 18. Jahrhundert zu beobachten. Mit dem Aufblühen des nationalen Selbstbewußtseins, das alle Lebensbereiche durchdrang, traten schließlich auch in der Musik nationalbewußte Komponisten auf und entwickelten sich Stilcharakteristika nationaler Schulen, in der Donaumonarchie vornehmlich bei den nichtdeutschen Völkern. Dabei ging man ursprünglich von volksmusikalischen Charakteristika bei der Themenerfindung aus, man übernahm Formen und pflegte landesübliche Gattungen, was alles in erster Linie für Lieder und Tänze in Frage kam. Dem folgten bald Variationen oder Potpourris von Originalthemen, eine Stilisierung und die Herausbildung von „nationalmusikalischen" Topoi, bei Textvertonungen auch eine entsprechende Sujet-Wahl. Was ursprünglich musikalische Folklore war, in der Salonmusik seinen Platz fand, in einigen Fällen auch eine tiefschürfende stilistische Auseinandersetzung bedeutete, wurde für manche Komponisten zur Bekenntnismusik mit einer weit über das Musikalische hinausgehenden nationalen Bedeutung.

Programmusik, symphonische Dichtungen, Charakterstücke und Opern – in diesen Bereichen konnten die nationalen Musikbestrebungen ihren deutlichsten Ausdruck finden. Das Schlagwort von der Nationaloper setzte auch eine nationale Bühne voraus. 1838 wurde in Budapest das Ungarische Nationaltheater eröffnet, dessen Kapellmeister Ferenc Erkel 1844 mit „Hunyadi László" der erste große Wurf einer ungarischen Bühnenmusik gelang, 1885 das Königliche Opernhaus in Budapest, für das Erkel – als Bühnenweihfestspiel – seine letzte Oper („István király") schrieb. Prag erhielt 1862 sein erstes rein tschechisches Theater, das sogenannte „Interimstheater", an dem 1866 bis 1874 Bedřich Smetana als Kapellmeister wirkte; hier wurde 1866 seine „Verkaufte Braut" uraufgeführt. 1868 schrieb er zur Grundsteinlegung des Nationaltheaters seine Oper „Dalibor", für die Eröffnung 1883 „Libuše". Fast zwangsläufig ergab sich auch die Gründung von nationalen Musikschulen (z. B. 1875 Ungarische Musikakademie in Budapest, 1882 Schule der „Glasbena Matica" in Laibach) oder die teilweise Nationalisierung von vorhandenen Institutionen, wie des Prager Konservatoriums. In kleineren Städten, wo eine Verselbständigung der nationalen Richtungen weder auf der Bühne, noch im Konzertsaal, noch in der Schule möglich war, ist ein bemerkenswert tolerantes Zusammenwirken der Nationalitäten festzustellen. Selbstverständlich gab es auch dort nationalbetonte Musikproduktionen, zu deren Realisierung sich aber alle Kräfte fanden, wie denn überhaupt zu betonen ist, daß in dem hier zu behandelnden Zeitraum trotz aller nationaler Ambitionen noch keine nationalen künstlerischen Frontstellungen zu beobachten sind. Auch in Prag und Budapest wurden das deutsche Repertoire, die italienische und französische Oper weiter gepflegt. Johannes Brahms förderte in Wien Antonín Dvořák, der gebürtige Sachse Robert Volkmann identifizierte sich in Budapest mit der jungen ungarischen nationalen Schule. Ein von ehrlicher Achtung geprägtes künstlerisches Neben- und Miteinander wurde erst später von außermusikalischen Ereignissen gestört.

VOLKSLIED, VOLKSMUSIK

Fiel schon in die erste Hälfte des 19. Jahrhunderts die bewußte Beschäftigung mit der volksmusikalischen Überlieferung, wie sie etwa in der Volksmusiksammlung der Gesellschaft der Musikfreunde (Wien 1819) und in manchen veröffentlichten Anthologien ihren Ausdruck fand, so setzte um die Jahrhundertmitte geradezu eine volksmusikalische Begeisterung ein, die zum Teil durch nationale, zum Teil durch allgemein musikalisch-historische Interessen zu erklären ist, bei der sich historistische Ambitionen mancher

Musiker mit Aufgabenstellungen der damals noch jungen Musikwissenschaft trafen. Dieses Sammeln, Aufzeichnen und Veröffentlichen war retrospektiv, lieferte aber auch Studienobjekte und Anregungen für zeitgenössische nationalmusikalische Kompositionen.

Volkslied und Volksmusik entwickelten sich aber auch in immer neuer Aktualität weiter. Die Volkssänger waren aus der musikalischen Szene der Städte nicht wegzudenken; ihre aktuellen, neuen Lieder wurden auch gedruckt verbreitet. Moritaten- und Bänkelgesänge waren zwangsläufig einer steten Erneuerung unterworfen.

Daneben entwickelte sich das volkstümliche Lied, das Lied im Volkston, das sich als Volkslied geben wollte und allenfalls zu einem solchen werden konnte.

Das instrumentale Gegenstück zu den Volkssängern waren die Musikanten – ob sie alleine oder in Gruppen auftraten (allenfalls auch gemeinsam mit Volkssängern), von Haus zu Haus zogen, auf der Straße, in Lokalen oder bei Volksfesten musizierten, sozusagen Hintergrund- oder Tanzmusik darboten. Sie hatten ihr eigenes Repertoire, das man summarisch als volksmusikalisch bezeichnen muß, auch wenn darunter Paraphrasen oder Variationen etwa über populäre Opernmelodien oder nachweislich „komponierte" Werke waren.

Andererseits galten oder gelten solche in einem volkstümlichen Stil geschriebenen Werke sogar als Inbegriff der Volksmusik. Man braucht nur an die Werke von Johann und Josef Schrammel zu erinnern, die seit 1878 in Wien in Terzett- und seit 1886 in Quartettbesetzung musizierten, für ihren Bedarf komponierten und zum Synonym für Wiener Volksmusik wurden. Ihre Kollegen Hans Richter, Johannes Brahms und Johann Strauß schätzten ihr Musizieren und ihr Schaffen hoch; erst Epigonen haben den Begriff „Schrammelmusik" zu einem – auch – zweifelhaften Ruf verholfen. Daß beide Brüder am Konservatorium der Gesellschaft der Musikfreunde studiert hatten, mag nur als ein Beispiel dafür stehen, wie gut ausgebildete Instrumentalisten in den Reihen der Musikanten zu finden waren.

TANZMUSIK

Für Kapellmeister von Tanz- und Militärkapellen galt es als selbstverständlich, daß sie für ihre Ensembles auch komponierten. Was sie schrieben, war als Gebrauchsmusik gedacht und konnte nicht jenen Gültigkeitsanspruch erheben, den das Schaffen anderer Komponisten – nicht komponierender Kapellmeister – immer mehr erhielt. Dennoch ragen aus der unüberschaubaren Anzahl dieser Kapellmeister Namen von zeitloser Bedeutung. Am bekanntesten wurde wohl der der Dynastie Strauß, doch darf man nicht übersehen, daß Johann, Joseph und Eduard Strauß trotz ihrer besonderen Originalität und künstlerischen Individualität in einem harten Konkurrenzkampf mit künstlerisch hochrangigen Kollegen standen. In Wien waren dies in erster Linie die Dynastie Fahrbach, Carl Michael Ziehrer und der gebürtige Ungar Joseph Gungl, der ihnen allerdings bald auswich und Wien wieder verließ. In Böhmen ist ihnen Josef Labitzky an die Seite zu stellen. Die weitaus meisten der Tanzkapellmeister dieser Zeit sind jedoch heute vergessen, sicher nicht zu Unrecht. Aber sie haben die musikalische Szene ihrer Zeit wesentlich mitbestimmt: mit dem Komponieren und Musizieren von Tanzmusik, mit dem Konzertieren außerhalb eigentlicher Konzertsäle, mit ihren organisatorischen und didaktischen Leistungen als wirtschaftlicher und künstlerischer Leiter eines Orchesters von Berufsmusikern.

Eine Reihe von Tanzkapellmeistern bzw. -Komponisten kam von der Militärmusik, wie etwa Philipp Fahrbach sen. und jun., Friedrich Fahrbach, Carl Michael Ziehrer und Joseph Gungl, um nur einige zu nennen. Denn die Militärkapellen traten in immer zunehmendem Maße als Tanzkapellen auf. Der Zauber der Montur wirkte auch auf dem Tanzpodium.

In der Besetzung war die Tanzmusik ohnedies variabel. Viele Kapellen hatten ihre spezifische Besetzung, das Arrangieren für die entsprechende Besetzung war selbstverständliche musikalische Handwerksarbeit und das Bearbeiten für kleine musikalische Verhältnisse (bis zum zweihändigen Klavierauszug) für die rechte Verbreitung einer Komposition besonders wichtig.

VERLAGSWESEN, MUSIKINSTRUMENTENBAU

War Wien lange ein Zentrum des musikalischen Verlagswesens, so konnten die alteingesessenen Wiener Verlagshäuser die Entwicklung neuer Technologien und neuer Marktgesetze nach der Jahrhundertmitte nicht mehr mitvollziehen. Leipzig, Berlin und Hamburg wurden nun wichtige Verlagssitze. Kleinere Verlage gab es in Wien weiterhin, auch in Prag und Budapest, ja selbst in Kleinstädten. Insgesamt steht das Verlagswesen in der österreichisch-ungarischen Monarchie mit seiner immer abnehmenden Bedeutung im seltsamen Gegensatz zum reichen Musikleben. Die Verleger waren ambitioniert, oft Idealisten, für den lokalen Bedarf auch wichtig, aber insgesamt der viel finanzstärkeren und daher auch für die Komponisten interessanteren Konkurrenz aus Leipzig, Berlin oder Hamburg nicht gewachsen.

Der Musikinstrumentenbau hat hingegen die zur weiteren Behauptung notwendige Umstellung auf neue kommerzielle und technologische Prinzipien geschafft. Schon im Biedermeier hatten sich manche größere Manufakturen gebildet. Nun entstanden für den Bau von Klavieren, Orgeln, Holz- und Blechblasinstrumenten Großbetriebe, die sich stolz Fabriken nannten – nicht ahnend, daß dies nach manchen negativen Auswüchsen eine abwertende Bezeichnung für Musikinstrumentenerzeuger werden sollte. Tatsächlich führten in den Jahrzehnten zwischen 1840 und 1880 im Zusammenwirken mit Musikern durchgeführte Experimente, Innovationsfreudigkeit, neue technologische Möglichkeiten (wie der Einsatz von Maschinen) und eine gesunde Konkurrenz-Situation zu Verbesserungen und Weiterentwicklungen, die von Musikern wie Komponisten dankbar angenommen wurden. Die in diesem Zeitraum erfolgten Neuerungen auf dem Gebiet der Tasten- und Blasinstrumente waren enorm; lediglich der Bau der Streichinstrumente wurde mehr oder weniger kontinuierlich tradiert, nur in Böhmen entstanden auch dafür Manufakturen, wenn auch nicht Fabriken.

Gewerberechtlich blieb der Musikinstrumentenbau unverändert ein Handwerk. In der Betriebsorganisation haben führende Werkstätten die Entwicklung in das industrielle Zeitalter erfolgreich mitgemacht. Voraussetzung dafür waren freilich auch die Absatzmöglichkeiten, d. h. der grundsätzliche – große – Bedarf an Musikinstrumenten und das Interesse an Neu- und Weiterentwicklungen.

Literatur (in Auswahl):

Diese Darstellung beruht zu einem wesentlichen Teil auf Quellenstudien. Das folgende Literaturverzeichnis nennt in Auswahl bzw. soweit möglich zusammenfassende Darstellungen zu den hier angeschnittenen Themenkreisen mit besonderer Berücksichtigung der Österreichisch-Ungarischen Monarchie.

Abbiato, Franco, Storia della musica IV, Ottocento, Milano ²1968. – *Andreis, Josip*, Hravatski glazbeni zavod kroz 125 godina svog postojanja, Zagreb 1952. – *Angermüller, Rudolph* (Hrsg.), Bürgerliche Musikkultur im 19. Jahrhundert in Salzburg, Salzburg 1981. – Anonym, Unsere Kaiserstadt Wien in Wort und Bild . . . hg. unter Mitwirkung der hervorragenden einheimischen Gelehrten und Künstler, Wien o. J. [ca. 1885]. – *Cvetko, Dragotin*, Zgodovina Glasbene Umetnosti na Slovenskem, 3 Bde., Ljubljana 1958–1960. – *Dahlhaus, Carl*, Die Musik des 19. Jahrhunderts (Neues Handbuch der Musikwissenschaft 6), Wiesbaden 1980. – *Dahlhaus, Carl* (Hrsg.), Studien zur Trivialmusik im 19. Jahrhundert (Studien zur Musikgeschichte des 19. Jahrhunderts 8), Regensburg 1967. – *Djurić-Klajn, Stana*, Muzika i muzičari, Belgrad 1956. – *Flotzinger, Rudolf* (Hrsg.), Kontakte österreichischer Musik nach Ost und Südost (Grazer musikwissenschaftliche Arbeiten 3), Graz 1978. – *Flotzinger, Rudolf; Gruber, Gernot* (Hrsg.), Musikgeschichte Österreichs II, Vom Barock zur Gegenwart, Graz–Wien–Köln 1979. – *Hanslick, Eduard*, Geschichte des Concertwesens in Wien, Wien 1869. – *Hostinský, Otakar*, Česká hubda 1864–1904, Praha 1909. – *Kálmán, Isoz*, Buda és Pest zenei müvelödése I (1686–1873), Budapest 1926. – *Keresztury, Dezsö*, Vécsey, Jenö, Falvy, Zoltán: A Magyar Zenetörténet Képeskönyve, Budapest 1960. – *Mačak, Ivan* (Hrsg.), Sources of Slovak Music, Bratislava 1977. – *Monterosso, Raffaelo*, La Musica nel Risorgimento, Milano 1948. – *Nováček, Zdenko*, Hudba v Bratislava / Musik in Bratislava, Bratislava 1978. – Die österreichisch-ungarische Monarchie in Wort und Bild, 23 Bde., Wien 1886–1902. – *Perger, Richard von*, und *Hirschfeld, Robert*, Geschichte der k. k. Gesellschaft der Musikfreunde in Wien, Wien 1812. – *Quoika, Rudolf*, Die Musik der Deutschen in Böhmen und Mähren, Berlin 1956. – *Racek, Jan*, Česká hudba, Praha ²1958. – *Rameis, Emil*, Die österreichische Militärmusik – von ihren Anfängen bis zum Jahre 1918, ergänzt und bearbeitet von *Eugen Brixel* (Alta Musica 2), Tutzing 1976. – *Schenk, Erich*, 950 Jahre Musik in Österreich, Wien 1946. – *Tittel, Ernst*, Österreichische Kirchenmusik, Wien 1961. – *Tomescu, Vasile*, Histoire des Relations Musicales entre la France e la Roumanie I, Des Origines au Commencement du XXe Siècle, Bukarest 1973. – *Volek, Tomislav*, Dějiny české hudby v obrazech / Geschichte der tschechischen Musik in Bildern, Praha 1977. – Wien 1848–1888. Denkschrift zum 2. December 1888, hg. vom Gemeinderathe der Stadt Wien, 2 Bde., Wien 1888.

Helmut Engelbrecht

BILDUNGSPOLITIK UND UNTERRICHTSWESEN

Es ist immer wieder beobachtbar, daß in Zeiten des Umbruches – wie sie Revolutionen, aber auch monopolartig sich durchsetzende Parteien herbeiführen – Fragen der Schule und der Bildung in den Vordergrund rücken und zu einem Hauptthema der politischen Auseinandersetzungen werden. Das liegt daran, daß die in revolutionären Prozessen oder in demokratischen Wahlen aufkommende neue Trägerschicht staatlicher Kompetenz durch die Ausrichtung der schulischen Institutionen und Lehrprogramme auf ihre Bedürfnisse und ihr Weltbild der errungenen Machtstellung Halt und Dauer geben will. Sie hofft nämlich ein Umdenken der Jugend einleiten zu können; mit Hilfe der neuen Lernziele wird die nunmehr als reaktionär hingestellte geistige Grundhaltung der Elterngeneration in Frage gestellt und durch Veränderung der Einstellung der Nachwachsenden die eigene Position gefestigt. Die nach einem solchen politischen Kulissenwechsel geschaffene Ordnung bietet zumeist bei oberflächlicher Betrachtung das Bild einer Neuschöpfung des Augenblicks und wird in der Regel auch als solche ausgegeben. Sie bedeutet Fortschritt und Überwindung veralteter Anschauungen und Einrichtungen. Immer schreiben ja die Sieger zunächst die Berichte und Kommentare zu ihren Erfolgen; die Unterlegenen haben es schwer und meist wenig Gelegenheit, die offiziellen und offiziösen Lesearten über die vorgefundene Situation, die nun zum Besseren gewendet worden sei, in Zweifel zu ziehen oder gar zu korrigieren.

Auch bei der Revolution von 1848/49 im Habsburgerreich – wenn nur ihr bildungspolitischer Aspekt herausgegriffen wird – verlief die Entwicklung ähnlich. Bis in unsere Tage wurde der Vormärz als eine Zeit finsterster Reaktion und unfruchtbaren Stillstandes gesehen. Doch der rasche und gleichsam selbstverständliche Durchbruch neuer Vorstellungen von Unterricht und Erziehung im Jahre 1848 hätte zu denken geben sollen. Er war ja nur möglich gewesen, weil die in der revolutionären Phase proklamierten pädagogischen Gedanken bereits diskutiert und zum Teil in der Schulwirklichkeit auf ihre Gewichtigkeit überprüft worden waren. Auch die andere Etikette dieser Zeit, der Begriff „Biedermeier“, soll nicht täuschen. Wenn auch durch ihn der Eindruck von harmlosen, dem Genuß und den Alltagsfreuden huldigenden Spießbürgern erweckt wird, sammelten sich damals trotz Polizei und Zensur schon elitäre Gruppen von Bürgern in Vereinen und patriotisch-politischen Sozietäten und bereiteten ihre volle Emanzipation vor. Mit anderen Worten: Bildungspolitisch waren in Österreich die neuen Positionen bereits einige Jahre vor der Revolution bezogen gewesen, und die Persönlichkeiten, die 1848/49 entscheidendes Gewicht besaßen, waren damals schon in Aktion getreten. Der erste Unterrichtsminister Österreichs, Franz Freiherr von Sommaruga, begegnet uns als Präsident des Juridisch-politischen Lesevereins, der Professor der Philosophie an der Universität Prag Franz Exner oder der Professor der Botanik an der medizinischen Fakultät Wien Stephan Endlicher wurden 1845 von der Studienhofkommission in Subkommissionen mit dem Auftrag berufen, Reformen der philosophischen bzw. der medizinischen Fakultät vorzubereiten. Der Dekan und spätere Vizedirektor der medizinischen Studien an der Universität Wien, Ernst Freiherr von Feuchtersleben, setzte sich – ebenfalls 1845 – in den „Österreichischen Blättern für Literatur und Kunst“ bereits mit Problemen der realistischen und humanistischen Studien auseinander und sprach 1847 in einer Festrede an der Wiener Universität offen von einer *Wiedergeburt durch selbständige Kraft von Innen heraus.* Es wurden damals Programme für eine Neuordnung entwickelt und verschiedene Möglichkeiten zur Gestaltung des Bildungswesens entworfen. Sie fanden zwar nicht die Zustimmung des Kaisers Ferdinand I., aber es waren bereits am Vorabend der Revolution durchdachte Projekte vorhanden, die nur mehr auf eine Realisierung warteten.

Dieses lang aufgestaute, vielseitig diskutierte und keineswegs in den Zielrichtungen einheitliche Gedankengut brach sich in den Märztagen 1848 jäh Bahn. Gemeinsam war den Reformern die Auffassung, daß die Volksbildung das größte Gut für den Staat sei und ihm Ehre bringe. Für Menschen, welche die Mängel ihrer Bildung bedauern, gäbe es keinen anderen Trost, als durch ihre Anstrengungen dazu beizutragen, daß einst besser gebildete und ausgebildete Männer und Frauen ihre Plätze einnehmen. *Auch dem Aermsten* seien die *Wege der Bildung zu eröffnen* (F. Exner). Äußeres Zeichen der Wertschätzung des Bildungswesens und zugleich Voraussetzung für eine rasche und unmittelbare Umsetzung organisatorischer und inhaltlicher Reformen war das am 23. März 1848 durch kaiserliche Entschließung geschaffene „Ministerium des öffentlichen Unterrichts". Damit löste sich der Bildungsbereich aus seiner bisherigen untergeordneten Stellung und stieg zur Gleichrangigkeit mit den traditionellen staatlichen Verwaltungszweigen auf. Der Staat beanspruchte hinfort *als sein Recht und als seine heilige Pflicht, für den Unterricht der Jugend beiderlei Geschlechts zu sorgen, und diesen Unterricht sowohl selbst durch öffentliche Lehrer zu ertheilen, als auch, so weit er durch Privatpersonen ertheilt wird, ohne Verletzung des Familienrechtes zu beaufsichtigen.* Das Ministerium gliederte sich anfangs in zwei Abteilungen, deren eine die Geschäfte der ehemaligen Studienhofkommission fortführte, während die andere als eine Art „Reformabteilung" anzusehen war.

Das ministerielle Konzept der Neuordnung des Bildungswesens war in Diskussion mit Fachleuten und in kritischer Auseinandersetzung mit schulischen Erfahrungen im Ausland entstanden. Der ins Unterrichtsministerium berufene Franz Exner hatte es ausgearbeitet und es als „Entwurf der Grundzüge des öffentlichen Unterrichtswesens in Österreich" in der „Wiener Zeitung" veröffentlicht. Es trug einen liberalen Stempel – auf die Freiheit der Bürger und die Rechte der Familie wurde besonders hingewiesen – und beschränkte sich auf verwirklichbare Zielsetzungen. Die Ministerialbürokratie wußte allzu gut vom Mangel an Lehrern und finanziellen Mitteln; sie wollte auch dem Risiko ganz neuer Entwicklungen und letzten politischen Entscheidungen aus dem Wege gehen.

Als wichtigstes Glied im System des öffentlichen Unterrichts wurden die „Volksschulen" hingestellt, denn wo das ganze Volk an der Gesetzgebung Anteil nehmen könne, dürfe *keine Anstrengung und kein Opfer gescheut werden, um Allen den Unterricht zu gewähren, ohne welchen jenes Recht ein Widerspruch wäre.* Die „mittleren Schulen" sollten einerseits *unmittelbar für einzelne Lebensbeschäftigungen vorbereiten* („Specialschulen"), andererseits eine höhere allgemeine Bildung gewähren. Diese könne sowohl mit Hilfe der Bildungselemente der klassischen Sprachen in Gymnasien als auch durch den Unterricht der modernen Sprachen und in der Muttersprache an Bürger- und Realschulen erworben werden. Jede Einseitigkeit sei dabei zu vermeiden, Übertritte von einer Schulgattung zur anderen sollten *so viel als möglich offen* sein. Kenntnisse für *das practische Leben* müßten ebenfalls in hinreichendem Maße geboten werden. Diese „mittleren Schulen" hatten für die „hohen Schulen" vorzubereiten. Diese sollten sich selbst verwalten und nur der Kontrolle *einer übergeordneten sachverständigen Behörde und der öffentlichen Meinung* unterworfen sein. Sie hatten in erster Linie wissenschaftliche Lehraufgaben zu verfolgen. Die diskutierte Vereinigung der Universitäten mit den bestehenden technischen Instituten wurde nicht für zweckmäßig gehalten und daher abgelehnt. Privatschulen durften uneingeschränkt errichtet werden; sie mußten aber die gesetzlichen Vorschriften beachten und standen gleich den öffentlichen Schulen unter der Aufsicht der Schulbehörden.

Diese „Grundzüge" enthielten bereits alles, was an Veränderungen auf den verschiedenen Ebenen des Unterrichts und der Erziehung in den nächsten Jahrzehnten eintreten sollte, und sie bedienten sich dabei des Vokabulars, in dem die zukünftige Bildungspolitik formuliert wurde.

Die Vorstellungen Ernst Freiherr von Feuchterslebens, der im Juli 1848 als Unterstaatssekretär die Leitung der Unterrichtsangelegenheiten übernahm, drängten zwar dann über die Pläne seines Ministerialrates Franz Exner hinaus, blieben aber bloß programmatische Ankündigungen. Denn Feuchtersleben bekleidete sein Amt nur wenige Monate; die Oktoberunruhen von 1848 veranlaßten ihn zur Flucht und zum Rücktritt. Die von ihm geäußerten Forderungen trugen allerdings viel Sprengstoff in sich. Er wünschte nämlich unter anderem die *volle Verstaatlichung des Schulwesens in finanzieller Hinsicht,* die *Befreiung der Schule von der Bevormundung durch die Kirche (ohne Ausschließung des Klerus)* sowie die Gleichberechtigung aller Nationen der Monarchie in ihren Ansprüchen auf ein Schulwesen in ihrer Muttersprache von der Volksschule bis zur Universität. Auch dachte er an die Schaffung einer gemeinsamen Unterstufe für Gymnasien und Realschulen. Ohne Zweifel war Feuchtersleben radikal in seinen Ansprüchen; er wollte durch einen großen Sprung nach vorne eine vollständig neue Situation schaffen. Das verstärkte die Realisierungschancen des im Grundsätzlichen pragmatisch ausgerichteten Konzepts von Franz Exner, als nach der Niederschlagung der Revolution eine behutsam vorgehende restaurative Bildungspolitik einsetzte.

Die Revolution von 1848 kündigte aber nicht nur ein liberales, vor allem die Interessenlagen des deutschen Bürgertums berücksichtigendes Bildungskonzept an, sondern auch den Durchbruch des nationalen Denkens auf breiter Front. Es war bislang im vielsprachigen Kaisertum Österreich üblich gewesen, an den Universitäten und Gymnasien – ausgenommen im Königreich Ungarn – Deutsch als Unterrichts- und Vorlesungssprache zu benützen. Es hatte seit der Regierungszeit Josephs II. zunehmend das Latein verdrängt, ohne aber dessen durch Jahrhunderte selbstverständliche Position im Unterricht einnehmen zu können. Die verschiedenen Nationalitäten, allen voran die Tschechen, wollten sich nunmehr diesen Vorrang der deutschen Sprache nicht mehr gefallen lassen. Schon am 28. März 1848 gestattete das böhmische Landespräsidium, die Vorlesungen an der Prager Universität in beiden Landessprachen zu halten. Am 8. April dieses Jahres mußte der Kaiser den Tschechen die Gleichberechtigung ihrer Sprache in Schule, Amt und Gericht zugestehen. Am 18. September 1848 ordnete das Unterrichtsministerium in Wien an, daß schon im kommenden Schuljahr an den böhmischen Gymnasien das Tschechische als Unterrichtssprache, in den Gymnasien der deutschen Gebiete Böhmens als Freigegenstand eingeführt werden solle. In der Folge wurde auch den anderen Kronländern in ähnlicher Weise die Verwendung der Landessprachen als Unterrichtssprache gestattet. Wenn auch diese Regelungen bald wieder zurückgenommen wurden, sie konnten nur hinausgeschoben, auf Dauer aber nicht verhindert werden. Derart gaben die Nationalitäten den Reformbestrebungen dieser Jahrzehnte auf dem Gebiet des Unterrichts und der Erziehung ein besonderes Kolorit und verursachten durch ihr Spannungsverhältnis zur Zentrale in Wien so manche überraschende Entwicklung.

Von der Vorgangsweise her war es für die Anliegen der Reform günstig, daß die für das Unterrichtswesen entscheidenden Persönlichkeiten vom ersten Augenblick an nicht abließen, vor überstürzten und wenig überlegten Maßnahmen in einem so komplexen System, wie Bildung und Unterricht es nun einmal sind, zu warnen und zur Mäßigung zu raten. Franz Freiherr von Sommaruga hatte bereits am 30. März 1848 – wenige Tage nach seiner Ernennung zum Unterrichtsminister – erklärt, daß *Besonnenheit und weise Erwägung* die geplanten *Umgestaltungen entwerfen und durchführen* müsse. Sein Mitarbeiter im Ministerium, Franz Exner, äußerte sich noch viel deutlicher: *Wer daher kömmt, um über Volkserziehung mitzusprechen, der ziehe zuvor seine Schuhe aus, denn er betritt heiligen Boden. Außen bleibe die Leidenschaft, die Gemeinheit und jede Art scheinheiliger Unredlichkeit, und nur die Besonnenheit, die Wahrhaftigkeit und der ernste, pflichtbewußte Wille trete ein und rede.* Er sprach sich für das allmähliche Entwickeln des Neuen aus, weil keine Theorie den Reichtum und das Zusammenwirken der tatsächlichen Verhältnisse voll zu erfassen vermöge. Doch sah er ein, daß der revolutionäre Druck bedächtiges Schreiten nicht zulasse. Um aber Experimenten mit ungewissen Ergebnissen auszuweichen, duldete er eine Ergänzung der eigenen Erfahrung durch fremde Erkenntnisse. Doch Kopien ausländischer Modelle – auch der deutschen – lehnte er ab. Denn sie würden die Österreicher der Gefahr aussetzen, sich in allerlei Widersprüche zu verstricken, und manche Kräfte ihrer Individualität brechen, statt sie zu nützen und zu stärken. Bewährte ausländische Einrichtungen sollten bloß helfen, richtige Entscheidungen bei der Legung des Fundamentes und dem Aufbau der Grundmauern zu treffen. Es sei daher darauf zu sehen, *daß auf allen Punkten, wo unsere Verhältnisse eine organische Entwicklung aus sich gestalten, diese auch möglich bleibe und eintrete, und nirgends durch gewaltsames Eingreifen, ohne Noth gestört werde. Nur der Baum, der in der Tiefe wurzelt, steht fest.* Sogar Feuchtersleben hielt *ruhige, ernste und besonnen erwogene Prüfung aller Vorschläge, schrittweise, an einzelnen Versuchen gemachte Erfahrungen* bei der Errichtung des *großen Baues der Volksbildung* für notwendig.

Außer der ausdrücklichen Entscheidung für überlegtes Vorgehen und der selbstbewußten Ablehnung einer unkritischen Übernahme fremdländischer schulischer Modelle mag als drittes Kennzeichen der Bildungspolitik dieser Jahre die dem neuen demokratischen Verständnis entspringende Öffentlichkeitsarbeit hervorgehoben werden. Reden, Rechenschaftsberichte, Zeitungsartikel und schließlich ein eigenes Organ informierten über die Pläne des Ministeriums und stellten sie zur Diskussion. *Denn eine öffentliche Maßregel kann nur dann von großer und segensvoller Wirkung sein, wenn sie aus dem Geiste des Volkes hervorgegangen ist und mit der Meinung der Einsichtsvollsten in ihm im Einklange steht*, äußerte dazu einmal F. EXNER. Allerdings macht es gerade die Vielzahl der damaligen Ankündigungen notwendig, in jedem Einzelfall zu überprüfen, ob die ausgesprochene Absicht auch verwirklicht werden konnte.

In der Folge ist es freilich aus Platzmangel nicht möglich, alle Probleme und Entscheidungen im Unterrichtswesen auszubreiten; was hier nur geschehen kann, ist, sie nach zwei Richtungen hin aufzuschließen. Zuerst soll die Uneinheitlichkeit der Bildungspolitik dieser Epoche durch die Sichtbarmachung ihrer vier deutlich unterscheidbaren Phasen verständlich gemacht werden; denn deren Grundmuster bestimmten die Schubkraft des Fortschritts und die Schwerpunktsetzungen der gesetzlichen Aktivitäten. Dann werden die Verlaufsformen der Entwicklung im Bereich der Universitäten und Hochschulen, der „Mittelschulen" und der Elementarschulen in knappen Übersichten dargestellt und durch die Herausarbeitung ihrer Höhepunkte konturiert werden. Die Strukturen der jeweiligen Phase der Bildungspolitik müssen dabei mitgesehen werden, weil sie zur Entschlüsselung der Vorgänge beitragen.

Franz Seraphin Exner (Wien, Archiv der Universität Wien)

Die revolutionäre Phase der Bildungspolitik, im wesentlichen auf das Jahr 1848 beschränkt, wurde vom Bürgertum und seinen Interessen geprägt. Obgleich sie über Programme und Provisorien nicht hinauszuführen schien, wurden damals doch die Fundamente für die Neuordnung von Unterricht und Erziehung in der zweiten Hälfte des 19. Jahrhunderts gelegt. Es war überraschenderweise nicht ein Politiker, den die Revolution hochgespült hatte, der sie legte, sondern ein bereits von den Machthabern des Vormärz geschätzter Fachmann: der 1848 von seiner Prager Professur in das neugegründete Unterrichtsministerium berufene FRANZ EXNER. Er war ohne Zweifel die bedeutendste Persönlichkeit dieser ersten Phase, wenn auch die Aktivitäten und vor allem die Zielvorstellungen des Unterstaatssekretärs ERNST VON FEUCHTERSLEBEN nicht unterschätzt werden dürfen. Die Schwerpunkte der Maßnahmen lagen bei den Universitäten und Gymnasien. Die Entwicklungsabläufe in Wien und in Budapest wiesen dabei starke Unterschiede auf.

Die darauf folgende neoabsolutistische Phase (1849–1860) zeigte zwar den Prägestempel konservativen staatlichen Denkens, doch die 1848 begonnenen Reformen wurden fortgesetzt, obgleich sie mit dem Odium des Revolutionären behaftet waren. Dies ist in hohem Maße zunächst wieder F. EXNER zu danken, der – unbeeinflußt von den politischen Vorgängen – an den gesetzlichen Bestimmungen für die Neuordnung weitergearbeitet hatte und auf dessen Fachwissen auch die konservative Regierung nicht verzichten wollte. Vor allem aber wurde nunmehr GRAF LEOPOLD LEO VON THUN UND HOHENSTEIN bedeutsam, der zwischen 1849 und 1860 das Ministerium für Cultus und Unterricht leitete. Der böhmische Adelige war das Beispiel eines sich für das allgemeine Wohl verzehrenden Beamten, in seiner Gesinnung ein fortschrittlicher Konservativer. Er verstand es, einen zukunftssicheren Weg zwischen Revolution und Reaktion zu finden. Die erst in Ansätzen verwirklichten Reformen der Universitäten und der Gymnasien wurden jetzt zu einem Abschluß gebracht und für das gesamte Kaisertum trotz mancher Widerstände verpflichtend. Der Ausgestaltung des Mittelschulwesens wurde besonderes Gewicht beigelegt. Das Volksschulwesen hingegen wurde durch den Abschluß des Konkordates im Jahre 1855 in einem längst nicht mehr befriedigenden Zustand verfestigt.

In der föderalistischen Phase (1860–1867) mußte die zentralistische Ausrichtung des Kaisertums zugunsten seiner Nationalitäten aufgegeben werden. Am 20. Oktober 1860 wurde das Ministerium für Cultus und Unterricht aufgelöst; dessen Angelegenheiten wurden einer besonderen Abteilung des Staatsministeriums zugewiesen. Diese administrative Abwertung hatte auch zur Folge, daß Fragen der Schule und des Unterrichts nunmehr weniger Beachtung fanden. Dafür ist bezeichnend, daß der dieser Sektion von Anfang an zur Beratung in nichtadministrativen Angelegenheiten zugedachte „Unterrichtsrat" erst 1864 aktiviert wurde. In diesem treffen wir aber dann bereits die Persönlichkeiten an, die, wie der Vorsitzende Leopold von Hasner oder die Mitglieder Adolf Beer, Franz Hochegger und Adolf Ficker, in der folgenden liberalen Phase in den Vordergrund treten werden. In der Bildungspolitik gaben freilich jetzt vor allem die Kronländer den Ton an; ihre Landtage suchten sich nach Wegfall einer autoritär bestimmenden Zentralstelle den maßgeblichen Einfluß auf das Unterrichtswesen zu sichern. Für den Volksschulbereich begannen sich die Zielvorstellungen von Unterricht und Erziehung auf Eigenständigkeit und weitgehende Unabhängigkeit von Wien auszurichten. Der Streit um die jeweilige Unterrichtssprache in den Elementarschulen bis hin zu den Universitäten signalisierte das Ende der Vorherrschaft der deutschen Sprache im Schulraum. Das schrittweise Aufgeben der sprachlichen Klammer förderte den Zerfallsprozeß der Monarchie. In manchem gleicht das Bildungsgeschehen der föderalistischen Ära dem des Vormärz. Die bürokratischen Lenkungsmaßnahmen überwiegen, Veränderungen institutioneller Art bleiben im wesentlichen aus. Doch die Grundlagen für sie werden in Diskussion und Programm geschaffen.

Nach dem österreichisch-ungarischen Ausgleich (1867) wurden in der „österreichischen" Reichshälfte der Doppelmonarchie die Deutschliberalen („Deutsche Linke") tonangebend. Sie vertraten vor allem die Industrie, die Handelskammern und die Hochfinanz; ihre Abgeordneten stammten in der Regel aus der gebildeten städtischen Mittelschicht und der oberen Mittelklasse. Sie hatten meist geistige Berufe oder waren Beamte. Für sie bedeutete eine offensive Bildungspolitik ein echtes Anliegen. Ein Unterrichtsministerium wurde sogleich wieder eingerichtet, eine durchgängige Schulaufsicht ausgebaut. Die Schwerpunkte der Bildungsbemühungen in der liberalen Phase (1867–1880) lagen einerseits aber beim Volksschulwesen, das dem Einfluß der Kirche entzogen werden sollte, andererseits im Bereich der berufsbildenden Schulen, die eine erste Vereinheitlichung erfuhren. Der Professor für Nationalökonomie LEOPOLD VON HASNER und der Ministerialbeamte KARL STREMAYR prägten als Unterrichtsminister zielbewußt die Vorgänge in ihrem Ressort. Doch die in Wien dekretierten neuen Strukturen galten nur mehr in der cisleithanischen Hälfte der Monarchie, der ungarische Teil ging nun endgültig im Bildungswesen eigene Wege.

Im Folgenden wird auch nur – da Ungarn getrennt behandelt wird – auf die Verlaufsformen von Unterricht und Erziehung in den „im Reichsrate vertretenen Königreichen und Ländern" eingegangen. Einige Bemerkungen müssen freilich vorausgeschickt werden. Studium und Schule wurden bereits seit dem 18. Jahrhundert weitgehend vom Staat und seinen Bildungsvorstellungen bestimmt. In den Jahrzehnten zwischen 1848 und 1880 wird nun der Staat immer weniger durch „Obrigkeiten" verkörpert, sondern durch verfassungsmäßige Einrichtungen, in denen an Weltanschauungen und Parteien orientierte Volksvertreter festlegen, was auch im Bildungsbereich geschehen soll. Fast alle Maßnahmen waren damals auf die Ansprüche und Bedürfnisse des Bürgers ausgerichtet. Daher nahm auch die Unterrichtsverwaltung zunächst die Neuordnung der Universitäten und der Gymnasien in Angriff. Erst zuletzt wandte sie sich der Reform des elementaren Schulwesens zu, obgleich sie sich von Anfang an über die Dringlichkeit seiner Verbesserung im klaren war. Diese Abfolge der bildungspolitischen Innovationen soll sich auch in der folgenden Übersicht spiegeln.

UNIVERSITÄTEN UND HOCHSCHULEN

Das Kaisertum Österreich verfügte im Jahre 1848 über acht Universitäten, von denen aber nur drei voll ausgebaut waren; ihr Lehrbetrieb war auf Staatsnotwendigkeiten ausgerichtet und bis in Einzelheiten geregelt. Außerdem bestanden bereits sechs technische Institute, die sich dem Hochschulrang näherten. Studenten und Professoren, die in den Märztagen 1848 zu Bannerträgern der Revolution wurden, forderten die von ihnen an den deutschen Universitäten bewunderte Lehr- und Lernfreiheit und erzwangen eine Universitätsreform.

Kernstück der Neuordnung wurde die Einrichtung einer den anderen Fakultäten gleichrangigen philosophischen Fakultät. Das setzte die Liquidierung der traditionellen Eingangsstufe für alle Universitätsbesucher voraus; die Aufgaben dieser bereits auf zwei Jahrgänge geschrumpften philosophischen Studien wurden den Gymnasien zugewiesen. Trotz verschiedener Einzelmaßnahmen – Einführung des Habilitationsverfahrens, des Privatdozententums, der strengen öffentlichen Prüfungen u. ä. – kam eine dauerhafte Regelung erst unter dem Unterrichtsminister Thun-Hohenstein zustande. Das von F. EXNER entworfene provisorische Gesetz über die Organisation der akademischen Behörden vom 30. September 1849 gestand den Universitäten die Selbstverwaltung zu und schaffte die die Interessen des Staates vertretenden Studiendirektoren bzw. Vizedirektoren endgültig ab. Die Universitätsverfassung orientierte sich an der in Deutschland üblichen Ordinarienfakultät. In Wien – wie auch in Prag – wehrten sich allerdings die Doktorenkollegien mit Erfolg gegen ihre Ausschaltung.

Nunmehr wurden philologische bzw. philologisch-historische Seminare für die Gymnasiallehrerausbildung geschaffen und eine Reihe von wissenschaftlichen Instituten errichtet. Das zweitrangige chirurgische Studium durfte an Volluniversitäten nicht mehr angeboten werden, die tierärztliche Ausbildung löste sich aus dem Universitätsverband. Die Berufung zahlreicher Ausländer – vor allem junger deutscher Wissenschaftler – sprengte rasch die vormärzliche Ghettosituation der österreichischen Universitäten. Trotz massiver Widerstände bestätigte Franz Joseph I. am 24. Februar 1855 das Reformwerk THUN-HOHENSTEINS.

Als in den sechziger Jahren des 19. Jahrhunderts

nach Auflösung des Unterrichtsministeriums eine starke, ordnende Hand fehlte, wirkte sich die Autonomie der Hochschulen erst voll aus. Die Agitation der Nationalitäten führte dazu, daß 1861 die Krakauer Universität weitgehend polonisiert wurde und erste Schritte in dieser Richtung auch an der Universität Lemberg erfolgten (1862). In Prag nahm die Zahl der Professoren zu, die in tschechischer Sprache lehrten; ab 1864 wurden Bewerber mit tschechischen Sprachkenntnissen bei der Besetzung von Lehrstühlen bevorzugt. Infolge des Verlustes der italienischen Universitäten Pavia (1859) und Padua (1866) wurden an den Universitäten Graz und Innsbruck – die beide nunmehr eine medizinische Fakultät zugesprochen erhielten (1862, 1869) – Prüfungen auch in italienischer Sprache abgenommen.

In diesen Jahren nahmen die technischen Schulen weitgehend Hochschulcharakter an. Neue Statute erlaubten ihnen, einen Direktor (Rektor) mit einjähriger Funktionsdauer aus ihrer Mitte zu wählen und sich in Fachschulen oder Abteilungen (seit den siebziger Jahren mit Dekanen an der Spitze) in Anlehnung an die universitären Fakultäten zu gliedern. In Prag wurde angeordnet, daß die Hauptgegenstände in beiden Sprachen vorgetragen werden müßten, was bereits 1869 zur völligen Teilung in eine „deutsche" und in eine „böhmische" Anstalt führte.

Die Studenten bekamen gleichfalls die sich ankündi-

Der erste Spatenstich zur Wiener Universität im Jahre 1970 (Wien, Archiv der Universität Wien)

gende liberale Wende zu spüren. Die bisher geltenden Disziplinarvorschriften wurden 1862 gelockert und bedingt Studentenverbindungen zugelassen. Diese brachten farbige Akzente und ideologische Auseinandersetzungen auf den Hochschulboden.

In den siebziger Jahren kam die Universitätsreform zu ihrem vorläufigen Abschluß. Eine neue Rigorosenordnung legte 1872 die Bedingungen zur Erwerbung des Doktorates fest und das „Gesetz betreffend die Organisation der akademischen Behörden" schloß 1873 endgültig die Doktorenkollegien in Wien und Prag aus dem Universitätsverband aus. Die technischen Institute durften sich ab 1873 Hochschulen nennen; zu ihrem Besuch wurde nun grundsätzlich die „Maturitätsprüfung" an Realschulen verlangt.

Die Aufwärtsentwicklung im universitären Bereich wurde durch die Gründung einer Universität in Czernowitz, der Hauptstadt der Bukowina, gekrönt. Diese am weitesten im Osten liegende „Alma Mater Francisco-Josephina Cernantiensis" war die Antwort auf die Polonisierung der Universität Lemberg. Ruthenen und Ukrainer wünschten eine deutsche Universität, weil, wie der erste Rektor Dr. Tomaszcuk erklärte, die *deutsche Bildung eine universelle Bedeutung* habe und die Universitäten Krakau und Lemberg seit Einführung der polnischen Unterrichtssprache „Provinzinstitute" geworden seien. In Czernowitz wurden die rumänische und ukrainische Sprache und Literatur sowie die ost- und südosteuropäische Geschichte besonders gepflegt. Die völkerverbindende Funktion dieser Universität spiegelte sich in der Zusammensetzung des Lehrkörpers und der Studentenschaft; trotz der Vielfalt von Nationalitäten und Konfessionen gelang echte Zusammenarbeit. An den meisten anderen Universitäten machten sich hingegen – obgleich sie hervorragende wissenschaftliche Leistungen erbrachten – immer stärker die Gegensätze zwischen den Nationalitäten bemerkbar.

Die Zahl der Studierenden an österreichischen Universitäten, die 1850/51 bei 5.697 gelegen und in den fünfziger Jahren sogar unter 5.000 gesunken war, stieg in der Folge kontinuierlich an und verdoppelte sich bis 1881/82 (10.033). Die Universität Wien konnte während des ganzen Zeitraumes ihre dominierende Stellung behaupten (ungefähr 43% aller Hörer).

DIE ALLGEMEIN- UND BERUFSBILDENDEN „MITTELSCHULEN"

Für die Gymnasien wurden zwar ebenfalls 1848 die Weichen gestellt – die Aufstockung auf acht Jahrgänge mit verpflichtenden Lehraufträgen aus dem philosophisch-mathematisch-naturwissenschaftlichen Bereich –, doch die gesetzliche Ordnung erfolgte erst durch den „Entwurf der Organisation der Gymnasien und Realschulen in Österreich" (16. Sept. 1849). Dieser war von Franz Exner gemeinsam mit dem aus Berlin berufenen Professor für klassische Philologie Hermann Bonitz ausgearbeitet worden. Die Umstrukturierung des Lehrplans brachte neue Fächer, zusätzliche Lehrstoffe – zum Teil in der Unterstufe elementar, in der Oberstufe wissenschaftlich geboten – sowie Verschiebungen in der Wochenstundenzahl der einzelnen Fächer; besonders das Latein erfuhr eine starke Zurückdrängung. Man wich dabei von der Grundkonzeption des Neuhumanismus ab und speiste das gleichfalls angestrebte Ideal der Allgemeinbildung sowohl aus den sprachlich-historischen als auch aus den mathematisch-naturwissenschaftlichen Bereichen. Die erfolgreiche Absolvierung des Gymnasiums – das Bestehen einer „Maturitätsprüfung" – war fortan die Zulassungsvoraussetzung für alle Universitätsfakultäten. Der „Organisationsentwurf" wurde trotz vielfacher und scharfer Kritik im Jahre 1854 zur definitiven Ordnung der Gymnasien erklärt und war im wesentlichen bis weit ins 20. Jahrhundert hinein bestimmend.

Auch zwei gewichtige Veränderungen rührten nicht an die Grundstruktur dieses in der höheren Ausbildung dominierenden Schultyps. Zunächst zwangen die Nationalitäten Wien, Deutsch als verpflichtende Unterrichtssprache an den Gymnasien aufzugeben. In Böhmen hatten daher seit 1866 auch die Schüler deutscher Gymnasien Tschechisch zu lernen, die Verwendung zweier Unterrichtssprachen in unterschiedlichem Ausmaß war in gemischtsprachigen Gebieten häufig. In Galizien wurden die meisten Gymnasien polonisiert. Die zweite Maßnahme ging auf die Liberalen zurück; sie „bewogen" nach 1870 auf geschickte Art – durch penible Kontrolle der gesetzlichen Auflagen zur Führung von Schulen – finanzschwache und mit wenig geprüften Lehrern versehene katholische Orden, die von ihnen geführten Gymnasien dem Staat oder dem Land zu übergeben. Diese „Verstaatlichung" bereitete der mehr als tausendjährigen Vorrangstellung der Orden im Bildungsbereich weitgehend ein Ende.

Der „Organisationsentwurf" von 1849 suchte auch die sogenannten Realschulen, bislang zweijährige technisch-kommerzielle Fachschulen, in echte allgemeinbildende höhere Schulen umzuwandeln und sie als Vorbereitungsschulen für die technischen Studien auszubauen. Diese Absicht stieß auf Widerspruch, und bereits 1851 gestaltete eine Verordnung die Realschule zu einer sechsklassigen mit Realien überladenen Fachschule ohne lebende Fremdsprache und Reifeprüfung um. Häufig kam es überhaupt nur zur Errichtung der dreiklassigen Unterstufe dieses Schultyps oder es verblieb gar bei der zweiklassigen unvollständigen Unterrealschule, die 1849 aus der 4. Hauptschulklasse erwachsen war (meist als „Bürgerschule" bezeichnet). Länder und Gemeinden traten hauptsächlich als Gründer und Erhalter dieser wichtigen Vorbereitungsstätten für das Gewerbe auf. Doch Ende der sechziger Jahre setzten sich die ursprünglichen Zielvorstellungen wieder durch, und der 1868 vom Ministerium für Cultus und Unterricht ausgearbeitete Entwurf für eine Neuordnung, der die Schwerpunkte im Lehrplan auf die mathematisch-naturwissenschaftlichen Disziplinen und die modernen Fremdsprachen legte, wurde 1869/70 von den meisten Landtagen beschlossen. Diese neue Realschule – Prototyp einer vollwertigen lateinlosen höheren Schule – bedeutete einen gewichtigen Beitrag zur Entwicklung der institutionellen Bildung in Europa.

Episode blieb hingegen der Versuch, eine gemeinsame Unterstufe für Gymnasien und Realschulen zu schaffen. Die böhmische Stadt Tabor errichtete 1862 zum erstenmal eine derartige Schulform; sie fand nur eine Zeitlang größere Verbreitung.

Damals zeigten sich auch erste Ansätze, den Mädchen den Weg zu den höheren Schulen und zum Universitätsstudium freizugeben, obgleich es der Öffentlichkeit, und nicht nur der männlichen, ziemlich schwerfiel. Doch auf Grund des in den Staatsgrundgesetzen ausgesprochenen Gleichheitsprinzips konnten die Mädchen nicht mehr ausgesperrt werden. Private Initiativen schufen zunächst Mädchenschulen, die über das Lehrziel der Bürgerschule hinausführten, dabei aber nicht die Lehrpläne der höheren Schule für Knaben kopierten („Höhere Bildungsschule für Mädchen", Wien 1871; „Lyzeum", Graz 1873 u. a.). Seit 1878 durften Mädchen als Hospitantinnen auch Universitätsboden betreten. Ein Ende der Diskriminierung der Frauen im Bildungsbereich begann sich abzuzeichnen.

Zwischen 1848 und 1882 wurden auch die unterschiedlich organisierten und verschiedenartige Aufgaben verfolgenden berufsbildenden Unterrichtsanstalten, auf die im einzelnen hier nicht eingegangen werden kann, zu einer gewissen Vereinheitlichung geführt. Die Schwierigkeiten auf diesem Weg lagen darin, daß die häufigsten Gründer dieser Schulen – Einzelpersonen, Vereine oder Körperschaften – mit ihnen vor allem örtliche und zeitgebundene Bedürfnisse zu befriedigen trachteten, verschiedene Ministerien auf sie Einfluß nehmen konnten und die Landtage die gesetzlichen Bestimmungen erließen. Enqueten und Kommissionen suchten diese Hindernisse in den siebziger Jahren zu überwinden.

In Österreich unter der Enns gelang es schon 1873, durch die Handelsschulgesetze Leitbilder für das kommerzielle Bildungswesen aufzustellen, doch blieb deren Übernahme in den anderen Kronländern weitgehend aus.

Daß die Vereinheitlichung des technisch-gewerblichen Bildungswesens rascher voranschritt, war den Bemühungen von ARMAND FREIHERRN VON DUMREICHER zu danken, dessen „Exposé über die Organisation des gewerblichen Unterrichtes in Österreich" (1874) die Grundstrukturen für die Neuordnung festlegte. Das Kernstück der Reform bildete die dreijährige „Höhere Gewerbeschule", die an die Unterstufe der Realschule oder des Gymnasiums anschloß, verschiedene Fachrichtungen anbot, auch allgemeinbildende Fächer im Lehrplan integrierte und den Studiengang mit einer kommissionellen Prüfung abschloß. Diese Gewerbeschulen wurden 1882 dem Unterrichtsministerium unterstellt, doch die gleichzeitig eingerichtete „Zentralkommission für Angelegenheiten des gewerblichen Unterrichts" sicherte dem Ministerium für Handel und damit der Wirtschaft weiterhin Mitgestaltungsmöglichkeiten.

Das landwirtschaftliche Schulwesen blühte in diesen Jahrzehnten ebenfalls auf. Es wurde hauptsächlich von Vereinen getragen und war seit 1868 dem Ackerbauministerium unterstellt, das über Subventionen beachtlichen Einfluß darauf nahm.

Schließlich erfuhr auch die Berufsausbildung der Lehrer die längst notwendige Verbesserung (für Volksschullehrer 1874, für Bürgerschullehrer 1886). Die vier Schulstufen umfassenden Lehrer- und Lehrerinnen-Bildungsanstalten konnten erst nach vollendetem 15. Lebensjahr besucht werden und bereiteten theoretisch und besonders stark praktisch auf Unterricht und Erziehung vor. Die erfolgreiche Ablegung der Reifeprüfung und – nach zweijähriger Praxis – der Lehrbefähigungsprüfung wurde Anstellungserfordernis für jeden Lehrer im Volksschulbereich.

Alle berufsbildenden Schulen blieben in den Augen der Öffentlichkeit zweitrangig und waren deshalb weniger geachtet.

DIE VOLKSSCHULEN

Im Bereich des Volksschulwesens traten – obgleich 1848 angekündigt – zunächst keine wesentlichen Veränderungen ein. Im großen und ganzen blieben die Bestimmungen der Politischen Schulverfassung von 1805 unangetastet. Doch wurde die Ausbildung der Lehrer zunächst auf ein Jahr (1848), dann auf zwei Jahre (1849) verlängert. Vor allem aber wurde das in den nichtdeutschen Gebieten noch grobmaschige Netz der Volksschulen weiter ausgebaut. Der Schulbesuch lag besonders in der Bukowina, in Galizien und Dalmatien im argen.

Die Regelungen des Konkordats von 1855 änderten in den Volksschulen nichts, trotzdem wurde die „Konkordatsschule" zum Reizwort des Liberalismus. Alle seine Bemühungen richteten sich darauf, diesen letzten beachtlichen Stützpfeiler früherer konfessioneller Einflußnahme auf das Unterrichtsgeschehen zu beseitigen. Nach 1867 konnte er in rasch aufeinanderfolgenden und sehr geschickt gesetzten Schritten dieses Ziel erreichen.

Die Liberalen stützten sich dabei auf den Artikel 17 des Staatsgrundgesetzes vom 21. Dezember 1867, der dem Staat *rücksichtlich des gesammten Unterrichts- und Erziehungswesens das Recht der obersten Leitung und Aufsicht* zusprach. Das sog. „Schule-Kirche-Gesetz" vom 27. Mai 1868 schränkte daraufhin die Tätigkeit der Konfessionen im Schulbereich auf die Erteilung des Religionsunterrichtes ein. Die katholische Kirche verlor dadurch trotz heftigen Protestes über Nacht ihre starke Position im elementaren Erziehungsbereich. Das Reichsvolksschulgesetz vom 14. Mai 1869, das die interkonfessionelle offentliche Schule einführte, besiegelte die Entmachtung. Die Neugliederung des elementaren Schulwesens unterschied offiziell „allgemeine Volksschulen" und „Bürgerschulen" (ab 1883 dreiklassige selbständige Anstalten, die nach fünf Klassen Volksschule besucht werden konnten und ein reicheres Unterrichtsprogramm boten). Die Schulbesuchspflicht wurde auf acht Jahre ausgedehnt. Die Finanzierung fiel den Gemeinden zu; nur in Notfällen waren Zuschüsse der Länder vorgesehen. Die Verbesserung der Lehrerausbildung durch die Errichtung der Lehrerbildungsanstalten, entsprechendes Einkommen sowie eine gesicherte Altersversorgung lösten den Lehrerstand aus seiner bisherigen gesellschaftlichen Randposition und führten auch dazu, daß das Reichsvolksschulgesetz trotz mancher Widerstände dank des Einsatzes der aufgewerteten Lehrerschaft in die Schulwirklichkeit umgesetzt werden konnte. Tirol – aus kirchlich-religiösen Motiven – und Triest – aus Gründen der Autonomie – sträubten sich am meisten dagegen. Doch so umstritten diese „Neuschule" war, sie brachte eine Entwicklung in Gang, die nur mit den Fortschritten unter Maria Theresia und Joseph II. vergleichbar ist. Der Zuwachs an Schulen war beträchtlich, die Zahl der schulbesuchenden Kinder stieg steil an. Das Analphabetentum erfuhr eine weitere starke Zurückdrängung.

Änderungen am Reichsvolksschulgesetz wurden erst nach Abtritt des liberalen Ministeriums vorgenommen. Die 1883 von den Katholisch-Konservativen erreichte Novellierung berücksichtigte die Leistungsfähigkeit der Kinder in stärkerem Ausmaß und brachte auch mehr Lebensnähe in die Schule. Besonders die Bürgerschule wurde auf die Bedürfnisse der Gewerbetreibenden und der bäuerlichen Bevölkerung abgestimmt. Der interkonfessionelle Charakter der Volksschule wurde durch die Bestimmung etwas eingeschränkt, daß der jeweilige Schulleiter die Befähigung zum Unterricht in der Religion besitzen müsse, der die Mehrzahl der Schüler angehören. Negativ wirkte sich aus, daß jetzt Schulbesuchserleichterungen für das 7. und 8. Schuljahr einzelnen Kindern, aber auch ganzen Gemeinden *aus rücksichtswürdigen Gründen* gewährt werden konnten. Denn die ärmere Stadtbevölkerung und vor allem die Bauern nützten diese Möglichkeit ausgiebig, um ihre Kinder zur Unterstützung bei der Arbeit heranziehen zu können. Die Schubkraft des Reichsvolksschulgesetzes bei der Verbesserung des elementaren Schulwesens – besonders in manchen zurückgebliebenen nichtdeutschen Gebieten – blieb aber im wesentlichen erhalten.

So wurden in der ersten Hälfte der Regierungszeit Franz Josephs I. die Grundlagen für ein Bildungssystem geschaffen, das bis weit ins 20. Jahrhundert hinein bestimmend sein sollte. Noch gaben freilich elitäre Gruppen, die Honoratiorenparteien, in der Bildungspolitik den Ton an. Doch bildeten sich bereits Vereine von Lehrern, die sich in dem sich verfassungsmäßig einrichtenden Staat das Mitspracherecht sichern wollten und durch Stellungnahmen („Denkschriften") und Forderungen („Petitionen") die öffentliche Meinung beeinflußten. Die Dynamik des Bildungsgeschehens wurde zunehmend auch von der Basis her gesteuert.

Literatur (in Auswahl):

Beresina, Ottokar, Das gewerbliche Unterrichtswesen in Österreich, Wien 1923. – *Battista, Ludwig,* Die österreichische Volksschule, ihr Werden, ihre äußeren Arbeitsbedingungen und ihre Erziehungs- und Bildungsarbeit, Wien 1948. – *Dlabač, Friedrich; Gelcich, Eugen,* Das kommerzielle Bildungswesen in Österreich, Wien 1910. – *Engelbrecht, Helmut,* Der Einheitsschulgedanke in Österreich im 19. Jahrhundert, in: Österreich in Geschichte und Literatur 15 (1971), S. 3–13. – *Engelbrecht, Helmut,* Zur österreichischen Bildungspolitik im Sekundarschulbereich in der zweiten Hälfte des 19. Jahrhunderts, in: Jahresbericht des Bundesgymnasiums Krems am Schlusse des Schuljahres 1974/75, Krems 1975, S. 14–33. – *Engelbrecht, Helmut,* Zur Organisation der österreichischen Sekundarschulen in der zweiten Hälfte des 19. Jahrhunderts, in: Jahresbericht des Bundesgymnasiums Krems am Schlusse des Schuljahrs 1975/76, Krems 1976, S. 5–46. – *Engelbrecht, Helmut,* Geschichte des österreichischen Bildungswesens. Erziehung und Unterricht auf dem Boden Österreichs, Bd. 4, in Druck. – *Ficker, Adolf,* Geschichte, Organisation und Statistik des österreichischen Unterrichtswesens (Bericht über österreichisches Unterrichtswesen, 1), Wien 1873. – *Frankfurter, S(alomon),* Graf Leo Thun-Hohenstein, Franz Exner und Hermann Bonitz. Beiträge zur Geschichte der österreichischen Unterrichtsreform, Wien 1893. – *Friedrich, Othmar M.; Perz, Friedrich,* Die Montanistische Hochschule Leoben 1849–1949, Wien 1949. – *Frommelt, Klaus,* Die Sprachenfrage im österreichischen Unterrichtswesen 1848–1859 (Studien zur Geschichte der österreichisch-ungarischen Monarchie, 1), Graz–Köln 1963. – *Gall, Franz,* Alma Mater Rudolphina 1365–1965. Die Wiener Universität und ihre Studenten, 3. Aufl. Wien 1965. – *Glasser, Franz,* Das commercielle Bildungswesen in Österreich-Ungarn auf Grundlage des elementaren und mittleren Unterrichtes und die kaufmännischen Lehranstalten des Deutschen Reiches, Wien–Leipzig 1893. – *Gönner, Rudolf,* Die österreichische Lehrerbildung von der Normalschule bis zur Pädagogischen Akademie, Wien 1967. – *Grüner, Gustav,* Die Entwicklung der höheren technischen Fachschulen im deutschen Sprachgebiet. Ein Beitrag zur historischen und zur angewandten Berufspädagogik, Braunschweig 1967. – *Hajdukiewicz, Leszek; Karás, Mieczyslaw,* Die Jagiellonen-Universität. Tradition – Gegenwart – Perspektiven, Krakau 1977. – *Heiler, Bernhard; Lebmann, Rosa;* Die Entwicklung der allgemeinbildenden Pflichtschule in Österreich, in: Geschichte und Ergebnisse der zentralen amtlichen Statistik in Österreich 1829–1979. Festschrift aus Anlaß des 150jährigen Bestehens der zentralen amtlichen Statistik in Österreich, Wien 1979, S. 513–544. – *Hochgerner, Josef,* Studium und Wissenschaftsentwicklung im Habsburgerreich. Studentengeschichte seit Gründung der Universität Wien bis zum Ersten Weltkrieg, Wien 1983. – *Hohenbruck, Arthur; Zimmerauer, Friedrich,* Der land- und forstwirthschaftliche Unterricht in den im Reichsrathe vertretenen Königreichen und Ländern, Wien 1890. – *Hölbing, Franz; Stratowa, Wulf,* 300 Jahre Universitas Oenipontana. Die Leopold-Franzens-Universität zu Innsbruck und ihre Studenten, Innsbruck 1970. – *Jellouschek, Friedrich,* Das Reichsvolksschulgesetz, in: Erziehung und Unterricht 1969, S. 289–305. – *Johnston, William M.,* Österreichische Kultur- und Geistesgeschichte. Gesellschaft und Ideen im Donauraum 1848 bis 1938, Wien–Köln–Graz 1972. – *Kaindl-Hönig, Max; Ritschel, Karl Heinz,* Die Salzburger Universität 1622–1964, Salzburg 1964. – *Kielhauser, Ernst A.,* Geschichte des gewerblichen Bildungswesens im alten und neuen Österreich mit einer einleitenden Übersicht über die Geschichte der Pädagogik und des österreichischen Schulwesens im allgemeinen, Klagenfurt 1931. – *Kleibel, Anton,* Denkschrift über die Entwicklung des österreichischen Handelsschulwesens während der fünfzigjährigen Regierung Seiner Majestät des Kaisers Franz Joseph I, Wien 1899. – *Krones, Franz von,* Geschichte der Karl Franzens-Universität in Graz, Graz 1886. – *Lemayer, Karl,* Die Verwaltung der österreichischen Hochschulen von 1868–1877, Wien 1878. – *Lentze, Hans,* Die Universitätsreform des Ministers Graf Leo Thun-Hohenstein (Sb. Öst. Ak. Phil.-hist. Kl. 239/2), Wien 1962. – *Loebenstein, Egon* (Hrsg.), 100 Jahre Unterrichtsministerium 1848–1948. Festschrift des Bundesministeriums für Unterricht in Wien, Wien 1948. – *Mayer, Amalie; Meißner, Hildegard; Siess, Henriette* (Hrsg.), Geschichte der österreichischen Mädchenmittelschule. 1 u. 2, Wien 1952–1955. – *Meister, Richard,* Feuchterslebens Anteil an der Unterrichtsreform 1848 und an der Akademie der Wissenschaften, in: Anz. Öst. Ak. Phil.-hist. Kl. 87/1950 (1951), S. 214–237. – *Meister, Richard,* Entwicklung und Reformen des österreichischen Studienwesens (Sb. Öst. Ak. Phil.-hist. Kl. 239/1), Wien 1963. – *Mende, Julius; Staritz, Eva; Tomschitz, Ingrid,* Schule und Gesellschaft. Entwicklung und Probleme des Österreichischen Bildungssystems, Wien 1980, S. 87–116. – *Molisch, Paul,* Politische Geschichte der deutschen Hochschulen in Österreich von 1848 bis 1918, 2. Aufl. Wien–Leipzig 1939. – *Otruba, Gustav,* Die Universitäten in der Hochschulorganisation der Donau-Monarchie, in: Student und Hochschule im 19. Jahrhundert, Studien und Materialien, Göttingen 1975, S. 75–155. – *Plaschka, Richard Georg; Mack, Karlheinz* (Hrsg.), Wegenetz europäischen Geistes. Wissenschaftszentren und geistige Wechselbeziehungen zwischen Mittel- und Südosteuropa vom Ende des 18. Jahrhunderts bis zum Ersten Weltkrieg (Schriftenreihe des österreichischen Ost- und Südosteuropa-Instituts, 8), Wien 1983. – *Selke, Lothar,* Hohe Schulen als Erbe der Donaumonarchie (Beiträge zur österreichischen Studentengeschichte, 7), Wien 1981. – *Strakosch-Graßmann, Gustav,* Geschichte des österreichischen Unterrichtswesens, Wien 1905. – Die Universität des Königreiches der Serben, Kroaten und Slovenen in Agram 1874–1924, Zagreb 1925. – Universität Salzburg 1622–1962–1972. Festschrift, Salzburg 1972. – *Wagner, Rudolf* (Hrsg.), Alma Mater Francisco Josephina. Die deutschsprachige Nationalitäten-Universität in Czernowitz, München 1975. – *Wassilko, Theophila,* Der Unterrichtsrat. Ein vergessener Zwischenakt aus der Geschichte des österreichischen Unterrichtswesens, in: Mitteilungen des österreichischen Staatsarchivs 6 (1953), S. 312–326. – *Wurzer, Rudolf,* Die Stellung der Technischen Hochschule Wien im Ablauf ihrer Geschichte, in: *Sequenz, H.* (Hrsg.), 150 Jahre Technische Hochschule in Wien 1815–1965, Wien 1965, S. 11–157. – *Völlmecke, Irma,* Österreichische Hochschulstatistik 1829 bis 1979, in: Geschichte und Ergebnisse der zentralen amtlichen Statistik in Österreich 1829–1979. Festschrift aus Anlaß des 150jährigen Bestehens der zentralen amtlichen Statistik in Österreich, Wien 1979, S. 479–512. – *Zehden, Carl,* Zur Geschichte des commerciellen Bildungswesens in Österreich von 1848–1898, Wien 1898.

László Szögi – István Tringli

DAS UNTERRICHTSWESEN IN UNGARN

Die ungarische Geschichtswissenschaft teilt die Jahre zwischen 1848–1880 in drei Perioden. Die Zeit der für Ungarn so wichtigen Revolution und des Freiheitskrieges wird besonders behandelt, dann die Zeit von 1849 bis 1867 und dann die Zeit des Dualismus nach 1867. Für das ungarische Unterrichtswesen sind jene drei erwähnten Jahrzehnte von großer Wichtigkeit. Es ist die Zeit der Verwirklichung jener Reformen, die die öffentliche Meinung schon seit den Jahren um 1830 wünschte; aber die historischen Umstände boten am Anfang des 19. Jahrhunderts keine Möglichkeit zu einer Verwirklichung.

Die Modernisierung des ungarischen Unterrichtswesens hat die über die Revolution siegreiche Wiener Regierung, und zwar in vieler Hinsicht in sehr fortschrittlicher und fachgemäßer Form durchgeführt. Die Verfügung von FRANZ EXNER, ursprünglich im Grunde liberal, wurde im Laufe der Verwirklichung mit vielen gesamtstaatlichen Zügen durchsetzt, doch schuf sie den Rahmen für die moderne bürgerliche Erziehung in Ungarn, Siebenbürgen und Kroatien. Der große Vorteil der Unterrichtsreform von LEO THUN war, daß sie die bisher in viele Richtungen zerfallende ungarische Erziehung von der Volksschule bis zur Universität in eine klare einheitliche Ordnung zusammenfaßte. Dabei stellte sie das ganze System – wenigstens in der Planung – unter staatliche Aufsicht.

Die Volksschule wurde für die 6–12jährigen obligatorisch und ohne Schulgeld eingeführt, tatsächlich hatten aber die Kirchen diese Schulen weiterhin in der Hand. Nach 1868 gab es auch schon die Möglichkeit zur Errichtung von Volksschulen ohne kirchlicher Leitung. Die Reform von Leo Thun setzte den Volksschulunterricht auf muttersprachliche Basis, was den nicht-ungarischen Minderheiten zum Vorteil geriet.

Die Mittelschule hatte acht Klassen, vereinigt

wurde das sechsklassige Gymnasium und der zweijährige rechtsakademische, oder Universitäts-Vorbereitungs-Kurs. Neben dem Gymnasium wurde auch eine Realschule eingeführt. Ergänzt wurde das ganze System durch einen strengen, aber modernen Lehrplan, mit Organisierung des Fachlehrersystems, für das ganze Reich einheitlichen Lehrbüchern und Einführung der Matura. Neben den nützlichen Reformen erschienen aber auch hier bald die Negativa der Bestrebungen der absoluten Regierung. Der größte Teil der ungarischen Mittelschulen wurde wieder deutschsprachig geformt und mehreren Mittelschulen wurde das Recht auf Öffentlichkeit versagt. Nach 1860 wurde dann langsam die Gleichberechtigung der ungarischen Sprache wieder hergestellt. Nach dem Ausgleich ließ das ungarische Ministerium für Unterrichtswesen das System der Mittelschulen von Leo Thun unberührt, natürlich mit einem mehr auf die Heimat bezogenen Inhalt des Materials. Eine wichtige Veränderung kam 1878: die Realschulen wurden statt sechs- achtklassig und ein „Realgymnasium" wurde geschaffen, dessen Matura-Zeugnis mit dem des Gymnasiums fast gleichwertig war. In diesem Zeitalter begann – vorläufig mit geringer Aktivität und mit geringer Zahl der Studenten – die Entwicklung des fachmäßigen Mittelschul-Unterrichts.

Auf dem Gebiet des Hochschulwesens waren Ungarn und seine Nebenländer hinter der europäischen Entwicklung weit zurückgeblieben. Die einzige volle und in klassischer Weise organisierte Universität des Landes – Theologie, Rechtswissenschaft, Medizin und Philosophie – war die Pester Universität, die noch in der ersten Hälfte des 19. Jahrhunderts einen altmodischen Lehrplan hatte, größtenteils noch immer Latein als Vortragssprache verwendete und so den Anspruch auf Ausbildung von Fachleuten nicht erfüllen konnte. Die Unterrichtsordnung der Pester Universität war noch immer von der Wiener Universitätsordnung abhängig. Polytechnikum gab es keines in Ungarn. So ist es natürlich, daß Viele an den anderen Universitäten der Monarchie studierten.

1848 hat das Gesetz über Universitäten die volle Unabhängigkeit der Pester Universität festgestellt und zugleich – den liberalen Bestrebungen entsprechend – das Prinzip der Freiheit der Forschung und des Unterrichts ausgesprochen. Die inhaltliche Reform des Hochschulwesens konnte 1848–49 nicht mehr durchgeführt werden, doch wurden dazu auf den Fakultäten und für alle Fächer eingehende Pläne ausgearbeitet. Die Reform von Thun hat 1851 die Organisation der Pester Universität modernisiert. Die Aufnahme wurde an die Matura gebunden. Prüfungsvorschriften wurden ausgearbeitet, eine verlängerte Studiendauer eingeführt und die bisher nur als einleitendes Studium geltende philosophische Fakultät wurde gleichberechtigt. Die Mehrheit der ungarischen Studenten ging auf die traditionelle juridische Fakultät, da sie eine juristische Laufbahn anstrebten; das zeigt nicht nur die Zahl der Studenten dieser Fakultät, sondern auch die große Anzahl der daneben wirkenden staatlichen und kirchlichen Rechtsakademien. Die Rechtsakademien wurden nach dem Ausgleich nach den Regeln der juridischen Fakultät behandelt, da es hier aber kein Promotionsrecht und keine Möglichkeit zur Habilitation gab, haben sie in den letzten Jahrzehnten des Jahrhunderts viel von ihrer Bedeutung verloren.

Die obligatorische Einführung der deutschen Unterrichtssprache war auch ein Negativum der Reform von 1851, aber besonders fiel der Umstand ins Gewicht, daß man ein Diplom als Mittelschullehrer oder Ingenieur nur an anderen Universitäten der Monarchie erwerben konnte. Das hat auf längere Zeit das Hochschulwesen in Pest zurückgehalten und auch die Zahl der Studenten. 1862 bekam die Universität das Recht zur Bildung einer „Lehrerprüfungs-Kommission" und so auch zur Ausgabe von Lehrer-Diplomen. Die Entwicklung der medizinischen Fakultät setzte im vollem Umfang erst nach dem Ausgleich ein.

Auf dem Gebiete der technischen Wissenschaften bedeutete die Vereinigung des Ingenieur-Instituts, das an den philosophischen Fakultäten tätig war, mit der eine Mittelschule darstellenden Joseph-Industrieschule kurze Zeit sogar einen Rückschritt. 1856 wurde dann dieses Institut zu einem Polytechnikum erhoben, das nach dem Ausgleich 1871 zu einer vollrangigen Technischen Universität wurde mit fünf Fakultäten und mit einem modernen Lehrplan.

Nach dem Ausgleich betrieb die Regierung eine forcierte Entwicklung der medizinischen Fakultät an der Budapester Universität. Rasch vermehrte sich die Zahl der Lehrfächer und zum Unterricht unentbehrliche Klinik-Gebäude wurden gebaut. In ähnlich raschem Tempo entfaltete sich die – damals noch zur philosophischen Fakultät gehörende – naturwissenschaftliche Fachrichtung. Auch die Humaniora wurden den modernen Forschungsmethoden entsprechend differenziert. Ein großes Ereignis für das ungarische Hochschulwesen war die Eröffnung der zweiten ungarischen Universität in Klausenburg/Kolozsvár, heute Cluj-Napoca, 1872 mit vier Fakultäten, ohne Theologie und die erste in Europa mit einer naturwissenschaftlichen Fakultät (Rechtswissenschaft, Medizin, Philosophie, Mathematik und Naturwissenschaften). Die neue, später nach Franz Joseph benannte, Universität war eine Fortsetzung und Erfüllung des auf eine jahrhundertealte Entwicklung zurückblickenden Siebenbürgischen Hochschulwesens.

In dem – in Unterrichtsproblemen vollständig unabhängigen Kroatien – wurde 1874 die Universität von Agram/Zagreb gegründet, auf der Basis der ebenfalls auf eine Entwicklung von mehr als zweihundert Jahren zurückblickenden Agramer Akademie. Die kroatische Universität folgte in ihrem Aufbau und in ihrer Organisation dem Muster der deutschen Universitäten; so wurde sie von den ungarischen Hochschulen und Universitäten sehr verschieden.

Zur Zeit des Dualismus begann die Entwicklung der Fachhochschulen, die bisher nur von geringer Bedeutung waren. Nach 1867 wurde auch die früher deutschsprachige und gesamtstaatlich ausgerichtete Berg- und Forstakademie zu Schemnitz/Selmecbánya, heute Banská Štiavnica, ungarisch. Doch gab es zu dieser Zeit wenig Möglichkeiten zur Bildung der so wichtigen landwirtschaftlichen Fachleute. 1850 wurde die Landwirtschaftsfachleute ausbildende Schule zu Wieselburg/Mosonmagyaróvár in den Rang einer Akademie erhoben, dagegen wurde die Tätigkeit des Georgikons in Keszthely eingestellt. Neue landwirtschaftliche Akademien wurden erst nach der Jahrhundertwende gegründet. Das im Jahre 1853 gegründete Institut zur Gärtner-Ausbildung und auch das 1851 selbständig gewordene Tierärztliche Institut wurden erst in der zweiten Hälfte der Periode des Dualismus zu bedeutenden Instituten. Trotz dieser zahlreichen Institutionen konnten der Bedarf und die Ansprüche noch nicht befriedigt werden.

Fritz Fellner

GESCHICHTSWISSENSCHAFT

Man kann es als eine Schwäche der Wissenschaftsgeschichte im allgemeinen ansehen, daß sie in der Erforschung wie Darstellung wissenschaftlicher Leistungen zu pointiert auf das Individuum und dessen Einordnung in eine geistig-weltanschauliche Entwicklungsreihe ausgerichtet ist und die sozialen wie materiellen Bedingtheiten, aus denen wissenschaftliche Arbeiten geschaffen werden, verhältnismäßig wenig in die Überlegungen einbezieht. Wissenschaftsgeschichte wird abgelöst von dem jeweiligen Zeitgeschehen analysiert und präsentiert, ein Verfahren, das auch von jenen Historikern befolgt wurde, die die in ihrer Art großartigen Werke zur Geschichte der Geschichtswissenschaft geschrieben haben. Wohl wird die Bedeutung gewürdigt, die der Geschichtsschreibung und Geschichtswissenschaft in der Formung der Weltanschauungen in allen Perioden zugekommen ist, doch selten wird Geschichtsforschung und Geschichtsschreibung im Zusammenhang mit dem Gesamtinstrumentarium politischer und gesellschaftlicher Strukturgestaltung gesehen. Gerade für die Geschichte der Geschichtswissenschaft in den ersten Jahrzehnten des Zeitalters Kaiser Franz Josephs müßte die Geschichte der Geschichtswissenschaft im Vergleich mit den gesellschaftlichen, wirtschaftlichen, politischen und administrativen Umgestaltungen gesehen werden, mit Hilfe derer in den Jahren des sogenannten Neo-Absolutismus und der Verfassungsexperimente der Versuch einer Modernisierung des Habsburgerreiches in Angriff genommen worden ist. Die aus der Sicht des siegreichen Parlamentarismus erklärliche Diffamierung des neoabsolutistischen Jahrzehnts von 1850 bis 1860 hat bis in die jüngste Vergangenheit den Blick dafür verschlossen, den Innovationsschub zu erkennen, den dieses Jahrzehnt für die Struktur des Habsburgerreiches erbracht hatte, nicht zuletzt deshalb, weil die Geschichte der einzelnen Lebensbereiche weitgehend isoliert behandelt wurde. Die Umstrukturierung der Wissenschaften in den Jahrzehnten nach der Jahrhundertmitte ist jedoch in Parallele zu setzen zur Reform der Verwaltung, die Institutionalisierung der Geschichte als selbständige Wissenschaft ist ebenso Element der Bürokratisierung öffentlich-staatlicher Ordnung, wie die Forderung nach Freiheit der Wissenschaft als Element der Liberalisierung des Denkens in einer kapitalistischen Gesellschaftsordnung gesehen werden muß. Das Spannungsverhältnis zwischen Institutionalisierung als Voraussetzung organisierter wissenschaftlicher Arbeit und Individualisierung als Notwendigeit schöpferischer Leistung hat – so wie in allen Neugestaltungen von Lehre und Forschung jener Zeit – seine Wirkung auch in der Entwicklung der Geschichte zur Geschichtswissenschaft in der zweiten Hälfte des 19. Jahrhunderts im Habsburgerreich gehabt.

Die Geschichte der Geschichtswissenschaft in der Zeit des Neoabsolutismus kann in dreifacher Weise gesehen werden:

1. in ihrer Institutionalisierung als eigenes Lehr- und Forschungsfach an den Universitäten als Voraussetzung der ihr zugedachten Funktion in der Begründung eines gesamtösterreichischen Geschichtsbewußtseins;
2. in der Ausbildung einer eigenen geschichtswissenschaftlichen Methode, mit Hilfe derer die Geschichtsschreibung verwissenschaftlicht werden sollte;
3. in der von individuellen Forschern ebenso wie von wissenschaftlichen Institutionen gewählten Thematik.

In allen drei Bereichen wird in jenen Jahrzehnten in Österreich eine Entwicklung nachvollzogen, die in anderen Großstaaten bereits durchgeführt war, wobei für die weitere Entfaltung der österreichischen Geschichtswissenschaft letzten Endes die Heranziehung ausländischer Gelehrter weit bedeutsamer geworden ist, als die Übernahme ausländischer Programme.

Die Notwendigkeit einer Neuorientierung der Geschichtsforschung war schon vor der Revolution erkannt und die ersten Schritte in dieser Richtung schon vor 1848 getan worden, wie Alphons Lhotsky in seinen Arbeiten zur österreichischen Geschichtswissenschaft überzeugend dargelegt hat. Die zur nationalen Problematik erweiterte Staatskrise des Revolutionsjahres 1848/49 hat einigen verantwortlichen Männern Anlaß gegeben, die Frage einer geschichtlichen Verankerung des Staatsbewußtseins zur Debatte zu stellen. Diese von einer nicht geringen Anzahl von Historikern wie Politikern diskutierte Frage fand ihre konzentrierteste, ja in gewisser Hinsicht programmatische Darlegung in der Schrift „Über Nationalgeschichte und den gegenwärtigen Stand ihrer Pflege in Österreich", die JOSEF ALEXANDER HELFERT im Jahre 1853 veröffentlichte. Helfert war im Revolutionsjahr im Alter von bloß 28 Jahren Unterstaatssekretär im neugeschaffenen Unterrichtsministerium geworden und hatte in dieser Funktion maßgeblichen Anteil an der völligen Umgestaltung des österreichischen Unterrichtswesens, einschließlich der Universitäten, die in den folgenden Jahren in Angriff genommen wurde. Es war die Erfahrung des im Revolutionsjahr drohenden Zerfalls des Habsburgerreiches, die ihn veranlaßte, *Nationalgeschichte . . . als Geschichte einer territorial und politisch zusammengehörenden, von dem Bande der gleichen Autorität umschlungenen, unter dem Schutze des gleichen Gesetzes verbundenen Bevölkerung* in ihrer *politischen Bedeutung* zu erkennen. Er glaubte, *daß Nationalbewußtsein, Nationalgefühl, Nationalstolz am lebendigsten bei jenen Völkern hervortreten, die sich zugleich durch eine sorgsame und umfassende Pflege der einheimischen Geschichte bemerkbar machen.* Österreichische Nationalgeschichte als Geschichte des österreichischen Gesamtstaats war Helferts Programm, die gesamtösterreichische Geschichte sollte zu einem gesamtösterreichischen Nationalbewußtsein führen, und in diesem Sinne erfolgte auch die Institutionalisierung der Geschichtswissenschaft als eigenständiges Lehr- und Forschungsfach an den reorganisierten österreichischen Universitäten. Geschichte, bisher ein Hilfsfach an der juridischen und der theologischen Fakultät wurde mit der Schaffung der philosophischen Fakultät zum selbständigen Lehr- und Prüfungsfach; die Form, in der das Fach Geschichte an den österreichischen Universitäten in den 1850er Jahren etabliert wurde, hat in zweifacher Form bis heute ihre Auswirkungen:

a) das Fach Geschichte sollte vor allem der Ausbildung der Lehrer dienen, die an den Gymnasien das Fach Geschichte als Element staatsbürgerlicher Erziehung unterrichten sollten;

b) im Fach Geschichte wurden nacheinander in allen österreichischen Universitäten neben dem Lehrstuhl für Allgemeine Geschichte eigene Lehrstühle für österreichische Geschichte eingerichtet, auf denen in den folgenden Jahrzehnten das eigentliche Gewicht der Lehr- und Forschungstätigkeit lag.

Bis zum heutigen Tag ist die Geschichtswissenschaft an den österreichischen Universitäten geprägt von einem quantitativen wie qualitativen Übergewicht der österreichischen Geschichte, der neben der alten und mittelalterlichen Geschichte so viel Raum eingeräumt wurde, daß die Beschäftigung mit nichtösterreichischen Fragen im Rahmen der Neuzeit in Österreich mehr als in anderen Staaten zurückgedrängt worden ist. A. Lhotsky hat dargelegt, wie an allen österreichischen Universitäten „nach . . . Abspaltung . . . althistorischer Lehrkanzeln aus der allgemeinen oder Universalgeschichte ein Dreiprofessorenprinzip entwickelt wurde: die von der ‚Universalgeschichte' übriggebliebene Geschichte der Neuzeit, ferner die österreichische Geschichte mit der Geschichte der Verfassung und Verwaltung Österreichs und die Hilfswissenschaften, mit denen in der Regel . . . die Pflege der Mediävistik verbunden war", wobei Lhotskys Feststellung noch dahingehend zu ergänzen wäre, daß sowohl im Bereich der Mediävistik wie im „übriggebliebenen" Teil der Geschichte der Neuzeit die deutsche Geschichte dominierte.

J. A. Helfert hatte in seiner Programmschrift über die österreichische Nationalgeschichte in eindrucksvoller Weise eine konzentrierte Übersicht über den Stand der Geschichtsforschung in Frankreich, England und Rußland geboten, die er als Vorbild für die Organisation der Geschichtsforschung in Österreich hingestellt hat: an England rühmte Helfert die Organisation der University of London, an Frankreich das Vorbild der Ecole des Chartes, an Rußland die Forschungsleistungen der im Rahmen der Akademie der Wissenschaften begründeten Kaiserlich-archäologischen Commission. Ein Hinweis auf die Geschichtswissenschaft in den deutschen Staaten fehlt erstaunlicherweise – und doch wurde – abgesehen von der Bedeutung, welche die Ecole des Chartes für Organisation und Aufgaben des Instituts für österreichische Geschichtsforschung gewonnen hat – die österreichische Geschichtswissenschaft seit 1850 von der deutschen Geschichtswissenschaft in jeder Hinsicht geprägt, ja man könnte überspitzt formuliert sogar davon sprechen, daß sie in ein Abhängigkeitsverhältnis geraten ist. Auf den ersten Blick ist diese Beeinflussung durch die deutsche Geschichtswissenschaft nicht außergewöhnlich, die Verwissenschaftlichung der Geschichte vollzog sich auch in Frankreich, England und den USA nach dem deutschen Modell in Methode und Organisation. In Österreich wurde dieser deutsche Einfluß jedoch sowohl institutionell wie personell verstärkt: institutionell, weil die Thun'sche Universitätsreform der 1850er Jahre das österreichische Universitätssystem dem deutschen Humboldtschen Modell anglich, personell, weil die Einrichtung des Faches Geschichte fast ausschließlich mit Hilfe von Historikern der deutschen Staaten erfolgt ist, bzw. die zuerst ernannten österreichischen Historiker ziemlich bald durch deutsche Historiker ergänzt, ersetzt oder verdrängt worden sind: in Wien folgte auf den Westfalen Wilhelm Grauert, dem 1849 vom Ministerium die Einrichtung eines Historischen Seminars aufgetragen worden war, der Nassauer Joseph Aschbach 1850, dem 1872 der Rankeschüler Max Büdinger nachfolgte. In Graz wirkte der Breisgauer Johann Baptist Weiss (1853–1891), in Innsbruck seit 1852 der aus Paderborn gebürtige Julius v. Ficker, in Prag der Schwabe Constantin von Höfler, das Institut für Geschichtsforschung wurde seit 1869 von dem Sachsen Theodor von Sickel geleitet.

Gewiß, es waren Überlegungen wissenschaftlicher Natur, die zur Berufung dieser und anderer Historiker von deutschen Universitäten geführt hatten, die methodische und qualitative Überlegenheit der deutschen Geschichtswissenschaft in jenen Jahren war offenkundig, doch hatte die Berufungspolitik der Ära Thun einen in der Bevorzugung wissenschaftlicher Qualifikationen zunächst nicht bedachten, jedoch staatspolitisch verhängnisvollen Effekt: die Absicht, eine wissenschaftlich fundierte österreichische Nationalgeschichte zur Basis eines gesamtösterreichischen Nationalbewußtseins zu machen, ist an der aus der Personalpolitik sich ergebenden Deutschorientierung der Geschichtswissenschaft gescheitert.

Die nach dem Vorbild deutscher Universitäten durchgeführte Thun'sche Reform der hohen Schulen, in deren Rahmen Geschichte als selbständiges Lehrfach eingerichtet wurde, bedeutete eine wichtige, folgenschwere Weichenstellung auch für die innere Entwicklung des Faches: herausgelöst aus der Bindung an Staats- und Kameralwissenschaften wurde die Geschichtswissenschaft an den philosophischen Fakultäten methodisch wie thematisch an die Philologien angebunden – es ist symptomatisch für diese Entwicklung, daß die vom Unterrichtsministerium geplante Errichtung eines Historischen Seminars im Jahre 1849 nur in der Form eines Historisch-philologischen Seminars verwirklicht wurde (erst 1872 wurde das Historische Seminar an der Universität Wien von der Philologie getrennt): die Textkritik wurde zur grundlegenden Methode der Geschichtswissenschaft, Urkunden und Akten, Handschriften und Bücher dominierten in der Quellenforschung – und damit auch die Entwicklung der historischen Methode, bei zunehmender Vernachlässigung ökonomischer, statistischer und materieller Zeugnisse der Vergangenheit. Gebunden an Sprach- und Literaturwissenschaften wurde Geschichtswissenschaft zur Geisteswissenschaft, und die Versuche um die Wende vom 19. zum 20. Jahrhundert, sie institutionell, methodisch und thematisch den reorganisierten Gesellschaftswissenschaften zuzuordnen, führten im deutschen Sprachraum zu recht heftig geführten Auseinandersetzungen, als deren Ergebnis die Geschichtswissenschaft stärker als zuvor der philologischen Methode verhaftet blieb, getreu jener Überzeugung, die in den Statuten des philologisch-historischen Seminars der Universität Wien vom Jahre 1854 ihre Formulierung gefunden hatte: *Die Philologie gibt die notwendige Anleitung zu gründlicher Interpretation der Quelle, der eigentlichen Grundlage alles geschichtlichen Studiums.* Während an der Universität Graz und Innsbruck, wo – bedingt durch professorale Widerstände – die Errichtung von Seminaren relativ spät, in 1866 bzw. 1872, erfolgte, die Historischen Seminare ausgeprägt hilfswissenschaftlichen Charakter erhalten haben und zur Schulung der Studenten in Hilfswissenschaft und Methode dienen sollten, wurde an der Universität Wien diese Funktion von dem 1854 gegründeten Institut für österreichische Geschichtsforschung übernommen. „Die Geschichtsforschung trat", so urteilte Heinrich v. Srbik in seiner Darstellung der deutschen Geschichtswissenschaft, „in der zweiten Jahrhunderthälfte unter das Zeichen eines Übergewichtes des Instituts für österreichische Geschichtsforschung mit seinem Schwerpunkt der Forschung und Lehre auf dem Gebiet des Mittelalters und der historischen Hilfswissenschaften. Die ‚altösterreichische Schule' Albert Jägers hatte keine Lebensfühlung mit der neuen kritischen Richtung der Monumenta Germaniae . . . noch auch mit dem großen Aufwachsen neuzeitlicher Aktenforschung im Stil Rankes oder gar mit Rankes weltweiter Sicht der Ideen und der bewegten Mannigfaltigkeiten. . . . Das Institut hat unter dem Einfluß Theodor von Sickels das Programm seiner Gründung verlassen, die etwa im Geist der Forderung Josef Alexander von Helferts vom Jahr 1853 einer Nationalgeschichte von Großösterreich im Geist des übernationalen großstaatlichen, gleichsam prädestinierten Österreich und eines Staatsvolks nach westeuropäischem Begriff dienen sollte." Die Bedeutung THEODOR VON SICKELS und des von seinen wissenschaftlichen Grundsätzen geprägten Instituts für österreichische Geschichtsforschung ist weltweit anerkannt, aber es ist in diesem Zusammenhang bemerkenswert, daß Helfert, der Propagator des Instituts für österreichische Geschichtsforschung, sich nur zehn Jahre nach seiner ersten Denkschrift, die als Gründungsprogramm des Instituts gewertet werden kann, mit neuen Vorschlägen von diesem Institut abgewandt hat: in einem Vortrag, gehalten in der 16. Generalversammlung des Vereines zur Verbreitung von Druckschriften für Volksbildung, entwikkelte Helfert seine Gedanken einer großzügig konzipierten „Österreichischen Geschichte für das Volk". Es wirkt im Rückblick – ohne daß es in diesem Vortrag ausgesprochen war –, als ob Helfert mit seiner Forderung nach einer Darstellung der Gesamtgeschichte Österreichs der Hinwendung des Instituts für österreichische Geschichtsforschung zur hilfswissenschaftlichen Grundforschung entgegenwirken wollte. Für Helfert kommt der Geschichte bewußtseinsbildende Funktion zu, eine das gesamte Kaiserreich umfassende integrative zentripetale Aufgabe, die verhindern sollte, daß die Geschichte der einzelnen habsburgischen Länder und Völker in die Dienste zentrifugaler nationalistischer Tendenzen gestellt werden könnte. *Eine Darstellung der Gesamtgeschichte Österreichs von Anfang her den Blick über das ganze Gebiet gerichtet haltend, das den Kaiserstaat in seinem gegenwärtigen Umfang bildet. . . Was sich im Laufe historischer Entwicklung gestaltet, . . . das muß seinen tiefer liegenden Grund, die verschiedenartigen Länder- und Völkergebilde, die sich am Schlusse vieler Jahrhunderte zu einem gemeinsamen Staatsganzen festgekittet haben, müssen ihre lange vorbereiteten Anziehungs- und Berührungspunkte gehabt haben, und Aufgabe der Geschichtsschreibung muß es darum sein, diese Momente bis in ihre entlegensten Quellen zu erforschen und von da herab bis auf die neueste Entwicklungsphase zu verfolgen. . . Dieses Gemeingefühl, dieses großösterreichische Bewußtsein soll nicht dadurch geschaffen werden, daß man das Bewußtsein und das Selbstgefühl der einzelnen Länder und Völker unterdrückt, sondern nur dadurch, daß man es erhebt und in einen gemeinsamen Brennpunkt sammelt.* Helfert war es gelungen, sich der Mitarbeit der damals führenden österreichischen Historiker zu versichern, vor allem auch der jüngeren, erst in den letzten Jahrzehnten des 19. Jahrhunderts zu höchsten Positionen aufsteigenden Gelehrten: Heinrich Zeissberg aus Wien, Alfon Huber aus Innsbruck, Joseph Jirecek aus Wien, Franz Krones aus Graz, Constantin Höfler aus Prag, Alfred Arneth aus Wien, Anton Gindely aus Prag, J. B. Weiss, Leopold Sacher-Masoch aus Graz, Albert Jäger u. a. mehr. Zu Beginn der Planung hatte auch Franz Palacký seine Mitarbeit zugesagt, sich später aber zurückgezogen, und so dokumentiert Helferts Programm einer „Gesamtgeschichte Österreichs" eigentlich den Beginn jener Entwicklung, die für die Geschichtswissenschaft im Zeitalter Kaiser Franz Josephs charakteristisch werden sollte: die Darstellungen der Gesamtgeschichte Österreichs wurden von Historikern verfaßt, die an deutschösterreichischen Lehr- und Forschungsanstalten tätig waren oder sich zum deutschen Volkstum bekannten. Die nichtdeutschen Historiker des Habsburgerreiches schrieben ihre Länder- und Nationalgeschichten, und die deutschösterreichischen Historiker wandten sich dem Problem der Kaiserpolitik im Mittelalter und ihrer Bedeutung für die deutsche Geschichte zu: der großdeutsch gesinnte Innsbrucker Historiker JULIUS VON FICKER, dessen Forschungen auf dem Gebiete der Urkundenlehre Innsbruck in jenen Jahren zu einem dem Wiener Institut gleichwertigen Zentrum der Hilfswissenschaften gemacht hatte, führte in den 1860er Jahren einen publizistisch-wissenschaftlichen Streit mit dem in München wirkenden Heinrich von Sybel über die Italienpolitik der deutschen Kaiser im Mittelalter, der im Grunde genommen einer Transposition akuter politischer Diskussion von großdeutscher und kleindeutscher Verwirklichung nationaler Ziele in historische Argumentation gewesen ist. Der Streit um die deutsche Geschichte war den Historikern des Mittelalters wichtiger als die Frage einer österreichischen Geschichte – es ist daher nicht verwunderlich, daß in jenen Jahren das umfassende Werk über die „Geschichte der österreichischen Gesamtstaatsidee" von einem aus der Jurisprudenz und der Verwaltungslehre kommenden Außenseiter der historischen Zunft, von Hermann Iganz Bidermann, verfaßt worden ist. Die Frage der konstitutionell-administrativen Neugestaltung des österreichischen Kaiserreiches hatte gleichsam naturgemäß das Interesse an den großen Staatsreformen der Kaiserin Maria Theresia geweckt, und es ist bedenkenswert, daß in diesem Abschnitt neuzeitlicher österreichischer Geschichte die Grundsätze Ranke'scher Aktenforschung und hilfswissenschaftlich fundierter Quellenarbeit mit besonderem Erfolg vereinigt worden sind. ALFRED VON ARNETH, der 1848 dem Frankfurter Parlament noch als großdeutscher Abgeordneter angehört hatte, hat durch seine Editionen und Darstellungen zum Zeitalter Karls VI., Maria Theresias und Josephs II. das Verdienst erworben, der sich zunehmend auf die Geschichte Preußens orientierenden deutschen Geschichtswissenschaft die Bedeutung der habsburgischen Großmacht in der österreichischen Geschichtswissenschaft schon in den 1860er Jahren entgegengestellt zu haben. Über diese staatspolitisch-historiographische Leistung hinaus kommt dem Wirken Arneths aber seine besondere Stellung in der Entwicklung der Geschichtswissenschaft im Zeitalter Franz Josephs dadurch zu, daß er als Direktor des Haus-, Hof- und Staatsarchivs diese reiche Sammlung frühzeitig der Forschung eröffnet und damit neben den Universitäten, dem Institut für österreichische Geschichtsforschung und der Historischen Kommission der Akademie der Wissenschaften eine vierte Institution zur Pflege historischer Forschungsarbeit geschaffen hat.

Die Institutionalisierung der Geschichte als Fachwissenschaft führte in letzter Konsequenz dazu, daß das Studium der Geschichte zur Berufsausbildung, Historiker-Sein zum Beruf wurde, nicht nur als Lehrer an den Gymnasien, ausgebildet in den historischen Seminaren der Universitäten, sondern auch als Mitarbeiter an Forschungsunternehmen der Akademie oder des Instituts für Geschichtsforschung und seiner 1881 gegründeten Zweigstelle, dem Historischen Institut in Rom, ausgebildet in der hilfswissenschaftlichen Schulung des Instituts für Geschichtsforschung, oder als Archivar, für den die Absolvierung des Instituts zur Dienstvoraussetzung wurde. Die Form der Ausbildung als „Wissenschaftler" führte die Historiker in zunehmendem Maße weg von der tagespolitischen Auseinandersetzung, Weltanschauung und nationale oder politische Zielsetzungen waren geistige Grundhaltungen, die Themenwahl wie Themenbewertung historischer Arbeiten prägten, aber man scheute davor zurück, die unmittelbare Vergangenheit, die Geschichte der eigenen Zeit zum Gegenstand wissenschaftlicher Erforschung oder Darstellung zu machen: es wurde das Charakteristikum der österreichischen Geschichtswissenschaft, den sich aus der Gegenwart stellenden historischen Fragen auszuweichen und sich durch gründliche Forschungsarbeit auf dem Gebiet der mittelalterlichen Papst- und Kaisergeschichte, der Geschichte der österreichischen Habsburger von Ferdinand I. bis Joseph II. im besonderen auch durch Quellenpublikationen auszuzeichnen, Leistungen, die in der „Österreichischen Historiographie“ von Alphons Lhotsky umfassend gewürdigt worden sind. Die Geschichte des 19. Jahrhunderts blieb – von kleineren Arbeiten abgesehen – außerhalb des Forschungshorizontes der österreichischen Geschichtswissenschaft jener Jahrzehnte, denn die Arbeit des aus Österreich emigrierten Anton Springer, der, an der Universität Bonn wirkend, eine Geschichte Österreichs bis zur Revolution von 1848 schrieb, kann nicht mehr der österreichischen Geschichtswissenschaft zugute gehalten werden. Dem siebenbändigen Werk, das der Herausgeber der „Historischen Zeitschrift“, Heinrich v. Sybel noch in den 1890er Jahren der „Begründung des deutschen Reiches durch Wilhelm I.“ widmete, steht kein gleichartiges österreichisches Geschichtswerk gegenüber. Die „Geschichte Österreichs von Vilagos bis zur Gegenwart“, die Wilhelm Rogge in den 1870er Jahren veröffentlichte, stammt nicht aus der Schule der nun schon so wohl etablierten modernen österreichischen Geschichtswissenschaft. Rogge gehörte einem Berufsstand an, der – parallel zur Entstehung des Berufshistorikertums – seit der Revolution von 1848 unaufhaltsam an politischem wie kulturellem Gewicht gewonnen hat: dem Journalismus. Die Zeitgeschichte, die erste gedankliche Aufarbeitung des Zeitgeschehens durch eine kritische Analyse, blieb bei der Institutionalisierung der Geschichtswissenschaft in Österreich in den ersten Jahrzehnten des Zeitalters Kaiser Franz Josephs außerhalb des Feldes historischer Methodik.

Literatur (in Auswahl):

Srbik, Heinrich R. v., Geist und Geschichte vom deutschen Humanismus bis zur Gegenwart, Bd. 1–2, Salzburg 1950/51. – *Lhotsky, Alphons*, Geschichte des Instituts für österreichische Geschichtsforschung 1854–1954, Graz 1954 (Mitteilungen d. Instituts f. österr. Geschichtsforschung, Erg. Bd. XVII). – *Lhotsky, Alphons*, Österreichische Historiographie, Wien 1962. – *Oberkofler, Gerhard*, Die geschichtlichen Fächer an der philosophischen Fakultät der Universität Innsbruck, Innsbruck 1969. – *Höflechner, Walter*, Das Fach Geschichte an der Universität Graz, Graz 1975.

Wilhelm Brauneder

RECHTSWISSENSCHAFT

Die Rechtswissenschaft unterscheidet sich von anderen Wissenschaftszweigen vor allem darin, daß sie dem Objekt ihrer Betrachtung, dem Recht, nicht einfach gegenübersteht und es als vorgegeben bloß beschreibt, sondern dieses auch zu erzeugen und zu ändern vermag. Das Recht ist somit für seine Wissenschaft nicht ein statisches, sondern ein gestaltbares Objekt, es kann sein indirektes, aber auch sein direktes Produkt sein.

Da gesellschaftliche Bedingungen und staatliches Leben mit dem Recht weitgehend identisch sind, greift die Rechtswissenschaft durch ihre rechtsschöpferische Kraft in besonderem Maße in Staat und Gesellschaft ein. Ihre konkrete Rolle bestimmt sich aufgrund der Wechselbeziehungen zwischen ihrem Selbstverständnis und dem Entwicklungsstand der Rechtsordnung. Ein unterschiedlicher Entwicklungsstand der einzelnen Rechtsgebiete und ein Wandel im Selbstverständnis der Rechtswissenschaft können sich hiebei mannigfaltig kreuzen und ein bewegtes Bild erzeugen.

Dies trifft auf die Situation der Rechtswissenschaft in Österreich im Zeitraum von etwa 1850–1880 zu. Um 1850 sieht sich die Rechtswissenschaft noch auf einen schmäleren Bereich verwiesen als sodann um 1880 oder gar in unseren Tagen: Es hat der Staat erst einen kleinen Teil an Lebensbereichen seiner rechtlichen Reglementierung unterworfen.

Zur Domäne der Rechtswissenschaft zählt anfangs lediglich das JUSTIZ-RECHT, das jene Materien umfaßt, deren Streitaustragung unabhängigen Gerichten oder gerichtsähnlichen Behörden übertragen ist. Sie sollen, unbeeinflußt von politischen Entscheidungen der Staatsführung, allein am Recht orientiert entscheiden. Hiezu hat eine lange rechtswissenschaftliche Tradition Rechtsregeln entwickelt, die, als allgemein-logisch verstanden, zeitlose Gültigkeit besitzen sollen und sich somit dauernder rechtswissenschaftlicher Behandlung anbieten. Zu diesem Justizrecht zählen das PRIVAT-(ZIVIL-)RECHT und das STRAFRECHT mit dem Zivil- bzw. Strafprozeßrecht. Um 1850 weisen diese Materien für eine wissenschaftliche Behandlung umfangreiche Gesetze auf. Das Privatrecht ist so gut wie ausschließlich in einem nach internationalem Standard modernsten Gesetzbuch kodifiziert, dem „Allgemeinen bürgerlichen Gesetzbuch“ (ABGB) von 1811. Das Justizstrafrecht wie ein erheblicher Teil des Verwaltungsstrafrechts samt dem Strafprozeßrecht hatte das Strafgesetz (StG) von 1803 systematisch geregelt, das Steuerstrafrecht das Gefälls-StG von 1835. Das Zivilverfahrensrecht hingegen bestimmte sich territorial unterschiedlich nach zwei verschiedenen Gesetzbüchern, entweder der „Allgemeinen Gerichtsordnung“ (AGO) von 1781 oder nach seiner etwas verbesserten Form, der sogenannten „Westgalizischen Gerichtsordnung“ (WGGO) von 1796, die beide schon im Vergleich mit dem französischen „Code de la procèdure civil“ von 1806 als veraltet galten.

Diesem „Justizrecht“ standen die übrigen Teile der Rechtsordnung an wissenschaftlicher Attraktivität bei weitem nach. Vor allem das POLITISCHE RECHT, im wesentlichen das POLIZEIRECHT, nämlich die Masse der Verwaltungsvorschriften, schien sich seiner lokalen, temporären und sozialen Veränderlichkeit wegen einer wissenschaftlichen Betrachtung zu entziehen.

Bezüglich einer Verfassungsrechtswissenschaft schließlich fehlte es um 1850 völlig am geeigneten Objekt, da Österreich erst 1867 eine Verfassung erhielt, die auch Wirkungen entfalten konnte.

So gestaltet sich um 1850 das Verhältnis der Rechtswissenschaft zu ihrem Objekt, dem Recht, je nach Wissenschaftszweig und Rechtsgebiet höchst unterschiedlich. Nur im Privat- und Strafrecht einschließlich ihrer Prozeßrechte steht eine hochentwickelte

Rechtswissenschaft einem in umfangreiche Gesetze gegossenen, systematischen Rechtsstoff gegenüber.

Der wissenschaftlichen Bedeutung nach dominieren in der Folge die Privatrechtswissenschaft vor der Strafrechtswissenschaft; Verwaltungs- und Verfassungsrechtswissenschaft stehen völlig in beider Schatten.

Den politischen Hintergrund für sämtliche Zweige der Rechtswissenschaft gibt zwischen 1850 und 1880 der liberale Rechtsstaat ab. In seinem Sinn drängt die Wissenschaft zur umfassenden Gesetzgebung. Hiebei wird allerdings auch eine Tradition von vor 1850 fortgeführt: Die schon vorhandenen Gesetzbücher hätten vor 1848 um einen „Politischen Codex“, eine Gewerbeordnung und ein Handelsgesetzbuch vermehrt werden sollen. Diese Forderung besteht nun weiterhin, ergänzt durch den Wunsch, vor allem AGO und WGGO durch eine Zivilprozeßordnung (ZPO) zu ersetzen, eine eigene Strafprozeßordnung (StPO) zu schaffen und das StG 1803 wie auch das ABGB zu reformieren. Von diesen Plänen bleiben vor 1880 allerdings die Reformen von ABGB und StG und der Erlaß einer ZPO unerfüllt, wobei im Falle des ABGB die Verzögerung auf die Wissenschaft, in den beiden anderen Fällen eher auf die Politik zurückzuführen ist.

Den Beginn der Epoche um 1850 markieren insbesondere die bald nach diesem Jahr einsetzende Neuorientierung der Privatrechtswissenschaft sowie der Erlaß strafrechtlicher Gesetze. Das Gefühl eines neuen Aufbruchs vermitteln auch die Fachzeitschriften. 1848/49 stellen bekannte Organe ihr Erscheinen ein („Der Jurist“, „Zeitschrift für österreichische Rechts- und Staatswissenschaften“), neue beginnen an ihre Stelle zu treten wie etwa 1848 „Gerichtssaal“, 1850 die „Allgemeine österreichische Gerichtszeitung“.

Durch die politisch-kulturelle Situation des Nationalitätenstaates weist die Rechtswissenschaft in Österreich zwei besondere Charakterzüge auf. Zum einen gliedert sie sich zufolge der besonderen Rechtstradition einzelner Nationalitäten in mehrere Zweige, zum anderen steht sie mit ihrem deutschsprachigen Zweig in engster Verbindung mit den deutschen Schwesterwissenschaften. Vor allem bildete sich sogleich nach dem Inkrafttreten des ABGB in Lombardo-Venetien (1816) ein eigener italienischer Zweig der Privatrechtswissenschaft, der in besonderem Maße dem Römischen Recht verpflichtet war und damit eine durchaus eigenständige Note aufwies. Nach der Einführung des ABGB in Ungarn und in Siebenbürgen (1850) beschäftigte sich die Privatrechtswissenschaft mit der Anpassung der neuen Regeln an den hier üblichen Rechtszustand, doch handelt es sich hiebei eher um praktische Übergangserörterungen, als um die Ausbildung eines spezifischen Zweiges der Privatrechtswissenschaft wie in Lombardo-Venetien, zumal das ABGB gerade in Ungarn als fremdes Gesetzbuch empfunden und, wie auch in Siebenbürgen, 1861 außer Kraft gesetzt wurde. Bedeutung erlangte ferner noch die tschechische Literatur zum ABGB: Aber auch sie verdichtete sich nicht zu einem eigenständigen, tschechisch-nationalen Zweig der Privatrechtswissenschaft. Im Unterschied zu Lombardo-Venetien wies Böhmen und Mähren eine gemeinsame Rechtstradition mit den deutschen Erbländern auf, und es bildete gerade die deutsche Universität in Prag ein Zentrum der deutsch-österreichischen Rechtswissenschaft.

Die ungarische Rechtswissenschaft blieb mit der cisleithanisch-österreichischen nur kurz etwa von 1850 bis 1860 verbunden und ging sonst mit einer eigenen Rechtsordnung eigene Wege. Die Privatrechtswissenschaft beispielsweise orientierte sich bewußt an der deutschen Wissenschaft (G. Wenzel) und Gesetzgebung (J. Suhayda am sächsischen BGB) und nicht an der cisleithanisch-österreichischen – eine oft nur formale Differenzierung, denn beide standen in einer bis zur Identität reichenden Verbindung.

Die Verbindung mit der österreichischen Rechtswissenschaft in den deutschen Staaten versteht sich aus der politischen Gemeinsamkeit im Deutschen Bund, mehr aber noch aus der kulturellen Identität. Erst diese erklärt die Fortdauer einer gemeinsamen Rechtswissenschaft über das Ende des Deutschen Bundes hinaus und die, wenngleich nicht so intensive, Beziehung zur deutschen Schweiz.

Derartige Beziehungen über Staatsgrenzen hinweg

waren durchaus gegenseitig. Schon vor 1850 hatte beispielsweise das ABGB Einfluß auf Kodifikationspläne (Hessen–Darmstadt 1816, Bayern 1832/34) bzw. Kodifikationen (Kanton Bern 1824–31) und vor allem 1852 in Sachsen; um 1850 galt es auch als vorbildhaft für ein gesamtdeutsches Zivilgesetzbuch. Andererseits gab die deutsche Privatrechtswissenschaft lange das Vorbild für eine Erneuerung des ABGB ab und die deutsche ZPO für zahlreiche österreichische ZPO-Entwürfe. Schließlich hatte die österreichische Rechtswissenschaft im Rahmen des Deutschen Bundes Anteil an den Arbeiten zum „Allgemeinen deutschen Handelsgesetzbuch" 1862, das am längsten in Österreich galt (1938); ferner an Entwürfen zu einem Obligationen-(Schuld-)Recht (1862: v. Raule), das modifiziert 1881 in der Schweiz Gesetz wurde, und am Entwurf einer ZPO (1862–1866: Rizy). Sogleich am 1. Deutschen Juristentag 1860 – bis 1945 auch das Forum der deutsch-österreichischen Juristen – stellten österreichische Gelehrte Anträge auf Abfassung gemeinsamer deutsch-österreichischer Gesetze über das Obligationenrecht (Unger) und über das Strafrecht (Wahlberg).

In der Strafrechtswissenschaft zeigt sich die wissenschaftliche Verflechtung Österreichs mit Deutschland besonders deutlich, die eine isolierte Behandlung einer eigenen österreichischen Strafrechtswissenschaft in unserem Zeitraum nahezu unmöglich macht. So verlief die Laufbahn des Mainzer Adolf Merkel (1836–1896), charakterisiert nach seinem Tod als „einer der hervorragendsten, wenn nicht der hervorragendste Criminalist und Rechtsphilosoph der Gegenwart", über Professuren in Gießen, Prag, Wien und Straßburg; und die seines Schülers, des Wieners Franz von Liszt (1851–1919) führte über Graz, Gießen, Marburg, Halle nach Berlin. Mit der deutschen Strafrechtswissenschaft erfaßte auch die österreichische der sogenannte „Schulenstreit" zwischen den Anhängern des Rechtspositivismus (Karl Binding), wonach die Strafe eine bloße Vergeltung für die Gesetzesverletzung darstelle (Vergeltungsstrafe), und des eben erwähnten Liszt und seiner soziologischen Strafrechtsschule, derzufolge die Strafe auch die Erziehung des Täters bezwecke (Zweckstrafe). Adolf Merkel erbrachte dann allerdings den Nachweis der Vereinbarlichkeit von Vergeltungs- und Zweckstrafe in seiner „Vereinigungstheorie". Schon vor dieser wissenschaftlichen Kontroverse setzten Bemühungen um ein neues StG ein, da das neue StG 1852 gegenüber dem StG 1803 keinen Fortschritt gebracht hatte. Den am bisherigen österreichischen Recht orientierten Entwürfen von 1863–67 für ein Justiz-StG (Hye) und ein Polizei-StG (Lienbacher) war ebensowenig ein Erfolg beschieden wie dem am deutschen StGB 1871 orientierten Entwurf von 1874 (u. a. Wahlberg, Merkel), der 20 Jahre in parlamentarischer Beratung stand. Die Forderungen der Wissenschaft nach einem modernen Strafverfahren mit den Grundsätzen der Mündlichkeit, Öffentlichkeit, freien Beweiswürdigung und einer Trennung von Ankläger und Richter (Anklageprinzip) fand hingegen ihren Niederschlag in der StPO 1850 (v. Würth), und nach einem Rückschlag durch die StPO 1853 (Hye) wieder in der StPO von 1873 (Glaser).

Die auffallendste Entwicklung nahm jedoch die Privatrechtswissenschaft. Vor 1850 hatte sie sich in ihrer Darstellung systematisch an das ABGB angeschlossen, weitestgehend auch inhaltlich, aber doch in gewisser Weise auch rechtsschöpferisch gewirkt („Exegetische Schule"). Die österreichische Privatrechtswissenschaft stand damit im Gegensatz zum überwiegenden Teil der deutschen Schwesterdisziplin, die ohne Zusammenhang, ja in Ablehnung von Gesetzbüchern aufgrund rechtshistorischen Materials ein Rechtssystem mit begrifflich durchkonstruiertem Inhalt schuf („Historische Rechtsschule"). An rechtsschöpferischer Kraft übertraf sie tatsächlich die „Exegetische Schule", und zwar durch eine einleuchtende Systematik und eine feinere Begrifflichkeit. Nur letztere übernahm erstmals Moritz von Stubenrauch 1854/1858 in auffallender Weise in seine Darstellung des ABGB-Rechts, das er streckenweise dadurch modifizierte. Durch den Einfluß Josef Ungers (später Minister, Reichsgerichtspräsident) verdrängte die Rechtshistorische Schule die Exegetische Schule ab 1856 endgültig. Unmittelbare Wirkung hatte die neue Methode insoferne, als das ABGB für überaltert und äußerst reformbedürftig galt – bis dann nach 1880 ein gewisser Umschwung eintrat. Bis heute jedoch wird das Privatrecht auch des ABGB nicht mehr nach dessen System dargestellt, sondern nach dem der Historischen Rechtsschule.

Das Zivilverfahrensrecht hingegen unterlag vor 1880 keiner derartigen Entwicklung. Die Forderung der Zivilprozeßrechtswissenschaft nach modernen Verfahrensgrundsätzen (z. B. A. Menger), wie eben zum Strafprozeßrecht erwähnt (ohne Anklageprinzip), schlug sich lediglich 1873 in der Regelung des Bagatellverfahrens nieder, nicht aber im ordentlichen Verfahren.

Im Bereich des Verwaltungsrechts änderte sich die Situation nur allmählich. Nach 1850 bestimmt eine bloß systematisierende und sortierende „Verwaltungsgesetzkunde" diesen Wissenschaftszweig, der sich erst um 1880 zu einer Verwaltungsrechtswissenschaft entwickelt. In ihren Anfängen nimmt sie noch starke Anleihen an der Privatrechtswissenschaft und wird sich erst um 1900 von dieser emanzipieren. Eine große Rolle spielt hingegen die „Verwaltungslehre" als eher rechtspolitische Disziplin: Wie die Strafrechtswissenschaft ist auch sie untrennbar in die gesamtdeutsche Wissenschaft eingebunden. Die beiden wichtigsten Vertreter in Österreich wirken über Österreichs Grenzen weit hinaus, doch stammen beide, Lorenz von Stein in Wien und Inama von Sternegg in Innsbruck, aus Norddeutschland bzw. aus Bayern.

Nach 1867 etabliert sich ziemlich rasch eine Verfassungsrechtswissenschaft. Auch sie profiliert sich erst gegen 1880 und ringt mit der Verwaltungsrechtswissenschaft um eine eigene Methode des öffentlichen Rechts.

So kündigt sich um das Jahr 1880 abermals eine Zäsur an: An die Stelle des liberalen tritt allmählich der soziale Rechtsstaat, der sich in der Privatrechtswissenschaft (auch in Ungarn) und der Strafrechtswissenschaft in neuen Strömungen niederschlägt, welche nicht primär von Begriffen, sondern von Interessenlagen ausgehen, und der ab 1883 zur Sozialgesetzgebung führt. Die Wissenschaft vom Öffentlichen Recht tritt nun in zunehmendem Maße gleichberechtigt der Privatrechtswissenschaft und der Strafrechtswissenschaft zur Seite. Das Feld der Rechtswissenschaft gewinnt insgesamt wesentlich an Umfang. So bricht vor allem auch mit der Durchführung der noch ausständigen Reformen für die Rechtswissenschaft nach 1880 ein neues Stadium ihrer Entwicklung an.

Literatur (in Auswahl):

Zu den Personen:
Kleinheyer, G.; Schröder, J., Deutsche Juristen aus fünf Jahrhunderten (= Uni-Taschenbücher 578), Heidelberg 1982.

Zur Entwicklung der Gesetzgebung:
Ogris, W., Die Rechtsentwicklung in Cisleithanien 1848–1918, in: *A. Wandruszka, P. Urbanitsch* (Hrsg.), Die Habsburgermonarchie 1848–1918, Bd. II: Verwaltung und Rechtswesen, Wien 1975.

Zu Entwicklungstendenzen:
Brauneder, W., Privatrechtsfortbildung durch Juristenrecht in Exegetik und Pandektistik in Österreich, in: Zeitschrift für Neuere Rechtsgeschichte 1983, 22ff. – *Ders.*, Österreich, in: *E. V. Heyen* (Hrsg.), Geschichte der Verwaltungsrechtswissenschaft in Europa, Frankfurt/Main 1982, 131ff. – *Pólay, E.*, Einfluß der Pandektistik auf die ungarische Privatrechtswissenschaft, in: Acta Juridica Academiae Scientiarum Hungaricae 19 (1–2), Budapest 1977, 175ff.

Herbert Zeman

DEUTSCHE PHILOLOGIE IN DEN HABSBURGISCHEN LÄNDERN

Als am 23. März 1848 das k. k. Ministerium für Unterricht die Agenden der höheren Bildung anstelle der bisherigen Studien-Hofkommission übernahm, war der Weg frei zur Reform der Universitäten: Im Zuge der Unterrichtsreform (1849) wurden die philosophischen Fakultäten begründet und lösten den bisherigen bloß zweijährigen philosophischen Grundkurs ab. Unmittelbar danach wurden die ersten Lehrstühle für Deutsche Sprache und Literatur geschaffen bzw. im damals modernen Sinn erneuert: 1850 berief man als ordentlichen Professor des Faches THEODOR VON KARAJAN (1810–1873) an die Universität Wien, KARL AUGUST HAHN (1807–1857) an die Universität Prag und KARL WEINHOLD (1823–1901) nach Krakau, 1852 WILHELM GÄRTNER (1811–1875) nach Pest, schließlich 1859 IGNAZ VINZENZ ZINGERLE (1825–1892) an die Universität Innsbruck; 1851 folgte Weinhold dem Ruf auf den Grazer Lehrstuhl und damit begann auch schon die Fluktuation im damaligen akademischen Lehr- und Forschungsbetrieb.

Die Reform der Universitätsstudien suchte auf dem Gebiet der Deutschen Philologie einerseits den mit den Leistungen der Brüder Grimm und ihren unmittelbaren Nachfolgern weitfortgeschrittenen Standard des außer-österreichischen Raumes einzuholen, anderseits die seit der Maria-Theresianischen-Aufklärung tradierte universitäre Beschäftigung mit deutscher Sprache und Literatur in gesicherte akademische Ausbildungsbahnen zu lenken: Noch unter Maria Theresia war eine Professur für deutsche „Wohlredenheit“ an der Universität Wien geschaffen worden, die als erster seit 1753 der Slowene JOHANN SIEGMUND VALENTIN POPOWITSCH (1705–1774) innehatte. Nach Prag wurde Gellerts und Gottscheds Schüler JOHANN HEINRICH SEIBT (1735–1806) 1764 als außerordentlicher Professor der schönen Wissenschaften mit Lehrauftrag für deutsche Sprache berufen und 1785 ging LEOPOLD ALOIS HOFMANN (1748–1801) auf den damals neuerrichteten Lehrstuhl für deutsche Sprache und Literatur nach Pest. Von dieser Zeit an wurden an den Universitäten der Monarchie zwar gewisse Akzente in der Erforschung der deutschen Sprache und Literatur gesetzt, eine wirkliche akademische Tradition oder Schule jedoch kaum ins Leben gerufen. Oft waren es – im besten Sinn des Wortes – Dilettanten, die an den Universitäten unterrichteten oder die unabhängig vom akademischen Lehr- und Forschungsbetrieb als freischaffende Schriftsteller ihre Beiträge zu philologischen, ästhetischen oder literarhistorischen Fragen verfaßten. Es ist dabei an die Reihe der Namen von JOSEPH VON SONNENFELS (1733–1817) und MICHAEL DENIS (1729–1800) bis zu FRANZ SARTORI (1782–1833) und JOSEPH GEORG TOSCANO DEL BANNER (1822–1851) zu denken, ferner an die vorübergehenden Wiener Gastvorlesungen der Brüder SCHLEGEL (1808 und 1812) und an die ästhetischen Bemühungen ihres Anhängers PHILIPP MAYER (1798–1828). Einzig und allein in Böhmen stellte sich eine universitäre Auseinandersetzung mit der deutschen Literatur vom ästhetischen Standpunkt in kontinuierlicher Abfolge von Johann Heinrich Seibt (s. o.) über AUGUST GOTTLIEB MEISSNER (1753–1807) und JOHANN HEINRICH DAMBECK (1774–1820) bis zu FRANZ THOMAS BRATRANEK (1815–1884) ein.

Mittlerweile aber war das Gebiet der Deutschen Philologie im übrigen deutschen Sprachraum zu einem weit entwickelten akademischen Fach ausgebildet worden. Als sich von den österreichischen Kennern der deutschen Sprache und Literatur im Jahr 1849 nur Bratranek, der erst als Nachfolger Weinholds in Krakau zum Zug kam, und der in autodidaktischer sprach- und literaturgeschichtlicher Arbeit an der

Wiener Hofbibliothek gebildete Theodor von Karajan, der kein abgeschlossenes Hochschulstudium aufzuweisen hatte, für die Übernahme eines Lehrstuhls empfahlen, mußte man für weitere Besetzungen nach deutschen Fachleuten Ausschau halten. Nun hatte man zwar mit Karl August Hahn und Karl Weinhold deutsche Gelehrte nach Österreich berufen, aber als Hahn nach kurzer Lehrtätigkeit in Prag und Wien 1856 starb, Karl Weinhold von Krakau nach Graz überwechselte, dort aber nur bis 1861 verblieb und der Versuch, den Lyriker OSKAR FREIHERRN VON REDWITZ (1823–1891) mit dem Literaturunterricht in Wien zu betrauen, fehlschlug, wurde ernsthaft auf eine Konsolidierung der Verhältnisse gedrungen; dies gelang zunächst im Fach der älteren deutschen Sprach- und Literaturgeschichte mit der Berufung des Schweizers FRANZ PFEIFFER (1815–1868) nach Wien und mit jener des aus Würzburg kommenden JOHANN KELLE (1828–1909) nach Prag. Namentlich von Wien her entwickelte sich der Ausbildungsbetrieb schnell. In kurzer Zeit habilitierten sich in Wien u. a. KARL TOMASCHEK (1828–1878; 1862–1868 Professor in Graz) und kurze Zeit später Wilhelm Scherer, Richard Heinzel und Hans Lambel, die allesamt recht schnell namhafte Vertreter ihres Faches wurden.

Neben die alt tradierte ästhetisch-interpretatorische Richtung, die der Nachfolger Weinholds in Krakau, Franz Thomas Bratranek, der allerdings keine Schule begründete, vertrat (vgl. dessen Goethe-Studien), gesellte sich nun eine bald dominierende Richtung, die die empirische Literatur- und Sprachbetrachtung eines Karajan, Pfeiffer und Tomaschek mit der Begründung eines literatur- und sprachwissenschaftlichen Positivismus fortführte. Es war die erkenntnisfreudige, optimistische bürgerliche Jugend, die nach französischem und englischem Vorbild die Kausal-Gesetzlichkeiten kulturellen Lebens erkennen wollte. WILHELM SCHERER (1841–1886) war der Spruchsprecher, dem man sich alsbald in den habsburgischen Ländern und im deutschen Reich anschloß. 1864 habilitierte er sich in Wien, wurde schon 1868 ordentlicher Professor in der Nachfolge Pfeiffers, versah hier das alte Fach und die Sprachgeschichte, während Tomaschek – von Graz nach Wien zurückberufen – die neuere deutsche

Theodor von Karajan (Wien, Österreichische Nationalbibliothek, Bildarchiv)

Literatur betreute. Mit seltener Konsequenz profilierte sich Scherers wissenschaftliches Streben in drei Werken: „Zur Geschichte der deutschen Sprache" (1868), „Geschichte der deutschen Literatur" (1883, [16]1927) und „Poetik" (posthum 1888). Darin entfaltete er stufenweise, gleichsam alle drei Gebiete deutscher Sprach- und Literaturwissenschaft angehend, seine Überzeugung, daß *der Determinismus, das demokratische Dogma vom unfreien Willen, diese Zentrallehre des Protestantismus, der Eckstein aller wahren Erfassung der Geschichte sei.* Von der historisch-beschreibenden Position, die auf solcher, für die habsburgischen Länder untypischen Weltanschauung ruhte, ging er aus. Scherer besaß die Gabe, das empirisch gewonnene literarische Material historisch in faszinierender Weise einzuordnen; er bewältigte seine Synthesen in blendendem Stil, ließ sich jedoch im gesamten zu Spekulationen, deren drei gewagteste genannt seien, fortreißen; er sprach:

1. von den Kausalzusammenhängen der Sprachform mit der Entwicklung der deutschen Nation (siehe oben 1868),
2. von den 300-Jahrphasen deutscher Kultur- und Literaturperioden (siehe oben 1883) und
3. von der umfassenden Lehre der Dichtkunst auf breitester empirischer Beschreibung.

Das Verständnis für die Persönlichkeit eines Dichters und seines Werkes hat nach Scherer auf der Erforschung des Erlebten, des Erlernten und des Ererbten zu fußen; so wird die bloß historisch-deskriptive Betrachtungsweise in eine vergleichend-genetische weitergeführt. Man bedenke: Diesen wissenschaftlichen Rigorismus wagte ein Mann, der bereits mit 45 Jahren (wohl an Überarbeitung) starb, mit 27 Jahren aber schon ordentlicher Professor an der Universität Wien war und von hier bzw. von seinen späteren Wirkungsstätten Straßburg (seit 1872) und Berlin (seit 1877) das Gesamtfach der Deutschen Philologie im akademischen Unterricht und in der Forschung reformierte. Scherer überblickte als einziger und auch als letzter seines Faches alle sprach- und literaturgeschichtlichen Perioden und publizierte über sie.

Scherers (und seiner Gesinnungsfreunde) geistesgeschichtliche Position ist kein Zufall: Parallel zu dem Versuch, naturwissenschaftlich-konsequentes Denken in gewissem Maß auf geisteswissenschaftliche Betrachtungsweisen zu übertragen, entfalteten sich die Naturwissenschaften in der Donaumonarchie tatsächlich von Gregor Mendel bis Ernst Mach und Ludwig Boltzmann mit unerhörtem Aufschwung, zu dem Scherers Unternehmungen ebenso passen wie die gleichzeitige Blüte realistischer Wirklichkeitserfassung in der österreichischen Literatur.

Von der Nachwirkung Scherers vermochte sich die österreichische Germanistik bis gegen das Ende der Donaumonarchie kaum zu lösen. Seine Schüler erreichten ihn weder im sprach- bzw. literaturgeschichtlichen Weitblick, noch in der Kraft zur Synthese zusammenfassender Darstellungen. Scherers kenntnisreiche Schüler und Freunde blieben der positivistischen Arbeitsweise treu: Richard Heinzel (1838–1905; 1868–1873 Professor in Graz und 1873–1905 in Wien) auf dem Gebiet der altnordischen und mittelalterlich-deutschen Philologie, Anton Emanuel Schönbach (1848–1911; 1873–1911 Professor in Graz) sowohl bei der Erforschung altdeutscher Predigtliteratur als auch bei der Beschreibung moderner Dichtung und Erich Schmidt (1853–1913; 1880–1885; 1880 als Nachfolger Tomascheks von Straßburg nach Wien berufen) mit seiner Darstellung von Lessings bio- und ergographischem Entwicklungsgang.

Scherers großdeutschen Nationalismus teilten weder der liberal denkende Richard Heinzel, noch der überzeugte Katholik Anton Emanuel Schönbach; vollends die nächste Generation, die bis ans Ende der Monarchie und darüber hinaus führte, löste sich davon oder wurde doch erst durch die politischen Ereignisse nach 1918 zu definitiverer Standortbestimmung beeinflußt: sie setzte neben der generellen Erforschung deutscher Sprache und Literatur einen deutlichen Österreich-Akzent. Sechs Persönlichkeiten sind in diesem Zusammenhang hervorzuheben; sie prägten die Lehre und Forschung von den achtziger Jahren bis um den ersten Weltkrieg: Richard Maria Werner (1854–1913; 1878–1883 als Dozent Lehrkanzelinhaber in Graz, 1884–1913 Professor in Lemberg), Jakob Minor (1855–1912; 1884 Professor in Prag, 1885–1912 Professor in Wien), August Sauer (1855–1926; 1883–1886 Professor in Graz, 1886–1925 Professor in Prag), Josef Eduard Wackernell (1850–1920; 1888–1920 Professor in Innsbruck), Bernhard Seuffert (1853–1938; 1886–1923 Professor in Graz) und Joseph Seemüller (1855–1920; 1890–1905 Professor in Innsbruck, 1905–1920 mit Unterbrechung von 1911–1917 Professor in Wien als Nachfolger seines Lehrers Heinzel). Sie alle bekannten sich entweder als Schüler Scherers und Heinzels, oder hatten – wie Wackernell – wenigstens bei beiden gehört; sie alle waren – mit Ausnahme des Würzburgers Seuffert – Österreicher und setzten – wieder mit gewisser Ausnahme Seufferts, der vornehmlich als Goethe- und Wieland-Spezialist hervortrat, aber seine Schüler durchaus an die österreichische Literatur des

18. und 19. Jahrhunderts heranführte – erste systematische Initiativen zur Erfassung der österreichischen Literatur, deren Eigengeartetheit im Rahmen der gesamtdeutschen sie immer deutlicher erkannten. Minor, Werner, Wackernell und vor allem Sauer suchten die Grundlagen einer österreichischen Literaturgeschichte bibliographisch, editorisch und in Einzeldarstellungen zu erarbeiten. Neben und vor ihre Arbeiten zu Goethe, Schiller und deren Zeitgenossen traten jene zu Grillparzer und Stifter (vgl. die von Sauer initiierten und weit vorangetriebenen kritischen Ausgaben); vor allem Minor und Sauer ermunterten ihre Schüler und Freunde, der Erforschung der österreichischen Literatur zu dienen. So kam es dazu, daß im Zusammenhang mit dem akademischen Lehrbetrieb aber auch unabhängig davon von dillettierenden Liebhabern (z. B. ANTON BETTELHEIM, KARL GLOSSY) Erstaunliches geleistet wurde, das heute noch als Forschungsgrundlage dient. Joseph Seemüller schließlich gab der Erforschung der österreichischen Mundarten – in Zusammenarbeit mit dem Heinzel-Schüler Primus Lessiak (s. u.) und seinen eigenen, von ihm habilitierten Schülern JOSEPH SCHATZ und VIKTOR DOLLMAYR, die beide schließlich über Lemberg nach Innsbruck bzw. Wien kamen – durch die Begründung der Wörterbuchkommission bei der österreichischen Akademie der Wissenschaften eine sichere Basis.

Als August Sauer mit Recht daran dachte, ein Reichsinstitut für „Österreichische Literaturforschung" zu gründen, entstand gleichsam jenseits universitärer Bestrebungen überraschend die „Deutschösterreichische Literaturgeschichte" (1899–1930 in vier Bänden), herausgegeben vom Mundartenkundler und Grazer bzw. Wiener Dozenten JOHANN WILLIBALD NAGL sowie vom Kenner der Wiener Theatergeschichte, dem Gymnasialprofessor JAKOB ZEIDLER; später führte dieses, im Verein mit vielen, oft dillettierenden Mitarbeitern veranstaltete und höchst unterschiedlich geglückte, aber doch unentbehrliche Nachschlagewerk Eduard Castle, einer der Schüler Jakob Minors, fort.

Trotz Sauers großartigem Organisationstalent (neben mehreren Editionsreihen begründete und gab er die damals führende germanistische Fachzeitschrift

August Sauer (Wien, Österreichische Nationalbibliothek, Bildarchiv)

„Euphorion" heraus) zeigte es sich, daß die vielen Arbeitsinitiativen auf dem Gebiet der neueren deutschen und insbesondere der österreichischen Literatur nicht mehr zusammenzuführen waren und ähnlich stand es wohl mit dem älteren Fach. Ein wahrhaft unabsehbares Feld ausgebildeter Germanisten arbeitete am Ende der Monarchie wissenschaftlich: neben den Universitätslehrern waren es Bibliothekare, Archivare, Lehrer der höheren Schulen und Liebhaber aller Arten. Allein Heinzels, Minors und Sauers Schüler, die im universitären Lehrbetrieb der Habsburger Monarchie integriert wurden, ergeben eine stattliche Anzahl: bei Heinzel habilitierten sich bzw. wurden an österreichische Universitäten berufen die Sprachwissenschaftler und Vertreter des älteren Fachs Joseph Seemüller, MAX HERMANN JELLINEK, KONRAD ZWIER-

ZINA (Nachfolger Schönbachs in Graz), CARL VON KRAUS (Nachfolger Kelles in Prag), PRIMUS LESSIAK und ferner SAMUEL SINGER, der Professor in Bern wurde; bei Jakob Minor habilitierten sich die Literarhistoriker des neueren Fachs ALEXANDER VON WEILEN, ROBERT FRANZ ARNOLD, STEFAN HOCK, EDUARD CASTLE, RUDOLF PAYER VON THURN und ferner OSKAR WALZEL, der seinen Weg über die Technische Hochschule Dresden an die Universität Bonn nahm; bei August Sauer habilitierten sich die Literarhistoriker des neueren Fachs WILHELM KOSCH (s. u.), der bald nach Halle a. S. berufene FERDINAND JOSEPH SCHNEIDER, SPIRIDION WUKADINOVIĆ (s. u.) und der unter Sauers Anregung Literaturgeschichte und Volkskunde verbindende ADOLF HAUFFEN; JOSEF NADLER und MORIZ ENZINGER, ebenfalls beide Schüler Sauers, habilitierten sich nicht, wurden aber schnell auf Lehrstühle berufen (Nadler 1912 als Nachfolger Koschs nach Freiburg/Schweiz, später nach Königsberg und Wien; Enzinger 1922 als Nachfolger Wackernells nach Innsbruck, schließlich nach Wien). Zur nominellen Vermehrung des Lehrbetriebs aus dieser Richtung kam, daß an den älteren und an den neu gegründeten Universitäten der niedergehenden Monarchie eine ganze Reihe von Professuren geschaffen wurden, die die eigendynamische Nachwuchsfreudigkeit förderten; hier ein knapper Überblick: an der Wiener Technischen Hochschule wurde eine Professur eingerichtet, die der auch volkskundlich interessierte Goethe-Forscher KARL JULIUS SCHRÖER (1825–1900; nach Vertretung des Pester Lehrstuhls 1849–1952, seit 1866 Dozent, später Professor in Wien) einnahm; JOSEPH STROBL, ein Schüler Pfeiffers, erhielt die Professur an der 1875 gegründeten Universität Czernowitz, ihm folgte OSWALD ZINGERLE (1855–1927; 1892–1918 Professor in Czernowitz) nach, während dem neueren Fach – zunächst von dem Scherer-Schüler MAX VON WALDBERG, später von RUDOLF WOLKAN vertreten – erst mit WILHELM KOSCH (1879–1960) 1909 eine Professur zugeteilt wurde; in Krakau folgten auf Bratranek WILHELM CREIZENACH (1851–1919; 1883–1913 Professor ebda.) und Spiridion Wukadinović (1870–1938; seit 1914 Professor ebda.); in Ungarn lehrten an der Pester Universität in der Nachfolge Wilhelm Gärtners zunächst ANISIUS RIEDL seit 1864 bis 1873, dann GUSTAV HEINRICH von 1875 bis 1905 und JAKOB BLEYER (von 1911 bis 1933); an dem 1872 gegründeten Klausenburger Lehrstuhl arbeiteten die Professoren HUGO VON MELTZL von 1872 bis 1908, JAKOB BLEYER von 1908 bis 1911 und HEINRICH SCHMIDT von 1911 bis 1921; schließlich wurde noch im Jahr 1914 ein Lehrstuhl in Debrezin gegründet, den RICHARD HUSS von 1914 bis 1941 versah. Die Fülle der Tätigkeiten und Bestrebungen der Institutionen war bald nicht mehr zu überblicken. Kein Wunder, daß Sauers großer Plan, eine zentrale Arbeitsstelle der Österreichischen Literaturforschung parallel zum Institut für Österreichische Geschichtsforschung zu schaffen, im Pluralismus der Meinungen und den Anforderungen des allgemeinen Universitätsbetriebs unterging.

Als im Jahr 1913 nicht Sauer als Nachfolger des früh verstorbenen Jakob Minor nach Wien kam, sondern WALTHER BRECHT Einzug an der Wiener Universität hielt, wurden Sauers weitgesteckte Pläne nicht nur endgültig begraben, sondern es ging auch die alte positivistische Ära, die Scherer einst begründet hatte, langsam ihrem Ende entgegen, oder wurde in den Hintergrund gedrängt. Die Ära der Geistesgeschichte begann.

Literatur (in Auswahl):

Körner, Josef, Deutsche Philologie, in: Deutsch-österreichische Literaturgeschichte, Bd. 3, hg. v. *Eduard Castle,* Wien 1930, S. 48–89. – *Pfalz, Anton,* Mundartforschung, ebda., S. 89–95. – *Leitner, Erich,* Die neuere deutsche Philologie an der Universität Graz, Graz 1973. – *Zeman, Herbert,* Die österreichische Literatur und ihre literaturgeschichtliche Darstellung vom ausgehenden 18. bis zum frühen 19. Jahrhundert, in: Die österreichische Literatur – Ihr Profil an der Wende vom 18. zum 19. Jahrhundert (1750–1830), hg. v. *Herbert Zeman,* Graz 1979, S. 563–586. – *Knapp, Fritz Peter,* Die altdeutsche Dichtung als Gegenstand literarhistorischer Forschung in Österreich von den Brüdern Pez bis zu Friedrich Schlegels Wiener Vorlesungen im Jahre 1812, ebda., S. 697–734. – *Ders.,* Die altdeutsche Dichtung als Gegenstand literarhistorischer Forschung in Österreich von Jacob Grimms Wiener Aufenthalt (1814/15) bis zum Tode Franz Pfeiffers (1868), in: Die österreichische Literatur – Ihr Profil im 19. Jahrhundert (1830–1880), hg. v. *Herbert Zeman,* Graz 1982, S. 141–171.

Wolfgang Neuber

DIE FREMDSPRACHLICHEN NEUPHILOLOGIEN AN DER WIENER UNIVERSITÄT

Mit Verspätung gegenüber deutschen Universitäten wurde erst im Jahr 1849 an der Wiener Universität eine Philosophische Fakultät ins Leben gerufen; Initiator der umfassenden Universitätsreform dieses Jahres war der damalige Unterrichtsminister Leo Graf von Thun und Hohenstein. Die neue Fakultät erfüllte von nun an die Aufgaben einer echten Lehr- und Forschungsfakultät, deren Lehrkanzeln von 11 im Jahr 1848 auf 68 zur Zeit der Jahrhundertwende rasch anwuchsen.

Die politische Tragweite der Reform Thuns für den Vielvölkerstaat der Habsburger Monarchie wird neben dem Fach der deutschen Philologie vor allem am Beispiel der Slavistik deutlich. Als Resultat der Gleichstellung aller Völkerschaften Österreich-Ungarns durch die Oktroyierte Verfassung wurden neben je einem Lehrstuhl für Klassische, Deutsche und Orientalische Philologie gleich zwei Kanzeln für Slavistik im Jahr 1849 etabliert. Nachdem schon seit 1775 tschechische Sprachlehrer an der Wiener Universität gewirkt hatten, erging eine außerordentliche Professur an den Slavenführer und Dichter Jan Kollár für slavische Archäologie (Altertumskunde); als Kollár bereits 1852 verstarb, wurde der Lehrstuhl aufgelöst. Die zweite außerordentliche Professur wurde mit dem Autodidakten Franz Miklosich (1813–1891) besetzt, der bis zu seiner Emeritierung im Jahr 1885 slavische Philologie und Literatur lehrte. Wissenschaftssystematisch gesehen, konnte Miklosich auf Vorarbeiten von Bartholomäus Kopitar (1780–1844) sowie von Josef Dobrovsky (1753–1829) zurückgreifen, welche er weiterentwickelte; zumal durch seine „Vergleichende Grammatik der slavischen Sprachen" (4 Bde., Wien 1852–1883) schuf er sich einen bedeutenden Namen bis weit über die Grenzen der Monarchie hinaus. Miklosich engagierte sich besonders während der ersten beiden Jahrzehnte seiner Tätigkeit kaum pädagogisch, was sich erst änderte, als in den siebziger Jahren ein größerer Bedarf an Slavisten für das Lehramt an Mittelschulen auftrat. Für das philosophische Doktorat konnte Slavistik nur als Nebenfach gewählt werden, weshalb Miklosichs Nachfolger, sein Schüler Vratoslav von Jagić (1838–1923), der 1886 aus Petersburg berufen wurde, in Leipzig hatte promovieren müssen.

Jagić, der im Zuge seiner Berufung das Slavische Seminar ins Leben rief (also das heutige Institut für slavische Philologie und Altertumskunde begründete), verlieh diesem Seminar die Stellung eines führenden Mittelpunktes der slavischen Philologie, welche es 50 Jahre lang behaupten konnte – nicht zuletzt durch das von Jagić 1876 gegründete und bis 1920 redigierte „Archiv für slavische Philologie".

Die Lehre der lebenden und der toten orientalischen Sprachen besitzt in Wien eine Tradition, die – zumal aus politischen Interessen – bis ins 16. Jahrhundert zurückreicht und durch die k. k. Orientalische Akademie zu einer ersten wissenschaftlichen Blüte gelangen konnte; herausragendster Vertreter der Akademie ist zweifellos Joseph von Hammer-Purgstall (1774–1856). Bereits ab 1843 wurde durch Dozent August Pfizmaier (1808–1887) an der Universität Sprach- und Literaturunterricht erteilt in Chinesisch, Türkisch, Arabisch und Persisch. Im Zuge der Universitätsreform erhielten Anton Boller (1811–1869) als außerordentlicher Professor für Sanskrit (o. Prof. von 1855–1869) und Jakob Goldenthal (1815–1868) als außerordentlicher Professor für orientalische Sprachen 1849 eine Berufung an die Wiener Universität. Beide lehrten bis zum Wintersemester 1868/69. Noch parallel zu Goldenthals Lehrstuhl wurde 1866 der Boller-Schüler Friedrich Müller (1834–1898) zum außerordentlichen Professor für orientalische Linguistik bestellt; er übernahm nach dem Tod seines Lehrers 1869 dessen ordentliche Professur für Sanskrit, die er bis zu seinem Ableben innehatte. Als Nachfolger Goldenthals lehrte in Wien ab 1869 als außerordentlicher und ab 1872 als ordentlicher Professor für orientalische Sprachen EDUARD SACHAU (1845–1930), der 1875 einem Ruf nach Berlin Folge leistete. Der aus Bombay nach Wien berufene GEORG BÜHLER hatte von 1880 bis zu seinem Tod 1898 ein Ordinariat für indische Philologie und Altertumskunde inne, ebenfalls 1880 wurde DAVID HEINRICH MÜLLER zum außerordentlichen, 1885 zum ordentlichen Professor für orientalische Sprachen ernannt. Die Schaffung des Orientalischen Instituts geht mit dem Jahr 1886 der Gründung der bedeutenden „Wiener Zeitschrift für die Kunde des Morgenlandes" ein Jahr voraus. Die Zeitschrift wurde kollektiv herausgegeben von Bühler, Karabacek, D. H. Müller, F. Müller und LEO REINISCH (1832–1919), der als erster Vertreter der Ägyptologie in Wien von 1868 bis 1873 als außerordentlicher, von 1873 bis 1904 als ordentlicher Professor wirkte.

Die romanische und die englische Philologie besitzen an der Wiener Universität ein Stück gemeinsamer Geschichte; so sehr dieser Umstand überraschen mag, er erklärt sich aus dem simplen Faktum, daß Englisch und Französisch Unterrichtsfächer an den Mittelschulen waren und daher für den akademischen Betrieb in pragmatischer Hinsicht (Ausbildung der Lehramtskandidaten) als zusammengehörig betrachtet wurden. Als wissenschaftlicher Gegenstand ist die romanische Philologie jedoch etwas älter: Seit 1774 nämlich gab es bereits Sprachlehrer der romanischen Sprachen an der Wiener Universität. Sie hatten zumal die Aufgabe, Staatsbeamte auszubilden. Da jedoch durch ein kaiserliches Dekret die wissenschaftliche Romanistik an der Universität untersagt war, gelang es dem Begründer der romanischen Literaturgeschichte, FERDINAND WOLF (1796–1866), nicht, eine entsprechende Professur zu erhalten. Wolf wirkte als Bibliothekar der Hofbibliothek von 1852–1866 und war damit von der Lehre abgeschnitten. Auch hier zeigt sich die Rückständigkeit des vormärzlichen Universitätsbetriebs in der Habsburger Monarchie – denn bereits seit 1830 lehrte in Bonn Friedrich Diez (1794–1876), der durch seine „Grammatik der romanischen Sprachen" (3 Bde., Bonn 1836–1844) die romanische Philologie systematisch begründete. Erst 1860 wurde in Wien auf Initiative Thuns die erste Lehrkanzel der Monarchie für romanische Sprachen und Literaturen installiert. Der Ruf erging an ADOLF MUSSAFIA (1835–1905), der, bereits seit 1855 hier als Italienischlehrer tätig, zunächst als Extraordinarius und beginnend mit April 1867 als Ordinarius lehrte. Mussafia emeritierte im Wintersemester 1903/04. Seiner Aktivität ist die Verhältnismäßig frühe Gründung des Seminars für französische und englische Sprache im Jahr 1872 zu danken; die Vereinigung der beiden Fachrichtungen bestand allerdings nur pragmatisch-nominell.

Mussafia lehrte, wie erwähnt, romanische Sprachen und Literaturen, und zwar sowohl jene des Mittelalters als auch die der Neuzeit. Eine fachliche Eingrenzung und Spezialisierung erfolgte erst 1881 durch die Berufung von FERDINAND LOTHEISSEN (1833–1887) zum außerordentlichen Professor für neuere französische Sprache und Literatur. Die Verwissenschaftlichung des Faches, d. h. seine Lösung vom reinen Mittelschulbedarf, führte nach Lotheissens Tod zu einer Ausdehnung der Seminarübungen auf alle Gebiete der romanischen Philologie.

Lotheissens Ernennung war ad personam erfolgt, so daß sich seine Ersetzung, die einer Systematisierung der Lehrkanzel gleichgekommen wäre, zunächst hinauszögerte. Schließlich wurde aus Jena im Jahr 1890 WILHELM MEYER-LÜBKE (1861–1936) als Extraordinarius berufen und mit 1892 zum Ordinarius bestellt. Zumal seine „Grammatik der romanischen Sprachen" (4 Bde., Leipzig 1890–1902) wirkte mit ihrer Lautlehre schulbildend.

1891 war die unglückliche Union von Romanistik und Anglistik aufgelöst und das Seminar für Französisch gegründet worden, das ab 1894 den Namen eines Seminars für romanische Philologie trug. Neben den beiden Professoren wirkte hier je ein Lektor für Französisch, Italienisch und Spanisch.

Der universitäre Sprachunterricht des Englischen durch Sprachlehrer setzte in Wien erst mit der Thunschen Reform ein, wohingegen an deutschen Universitäten (etwa Bonn und Göttingen) die englische Philologie schon längst als wissenschaftliche Richtung etabliert war. Erst zugleich mit der Begründung des Seminars für französische und englische Sprache, 1872, wurde die erste außerordentliche Professur für nordgermanische Sprachen etabliert. Aus Breslau berief man den dort als Privatdozent wirkenden JULIUS ZUPITZA (1844–1895), einen Altgermanisten, der in Wien hauptsächlich englische Sprache betrieb und, nach seiner Ernennung zum Ordinarius im Jahr 1875, bereits im folgenden Jahr einem Ruf nach Berlin folgte, wo eine Lehrkanzel für englische Philologie neubegründet worden war.

Erst jetzt errichtete man in Wien einen ebensolchen Lehrstuhl, den als ordentlicher Professor seit 1877 der Oldenburger JAKOB SCHIPPER (1842–1915) innehatte, welcher aus Königsberg nach Wien berufen wurde. Zugleich damit erfolgte die Gründung eines Proseminars für englische Sprache zur Sprachausbildung durch Lektoren. 1891 erlangte das Seminar für englische Philologie Selbständigkeit durch die Abkoppelung der Romanistik.

An diesem Stück Wiener Wissenschafts- und Universitätsgeschichte wird deutlich, wie sehr die Etablierung wissenschaftlicher Disziplinen von politischen Erwägungen geleitet war. Vor allem jene Fächer können auf eine längere Tradition zurückblicken, die in der Habsburger Monarchie in einem gesamtpolitischen Kontext standen; die in dieser Hinsicht weniger wichtige Anglistik ist in Wien, vor allem im Vergleich zu deutschen Universitäten, lange Zeit vernachlässigt worden. Zumal der Umsicht Thuns ist es zu danken, daß der zeitliche Rückstand durch die Verankerung der Neuphilologien an der Universität und die nachfolgende Berufung von Männern wettgemacht wurde, welche – durch geringe Hörerfrequenzen an der Philosophischen Fakultät in ihrer Forschung in keiner Weise behindert – fachlich-systematische Grundlegungen vorzunehmen imstande waren und richtungsweisende wissenschaftliche Leistungen vollbrachten.

Literatur (in Auswahl):

Geschichte der Wiener Universitäten von 1848 bis 1898. Als Huldigungsfestschrift zum fünfzigjährigen Regierungsjubiläum seiner k. u. k. Apostolischen Majestät des Kaisers Franz Joseph I., hg. v. Akademischen Senate der Wiener Universität, Wien 1898. – *Jagoditsch, Rudolf,* Die Slavistik an der Universität Wien 1849–1963, in: Studien zur Geschichte der Universität Wien, Bd. 3, Graz/Köln 1965, S. 28–54. – Jubiläumsausstellung 600 Jahre Universität Wien 1365–1965, [Wien] 1965. – *Mayerhofer, Theresia,* Der Lehrkörper der Philosophischen Fakultät von 1848 bis 1873, phil. Diss., Wien 1982. – *Weihs, Kurt,* Geschichte der Lehrkanzeln und des Seminars für romanische Philologie an der Universität Wien, phil. Diss., Wien 1950.

Edwin Lachnit

DIE WIENER SCHULE UND DIE GRÜNDERZEIT DER KUNSTGESCHICHTE

Als der junge Kaiser Franz Joseph 1852 den aus Olmütz gebürtigen Rudolf Eitelberger (1817–1885) zum außerordentlichen Professor für Kunstgeschichte ernannte, wurde einer Entwicklung der Boden bereitet, die als „Wiener Schule der Kunstgeschichte" die wissenschaftliche Kunstforschung nachhaltig prägen sollte. Die Wiener Universität war damit eine der ersten Hochschulen, an denen Kunstgeschichte als selbständige wissenschaftliche Disziplin betrieben wurde.

Voraussetzung dafür war die intellektuelle Kritik an den vormärzlichen Beschränkungen, unter denen Kunst und Wissenschaft im öffentlichen Bereich gleichermaßen verkümmert waren. Die praktische Kunstpflege lag in Händen eines institutionalisierten Beamtentums unter zentralistischer Leitung: Metternich selbst war Kurator der Akademie der bildenden Künste, der Hofbaurat Paul Sprenger stand dem „Baubureau" vor. Die offizielle akademische Kunstauffassung orientierte sich an unzeitgemäßen Idealen. Der bereits zum Dogma erstarrte klassisch-antike Schönheitskanon wurde von romantischen Strömungen im Geist der „Nazarener" – die sich ursprünglich als Opposition gegen den Klassizismus verstanden hatten – eher ergänzt denn in Frage gestellt; 1840 trat Joseph Führich ein Lehramt für Historienmalerei an der Akademie an. Daneben konnte sich, entsprechend der politischen Abkapselung gegen das Ausland, nur das unverfängliche, vielfach auf das familiäre Genre bezogene „Biedermeier" entfalten. Kunsttheoretische Fragen wurden, auf die Normen der klassizistischen Ästhetik beschränkt, im Rahmen der Philosophie und klassischen Philologie abgehandelt. Die Verwaltung der Kunstgüter oblag wissenschaftlich inkompetenten Künstlern.

Unzufrieden mit dieser Situation, begannen einige bürgerliche Kunstkenner und -liebhaber, in privaten Zirkeln kritische Kunstbetrachtung zu betreiben. Ein solcher „amateur", mit dem Eitelberger in den vierziger Jahren in Kontakt kam, war Joseph Daniel Böhm (1794–1865).

Als Direktor der Graveur-Akademie des Hauptmünzamtes selbst künstlerisch tätig, besaß Böhm eine große Kunstsammlung, die er als Anschauungsmaterial für seine privaten Vorlesungen heranzog – Urform eines methodischen Prinzips der späteren Wiener Schule, von der Betrachtung und Analyse des Originalwerkes auszugehen. Er distanzierte sich vom dogmatischen Führungsanspruch der akademischen wie der romantischen Kunstauffassung gleichermaßen und suchte aus einem erweiterten Vergangenheitsbegriff, durch Beachtung aller Epochen und Richtungen, ein Verständnis für die geschichtliche Entwicklung der Kunst zu gewinnen. Eine subjektive Wertung war damit noch nicht überwunden; die Abfolge von „Blüte-" und „Verfallsepochen" wurde aber erstmals als historischer Prozeß begriffen. Der Medailleur Böhm kannte keine Differenzierung zwischen „hoher" und „angewandter" Kunst; das Kunstgewerbe war eine vollberechtigte Kunstgattung, die materielle Komponente des Rohstoffes ein wesentlicher Stilfaktor. Dieser „historisch-ästhetische Gesichtspunkt" wurde die Grundlage für Eitelbergers Kunstverständnis.

Auswirkungen auf breiter Basis waren erst nach der Revolution von 1848 möglich. Kaiser Franz Joseph wurde von den einschlägigen Kommentatoren als Förderer der Künste und Wissenschaften begrüßt. Zur zentralen Figur wurde Graf Leo Thun, Protagonist des Prager Reformkatholizismus und führender Oppositioneller im Vormärz. Als neuer Unterrichtsminister leitete er eine tiefgreifende Reform des gesamten Schul- und Bildungswesens in die Wege. Seinen hartnäckigen Bemühungen verdankte Eitelberger, der dem Kaiser wegen seines Engagements als politischer Journalist zunächst suspekt erschienen war, die Bestellung zum Universitätsprofessor.

Der Vorliebe des katholischen Adels für den gotischen Stil stand Eitelberger allerdings reserviert gegenüber. Mit Eduard Melly (1814–1854), einem Verfechter der neugotischen Richtung, führte er eine Pressefehde über die richtige Technik des Steinschneidens. Melly stammte aus dem Kreis Joseph Scheigers und hatte Eitelbergers Mentor Böhm kritisiert. Im übrigen wurde Melly von dem selbstbewußten Eitelberger literarisch totgeschwiegen. So war die Gründung der „Zentralkommission zur Erforschung und Erhaltung der kunst- und historischen Denkmale" (eine Vorläuferin des Bundesdenkmalamtes), die 1851 durch Eitelberger und Heider erfolgte, schon ein Jahr zuvor von Melly angeregt worden. – Gustav Heider (1819–1897), Jurist, Kunstgelehrter und hoher Ministerialbeamter, war eine der treibenden Kräfte des kulturellen Aufschwungs um die Jahrhundertmitte. Er hatte Eitelberger in den Böhm-Kreis eingeführt; gemeinsam gaben die beiden später eine Reihe kunsthistorischer Publikationen heraus, die in den quellenkundlichen und kunsttopographischen Schriften der Wiener Schule ihre Fortsetzung fanden.

Im Geist der Lehre Böhms und der vom Historismus postulierten Zweckmäßigkeit stellte Eitelberger die Kunstwissenschaft in den Dienst der zeitgenössischen Kunst. In Erkenntnis der Tatsache, daß das Kunstschaffen eine Summe individueller und gesellschaftlicher Faktoren ist – ein Gedanke, der auf Max Dvořáks Auffassung der „Kunstgeschichte als Geistesgeschichte" vorausweist –, wollte er das abgesunkene künstlerische Niveau durch volksbildnerische Maßnahmen heben. 1864 rief er mit kaiserlicher Genehmigung das „Österreichische Museum für Kunst und Industrie" ins Leben, dem 1868 eine Kunstgewerbeschule angeschlossen wurde (heute Museum bzw. Hochschule für angewandte Kunst). Intention dieses ersten Kunstgewerbemuseums auf dem Kontinent war es, ältere Kunstwerke als vorbildhaftes Anschauungsmaterial zu präsentieren und dadurch den Geschmack der schaffenden Künstler ebenso wie der produzierenden Fabrikanten und des konsumierenden Publikums zu läutern. Die Organisation erfolgte nach dem Muster des 1851 unter maßgeblicher Beteiligung Gottfried Sempers (1803–1879) gegründeten South-Kensington-Museum in London (heute Victoria & Albert-Museum). Die Wiener Bestrebungen zeigen eine deutliche Affinität zu Sempers Hypothese, der Stil eines Kunstwerkes sei primär vom Material und Zweck abhängig, die den späteren Ringstraßenarchitekten zum führenden Theoretiker der historistischen Kunstgewerbereform machte.

Bemerkenswert ist das ausgeprägte ökonomische Bewußtsein, demzufolge man neben rein künstlerischen, auch handwerkliche und gewerbliche Bereiche an die internationale Konkurrenz heranführen wollte. Jacob von Falke (1825–1897) berichtet, daß Eitelberger auf einem Museum für „Kunst und Industrie" – nicht für „Kunstindustrie"! – beharrte. Falke, engster Mitarbeiter und Stellvertreter Eitelbergers am Museum, darf als dessen getreuer Epigone angesehen werden. Konkreter und pragmatischer als der mitunter polemisch agierende Eitelberger, untersuchte er die „Geschichte des modernen Geschmacks", die „Aesthetik des Kunstgewerbes" oder die „Costümgeschichte der Culturvölker". Seine Neigung für Randgebiete künstlerischen Schaffens begründete ebenso eine Tradition der Wiener Schule wie Eitelbergers Postulat, Universitätslehramt und Museumspraxis in Personalunion zu vereinen.

Melly, Heider und Eitelberger leisteten auch Beiträge zur Neuorganisation der Akademie der bildenden Künste, die sich, von der Pflege des Kunsthandwerks entbunden, auf ihre eigentliche Aufgabe konzentrieren konnte. Carl von Lützow (1832–1897) wurde hier in den sechziger Jahren Bibliothekar und Dozent für Kunstgeschichte. Von derselben Vielseitigkeit ausgezeichnet wie die anderen kunsthistorischen „Gründerväter", machte er sich als Publizist einen hervorragenden Namen; ab 1866 edierte er die „Zeitschrift für bildende Kunst". Anläßlich der Eröffnung des Neubaues am Schillerplatz erschien 1877 seine „Geschichte der Akademie der bildenden Künste", aus umfangreichem Quellenmaterial erarbeitet und ausführlich dokumentiert.

Erster Absolvent des kunsthistorischen Studiums

bei Eitelberger war Moriz Thausing (1838–1884). Als Dürerforscher und Direktor der Albertina war er einer der ersten, die den Wert der bis dahin geringgeschätzten Handzeichnungen für die Forschung erkannten. 1873 erhielt er die zweite kunsthistorische Lehrkanzel, die gleichzeitig als fester Bestandteil des „Instituts für österreichische Geschichtsforschung" etabliert wurde. Das so lange unterdrückte Bedürfnis nach Bewußtmachung der eigenen Vergangenheit hatte 1854, ebenfalls auf Initiative Leo Thuns, zur Gründung dieses Instituts geführt, das unter der Leitung von Theodor Sickel (1826–1908) zum österreichischen Äquivalent der Pariser „École des chartes" aufstieg. Die Wahlverwandtschaft zwischen dem Institut und der etwa gleichzeitig begründeten Kunstwissenschaft gipfelte in der Einbindung von Thausings Lehrkanzel in den Institutslehrplan, woraus eine auf Jahrzehnte hinaus fruchtbare Zusammenarbeit resultierte; hierin manifestiert sich der Anspruch der Wiener Schule, auf dem Boden streng methodischer, historischer Forschung zu operieren.

Könnte man das Selbstverständnis Eitelbergers und seiner Gesinnungsfreunde als „angewandte Kunstgeschichte" bezeichnen, so tat Thausing den ersten Schritt zur objektiven, von einer Beeinflussung der zeitgenössischen Kunstentwicklung zurückstehenden Wissenschaft. Seine Definition von Wissenschaftlichkeit ist bis heute gültig; seine Abgrenzung der Kunstgeschichte gegen Nachbardisziplinen, insbesondere sein Abrücken von der Ästhetik, nimmt nahezu wörtlich Riegls Positivismus vorweg. In einer scharfen, die Grenzen gesellschaftlicher Umgangsformen bisweilen überschreitenden Kampagne gegen die „peintre-directeurs" (Maler als Sammlungskustoden) erkämpfte er seinem jungen Fach ein entsprechendes Betätigungsfeld. In der Theorie des italienischen Senators, Arztes und Kunstkenners Giovanni Morelli (1816–1891), der unter dem anagrammatischen Pseudonym „Iwan Lermoliew" publizierte, erblickte Thausing die exakte Methode, Kunstforschung auf der empirischen Basis der modernen Naturwissenschaften zu betreiben. Morelli identifizierte anhand physiognomischer Detailformen eines Gemäldes den Künstler und konnte auf diese Weise tatsächlich eine Reihe umstrittener Werke neu zuschreiben. Wenngleich dieses überspitzte Verfahren längst überholt ist, so liegt hierin doch die Wurzel der vergleichenden stilkritischen Analyse, der Grundlage jeder vorurteilslosen kunsthistorischen Erkenntnisbildung.

Eitelberger und Thausing hatten die organisatorischen Voraussetzungen geschaffen, unter denen ihre Nachfolger Franz Wickhoff (1853–1909) und Alois Riegl (1858–1905) die grundlegenden Methoden der „Wiener Schule der Kunstgeschichte" entwickeln konnten.

Literatur (in Auswahl):

Andics, Hellmut, Gründerzeit. Das schwarzgelbe Wien bis 1867, Wien–München 1981. – *Białostocki, Jan,* Museum and Theory in the Vienna School of Art History, in: Akten des XXV. Internationalen Kongresses für Kunstgeschichte in Wien 1983 (hg. von *Hermann Fillitz und Martina Pippal*), Band 1: Wien und die Entwicklung der kunsthistorischen Methode (im Druck). – *Borodajkewycz, Taras von,* Aus der Frühzeit der Wiener Schule der Kunstgeschichte. Rudolf Eitelberger und Leo Thun, in: Festschrift für Hans Sedlmayr, München 1962, S. 321–348. – *Eitelberger von Edelberg, Rudolf,* Gesammelte kunsthistorische Schriften, 4 Bände, Wien 1879. – *Falke, Jacob von,* Lebenserinnerungen, Leipzig 1897. – *Johnston, William M.,* Österreichische Kultur- und Geistesgeschichte. Gesellschaft und Ideen im Donauraum 1848–1938 (Forschungen zur Geschichte des Donauraumes, Band 1), Wien–Köln–Graz 1974. – *Kultermann, Udo,* Geschichte der Kunstgeschichte. Der Weg einer Wissenschaft, Wien–Düsseldorf 1966; Neudruck Frankfurt/M.–Berlin–Wien 1981. – *Lhotsky, Alphons,* Geschichte des Instituts für österreichische Geschichtsforschung 1854–1954. Mitteilungen des Instituts für österreichische Geschichtsforschung, Ergänzungsband XVII. Festgabe zur Hundert-Jahr-Feier des Instituts, Graz–Köln 1954. – *Lützow, Carl Friedrich Arnold von,* Geschichte der Akademie der bildenden Künste, Wien 1877. – *Rosenauer, Artur,* Moriz Thausing und die Wiener Schule der Kunstgeschichte, in: Wiener Jahrbuch für Kunstgeschichte, Band XXXVI, Wien–Köln–Graz 1983, S. 135–139. – *Schlosser, Julius von,* Die Wiener Schule der Kunstgeschichte. Rückblick auf ein Säkulum deutscher Gelehrtenarbeit in Österreich. Mitteilungen des österreichischen Instituts für Geschichtsforschung, Ergänzungsband XIII, Heft 2, Innsbruck 1934. – *Semper, Gottfried,* Der Stil in den technischen und tektonischen Künsten, oder Praktische Aesthetik. Ein Handbuch für Techniker, Künstler und Kunstfreunde, 1. Band Frankfurt/M. 1860, Neuauflage 1878; 2. Band München 1863, Neuauflage 1879. – *Springer, Elisabeth,* Zur wissenschaftlichen und kulturpolitischen Tätigkeit Eduard Mellys, in: Mitteilungen des österreichischen Staatsarchivs 30/1977, S. 67–96. – *Dieselbe,* Geschichte und Kulturleben der Wiener Ringstraße (Die Wiener Ringstraße – Bild einer Epoche II), Wiesbaden 1979. – *Thausing, Moriz,* Wiener Kunstbriefe, Leipzig 1884. – *Wagner, Walter,* Die Geschichte der Akademie der bildenden Künste in Wien, Wien 1967.

Walter Frodl

DIE EINFÜHRUNG DER STAATLICHEN DENKMALPFLEGE IN ÖSTERREICH

Die geringe Sorgfalt, welche durch eine lange Reihe von Jahren in Österreich der Pflege und Erhaltung der Baudenkmale zu Theil wurde, war für die gebildete und wissenschaftliche Welt des Kaiserstaates oft ein Gegenstand der Klage. Nicht ohne Grund blickte sie auf andere benachbarte Staaten in welchen schon lange Institute ins Leben gerufen waren, welche mit nationaler Pietät ihre Aufmerksamkeit auf die Erhaltung der sprechenden Zeugen einer längst entschwundenen Cultur gerichtet hatten und die mit dem Ansehen staatlicher Autorität den ernsten Bestrebungen der Gelehrten hilfreich zur Seite standen ... Um nun einem Bedürfnis zu entsprechen, welches sich in allen gebildeten Kreisen so lebhaft geltend gemacht hatte und das in der durch so mannigfache fruchtbare Schöpfungen sich auszeichnenden Neugestaltung Österreichs nicht unbefriedigt gelassen werden konnte, um ferner den historischen Erinnerungen der verschiedenen Völkerstämme des Kaiserstaates Rechnung zu tragen ..., beantragte der Handelsminister FREIHERR VON BRUCK, dem auch das Gewerbe und vor allem die öffentlichen Bauten unterstanden, schon im Jahre 1850 beim Kaiser ... *die Erhaltung der Baudenkmale in die Hände des Staates zu legen und zu diesem Zweck im Ministerium der öffentlichen Bauten eine Central-Commission zu errichten, deren Wirksamkeit darin bestehen sollte, über den Werth der Denkmale und die darauf verhältnismäßig zu verwendenden Kosten zu entscheiden, eine archäologische Statistik zu veröffentlichen, die Resultate der Forschung zur Bearbeitung einer Geschichte der Denkmale zu sammeln, die Besorgung der Überschläge und Zeichnungen sowie die Leitung der Conservationsarbeiten zu veranlassen.* (Diese Sätze leiten den Bericht ein, mit dem die Central-Commission der Öffentlichkeit über die ersten Jahre ihrer Tätigkeit Rechenschaft gibt in Jahrbuch der k. k. Central-Commission zur Erforschung und Erhaltung der Baudenkmale, 1856, I, S. 53ff.)

Am 31. Dezember 1850 hatte Kaiser Franz Joseph Brucks Antrag mit einer „Entschließung" genehmigt (AVA Zl. 3184/850 Handelsministerium [HM]), aber es vergingen noch 2 Jahre ehe die „k. k. Central

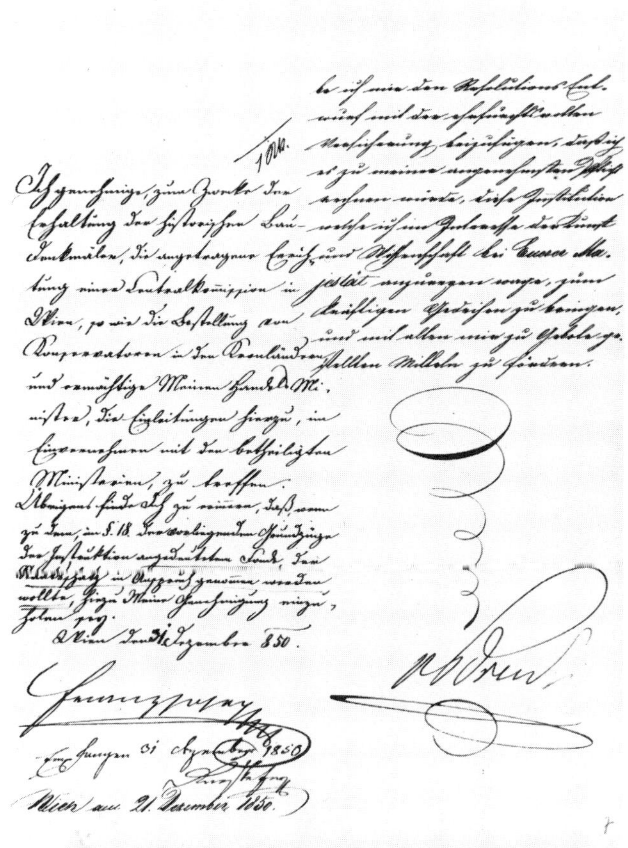

Vortrag des Handelsministers Karl Ludwig Bruck über die Obsorge für die Erhaltung der Baudenkmale und a. h. Entschließung vom 31. 12. 1850, mit der die Errichtung der k. k. Central-Commission genehmigt wurde

Commission zur Erforschung und Erhaltung der Baudenkmale" am 10. Jänner 1853 unter ihrem „Präses", dem Sektionschef der Bausektion im Handelsministerium KARL FREIHERRN VON CZOERNIG zu ihrer ersten offiziellen Sitzung zusammentreten konnte. Dieses Intervall deutet darauf hin, daß es noch andere als organisatorische Schwierigkeiten gab, die überwunden werden mußten. Die „Staatsanstalt zur Fürsorge für die Denkmäler" in der Form, wie sie durch die Entschließung verwirklicht worden war, entsprach, wie aus den Akten hervorgeht, durchaus nicht den Vorstellungen des Innenministers FREIHERRN VON BACH und des Unterrichtsministers LEO GRAF THUN. Vor allem Bach, der bei der Neugestaltung des Staatswesens nach 1848 einen straff organisierten Einheitsstaat anstrebte, hatte offensichtlich die politische Bedeutung des Denkmalschutzes und einer diesen vertretenden Organisation erkannt. Sie konnte dazu berufen sein unter den schwierigen Verhältnissen des Vielvölkerstaates eine Idee zu verbreiten, die den Gefühlen der einzelnen Nationalitäten insoferne entgegenkam, als sie deren historische Vergangenheit anerkannte, eine Idee, die aber gleichzeitig alle umfassen und in einem gemeinsamen Ziel verbinden mußte. Auf diese Weise mochte eine zentral gelenkte Denkmalpflege zum wichtigen Bestandteil einer einheitlichen und gesamtstaatlichen Kulturpolitik und ihrerseits wieder zum Nährboden für die Ausbildung eines dringend wünschenswerten österreichischen Vaterlands-, ja Staatsbewußtseins werden. Das Schwergewicht lag hier also auf dem geistigen Konzept.

Auf dieser Grundlage und unter Betonung der wissenschaftlichen Basis der Denkmalpflege war offenbar auch der Organisationsentwurf aufgebaut, an dem im Einverständnis mit Bach der Kunsthistoriker DR. EDUARD MELLY schon seit 1849 gearbeitet hatte und den er dem Minister im April 1850 vorlegte (AVA, Nachlaß Bach, Briefe Mellys vom 29. 12. 1849 und 11. 4. 1850. Ausführlich über Melly und seine Bemühungen um die Denkmalpflege: *E. Springer,* Zur wissenschaftl. u. kulturpol. Tätigkeit Ed. Mellys in Mittlg. d. Öst. Staatsarch., 30/1977, S. 67ff, worin die Briefe z. T. wörtl. wiedergegeben sind). Das Begleitschreiben – nur dieses steht zur Verfügung – läßt kaum daran zweifeln, daß die Kommission dem Innen- allenfalls dem Unterrichtsressort angeschlossen werden sollte. Daß es dazu nicht kam, beziehungsweise daß Mellys Entwurf in der Folge nicht mehr auftaucht, läßt darauf schließen, daß er zu hohe Ansprüche stellte und seine Verwirklichung daher großen Schwierigkeiten begegnet wäre, oder kurz gesagt, daß sie zu teuer war. Denn darin scheinen die Minister sich einig und des Allerhöchsten Einverständnisses sicher gewesen zu sein: Gestützt auf ehrenamtliche Kräfte, auf die Mitwirkung von Altertumsfreunden und privaten Vereinen sollte die zu begründende staatliche Einrichtung zwar verpflichtet sein zu forschen, Anregungen zu geben und überall ordnend einzugreifen, aber den Staat nichts kosten. Vor allem Bach „zog ein Mäzenatentum des Staates nicht in Betracht" (*E. Springer,* Geschichte u. Kulturleben der Wiener Ringstraße, Wiesbaden 1979, S. 150). Das im ersten Anlauf also ins Stocken geratene Unternehmen brachte nun im Sommer und Herbst 1850 der Handelsminister Freiherr von Bruck mit den ihm zu Gebote stehenden „technischen" Mitteln, den Baubehörden, wieder in Fluß.

Im August forderte er sichtlich im Einvernehmen mit Bach über die österreichischen Vertretungen in Berlin und Paris „Behelfe" über die in Preußen (seit 1843), in Frankreich (seit 1834/37) bestehenden zuständigen staatlichen Institutionen an (AVA, Zl. 2241/850 HM) und im November unterrichtete er den Innenminister über das Ergebnis und seine daraus resultierenden Absichten (AVA, Zl. 2602/850 HM).

Der Brief, der zu großen Teilen schon als Konzept für den später an den Kaiser zu stellenden Antrag diente, legt die neue Organisation und ihre Aufgaben in den Grundzügen fest und im selben Akt folgt, den Gang der Entwicklung beschleunigend, als „Erledigung II" ein Erlaß an die k. k. Baubehörden mit der Anweisung *daß bei den Amtshandlungen auf die Conservazion der historischen Baudenkmähler vorzüglich Bedacht genommen werde* und, falls hiebei Hindernisse auftreten sollten . . . *allsogleich die Anzeige zu erstatten* sei.

Besonders hervorhebenswert scheint mir aber in

dem zitierten Brief der folgende Passus zu sein, weil er als wichtige, wenn nicht ausschlaggebende Voraussetzung für die Entstehung und für das fernere Wirken der Central-Commission gelten darf. Bruck schreibt: *Die Iniziative zu solchen Maßregeln zu ergreifen liegt im Berufe des Ministeriums für öffentliche Bauten, welchem einerseits Se. Maj. schon prinzipiell die Erhaltung der Monumente zur Aufgabe zu stellen geruhten und welchem andererseits auch die zur Conservazion geeigneten technischen Organe zu Gebote stehen.*

Die Frage wird kaum zu beantworten sein, ob der Auftrag an den Minister des Kaisers eigener Initiative entsprungen war oder ob Bruck ihn herausgefordert hatte. Jedenfalls hatte er das kaiserliche Wort und hinter seinem Vorhaben stand die „Allerhöchste" Autorität des Staates in Person.

Obwohl die Minister Bach und Thun gegen den Antrag Brucks und die diesem beigeschlossenen „Grundzüge der Instruction für die Central-Commission . . ." im Ministerrat laut Protokoll vom 18. Dezember 1850 *nichts zu erinnern* fanden (HHSta, Ministerrat, Prot. Zl. 5091/850), erhoben sie nach deren Veröffentlichung im Verordnungsblatt (4. 1. 1851) doch Bedenken (AVA, Zl. 763/851 HM und Zl. 1727/851, Innenminist., Präs.), die sich hauptsächlich gegen die Beschränkung der Fürsorge auf die Baudenkmale wandten, gegen die Zusammensetzung der Commission (unzulängliche wissenschaftliche Basis), gegen die Annahme, daß die rein technisch eingestellten Baubehörden die Fähigkeit besäßen auf diesem Gebiet ersprießlich zu wirken, usw. Daß Melly auf Brucks Konstruktion in der Zeitung heftig reagierte zeigt deutlich („Der Wanderer", 1851, 16., 18., 15. Jänner und 2. Febr., zit. auch bei *Springer*, Melly, a. a. O., S. 92), daß sein Entwurf unberücksichtigt geblieben war. Dem Wunsch Thuns nach einer *durchaus nötigen Abänderung der betreffenden Instruktionen* begegnete man in der Bausektion des Handelsministeriums zunächst mit der lakonischen Feststellung *Ist ein Allerhöchst resolvierter Vortrag* (AVA, Zl. 763/851, HM Präs., Randbemerkung mit Bleistift eingetragen).

Die Einwände bestanden zu Recht. In der Rückschau allerdings gibt das beanstandete Konzept auch seine positiven Seiten zu erkennen. Es wäre den beiden anderen interessierten Ministerien wohl kaum gelungen in kurzer Zeit und noch dazu ohne finanzielle Grundlage eine Organisation zu schaffen, die den Übergang in das „Zeitalter der Denkmalpflege" und zwar einer praktisch tätigen Denkmalpflege so selbstverständlich hätte herstellen können, wie eben die Baubehörden. Es bedurfte lediglich der Erweiterung ihres Aufgabenbereiches, der Verbindung und Zusammenarbeit mit der Central-Commission, deren Konservatoren und Korrespondenten. Das über die ganze Monarchie ausgebreitete Netz dieser Vertrauensleute, ihre emsige Tätigkeit – Forschung, Berichte, topographische Beschreibungen, Schadensmeldungen, Anregungen zu Restaurierungen, usw. – lieferten der „Commission" das Arbeitsmaterial. Die Landesbehörden, der Klerus, ja die Armee waren durch Verordnungen veranlaßt oder auf anderen Wegen aufgefordert diese Bestrebungen zu unterstützen (Erlaß d. Min. f. Cultus u. Unterr. an sämtliche Statthalter vom 9. 1. 1861, zit. nach *J. A. Frh. v. Helfert*, Denkmalpflege, Wien–Leipzig 1897, S. 19).

Ein Denkmalschutzgesetz gab es nicht; das schuf bekanntlich erst die Republik Österreich im Jahre 1923. Bis dahin mußte es *lediglich der Belehrung und Vorstellungen auf privatem Wege überlassen bleiben, das angestrebte Ziel zu erreichen* (Mittlg. d. Central-Commiss. etc. 1876, S. X). Um so stärker fiel das fortdauernde Interesse des Kaisers am Wirken der Commission ins Gewicht. Ob es ein offizielles oder sogar ein persönliches war, muß dahingestellt bleiben. Er hatte sich jedenfalls die Ernennung des Präsidenten vorbehalten, ließ sich die Publikationen vorlegen und durch den Minister Anerkennungen für besondere Leistungen aussprechen. Insoferne hatte er sich auch in die Administration eingeschaltet, als er die Gewährung bestimmter Subventionen von seiner Zustimmung abhängig machte. Diese Beziehung zum Monarchen verlieh, zumindest in den ersten Jahrzehnten ihres Wirkens, der Institution hohes Ansehen im Staate und ihrer Tätigkeit, die sich gleichsam unter den Augen des Kaisers vollzog, die besondere Note.

Die Beratungen, die das eingangs erwähnte zweijährige Intervall füllten, konnten zwar die vom Kaiser gutgeheißene Lösung nicht rückgängig machen, aber doch Voraussetzungen schaffen, die ausgleichend wirkten und es der Central-Commission ermöglichten in Taten umzusetzen, was bisher nur auf dem Papier stand. (Laut „Instruktionen", Zl. 1256/1853 HM, Zl. 159/1854 HM, sowie Personalstand, publiz. in Jahrbuch der Centr.-Comm. etc. I, 1856, S. 53ff.) Als sie zu Beginn der 1860er Jahre der Auflassung des Handelsministeriums wegen nun doch und endgültig dem Unterrichtsministerium unterstellt wurde, konnte dieses eine bereits wohl funktionierende Organisation übernehmen (dazu *W. Kirsch,* Geschichte der Gesetzgebung u. der behördl. Organisation des österr. Denkmalschutzes, in „Denkmalschutz", Wien 1937, S. 6).

Czoernig schied 1863 auf eigenen Wunsch aus und der Kaiser ernannte an seiner Stelle den im Unterrichtsministerium zufolge einer Verwaltungsreform überzählig gewordenen Unterstaatssektretär DR. JOSEPH ALEXANDER FREIHERRN VON HELFERT zum Präsidenten (AVA, Zl. 3336 StM I 1863 [Staatsministerium], Vortrag Schmerlings an den Kaiser), der 47 Jahre lang, bis zu seinem Tod (1910) in diesem Amt verblieb. Unter der Leitung dieses hochqualifizierten Mannes wuchs die Commission erst richtig in ihre Aufgaben hinein. Seiner Initiative ist auch die gründliche Reform von 1873 zu danken, die ihren Einfluß auf Denkmäler aller Art – von der Prähistorie bis zum Ende des 18. Jahrhunderts einschließlich der Schriftdenkmale (Archivalien), oder wie es nun im Titel hieß, auf „Kunst- und historische Denkmale" – erheblich erweiterte (*Kirsch,* a. a. O. S. 7f; das neue Statut nach ah. Entschließung vom 18. Juli 1873, Reichs.Ges.Bl. 131; siehe auch „Normative" der k. k. Z. K., Wien 1883). Im Jahre 1910 mündete die Commission, was nicht mehr Gegenstand dieser kurzen Darstellung sein kann, in das „Staatsdenkmalamt" mit hauptberuflich tätigen Fachkräften, 1920 in das „Bundesdenkmalamt" ein.

Josef Alexander von Helfert, von 1863 bis 1910 Präsident der k. k. Zentralkommission

Wichtiges, bis heute nachwirkendes Ereignis der ersten Jahre ist die Begründung der Publikationsorgane, der „Mitteilungen der Central-Commission zur Erforschung und Erhaltung der Baudenkmale" und des „Jahrbuches" etc. Bemerkenswert ist die Spannweite der Beiträge in thematischer wie in geographischer Hinsicht, in denen Forschungs- und Arbeitseifer der Mitarbeiter ihren Niederschlag fanden. Stand zunächst die Erforschung noch im Vordergrund, so zeichnen sich doch schon in den ersten Jahren die Unternehmungen ab, die – möglichst gleichmäßig auf die Kronländer verteilt – die Commission in den kommenden Jahren in Anspruch nehmen sollten: Die Ausgrabungen in Salona, der Diokletianspalast in Spalato (Split), Rathaus und Brückenturm in Prag, die romanische Kirche von Ják in Westungarn, der Kreuzgang in Brixen, die Sicherung der Ruinen von Aquileja, usw.

Infolge des besonderen politischen Status der Lombardei (bis 1859) und Venetiens (bis 1866) konnte die Commission dort nicht unmittelbar, sondern nur auf dem Wege über die Akademien der Schönen Künste in

Mailand und Venedig ihren Einfluß geltend machen. Gleichwohl hatten die Baubehörden schon seit etwa 1850 ansehnliche Summen für die Instandhaltung zahlreicher bedeutender Monumente in diesen Gebieten aufgewendet. So für San Marco und den Dogenpalast in Venedig, für die Dome in Mailand und Como; für die Restaurierung des Abendmahles von Leonardo in Mailand standen auf kaiserliche Anordnung 20.000,– fl bereit. Der Wiederbelebung der Mosaikindustrie in Venedig galt ein Auftrag in der Höhe von 40.000,– fl. (Nach versch. Notizen u. Berichten in den „Mitteilungen" und alten Akten des Bundesdenkmalamtes.)

In Ungarn erhob sich die Forderung nach einer organisierten Denkmalpflege in Zusammenhang mit der nationalen Bewegung. Das Scheitern der Revolution brachte auch hier die Central-Commission zum Zuge (bis 1861). Die Ungarn urteilten nachträglich, es habe sich „vielleicht (um) die einzige heilbringende Abhängigkeit" gehandelt (E. Marosi, Das romantische Zeitalter der ungarischen Kunstgeschichtsschreibung, in: Annales Universitatis scientiarum Budapestensis etc., Section Historica, Tom. VII, Budapest 1965, S. 43ff, bes. S. 54).

Auch in Krakau und Lemberg unterhielt die Commission ihre Stützpunkte. In Wien galt die Sorge dem Stephansdom, dessen Jahrzehnte währende Restaurierung mit dem Namen Friedrich von Schmidts verbunden ist, der ebenfalls der Commission angehörte; in Böhmen beanspruchten namentlich der St. Veitsdom in Prag und die Restaurierung der Burg Karlstein, um nur diese prominenten Beispiele zu nennen, das fachliche Interesse.

Am Rande sei noch vermerkt, daß sich das „Gremium künstlerischer wie wissenschaftlicher Autoritäten" (H. Tietze, Wege der Denkmalpflege in Österreich, in Monatsschrift f. Kultur u. Politik, Wien, 1. Jg. 1936, Heft 4, S. 317ff) auch mit dem bis heute aktuell gebliebenen Problem der Steinfestigung beschäftigte oder etwa zur Feststellung der Maltechnik die chemische Analyse römischer Wandmalereien veranlaßte, daß es die Notwendigkeit der Heranbildung des Nachwuchses an Archäologen, Architekten und Restauratoren, desgleichen die Einführung eines Kunstunterrichtes in den Schulen, zumal in den Priesterseminaren erörterte.

Nur wenige der denkmalpflegerischen Aufgaben, die vor 130 Jahren gestellt waren, haben eine Lösung gefunden; die Probleme haben sich nur etwas verschoben, im Grunde aber nicht geändert.

Zum Schluß bleibt noch die Frage, ob gegenüber der „Erforschung" die selbstverständlich nicht auf die Baudenkmäler beschränkt geblieben war und trotz des inzwischen eingetretenen Wandels der Methoden und Ergebnisse ihren Wert für die Kunstgeschichte bis heute bewahrt, sich auch die „Erhaltung", d. h. die von den Autoritäten gutgeheißenen Verfahren des Restaurierens, zu behaupten vermag. Dazu sei in Kürze und vereinfachend in Erinnerung gebracht, daß die damals ausgeführten Restaurierungen der Zeittendenz, dem Historismus entsprachen, man also in der stilreinen und -einheitlichen Erneuerung eines Denkmales Sinn und Zweck der Erhaltung suchte und erfüllt sah. Daß solche Renovierungen – ihre Zahl ist groß – die in Jahrhunderten gewordenen historisch-dokumentarischen und emotionellen Werte der auf diese Weise behandelten Denkmäler vernichteten und damit das Gegenteil dessen bewirkten, was die Gründung denkmalpflegerischer Organisationen verhindern sollte, ist dem Zeitalter nicht bewußt geworden.

In der Euphorie dieser bis gegen das Ende des Jahrhunderts andauernden Entwicklung – ihre Hinterlassenschaft ist inzwischen längst zu einem eigenen Kapitel der Geschichte und historisch geworden – sind Leitgedanken untergegangen, die der Denkmalpflege, bevor sie noch recht einsetzte, einen besseren Weg hätten weisen können. Sie enthalten Einsichten, die wortgetreu den unsrigen, als Reaktion auf die Restaurierungspraktiken des 19. Jahrhunderts entstandenen Auffassungen entsprechen: In dem Brief, mit dem der Minister Bruck zu den vom Grafen Leo Thun geäußerten Bedenken Stellung nahm, heißt es unter anderem: ... *die Restauration von monumentalen Gebäuden soll sich auf die Beseitigung wesentlicher Schäden beschränken ... stets auf diese Weise, daß ihr ursprünglicher Charakter keinen Eintrag erleidet* (AVA, Zl. 763/851, HM Präs.). Diese Auffassung ist, sogar in verschärfter Formulierung, in die Instruktionen für Konservatoren (§ 8) eingegangen, worin diesen aufgetragen wird *dahin zu wirken, daß die dem Baudenkmal anhaftenden charakteristischen Bestandstücke in den Kreis einer verständigen, conservativen Bau-Reparatur mit einbezogen werden ... daß die kunstgeschichtlichen Momente ... in ihrer Wesenheit unverändert erhalten werden* (AVA, Zl. 1256/1853 HM, Zl. 159/1854 HM). Eine Mahnung, die erst in unserem Jahrhundert Gehör gefunden hat.

Bei allen Mängeln, die der Organisation seit ihrer Geburt anhafteten, hat sie alles in allem doch Bedeutendes für den österreichischen Denkmalbestand geleistet. Sie konnte dies nicht zuletzt deswegen, weil die Autorität des Kaisers ihr die Wege seit Anbeginn geebnet hatte und ihr, wenigstens teilweise ersetzte, was ein Denkmalschutzgesetz ganz gewiß besser hätte leisten können. Gerade der „Ehrendienst“ aber schuf innerhalb der Organisation eine hohe Gesinnung und jene Einsatzbereitschaft für die Sache, die das eigentliche Agens ihres Wirkens bildeten. Die Tradition, die daraus erwuchs, möge sie in der österreichischen Denkmalpflege weiterleben.

Bestens danken möchte ich Frau Dr. E. Springer (Haus-, Hof- und Staatsarchiv = HHStA), Frau Dipl.-Ing. U. Georgeacopol (Tech. Univ. Wien) und Herrn M. Göbel (Allg. Verw. Archiv = AVA), die mir bei der Beschaffung von Unterlagen halfen.

NATURWISSENSCHAFTLICHER UND TECHNISCHER FORTSCHRITT

Rolf Niederhuemer

INDUSTRIE UND TECHNIK

Das 19. Jahrhundert stand im Zeichen einer raschen Industrialisierung. Ausgelöst durch die Erfindung der Dampfmaschine als Antriebsmittel, die Konstruktion neuer Arbeitsmaschinen und einer bevorzugten Verwendung des Eisens als Werkstoff, nahm die Technisierung der Produktion einen immer rascheren Verlauf. Träger dieser Technisierung war vor allem das Bürgertum aus dem die industriellen Unternehmer hervorgingen. Die Dampfmaschine blieb in ihrer Anwendung aber nicht nur darauf beschränkt Antriebsmaschine für Werkzeugs- und Fabrikationsmaschinen zu sein, sondern fand ihren Einsatz und damit ihre Auswirkung auch im Verkehrswesen. Es entstanden die Eisenbahnen und die Dampfschiffe für den Transport des benötigten Rohstoffes und dann der Fertigprodukte.

Das zu Beginn des 19. Jahrhunderts aufkommende Gaslicht ermöglichte, daß auch abends und sogar nachts gearbeitet werden konnte. Allerdings war diese Beleuchtung noch nicht überwältigend, da es ja erst am Ende des Jahrhunderts den Auer-Glühstrumpf gab und bis dahin der Schmetterlingsbrenner oder der etwas bessere Argandbrenner ihr karges Licht gaben.

Wichtig war es auch den Bildungsstand des Volkes zu heben, das Verständnis des einfachen Arbeiters für die Anwendung der Maschine zu wecken und das technische Wissen zu erweitern. Ebenso wichtig war es aber auch die Technik in ihrer Anwendung aus dem Stadium des reinen Erprobens herauszuholen und in eine wissenschaftlich betriebene Technik überzuleiten. Dies war auch der Anstoß zur Errichtung der polytechnischen Schulen. Frankreich war hier im Jahre 1795 mit der in Paris erbauten École polytechnique vorangegangen. In Österreich wurde zuerst in Prag, 1806, und dann 1815 in Wien ein Polytechnisches Institut eröffnet. Das Prager Polytechnikum entstand auf Initiative von Franz Josef Gerstner, Professor der höheren Mathematik an der Prager Universität.

In Wien wurde 1810 Johann Josef Prechtl beauftragt einen Plan für ein Polytechnisches Institut zu entwerfen. Im Jahre 1814 wird er zum Direktor des im Bau befindlichen Institutes ernannt und am 6. November 1815 wird das Polytechnische Institut in Wien eröffnet. Nach der programmatischen Eröffnungsrede von Prechtl soll seine Aufgabe die einer

Stehende Kondensationsdampfmaschine, 1856 in der Brauerei Anton Dreher aufgestellt (Wien, Technisches Museum)

Erste dampfhydraulische Schmiedepresse der Welt, System John Haswell (Wien, Technisches Museum)

technischen Lehranstalt, eines technisches Museums und einer Akademie der technischen Wissenschaften sein. Bekannte Naturwissenschaftler wurden als Professoren verpflichtet: Technische Chemie lehrte PAUL TRAUGOTT MEISSNER, der durch seine Luftheizungsanlagen bekannt wurde, Mechanik und Maschinenlehre trug JOHANN ARZBERGER vor. Sein Assistent FERDINAND REDTENBACHER wurde später an das Polytechnikum in Karlsruhe berufen, an dessen weiterer Entwicklung er wesentlichen Anteil hatte. Die Leitung der Lehrkanzel für Technologie hatte GEORG ALTMÜTTER, aus dessen Schule der bekannte Technologe KARL KARMARSCH hervorging, der 1830 die Leitung der Polytechnischen Schule in Hannover übernahm. FRANZ ANTON RITTER VON GERSTNER, der Sohn von Franz Josef Gerstner lehrte praktische Geometrie. Er nahm dann 1824 den Bau der von seinem Vater entworfenen Pferdeeisenbahn Linz–Budweis in Angriff. Bedingt durch verschiedene organisatorische und finanzielle Schwierigkeiten konnte er sein Werk allerdings nicht vollenden. Er wurde von MATTHIAS SCHÖNERER abgelöst, der den Bau fertigstellte. Nach einer Besichtigungsfahrt durch Kaiser Franz I. am 21. Juli 1832, wurde am 1. August 1832 der Betrieb auf der Strecke Linz–Budweis für den Güter- und Personenverkehr aufgenommen. Es war dies auf dem Kontinent die erste Eisenbahn auf einer längeren Strecke. 1837 wurde aber mit der Kaiser Ferdinand Nordbahn, auf der Strecke Floridsdorf–Deutsch Wagram, bereits die erste dampfbetriebene Eisenbahn in Österreich in Betrieb genommen.

Sogar schon etwas früher, nämlich 1830, fuhr das erste Dampfschiff der Ersten Donaudampfschiffahrts-Gesellschaft „Franz I." seine Probefahrt von Wien nach Pest. Der Schiffsverkehr über das Eiserne Tor hinaus konnte aber erst ab 1834 bewältigt werden und eröffnete dann die wichtige Handelsverbindung nach dem Osten. Eine für die Schiffahrt überaus wichtige Erfindung wurde von einem Österreicher gemacht: Die Schiffsschraube von JOSEF RESSEL. Wenn seine erste Probefahrt mit der „Civetta" im Jahre 1829 auch mißlang, solag das nicht an dem Schraubenantrieb, der einwandfrei funktionierte, sondern an der mangelhaften Ausführung der Dampfmaschine, an der ein Dampfrohr brach. Josef Ressel brachte seine Erfindung zu seinen Lebzeiten weder einen finanziellen Erfolg noch eine ideelle Anerkennung. Zehn Jahre nach seiner Versuchsfahrt wurde die Schiffsschraube von den Engländern praktisch eingesetzt ohne Ressel zu nennen geschweige denn ihm seine Erfindung abzukaufen.

Die Eisenbahnen und die Dampfschiffe waren somit vorerst die wichtigsten Transportmittel, da ja die Entwicklung des Benzinmotors und damit des Autos erst gegen Ende des 19. Jahrhunderts einsetzte. Nichtsdestoweniger wurden allerdings die Straßen schon früher verbessert und ihr Netz bedeutend erweitert. Auch die Brücken wurden verbessert, neue Konstruktionen kamen zur Anwendung und dabei wurde viel Eisen verwendet.

Der ständig zunehmende Bedarf an Roheisen erforderte eine Ausweitung der Hüttenindustrie. In Österreich wurde relativ lange Holzkohle in den Hochöfen verwendet. Erst 1829 kamen die ersten viel leistungsfähigeren Kokshochöfen in den berühmten Witkowitzer Eisenwerken in Mähren zur Anwendung. Der Bergbau und die Hüttenindustrie waren auch die ersten Industrien, die die Dampfmaschine verwendeten. Die Wasserräder, Windräder und Pferdegöpel verschwanden und machten der viel leistungsfähigeren Dampfmaschine für den Antrieb der Gebläse, der Wasserhaltungsmaschinen und der Personen- und Materialaufzüge Platz.

Da auch im Berg- und Hüttenwesen in Österreich der Bedarf an einer Schule entstand, an der die Erfahrungen weitergegeben und neue Forschungen angestellt wurden, wurde in der Steiermark, im Zentrum der Eisengewinnung, im Jahre 1840 in Vordernberg eine Montanschule eingerichtet, die im Jahre 1849 als „Montanlehranstalt“ nach Leoben verlegt wurde. 1861 erhielt diese Schule dann den Titel „Bergakademie“ und trägt heute den Titel „Montanistische Hochschule“. An der Montanlehranstalt war PETER TUNNER als Professor der Eisenhüttenkunde tätig und befaßte sich besonders mit der theoretischen Untersuchung und den praktischen Verfahren der Stahlbereitung. Er setzte sich mit seinem ganzen Ansehen für die Verwendung des Bessemer Verfahrens in den österreichischen Hüttenwerken ein und so wird 1863 im Werk Turrach, in der Steiermark, die erste Bessemer Birne in Österreich in Betrieb genommen. Peter Ritter von Tunner wurde dafür im Jahre 1868 *das höchste Wohlgefallen in Huldvollster Anerkennung seiner Verdienste* vom Kaiser ausgesprochen.

Ein weiterer Pionier des österreichischen Berg- und Hüttenwesens war PETER RITTER VON RITTINGER. Nach seiner erfolgreichen Tätigkeit in verschiedenen Bergwerksunternehmen kam er als Sektionsrat an das Ministerium für Landeskultur und Bergwesen und schließlich als Ministerialrat an das Finanzministerium, immer aber im Fachgebiet Bergbau tätig. Auf seinen Erfindungen, etwa in den Jahren 1858–1863, basieren auch heute noch viele Aufbereitungsverfahren im Bergbau. Setzmaschinen, Waschtrommeln, Spitzkastenapparat, Verbesserung der Wasserhaltungsmaschinen und Korngrößenbestimmung sind einige dieser Verfahren und Erfindungen.

Atmosphärische Gasmaschine, 1882 von Langen & Wolf in Wien erzeugt (Wien, Technisches Museum)

Um den Bau der großen Dampfmaschinen und besonders der Lokomotiven durchführen zu können, waren eine Reihe neuer Werkzeugmaschinen erforderlich. Ein Beispiel dafür ist die erste dampfhydraulische Schmiedepresse der Welt, die von John Haswell in Wien konstruiert und hergestellt wurde. JOHN HASWELL (1812–1897) war aus England nach Österreich gekommen und leistete hier in seiner neuen Wahlheimat auf dem Gebiet des Lokomotivbaues hervorragendes. Er war der Begründer und Leiter der ersten österreichischen Lokomotivfabrik, die dann später in den Besitz der Südlichen Staatsbahnen überging. Die erwähnte dampfhydraulische Schmiedepresse, die nun im Technischen Museum in Wien steht, ermöglichte erst die Herstellung von Schmiedestücken in der gewünschten Größe und geforderten Güte.

Ein anderer bedeutender österreichischer Industrieller auf dem Gebiet des Maschinenbaues war GEORG SIGL. Geboren in Breitenfurt bei Wien, kam er aus ärmlichen Verhältnissen, lernte Schlosserei, kam nach einigen Wanderjahren 1846 nach Wien zurück und errichtete hier eine Fabrik zur Herstellung von Schnellpressen für den Buchdruck. Bald wechselte er den Standpunkt und errichtete am Michelbeuerngrund eine größere Fabrik und erzeugte nun außer den Schnellpressen auch Maschinen für die Papierfabrikation, für den Banknotendruck und Dampfmaschinen verschiedener Größen. Auch größere Eisenkonstruktionen wie z. B. Eisenbahnbrücken waren in seinem Erzeugungsprogramm. 1857 baute Sigl seine erste Lokomotive, die er „Gutenberg" taufte. Die Probefahrten verliefen ausgezeichnet und damit sollte der heimische Lokomotivbau einen Aufschwung erhalten. Sigl mußte aber noch sehr gegen die ausländische Konkurrenz ankämpfen bis er endlich Aufträge bekam. Dann allerdings war er auch in der Lage die Günther'sche Lokomotivfabrik in Wiener Neustadt zu kaufen. Am 1. März 1870 wurde in seiner Fabrik in Wien die Fertigstellung der 1.000. Lokomotive mit einem Fest gefeiert. Der große Bankkrach im Jahre 1873 macht auch den Sigl'schen Fabriken große Schwierigkeiten. Mit aller Kraft versuchte Sigl seinen 3.700 Arbeitern, davon 1.700 in Wien, den Arbeitsplatz zu erhalten. Leider war das aber nicht möglich und 1875 wurde dann die Wiener Neustädter Fabrik in eine Aktiengesellschaft umgewandelt und damit praktisch Eigentum einer Bank.

Seit jeher war auch die Feinmechanik ein Arbeitsgebiet auf dem in Österreich bemerkenswerte Leistungen hervorgebracht wurden. Auch hier wie auf vielen anderen Gebieten war der Einfluß des Polytechnischen Institutes sehr stark. Das Institut besaß eine von Georg von Reichenbach eingerichtete feinmechanische Werkstätte und stellte Modelle und Instrumente her. Die Verbindung der Professoren des Polytechnischen Institutes mit den Feinmechanikern Voigtländer, Plössl, Kraft und Starke zeitigte die hervorragendsten Ergebnisse. JOHANN FRIEDRICH VOIGTLÄNDER, dessen Vater aus Sachsen nach Wien gekommen war, war so wie sein Vater Optiker und wurde durch seine hervorragenden Operngläser, „Doppel-Theaterperspektive" genannt, berühmt. Noch bekannter aber wurde sein Sohn PETER WILHELM FRIEDRICH VOIGTLÄNDER, der 1837 den väterlichen Betrieb übernahm und gemeinsam mit Professor Josef Petzval die erste Porträtkamera entwickelte mit der man Aufnahmen mit einer Belichtungszeit kürzer als eine Minute – was damals eine Sensation war – machen konnte.

Professor ETTINGSHAUSEN hatte in Paris den Bericht Aragos über die Erfindung Daguerres in der Akademie der Wissenschaften gehört und sich sehr genau unterrichtet. Das Objektiv der Daguerre-Kamera schien ihm zu lichtschwach und zu sehr mit Abbildungsfehlern behaftet. Er besprach das Problem mit Professor JOSEF PETZVAL, der an der Universität Wien Mathematik lehrte. Petzval versuchte nun durch mathematische Berechnung ein lichtstärkeres und besser zeichnendes Objektiv zu gewinnen. Dies war ein Unterfangen, das vor ihm noch niemand versucht hatte. Petzval bekam zehn Soldaten des Bombardierkorps, die mathematisch geschult waren, als Gehilfen zur Verfügung. Die Berechnungen dauerten trotzdem mehrere Monate bis zum Mai 1840. Voigtländer fertigte das errechnete Objektiv an, das Ergebnis war ein Porträtobjektiv mit der für die damaligen Zeiten ungeheuren Lichtstärke von 1 : 3,7, also sechzehnmal lichtstärker als das Objektiv der Daguerre-Kamera. Voigtländer fertigte eine zylindrische Messingkamera, bei der Mattscheibe und somit auch das Bild rund waren. Diese Kamera war ein voller Erfolg.

Petzval hatte es allerdings unterlassen mit Voigtländer einen Vertrag abzuschließen und war mit dem finanziellen Erfolg unzufrieden. Es kam zu Unstimmigkeiten und zur Beendigung der Zusammenarbeit. Petzval arbeitete dann einige Zeit später mit dem Optiker Carl Dietzler zusammen an der Herstellung seiner Objektive. Voigtländer übersiedelte mit seiner Firma nach Braunschweig und erzeugte dort das von Petzval berechnete „Orthoskop". Petzval hatte mit der Zusammenarbeit mit Dietzler auch kein Glück, die Firma ging in Konkurs.

In Zusammenhang mit den Petzval'schen Objektiven ist auch der Wiener Mediziner und Naturwissenschaftler JOHANN AUGUST NATTERER (1821–1900) zu nennen, dem es zusammen mit seinem Bruder Josef Natterer gelang die Empfindlichkeit der Daguerrotypieplatten so zu erhöhen, daß es ihm mit dem lichtstarken Petzval-Objektiv gelang eine Momentaufnahme zu machen. Bekannt ist seine Aufnahme der Fronleichnamsprozession auf dem Josefsplatz im Jahre 1841, die die erste bekannte Momentaufnahme von Menschen darstellt.

Ein Vertreter der Wiener Optik und Feinmechanik, der durch seine Erzeugnisse weit über die Grenzen Österreichs hinaus berühmt wurde, war GEORG SIMON PLÖSSL. 1794 in Wien geboren, erlernte er ab 1812 bei Johann Friedrich Voigtländer das Optikerhandwerk und war dann noch als Geselle bis 1823 bei ihm tätig. Dann machte er sich selbständig und baute zuerst Mikroskope, und zwar große Mikroskope, Reisemikroskope und sogenannte Zirkelmikroskope. In Zusammenarbeit mit Prof. JOSEF LITTROW, dem Direktor der Wiener Sternwarte, entwickelte er dann auch noch ein sogenanntes dialytisches Fernrohr, das er in den verschiedensten Größen herstellte. Beide Instrumente Plößls, sowohl seine Mikroskope als auch die dialytischen Fernrohre, waren wegen ihrer Präzision in Fachkreisen berühmt und wurden in ganz Europa gerne gekauft. Aus dem Bereich der Optik sind auch zwei Vorläufer der Kinematographie zu nennen. SIMON STAMPFER, Professor für praktische Geometrie am Polytechnischen Institut in Wien, entwickelte die „stroboskopischen Scheiben", die auch unter der Bezeichnung „Lebensrad" bekannt sind. Auf einer Scheibe werden außen herum der Ablauf einer Bewegung z. B. der Vogelflug, in den zeitlich aufeinander folgenden Bewegungsphasen gezeichnet. Rotiert diese Scheibe und werden die Bilder durch eine mitrotierende Scheibe mit Sehschlitzen betrachtet, so hat man den Eindruck eines bewegten Bildes.

Stampfer hat 1833 ein Privileg auf diese Erfindung erhalten. FRANZ FREIHERR VON UCHATIUS verbesserte dann diese Erfindung und konstruierte einen Bildwerfer, der nach dem gleichen Prinzip für gezeichnete Diapostive arbeitete und Laufbilder an die Wand projizieren konnte. Franz Freiherr v. Uchatius wurde vor allem durch die Entwicklung der nach ihm benannten Uchatiusbronze für Geschütze berühmt. Seine Erfindung der Laufbildprojektion wurde nicht weiter verwertet.

Die Zeit der Mechanisierung und Technisierung drängte aber auch Handwerker dazu Konstruktionen von Maschinen zu erfinden, die die manuelle Arbeit erleichtern sollten. Die beiden bekanntesten Beispiele sind wohl der Schneidermeister JOSEF MADERSPERGER der 1815 ein Privileg auf eine Nähmaschine erhielt und der Tiroler Zimmermann PETER MITTERHOFER, der in den Jahren 1864–1869 vier Schreibmaschinen konstruierte.

Beide Erfindungen wurden allerdings in Österreich nicht ausgewertet und an beiden vollzog sich das

Erste in Österreich gebaute Bessemerbirne (1863) aus Turrach in der Steiermark (Wien, Technisches Museum)

vielzitierte österreichische Erfinderschicksal, was so viel bedeutet, daß wohl die geistige, erfinderische Arbeit geleistet wurde, die Erfolge aber – sei es nun in Kenntnis dieser Erfindungen oder in Unkenntnis, das sei dahingestellt – andere verzeichnen konnten.

Während die erste serienmäßige Nähmaschine von dem Amerikaner Howe hergestellt wurde, war dies bei den Schreibmaschinen der Amerikaner Sholes, dessen „Remington Typewriter" von der bekannten Waffenfabrik Remington gebaut wurde.

Ein wesentlicher Punkt wird daraus erkennbar: Wenn eine Erfindung gelingt und verwertet werden soll, dann genügt es nicht nur die Idee zu haben und ein funktionsfähiges Modell zu bauen, sondern dann beginnt erst der dornenvolle Weg die Erfindung produktionsreif zu machen. Dazu gehört nicht nur große Zähigkeit und Ausdauer sondern auch ein Geldgeber, womöglich ein Industrieller, der gewillt ist das Risiko einzugehen in eine Sache Geld zu investieren, bei der man am Anfang nicht weiß, ob sie auch ein kaufmännischer Erfolg wird. Ob es nun an dem Wollen oder an dem Können in Österreich gefehlt hat, ist nicht mehr zu beurteilen.

Mitterhofer bekam jedenfalls für sein viertes, am besten ausgeführtes Modell 200 Gulden aus der Privatschatulle des Kaiser Franz Joseph I. als Anerken-

Modell eines stetig wirkenden Setzrades (Wien, Technisches Museum)

Letztes Modell der Mitterhofer'schen Schreibmaschine, 1869 von Kaiser Franz Joseph I. angekauft und dem Polytechnischen Institut übergeben (Wien, Technisches Museum)

nung für seine Leistung; das Modell blieb im Polytechnischen Institut und befindet sich jetzt im Technischen Museum. Auch das letzte Modell Maderspergers ging wahrscheinlich als Geschenk an das Polytechnische Institut. Jedenfalls ist das Schlagwort vom österreichischen Erfinderschicksal nicht völlig aus der Luft gegriffen. Umsomehr sind die vielen großen technischen Leistungen zu bewundern, die hier in Österreich doch vollbracht wurden.

Eine dieser beispielgebenden Taten war die Fabriksgründung MICHAEL THONETS in Wien, der Grundstein für eine Industrie, deren Erzeugnisse in der ganzen Welt großen Anklang fanden. Michael Thonet, gebürtiger Rheinländer, kam auf Wunsch von Metternich nach Wien und gründete hier 1849 eine Möbelfabrik zur Erzeugung von Bugholzmöbel. Thonet hatte hier in Wien ein Privileg für sein Verfahren verliehen bekommen.

Die Nachfrage nach den Bugholzmöbeln (Sesseln, Schaukelstühle, Tische und Sitzbänke) war so groß, daß schließlich weitere Fabriken gegründet wurden, die dann von seinen Söhnen übernommen wurden. 1856 und 1860 entstanden zwei Fabriken in Mähren und 1865 eine Fabrik in Ungarn. Verkaufsniederlassungen gab es in fast allen Großstädten des europäischen Kontinents. Thonetmöbel werden auch heute noch bewundert und immer wieder in Ausstellungen gezeigt. Im übrigen besteht die Firma in veränderter Form auch heute noch.

Ein anderes Unternehmen das Weltruhm erlangte war die Bleitstiftfabrik von JOSEF HARDTMUTH. In der bereits 1804 in Wien errichteten ersten Fabrik erzeugte Hardtmuth aus heimischen Rohstoffen keramische Graphitminen und stellte damit Bleistifte her. Die Fabrik wurde dann 1847 von seinen Söhnen nach Budweis verlegt, wo schließlich der weltberühmte „Koh-i-noor"-Bleistift entwickelt wurde. Auch diese Fabrik besteht heute noch, das heißt sie konnte 1951 ihre Produktion auf österreichischem Gebiet wieder aufnehmen.

Auch ein anderes großes Industrieunternehmen hatte seinen Ursprung in den Anfängen des 19. Jahrhunderts genommen: JOHANN NEPOMUK REITHOFFER, geboren 1781 in Mähren, erlernte das Schneiderhandwerk, ging auf die Wanderschaft, eignete sich in Paris chemische Kenntnisse an und kam 1805 wieder in seine Heimat zurück und arbeitete in Nikolsburg als Schneider. Er machte Versuche mit dem Wasserdichtmachen von Stoffen und erhielt darauf auch ein Privileg. Weil er mit der Schneiderzunft in Nikolsburg Schwierigkeiten hatte, verlegte er seinen Wohnsitz und seine Werkstätte nach Wien-Rossau. Zusammen mit einem August Purtscher erhielt er ein Privileg auf die Erzeugung elastischer Schnüre und Gewebe und 1831 ein weiteres Privileg auf die Verarbeitung von Kautschuk. Er errichtete zunächst eine kleine Fabrik in Wimpassing, in der er Hosenträger, Bandagen, Mieder und Schuhe aus Kautschuk herstellte. 1853 übergab er das Unternehmen seinen Söhnen. Das Erzeugungsprogramm wurde erweitert und auf andere Kautschukartikel ausgedehnt. Mit dem Aufkommen des Autos wurde auch die Produktion von Autoreifen aufgenommen. Aus der Fabrik in Wimpassing entstanden die Semperitwerke, in denen die Firma Reithoffer auch heute noch als Verkaufsorganisation enthalten ist.

Besondere Bedeutung für Österreichs Wirtschaft hat im 19. Jahrhundert auch die Erzeugung und der Export von Zündhölzern. Insbesondere STEPHAN RÖMER, dem man die Erfindung der Phosphorzündhölzer zuschreibt – er erhielt dafür am 4. 1. 1834 ein Privileg verliehen – und später dann die Unternehmer BERNHARD FÜRTH, A. M. POLLAK und JOHANN PRESHEL waren dafür ausschlaggebend. Einen besonderen Aufschwung erlebte die Zündholzindustrie und damit der Export in den Jahren 1850 bis 1860. 1860 wurde übrigens Pollak von Kaiser Franz Joseph I. das goldene Verdienstkreuz mit Krone verliehen und 1869 wurde er in den Ritterstand erhoben. Zu den genannten Firmen kam dann noch die bekannte Firma POJATZI als bedeutender Exporteur für Zündhölzer dazu.

Eine entscheidende Wendung in der Fabrikation der Zündhölzer brachte die Entdeckung der Umwandlung des giftigen weißen Phosphors in den ungiftigen roten Phosphor durch den Professor für Chemie am Polytechnischen Institut ANTON SCHRÖTTER V. KRISTELLI. Am 9. 12. 1847 wurde diese Entdeckung der Österreichischen Akademie der Wissenschaften vorgelegt. Nur allmählich erfolgte aber die Umstellung von den Phosphorstreichhölzern alten Typs auf die Streichhölzer mit rotem Phosphor. Es kam dann so, daß mit dem Aufkommen der sogenannten Sicherheitsstreichhölzer die Vorrangsstellung auf dem Gebiete der Zündholzerzeugung an Schweden überging.

War die Dampfmaschine ausschlaggebend für die Entwicklung der Eisenbahn und der Dampfschiffe und war sie für Fabriken und Großwerkstätten sehr gut geeignet, so kam sie für kleinere Gewerbebetriebe nicht in Frage. Da konstruierte der französische Mechaniker Lenoir einem Gasmotor und Eugen Langen und Nikolaus Otto entwickelten 1867 einen atmosphärischen Gasmotor, der in ihrer Fabrik in Köln erzeugt wurde. Dieser Motor war ziemlich betriebssicher, allerdings nicht sehr stark dafür aber ziemlich laut. Er wurde viel in kleineren Betrieben verwendet, bis es dann 1876 N. OTTO gelang einen Gasmotor im Viertaktverfahren zu konstruieren. Bei diesem Motor erfolgte die Zündung im Zeitpunkt der Verdichtung des Gasgemisches und war so konstruiert, daß der Explosionsdruck die Arbeit leistete und nicht so wie bei den atmosphärischen Maschinen der äußere Luftdruck. Dadurch konnte eine viel größere Leistung bei geringerem Gasverbrauch erzielt werden. Diese Erfindung war dann richtungsweisend für den weiteren Bau von Verbrennungsmotoren. Vorderhand waren die Motoren allerdings noch stationär und wurden, wie schon erwähnt mit Leuchtgas betrieben. Woher nahmen die Betriebe das Leuchtgas?

JOHANN JOSEF PRECHTL, der Direktor des Polytechnischen Institutes, hatte mit Professor ARZBERGER bereits 1816 im Institut eine Anlage zur Erzeugung von Steinkohlengase aufgebaut. Damit wurde zuerst die mechanische Werkstätte, später die Stiegen, Gänge und Büros beleuchtet. Aus den Erfahrungen, die mit dieser Anlage gewonnen wurden, schrieb Prechtl im Jahre 1817 eine *Anleitung zur zweckmäßigen Einrichtung des Apparates zur Beleuchtung mit Steinkohlengas.* Ein Jahr später baute J. Prechtl in den Kasematten der Stadtmauer beim Kärntnertor eine Kohlengaserzeugungsanlage ein, mit der die Krugergasse und die Walfischgasse mittels Gaslaternen beleuchtet werden konnte. Es war dies die erste Anlage zum Beleuchten öffentlicher Plätze mit Leuchtgas auf dem Kontinent. In London gab es Gasbeleuchtung schon etwas früher, da wurde nämlich bereits 1813 die Westminsterbrücke mit Gaslicht erhellt.

Nach diesen ersten Versuchsanlagen dauerte es immerhin noch bis 1839 bis in Wien eine „Österreichische Gesellschaft zur Beleuchtung mit Gas“ eine Gaserzeugungsanlage in der Roßau baute. Inzwischen hatte aber in Fünfhaus eine englische Gesellschaft, die Imperial Continental Gasgesellschaft, auch ein Gaswerk errichtet und verlegte – mit Genehmigung der Behörden – ein größeres Rohrnetz in mehreren Straßenzügen. Obwohl die österreichische Gesellschaft noch ein zweites Gaswerk in der Nähe des heutigen Südbahnhofes erbaute, konnte sie sich gegen die Imperial Continentale Gasgesellschaft nicht durchsetzen und überließ ihre Rechte dem englischen Unternehmen. Mit einem vorerst zehnjährigen Vertrag wurde dieser englischen Gesellschaft von der Stadtverwaltung im Jahre 1845 die Besorgung der Straßenbeleuchtung in Wien übertragen. Dieser Vertrag wurde mehrere Male verlängert und endete erst am 31. Oktober 1899 mit der Inbetriebnahme des städtischen Gaswerkes in Simmering.

Für den Einbau von Verbrennungsmotoren in selbstfahrende Fahrzeuge mußte erst eine brauchbare mobile Gaserzeugung gefunden werden. Man fand sie in der Vergasung von Benzin zu einem Benzin-Luftgemisch, das genau so explosibel war wie das Leuchtgas-Luftgemisch.

Eine ganze Reihe von Versuchen wurden gemacht, um Verbrennungsmotoren in Fahrzeuge einzubauen. Auch von dem Wahlösterreicher SIEGFRIED MARCUS wurde mit einem sogenannten direkt wirkenden Motor, also einem atmosphärischen Motor, dessen Funktion nicht mehr sicher feststellbar ist, 1870 ein sehr primitiver Versuchswagen gebaut, der nicht erhalten geblieben ist. Der Durchbruch gelang erst CARL BENZ, der einen Ottomotor in seine drei- und vierrädrige Wagen einbaute (1885). Das als Marcus-

Prunkküchenwaage für Kaiserin Elisabeth (1877), der Gewichtssatz im metrischen System (Wien, Technisches Museum)

Schaukelstuhl, Fabrikat Thonet, aus dem Jahr 1860 (Wien, Technisches Museum)

Wagen bekannte Fahrzeug, das jetzt im Technischen Museum in Wien steht, wurde wahrscheinlich erst 1888 fertig. Wie sah es nun mit dem bald sehr begehrten Erdöl in Österreich aus? In Galizien, das seit 1773 zu Österreich gehörte, fand man schon vor mehreren Jahrhunderten frei austretendes „Bergöl", das zu medizinischen Zwecken und zum Imprägnieren und Abdichten verwendet wurde. Man fing auch an 2–3 m tiefe Gruben zu graben um mehr von dem „Bergöl" zu erhalten.

Ein Apotheker IGNAZ LUKASIEWICZ kam auf die Idee dieses Bergöl zu destillieren und erhielt dabei ein ziemlich brauchbares Petroleum; konstruierte eine entsprechende Lampe und wurde so zum Erfinder der ziemlich lange in Gebrauch stehenden Petroleumlampe.

Für die leichtflüchtigen Anteile, die bei der Destillation gewonnen wurden, hatte man vorerst noch wenig Verwendung.

In Drohobycz entstand etwa 1853 eine Destillieranlage in der Naphta (= Benzin), Solaröl (= Petroleum) und Schmieröl aus dem gelieferten Bergöl gewonnen wurde. Zu dieser Zeit wurden Schächte gegraben und das sich sammelnde Erdöl abgeschöpft. Etwa 1860 begann man auch in Galizien Erdölbohrungen durchzuführen. Das am meisten geschätzte Produkt war aber vorderhand noch das Petroleum, das zur Beleuchtung benötigt wurde. Erst gegen Ende des Jahrhunderts sollte dann das Benzin als Treibstoff für die Verbrennungsmotoren der Kraftfahrzeuge seine vorrangige Bedeutung erlangen.

Eine für alle Bereiche der Technik überaus wichtige Entscheidung wurde im Laufe des 19. Jahrhunderts getroffen, auf die etwas näher eingegangen werden muß. Man bemühte sich eine Vereinheitlichung der Maßsysteme zu erreichen, um in der Technik international Vergleiche – zum Beispiel von Motorleistungen – durchführen zu können. Die Vorbedingung war durch die Festlegung des Meters als zehnmillionster

Druckpresse (Kniehebelpresse), Fabrikat G. Sigl, Wien–Berlin, 1872 (Wien, Technisches Museum)

Teil eines Erdmeridianquadranten durch ein Dekret Ludwig XVI. am 16. März 1791 gegeben. Aber erst bei der Weltausstellung in Paris 1867 wurde ein Fachkomitee gegründet, das die Einführung des metrischen Systems allen Staaten empfohlen hat. Im August des Jahres 1870 tagte dann in Paris die „Internationale Meterkommission", bei der die Länge des Meters endgültig festgelegt und durch ein Vergleichsmeter aus einer Speziallegierung archiviert wurde. Darnach führten eine ganze Reihe von Staaten in ihrem Bereich das metrische Maßsystem ein. In Österreich geschah dies durch das Gesetz vom 23. Juli 1871. Eine Kuriosität am Rande: Für die rasche Popularität des metrischen Maß- und Gewichtssystem in der österreichisch-ungarischen Monarchie sorgte ein Kochbuch von Katharina Prato, in dem erfreulicherweise die Rezepte bereits mit den neuen Hohl- und Gewichtsmaßen angegeben waren.

Wenn wir die Entwicklung der Technik im 19. Jahrhundert in Österreich betrachten, dann stoßen wir immer wieder auf die richtungsweisende Rolle des Polytechnischen Institutes oder genauer gesagt der dort tätigen Professoren.

Der Organisationsplan des Polytechnischen Institutes – entworfen von J. J. Prechtl – übertrug diesem Institut auch Gutachterfunktionen in technischen Belangen. Dementsprechend wurde dann vom Kaiser Franz I. im Jahre 1817 eindeutig festgelegt, daß bei den Beurteilungen der Privilegien das Polytechnische Institut beizuziehen sei. Die Privilegien waren die Vorläufer der Patente, räumten dem Erfinder verschiedene Rechte ein und wurden durch das Privilegiengesetz im Jahre 1810 festgelegt. Patente gab es erst ab 1899 mit der Festlegung des Anspruchs des Urhebers einer Erfindung auf die Patenterteilung.

Die Berichte über die Privilegien wurden in den von J. J. Prechtl herausgegebenen Jahrbüchern des Polytechnischen Institutes veröffentlicht.

Als im Jahr 1848 J. J. Prechtl die Direktionsgeschäfte zurücklegte und sich zur Ruhe setzte und auch durch die unsichere politische Lage, war leider bis etwa 1858 ein Rückgang in der Aktivität des Polytechnischen Institutes zu verzeichnen.

Zu einem neuen Aufschwung kam es dann mit der Verwirklichung des neuen Organisationsplanes, der am 17. Oktober 1865 von Kaiser Franz Joseph I. genehmigt wurde und der im wesentlichen das Polytechnische Institut in eine Technische Hochschule umwandelte.

Die Erfolge der Industrie und der Fortschritt der Technik im 19. Jahrhundert waren nicht zuletzt das Ergebnis einer wissenschaftlich betriebenen Technik an den polytechnischen Instituten beziehungsweise an den Technischen Hochschulen in ganz Europa.

Literatur (in Auswahl):

Baier, Wolfgang, Quellendarstellung zur Geschichte der Fotografie, 1981. – Blätter für Technikgeschichte, hg. vom Technischen Museum in Wien, Heft 16, 19, 20, 22, 24, 25, 26, 27, 29, 31, 35, 36/37 und 41/42/43. – *Goldbeck, Gustav,* Siegfried Marcus, Erfinderleben, XXXX. – *Habacher, Maria,* Österreichische Erfinder, XXXX – 50 Jahre Städtisches Großgaswerk Wien-Simmering, XXXX. – *Klemm, Friedrich,* Geschichte der Technik, 1954. – *Kurzel-Runtscheiner, Erich,* Erfindungen aus Österreich, XXXX. – *Lechner, Alfred,* Geschichte der Technischen Hochschule in Wien (1815–1940), XXXX. – *Tillmanns, Urs,* Geschichte der Fotografie, 1981.

Margarethe Kuntner

ZUR GESCHICHTE DER PHOTOGRAPHIE

Als im Jahr 1848 die Regierungszeit von Kaiser Franz Joseph I. begann, konnte die Photographie auf ein fast 10jähriges Bestehen zurückblicken.

Der Universitätsprofessor Dr. ANDREAS RITTER V. ETTINGSHAUSEN (1796–1875) war am 19. März 1839 bei jener Sitzung der Akademie der Wissenschaften in Paris anwesend, auf der Louis Jacques Mandés Daguerre (1787–1851) seine Erfindung durch den Physiker D. F. J. Arago bekanntgeben ließ. Auf der Rückreise von Paris nach Wien suchte er den österreichischen Staatskanzler, Clemens Wenzel Lothar Fürst Metternich-Winneburg (1773–1859) in seinem Schloß in Johannesberg am Rhein auf, um ihm Bericht zu erstatten. Bei dieser Gelegenheit probierte er das neue Verfahren aus, in das ihn Daguerre persönlich eingeweiht hatte. Nach Wien zurückgekehrt, brachte er eine Daguerre-Kamera in die sogenannte „Fürstenhof-Runde" mit, die sich regelmäßig in dem Atelier des Malers Carl Schuh († 1863) traf. Diesem Kreis, der vor allem aus Wissenschaftern und Künstlern bestand, gehörten neben Ettingshausen und Schuh u. a. noch der Mathematikprofessor DR. JOSEPH PETZVAL (1807–1891), der Anatomieprofessor JOSEPH BERRES (1796–1844), der Optiker PETER WILHELM FRIEDRICH VOIGTLÄNDER (1812–1878), der Assistent und Bibliothekar am k. k. Polytechnischen Institut ANTON GEORG MARTIN (1812–1882), FRANZ KRATOCHWILLA, die Brüder JOSEPH (1819–1862) und JOHANN (1821–1900) NATTERER an, alles Männer, die sich später um die Photographie große Verdienste erwerben sollten.

Heute kann man sich kaum mehr vorstellen, welchen Umsturz die Erfindung der Daguerreotypie mit sich brachte. Die Maler fürchteten brotlos zu werden, da sie für die Anfertigung einer Skizze einige Stunden benötigten, während eine Daguerreotypie in einigen Minuten entstand. Sie erkannten jedoch bald die Vorteile dieses neuen Mediums und machten es sich zunutze, indem sie Daguerreotypien als Vorlage für ihre Bilder verwendeten.

Das Aufnahmematerial für eine Daguerreotypie bestand aus einer versilberten Kupferplatte, die durch Einwirkung von Joddämpfen lichtempfindlich gemacht wurde. Nach der Belichtung in der Kamera entwickelte man das auf der Platte befindliche latente Bild mit Quecksilberdämpfen und fixierte es anschließend mit Fixiernatron oder Zyankali. KRATOCHWILLA nahm statt Silberjodid andere Silberhalogenide, wodurch er die Empfindlichkeit der Platte erhöhen konnte. Auf dieser Methode aufbauend, verwendeten die Brüder NATTERER (Josef war Naturwissenschafter und Forschungsreisender, Johann war Arzt) Silberbromid und konnten damit die Belichtungszeit unter Verwendung des Petzval'schen Objektivs auf eine Sekunde senken. Sie machten 1841 mit dieser Methode die ersten „Sekundenbilder" von einer Fronleichnamsprozession auf dem Josefplatz in Wien.

PETZVAL hatte schon 1840 versucht, die Belichtungszeit von der optischen Seite aus zu senken. Er berechnete ein Objektiv, das nach unserer heutigen Bezeichnung die Lichtstärke von ungefähr 1 : 3,5 hatte und verbesserte damit die Leistung des von Chevalier für Daguerre hergestellten Objektivs um das Zwanzigfache. VOIGTLÄNDER erzeugte dieses Versuchsobjektiv und baute gleichzeitig seine erste Kamera, das bekannte Modell aus Metall. Die Präzision und Güte, mit der er die weiteren Objektive von Petzval erzeugte, begründeten den guten Ruf seiner Firma.

JOSEPH BERRES gelang es bereits 1840 Daguerreotypien zu ätzen und davon Drucke herzustellen. Er hat seine Erfindung, die er „Phototyp" nannte, in einer Schrift festgehalten.

Die berufsmäßigen Daguerreotypisten zogen von Land zu Land, wohnten in Gasthöfen und übten ihr Gewerbe im Freien aus. Um seßhaft zu sein, gab es für sie nicht genügend Arbeit. Eine Daguerreotypie war eine ziemlich kostspielige Angelegenheit, die sich nur begüterte Kreise leisten konnten. Durch die Annoncen, welche sie in den Zeitungen aufgaben, kann man ihren Weg noch heute verfolgen. Reisen nach dem Norden, nach Rußland und in die Türkei waren zu dieser Zeit keine Seltenheit.

Brüder Joseph und Johann Natterer, Fronleichnamsprozession auf dem Josephsplatz in Wien, 1841, eine der beiden ersten „Sekundenbilder". Daguerreotypie. (Wien, Sammlungen der Höheren Graphischen Bundes-, Lehr- und Versuchsanstalt)

Joseph Petzval, er berechnete 1840 ein Objekiv mit der Lichtstärke von 1 : 3,5

Die Daguerreotypie mußte – zuerst zögernd, um 1860 aber endgültig – anderen Verfahren weichen.

William Henry Fox Talbot (1800–1877) hatte sich schon lange mit photographischen Experimenten beschäftigt. Er trat mit seinen Ergebnissen jedoch erst nach Bekanntwerden der Daguerreotypie an die Öffentlichkeit. Sein Verfahren war nicht so brillant und wurde daher auch nicht so beachtet. Von seinen, mit Hilfe der Camera obscura auf durchscheinendem Papier erzeugten Negativen konnte man beliebig viele Abzüge herstellen, während eine Daguerreotypie immer ein Unikat blieb. Talbot selbst nannte sein Verfahren „Kalotypie“, doch bürgerte sich, ihm zu Ehren, die Bezeichnung „Talbotypie“ ein. Diese Methode konnte sich erst durchsetzen, als die Photographen begannen, ihre Porträts zu kolorieren. In Wien waren es um 1847 Franz Adler (1828–1893), Gottlieb B. Reiffenstein (1822–1885) sowie Rudolf Gaupmann (1815–1877) & G. Fischer, die sich auf diesem Gebiet einen Namen machten. Leider sind von ihnen nur noch wenige Arbeiten erhalten geblieben, die sich außerdem in keinem guten Zustand befinden. Erwähnenswert ist Albin Mutterer (1806–1873), der zuerst daguerreotypierte, sich aber dann dem Negativverfahren zuwandte. Er verbesserte seine unscharfen Papierkopien durch Retusche und Kolorierung. Traurige Berühmtheit erlangte er dadurch, daß er Verstorbene, die er in seinem Atelier photographierte, durch Einzeichnen von Augen und sonstiger Retusche „wie nach dem Leben“ gestaltete. Diese Methode wurde ihm aber aus gesundheitlichen Gründen polizeilich verboten.

Mit der Erfindung des Kollodiumverfahrens im Jahr 1851 durch den englischen Bildhauer und Photographen Frederick Scott Archer (1813–1851) war die Entwicklung der Photographie wieder ein Stück fortgeschritten. Kollodium wurde auf eine Glasplatte gegossen und durch Bewegen derselben gleichmäßig verteilt. Dann mußte sie lichtempfindlich gemacht, anschließend gleich belichtet und entwickelt werden. Die sogenannte „Nasseplatte“ hatte gegenüber dem Daguerreotyp- und Talbotyp-Verfahren den Vorteil, daß sie wesentlich kürzer belichtet werden mußte. Die Photographen mußten allerdings immer eine Reisedunkelkammer mitnehmen, wenn sie auswärts photographierten. Ein hervorragender Vertreter dieses Verfahrens war der Mariazeller Photograph Nikolaus Kuss (1825–1892). Das Dunkelkammerzelt von 1864 und einige Apparate mit Zubehör sind heute noch im Besitz der Höheren Graphischen Bundes-Lehr- und Versuchsanstalt in Wien.

Hofphotograph Wilhelm Burger (1844–1920), der an mehreren Expeditionen, u. a. auch an der Polarexpedition des Grafen Wilczek, 1872, teilgenommen hatte, verwendete Tannin-Trockenplatten, die er vor der Reise selbst herstellte. Durch den monatelangen Transport trat eine starke Reduktion der Empfindlichkeit ein, sodaß die Platten bis zu eineinhalb Stunden belichtet werden mußten. Aus diesem Grund konnte man letzten Endes doch nicht ganz auf die „Nasseplatte“ verzichten.

Über Ambrotypien, Pannotypien, Melainotypien und Ferrotypien schreibt Hans Frank in seinem Buch „Vom Zauber alter Licht-Bilder“ folgendes: „Auf dem Collodiumverfahren beruhten weitere Techniken, zarte Glasnegative durch einen dunklen Hintergrund als Positive erscheinen zu lassen. So entstanden scheinbare Positive, die in der Zartheit der Zeichnung und Schattierung an die Daguerreotypien herankamen. Ambrotypien wurden entweder mit schwarzem Papier oder Samt hinterlegt oder auf der Rückseite schwarz lackiert; in manchen Fällen machte man auch Aufnahmen auf dunkelrotem Glas; in diesem Fall war kein Hintergrund nötig, doch mußte über das Bild ein Schutzglas gelegt werden, da sich die empfindliche Schicht auf der Vorderseite befand. Außerdem war das Bild seitenverkehrt. Bei den Pannotypien, Bildern auf schwarzer Wachsleinwand oder auf Leder, wurde entweder die Aufnahme auf einer Glasplatte gemacht und die Schicht nachher auf die Wachsleinwand übertragen, oder, was häufiger üblich war, die Leinwand beschichtet und direkt darauf photographiert, in diesem Fall war das Bild natürlich wieder seitenverkehrt. Melainotypien wurden Aufnahmen genannt, bei denen als Unterlage schwarzes Papier verwendet wurde. Ende der fünfziger Jahre kamen aus Amerika Ferrotypien, direkte Aufnahmen auf schwarzlackiertem Blech, wie sie bis zur Jahrhundertwende auf den Rummelplätzen verwendet wurden.“

Der aus Frankfurt am Main stammende in Wien lebende Photograph Emil Rabending (1823–1886) führte 1860 die Negativretusche ein. Bis dahin hatte man sich begnügt, kleine Korrekturen am Positiv vorzunehmen; die Negativretusche brachte es jedoch mit sich, daß besonders beim Porträt ein Verschönerungsprozeß einsetzte, der dem Geschmack des Kunden sehr entgegen kam.

Ein sehr verbreiteter Zweig war die, 1855, von Pierre Michel Lafon de Camarsac (1821–1905) erfundene Photokeramik. Dieses Verfahren bestand aus Übertragen und Einbrennen von Photographien auf Glas, Porzellan und Email. Julius Leth (1829–1903) ist es zu danken, daß dieses Verfahren, das er verbesserte und Pyrophotographie nannte, größere Verbreitung erlangte. Er stellte u. a. ein in Porzellan eingebranntes Porträt vom Kaiser Franz Joseph her, das am 1. September 1871, neben anderen kulturgeschichtlichen Dokumenten, in den Schlußstein des Österreichischen Museums für Kunst und Industrie eingemauert wurde. Er war auch einer der ersten in Wien, der das Magnesiumlicht für photographische Aufnahmen verwendete. Der in Graz lebende Emanuel Mariot (1825–1891) verwendete ebenfalls Magnesiumlicht für seine Aufnahmen, die er um 1868 in der Adelsberger Grotte machte.

Wie schon erwähnt, mußten in der Anfangszeit die Aufnahmen wegen der geringen Empfindlichkeit des Materials im Freien gemacht werden, bei schlechtem Wetter konnte man bestenfalls in Glashäuser ausweichen. Erst um 1850 begannen die Photographen eigene Photoateliers zu errichten. Zu den ersten gehörten die von Albin Mutterer in der Nußdorferstraße und von Emil Rabending in der Taborstraße. Diese Ateliers wurden, um Leben in die Aufnahmen zu bringen, mit gemalten Landschaften, Säulen, Vasen, Vorhängen aus schwerem Stoff und sonstigen Utensilien ausgestattet. Zu den bekanntesten Photographen dieser Zeit zählten, neben den bereits angeführten, Ludwig (1827–1879) und Viktor (1839–1894) Angerer, Andreas Groll (gest. um 1870), Fritz Luckhardt (1843–1894), Carl Mahlknecht (1820–1903), Adele Perlmutter (Atelier Adèle 1845–?), Julius Gertinger (1834/35–1883), Josef Löwy (1835–1902), Joseph Homolatsch (1812–1888) u. a.

Mitte der 50er Jahre bürgerte sich, von Frankreich kommend, das sogenannte Visitformat ein. Es wurde durch Ludwig Angerer besonders gefördert. Die Photographen gestalteten damals die Rückseite ihrer Bilder, unter Einbeziehung des Namens und der Adresse, besonders schön und machten sie dadurch zum Werbeträger für das Atelier. Neben Personen nahm man in späterer Zeit auch Landschaften auf. Es ist anzunehmen, daß sich aus der Visitkartenphotographie unsere jetzige Ansichtskarte entwickelte.

Im Jahr 1861 wurde die „Photographische Gesellschaft in Wien" gegründet. Sie ist nach der englischen (1853) und der französischen (1854) die drittälteste Gesellschaft dieser Art und die älteste im deutschen Sprachraum. Ihr Organ war die ab 1864 von Ludwig Schrank (1818–1905) herausgegebene „Photographische Correspondenz", die über technische, künstlerische und kommerzielle Belange berichtete. Sie ist bis 1971 ohne Unterbrechung erschienen. Anton Martin war ihr erster Präsident. Sein Verdienst liegt jedoch in der Veröffentlichung des ersten deutschen Lehrbuches der Photographie. Es erschien 1846 u. d. T. „Repertorium der Photographie", dem 1848 die „Vollständige Anleitung zur Photographie auf Metall nebst den neuesten Fortschritten der Photographie auf Papier" folgte. 1864 wurde im Dreher'schen Gebäude, Wien, Opernring 8, die erste große Ausstellung dieser Gesellschaft gezeigt. Sie umfaßte über 1.200 Exponate, in der Hauptsache Photographien, aber auch Apparate und Chemikalien.

Seit der Erfindung der Photographie sind die Debatten über den Kunstwert derselben nicht verstummt. Die eigentliche Kunstphotographie begann jedoch erst gegen Ende des 19. Jahrhunderts.

In den letzten Jahrzehnten sind sowohl Photographien als auch Apparate und Objektive zu beliebten Sammelobjekten geworden, die bei Auktionen in Kennerkreisen fast ebenso Beachtung finden wie Gemälde und andere Kunstgegenstände.

Literatur (in Auswahl):

Baier, Wolfgang, Quellendarstellung zur Geschichte der Fotografie, Halle/Saale 1964. – *Berres, Joseph,* Phototyp, Wien 1841. – *Eder, Joseph Maria,* Geschichte d. Photographie, Halle/Saale 1932. – *Frank, Hans,* Vom Zauber alter Licht-Bilder, Wien 1981. – *Zahlbrecht, Robert,* Die Historischen Sammlungen der Graphischen Lehr- und Versuchungsanstalt, Wien 1963.

Günther Hamann

FORSCHUNGSREISEN

Die Vorgeschichte österreichischer Forschungsreisen in ferne Länder reicht weit zurück: Fahrten ins Heilige Land, Hofbeziehungen und Gesandtschaftsreisen nach Rußland, der Türkei, Persien, Ägypten, Brasilien, Missionstätigkeiten in Asien und Amerika, Sammlungsexpeditionen in alle Erdteile und Weltmeere für Hofgärten, Menagerien und Museen haben neben ihrem eigentlichen Zweck immer auch wissenschaftliche Aufgaben wahrgenommen und reiche Forschungserträge gebracht, die in unseren Bibliotheken, Archiven und Museen dokumentiert sind. Daneben lief von der Renaissance bis zu unserem Zeitabschnitt eine ebensolange Reihe individuell motivierter Reisen von Privatgelehrten aus bürgerlichem oder adeligem Milieu, auch aus dem Herrscherhaus. Für unseren Zeitraum kamen zunehmend Initiativen wissenschaftlicher Gesellschaften hinzu, desgleichen als ein neues Motiv die Kombination von Schul- und Übungsfahrten der Kriegsmarine mit Forschungs- und Sammelaufgaben für Hofmuseen, Botanische und Zoologische Gärten, Akademie der Wissenschaften, Universität, Technische Hochschule, Sternwarte, Militärgeographisches Institut, Statistisches Amt, Geologische Reichsanstalt, Nautische Akademie, Ministerien.

Den Höhepunkt dieses vom Ausland vielbewunderten Zusammenwirkens von Marine und Wissenschaft bildete die Weltumsegelung der Fregatte „Novara" vom 30. April 1857 bis zum 30. August 1859 – die letzte globale, klassische Umfahrung der Erde im alten Stil unter gleichzeitiger Verwendung

Anblick von Timbuktu von Norden aus (aus: Oskar Lenz, Timbuktu. Reise durch Marokko, die Sahara und den Sudan, Leipzig 1884, 1. Band, Tafel 115)

moderner Errungenschaften wissenschaftlichen Arbeitens. Die Idee zu dem Unternehmen stammte vom Marine-Oberkommandierenden, dem phantasievollen, wissenschaftsbegeisterten, reisefreudigen jüngeren Bruder Franz Josephs, Erzherzog Ferdinand Maximilian, nachmaligem Kaiser von Mexiko, der von Alexander v. Hügels weltweiten Reisen durch den Orient, Indien, Ostasien, Australien-Ozeanien, Südafrika (1830–37) zusätzlich angeregt worden war – einem jener zahlreichen hochbegabten, liberal gesinnten, aber im Schatten des Kaisers stehenden Mitglieder des Herrscherhauses, die (wie die Erzherzöge Johann, Rainer, Ludwig Salvator, Rudolf) sachkundige Liebe zu den Wissenschaften mit geographischem Weitblick und aktiver Förderung verbanden. Max unternahm 1859–60 mit dem Botaniker-Arzt Heinrich Wawra v. Fernsee und Hofgarteninspektor Maly eine naturkundlich sehr ergiebige Studienreise nach den Atlantischen Inseln, Brasilien und Chile und nahm auch 1864 auf sein Mexiko-Abenteuer Botaniker wie Pater Bilimek oder den Schiffsarzt Paulay mit, um die sich bietenden Gelegenheiten auch für die Wissenschaft zu nützen. Für die Planung und Teilnehmernominierung der „Novara" lud Maximilian die Akademie der Wissenschaften ein (deren Ehrenmitglied er bezeichnenderweise war); außerdem wurden Naturalienkabinette, Geographische Gesellschaft, Gesellschaft der Ärzte, Geologische Reichsanstalt zur Beratung beigezogen. Auch in München, Jena, Berlin, England wurden Ratschläge eingeholt: Liebig, Martius, Haeckel, Carl Ritter, Peters, Ehrenberg, Darwin, Lyell, Murchison, Tyndall (wegen magnetischer Meßinstrumente) wurden eigens aufgesucht, um bestes Gelingen zu verbürgen. Sogar der greise Humboldt wurde ins Vertrauen gezogen: er nahm warmen Anteil an der von ihm mit höchster Anerkennung bedachten Expedition.

Das Kommando erhielt BERNHARD V. WÜLLERSTORF-URBAIR, der als Nautiker auf wissenschaftlich-technischem Gebiet die beste Ausbildung und Praxis und hohes Ansehen besaß (Studium der Astronomie und Geophysik in Wien, Direktor der Marinesternwarte und Professor der Marineakademie in Venedig, Verfasser physikalisch-meereskundlicher Werke über die Adria). So konnte er an Bord die Aufgaben der Ozeanographie, Hydrographie, Meteorologie, Geophysik persönlich übernehmen und die einschlägigen Beobachtungen selbst leiten. Für den Bereich der Mineralogie – Geologie – Paläontologie wurde FERDINAND HOCHSTETTER vorgeschlagen, ein von Haidinger entdecktes und für die Geologische Anstalt gewonnenes, tatkräftiges Spitzentalent im verbindenden Überschauen aller Sektoren und Faktoren der Erdgeschichte und bereits bestens bewährt bei der Aufnahme der Gebirge Böhmens. (Mit seiner nachmaligen Technik-Professur und dortigen Reform dieser Fächer, seinen Gutachten für Lagerstätten und Eisenbahnprojekte in den Kronländern der Monarchie, im Russischen und im Osmanischen Reich, seiner Präsidentschaft der Geographischen Gesellschaft, seinem Ausbau neuer Zweige der Naturgeschichte [wie Vulkanismus- und Erdbebenforschung, Urgeschichte, Anthropologie, Ethnographie], seiner Gründerrolle als erster Direktor des Naturhistorischen Museums, und nicht zuletzt mit seiner einflußreichen Stellung als Lehrer des ihn und sein Wirken vergötternden, naturbegeisterten Kronprinzen Rudolf bewies er später, wie treffsicher man ihn, den frisch Habilitierten ausgewählt hatte.) Für die Zoologie nominierte die Akademie GEORG V. FRAUENFELD, Kustos am Naturalienkabinett, als Gründer der Zoologisch-Botanischen Gesellschaft weiten Kreisen bekannt, sowie den gelehrten Präparator JOHANN ZELEBOR. Die zoologische Ausbeute betrug 26.000 Objekte, dazu tausende Petrefakten. Das Botanisieren besorgte wie immer der Schiffsarzt, EDUARD SCHWARZ. Er gab sich mit ANTON JELINEK unendliche Mühe mit der Anlegung der zahlenmäßig gar nicht ausdrückbaren, immensen Herbarien. Die vor der Erfindung der Photographie so wichtige Rolle des Illustrators übernahm der Landschaftsmaler und Kollege Enders', JOSEF SELLENY, der auch Maximilian auf dessen Brasilienreise begleitete und in Miramar tätig war. Seine später zu Gemälden ausgearbeiteten Zeichnungen von Landschaften und Kunststätten bilden eine präzise Bilddokumentation der Reise. Für Länder- und Völkerkunde und für exotische Handelsbeziehungen wurde ein gelehrter Weltmann typisch altösterreichischer Prägung berufen: KARL V. SCHERZER, ein gründlicher Kenner der Mittelmeerländer und Nord-, Mittel- und Südamerikas (wo er mit dem Biologen MORIZ WAGNER 1852–55 weite Reisen unternahm), Autor einschlägiger Werke, bewährter Handelsdiplomat, Nationalökonom und Wirtschaftsstatistiker, erfolgreich auch als geographisch-kolonialhistorischer Reiseschriftsteller und – wiewohl ein alter „1848er Liberaler“ – sogar bei Hofe geschätzt und als Begleiter Kronprinz Rudolfs für dessen britische Studienreise ausgewählt. Er gehörte auch der Akademie an und war mehrfach Autor für sie. ROBERT MÜLLER stand ihm völkerkundlich-sprachwissenschaftlich zur Seite.

Die Fahrt ging von Pola und Triest über Madeira nach Brasilien und Kapstadt (mit den dortigen berühmten botanischen Gärten), dann weiter zu den einsamen, noch kaum erforschten Inseln St. Paul und Neu-Amsterdam im südlichen Indischen Ozean (mit Kartenaufnahmen und naturhistorischen Untersuchungen, besonders der Vogelwelt), nach Ceylon, an die Koromandelküste (Madras), zu den schon unter Maria Theresia österreichischen Nikobaren (wo nun nautische Aufgaben warteten), nach Singapur, durch die Sunda-See nach Java, zu den Philippinen, nach Hongkong, Kanton, Macao, den Jangstekiang aufwärts, durch das Südchinesische Meer (wo man in einen Taifun mit haushohen Wellenbergen geriet und meisterhaft navigierend die schwersten Tage der Reise bestand), in den Stillen Ozean zu den Marianen, Karolinen und Salomonen (mit lehrreichen Kontakten zu den Eingeborenen), schließlich durch die Korallensee nach Australien und Neuseeland. Dort stieg Hochstetter aus, um sich mit JULIUS V. HAAST der Erforschung der noch wenig erforschten Doppelinsel zu widmen, auf der er mit seinen grundlegenden Arbeiten noch heute als Bahnbrecher ihrer Erschließung verehrt wird. Seine geologisch-physikalischen, geographischen, botanisch-zoologischen Feldarbeiten, die er noch in Südost-Australien fortsetzte, reichten von den Urwäldern bis zu den Gletschergipfeln der Hochgebirge (deren Kartographie noch heute österreichische Bezüge aufweist), von den Minerallagern und heißen Quellen bis zu der seltsamen, unerforschten Flora und Fauna und den ausgestorbenen Riesenvögeln. Auch die Völkerkunde wurde einbezogen: Hochstetter gewann das Vertrauen der kriegerischen Maori-Stämme, die ihn sogar zum Ehrenhäuptling wählten, und bekam so Einblicke in eine bishin verschlossene Welt (ANDREAS REISCHEK und ROBERT V. LENDENFELD setzten später diese „Neuseeland-Tradition" für Österreich fort). Über Tahiti und den Paumotu-Archipel gelangte die „Novara" nach Chile (Valparaiso, mit Santiagobesuch). Hier stieg Scherzer aus, um in handelspolitischer Mission Peru und Zentralamerika zu bereisen und über die Landenge von Panama und die Antillen heimzukehren. Um das (erstmals von Österreichern besuchte) gefürchtete Kap Hoorn ging die Rückfahrt in den Atlantischen Ozean und über die Azoren heim.

Die Expedition hatte zwei Jahre lang regelmäßig nautische, physikalische, erdmagnetische Beobachtungen ausgeführt, einen lückenlosen Schatz meteorologischer und hydrographischer Daten registriert und naturhistorische Aufsammlungen aller Arten vorgenommen. Von den Landungsplätzen wurden Exkursionen ins Landesinnere unternommen. Die Ausbeute konnte in Wien kaum untergebracht werden. Die wissenschaftliche Auswertung lag ebenso wie die Veröffentlichung der Ergebnisse bei der Akademie und für den nautischen Teil beim Hydrographischen Amt. In 15 Jahren wurde von den Autoren unter Mitwirkung der ersten Koryphäen der jeweiligen Fachgebiete mit 21 Bänden die größte Dokumentationsreihe dieser Art vollendet. Sie umfaßte neben den exakten und den biologischen Naturwissenschaften auch den medizinisch-anthropologischen, den völkerkundlich-linguistischen und den statistisch-kommerziellen Bereich und ist, von den Teilnehmern abgesehen, mit Namen wie Ettingshausen, Fenzl, Unger, Fitzinger, Littrow, Hyrtl, Miklosich, Schrötter-Kristelli, Baumgartner (Stifters „Risach"), Sueß, Cajetan Felder, v. Hauer, Hörnes, Steindachner, Zittel, Stoliczka, Zuckerkandl verbunden. Scherzer verfaßte den auch breitere Schichten ansprechenden, von Selleny illustrierten, dreibändigen Reisebericht. Der Widerhall war gewaltig, denn diese konsequent, exakt und diszipliniert durchgehaltene Verknüpfung seemännischer Ausdauer mit wissenschaftlichen Zielen und präziser Bearbeitung der Resultate war einmalig und wurde allenthalben als Glanzleistung eines vollkommen gelungenen Zusammenspiels von Nautik, Kartographie, Naturforschung, Erd- und Völkerkunde und Welthandelsplanung aufgefaßt.

Verstärkte Einsätze der Kriegsmarine für zivile Aufgaben waren die Folge. Die Schiffe hatten detaillierte Beobachtungsserien auszuführen, Sammlungen für die Museen anzulegen und Wissenschaftlern der Hochschulen und anderer Anstalten Gelegenheit zur Mitfahrt in ferne Teile der Erde zu geben. Eine von der Triestiner Handelskammer angeregte, von WÜLLERSTORF-URBAIR durchgeplante Ostasien-Amerika-Expedition hatte auch den Abschluß von Handels- und Schiffahrtsverträgen zum Ziel: 1868 liefen die „Donau" und die „Erzherzog Friedrich" nach Fernost aus. Als Berater der Kommandanten V. PETZ und V. PITTNER und als Vertreter der Regierung fungierte SCHERZER, unterstützt vom versierten Attaché V. RANSONNET. Die Naturwissenschaften vertrat WAWRA V. FERNSEE, der schon 1857–58 auf der „Carolina" Brasilien, die La Plata-Staaten und Angola bereist und 1859–60 mit Maly und Selleny auf Maximilians Südamerikareise reiche Erfahrungen gesammelt hatte. Über das Kapland und Singapur ging es zum Vertragsabschluß nach Siam, dann nach Saigon, Hongkong, Macao, Kanton, Schanghai, Tientsin und Peking, wo die China-Verträge ausgehandelt wurden.

In Japan, das sich eben zu öffnen begann, wurden Nagasaki, Osaka, Jokohama besucht und unter Festlichkeiten im kaiserlichen Palast von Tokio erste, feierliche Kontakte zum Reich der aufgehenden Sonne geknüpft. (Die Ratifizierung erfolgte durch die Ostasienfahrt der „Fasana" 1871–72.) Während die „Erzherzog Friedrich" über Suez zurückkehrte, durchquerte die „Donau" unter schweren Taifunen den Pazifischen Ozean und erreichte über Hawai Amerika, wo Scherzer mit den neuen lateinamerikanischen Staaten Handelsverträge abschloß, während das Schiff über Peru, Chile, Feuerland in den Atlantischen Ozean einfuhr. Neben den Erfolgen für die Welthandelswissenschaften und Technik brachten diese Reisen auch für die Naturwissenschaften wertvolle Ergänzungen zum „Novara"-Programm. 1874–76 unternahm die „Erzherzog Friedrich" unter v. Österreicher und v. Lehnert noch eine Weltumsegelung mit naturhistorischen, astronomischen und sogar kolonialwirtschaftlichen Vorhaben privater Kreise auf Borneo: nach Aden, Sokotra, Ceylon, Singapur, Hongkong, Schanghai, Kobe wurde in Jokohama der Venus-Durchgang vor der Sonne beobachtet und gemessen, in Japan, China und Siam der Kontaktausbau betrieben, von Java aus Indonesien durchkreuzt, Borneo durch die Makassar-Straße, Celebes- und Sulu-See umschifft, und über Sandokan, Labuan, Brunei, Sarawak Singapur erreicht. Erstmals wurden jene Meeresteile auf offener See wie in Buchten und Ankerplätzen exakt vermessen: durch Sondenlinien entlang den Fahrtrouten, Tiefenlotungen, Profile der Küstenstriche, kartographische Aufnahmen der vielen kleinen Inseln, geographische Positionsbestimmungen, Erfassung unbekannter oder unrichtig verzeichneter Bänke, Riffe u. dgl. Eine Fülle von Rektifizierungen und Präzisierungen verbesserte so die Seekarten jenes Raumes und die Britische Admiralität jener ohnehin schon österreichfreundlichen viktorianischen Zeit bedankte sich sehr für die Übermittlung dieser nautisch wertvollen Ergebnisse. Nach Piratenüberfällen (mit Toten und Verletzten) wurde über Singapur und Jokohama der Stille Ozean überquert und über Kalifornien, Chile, die Magellan-Straße und Uruguay Europa erreicht. Die damals von Österreich aus eingeleitete Erforschung und kartographische Aufnahme des Roten Meeres bis Aden (durch die „Narenta" 1869–70), die Westindien-, Mittel- und Südamerikafahrten der „Venus" (1851), „Dandolo" (1869–70 und 1874–75), der „Helgoland" (1872–73), die Afrikaumfahrung der „Helgoland" (1873–75: Suez – Sansibar – Madagaskar – Mauritius – Kapland – St. Helena), die Südamerika-, Kapland-, Westindien-Expeditionen der „Saïda" (1879–80) und der „Erzherzog Friedrich" (1881–82), sowie die Indonesien-, Australien-, Neuseeland-, Salomonen-Expedition der „Helgoland" (1879–80) vervollkommneten jenes globale Programm, bei dem – das ist politisch-historisch bedeutsam – die britischen Stellen überall von nicht zu überbietender Freundlichkeit waren, und bei dem die Schiffe unserer Marine bis 1872 überall, wo deutsche Kaufleute lebten, als die Schiffe der deutschen Großmacht begrüßt und gefeiert wurden.

Hiezu kamen von privater Seite noch die vom Mitbegründer der Tiergeographie, dem Mährer Ludwig v. Schmarda (Professor in Graz, Prag und Wien) mit v. Friedau unternommenen, voll reicher zoologischer Beobachtungen und Sammlungen heimgekehrten Expeditionen um die Welt (1853–57: Ägypten, Ceylon, Kapland, Australien, Neuseeland, Andenländer, Zentralamerika, Antillen, USA, Canada), zu deren Resultaten neue Einsichten in die geographische Verbreitung der Tierwelt zu Wasser wie zu Lande gehörten. Ferner Wawras botanische Weltreisen 1868–69 (Südafrika – Hinterindien – China – Japan – Süd- und Mittelamerika) und 1872–73 (als Begleiter der Prinzen von Coburg), sowie Richard v. Drasche-Wartinbergs geologische Expeditionen nach dem Indischen Ozean mit Réunion und Mauritius, nach den Philippinen und Japan (1875–76) und des Ungarn Johann v. Xanthus' völkerkundlich reiche Sammelreise nach Borneo (1869–71). Eine Forschungsleistung besonderer Art bildeten die meereszoologischen Expeditionen des nachmaligen Leiters des Naturhistorischen Museums, Ferdinand Steindachner, der damals seine weltberühmt werdenden biologischen Küstengewässeruntersuchungen begann: vor Portugal und an den Kanarischen Inseln (1864–1865), in Senegambien (1868–69) und um den amerikanischen Kontinent

Tongariro und Ruapahu vom Berge Ngariha aus gegen Südost gesehen (aus: Ferdinand von Hochstetter, Neu-Seeland, Stuttgart 1863, S. 216)

herum: von Boston südwärts entlang, über Feuerland und Chile bis Kalifornien (1871–73). Die meteorologisch-geophysikalischen Forschungen CARL FRIESACHS in Westindien, Nord- und Südamerika (1856–60); die auch alpinistisch großartigen, von Peru bis Bolivien reichenden Anden-Forschungen KARL WIENERS mit einer großen ecuadorianischen Kordillieren-Überquerung bis ins Amazonas-Becken (1875–79), und RICHARD PAYERS (des Bruders des Polarforschers) Vorstöße in unbekannte Urwaldregionen, seine Amazonas- und Rio Negro-Befahrungen, seine Untersuchungen der „Humboldt"-Wasserscheide zum Orinoko, seine Forschungen am Oberen Amazonas bis in dessen Quellgebiet, seine Profilaufnahmen von Peru bis zum Atlantik (zwischen 1877 und 1897) – all dies soll nur andeuten, wie großartig die Spannweite der geographisch-naturwissenschaftlichen Unternehmungen in der ferneren Übersee während jener politisch eher unerfreulichen Epoche unseres Vaterlands gewesen ist.

Nun zum Orient. Am bedeutendsten wurden dort die ab 1849 vom Wiener Orientalisten, Diplomaten und nachmaligen Handelsminister ALFRED V. KREMER im Auftrag der Akademie der Wissenschaften ausgeführten Reisen in Syrien, Libanon, Ägypten, die ihn neben Fallmerayer, Hammer-Purgstall, Prokesch-Osten zu einem der Begründer unserer Orientalistik werden ließen. Marmara- und Schwarzmeer-Küstenexpeditionen des Montanisten FRANZ FOETTERLE (1858); Visitationsreisen des „austro-persischen" Entwicklungspioniers und Generals ALBERT J. V. GASTEIGER-KHAN durchs iranische Hochland bis Belutschistan (1860–82); die Gründung des „Orientalischen Comités“ der Geographischen Gesellschaft durch JOSEPH ALEXANDER FRH. V. HELFERT (1869); die landeskundlichen Studien Ingenieur ČERNIKS bei den Bahnprojekten in Kleinasien, Syrien, Mesopotamien (ab 1872); die Syrienreisen Konsul ZWIEDINECK-SÜDENHORSTS (1874); die sogar mit einer Demawend-Besteigung verbundenen Persienreisen des Konsuls GUIDO V. CALL-ROSENBURG (1876) sind Beispiele für jene traditionelle österreichische Präsenz im Orient. Einer der vielseitigsten und erfolgreichsten Museums-Forschungsreisenden und Sammler war der Mährer THEODOR KOTSCHY. Er bewies, wie sehr die in unseren Museen angehäuften Schätze das Resultat entbehrungsbereiter Lebensläufe von Idealisten gewesen sind. Schon in den dreißiger Jahren begleitete er JOSEF V. RUSSEGGER auf dessen Reisen von Kleinasien bis in die Nilländer, wo er zweimal sogar bis Kordofan gelangte; Cypern-, Anatolien-, Persien-, Armenien-Reisen folgten; von 1853–62 durchzog er den Kilikischen Taurus, Ägypten, Palästina, Cypern, Kleinasien, Armenien, Kurdistan und (mit dem Botaniker FRANZ UNGER) abermals Cypern und Syrien. Auf Reisen durchs Osmanen-, Khediven- und Perserreich lernte er den Orient von Nordafrika bis ins Hochland von Iran naturhistorisch so eingehend kennen wie keiner vor ihm. Seine Untersuchungen erweiterten und vertieften die Kenntnis von Flora und Fauna des Orients und des Sudans; seine riesigen Herbarien erlangten Weltruf und bereicherten unsere botanischen wie zoologischen Sammlungen auf das kostbarste. Mit seiner systematischen Beobachtungsweise bezüglich der Verbreitungen begründete er die Pflanzen- und Tiergeographie des afro-asiatischen Orients. Mit seinen Kartenverbesserungen, Höhenmessungen und Gebirgsstudien vom Taurus und Libanon bis zum Elbursgebirge (wo er Persiens höchsten Berg, den Demawend, erstieg) wurde er einer der führenden Orographen. Auch die völkerkundlichen Sammlungen erfuhren durch ihn wertvolle Bereicherungen, besonders aus Ägypten, Nubien, dem Sudan. Zahlreiche Publikationen (zum Teil mit Russegger und Unger) dokumentieren sein bahnbrechendes Wirken für die Naturkunde.

In jene Zeit fallen auch die sich dazumal merkwürdig ausnehmenden weltweiten Reisen (1847–58) einer von unersättlichem Fernweh getriebenen, energischen Frau, die mit ihren spannenden Reisebeschreibungen internationale Berühmtheit erlangte: IDA PFEIFFER, geb. Reyer – eine gebildete Dame der Wiener Biedermeiergesellschaft, die mit ihrer unbändigen, waghalsigen Reiselust bereits spätere Emanzipationsbestrebungen vorwegnahm. Mit einer Willenskraft und Unerschrockenheit ohnegleichen besuchte sie alle Erdteile und Weltmeere und beschrieb, scharfsinnig beobachtend, bis ins einzelne alles, was sie sah. Dabei unternahm sie auch Expeditionen in Gebiete, die noch nie ein Weißer betreten hatte. Es begann mit der Türkei, Syrien, Palästina, Ägypten; dann folgten Island, Brasilien, die Andenländer, besonders Chile, der Pazifische Ozean, Tahiti, China, Indien, Persien, Kleinasien, Griechenland; hernach mit Regierungsförderung: Afrika, Indonesien (sogar bis Celebes und zu den Molukken), wo sie im Inneren Sumatras und Borneos in unerforschte, von Kopfjägern bewohnte Urwaldregionen vordrang und sie mutig durchquerte; sodann Australien, der Pazifik, Kalifornien bis Oregon, Peru, Ecuador, Venezuela; zuletzt der Mississippi bis hinauf nach Canada, zu den Großen Seen. Auf ihrer letzten Expedition holte sie sich auf Madagaskar den Tod; sie starb 1858 in Wien. Die Geographischen Gesellschaften in Berlin und Paris erwählten sie zum Ehrenmitglied, Carl Ritter und Alexander v. Humboldt korrespondierten voll größter Hochschätzung mit ihr und Humboldt bewog sogar seinen König, ihr die höchste Auszeichnung für wissenschaftliche Verdienste zu verleihen. Unsere naturhistorischen Sammlungen verdanken ihr wertvollste Bereicherungen.

Besondere wissenschaftliche Traditionen besaß Österreich im Reiche des Khediven; ja es war in Ägypten und dem Sudan neben Frankreich und der zunehmenden britischen Hegemonie sogar die tonangebende europäische Macht – und dabei umso beliebter, als es (wie ja auch beim Suez-Kanalbau mit Negrellis Plänen) keinerlei koloniale Absichten verfolgte. Nach den vom Sinai und Ägypten bis Nubien und Kordofan reichenden, auch Kleinasien, Libanon,

Syrien umfassenden Lagerstättenforschungen des Salzburger Montanisten JOSEF V. RUSSEGGER (1835–41) den gleichzeitigen Kordofan- und Wadaiexpeditionen Ignaz Pallmes und den Aristokratenexpeditionen Colloredo–Neipperg – von der Gablenz am Oberen Nil waren es Missionare, Diplomaten und professionelle Naturwissenschaftler, die ab 1848 den Oberen Nil, Äquatorialafrika und Äthiopien bereisten, was gleichzeitig immer auch kartieren bedeutete. Stützpunkt war dabei das alte österreichische Konsulat in Khartum, aus dessen Rolle sich die Stellung der Monarchie in jenem Teil Afrikas ebenso ablesen läßt wie aus der Maria Theresientaler-Währung in Äthiopien oder aus den zahlreichen Förderungen, die Österreichern immer wieder vom Generalgouverneur Gordon-Pascha zuteil wurden. Die 1853 zur Bekehrung der Neger und zur Bekämpfung des Sklavenhandels gegründete Missionsstation Gondokoro am Oberen Nil (später nach Lado verlegt) förderte jene Forschungen zusätzlich: Der Krainer Pater IGNAZ KNOBLECHER (als Nachfolger des Jesuiten RYLLO apostolischer Generalvikar der unter Kaiser Franz Josephs Protektorat nobel geförderten Missionen im Inneren Afrikas) drang 1849 auf dem Weißen Nil tief nach Süden vor, völkerkundlich sammelnd und einheimische Sprachen erforschend – wie auch die Tiroler Patres JOHANN CHRYSOSTOMUS MITTERRUTZNER (ein Ethnophilologe), FRANZ MORLANG (der bis ins gefürchtete Gebiet der Njam Njam vordrang) und OHRWALDER (der spannend den Mahdiaufstand schilderte). Der 1885 mit Gordon ermordete Südmährer MARTIN LUDWIG HANSAL wirkte als Arabist, Missionslehrer und Konsul in Khartum. Er unternahm 1853–76 teils allein, teils mit den Genannten Forschungsreisen nach der Äquatorialprovinz und besuchte 1861 auch Eritrea. Der von Gordon 1881 zum Gouverneur von Darfur ernannte, bis zum Weltkrieg als Generalinspekteur des anglo-ägyptischen Sudans wirkende Wiener RUDOLF V. SLATIN-PASCHA begann 1875 seine geographisch-ethnographisch-naturwissenschaftlichen Forschungsreisen. Der württembergische, in österreichischem diplomatischem Dienst stehende Orientalist und Zoologe THEODOR V. HEUGLIN, ein guter Landschafts- und Tierzeichner, zog 1852 mit seinem Kollegen KONSTANTIN V. REITZ vom österreichischen Konsulat in Alexandrien durch unbekannte Gegenden am Blauen Nil bis aufs Hochland von Abessinien, nach Gondar, forschte 1853 am Weißen Nil und in Kordofan, 1856 in den Sahara-nahen Bajudasteppen, den Küstenländern am Roten Meer und dem Somaliland, gelangte 1861–62 von Massaua über Adua bis an den Hof des Negus in Magdala und zog 1863 den Bahr-el-Ghasal aufwärts. Der Siebenbürger KARL FRANZ BINDER (Kaufmann in Kairo, Handels- und Karawanenorganisator und Konsul in Khartum) unternahm (auch mit Heuglin und den Missionaren) 1852–62 zahlreiche Expeditionen am Weißen und Blauen Nil. Der 1883 in Khartum verstorbene Wiener Zoologe ERNST MARNO durchforschte im Auftrag der österreichischen Regierung und unserer Geographischen Gesellschaft auf weitausholenden Expeditionen unbekannte Teile Nubiens, der Stromgebiete von Weißem und Blauem Nil, durchkreuzte Kordofan und betrieb mit Hansal und Gordon (der ihm die Gouverneurswürde verlieh) die Bekämpfung des Sklavenhandels, die Hebung des Kulturniveaus der Schwarzen, die Erleichterung für die Flußschiffahrt mittels Sprengung der gefürchteten riesigen Pflanzenbarrieren und dgl. mehr. Durch Gewandtheit im Umgang mit den Eingeborenen verkörperte er jene Spielart des Weißen in Afrika, an die heute viel zu wenig gedacht wird. Die Einladung der International African Association zu einer Tanganjika-Expedition (1877–78) zeigte sein hohes Ansehen im Ausland. Beschlossen sei diese Erinnerung an Österreichs Präsenz in Nordostafrika mit dem Linzer Arzt AUGUST V. GENCZIK am Weißen Nil; dem Naturhistoriker JOSEF NATTERER d. J. in Nubien und dem Sudan (1855–58); Leutnant SCHICKHS Teilnahme an der tragischen Juba-Expedition von der Decken's (1865); Prof. LEO REINISCHS sprach- und kulturhistorischen Expeditionen in Oberägypten, Nubien, Somaliland, Abessinien (1875–79); THEODOR FUCHS' geologischen Forschungen in Ägypten (1876); ANTON STECKERS (eines deutschböhmischen darwinistischen Zoologen) Teilnahme an Rohlf's berühmtem Vorstoß zur libyschen Oase Kufra sowie seinen anschließenden, unter anderem dem Tanasee geltenden Abessinien- und Galla-Forschungen (1878–83); sodann mit den Triestiner Maskat-Sansibar-Somalia-Expeditionen (1869) unter RICHARD BRENNER, der in Aden ein österreichisches Konsulat eröffnete; und nicht zuletzt mit des Naturmalers RICHARD BUCHTA ersten Photographien der Naturlandschaft Ostafrikas, die er mit Gordons und Emin Paschas Unterstützung ab 1877 im Äquatorialsudan und in Uganda anfertigte. Durch all dies wurden späteren Afrikaforschern aus Österreich (wie LUDWIG R. V. HÖHNEL und PHILIPP PAULITSCHKE) so manche Anregungen gegeben.

Nicht zuletzt sei noch des vielseitig gebildeten und glänzend erzählenden ERZHERZOGS LUDWIG SALVATOR gedacht: er war ein faszinierender Kauz seiner Familie, erforschte und beschrieb gründlichst die Balearen, die tunesisch-libyschen Küsten mit den Syrten (1873), die Karawanenwege von Syrien nach Ägypten (1887). Seine Schärfe der Beobachtung und deren verläßliche Resultate sicherten ihm in der Geographie und Naturgeschichte des mediterranen Raumes einen Ehrenplatz. Man sieht, wie auch eine Macht, die über jede Verdächtigung des Kolonialismus erhaben war, auf ihre Art an der Erschließung Afrikas mitwirken konnte.

Zum Schluß noch zum mittleren und südlichen Afrika, wo die Monarchie trotz der größeren Entfernung gleichfalls durch einzelne, markante Gelehrte vertreten war. Nachdem schon 1848–57 der Ungar LASZLÓ MAGYAR aus Maria-Theresiopel den Kongo bis zu den Jelalafällen befahren und abenteuerliche Reisen tief ins Hinterland Angolas, zum Kunene und zu den Quellen des Sambesi unternommen hatte, erweiterte der Offizier ANTON ERICH LUX 1870–76 die Kenntnis Westafrikas im Raume Gabun-Kongo-Angola bis weit ins unbekannte Lunda-Reich hinein, während gleichzeitig (1874–76) der Leipziger Wahlösterreicher OSKAR LENZ (ein um die Gebirgskunde der Monarchie verdienter Geologe der Reichsanstalt und späterer Professor in Czernowitz und Prag) die Stromgebiete Rio Muni-Gabun-Ogowé im nachmaligen Französischen Kongo erforschte, bevor er seine berühmte Expedition von 1879–80 unternahm: beginnend mit Forschungen in Marokko, speziell im Atlas (den schon HANS GRAF WILCZEK 1867–69 besucht hatte), mit anschließender Sahara-Durchquerung, als Muselman verkleidet, und mit dem Ziel der geheimnisvollen Wüstenmetropole Timbuktu, die Lenz Anfang Juli 1880 betreten konnte und von der ihm als erstem senegalabwärts (noch dazu mit reichen Sammlungen) die Auffindung eines Weges an die Atlantikküste gelang. Auch der Grazer Geograph und Meteorologe JOSEF CHAVANNE, der später in Brüsseler Diensten ein Erforscher des Belgischen Kongo wurde, begann damals seine Forschungsreisen, die ihn (1867–69) nebst Westindien, Mexiko, Nordamerika, Afghanistan auch über Algerien in die Sahara führten und somit grundlegend für seine spätere Afrikatätigkeit wurden. Und der Kärntner Botaniker FRIEDRICH WELWITSCH, Direktor des Botanischen Gartens von Lissabon, bereiste 1853–60 Portugiesisch-Westafrika (Angola, Benguela) und wurde durch seine naturhistorischen Entdeckungen und Sammlungen zum besten Fachmann der afrikanischen Flora. Die riesige Wüstenpflanze „Welwitschia mirabilis“ trägt seinen Namen.

Im Süden Afrikas war es wieder die Geologische Anstalt, die Österreich zuerst dort vertrat: durch den Wiener CARL LUDOLF GRIESBACH, einen Schüler von Eduard Sueß, der auf seinen Expeditionen (1869–70) das Griqualand durchforschte und bis ins portugiesische Südostafrika gelangte, geologische Profile durch das Kapland zog, die Karoo untersuchte, den Vaal überschritt, die Drakensberge erstieg, die geologische Erschließung Natals einleitete. Dies alles mit so viel Erfolg, daß die Briten ihn nach Indien engagierten, wo er große Karriere machte. Ihm folgte der österreichisch gesinnte böhmische Arzt, Naturhistoriker und Ethnograph EMIL HOLUB, der von seiner Praxis in Kimberley aus (1872–79) das Vaal- und Limpopo-Stromgebiet durchforschte, drei große Expeditionen durch die Randgebiete Transvaals, das Betschuanen- und Matabeleland, an den Sambesi (mit den Viktoriafällen) und ins jenseitige, geheimnisvolle Marutse-Mabunda-Reich unternahm – zwei Jahrzehnte, bevor dort „Rhodesien“ entstand. Mit einer Fülle topographischer Vermessungen, landschafts-, natur- und völkerkundlicher Beobachtungen und großartiger Sammlungen kehrte er nach Europa zurück, um 1883 zu einer neuerlichen, vierjährigen Großreise tief ins

Innere Südafrikas aufzubrechen. Altösterreichische Benennungen (wie Franz Josephs-Thal, Franz Josephs-Berge, Waldsteinsattel, Holitzschlucht) bewahren die Erinnerung an jene Reisen auf seinen Landkarten. Auch ein Krakauer Botaniker, A. REHMANN, forschte (1875–79) im Kapland, in Transvaal und Natal.

Mit GRIESBACHS Eintritt in den anglo-indischen Geologischen Dienst 1878 (zu dessen Direktor er 1893 aufstieg) waren wir bei einem generationenlang mit unserer berühmten Geologischen Anstalt verbundenen Operationsraum angelangt: Denn nach ihm stieg dort sein Fortsetzer, CARL DIENER (Professor in Wien) zum großen Himalaya-Spezialisten auf; und vor ihm war bereits sein Vorläufer, der Mährer FERDINAND STOLICZKA, in jenen „Geological Survey of India" nach Kalkutta berufen worden, von wo er ab 1862 mit immensem Fleiß die geologisch-paläontologische Erforschung Indiens betrieb – vom Äquator bis zum Hochland von Tibet. Auf weiten Expeditionsreisen zwischen 1864–74 untersuchte er Vorderindien, die hinterindischen Archipele (Andamanen, Nikobaren), Malakka bis Singapur, Kaschmir, den Karakorum, den Nordwest-Himalaya, sowie Ost-Turkestan bis Jarkand hinunter: nach Gesteinen, Versteinerungen, Lagerstätten, Tier- und Pflanzenwelt. Seine reichen Ergebnisse legte er in riesigen Dokumentationen nieder. Die Vergleichbarkeit europäisch-alpiner und indischer Himalaya-Gesteine und Fossilien (Hallstatt- und Dachsteinkalke) ermöglichte völlig neue erdgeschichtliche Perspektiven. Auf der Rückreise vom Tarim-Becken, nach Überquerung der Einöden des Pamir, erlag er 1874 im britischen Tibet (Ladakh) seinen Strapazen. Nächst einer Reihe ungarischer, turanistisch-romantischer Mentalität entsprungener Zentralasienreisen (A. CSOMMA: Orient, Indien, Kaschmir, Tibet 1819–42; H. VAMBÉRY: Buchara, Samarkand 1861–64; C. v. UJFÁLVY: Ferghana, Dsungarei, Kaschmir 1876–82; M. v. DÉCHY: Karakorum, Himalaya, Sikkim, Kaukasus) war es besonders eine

In den Manekango-Stromschnellen (aus: Emil Holub, Sieben Jahre in Südafrika, Wien 1881, S. 552)

ungarisch-österreichische Ost- und Innerasien-Expedition, die Weltruf erlangte: Der Polyhistor GRAF BÉLA SZÉCHENYI (Sohn des „Größten Ungarn") unternahm mit dem sudetendeutschen Kartographieoffizier GUSTAV V. KREITNER und dem ungarischen Geologen LUDWIG V. LÓCZY 1877–80 von Triest aus ein gewaltiges Asienprogramm: Indien, Indonesien, Japan, China, Jangtsekiang-aufwärts zum oberen Hoangho, in die Gobi-Grenzprovinz Kansu, durch die Hochgebirge und Steppen Nordost- und Osttibets, und (da der Weg nach Lhassa versperrt war) über das Quellgebiet des Jangtsekiang (Batang) und die vom Hochland von Tibet südwärts ausstrahlenden Gebirgsketten nach Hinterindien – bis Bhamo im oberen Birma, zuletzt den Irawadi abwärts. Dabei wurden Einblicke in Teile Asiens gewonnen, wie sie noch kein Europäer hatte erwerben können: sie wurden grundlegend für unser modernes, von Richthofen und Hedin entwickeltes Zentral- und Ostasienbild. Daß gleichzeitig (1878) HANS BENNDORF für die Akademie der Wissenschaften im Raume des Ob (um Tomsk) Forschungen über das Kontinentalklima und die Luftelektrizität Sibiriens anstellte, zeigt die Weite des österreichischen Engagements in Asien.

Hier ist zuletzt noch ein Blick auf die (eurasische) Arktis angebracht, weil ausgerechnet dort, an entlegenster Stelle der Erde, eine ursprünglich als Forschungsreise geplante und begonnene österreichisch-ungarische Polarexpedition durch die Umstände zu einer Entdeckungsreise geriet, indem sie unverhofft neue, große, unbekannte Landmassen fand – ein Resultat, das zu einer Zeit, in der die Entschleierung des Erdballs schon so gut wie abgeschlossen war, besonderen Seltenheitswert besaß.

DIE ENTDECKUNG DES FRANZ JOSEPHS-LANDES

Österreich spielte nicht nur in der Erforschungsgeschichte der warmen Erdteile eine Rolle, sondern auch im Polarraum, zu dessen Erschließung es trotz seiner hiefür wenig günstigen Lage einen hervorragenden, international viel bewunderten Beitrag leistete. Es ist daher angebracht, sich jener Pionierleistungen zu erinnern, die unter den klassischen Polarreisen einen Ehrenplatz einnehmen und deren Bedeutung umso mehr zählt, als die technischen Möglichkeiten damals unvergleichbar bescheidener waren als bei den nachfolgenden, modern ausgestatteten Expeditionen. Angeregt durch August Petermanns Theorie von einer durch Golfstromausläufer bewirkten, „hoch" hinaufreichenden Befahrbarkeit des eurasischen Polarmeeres, hatte sich in Wien ein Kreis von Wissenschaftlern und Mäzenen gebildet, der unter dem zuvor schon gewürdigten Professor FERDINAND V. HOCHSTETTER, dem geographisch höchst ambitionierten Kriegsminister Freiherrn FRANZ V. KUHN und dem im Kunst- und Wissenschaftsleben rege tätigen, als Privatgelehrter und Philantrop hochangesehenen GRAFEN HANS WILCZEK ein nach den bisherigen österreichischen Forschungsrichtungen völlig neues Ziel proklamierte: den Versuch, von Nowaja Semlja aus einen Vorstoß ins nördliche Eismeer zu wagen und, den alten „Nordostpassage"-Träumen der Briten und Holländer des 16. Jahrhunderts folgend, über den Polarbereich hinweg Asiens Nordflanken zu umfahren, um nach Fernost, zum Stillen Ozean, vorzustoßen (wie dies 1878–79 Nordenskjöld auch gelang).

In dem jungen Offizier, Kartographen, Maler und Alpinisten JULIUS V. PAYER bot sich ein bereits bekannter, international geschätzter Leiter für ein solches Unternehmen an: Payer, ein Deutschböhme, hatte sich durch seine orographische Erschließung der Ortler-, Adamello- und Presanella-Alpen (daneben auch in den Hohen Tauern) durch Erstbesteigungen, Kartierungen und Messungen einen Namen gemacht und auch als Mitglied der deutschen Polarexpedition unter Koldewey (1869–70) Bahnbrechendes in der Grönlandforschung geleistet: durch kühne Schlittenexpeditionen war er an der Ostküste 600 km weit bis über den 77° n. Br. in Neuland vorgestoßen („König Wilhelms-Land"), hatte Gletscher- und Gebirgsstudien angestellt und seine Entdeckungen in minutiös ausgeführten Landschaftsskizzen und Karten festgehalten. Viele Namen (wie „Tiroler-Fjord", „Franz Josephs-Fjord") erinnern an jenes Kapitel der Polarforschung, durch das zum erstenmal ein Österreicher zu internationaler Berühmtheit auf diesem Sektor der Geographie aufstieg. Unter Erzherzog Rainers Protektorat und unter der Ägide der Akademie der Wissenschaften und der Geographischen Gesellschaft übernahm der „Verein zur Förderung der österreichischen Nordpolexpedition“ die Organisation. Die 24 Mann Besatzung wurden von Armee und Marine beigestellt. Die Finanzierung der Ausrüstung wurde durch Sammlungen im ganzen Reich aufgebracht, bei denen sich größter Idealismus aller Bevölkerungsschichten zeigte. An der Spitze der Spender standen die Grafen Wilczek und Salm. Als gleichrangige Partner im Kommando berief man Payer und den aus Rheinhessen stammenden Wahlösterreicher CARL WEYPRECHT, einen unter Tegetthoff durch seine wissenschaftlichen und organisatorischen Talente bestens aufgefallenen Offizier der k. u. k. Kriegsmarine. Weyprecht sollte zur See, Payer zu Lande kommandieren. Eine Vorexpedition erkundete 1871 im Beisein Wilczek's in systematischem Zickzackkurs die Witterungs- und Eisverhältnisse der Barents-See bis 78°48′ n. Br., untersuchte alte Schiffererzählungen, und prüfte auf ihren Kreuzfahrten die einschlägigen ozeanographischen Hypothesen. Dabei wurden die Karten jenes Raumes erheblich verbessert und auf Spitzbergen geologisch-paläontologisch-zoologische Untersuchungen angestellt, deren Sammlungsobjekte noch heute im Naturhistorischen Museum die Erinnerung an jene Fahrt bewahren.

Auf ihr aufbauend, folgte 1872–74 die Hauptexpedition auf der in Bremerhaven gebauten „Tegetthoff“. Ihr Ziel war die Erkundung einer Seeroute über das Nordkap Asiens zur Bering-Straße. Der Reisepaß Kaiser Franz Josephs trug den Zielvermerk „Nordpol“. Nach der Trennung von Wilczek am Nordende Nowaja Semljas und der Anlage eines Depots für den Katastrophenfall (August 1872) war die „Tegetthoff“ zwei Jahre lang allein und galt nach dem Ausbleiben jeglichen Kontaktes als verschollen. Von ungeheuren Eismassen immer fester eingeschlossen, ständig vom Untergang bedroht, näherte sich das Schiff mit der Drift den bishin unbekannten Landmassen des „Franz Josephs-Landes“ (heute „Semlja Frantsa Josifa“), die am 30. August 1873 aus den Nebeln auftauchten und der ergriffenen Besatzung den überwältigend schönen Anblick eines herrlichen Gebirgslandes boten – eine Entdeckung, die sie für das Mißlingen des ursprünglichen Expeditionsplanes, für die Aufregungen, Anstrengungen und Entbehrungen der einjährigen Eisdrift und für die Ängste der Eispressungen und der ersten langen Polarnacht im Packeise entschädigte. Anfang November 1873 konnte das Neuland auf der „Wilczek-Insel“ von Payer betreten und auf Erkundungsausflügen untersucht werden.

Nach der zweiten Polarnacht, während der unablässig Bordbeobachtungen aller Naturphänomene (wie z. B. der großartigen Nordlichter) durchgeführt wurden, unternahm Payer vom März bis Mai 1874 mit einigen Gefährten (darunter EDUARD OREL und GUSTAV BROSCH) seine berühmt gewordenen, insgesamt 840 km langen, entsagungsreichen Schlitten-Fußwanderungen vom Südende des Archipels, entlang dem „Austria-Sund“ („Avstrijskij-Proliv“), quer hindurch bis zum Nordende: dem auf der „Rudolfs-Insel“ gelegenen „Kap Fligely“, dem nördlichsten Punkte Eurasiens und zugleich der nördlichsten bishin erreichten Stelle der Alten Welt, von deren Klippen der Blick über das Eismeer in Richtung auf den Nordpol schweifte – ein großer Augenblick in der Geschichte der Erschließung der Erde. Die dort niedergelegte Botschaft wurde 25 Jahre später von einer italienischen Expedition unversehrt gefunden! Feldmarschalleutnant August v. Fligely (Kommandant unseres weltberühmten Militärgeographischen Instituts und Wegbereiter der österreichischen und internationalen modernen Kartographie), Kronprinz Rudolf (der mit Begeisterung den Naturwissenschaften hingegebene, selbst forschende und wissenschaftlich publizierende Freund so vieler Gelehrter), dazu noch Teplitz-Schönau (Payers Geburtsstadt) – diese drei Namen markieren bis heute im Russischen jene Stellen im äußersten Norden des Franz Josephs-Landes, die Payer damals erreicht hatte. „Rudolfa“ heißt auch die nördlichste Stützpunktsiedlung der Sowjetunion. Auch viele andere Eigennamen (wie Wilczek, Hochstetter, Erzherzog Rainer, Tegetthoff, Wiener-Neustadt, Tirol, Klagenfurt) erinnern an Persönlichkeiten oder Orte der Alten Monarchie. Unter ungünstigsten Umständen, aufregenden Abenteuern mit Wetterstürzen, Stürmen, Gletscherspalten, Eisbären, wurden von Payer bei Temperaturen bis $-50°$ markante Punkte und Szenen zeichnerisch festgehalten, dazu ein Netz von Triangulierungspunkten angelegt, was neben anstrengenden Gletscherwanderungen auch beschwerliche Gipfelbesteigungen einschloß. Die nervliche Belastung und Willenskonzentration läßt sich am besten daraus erkennen, daß der Rückweg von ständiger Todesangst überschattet war, das bewegungsunfähige Schiff könnte unterdessen mit den umgebenden Eismassen abgetrieben oder durch das Aufbrechen offener Meeresabschnitte unerreichbar geworden sein. Während dieser Inlandserkundungen beobachtete Weyprecht auf dem Schiff emsig und unablässig mit höchster Genauigkeit an seinen Instrumenten alle hydrographischen, meteorologischen, astronomischen, geophysikalischen (besonders erdmagnetischen) Phänomene und verzeichnete sie exakt in Notizbänden, die über alle folgenden Fährnisse hin sorgsam gerettet wurden und für die heutige Wissenschaft einen wahren Schatz an einschlägigen Vergleichsdaten bewahren.

Nach der unvermeidlichen Aufgabe des Schiffes machte sich die Besatzung mit den Aufzeichnungen zweier Jahre und den Resten des Proviants am 20. Mai 1874 auf den Rückweg nach Süden. Es wurde ein dreimonatiger Wettlauf mit dem Tod daraus – mehr als ungewiß hinsichtlich des Ausganges eines solchen Wagnisses. Schlitten und Boote ziehend, schleppte sich die übermüdete, von Krankheiten geschwächte, in Europa längst abgeschriebene Schar bei widrigen Winden über die von Höckern und Rissen zerklüftete und zerfurchte, Hindernis über Hindernis auftürmende Packeiswüste der Treibeisregion zu, wo man endlich die Boote zu Wasser lassen und rudern konnte – allerdings in ständiger Furcht, von Eisschollen zerquetscht zu werden. Bis man schließlich am 15. August, nach ca. 555 Marschkilometern, Abschied vom Eis nehmen und das ersehnte offene Meer begrüßen konnte – erleichtert, weil man nun freier ruderte, andererseits aber bedrückt von der ständigen Angst, sich nachts aus den Augen zu verlieren, in Sturm zu geraten oder wegen Überlastung und Brüchigkeit der Boote zu sinken. War es ja doch von den wilden, öden Gestaden Nowaja Semljas (das von den Fischern bereits verlassen war) immer noch mehr als 800 km bis Lappland – eine hoffnungslos weite Strecke für eine Mannschaft, die bei ihren pausenlosen Gewaltanstrengungen die letzten Kraftreserven verbraucht hatte und deren Vorräte nach Verfehlung des Notdepots ausgingen. Die Rettung brachte buchstäblich in letzter Stunde das zufällige Zusammentreffen mit zwei russischen Seglern, von denen die völlig Erschöpften mit einer ergreifenden Menschlichkeit, Herzlichkeit und Wärme aufgenommen und nach Norwegen gebracht wurden, von wo die Geretteten ein wahrer Triumphzug durch ein in Begeisterungsausbrüchen jubelndes Europa nach der Heimat führte. Wer aus den vielen Ehrendiplomen Gelehrter Gesellschaften, den höchsten Orden europäischer Souveräne, den Festveranstaltungen, Empfängen und Vortragstournéen, den Prominentenkorrespondenzen und Zeitungsberichten – von Amerika und England bis Rußland, von Skandinavien bis Frankreich, Portugal und Italien – die Huldigungen und Auszeichnungen zusammenstellt, die damals über die Österreicher „hereinbrachen“, der wird bei so viel spontaner Herzlichkeit wehmütig im Gedanken daran, was so kurz vor dem Zerfall Europas in nationalen Massenwahn noch alles möglich war an zwischenvölkischer Brüderlichkeit und an Bereitschaft, sich mit dem anderen über dessen Erfolge zu freuen. Daran sollte man öfters denken.

Abgesehen von dieser Entdeckung und Durchforschung der letzten unbekannten Landmassen der Alten Welt, und abgesehen von den vielen damit verbundenen ozeanographischen Erkenntnissen über das europäisch-asiatische Polarmeer, lag ein kostbares Vermächtnis dieser Expedition darin, daß ihre Anregungen auch weiterhin auf einen international fruchtbaren Boden fielen: Weyprecht, dessen solide Beobachtungsergebnisse in den Bänden der Akademie der Wissenschaften veröffentlicht wurden und so die pakkend geschriebenen, vielgelesenen, selbstillustrierten Reiseschilderungen und Polargemälde Payers in naturwissenschaftlicher Hinsicht ergänzten, entwikkelte damals den bis in die Gegenwart fruchtbaren, nur durch die Weltkriege unterbrochenen Gedanken „Internationaler Geophysikalischer Polarjahre", durch die mittels eines Kranzes international beschickter, gleichlaufend betriebener Stationen der gesamte Bereich der arktischen und antarktischen Polarkalotten zum Operationsfeld wissenschaftlicher Forschung gemacht werden sollte, um durch ein einheitliches, streng abgestimmtes System gemeinschaftlicher Messungen eine maximale Registrierung aller einschlägigen Naturphänomene und eine optimale Auswertung aller Beobachtungen zu erreichen – von der Astronomie über die Geophysik und Meteorologie bis zur Ozeanographie, Geographie und Naturgeschichte. Eine geniale Idee, durch die die nationalen Prestige-Wettläufe abgeschafft und alle Leistungen in eine höhere, kosmopolitische Einheit eingebunden werden sollten. Eine Idee, die nach einer Reihe internationaler, von Weyprecht und Wilczek umsichtig vorbereiteter und betreuter Projektierungskonferenzen im Zusammenwirken von 11 Staaten mit 14 Stationen erstmals 1882–83 (ein Jahr nach Weyprechts frühem Tod!) mit großartigen Erfolgen verwirklicht worden ist. Dabei war auch Österreich wieder maßgeblich beteiligt – abermals mit Hilfe großzügigster Unterstützung des Mäzens Wilczek, der „seine" von ihm vorbildlich ausgerüstete, unter Weyprechts Nachfolger Emil v. Wohlgemuth mit 14 Mann (darunter wieder Orel) auf der Insel Jan Mayen (71° n. Br.) arbeitende Station sogar persönlich inspizierte. Während dieses geophysikalisch-meteorologisch-hydrographisch ausgerichteten Forschungsjahres wurde nebenbei auch die erste exakte kartographische Aufnahme jener Insel durchgeführt. Die Publikation der reichen wissenschaftlichen Ergebnisse besorgte abermals die Akademie der Wissenschaften. Mit diesen arktischen Großleistungen wurde der Name der Österreichisch-Ungarischen Monarchie zuletzt auch noch mit einem Ehrenplatz in jenem Teil der Erde verewigt, der bis dahin traditionell mit ganz anderen Seemächten verbunden gewesen war.

Literatur (in Auswahl):

Da es zum Thema dieses Beitrages kein eigentliches Fachbuch gibt, fußen die überblicksartigen Ausführungen lediglich auf einer langjährig entstandenen persönlichen Quellen- und Datensammlung, die der Verfasser in der Absicht angelegt hat, unter günstigen Umständen einmal ein Handbuch herauszubringen, in dem Österreichs Leistungen auf diesen Gebieten entsprechend gewürdigt werden. Zur einstweiligen allgemeinen Orientierung mögen folgende Nachschlagbehelfe bzw. Abhandlungen mit Angaben über weitere einschlägige Fachliteratur dienen:
Embacher, Friedrich, Lexikon der Reisen und Entdeckungen, Leipzig 1882. – *Hamann, Günther,* Das Naturhistorische Museum in Wien. Die Geschichte der Wiener naturhistorischen Sammlungen bis zum Ende der Monarchie, in: Veröffentlichungen aus dem Naturhistorischen Museum N. F. 13 (Wien 1976). – *Ders.,* Die Österreichische Kriegsmarine im Dienste der Wissenschaften, in: Österreich zur See / Schriften des Heeresgeschichtlichen Museums in Wien 8 (Wien 1980) 59–90. – *Ders.,* Zur Wissenschaftspflege des aufgeklärten Absolutismus. Naturforschung, Sammlungswesen und Landesaufnahme, in: Österreich im Zeitalter des Aufgeklärten Absolutismus / Schriften des Instituts für Österreichkunde 42, hg. v. *Erich Zöllner* (Wien 1983) 150–177. – *Ders.,* Österreich-Ungarns Anteil an Reisen und Forschungen in den Ländern des Britischen Weltreiches, in: Österreich und die Angelsächsische Welt 2, hg. v. *Otto Hietsch* (Wien–Stuttgart 1968) 200–236. – *Hassinger, Hugo,* Österreichs Anteil an der Erforschung der Erde (Wien 1949). – *Marschalek, Otto,* Österreichische Forscher, ein Beitrag zur Völker- und Länderkunde, hg. v. *Martin Gusinde* (St. Gabriel 1848). – Österreicher als Erforscher der Erde, Notring-Jahrbuch, hg. v. *Gustav Stratil-Sauer* (Wien 1956).

Zum Abschnitt Franz Josephs-Land:
Hamann, Günther, 100 Jahre Franz Josefs-Land. Zur Erinnerung an die Entdeckungsreise der österreichisch-ungarischen Nordpol-Expedition 1872–1874 unter Julius Payer und Carl Weyprecht. Katalog der Ausstellung im Prunksaal der Österreichischen Nationalbibliothek, Wien 1973. – *Ders.,* Hundert Jahre Franz Josefs-Land, in: Veröffentlichungen der Kommission für Geschichte der Mathematik und Naturwissenschaften 15 (= Anzeiger der Phil.-Hist. Klasse der Österreichischen Akademie der Wissenschaften 112), Wien 1975, 158–224. – *Ders.,* Die Entdeckung des Franz Josefs Landes vor hundert Jahren, in: Zeitschrift für Gletscherkunde und Glazialgeologie 10 (Innsbruck 1975) 153–181. – *Ders.,* Das Zeitalter Kaiser Franz Josefs im Spiegel der Topographie des Franz-Josefs-Landes, in: Publikationen aus dem Archiv der Universität Graz 4 (Graz 1975) 139–151.

Karl Sablik

MEDIZIN

Die medizinische Evolution ist der politischen Revolution um ein Jahrzehnt vorausgegangen. Will man die Bedeutung der Wiener Medizin um die Zeit des Regierungsantrittes Kaiser Franz Josephs verstehen, muß man zeitlich ein wenig ausholen. Denn schon 1841 schrieb der berühmte deutsche Mediziner Carl August Wunderlich (1815–1877), man könne *wieder etwas lernen in Wien, es waren Dinge zu sehen, die man an allen Orten vergeblich suchte.* Sein „wieder“ bezog sich auf die Erste Wiener Medizinische Schule, die etwa ein Jahrhundert vorher von Gerard van Swieten (1700–1772), dem Leibarzt Maria Theresias, begründet wurde. Erfolgte die Gründung, wenn man so sagen darf, von oben, also dem absolutistischen Prinzip entsprechend, finden wir bei der Zweiten Wiener Medizinischen Schule eine Entwicklung eher von unten, gleichsam auf demokratische Weise. Es wurden nicht berühmte Professoren nach Wien berufen wie im 18. Jahrhundert, sondern auf dem eigenen Boden wuchsen die Talente heran, aus der Unzufriedenheit mit dem Überkommenen, mit der Tradition. Diesen aufstrebenden Wissenschaftern stand der „zweite van Swieten“ – wie ihn ein Mitbegründer der Wiener Schule, Joseph Skoda (1805–1881), bezeichnet hat – Ludwig Freiherr von Türkheim (1777–1846) hilfreich zur Seite. Er sorgte nicht nur für neue Abteilungen, Laboratorien und Arbeitsmöglichkeiten für die jungen Kräfte, sondern er bereitete auch in relativer Stille die neue medizinische Studienreform vor. Sein früher Tod 1846 brachte ihn um die Früchte seiner Arbeit, sodaß Ernst von Feuchtersleben (1806–1849) den Reformplan – nur mehr mit einigen Randbemerkungen versehen – am 12. April 1848 vorlegen konnte.

Es soll in diesem Zusammenhang auch erwähnt werden, daß Ärzte in Österreich und Ungarn an der Revolution teilnahmen; legendär geworden sind die Worte von Dr. Adolf Fischhof (1816–1893), gesprochen am Ende seiner Rede im Landhaushof: *Ich hab's gewagt, ich bin Dr. Fischhof.* In ihnen dokumentiert sich der Durchbruch der Revolution, das Nachlassen des reaktionären Druckes, die Sehnsucht nach Freiheit.

Doch kehren wir zur Medizin zurück: Was war in dem Jahrzehnt vor der politischen Revolution von 1848 geschehen? Der aus Königgrätz stammende Carl Rokitansky (1804–1878), der ab 1824 in Wien studierte und 1827 als unbesoldeter Praktikant in die pathologisch-anatomische Prosektur eingetreten war, 1830 Assistent und 1834 ao. Professor wurde, veröffentlichte ab 1836 aufsehenerregende Abhandlungen, die in einer neuen, originellen Sprache geschrieben waren. Doch nicht die Sprache war es, sondern der neue Geist, das neue Forschen und Arbeiten, das Überwinden naturphilosophischen Denkens, die Suche nach dem festen Boden naturwissenschaftlich festgestellter, unwandelbarer materieller Tatsachen, der aufhorchen ließ. Ihm gleich tat es der Internist Joseph Skoda: er, der 1805 in Pilsen zur Welt gekommen war, studierte ab 1825 Medizin ebenfalls in Wien, belegte zusätzlich statt der naturphilosophischen Vorlesungen Mathematik und Physik – typisch für die neue Denkweise. 1832 begann er im Allgemeinen Krankenhaus die Patienten mit den Methoden der Auskultation und der Perkussion – der 1761 entwickelten Abklopfmethode, der vielleicht folgenschwersten Entdeckung der Ersten Wiener Medizinischen Schule durch Leopold Auenbrugger (1722–1809) – zu untersuchen. Um nun sichere Tatsachen zu gewinnen, verglich Skoda jedesmal zahlreiche *Beobachtungen an Gesunden und Kranken mit Sektionsbefunden,* wie er in seiner „Abhandlung über Perkussion und Auskultation“ von 1839 schreibt. Der schon erwähnte Wunderlich ist davon fasziniert, wie Skoda jedem Zeichen, das er vorfindet, nur dann Wert zuschreibt, wenn *es auf eine begreifliche, nachweisbare physikalische oder physiologische Weise mit der materiellen Veränderung* (der Organe) *unmittelbar zusammenhängt.* Dieses Verhältnis von Interner Medizin und Pathologie läßt sich instrumentell durch die Gegenüberstellung von Stethoskop und Sektionsmesser demonstrieren.

Der Ort, an dem sich die glänzendste Epoche der Wiener Medizin zu entwickeln begann, war das große, 1784 von Joseph II. gegründete Allgemeine Krankenhaus, das Wiener Zentralspital. Dieser Zentralismus dokumentierte sich auch in der Prosektur (Sezierbaracke) Rokitanskys, durch dessen Hände im Laufe seines Lebens 65.000 Leichen gegangen sind. Diese großartige Fülle des Materiales nützte sein genialer Geist zu zweierlei: *Erstens . . . die Tatsachen vom rein anatomischen Standpunkt wissenschaftlich zu ordnen und dabei eine ihre Sonderung und Zusammenfassung fachgemäß rechtfertigende, allgemeine pathologische Anatomie zu schaffen; zweitens zu zeigen, daß und wie die Tatsachen für die Diagnose am Lebenden zu verwerten seien. . .* Damit war also der Kreis geschlossen, Interne Medizin und Pathologie konnten als Fundament einer neuen, naturwissenschaftlich ausgerichteten Medizin dienen. Es begann die „anatomische Klinik". Türkheim sorgte für den weiteren Aufschwung: 1840 errichtete er für Skoda die sogenannte Brustabteilung im Allgemeinen Krankenhaus, 1844 erhob er die pathologische Anatomie zum ordentlichen Lehrfach, Rokitansky wird Ordinarius. Dieser veröffentlichte sein „Handbuch der speziellen pathologischen Anatomie" ab 1842, die Originalmanuskripte liegen im Institut für Geschichte der Medizin der Universität Wien.

Im selben Jahr, 1842, wurde von Türkheim für den Begründer der wissenschaftlichen Dermatologie, FERDINAND HEBRA (1816–1880), die Möglichkeit geschaffen, klinische Kurse über Hautkrankheiten in der „Ausschlagsabteilung" zu halten. Hebra war in Brünn geboren worden und studierte wie Rokitansky in Wien Medizin. 1844 veröffentlichte er in den „Medizinischen Jahrbüchern" einen Artikel über die Krätze, eine damals weit verbreitete Krankheit. Bis zu seiner Zeit galt die Säftelehre der Antike und demzufolge die Vorstellung, daß durch die verdorbene Säftemischung von innen her kranke Säfte durch die Haut ausgeschieden würden, worauf der Name „Ausschlag" Bezug nimmt. Hebra stellt sich nun die ganz einfache Frage, wie das geschehen könnte, um anhand des Beispieles von der Krätze eines Rätsels Lösung anzubieten. Seit einiger Zeit war bekannt, daß bei dieser Krankheit regelmäßig auch die Krätzmilbe auftritt; nur hatte man bis dahin lieber den alten Theorien geglaubt, bis Hebra zum Mittel des Selbstversuches griff: *Nun setzte ich mir eine, früher unter dem Microscope betrachtete lebende Milbe an die Innenfläche des Mittelfingers der linken Hand und in Verlauf von 8 Tagen, während welcher Zeit ein bedeutendes über den ganzen Körper verbreitetes Jucken mich plagte, erschienen an beiden Händen zugleich die ersten Krätzblüthen. Um mich genau von dem Gange der Krankheit zu belehren, wandte ich zwei Monate hindurch kein Mittel zur Heilung derselben an, wo ich denn jenen Verlauf beobachtete, den ich beschrieb.* Nur war bewiesen, daß es ohne Krätzmilbe keine Krätze geben kann, der alte Begriff der „Ausschläge" war überwunden, das Organ „Haut" zu einem Ort eigener Erkrankungen gemacht.

Diese Hautkrankheiten darzustellen, betrachtete Hebra als eine weitere Aufgabe: von 1856 bis 1876 entstand sein „Atlas der Hautkrankheiten", der dank der beiden großartigen Illustratoren medizinischer Werke dieser Zeit, Anton Elfinger (1822–1864) und Carl Heitzmann (1836–1896), zu einem dermatologischen Lehrbehelf ersten Ranges, aber auch einem Meisterwerk der Kunst wurde. Da Hebra die Erfahrung gemacht hatte, daß die Abmazeration der Brandschorfe bei Verbrennungen durch dauernde Bespülung mit Wasser schneller vor sich ging und dem Patienten – man denke an schwere Verbrennungen – Schmerzen erspart werden könnten, konstruierte er 1861 das „Wasserbett". Die Einrichtung bewährte sich so gut, daß 1877 ein eigenes Zimmer mit 27 Wasserbetten eingerichtet wurde.

Skoda und Hebra zeigen uns, daß die Diagnose bei der Zweiten Wiener Schule im Vordergrund stand. Die Therapie hatte in dieser Zeit ihr ganz spezifisches Schicksal: da man durch die Sektion am Leichentisch die furchtbaren Folgen so mancher Krankheiten sah, schwand gleichzeitig die Vorstellung, daß der Arzt mit Mitteln wie Schröpfen, Aderlassen und einfachen Medikamenten hier helfend eingreifen könnte, zumal diese Mittel zum Großteil aus den alten Vorstellungen der Humoralpathologie stammten. Es brach sich der Gedanke Bahn, daß es vielleicht sogar besser wäre, im Sinne des alten ärztlichen Prinzipes vom „primum non nocere", die Mittel nicht zu verwenden und auf neue zu hoffen. Ein Exponent dieser Anschauung – die man in der Medizingeschichte auch „therapeutischen Nihilismus" nennt – war Joseph Dietl (1804–1878). Aus Galizien stammend, hat auch er in Wien studiert; 1851 ist er nach Krakau gegangen, um dort medizinische Reformen nach Wiener Vorbild durchzuführen. 1846 schrieb er über die neue Wiener Schule, der er sich zugehörig fühlte: *„Im Wissen und nicht im Handeln liegt also unsere Kraft!"* und um sie in Gegensatz zur alten Schule zu stellen: *Indes die alte Schule früher zu heilen als zu forschen begann, hat die neue Schule zu forschen begonnen, um heilen zu können.* Dietl ließ ein Beispiel aus der Praxis folgen, er eliminierte den Aderlaß aus der damaligen Pneumoniebehandlung: *Einige unglückliche Fälle, noch mehr aber das Streben nach möglichster Vereinfachung der Therapie, das ich meinem vortrefflichen, das simplex sigillum veri mit Wort und Tat verkündenden klinischen Lehrer verdanken zu müssen hiemit anerkenne, bestimmten mich, die Venaesection ganz zu beseitigen ...*

Der Begriff des „therapeutischen Nihilismus" hat durch den amerikanischen Historiker William Johnston eine Ausdehnung – um nicht zu sagen Überdehnung – auf die gesamte Entwicklung der Monarchie von der Revolution 1848 bis zu ihrem Ende erfahren. Johnston meint, daß die führenden Köpfe der Monarchie sehr wohl um die – sozial und national – mißliche Lage gewußt hätten, daß ihre Kraft aber eben nicht im Handeln gelegen habe, die Monarchie also untergehen mußte. Dietls Denkweise auf medizinischem Gebiet erhielt, wenn man Johnston folgen will, in der Geistesgeschichte eine welthistorische Dimension.

Weltweite Berühmtheit erlangte in der Zweiten Medizinischen Schule ein Ereignis, das an Dramatik kaum zu überbieten ist: der Fall Ignaz Philipp Semmelweis (1818–1865). Semmelweis wurde in Budapest geboren und hat, von Wiens medizinischem Ruf angezogen, in der Hauptstadt der Monarchie Medizin studiert. 1846 wurde er Assistent an der Ersten Gebärklinik, er hatte sich in seiner Studienzeit die wissenschaftlichen Prinzipien Rokitanskys und Skodas angeeignet – und gepaart mit seinem Genie sollte es ihm gelingen, die Ursachen des Kindbettfiebers zu erkennen und es dann weitgehend auszurotten. Es gab im damaligen Wien zwei Gebärkliniken: eine für Hebammen und eine für die zukünftigen Ärzte, beide führten genaue Sterblichkeitsstatistiken. Die Sterblichkeit an den beiden Kliniken – und das war nun entscheidend – war signifikant unterschiedlich, 1846 etwa 11,4% zu 2,7%. Es ist hier nicht der Ort, über die traditionellen Begründungen dieses Faktums zu sprechen: entscheidend ist, daß es den Anstoß zum Nachdenken besonders bei Semmelweis herbeiführte, ebenso entscheidend wie Semmelweis' Ausbildung bei Rokitansky und Skoda, die ihn zu differenzieren, auszuscheiden und medizinisch-logisch zu denken gelehrt hatte. So kam er zu dem Schluß, daß die Studenten und Ärzte, die an der Prosektur Rokitanskys sezierten und hierauf mit den mit Leichengift infizierten Händen an der Gebärklinik weiterarbeiteten, dieses Gift bei der Untersuchung in die Geburtsteile der Schwangeren einbrachten und so das Kindbettfieber hervorgerufen wurde. An der Hebammenklinik wurde nicht seziert, also auch kein Leichengift übertragen – daher war die Sterblichkeitsstatistik günstiger. Mit dieser Methode per exclusionem hatte Semmelweis sein Ziel erreicht; es galt, ein Gegenmittel zu finden. Man darf nicht vergessen, daß wir uns in der vorbakteriologischen Zeit befinden, sozusagen die „wahre" Ursache des Kindbettfiebers nicht zu erkennen war: es mußten seit Ende Mai 1847 alle, die eine Schwangere zu untersuchen hatten, zuvor die Hände in einer wäßrigen Chlorkalk-Lösung waschen. Um diese Zeit betrug die Sterblichkeitsziffer 18%, sie sank auf 2,45%; Semmelweis wurde zum „Retter der Mütter". Die nun folgenden Auseinandersetzungen und Schwierigkeiten um die Person Semmelweis' spiegeln den Kampf der neuen Schule gegen die Tradition wider, Semmelweis verließ, der Streitereien überdrüssig, 1851 Wien, wurde in Budapest vorerst Honorarprimarius an der Geburtsabteilung des Rochus-Spitales, 1855 Professor der Geburtshilfe. Er sollte Wien erst wieder vor seinem Tod sehen: sein geistiger Zustand erforderte die Einlieferung in die Heil- und Pflegeanstalt, wo er an einer Pyaemie 1865 starb.

Die Wiener Schule und das Wirken von Semmelweis waren die „Zündung“ für die Pester Medizinische Schule, deren Vertreter sich besonders um die ärztlichen Persönlichkeiten János Balassa und Lajos Markusovszky scharten. Sie hoben die ungarische Medizin auf europäisches Niveau und spielten auch eine bedeutende Rolle in der Revolutionszeit. Balassa (1814–1868) war Chirurg, organisierte einen zeitgemäßen Unterricht und rief die ungarische medizinische Fachpresse ins Leben. Markusovszky (1815–1893) modernisierte die ungarische Ärzteausbildung ebenso wie das Gesundheitswesen. Beide hatten u. a. in Wien Medizin studiert, ebenso wie Sándor Lumniczer (1821–1892), ein Schüler von Schuh, der die chirurgische Wissenschaft auf dem Gebiet der plastischen und Militär-Chirurgie förderte und als Präsident des Landessanitätsrates das öffentliche ärztliche Leben in Ungarn organisierte.

In Wien hatte sich im Rahmen der neu entstandenen Schule auch der Anatom Joseph Hyrtl (1810–1894) etabliert. Er schuf ein vergleichend-anatomisches Museum und wurde zum Meister der Korrosionsanatomie. Seine Präparate gingen in alle Welt, mit ihnen wollte er das positive Wissen im Sinne der exakten Naturwissenschaft vermehren. Entscheidend ist sein Bestreben – und hier hat er Schule gemacht bis zu Julius Tandler (1869–1936) ins 20. Jahrhundert – die Anatomie mit der Klinik zu verbinden. Diese praktische Tendenz ist charakterisiert im Untertitel seines Lehrbuches der Anatomie des Menschen (1846): *... mit Rücksicht auf physiologische Begründung und praktische Anwendung.* Erstmalig im deutschen Sprachraum veröffentlichte er 1847 ein Handbuch der topographischen Anatomie – der Seziersaal wurde jetzt zur Vorhalle der Klinik. Ein Charakteristikum für die Zeitströmung ist auch seine Rektorsrede von 1865: „Die materialistische Weltanschauung

Ignaz Philipp Semmelweiß (Wien, Institut für Geschichte der Medizin)

unserer Zeit“. Er fühlte sich dieser nicht zugehörig, seine Gedanken erfuhren in der Presse Ablehnung. Nach und nach verbittert, zog er sich ins Privatleben zurück, nicht ohne seiner Humanität zu leben: er stiftete das Waisenhaus in Mödling.

Obwohl Hyrtl noch meinte, daß sich die feinsten anatomischen Instrumente zum Bau des Gehirns so verhielten wie eine Zimmermannssäge zu einem Spinnengewebe, so erwuchs der Wiener Schule doch ein Gehirnanatom von Weltruf: Theodor Meynert (1833–1892). Er war von Dresden nach Wien gekommen, wurde Schüler Rokitanskys, der ihm 1866 eine Prosektorsstelle an der Irrenanstalt einrichtete; 1870 erhielt Meynert eine psychiatrische Klinik. Da seine Forschungsrichtung anatomisch bestimmt war, wurde er von den Irrenärzten seiner Zeit nicht als vollwertig empfunden. Durch neue Ideen und seine besondere Seziertechnik allerdings konnte Meynert die Forschungen der Hirnanatomie mächtig vorantreiben; das Ergebnis ist sein Werk: „Psychiatrie, Klinik der Erkrankungen des Vorderhirns", erschienen 1884, in dem er den funktionalen Antagonismus zwischen Hirnmantel und Hirnkern herausarbeitete als *einen wichtigen Schlüssel zum abnormen Spiel des Hirnmechanismus innerhalb der Geisteskrankheiten.*

Der Historiker darf den Schluß ziehen, daß in diesen Jahrzehnten die Psychiatrie nicht auf der Höhe des sonstigen Standards der Wiener Schule stand; zwei Gründe mögen dafür genannt sein: erstens die anatomisch-pathologische Ausrichtung der Schule und zweitens die praktische Unmöglichkeit der Therapie. Es mag als Kuriosum der Geschichte gelten, daß der alte, aus den Zeiten Josephs II. stammende „Narrenturm" bis 1869 mit Patienten belegt wurde, nachdem erst 1839 dreißig Zentner Ketten, mit denen die Geisteskranken wie Gefangene gehalten wurden, entfernt worden waren; Sigmund Freud wurde 1857 in Freiberg in Mähren geboren. . .

Trotzdem muß an dieser Stelle eines Mannes gedacht werden, der mit zwei Werken die psychiatrische Wissenschaft gefördert hat und dem wir schon als Reformer der medizinischen Studienordnung begegnet sind: Ernst von Feuchtersleben. Er schrieb 1845 ein „Lehrbuch der ärztlichen Seelenkunde" und schon 1838 „Zur Diätetik der Seele", ein Werk, das zahlreiche Auflagen bis in unser Jahrhundert erlebte. Feuchtersleben wurde damit zu einem Vorläufer der psychosomatischen Medizin und Psychohygiene.

In der Chirurgie dieser Zeit gab es eine führende Persönlichkeit, den aus Niederösterreich stammenden Franz Schuh (1804–1865). Er hatte zwar nicht das Genie seines Nachfolgers Theodor Billroth, muß aber als derjenige gelten, der die neuen Denk- und Untersuchungsmethoden seiner Schule dem chirurgischen Handeln zugrunde gelegt hat. Erna Lesky schreibt: „Unter Schuh ist die Chirurgie in Österreich eine Wissenschaft geworden". Zwei Ereignisse ragen aus seiner Zeit heraus:

1. 1840 hat er erfolgreich eine Herzbeutelpunktion mittels Trokars durchgeführt; es war dies zwar nicht die erste Punktion des Perikards, hat aber die Effektivität der neuen Denkrichtung in Wien aufgezeigt – und dem Fach Chirurgie eine zweite Lehrkanzel dazugewonnen, die 1842 eben mit Schuh besetzt wurde.

2. 1847 hat er erstmals in Österreich die im Jahre vorher in Amerika entwickelte Äthernarkose eingeführt.

Die Zweite Wiener Medizinische Schule hat weltweite Auswirkung und Ausstrahlung gehabt; entscheidend ist, daß die Wirkung auch im eigenen Land anhielt und so Wien zum „Mekka der Medizin" wurde. Das Weiterarbeiten genialer Mediziner auf den neuen naturwissenschaftlichen Grundlagen gerade in Wien führte zu einer Aufsplitterung in Spezialfächer. Als Beispiele seien 1870 die Laryngologie oder 1875 die Hygiene genannt; es war dies der Beginn einer Entwicklung, die auch heute noch nicht abgeschlossen ist. Verstärkt wurde diese Tendenz durch die Erfindung zahlreicher Instrumente: gerade hierfür sollte Wien ein fruchtbarer Boden sein. Wenn auch schon 1812 die erste Augenklinik der Welt in Wien gegründet wurde, so gelang die Entwicklung des Augenspiegels – chronologisch nach dem Stethoskop (1819: Laennec in Frankreich) das erste der für die Zukunft der Medizin so entscheidenden Instrumente – nicht einem Österreicher, sondern Hermann Helmholtz (1821–1894) in Deutschland. Wie knapp aber z. B. der große österreichische Physiologe Ernst Wilhelm von Brücke (1819–1892) an der Entdeckung war, sagt Helmholtz selber: *Ich hatte die Theorie des Augenleuchtens, die von Brücke herrührte, meinen Schülern auseinanderzusetzen. Brücke war hierbei eigentlich nur noch um eines Haares Breite von der Erfindung des Augenspiegels entfernt gewesen. Er hatte nur versäumt, sich die Frage zu stellen, welchem optischen Bilde die aus dem leuchtenden Auge zurückkommenden Strahlen angehörten.* Brücke selber schrieb darüber seinem Freund Emil du Bois-Reymond (1818–1896): *Daß Helmholtz das Instrument, die Retina des Lebenden zu beobachten, mit dem ich mich früher einmal abquälte und an Dir vergebliche Versuche machte, ausgeführt hat, und zwar ganz nach dem-*

selben Prinzip, wie ich es versuchte, ist Dir wohl bekannt.

Für den 1851 von Helmholtz konstruierten Augenspiegel hat besonders der in Prag wirkende JOHANNES EVANGELISTA PURKYNE (1787–1869) Vorarbeiten geleistet. Der Begründer des Prager Physiologischen Institutes (1849) war einer der genialsten Forscher seiner Zeit, auch mit epochemachenden Entdeckungen in der physiologischen Optik, aber auch der Entwicklungsgeschichte (z. B. ist er der Entdecker des Keimbläschens im Vogelei). In Wien modifizierte EDUARD JAEGER R. VON JAXTTHAL (1818–1884) den Augenspiegel dahingehend, daß er das Spiegeln im aufrechten Bild erst praktikabel machte. Er veröffentlichte Ergebnisse von Untersuchungen des Auges mit dem Augenspiegel und bildete Tafeln in einer Schönheit ab, wie sie in seinem Jahrhundert nicht mehr erreicht werden sollte.

Durch vielfältige, schon seit Sommer 1857 an Leichen sowohl als auf meiner Abteilung des allgemeinen Krankenhauses angestellte Versuche gelang es mir . . ., dem Kehlkopfspiegel eine solche Construction zu geben und eine solche Methode des Verfahrens ausfindig zu machen, daß es dadurch erst möglich wurde, bei einer großen Anzahl von Individuen den Kehlkopf und die umgebenden Teile zu untersuchen. Diese Worte stammen von LUDWIG TÜRCK (1810–1868), dem Erfinder des Kehlkopfspiegels. Türck hatte zur Spiegelung Sonnenlicht verwendet, im Winter unterbrach er seine Arbeit. Am 27. März 1858 mußte er dann in der Wiener Medizinischen Wochenschrift lesen, daß der aus Prag stammende Physiologe Johann Nepomuk Czermak (1828–1873), der im Herbst 1857 von Türck Spiegelchen entlehnt hatte, mit künstlicher Beleuchtung seinen eigenen Kehlkopf beobachtet hatte. Nun ging ein Prioritätsstreit los, der den Namen „Türckenkrieg" bekommen hatte: das positive Resultat aber war, daß die Laryngologie in den Blickpunkt der medizinischen Welt rückte. Mit entsprechender zeitlicher Verschiebung resultierte daraus letzlich die Gründung einer Klinik für Kehlkopfkranke 1870, der ersten der Welt auf diesem Gebiet. Besonders Türck leistete in der Folge intensive Forschungsarbeit und 1866 erschien die „Klinik der Krankheiten des Kehlkopfes und der Luftröhre", ein Standardwerk des Faches, dessen Atlas ebenfalls von Elfinger und Heitzmann illustriert wurde.

Die menschlichen Körperhöhlen zu erforschen war ein Hauptanliegen dieser Zeit und daher der Wunsch nach praktikablen Instrumenten groß. Der Versuch, diagnostisch – später auch therapeutisch – in die Blase einzudringen, hat, nicht zuletzt auch auf Wiener Boden, eine jahrzehntelange Vergangenheit. Die Lösung des Problems gelang 1879 dem Wiener Instrumentenmacher JOSEF LEITER (1830–1892) und dem Urologen MAXIMILIAN NITZE (1848–1907). Erstmals wurde die Lichtquelle – ein Platinglühdraht – in die Blase eingebracht und über ein Spiegelchen und eine Optik konnte das Blaseninnere besehen werden. Da die Lampe zu heiß wurde und Verbrennungen zu befürchten waren, mußte eine Wasserkühlung zugeschaltet werden, was die Kompliziertheit des Gerätes erhöhte. Das erste funktionstüchtige Zystoskop der Welt von 1879 konnte 1886 durch die Einführung des Mignonlämpchens vereinfacht werden. LEOPOLD VON DITTEL (1815–1898), der zum Begründer der Urologie im deutschen Sprachraum geworden war, hat an diesem Instrument lebhaften Anteil genommen, ließ vorerst Leichenversuche machen und dann Untersuchungen an Kranken. Wie in der Augenheilkunde und Laryngologie brach nun mit dem neuen Instrument in der Urologie eine umfangreiche Forschungsarbeit an. Wien wurde zum europäischen Zentrum auch dieses medizinischen Faches.

Die Luftröhre und Speiseröhre samt Magen zu erforschen war ein weiteres Anliegen, CARL STOERCK (1832–1899) versuchte es in Wien, indem er vom Türck-Czermak'schen Kehlkopfspiegel ausging, der endgültige Erfolg fiel aber JOHANN VON MIKULICZ-RADECKI (1850–1905) zu; gemeinsam mit Leiter konstruierte er 1881 ein brauchbares Oesophagoskop. Ausgehend vom Prinzip des Zystoskopes lehrten Mikulicz Leichenversuche, daß nur ein gekrümmtes Rohr bis an den Fundus des Magens gebracht werden konnte: das Ergebnis war ein 65 cm langes, 14 mm dickes im Winkel von 150° abgebogenes Metallrohr: das funktionstüchtige Gastroskop.

Nicht allein Endoskope und deren Konstruktion

beherrschten diese Zeit, ein anderes Instrument wurde entwickelt, das noch heute bei Ärzten und Patienten in häufigem Gebrauch ist: das Blutdruckmeßgerät. Es war SAMUEL SIEGFRIED VON BASCH (1837–1905), dem 1880 die Konstruktion gelang. Basch war Leibarzt des Kaisers Maximilian von Mexiko, kehrte 1868 mit dessen Leichnam nach Wien zurück und begann bald danach an verschiedenen Instituten mit dem Experimentieren. Am Berliner Physiologischen Institut entwickelte er das Gerät zur Messung des Blutdruckes, das er Sphygmomanometer nannte. Er hatte eine Flüssigkeitspelotte mit einem Quecksilbermanometer verbunden: *Man drücke zuerst allmälig, unter zeitweiligem Befühlen des Pulses, die Pelotte auf die Arterie und notire die Höhe der Quecksilbersäule, bei welcher der Puls verschwindet, dann übe man auf dieselbe Stelle von vornherein einen Druck aus, der den zuerst gefundenen bedeutend überschreitet, und lasse ihn nun so lange allmälig schwächer werden, bis wieder unfehlbare deutliche Pulse erscheinen. Man wird so finden, daß die nach beiden Methoden gewonnenen Werthe, aus denen man am besten das Mittel nimmt, sich nicht wesentlich von einander unterscheiden.* 1883 verwendete er statt des Quecksilbermanometers ein Metallmanometer, da ihm die Manipulation mit dem älteren Gerät zu *langweilig und zeitraubend* erschien.

Am Ende des Zeitraums unserer Ausstellung steht eine der großartigsten Leistungen in der medizinischen Weltgeschichte überhaupt: die erste erfolgreiche Pylorusresektion, durchgeführt am 29. Jänner 1881 durch THEODOR BILLROTH (1829–1894). Billroth wurde 1867 nach Wien berufen: man bedenke, ein Preuße kommt ein Jahr nach Königgrätz an den Wiener Lehrstuhl für Chirurgie! Billroth wurde 1829 auf Rügen geboren, vor seiner Berufung nach Wien war er Professor für Chirurgie in Zürich gewesen. Er brachte von der Ausbildung her alle Voraussetzungen für sein Fach mit: Tierexperimente, Arbeit am Mikroskop und die Kenntnis der Ergebnisse experimenteller Pathologie und Chirurgie. Angesichts der großen Bedeutung der erfolgreichen Magenoperation und ihres paradigmatischen Charakters soll nur darauf verwiesen werden, daß Billroth auch andere Operationen erstmals durchführte, wie etwa 1871 die Oesophagusresektion am Hund, 1873 die Totalexstirpation des Kehlkopfes am Menschen, oder daß er Arbeiten über Mikroorganismen bei Wundkrankheiten leistete, wobei er erstmals das Wort „Streptococcen" nannte.

1879 sagte Billroth: *Nachdem früher von mir gezeigt wurde, daß man Magenwunden ebenso wie den Darm vernähen kann, ohne fürchten zu müssen, daß der Verdauungssaft die Heilung . . . hindert, so steht nun anatomisch, physiologisch und technisch der partiellen Resektion des Magens beim Menschen (z. B. wegen Carcinom) nichts mehr im Wege. Es muß gelingen!* Und es gelang: alle Probleme, die denkbar waren, wurden durch Tierexperimente und die bisherige chirurgische Erfahrung gelöst, so daß die Operation gewagt werden konnte. Die Patientin, Therese Heller, überlebte die Operation um vier Monate, fühlte sich zuletzt wohl, starb aber in der Folge an einem Lokalrecidiv. Billroth überließ seinem Assistenten ANTON WÖLFLER (1850–1917) die Veröffentlichung der ausgeführten Resektionen, das Geheimnis des großen Lehrers, der weltweit schulbildend wirken sollte . . .

Trotz der großartigen Wirkung der Zweiten Wiener Medizinischen Schule kam es in dem von uns behandelten Zeitraum immer wieder zu Epidemien und Seuchenzügen; es war nämlich notwendig, nicht nur medizinische Großtaten zu setzen, sondern auch sanitäre und sanitätspolitische Maßnahmen. Diese ließen nach der Revolution lange auf sich warten. Die Sterblichkeit der Kinder (bis 1 Jahr) war hoch und bewegte sich um 25%. Stellt man die Statistik der Lebendgeborenen den Sterbefällen gegenüber, so ergab sich trotz einiger Einbrüche ein jährliches Plus von durchschnittlich 7 bis 10 Menschen, bezogen auf 1000 Einwohner, also eine deutliche Bevölkerungszunahme. Seuchenartig traten des öfteren Cholera und häufig Typhus auf, letzterer besonders im Gefolge des deutsch-französischen Krieges. Ruhr kam meist nur in den Grenzgebieten der Monarchie vor, die Blatternerkrankungen sind nach Einführung der Impfung radikal zurückgegangen. 1855, 1866 und 1873 war die Cholerasterblichkeit ungeheuer: bis zu 165.000 Tote gab es in Österreich in diesen Jahren. Die Cholera war es denn auch, die dem großen, stets drängenden Reformer, dem eigenwilligen Humanisten, BARON

Jaromir von Mundy (1822–1894), als ihm im Frühjahr 1868 die Reformen und die Bemühungen um ein Sanitätsgesetz zu langsam vorangingen, die Worte finden ließ: *Unterdessen sollen wir also bis September mit den Sanitätsreformen warten. Da könnte es geschehen, daß, wenn gerade die Enqueten tagen werden, ein unheimliches Gespenst auch am grünen Tische der offiziellen Sanitätsmitglieder plötzlich Platz – und das Präsidium übernehmen wird. Sein Name ist ‚Cholera'.* Am 30. April 1870 endlich wurde das Reichssanitätsgesetz (Gesetz zur Organisation des öffentlichen Sanitätsdienstes in Österreich) beschlossen. Wenn auch die Annahme der entsprechenden Landesgesetze lange auf sich warten ließ – Galizien, Steiermark und Oberösterreich erst 1891 – muß man dem Gesetz doch zubilligen, daß es praktisch bis heute die gültige gesetzliche Regelung des öffentlichen Sanitätswesens darstellt.

Doch mit einem Gesetz – das noch dazu schleppend ratifiziert und gehandhabt wurde – war es noch nicht getan. Schon für die Zeitgenossen war es deutlich, daß erst eine hygienische Einrichtung wie die Erste Wiener Hochquellen-Wasserleitung (1873) die Situation verbesserte: anhand der Cholera- und Typhusstatistik läßt sich das signifikant nachweisen. Mit Ausnahme des Ersten Weltkrieges, sind beide Krankheiten danach nie wieder epidemisch aufgetreten, die Sterblichkeit bei Typhus sank bald auf ein Zehntel, die Cholera verschwand fast ganz.

Am 8. Dezember 1881 brannte das Wiener Ringtheater; die traurige Dramatik des Geschehens hatte eine positive Wirkung: am Tage danach wurde von Jaromir von Mundy, gemeinsam mit Hans Graf Wilczek (1837–1922) und Eduard Graf Lamezan (1835–1903) die Wiener Freiwillige Rettungsgesellschaft gegründet. Erst eine Katastrophe mußte die Behörden aufrütteln, doch die Toten des Ringtheaterbrandes waren der Anstoß für millionenfache Hilfe für künftige Generationen durch die Rettungsgesellschaft.

Die Sorge um die medizinische Versorgung der Bevölkerung ist eine stets brennende. Trotz der Bevölkerungszunahme konnte das Verhältnis der Bevölkerungszahl zur Bettenzahl in den Spitälern verbessert werden: gab es 1848 in Österreich (ohne Ungarn) 189 Spitäler mit 12.701 Betten (ein Bett pro 1.416 Einwohner), so verbesserte sich die Situation 1880 auf 479 Spitäler mit 27.216 Betten, was einen Stand von einem Bett für 807 Einwohner bedeutete. Besonders die Zahl der Kinderspitäler wurde erhöht, die allgemeinen Verbesserungen waren im ganzen Land zu spüren. Wenn auch zu sagen ist, daß der große „Spitalsboom" etwa in Wien um die Jahrhundertwende bzw. danach auftrat (man denke an Lainz, die Anstalt „Am Steinhof" und die „Neuen Kliniken"), so gab es doch in Wien vier bemerkenswerte Neugründungen: 1851 die neue Landesirrenanstalt, 1865 die Rudolfs-Stiftung im dritten Wiener Gemeindebezirk, 1872 die Allgemeine Poliklinik, die gleichsam als eigenständige Gründung junger Wissenschafter und Ärzte außerhalb der Fakultät und des Allge-

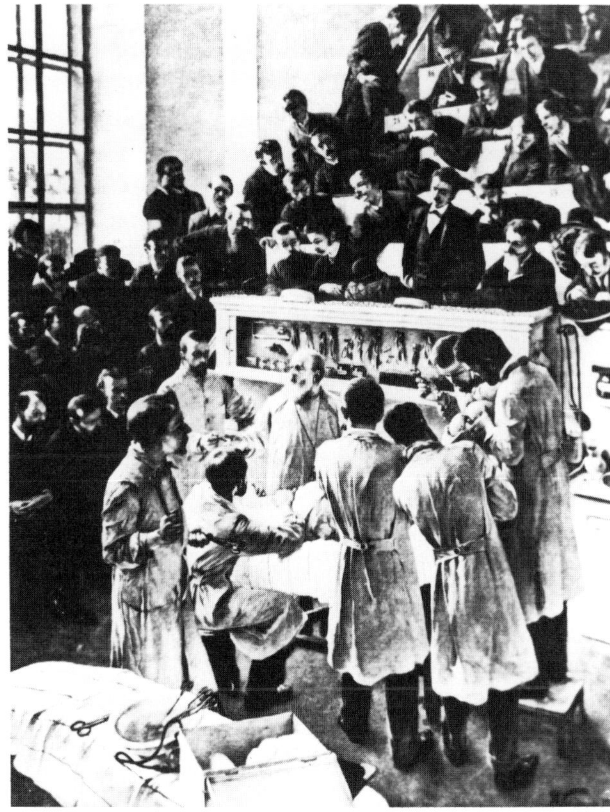

Theodor Billroth im Hörsaal (Wien, Institut für Geschichte der Medizin)

meinen Krankenhauses gelten kann, und das Rudolfinerhaus 1882, in dem Billroth eine Krankenpflegerinnenschule eingerichtet hat.

In unserem Zeitraum wäre auf dem Gebiet des Armenwesens viel zu tun gewesen; in der Praxis wurde man allerdings weder durch Gesetze von Seiten des Staates und der Gemeinden, noch durch die private Wohltätigkeit – meist von kirchlicher Seite – der Probleme Herr. Entscheidend waren in dieser Zeit die Fonds und Stiftungen, Legate und Geschenke; dies sollte bis in die Zeit der Republik so bleiben. Daneben gab es die Einrichtungen der Armenkrankenpflege mit unentgeltlicher Ordination und Arzneien. Eine Arbeitsanstalt (1883 in ein Asyl- und Werkhaus umgestaltet) bestand seit 1804 in Wien und auch das josephinische Waisenhaus war in der Zeit (bis 1910) in Betrieb. 1874 wurde der Titel „Armenrat" eingeführt.

Das Problem der Armenversorgung lag hauptsächlich darin, daß niemand wußte, wer welche Arme zu versorgen hätte. Die geographische, regionale Aufteilung konnte durch keinen Humanismus hinwegdiskutiert werden. So kam es im Gesetz vom 3. Dezember 1863 betreffend die Regelung der Heimatverhältnisse (Heimatgesetz) zu dem berühmten § 1: *Das Heimatrecht in einer Gemeinde gewährt in derselben das Recht des ungestörten Aufenthaltes und den Anspruch auf Armenversorgung.* Dieses Gesetz sollte auch noch in der Zwischenkriegszeit, als Julius Tandler in Wien das geschlossene System der Fürsorge einführte, die Grundlage für Armenwesen und Fürsorge bleiben. Für die Armen war dieses Gesetz häufig wertlos, da das Heimatrecht nur durch Geburt, Verehelichung, Aufnahme in den Heimatverband und durch Erlangung eines öffentlichen Amtes zu erhalten war: die Armen aber waren vielfach nicht mehr am Ort ihrer Geburt und hatten ihrem sozialen Status entsprechend auch kaum Chancen über die drei anderen Wege das Heimatrecht zu erhalten. Noch 1899 kann man lesen: *In gleichem Maße, in welchem die Binnenwanderung in Österreich sich entwickelt, wird es schwieriger, gegen den Willen der Aufenthaltsgemeinde darin das Heimatrecht zu gelangen, und mit dem Heimatgesetz vom Jahre 1863 wird ... die Aufnahme in den Gemeindeverband ganz in das Belieben der Gemeinde gestellt.*

Literatur (in Auswahl):

Die wichtigste Forschungsarbeit und Darstellung dieses Themas wurde von *Erna Lesky* geleistet: „Die Wiener Medizinische Schule im 19. Jahrhundert". Weitere Literatur, außer der unten angeführten, findet sich im Institut für Geschichte der Medizin der Universität Wien.

Absolon, K. B., Theodor Billroth. Surgeon, humanist, artist, 2 Bde., Washington o. J. – *Antall, J.*, Die historischen und wissenschaftsgeschichtlichen Faktoren der Entwicklung der Pester medizinischen Schule in der Mitte des 19. Jahrhunderts, in: Wiss. Zeitschrift der Humboldt-Univ. Berlin, math.-nat. R. 19 (Berlin 1970) S. 425–429. – *Antall, J.*, Sándor Lumnitzer es a pesti orvosi skola (Sándor Lumniczer und die medizinische Schule von Pest) Budapest 1968. – *Berner, P.; Spiel, W.; Strotzka, H.; Wyklicky, H.*, Zur Geschichte der Psychiatrie in Wien. Eine Bilddokumentation, Wien 1983. – *Brücke, E. Th.*, Ernst Brücke, Wien 1928. – *Daimer, J.*, Geburten- und Sterblichkeitsverhältnisse in Österreich während der Jahre 1819–1899, Wien 1902. – *Gortvay, Gy.; Zoltán, I.*, Semmelweis. His Life and Work, Budapest 1968. – *Grois, B.*, Das Allgemeine Krankenhaus in Wien und seine Geschichte, Wien 1965. – *Heger, H.*, Österreichs Wohlfahrtseinrichtungen 1848–1898, 4 Bde., Wien 1899. – *Hyrtl, J.*, Vergangenheit und Gegenwart des Museums für menschliche Anatomie an der Wiener Universität, Wien 1869. – *Johnston, W. M.*, Österreichische Kultur- und Geistesgeschichte. Gesellschaft und Ideen im Donauraum 1848 bis 1938, Wien 1972. – *Koerting, W.*, Die Deutsche Universität in Prag. Die letzten hundert Jahre ihrer Medizinischen Fakultät, München 1968. – *Lesky, E.* (Hg.), Carl Rokitansky, Selbstbiographie und Antrittsrede, Wien 1960. – *Dies.*, Meilensteine der Wiener Medizin. Große Ärzte Österreichs in drei Jahrhunderten, Wien 1981. – *Dies.*, Ignaz Philipp Semmelweis und die Wiener Medizinische Schule, Wien 1964. – *Dies.*, Die Wiener Medizinische Schule im 19. Jahrhundert, Graz–Köln 1978². – *Lewandowski, R.*, Das elektrische Licht in der Heilkunde, Wien–Leipzig 1892. – *Mundy, J. v.*, Beiträge zur Reform des Sanitätswesens in Österreich, Wien 1868. – *Puschmann, Th.*, Die Medicin in Wien während der letzten 100 Jahre, Wien 1884 – Rudolfinerhaus 1882–1982, Festschrift, Wien 1982. – *Ruhdorfer, U. E.*, Die klinische Blutdruckmessung – rund 100 Jahre alt, in: Österr. Ärztezeitung 37/4 (Wien 1982) 193. – *Sablik, K.*, Das Gesetz zur Organisation des öffentlichen Sanitätsdienstes in Österreich von 1870, in: Mitteilungen der Österr. Sanitätsverwaltung 71 (Wien 1970) Heft 6–7. – *Sablik, K.*, Joseph Dietls Wiener Jahre (1824–1851). Kulturbeziehungen in Mittel- und Osteuropa im 18. und 19. Jahrhundert, in: Festschrift für Heinz Ischreyt. Studien zur Geschichte der Kulturbeziehungen in Mittel- und Osteuropa IX (1982) S. 41–50. – *Schönbauer, L.*, Das medizinische Wien, Wien 1947². – *Stadler, R.*, Die Wasserversorgung der Stadt Wien in ihrer Vergangenheit und Gegenwart, Wien 1873. – *Sternberg, M.*, Josef Skoda, Wien 1924. – *Türck, L.*, Praktische Anleitung zur Laryngoskopie, Wien 1860. – *Weiß, K.*, Geschichte der öffentlichen Anstalten, Fonde und Stiftungen für die Armenversorgung in Wien, Wien 1867. – *Wölfler, A.*, Über die von Herrn Professor Billroth ausgeführten Resectionen des carcinomatösen Pylorus, Wien 1881. – *Wunderlich, C. A.*, Wien und Paris. Ein Beitrag zur Geschichte und Beurteilung der gegenwärtigen Heilkunde in Deutschland und Frankreich, Stuttgart 1841.

DIE BILDENDEN KÜNSTE

Walter Krause

DIE BILDENDEN KÜNSTE

Die francisco-josephinische Epoche bildet nicht nur einen markanten Begriff der allgemeinen Geschichte. Ähnlich dem viktorianischen Zeitalter Britanniens verbindet sich damit auch in der kunstgeschichtlichen Betrachtung ein wichtiger und charakteristischer Abschnitt, der sowohl unter dem Stichwort „Krise" wie auch unter dem Stichwort „Blütezeit" erfaßt worden ist. Solche Deutungen erheben jede für sich nur zu gerne den Anspruch auf alleiniges Gelten. Indes stehen sie in keinem unbedingten Gegensatz zueinander. Als krisenhaft empfunden wurden der allmähliche Verlust der alten Wertordnung, das oft auch von der Zeit bekundete Gefühl der Unsicherheit, mit dem man sich der Zukunft stellte. Das aus der Antike abgeleitete Ideal klassischer Humanität hatte seit der Renaissance die abendländische Kunstentwicklung bestimmt; nun sah es sich, wie überall in der westlichen Welt, in seiner kanonischen Ausschließlichkeit in Frage gestellt und verlor schließlich seine dominierende Stellung. Teilweise als Reaktion erfolgten das kritische Wägen nicht-konformer Stilrichtungen und verbreitet ein betontes Hinwenden zu jenen traditionellen Bindungen, welche von ihren Bekennern in bewußter Überhöhung als zeitlose, stets sich erneuernde und für Vergangenheit, Gegenwart und Zukunft gleich gültige Normen verteidigt wurden. *Der höchste Vorwurf der Kunst für denkende Menschen ist der Mensch*, wie der Bildhauer JOHANNES BENK formulierte. Angesichts des Maschinenzeitalters, dessen rapider technischer und kommunikatorischer Fortschritt einerseits faszinierte, andererseits erschreckte, gewannen gegenüber dem Nützlichkeitsdenken Natur, organische Schönlebendigkeit und kulturelle Überlieferung die Aura des Gefährdeten, dessen Substanz es zu bewahren galt. Das zunehmende Verständnis dieses Phänomens in unseren Tagen beruht nicht zuletzt auf den verwandten Polaritäten des 19. und des 20. Jahrhunderts und auf einem ähnlich gelagerten historischen Pessimismus.

Wenn die Macht des Geschichtlichen auch für das Zeitalter des Historismus unbestritten bleibt, so läßt sich dennoch nicht alles an ihm aus der Geschichte erklären. Mit dem mehr oder weniger intensiven Zitieren von Vorbildern war es ja nicht getan. Nicht auf die simple – und im Grund ja unmögliche – Wiederholung des Gewesenen kam es an, sondern um seine Aneignung und Aufbereitung für die Jetztzeit. Sie konnte sich des Zitats in verschiedener Weise bedienen, etwa im Sinn des Legitimitätsbestrebens oder aus einer modernen „Collage"-Gesinnung heraus, um nur zwei Möglichkeiten zu nennen. Die Hauptsorge galt aber weniger der Frage nach neuen oder alten Stilen, sondern der Nivellierung nach unten, die infolge der revolutionierten Produktionsmethoden drohte.

Den Gefahren der Kommerzialisierung suchte man durch Reformen sowohl im „konservativen" wie auch im „radikalen" Sinn immer wieder zu entgehen, mußte das Faktum als solches aber zur Kenntnis nehmen. Wirtschaftliche Nutzung der künstlerischen Schöpfung und damit zusammenhängend ein gewisses Maß an Werbung bildeten die Vorbedingungen für die harmonische Koexistenz zwischen dem Künstler und der verbürgerlichten Gesellschaft, in welcher der einzelne Auftraggeber häufig durch viele – nachträgliche – Abnehmer des fertigen „Produkts" ersetzt oder ergänzt wurde. Beispielsweise war es üblich, Denkmäler, Porträts bekannter Persönlichkeiten, Medaillen und dergleichen im kleinen Format, oft mehrfach variiert, zu wiederholen und einem größeren Interessentenkreis zu offerieren. Als Werbeträger fungierten nicht selten Photographien, die, auf Karton aufgezogen und oft signiert, echten Geschenkwert bekamen. Auf diesem Weg konnte ein vielleicht wenig lukrativer Auftrag zu ausreichendem Gewinn verhelfen, was sich wiederum auf das Anbot und die Ausschreibung auswirkte. Für die Malerei fungierte die Reproduktionsgraphik je nach Technik und Aufwand als Werbeträger ebenso wie als Volksausgabe. Maler wie HANS CANON oder LEOPOLD CARL MÜLLER brillierten als Illustratoren und Karikaturisten. Ihr Beispiel warnt davor, den Blick nur auf die „hohen" Kunstgattungen zu richten. Popularisiert wurde auch die Baukunst, indem bedeutende Planungen und Einzelideen immer wieder umgeprägt wurden für weniger potente Ansprüche bis hin zum Massenverbrauch. Nicht diese Umstände als solche dürfen als Werbekriterium herangezogen werden, sondern jeweils nur das Resultat in Verbindung mit dem Zweck. Vom hohen bis höchsten Niveau traf man alles bis herab zum Kitsch, womit sich der Kreis wieder bei der Kommerzialisierung schließt. So wie es galt, die Brücke zwischen Einst und Jetzt zu schlagen, so bemühten sich Institutionen wie Museen, Gewerbevereine, Berufsverbände, Fachschulen usw. mit Hilfe von Mustersammlungen, durch Kritik und Lehre die Zäsur zwischen Kunst und Kommerz zu verringern.

Selbstverständlich gelten die aufgezählten, durchaus schablonisierenden Gesichtspunkte generell. Für den Bereich der Habsburgermonarchie ergab sich die Chance einer kräftigen künstlerischen Akzentuierung nicht zuletzt durch die politischen Schwierigkeiten, die nach repräsentativer Kompensation verlangten. Im Verlauf einer tief in der Aufklärung des 18. Jahrhunderts verankerten Entwicklung kam es nach der Jahrhundertmitte zu einer Konzentration und Ballung von kulturellen Höchstleistungen, die auf die einzelnen Kunstgattungen durchaus nicht gleichmäßig verteilt waren. Der hochgepeitschte Nationalismus wirkte als Antrieb ebenso, wie er infolge des überzogenen Konkurrenzdenkens mitunter pervertierte. Wesentlicher Faktor war die Zentralisierung, welche von Kaiser und Staatsbehörden ausging. Zwar entstanden noch zahlreiche Landschlösser und Villen, aber das städtische Element gewann die Oberhand und prägte auch ursprünglich ländliche Siedlungen. Im Salzkammergut etwa zog das Vorbild des Kaisers den Hof und die Gesellschaft nach sich, sodaß Ischl und Gmunden urbanen Charakter erhielten. Die bedeutendsten Künstler, die hier tätig wurden, kamen aber aus Wien, denn die Hauptstadt entwickelte die größte Anziehungskraft auf alle Talente und zog viele sogar aus der Fremde in ihren Bann. Gerade in den ersten Jahrzehnten war der Anteil der gebürtigen Nichtwiener erstaunlich groß: THEOPHIL HANSEN z. B. kam aus Dänemark, FRIEDRICH SCHMIDT und ANTON DOMINIK FERNKORN aus Deutschland, HANS MAKART aus Salzburg. Umgekehrt wirkten Wiener Künstler und Wiener Kunst zunehmend in die Ferne, wurden Wiener Vertreter im Ausland zu einschlägigen Entscheidungen herangezogen.

Die im Rahmen einer sich verändernden Weltordnung entstehenden Grundlagen der Moderne verschränkten sich mit dem imperialen bzw. großbürgerlichen Glanz traditionsgefestigter Repräsentation und Ästhetik. Immer wieder spürt man das Bemühen der Epoche, die widerstreitenden Anforderungen in befriedigender Weise zu vereinen, das bewußte Erleben oder anders gesagt: das Nicht-Verleugnen der Vergangenheit mit den neuen Errungenschaften zur Synthese zu bringen.

Der Architektur eröffneten sich neue Aufgabengebiete im Bahnhof- und Industriebau, in Straßenbauwerken und rapid anwachsenden Stadtvierteln. Budapest, das 1872 als vereinigte Stadt konstituiert wurde, stieg im hier behandelten Zeitraum rasch zur Weltstadt auf, was sich an der explodierenden Einwohnerzahl ebenso ablesen läßt (von 130.000 in der Jahrhundertmitte auf 360.000 im Jahr 1880) wie an der architektonischen Ausstattung und der städteplanerischen Durchbildung. Schulen, Ämter, Verwaltungsgebäude wurden in großer Zahl erforderlich und es war kein Wunder, daß das Betätigungsfeld des Ingenieurs immer größer wurde und er von der Achitektenschaft mißtrauisch angesehen wurde. Die Bautheoretiker von GOTTFRIED SEMPER bis hin zu OTTO WAGNER betonten denn auch den Führungsanspruch des Baukünstlers und warnten vor der Verselbständigung des rein technischen Bereichs. Architektur war Mitteilung und bediente sich, um verständlich zu sein, gewisser Symbole und Formen, deren Verständnis dem Bildungsbürger geläufig war. Wenn IGNAZ ULLMANN um 1860 eine Hochofenanlage in Kladno mit Motiven der

Ignaz Ullmann, Die Hochofenanlage in Kladno, um 1860

Festungsarchitektur zur Wehrhaftigkeit stilisiert, die beinahe als Drohgebärde empfunden werden kann, so liegt im visuellen Machtanspruch ein reales Bewußtsein über die Bedeutung solcher Anlagen; darüber hinaus wird dem Unberufenen signalisiert, in Distanz zu bleiben. Der fortifikatorische Charakter hat hier nichts Spielerisches an sich wie in der tatsächlichen Burg- und Schloßarchitektur der Zeit. Die Sinnhaftigkeit liegt auf der Hand.

Neu aufstrebende Großstädte zeigen der technischen Konstruktion gegenüber eine offenere Haltung. Wieder dient uns Budapest als Beispiel, wo der Westbahnhof (1874–77) die Glas-Eisen-Konstruktion offen zur Schau trägt; die Ausführung besorgte die Pariser Firma Gustave Eiffel! Sowohl die Wiener Kopfstationen als auch der 1871 errichtete, heute zerstörte, alte Hauptbahnhof in Prag (von Antonín Barvitius) verhüllen in ihrer äußeren Erscheinung die moderne Konstruktionsweise weitgehend. Der Budapester Westbahnhof ist trotzdem nicht weniger traditionsbezogen, seine Wurzeln reichen unter anderem bis in die neogotische Gartenarchitektur des 18. Jahrhunderts in England (Temple of Liberty in Stowe, 1741).

Nachdem sich die Kunst im Vormärz vielfach in den Privatbereich zurückgezogen hatte, strebte sie nun entschieden die Öffentlichkeit an. Der bestehende Nachholbedarf war dem jungen Franz Joseph und seinen Ratgebern ebenso bewußt wie das Verlangen, den Anspruch des Kaisertums und des Erzhauses nach außen hin sichtbar in Erscheinung treten zu lassen. Die Reichshaupt- und Residenzstadt sollte nicht länger hinter München, Berlin, Dresden, Paris oder London zurückstehen. Mit Entschiedenheit und Ausdauer setzte sich Franz Joseph daher für die Erweiterung und Verschönerung Wiens ein, den Widerstand konservativer Kreise durchbrechend und den Schöpfern der Ringstraße den Rücken stärkend.

Es wird immer ein seltsamer Widerspruch bleiben, daß diese Ära den Namen eines Herrschers trägt, dem man so lange nicht so sehr die Schlüsselstellung als

Patron und Förderer bestritt als das eigentliche Verständnis für die Kunst, welches bei einer so engagierten Haltung schwerlich zu entbehren war. Die Quellen sprechen aber eine deutliche Sprache und verraten neben dem spezifischen Interesse auch zahlreiche Stellungnahmen und Aktionen des Kaisers, die das erwähnte Vorurteil gründlich widerlegen. Daß die Wiener Ringstraße zum Inbegriff des Historismus in der Monarchie geworden ist, verdankt sie nicht zum wenigsten ihrem Souverän, der wohl auf keinem Gebiet so erfolgreich agierte wie auf dem der bildenden Kunst und der auf keinem so sehr verkannt wurde.

Freilich handelt es sich bei der Ringstraße nicht um eine Kreation, die einfach mit der francisco-josephinischen Epoche als synonym zu gelten hat. Ausführung und Auswirkung setzen erst gegen Ende des sechsten Jahrzehnts ein. Die Jahre unmittelbar nach 1848 erscheinen nicht weniger wichtig. Damals erfolgte ein Austasten der Möglichkeiten, ein Experimentieren und ein Ringen um verbindliche Formen sowohl von seiten der Staatsgewalten als auch seitens des Bürgertums und der Künstlerschaft. Konform mit den neoabsolutistischen Absichten und als ideologisches Gegengewicht zum liberalen Gedankengut der Revolution sollte die offizielle Architektur eine Position der Stärke verdeutlichen oder auch nur vortäuschen. Darüber hinaus sollte sie modellhaft die Loyalität für das angestammte Herrscherhaus bekunden. Zwangsläufig schoben sich damit militärische Anlagen ins Blickfeld. Es entstanden monumentale Feldherrendenkmäler und insbesondere Kasernenbauten, die ganz auf gehobene architektonische Ansprüche gestimmt waren. Häufig assimilierten sie Elemente des romantischen Schloßbaues. Wien ist hier natürlich an erster Stelle zu nennen. Auf drei Seiten wurde die Innere Stadt von neuerrichteten Kasernen quasi eingeklammert. Doch nur die zuerst errichtete Franz-Josephs-Kaserne entsprach der Vorstellung einer echten „Zwingburg". Ihren stilistischen Nachhall findet man bezeichnenderweise im besiegten Ungarn. Schon im Arsenal lockerten jedoch dekorative Strukturen die strenge Kompaktheit, wie überhaupt der künstlerische Aufwand die Erscheinung viel nachdrücklicher mitbestimmt, sodaß das ästhetische Erlebnis ausschlaggebend wird. Die Anlage kulminierte im k. k. Waffenmuseum, wodurch der Umsetzung und Vergeistigung des militärischen Handwerks anschaulich der Vorrang zugestanden wurde. Fast schon attrappenhaft mutet das Äußere der Roßauer Kaserne an, welche vom fortifikatorischen Standpunkt aus echte „Mängel" aufweist und nicht umsonst der Ringstraßenzone integriert ist. Kein Wunder, daß man die Franz-Josephs-Kaserne schon 1898 der Neugestaltung des Stubenviertels opferte, während sich die anderen Bauten im Stadtbild erhielten.

Den Mittelpunkt des Waffenmuseums bildete die sogenannte Ruhmeshalle. Von der Idee her ähnlich konzipiert ist auch der Heldenberg im niederösterreichischen Klein-Wetzdorf. Beide Schöpfungen lassen die romantische Idee der „Walhalla" anklingen (und Ähnliches war auch für die Wiener Votivkirche geplant), und beide Anlagen tendieren zum Gesamtkunstwerk, zur übergreifenden Gestaltung, bei der die Kunstgattungen bzw. verschiedene künstlerische Gattungselemente zur untrennbaren Einheit verschmolzen werden: beim Heldenberg sind es Architektur, Plastik und (Landschafts-)Garten; im Arsenal entwikkeln Monumentalmalerei und monumentale Skulptur gemeinsam mit den prunkvoll instrumentierten Bauformen den Gesamtakkord der Verherrlichung österreichischer Geschichte. Hatte die frühe Romantik gerne darauf gezielt, jene Möglichkeiten auszuloten, welche sich aus der Isolation der Künste ergaben, so war nun die Spätphase gekennzeichnet vom Ringen um die verlorene Einheit.

Noch ein wesentliches Moment ist im Zusammenhang mit dem Heldenberg hervorzuheben: das Zusammentreffen großbürgerlichen Mäzenatentums mit der offiziell vertretenen Anschauung und der aristokratischen Repräsentation. Die bruchlose Übereinstimmung kam bei dieser eher ungewöhnlichen Aufgabe nicht weniger zum Ausdruck als an der Ringstraße, wo etwa ein Erzherzog und ein – erst später neugeadelter – Großindustrieller ihre vom gleichen Architekten geschaffenen, einander gegenüberliegenden und aufeinander abgestimmten Palaisbauten bezogen. Franz von Wertheim, der sich auf diese Weise neben den Kaiserbruder Ludwig Victor stellte, war der clevere Geschäftsmann schlechthin, dessen praktische Erfolge und Einsatz über manche unangemessenen Eigenheiten hinwegsehen ließen. Mochte sich der alte Adel im gesellschaftlichen Verkehr teilweise einigeln, in der künstlerischen Repräsentation war dies nicht möglich. Zwischen den Stadtpalästen und Landschlössern der großen Bankiers, Unternehmer und Kaufleute und denen der Hocharistokratie bestand kein prinzipieller Unterschied. Unisono strebte man in diesen Werken nach der Einheit von Idealität und Realität. Der nächste Schritt war der zum Zinspalais, das einem viel größeren Kreis den Zugang zu dieser Möglichkeit von künstlerischer Selbstdarstellung eröffnete.

Bevor wir aber diese Weiterentwicklung verfolgen, ist des zweiten Pfeilers zu erwähnen, auf den sich der Neoabsolutismus stützte: die Kirche. Tatsächlich läßt sich um 1850 eine ganze Reihe überdurchschnittlicher Sakralbauten orten: die Votivkirche in Wien – unter kaiserlicher Familienpatronanz als Denkmalbau begonnen, aber schließlich zu bloß pfarrlicher Funktion bestimmt –, die Pfarrkirche von Fót (bei Budapest), die aber mehr Denkmal des Bauherrn Graf Károlyi und seiner Familie war und als Signal nationalungarischer Stiltendenzen eine eindrucksvolle künstlerische Ausstrahlung entwickelte, die Cyrill- und Method-Kirche in Prag-Karolinenthal (Karlín) und die Altlerchenfelder Kirche, gleichfalls in Wien. Von Künstlerschaft und Kritik wurde die letzte besonders hervorgehoben, nachdem 1848 bezüglich der Weiterführung des Baues eine öffentliche Ausschreibung entschied. Damit hatten sich die bisher abseits stehenden Kräfte gegen den staatlichen Dirigismus im Architekturwesen durchgesetzt. Die zeitgenössische Schwarzweißmalerei in diesen Dingen ist allerdings kritisch aufzufassen. Stilistisch hängt die Altlerchenfelder Kirche in vielem vom Vorbild der Münchner Ludwigskirche ab, während die anderen Sakralbauten nach größerer Eigenständigkeit trachteten. Sie alle aber verkörpern wieder den Hang zum Gesamtkunstwerk. Schließlich geht auf diese Zeit auch das anspruchsvollste österreichische Kirchenprojekt zurück, das in der zweiten Hälfte des 19. Jahrhunderts in Angriff genommen wurde: der Linzer Dom.

Lassen sich in Böhmen und Österreich häufig parallele Entwicklungen feststellen, die durch wiederholten Austausch von Künstlerpersönlichkeiten auch praktisch untermauert werden, so versuchte man in Ungarn, wenigstens auf dem künstlerischen Sektor der Opposition gegen Habsburg Ausdruck zu verleihen. Daher regten sich nun erstmals ernsthafte Versuche, ein spezifisches architektonisches Idiom zu schaffen, eine nationale Bauweise, die beeinflußt von byzantinisierenden und orientalisierenden Formen eine reich ornamentalisierende Oberfläche bevorzugte und der ungarischen Architektur eine „barbarische" Note verlieh. War es vielleicht auch nicht mehr, so bewirkte sie doch eine gesteigerte Experimentierfreudigkeit und den Mut zu unorthodoxen, oft sehr originellen Einfällen. Als führender Baukünstler trat Miklós Ybl hervor, der aber auch den neorenaissancistischen und neobarocken Einflüssen die Richtung wies und bis zu seinem Tod 1891 eine maßgebende Stellung verkörperte. Der gleichen Generation gehörten in Wien August von Sicardsburg und Eduard van der Nüll an. Der Konkurrenzdruck war in der Hauptstadt aber viel größer. Die beiden konnten sich zwar bis in die sechziger Jahre hinein eine gewisse Vorrangstellung sichern, die durch den Bau des Opernhauses gekrönt wurde, dennoch zeichneten sich früh mehrere Gruppierungen und herausragende Persönlichkeiten ab, ohne daß eine von ihnen ähnlich dominiert hätte wie später Makart in Malerei, Mode und Milieu. Es läßt sich nur beobachten, daß die zwischen 1810 und 1830 geborene Generation alle wichtigen Bauaufträge an sich ziehen konnte. Eine Ausnahme bildete lediglich der Justizpalast von Wielemans. Carl Hasenauer errang Achtungserolge, wuchs aber erst allmählich in eine Schlüsselposition hinein, nachdem Gottfried Semper den Pfad zum Späthistorismus gebahnt hatte, dabei selbst aber auf der Strecke geblieben war.

Das Verhältnis zu den anderen Kunstgattungen war bei den Vertretern der Spätromantik – Sicardsburg und van der Nüll an der Spitze – relativ frei und nicht von hierarchischen Vorstellungen geprägt. Der nachfolgende Strenge Historismus, in reiner Form repräsentiert vor allem bei THEOPHIL HANSEN und HEINRICH FERSTEL, pochte dagegen auf die absolute Vorherrschaft der Architektur als Mutterkunst, der sich Malerei und Plastik notfalls bis zur Selbstverleugnung unterzuordnen hatten. Das führte zwangsläufig zu Konflikten, da manche Vertreter oder Verfechter der anderen Künste dieses Diktat nicht anerkennen wollten. Ihr Widerspruch wurzelte nicht nur im romantischen Individualismus, sondern ergab sich auch aus der eigenständigen Entwicklung der Kunstgattungen, die selten genug im Gleichschritt verlief. Nimmt man als „führende" Kunstgattung diejenige an, in der sich ein Wandel zu neuen Präferenzen und das Anpassen an moderne Bedürfnisse zuerst nachweisen läßt, dann wird klar, warum die Makart-Zeit ihr Idol in einem Maler fand. Denn der Malerei war es von vornherein gegeben, leichter und rascher auf geänderte Erwartungen zu reagieren bzw. solche Entwicklungen selbst auszulösen – man denke etwa an WALDMÜLLER. In der zweiten Hälfte des 19. Jahrhunderts ergab sich immer klarer die Dominanz der Malerei und der malerischen Prinzipien: Abstimmen auf rein optisch zu erfassende Phänomene wie Farbe, Licht-Schatten-Wirkung, Auflösung der festen Form, Bewegung usw. In der Landschafts- und Freilichtmalerei überrascht das selbstverständlich nicht, ergibt es sich doch oft wie von selbst aus der Beobachtung der Natur und des Atmosphärischen. Hier ist daran zu erinnern, daß sich schon in mehreren Bildern Adalbert Stifters frühimpressionistische Züge finden. Die Kritik hat jedoch auch in der Salonmalerei über vordergründig-thematischen Bezügen häufig die formalstilistisch fortschrittliche Komponente übersehen. Was die Monumentalmalerei betrifft, so war diese der Architektur eo ipso in besonderem Maß verpflichtet, begann sich aber nach der Jahrhundertmitte teilweise zu verselbständigen. Die Geschichte des Arsenals illustriert diesen Vorgang mit charakteristischen Eingriffen Kaiser Franz Josephs. Wien besaß in CARL RAHL eine starke Persönlichkeit der Profankunst einerseits und in den späten Nazarenern andererseits genügend bedeutende Talente für Kirchenausstattungen, wußte weiters auch geeignete Kräfte aus Böhmen zu gewinnen, sodaß sich ein merkbarer Schwerpunkt und eine echte Schule der Moumentalmalerei ergab. Auch die monumentale Plastik florierte ja hauptsächlich in Wien und in Prag. Selbst die Dekoration der Kirche in Fót bestritten mit BLAAS, FERNKORN und JOSEF GASSER allein österreichische Künstler. Auf dem Feld der Historienmalerei stand Wien dafür gegen Ungarn zurück.

Das Land der Magyaren war infolge der türkischen Oberhoheit lange abseits der mitteleuropäischen Kulturentwicklung gestanden und hatte erst im Lauf des fortschreitenden Barocks den Anschluß allmählich wiedergefunden. Bedingt durch den verständlichen Nachholbedarf war man lange auf Berufungen aus der Fremde angewiesen. Erst an der Wende zum 19. Jahrhundert begann sich das einheimische Element stärker in den Vordergrund zu schieben. Das stetig wachsende Nationalbewußtsein kämpfte im Vormärz mit dem geistigen Provinzialismus. Es versteht sich von selbst, daß die politischen Ereignisse von 1848 die existierenden Spannungen erst recht an die Oberfläche brachten. In seinem Roman *Egy magyar nábob* („Ein ungarischer Nabob", 1853) hat der ungarische Dichter Jókai anschaulich geschildert, wie damals ein ausgesprochen vaterlandsbezogenes Kulturbewußtsein erwachte. Zu politischer Ohnmacht verurteilt, äußerte sich die nationale Opposition umso mehr in der Kunst. Das künstlerische Konkurrenzverhältnis zu Österreich bestand nicht erst seit dem Ausgleich von 1867, sondern bereitete sich in den vorangehenden Jahrzehnten vor. So sehr die Ungarn dabei vom Wiener Vorbild berührt wurden, so boten sie diesem trotzdem die Stirn und richteten ihre Blicke demonstrativ auf die anderen europäischen Zentren. Demgemäß entwickelten sich lebhafte Beziehungen zu München und Paris. Wichtige Künstler nahmen dort zeitweise, manche auch dauernd, ihren Aufenthalt, ohne jedoch – und das muß hervorgehoben werden – ihre Beziehung zur Heimat aufzugeben. Selbst aus dem Ausland beschickten die magyarischen Maler und Bildhauer regelmäßig die Ausstellungen ihres Vaterlandes. In Wien stellten die Ungarn aber erst 1873 bei der Weltausstellung aus, wo sie prompt besonderen Erfolg bei der westeuropäischen Kunstkritik ernteten.

Gegenüber der ungarischen Historienmalerei wirkt die österreichische Produktion in diesem Fach, soweit sie vor MAKART liegt, meist recht steif, wenn sie auch große Formate achtbar bewältigt: CARL WURZINGERS „Kaiser Ferdinand II. weist die aufständischen Protestanten zurück" (1856) läßt sich nur dann gerecht beurteilen, wenn man sich die riesenhaften Dimensionen bewußt macht (337×428 cm) und begreift, daß daraus der Hang und das Talent zur monumentalen Wandmalerei hervorgehen. Die klassizisierenden Züge entsprechen schon dem Strengen Historismus. Thematisch handelte es sich um habsburgische Programmalerei des Neoabsolutismus par excellence: Die standhafte Abwehr freiheitsfordernder Untertanen durch den habsburgischen Kaiser, das Bekenntnis zur katholischen Kirche und die entscheidende Funktion des Militärs, das im Hintergrund zwar, aber unmißverständlich die Diskussion abschneidet. Franz Joseph ernannte WURZINGER denn auch umgehend zum Akademieprofessor, notabene ohne daß man diese Institution vorher um ihre Meinung gefragt hätte. Wie sehr sich das Klima aber innerhalb weniger Jahre änderte, ergibt sich aus der 1863 erfolgten Berufung CARL RAHLS (als Nachfolger KUPELWIESERS) an die Akademie, die ihm noch 1851 nach kurzem Intermezzo auf höheren Befehl den Stuhl vor die Türe stellen hatte müssen. Der Tod Kupelwiesers erinnert übrigens daran, wieviele Persönlichkeiten, die man gewöhnlich mit dem Biedermeier identifiziert, noch bis in die sechziger Jahre die Entwicklung aktiv mitbestimmten, ohne deswegen immer einen rückständigen Eindruck hervorzurufen. Mit dem Ministerium Thun ergab sich

Carl Wurzinger, Kaiser Ferdinand II. weist am 11. Juni 1619 die Deputation der aufständischen Protestanten zurück, 1856 (Wien, Österreichische Galerie)

daneben eine bewußte Förderung des böhmischen Elements im Rahmen der Akademie. CHRISTIAN RUBEN kam aus Prag, um 1852 die Direktion anzutreten, die er bis 1865 innehatte. Diese Verknüpfung nationaler Elemente vertiefte noch den Gegensatz zu den Ungarn, die damals vor allem bei CARL VON PILOTY in München sich sammelten und in der Historienmalerei eine freiere und bewegtere Pinselsprache entwickelten. Aus dieser Schule ging auch HANS MAKART hervor, in dessen Werken die stillebenhafte Komponente aber stärker zutage tritt. Radikaler noch als die Ungarn erwies sich JAN MATEJKO, der bedeutendste Vertreter Polens in der Geschichtsmalerei, der dank eines österreichischen Stipendiums 1858/59 ebenfalls in München studierte, anschließend bei einem kurzen Aufenthalt in Wien dann in der Akademie auf scharfe Ablehnung stieß. Seine glutvolle, dramatisch bewegte Farbigkeit, die Abkehr von der klassisch-klaren Form läßt sich teilweise von Delaroche und der belgischen Historienmalerei ableiten. MATEJKO steigert die Intensität der Mitteilung ebenso wie die Empfindung der malerischen Form, etwas, das bei den akademischen Lehrern weniger Verständnis fand als später sowohl bei der Kunstkritik als auch am Kaiserhof: 1873 ernannte Franz Joseph MATEJKO zum Direktor der Krakauer Schule der Schönen Künste.

Es belegt die Spannweite der fünfziger Jahre und die Vorliebe der Romantik für Kontraste, daß sich zum kolossalen Format jetzt auf einmal die Miniaturkunst gesellte. Sie feierte ihre Wiederstehung im Medium der Buchmalerei, im berühmten Gebetbuch der Kaiserin Elisabeth und dem Missale, das der Kaiser Papst Pius IX. dedizierte. Das Gebetbuch bildete ein Geschenk der Wiener Akademie anläßlich der Hochzeit 1854. Unter den beteiligten Künstlern finden wir solche, die uns von der Wandmalerei her vertraut sind, allen voran CARL BLAAS.

Während sich also trotz der straffen politischen Organisation ein weit gefächertes Spektrum künstlerischer Möglichkeiten eröffnete, ergab sich nachfolgend, besonders seit etwa 1860 eine Umkehrung: Just als der Neoabsolutismus den liberal-bürgerlichen Kräften weichen mußte, tendierte die Kunst zu einer stärkeren Vereinheitlichung der diversen Einzelströmungen. Statt Individualismus und subjektivem Verständnis, statt der subjektiven Freiheit des Romantischen Historismus bildeten nun objektive, allgemeingültige Prinzipien das Wunschziel vieler Künstler. Als Vorteile konnten gelten die Einschränkung gewisser Willkürerscheinungen und der Umstand, daß Orientierungshilfen namentlich schwächeren oder unsicheren Talenten neuen Halt gaben. Ein letztes Mal trat die normative Ästhetik auf den Plan und bewies die Anziehungskraft ihrer idealstilistischen Gesinnung. Es war die große Stunde der Theorie. GOTTFRIED SEMPERS „Stil“ erschien ab 1861. Nicht weniger entscheidend war das schon 1850 publizierte „Kunstwerk der Zukunft“ Richard Wagners, das einen „Leitfaden“ zum Gesamtkunstwerk darstellte. Wagner verstand dieses Gesamtkunstwerk, das „Drama“, wie er es nannte, spezifisch auf den Menschen bezogen. Die Architektur stand nicht obenan, und indem sich nun einerseits das Theater (verstanden als umfassender Begriff) als die führende Aufgabe etablierte, war damit andererseits der Weg zum Späthistorismus schon geöffnet. In den sechziger und frühen siebziger Jahren vereinten sich aber noch das apollinische und das dionysische Element: der Gedanke, das System und die Einheit des Gleichartigen im Sinn der hierarchischen Disziplinierung mündeten in so prägnante Leistungen wie die Wiener Votivkirche, wo FERSTEL der Angleichung an die Architektur zuliebe bei der Dekoration sogar manche Qualitätseinbußen akzeptierte, wenn dies dem Gesamtkonzept dienlich erschien.

Das Schlüsselwerk dieser Jahre bildete jedoch das Wiener Opernhaus, dessen Bauchronik nicht nur die Veränderungen zum Strengen Historismus hin widerspiegelt, sondern auch die administrativ-praktischen Probleme, die sich an dieses große, ganz bewußt modellhaft gewünschte Vorhaben knüpften. Daß dem Theaterbau der Monarchie damit ein bestimmtes Muster vorgegeben war, ist klar, doch trugen nicht erst die berühmten Theaterspezialisten FELLNER & HELMER dieses Konzept in alle Welt hinaus, sondern schon die beinahe parallel entstandene Pariser Oper bekennt das Wiener Vorbild in einzelnen Zügen. Paris wirkte wiederum sehr bald auf Wien zurück. Das Burgtheater zog dann die Synthese daraus.

Was waren nun die konkreten Ziele des Strengen Historismus? In welcher Weise wurde getrachtet, die normative Idealität zu verwirklichen? In den einzelnen Kunstgattungen ergaben sich da unterschiedliche Präferenzen. Am nächsten lag natürlich die Rückkehr zum klassischen Stil schlechthin, das heißt zur Antike. Tatsächlich begegnen wir einem neuen Klassizismus sowohl in der Struktur unter der Oberfläche als auch in der Gestalt offenen Antikisierens. Das Stilisieren der Wirklichkeit in Anlehnung an griechisch-römisches Formengut wurde freilich nicht universal. Selbst die Architektur bevorzugte meist das moderne Kind der Antike, die Renaissance, als Leitbild und im einzelnen eher das 16. als das 15. Jahrhundert, was gewissermaßen unklassische Neigungen enthüllt. Renaissance dominierte auch in der Innendekoration: Schwere, ruhige Formen fanden Halt an Säulenordnung und Aedikulamotiv. Die tastbare Wölbung und die unverworrene Linie drückten indirekt Sicherheit und Selbstbewußtsein aus, das Bekenntnis zu großbürgerlicher Kunst und regelmäßiger Organisation. Nicht weniger profitierte von diesen Idealen der Städtebau. Straßenzüge und Stadtviertel zeigten einheitliche Gesinnung. Sie bildeten nicht eine Summe kontrastierender Individualitäten, sondern ein geschlossenes Ganzes. In den Prager Bauten IGNAZ ULLMANNS erkennen wir diesen Stil in reiner Ausprägung wie auch im Œuvre THEOPHIL HANSENS, der nun von seinem romantisch-byzantinisierenden Stil ließ und zur Renaissance („Wiener Stil" nannte es die Kritik) überschwenkte. Wo Gotisches auftritt, erscheint es als Ergebnis eines Rationalisierungsprozesses. Aus historischen Stilvokabeln entsteht ein von geschichtlichen Zufälligkeiten und Verwilderungen gereinigtes Idiom, wie es im Mittelalter nie existierte, eine Idealgotik, die sich ebenso als klassisch begreift wie die Neorenaissance.

Namentlich die figürlichen Künste konnten aber mit der geschichtlichen Bindung nicht das Auslangen finden. Objektivität garantierte willkommenerweise auch das, was dem Saeculum ohnehin wesentlich war: die Erforschung der Natur. Der Naturalismus, die penible Schilderung des real gegebenen Tatbestandes, bot hier anscheinend die geeigneten Mittel. Was aber Natur ist, war schon immer strittig und nie zu klären. Man konnte Geschichte realisieren, indem man sie vergegenwärtigte und wie eine Reportage anbot, so als ob der Betrachter gleichsam wirklich dabei stand. Man konnte die materielle Existenz eines Objekts mit immer weiter getriebener Exaktheit schildern. Überall aber gelangte man an Grenzen, wollte die Kunst nicht zur Naturwissenschaft werden und bis ins letzte „stimmende" mechanische Kopien liefern. Daher gelangten solche Ansätze früher oder später alle in das Feld des Illusionismus, der seinen künstlerischen Reiz aus dem Spiel mit der Wirklichkeit gewinnt, der sie nicht imitiert, sondern auf raffinierte Weise nachschafft und die Spannungen, die sich daraus ergeben, auskostet. Damit waren die Künste automatisch bei einem ganz anderen Vorbild angelangt: beim Barock. Mitunter wurde das Stadium des Strengen Historismus sogar übersprungen und Romantisches bekam in anverwandelter Gestalt ein neues Gesicht.

Obwohl sich unser Blickwinkel bewußt auf die bildenden Künste einengt, darf man nie glauben, diese wären völlig unabhängig von der allgemeinen Entwicklung. Wenn auch nur andeutungsweise, so soll doch die Rede sein von einigen Parallelen. Sieht man sich die literarische Produktion an, fallen sofort ähnliche Züge auf. Adalbert Stifters „Witiko" (1865–67) ist die absichtliche formale Strenge im Vergleich zum viel lockereren „Nachsommer" oft vorgeworfen worden. Das Ringen um den hohen Stil ist letztlich das gleiche wie in der bildenden Kunst. Als weiterer Beleg läßt sich das Alterswerk Grillparzers anschließen – gewiß kein griffiges Schrifttum des leichten Verständnisses, sondern Zeugnis klassischer Haltung. Selbst wenn wir von der aktiven Kunstschöpfung ganz absehen und uns der Rezeption zuwenden, der Auseinandersetzung mit der Kunst, ergibt sich eine adäquate Entwicklung. Nicht zufrieden mit dem irrationalen Gefühlserlebnis entwickelt man wissenschaftliche Methoden, um tiefer zu dringen und über die ausschließlich persönliche Betrachtungsweise zu einer möglichst vorurteilsfreien Analyse zu gelangen. War der Weg auch weit und eigentlich endlos, so datiert nichtsdestoweniger die Kunstgeschichte als universitäre Disziplin in Österreich aus dem dritten Jahrhundertviertel.

Den Umschwung zum oft, aber nicht immer durch den Barock inspirierten Späthistorismus brachte unter anderem eine neue Generation Maler und Bildhauer, größtenteils schon aus den eigenen Schulen herausgewachsen, zusammen mit einer, den Fortgang mit beeinflussenden Gruppe von Auftraggebern, deren Geschmack durchaus modern orientiert war. Zu ihnen zählten Nicolaus Dumba, Friedrich Freiherr von Leitenberger, Graf Edmund (Ödön) Zichy, nicht zu vergessen die wichtige Einflußnahme der Fürstin Marie von Hohenlohe, der Gattin des Ersten Obersthofmeisters sowie der Kritiker und Kunstschriftsteller Pecht, Lützow, Vincenti usw. Kaiser Franz Joseph berief für die Hofbauten primär Vertreter der jungen Generation: HASENAUER als Architekt, TILGNER als Bildhauer und HANS MAKART, dessen Installierung in der Hauptstadt ein Signal bedeutete. Die vorhandenen Barrieren gegen die neuere französische Entwicklung und ähnliche Tendenzen im übrigen Europa wurden hinweggefegt von dem großen Ereignis der Wiener Weltausstellung 1873. Nichts verdeutlicht besser die Lage als der vergebliche Kampf ANSELM FEUERBACHS gegen den übermächtigen Konkurrenten MAKART und dessen von elementarer Empfindung getragenem Farbenrausch. Feuerbachs Schüler VOJTĚCH HYNAIS erkannte richtig, daß zur Beurteilung der Bilder seines Lehrers *ein hoher Bildungsgrad* vonnöten war, *der hier nicht ist.* Das dionysische Schwelgen in Form hatte längst die Gedankenkunst abgelöst, das Abstrakte war in der Zeit, die zum Impressionismus vorstieß, kaum gefragt.

Als charakteristische Erscheinung erhärtet diese These das Zurücktreten der hohen Literatur, die keine besonderen Begabungen mehr hervorbringt. Auf der Bühne dominieren harmlose oder zumindest liebenswürdige Gesellschaftsstücke. Für Epos und Drama treten Novelle und Essay ein. Die Zeitschriften werden zum wichtigen Vermittler nicht nur des geschriebenen Wortes, sondern auch der graphischen Künste. Eine der bildenden Kunst analoge Blüte erlebt dafür die Musik, und wenn sich die Gemeinsamkeiten von Johann Strauß und Victor Tilgner in Leben und Schaffen vielleicht mehr kennerisch erfassen lassen als analytisch, so ist es letztlich für alle diese Künstler typisch, daß sie der theoretischen Äußerung in der Regel abgeneigt sind. TILGNERS *Mit Linien läßt sich kein Ausdruck erzielen* bestätigt als Ausnahme diese Behauptung.

Der wirtschaftliche Rückschlag, welcher der Weltausstellung folgte, traf den künstlerischen Nerv empfindlich, aber nicht nachhaltig. Die öffentliche Hand sprang hier in die Bresche und bot mittels der großen Staatsbauten umfangreiche Beschäftigungsmöglichkeiten. Aufträge solcher Natur waren auch gesucht, weil sie gleichzeitig eine Ehrung beinhalteten. Im weiteren erwies sich, daß Wien weiterhin klassische Grundhaltung bevorzugte und unausgereifte Formentwicklungen sowie Radikalismen nicht liebte. In den Kronländern hingegen hatte die Weltausstellung nicht nur das nationale Selbstbewußtsein gestärkt, sondern auch das eigenständige Experiment begünstigt. Zwar blieb Wien – in übertragenem Sinn – durchaus die Mitte, Barock war ja d e r österreichische Nationalstil, aber die Peripherie konnte nun als ebenbürtig und selbstwertig auftreten. Das bedingte auch mehr Mut zur verselbständigten malerischen Form. GYULA BENCZÚRS „Vajk“ von 1875 übertrifft in seiner kühnen Emanzipation des Farbigen die Historienbilder Makarts durchaus (wenn auch nicht dessen intimere Schöpfungen). Kolorit und Bewegung werden hier zu primären Vermittlern der künstlerischen Aussage. Dennoch legitimierte sich das Werk durch den Bezug auf Rubens und van Dyck. In der Graphik gelang LIEZEN-MAYER mit seinen Faust-Illustrationen (1876) ein ähnlich großer Wurf. Wer sich des Theatralischen und Historischen jedoch völlig entäußerte wie PÁL VON SZINYEI MERSE, welcher mit seinem „Frühstück im Grünen“ (1873) Manets „Dejeuner“ von 1863 großartig erwiderte, der stieß beim breiten Publikum vorerst auf Schwierigkeiten.

Von den Anregungen der Barockkunst profitierte der Wille zur üppigen Bereicherung, zu stilvollem Pomp und sinnenfroher, gar nicht prüder Repräsentation. So war es schließlich neben dem Theater und dessen Faktoren Bau, Bühnengeschehen und Publikumsauftritt das Fest, in welchem die Kunst der siebziger und achtziger Jahre gipfelte. Die Kostümfeste in Makarts Atelier sind heute noch legendär. Der von ihm arrangierte historische Festzug anläßlich der silbernen Hochzeit des Kaiserpaares 1879 bildete den absoluten Höhepunkt. Ganz im Sinn Richard Wagners war hier der Mensch nicht passiver Konsument, sondern in seiner bewegten Aktion Träger des künstlerischen Vorgangs. Lediglich am Rand sei angemerkt, daß auch Otto Wagner bei diesem Anlaß beteiligt war. Zufällig fand sich ein photographisches Dokument, das ein derartiges Gesellschaftsfest auch in Schloß Grafenegg belegt. Es fand am Vorabend der Silberhochzeit Graf August Johann Breunners am 13. Oktober 1880 statt. Eigentlich schloß man damit an einen alten Grafenegger Brauch an. Bereits unter Graf August Ferdinand war der Rittersaal Schauplatz gesellschaftlicher Zusammenkünfte in altdeutscher Tracht gewesen. Doch nun handelte es sich weniger darum, den romantischen Traum mit der Seele zu suchen als ihn Fleisch und Blut werden zu lassen.

Man mag das überschäumende Bild der späthistoristischen Kunst mit einigem Recht als Tanz auf dem Vulkan bezeichnen. Bedenken sollte man jedoch, was der „Secessionist“ Ludwig Hevesi 1903 schrieb: *Unter*

Fest in historischen Kostümen am Vorabend der Silberhochzeit Graf August Johann Breunners am 13. Oktober 1880 in Schloß Grafenegg (Originalphoto, Schloßarchiv Buchberg)

Kaiser Franz Joseph I. trat die Kunst in die Reihe der staaterhaltenden, ja staatbildenden Kräfte. Sie wurde eine sittliche, politische, volkswirtschaftliche Macht. Die Kunst bloß als Spiegelbild der Epoche zu betrachten, scheint demnach fragwürdig. Sie war in der Zeit und die Zeit war in ihr.

Eine Ausstellung wie die gegenwärtige sucht nicht Vollständigkeit und nicht bedingungslose Systematik. Das wäre abgesehen vom Theoriecharakter dieser Forderung selbst bei sonst günstigen Voraussetzungen unmöglich in einer Zeit, in der es immer schwerer wird, Originale für Ausstellungen zu entlehnen und die Zahl solcher Veranstaltungen sowieso ansteigt. Die Zusammenstellung der Objekte soll daher die eine oder andere Möglichkeit des Einstiegs bieten. Der Appetit des Besuchers soll eher geweckt als gestillt werden. Auch ist die Kunstwissenschaft noch weit entfernt davon, ein lückenloses Gesamtbild zu entwerfen. Mancher Teilbereich, der hier fehlt oder nur gestreift wird, hätte sich ausführlicher behandeln lassen; künftigen, thematisch enger gefaßten Ausstellungen soll jedoch nicht vorgegriffen werden. Nicht die trocken-enzyklopädische Berieselung gilt es zu erreichen, sondern durch gezielte Auslösereize Interesse zu wecken. Ob der Kunsthistoriker informiert oder interpretiert, bleibt ihm überlassen; wichtig ist, daß das Kunstwerk selbst zum Beschauer spricht. Der Wissenschaftler soll diesen Weg öffnen helfen. Was er leistet, ist Dienst am Werk.

Literatur (in Auswahl):

Eggert, Klaus, Die Ringstraße, Wien/Hamburg 1971. – *Feuchtmüller, Rupert,* Kunst in Österreich, II, Wien ²1973. – *Hevesi, Ludwig,* Oesterreichische Kunst im 19. Jahrhundert, II, Leipzig 1903. – *Hoffmann, Hans-Christoph; Krause, Walter; Kitlitschka, Werner,* Das Wiener Opernhaus, Wiesbaden 1972. – *Kitlitschka, Werner,* Die Malerei der Wiener Ringstraße, Wiesbaden 1981. – *Krause, Walter,* Die Plastik der Wiener Ringstraße von der Spätromantik bis zur Wende um 1900, Wiesbaden 1980. – *Lyka, Károly,* Nemzeti romantika, Budapest ²1982. – *Ders.,* Magyar művészélet Münchenben, Budapest ²1982. – *Ders.* Közönség és művészet a századvégen, Budapest ²1982. – Művészet, Magyarországon 1830–1870 (Ausstellungskatalog), Budapest 1981. – *Olsen, Donald J.,* The City as a Work of Art, in: *Derek Fraser, Anthony Sutcliffe* (ed.): The Pursuit of Urban History, London 1983, S. 264–285. – *Poche, Emanuel* (u. a.), Praha národního probuzení, Praha 1980. – *Springer, Elisabeth,* Geschichte und Kulturleben der Wiener Ringstraße, Wiesbaden 1979. – *Wagner, Walter,* Die Geschichte der Akademie der bildenden Künste in Wien, Wien 1967. – *Wagner-Rieger, Renate,* Der Historismus in der Wiener Architektur des 19. Jahrhunderts, in: Stil und Überlieferung in der Kunst des Abendlandes, I, Berlin 1967, S. 240–248. – *Wagner-Rieger, Renate* (Hg.), Die Wiener Ringstraße – Bild einer Epoche, Wien/Wiesbaden 1969 ff. – *Wagner-Rieger, Renate; Krause, Walter* (Hg.), Historismus und Schloßbau, München 1975.

Werner Kitlitschka

ASPEKTE DER MALEREI DES HISTORISMUS IN WIEN: SPÄTROMANTIK UND KLASSIZISMUS

Die während der von etwa 1830 bis 1860 reichenden Stilphase des romantischen Historismus in Wien und im künstlerischen Einflußbereich der Residenzstadt entstandenen zahlreichen Sakral- und Kommunalbauten lassen eine ständig wachsende Tendenz zur Einbeziehung der Malerei in die architektonische Schöpfung erkennen. Auch die Integration von Werken der Bildhauerei und des Kunstgewerbes gewinnt während dieser Periode zunehmend an Bedeutung. Alle diese Bestrebungen bestimmen die Zielvorstellung des Gesamtkunstwerkes, die sich sehr wesentlich an Leistungen des Spätmittelalters und des 16. Jahrhunderts orientiert (Wagner–Rieger, 98).

Die Innenräume werden mit stark farbigen Ornamenten und szenischen Wandmalereien geschmückt, deren Verhältnis zum Architektursystem Wagner–Rieger mit dem Begriff „Verzahnung“ charakterisiert (Wagner–Rieger, 137). Angeregt durch das künstlerische Geschehen in München, kommt es im Wien der vierziger Jahre zu einer ansehnlichen Entfaltung der Monumentalmalerei, die später der Malerei der Ringstraßenära maßgebliche Impulse vermittelt. Diese Entwicklung wird vorerst vor allem durch JOSEF VON FÜHRICH und LEOPOLD KUPELWIESER getragen, später treten noch CARL RAHL und KARL BLAAS in den Kreis der bedeutendsten österreichischen Monumentalmaler der vierziger bis sechziger Jahre ein.

In der Stadt Wien und ihrer künstlerischer Einflußsphäre hatte es seit dem Spätbarock keine monumentale Wandmalerei mehr gegeben. Johann Peter Kraffts 1833 entstandene enkaustische Wandbilder mit Szenen aus dem Leben Kaiser Franz I. in der Wiener Hofburg blieben wohl ohne unmittelbare Nachfolge, können allerdings als frühe Vorboten der späteren Entwicklung gelten. Die neue Monumentalkunst diente von Anfang an der Vergegenwärtigung zweier Themenbereiche des patriotisch-historischen und des religiösen. Mythologie, Märchen, Sage und Allegorie fehlten vorerst weitgehend und kamen erst später, in den sechziger Jahren, als Darstellungsbereiche hinzu.

Im Jahr 1846 schuf LEOPOLD KUPELWIESER in der Johann Nepomuk-Kirche in Wien II die Freskodarstellung der Verklärung des heiligen Johann Nepomuk, welche nahezu die gesamte Altarwand ausfüllt. Von 1844 bis 1846 entstanden in derselben Kirche Josef von Führichs Kreuzwegfresken, die ebenso wie die bereits früher in den Stationskapellen des Laurenziberges in Prag gemalten Kreuzwegbilder in unzähligen Kopien und Drucken weite Verbreitung fanden und bis in die Gegenwart außerordentlich populär blieben. Den künstlerischen Höhepunkt spätromantischer religiöser Monumentalmalerei in Wien markiert die 1854 bis 1860 entstandene Ausmalung der Kirche „Zu den sieben Zufluchten“ in Altlerchenfeld, das Werk einer aus Josef Binder, Karl von Blassa, Franz Dobyaschofsky, Eduard von Engerth, Leopold Kupelwieser, Karl Mayer, Josef Schönmann und Leopold Schulz bestehenden Künstlergruppe. Führich hatte das ikonologische Gesamtkonzept ausgearbeitet und die Kartons für sämtliche Presbyteriumsbilder sowie für die mächtigen Darstellungen des Engelsturzes und des Jüngsten Gerichtes an den Rückwänden der Seitenschiffe geschaffen, überließ aber die Ausführung Engerth und Kupelwieser.

Die Deckenfresken des Großen Sitzungssaals der ehemaligen k. k. Niederösterreichischen Statthalterei (jetzt Marmorsaal im Gebäude der Niederösterreichischen Landesregierung in Wien I), die Kupelwieser in den Jahren von 1848 bis 1850 schuf, sind als frühester geschlossener Zyklus patriotischen Inhaltes der Wiener Monumentalmalerei des 19. Jahrhunderts von besonderer entwicklungsgeschichtlicher Bedeutung.

Alice Strobl hat darauf hingewiesen, daß Carl Rahls Programm für die Bildausstattung der Ruhmeshalle des k. k. Waffenmuseums im Arsenal in Kupelwiesers Fresken einen wichtigen Vorläufer besitzt. Rahl verband in seinem Programm, das im wesentlichen bereits 1855 vorlag, in analoger Weise religiöse Gedanken mit allegorischen Vorstellungen und historischen Szenen.

Die im Wien der vierziger und fünfziger Jahre bereits ausgeführten oder zumindest in Programmentwürfen niedergelegten monumentalen Bildzyklen bildeten eine der wesentlichen künstlerischen Ausgangspositionen für die Ausstattung zahlreicher Beuten der Wiener Ringstraßenzone. Im Mittelpunkt der Entwicklung der Wiener Monumentalmalerei spätromantischer Prägung stand bis zu seinem Tode im Jahre 1876 JOSEF VON FÜHRICH. Der 1800 in Kratzau in Nordböhmen geborene Künstler kann als der wohl einflußreichste Maler der österreichischen Romantik und Spätromantik bezeichnet werden. Ihm war eine hohe Anzahl von Schülern beschieden, die mehrere Generationen lang die Stilsprache der Spätromantik weiterverwendeten und für zahlreiche Bildaufgaben auch außerhalb des religiösen Themenbereiches herangezogen.

Führich durchschritt mit seinem reichen künstlerischen Schaffen als Maler und Graphiker alle wesentlichen stilistischen Möglichkeiten der süddeutsch-österreichischen Romantik, auf die von den Schülern und Nachfolgern verschiedentlich zurückgegriffen wurde. Während des Studiums an der Prager Kunstschule las Führich die Werke von Goethe, Novalis, Schiller und Tieck sowie der Brüder Schlegel. Diese Schriften prägten die romantische Weltanschauung, die Führichs frühe Werke bestimmt, und trugen wohl wesentlich zur Ausbildung des für das gesamte Schaffen charakteristischen literarisch-erzählenden Grundzuges bei. Von größter Bedeutung für Führichs künstlerische Entfaltung waren der Einfluß der Kunst Friedrich Overbecks und von Peter Cornelius sowie die Begegnung mit der Graphik Albrecht Dürers (FÜHRICH, 13). Die Lektüre von Dürers Tagebuch und der „Herzensergießungen eines kunstliebenden Klosterbruders" von Wilhelm Heinrich Wackenroder bekräftigten Führichs Neigung zur „altdeutschen Kunst" (Führich 14).

Führich wird damals zu dem hervorragenden Zeichner, der er zeitlebens bleibt. Graphische Folgen, die zum Teil als Druck weite Verbreitung fanden, werden bereits sehr früh zu einem wesentlichen Schaffensbereich. In ihnen manifestierten sich Führichs künstlerische Absichten mit besonderer Deutlichkeit. In den zwanziger Jahren entstanden Kompositionen zur böhmischen Geschichte sowie Illustrationen zu Gottfried August Bürgers Dichtung „Der wilde Jäger" und zum „Vater unser". Die Bildfolge zu Ludwig Tiecks „Genoveva" schließlich brachte den durchschlagenden Erfolg in Wien und führte zur Zuerkennung eines Studienaufenthaltes in Italien durch eine Anzahl von Wiener Persönlichkeiten.

Nach nahezu dreijähriger, überwiegend in Rom verbrachten Studienzeit verließ Führich im Juli 1829 Italien, wo er mit Karl Waagen, Josef Anton Koch, Friedrich Overbeck, Julius Schnorr von Carolsfeld, Philipp Veit und Bertel Thorvaldsen in freundschaftliche Verbindung gekommen war (Führich, 22).

Die bedeutendste künstlerische Leistung dieser Jahre stellen die drei Freskofelder in der Villa des Marchese Carlo Massimo mit Szenen aus Torquato Tassos „Befreitem Jerusalem" dar, die Führich für Overbeck übernommen hatte. Führich gelangte unter dem Eindruck der italienischen Malerei des 15. und 16. Jahrhunderts in diesen Bildern gegenüber seinen bisherigen Schöpfungen zu wesentlicher Klärung und Monumentalisierung der Form. Die bizarren „spätgotischen" Züge, wie sie etwa die zuvor erwähnten Illustrationen zeigen, sind nun weitgehend abgelegt.

An der in Italien erreichten monumentalen Form hielt Führich lebenslang fest. Während der dreißiger und vierziger Jahre erfuhr sie selbst in den kleinformatigen Zeichnungen und Ölbildern eine erhebliche Steigerung und Ergänzung durch eine weitgehende Harmonisierung der Bildkomposition und der Farbigkeit. Als wesentliche Beispiele dieser Entwicklung können die beiden Ölgemälde der Österreichischen Galerie in Wien „Jakob mit Rahel am Brunnen" und „Der Gang Mariens über das Gebirge" gelten, die 1836 beziehungsweise 1841 entstanden. Die emailhaft leuchtenden Farben vermitteln den Bildern eine heitere und ausgewogene Buntheit von geradezu märchenhaft-unwirklicher Wirkung.

Führichs Affinität zur Sphäre des Märchens und der Legende, zu einer Art Anti-Naturalismus und Anti-Realismus bestimmte nicht nur sehr wesentlich sein eigenes Schaffen, sondern prägte auch nachhaltig die künstlerische Grundhaltung der zahlreichen Schüler, die er als Professor an der Wiener Akademie unterwies. Nachdem Führich seit 1834 eine Kustodenstelle an der gräflich Lambergschen akademischen Gemäldegalerie in Wien innegehabt hatte, erhielt er im Jahre 1840 die neuerrichtete Professur für geschichtliche Komposition an der Wiener Akademie, die 1852 im Zuge der Neuorganisation in die Leitung einer der neugeschaffenen Meisterschulen für Malerei umgewandelt wurde.

Als zwei der bedeutendsten künstlerischen Leistungen der in Wien um Führich und Kupelwieser gescharten Spätromantiker können das Gebetbuch, das die Kaiserliche Akademie der Künste Kaiserin Elisabeth anläßlich ihrer Hochzeit am 24. April 1854 zum Geschenk machte, und das Missale Romanum für Papst Pius IX. gelten. Das Missale verehrte Kaiser Franz Joseph im Jahre 1868 dem Papst. In beiden Fällen handelt es sich um Gemeinschaftsleistungen von höchstem künstlerischem Niveau, die nur durch die Stilverwandtschaft der beteiligten Künstler und die Bereitschaft zu weitgehender Abstimmung ihrer Formensprache möglich waren. Mit der Ausführung des überaus reichen Initialen- und Bilderschmuckes des Gebetbuches Kaiserin Elisabeths, des kleinen Offiziums der allerseligsten Jungfrau Maria, waren Blaas, Führich, Peter Johann Nepomuk Geiger, Kessler, Kupelwieser, Laufberger, Karl Mayer, van der Nüll, Perger, Rieser, Roesner, Ruben, Schulz, Franz Steinfeld und Stöber befaßt. Die Miniaturen des Missales schufen Blaas, Emler, Führich, P. J. N. Geiger, Kupelwieser, Madjera, Mayer, Ruben, Schulz und Trenkwald.

Rupert Feuchtmüller hat die einzelnen künstlerischen Leistungen der beiden Werke miteinander kritisch verglichen und versucht, die Einzelschöpfungen stilanalytisch zu charakterisieren und wertend zu

Gebetbuch für Kaiserin Elisabeth, 1854 (Privatbesitz)

beurteilen (Feuchtmüller, 136f). Ungeachtet der sicherlich bestehenden Unterschiede hinsichtlich des persönlichen Stils und Leistungsniveaus muß der weitgehende formale Gleichklang beeindrucken. Man hatte grundsätzlich nur zuständlich meditative Bildthemen ausgewählt. Die ausführenden Künstler taten übereinstimmend alles, um ihren Sujets die Wirkung des Heiteren, Liebenswürdigen und Überirdisch-Verklärten zu verleihen. Die weiche, lyrisch melodische Detailform, die harmonisch ausgewogene Komposition und der leuchtende Farbenschmelz der Bilder stehen im Dienste dieses alle Beteiligten einigenden Zieles.

Führichs und Kupelwiesers Streben nach einer stark auf Kontemplation und Meditation ausgerichteten Sakralkunst, das Bemühen um „Verinnerlichung" der

Bildinhalte übte auf die Schüler eine große Wirkung aus und bestimmte maßgeblich auch deren architekturgebundene Werke in Wien und im künstlerischen Einflußbereich der Residenzstadt. Somit wurden Züge der spätromantischen Sakralkunst in die profane Raumausstattungskunst und hier vor allem in die Sphäre der Allegorie übernommen. Heinrich von Wörndle unterscheidet drei aufeinanderfolgende Schülerkreise Josef von Führichs: Eduard von Engerth, Franz Josef Dobyaschofsky, Josef Binder, Leopold Schulz – Adam Vogler, Johann Klein, Franz Szoldatics, Karl Josef Geiger sowie die Bildhauer Michael Stolz und Vinzenz Pilz – Franz Plattner, Buonaventura Emler, die Brüder Joseph, Karl und Ignaz Schönbrunner, Joseph Lebert, Friedrich Staudinger, Karl Hoffmann, die Brüder Edmund und August von Wörndle (August von Wörndle wurde später Führichs Schwiegersohn), Andreas Nägele, Karl Kargl, Oswald Horst, Wenzel O. Noltsch, Karl Madjera, Joseph Frankel, Anton Roux, Heinrich Reinhart und Ludwig Mayer (Wörndle, 17).

Mit den 1874/75 entstandenen Bildentwürfe für die Votivkirche beteiligte sich Führich kurz vor seinem Lebensende an der Ausschmückung des künstlerisch bedeutendsten Sakralbaues des Historismus in Wien, der noch einmal wichtige Vertreter der österreichischen Spätromantik religiöser Prägung zu einer ikonographisch und stilistisch weitgehend einheitlichen Gesamtleistung zusammenführte. Rudolf Eitelberger berichtet, das Programm für die figuralen Darstellungen der Wandbilder und der Glasmalereien stamme der Hauptsache nach von Josef Führich (Eitelberger, 328). Neben den Skizzen für die sieben Zwickelmalereien mit der Geschichte Noes im Chor schuf Führich die Entwürfe für die sieben Chorfenster mit Hauptszenen aus dem Leben des hl. Petrus. Die Ausführung der Wandmalereien auf Goldgrund besorgte Führichs Schüler und Schwiegersohn August von Wörndle (Wörndle, 150). Die Petrusfenster einschließlich des wappengezierten Sockels schuf nach Umsetzung der kleinformatigen Bleistiftskizzen Führichs in große Kartons durch August von Wörndle im Jahre 1876 die Tiroler Glasmalereianstalt in Innsbruck.

Der Noe-Zyklus des Presbyteriums der Votivkirche ist als Antityp zum Heiland-Thema zu verstehen, dem ein Großteil der plastischen Werke der Hauptfassade und auch ein Teil der malerischen Ausstattung zugehören. Norbert Wibiral hat den „zwiespältigen Charakter“ des Programmes der figuralen Ausgestaltung der Votivkirche hervorgehoben und darauf hingewiesen, daß hier „die totale Beziehung der Ikonographie und Ikonologie der Kirche zur Heilsordnung, wie sie dem Mittelalter eigen ist, . . . von profanen Faktoren der Geschichte, Politik und Bildung durchgesetzt wird“ (Wibiral, 29). Die Bildausstattung der Votivkirche läßt eine scharfe gegenständliche Trennung zwischen Presbyterium und Laienraum erkennen: das Programm des Presbyteriums ist rein religiöser Natur, im Laienraum hingegen wurden wie im bildhauerischen Schmuck der Fassade sakrale und profane Bedeutungsgehalte miteinander verwoben. Die Malereien an den Gewölben des Chorumganges der Votivkirche vergegenwärtigen die drei Hauptfeste der Kirche – Weihnachten, Ostern und Pfingsten – und wurden von Franz Jobst geschaffen. An den Wölbungsflächen des Querhauses und des Chores finden sich Darstellungen von Heiligen und Märtyrern von der Hand der Brüder Karl und Franz Jobst. Der gesamte Chorkapellenkranz ist Maria gewidmet. Seine neunzehn Glasbilder mit Darstellungen des Marienlebens wurden nach den Kartons Joseph Matthias Trenkwalds durch die Glasmalereianstalt Carl Geyling ausgeführt. Trenkwald schuf auch die Kartons für die Fenster der Kapellen der kaiserlichen Familie und der Brüder des Kaisers. Alle diese Glasgemälde wurden im Zweiten Weltkrieg zerstört.

In der künstlerischen Ausstattung des Querhauses setzt die Beziehung einzelner Bildthemen zu der für die Votivkirche maßgeblichen Denkmalidee ein. Den beiden großen „Christusfenstern“ an der Nord- und Südseite des Querschiffes sind Darstellungen eingefügt, die auf Anlaß und Ereignis der Kirchenstiftung Bezug nehmen. Auch diese Fenster, die Edward von Steinle entwarf, bestehen heute nicht mehr. Im Süden befand sich das „Kaiserfenster“, das unterhalb der Darstellungen der Taufe und der Verklärung Christi das Widmungsbild Kaiser Franz Josephs enthielt. Das „Ferdinand-Max-Fenster“ an der nördlichen Schmalseite des Querschiffes zeigte unterhalb der Darstellungen der Einsetzung des Altarsakramentes und der Erscheinung Christi unter den Jüngern das Widmungsbild mit Erzherzog Ferdinand Maximilian, der den Plan der Votivkirche trug und die allegorisch als Mädchen gegebenen Nationen der Monarchie zur Errichtung des Bauwerkes aufrief.

Die Fenster der Querhauskapellen wurden von Angehörigen des Kaiserhauses und von geistlichen und weltlichen Würdenträgern gestiftet. Dargestellt wurden jeweils Heilige, die als Namenspatrone mit den Stiftern in Verbindung stehen. Den für den Kirchenbau spendenden Kronländern der Monarchie waren die Glasbilder der Langhauskapellenfenster vorbehalten, die auf das jeweilige Kronland bezügliche religiöse und religionspolitische Historien sowie betreffende Heilige wiedergaben. In der Erstellung der Entwürfe dieser Fenster waren neben den Brüdern Karl und Franz Jobst eine Anzahl weiterer Vertreter der Spätromantik beteiligt: Karl Josef Geiger, Ferdinand Laufberger, Ludwig Mayer, Michael Rieser, der Maler Sequens aus Prag und Joseph Mathias Trenkwald (Thausing, 37ff).

In flüssig bewegter Formensprache von betonter linearer Rhythmik schuf FERDINAND LAUFBERGER die Malereien des Vierungsgewölbes – Darstellungen der vier Evangelisten und acht Engel mit Leidenswerkzeugen – sowie die Gestalten der vier Kardinaltugenden an der Untersicht des Hochaltarbaldachins.

Die im wesentlichen in den Jahren 1875 bis 1878 entstandene Ausmalung und Ausstattung der Votivkirche mit einer Fülle von Glasgemälden markiert in entwicklungsgeschichtlicher Hinsicht einen Endpunkt spätromantischer Monumentalkunst sakraler Prägung. Von hier führte trotz jahrzehntelanger weiterer Tätigkeit einzelner Spätromantiker eigentlich keine tragfähige künstlerische Entwicklung mehr weiter. Es kann als symptomatisch angesehen werden, daß sich weit über die Jahrhundertwende hinaus allerorten in der Sakralmalerei spätromantische künstlerische Ausdrucksformen am Leben erhielten.

Im Gegensatz zu Führich widmeten sich die meisten seiner Schüler beziehungsweise der mit ihm und Kupelwieser künstlerisch enger verwandten Maler auch oder sogar in erster Linie den „profanen" Sujets, die in den zahlreichen neuen öffentlichen und privaten Bauten zu behandeln waren. Ungeachtet der unverwechselbar persönlichen Stilqualitäten, die viele dieser späten Spätromantiker entwickelten, hielten sie sich alle als Ideenkünstler von den aktuellen zeitgenössischen Bestrebungen des Naturalismus und des Realis-

Carl Blaas, Verkündigung Mariae, Karton für Altlerchenfelder Kirche, 1857 (Wien, Albertina)

mus weitgehend fern. Sie bildeten eine Gruppe von Künstlerindividuen, die ihre Bildthemen aus den Bereichen der Allegorie, des Märchens, der Legende und des denkmalhaft gesteigerten Historienbildes wählten, hingegen die reine Landschaft, das Porträt, das Genrebild und das Stilleben zumeist mieden.

Der Klassizismus des ausgehenden 18. und beginnenden 19. Jahrhunderts setzt sich als Modus, als eine von mehreren, gleichzeitig verfügbaren künstlerischen Ausdrucksmöglichkeiten in der Epoche des Historismus fort. Innerhalb der Architektur der zweiten Jahrhunderthälfte vertritt das Oeuvre Theophil Hansens, das neben den Werken der Antike vor allem dem Schaffen Karl Friedrich Schinkels und Leo von Klenzes verpflichtet ist, die Kontinuität des Klassizismus mit besonderer Deutlichkeit. Hansens Baustil der „griechischen Renaissance", das „große Pathos" und die „Dramatik, die er den Elementen der palladianischen Bauweise abzugewinnen wußte" (Wagner–Rieger, 176), haben in der Malerei des 1812 geborenen Wieners Carl Rahl und seiner Schüler eine weitgehende Entsprechung gefunden. Verband Hansen in seinen späteren Schöpfungen Motive der antiken Architektur mit solchen der Renaissance, so stellt Rahls Kunst eine Synthese verschiedener Möglichkeiten der italienischen Malerei des 16. Jahrhunderts auf der Basis des europäischen Klassizismus der Zeit um 1800 dar. Nach Cornelius Gurlitts Meinung habe Rahl in seine Werke „neben venetianischer Malweise Rafaels Zeichnung, Michelangelos Wucht und als durchaus sinnliche Natur ein gutes Stück Correggio" aufgenommen und sei so „Mengs näher gekommen, als irgend einer seiner Zeitgenossen" (Gurlitt, 305).

Die klassizistische Richtung Rahls und seines Kreises, mit der auch Anselm Feuerbach in Verbindung stand, haben einige in der ersten Jahrhunderthälfte tätige Künstler bereits vorbereitet. Sie fungieren somit als Vermittler zwischen dem Klassizismus als gesamteuropäischem Stil und dem späten Klassizismus als einem künstlerischen Modus des Historismus. Neben Peter von Cornelius ist in diesem Zusammenhang vor allem Buonaventura Genelli hervorzuheben, mit dem Rahl eng befreundet war. Genellis feinnervige, streng der Umrißlinie verpflichtete Zeichenkunst war besonders für die Rahlschüler von großer Bedeutung. Wie sehr Genelli in Wien geschätzt wurde, beweist die Veranstaltung einer Gedächtnisausstellung im April 1869, nur wenige Monate nach seinem Ableben, und der Ankauf zahlreicher seiner Zeichnungen aus dem Nachlaß durch die Wiener Akademie der bildenden Künste.

Es erhebt sich hier die grundsätzliche Frage, ob die Ausbildung des späten Klassizismus nicht als Reaktion auf den um die Jahrhundertmitte deutlich in Erscheinung tretenden Naturalismus zu interpretieren ist. Walter Krause gelangte angesichts der Wiener Skulptur des Historismus zu der Auffassung, „die Erkenntniss, daß der Naturalismus einen in letzter Konsequenz nicht gangbaren Weg darstelle" habe zur „Wiederbelebung des antiken Leitbildes" und Suche nach dem „Objektivismus in klassizistisch abstrakter Gesetzlichkeit geführt" (Krause, 23).

Der antikisierend strenge Monumentalstil Rahls und seiner Schüler entwickelte sich zweifellos in einem Prozeß der Auseinandersetzung auch mit Bildschöpfungen der Zeit um 1800, wobei etwa Gemälde Gottlieb Schicks und Johann Martin von Wagners eine nicht unerhebliche Rolle gespielt haben dürften. Besonders die Verbindung von kühl erscheinender Formstrenge und romantischer Empfindsamkeit, die nicht so sehr in Rahls Werken als in den Werken der Schüler und Mitarbeiter Bitterlich, Eisenmenger und Griepenkerl in Erscheinung tritt, mag aus solchen künstlerischen Quellen bezogen worden sein. Das heroische Pathos und die mitunter geradezu wuchtige Monumentalität dürfte sich Rahl wohl nicht zuletzt unter dem Eindruck der Kartonkunst von Asmus Jakob Carstens angeeignet haben.

Rahls bevorzugte Sujets waren denkmalhaft erhöhte und verklärte Szenen aus der Geschichte, Themen der Nibelungensage sowie allegorische und mythologische Darstellungen. Hingegen zählen sakrale Bilder in Rahls Werk eher zu den Ausnahmen, obzwar der Künstler einige großformatige Altargemälde für Kirchen in Ober- und Niederösterreich sowie in Wien schuf. In den fünfziger und sechziger Jahren liegt der Schwerpunkt seines Schaffens bei der Allegorie und bei Themen aus der antiken Mythologie.

Durch Rahls gesamtes Werk hindurch läßt sich ein beständiges Bemühen um Allgemeingültigkeit, um Steigerung und Erhöhung der Bildinhalte zu Geschehnissen von grundsätzlicher und elementarer Bedeutung erkennen. Es ist die Suche nach dem Elementaren und Ursprünglichen, die hinter vielen Werken der Kunst des 19. Jahrhunderts als eigentlicher Antrieb wirksam ist (Novotny, 17–25). Ikonographisch betrachtet, gelangte Rahl auf diesem Weg zum Mythos, in stilistischer Hinsicht zu zunehmender Verselbständigung des Kolorits und der Malfaktur als weitgehend autonome künstlerische Faktoren. Rahls Schöpfungen sind in gewissem Sinne Abstraktionen, Komprimierungen der Bildelemente. Dazu bediente sich der Künstler unter gleichzeitiger Verminderung der naturalistischen Details oftmals traditioneller klassizistischer Kompositionsschemata.

Die Vereinfachung der Form und die Ausschaltung der akzidentiellen Details sind Charakteristika, die auf Rahl ebenso wie auf Führich zutreffen. Beide Künstler reduzierten ihre Schöpfungen auf wenige wesentliche Elemente und gelangten so zu einer selbst in kleinformatigen Werken durch und durch monumentalen Formensprache. Allerdings erschloß Rahl der österreichischen Malerei des Historismus neue koloristische Möglichkeiten. Führich lehnte aus religiöser Überzeugung den antiken Mythos ab und setzte sich in seinem Schaffen kaum mit der Antikenrezeption des Klassizismus auseinander.

Mit den 1853 bis 1855 sowie Anfang 1860 entstandenen Entwürfen für die malerische Ausstattung der Ruhmeshalle des k. k. Waffenmuseums im Arsenal versuchte Rahl nach eigenen Worten *eine höhere Anschauung und einen klaren Begriff über Größe, Einfachheit, Würde und Bedeutsamkeit der Darstellung zu geben* (Donop, Bd. 13, 1878, 115). Eben diese Konzeption mißfiel Kaiser Franz Joseph und führte zur Ablehnung von Rahls Skizzen sowie zur Beauftragung von KARL BLAAS. Der Kaiser „wollte die Darstellungen für sein Waffenmuseum auf die österreichische Geschichte allein beschränken und nur tatsächlich Geschehenes, unter besonderer Hervorhebung der österreichischen Armee, im Fresko wiedergeben lassen“ (Strobl, 63). Ungeachtet des Umstandes, daß sich im Jahre 1860 neben Regierungsrat Alfred von Arneth sowohl Eduard von Engerth als auch Josef von Führich und Leopold Kupelwieser für die Ausführung von Rahls Bildentwürfen für das k. k. Waffenmuseum aussprachen, hatte Kaiser Franz Joseph bei seiner Entscheidung gegen Rahl eine neue Art von Historienmalerei vor Augen, als deren eigentliche Leistung die wissenschaftlich möglichst exakte Rekonstruktion des jeweiligen historischen Ereignisses, die Momentaufnahme gewissermaßen, erwartet wurde. Hinter den so unterschiedlichen Auffassungen von Historienmalerei, die sich hier manifestieren, wird ein genereller Bruch in der Kunst des Historismus deutlich, der zwei verschiedene Künstlergenerationen voneinander trennt: der mit den Namen Rahl, Führich und Kupelwieser zu kennzeichnenden Gruppe, deren bedeutendster Vertreter im deutschen Sprachraum Peter von Cornelius war, stehen Künstler wie KARL WURZINGER und FRITZ L'ALLEMAND gegenüber. Auch die beiden historischen Kolossalbilder, die EDUARD VON ENGERTH in den sechziger Jahren schuf – „Prinz Eugen sendet dem Kaiser die Botschaft vom Sieg bei Zenta“, 1860–1865, sowie „Die Krönung Kaiser Franz Josephs zum König von Ungarn“, 1867–1870 – sind im Sinne möglichst getreuer Geschichtsdokumentation aus vielen historisch exakten Einzelheiten aufgebaut.

Carl Rahls bürgerlich-liberale, Reformen aufgeschlossene Haltung brachte dem Künstler im Jahre 1850 die Berufung an die Wiener Akademie ein. Mit ihm wurden der Führichschüler FRANZ DOBYASCHOFSKY und der Bildhauer Johann Gasser als neue Professoren der Vorbereitungsschule an die Akademie geholt. Als man die drei Künstler aber bereits im Folgejahr wieder entließ und Christian Ruben aus Prag an die Spitze der Akademie berief, errichtete Rahl eine selbständige, von der Akademie völlig unabhängige Meisterschule, die zahlreiche junge Talente anzog und zu einem wesentlichen Phänomen der österreichischen Malerei des Historismus, zur sogenannten „Rahl-Schule“ führte.

Damals kam die freundschaftliche Verbindung mit dem Architekten Theophil Hansen zustande, der die Entstehung zahlreicher wichtiger Werke Rahls und

Carl Rahl, Allegorie der Musik und des Tanzes, Farbskizze für den Heinrichshof (Wien, Historisches Museum der Stadt Wien)

seiner Schüler zu danken ist. Hansen setzte sich im Falle des k. k. Waffenmuseums im Arsenal mit allem Nachdruck für die Ausführung von Rahls Bildentwürfen für die Ruhmeshalle ein. Durch das persönliche Eingreifen Kaiser Franz Josephs kam es allerdings trotz Hansens Protesten zur Beauftragung von Karl Blaas. Rahl übertrug man lediglich die Deckenbilder mit allegorischen Sujets im Treppenhaus des Museums. George Nieman und Ferdinand von Feldegg vergleichen die Werke beider Maler im Waffenmuseum und stellen hiebei durchaus in Hansens Sinne fest, daß sich Rahls Malereien „sowohl in ihrer

Linienführung als in ihrer Farbenwirkung eben ungleich organischer dem Rahmen des Ganzen einfügen, und daß man, von jener Meinung ausgehend, welche die Decorationsmalerei als eine Ergänzung und nicht Concurrentin der Architektur betrachtet, bedauern muß, daß es Rahl nicht vergönnt war, auch den übrigen Theil des Waffenmuseums zu schmükken" (Niemann, 25f). Die unter dem Eindruck älterer Kunst – und hier vor allem des Klassizismus – erreichte strenge Form ließ Rahl als den Künstler erscheinen, der Hansens Streben nach Verschmelzung der Monumentalmalerei mit dem architektonischen Werk am weitesten entgegenkam.

Die künstlerischen Werte, um die Rahl besonders in den Werken seiner reifen Zeit rang – monumentale Form, neue Bedeutung und Wertigkeit der Farbe sowie Vergegenwärtigung allegorischer und mythologischer Bildinhalte – bleiben für das Schaffen der Rahl-Schule Jahrzehnte hindurch relevant. Den von August George-Mayer überlieferten kunst- und kulturphilosophischen Äußerungen Carl Rahls (George-Mayer, 103f) ist zu entnehmen, daß der Künstler den *Verfall der großen historischen Kunst* beklagte und die moderne Malerei im Zustand *planloser Zerfahrenheit* sah. Es fehle an Stoff, an entsprechenden Aufgaben. *Das Schöne und das Erhabene blieb uns nicht, wir können höchstens in der Charakteristik, durch das Prägnante der Persönlichkeit, wie es Delaroche in seinem „Cromwell an der Leiche Carl's" und in seinem ‚Napoleon' getan hat, einen neuen zeitgemäßen Typus der Kunst schaffen.* Mit dem eigenen Werk stellte sich Rahl jedoch gegen die so klar diagnostizierten künstlerischen Tendenzen seiner Zeit. Ihm ging es in seinem Schaffen ja in besonderer Weise um Gestaltungen von allgemeiner, in gewissem Sinne zeitloser Natur, um Verwirklichung der höheren Spähre *des Schönen und des Erhabenen.*

Der zweite durch George-Mayer festgehaltene Gedankengang versucht eine Erklärung für die künstlerischen Krisen des 19. Jahrhunderts zu geben und wirft ein scharfes Schlaglicht auf die geistige Grundhaltung, aus der heraus Rahl als bewußter Epigone und Eklektiker, als die er sich selbst bezeichnete, tätig war: *Was in der Wissenschaft Fortschritt, wurde der*

Eduard Bitterlich, Allegorie des Tanzes, Karton für das Fassadenfresco am Heinrichshof

Kunst zum Hemmnis; die große Erweiterung der Erkenntnis, Reflexion und Zweifel lähmen die künstlerische Schöpfungskraft und nehmen den Kunstprodukten die Bedeutung (George-Mayer, 104). Noch schärfer heißt es dann weiter: *Die Universalität der Kenntnisse ist der Gegensatz zur naiven Produktion, zum glücklich beschränkten Gemüt, wie es der Künstler eigentlich braucht. Jede armselige Entdeckung in der Chemie hebt einen Glaubensartikel auf, jede neue Erfindung in der Mechanik zerstört eine Allegorie, raubt der Phantasie eine Illusion, dem Künstler ein Mittel, womit er gewirkt hat . . .*

In diesen Worten manifestiert sich die Erkenntnis einer schweren Krise, ja des Endes der alten Kunst überhaupt. Der zeitgenössische Rationalismus, der Fortschritt der Wissenschaften, die Universalität der Kenntnisse zerstören den Boden, der bislang künstlerische Schöpfungen hervorbrachte. Eine neue Zeit der Wissenschaft ist angebrochen, die alte Welt des Mythos versinkt. Dieses Krisenbewußtsein, das sich im 19. Jahrhundert in verschiedenen Spielarten wiederholt findet, führte in der zeitgenössischen Malerei vielfach und in sehr unterschiedlicher Weise zur Suche nach neuen Bildinhalten und neuen künstlerischen Ausdrucksmöglichkeiten. Rahl hingegen veranlaßte es, Mythos und Geschichte als Themen allgemeinster Bedeutung aufzugreifen und als künstlerische Sprache eine Synthese mit der italienischen Kunst, vor allem mit der venezianischen Malerei, zu entwickeln. Er selbst definierte seine Kunst *als auf dem Wege von Florenz nach Rom* (George-Mayer, 105). Rahls Auseinandersetzung mit der Malerei Venedigs hat bereits Ludwig Speidel in einem Essay des Jahres 1855 als wesentlich herausgestellt und zugleich das Bestreben, den gewählten Gegenstand „zur gespanntesten dramatischen Energie“ zu steigern, als weiteren, geradezu gegensätzlichen Grundzug erkannt (Speidel, 135).

Rahl ging bei seinen Schöpfungen häufig von der Formen- und Gedankenwelt des Klassizismus aus, verlieh aber sowohl den Kompositionen insgesamt als auch den Einzelfiguren erhöhte Dramatik und Bewegungsrhythmik. Anders als sein Freund Buonaventura Genelli strebte Rahl nicht nach dem scharfen, wohllautenden Figurenumriß, sondern nach Steigerung und Erhöhung des Bildsujets durch kostbar leuchtende Farbigkeit von nahezu mystischer und weitgehend eigenständiger Wirkung. Ludwig Hevesi nennt Rahls Kolorit „schwermonumental“ (Hevesi, Leipzig 1903, S. 203). Rahl denkt und entwirft in Farbklängen, Farbakkorden, die klärende zeichnerische Artikulation der Form, die Präzisierung hin auf bestimmte Sujets ist im schöpferischen Prozeß akzidentiell. Rahls eigentliches Medium ist die spontan geschaffene Farbskizze, die dann häufig mehrmals übermalt, manchmal auch überklebt wird. Aus den inhaltlich oftmals noch weitgehend unbestimmten Farbpartien der Skizze entwickelt sich zumeist über die alle formalinhaltlichen Details klärende – eben alles erst festlegende – Kartonzeichnung das endgültige Werk. Man hat den Eindruck, daß Rahl zumindest in seinen späteren Jahren den freien Farbskizzen mit pastenartigem Auftrag hohen künstlerischen Rang beimaß und ihm die anschließende Ausführung als Verlust erschien. Als Verlust an Spontaneität und an koloristischer Freiheit. Es mag sein, daß Rahl nicht zuletzt aus diesem Grunde die Anfertigung der Kartons nach den Farbskizzen Schülern überließ und auch zur Ausführung selbst einzelne Schüler in sehr weitgehender Weise heranzog.

Carl Rahl entwarf in den fünfziger Jahren und bis zu seinem Tode am 9. Juni 1865 zahlreiche architekturgebundene Werke, wobei die ständig anzutreffende Beteiligung von Schülern an der Vorbereitung und Ausführung dieser Bildausstattungen in maßgeblicher Weise die persönliche künstlerische Entwicklung der jungen Mitarbeiter prägte. Durch den engen Kontakt mit Rahls Konzeptionen und die starke persönliche Wirkung des Lehrers entstand eine enge stilistische Angleichung der künstlerischen Handschrift einiger Schüler, geradezu eine Art von Kollektivstil, und damit das Stilphänomen der „Rahl-Schule“, das für die Malerei des mittleren Historismus in Wien von außerordentlicher Bedeutung ist.

Als für die Malerei in Wien wichtigste Rahlschüler sind Eduard Bitterlich, August Eisenmenger und Christian Griepenkerl zu nennen. Noch zu Rahls Lebzeiten wirkten Gustav Gaul und Karl Lotz bei der Ausführung einzelner Arbeiten mit. Beide Künstler spielten aber später in der Wiener Monumentalmalerei keine Rolle mehr. Lotz allerdings verpflanzte mit dem Bilderschmuck der Budapester Oper und mit den Wandgemälden im Saal der Akademie der Wissenschaften in Budapest Rahls Stil nach Ungarn.

Literatur (in Auswahl):

Bachleitner, R., Die Nazarener (Heyne Stilkunde 2), München 1976. – *Bammer, A.*, Architektur als Erinnerung – Archäologie und Gründerzeitarchitektur in Wien (Archäologisch-Soziologische Schriften Bd. 2), Wien 1977. – *Donop, L. v.*, Briefe von Buonaventura Genelli und Karl Rahl, in: Zeitschrift für Bildende Kunst Bd. 12, 1877, Bd. 13, 1878. – *Dreger, M.*, Josef Führich, Wien 1912. – *Ebert, H.*, Buonaventura Genelli – Leben und Werk, Weimar 1971. – *Eitelberger, R.*, Heinrich Ferstel und die Votivkirche, in: Kunst und Künstler Wiens der neueren Zeit. Gesammelte Kunsthistorische Schriften Bd. I, Wien 1879. – *Feldegg, F. von; Niemann, G.*, Theophil Hansen und seine Werke. Unter Mitwirkung des Hansen Clubs herausgegeben von George Niemann und Ferdinand von Feldegg, Wien 1893. – *Feuchtmüller, R.*, Leopold Kupelwieser und die Kunst der österreichischen Spätromantik, Wien 1970. – *Feuchtmüller, R.*, Das niederösterreichische Landhaus, Wien 1949. – *Feuchtmüller, R.*, Das Gebetbuch der Kaiserin Elisabeth, in: alte und moderne Kunst, Jahrg. 23, 1978. – *Frodl-Schneemann, M.*, Johann Peter Krafft, Wien 1984. – *Führich, J. Ritter von*, Lebensskizze, Wien–Pest 1875. – *George-Mayer, A.*, Erinnerungen an Carl Rahl. Ein Beitrag zur Kunstgeschichte Wiens (von 1847 bis 1865), Wien 1882. – *Gerstenberg, K.; Rave, P. O.*, Die Wandgemälde der deutschen Romantiker im Casino Massimo zu Rom, Berlin 1934. – *Gurlitt, C.*, Die Deutsche Kunst des Neunzehnten Jahrhunderts – Ihre Zieles und Thaten, Berlin 1899. – *Hevesi, L.*, Österreichische Kunst im 19. Jahrhundert, Zweiter Teil: 1848–1900, Leipzig 1903. – *Kitlitschka, W.*, Die Malerei der Wiener Ringstraße (Die Wiener Ringstraße – Bild einer Epoche Band X), Wiesbaden 1981. – *Kitlitschka, W.*, Die Bildausstattung, in: Das Wiener Opernhaus (Die Wiener Ringstraße – Bild einer Epoche Bd. VIII/1), Wiesbaden 1972. – *Krause, W.*, Die Plastik der Wiener Oper im Rahmen des österreichischen Historismus, ungedr. Diss., Wien 1971. – *Novotny, F.*, Über das „Elementare" in der Kunstgeschichte, in: Fritz Novotny, Über das „Elementare" in der Kunstgeschichte und andere Aufsätze, Wien 1968. – Österreichische Galerie Wien, Galerie des neunzehnten Jahrhunderts im Oberen Belvedere, Wien 1924. – *Rittinger, B.*, Die Kreuzwegfresken Josef von Führichs in der Pfarrkirche St. Johann Nepomuk Wien II, Praterstraße, ungedr. Diss., Wien 1976. – *Schickh, R. E. v.*, Eduard v. Engerth – Beiträge zu einer Biographie des Künstlers und seines Kreises, Wien 1915. – *Speidel, L.*, Eine Wiener Künstlerwerkstatt, in: Wiener Frauen und anderes Wienerische, Ludwig Speidels Schriften Bd. II, Berlin 1910. – *Strobl, A.*, Das k. k. Waffenmuseum im Arsenal – Der Bau und seine künstlerische Ausschmückung (Schriften des Heeresgeschichtlichen Museums in Wien 1), Graz–Köln 1961. – *Thausing, M.*, Die Votivkirche in Wien. Denkschrift des Baucomités veröffentlicht zur Feier der Einweihung am 24. April 1879, Wien 1879. – *Vancsa, E.*, Aspekte der Historienmalerei des 19. Jahrhunderts in Wien, ungedr. Diss., Wien 1973. – *Wagner-Rieger, R.*, Wiens Architektur im 19. Jahrhundert, Wien 1970. – *Wagner, W.*, Die Geschichte der Akademie der bildenden Künste in Wien, Wien 1967. – *Wibiral, N.*, Heinrich von Ferstel und der Historismus in der Baukunst des 19. Jahrhunderts, ungedr. Diss., Wien 1952. – *Wörndle, H. v.*, Joseph Ritter von Führich – Sein Leben und seine Kunst. (Die Kunst dem Volke Nr. 6), München 1911. – *Wörndle, H. v.*, Josef Führich's Werke nebst dokumentarischen Beiträgen und Bibliographie, Wien 1914. – *Zimmermann, E. H.*, Das Alt-Wiener Sittenbild, Wien 1923. – *Ziemke, H.-J.*, Die Anfänge in Wien und in Rom, in: Ausstellungskatalog: Die Nazarener, Städelsches Kunstinstitut und Städtische Galerie Frankfurt am Main, 28. April bis 28. August 1977.

Gerbert Frodl

DIE LANDSCHAFTSMALEREI

Die Landschaftsmalerei der franzisko-josephinischen Zeit bietet kein einheitliches, in sich geschlossenes Bild. Sie tut dies weder in der ersten Hälfte dieser Epoche – also dem Zeitraum, dem die Ausstellung gewidmet ist – noch in der zweiten, die bis ins 20. Jahrhundert hineinreicht, die Strömung des Jugenstils, der „Secession" umfaßt sowie den frühen Wiener Expressionismus Egon Schieles und des jungen Oskar Kokoschka. Verschiedene Richtungen, Sehweisen, Stile und Traditionen existieren nebeneinander, durchdringen einander und sind oft in einer Weise ineinander verflochten, daß sie nicht ohne weiteres voneinander zu trennen sind. Bereits die vierziger Jahre des 19. Jahrhunderts, waren eine Übergangsphase für die Landschaftsmalerei, die mit der „klassischen" Biedermeierlandschaft der dreißiger Jahre, einer Wirklichkeitsmalerei besonderer Prägung, einen Höhepunkt erlebt hatte, von dem aus an eine Weiterentwicklung dieses „Überrealismus" und der zeichnerischen Akribie der Details kaum zu denken gewesen war. Die ersten zehn Jahre nach der Thronbesteigung Franz Joseph I. sind noch klarer als Übergangszeit ohne Höhepunkte zu werten – fast als wäre es ein Atemschöpfen vor der Euphorie der Ringstraßen-Ära gewesen. Gerade in diesen Jahren aber spielt die Landschaftsmalerei eine wichtige Rolle. Ihr Anteil am Gesamtumfang der Malwerke ist besonders hoch. Vielleicht haben andere Themenkreise auf den Wandel der Zeiten empfindlicher reagiert; etwa die Genremalerei, die ihrer biedermeierlichen Grundlagen beraubt worden war oder die mit der Porzellanmanufaktur eng verbunden gewesene Blumen- und Früchtemalerei. Und die Monumentalmalerei stand erst vor ihren großen Aufgaben.

Wir gehen davon aus, daß das Jahr 1848, wenn nicht ein Wendepunkt, so doch eine Zäsur ist. Diese Zäsur verläuft in der bildenden Kunst fließend, verschwommen, undramatisch. Die Akademie der bildenden Künste blieb der Tradition der Biedermeier-Landschaft treu, ja sogar der Geist des Barock war lebendig, da JOSEPH MÖSSMER (1780–1845) die Landschaftsklasse von 1812 bis zu seinem Tod innehatte. Nachfolger Mössmers wurde FRANZ STEINFELD (1787–1868), von dessen zahlreichen Schülern viele dem von ihm tradierten graphischen Detailrealismus verbunden blieben. Selbstverständlich sind die Maler der jüngeren Generation nicht in einen allgemein verbindlichen Stiltopf zu werfen: „Die nachbiedermeierliche Landschaftsmalerei in Wien ist also von großer Vielfalt, bei recht unterschiedlicher Qualität. Es wurde allerhand probiert, formal und theoretisch, bis zur Ermattung des Publikums" (Pötschner). Freilich dominierte vorerst die Tradition der Biedermeierlandschaft – sei es in ihrer idealisierenden Variante, sei es in der intimen Form des kleinformatigen Landschaftsausschnitts. „Schuld" daran war nicht nur die konservative Haltung der Akademie und die Überschneidung der Generationen (bedeutende Meister haben ihre Zeit lang überlebt: Steinfeld gest. 1868, Thomas Ender gest. 1875, Rudolf Matthias Toma gest. 1869, Friedrich Loos gest. 1890) sondern auch der Geschmack des Publikums, der diese Tradition lang am Leben erhalten half.

Sehr bald begann die romantisch-heroisierende Alpenmalerei, die auch bereits im Werk verschiedener Maler der Biedermeierzeit vorbereitet wurde, eine wichtige Rolle zu spielen – sie wurde für lange Zeit sogar dominierend. Auch sie bot sich in mehreren Varianten dar: als reine Landschaft, in deren Mittelpunkt thematisch und kompositionell ein eindrucksvolles Hauptmotiv steht, ein prägnanter Berggipfel, ein Wildwasser etc. Oder als phantasievolles Genrestück, das Begebenheiten aus dem bäuerlichen Leben zum Anlaß nimmt, den Beschauer in die romantische,

Albert Zimmermann, Südliche Küstenlandschaft mit Kastell (Wien, Österreichische Galerie)

womöglich von einem Gewitter oder einem Sturm hochdramatisierte Gebirgswelt zu versetzen. Ausgangspunkt dieser zweiten Variante sind die idealisierenden Bilder FRIEDRICH GAUERMANNS (1807–1861), die sich großer Beliebtheit erfreut hatten.

Mit der Übernahme der Landschaftsklasse an der Wiener Akademie durch ALBERT ZIMMERMANN (1808–1888) im Jahr 1860 begannen sich verschiedene Tendenzen zu einer Änderung, zu einer Lösung von dem recht festgefahrenen Verhältnis zur Natur, zu einer Abkehr von optischen Normen in seiner Klasse und unter seiner Obhut zu sammeln. Zimmermann selbst war nicht der große Neuerer; es war seine Lehrmethode – die Einführung der „plein-air" Malerei im akademischen Lehrbetrieb – und seine Begeisterung für die unberührte Natur, die er zu vermitteln wußte, die seine durchwegs in den vierziger Jahren geborenen Schüler zu einer in jeder Beziehung neuen Generation von Landschaftern heranzog. Vor allem waren dies Emil Jakob Schindler, Rudolf Ribarz, Eugen Jettel und Robert Ruß, deren Malerei den Bruch mit Althergebrachtem bedeutete, die Öffnung zu modernen Tendenzen in Frankreich, die aber zugleich in ihrer stimmungshaften Intimität sehr wienerisch blieb. Zimmermann ist mit der von ihm praktizierten, die ganze Natur – also nicht nur die topographischen Fakten sondern auch Luft-, Licht- und Wetterphänomene – berücksichtigende Lehrweise Waldmüllers Anregungen gefolgt ohne jedoch dessen Vorschläge zur technischen Bewältigung des Problems Sonnenlicht aufzugreifen. Er selbst malte „Natur im Aufruhr", gemalt mit einer erstaunlichen zeichnerischen Prägnanz, jedoch ohne malerische Vertiefung, die zeichnerisch-plastischen Formen gleichsam nur kolorierend. Alles dient einer „gesteigerten, die Hochgebirgswelt heroisierenden Spannung" (Grimschitz). Allmählich wandte er sich jedoch der Landschaftskunst der Malerkolonie von Barbizon zu, was größere Helligkeit und mehr Farbe in den Bildern zur Folge hatte. Viele seiner halb realistischen, halb phantastischen Landschaften sind in eine Aura von Idylle und romantischer Atmosphäre eingesponnen („Südliche Küstenlandschaft mit Kastell", Kat. Nr. 29.10). Es ist Zimmermanns großes Verdienst, in Wien eine Anzahl von Landschaftsmalern, allen voran EMIL JAKOB SCHINDLER, herangebildet zu haben, die durch ihn zur Malerei in der freien Natur gekommen sind und damit der intimen Landschaft Wiener Prägung ein ganz und gar anderes Gesicht gegeben haben. Im Zusammenhang mit der Malerei Schindlers wird immer wieder der Begriff „Impressionismus" genannt, meist, um damit auf eine entfernte Ähnlichkeit mit bestimmten Erscheinungsformen des französischen Impressionismus hinzuweisen. Ohne Zweifel war in dieser Zeit für die bildende Kunst Paris das Zentrum der Welt und es versteht sich von selbst, daß man künstlerische Produkte aus der Peripherie an dem, was im Zentrum geschah, mißt. In Österreich gab es eine dem französischen Impressionismus vergleichbare Malerei nicht, auch nicht eine Malerei, die davon beeinflußt war. Der sog. „Stimmungsimpressionismus" Schindlers und seiner Studiengenossen ist einerseits aus der lokalen Tradition der biedermeierlichen Stimmungsmalerei hervorgegangen, andererseits aus der aktiven Auseinandersetzung mit den Malern der Schule von Barbizon. Das war eine Gruppe von Malern, die das Dorf Barbizon am Rande des Waldes von Fontainebleau bei Paris zum Ausgangspunkt ihres Naturstudiums und der Malerei im Freien machten und damit eine Welle der Erneuerung in der europäischen Landschaftsmalerei auslösten. Zu ihnen gehörten Künstler wie Camille Corot, Théodore Rousseau, Jules Dupré oder Charles-François Daubigny.

Ein großer Teil der spezifisch wienerischen Stimmungsmalerei entstand allerdings erst jenseits der zeitlichen Grenze, die sich die Ausstellung gesetzt hat. Die zentrale Persönlichkeit der Wiener Stimmungsmalerei, Schindler, übte nie, ebensowenig wie seine Mitschüler bei Zimmermann oder die Maler und Malerinnen, die sich später um ihn scharten, eine akademische Lehrtätigkeit aus. (Daß Robert Ruß ein Jahr lang aushilfsweise nach Zimmermanns Abgang die Landschaftsklasse führte und Ribarz von 1892–1899 die Klasse für Blumenmalerei an der Kunstgewerbeschule innehatte, zählt in diesem Zusammenhang nicht.) Durch diese Abstinenz (Schindler stellte auch nicht regelmäßig aus) ist es wohl statthaft, verallgemeinernd von einer akademischen und einer nicht-akademischen Malerei in Wien zu sprechen. Man darf jedoch nicht davon ausgehen, daß die Künstler dieser beiden „Lager" ganz unterschiedlichen malerischen Zielen folgten oder eine einander entgegengesetzte Auffassung von der Betrachtungsweise und der Wiedergabe der Natur hatten. Im Gegenteil: Das Oeuvre der meisten Landschafter zeigt, daß – ob Akademiker oder nicht – die Erfassung der individuellen Landschaft und der von ihr ausgehenden Atmosphäre und Stimmung sehr oft ein gemeinsames Anliegen war. Nur – die Aufgaben waren verschieden und das, was die Bilder sein sollten. Auch wandelten einige der „Akademiker" im Lauf der Jahre den Charakter ihrer Malerei wie etwa EDUARD PEITHNER VON LICHTENFELS (1833–1913) oder Albert Zimmermann, vielleicht sogar unter dem Einfluß der jüngeren Malergeneration. Sie und viele andere, die man wegen ihrer Tätigkeit im Lichte der Öffentlichkeit auch als „offizielle" Landschaftsmaler bezeichnen könnte, schufen außerhalb dieses „offiziellen" Wirkungskreises kleine, realistische Landschaftsstudien, deren Stimmungsgehalt und deren Nähe zur „wirklichen Wirklichkeit" (Stifter) Schindler und seinem Kreis nahe ist. Die nahezu unüberschaubare Zahl von großformatigen, romantisch-wilden Gebirgsbildern ist wahrscheinlich plausibler mit Mode und Publikumsgeschmack zu erklären denn mit akademischem Beharrungsvermögen.

Es gab natürlich Außenseiter und Einzelgänger, die weder der einen noch der anderen Richtung zuzuordnen sind – wenn sie auch nicht isoliert betrachtet werden dürfen. Zu ihnen gehört FERDINAND GEORG WALDMÜLLER (1793–1865), dessen besondere Leistung auf dem Gebiet der Landschaftsmalerei bereits in den dreißiger Jahren die Darstellung des farbigen Lichts in Schattenzonen war und der nach 1850 dazu überging, seine ausgedehnten theoretischen Überlegungen zur Darstellung des grellen Sonnenlichts in die Tat umzusetzen, indem er krasse Licht-Schatten-Effekte malte ohne die Farbe der Gegenstände damit wesentlich zu berühren. Das zentrale Anliegen, Licht in Farbe umzusetzen, bewegte Waldmüller zutiefst, jedoch hat er den Schritt zur malerischen Auflösung der Konturen und Formen, den Schritt zum lichtdurchfluteten Farbfleck, nicht getan.

Ein echter Einzelgänger war – auch was seine Lebensweise betrifft – AUGUST VON PETTENKOFEN (1822–1889). Er hat nie ausgestellt, war eine äußerst unstete Natur und seine Werke waren nur einem kleinen Kreis bekannt. Er malte nie Erdachtes, nur das Gesehene, wofür die kleinen merkwürdig unfarbigen Bilder vom ungarischen Feldzug 1849 eindringliche Zeugnisse sind. Pettenkofen blieb stets beim intimen Kleinformat, auch nachdem er zu anderen Bildthemen übergegangen war. 1851 weilte er zum ersten Mal im ungarischen Städtchen Szolnok und legte so den Grundstein für eine Malerschule, der eine Reihe von Wiener und von ungarischen Malern angehörten, ohne in einer festen Gemeinschaft gebunden zu sein. Szolnok war ein Ort, dessen Unberührtheit die Maler anzog und von dessen Lage in einer unendlichen Ebene unter einem gewaltigen Himmel sie sich wesentliche Anregungen erhofften – vor allem im Hinblick auf die Farbe. Die Hoffnung auf eine Erneuerung war einer der Hauptgründe für den in der zweiten Hälfte des Jahrhunderts um sich greifenden Drang in die Ferne. Unter dem helleren Sonnenlicht der ungarischen Ebene hofften viele Maler, jenes Licht anzutreffen und zu erkennen, das den Weg zu seiner Darstellung weisen würde (viele andere glaubten, das Ziel ihrer Wünsche unter der grellen Wüstensonne des Orients gefunden zu haben). Den Weg hat der intellektuelle französische Impressionismus gefunden, während in Wien weiterhin das Hauptgewicht auf der Erfassung der Stimmung – bei voller Wahrung der Form – bestehen blieb. „Die gefühlsmäßige Bindung an die sichtbare Welt“ (Grimschitz) blieb für Pettenkofen und die anderen Wiener Maler seiner Zeit stets erhalten und durch sein Streben, das Sonnenlicht alle Dinge verdeutlichen zu lassen ist er als geistiger Fortsetzer der Kunst Waldmüllers anzusehen; auch insofern als er seine „ideale“ Landschaft in der Verbindung mit der menschlichen Figur, die mehr als eine bloße Staffage ist, fand („Der Kuß“, Kat. Nr. 29.17).

ANTON ROMAKO (1832–1889) war ein Einzelgänger anderer Art. Bindungen an Vorhandenes hat es für ihn kaum gegeben, im Gegenteil: Sowohl in den Porträts als auch in den Landschaften sind Ansätze zu finden, die auf spätere expressionistische Tendenzen hinweisen. In Romakos bedeutender Serie der Gasteinertal-Landschaften des Jahres 1877 aber auch in den nicht sehr zahlreichen anderen Landschaften („Zigeunerlager in Westungarn“, Kat. Nr. 29.8) verdeutlicht er Details in einer „Art von hektischer Lebendigkeit“ (Novotny), die über die Darstellung gesehener Tatsachen weit hinausgeht. Diese Verdeutlichung erreicht er nicht durch Hervorhebung der Auswirkungen des Sonnenlichts, sondern durch die Anwendung oft feinster Pinselzeichnung in Details, die er in einen wirkungsvollen, erregenden Kontrast zu breit gemalten Partien setzt. Romako hat einige seiner Gasteinertal-Landschaften von demselben Blickpunkt aus gemalt – bei unterschiedlichem Wetter, bei verschiedener Tageszeit – und insofern ist er von allen österreichischen Malern dem Impressionismus am nächsten gekommen. Das „wie“ hat mit den Franzosen nichts zu tun, freilich auch nichts mit den Wienern und es ist sicher kein Zufall, daß ein Einzelgänger in der folgenden Malergeneration, der junge Oskar Kokoschka, sich zu den nervös-hintergründigen Porträts Romakos stark hingezogen fühlte. Verweilen wir noch kurz bei Malern, die sich einer klassifizierenden Zuordnung entziehen, bei RUDOLF VON ALT (1812–1905) und CARL SCHUCH (1846–1903). Beide gehören nur am Rande in unserem Zusammenhang genannt. Schuch war, abgesehen von seiner Lehrzeit, nie in Wien tätig, lebte und arbeitete in München, Italien (Venedig) und längere Zeit in Paris. Seine Malerei ist Wilhelm Leibl verbunden, zu dessen Kreis Schuch gezählt wird, aber mehr noch den Errungenschaften Gustave Courbets.

Alts Veduten – um zwei Extreme nebeneinander zu nennen – sind Meisterwerke der realistischen Biedermeier-Malerei, und er folgte dieser Tradition des eigenen Werks bis in die zweite Jahrhunderthälfte, ja bis in die Zeit der Wiener „Secession". Das wäre, abgesehen von der erstaunlichen Schaffenskraft nicht ungewöhnlich, wenn Alt nicht noch im hohen Alter in Aquarellen, die mit der herkömmlichen Vedute oder Ansicht nichts mehr zu tun haben, sehr weit in Richtung einer Auflösung der Formen in Licht- und Farbflecken gegangen wäre.

Die im Rahmen der Ausstellung in zwei Räumen gezeigten Landschaftsbilder können nur einen kleinen Überblick geben, einen Überblick, der nicht ganz die tatsächlichen Verhältnisse erfaßt, da die „Alpenmaler" bei weitem die „Stimmungsmaler" an Zahl übertrafen. Viele der bekannten Schilderer der Alpenwelt wie Carl Hasch, Anton Hlavacek, Josef Hoffmann, Gottfried Seelos, Johann Varrone oder Leopold Vöscher sind nicht zu sehen, was jedoch in keiner Weise ein Werturteil bedeutet. Anton Hansch (1813–1876) und Ludwig Halauska (1827–1882) sind jene Landschafts- bzw. Alpenmaler, in deren Werken die Tradition der „klassischen" Biedermeierlandschaft, ja sogar des späten Barock lang erhalten geblieben ist. In Hansch's frühem Werk (er stellte 1835 zum ersten Mal in der akademischen Kunstausstellung aus) dominiert der enge Bildausschnitt und damit korrespondierend ein Hang zur Kleinteiligkeit und zu einem Realismus im Detail, der an Steinfelds frühe Studien erinnert. Nicht unerwähnt darf bleiben, daß Hansch von der Kompositionsweise des Schweizer Malers Alexandre Calame, der immer wieder weite Ausblicke durch Baumkulissen verstellte, beeinflußt war. In seinem späteren Werk wird Hansch pathetischer, die Landschaften werden größer, die Motive monumentaler. Der „Stubaiferner" (Kat. Nr. 29.11) ist eines jener groß angelegten Werke mit deutlicher Tendenz zur Heroisierung; andererseits ist die Tradition des Biedermeier in der Staffage und im Beharren am Detail deutlich erkennbar. Die Verwandtschaft zum Spätwerk Thomas Enders ist nicht zu übersehen. Hansch wurde das Vorbild für eine ganze Reihe jüngerer Alpenmaler. Zu ihnen gehörten Leopold Munsch (1826–1888), ein „scrupulöser Naturabschreiber" (Vincenti), der vor allem das romantische Element in seinen Gebirgslandschaften betonte und Franz Emanuel Haunold (1832–1911), ein direkter Schüler Hansch's. Dieser war auf Alpenmotive spezialisiert, die er den Gebirgsgegenden Tirols, Bayerns und des Salzkammerguts entnahm. Hatte sein Lehrer danach gestrebt, das Wesen, die Größe der Natur einzufangen – also auch insofern in der Tradition der „idealen" Biedermeierlandschaft befangen – so geht es Haunold allein ums Motiv, um die publikumswirksame Dokumentation des romantischen Begriffs „Gebirge".

Ludwig Halauskas Landschaften lassen mit ihren weiten Bildausschnitte eher an Waldmüller denken, obwohl das von ihm dargestellte Licht einen ganz anderen Charakter hat: es ist nicht direkt und Kontraste bildend wie bei Waldmüller sondern schlicht und freundlich. Die Bilder Halauskas sind meist heiter, vermeiden die Düsternis von Gewitterwolken oder die wilde Einsamkeit dramatischer Gebirgstäler („Alpental mit Flußschlinge", Kat. Nr. 29.3). Die Liebenswürdigkeit seiner Bilder trug Halauska den Vorwurf ein, er habe sich einen Mangel an nötiger Vertiefung zuschulden kommen lassen. Er gehört jedenfalls zu jenen Malern, die das Gemütlich-Beschauliche der Biedermeierlandschaft bis ins späte Jahrhundert weiter getragen haben.

Eine andere, kräftigere Natur war Adolf Obermüllner (1833–1898). Er tat sich in München, Paris und Holland um, ehe er 1860 nach Wien zurückkehrte. Von der westlichen Freilichtmalerei beeindruckt, spezialisierte er sich auf die Darstellung der hochalpinen Gletscherwelt, verfiel aber zuweilen – wie auch andere – in das Fahrwasser einer oberflächlichen Gebrauchskunst. In dem „Eisstoß an der Donau" (Kat. Nr. 29.13), der in diese Kategorie gehört, schuf Alexander von Bensa die Staffage.

Aus der Schule Steinfelds gingen zwei weitere Maler hervor, die das Wiener Kunstleben weit mehr mitbestimmt haben als die eben erwähnten: Eduard Peithner von Lichtenfels (1833–1913) und August Schäffer von Wienwald (1833–1916). Peithner leitete von 1872 bis 1902 die Landschaftsschule an der Wiener Akademie, er war neben Zimmermann der zweite bedeutende Lehrer dieses Faches in der zweiten Jahrhunderthälfte (Th. Hörmann, F. Andri, W. Bernatzik waren u. a. seine Schüler). Die Entwicklung seiner Malerei verlief von groß angelegten, pathetischen

Ludwig Halauska, Alpental mit Flußschlinge (Wien, Österreichische Galerie)

Landschaften („Der Gipfel des Ätna", Kat. Nr. 29.16) zu kleineren und intimeren Natur-Ausschnitten. Das ausgestellte Aquarell („Blick auf Schloß Pitten", Kat. Nr. 29.15) von 1873 zeigt ihn als stillen, unprätentiösen Schilderer der Wirklichkeit mit einem Hang zur Idylle. Im Spätwerk verwendet er in dünn gemalten Ölbildern, die auf den ersten Blick Aquarellen ähnlich sind, sehr oft die Feder, durchsichtige Leichtigkeit damit anstrebend. Die merkwürdige Unfarbigkeit seiner Malerei (sie wird von Braun- und Grüntönen bestimmt) ist wahrscheinlich von den Eindrücken abzuleiten, die Peithner-Lichtenfels während eines Studienaufenthaltes an der Düsseldorfer Akademie 1857/58 aufnahm. AUGUST SCHÄFFER löste sich um 1870 von der Tradition der Alt-Wiener Landschaft. Verschiedene Reisen nach Frankreich, Italien und Deutschland hatten ihm die gute Kenntnis der neuen Malerei in diesen Ländern vermittelt. Bilder wie „Helgoland" (Kat. Nr. 29.18), worin die Monumentalisierung eines Motivs im Mittelpunkt steht, weichen einer poetisch-realistischen Auffassung der Natur. In vielen seiner kleinformatigen Bilder, die gar nicht für's Publikum gedacht waren – unter ihnen auch Wolkenstudien –, kommt er zu Lösungen, die gelegentlich an Romakos Gasteinertal-Landschaften denken lassen (Kat. Nr. 29.19). Den ersten großen Erfolg feierte Schäffer 1873 mit dem Bild „Heimkehr von der Wiener Weltausstellung". Es „gehört zu den entscheidenden Werken österreichischer Malerei aus den siebziger Jahren. Es ist erstaunlich, wie dieser Künstler, . . ., in diesem Bild bereits beides kann: die Stimmung eines frühen Abends einer Praterlandschaft zu gestalten und gleichzeitig die Impression bewegten Lebens zu geben" (Münz). 1874 wurde Schäffer Kustos an der

Kaiserlichen Gemäldegalerie (deren Direktor er von 1892 bis 1910 war) und damit ein „Kunstbeamter" von beträchtlichem Einfluß. Er war auch als Kunstschriftsteller tätig, der sich intensiv mit der zeitgenössischen Malerei beschäftigte.

Aus dem bisher gezeichneten Bild fällt REMY VAN HAANEN (1812–1894) ein wenig heraus. Der gebürtige Holländer übertrug in seinem Werk die „Holländische Romantik" nach Österreich und hatte sehr viel Erfolg damit. Seine – oft winterlichen und windzerzausten – Baumlandschaften sind gekonnte Reminiszenzen der holländischen Landschaftsmalerei des 17. Jahrhunderts (Kat. Nr. 29.2) und haben mit der Wirklichkeit nicht viel zu tun.

Der wichtigste Beitrag zum Thema „Landschaft" im Wien der zweiten Jahrhunderthälfte ist zweifellos das Werk EMIL JAKOB SCHINDLERS (1842–1892). Wie so vieles andere Bedeutende, spezifisch Wienerische, entstand seine Kunst mehr oder weniger in der selbst gewählten Isolation und sie blieb stets der lokalen Tradition verbunden. Er bewunderte die Werke der vorimpressionistischen Maler der Schule von Barbizon, die er erst auf der Wiener Weltausstellung 1873 etwas besser kennenlernen konnte und die er als verwandte Seelen betrachtete, doch hatten sie ihm nicht viel mehr zu geben als die Bestätigung der Richtigkeit seines eigenen Weges. Dieser bedeutete, die Natur mit allen Sinnen aufzunehmen, nicht mit den Augen

Emil Jakob Schindler, Entenjagd im Prater (Wien, Österreichische Galerie)

allein. Dazu gehörte auch das Wissen, daß diese Künstler der „plein-air" Malerei vorbehaltlos gehuldigt hatten, daß sie gegen die „Atelierkunst" aufgetreten waren. Ohne ins Detail zu gehen, könnte man den Unterschied zum französischen Impressionismus, der sich zur gleichen Zeit manifestierte, auf folgende Weise darstellen: Der Impressionismus ist eine vom Intellekt geleitete Malerei, die nach der Erfassung des Augenblicks trachtet, während es Schindler und den Künstlern um ihn in erster Linie um die Erfassung der Wirklichkeit, die weitgehend vom Gefühl bestimmt ist, geht. Es ist Poesie, die keiner Worte bedarf. Dafür hat sich die Bezeichnung „Stimmungsimpressionismus" eingebürgert, ein Wort, das das Wollen bezeichnet, aber auch der Zeitgleichheit zum „echten" Impressionismus Rechnung trägt. Alle diese Maler und Malerinnen um Schindler wollten – mit Abwandlungen, versteht sich – die Gesamtheit von Landschaft und von ihr bedingter persönlicher Stimmung im Bild festhalten und dabei eine allgemeine Aussage finden. „Dieses nur im jeweiligen Sosein konkrete Allgemeine – die ‚Stimmung' . . . – ist als Ganzheit das wesenhaft Wirkliche; es wird in der Erscheinung, die es in ihrem Chiffrencharakter modifiziert (. . .), vom Sensibilitätsorgan erkannt oder besser: wiedererkannt als die jeweilige Weise, die aktuelle Möglichkeit des Seins, Welt zu sein" (Klaus Demus). In den Jahren nach 1880 schuf Schindler einige Bilder, deren Titel das Wort Stimmung enthalten wie etwa der geplante Zyklus von zwölf Monatsdarstellungen, der nur teilweise ausgeführt wurde (z. B. „Landschaft im Vorfrühling – Märzstimmung"). Diese Stimmungslandschaften fand er in den an sich undramatischen Gegenden rings um Wien – im Prater, im Wienerwald, seit 1884 rund um Plankenberg bei Neulengbach und im Park dieses Schlosses, das er in den Sommermonaten bewohnte und das Treffpunkt für den Malerkreis um Schindler wurde. Bevor von diesen Schülern und Bewunderern die Rede ist, sind noch einige Worte zu Schindlers Mitschülern bei Albert Zimmermann zu verlieren: Rudolf Ribarz (1848–1904) und Eugen Jettel (1845–1901) wandten sich bald nach ihrem Abgang von der Akademie nach Paris (1875 bzw. 1873), um sich dort für viele Jahre niederzulassen. Beide hatten dort nicht nur gute Kontakte zu anderen österreichischen Malern sondern auch zu Mitgliedern der Malerkolonie von Barbizon (etwa mit Charles-François Daubigny), deren tonige, sparsame Farbigauswahl sie als wesensverwandt anzog. Ribarz und Jettel haben sich oft in Nordfrankreich aufgehalten. Zudem hat sie Holland und die zeitgenössische holländische Malerei, speziell die „Schule von Den Haag" intensiv beschäftigt. Ribarz' Landschaften sind von einer ausgeprägten Intimität gekennzeichnet, außerdem oft von einer fast übertrieben erscheinenden Monochromie, welche die Farbe auf Licht- und Schattenwerte reduziert. In der „Holländischen Kanallandschaft" (Kat. Nr. 29.7) konzentriert er die Formen auf die Kontur, viel spätere Kompositionsschemata vorwegnehmend. Diese extreme Sicht der Landschaft wird aus der Beschäftigung mit der auf Horizont und Himmel verdichteten holländischen Landschaft erklärbar sein, aber auch aus der Kenntnis von und der Auseinandersetzung mit Werken von Malern der „Haagse School", insbesondere von H. W. Weissenbruch und T. Mesdag. Auch für Jettel war diese Malerschule nicht ohne Bedeutung – Verwandtschaften finden sich im Werk eines ihrer anderen Mitglieder, Willem Maris. Jettel verband eine enge Freundschaft mit Ribarz, und oft malten beide die gleichen Motive. Er neigte eher zur reinen Stimmungslandschaft, die noch weniger als die Malerei Ribarz' das „Motiv" in den Mittelpunkt rückte (das, wenn man nicht davon ausgeht, daß Himmel und Horizont eben auch Motive sind). Die gepflegte Tonigkeit der Farbe hat Jettel meisterlich beherrscht und die von ihm gewählten Landschaftsausschnitte mit dem hochgezogenen wie mit Hilfe eines Lineals hingesetzten Horizont wiederholen sich in zahllosen Varianten ohne dabei von ihrem unaufdringlichen Reiz zu verlieren. Weder er noch Ribarz fanden und suchten die geringsten Berührungspunkte mit dem Impressionismus, der in den Jahren ihres Paris-Aufenthaltes zu einer die Malerei in ihren Grundlagen bewegenden Revolutionen wurde. Beide haben ihre Wiener Vergangenheit nicht abgelegt und auf diese Weise auch die Verbindung mit der Wiener Stimmungsmalerei nicht verloren. (Sie haben regelmäßig Bilder zu Wiener Ausstellungen geschickt.)

Nach 1880 begann Schindler Privatschüler aufzunehmen, die ihn zum Teil auf seinen Reisen begleiteten und die bei ihm geradezu als Familienmitglieder aufgenommen wurden. Carl Moll, der weitaus Jüngste unter ihnen, der seit 1882 Schindlers Unterricht genoß, beschreibt das sehr schön in seinem Buch über den Meister, den er wie einen Vater bewunderte und verehrte. Dieses innige Verhältnis zwischen Lehrer und Schüler, die herzliche Aufnahme in der Familie, trugen viel dazu bei, daß der Mensch Schindler im Leben und in der Arbeit der anderen Maler eine größere Rolle spielte als der Lehrer, daß sie seinen Empfindungen offen gegenüber standen und sie als die ihren aufnahmen. TINA BLAU (1845–1916) war nicht wirklich eine Schülerin Schindlers, sie war mit ihm befreundet und hatte sehr ähnlich Ansichten, war jedoch ruhiger und nüchterner. Auch sie, die viel zusammen mit dem Älteren gearbeitet hat, lernte die holländische Landschaft und die Malerei der „Schule von Den Haag“ kennen. Manche ihrer holländischen Bilder sind malerisch jedoch freier und farbiger als ähnliche Werke Ribarz'. Tina Blau hielt sich auch öfter in Szolnok auf, das sie, ähnlich wie Holland, besonders faszinierte. Erst später hat sie sich intensiv mit dem Wiener Prater auseinandergesetzt, eine wesentliche Aufhellung der Palette ging damit einher. (Das Hauptwerk aus dieser Zeit ist der „Frühling im Prater“ von 1882.) Viele der kleinen Ölskizzen Tina Blaus sind Meisterwerke der Abkürzung, geradezu Konzentrate an dichter Komposition und Farbigkeit. Im Gegensatz zu Schindler hat sie mit der Farbe komponiert; ein schönes Beispiel dafür ist das ausgestellte Bild (Kat. Nr. 29.1), das die von der Sonne beschienenen Flächen der Hauswände als weiße Flekken in den Mittelpunkt stellt. Selbst in ihren virtuosesten, eigenwertigen kleinen Ölstudien hat die Malerin die Bindung an die Form jedoch nicht aufgegeben.

Richtige Schülerinnen von Schindler waren Olga Wisinger-Florian (1844–1926) und Marie Egner (1850–1940). Diese Malerinnen und Carl Moll (1861–1945) zu besprechen, bleibt einem späteren Zeitpunkt vorbehalten, da bei der Auswahl der Bilder darauf Bedacht genommen wurde, die vorgesehene zeitliche Grenze nicht oder nur unwesentlich zu überschreiten. Alle Maler, von welchen zuletzt die Rede war, Schindler eingeschlossen, haben einen großen und wichtigen Teil ihres Gesamtwerks erst in den Jahren danach geschaffen – ohne sich allerdings (Moll ist eine Ausnahme, er war auch viel jünger als die anderen) dem Jugendstil bzw. der „Secession“ zu nähern.

Wenden wir uns schließlich THEODOR VON HÖRMANN (1840–1895) zu, der eigentlich wie die eben erwähnten Künstler hier nur am Rande gestreift werden soll. Er hat immer wieder Schindlers Rat gesucht und seiner Aufmunterung bedurft. Mit seinem akribischen, manchmal ans Naive grenzenden Drang zur Suche nach Wahrheit hat er die Landschaft „abgeschrieben“ ohne sich zunächst von Stimmungen „stören“ zu lassen. Das „Waldviertler Städtchen“ (Kat. Nr. 29.4) ist bereits ein selbständiges Werk, ganz in diesem Sinn. Damit entdeckte er aber die Farbe, die sowohl bei Schindler als auch bei den Malern pathetischerer Landschaften in den Hintergrund gedrängt war, und geht damit einen eigenen Weg. Hörmann verbrachte einige Jahre in Paris und schuf dort – mit seiner Art zu sehen und seinem „unwienerischen“ Verhältnis zur Farbe – eine ganz persönliche Brücke zum Impressionismus. Wieder in Wien, wurde er ein großes Vorbild für jene um eine Generation jüngeren Maler, die nicht zuletzt durch seinen Einsatz 1897 – nach seinem Tod – die Künstlergemeinschaft „Secession“ gründeten.

Einen kurzen, wie im Zeitraffer vorgebrachten Überblick mit einer allgemeinen Würdigung und Charakterisierung abzuschließen ist nicht gut möglich, da die aufgezeigten Strömungen wie erwähnt bis ins 20. Jahrhundert hineinreichen und sich auch zum Teil mit zeitgemäßeren Bestrebungen vermischten. Außerdem ist die Entwicklung des Werks etwa der Stimmungsmaler eben nicht mit der der Ausstellung gezogenen Zeitlinie abgeschlossen. Und das Hauptwerk der „offiziellen“ Landschaftsmalerei, der großartige programmatische Bilderzyklus im Wiener Naturhistorischen Museum, an dem alle wichtigeren Wiener Landschaftsmaler der Zeit beteiligt waren, ist erst 1889 vollendet worden. Nur so viel: Bei aller Verschiedenheit der Auffassung und der Technik, der

Aufgaben und der Wertung durch die Zeitgenossen ist zu vermerken, daß alle Landschaftsmaler in irgend einer Weise von lokalen Traditionen abhängig waren, ja diese sogar gepflegt haben. Sie haben damit der europäischen Kunst nichts Neues gebracht. Selbst die, welche die Möglichkeit hatten, den neuesten Stand der Entwicklung in Paris zu verfolgen, haben in ihrem Werk kaum auf Anregung reagiert. Das heißt, sie haben das Neue nicht gesucht und wenn, dann nur, um ihnen Verwandtes herauszufinden. Die Stimmungsmaler verwirklichten ihre subjektive Einstellung zur Natur-Umwelt indem sie Einflüssen mitunter sogar aus dem Weg gingen. Damit schufen sie aber eine sehr wienerische Variante der „plein-air" Malerei, in ihrer Bedeutung ähnlich dem lokalen und in Europa mit nichts vergleichbaren Phänomen der realistischen Biedermeierlandschaft.

Literatur (in Auswahl):

Grimschitz, B., Österreichische Maler vom Biedermeier zur Moderne, Wien 1963. – *Haja, M.*, Emil Jakob Schindler und sein Kreis, in: alte und moderne Kunst, Jg. 1979, Heft 163. – *Münz, L.*, Österreichische Landschaftsmalerei von Schindler bis Klimt. Ausst.-Kat. der Akademie der Bildenden Künste, Wien 1955. – *Novotny, F.*, Hundert Jahre Österreichische Landschaftsmalerei, Wien o. J. – *Pötschner, P.*, Wien und die Wiener Landschaft, Salzburg 1978. – *Vincenti, C. v.*, Wiener Kunstrenaissance, Wien 1876.

Gerbert Frodl

HANS MAKART

Als Hans Makart im März des Jahres 1869 von hoher offizieller Stelle nach Wien berufen wurde, war der Bau der Ringstraße in vollem Gang. Oper und Heinrichshof waren vollendet und vermittelten einen ersten Eindruck von der Großartigkeit des künftigen Ensembles. Der noch nicht einmal ein Jahr davor zu Rang und Namen gekommene junge Maler schien vielen wie dafür geschaffen, öffentliche Bauten und Palais an der neuen Prachtstraße mit der kaiserlichen Metropole würdigen, glänzenden malerischen Werken auszustatten. Von seinem Beispiel erwartete und erhoffte man eine fruchtbringende Bereicherung und Belebung der Wiener Malerei. Wie kam es zu dieser ungewöhnlich schnell in Szene gesetzten Berufung? War sie aus der Euphorie des Tages geboren oder war sie das Ergebnis geplanter Überlegung? Wir werden sehen, daß beides der Fall war.

Im Sommer des Jahres 1868 trat der Salzburger Hans Makart, der in München studiert hatte und in der bayrischen Hauptstadt lebte, im Münchner Kunstverein mit einem dreiteiligen großformatigen Werk vor die Öffentlichkeit, den „Modernen Amoretten". Dazu präsentierte er den Entwurf zur Dekoration einer Wand, der über die mögliche Verwendung dieser Bilder, über die Rolle, die sie nach dem Willen des Malers spielen sollten, Aufschluß gab. Der Künstler dachte sich die „Amoretten" weder als Galeriebilder noch als Wandschmuck sondern als integrierten Teil einer illusionistischen, gemalten architektonischen Raumausstattung (vielleicht für sein eigenes, nur in der Phantasie bestehendes, großartiges Atelier), als unverbindlichen „Salonschmuck". Zwei Fakten beunruhigten vor allem die zunächst ratlosen Betrachter: die Tatsache, daß der Maler keinerlei literarischen Hintergrund gesucht hatte, daß man also vergeblich nach einem Thema forschte – in einer Zeit, in der das Thema noch Grundpfeiler der figürlichen Malerei war – und zweitens ereiferten sich viele Leute über die fahle, ungesunde Hautfarbe der „alten" Kindergesichter als augenscheinlichem Indiz für die grenzenlose Verdorbenheit und Degeneriertheit der tanzenden Gestalten und damit auch ihres Schöpfers. Der Kunstschriftsteller Friedrich Pecht, dessen enthusiastische Artikel mithalfen, Makarts Ruhm in Blitzesschnelle zu verbreiten, fand, die „Amoretten" gehörten jener *bezaubernden Gattung göttlichen Wahnsinns* an, die auch Tizians „Himmlische und Irdische Liebe" oder Rubens' „Venusfest" auszeichneten. Damit hatte er zwei Namen genannt, die Makart ein Leben lang begleiten, die immer wieder zum Vergleich mit seiner Malerei herangezogen werden sollten, damit auf die scheinbare Verwandtschaft mit der glühenden Farbigkeit in der Malerei des Venezianers anspielend andererseits auf die Darstellungen üppiger, nackter Frauenleiber in Rubens' Werk.

Bilder wie die „Modernen Amoretten" regten nicht zum Nachdenken an; da ihnen weder offen noch verschlüsselt ein Thema zugrunde lag, waren Erklärungen zum Inhalt wie auch literarische Vorbildung überflüssig. Das, jubelten viele, war nun die neue, „reine" Malerei, die der trockenen „Kartonkunst" schnell den Rang ablaufen würde, eine Malerei, in der die Farbe die erste Geige spielte, die allein in der Farbe ihre Vollendung fände und damit nur dem Auge diente. Makart fühlte sich nicht an herkömmliche Farbakkorde aber auch nicht an gebräuchliche Hell-Dunkel-Schemata gebunden. Der *koloristische Idealismus,* den Pecht und andere hervorhoben war nichts anderes als diese ungewohnte Freiheit der Farbigkeit. Viele jener Skizzen, die noch zu Zeiten der Ausbildung bei Karl von Piloty in München entstanden sind, zeigen die Komposition allein auf einen bestimmten, oft ungewöhnlichen Farbakkord aufgebaut, wofür das ausgestellte „Bacchanal" ein schönes Beispiel ist. Im übrigen sind diese Skizzen selbständige Kunstwerke, die nicht als Studien im Hinblick auf ein auszuführendes großes Bild gedacht waren. Makart hat – wenn man es so ausdrücken will – die Skizze monumentalisiert, er hat aber auch die skizzenhafte Malweise auf viele „ausgeführte" Details seiner Riesenleinwände übertragen.

Nur wenige Monate nach den „Amoretten" konfrontierte der junge Maler das Publikum erneut mit einem dreiteiligen Werk, mit der „Pest in Florenz". Die vielfigurigen, friesartigen Bilder erhitzten die Gemüter aufs neue. Wieder gab es kein wirkliches Thema. Das „Decameron" sollte nicht mehr als eine bloße Gedankenverbindung herstellen helfen, das 1865 entstandene Werk des Wiener Dichters Robert Hamerling „Ahasver in Rom" lieferte vielleicht die Idee. Einer der Gründe für den ungeahnten Erfolg dieser und späterer Werke war, daß der Beschauer hinter den Bildern mehr ahnen konnte als tatsächlich zu sehen war. Die so laut bejubelte grenzenlose Phantasie des Genies beruhte zum Teil auf dem, was nicht ausgesprochen wurde, die *Verwesungsfarbe der Frauenleiber* wirkte provozierend und auf den Gesichtern dieser Frauen standen unwägbare Versprechungen, die die Phantasie des Publikums anregten und erregten. Zu dieser Darstellung des nicht Darstellbaren gehörte eine malerische Virtuosität, die Makart wie kein zweiter besaß, die manchmal mit einer bemerkenswerten Gleichgültigkeit gegenüber anatomischen Gegebenheiten verbunden war. All das faszinierte auch die, die solche Effekte, die diese Malerei um der Malerei willen ablehnten. Ob das „themenlose" Szenen waren, wie die erwähnten, Allegorien oder virtuose Damenporträts spielte meist keine Rolle.

Makart nach Wien zu ziehen, geschah aufgrund eines geradezu märchenhaften Erfolgs in München und kurz darauf in Wien. Diese Berufung war ein kulturpolitischer Akt, der in einem engen Zusammenhang mit dem Bau der Ringstraße zu sehen ist. Man versprach sich von Makart eine fruchtbringende Bereicherung der Monumentalmalerei, die seit dem Tod Carl Rahls an Kraft und Elan eingebüßt hatte. Wohnung und Atelier wurden von Staats wegen zur Verfügung gestellt (neben der Kunsterzgießerei in der Gußhausstraße, wo vorher A. D. Ritter von Fernkorn gelebt und gearbeitet hatte). Es sah aus als habe man nun den Staatskünstler gefunden, dem es wichtigste Aufgaben anzuvertrauen galt. Tatsächlich vergingen jedoch zwölf Jahre, bis Makart 1881 vom „Hof-Bau-Comité" einen Auftrag erhielt, nämlich die malerische Ausgestaltung des Stiegenhauses im neuen Kunsthistorischen Hofmuseum.

Rudolf von Alt, Das Makart-Atelier (Wien, Historisches Museum der Stadt Wien)

Der Maler mußte in Wien von Anfang an nicht um den Erfolg kämpfen, er mußte vielmehr darauf bedacht sein, den phänomenalen Ruf, der ihm vorausging zu bewahren und ihm gerecht zu werden. So stand er andauernd unter dem Druck, etwas Neues und Sensationelles schaffen zu müssen, eine Herausforderung, der er zehn Jahre lang, bis zum nicht zu überbietenden Triumph, den er mit dem großen Festzug 1879 errang, glänzend begegnete. Früher als er sich das hat wahrscheinlich träumen lassen, konnte er nun in Wien seinen Ideen für die Gestaltung eines eigenen großen Ateliers freien Lauf lassen und er errichtete damit sich selbst, dem „Malerfürsten“, eine standesgemäße „Residenz“. Freilich stand Makart mit dieser Einstellung zum Wert eines Künstlers in der Gesellschaft und dem damit verbundenen Repräsentationsbedürfnis nicht allein. In Paris, Brüssel, München gab es eine Reihe von Ateliers, die Zeugnisse des hohen Selbstbewußtseins der Künstler und ihrer Stellung im öffentlichen Leben waren – dabei handelte es sich meist um Maler des sog. „Historischen Faches“ oder um Porträtisten und Genremaler, deren Themen dem großen Publikum entgegenkamen, die von Presse und Kunsthandel beachtet und von den Kreisen, aus denen die Porträtaufträge kamen, gefördert wurden. Auch das Wien vor Makart bildete keine Ausnahme, wie das aufwendige Atelier-Wohnhaus Friedrich von Amerlings, das „Amerlingschlößl“, zeigte. Allen schwebte als großes Vorbild, jedoch ohne konkrete Bezüge schaffen zu wollen, das Rubens-Haus in Antwerpen vor. Makarts Atelier suchte seinesgleichen, da es mit Bedacht als „Gesamtkunstwerk“ konzipiert und als solches betrachtet wurde. Die Einrichtung – Möbel, Teppiche, alte und neue Kunstwerke, altes und neues Kunstgewerbe, Bouquets und lebende Pflanzen – bildeten mit den gerade in Arbeit befindlichen Bildern, mit den Modellen, mit dem an der Staffelei oder auf dem Gerüst arbeitenden Maler und dem regen gesellschaftlichen Leben eine Einheit (Das Verzeichnis des Atelier-Inventars im Katalog der Nachlaß-Auktion von 1885 ist in dieser Hinsicht sehr aufschlußreich). Hier existierte eine Welt für sich, bewußt vom draußen herrschenden Alltag abgeschlossen. Es war Makarts Idee, den Menschen zeigen zu können, daß die bildende Kunst auf weite Bereiche des täglichen Lebens veredelnd wirken konnte. Er selbst führte das Tag für Tag konsequent, überzeugt und überzeugend vor. Zwischen 1870 und 1880 war das Atelier ein gesellschaftlicher Mittelpunkt Wiens, wo sich bildende Künstler (befreundete und nicht befreundete), Theaterleute, Literaten, Kritiker, Musiker und Komponisten, Kunsthändler, interessierte Betrachter und Adabei's trafen. Die Tagespresse und illustrierte Blätter berichteten ausführlich, und so konnte es nicht ausbleiben, daß der „Malerfürst" mit seinem Wohn- und Lebensstil sehr viel Einfluß ausübte. Innerhalb kurzer Zeit waren Begriffe mit seinem Namen verbunden, die bis heute, wenn auch nicht immer im positiven Sinn, verwendet werden: „Makart-Porträt", „Makart-Rot", „Makart-Hut", „Makart-Bouquet", ja „Makart-Stil" ganz allgemein. Die Existenz dieses letzten Begriffes sagt sehr viel über Makarts Rolle, denn „Makart-Stil" bezieht sich nicht so sehr auf die Malerei als auf die Bereiche Wohnkultur, Ausstattungskunst und Kleidung. All das nahm vom Makart-Atelier seinen Ausgang und erfaßte bald ganz Mitteleuropa. Hevesi hatte wohl recht, wenn er sagte: „Nur er [Makart] hat eine wirkliche Epoche gemacht, eine ‚Makartzeit'".

Schon anläßlich der erwähnten folgenreichen Ausstellungen in München und Wien hatten Rezensenten bemerkt, der junge Maler sei in erster Linie ein „dekoratives Talent", wobei sie weniger die Malerei an sich meinten als die Rolle, die sie mit ihrer besonderen Farbigkeit in ihr zugeeigneten Räumen spielen können würde; das „Farbgenie" wäre imstande, dadurch, daß es sich an keine Konventionen gebunden fühlte, Räume zu gestalten, die nicht vom Thema der Darstellungen sondern von deren Erscheinungsbild geprägt würden. Gleich in den ersten Wiener Jahren erhielt Makart jenen Auftrag, dessen Ausführung zu einem seiner Hauptwerke werden sollte, zu einem Hauptwerk der Ringstraßenmalerei überhaupt: Der Industrielle Nikolaus Dumba ließ sich von ihm das Arbeitszimmer mit Malereien und mit dazu passenden, eigens dafür angefertigten Möbeln ausstatten. Dieser Raum (der nicht mehr besteht, die Bilder, die sich auf den Beruf des Auftraggebers und auf seine Tätigkeit als Kunstmäzen beziehen, sind jedoch erhalten) war das Werk eines Mannes, für den spätestens ab nun bestimmte Klischees bereit standen: Makart als „Dekorateur", als „Farbenzauberer", „dessen Oberflächlichkeit und schillerndes Blendwerk den Kunstvorstellungen und Kunstbedürfnissen des Großbürgertums der Wiener Gründerzeit genau entsprach. Es gehört zu den unangenehmen Eigenschaften der Klischees, daß sie oft einen beträchtlichen Wahrheitsgehalt haben – man muß ihn nur von Zeit zu Zeit revidieren" (Fritz Novotny). Im Übrigen hat schon im Jahr 1900 der erwähnte Wiener Kunstschriftsteller Ludwig von Hevesi im Zusammenhang mit dem Dumba-Zimmer auf Verbindungen hingewiesen, die zwischen Makarts raumbezogener Malerei und der Wiener „Secession" um 1900 bestanden. Unter diesem Gesichtspunkt einer gewissen Gemeinsamkeit kann man auch die Bestrebungen der „Wiener Werkstätte", mit ihren Erzeugnissen das tägliche Leben zu beeinflussen, betrachten.

Neben eigenwertigen, oft eigenwilligen Farbskizzen und einigen „privaten", intimen kleinen Bildern, die das Atelier erst nach dem Tod des Malers verließen, vollbrachte Makart die überzeugendsten Leistungen, wenn sie Teil eines architektonischen Konzepts waren oder sind, wenn die Malereien ein geschlossenes Ensemble bilden, worin sie in ihrem Hang zum bühnenhaften Effekt nicht behindert sind. Dazu gehören Theatervorhänge genauso wie architektonische Dekorationsentwürfe, die sogenannten Historienbilder (etwa „Venedig huldigt Caterina Cornaro" oder „Der Einzug Karls V. in Antwerpen"), die nichts anderes sind als subjektiv gestaltete Szenen, welchen die Geschichte den Titel geliehen hat oder auch die

Hans Makart im Kostüm

repräsentativen Damenporträts. Diese sind wie alles andere in der theatralischen Atmosphäre des Ateliers entstanden. Das typische „Makart-Porträt“ ist stillebenhaft verfremdet. Die zu porträtierende Dame trägt Kleidung und Schmuck nach Makarts Wahl und meist aus seiner eigenen Sammlung stammend. Bevor der Maler den ersten Pinselstrich tat, stand das Kunstwerk fertig vor ihm – genauso künstlich und naturfern wie die ganze Umgebung. Makart verstand es sehr wohl, naturwahr zu zeichnen und zu malen, doch war ihm dies zutiefst wesensfremd (nichtsdestoweniger sind seine Porträts, wenn auch verschönend, ähnlich). Auch der mehrmonatige Aufenthalt in Kairo im Winter 1875/76 änderte daran nichts. Sein Atelier dort war erneut eine Welt für sich, abgeschlossen von außen – diesmal mit orientalischem Mobiliar.

Der größte Erfolg des „Regisseurs“ Makart wurde der oft und enthusiastisch beschriebene Festzug, den die Stadt Wien am 27. April 1879 zu Feier der Silbernen Hochzeit des Kaiserpaares veranstaltete und für dessen „kostümierten“ Teil er innerhalb weniger Wochen 35 großformatige Skizzen mit den Arrangements von vielfigurigen Handwerks-, Berufsgruppen und Industrien mit ihren Festwagen schuf. Getreu seinen Angaben und unter seiner Leitung wurden die Entwürfe in Lebensgröße übersetzt und den vielen hunderten Teilnehmern auf den Leib geschneidert. Nach dem großen Ereignis wurden die Skizzen der Öffentlichkeit zugänglich gemacht, wobei der Gedanke im Vordergrund stand, mit diesem Beispiel von mit dem – wenn auch festlichen – Alltag verbundener bildender Kunst den „Kunstsinn“ der Bevölkerung zu heben. Nun hatte Makart den umfassendsten Rahmen für eine Inszenierung, den man sich denken kann: die ganze Residenzstadt Wien mit dem städtebaulichen Höhepunkt der Ringstraße, die von vielen tausenden Zuschauern und Bewunderern gesäumt war. Sie jubelten nicht nur dem Kaiserpaar, sondern auch dem auf einem Schimmel einherreitenden Makart zu – dem die Huldigung entgegennehmenden „Malerfürsten“. Die Wiederholung eines solchen Triumphs war nicht möglich. Seit dem ersten Auftritt im Jahr 1868 hat Makart ein „Immage“ erworben (durch eigenes Zutun und begünstigt durch äußere Umstände), das ihn dazu verpflichtete, sich selbst immer wieder zu überbieten. Der Gipfel war mit dem großen Festzug erreicht.

Schon im Jahr zuvor hatte er – fast unausweichlich – eine Professur an der Akademie der Bildenden Künste in Wien erhalten (wohl eine Ersatzhandlung für die nicht erteilten Aufträge und die nicht erfolgten öffentlichen Ankäufe), doch ist kein Maler von Rang aus dieser nur wenige Jahre lang aktiven Schule hervorgegangen. Makart war zu sehr er selbst und zu wenig redegewandt um ein guter Lehrer zu sein. Diese Malerei war im rein handwerklich-technischen Bereich so sehr gefühlsdurchsetzt, daß eine Weitergabe gar nicht möglich war („Seine Kunst war nicht Gedanke, sondern Gefühl“, Hevesi). Makart konnte gewisse technische Raffinessen, etwa wie Asphaltfarben lasierend anzuwenden waren, weitergeben, er konnte einen

Grundstock an das Arrangement und die Requisiten betreffenden „Vokabeln" vermitteln, keineswegs jedoch deren – in seinem Sinne – richtige Anwendung. Unter den Schülern war der Slowene JAN (Johann) ŠUBIC sicherlich der eigenständigste. Allerdings bedeutete für ihn der Aufenthalt in Makarts Schule nur eine Zwischenstation. Andere Schüler wie ERNST BERGER oder GUSTAV WERTHEIMER fristeten ihr künstlerisches Leben als Nutznießer von ihres Lehrers Ruf. EDUARD CHARLEMONT stand Makart näher. Er hat jahrelang, bevor er für nahezu drei Jahrzehnte nach Paris übersiedelte, im sogenannten „kleinen" Atelier in der Gußhausstraße gearbeitet und eine Reihe von Ausstattungsbildern geschaffen, die auf Schritt und Tritt dem Vorbild des Meisters folgten, nichtsdestoweniger eine persönliche – graphischere – Handschrift verraten. Makart selbst arbeitete seit 1873 im neu adaptierten großen Atelier, da das kleine zur Aufnahme übergroßer Formate ungeeignet war. Die Frage, ob Eduard Charlemont nicht an dem einen oder anderen großformatigen Werk Makarts mitgearbeitet hat, ist öfter gestellt worden, jedoch nicht zu beantworten. Die Stärke dieses Schülers und Freundes Makarts waren aber altmeisterlich gemalte, Jan Vermeer oder Gabriel Metsu nachempfundene Interieurs, mit welchen er sich einen guten Namen erwarb. Er war nicht der einzige, der im Atelier in der Gußhausstraße neben Makart arbeitete. Auch sein jüngerer Bruder Hugo tat dies (er hat u. a. ein schönes Interieur des „kleinen" Ateliers gemalt) und FRANZ VON LENBACH benützte diese Arbeitsstätte zeitweise während seines Wiener Aufenthalts zwischen 1873 und 1875 bei welcher Gelegenheit das große Kaiserportrait als Gemeinschaftsarbeit entstand. Die Freundschaft Makarts zu Lenbach reichte nach München zurück, in die Zeit des gemeinsamen Studiums bei Karl von Piloty und war ehrlicher und tiefer als die meisten seiner anderen Freundschaften. So hielt Lenbach im Gegensatz zu manchen anderen auch nach der „unpassenden" zweiten Heirat Makarts (1882) dem Freund in Wien die Treue. Der Orientmaler LEOPOLD CARL MÜLLER, der, bevor er 1878 an der Akademie eine Professur annahm, in Wien über kein Atelier verfügte (dafür in Kairo und Venedig je eines besaß), fand bei Makart ebenso wie auch Emil Jakob Schindler Aufnahme. Müller überredete den Freund, mit ihm den Winter des Jahres 1875/1876 in Ägypten zu verbringen. Auch Lenbach schloß sich an. Schon vor dieser Reise hatte sich Makart, einer Mode folgend, mit dem Orient auseinandergesetzt und zwar auf eine Weise, die seiner sehr persönlichen Interpretation historischer Tatsachen entsprach: Die berühmte Wiener Schauspielerin Charlotte Wolter, die zu seinem Freundeskreis gehörte – oder besser, zu jenem Kreis der Gesellschaft, der das Atelierleben frequentierte – diente als theatralisch posierendes Modell für mehrere Kleopatra-Bilder. Die in Kairo selbst entstandenen Malereien beschäftigten sich, wohl unter dem Einfluß Müllers nur mit der Gegenwart. Naturanschauung war aber auch unter der grellen ägyptischen Sonne nicht die Sache Makarts. Ihn interessierten nicht die Menschen auf der Straße, nicht das Gewimmel im Basar, sondern die exotischen Modelle, die er in seine arrangierten Phantasieprodukte einspann.

Makart war ein Mensch, der, obwohl wortkarg, leicht Kontakt fand und auf seine gutmütige Art viele, wenn auch oft nur oberflächliche und einseitige Freundschaften schloß. Die Anekdote von der im Atelier stehenden, jedermann, der sich in finanziellen Schwierigkeiten befand, zugänglichen Geldkasette wirft ein bezeichnendes Licht auf des Malers Leichtgläubigkeit, auf seine Gutmütigkeit und auf seine totale Hilflosigkeit in Geldsachen. Im Gegensatz zu HANS CANON, dem zweiten großen Maler des „Neobarock" in Wien, hat er nie den Zugang zu den Hofkreisen gefunden und auch der Kontakt mit der Hocharistokratie blieb in Grenzen. Er war der Maler des Großbürgertums, des Geldadels, er konnte ihr Repräsentationsbedürfnis im großen Stil befriedigen, seine Ideen zu den ihren machen.

Ein gewisser Sättigungsgrad war offenbar mit dem triumphalen Erfolg des Jahres 1879 erreicht. Andererseits hat eine schleichende Krankheit den Maler seit 1881 mehr und mehr beeinträchtigt, sodaß auch das Leben im Atelier stiller wurde. Die rauschende, die Sinne betörende Phantasie verließ ihn zusehends, viele Bilder aus den letzten Jahren sind matt und flach und nur ab und zu bricht das alte Feuer durch. Mehr als ein Jahrzehnt lang hat Makart das Publikum angeregt, gereizt und schließlich wohl überreizt, denn sehr bald nach seinem Tod (1884) wurde es still um ihn und nur wenige Jahre danach galt es, die „Makart-Zeit“ in allen Bereichen mit Macht und frischen Kräften zu überwinden.

Literatur (in Auswahl):

Ausstellungs-Katalog, Hans Makart, Kunsthalle Baden-Baden 1972. – *Frodl, G.*, Hans Makart, Salzburg 1974. – *Hevesi, L. v.*, Hans Makart und die Sezession, in: 8 Jahre Sezession, Wien 1906. – *Kitlitschka, W.*, Die Malerei der Wiener Ringstraße, Wiesbaden 1981. – *Novotny, F.*, Zu einem Bildnis Sarah Bernhardts von Hans Makart, in: Festschrift für Kurt Badt, Köln 1970. – *Pirchan, E.*, Hans Makart, Wien 1954.

Werner Kitlitschka

DIE HANDZEICHNUNG DES HISTORISMUS IN ÖSTERREICH

Bruno Grimschitz hat bereits 1928 in seiner ebenso einfühlsamen wie tiefgründigen Studie festgestellt, die österreichische Zeichenkunst des 19. Jahrhunderts bewege sich zeitlich zwischen zwei Polen betont linearen zeichnerischen Schaffens, die mit den Namen Heinrich Friedrich Fügers und Gustav Klimts zu kennzeichnen sind. Einer der bestimmenden Faktoren der österreichischen Kunst des 19. Jahrhunderts überhaupt ist im Weiterwirken, in der Transformierung und in der bewußten Auseinandersetzung mit der in Österreich ja geradezu allgegenwärtigen Sphäre des Barock zu sehen. Fügers an der Oberfläche klassizistische Historienmalerei bleibt in ihren Grundstrukturen der Formenwelt des Barock entscheidend verbunden. Barocke Formimpulse trugen maßgeblich zur Ausprägung des spezifischen Stils der österreichischen Spätromantik bei.

Aber auch in der Landschafts- und Genremalerei des Biedermeier wirken Bewegtheit und Kolorit des Barock weiter. Die dramatischen Tierbilder Friedrich Gauermanns, die Landschaften Josef Fischers und Johann Schindlers verwandeln auf der Basis barokker Virtuosität künstlerische Modi des 18. Jahrhunderts in gefällige bürgerliche Einrichtungsstücke. „Die räumlichen und zeitlichen und transzendentalen Grenzenlosigkeiten des Barocks“ (Bruno Grimschitz) machen hierbei, entsprechend dem Weltbild des bürgerlichen Menschen, der Totalität des Realen im Sinne vordergründiger sinnlicher Wahrnehmung Platz. So stellt für Peter Fendi und Karl Schindler das Aquarell ein wichtiges künstlerisches Medium dar, das realistische Themen mit der malerischen Leichtigkeit des Barock verbindet. Auch die Bleistiftzeichnung ohne Farbe wird betont malerisch gehalten. In diesem Sinne spricht Grimschitz vom „bürgerlichen Barock“.

Die Entdeckung der Landschaft als einen der wichtigsten Themenbereiche der romantischen Kunst des frühen 19. Jahrhunderts führte zur Entstehung der durchgeistigten Landschaftszeichnungen Josef Anton Kochs, Ferdinand Oliviers und August Heinrichs. In diesen Werken wird die Linie als Darstellungsmittel zu unerhörter Feinheit und größtem Reichtum gesteigert und zugleich von allen plastischen und malerischen Effekten befreit. Eine nächste Künstlergeneration, der vor allem Ferdinand Georg Waldmüller angehört, nimmt diese innerlich vertiefte, geradezu religiös-inbrünstige Zeichenkunst zugunsten möglichst unmittelbarer realistischer Landschaftsdarstellungen wieder zurück. Rudolf von Alt führt die extrem wirklichkeitsbezogene Aquarellvedute bis über die Jahrhundertwende in einer künstlerisch äußerst subtilen, allerdings nicht mehr hintergründigen sondern ästhetisch konsumierbaren Weise fort. Die malerisch-koloristischen Qualitäten, vor allem die Darstellung des Sonnenlichtes, drängen hierbei die streng linearen Elemente in den Hintergrund.

Die sensible Zeichenkunst der Künstler des Lukasbundes, die sich 1809 in Wien zusammengeschlossen hatten, fand in Österreich keine unmittelbare Weiterführung. Der Wiener Bund bestand aus FRANZ PFORR, FRIEDRICH OVERBECK, LUDWIG VOGEL, JOSEPH SUTTER, JOSEPH WINTERGERST und JOHANN KONRAD HOTTINGER. Als es 1810 zum Bruch mit der Wiener Akademie kam, begründeten Pforr, Overbeck, Vogel und Hottinger im römischen Kloster von San Isidoro eine Arbeits- und Lebensgemeinschaft, der sich neben anderen Künstlern im Jahre 1815 JOHANN EVANGELIST SCHEFFER VON LEONHARDSHOFF anschloß.

Die Verbindung zwischen der österreichischen Spätromantik und dem römischen Nàzarenerkreis kam in besonderer Weise durch JOSEF VON FÜHRICH zustande, der allerdings erst 1827 zu einem dreijährigen Studienaufenthalt in Rom eintraf. Führich, der damals die entscheidende künstlerische Auseinandersetzung mit dem graphischen Schaffen Albrecht Dürers und Peter von Cornelius' bereits hinter sich hatte, entwickelte in der Folge einen gegenüber den Nazarenern stärker von realistischen Einzelzügen durchsetzten illustrativen, nicht so sehr spirituellen Zeichenstil, der seine bizarren spätgotischen Züge nach und nach zugunsten wohllautender Schönlinigkeit und barocker Bewegungsdramatik ablegte. Diesen Wandel von der spröden gotisierenden Linienführung hin zum melodiösen Linienfluß zeigt mit besonderer Deutlichkeit etwa das graphische Schaffen des Führich-Schülers KARL JOSEF GEIGER.

Die volkstümliche Breite, die Freude am Erzählen und damit auch die Vorliebe für zyklische Folgen sowie die Verbindung christlicher Gläubigkeit mit Zügen der Naturpoesie waren den Romantikern des Lukasbundes eher fremd, verbinden jedoch Führich verhältnismäßig eng mit MORITZ VON SCHWIND. Bruno Grimschitz meint, Führich und Schwind sei „im tiefsten Grund eine letzte Ausstrahlung barocken Formbewußtseins gemeinsam, das trotz entgegengesetzter Problemstellungen und gegenläufiger künstlerischer Forderungen latent in der Melodik der Linie klingt, im lebensvoll-naiven Verhältnis zur sinnlichen Tatsache der Existenz, im dekorativen Klang der künstlerischen Formerscheinung". Beide Künstler leisten Hervorragendes in ihren populären Bilderfolgen. Als strenger Katholik entwarf Joseph von Führich zahlreiche religiöse Zeichnungsfolgen, die, in Holzschnitte oder Kupferstiche umgesetzt, weite Verbreitung fanden. So illustrierte er das Leben Mariens, den Bethlehemitischen Weg, Thomas von Kempens „Nachfolge Christi", die Legende des verlorenen Sohnes, die Legende vom heiligen Wendelin, den Psalter und das Buch Ruth des Alten Testaments. Von Schwind stammen mehrere Märchenzyklen wie etwa die „Sieben Raben" und „Die schöne Melusine".

Im Laufe von Schwinds weiterem Schaffen setzt sich die Neigung zur ornamentalen Arabeske stark durch. Sie wirkt den naturalistischen Tendenzen entgegen und intensiviert die Rhythmik des zeichnerischen Liniengefüges. Die in den sechziger Jahren für das Wiener Opernhaus geschaffenen Werke, vor allem die Skizzen und Kartons, zeigen diese künstlerische Situation mit aller Deutlichkeit.

Der linear-rhythmische, spannungsvoll-bewegte Charakter der späteren graphischen und malerischen Schöpfungen Führichs und Schwinds läßt eine stilistische Affinität zu der allgemeinen Barockströmung erkennen, die ab der Jahrhundertmitte sämtliche Kunstgattungen mehr oder weniger stark zu erfassen oder zumindest zu beeinflussen beginnt. Es sei hier lediglich auf die Stilentwicklung der Malerei Carl Rahls und Hans Canons, die späten bildhauerischen Werke Anton Dominik Fernkorns und auf die architektonischen Konzeptionen Karl Hasenauers verwiesen.

Die Malerei des Altwiener Realismus brachte unzählige Zeichnungen und Farbskizzen hervor, die im Grunde aber keine künstlerische Eigenständigkeit besitzen, wie dies bei den Graphiken der Romantiker der Fall ist. Sie spiegeln allesamt lediglich Durchgangsstadien des Skizzierens und Entwerfens. Das eigentliche künstlerische Ziel war die möglichst getreue Wiedergabe der als existenzausfüllende Wirklichkeit empfundenen bürgerlichen Welt. Porträt,

Genre, Landschaft und Stilleben sind die künstlerischen Aufgaben der Altwiener Realisten, als deren bedeutendste Ferdinand Georg Waldmüller und Friedrich Amerling gelten können. Während sich Waldmüller, Amerling und zum Teil auch Josef Danhauser die Unabhängigkeit von den Forderungen der Menge doch weitgehend bewahren konnten, mußten sich andere Künstler wie Johann Mathias Ranftl und Franz Eybl, beide wie Danhauser Schüler Johann Peter Kraffts an der Wiener Akademie, aber auch Moritz Michael Daffinger und Josef Kriehuber weitgehend den Vorlieben des Publikums fügen. Vor allem in der Porträtmalerei, die den Künstlern die lebenswichtigen Aufträge lieferte, mußten die einmal gefundenen künstlerischen Lösungen ohne Möglichkeit weiterer schöpferischer Entfaltung bis zur routinehaften Erstarrung abgewandelt werden.

Die Altwiener Genrekunst versandet schließlich in der Banalität des geradezu unbegrenzten Illustrationsbedürfnisses des Bürgertums. Auf die seichte und bis zur Unerträglichkeit geschwätzige Naivität vieler Bilder dieser Gattung erfolgten sehr verschiedenartige künstlerische Reaktionen. August von Pettenkofen etwa gelangte unter dem Eindruck der französischen Kunst der dreißiger und vierziger Jahre sowie der holländischen Genremalerei zu malerisch ungeheuer spontanen Genrebildern, unter denen seine Pußtaszenen einen besonders hohen künstlerischen Rang einnehmen. Alois Schönn und Karl Leopold Müller wandten sich dem orientalischen Genre zu und schufen zahlreiche spontane zeichnerische Niederschriften des auf ihren Studienreisen Gesehenen. Beide empfingen Impulse der vorimpressionistischen französischen Kunst, hatte sich doch Schönn im Jahre 1851 und Müller 1867 in Paris aufgehalten.

Während die Landschaftskunst Emil Jakob Schindlers Werken der Künstlergruppe von Barbizon, der Rousseau, Daubigny und Corot angehörten, entscheidende Anregungen verdankt, fanden die Landschafter Eugen Jettel und Rudolf Ribarz ihren künstlerischen Weg in unmittelbarem Kontakt mit dem französischen Impressionismus. Beide Künstler verbrachten in den siebziger und achtziger Jahren längere Zeit in Paris. Auch Karl Schuch ging 1883 nach Paris, um dort seine malerisch freie, verinnerlicht-schlichte Landschafts- und Stillebenmalerei zu entwickeln.

Als eine weitere Reaktion auf den Altwiener Realismus kann die Monumentalkunst des Historismus verstanden werden, für die der zeichnerische oder malerische Entwurf sowie der Karton von großer Bedeutung sind. Entwurfzeichnung, Farbskizze und Karton zeigen hierbei gegenüber dem schließlich ausgeführten Werk eine deutliche Tendenz zur Verselbständigung als eigenständige künstlerische Schöpfung. Carl Rahls Suche nach einem idealen Monumentalstil barg in sich bereits den Keim des Scheiterns, da in der Ära des Realismus an keine tragfähigen Traditionen inhaltlicher und formaler Art mehr angeschlossen werden konnte. Bezeichnenderweise kam zumeist den Schülern die Aufgabe zu, Rahls malerisch sehr freie, dem Inhaltlichen gegenüber mitunter geradezu gleichgültige Skizzen unter Verwendung einer klassizierenden Formensprache in inhaltlich und formal ausgewogene Entwürfe, Kartons oder sogar in die endgültige Ausführung umzusetzen. Auf diesem Gebiet leistete im Rahmen der sogenannten Rahl-Schule vor allem Eduard Bitterlich Hervorragendes, der, jung verstorben, trotz dieser Leistungen und seiner Qualität als eigenständiger Zeichner bisher kaum bekanntgeworden ist.

Carl Rahls Anstrengungen grundsätzlich vergleichbar, konnte sich auch Anselm Feuerbach, der ab 1873 eine Professur an der Wiener Akademie innehatte, mit seinem stark gedanklich bestimmten, klassizierenden Monumentalstil in Österreich nicht durchsetzen. Sein Deckengemäldezyklus der Aula der Wiener Akademie blieb ein Torso und mußte von fremder Hand vollendet werden. In den Entwurfzeichnungen für diese Deckenbilder idealisierte Feuerbach die Aktfigur im Sinne heroischer Klassizität.

Hans Canon und Hans Makart schließlich gelangten in den siebziger Jahren auf unterschiedlichen Wegen zu einem neobarocken Monumentalstil, dessen bedeutendste Zeugnisse das Deckengemälde und die Wandlünetten im Haupttreppenhaus des Wiener Naturhistorischen Museums beziehungsweise die Theatervorhänge sowie die Lünettenbilder und die Hauptbildskizze für das große Treppenhaus des

Kunsthistorischen Museums sind. CANON hielt sich bei seiner Schöpfung an die schwellende sinnliche Formenwelt der flämischen Malerei des 17. Jahrhunderts, vor allem der Kunst des Peter Paul Rubens, und gestaltete seine stark körperhaft erscheinenden Figuren als Synthese aus naturalistischem Sensualismus und monumentalitätssteigernder Vereinfachung. Die Entwurfzeichnungen zeigen deutlich diesen Vorgang.

HANS MAKART hingegen interpretierte die menschliche Gestalt dekorativ, indem er ihre plastische Körperlichkeit im Interesse rhythmischer Bewegtheit zurücknahm und die Figuren arabeskenhaft arrangierte. Auch hierfür sind die Entwurfszeichnungen die aussagekräftigsten Belege.

Wie kein anderer österreichischer Künstler seiner Zeit verkörpert ANTON ROMAKO die künstlerische Krise des Historismus der siebziger und achtziger Jahre. Aus Rahls Privatschule kommend, negierte der Künstler später dessen antinaturalistische Formabstraktion, um sich die Welt des Sichtbaren und in diesem Sinne Wirklichen in äußerst intensiver Weise malend anzueignen. Romakos Schaffen bewegte sich zwischen den gegensätzlichen Positionen eines malerischen Impressionismus und eines phantasievollen Subjektivismus. Auf dem Gebiet der Zeichnung ist Romakos persönliche Leistung ein formzerstäubender, die Körperlichkeit auflösender impressionistischer Stil, der sich eines kürzelhaften, nervösen Liniengefüges bedient. An die Stelle des klaren Umrisses sowie der plastischen und malerischen Interpretation der Darstellung ist ein die Form gewissermaßen umschwebendes impressionistisches Lineament getreten.

Literatur (in Auswahl):

Dreger, Moriz, Josef Führich, Wien 1912. – *Grimschitz, Bruno,* Die österreichische Zeichnung im 19. Jahrhundert, Zürich–Wien–Leipzig 1923. – *Grote, Ludwig,* Joseph Sutter und der nazarenische Gedanke (Studien zur Kunst des neunzehnten Jahrhunderts, Band 14), München 1972. – *Hoffmann, Hans-Christoph; Krause, Walter; Kitlitschka, Werner,* Das Wiener Opernhaus (Die Wiener Ringstraße – Bild einer Epoche, Band VIII/1), Wiesbaden 1972. – *Kitlitschka, Werner,* Die Kartons für die Bildausstattung des Wiener Opernhauses (Katalog der Graphischen Sammlung Albertina), Wien 1973. – *Kitlitschka, Werner,* Die Malerei der Wiener Ringstraße (Die Wiener Ringstraße – Bild einer Epoche, Band X), Wiesbaden 1981. – *Wörndle, Heinrich von,* Joseph Ritter von Führich – Sein Leben und seine Kunst (Die Kunst dem Volke Nr. 6), München 1911 (Nachdruck 1925). – *Wörndle, Heinrich von,* Josef Führichs Werke nebst dokumentarischen Beiträgen und Bibliographie, Wien 1914.

Walter Krause

PLASTIK UND KUNSTGEWERBE

Wägt man – in eigentlich unzulässiger Polarisierung – die um die Mitte des 19. Jahrhunderts im Bereich der österreichischen Monarchie entstandenen Schöpfungen der Bildhauerei und des Kunstgewerbes gegeneinander ab, dann besteht über das zahlenmäßige Übergewicht der zweiten Gruppe kein Zweifel. Die kunsthandwerkliche Tätigkeit wurde aber vergleichsweise gering geschätzt und bot nur bescheidene Erfolgsaussichten. Die Skulptur bezahlte ihr höheres Ansehen dafür mit übermäßiger Exklusivität, materieller Beschränkung und karger Nachfrage. Zwar hatte sich schon vor 1848 die Lage ein wenig zu bessern begonnen: Mit der anwachsenden Bautätigkeit waren die zugehörigen plastischen Arbeiten wieder stärker im Kommen, und auch öffentliche Monumente wurden in geringer Zahl, aber doch vergeben. Daraus vermochten jedoch nur wenige Spitzenkräfte eine solide, das heißt wirtschaftlich-solide Grundlage zu gewinnen und künstlerischen Ruf zu erwerben, während sich die große Zahl ihrer Bildhauerkollegen meist mühselig mit untergeordneten Arbeiten, Schnitzereien im Kleinformat, Modellieren von Ornamenten und Dekorationselementen fortbringen mußte. Noch dazu fielen die wenigen bedeutenden Aufgaben an auswärtige Kräfte oder wenigstens solche Künstler, die ihre Reputation im Ausland begründet hatten. In der Ära Franz Josephs änderte sich vorerst daran nichts. Während die etablierten Autoritäten ihren Ruhm in dieser Weise festigen und ausbauen konnten, fanden die einheimischen Kräfte aus der zweiten und dritten Reihe kaum Gelegenheit, einschlägige Erfahrungen zu sammeln. Begreiflicherweise wurden sie dann, teils mit Recht, teils auch mit Unrecht, von vornherein als nicht konkurrenzfähig erachtet. Den zuständigen ministeriellen Behörden blieb dieser mißliche Umstand keineswegs verborgen. Man war durchaus gewillt, die österreichische Plastik zu fördern und erhoffte sich künstlerische Belebung durch die Berufung einer namhaften Bildhauerpersönlichkeit an die Akademie. Dennoch ließ man es lange Zeit an der entschlossenen Verwirklichung dieser Absicht fehlen. Es war symptomatisch, daß nahezu ein Vierteljahrhundert verstrich, ehe die erste Meisterklasse mit Caspar Zumbusch besetzt wurde. Er hatte auf Grund weitreichender Zusagen eine geachtete Stellung in München aufgegeben.

Die spürbare Ausrichtung nach Deutschland reichte bis in die Zeit des Neoabsolutismus zurück, als der geborene Erfurter und Wahlwiener Anton Dominik Fernkorn zusammen mit dem im Münchner Milieu geprägten Kärntner Hans Gasser die entscheidenden Leistungen gesetzt hatte. Fernkorns Denkmäler verbinden die Tradition von Renaissance und Barock mit einem knappen, großformigen Realismus; sie erhoben die Wiener Skulptur mit einem Schlag zur Weltgeltung. Das frühe Leiden Fernkorns unterbrach aber die Entwicklung. Trotz vieler Erfolge kränkelte die aus seinem Betrieb erwachsene k. k. Kunst-Erzgießerei jahrelang dahin, ohne weitere Impulse auszustrahlen.

Das Regime des jungen Franz Joseph betrachtete die Kunst nicht als hauptsächliche Domäne privater Förderer, sondern stellte sich bewußt an die Spitze. Vor allem das Denkmal als Mittel öffentlicher Repräsentation bildete einen wichtigen Faktor. In Verschmelzung kunst- und tagespolitischer Anliegen wurden vorerst ausschließlich Monumente für Militärs gesetzt. Neben Fernkorn zog man hier Ernst Julius Hähnel aus Dresden heran, dessen Wertschätzung bei den Zentralstellen auch noch in den sechziger Jahren unvermindert blieb. Dies äußerte sich sogar im Stipendienwesen. Wenn die Hähnel zugedachte Schlüsselstellung bei der Ausstattung des Wiener Opernhauses auch nur Idee blieb, so übertrug man ihm wenigstens mit der Loggia-Ausstattung den vornehmsten Anteil. Sicher spielte seine Verbindung zu Gottfried Semper, dem er noch bei den Museen beratend zur Seite stand, und zu Richard Wagner dabei eine maßgebliche Rolle. Hähnels Importkunst fand aber im Gegensatz zum theoretischen Gedankengut seiner genannten Freunde beim Wiener Publikum nie echten Widerhall und spiegelt sich nur im Œuvre derjenigen Künstler, die zeitweise in Dresden arbeiteten.

Daß sich in der Reichshauptstadt verschiedene Strömungen kreuzten, war für den langsam reifenden Nachwuchs nur von Vorteil. In lebhaftem Austausch standen besonders die österreichischen und die böhmischen Lande. Viele der in Wien tätigen Bildhauer waren jenseits von March und Thaya geboren. Einer der bedeutendsten war Vincenz Pilz, der für Grafenegg den Apostelzyklus der Schloßkapelle schuf. Ungarn war mehr durch nationalistische Abschließung gegen die übrigen Teile der Monarchie gekennzeichnet. Die Entwicklung von Budapest steckte noch zu sehr in den Anfängen. Miklós Izsó war damals der einzige Plastiker, dem überregionale Bedeutung zukam.

Personelle Querverbindungen existierten weiters immer wieder zwischen den figürlichen Kunstgattungen. Mehrfach wurden sowohl in Prag wie in Wien Maler in den Schöpfungsprozeß plastischer Werke eingebunden: Christian Ruben, Carl Rahl, Eduard Bitterlich u. a. Eine eigentliche Lehrerpersönlichkeit existierte im Feld der Skulptur lange Zeit nicht. Es war bezeichnend, daß sich später die Bildhauer vielfach am Vorbild und den Idealen Hans Makarts orientierten. Um die fragmentarische akademische Ausbildung zu ergänzen, ließen sich einige der jungen Kräfte durch Mitarbeit im privaten Atelierbetrieb in die Praxis einführen.

Bevor die großen Staatsbauten ihren plastischen Schmuck erhielten, hatten die Künstler wenig Gelegenheit zu angemessenen Aufgaben. Viele wichen ins „Pfeifenschneiden", d. h. in die Meerschaumschnitzerei aus. Diese Gattung umfaßte eine ganze Palette von Möglichkeiten vom billigen Pfeifenkopf bis zum höchst komplizierten und kunstfertigen Spezialstück, das auch neben dem teureren Elfenbein bestehen durfte. Der infolge der geringeren Härte leichten und billigen Bearbeitung stand die größere mechanische Gefährdung gegenüber. Die besten Exemplare befinden sich heute meist unzugänglich in Privatsammlungen.

Die Kleinplastik in Metall und Porzellan, deren Grenzen ins rein Kunstgewerbliche fließend ist, erweist sich als schwer zu überschauen und zu beurteilen, da häufig Entwerfen, Modellieren, Ausführung und weitere Bearbeitung durch Ziselieren, Gravieren etc. in ganz verschiedenen Händen lagen. Bei Signaturen ist stets zu prüfen, ob sich hinter einer Firmenbezeichnung nicht andere, auch anonyme Mitarbeiter feststellen lassen. Bekanntere Namen wie etwa Hermann Ratzersdorfer (Goldschmied) oder Franz Schönthaler (Bildhauer) sind durchaus als „Markenbezeichnung" zu interpretieren, nicht als Individualitäten – vor allem in späteren Jahren nicht. Da spezielle Professionen wie Dekorationsbildhauer, Ornamentiker u. dgl. von der Forschung bisher kaum untersucht sind, werden sie leicht vernachlässigt. Tatsächlich prägten sie das Gesicht des Historismus sehr wesentlich. Vielen Unternehmen begegnet man immer wieder: den Bronze- bzw. Metallwarenetablissements Dziedzinski & Hanusch, Hollenbach, A. M. Beschorner, den Kunsttischlern Heinrich Irmler und Bernhard Ludwig, den Kunstschlossern Albert Milde, Valerian Gillar und Wilhelm Ludwig, um nur einige wenige aufzuzählen. In der Mitte des Jahrhunderts florierte auch noch immer der künstlerische Eisenguß, dessen nicht zuletzt in Ungarn zu gedenken ist. Einer der entscheidenden Faktoren in diesem Berührungsfeld zwischen Kunst und Industrie bildete die Entwerfertätigkeit namhafter Architekten, welche veredelnd und richtungsweisend wirkte. Mit Leopold Ernst, Gottfried Semper, Heinrich Ferstel und Theophil Hansen seien auch hier nur einige genannt.

Auf dem Sektor Glas und Porzellan besaß Böhmen eine übermächtige Vorrangstellung, gegen die sich die Wiener Porzellanmanufaktur auf die Dauer nicht zu behaupten vermochte. Schließlich ging sie 1864 ein. Zu jener Konkurrenz gesellten sich außerdem die aufstrebenden Produktionsstätten in Ungarn, die mehr auf den binnenmagyarischen Markt zielten, damit aber ein wichtiges Absatzgebiet okkupierten: Herend mit seinen perfektionierten Imitationen fremder Porzellandekore und Pécs mit der Zsolnay-Keramik. Ruhm und Erfolg der Wiener Glasfirma Lobmeyr beruhten nicht zuletzt auf der klugen Kooperation mit einschlägigen böhmischen Werkstätten.

Nicht schlecht stand es im Grund um die Medaillenkunst. So wie allgemein galt jedoch, daß die Masse des Durchschnitts nicht an repräsentativen Einzelleistungen (Radnitzky, Tautenhayn) gemessen werden darf. Erst nach längerem Anlauf wurde auch allgemein hohes Niveau erreicht.

Mit Kritik und Enttäuschung vermerkte man in den fünfziger Jahren immer wieder, daß das heimische Kunstgewerbe international nicht entsprechend wettbewerbsfähig war, selbst wenn einzelne Auszeichnungen errungen wurden. So fanden Carl Leistlers Möbel auf der Londoner Weltausstellung 1851 nicht nur anerkennende Beachtung, sondern das große Prunkbett galt manchen sogar als das Spitzenerzeugnis unter allen ausgestellten Werken. Den gotischen Bücherschrank dedizierte anschließend Kaiser Franz Joseph an Königin Victoria. Leistler erfreute sich der Patronanz des Fürsten Liechtenstein, womit sich erneut eine Brücke nach Böhmen und Mähren ergibt. Bedenkt man, wieviele adelige Schlösser namentlich dort ausgestattet wurden, und welche außerordentlichen Leistungen quantitativ und qualitativ dabei erbracht wurden, dann wird deutlich, daß jedes Urteil nur differenziert lauten kann. Kreationen besonderer Natur wie die Schnitzwerke des Oberösterreichers Johann Rint – bekannt für seine Zusammenarbeit mit Adalbert Stifter – lassen und ließen sich selbstverständlich nicht verallgemeinern. Herausragende Einzelleistungen bilden freilich gerade für die Spätphase des Romantischen Historismus ein Charakteristikum. Die industrielle Serienproduktion auf der anderen Seite barg Gefahren für Qualität und Sorgfalt, obwohl sich Großunternehmen wie die Salmsche Gießerei in Blansko auch um gehobene Aufträge bemühten. Im Fall Blansko zeigte sich allerdings ganz deutlich das Dilemma, denn man war der Sache nicht immer gewachsen. Österreichische Bildhauer beschäftigten daher nicht selten französische Gießereien mit der Ausführung ihrer Modelle.

Mancher Bildhauer, dem in Wien der eigentliche Erfolg versagt blieb, fand anspruchsvollere Aufgaben in der Entfernung. Als typisches Beispiel mag Johann Meixner angeführt sein, dem man anhand seiner für ungarische Kathedralen geschaffenen Statuen, Altäre und Reliefs leichter gerecht wird als seinen ziemlich unterschiedlichen Leistungen für Wien. Er und in noch höherem Maß der frühverstorbene Franz Melnitzky, sowie der schon erwähnte Vincenz Pilz repräsentierten in der Zeit strenger Ideale – von den späten fünfziger bis in die frühen siebziger Jahre – den mitunter direkten Übergang vom Romantischen in den Späthistorismus. Alle drei gelangten zu keinem der großen Denkmalaufträge, obgleich sie über spezifisches Talent für das Monumentale verfügten. Es wurde nun gerne mit weicheren Formen, mit vermehrtem Empfinden für Gefühle und Stimmung und einer differenzierteren Einstellung zum Pathos vorgetragen. Organisch-menschliche Züge wurden mehr betont. Teilweise unter dem Einfluß Hans Gassers, hauptsächlich aber inspiriert durch Vorbilder aus der Malerei, begannen die Figuren, ihre starre Haltung zu verlieren. Bewegung und Kontrast bestimmten die Wirkung mehr als früher, ohne daß noch die Gesetze klassischer Statuarik echt gesprengt worden wären.

Mit dem steigenden Anteil des gehobenen Bürgertums an der öffentlichen Repräsentation und dem vermehrten Repräsentationsstreben überhaupt, zu dem der Kaiserhof wesentlichen Anstoß gegeben hatte und weiterhin gab, erfolgte ein – durch den Börsenkrach von 1873 zeitweise gehemmter – neuerlicher Aufschwung der Plastik. Neben der wandfesten, wie auch der übertragbaren Ausschmückung der großen Staats- und Prunkbauten eröffneten sich ihr jetzt sowohl im Fach des Porträts als auch des Grabmals reiche Möglichkeiten. Das Grabmal vereinte gewöhnlich die repräsentativen Eigenschaften des Porträts und des Denkmals; es besaß Öffentlichkeitscharakter und intime Qualitäten. Dadurch bot es sich der dominierenden Bürgerklasse als ideales Medium der Selbstäußerung an, denn mit den monumentalen Staatsdenkmälern zu konkurrieren, gelang erst ab den späten achtziger Jahren. Bei aller Bedeutsamkeit der Schriftsteller- und Musikermonumente mußten sie sich in Dimension, Material und Wahl des Aufstellungsortes bescheidener geben.

Ermöglicht und mitgetragen wurde die Entwicklung durch das Auftreten einer neuen Künstlergeneration. Es waren die zwischen 1830 und 1850 Geborenen, die bereits in der franzisko-josephinischen Ära ihre Ausbildung erhalten hatten. Dieselbe Generation brachte in Frankreich die Impressionisten hervor und in Österreich die großen Freilichtmaler, in erster Linie Emil Jakob Schindler und die älteren Mitglieder der Szolnoker Schule, parallel dazu aber auch Hans Makart. Gleich diesen allen huldigten die jungen Bildhauer einem Ideal, das weniger auf Inhalt und spirituelle Bedeutsamkeit gestimmt war als auf die sinnliche Erfassung der Wirklichkeit, das lebendige Erfassen elementaren Daseins – oft gehöht mit den Mitteln dekorativer Dynamik. Der bevorzugte Stil war der Neobarock, der sich gefördert durch französische Einflüsse unter der Ägide Makarts allgemein durchsetzte. Wir treffen ihn in allen Varianten: als sensualistischen Realismus mit stets bewahrter zurückhaltender Würde bei CARL KUNDMANN, als skizzenhaftleichtes Formenspiel von Licht- und Schattenmodellierung bis hin zu den leidenschaftlich-exzessiv aufgewühlten Formen THEODOR FRIEDLS, in dessen Œuvre etwas von der Fernkornschen Größe weiterlebt. Am beliebtesten war die heitere und lockere Vortragsart, wie sie VICTOR TILGNER, RUDOLF WEYR und JOHANNES BENK vortrugen. Den Sektor des Monumentalen beherrschten ZUMBUSCH und KUNDMANN, die gleichzeitig als akademische Lehrer von eminenter Bedeutung waren. Die unbestrittene Führerrolle der Wiener Skulptur resultierte nicht zuletzt aus dem Beibehalten klassischer Elemente und dem Vermeiden extremer Formexperimente. Mit der Polychromie, also der Färbelung, freundete man sich vorsichtig an, was Porträtbüsten und Kleinplastik betraf, ließ dieses Prinzip aber kaum je dominieren. In der Großplastik tritt es nur am Rande auf. Richtig bunt erscheint fast kein Werk, während im kunstgewerblichen Bereich namentlich die Emailgestaltung sehr abwechslungsreiche Effekte ermöglichte. Im allgemeinen begnügten sich die Plastiker mit der mehr oder minder diskreten Kombination von Marmor und Bronze, dem Aufputz durch einzelne Vergoldungen und ähnlichem. Die böhmische und die ungarische Schule trat damals noch nicht so hervor. Ihre bedeutendsten Vertreter, ALAJOS STRÓBL in Budapest und JOSEF MYSLBEK in Prag, gehören bereits mehr der beginnenden Fin-de-siècle-Phase an. Sie sollen daher erwähnt, aber hier nicht weiter vorgestellt werden.

Um die schöpferischen Kräfte des Kunsthandwerks mit den modernen Forderungen des wirtschaftlich orientierten, zweckmäßig gesteuerten Produktionsprozesses zu verbinden und gleichzeitig vorbildhafte Richtwerte festzusetzen, die eine kontinuierliche Entwicklung begünstigen konnten, entstand 1864 das Österreichische Museum für Kunst und Industrie (heute Österreichisches Museum für angewandte Kunst). Zu seiner Gründung stand das Vorbild des Londoner South Kensington-Museums Pate (das später in Victoria & Albert Museum umbenannt wurde). Vier Jahre später gliederte man der neuen Wiener Institution eine Schule an, die spätere Akademie bzw. Hochschule. Dort lehrten ausgesuchte Kräfte wie JOSEF STORCK oder STEFAN SCHWARTZ, deren Tätigkeit ein wesentliches integrierendes Element zwischen den verschiedenen Kunstgattungen bildete. Bezeichnenderweise blieb der Platz ganz oben aber den Wissenschaftlern vorbehalten. Kunstgelehrte – die sich oft auch journalistisch betätigten (Eitelberger, J. v. Falke) – leiteten und betreuten das Museum, das sich als Zielgruppe nicht nur die Künstler, Handwerker und Industriellen, sondern auch das Bildungsbürgertum suchte. Es verband Forschung mit praktischer Aufklärung und Lehre. Als Neugründung mußte es seine Sammlungen erst aufbauen, wobei zahlreiche Stiftungen von privater Seite mithalfen. Namentliche Ausstellungsstücke wurden häufig dem Museum dediziert. Indem sich diese institutionelle Autorität gleiche und langwährende Anerkennung beim Publikum, bei Kunst- und Fachwelt sicherte, erreichte sie nachhaltige Wirkung und war in hohem Maß verantwortlich dafür, daß das Kunstgewerbe und die Geschmacksindustrie eine Blüte erlebten, die ihren Erzeugnissen den Status als Symbol einer gehobenen sozialen Position

(V. Griessmaier) weiterhin garantierte. Wie wichtig diese Funktion war, erhellt allein schon aus dem weitverbreiteten Bewußtsein der „mit Krimskrams vollgeräumten“ Wohnungen der Ringstraßenzeit. Die sehr dichte Atmosphäre eines solchen Milieus ist nur aus Ansprüchen heraus zu verstehen, die weit über das bloß Funktionale hinausreichen. Die Schau-Objekte erweisen sich als Träger einer Mitteilung. Ganz im Sinn der traditionellen Verbindung von künstlerischer Repräsentation und Macht erweisen sich Plastik und Kunstgewerbe als gleichsam unentbehrliche Faktoren einer Gesellschaft, für die solche kulturellen Äußerungen untrennbar mit der Existenz verbunden sind. Selbst wenn es sich um kein tieferes persönliches Bedürfnis handelt – der Schein hat sich dem Sein anzupassen. Der „Krimskrams“ hatte also hohen Rang und wurde nicht geringer angesehen als die Objekte der sogenannten „großen“ Kunst. Daß das mobile Wohninventar im Neobarock die Architektur gleichsam überwuchert, daß die Grundform eines Möbels unter der Fülle des Zierats kaum kenntlich bleibt, ist ebenso sinnfällig wie Symptom der künstlerischen Entwicklung. Denn natürlich spiegeln Plastik und Kunstgewerbe die Auflösung der festen geschlossenen Form zugunsten der optisch-malerischen Gestaltungsweise. Das bedeutet Vorliebe für Abwechslung, ein verhältnismäßig freies Spiel der Formen, vor allem in Licht und Schatten, deren Spiel ja eo ipso keinen Zustand bedeutet; es bedeutet die Bevorzugung des Transitorisch-Bewegten und damit die Einbeziehung des räumlichen Elements. Skulptur ruht nicht mehr blockhaft in sich selbst, sondern greift aus in ihren Umraum. Mittels Blick und Geste schaffen die Figuren Kontakte über den leeren Raum hinweg, Porträts scheinen durch ihr Lächeln, den geneigten Kopf und das Ins-Auge-Fassen des Betrachters mit diesem unmittelbar in Dialog zu treten. Der hieratisch-erhabene Bildnistypus lebt zwar weiter, wird aber gemildert und verbindlicher formuliert. Ähnlich ergeht es, wie am Beispiel des Wiener Maria-Theresia-Monuments leicht zu ersehen ist, dem Denkmal.

Wo Plastik oder auch nur Dekor mit Architektur zusammentreffen, bilden sie selten einfache Applik, sondern intensivieren ihre Existenz auf Kosten des rein Architektonischen, sei es durch quantitativen Aufwand, sei es durch das Betonen besonderer blickanziehender Komponenten und spezifisch organische Gestaltung. Die Architektur wird zum Träger, der Architekt zum Arrangeur. In den achtziger Jahren steuerte diese Entwicklung dem Höhepunkt zu. Im Gesamtkunstwerk des Späthistorismus, exemplarisch verkörpert durch das Wiener Burgtheater, nimmt das plastische Element breiten Raum ein. Zusammen mit Malerei und Ornament schafft es in wechselseitiger Ergänzung eine kontinuierliche Formeinheit, die sich vom großen Format auch ins kleine übertragen läßt. So ergibt sich aus dem Überblick über die erste Hälfte der Regierungsepoche Kaiser Franz Josephs ein steter Aufstieg der plastischen Kunst und des Kunsthandwerks, der das kulturelle Erscheinungsbild weit nachhaltiger prägte, als es sich die Nachwelt später bewußt machen wollte.

Literatur (in Auswahl):

Eitelberger v. Edelberg, Rudolph, Kunst und Künstler Wiens der neueren Zeit (Gesammelte kunsthistorische Schriften I), Wien 1879. – *Feuchtmüller, Rupert / Mrazek, Wilhelm,* Kunst in Österreich 1860–1918, Wien 1964. – *Fülep, Lajos* (Hg.), A magyarországi művészet története, Budapest [5]1973. – *Hevesi, Ludwig,* Oesterreichische Kunst im 19. Jahrhundert (Geschichte der modernen Kunst 2–3), Leipzig 1903. – *Historismus* umělecké řemeslo 1860–1900 (Ausstellungskatalog), Prag 1975. – *100 Jahre* Österreichisches Museum für angewandte Kunst – Kunstgewerbe des Historismus (Ausstellungskatalog), Wien 1964. – *Kapner, Gerhardt / Krause, Walter* u. a., Ringstraßendenkmäler (Die Wiener Ringstraße IX, 1), Wiesbaden 1973. – *Krause, Walter,* Die Plastik der Wiener Ringstraße von der Spätromantik bis zur Wende um 1900 (Die Wiener Ringstraße IX, 3), Wiesbaden 1980. – *Művészet Magyarországon* 1830–1870 (Ausstellungskatalog), Budapest 1981. – *Mundt, Barbara,* Historismus. Kunstgewerbe zwischen Biedermeier und Jugendstil, München 1981. – *Neuwirth, Waltraud,* Lexikon Wiener Gold- und Silberschmiede und ihre Punzen 1867–1922, Wien 1976–77. – *Poch-Kalous, Margarethe,* Wiener Plastik im 19. Jahrhundert, in: Geschichte der bildenden Kunst in Wien, Plastik in Wien (Geschichte der Stadt Wien, N. R. VII, 1), Wien 1970. – *Pusztai, László,* Magyar öntöttvasművesség, Budapest 1978. – *Rath, Stefan,* Lobmeyr, Wien 1962. – *Schmidt, Robert,* 100 Jahre österreichische Glaskunst, Wien 1925. – *Sikota, Győző,* Herend porcelánművészete, Budapest 1976. – *Zsolnay, Teréz / Zsolnay, Margit / Sikota, Győző,* Zsolnay, Budapest [3]1980.

Susanne Kronbichler-Skacha

ARCHITEKTUR

Die Architektur der Ära Kaiser Franz Josephs, die sich über sieben Jahrzehnte regen Kunstgeschehens erstreckt, zeigt eine beeindruckende Vielfalt an künstlerischem Potential, das von der Anwendung historischer Stile bis zu den überschwenglichen Schöpfungen der Sezession und der Strenge der „Neuen Sachlichkeit" reicht. Es ist für diese lange und schillernde Periode geradezu symptomatisch, daß sie gleichsam zwischen zwei Polen eingespannt erscheint, die im Grunde ein- und dasselbe Wollen zum Ausdruck bringen: die Suche nach der „neuen" Architektur. Zu Beginn der neuen Epoche begegnet uns dieses Streben nach einer schon längst als dringend nötig empfundenen Erneuerung der Architektur in Form einer schöpferischen Synthese der – freilich schon früher – wiederentdeckten historischen Stile; gegen Ende des langen Zeitraumes taucht dann dieselbe Forderung in neuer, nicht minder vehement vorgetragener Artikulierung wieder auf. Zwischen diesen beiden Fixpunkten, die gleichsam den natürlichen Ablauf eines Entwicklungsprozesses markieren, breitet sich die überaus abwechslungsreiche Architekturlandschaft des Historismus aus.

Der hier in Frage stehende Zeitraum umfaßt die rund eineinhalb Jahrzehnte währende Periode der „Gärung", der Suche nach adäquaten Ausdrucksmöglichkeiten, aus der sich die „Blütezeit" der Ringstraßenarchitektur und ihrer Äquivalente herauskristallisiert; nach knapp zwei Jahrzehnten intensivster Auseinandersetzung mit den gestellten Aufgaben machen sich dann Tendenzen bemerkbar, die zu einem neuen Architekturbild überleiten.

Grundsätzlich muß allerdings angemerkt werden, daß sich neben dieser „Architektur vom Architekten" immer mehr die „Architektur vom Ingenieur" zu behaupten verstand. Zwar verschloß sich der Historismus den neuen technischen und konstruktiven Errungenschaften keinesfalls, auf die Dauer war jedoch eine Verschmelzung dieser beiden polaren Gegensätze unhaltbar.

I. 1848–1860

1848: Architektur im Aufbruch

Mitten im Chaos der Revolution schlug auch für die Architektur eine neue Stunde, und die Architekten nahmen die einmalige Gelegenheit, mit den drückenden Zuständen des Vormärz ein für alle mal aufzuräumen, mit Nachdruck wahr: Im neugegründeten Architektenverein organisiert, erreichten sie die Einführung eines freien, allgemeinen Wettbewerbes für öffentliche Bauten; darüber hinaus gelang es ihnen sogar, für den bereits nach Plänen des Hofbaurats Sprenger begonnenen Neubau der Altlerchenfelder Pfarrkirche (Abb. S. 491) eine Ausschreibung zu veranlassen. Die an sich unbedeutende Pfarrkirche ist dadurch symbolhaft zum „Schlüsselbau der Künstlerrevolution" geworden und bezeichnet, wenn auch zum Teil nur scheinbar, die von der Künstlerschaft schon jahrzehntelang herbeigewünschte Wende: die Überwindung der Baubürokratie und des auf Sparsamkeit und Zweckmäßigkeit ausgerichteten „Beamtenstils" des Vormärz und den Anschluß an die moderne Entwicklung im westlichen Ausland. Mit diesem Bau hat sich eine neue Generation in Wien durchgesetzt – und in der österreichischen Architektur war eine neue Ära angebrochen.

Die Stilfrage: Spitzbogen gegen Rundbogen

Diese neue Ära zeichnete sich durch eine besondere Experimentier- und Diskussionsfreude aus, wobei jeweils der „Stil“ im Mittelpunkt des Interesses stand: er sollte in erster Linie „national“ und „zeitgemäß“ sein. Dieser Forderung zu entsprechen gab es, vereinfacht ausgedrückt, zweierlei Wege: entweder entschied man sich für den Spitzbogen, für die Neugotik also, die seit der Romantik in ganz Europa populär geworden war, oder man wählte den Rundbogen, in welchem man, im Gegensatz zu der voll entwickelten Gotik, eine in ihrer Entwicklung unterbrochene Kunst vermutete und der man daher große Entfaltungsmöglichkeiten in der Gegenwartsarchitektur zusprach; aus diesem Grund galt der „Rundbogenstil“ als besonders zeitgemäß. Darüber hinaus bot er der künstlerischen Individualität fast unerschöpfliche Möglichkeiten, indem er als eine harmonische Synthese all jener historischen und geographischen Varianten des Rundbogens aufgefaßt wurde, deren breites Spektrum von den frühchristlichen Formen bis zur üppigen Ornamentik byzantinischer Herkunft reichte.

Auf die österreichische Architektur übertragen, bietet dieses Schema einen interessanten Einblick in die innenpolitische Struktur der Monarchie in dieser Zeit, denn es zeigt sich das folgende Bild: In Wien pflegte man den Rundbogen und damit das spezifisch Zeitgemäße; an der Peripherie dagegen, wo man vor dem direkten Zugriff der Kontrollbehörden etwas sicherer war, hing man schon vor 1848 der Neugotik an und wählte so das in Wien ungern gesehene, „reaktionäre“ Lager der Romantik.

Böhmen und die Neugotik

Es war gerade diese Parteinahme für die Romantik, welche in den böhmischen Ländern der historistischen Architektur zu einem frühen Durchbruch verhalf. Maßgebend dafür waren ideelle Motive, in erster Linie das erwachte nationale Gefühl, das nicht nur den politisch unbefriedigten Adel, sondern auch das aufstrebende Bürgertum zu einem gesteigerten Engagement als Bauherr und Mäzen anregte.

Auf dem Lande konzentrierte sich diese neue Bautätigkeit im adeligen Schloßbau, und es entstanden nun, meist in enger Anlehnung an englische Vorbilder, einige beispielhafte Bauten (Hrádek, Eisgrub/Lednice, Frauenberg/Hluboká), welche den außerordentlich populären romantischen Schloßbau des zweiten Jahrhundertdrittels ins Rollen brachten.

Wien 7., Altlerchenfelder Pfarrkirche

In Prag selbst wandte sich das Nationalgefühl den beiden ehrwürdigen Bauwerken der Altstadt zu, dem Veitsdom und dem Altstädter Rathaus. Der Ausbau des Veitsdomes wurde zwar schon 1843 bewilligt, konnte aber erst volle dreißig Jahre später in Angriff genommen werden, das Rathaus dagegen erfuhr sogar mehrere Umbauetappen (Abb. S. 492).

Daneben gab man der Neugotik schon seit dem späten Vormärz auch im Wohn- und Palastbau, ja sogar bei bedeutenden städtebaulichen Unternehmen den Vorzug. Den dabei beschäftigten Architekten, zu denen v. a. der erste Dombaumeister des Veitsdomes

Prag, Altstädter Rathaus (Wien, Allgemeines Verwaltungsarchiv)

J. A. Kranner (1801–1871), Bernhard Grueber (1807–1882) und von der jüngeren Generation Hermann von Bergmann (1816–1886) sowie Josef Hlávka (1831–1908) gehörten, fiel eine nicht unwesentliche Rolle bei der Vermittlung und Verbreitung historistischen Formengutes in Wien und in weiten Teilen der Monarchie zu.

Der Historismus in Wien

In Wien ist man grundsätzlich andere Wege gegangen als in Prag, auch stand dort nicht so sehr die Persönlichkeit des Bauherrn als vielmehr die des Architekten im Vordergrund. Zu nennen sind in erster Linie Eduard van der Nüll (1812–1867) und August von Sicardsburg (1813–1867), Ludwig Förster (1797–1863), der Gründer der für die Architekturszene so wichtigen Allgemeinen Bauzeitung (1836ff), der von ihm nach Wien geholte und zunächst in seinem Atelier tätige Theophil Hansen (1813–1891) sowie Heinrich Ferstel (1828–1883). Es waren im wesentlichen diese Künstler, welche die relativ wenigen Schlüsselbauten des frühen Historismus in Wien erbauten: Nüll und Sicardsburg das Kommandaturgebäude des Arsenals (1849–1856) und die Hofoper (1861–1869), also die erste Pionierleistung und das Spätwerk der Epoche; Hansen das Waffenmuseum im Arsenal (1850–1856) und Ferstel das Bank- und Börsengebäude in der Herrengasse (1856–1860).

Dabei fiel Nüll und Sicardsburg die wichtige Aufgabe zu, nach Wien den bislang so gut wie ungenützten Reichtum der historischen und zeitgenössischen Architektur Westeuropas, den sie während ihrer Studienreise kennengelernt hatten, zu vermitteln. Aus dem Atelier Förster–Hansen dagegen kam eine starke, v. a. durch Hansens Bautätigkeit in Athen bedingte byzantinische Komponente, die an Kirchenbauten nicht-katholischer Konfessionen zur Anwendung kam, deren prunkvollste Entfaltung sie jedoch im Waffenmuseum erfuhr. Ferstel schließlich, der bereits zu den Schülern Nülls und Sicardsburgs gehörte, erfüllte mit seinem Bankgebäude in exemplarischer Weise die Forderungen, welche schon seine Lehrer an eine zeitgemäße Architektur stellten: nämlich eine harmonische Einheit zu schaffen zwischen modernen technischen Möglichkeiten (Glas- und Eisenkonstruktion), echten Materialien (Haustein, Marmor, Bronze) und historischen Formen (hier v. a. des italienischen Trecento). Doch schon mit seinem Erstlingswerk, der Votivkirche (1856–1879), hatte Ferstel einen anderen Weg beschritten, der von dem romantischen Grundprinzip der Stilsynthese weg – und einer neuen puristischen Stilauffassung entgegenstrebte.

Der Aufschwung des Historismus

Nach der Jahrhundertmitte fand diese Ausrichtung an den historischen Stilen eine schnelle Verbreitung; für rund eineinhalb Jahrzehnte wurde sie zur führenden Architekturrichtung, hielt sich aber bis gegen 1870. In so gut wie allen Bauaufgaben fand er Anwendung, denn überall herrschte Nachholbedarf. Geldinstitute waren dem neuen Stil gegenüber ebenso aufgeschlossen wie Theater und andere gesellige Vereine oder Schulen; v. a. zeigte man auch bei öffentlichen Bauten von offizieller Seite die Bereitschaft, den im Vormärz verpönten „romantischen" Charakter der Architektur zu akzeptieren. Als besonders geeignet erwies sich dieser Stil, besonders in der Gestalt einer „Burgenarchitektur" nach dem Vorbild des Wiener Arsenals, für Militärbauten, und auch die Bahnhofsarchitektur (Abb. S. 493) nahm das Element des Pseudo-Wehrhaften auf und ließ so die Idee der mittelalterlichen Stadttore gleichsam wieder aufleben. Die profane

Linz, ehemaliger Hauptbahnhof (Linz, Stadtmuseum)

Neugotik kam v. a. im Schloßbau, daneben auch bei einigen Spitalsneubauten zur Anwendung.

Im Sakralbau schließlich wirkten die beiden Wiener Protagonistenbauten, Altlerchenfelder- und Votivkirche, bahnbrechend; v. a. die Bauten des Rundbogenstils (allgemein oft als „neuromanisch" bezeichnet) mit ihrem angestrebten Zusammenklang der architektonischen, plastischen und malerischen Ausstattung brachten die Idee des Gesamtkunstwerkes, dieses Leitmotiv des Historismus, oft in wirkungsvoller Weise zum Ausdruck. Von den Wiener Architekten hat sich Carl Roesner (1804–1869), bis zur Ankunft Friedrich von Schmidts der bedeutendste Kirchenarchitekt, besonders verdient gemacht: von ihm stammen die Prager Cyrill und Method-Kirche und die St. Peter-Kathedrale zu Djakovar (beide 1854). Der 1851 nach Wien übersiedelte Prager Hermann von Bergmann errichtete jenseits des Brenners in Bruneck nach dem Brand der Pfarrkirche einen imposanten „neuromanischen" Neubau (1851–1855); gerade in Westösterreich findet sich aber eine Anzahl früher Bauten dieser Art, bei denen nicht nur der Wiener, sondern besonders der Münchener Einfluß (Ludwigskirche) in Betracht zu ziehen ist. Am anderen Ende der Monarchie, in Czernowitz (Bukowina) war ein weiterer Prager, Josef Hlávka, am umfangreichen Komplex der griechisch-orthodoxen Bischofsresidenz tätig, während in Ungarn die Pfarrkirche von Fót (1846–1851 von Miklós Ybl erbaut) das sakrale Hauptwerk dieser Zeit darstellt.

Die Neugotik begann zwar erst um 1860 ihren endgültigen Siegeszug, doch einige Bauten aus den 50er Jahren (Neuhaus in Niederösterreich 1854–1856, St. Johann im Pongau 1855–1861, Altaussee 1853) zeigen schon die Bedeutung des Wiener Votivkirchenbaues, welcher der Neugotik zum ersten Mal offizielle Anerkennung sicherte.

II. 1860–1880

Der „Wiener Stil"

Mit der 1857 vom Kaiser angeordneten Wiener Stadterweiterung entstand eine Situation, die eine massive Inangriffnahme der Aufgabe Architektur sowohl in qualitativer als auch in quantitativer Hinsicht forderte. Und die Stadterweiterung brachte für Wien nicht nur die Aussicht, eine der großartigsten Residenzen des 19. Jahrhunderts zu werden, sondern auch die Möglichkeit, nach einer langen Zeit wieder einen eigenen künstlerischen Ausdruck zu finden. Wie die von den Zeitgenossen selbst geprägte Bezeichnung „Wiener Stil" bezeugt, nahmen die in Wien tätigen Architekten diese Gelegenheit auch tatsächlich wahr.

Als Schöpfer des „Wiener Stils" wurde allgemein Theophil Hansen anerkannt, dessen Kunst um 1859 eine völlige Wandlung erfahren hatte: an die Stelle der ornamentalen „byzantinisch-orientalischen" Formensprache trat nun die der klassischen italienischen Renaissance (Abb. S. 495). Damit wurde die in Europa schon seit einiger Zeit deutliche, in Deutschland v. a. durch Gottfried Semper (1803–1879) stark beeinflußte Hinwendung zur Renaissance nach Wien übertragen und hier durch die bauliche Explosion besonders aktiviert – und in Wien, darüber hinaus aber in der ganzen Monarchie, hatte man „seinen" Stil.

Charakteristisch für diesen ist die Idee der Repräsentation, mit der die allgemeine Nobilitierung im Profanbau eng verknüpft ist: vom Zinshaus bis zur Bank und zum Vereinshaus wird alles zum „Palast". Ihre letzte Übersteigerung ins Monumentale fand diese Hoheitsform in Museums- und Universitätsbauten, die als Stätten der Kunst und Wissenschaft im bürgerlichen Bildungsbewußtsein des Jahrhunderts einen besonderen Rang einnahmen.

Typisch für die Wiener Szene ist das „Architektentriumvirat" – der „klassische" Hansen, der vielseitige Ferstel und der 1859 nach Wien berufene „Gotiker" Friedrich von Schmidt (1825–1891); die drei Künstler bestimmten sowohl den 1864 neu konstituierten Architektenverein, wo sie abwechselnd den Vorsitz führten, als auch die Architektenausbildung an der Akademie der bildenden Künste, respektive an der Technischen Hochschule. Und führt man sich die nach 1870 begonnene Bebauung des ehemaligen Paradeplatzes mit Hansens Parlament, Ferstels Universität und Schmidts Rathaus vor Augen, so illustriert die

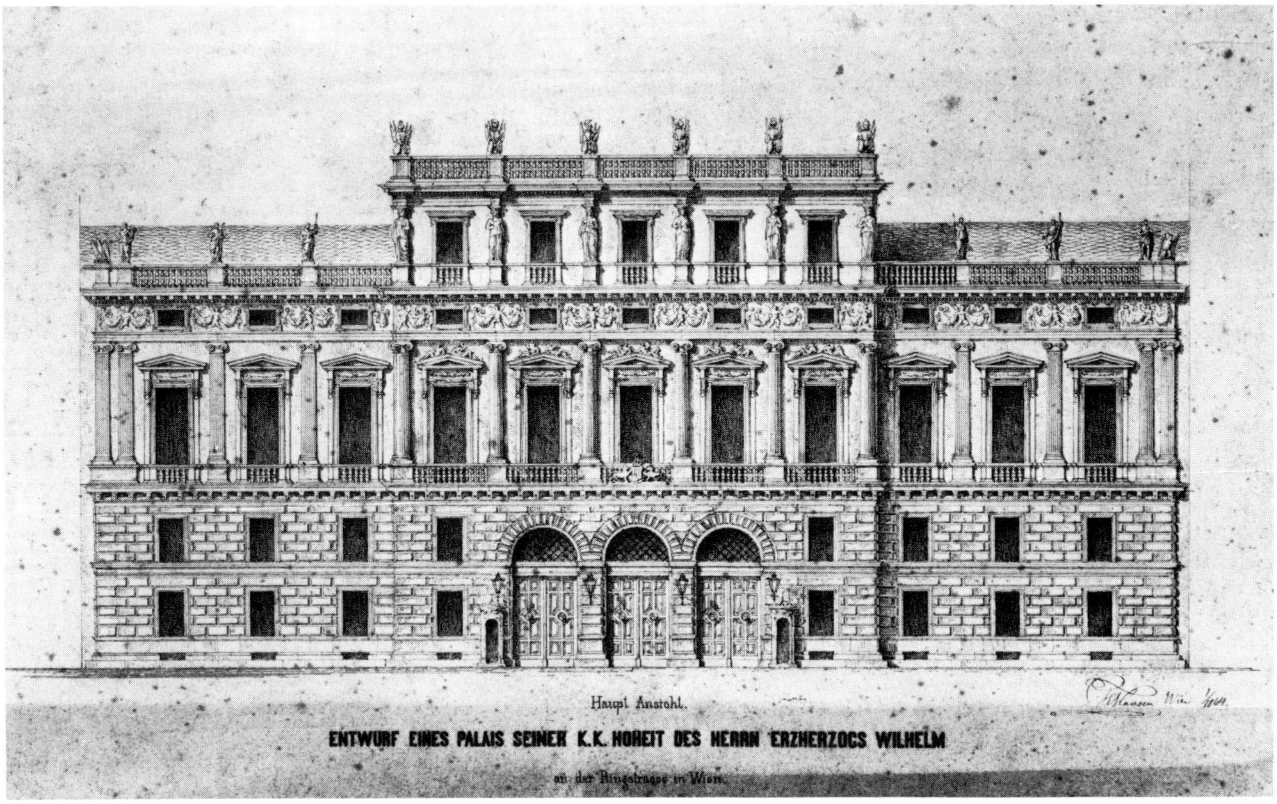

Wien, Palais Erzherzog Wilhelm. Entwurf von Theophil Hansen

Tätigkeit dieser drei Architekten in sehr anschaulicher Weise die ganze Spannweite der neuen Architektur.

Dazu ist generell anzumerken: mit der Flexibilität und Experimentierfreude der frühhistoristischen Architektur war es nach 1860 weitgehend vorbei. Denn die Forderung nach „Stilreinheit" brachte ein neues Denkschema mit sich, nämlich die ideelle Verknüpfung eines bestimmten Stiles mit einer bestimmten Bauaufgabe. Das Resultat war, auf eine Kurzformel gebracht, das berüchtigte, von der Nachfolgezeit so sehr verurteilte „historistische Einmaleins": klassische Architektur (der Renaissance und der Antike) für den Profanbau, Gotik für die Sakralarchitektur, allenfalls für Bauten der bürgerlichen Repräsentation. Die Sprengung dieser Formelhaftigkeit, die nur eine kurze Zeit auch volle künstlerische Gültigkeit besaß, wurde in der Folgezeit zu einem besonderen Anliegen der modernen Architektur.

Die Auswirkungen der Wiener Stadterweiterung

Die Bewilligung der Stadterweiterung Wiens gab das Signal zu einer umfassenden städtebaulichen Tätigkeit, die das architektonische Bild der österreichischen Provinzstädte zum Teil recht wesentlich veränderte. Da vor 1857 jedes Bemühen um einen planmäßigen Ausbau fruchtlos geblieben war, die v. a. politisch so wichtige Entscheidung zur Niederlegung der Stadtmauern mußte naturgemäß zuerst in der Residenz beschlossen werden –, nahmen sich dann die einzelnen Städte ihrer Sache umso tatkräftiger an: In unmittelbarem Anschluß an Wien wurde in Brünn und in Salzburg, wo man seit Jahren darum kämpfte, die Stadterweiterung bewilligt, ebenso schritt man in Graz, das schon 1782 zur „offenen Stadt" erklärt worden war, sofort an die Schleifung der Festungswälle. Nach und nach folgten die anderen Landeshaupt- und Provinzstädte, die allesamt mit der Öffnung der Altstadt und mit der Anlage neuer Verkehrsadern und neuer Wohn- und Geschäftsviertel den Wirtschaftswachstum und die Bevölkerungsexplosion in den Griff zu bekommen suchten.

Da dieser außerordentliche Aufschwung der Bautätigkeit zum überwiegenden Teil von der aufstrebenden Schicht des Großbürgertums getragen wurde, ging diese „bürgerliche" Architektur naturgemäß voran: zuerst wurde das gebaut, was der Bürger zum Wohnen, zum Gelderwerb, zur Bildung und Erholung brauchte. Die repräsentativen Staats- (bzw. Landes-)bauten wurden in der Regel erst an zweiter Stelle in Angriff genommen, in den Landeshauptstädten entstanden die öffentlichen Monumentalbauten wie Rathäuser, Justizgebäude und Museen zumeist erst gegen Jahrhundertende.

Im Sakralbau war die beispielhafte Tätigkeit FRIEDRICH VON SCHMIDTS, insbesondere auch im Hinblick auf seine zahlreichen Schüler, von weitreichendem Einfluß. In Wien wandte er sich v. a. der Errichtung einiger neuer Vorstadtpfarrkirchen zu, entwarf aber eine Anzahl von Neubauten im gesamtösterreichischen Raum (Graz, Lazaristenkirche 1860–63; Innsbruck, St. Nikolaus 1882–84 u. a.); in seiner Eigenschaft als Dombaumeister zu St. Stephan betrieb er die grundlegende Restaurierung des Domes, widmete sich daneben aber noch der Wiederherstellung anderer wichtiger mittelalterlicher Kirchenbauten (Klosterneuburg 1879 ff, Seckau 1891–92).

Einen zweiten Schwerpunkt der österreichischen Sakralarchitektur bedeutete die Errichtung des Linzer Domes Zur Unbefleckten Empfängnis Mariä, des wohl größten kirchlichen Bauunternehmens der Zeit. Im Zusammenhang mit dem Linzer Dombaumeister OTTO SCHIRMER sind noch andere Arbeiten zu nennen, so der neugotische Bau der Pfarrkirche von Bad Hall (1869 bis 1888) oder die umfangreiche Regotisierung der Pfarrkirche St. Valentin in Niederösterreich (1868–76).

Der dritte Schwerpunkt lag im protestantischen Sakralbau, der nach dem Protestantenpatent von 1861 stark in Schwung kam: zu den prominenten Beispielen gehört die von Ferstel 1863 bis 1867 im Zuge der Brünner Stadterweiterung errichtete Pfarrkirche, weitere protestantische Pfarrkirchen entstanden etwa in Schladming (1862), Klagenfurt (1864–66), Rechnitz (1867) und vielen anderen Orten.

Ignaz Ullmann und die Neurenaissance in Prag

Für Prag, das im Gegensatz zu anderen Städten der Monarchie keine planmäßige städtebauliche Erweiterung erfuhr (erst 1874–76 erfolgte die Niederlegung der Stadtmauern), brachte das Jahrzehnt 1860/70 einen gewaltigen wirtschaftlichen und kulturellen Aufschwung, der von dem stets wachsenden nationalen Selbstbewußtsein wesentlich bedingt war. Bezeichnenderweise stehen am Beginn der neuen Bautätigkeit Bauten, die von dem wirtschaftlich aufstrebenden und national stark motivierten Großbürgertum getragen wurden: die Böhmische Sparkassa und das sogenannte Provisorische Theater, der Vorläufer des Nationaltheaters. Architekt war IGNAZ ULLMANN (1822 bis 1897), dessen vornehme und künstlerisch fein nuancierte, von der venezianischen und römischen Hochrenaissance inspirierte Architektur das Prager Stadtbild bedeutend mitgestaltet hatte: die wichtigsten Bank-, Schul- und Wohnbauten der Zeit stammen von ihm.

Neben Ullmann war sein Schwager ANTONIN BARVITIUS (1823 bis 1901) v. a. als Villenarchitekt tätig. Er hatte zehn Jahre in Rom mit der Renovierung des Palazzo Venezia (damals österreichische Botschaft) verbracht, und versuchte nach seiner Rückkehr, die Vision der italienischen „villa suburbana" in den Prager Vorstädten, im Auftrag reicher Unternehmer, zu verwirklichen. Sogar dem Prager Hauptbahnhof (1871) verlieh er die Gestalt einer überdimensionierten, monumentalen Villa.

Den Schlußpunkt der Tätigkeit dieser beiden Architekten bildete der Großbau der Pfarrkirche zum hl. Wenzel in der Vorstadt Smichov (1876/1881–85), die von Ullmann entworfen und von Barvitius in der Form einer altchristlichen Basilika vollendet wurde.

Neben dem Werk Ullmanns und Barvitius' sind zwei andere, für die Prager Szene dieser Zeit besonders wichtige Bauten hervorzuheben: das von JOSEF

ZÍTEK (1832–1909) erbaute Nationaltheater und das Rudolfinum von JOSEF SCHULZ (1840–1917). In der Errichtung des ersteren konzentrierte sich naturgemäß das ganze leidenschaftliche Nationalgefühl der Tschechen, während der zweite Bau, unter der Schirmherrschaft des Kronprinzen von der Böhmischen Sparkassa als Bauherr zu Ausstellungs- und Konzertzwekken errichtet, im vollsten Maße das kunst- und kulturbewußte Bürgertum dieser Ära repräsentiert.

In der Sakralarchitektur entfaltete JOSEF MOCKER (1835 bis 1899), Schüler von Friedrich von Schmidt und Dombaumeister zu St. Veit, eine rege Bau- und Restaurierungstätigkeit, die 1873 mit der feierlichen Grundsteinlegung zum Ausbau des Veitsdomes einsetzte.

Budapest: Die Entstehung einer neuen Metropole

Im Jahr 1861, als man für das geplante Gebäude der Akademie der Wissenschaften (Abb. S. 497) den Entwurf des Berliner Architekten FRIEDRICH AUGUST STÜLER (1800–1865) wählte, kam für die ungarische Architektur die erste überaus wichtige Wende. Denn die in der Ausschreibung ausgesprochene Forderung nach „Stilreinheit“ setzte den Schlußpunkt hinter die rund ein Jahrzehnt währende erfolgreiche Auseinandersetzung mit dem frühen Historismus, und mit der Ausführung des Stüler-Projektes hielt die Neurenaissance Einzug auch in die ungarische Architektur, nicht viel später als sie sich in Wien und in Prag durchsetzte.

Die zweite Wende, die dem neuen „Stil“ erst richtig zum Durchbruch verhalf, indem sie die nötigen Bau-

Budapest, Ungarische Akademie der Wissenschaften, nach Entwurf von Friedrich August Stüler

aufgaben schaffte, war die städtebauliche Umwandlung der Stadt. Die (seit 1872) neue Hauptstadt Budapest brauchte nun ein neues, repräsentatives Antlitz: mit der Anlage der Ringstraße und der boulevardähnlichen Radialstraße wurde dieser Forderung voll entsprochen, die Umwandlung von einer Provinz- in eine Großstadt war damit eingeleitet.

Die Radialstraße (heute Népköztársaság útja) war nicht im Sinne der Wiener Ringstraße als Prachtstraße konzipiert, sondern vielmehr als „Wohnstraße", die in ihrem ersten Drittel einige, dem Häuserverband allerdings eingegliederte öffentliche Bauten enthielt. Ihren Beginn freilich, am Schnittpunkt mit der Ringstraße, markiert der große Monumentalbau der Budapester Stadterweiterung, die von Miklós Ybl erbaute Oper.

Was Hansen für Wien und Ullmann für Prag, bedeutete Ybl (1814–1891) für Budapest: er war der unbestrittene Meister der Neurenaissance, die führende Persönlichkeit der einheimischen Architekturszene. Nach Studien in Wien und München 1841 nach Ungarn zurückgekehrt, hatte er sich schon mit einer Anzahl frühhistoristischer Bauten hervorgetan; ähnlich wie Hansen hat er aber zum gegebenen Zeitpunkt nicht gezögert, die Möglichkeiten, die der neue „Stil" bot, voll wahrzunehmen. Dadurch sicherte er sich nicht nur seine Vorrangstellung, sondern auch die Mehrheit der Großaufträge bei der Stadterweiterung, zu denen neben dem Opernhaus v. a. der Ausbau der Stephansbasilika, die Errichtung des großen Hauptzollamtes und der sogenannten Burggartenbauten und andere gehörten.

Von den anderen Monumentalbauten im Bereich des Ringes seien in erster Linie die Gebäude der einzelnen Universitätsinstitute erwähnt, bei deren Errichtung v. a. die jüngeren Architekten zum Zug kamen.

Schließlich ist noch darauf hinzuweisen, daß, wie überall, auch in Budapest die Schule Friedrich von Schmidts ihre Rolle spielte, die hier in erster Linie durch Imre Steindl (1839–1902) und Frigyes Schulek (1841–1919) repräsentiert war. Beide waren Lehrer am Budapester Polytechnikum, und neben vielen Restaurierungen mittelalterlicher Bauten hinterließ jeder von ihnen in Budapest ein Hauptwerk der Neugotik: Steindl das Parlament (1885–1900) und Schulek die neue Krönungskirche des hl. Matthias auf der Budaer Burg (1873–1896).

III. 1880–1885

Architektur und nationales Selbstbewußtsein: Die „deutsche Renaissance" und die Wiederentdeckung des Barock

Während die Bautätigkeit des „strengen Historismus" (Wagner-Rieger) noch im vollen Schwung war, begann sich eine neue Geschmacksrichtung anzukündigen: neben den Formen der italienisch inspirierten Neurenaissance, die der Architektur dieser Zeit einen gewissen kosmopolitischen Charakter verliehen hatten, entdeckte man, anknüpfend an romantische Tendenzen, um 1870 den künstlerischen, aber auch den ideellen Reiz nationaler Stileigenheiten der Renaissancearchitektur. Dies hing in erster Linie mit der massiven Hebung des deutschen Selbstbewußtseins nach dem deutsch-französischen Krieg von 1870/71 zusammen, als deren Folge man die „deutsche Renaissance" beziehungsweise den „altdeutschen Stil" zu bezeichnen pflegt.

Das deutsche Vorbild machte allerdings Schule, und als eine Parallelerscheinung kann die „böhmische Renaissance" gelten; sie wurde mit der Erneuerung der Sgraffito-Giebel des Schwarzenberg-Palais auf dem Hradschin (1871/72 von Josef Schulz) aktualisiert. In Antonin Wiehl (1846–1910) fand sie bald ihren bedeutendsten Verfechter; er war ein Bewunderer der heimischen Baukunst des 16. und 17. Jahrhunderts und ließ sich von dieser zu einer Reihe qualitätsvoller Bauten inspirieren, unter denen das 1885 errichtete Gebäude des Altstädter Wasserwerkes (heute Smetana-Museum) besonders hervorzuheben ist. Doch gerade diese Auseinandersetzung mit bodenständigen Bauformen war – wie im Falle Wiehls – nicht ein bloß rückwärts gewandter Historismus, sondern wirkte sehr anregend auf die junge Architektengeneration der Jahrhundertwende.

In Wien hat Friedrich von Schmidt als einer der ersten das „altdeutsche" Vokabular verwendet (Erweiterungsbau der Nationalbank 1873–75), ebenso kam der stets flexible Ferstel dem neuen Geschmack mit einigen Bauten entgegen (Pfarrhof der Votivkirche 1877 (Abb. S. 499), Häuser am Rooseveltplatz 1880/81). Daneben haben sich v. a. einige Schmidt-Schüler

Dennoch war man in Wien kein besonderer Anhänger dieser Richtung. Zwar wollte man der „altdeutschen" Selbstherrlichkeit des jungen Deutschen Kaiserreiches etwas echt Bodenständiges entgegensetzen, die österreichische Renaissance-Architektur schien dazu jedoch wenig geeignet. Einen möglichen Weg, der zunächst allerdings heftig angefeindet wurde,

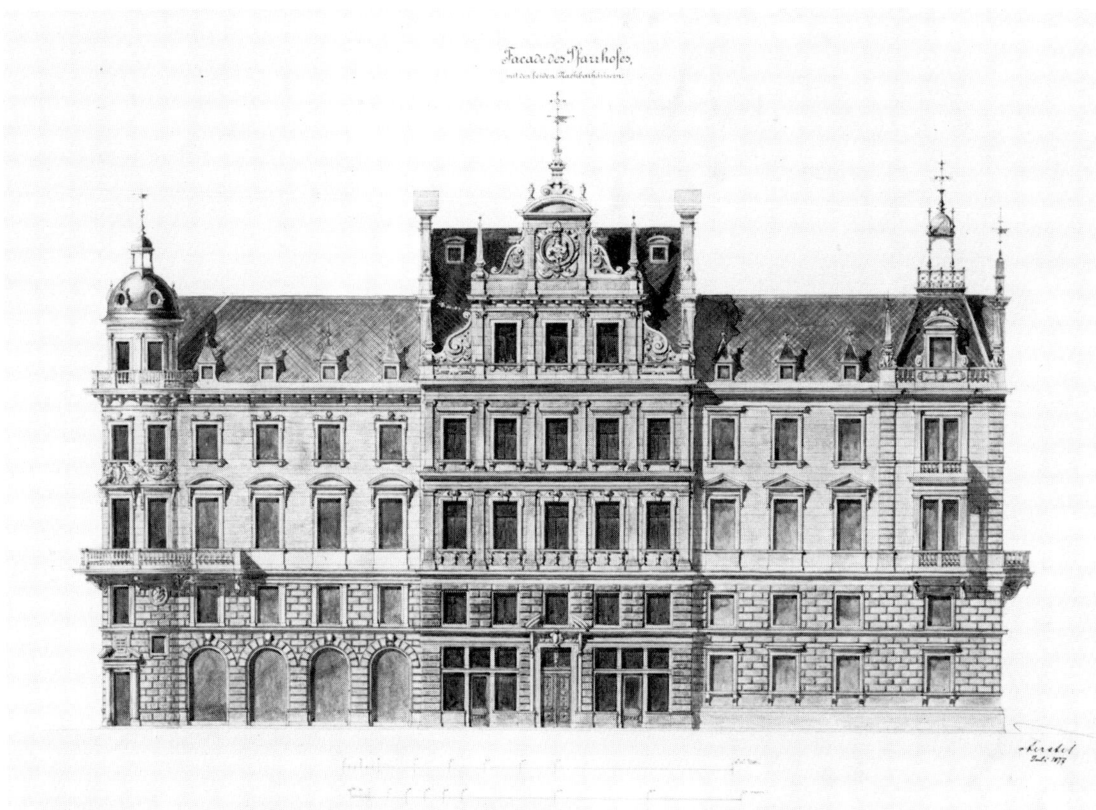

Wien, Pfarrhof der Votivkirche. Entwurf von Heinrich von Ferstel (Wien, Allgemeines Verwaltungsarchiv)

profiliert, an erster Stelle Alexander v. Wielemans (1843–1911) mit seinen monumentalen Justizpalästen in Wien (1874–1881) und Graz (1889–1893) sowie mit dem Rathaus ebenda (1887–1893). Die Beispiele greifen allerdings weit in die Spätzeit des Jahrhunderts voraus, und in der besonderen Freude am Ornamentalen und Malerischen, die dieser Architektur eigen war, machte sich bereits ein neues künstlerisches Empfinden bemerkbar.

zeigte der Wiener Kunsthistoriker Albert Ilg mit seiner 1880 erschienenen ersten Publikation zur Rehabilitierung des Barock, *Die Zukunft des Barockstiles. Eine Kunstepistel von Bernini dem Jüngeren;* denn gerade im Barockstil, dem *ersten und einzigen Stil, den sich Österreich selber gegeben hatte,* glaubte er das echt „Österreichisch-Nationale" gefunden zu haben, von dem allein eine plausible Erneuerung der Architektur bewirkt werden konnte.

Parallel mit dieser Kunsttheorie gingen gewisse Anzeichen in der zeitgenössischen Architektur, die auf eine schrittweise Abkehr von den strengen Prinzipien der 60er und 70er Jahr hindeuteten. Da ist das Forum-Projekt Gottfried Sempers für den Bau der Hofmuseen und der Neuen Hofburg (1869f) hervorzuheben, insbesondere aber Sempers Partner, der von Ilg sehr geschätzte CARL HASENAUER (1833–1894) zu nennen: seine im Vergleich zum gleichzeitigen Werk Hansens oder Ferstels weitaus opulentere Formensprache enthält bereits jenen Keim, der in der Folgezeit als „Neubarock" zur vollen Entfaltung kommen sollte.

Bezeichnenderweise kam gerade der vom Kaiser deutlich bevorzugte Hasenauer, und nicht etwa einer der prominenten Ringstraßenarchitekten, bei allen Hofbauten (mit Ausnahme der Oper) zum Zug: denn seine künstlerische Auffassung scheint gleichsam die Idee einer „kaiserlichen Architektur" widerzuspiegeln, wie sie in Wien vor rund eineinhalb Jahrhunderten ihre große Blüte erlebt hatte. Über die Jahrhunderte hinweg spannt sich der Bogen von der barocken Hauptstadt des Heiligen Römischen Reiches zur modernen Metropole des 19. Jahrhunderts; den inneren Zusammenhang zeichnet der feste Glaube an die Idee des habsburgischen Kaisertums.

Literatur (in Auswahl):

Beenken, Hermann, Das 19. Jahrhundert in der deutschen Kunst, München 1944. – *Brix, Michael; Steinhauser, Monika,* (Hrsg.), „Geschichte allein ist zeitgemäß". Historismus in Deutschland, Lahn-Giessen 1978. – *Hitchcock, Henry-Russell,* Architecture: Ninettenth and Twentieth Centuries. The Pelican History of Art, Harmondsworth 1978. – *Pevsner, Nikolaus,* History of Building Types, London 1976. – *Vogt, Adolf Max,* 19. Jahrhundert, Belser Stilgeschichte Band 12, Stuttgart 1971. – *Zeitler, Rudolf,* Die Kunst des 19. Jahrhunderts, Propyläen Kunstgeschichte Band 11, Berlin 1966. – Handbuch der Architektur, hrsg. von *Josef Durm,* Darmstdt 1883ff. – *Wagner-Rieger, Renate,* Wiens Architektur im 19. Jahrhundert, Wien 1970. – *Dies.,* Vom Klassizismus bis zur Sezession, Geschichte der Stadt Wien, Neue Reihe, Band VII/3, Wien 1973. – *Dies.,* (Hrsg.) Die Wiener Ringstraße. Bild einer Epoche. Die Erweiterung der inneren Stadt Wien unter Kaiser Franz Joseph. Band 1–11, Wiesbaden 1969ff. – *Feuchtmüller, Rupert; Mrazek, Wilhelm,* Kunst in Österreich 1860–1918, Wien 1964. – *Melicher, Theophil,* Die städtebauliche Entwicklung im Bereich der ehemaligen Befestigungsanlagen, gezeigt an den sechs größten österreichischen Städten Graz, Klagenfurt, Salzburg, Wien, Innsbruck und Linz zwischen 1800 und 1900, 2 Bände, ungedr. Diss. TH Wien 1965. – Architektura v českém národním dědictví (Autorenkollektiv), Prag 1961 (darin: *Zdeněk Wirth,* Architektura druhé polovice 19. století). – *Poche, Emanuel; Líbal, Dobroslav; Reitharová, Eva; Wittlich, Petr,* Praha národního probuzení, Prag 1980. – *Rokyta, Hugo,* Die böhmischen Länder, Salzburg 1970. – *Orszagh, Alexander,* Budapests öffentliche Bauten in den Jahren 1868–1882, Budapest 1884. – *Broschek, Eva,* Die Radialstraße in Budapest. Ungedr. phil. Diss. Wien 1975. – *Rados, Jenö,* Magyar épitészettörtéhet, Budapest [3]1975.

Dora Heinz

MODE

Die politischen und militärischen Ereignisse des Jahres 1848 gingen an der Wiener wie an der gesamten europäischen Mode ziemlich spurlos vorüber. Das Revolutionsjahr bezeichnet hier weder eine deutlich erkennbare Zäsur, noch wurde die Kleidung um spezifische neue Formen bereichert. In der Revolutionszeit angebotene Hauben mit speziellem Bandschmuck, die *auch den Damen Gelegenheit ihre politische Gesinnung an den Tag zu legen* bieten sollten, blieben ein unbedeutendes Detail. Treffend war dagegen die Bezeichnung *Angströhre* für den Zylinder, mit der der Volkswitz das Streben mancher, den revolutionären Ideen Nahestehender karikierte, nach dem Scheitern der Revolution durch betont konventionelle Kleidung ihre loyale Gesinnung zu dokumentieren. Als einzige der politischen Situation unmittelbar entsprechende Veränderung sind die neuen Vorschriften für die Uniformierung der Hof- und Staatsbeamten aus dem Jahr 1849 zu nennen: an die Stelle des Staatsfracks trat nun der hochgeschlossene, dem Waffenrock ähnliche Uniformsrock, der den Beamten ein militärisches Aussehen verlieh und die Dominanz der Armee im Staat auch in der Kleidung sinnfällig machte.

Weit bedeutungsvoller als diese, auf ein eng umgrenztes Teilgebiet der Kleidung beschränkte Verordnung waren die Veränderungen, die sich um die Mitte des 19. Jahrhunderts in der inneren Struktur der Kleidererzeugung in Wien vollzogen, obwohl die modische Formgebung davon zunächst nur wenig betroffen wurde. Sichtbare Zeichen waren das Ende der „Wiener Zeitschrift für Kunst, Literatur, Theater und Mode“ und das Gesetz über die Gewerbefreiheit. Als im Revolutionsjahr die Zeitschrift, die als einzige speziellen Wiener Geschmack im modischen Bereich vorgestellt hatte, ihr Erscheinen einstellte, war tatsächlich eine wichtige Periode, in der Wien auch auf diesem Gebiet internationales Ansehen erlangt hatte, zu Ende. Das 1859 erlassene Gesetz aber wurde zu Unrecht als Ursache der tiefgreifenden sozialen Umschichtung im Schneiderhandwerk in der zweiten Jahrhunderthälfte bezeichnet. Das Gesetz, das 1860 in Kraft trat, trug vielmehr einer Entwicklung Rechnung, die schon Jahrzehnte früher eingesetzt hatte und die durch die neue gesetzliche Grundlage zwar beschleunigt, nicht aber hervorgerufen wurde. Die neuerliche Einschränkung der Gewerbefreiheit 1883 brachte dementsprechend auch bei weitem nicht den erhofften Effekt einer Besserstellung der Schneidermeister und ihrer Gesellen und Lehrlinge, vielmehr erreichte deren wirtschaftliche Lage in den 80er Jahren einen katastrophalen Tiefstand. Längst schon handelte es sich nicht mehr um einen Kampf zwischen Handwerkern und Gewerbetreibenden, sondern um den der kleinen Werkstätten und einzelnen Meister gegen die großen Unternehmer, gleichgültig ob diese gelernte Handwerksmeister waren – wie die großen Kundenschneider – oder Geschäftsleute – wie die Mehrzahl der Fabriksbesitzer und Konfektionäre.

Schon 1835 hatte es von Joseph Gunkel, einem der renommiertesten Schneider in der inneren Stadt geheißen, er beschäftige 80 Arbeiter in der eigenen Werkstatt, 30 Frauen und *25 hilfsbedürftige Meister zum Nähen der Beinkleider.* Diese wenigen Worte berichten das Entscheidende: Handwerker, wenngleich Meister, die Gesellen beschäftigen und Lehrlinge ausbilden, arbeiten nicht mehr direkt für Kunden, sondern geraten in Abhängigkeit von einem kapitalskräftigen Unternehmer, der den Kontakt zu den Kunden hat, Stoffe kauft und zur Auswahl vorlegt, die Arbeit aber im Stücklohn weitervergibt, wobei sich eine Spezialisierung der Stückmeister auf einzelne Arbeiten – Hosen, Mäntel, Röcke etc. – empfiehlt, da sie raschere und billigere Ausführung ermöglicht. Der Stückmeister arbeitete zu Hause, was dem Unternehmer Regien ersparte und mußte seine Gesellen und Lehrlinge zu möglichst rascher Arbeit anhalten, im Bedarfsfall auch noch die Familie mitbeschäftigen. Die negativen Seiten dieses Systems traten bei den Nobelschneidern, die hohe Preise verlangen und gute Löhne zahlen konnten, kaum, bei der sich ausbreitenden Konfektion dagegen sehr stark zu Tage. Diese erlebte durch die Erteilung der völligen Gewerbefreiheit einen raschen Aufstieg. Der starke Bevölkerungszuwachs in Wien und ein aufblühendes Exportgeschäft der Konfektionäre sicherte zunächst für viele ein risikofreies Auskommen. In den 80er Jahren einsetzende Exportschwierigkeiten, die Konkurrenz billiger Massenerzeugung, wie sie vor allem in Proßnitz in Südmähren entstand, und ein Überangebot an Arbeitskräften führten jedoch zu einer drastischen Verschlechterung. In einem selbstmörderischen Konkurrenzkampf begannen die auf die Zuweisung von Arbeit angewiesenen Stückmeister einander in den Löhnen zu unterbieten und drückten damit selbst ihren Verdienst oft unter das Existenzminimum herab. Statistiken über den unverhältnismäßig hohen Prozentsatz von Krankheits- und Todesfällen in jungen Jahren, aber auch von Kriminalität in der Kleidermacherbranche und Berichte über die hygienisch und sanitär menschenunwürdigen Wohn- und Arbeitsverhältnisse sprechen ebenso deutlich, wie die Klagen über mangelhafte Ausbildung der Lehrlinge als Folge der Spezialisierung und die Mitbeschäftigung von ungelernten Hilfskräften, vor allem der Frauen und Kinder der Meister.

In steigendem Maß schalteten sich in diesen Konkurrenzkampf auch Frauen ein. Schrittweise, zuerst als Hilfskräfte ohne Meisterrecht und mit Arbeit für den eigenen Bedarf, dann unter dem Titel von Näh- und Schneiderunterricht für junge Mädchen, hatten sie sich Eingang in die Kleidererzeugung verschafft und nach 1860 eroberten von Frauen geführte Modesalons rasch einen Platz in der Damenmode. Schon 1864 wurde Anna Schober in der Schauflergasse der ehrende Titel einer „k. k. Hofkleidermacherin" verliehen. Die Konfektion spielte zunächst in der Damenmode eine wesentlich geringere Rolle, da sie komplizierter und rascherem Wandel unterworfen war; eine umso größere dagegen die Hausschneiderei. Auch wenn die erstklassigen Stadtgeschäfte noch eine geraume Zeit die Qualität ihrer Erzeugnisse mit der Bezeichnung „handgenäht" unterstrichen, war die allgemeine Verbreitung der Nähmaschine nicht aufzuhalten. Sie fand nicht nur in jede kleinste Werkstatt, sondern auch in viele Privathäuser Eingang. Die Modejournale, die im Vormärz der Herrenmode breiten Raum gewidmet hatten, wandten sich nun fast ausschließlich an die Damen. Ihnen stellten sie nicht nur die jeweils neuen modischen Veränderungen vor, sondern brachten Anleitungen zu eigener Arbeit, von feinen Stickmustervorlagen bis zu fertigen Schnitten in verschiedenen Größen. Geschäfte und Kaufhäuser boten zudem modische Accessoires und alles für die Ausführung notwendige Zubehör als billige Massenware an, da der technische Fortschritt es ermöglichte, immer mehr preisgünstige Nachahmungen teuerer Erzeugnisse auf den Markt zu bringen. Der Unterschied zwischen erstklassiger Modell- und Maßarbeit und serienmäßiger Massenerzeugung, teuerer Dekoration und billiger Imitation wurde dadurch besonders deutlich.

Das Bild des modischen Wandels und immer neuer Stilisierungsformen der Figur wurde so gut wie ausschließlich von der Damenmode bestimmt. In der Herrenkleidung dagegen setzte sich ein durch praktische Überlegungen bestimmter und nur mehr wenig wandlungsfähiger Stil durch. Um 1860 verschwanden die Stege der Hosen, die diese straff gespannt hatten, das bequeme Sakko verdrängte den Frack aus der Tageskleidung. Mit dem aus einem Stoff gearbeiteten einheitlichen Anzug war der letzte Schritt zu einer in ihren wesentlichen Formen bis heute gültigen Herrenkleidung getan. Dezente solide Stoffe in dunklen Farben beherrschten das Bild und nur die Uniformen und – auf einer anderen sozialen Stufe – die Livreen bewahrten bei festlichen Anlässen noch die Erinnerung an die einst so reiche und farbenfrohe Herrenkleidung. Sie spielten am Wiener Hof eine sehr bedeutende Rolle, da dem Beispiel des Kaisers folgend, der bei offiziellen Ereignissen stets Uniform trug, auch die Herren der höchsten Kreise diese bevorzugten. Erstklassige Qualität der Stoffe und tadelloser Sitz, den nur die Maßarbeit eines guten Schneiders garantieren konnte, waren die wichtigsten Kriterien, individuelle Gestaltung und Phantasie hatten dagegen nur mehr einen geringen Spielraum. Der elegante Herr war Stammkunde bei einem der sieben oder acht sog. Kavaliersschneider der inneren Stadt, deren Qualitätsarbeit die gewünschte Exklusivität sicherte. Die Preise betrugen dementsprechend das fünf- bis sechsfache derjenigen eines Vorstadtmeisters.

Wie vor allem London der Herrenmode vorbildliche Anregungen lieferte, so gab Paris in der Damenmode den Ton an. Das immer stärker betonte Volumen des Rockes durch Stoffülle und Unterröcke bestimmte die Entwicklung der Damenkleider von den 30er Jahren an und führte zum Reifrock, der nun mit seiner charakteristischen Silhouette zum dritten und letzten Mal die europäische Damenmode beherrschte. Statt gestärkter und versteifter Unterröcke formte das 1856 von Auguste Person erfundene bewegliche Reifengestell aus Stahl die ausladende Form der Krinoline, deren regelmäßige Kreisform um 1860 mit Durchmessern bis zu drei Metern ihre größte Ausdehnung erreichte. Reiche Dekoration mit Spitzen, Posamentrie und Stickerei vervollständigte den aufwendigen Charakter dieser Kleider, die bereits durch die Menge des verarbeiteten Stoffes äußerst kostspielig waren. Die großen Dekolletés der Abendkleider wie die Frisuren boten zudem die Möglichkeit, kostbaren Schmuck, Diademe, Hals- und Armbänder zu zeigen.

Den Gleichklang mit allen anderen kunsthandwerklichen Erzeugnissen des Historismus, den sich die Herrenkleidung aus praktischen Gründen versagen mußte, konnte die Damenmode voll zur Geltung bringen. Hier waren Modeschöpfer am Werk, die auf die hohe Perfektion der handwerklichen Tradition vertrauen und daher ihre Ideen voll verwirklichen konnten. Die Damenmode folgte daher denselben hochgesteckten Vorstellungen, denen auch die Gestaltung und Dekoration der Innenräume verpflichtet waren. Die modische Erscheinung einer eleganten Dame bildete mit dem sie umgebenden Interieur eine ästhetische Einheit von unverkennbarer Eigenart. Die Gestaltung der festlichen Abend- und Ballrobe, wie sie in Paris nach der Jahrhundertmitte Kaiserin Eugenie und ihr bevorzugter Couturier Charles Frederick Worth propagierten, orientierte sich ganz bewußt an der höfischen Mode des 18. Jahrhunderts. Zugleich aber wird auch hier die Freude an neuen Materialien und technischen Möglichkeiten, die das vorangegangene Jahrhundert nicht gekannt hatte, spürbar. Verschiedene Arten von Mischgeweben und vor allem die Anilinfarben brachten neue Effekte, auf reiche, oft metallisch glänzende Oberflächenwirkung wurde besonderer Wert gelegt. Straß und Jett fanden reichliche Verwendung in der Kleiderdekoration.

Modebild zu Bäuerles Theaterzeitung, Wien 1850, Nr. 792 (Wien, Historisches Museum der Stadt Wien)

Die volle Verwirklichung des modischen Ideals bedurfte nicht nur bedeutenden Geldaufwandes, sie stellte auch an die Trägerin spezielle Anforderungen.

Es verlangte nicht geringes Geschick, sich mit einer Krinoline natürlich und ungezwungen zu bewegen und trotz des gewaltigen Rockumfanges graziös und anmutig zu erscheinen. Als im Jahr 1867 die österreichische und die französische Kaiserin – beide wegen ihrer Schönheit und Eleganz berühmt – in Salzburg zusammentrafen, bot dies ein für die modeinteressierte Welt überaus attraktives Bild. Der neuesten Pariser Mode folgend trug Kaiserin Eugenie kurze, d. h. nur knöchellange Röcke, die die Füße und den Saum des Unterrockes sehen ließen, Elisabeth dagegen bodenlange Kleider. Mit Genugtuung konnte der traditionsbewußte Wiener Hof feststellen, daß sie der Vorstellung vom Auftreten einer kaiserlichen Majestät voll entsprochen, die erste Dame Frankreichs dagegen zwar modisch aber etwas indezent gewirkt habe.

Zu dieser Zeit hatte der Reifrock seine Form bereits wesentlich verändert. Zuerst vorne, dann auch seitlich abgeflacht erhielt er statt der kreisförmigen nun ovale Form, Weite und Stoffhülle wurden nach hinten verlagert. Die Rückenpartie betonten Raffungen und Bauschungen, die nach 1865 vor allem bei Abendkleidern gern in abstechenden Farben gehalten, ganz neue modische Effekte brachten. Für die veränderte Rocksilhouette war auch ein anderes tragendes Gestell notwendig. Um 1870 bestand es statt der Reifen aus kleinen Metall- oder Fischbeinbogen und versteiften Volants, die direkt unter dem Rockansatz getragen

Wiener Moden Zeitung, Organ der Universal-Moden für Damen und Herren, herausgegeben vom Wiener Moden Vereine zur Hebung inländischer Industrie, Mai 1862, Nr. 5 (Wien, Historisches Museum der Stadt Wien)

wurden. Aus der Krinoline war die Tournure geworden. Zum neuen Modeideal der 70er Jahre gehörten auch die neuen „sanften“ Farben, die reichen Lockenfrisuren, die vielfach nur mit falschen Haarteilen gemacht werden konnten und kleine, in die Stirn gesetzte Hüte, die den Blick auf die Haarpracht am Hinterkopf freigaben. Wie die große Krinoline, so wurden nun auch die Schutenhüte als zu bieder, plump und unkleidsam empfunden.

Die zahlreichen gesellschaftlichen Veranstaltungen, die 1873 im Rahmen der Wiener Weltausstellung stattfanden, boten Gelegenheit, immer neue Varianten dieser Mode zu zeigen. Der Wunsch bei jeder Gelegenheit passend gekleidet zu sein und womöglich nicht zweimal dieselbe Toilette zu zeigen, führte zu einem Luxus und Aufwand der Damenmode, wie ihn Wien seit langem nicht mehr gesehen hatte. Nicht selten überstieg allerdings diese modische Prachtentfaltung die finanziellen Mittel auch begüterter Familien.

Die Tournure, die zunächst als „weit graziöser“ als die Krinoline angepriesen wurde, erwies sich in ihrer fortschreitenden Veränderung zu immer größeren Aufbauschungen an Röcken, die um die Hüften ganz eng anlagen, als noch unpraktischer als der Reifrock, gewährte sie doch noch weniger Bewegungsfreiheit und machte das Sitzen fast unmöglich. Dies forderte nicht nur zu Karikaturen und Spottnamen, wie die Bezeichnung „Sirenenschwänze“ heraus, sondern brachte auch eine stärkere Differenzierung der Kleidung nach dem Verwendungszweck. Morgen- und Hauskleider besaßen bequemere Schnitte, sportliche Betätigungen und häufigeres Reisen machten einfachere, besser zweckentsprechende Modelle gesellschaftsfähig. Hier gab es Kleider und Röcke mit ganz kleiner Tournure, Jacken und helle Blusen aus Waschstoffen. Die Garderobe einer eleganten Dame wurde vielteiliger, größer und damit noch kostspieliger. In der Gesellschafts- und vor allem Abendtoilette fand das modische Ideal mit all seinem Reichtum an Aufputz vom glitzernden Steinbesatz bis zu künstlichen Blumen seine volle Verwirklichung. Schminke und Lippenstift, sowie starke, schwere Parfüms trugen noch ein weiteres zu dem auf starke Effekte abzielenden Gesamteindruck bei.

Nach einer Periode der Vereinfachung der Damenkleider, die um 1880 die Tournure aus der Mode brachte, folgte bereits um die Mitte der 80er Jahre mit dem „Cul de Paris“ die letzte, aber wohl auch extravaganteste Verformung der weiblichen Figur durch Reifen und Roßhaarvolants, die den natürlichen Proportionen geradezu entgegengesetzt war.

Den Wiener Damen, die mit den neuesten Pariser Modeintensionen Schritt halten wollten, galt die in allen gesellschaftlichen Belangen tonangebende Fürstin Pauline Metternich als Vorbild, an dem sie sich orientierten. Kaiserin Elisabeth dagegen lehnte das allzu Unnatürliche und Aufwendige in der Kleidung und insbesondere alle künstlichen Schönheitsmittel wie falsche Haarteile und Schminke strikt ab und trug stets sehr dezente, wenngleich in Material und Ausführung erlesene Toiletten.

Die innere Verwandtschaft, die noch im Vormärz zwischen Herren- und Damenmode bestand, ging nach der Jahrhundertmitte verloren. Gerade darin aber, daß sich die Herrenkleidung als streng und schmucklos dem beruflichen, die der Damen als besonders aufwendig und reich dem gesellschaftlichen Leben zuordnete, bot die Mode wieder ein getreues Spiegelbild ihrer Zeit mit ihren unterschiedlichen und vielfach auch gegensätzlichen Aspekten.

Literatur (in Auswahl):

Born, W., Krinoline und Tournure, Ciba-Rundschau 94/1950. – *Braun-Ronsdorf, M.*, Modische Eleganz, Europäische Kostümgeschichte von 1789–1929, München 1963. – *Buxbaum, G.*, Die Gesellschaftskritik in den Wiener Modezeitschriften des 19. Jahrhunderts, ungedr. Diss., Wien 1981. – *Gibbs-Smith, H.*, The fashionable Lady in the 19th century, London 1960. – *Hamann, B.*, Elisabeth, Kaiserin wider Willen, 2. Aufl., Wien–München 1982. – *Hamann, B.*, Elisabeth, Bilder einer Kaiserin, Wien–München 1982. – *Hevesi, L.*, Hundert Jahre Wiener Mode, Wien 1905. – *Kaut, H.*, Modeblätter aus Wien, Mode und Tracht von 1770 bis 1914, Wien–München 1970. – *Leiter, F.*, Die Männer. Kleidererzeugung in Wien, Schriften des Vereins für Sozialpolitik 71/1897. – *Nienholt, E.*, Kostümkunde, Braunschweig 1961. – *Springschitz, L.*, Wiener Mode im Wandel der Zeit, Wien 1949. – *Thiel, E.*, Geschichte des Kostüms, Berlin 1960. – *Wagner, R.*, Geschichte der Kleiderarbeiter in Österreich im 19. und 1. Viertel des 20. Jahrhunderts, Wien 1930.

Ausstellungen:

Hundert Jahre Österreichisches Museum für angewandte Kunst, Kunstgewerbe des Historismus, Wien 1964. – Wien 1850–1900, Welt der Ringstraße, Historisches Museum der Stadt Wien, Wien 1973. – Damenmode vom Reifrock zum Cul de Paris, Landesmuseum Joanneum, Graz 1974. – 200 Jahre Mode in Wien, Historisches Museum der Stadt Wien, Wien 1976. – The Imperial Style, Fashions of the Hapsburg Era, Metropolitan Museum New York 1980. – Uniform und Mode am Kaiserhof, Hofkleider und Ornate, Hofuniformen und Livreen des 19. Jahrhunderts aus dem Monturdepot des Kunsthistorischen Museums Wien, Halbthurn 1983.

Ursula Mayerhofer

SCHMUCK

Die Schmuckherstellung der zu besprechenden Zeit, hat ihre grundlegenden Veränderungen der Produktionsgestaltung schon in den Anfängen des 19. Jahrhunderts erfahren. Bezüglich Österreich, Deutschland und der Schweiz hat der Schmuck der Zeit von 1780 bis 1850, – also des Klassizismus, des Biedermeiers und des beginnenden Historismus – in der jüngst erschienenen Publikation von Brigitte Marquardt ihre entsprechende Aufarbeitung gefunden. Es wird dort sehr eingehend die Gesamsituation des Goldschmiedehandwerks, im speziellen der Zweig der Schmuckherstellung, geschildert. Hier können nur allgemeine Tendenzen erwähnt werden. Näheres kann den Spezialveröffentlichungen entnommen werden.

Schon ab der zweiten Hälfte des 18. Jahrhunderts gehörte die maschinelle Vorfertigung – etwa die Pressung von Gold- und Silberblech zu Einzelgliedern eines Armbandes – zu den durchaus üblichen Arbeitsprozessen, die der letzten künstlerischen Nachbearbeitung und Vollendung notwendigerweise vorausgegangen waren. Das Einsetzen von sogenannten Guillochiermaschinen zur Vereinfachung des Eingravierens von regelmäßigen, meist geometrischen Ornamenten auf glatten ebenen oder bombierten Flächen, die teilweise noch zusätzlich mit farbigem, transpartentem Email überzogen werden konnten, war in Frankreich schon ab der Mitte des 18. Jahrhunderts gebräuchlich. Das 19. Jahrhundert hat diese Technik weiter verwendet und perfektioniert; man ging in manchen Fällen sogar dazu über, das Email durch Kaltemail oder andere Lacke zu ersetzen. Damit wird auch schon ein weiteres Charakteristikum des Historismus angesprochen, nämlich die Tendenz, Ersatzmaterialien zu verwenden. Nicht nur daß Silber durch plattiertes Kupferblech, daß Edelsteine und Schmucksteine durch Glassteine ersetzt werden konnte, auch völlig andere, bisher ungebräuchliche Materialien kamen in Verwendung. Jett – eine bituminöse, versteinerte Braunkohle –, wurde gerne aufgrund seiner schwarzen Farbe als Trauerschmuck getragen; geschnitzt oder gedreht hat seine polierte mattglänzende Oberfläche mit dem schwarzen Farbton dieser Verwendung entsprochen. Auch der Haarschmuck hatte seine Verbreitung besonders im späten 18. Jahrhundert gefunden, zuerst als Freundschafts- und Liebesgabe, als Zeichen der Zuneigung, später jedoch waren die Haare Spenden von vornehmen Damen, die – damit ein Opfer bringend – den Erlös aus dem Verkauf dieses Schmuckes zur Deckung der Kosten der Befreiungskriege zur Verfügung stellten. Damit kommt man zum Begriff „Staatlicher Devotionalschmuck“, der untrennbar mit der Entstehung des Eisengußschmuckes in Verbindung steht. Die Worte „Gold gab ich für Eisen“, geprägt zu Beginn der Befreiungskriege 1813, sind zum Symbol für die Spendebereitschaft für militärische Zwecke bis in den

Ersten Weltkrieg geworden. Doch war der Eisengußschmuck etwa ab den dreißiger und vierziger Jahren des 19. Jahrhunderts international gesehen plötzlich Mode geworden. So wurde dann, geschmückt mit Vergoldungen, also entgegen den eigentlichen Gedanken seiner Entstehung, der Schmuck sogar in das ehemalige „Feindesland" Frankreich sehr gewinnbringend exportiert. Diese Mode überschritt sogar die Kontinente, und es gab ebenso Bestellungen aus Lateinamerika. Stephan Edler von Keeß schreibt im Jahre 1823, daß man in Wien seit dem Jahr 1800 angefangen hat . . . *die Fabrication der Bijouteriewaaren mit mehr Geschmack und nach den Forderungen der wechselnden Mode zu betreiben, und man hat es in diesem kurzen Zeitraume hierin so weit gebracht, daß Wien hinter wenigen Städten des Auslandes zurücksteht. In Gold werden die matten, sowohl ciselirten, als getriebenen Waaren so vollkommen gearbeitet, daß sie jeder Ausländer Waare nicht nur gleichkommen, sondern selbe häufig noch übertreffen.* Er setzt fort: . . . *In Silber ist an Solidität nichts zu wünschen übrig, auch wird viel in 15löthigem Silber gearbeitet. Überhaupt hat im Inlande die leichte getriebene oder gestämpfte Waare keinen Werth, sondern es muß alles für den Nationalbetrieb solid, meist nach dem Gewichte und größten Theils von freyer Hand gearbeitet werden, daher hier nicht so vielerley Maschinen, Werkzeuge und Veränderungen eingeführt werden konnten, wie in vielen Gegenden des Auslandes . . .*

Damit zeigt sich die kritische Einstellung zum Ausland, besonders auf Frankreich und England bezogen. Noch in der Zeit um 1800 ist in den deutschsprachigen Journalen, die sich mit der Technik und dem Kunstgewerbe beschäftigten, geradezu eine Vorliebe für diese beiden Länder zu beobachten. Aktuelle Erfindungen und Modeerscheinungen wurden dem Leser nähergebracht. Doch die napoleonische Besatzung und das erstarkende Nationalbewußtsein hat zu einem jähen Gesinnungswechsel geführt, und in der Folge versuchte man zu eigenen Stilmitteln zu greifen, die sich betont vom Ausland absetzen sollten. Erst als das Kunstgewerbe durch das Recht der freien Gewerbeausübung in industrieller Massenproduktion zu ersticken drohte, kam es zu den grundlegenden Überlegungen, die teils von Kunstgelehrten, teils von engagierten Architekten angestellt wurden, wie das Kunstgewerbe neu zu beleben und in seiner Qualität zu fördern wäre. Die Weltausstellungen in London 1851 und später dann vor allem in Paris 1855 ließen die Kenner der heimischen Gewerbeproduktion erkennen, daß Westeuropa aufgrund seiner Aufgeschlossenheit gegenüber anderen Kulturkreisen, etwa Asiens oder des Orients, völlig neue Wege ging, die zu einer allgemeinen Stilvielfalt – gerade auch im Metallkunsthandwerk – führten. Eine weitere Komponente in der Zeit ab etwa 1850 war die Rückwendung auf alte, teilweise vergessene Techniken der Renaissance, die ganz besonders hoch geschätzt wurde. In dieser Epoche lag gerade das profane Kunstgewerbe mit seiner Produktion an vorderster Stelle. Der Künstler – wie Benvenuto Cellini – trat in dieser Zeit sehr selbstbewußt auf, der Hersteller – bisher fast nur Lieferant von Kunstobjekten – wurde zur dominanten Persönlichkeit, die auch in der Gesellschaft eine nicht unbedeutende Rolle spielte. Cellinis Lebensbeschreibung gibt in technischer Hinsicht recht guten Einblick in die Schmuckherstellung. Seit Goethe dessen Biographie übersetzt hatte, war die Auswirkung auf den deutschsprachigen Kulturkreis sicher vorhanden. Mit dem Rückblick auf die Vergangenheit, der sicherlich von falschen Vorstellungen durchsetzt den Meisterbetrieb der Renaissance als Ideal sah, waren auch die Forderungen nach hoher, gediegener Qualität verbunden. Diese konnte in Massenproduktion kaum hergestellt werden. Die Absicht ging nun dahin, künstlerisch hochwertige Objekte herzustellen, die nur durch eine Verbesserung auch hinsichtlich der Ausbildung eines Handwerkers erreicht werden konnte.

Eine Ausbildung, die nicht nur praxisbezogen sein sollte sondern auch theoretische und kulturgeschichtliches Wissen vermitteln sollte, war weder in den kleinen Meisterbetrieben – die sich teilweise immer noch behaupten konnten – noch in den „Galanteriewaaren-Fabriken" gegeben. Die Forderung nach Kunstakademien war nur eine logische Folge davon. Waren um die Jahrhundertmitte vor allem die Renaissance und der Barock, sowie parallel dazu das Spätbiedermeier die bestimmenden Stilrichtungen für die

Vorlagen zur Schmuckerzeugung, so hat man in Süd- und Westeuropa teils den etruskischen Schmuck, teils auch orientalischen Schmuck zu kopieren begonnen. Die Brüder Castellani hatten in Rom nicht nur die alte Technik des antiken Granulationsschmuck und dessen getreue Kopie erneuert, sondern sie beschäftigten sich auch mit der Herstellung und dem Vertrieb von italienischem Volksschmuck.

Die Berücksichtigung der eigenen politischen und geschichtlichen Vergangenheit, aber doch in den späteren Jahren das Aufgeschlossensein gegenüber anderen Kulturkreisen kennzeichnen die Schmuckwarenherstellung bis ins die achtziger Jahre des 19. Jahrhunderts.

Literatur (in Auswahl):

Arenhövel, Willmuth, Eisen statt Gold, Preußischer Eisenkunstguß aus dem Schloß Charlottenburg, dem Berliner Museum und anderen Sammlungen (Ausst.-Katalog Krefeld – Burg Linn bzw. Berlin – Charlottenburg), Berlin 1982. – *Hollis, Jill* (Hg.), Princely Magnificence, Court Jewels of the Renaissance 1500–1630, Victoria & Albert Museum 1980–1981, Debrett's Peerage 1980. – *Keeß, Stephan Edler von,* Darstellung des Fabriks- und Gewerbewesens im österreichischen Kaiserstaate, vorzüglich in technischer Beziehung, II. Bd., Wien 1923. – *Marquardt, Brigitte,* Schmuck – Klassizismus und Biedermeier 1780–1850. Deutschland, Österreich, Schweiz, München 1983. (Alle weitere Literatur über Schmuck ist dort dem Literaturverzeichnis zu entnehmen.)

GRAFENEGG

Klaus Eggert

ZUR BAUGESCHICHTE VON GRAFENEGG IM 19. JAHRHUNDERT

Das alte Schloß Grafenegg wurde im 19. Jahrhundert zu einem romantischen Schloß umgestaltet. Das Landschloß ist diejenige Baugattung, in der die Romantik in ihrer Eigenständigkeit am meisten Erfüllung fand. Demgemäß hat es keine „Funktion“ wie Wohnung, Repräsentationsbau oder Kunstsammlung, sondern ist ein künstlerisches Milieu. Im Selbstverständnis des schöpferischen Romantikers war die Art von „Leben“, von der ausgesagt wird, daß es „weitergehen muß“, nicht real im vollen Sinne, sondern sinnlose Verstrickung in permanentem Widerspruch mit sich selbst, wesenlos gegenüber den Möglichkeiten der Imagination. Er schuf sich also eine eigene Welt; aus seiner Sicht war das Aufbruch zur Realität, keine Flucht. In diesem selbstgeschaffenen Kosmos verwirklichte er sich. Eine Voraussetzung dafür war Transzendierung des Ich zu objektiver Gültigkeit. Wie auch andere Voraussetzungen der Romantik entstand diese Möglichkeit zur Unabhängigkeit von einer „vorgegebenen Welt“ in der britischen Literatur des 17. Jahrhunderts; am einflußreichsten dürfte John Milton gewesen sein. In seinem „Paradise Lost“, vollendet 1665, heißt es:

Es ist der Geist sein eigner Raum, er kann
In sich selbst einen Himmel aus der Hölle,
Und aus dem Himmel eine Hölle schaffen.
Was gilt das Wo, bin ich nur immer ich.

Eine zweite Voraussetzung für den romantischen Schloßbau war die Auffassung, die Kunst habe von der als Kontinuität gesehenen gesamten früheren Kunst die als überzeitlich gültig betrachteten Komponenten zu universaler Synthese zu bringen und frei schöpferisch unter den Aspekten von Gegenwart und Zukunft kontinuierlich zu vollenden. Daher zieht der Verfasser für die resultierende Kunstrichtung des 18. bis 20. Jahrhunderts, für welche sich die Bezeichnung „Historismus“ verbreitet hat, den Begriff „Kontinuismus“ vor. Formen und Motive der Vorzeit wurden dabei von ihrer geschichtlichen Bedingtheit befreit und Kunst, indem man sie als Symbole für einen überzeitlich gültigen Gehalt auffaßte und dementsprechend gestaltete.

Es bildete sich – wiederum zuerst in Großbritannien – die bewußt gemachte Imaginierung vom historistischen, vordergründig meist gotisch oder elizabethanisch angeregten Schloß mit Landschaftsgarten als idealem Symbol für den Kosmos des romantischen Individuums. Durch Formalsymbolik diesen Gehalt vorwiegend optisch – im Gegensatz zur Haptik etwa des Barock – im Beschauer als Stimmung des Empfindens wirksam werden zu lassen, das war die Funktion des romantischen Schloßbaues als Kunstgattung. Hier entwickelte sich auch zuerst die wechselseitige Steigerung der Künste (Architektur, Malerei, Plastik, Kunstgewerbe, Gartenkunst), zu einer übergeordneten Einheit hin, also zum Gesamtkunstwerk.

Das früheste romantische Schloß überhaupt dürfte Hampton Court in Herefordshire gewesen sein – nicht zu verwechseln mit Hampton Court bei London. Der Bau in Herefordshire wurde um 1700 romantisch umgestaltet. Vielleicht war das damals noch Einzelfall. Horace Walpole's Strawberry Hill bei Twickenham, Middlesex, begonnen 1749, hatte dann einen unabsehbaren Einfluß auf die Verbreitung der romantischen Schloßbaubewegung auf dem Kontinent, die nun einsetzt.

In Österreich wird ein Jahr vor Baubeginn von Strawberry Hill, 1748, in Schloß Rosenau bei Zwettl die Erdgeschoßzone der Haupttreppe mit mittelalterlich angeregten Architekturen freskiert. Nach den Stilkriterien ist Beeinflussung durch Piranesis „Carceri d'invenzione“ (1745) möglich. Die Rosenauer Fresken, im Obergeschoß der Treppe 1748 datiert, stehen in Zusammenhang mit der dortigen Freimaurerloge. In ihnen liegt ein Ansatz zu der romantischen Auffassung, die auch in Österreich eine entsprechende Schloßbaubewegung hervorbrachte. Sie kann hier nicht weiter verfolgt werden.

Der Einfluß der – in ihrer spekulativen Form anscheinend mit der Übereinkunft zur Großlogengründung in London am 24. Juni 1717 beginnenden – Freimaurerei auf die Ritterromantik im allgemeinen und den romantischen Schloßbau im besonderen ist vielleicht größer, als derzeit eruierbar ist. Besonders ihre esoterischen Hochgradsysteme, die auf Selbsttranszendierung des Individuums abzielten und „Rittergrade" erteilten, kommen in Betracht.

In teilweiser Zusammenfassung des bisher Erwähnten kann das romantische Schloß mit Landschaftsgarten als dreidimensional gewordene Architektur- und Landschaftsmalerei veranschaulicht werden. Eine solche Auffassung bestimmt beim deutschsprachigen Großmeister des Landschaftsgartens, Herrmann Fürst v. Pückler-Muskau, sein Hauptwerk „Andeutungen über Landschaftsgärtnerei", das aus dem Besitz des romantischen Neuschöpfers von Grafenegg, Graf August Ferdinand Breunner-Enkevoirth, daselbst erhalten ist. Visuell wirkt beides: die ein- und die dreidimensionale Malerei. Aber bei der dreidimensionalen steht der Mensch nicht mehr „im Leben" und das Werk ihm gegenüber, sondern er steht darin. Er macht nicht mehr Kunst, er ist Kunst, Teil eines Gesamtkunstwerkes. Aber damit das möglich wird, muß er zuvor sein „lebens"-gebundenes Ich ablegen, *die Realität muß vernichtet werden,* wie es Gottfried Semper ausdrückt. Der Mensch erschafft sich als Monument; nun kann ihn das Gesamtkunstwerk, das er schuf, integrieren.

Graf August Ferdinand wurde am 30. Juni 1796 in Regensburg geboren, wo sein Vater Graf Josef damals kurböhmischer Gesandter war. Zwischen 20. Februar 1817 und wenigstens dem 3. Oktober 1822 war er viel auf Auslandsreisen, von denen leider fast nur die Poststationen bekannt sind. Zunächst ging er nach Deutschland; am 10. Jänner 1818 kam er in Dover an. Damit betrat er erstmals das Land, das ihn kulturell prägen sollte und auch die Anregungen zur Neuschöpfung des ererbten Grafenegg lieferte, wie so vieler anderer romantischer Schlösser ebenfalls. Am 23. Jänner kam er in London an, wo er sich auch am 11. März wieder aufhielt. Am 14. März war er in York, von dort ging es nach Edinburgh, wo er offenbar bis 1. Juni blieb. Die Vorliebe für Edinburgh und überhaupt für Schottland zeigte sich auch später. Am 22. Juni sah er Inveraray Castle, ab 1746 durch William Adam, assistiert von seinen Söhnen John und Robert, „neogotisch" erbaut. Da zu seiner Zeit in Schottland zahlreiche derartige Werke entstanden, sah Graf Breunner vielleicht weit mehr, als die Aufzeichnungen anführen. Am 3. Juli war er wieder in Edinburgh, wo er sich offenbar bis zum 21. aufhielt. Er reiste weiter in Großbritannien. Am Neujahrstage 1819 ging er wieder nach Schottland; vor dem 12. Februar sah er Alnwick Castle, wo „neogotische" Umgestaltungen um 1777 im Gange waren. Am 15. August kam er in Calais an. In Frankreich hielt er sich bis 29. Juni 1820 auf und sah Fontainebleau, Paris, Versailles, Schloß Rambouillet, Chartres. Bis zum 27. Juli wurden die Schweiz und Oberitalien bereist, dann der Heimweg angetreten; um den 1. September endete diese „Große Tour".

1821 wurde Sachsen besucht. Am 21. April 1822 trat er wieder eine große Reise an. Am 10. Mai sah er München; am 7. Juni war er wieder in Paris, am 11. in Dover. Nach Aufenthalten u. a. in London und Edinburgh ging es am 31. Juli nach Belgien und Holland, dann über wichtige deutsche Städte nach Österreich, wo er nach dem 3. Oktober ankam. Auf dieser Reise hatte ihn der 1795 in Wien geborene Mineraloge Wilhelm Haidinger begleitet, mit dem ihn schon länger das Interesse an der Geognosie verband. Es war eine Zeit der Englandreisen. 1826 ging Carl Friedrich Schinkel nach England und Schottland, im gleichen Jahre auch der schon erwähnte Fürst Pückler-Muskau.

Am 1. Dezember 1827 heiratete Graf August Ferdinand die Komtesse Maria Theresia, Tochter des Johann Karl Grafen Esterházy v. Galantha, die bereits am 30. September 1837 in Grafenegg verstarb. Es gibt eine hartnäckige Tradition, Graf Breunner sei dann wieder nach Großbritannien gereist. Der Verfasser konnte dafür bisher keinen Beleg, nur zwei allfällige Anhaltspunkte bei Ordnung der noch erhaltenen Grafenegger Bücherbestände finden: ein Reisehandbuch für Newcastle-upon-Tyne und eine Beschreibung der Krönung von Königin Victoria, beides aus Graf Breunners Besitz und aus 1838, dem angeblichen Jahr dieser fraglichen dritten Englandfahrt. Die Krönungsbeschreibung ist hauptsächlich eine Erklärung des Zeremoniells, geeignet für Zuschauer – unter denen Graf Breunner vielleicht gewesen ist.

Nun zu seinem Mäzenatentum. Er wurde im Gründungsjahr 1840 des Niederöst. Gewerbevereins dessen Mitglied. Wie viele private Kulturinitiatoren der Metternichzeit – besonders die Vertreter des Historismus – wurden auch diese vom Polizeistaat beargwöhnt.

Vielfältig war die Beziehung zu Friedrich Amerling. Auch dieser war (1827–28) Englandfahrer; ebenso teilte er die Passion des Grafen für das Kunstsammeln. So vermittelte Amerling ihm das 1570 datierte schmiedeeiserne Brunnengehäuse aus dem großen Hof des NÖ Landhauses nach 1837 für Grafenegg, von wo der Brunnen inzwischen zurückkehrte. 1834 (Familienporträt, jetzt auf Schloß Corvey), 1847 und öfter porträtierte Amerling den Grafen, 1844 im Ritterkostüm, 1853 seinen Sohn August Johann ebenso; auch andere Werke Amerlings besaß der Graf, viele davon befanden sich bis 1945 in Grafenegg.

Graf Breunner förderte auch den Maler Johann Kranzl, geboren 4. Dezember 1813 in Unterseebarn bei Grafenwörth, also in der Herrschaft Grafenegg, gestorben 3. Oktober 1876 in Horn. Er war Schüler des nazarenisch beeinflußten Eduard Ritter, von dem sich zwei Gemälde in der Kapelle in Grunddorf, nahe Grafenegg, befinden. 1846–49 besuchte Kranzl mit Unterstützung Graf Breunners die Wiener Akademie. Sein Porträt seines Gönners befindet sich im Kremser Kulturamt. Ab 1854 malte Kranzl Kremser Stadttore; in der Gemeindeausschußsitzung Krems vom 13. Juni 1864 beantragte der Gemeindeausschuß Koneider, Kranzl für fünf Ölbilder der Kremser Stadttore, für das Städtische Archiv bestimmt, über die bereits angewiesenen 60 fl. noch weitere 15 fl. zu bewilligen, was genehmigt wurde.

Für den Neubau der NÖ Landesoberrealschule an der Kremser Ringstraße spendete Breunner 10.000 Mauerziegel.

In der Öffentlichkeit war er vielfach tätig. Auf Grund seiner Passion für Geognosie war er spätestens ab 1836 Hofrat der k. k. Hofkammer im Münz- und Bergwesen, 1849 Ministerial-Commissär für den niederungarischen Bergbezirk (Schemnitz und Umgebung) und Sektionschef. Am 19. Oktober, nach Niederschlagung der ungarischen Unabhängigkeitsbewegung, wurde er mit Instruktion des Ministers für Landeskultur und Bergwesen zur Reorganisation des genannten Bergdistrikts nach Schemnitz gesendet. Vom 20. Oktober bis 13. November war er unterwegs. Dann wies man ihm die Aufgabe zu, über das Schicksal der ungarischen Bergwerksbeamten zu befinden, die sich an der Unabhängigkeitsbewegung beteiligt hatten. In einem Briefentwurf an das zuständige Ministerium, datiert „Wien den 15ten 12." (1849?) gibt der Graf an, das Mandat als Commissär für Ungarn bereits niedergelegt zu haben und sendet die politischen Akten (Erhebungen über die Gesinnung ungarischer Beamten) dem Ministerium, da dies darüber zu entscheiden habe. Als *Privat-Ansicht* äußert er, *daß die Art und Weise, wie die Voruntersuchung nach den mir mitgeteilten Acten geführt zu werden scheint, eher den Ansichten der spanischen Inquisition* (folgt ein unleserliches Wort) *als den Rechtsansichten des 19. Jahrhunderts entspricht.* Etwa 120 Jahre später vergleicht Milovan Djilas in „Die neue Klasse" auch den heutigen Totalitarismus mit der Inquisitionszeit. Für eine mehr auf Politik als auf fachliche Qualifikation fundierbare „Karriere" hatte Breunner sich damit als ungeeignet erwiesen. Am 4. Juli 1852 wurde er als Ministerialrat pensioniert. 1848 hatten Wiener Bürgerkreise angeregt, Breunner, der als Sprecher der niederösterreichischen Stände und als Kunstmäzen bekannt war, zum Bürgermeister zu machen. Das Landtagsmandat legte er 1865 nieder.

Breunner war Mitglied der „gelehrten Gesellschaft in Oxford", wo er auch zum Doctor utriusque juris promoviert wurde.

Neben dem Bauen – wovon die Rede sein wird – der Kunstförderung und dem Sammeln war ein Hauptinteresse die Fideikommißbibliothek Grafenegg. Als der

Autor die trotz Plünderung 1945 immer noch umfangreichen Bestände ordnete und neu aufstellte, zeigte sich, daß der Graf die damals geschätztesten Werke über Kunst, besonders Anregungsquellen für historistisches Schaffen, in universaler Sicht gesammelt haben muß. Ein zweiter Sammelschwerpunkt lag auf der britischen romantischen Literatur, nicht nur auf den heute bekannten Autoren wie Byron, Edward Bulwer-Lytton, Walter Scott, sondern auch auf vielen, die erst wiederzuentdecken sind. Dabei wurden besonders zahlreiche Klassiker der „Schwarzen Romantik", die ja mit der Ritterromantik und den evokativen Milieuschlössern engstens zusammenhängt, zusammengetragen. Beispielsweise sind Wilkie Collins und Harrison Ainsworth stark repräsentiert.

Am 3. November 1876 schrieb Graf Breunner in Grafenegg ein Testament, welches das vom 18. Oktober 1871 ersetzte. Alle Sammlungen von „Waffen, Bildern, Büchern und Antiquitäten" vermachte er seinem Sohn August Johann mit dem Wunsch, daß er und seine Nachkommen sie nicht veräußern mögen. Universalerbin sollte die Enkelin Maria Gräfin Breunner werden – de facto wurde sie aber erst nach dem Sohn August Johann Fideikommißherrin. Graf August Ferdinand wünscht sich dann im Testament ein Begräbnis in aller Stille. Am 23. April 1877 verstarb er in Obermais bei Meran. Er wurde nicht in der von ihm geschaffenen Gruft unter der Grafenegger Schloßkapelle beigesetzt, sondern in der Familiengruft in Haitzendorf.

Sein Sohn und Nachfolger als Besitzer Grafeneggs, August Johann, (1. Oktober 1828 bis 21. Februar 1894) arbeitete mit Graf Hans Wilczek, Neuschöpfer von Kreuzenstein, und dem Maler und Burgtheaterkostümier Josef Fux, Schüler Wilhelm v. Kaulbachs, an den Kostümen für den „Makartfestzug" zur Silberhochzeit des Kaiserpaares, der am 24. April 1879 der Ringstraße die ihr angemessene Funktion ermöglichte. Breunner und Wilczek führten dabei Teile der Jagdabteilung an. Historische Festzüge mußten als künstlerische Selbstzelebration der Idee der Kontinuität damals notwendig äußerst verbreitet sein. Graf August Johann war passionierter Heraldiker, wie die Vertreter der Ritterromantik überall, so auch jedenfalls sein Vater, wie die Fülle von Wappendarstellungen in Grafenegg erweist. Seine Gemahlin war Agathe Komtesse Széchényi v. Sárvár u. Felsö Vidék, Palastdame Kaiserin Elisabeths, die sich ja eine ungarische Entourage aufbaute, welche von Teilen des Wiener Hofes, besonders natürlich den Anhängern des Kurses der Erzherzogin Sophie, wenig Wohlwollen erfuhr. Graf August Johann war der letzte seines Stammes.

Damit wird zum entwerfenden Architekten von Grafenegg übergegangen. Leopold Ernst, Architekt und Architekturmaler (14. Oktober 1808 bis 17. Oktober 1862), war seit 1822 an der Wiener Akademie Schüler von Hofbaurat Peter v. Nobile, einem Vertreter des vormärzlichen Rationalismus auch dort, wo er einer solchen Konstruktion äußerlich, ohne Konnex mit der Struktur, ja in Widerspruch dazu, seriell gereihte Spitzbogen auferlegte (Treibhäuser im Mayerschen Garten, Wien-Penzing, vor 1838). Nobile soll den Architekten Franz Sitte (1818–1879) wegen dessen Neigung zur Gotik von der Akademie gewiesen haben. Am 16. August 1831 brach Ernst mit Freund Amerling nach Italien auf; in Venedig waren sie vom 28. August bis 4. Oktober; über Padua und Ferrara wurde Fusine erreicht, es folgten Bologna und zwei Tage Florenz. Am 17. Oktober war die Ankunft in Rom; Amerling notiert *gemüthliches Beysammenleben mit Freund Ernst* daselbst. Nach seiner Rückkehr aus Italien 1833 lebte Ernst dauernd in seiner Vaterstadt Wien. 1834 stellte er sieben Ölgemälde aus; eines davon verriet zumindest durch sein Sujet, den Hof von San Giovanni in Laterano, Rom, Abwendung vom Rationalismus. Schon 1835 soll ihn Graf August Ferdinand Breunner angestellt haben. Daß in diesem Jahr auch bereits in Grafenegg Neugestaltung erwogen oder begonnen wurde, ist unbewiesen. Die Beziehung zwischen Graf Breunner und Ernst wurde durch Friedrich Amerling und Eduard Melly hergestellt. Letzterer, ein gebürtiger Kremser, gehörte zu dem großen Kreis von Künstlern und Schriftstellern, verbunden durch historistische Haltung, der sich in Amerlings Haus zusammenfand. Mellys Hauptanliegen war, den geistigen Gehalt, das Ideale, gegenüber dem Machbaren, der Technik, beim Kunstwerk hervorzuheben. In den vom Amerling-Biographen Ludwig August Frankl edierten „Sonntagsblättern", einem der Hauptorgane österreichischer Kunst 1842–48, trat Melly häufig für Ernst ein. Ernst dürfte auch die meisten anderen frühen Historisten gekannt haben; zumindest Eduard van der Nüll, August Sicard v. Sicardsburg und Friedrich Ludwig v. Förster sind mit Ernst ab Ende Oktober 1846 als Mitglieder des NÖ Gewerbevereins faßbar, in dem Graf Breunner ja, wie erwähnt, ebenfalls Mitglied war. Der Verein war für die spezifisch historistische Blüte des Kunstgewerbes, nämlich als Teil der Gesamtkunstwerk-Konzeption, stets von führender Bedeutung. Ein Cousin van der Nülls war Graf Breunners Reisebegleiter, der Mineraloge Wilhelm Haidinger.

Folgende ausgeführte Werke Ernsts (außer Grafenegg) sind bekannt (sämtlich vordergründig „neogotisch"): 1841–42 entstand eine Kirche für Graf Strachwitz in Schebetau bei Olmütz. Nach Beschluß der niederösterreichischen Landstände vom 16. Juli 1845 bezüglich Neugestaltung aller Landhaussäle des Prälaten-, Herren- und Ritterstandes beauftragte Graf Breunner, der mit Ludwig Freiherrn v. Pereira verantwortlich war, Ernst mit Entwürfen und Ausführung. Die drei Säle, am meisten der Prälatensaal, stehen dem 1845 begonnenen Grafenegger Rittersaal stilistisch nahe; der Prälatensaal hatte sogar im Originalzustand identische Ledertapeten. Auch wirkten an diesen Landhaussälen teilweise die gleichen Künstler wie in Grafenegg, was noch belegt werden wird. Einschließlich der mobilen Ausstattung dürften die Landhaussäle 1847 vollendet gewesen sein. Für den Großen Landhaussaal schuf Ernst, wieder mit auch in Grafenegg beschäftigten Künstlern zusammen, eine Neueinrichtung, beendet 1846. Die wandfeste Ausstattung blieb.

Zwischen 1846 und 1853 entstanden Innenarchitektur und Einrichtung des „Albrecht-Dürer-Saales" im Gasthaus „Zum blauen Strauß" auf der Laimgrube, Kothgasse 162 in Wien (derzeit: Ecke Laimgrubengasse 21 / Gumpendorfer Str. 25, Saal nicht erhalten). Auch dieser Raum zeigt stilistische Verwandtschaft zum Grafenegger Rittersaal.

1849 wurde der Saal der Abgeordneten für den österreichischen Reichstag in der Winterreitschule der Wiener Hofburg von Leopold Ernst, Heinrich Koch und Johann Rupp „glanzvoll" eingerichtet. Da das immer noch einflußreiche Hofbauratsmitglied Paul Sprenger (trotz Beseitigung dieser Behörde 1848) die Leitung dieser Saalausstattung hatte, ist es fraglich, wie weit die drei Beteiligten dabei als Künstler frei waren.

Ernsts Villa Geyling, Wien-Hütteldorf (1853), zählt nach Bodenstein (1888) zu den bahnbrechenden Schöpfungen des historistischen Villenbaues.

Es verbleiben noch undatierte Werke: das eigene Haus Wien IV, Schmöllerlgasse (eine Stockvilla mit gotisierenden Rosetten); die eigene Villa Baden bei Wien; „Schloßbau" Schwarzau (vielleicht das niederösterreichische Wurmbrandschloß, das freilich nur teilweise im 19. Jahrhundert umgebaut wurde; ein Graf Wurmbrand war Freund und designierter Testamentsexekutor von Graf August Ferdinand); „Schloßbau" Gräz bei Troppau für Fürst (Alois?) Liechtenstein und „mehrere Gruftkapellen".

Einige unausgeführte Projekte Ernsts sind bekannt. Zwischen 23. November 1844 und 1848 entwarf er einen Aufriß für einen Wiener Opernneubau samt einem für ein neues Kärntnertor. Etwa gleichzeitig entstand – den Stilkriterien zufolge – ein Aufriß für ein neues Wiener Burgtheater. Trotz teilweiser Flächigkeit nehmen beide Entwürfe durch klare Dramatik, wuchtige Großformigkeit und Räumlichkeit, großartige Staffelung der Bauteile in Raum und Fläche und durch Rhythmisierung in großen Schritten teilweise die Stilphase der sechziger Jahre vorweg; wie auch der Grafenegger Rittersaalplafond. Ernst erweist sich damit als van der Nüll und Sicardsburg gleichrangiger Haupt-Bahnbrecher des Ringstraßenstils, seiner Zeit weit voraus.

Beim am 20. Juli 1848 ausgeschriebenen Wettbewerb für die Wiener Altlerchenfelder Kirche legte er ein Projekt vor.

1850 wurden, vielleicht über Anregung des Handelsministers Karl Ludwig v. Bruck, Pläne für eine – erst 1858 definitiv in Angriff genommene – Wiener Stadterweiterung gefertigt, darunter auch einer von Ernst.

Anfang November 1854 begann er mit dem „eigentlichen" Entwurf für die Votivkirchen-Konkurrenz; im Mai 1855 stellte er Pläne und Gipsmodell im Wiener Kunstverein aus.

Außer Konkurrenz fertigte Ernst einen Anfang Dezember 1858 vorgelegten Stadterweiterungsplan (für die nun definitiv beschlossene Ringstraßenzone). Im gleichen Jahr war er übrigens Mitglied der Jury, welche die Stadterweiterungs-Wettbewerbsentwürfe beurteilte.

Für Graf Breunner entwarf Ernst spätestens 1862 – also im Todesjahr – ein Palais, das die Stelle des Breunnerpalais auf der Wiener Mölkerbastei (eines Empirebaues des Fürsten Lubomirski) und anstoßender Häuser einnehmen sollte.

Als Restaurierungsarchitekt wirkte Ernst am Stephansdom. Die Initiative, den Dom zu restaurieren und in ähnlicher Vorgangsweise wie beim Kölner Dom zu vollenden, stammte von ihm und Fürst Alois Liechtenstein. Ernst begann 1852; ab 1853 baute er die Langhausgiebel, die 1855 vollendet dastanden. Am 11. Februar 1858 ernannte der Kaiser Ernst zum Dombaumeister.

Grundsätze seiner Kunstauffassung brachte Ernst mit schwungvoller Durchschlagskraft zum Ausdruck, so am 25. März 1848 in einer Versammlung der Wiener Kunstakademie: *Seit dem 13. März sind wir so glücklich, ungescheut die Wahrheit aussprechen zu dürfen, ohne Furcht durch Denunciation dafür büßen zu müssen... Die Akademie sei eine reine Kunstschule und nicht Erziehungs-Institut für Bureaukraten... In der, Alles den materiellen Interessen opfernden Gegenwart ist nur Dampf und Eisenbahn das große Losungswort der Bewegungsmänner gewesen; wehe Demjenigen, der an das alleinseligmachende Eisenbahn-, Dampf- und Actienwesen nicht glaubte... Sehr zu wünschen wäre, daß die Sucht einen neuen Styl zu erfinden, sein* [sic] *Ende finden möge ... nicht mechanische Nachahmung der vorhandenen Elemente, denn trockenes Nachahmen ist Affennatur; den Geist der Sache wollen wir geben.* Ein Programm speziell der romantischen Grundlegung des Historismus, vom Prinzip der bloßen Innovation wie dem der Repristination gleichermaßen unterschieden, da beide nur sich wechselseitig bedingende Aspekte eines Sachverhaltes sind: der Akontinuität. Als ihm vom rationalistischen Stilnachahmungs-Standpunkt sein dominierender „Zentralbau" beim Votivkirchenplan kritisiert wurde, replizierte er: *Also das ist des Pudels Kern! keine eigene Schöpfung – Nachahmung, Zusammentragungen bekannter Fragmente, bloß dem Herrn Referenten zu Liebe, damit ihm die Beurtheilung mit Beihilfe bekannter Abhandlungen erleichtert werde.*

Die Reaktion des totalitären Rationalismus auf schöpferische, überlegene Einzelne ist stets dieselbe. Leo Graf Thun unterstellte Ernst *anmaßende Selbstüberschätzung* und *Unverträglichkeit;* der Ingenieur beim Staats-Baudepartement Ludwig Zettl äußerte sich 1858: Ernst sei *wegen seines nicht sehr empfehlenswürdigen Benehmens weniger geachtet.* Ernsts Geistesverwandter Eduard Melly wurde ebenfalls als *schwierig* diffamiert; die politischen Schikanen gegen Joseph v. Hammer-Purgstall im Vormärz sind dann ein weiterer Modellfall unter vielen.

Vor der Grafenegger Baugeschichte ist noch auf die beiden anderen Architekten einzugehen, die außer Leopold Ernst beteiligt waren. Sein Sohn Hugo, geb. 5. Februar 1840, führte nach dem Tode des Vaters die Arbeiten in Grafenegg weiter. Für Graf Breunner schuf er wenigstens drei Innenräume im Breunnerpalais Wien, Singerstraße 16, vermutlich zwischen etwa 1860 und 1880 (in grober Datierung nach Stilkriterien). Dabei arbeitete er mit Ludwig Wächtler zusammen, wie auch in Grafenegg und anderweitig. Mit Wächtler erbaute er auch das „Palais Ernst", Wien IV, Plößlgasse 12 (1873–74).

Wächtler (9. März 1842–1916) war von seinen Lehrern, v. d. Nüll, Sicardsburg und Friedrich v. Schmidt, beeinflußt. In Grafenegg hat er nur am Inneren gewirkt. Er erbaute einige historistische Milieuschlösser: für Graf Breunner lieferte er den Entwurf zu Umbau und Restaurierung von Schloß Bohuslavic (gemeinsam mit Hugo Ernst); Ottenstein, Immendorf (vernichtet), Niederleis, Budischkowitz wurden von ihm gestaltet.

Nun zu der Neuschöpfung von Grafenegg. Vor Beginn derselben entstanden in der Gutshofsiedlung im 19. Jahrhundert die Oberamtmannswohnung (vermutlich das Haus neben dem Meierhof) 1822, das

Beamtenwohnhaus (vermutlich das Haus neben dem mansardenbedachten „Esterhazyhaus") 1833, beide vielleicht von dem Architekten Koch, dem 1824 Reisekosten vergütet wurden. 1837–38 entstand der „Löwenbrunnen" vor der Nordfront des Schlosses, vielleicht schon von Ernst entworfen, durch den Bildhauer Obek oder Obeck. Ferner wurde, nachdem die alte vom *Sturmwind zusammengerissen* worden war (vor April 1837), zwischen 1840 und 1845 die Reitschule erbaut. Der Polygonalbau der Sattelkammer dagegen war allenfalls erst 1860 im Bau. Beide Bauten sind Ernst zuzuschreiben. Gesichert ist seine Urheberschaft an der Taverne, 1841 entworfen und größtenteils beendet, 1842 braun und grün polychromiert (die Tore grün). Vom Wiener Tor (bei der Taverne) waren 1842 die Pfeiler im Bau und die Wappen als Bekrönungen derselben (von Bildhauer Lubik) fertig. Das fragile „neogotische" Gewächshaus von Ernst war ebenfalls 1842 im Bau. Teile davon befinden sich auf dem Grundstück Lenz Moser, Rohrendorf bei Krems. Der Meierhof wurde offenbar 1844 neugestaltet.

Das alte Schloß wurde 1842 noch ausgeweißt. Für den 13. August 1843 ist ebenfalls seine *alterthümliche Form* bezeugt. Auch 1844 gab es für eine Umgestaltung vermutlich weder Entwürfe noch Baumaßnahmen.

Der Durchbruch kam 1845. Ernst schuf ein Ölbild *des neu zu erbauenden Prunksaales im Schlosse zu Grafenegg*, das in Graf August Ferdinands Besitz gelangte. Ein L. Erbse malte im gleichen Jahr den Saal mit einer Herrengesellschaft in Rittertracht, darunter der Bauherr; 1908 befand sich das Gemälde im Rittersaal. Leider sind beide Werke verschollen. Erhalten ist ein Längsschnitt Ernsts durch das Treppenhaus, datiert „845". Der Rittersaal ist der Hauptraum bei romantischen Milieuschlössern. Nachdem auch die Gestalt des Treppenhauses im wesentlichen feststand, fehlte von den Entwürfen der monumentalsten Räume 1845 allenfalls der zur Kapelle. Die westliche Schmalseite des Kapellenhofes stand aber ebenfalls schon 1845 aufrißmäßig fest.

Während der Grundriß des alten Grafenegg sonst meist blieb, wurde im Falle des Rittersaales ein neuer Trakt eingesetzt. Die Maurerarbeit daran begann noch in diesem entscheidenden Jahre 1845, ebenso die an einem *Stiegenbau,* womit die Haupttreppe oder die gedeckte Außentreppe (Nordseite des Hofes) gemeint sein kann; möglicherweise waren schon beide im Bau. 1846 erreichte das Mauerwerk die Höhe des Rittersaalplafonds, da am 31. Dezember eine Zahlung für Eindecken der Erker am Rittersaal geleistet wird. Spätestens 1850 war die Innenausstattung im Werke; aus diesem Jahr sind der Kamin (Architrav, rechte Ecke) und die Polygontür der Ostwand an Ort und Stelle datiert und von Johann Muiller signiert. Vor dem 31. Jänner 1851 waren zumindest Teile der Ledertapeten fertig. Am 20. April erhielt Eduard Bitterlich für Kolorieren der Tapeten 212 fl. Der 1834 geborene Künstler wurde einer der bedeutendsten Schüler Carl Rahls. Das Bemalen der Tapeten war vor dem 29. September beendet, gefertigt hatte sie der Tapezierer Herrmann. Am 23. April erhielt Johann Muiller, als Tischlermeister bezeichnet, *für die Etagere samt Bänken* und zugehörige Teile im *Brunksaal* [sic] 1.000 fl., insgesamt hat er, ohne Bildhauerarbeit, 2.290 fl. zu erhalten. Muiller (1824/25–1895) war auch Bildhauer und als solcher Kompagnon des sehr bedeutenden August la Vigne. Wandetageren und Bänke besaß der Mittelerker; die Bänke sind nicht erhalten. Als Bildhauer wirkte im Rittersaal (und anderweitig im Schloß) auch Franz Schönthaler (1821–1904), der in Wien die Palais Coburg, Harrach und Stametz-Mayer *einrichtete.* Im Rittersaal stammen von ihm sicherlich die dämonischen Maskarons der Lambriskonsolen (nach Stilkriterien zugeschrieben). Die wandfeste Ausstattung des Saales war vermutlich vor dem 30. Oktober 1851 vollendet, da an diesem Tage Abhobeln, Abziehen und Einlassen des Fußbodens bezahlt werden. Der – nicht erhaltene – Luster stammte von der Wiener Firma David Hollenbach.

Von den am Rittersaal beteiligten Künstlern und Handwerkern waren u. a. Johann Muiller und der Tapezierer Karl Herrmann am Großen Landhaussaal in Wien ebenfalls unter Ernst tätig. Die Unterbauten der seitlichen Rittersaalerker sind intensiv vom um

1500 entstandenen Erker des „Göglhauses" Krems, Täglicher Markt 2, angeregt.

Die Haupttreppe dürfte ebenfalls 1851 weitgehend fertig gewesen sein, da sie vor dem 19. September einen zweiten Schutzanstrich erhielt. Grund- und Aufriß sind von der Treppe in Strawberry Hill bei Twickenham (ab 1749) beeinflußt. Eine Ritterstatue am Fuß der Stufen ist schon auf Ernsts Schnitt durch den Raum von 1845 geplant; die ausgeführte Figur stammt vermutlich von Johann Preleuthner (1807–97), Schüler Ludwig v. Schwanthalers. Im Großen Landhaussaal in Wien schuf Preleuthner die 40 Karyatiden.

Von der neuen Kapelle war das Mauerwerk 1846 weitgehend vollendet, da sie in diesem Jahr bedacht wurde, während gleichzeitig bei der alten Kapelle der Dachstuhl repariert wurde. Diese alte Kapelle, 7. Oktober 1633 vollendet, lag im Nordtrakt hofseitig. Im selben Trakt, nach Norden gelegen, erhielten sich nebeneinander zwei Räume mit Stuck aus etwa derselben Zeit. Sie lagen neben der alten Kapelle; der kleinere war die Sakristei. Den Stuck entwarf vielleicht der ab 1636 bei der Herrschaft fest angestellte Baumeister Matthias Piazzoli. Noch 1851 ist die Rede von Zeichnungen, die Ernst zum *Kapellen- und äußeren Schloßbau* zu liefern habe. Am 15. Oktober 1853 war die Kapellenweihe. Der Apostelstatuen-Zyklus stammt von Vincenz Pilz.

Am 6. August 1855 war das Äußere von Grafenegg – außer Rittersaal und Kapelle – noch unverändert. Zuerst wurde die Nordfront transformiert; an der Rückseite des Giebels über dem Erker, der sich rechts vom Haupteingangstrakt befindet, ist „1858" eingemeißelt, an der Vorderseite „1859".

Vor 1858 müssen also die beiden erhaltenen Aufrisse zur Nordfront entstanden sein. Der eine sieht statt der ausgeführten Statue Graf Breunners in der Baldachinnische im zweiten Stock über dem Portal die Statuen von zwei Geharnischten vor. Darstellungen von zwei Geharnischten nebeneinander sind auch in Blei im Oberstock des Treppenschnittes von 1845 angegeben. Die ausgeführten Staffelgiebel der Nordfront, ausgenommen der Hauptgiebel, ähneln auffallend den Giebeln der Häusergruppe Broad Sanctuary, Westminster, London, von Sir George Gilbert Scott (1854). Die Statue des Bauherrn, am Sockel rechts „WC" signiert und „MDCCCLVI" datiert, rückwärts an der Figur selbst nochmals „1856" datiert, könnte nach Walter Krause von Josef Cesar (1814–1876) oder Adam Ramelmayr (vermutlich 1807–1887) stammen; die Initialen müßten dann den Ausführenden bezeichnen.

Die Schloßbrücke war 1857 im Bau; die Skulpturen (Wappenhalter) schuf wieder Franz Schönthaler.

Der Westflügel wird in den bisher bekannten Quellen erstmals am 15. Jänner 1860 erwähnt (Aufstellung des Materialbedarfs zum Neubau desselben). Die datierten Entwürfe zu diesem Trakt entstanden 1861–62. Über den beiden Schmalfenstern der verglasten Loggia ist inschriftlich vermerkt: *Erbauet Anno 1863 von Dombaumeister Leopold Ernst.* Dessen Pläne waren hier demnach auch nach seinem Tode verbindlich; vielleicht auch anderweitig in Grafenegg. Das Motiv der dreiteiligen gestaffelten Attika-Aufsätze am Westflügel findet sich bei Ernst bereits zwischen 1844 und 1848 an seinem Opernaufriß für Wien. Wahrscheinlich von dort übernahmen es van der Nüll und Sicardsburg für die ausgeführte Oper.

Daten für den Hauptturm liefert eine Surporten-Inschrift im obersten Stockwerk: *Erbauet Anno Domini 1861 durch Dombaumeister Leopold Ernst, Maurermeister F. Waldheusl Polier Lichtenauer Steinmetzmeister Wasserburger Bildhauer Schönthaler.* Was der Rittersaal einer romantischen Milieuschloßanlage im Inneren ist, das ist ihr der Hochturm, besonders häufig mit „Pfefferbüchsen"-Ecktürmchen wie in Grafenegg, am Äußeren: der Hauptausdrucksträger. Pfefferbüchsen und Dachform haben in Österreich beispielsweise Vorläufer am Fährenturm der Franzensburg, Laxenburg (zwischen 1798 und 1801) sowie in Schloß Anif bei Salzburg (1838–48).

Datierte Entwürfe zum Südtrakt erhielten sich aus 1862 und 1864; nur in Reproduktion bekannt ist eine Süd- und Ostseite umfassende Perspektive, signiert *Hugo Ernst Architekt.* Dieser wurde 1840 geboren, daher kann die Perspektive kaum vor 1860 entstanden sein. Stilistisch entspricht ihre große romantische Spannweite und Detailgestaltung dem Vater. Die Grabenverbreiterung, Umfassung der so gebildeten

Schloß Grafenegg, Rittersaal vor Devastierung

Schloßinsel durch Kolonnaden und alles sonst Sichtbare bis auf Hochturm, linken Teil des Südflügels und Kapelle blieb Projekt. Der zurücktretende Mittelteil der Südfront (Glas-Eisen?) war möglicherweise ein Wintergarten. Auf einer undatierten Grundrißskizze des Schlosses sollte die linke Ecke der Südfassade einen Eckpavillon auf Achteckgrundriß ebenso wie die rechte erhalten; auf der Perspektive ist nur an der rechten, südöstlichen Ecke ein Pavillon über Oktogon-Grundriß vorgesehen. Er besitzt eine Kuppel; vielleicht war der „Zentralbau" über der Vierung von Leopold Ernsts ebenfalls „neogotischem" Votivkirchenentwurf ähnlich komponiert. Der Mittelrisalit der Südfront ist hofseitig am linken Eckturm im Stirnband der Konsolstein-Maske datiert „Anno 186X̂" (1864). Dieser Risalit ist der letzte ausgeführte Teil der zusammenhängenden Gesamtgestaltung des Äußeren gemäß Plänen von Leopold oder Hugo Ernst; was später noch am Äußeren erfolgte, hat keinen Konnex mehr damit.

Dagegen wurde im Inneren die Gestaltung in stilistischem Einklang mit dem vorher von Leopold oder Hugo Ernst Geschaffenen noch bis wenigstens 1872 kontinuierlich fortgesetzt. 1864 entstand ein Aufriß (Abrollung) von zwei Wänden des Schlafzimmers im Westflügel (II. Stock) neben dem südwestlichen Eckraum sowie Entwürfe zum letzteren, dem Schreibzimmer des Grafen. 1865 wurden Längswandaufrisse und Plafondgrundriß für den Buffetraum des Speisezimmers gezeichnet; die Plafondrosetten allerdings erst 1868. Das Speisezimmer ist der Raum im Hauptgeschoß des Nordflügels, an dessen Plafond die „Hammer-beams", die horizontal vorkragenden Balken, sämtlich in Maskarons endigen, die stilistisch Schönthaler zuzuschreiben sind.

1865 entstand auch der Deckengrundriß für das unausgeführte Spielzimmer, das im gleichen Stockwerk die Nordwestecke hätte einnehmen sollen, also einen Teil des „Großen Salons" beansprucht hätte.

Aus 1866 datieren Entwürfe für den Damensalon, den an den „Großen Salon" im Westflügel anschließenden großen Raum, dann für das anstoßende „Schreibzimmer der Frau Gräfin" (jedenfalls der Gemahlin Graf August Johanns) und das darauffolgende Toilettenzimmer. Mit dem bereits erwähnten Schlaf- und dem Schreibzimmer des Grafen sind damit alle Hauptgeschoßräume im Westflügel anhaltspunktmäßig datierbar.

Das ebenfalls erwähnte Speisezimmer sollte schon 1858 im Nordflügel rechts vom Hauptgiebel im Hauptgeschoß seinen Platz finden; konkrete Entwürfe zu seiner Gestaltung sind – abgesehen vom schon erwähnten Buffetraum – erst aus 1867 bekannt. Dasselbe gilt vom westlich an das Speisezimmer anschließenden „Großen Salon", der wie letzteres ein „Hammer-beam-roof" besitzt, dessen Balkenköpfe alternierend als Ritter und Engel skulptiert sind. Noch 1869 war bei Speisesaal und Salon die mobile Ausstattung im Werke; so lieferte der Steinmetz Andreas Wirfl *2 feine Brunnensteine* zu Figuren für beide Räume. Von diesen Skulpturen ist leider nicht einmal das Aussehen bekannt.

Am 14. Februar 1872 wird *zu den Wohnungs Adaptirungen der jungen Herrschaft (Graf August)* Bausand geführt. Es muß hier Graf August Johann gemeint sein. Von nun an ist bis 1887 keine Bau- oder Entwurfstätigkeit belegbar.

Am 11. Juli 1884 zerstörte ein Brand im Nordflügel Räume über dem Hauptgeschoß.

Der Ostteil des Südflügels und der Ostflügel – mit Ausnahme der Kapelle – blieben bis 1887 im alten Zustand. Am 24. August dieses Jahres beantragte das Güterinspektorat beim Bürgermeisteramt Haitzendorf die Baubewilligung für eine *Hauptreparatur* dieser Bauteile, und zwar neue Bedachung und neue Plafonds. An der Südostecke war eine *Terrasse* geplant; gemeint war der Gartensaal, zuweilen *Halle* genannt, samt Fassade. Dieser Raum wurde in der Ausführung erheblich größer als auf den vom 24. August datierten Plänen, die Hugo Ernst signierte, der auch im Gesuch vom gleichen Tag als Architekt genannt ist. Am 28. August wurden die Maßnahmen genehmigt und begannen im selben Jahr. Beteiligt war der Architekt Friedrich Schachner, der in Wien beispielsweise 1880–83 die Verkehrsbank, Wipplingerstr. 26–28, erbaute. Außer der Halle wurde also die Fideikommißbibliothek völlig neugestaltet, die seit etwa 1873 oder 1874 alle drei Räume des Hauptstocks im Ostflügel einnahm. Diese mußten vor 1887 gepölzt werden. Sie waren Mitte des 17. Jahrhunderts stuckiert worden, vielleicht nach Entwürfen des hier erwähnten Matthias Piazzoli oder des 1666 bei der Herrschaft angestellten Antonio Porta. In der neuen, als Raum existenten Fideikommißbibliothek ist an der Rahmung einer Stuck-Kartusche, schlecht sichtbar eingeritzt, das Datum „1888“.

Damit endete die Gestaltung des bedeutendsten romantischen Schlosses in Österreich.

Literatur (in Auswahl):

In der Abfolge des Vorkommens im Text. Abkürzung HHStAG = Wien, Haus-, Hof- u. Staatsarchiv, Grafenegg; Hdschr. = Handschrift.

1. Archivalien

HHStAG, Journal de Poste de . . . Comte August de Breunner . . . Karton „August Ferdinand Breunner“, unnum. – Krems, Stadtarchiv, Ratsprotokolle, Band f. Zeitraum 5. 3. 1861 – 18. 6. 1864, Einlage-Nrn. 2132, 1041. – HHStAG, Karton „Graf August Breunner 19. Jh. Montanistica 17.–19. Jh.“, darin auch „Geschäfts-Journal“ über die Schemnitz-Reise. – Grafenegg, Bücherkammer, v. Verfasser erstellte Katalogkartei für einen Teil der Buch- und Archivalienbestände mit Würdigung der Einzelwerke. – HHStAG, Karton „August Ferdinand Breunner“ DNro. 456, Testaments- u. Totenschein-Abschrift. – Schloß Wald bei St. Pölten, Ms. „Erinnerungen an Grafenegg“ v. Gräfin Ernestine Coudenhove-Kalergi. – Brief v. Hermine Rödl (Nachkomme Leopold Ernsts) an Verfasser v. 2. 12. 69. – Historisches Museum der Stadt Wien, Inv.-Nr. 19321/a, b. – HHStAG, Hdschr. 567, unpag., Hdschr. 619, 809, 618, 617, 301, 596, 681. – HHStAG, G Bauwesen ca. 1850 Ernst, „Materialbedarf zu dem Baue des neuen Schloßtraktes Grafenegg 860“, unnum. – HHStAG, Hdschr. 570. – HHStAG, Kasten Grafenegg Bauwesen 19. Jh., Konvolut „Rechnung Uber den Bau der herrsch. Tafern in Grafenegg“. – HHStAG, Hdschr. 1313, 1319. – HHStAG, Entwurfsbestand v. Leopold u. Hugo Ernst, unnum. – HHStAG, Hdschr. 254. – HHStAG, Bauwesen 19. Jh., „Ausweis über die für das Rentamt . . . Grafenegg im I. Semester 1851 bestrittenen Vorschüße . . .“ im Konvolut „Leopold Ernst Schloßbau 19. Jh.“, unnum. – HHStAG, Bauwesen 19. Jh., „Ausweis über die vom 1. July bis 31. Dezember 1851 für das Gut Grafenegg geleisteten Vorschüße . . .“ im Konvolut „Leopold Ernst Schloßbau 19. Jh.“, unnum. – NÖ Landesarchiv Wien, Fasz. 19, Nr. 7892, 9437. – Memorabilia Domus & Ecclesiae . . . in Haizendorff . . . ab Anno 1776, Pfarrhof Haitzendorf. – HHStAG, Bauwesen 19. Jh., kalligraphisches, unnumeriertes Ms., Gedicht Ludwig Hagens auf Schloß Grafenegg. – HHStAG, Hdschr. 1341. – Grafenegg, Bücherkammer, Hauptbuch 1869. – Grafenegg, Bücherkammer, „Zurechnungs-Ausweis für den hochgräflichen Haushalt . . . 1872“, unpag. – Grafenegg, Bücherkammer, Zurechnungs-Ausweis „1383/884“, unpag. – HHStAG, „Bauwesen ca. 1850 Ernst“, Umschlag „Acten Schloß-Umbau Grafenegg v. 1887“, unnum. – Photographien-Album über Grafenegg, Bes. Franz Albrecht Metternich-Sándor, Neuaigen bei Tulln.

2. Gedruckte Quellen

Miltons poetische Werke. Deutsch v. *Adolf Böttger*. Leipzig o. J. (ca. 1870). – *Girouard, Mark,* The Return to Camelot, New Haven/London 1981. – *Eggert, Klaus,* Der sogenannte „Historismus“ und die romantischen Schlösser in Österreich, in: Historismus und Schloßbau (= Studien zur Kunst des 19. Jahrhunderts, Bd. 28, Fritz Thyssen Stiftung), München 1975. – *Naudon, P.,* Geschichte der Freimaurerei. Übersetzt v. *Hans-Heinrich Solf,* Frankfurt/Main, Berlin, Wien 1982. – *Lachmann, Heinrich* u. *Schiffmann, G. A.,* Hochgrade der Freimaurerei, Graz 1974 (Nachdruck). – *Pückler-Muskau, Herrmann Fürst v.,* Andeutungen zur Landschaftsmalerei, Stuttgart 1834 (Aus Besitz August Ferdinand Breunner-Enkevoirths in Grafenegg erhalten). – *Semper, Gottfried,* Der Stil in den technischen und tektonischen Künsten, 2. Aufl., München 1878, I. Bd. – *Graf Lanjus,* Die Breunner, Wien 1939 (Privatdruck). – *Davis, Terence,* The Gothick Taste, Newton Abbot, London, Vancouver 1974. – *Wurzbach, Constant v.,* Biographisches Lexikon des Kaisertums Österreich, Bd. 7, Wien 1861. – *Mettin, H. Ch.,* Fürst Pückler reist nach England, Stuttgart 1958. – O. Vf., The Stranger's Pocket Guide to Newcastle-upon-Tyne. Newcastle 1838 (hdschr. Vermerk „Count Breunner“, Grafenegger Bibliotheksstempel 1857). – O. Vf., The Form and Order of the Service . . . and of the Ceremonies . . . in the Coronation of Her Majesty Queen Victoria. . . On . . . 28th of June 1838. London 1838 (Exlibris m. Breunnerwappen). – *Springer, Elisabeth,* Geschichte und Kulturleben der Wiener Ringstraße (= Die Wiener Ringstraße. Bild einer Epoche. Träger Fritz Thyssen Stiftung. Bd. II), Wiesbaden 1979. – *Tietze, Hans,* Die Sammlungen des Schlosses Grafenegg (= Öst. Kunsttopographie. Beiheft z. Bd. I), Wien 1908. – *Mayer, Anton,* Das niederösterreichische Landhaus in Wien. 1513–1848, in: Berichte und Mitteilungen des Altertums-Vereins zu Wien. Bd. XXXVIII, Wien MDCCCCIV. – *Kühnel, Harry,* Krems an der Donau. Ansichten aus alter Zeit, Krems 1962. – Neue Freie Presse, Wien, 28. 11. 1865. – *Wissing, Gregor,* Pfarre und Kirche im Markt Strass, Straß 1945. – *Kinsky-Wilczek, Elisabeth* (Hg.), Hans Wilczek erzählt seinen Enkeln, Graz 1933. – *Eckstein, Adolf* (Hg.), Künstler Album, III. Aufl. V. Liefg., Wien 1890, unpag. – Allg. Bauzeitung. Bd. III, Wien 1838. – *Ilg, Albert,* Kunstgeschichtliche Charakterbilder aus Österreich-Ungarn, Wien 1893. – *Probszt, Günther,* Friedrich v. Amerlings Tagebuch und Briefe, in: Mitteilungen des Vereins f. Geschichte der Stadt Wien, Bd. VIII, Wien 1928. – *Thieme, Ulrich* u. *Becker, Felix* (Hg.), Allgemeines Lexikon der bildenden Künstler, 11. Bd., Leipzig 1915. – *Bodenstein, Cyriak,* Hundert Jahre Kunstgeschichte Wiens, Wien 1888. – *Frankl, L.[udwig] A.[ug.],* Friedrich Amerling, Wien 1889. – Sonntagsblätter, hg. v. *Aug. Frankl,* 1. Jg., Wien 1842. – *Feuchtmüller, Rupert,* Das niederösterreichische Landhaus in Wien, Wien 1949. – O. Vf., Das Wiener Heimatbuch. Mariahilf, Wien (1963). – *Bermann, Moriz,* Alt- und Neu-Wien, Wien–Pest–Leipzig 1880. – *Hoffmann, Hans Christoph,* Die Architekten . . . v. d. Nüll und . . . Sicardsburg, in: Das Wiener Opernhaus (= Die Wiener Ringstraße. Bild einer Epoche. Träger Fritz Thyssen Stiftung. Bd. VIII), Wiesbaden 1972. – *Ernst, Leopold,* Architektonische Erörterungen, Wien 1855. – *Ernst, Leopold,* Rede gehalten am 25. März 1848 in . . . der Akademie der . . . bildenden Künste in Wien, Wien 1848 [Flugschrift]. – *Springer, Elisabeth,* Zur wissenschaftlichen und kulturpolitischen Tätigkeit Eduard Mollys, in: Mitteilungen des öst. Staatsarchivs 30, Wien 1977. – Kulturreferat Klosterneuburg (Hg.), Hammer-Purgstall in Klosterneuburg-Weidling, Klosterneuburg 1959. – *Eggert, Klaus,* Die Haupträume des Wiener Palais Breunner, in: Alte u. moderne Kunst, 24. Jg. 1979, Heft 163. – *Lützow, C. v.* u. *Tischler, Ludwig,* Wiener Neubauten. Serie A: Privatbauten. Bd. I, Wien 1874. – *Steininger, August,* 150 Jahre Pensionsgesellschaft bildender Künstler in Wien, Wien 1938. – *Eisenberg, Ludwig* u. *Groner, Richard,* Das geistige Wien, Wien 1890. – *Krickel, Joseph Adalbert,* Eisenbahn-Ausflüge auf der . . . Nordbahn . . . Wien 1844 (aus Bes. August Ferdinand Breunner-Enkevoirths in Grafenegg erhalten). – *Krause, Walter,* Die plastische Ausstattung, in: Das Wiener Opernhaus. (= Die Wiener Ringstraße. Bild einer Epoche. Träger Fritz Thyssen Stiftung. Bd. VIII), Wiesbaden 1972. – *Hevesi, Ludwig,* Die Pflege der Kunst in Oesterreich 1848–1898, Wien 1900. – The Builder, Jg. XII, London 1854.

Friedrich Pescher

ÜBER DIE RESTAURIERUNG VON SCHLOSS GRAFENEGG

Als in der Mitte der 60er Jahre der Schloßherr von Grafenegg den weitreichenden Entschluß faßte, die Restaurierung seines devastierten Schlosses zu wagen, ließ er sich auf ein Abenteuer mit höchst ungewissem Ausgang ein. Ringsum im Land gab es, anscheinend unaufhaltbar, ein langsames Schloßsterben, sicherlich keine ausschließliche Spezialität Niederösterreichs, doch hier besonders gravierend. Die Gründe hiefür sind ebenso banal wie bekannt: Krieg, Besatzungszeit, Ungunst der geographischen und historischen Verhältnisse, Umwälzungen in gesellschaftlichen und wirtschaftlichen Strukturen, daraus folgend Funktionsverlust und ökonomische Zwänge hatten vielfach langjährige Vernachlässigung und den schließlichen Untergang eingeleitet.

Andererseits hatte man erst kürzlich begonnen, den lange als inhalts- und geschmacklos verpönten Historismus als eigenständige Kunstform zu entdecken und anzuerkennen. Und Schloß Grafenegg war eines seiner hervorragendsten Beispiele in Niederösterreich.

Hier hatte sich um die Mitte des 19. Jahrhunderts August Ferdinand Graf Breunner-Enkevoirth, einem Trend seiner Zeit folgend, durch Umbau und Erweiterung eines älteren Bestandes nach Plänen des Architekten Leopold Ernst einen romantischen Landsitz errichten lassen. Der Bau war dabei als „Milieuschloß" konzipiert, bis ins Detail sorgfältig und qualitätsvoll geplant, feudal und repräsentativ, dabei aber wohnlich ausgestattet und mit Kunstwerken überreich versehen worden. Allerdings blieb es ein Torso, wurde niemals wirklich benützt und „versank in einen Dornröschenschlaf. Unbewohnt war es keinen Veränderungen unterworfen, blieb vom sich wandelnden Geschmack späterer Bewohnergenerationen unangetastet, und man hätte es nur aufsperren und abstauben müssen", um ein komplettes Museum des Historismus vor sich zu haben.

Diese etwas verschlafene Idylle fand mit dem Krieg und insbesonders dem Jahr 1945 ein jähes Ende. Ab 1941 war das Schloß vielfach und verschiedenartig belegt, durch landverschickte Kinder, Flüchtlinge, die deutsche Wehrmacht und schließlich nach Kriegsende bis 1955 durch die sowjetische Besatzungsmacht. Der ganze Gutsbesitz war als „deutsches Eigentum" unter die Verwaltung der USIA gekommen.

Im Verlauf dieser Ereignisse ging fast das gesamte Inventar des Schlosses verloren, nur ein Teil des achtlos weggeworfenen Archives und der Kunstschätze konnte durch das Einschreiten des damaligen Kustos des Museums Krems mit Unterstützung von der Besatzungsmacht politisch Nahestehenden gerettet werden, darunter der Flügelaltar der Kapelle, der seither seine vorläufige Heimstatt im Kremser Museum hat, und der geschmiedete Brunnen, der in das Niederösterreichische Landhaus zurückkehrte. Vieles aber ging zugrunde oder verschwand in dunklen Kanälen, wie eine erst 1983 im Kunsthandel wiederaufgetauchte Relieftafel aus der Zeit um 1500 beweist.

Böser noch als diese Verluste traf aber das Schloß, daß in der langen Zeit fremder Verwaltung jegliche bauliche Investition unterblieb und es später – herrenlos – offen dalag, jedermann frei zugänglich zur „Selbstbedienung". Und man bediente sich selbst! Aber man frönte auch barbarisch dem rohen Zerstörungstrieb. Fenster wurden zersplittert, Bespannungen und Ledertapeten zerfetzt, Füllungen eingetreten, Schnitzwerk zerbrochen, Luster und Kachelöfen zertrümmert.

Als der heutige Schloßherr wieder in sein Eigentum eingesetzt wurde, bot sich ein erschütterndes Bild des Unterganges. Durch das zerrüttete Dach drang der Regen durch die Geschosse; durchweichte, vom Hausschwamm durchsetzte Decken begannen einzubrechen, die verwüsteten Räume standen Wind und Wetter offen, die das von Menschen sinnlos eingeleitete Zerstörungswerk beständig fortsetzten. Schloß Grafenegg war auf dem besten Weg zur Ruine.

Damals hatte man andere Sorgen, es galt vor allem, den Gutsbetrieb wirtschaftlich zu konsolidieren. Doch nach einigen Jahren weiteren Verfalles stellte sich gebieterisch die Frage nach dem Schicksal des Schlosses.

Durch den damaligen Landeskonservator Dr. Zykan ermuntert und durch seinen Rentmeister Dr. Großberger unermüdlich stimuliert, hatte der Schloßherr sich also entschieden, das Wagnis einer Restaurierung von Grafenegg einzugehen. Erste offizielle Kostenschätzungen für die Gesamtsanierung ergaben jedoch entmutigende, unaufbringliche Summen.

Die Restaurierung eines derart ausgedehnten Gebäudes gliedert sich, wie am Beispiel der Schallaburg darlegt worden ist, in Bestandsicherung, Restaurierung und Adaptierung in Richtung auf eine neue, der Gesellschaft nützliche Funktion. Diese drei Phasen, die ineinander verstrickt sind, und sich gegenseitig bedingen, verlangen im Normalfall eine möglichst weitgehende Planung, also in die Zukunft zielgerichtete Vorschau auf der Basis genauester Bestandsanalyse.

Im Fall von Grafenegg konnte es angesichts des tristen Zustandes aber nur unmittelbare Aktivität zur Bestandsicherung geben, bewußtes Schließen der Augen vor möglichen späteren Problemen, um nicht das Werk schon vor seinem Beginn mutlos aufzugeben. Die fernere Zukunft mußte warten. Man machte sich also, nicht blind, aber voll Optimismus, auf einen langen Weg der vielen kleinen Schritte und begann, nachdem Bundesdenkmalamt und Landesregierung die Bereitschaft zum – materiellen und ideellen – Mitgehen bekundet hatten, 1967 das Werk.

Mit enormem Elan wurde als erste Bauphase die durchgehende Sanierung des Daches mit seinen oft höchst komplizierten – und anfälligen – Verblechungen in Angriff genommen. Gleichzeitig begann man die Fenster provisorisch zu schließen, vermorschte Decken und Holzteile zu entfernen, die Kanalisation zu sanieren und dem gefährlichen Hausschwamm mit allen Mitteln Einhalt zu gebieten. Oftmals mußten dabei eine bis heute geforderte Flexibilität und Improvisationsgabe zur Lösung scheinbar unlösbarer Probleme aufgeboten werden.

Nach einigen Jahren durfte man aufatmen, denn der weitere Verfall war zwar nicht ganz aufgehalten, doch unter Kontrolle gebracht und Zeit gewonnen. Dies war auch dringend nötig, einerseits um finanziell wieder etwas Tritt zu fassen, andererseits um über die Zukunft nachdenken und Ziele formulieren zu können.

Als globales Ziel wurde nun ins Auge gefaßt, Schloß Grafenegg ausschließlich für öffentliche Zwecke wiederherzustellen und so ein regionales Kulturzentrum zu schaffen. Nur war – und ist – diese allgemeine Zielsetzung zwar ein sehr schwierig zu realisierendes Unterfangen, aber es war mit ihr eine Marschrichtung festgelegt, die Versuche und Planungen ermöglichte.

Wohl war im gesamten Schloß das Inventar verloren, doch waren in den älteren Bauteilen die Bauschäden weniger gravierend. Man konnte also beginnen, einzelne Räume herzurichten und für – vorerst recht bescheidene – Ausstellungen zu nützen. Begonnen hat es mit dem Gartensaal, doch kamen bald als Erweiterungen die Bibliothek, dann der Rittersaal und etwas später die gesamte Südflucht des obersten Geschosses, der Beletage, hinzu.

Mit Bibliothek und Rittersaal war man gleich mitten in die Problematik der Restaurierungsphase geraten. War hier auch die bauliche Substanz erhalten oder durch vorhergehende Sicherungsmaßnahmen aus der Gefahrenzone gebracht, so warfen die Zerstörungen an Dekorationen und Schnitzwerk viele grundsätzliche Fragen auf.

In engem Zusammenwirken mit dem Bundesdenkmalamt entschloß man sich, Bestände soweit als möglich zu erhalten, zu sichern und zu restaurieren, was z. B. bei der Leimfarbendekorationsmalerei an der Decke des Rittersaales in sicher guter Weise gelang. In anderen Fällen zwangen jedoch die Umstände zu einer – zumindest vorläufigen – vorsichtigen Vereinfachung, denn für viele der ursprünglich reich ausgestatteten Räume und die zahlreichen Details ihrer Dekorationselemente gab es keine planliche oder photographische Dokumentation und waren Reste und Bruchstücke nicht in für die Rekonstruktion ausreichendem Maß erhalten geblieben.

Bei der völlig ausgeräumten Bibliothek führte dies beispielsweise zum Verzicht auf die zahlreichen verlorenen, zerbrochenen, zum Teil zu Brennholz (!) verarbeiteten Karyatiden und Atlanten, wobei sehr darauf geachtet wurde, die Raumwirkung im ursprünglichen Sinn geschlossen zu erhalten und spätere Ergänzungen zu ermöglichen. Daneben ließ man auch bewußt die Sprossenteilung der früheren Bücherschränke weg, um sie – die durch den totalen Verlust der Bücher ohnehin ihre ursprüngliche Funktion verloren hatten – besser für die neuen musealen Zwecke nutzen zu können.

Anders stellten sich die Probleme im Rittersaal. Der Kaminverbau war mit Ausnahme weniger Bruchstücke verloren und eine Rekonstruktion auf Grund der spärlichen photographischen und planlichen Dokumente muß noch der Zukunft vorbehalten bleiben. Doch fehlte auch eine große Anzahl von geschnitzten Dekorationselementen, zum Teil figuraler Art, von denen jeweils einzelne Originale erhalten geblieben waren. Man entschloß sich daher zum Versuch, solche Elemente abzuformen und in Kunststoff nachzugießen. Die Ergebnisse waren zufriedenstellend und konnten hinsichtlich Farbgebung und Oberfläche bis heute so weit verbessert werden, daß Original und Replik kaum mehr zu unterscheiden sind. Sicherlich war damit ein Weg beschritten, der letztlich Surrogate zum Einsatz brachte, doch erschien eine solche Vorgangsweise nicht nur aus Kostenüberlegungen vertretbar, sondern sogar einer Geisteshaltung des 19. Jahrhunderts verwandt, die den dekorativen Glanz des Scheines voll und oft virtuos einsetzte.

War man mehr oder weniger gezwungen, Dekorationselemente in vielen Fällen als authentische Kopien materialfremd herzustellen und zu montieren, versuchte man in den Innenräumen stets bei Herstellung der Oberflächen nicht nur im äußeren Erscheinungsbild, sondern auch im verwendeten Material möglichst originalkonform zu bleiben. Dies führte beispielsweise nach langen Diskussionen über diverse Techniken im Speisesaal und großem Salon zur Wiederherstellung der ursprünglichen Schlagmetallvergoldung ohne künstliche Patinierung. Dadurch entstanden Raumwirkungen, die dem Original zur Entstehungszeit sicherlich sehr nahe kommen, aber im Vergleich zum gewohnten Bild jahrzehntelangen Verfalles geradezu aufdringlich wirkten, und einer gewissen Gewöhnungszeit bedurften, jetzt aber, in der geschlossenen Raumflucht aufgehend, doch den – durch Wegfall der verlorenen Einrichtung ohnehin noch stark gedämpften – Glanz früherer Zeiten widerspiegeln.

Insgesamt stellt sich die bisherige Restaurierung von Schloß Grafenegg als Versuch der Kunst des Möglichen dar, nicht ohne Kompromisse, Improvisationen und Entscheidungen des Augenblickes. Über weite Strecken glich sie einer klippenreichen Fahrt zwischen Skylla und Charybdis, denn auf der einen Seite war ein gestelltes Programm zu erfüllen, ohne realistische Möglichkeiten zu sprengen oder Qualität aufzugeben, auf der anderen Seite durften die Ansprüche nicht so hoch angesetzt werden, daß die Geldgeber zurückschrecken und damit das ganze Projekt gefährden konnten. Es muß hier dankbar vermerkt werden, daß alle Beteiligten immer wieder bis an die Grenzen ihrer Möglichkeiten gegangen sind und – das gilt im besonderen Maß auch für die zu beachtlicher Qualität aufgestiegenen gutseigenen Arbeitskräfte Grafeneggs – erstaunliche Leistungen erbracht haben.

Dem Erfolg der ersten Ausstellungen war eine Ausweitung des kulturellen Angebotes gefolgt. Die im Gartensaal begründeten „Grafenegger Schloßkonzerte“ griffen schließlich auf den Schloßhof aus und initiierten mit Reitschule und Taverne ganz neue, weit über das Schloß hinausreichende Projekte. Doch das wäre ein ganz eigenes Kapitel.

Im Schloß selbst waren um 1975 die Arbeiten etwas ins Stocken geraten. Nun aber gewann der lange Zeit nur schwelende Gedanke einer Landesausstellung über die zweite Hälfte des 19. Jahrhunderts immer mehr Kontur und gab der Phase der Adaptierung des Schlosses nach langer Zeit der tastenden Ungewißheiten eine klare Zielrichtung. Zwar hatte man schon bisher für die Veranstaltungen entsprechende techni-

Der devastierte Speisesaal im Jahr 1978 vor Beginn der Restaurierungsarbeiten. Das eindringende Regenwasser hatte zum Teileinsturz der Decke geführt.

sche Einrichtungen und Raumverhältnisse schaffen müssen, doch jetzt zeigte sich das Schloß erstmals in seiner Gesamtheit als zu lösendes Problem. Hiezu waren die Möglichkeiten aller irgend greifbaren Räume zu prüfen, in Übereinstimmung mit dem Platzbedarf einer großen Ausstellung zu bringen und die räumlich-organisatorischen Voraussetzungen zu planen. Dabei durfte nie aus den Augen verloren werden, daß das gesamte Schloß nicht auf ein Einzelereignis hin konzipiert werden durfte, sondern auch weiterhin im Sinne seiner allgemeinen Aufgabenstellung für verschiedenartige Zwecke der Öffentlichkeit nutzbar bleiben mußte.

Die unvermeidlichen Eingriffe in die Baustubstanz wurden dabei in der Beletage auf einige geringfügige, meist technische Maßnahmen beschränkt und im übrigen getrachtet, die Räume soweit als irgend möglich im Sinne ihrer Entstehungszeit wiedererstehen zu lassen.

In den anderen Geschossen wurden Räume zu Gruppen zusammengefaßt und dabei versucht, die Eigenart des Baues zu erhalten und eigenen Gestaltungswillen eher im Zaum zu halten. Durch die Entfernung späterer Einbauten konnten einige ältere Gewölberäume in ihrem ursprünglichen Zustand wiedergewonnen werden. Umfangreiche bauliche Maßnahmen waren zu treffen – in den letzten 4 Jahren wurden immerhin 42 Decken neu eingezogen – der

Die Restaurierungsarbeiten bestanden auch in umfangreichen Sanierungen und Adaptierungen im Bereich der technischen und sanitären Ver- und Entsorgung

Turm, der große Hof, Teile der Außenfassaden mußten in die Arbeiten einbezogen werden, ohne das enge finanzielle Korsett zu sprengen. Dazu kam noch die sehr aufwendige Anpassung der technischen Notwendigkeiten – Stromversorgung, Sicherheitseinrichtungen, die bei einem von einem Graben umgebenen Schloß höchst komplizierte Abwasserentsorgung und dergleichen mehr.

Sommerveranstaltungen verschiedener Art, als Sonderfall auch der seit Jahren schon institutionalisierte „Grafenegger Advent" haben die Richtigkeit der technischen Anlagen bisher bestätigt. Ob es auch gelungen ist, die räumlich-organisatorischen Probleme in einer dem Bau angemessenen Weise für die Großveranstaltung einer Landesausstellung zu lösen, wird erst der Ablauf dieses Ereignisses zeigen. Zeit und Gelegenheit, daraus gewonnene Lehren anzuwenden, bleiben noch zur Genüge. Denn nach 18 Arbeitsjahren ist die Restaurierung von Schloß Grafenegg zwar weit fortgeschritten und hat in einer gewissen Eigendynamik auch schon die engere Umgebung miterfaßt, doch bleibt noch vieles zu tun. Weite Teile des Schlosses, Wall und Graben, die Kapelle, der gesamte Nordflügel, warten noch auf Instandsetzung und neues Leben. Bei Fortführung des bisher erfolgreichen Weges wird Schloß Grafenegg noch lange Jahre eine restauratorische Aufgabe bleiben.

„Die Leiche lebt" konnte F. A. Metternich-Sándor schon 1977 über sein Schloß Grafenegg feststellen. Heute ist es noch zu früh, die ganze Geschichte der Restaurierung zu erzählen, ihr Schlußsatz aber scheint schon festzustehen „. . . und weil es nicht gestorben ist . . .".

Literatur (in Auswahl):

Tietze, Hans, Die Sammlungen des Schlosses Grafenegg, Österreichische Kunsttopographie, Beiheft zum Band I, Wien 1908. – *Metternich-Sándor, Franz Albrecht,* „Die Leiche lebt", in: Wochenpresse Color 5, Beilage zur Wochenpresse Nr. 37 vom 14. 9. 1977. – *Zotti, Wilhelm,* Die Restaurierung des Schlosses, in: Renaissance in Österreich, Schloß Schallaburg, Ausstellungskatalog 1974.

ABBILDUNGSNACHWEIS

Budapest, Budapesti Történeti Múzeum, S. 497
Budapest, Nemzeti Gáleria, Farbabb. 6
Graz, Foto Fürböck, S. 250, 252
M. Malina, Jaidhof, S. 95, 128, 190, 195, Farbabb. 1, 2, 3
Klosterneuburg, I. Kitlitschka-Strempel, S. 459, 462, 463, Farbabb. 8
Krems, Pescher, S. 525, 526
Linz, Stadtmuseum, Lichtbildarchiv, S. 493

Wien, Archiv der Universität, S. 363, 366
Wien, Bundesdenkmalamt, S. 395, Farbabb. 7
Wien, Foto Figl, S. 491, 495, 519
Wien, Fotostudio Otto, S. 467, 471, 472
Wien, Graph. Bundes-Lehr- und Versuchsanstalt, S. 415, 416
Wien, B. Hamann, S. 26, 27, 28, 31, 36, 40
Wien, G. Hamann, S. 423, 427, 419
Wien, Heeresgeschichtliches Museum, S. 255
Wien, Historisches Museum der Stadt Wien, S. 155, 159, 166, 170, 172, 183, 477, 503, 504, Farbabb. 4, 5
Wien, Institut für Geschichte der Medizin, S. 435, 439
Wien, Kunsthistorisches Institut, S. 445, 449
Wien, Kunsthistorisches Museum, Münzkabinett, S. 208, 209
Wien, Lichtbildstelle Alpenland, S. 492, 499
Wien, NÖ Landesbibliothek, S. 189
Wien, NÖ Lichtbildstelle, S. 135, Farbabb. 9
Wien, Österreichische Nationalbibliothek, Bildarchiv, S. 34, 39, 203, 385, 387, 398
Wien, Technisches Museum, S. 134, 403, 404, 405, 407, 408, 409, 411, 412, 412

DAS BUNDESLAND NIEDERÖSTERREICH
DANKT ALLEN IM NACHFOLGENDEN TEIL
ANGEFÜHRTEN FIRMEN
FÜR DEN BEITRAG ZU DEN
DRUCKKOSTEN DES KATALOGES

Raiffeisen
Kulturförderung